Diana Norman

Das Geheimnis der Maske

Roman

Aus dem Englischen
von Edith Walter

Fischer Taschenbuch Verlag

Eine Karte ›London um 1665‹ finden Sie auf S. 766/767

Limitierte Sonderausgabe
Veröffentlicht im Fischer Taschenbuch Verlag,
einem Unternehmen der S. Fischer Verlag GmbH,
Frankfurt am Main, Juni 2003

Lizenzausgabe mit Genehmigung des
Wolfgang Krüger Verlags, Frankfurt am Main
Die Originalausgabe erschien unter dem Titel
›The Vizard Mask‹ im Verlag Michael Joseph, London

Druck und Bindung: Clausen & Bosse, Leck
Printed in Germany
ISBN 3-596-50655-7

Für Bertie und Oliver Norman

1. BUCH

1. Kapitel

Penitence Hurd und die Pest trafen am selben Tag in London ein.

Penitence war achtzehn und trug einen mit Perlen bestickten Ranzen bei sich.

Die Pest reiste als pelzige Fracht und war so alt wie die Sünde. Sie war schon früher in London gewesen – und ein Teil von ihr hatte es nie verlassen –, aber diesmal waren die Bedingungen für ihre Zwecke einmalig gut. Der Sommer 1664 war der heißeste seit Menschengedenken gewesen, und in die ohnehin übervölkerte Stadt strömten tagtäglich Arbeiter, die den Luxus der verschwenderischen Monarchie von Charles II. aufrechterhielten – allein die Zahl der Bandweber ging in die Tausende. In den Vierteln der Armen waren die Menschen so eng zusammengepfercht, daß sie nur Luft einatmeten, die andere eben ausgeatmet hatten.

Die Männer vom Zoll machten Master Endicot, Captain der »Deliverance«, ganz nervös. »Pen, du wartest bis ich dich zum Pfarrer bringen kann.«

Penitence hatte nicht die Absicht zu warten, besonders nicht auf einen Priester. Ihre Erfahrung mit Reverend Block drüben in Massachusetts hatte sie das Fürchten gelehrt, und seither hatte sie vor allen Geistlichen Angst. Sie blieb stehen, bis Master Endicott die Männer vom Zoll in den Laderaum geführt hatte, dann huschte sie die Gangway hinunter.

Von einem anderen Schiff wurde die Pest mit einer Trosse auf den Quai geschleppt.

Eine Ratte trippelte vor Penitence über den Weg, doch sie bemerkte das Tier kaum. Ratten war sie schon früher begegnet, London war neu für sie. Hier am Flußufer roch es nach Hafen und Land; der Geruch nach Fisch, Teer und schmutzigem Wasser wurde fast überlagert von den hohen Haufen faulenden Unrats, der in den Straßen aufgesammelt worden war und in die Gärten von Whitehall verschifft werden sollte.

Aber am schlimmsten war der Lärm. Die Fuhrleute der Wagen, die zum Kai hinunterfuhren, stritten sich mit Fuhrleuten, die vom Kai kamen. Räder ratterten, Dockarbeiter brüllten, Schiffe und Kräne ächzten, Riemen klatschten ins Wasser, und Bootsleute riefen ihr *Ho* nach Westen und Osten. Und jenseits von allem hörte man wie ein riesiges Mühlrad den Widerhall einer Stadt, die unter der Schwingung einer halben Million Menschen bebte.

Fast taub von dem Lärm konnte Penitence vor einem Karren, der stark riechende Wolle geladen hatte, gerade noch zur Seite springen. *Diese sind durch Wagen, jene durch Rosse, wir aber durch den Namen unseres Gottes stark.* Psalm 20, Vers 7.

Um sich zu orientieren, blickte Penitence zur Sonne, die allmählich unterging. Die London Bridge mit ihren Häusern war nur noch ein schwarzer Scherenschnitt vor zinnoberrotem Hintergrund.

Westen. Um in den Westen zu kommen, mußte sie zuerst die schmale, düstere Straße entlanggehen, die vom Fluß hinaufführte, doch sie bog nach links ab, sobald sie konnte. Höflich knickste sie vor jedem, der ihr begegnete, doch da dies bedeutete, daß sie ständig wippen mußte wie ein Schnepfenvogel und niemand zurückgrüßte, ließ sie es bald sein. *Sie haben Münder, aber sie sprechen nicht; Augen haben sie, aber sie sehen nicht; Nasen haben sie, und sie riechen …* Gräßlich! Der Scherz aus der Schule sollte sie aufheitern. Master Endicott, Gott segne ihn, hatte versucht, sie vorzubereiten. »Du kannst es dir nicht einmal vorstellen, Pen. Es ist ein Moloch. Sie könnten ganz Boston in einem seiner Pfarrbezirke unterbringen und würden es nicht mehr finden.«

Er hatte recht gehabt; sie hatte es sich nicht vorstellen können. Sie war an ferne Horizonte gewöhnt. Hier waren die wenigen offenen Plätze mit querstehenden Gebäuden verbaut, die ihr die Sicht nahmen; Gebäuden, die sich über sie neigten, sich an sie zu drängen schienen und ihre Aufmerksamkeit auf schönes Fachwerk und abgenutzte Wasserspeier lenkten. Von oben klatschten ihr, als sie Fachwerk und Wasserspeier betrachtete, aus einem Schilderwald die letzten Tropfen eines früheren Regenschauers ins Gesicht.

Sie war eine merkwürdige Gestalt, ihr adrettes Aussehen machte das Chaos um sie herum noch augenfälliger. Das schwarze Kleid bedeckte ihren schmalen Körper vom Hals bis zu den Spitzen ihrer plumpen Stiefel und ließ erkennen, daß sie flachbrüstig war und einen stocksteifen Rücken hatte. Ihr Gang war linkisch und schwerfällig für eine Frau, der Gang eines Menschen, der mühelos lange Strecken zurücklegt. Unscheinbarere Frauen waren anziehender als sie, denn Penitence Hurd ahnte nicht nur nichts von ihrer Schönheit, sie hätte sich, wenn sie davon gewußt hätte, nur dafür geschämt.

Auch ohne den hohen Hut – die Schnalle exakt in der Mitte – der jeden Zoll ihrer Haare bedeckte, hätte man ihr die Puritanerin angesehen; sorgfältig vermied sie jeden körperlichen Kontakt mit Vorübergehenden und spitzte, als sie sich umsah, geringschätzig die Lippen. Dieser Blick war London in den Tagen des Commonwealth vertraut gewesen; damals waren Maibäume umgestürzt, Weihnachten abgeschafft, Theater geschlossen worden; man hatte den König hingerichtet und die Sünde verboten. Jetzt waren nicht nur die Maibäume wieder aufgerichtet, es gab auch einen neuen König, zu sündigen war modern, und kein mißbilligendes Naserümpfen von Penitence Hurd konnte etwas daran ändern. Sie rümpfte weiterhin die Nase, hin und wieder in diesem modernen Babylon von übermütigen Jungen als Unikum verspottet, aber auch nicht schlimmer als Bettler, Verrückte, Amputierte, Soldaten, aufgedonnerte Frauen und Gaukler. Männer und Frauen umarmten und küßten sich offen im Eingang von Tavernen. Andere prügelten und noch andere übergaben sich. Eine Lady mit nacktem Busen fuhr vorbei und wurde nicht verhaftet.

Hier hausen Drachen. Verbrechen hatte sie erwartet, aber nicht diese umfassende Verderbtheit, keine zotigen Bemerkungen von Männern, an denen sie vorüberging, kein öffentliches Zurschaustellen der Sünde, das sie alles als gegen sie gerichtet ansah, als sei sie allein im Besitz der Unschuld, die zerstört werden sollte.

Die Seelen der Gerechten sind in Gottes Hand, und keine Qual wird sie berühren. Sich an ihre Rechtschaffenheit und an ihre Tasche klammernd, setzte Penitence ihren Weg fort. Die Sonne war längst untergegangen, doch statt sich ins Bett zurückzuziehen wie ein Christ, zündete London in den Straßen Fackeln an, erleuchtete seine Fenster und mehrte seine Sündhaftigkeit.

Eine Menschenmenge auf dem höchsten Punkt von Ludgate Hill verstellte Penitence den Weg, und als sie versuchte sich durchzudrängen, sah sie sich zwischen einer Mauer und einem gutgekleideten Gentleman gefangen. Der Hut war ihr auf den Hinterkopf gerutscht, und während sie sich umschaute, sah der gutgekleidete Gentleman ihre Augen. »Haltet Euch dicht bei mir.« Da ihr nichts anderes übrigblieb, hielt Penitence sich dicht bei ihm, während der Gentleman ihnen – wiederholt »Platz da, Leute!« rufend – mit seinem Stock eine Gasse bahnte. »Aus dem Weg!«

Seit sie Master Endicott verlassen hatte, war er das erste freundliche Gesicht, dem sie begegnet war, und da sie sich nicht entfernen konnte, blieb Penitence bei ihm.

»Sir John Lawrence, schon von ihm gehört?« fragte ihr neuer Bekannter.

Penitence schüttelte den Kopf.

»Sir John ist unser neuer Lord Mayor. Wird heute in sein Amt eingesetzt. Und wie gefällt Euch unser kleines Städtchen?« Es war eine rein rhetorische Frage. Penitence' neuer Bekannter schwelgte darin, vor der Provinzlerin die Wunder der Stadt auszubreiten.

In der Ferne erklangen Trompeten und Trommeln, die Menge begann erwartungsvoll Hochrufe über die leere Straße zu schmettern, bis Polizisten in der Livree des Königs mit Fackeln in der Hand erschienen. »Nun«, sagte der gutgekleidete Gentleman, »da wären sie alle.«

Die Stadt und Charles II. lebten noch immer in den Flitterwochen, und die Menge jubelte, als die Kutschen mit dem Hofstaat die Equipage des Königs ankündigten. Penitence' neuer Bekannter spielte sich auf, schwenkte den Hut vor jeder Kutsche und zählte, um seine Vertrautheit mit den Großen dieser Welt zu demonstrieren, eine Litanei erlauchter Namen auf. »Graf Cominges, der Frosch. Hyde, der alte Teufel. Der Herzog von Buckingham. Albemarle. Southampton. Arlington. Ormonde ... Und hier ist er, Gott segne ihn. Heute abend in Begleitung der Königin.«

Die Anwesenheit der Königin ignorierend, stöhnte die Menge brunftig vor Bewunderung für des Königs Libido. Unterarme ahmten den Sexualakt nach, und unter die Hochrufe mischten sich Ratschläge wie »gib's ihnen, Rowley!« Die lautesten Rufe galten jedoch dem Krieg mit den Holländern. »Schick die Butterfässer zur Hölle!«

Charles Stuart höchstselbst. Soll ich ausspucken? Ihm den Rücken zukehren? Wer sonst in dieser Menge von Sündern wird den Mann tadeln? Christus der Herr sollte England regieren, nicht dieser mit den Papisten sympathisierende Hurenknecht. Sie riskierte einen Blick auf den zügellosen Satan. Kein Schwefelgeruch, kein geteilter Schwanz. Parfumduft stieg Penitence in die Nase, und eine Sekunde lang erblickten ihre Augen statt des schäbigen Bösen, das sie erwartet hatte, etwas viel Komplexeres und Schrecklicheres.

Ernüchtert folgte sie ihrem neuen Freund durch die Menge, die sich jetzt zerstreute. »Nun, junge Dame, wohin wollt Ihr denn?«

Penitence kramte in ihrer Tasche und holte die Schiefertafel heraus, die sie mit den Worten beschriftet hatte: *Ich suche meine Tante. Letzte bekannte Adresse The Rookery, St. Giles-in-the-Fields.* Sie hielt die Tafel in die Höhe.

Der Gentleman bemitleidete sie. »Stumm, wie? Armes Mädchen, armes Mädchen.« Dann verhärtete sich seine Miene. »The Rookery? Ihr wollt doch nicht wirklich in dieses Elendsviertel?«

Aber der Gesichtsausdruck des Mädchens hatte sich auch verändert, die Augen, die er bewundert hatte, waren stumpf geworden vor Trotz. »Nun gut, ich zeige Euch den Weg, aber ich warne Euch ...« Er warnte sie den ganzen Ludgate Hill hinunter und die Fleet Street hinauf. Zivilisation und Kultur fand man in der City; ihre Ausläufer zum Strand, nach Covent Garden, Whitehall und Westminster waren für einen Gentleman auch noch standesgemäße Wohngegenden, doch schon auf halber Höhe der Drury Lane wurde es zwielichtig, und Holborn und ganz besonders St. Giles waren einfach barbarisch.

Daß seine geliebte Stadt dem armen Mädchen keine menschenfreundlichere Unterkunft zu bieten hatte, ließ seine Warnungen zunehmend zorniger klingen, so daß er, als sie Drury Lane erreichten, lauthals schrie: »Ich sorge mich um meinen Geldbeutel, Mistress, wenn Ihr es schon nicht tut!« und davonstapfte, ohne ihr Gelegenheit zu geben, ihm zu danken. Nach ein paar Schritten blieb er jedoch stehen und sah der merkwürdigen kleinen Person in dem unmöglichen Hut und den schrecklichen Stiefeln nach, die mit federnden Schritten aus seinem Gesichtsfeld verschwand. Ihre Chancen, daß sie ihr Ziel erreichte, ohne überfallen zu werden, waren gering, ihre Chancen, daß sie nicht vergewaltigt wurde, nachdem sie es erreicht hatte, praktisch gleich null. Nun, er hatte es ihr gesagt, hatte sein Bestes getan, ihr zuliebe einen Umweg gemacht, konnte sich aber nicht erklären, warum er sich solche Mühe gegeben hatte. Die Erinnerung an ihre Augen trübte den ganzen restlichen Abend seine Laune.

Auf einem schnelleren Weg erreichte die Pest Fleet Ditch – den Wasserlauf, der zwischen Ludgate Hill und Fleet Street in die Themse mündete – um die Zeit, als Penitence und ihr Begleiter ihn überquerten. Die Ratte hätte sich mehr als einmal niederlassen können, aber eine Macht, die stärker war als sie, trieb sie noch größeren Menschenmengen entgegen. Sie liebte die Behausungen der Menschen, je enger und überfüllter, desto besser.

Als sie sich im Park von Bedford House wiederfand, spürte sie, daß es hier für sie nichts zu holen gab. Ihre Zähne konnten Marmor und Stein nicht benagen, sie konnte nicht zwischen Dachziegeln ihre Jungen zur Welt bringen. Ihr Schatten wurde länger, als sie am Rand der Covent Garden Piazza durch die Gosse glitt. Sie bog nach rechts und nach Norden ab.

Besser. Besser. Strohdächer und verrottendes Holz, offene Senkgruben, die Wärme von dicht beieinander lebenden menschlichen Leibern. Es hatte keinen Sinn, weiterzulaufen; ihre zuckenden Barthaare meldeten ihr, daß gar nicht weit entfernt die Häuser weniger wurden und es dann nur noch Felder gab, die ihr nichts nützten.

Sie war froh, haltmachen zu können. Sie fühlte sich gar nicht wohl.

Wie ihr Bekannter bemerkt hatte, verbarg sich unter Penitence' scheinbarer Verletzlichkeit eine Halsstarrigkeit, die sie als Schutz gegen eine Religion, Vormünder und eine Gemeinde entwickelt hatte, denen man widerspruchslos Gehorsam leisten mußte. Penitence war religiös, hatte pflichtgemäß Mutter und Großeltern geliebt – und genauso pflichtgemäß ihren plötzlichen Tod betrauert; sie hatte ihr Bestes getan, um sich in die Gemeinde einzufügen, aber um sich bei einer solchen Erziehung einen ungebrochenen Geist zu bewahren, war es nötig, daß man einen Teil seines Verstandes und seiner Seele abkapselte, und hier lag der Ursprung der Halsstarrigkeit, die sie entgegen jedem Rat dreitausend Meilen weit weggeführt hatte.

Ganz plötzlich wurden die eleganten Dächer in der Drury Lane niedriger, der Schiefer wich Schindeln oder Stroh. Der Verkehr war genauso dicht und lebhaft wie weiter hinten, doch hier waren es hauptsächlich einzelne Reiter und Fußgänger, und der Witz war derber. Penitence blieb der Mund offenstehen vor Staunen über die vielfältige Unterhaltung, die hier und dort und überall, wohin sie sich wandte, den Menschen geboten wurde. Überall wurde gesungen und getanzt. Ein zwei Meter großer Riese stakste auf Stelzen umher, mit dem Kopf auf gleicher Höhe wie die oberen Fenster, und um ihn herum wieselte ein Zwerg und sammelte Pennys in einen Hut. Aus den Fenstern beugten sich Frauen, die viel zuviel Haut zeigten, kreischten und lachten und versuchten, den Riesen wegzustoßen. *Sie schminket sich ihr Angesicht und schmücket ihr Haupt und gucket zum Fenster aus.* II. Buch der Könige, Kapitel 9, Vers 30.

Wohin sie auch blickte, überall war Schlechtigkeit und, entsetzlicher noch, man erfreute sich an ihr. Sie begann zu laufen. Jeden Moment würde Gott dieses Sodom und Gomorrha mit Feuer vernichten.

Weiter oben wurde es dunkler, im schwachen Licht sah sie elendere Häuser und weniger Leute, aber es war stiller, und sie konnte langsamer gehen. Zu Hause hätte sie zehnmal so weit laufen können, ohne müde zu sein.

Ich bin in Gefahr. Das prickelnde Gefühl schreckte sie aus ihrer Müdigkeit auf, und sie vertraute ihm sofort. Sie kannte es gut.

Zwei Schulbesuche wöchentlich hatten für Penitence bedeutet, daß sie in einem Kanu fünf Meilen den Pocumscut hinunterpaddeln und dann drei Meilen durch Waldgebiet zu Fuß gehen mußte. Sie hatte eine Schultasche mit Büchern und ein Steinschloßgewehr bei sich. Von Übergriffen durch Männer hatte man nie gehört, es sei denn, man zählte die gelegentlichen Überfälle der Irokesen mit, aber Bären, Elche und Vielfraße, besonders Vielfraße, stellten eine Bedrohung dar, die eine sofortige Reaktion erforderte – auf einen Schatten, den man sich nicht erklären konnte, oder ein Blätterrascheln, wenn es windstill war. Die Zeichen zu erkennen, war zu einer Fähigkeit geworden, die ihr zweimal das Leben gerettet hatte. Jetzt, hier in dieser dunklen Gasse, lauerte ein Vielfraß.

Sie hatte kein Steinschloßgewehr, aber sie zog mit einer einzigen verstohlenen Bewegung ihr Messer aus der an ihrem Handgelenk befestigten Scheide, genau wie Matoonas es sie gelehrt hatte.

Ebenso wie die Nase des Büttels der Drury Lane einen möglichen Angriff auf seine Gemeinde witterte, hatte Reverend Robert Boreman, Pfarrer von St. Giles-in-the-Fields, während des Interregnums genug unter den Puritanern gelitten, um sie aus vierzig Schritt Entfernung zu riechen. Die Puritanerin an seiner Pforte war jung, stank aber nach Bigotterie. »Was wollt Ihr?«

Penitence war Reverend Boreman genausowenig wohlgesinnt wie er ihr. Hilfe an der Pforte einer anglikanischen Kirche zu suchen, war nicht weniger schlimm, als den Papst um Hilfe zu bitten. Sie wußte jedoch, daß sie Glück gehabt hatte, so weit zu kommen. Auf dem Weg von der Drury Lane hierher war sie belästigt, begrapscht worden, hatte man ihr unsittliche Anträge gemacht. Zwei Frauen, eine alt, eine jung, hatten versucht sie anzuwerben, der Himmel allein wußte, wofür. (»Wir machen dich richtig reich, Liebchen.«) Ein Mann hatte es auf ihren Geldbeutel abgesehen gehabt, und sie war gezwungen gewesen, mit ihrem Messer zuzustechen.

Von diesem hohen Punkt über dem Fluß aus hatte sie sich umgeschaut, das Dächergewirr gesehen und gewußt, daß sie ohne Führer an der Seite verloren war und aufgeben mußte. Also war sie auf den Kirchturm zugegangen.

Reverend Boreman tastete nach seiner Brille, nahm die ihm dargebotene Schiefertafel und trug sie unter die Lampe bei dem überdachten Friedhofstor. *Penitence Hurd.* Er hatte recht, nur die verdammten Puritaner konnten ein Kind Penitence (Buße) taufen. *Sucht ihre Tante, letzte Adresse St. Giles Rookery.* Gegen seinen Willen war er gerührt. »Mein Kind«, sagte er, »geht nach Hause. Geht dahin zurück, woher Ihr gekommen seid. Woher *seid* Ihr gekommen?«

Das Mädchen griff nach der Schiefertafel und schrieb: Neu England.

Neu England? Was stimmte mit dem alten nicht? Steifnackige, heuchlerische Ketzer, die sich Pilger nannten, segelten hinaus, um ihr freudloses Zion zu gründen und die armen Wilden zu plagen. Neu England, wirklich und wahrhaftig. Doch dahin konnte er sie kaum zurückschicken.

»Ist Eure Tante hier geboren? Hier verheiratet?« Wieder schüttelte sie den Kopf, auf dem der lächerliche Hut schwankte. Nein, natürlich nicht. Ihre Tante war vermutlich überhaupt nicht verheiratet. Und wenn dieses Mädchen das Kind von Nonkonformisten war, dann war es ein Bastard, dessen Eltern sich einbildeten, daß ein paar Worte, die ein Richter zu ihnen sagte, sie zu einem Ehepaar machten. Nichts, was die Puritaner getan hatten, hatte Reverend Boreman mehr aufgeregt als diese Zurückweisung des Sakraments der Ehe – des Traugottesdienstes. Doch andererseits – wenn die Tante Puritanerin war, was machte sie dann in The Rookery? Seine Neugier erwachte. »Seid Ihr stumm?« Taub war sie ganz offensichtlich nicht.

Soll ich versuchen, es ihm zu sagen? Sie war müde, es wäre zu schwierig, und sie wollte keine Verbindung zu einer Kirche, die ihre Leute verfolgt hatte. Außerdem hatte er Größe und Gestalt von Reverend Block daheim, schwarz gekleidet, weiße Beffchen, nur älter. Je schneller sie von ihm fortkam, um so früher würde ihr Magen aufhören zu rebellieren. Nachdrücklich zeigte sie auf die Schiefertafel.

Reverend Boreman zuckte mit den Schultern. »Nun denn, wie Ihr wollt. Ich muß Euch nur warnen, daß The Rookery der gemeinste aller Sündenpfuhle ist, und wenn Eure Tante sich noch dort aufhält, ist sie zweifellos besudelt, verderbt oder tot, wahrscheinlich beides.« Er hielt nichts davon, eine bittere Pille zu versüßen, allein die Existenz eines solchen Ortes in seiner Pfarrei zugeben zu müssen, beschämte ihn tief. Gott wußte, daß er sein Bestes getan hatte. »Ah, Peter Simkin.«

Sein Küster war zu ihm an die Pforte gekommen. »Ich gehe jetzt die Leichenfrau holen, Reverend.«

»Peter, hier ist eine Person aus Amerika, die ihre Tante sucht. Letzte bekannte Adresse die Rookery.« Die beiden Männer wechselten vielsagende Blicke.

Peter Simkin wandte sich an Penitence. »Wie heißt sie«? Möglicherweise war die Frau aus dem Elendsquartier ein Mitglied der Kirchengemeinde, obwohl das unwahrscheinlich war; nur sehr, sehr wenige gehörten dazu.

Während Penitence schrieb, sagte der Pfarrer beißend: »Unsere junge Freundin aus Amerika, obwohl nicht taub, wie es scheint, ist nicht geneigt, mit uns zu sprechen.«

»Margaret Hughes«, las Peter Simkin. »Einfach. Und unbekannt.«

»Oh, nimm sie zur Leichenfrau mit«, sagte Reverend Boreman. »Wenn jemand diese Frau kennt, dann sie.« Der Tag war lang gewesen, und er wollte sein Abendessen. »Und vergiß nicht, Sexton auszurichten, er soll die Glocke läuten, und John Gere zu bitten, er möge das Grab ausheben.« Widerstrebend fügte er, für Penitence bestimmt, hinzu: »Wenn Ihr Eure Tante nicht findet, kommt am besten wieder hierher.« Er würde ihr eine Arbeit besorgen oder sie im Armenhaus mit Zwangsarbeit unterbringen müssen, wenn sie mittellos war, und das war sie gewiß.

Er blieb noch einen Augenblick stehen und sah Penitence und die ein wenig kleinere Gestalt seines Küsters in die Schatten der High Street eintauchen und verschwinden. Wieder ein Stück Strandgut, ans Ufer dieser armseligen Gemeinde gespült. Wie lange, o Herr, wie lange noch, bis ich eine anständige Pfarrei bekomme? Womit habe ich Dich gekränkt? Er tat sein Bestes, setzte den Behörden ständig zu, drängte darauf, daß die Gemeinde eine Kanalisation, ein Armenhaus, Unterstützung bekam, um Seelen zu retten. Und was bekam er? Gestrandete. Jeden Tag wurden mehr Arme von der überfüllten Stadt ausgespuckt und verwandelten seine hübsche Vorstadt in eine Gehenna.

Huren, Zuhälter, Bettler, Sodomiten, Stückeschreiber, sogar Juden – und arme Juden noch dazu – kamen nach St. Giles-in-the-Fields. St. Giles in den Feldern? In der Tat. Er erinnerte sich an die Felder, er war dort mit seiner Frau spazierengegangen, Gott sei ihrer Seele gnädig. Und jetzt waren sie mit Unrat übersät, und er hatte die erste amerikanische Puritanerin auf dem Hals.

Er kehrte ins Pfarrhaus und zu dem Abendessen zurück, das seine Haushälterin vorbereitet hatte. Zuerst wusch er sich die Hände wie immer und wünschte sich, er würde sich dabei weniger wie Pontius Pilatus fühlen.

»Im Armenhaus ist jemand gestorben, wißt Ihr?« Der adrette kleine Küster war sehr mitteilungsfreudig. »Ein Glück für Euch, sonst hättet Ihr auf eine andere Leiche warten müssen. Man darf die Leichenfrau nicht aufsuchen, außer wenn sie eine Todesursache feststellen muß. Es wäre gegen die Vorschriften. Doch lange hättet Ihr nicht warten müssen. Hier wird ziemlich viel gestorben.«

Das zu glauben, fiel Penitence nicht schwer. Schwieriger war es wohl, am Leben zu bleiben. Ihre Stiefel waren mit Ausscheidungen, Schlamm und Abfall aus der Gasse verdreckt, in die sie eingebogen waren. Das einzige Licht, von Peter Simkins Laterne abgesehen, war der Mond, der hinter Wolken hervorkam und wieder verschwand. Die wenigen Fensterläden waren geschlossen; wo sie verfault oder zerbrochen waren, hingen Sackfetzen zwischen der Nacht und dem noch dunkleren Hausinneren.

»Man geht hier früh zu Bett«, sagte Simkin, »das spart Kerzen.«

Hier und da drangen das Greinen eines Säuglings oder Streitereien durch die Löcher, doch sonst herrschte Stille – die Stille der Hoffnungslosigkeit. Penitence' Zuhause war eine Wildnis gewesen, meilenweit von anderen menschlichen Behausungen entfernt, aber so still war es dort nicht. Sie krümmte sich, von einem Krampf befallen, der zum Teil vom Hunger herrührte und zum Teil Heimweh nach den Geräuschen des Flusses war, nach dem nächtlichen schnurrenden Gesang des Ziegenmelkers, der Stimme ihrer Großmutter, die einen Psalm vor sich hinsummte.

»Paßt auf«, sagte Simkin, »hier zu stürzen ist nicht empfehlenswert.«

Sie tauchten tiefer in das Labyrinth ein und blieben vor einem winzigen Haus stehen, das sich zwischen zwei andere quetschte, aber wenigstens eine intakte, wenn auch kleine Tür hatte. Der Küster hämmerte mit der Faust dagegen.

»Drei Pence für eine Leiche«, sagte er zu Penitence. »Ein Penny unter dem üblichen Preis, aber ihr Geschäft geht besser als das der meisten. An Eurer Stelle würde ich zurücktreten.« Er selbst trat auch zurück, als sich im Haus schlurrende Schritte der Tür näherten, die gleich darauf geöffnet wurde.

Penitence hatte etwas Schreckliches erwartet, aber noch schlimmer war die Hülle, die das Gesicht der alten Frau verbarg, so daß sie es weder jetzt noch später zu sehen bekam und es somit ihr überlassen blieb, darunter Lepra oder ein absolutes Nichts zu vermuten.

»Harrisons«, sagte der Küster. »Im Armenhaus. Und diese junge Dame sucht eine gewisse Margaret Hughes, die zuletzt in der Rookery gesehen wurde.«

Ein pfeifendes Atmen drang durch den Schal. »Zwei Pence.«

Peter Simkin drehte sich zu Penitence um. »Sie will dafür bezahlt werden, daß sie Euch hilft. Habt Ihr zwei Pence?« Penitence nickte. »Dann geht.« Er ließ sie allein.

Nach viel Gekeuche und Gemurmel im Haus erschien die Leichenfrau, noch dichter verhüllt als bisher, einen weißen Stab in der Hand. Eine Bewegung des Bündels, das ihr Kopf war, wies Penitence an, hinter ihr zu bleiben, dann begann sie eilfertig davonzuschlurren. Es war fast der gräßlichste aller gräßlichen Wege, die Penitence an diesem Tag zurückgelegt hatte. Man belästigte sie nicht – die wenigen Fußgänger preßten sich an die Hausmauern, als die Leichenfrau vorüberging –, aber jeder Schritt führte sie tiefer in dieses unwegsame Labyrinth, bis sie durch eine winzige Gasse gingen, in der es so finster war, daß der weiße Stab der Leichenfrau das einzig Sichtbare war und sich zu bewegen schien, als habe er ein eigenes Leben. Eine Frau schrie, es war jedoch unmöglich, festzustellen, woher der Schrei kam.

Dies war die Rookery. Bei jeder geschlossenen Tür, an der sie vorüberkamen, flüsterte die Leichenfrau etwas. Widerstrebend holte Penitence sie ein, um zuzuhören. Doch das Murmeln war nicht für sie bestimmt. Jedes Haus weckte Erinnerungen in diesem nie erlahmenden Gehirn. »Oberster Stock. Krämpfe.« »Zweiter Stock nach hinten raus. Kindbett.« »Keller, erschreckt.« »Würmer, Speicher.«

Sie kamen an »Lähmung, dritter Stock nach vorn heraus« vorbei und blieben vor einer Tür stehen. Ein verängstigt aussehender Mann öffnete und wich vor der Leichenfrau zurück. Von draußen sah Penitence eine Kerze, die in einem Zimmer, in dem es kaum Möbel gab, über ein Bett gehalten wurde. Die Leichenfrau trat an das Bett und warf eine Decke zurück. Penitence hörte Kinder weinen und die weinende und bittende Stimme einer Frau.

Die Leichenfrau schlurrte zur Tür zurück, gefolgt von dem Mann, der sie anflehte: »Es is nich das Ihr-wißt-schon. Ihr werdet sagen, das isses nich. Es is Rachitis, sie hatte Rachitis.«

»Shilling«, sagte die Leichenfrau, und der Mann zählte ihr ein paar Münzen in die Hand.

Als sie weitergingen, hörte Penitence wieder den pfeifenden Atem. Die Leichenfrau lachte. »Is nich die Pest, aber Tom Fool hat gedacht, sie isses.« Die Schals erblickten Penitence, die Stimme hörte auf, mit sich selbst zu sprechen und wandte sich an sie. »Rachitis. Is nich die Pest.« Penitence schüttelte wie hypnotisiert den Kopf. »Rachitis und Auszehrung. Alle haben hier Angst vor der Pest. War schlimm in den zwanziger Jahren.« Sie zeigte nach vorn. »Dog Yard.«

Penitence ging ihr voran in einen Hof, so voller Licht und Lärm und beides so willkommen, daß sie Zeit brauchte, um zu begreifen, wie sündig alles war, was um sie herum geschah. Hier, in einem kopfsteingepflasterten Rechteck, ungefähr sechzig Fuß lang und vierzig Fuß breit, befand sich das größte Ale-Haus in der Rookery – ihr gesellschaftlicher Mittelpunkt. Hier war jede menschliche Erniedrigung vertreten, die London Penitence' Wahrnehmung aufgezwungen hatte – in den trinkenden Frauen, die mit weit gespreizten Knien und geifernden und kreischenden Mündern auf den Stufen saßen; in den stolpernden und taumelnden Männern, in den Kindern, die in den Gossen planschten. Eine junge Frau, die an einem offenen Fenster saß, stillte ein Kleinkind an einer Brust und preßte eine Flasche an ihre andere. Bei einem Hahnenkampf in einer Ecke schrien die aufgeregten Zuschauer in ohrenbetäubender Lautstärke, in einer anderen wurde gewürfelt, und in luftiger Höhe waren zwei Frauen wegen der Wäscheleine in Streit geraten, die zwischen ihren Fenstern gespannt war.

Penitence sah nichts Gutes an diesem Ort; sie war längst darüber hinaus, in dieser furchtbaren Hauptstadt etwas Gutes sehen zu wollen. Die Dog Yarder erkannten schnell ihre Verachtung, nahmen sie übel und zeigten ihr, daß sie von ihr auch nicht viel hielten. Pfiffe und anzügliche Bemerkungen über ihr Äußeres und Vorschläge, die ihren Hut betrafen, wurden laut – bis die Leichenfrau an ihrer Seite erschien, und die Spötter verstummten.

Alles verstummte. Wie eine kleine, vermummte Gorgo humpelte die Leichenfrau durch die Menge, die mitten in der Bewegung zu einem Tableau erstarrt schien, in dem die einzigen Geräusche das Flattern der Hahnenflügel und das Taptap des weißen Stocks der Leichenfrau waren.

Niemand folgte ihnen, als sie die steile Straßentreppe zu der hohen Nordseite des Yard hinaufstiegen und an ihrem Ende durch eine Tür traten. Die Tücher flüsterten Penitence zu: »Margaret Hughes.«

Dreitausend Meilen Erwartung, und sie war angekommen. Sie hatte geglaubt, sie werde etwas Einzigartiges empfinden, doch das Gefühl ging in ihrer Müdigkeit und Verwirrung unter. Sie war nicht sicher, daß sie hier war; jede bekannte Realität war auf Master Endicotts Schiff zurückgeblieben. Die Leichenfrau packte ihren Arm. »Zwei Pence.«

Penitence hatte keine Ahnung vom Wechselkurs, doch unter den gegebenen Umständen war sie bereit, zuviel zu bezahlen. Sie griff in ihren Ranzen und holte eine kleine Schnur aus Muschelperlen heraus. Die Tücher betrachteten sie aufmerksam und sagten wieder: »Zwei Pence.« Penitence zeigte auf die Schnur, die Tücher wiesen sie zurück. »Zwei Pence.«

Penitence geriet in Panik. Zu Hause waren diese Muscheln, der fünfte Teil eines Fathoms, fünf Shilling wert. Es stimmte ja, sie hatte, seit sie in London war, keine Muschelschnüre von Hand zu Hand gehen sehen, aber ihr Großvater und andere Kaufleute hatten kaum andere Zahlungsmittel benutzt. Wenn es hier, auf dieser Seite des Atlantik, wertlos war, steckte sie in großen Schwierigkeiten, es sei denn, ihre Tante hatte Geld, was angesichts dieser Umgebung unwahrscheinlich war.

Die Leichenfrau war böse geworden und spie Worte aus, die Penitence nicht kannte. Penitence hielt ihren Ranzen offen und sagte schulterzuckend: »Muschelperlen oder gar nichts.« Die Leichenfrau schnüffelte an dem Ranzen, schnüffelte noch einmal und scharrte plötzlich wie ein Tier in der Erde.

Erleichtert, daß sie etwas hatte, womit sie die alte Frau bezahlen konnte, hielt Penitence sie mit einer Hand von sich ab, öffnete mit der anderen die kleine Schachtel in ihrem Ranzen und nahm einen der sorgfältig verpackten Gegenstände heraus.

Die Leichenfrau nahm die Pfeife in ihre verunstalteten Hände, roch mit der Ehrerbietung eines Kommunikanten, der die Hostie empfängt, an dem Tabak im Pfeifenkopf und humpelte damit davon. Penitence klopfte an die Tür, vor der die Leichenfrau sie allein gelassen hatte.

Unten in Dog Yard wich die Spannung, nachdem die Leichenfrau gegangen war, doch Penitence wurde weiterhin interessiert beobachtet. Sie spürte, daß sich die Stimmung verändert hatte; die Pfiffe und Buhrufe verdoppelten sich, mit einem Unterschied. Hatten die Yarder sich vorher nur über die hochnäsige Fremde geärgert, schienen sie sie inzwischen eingeordnet zu haben. Das Miauen, mit dem man sie jetzt bedachte, war nicht weniger spöttisch als das Johlen und Pfeifen vorher, aber vertraulicher. Die Worte, soweit sie sie verstehen konnte, waren unverkennbar zotiger und eine Spur verächtlich. Die Yarder schienen sich ihr jetzt überlegen zu fühlen.

Eine der beiden Frauen, die sich wegen der Wäscheleine gestritten hatten, bemerkte: »Ich hab geglaubt, ich hätte schon alle Frauenzimmer gesehen, die es gibt, aber die ist mir neu.« Sie rief zu Penitence hinunter: »He, du da unten! Ist ihre Ladyschaft auf was Neues aus?«

Auch wenn Penitence die Frage verstanden hätte, wäre sie nicht fähig gewesen, sie zu beantworten. Sie klopfte lauter und tat dann so, als betrachte sie eingehend das Haus, vor dem sie stand.

Es war ein merkwürdiges Haus, das größte in Dog Yard und das einzige in einem guten Zustand, soweit sie das sehen konnte. In Höhe und Breite ähnelte es tröstlich den großen Farmhäusern zu Hause, die sich die Siedler von Massachusetts gebaut hatten, indem sie die alten englischen Herrenhäuser nachahmten. Ungeduldig auf und ab gehend, spähte Penitence in die Seitengassen und sah, daß das Haus sich unregelmäßig noch mindestens fünfzehn Meter fortsetzte. Es war zu vermuten, daß es einst in seiner ganzen Pracht allein dagestanden und auf die Felder von St. Giles hinausgeblickt hatte, bis die Wohnhäuser, in denen sich der überschüssige menschliche Abfall der Stadt drängte, rund herum immer näher rückten, so daß seine Südseite jetzt die Vorderfront war.

Bizarr war der rechteckige Anbau aus Backsteinen, der einen bis anderthalb Meter völlig sinnlos über die reguläre Hausmauer herausragte. Er war wie ein Schutzschild, fensterlos, mit einer Tür, die einem angreifenden Sturmbock widerstanden hätte. Der einzige Schmuck waren eine rote Laterne über der Tür und, in halber Höhe unterhalb des Hausgiebels angebracht, sechs Porzellanmedaillons mit lebensgroßen Frauenportraits. Das unvermeidliche Schild über der Tür zeigte einen drohend aufgerichteten jungen Gockel auf der Kruste einer riesigen Pastete, obwohl die Worte darunter *Ihre Ladyschaft* lauteten, was ziemlich verwirrend war.

Allem Anschein nach lieferte ihre Tante Speisen und Getränke aus, denn ein Gasthaus schien das Haus nicht zu sein. *Was wird sie sagen, wenn sie meinen Namen liest?* Penitence holte ihre Schiefertafel heraus, zählte sich mehrere erfreuliche Möglichkeiten auf, und alle endeten damit, daß ihre Tante in Tränen über die Nichte zerfloß, die gekommen war, um sie zu retten.

»Deine Tante ist der Sünde anheimgefallen, Kind. Wir haben sie verstoßen. Sei nur still.« Mit zusammengepreßten Lippen hatten Mutter und Großeltern sich geweigert, ihr mehr zu sagen; seit Penitence alt genug gewesen war, um zu fragen, hatte man sie mit immer denselben Worten abgespeist.

Der Sünde anheimzufallen konnte bei den Puritanern alles mögliche bedeuten: Ehebruch, Mord, einen Tanz um den Maibaum, Weihnachten feiern oder Wäschestärke benutzen. Es mußte eine der schwereren Sünden gewesen sein, wahrscheinlich du-weißt-schon-was. Wie beklagenswert, wie beschämend, wie *anders*.

Die kleine Penitence hatte diese gefallene Tante gehorsam verdammt, aber unter die Mißbilligung hatte sich Neugier gemischt, und je älter sie wurde, um so größer wurde ihre Neugier. Ihre eigenen Sündenfälle als Halbwüchsige, obwohl geringfügig, hatten eine Tante, die schwer gesündigt hatte, für sie um so interessanter gemacht. Sie hatte angefangen davon zu träumen, daß die schlimme Tante Margaret eines Tages in der Handelsniederlassung Hurd auftauchen würde; manchmal stellte sie sich vor, daß sie in einem scharlachroten Flußboot den Pocumscut heraufgerudert wurde, mit Juwelen behängt, ein Ausbund an Verruchtheit, manchmal tauchte sie aus den Wäldern auf, eine abgezehrte, sterbende Gestalt, die mit ihren letzten Atemzügen um Vergebung bat.

Was es auch war, das ihr vergeben werden mußte, Penitence, eine der Heiligen der Reinen Kirche, war dreitausend Meilen weit gereist, um sie zu retten. Und sie mußte es schnell tun. Hinter sich hörte sie tanzende und hüpfende Schritte, die sie, wie sie vermutete, verspotten sollten, aber jeden Augenblick zum Angriff übergehen konnten. *Ich bitte dich, beeil dich, Tante.* Sie klopfte noch einmal. Sie hatte den Eindruck, daß irgendwo in der Tiefe des Hauses Leben herrschte, doch niemand kam an die Tür.

Endlich näherten sich drinnen Schritte. Die Tür öffnete sich, aber nicht, um Penitence ein-, sondern um ein halbes Dutzend schwarz gekleideter Gentlemen herauszulassen. Im schwachen Licht, das aus dem Laden nach draußen fiel, wirkte ihre Kleidung unverkennbar vornehm, ein Phänomen, das genauso unheimlich war wie die Löcher, die da waren, wo ihre Gesichter sein sollten. Alle trugen Masken. Sie gingen an der zurückweichenden Penitence vorbei, und ihre prächtigen Gestalten hoben sich deutlich von den Lumpen der Menge und dem unordentlichen Gewirr der Yard-Häuser ab. Penitence kam blitzartig der Gedanke, daß die Männer, gefährlich und schön, die Raubgesellen des Krähenhorstes waren.

Umherziehende Raubgesellen. Denn aus den Schatten um den Yard tauchte eine ganze Prozession von Dienern mit Sänften auf; ein Dicker drehte sich um. Man erhaschte einen flüchtigen Blick auf Fleisch und Zähne, als die Maske sagte: »Überaus interessant, Euer Ladyschaft.«

»Besucht mich wieder, my Lord.« Die Sänften trotteten über den Platz, beringte Hände warfen durch die Fenster Münzen auf das Kopfsteinpflaster. Im nächsten Moment wälzten sich in ganz Dog Yard raufende Leiber auf dem Boden.

Penitence wandte sich an die unglaublich farbenprächtige Dame, die unter der Tür stand – farbenprächtig von ihren goldenen Haaren mit den schwarzen Wurzeln bis hinunter zu ihren überraschend winzigen juwelenbesetzten Pantoffeln. Dazwischen gab es eine große Fläche scharlachroten Satins, eingefaßt mit schwarzer und weißer Spitze, die aber so viel von ihren runden Schultern freiließ, daß Penitence' puritanische Finger zuckten, um sie zu bedecken.

Das Zucken dauerte an, bis sie den Augen der Dame begegnete, die von einem so hellen Blau waren, daß sie beinahe farblos wirkten, und kalt genug, daß man sich daran die Finger erfrieren konnte. »Was?«

Penitence hob ihre Schiefertafel. Ihre Ladyschaft würdigte sie keines Blickes. Ihre Augen schienen Penitence' Tasche zu durchdringen, schätzten den Inhalt ab, entkleideten Penitence und schätzten fachmännisch ab, was Körper und Seele wert sein mochten. Ihre Ladyschaft war müde, die Nacht war lang gewesen, aber sie war Geschäftsfrau, und hier boten sich professionelle Möglichkeiten. »Hast wohl Pech gehabt, Mädchen? Komm rein. Wer hat dich geschickt?«

Die Stimme war das ganze Gegenteil von ihren Augen, erinnerte an warmen Sirup. Sie legte der Kleinen den Arm um die Schultern und führte sie, während sie die Knochen unter dem gräßlichen Kleid befingerte, sanft durch den rot erleuchteten Vorraum. Wenn man sie ein bißchen aufpäppelte, ergaben sich ungeahnte Möglichkeiten. Ihre Ladyschaft hatte Jungfrauen im Angebot, doch es war lange her, daß sie ihre Kunden mit einer echten zufriedenstellen konnte.

Als sie durch die Doppeltür den Salon betraten, blieb sie stehen, um ihn auf Penitence wirken zu lassen. Der Salon machte auf ihre Novizinnen immer großen Eindruck.

Er beeindruckte auch Penitence, allerdings eher unangenehm. Hier war der große Saal, auf den man nach den äußeren Umrissen des Hauses schließen konnte; zwei Reihen eichener Säulen in Längsrichtung trugen das Dach, doch wie die spiralig bemalten Stangen, die Geschäftszeichen der Barbiere, waren sie scharlachrot und gelb gestrichen und hatten vergoldete Gipskapitelle mit einem Muster aus Früchten und Weinlaub. Die unvermeidlichen Sattelbalken verbergend, hatte man viel tiefer eine Decke aus Kiefernplatten eingezogen.

An allen vier Wänden entlang verlief eine Galerie, die offene Seite mit Säulen wie bei einem Fenstergeschoß, doch sie drängte sich so weit nach links, um für die Zimmer hinter ihr genugend Raum zu schaffen, daß der Saal irgendwie schief wirkte. Die Leiter, die früher auf die Sonnenterrasse geführt hatte, war durch eine imposante Treppe mit einem verschnörkelten Geländer ersetzt worden.

Das Mobiliar bestand aus niedrigen Tischen, ein paar vergoldeten Sesseln und vielen Couchs, die für Penitence etwas Neues waren, da man sie gelehrt hatte, sich nur hinzulegen, wenn sie schlafen ging. Grellbunte Kissen und Vorhänge brachten das unvorbereitete Auge dazu zu blinzeln.

Trotz allem, was man seinem Grundriß und seiner Würde angetan hatte, ahnte man noch das Landhaus – ein Haus wie jenes, in dem Penitence aufgewachsen war – unter den barbarischen Farben, wie den Hauch reiner Massachusetts-Luft, den man aus einem billigen Parfum herausroch. Im Salon rekelten sich junge Damen in mehr oder weniger entkleidetem Zustand, und wieder – und das war das Unheimliche daran – erinnerten ihre Posen an Penitence' Großeltern und an ihre Mutter nach einem harten Tag auf den Feldern. Eine hatte ihre hochhackigen Schuhe ausgezogen und rieb sich die Fußgelenke, genauso wie ihre Großmutter es tat, eine andere lockerte ihr Korsett und kratzte sich, wieder eine andere hatte sich auf die Couch geworfen, die Füße hochgelegt und die Augen geschlossen.

Ihre Ladyschaft führte Penitence zu einer anderen Couch und drückte sie hinunter. Zwei der jungen Damen wandten müde, desinteressierte Augen in ihre Richtung.

»Wie heißt du, Kleine?«

Sie hob ihre Schiefertafel und zeigte sie herum. Vergeblich. Sie konnten nicht lesen. Was für eine Stadt war das nur, die Analphabeten duldete? Sie würde sprechen müssen. *Hilf mir, Gott!* Sie würde sprechen müssen. Der vertraute Berg ragte vor ihr auf. Sie ballte die Hände, beugte die Schultern vor und nahm Anlauf: »Eh P-p-p-ppp. Eh P-p-pp ...« *Warum haben sie mich nicht Hannah getauft?*

Äußerlich war ihre Anstrengung ebenso abstoßend wie im Innern schwierig. Um die ersten Worte auf englischem Boden auszusprechen, preßte Penitence die Lippen so fest zusammen, daß ihre Halsmuskeln hervortraten. Eine Schulter hob sich wie bei einem Buckligen, ihre Hände gruben sich in ihren Rock, während ihr ganzer Körper, um sich der Worte zu entledigen, würgte wie der eines Hundes, der sich übergeben mußte.

»Ehhh P-p-p-p. Umm P-p-p-p-Penitence Hurd.«

Eine der jungen Damen sagte: »Der Himmel helfe uns. Sollte eigentlich Pazienza heißen, so lange dauert es«, und ein paar von den anderen kicherten. Sie begannen Penitence zu umdrängen.

Es war immer dasselbe, sie konnte nie entkommen. Sie sah, wie man Unglücklichen Mitleid zollte, hörte Prediger tönen, daß man Blinden und Lahmen Rücksicht angedeihen lassen müsse, für sie selbst gab es jedoch nur Spott und Hohn.

Noch nie war sie jemandem begegnet, der den geistigen Sprung gewagt und begriffen hätte, wie hoch sich die sprachliche Barriere zwischen ihr und der restlichen Welt türmte. Zuerst mochte man Mitleid mit ihr haben, Verlegenheit empfand man fast immer, doch beides mündete unausweichlich in Gereiztheit, als habe sie sich das Stottern ausgesucht, um die Leute zu ärgern. Ihre Mutter, die allerorten den Teufel sah, hatte vermutet, er sei in die Zunge ihrer Tochter gefahren und hatte eine Schiene entworfen, die Penitence aus dem Mund ragte wie bei einem Wasserspeier das Abflußrohr. Die Konstruktion wurde durch Schnüre festgehalten, die sie sich um die Ohren schlingen mußte.

Sie hatte monatelang mit diesem Instrument im Mund gelebt, und die Schnüre waren durch ihre Tränen geschrumpft und hatten ihr in die Wangen geschnitten.

Ihre Ladyschaft sah die jungen Damen stirnrunzelnd an. »Ich nehme deinen Mantel, Penitence, während du uns berichtest, ja? Das ist Alania, das Phoebe, und das sind Francesca und Dorinda, hier ist Fanny und das ist Sabina ...« Sie verzichtete darauf, Penitence den Mantel abzunehmen, als das Mädchen zurückwich. Ihre Ladyschaft hatte ihren Irrtum erkannt. Das Dummchen, das den Mund nicht aufbrachte, war zufällig hierhergeraten, weil es jemanden suchte. Man würde sehr vorsichtig zu Werke gehen müssen, bevor man es an der Angel hatte, aber es würde sich lohnen; die Augen allein ... Daß die Kleine stotterte, machte nichts aus. Die Kunden erwarteten keine Konversation.

Ihre Ladyschaft blickte in das Dämmerlicht hinter den Säulen und wies Job mit einer ruckartigen Kopfbewegung an, die Tür zu schließen. »Alania, mein kleiner Schatz, geh und bitte Kinyans, das Abendessen zu bringen. Penitence sieht halb verhungert aus. Und hör auf damit!«

Das Kichern verstummte. Die dicke Hand ihrer Ladyschaft tätschelte Penitence. Das Dummchen bekam Angst, noch ein bißchen mehr und es rannte davon.

Ich bin in Gefahr. Vielfraße waren in diesem schrecklichen Raum. Eine große Gestalt war hinter den Säulen hervorgekommen und verstellte ihr den Fluchtweg.

Daß Penitence so wenig vom Leben wußte, lag an ihrer ungenügenden Erziehung, nicht an ihrem Urteilsvermögen. Sie war naiv, aber sie war keine Närrin. Sie erkannte ein Bordell nicht auf den ersten Blick, weil sie nicht wußte, daß Prostitution in solchem Ausmaß stattfand. Sie hatte von einzelnen Dirnen wie Jezabel, der Hure von Babylon, gehört, von Goody Manning – die mit dem Händler in den Wald gegangen war und der man die Ohren abschnitt, weil sie es getan hatte –, vielleicht ihre eigene Tante, aber sie hatte geglaubt, das seien seltene Einzelfälle gewesen. Hurerei als florierendes Gewerbe hatte es im puritanischen Massachusetts nicht gegeben.

Sie lernte. Die Luft war schwer vom Gestank der Sünde. Sünde war an die Wände gemalt, in den Säulen verkörpert, der Boden war davon durchtränkt. Diese verderbte Ladyschaft lockte Mädchen ins Elend. Die Leichenfrau stand in ihren Diensten, eine Kupplerin, die noch nie etwas von Margaret Hughes gehört hatte. Sie mußte hier raus.

Ein Gehilfe, Kinyans, ein häßlicher, kleiner Mann, hatte den Salon mit Tabletts betreten und stellte Speisen auf den Tisch, bei deren Anblick ihr das Wasser im Mund zusammenlief. Was auch unrecht war in diesem Tempel der Sünde, es reichte nicht bis in die Küche. Und sie hatte Hunger. Sollte sie fliehen müssen, mußte sie vorher etwas essen, sonst war sie nicht dazu fähig.

Aufmerksam beobachtete sie Dorinda und die anderen beim Essen, dann griff sie selbst nach einem Hühnerschenkel.

Kinyans hatte ihre Schiefertafel aufgenommen. »Ich suche meine Tante Margaret Hughes«, las er laut. Er hob die Brauen. »Nun, nun«, sagte er.

»Nie von ihr gehört«, sagte Alania mit vollem Mund.

»Das war vor deiner Zeit«, sagte Kinyans. »Aber wir haben sie gekannt, nicht wahr, Euer Ladyschaft?« Da war etwas Eigenartiges in der Stimme des Mannes. Penitence' zu hastig geschluckter Bissen blieb ihr in der Kehle stecken.

»War sie eine von denen, die Cromwell mit dem Schiff auf die Westindischen Inseln geschickt hat, Ladyschaft?« fragte Sabina.

Im Raum hatte sich etwas verändert, er wirkte weniger bedrohlich. Ihre Ladyschaft streichelte die Perlen, die sie an ihrem dicken weißen Hals trug, und sah mit einem leeren Blick vor sich hin. *Sie weiß es. Wo ist meine Tante?*

»Verfluchter Cromwell«, sagte Dorinda.

Penitence pflanzte sich vor ihrer Ladyschaft auf.

Langsam konzentrierte sich der Blick der Frau auf das Gesicht des Mädchens. Er war noch immer berechnend, war nicht weniger kalt als vorher, aber es war eine andere Berechnung, eine andere Kälte. »Sie ist tot.«

Penitence ließ den Kopf hängen.

Ihre Ladyschaft stand auf. »Kannst du nähen?«

»*Was?*«

»Kannst du nähen? Reiß dich zusammen. Kannst du nähen?«

Penitence nickte. »Ich gebe dir Essen und lasse dich hier wohnen. Kinyans, sag der Dienstmagd, sie soll ihr in der Dachstube ein Bett zurechtmachen. Dorinda, bring sie hinauf, und sieh zu, daß sie sich einrichtet.«

»Wird sie denn nicht ...« begann Alania.

»Ich habe gesagt, bring sie hinauf. Ich spreche später mit ihr.«

Penitence folgte Dorinda die geschwungene Treppe hinauf, die aus dem Salon hinausführte, weil sie nicht wußte, was sie sonst tun sollte; das, was in diesen letzten Monaten ihr innerer Antrieb zum Handeln gewesen war, gab es nicht mehr, und damit hatte sie auch ihr Ziel verloren.

Hätte ihre Ladyschaft ihre bedrohlich wirkende Liebenswürdigkeit beibehalten, hätte sie vielleicht dennoch versucht zu gehen, aber die Stimme der Frau hatte zu einer Schroffheit zurückgefunden, die sofort viel natürlicher klang und Penitence an die kurz angebundene Art erinnerte, in der man während des größten Teils ihres Lebens mit ihr gesprochen hatte. Sie war für Abneigung empfänglicher, denn die gab ihr ein sichereres Gefühl. Sie war zu müde, um etwas anderes zu tun.

»Hier sind *unsere* Zimmer.« Dorinda hob die Schultern, um anzudeuten, daß sie besser waren als das Dachgeschoß. Sie gingen an der Fensterreihe vorbei, die sich unterhalb der Decke auf halber Höhe des Salons hinzog. Die sechs oder sieben Türen, die zu »unseren Zimmern« führten, waren geschlossen; jede war mit einem Namensschildchen aus Porzellan versehen, doch Penitence war zu niedergeschlagen, um sie zu lesen.

»Du bist da oben«, sagte Dorinda. Sie öffnete eine Tür zu einer winzigen hölzernen Wendeltreppe. Hier im dritten Stockwerk gab es keine Vergoldungen, wurde das Haus zu einem unordentlichen Labyrinth. Das Licht des Kerzenleuchters, den Dorinda trug, fiel flackernd in kleine Korridore, die vom obersten Treppenabsatz abzweigten. Es gab Fenster, wo man sie nicht erwartete, andere Korridore wiederum waren blockiert, Stufen führten hinauf und hinunter, an einigen Stellen war die Decke niedrig, an anderen wurde sie durch die hohen Dachbalken ersetzt.

»Die Dienstmagd schläft hier«, sagte Dorinda geringschätzig. Sie ging weiter voraus und hob dann den Schnappriegel einer kleinen Tür. »Du bist hier drin.«

Penitence mußte sich bücken, um eintreten zu können. Dorindas Kandelaber erleuchtete einen großen, länglichen Raum, dessen einziger Schmuck Spinnweben waren. Auf einer Seiten stapelten sich Sperrholzkisten. Die Höhe und Form zweier mit Läden versehener Fenster, eines zu ihrer Linken, das andere in der Wand gegenüber, verriet, daß hier einst Winden gewesen waren, mit denen Säcke hochgezogen wurden. Es roch schwach und tröstlich nach Getreide, aber vor allem roch das Zimmer alt. Sogar die Spinnweben waren alt und hingen in dünnen schwarzen Fäden von den Dachbalken herunter, als seien die Spinnen, die sie gesponnen hatten, zu mutlos gestorben, eine neue Generation in die Welt zu setzen.

Hinter ihr sagte Dorinda: »Und eine, die stumm ist wie du, ist hier nicht willkommen.« Die Tür fiel zu, ihre Schritte entfernten sich, und sie hatte das Licht mitgenommen.

Penitence ließ sich auf eine Kiste fallen. Trübsinnig wiederholte sie die Glaubensformel der Puritaner bei Not und Unglück. *Sei dankbar für das, was du hast, Pen.* Aber was hatte sie? Ihre Tante war tot. Sie war dreitausend Meilen weit gereist, um eine Frau, die schon tot war, vor einem Schicksal schlimmer als der Tod zu bewahren. Sie fühlte sich krank. Sie erkannte ihren großen Selbstbetrug. Ihre Tante hatte sie nicht gebraucht, es war sie, die ihre Tante gebraucht hätte und verzweifelt brauchte.

Tante Margaret. Unter all der Schmach, mit der die Mutter und die Großeltern ihren Namen überhäuft hatten, hatte Penitence eine Freundlichkeit gespürt, die weder ihre Mutter noch ihre Großeltern besaßen. Einen Vater, bei dem sie sie vielleicht gefunden hätte, gab es nicht; er war vor ihrer Geburt im Kampf für Cromwell gefallen, doch da auch er ein Hurd gewesen war – ihre Mutter hatte einen Vetter geheiratet, genauso streng puritanisch wie sie –, war es zweifelhaft, daß er, selbst wenn er am Leben gewesen wäre, Wärme in diese abgekapselte, gefühlskarge Familie hineingetragen hätte. Penitence wußte jetzt, daß sie ihr Verlangen nach elterlicher Zuneigung unbewußt auf die Phantasiegestalt der unbekannten Tante übertragen hatte. Als wäre, trotz ihrer Fehler und auf Grund eines mysteriösen

Unterschieds im Wesen, Tante Margaret jene Mütterlichkeit zu eigen, die ihrer Schwester fehlte. Sie, die man wegen ihrer Schwächen ausgestoßen hatte, würde sich dem Mädchen verbunden fühlen, das wegen seiner körperlichen Behinderung zur Außenseiterin geworden war. Ihre Sehnsucht in einen wohltätigen Akt ummünzend, war Penitence dreitausend Meilen weit gereist, um Liebe zu finden, und nun war die Tante, die ihr diese Liebe schenken sollte, ganz einfach gestorben.

Die Tür ging auf, und ein in seiner ganzen Haltung unendlich müde wirkendes Mädchen kam rücklings herein und zerrte eine hölzerne Bettstatt mit Bettzeug hinter sich her. Es schob sie in die Mitte des Zimmers und begann übellaunig das Bett zu machen. »Laß dir ja nicht einfallen, mir zu helfen!«

Penitence half nicht. Sie nahm von der Anwesenheit des Mädchens kaum Notiz und blieb auch sitzen, als es gegangen war. Was sollte sie tun? Plötzlich stand sie auf, taumelte, noch immer ihren Ranzen umklammernd, zum Bett, ließ sich hineinfallen und schlief ein.

2. Kapitel

Sie war in Massachusetts. Wieder im Haus des Priesters, in Springfield, trauerte noch immer um ihre Mutter und die Großeltern. Reverend Block kniete betend vor dem Bett und schickte sich dann an, hineinzusteigen.

Sie wehrte ihn ab. Schrie. Rannte davon.

Wie konnte er nur? Jeden Sabbath, an den sie sich erinnern konnte, hatte seine Stimme das Bethaus unter der Eiche mit donnernder Rede wider die Sünde erfüllt. Die Gemeinde hatte seine christliche Haltung gepriesen, weil er Penitence bei sich aufgenommen hatte, als die Handelsniederlassung ihrer Großeltern mit den Großeltern und ihrer Mutter niedergebrannt war.

War sie schuld? War ihre Dankbarkeit mißverständlich gewesen? Hatte sie ihn, ohne es zu wissen, in Versuchung geführt? Sie erzählte es stotternd Goody Fairchild, und Goody Fairchild sagte, ja, sie *habe* ihn verführt. Reverend Block sei ein guter Mann, ein Heiliger. Goody Fairchilds Zorn gab nur die Meinung wieder, die allgemein in der Gemeinde vorherrschen würde. Zu glauben, daß der Priester der Sünde, der Fleischeslust, huldigte, würde sie in ihren Grundfesten erschüttern; es war besser, Penitence mit der verfluchten Zunge, Penitence der Außenseiterin, nicht zu glauben.

Wieder auf der Flucht, folgte sie einem Pfad, den Generationen mit Mokkasins bekleideter Füße zwanzig Zoll unter dem Waldboden getreten hatten. Er führte sie zu der vertrauten von Holz- und Tabakgeruch erfüllten Hütte und zu einer alten Frau, die nach Bärenfett roch. Ihre Zunge hatte nie Schwierigkeiten mit dem Singsang der Algonquin-Sprache. Wie immer nahmen Awashonks Augen, die wie in zerknautsches Leder eingenähte Stiefelknöpfe aussahen, alles hin und verdammten nichts. Sie hatten nicht einmal Reverend Block verdammt.

Awashonks nahm ihre Pfeife aus dem Mund, um auszuspucken. »Ihr Owanus dämmt die Ströme eurer Körper ein, und wenn sie überfließen, verdammt ihr sie. Er wollte. Du nicht. Wo ist das Problem.«

»Dann hatte ich keine Schuld?«

»Nein. Er wollte Nagret, als er hierherkam, um seine Religion zu predigen.«

»Was hat Nagret getan?«

»Sie hat nachgegeben. Sie hatte ihn gern. Sie hat gesagt, daß er stark schwitzt.«

Penitence merkte nichts, war nicht gewarnt, war nur erleichtert, daß Reverend Block Unzucht im großen trieb. Sie wickelte sich in eine Rehdecke ein und legte sich in der dicken, warmen Luft von Awashonks' Hütte hin, um bis Sonnenaufgang zu schlafen. Am Morgen wollte sie mit Matoonas auf Elchjagd gehen.

Doch eine Deputation, angeführt von Reverend Block höchstselbst, war gekommen, um sie zurückzuholen.

»Übergebt uns die Person der Penitence Hurd, O Awashonks, Sachem der Squakheag.« Reverend Block sprach mit der Lautstärke und Präzision, die Puritaner stets anwandten, wenn sie sich mit Indianern über förmliche Dinge unterhielten.

Aus ihrem Versteck hinter dem Felsen hörte Penitence seine Stimme so deutlich wie an jedem Sabbath bei der Versammlung.

»Sie ist nicht hier.«

Er würde Awashonks nicht glauben. Er glaubte ihr nicht. »Übergebt sie uns, sonst kommen Soldaten und zwingen Euch, sie herauszugeben. Sie hat gesündigt und muß bestraft werden.«

»Was habe ich getan?« Was hatte sie getan? Sich geweigert, mit Reverend Block das Du-weißt-schon-was zu machen? Matoonas stupste sie, sie solle still sein.

Die Flammen der Zeremonienfeuer auf dem Tanzplatz flackerten über die glänzende Haut der Indianer und ihre Perlen und wurden von der farblosen Kleidung der puritanischen Abordnung aufgesogen. Sie kannte diese Gesichter, die roten und die weißen, ihr Leben lang, doch im Licht des Feuers waren sie gleicherweise monströs geworden.

»Was, sagt Ihr, hat sie getan?«

»Sie ist eine Hexe. Ihre Zunge ist ein Beweis für die Existenz des Teufels. Wie konnte denn die Handelsniederlassung niederbrennen und diese guten Menschen töten, wenn sie nicht die Hände im Spiel gehabt hätte?«

»NEIN. NEIN. NEIN.«

NEIN. NEIN. NEIN.

»Setz dich auf.«

Penitence setzte sich auf. Eine große Gestalt sperrte das Licht der Morgendämmerung aus, das durch die geöffneten Läden des seitlichen Fensters kriechen wollte. Ein heißer Becher Milch wurde ihr in die Hand gedrückt. »Trink das.«

»Und nun.« Ihre Ladyschaft hatte einen Manteau umgelegt, der ihr bis zu den Füßen reichte. Sie setzte sich ans Ende des Bettes, und es kippte beinahe um. »Wer hat dich hergeschickt?«

Penitence suchte in ihrer Tasche und holte ihre Bibel heraus. Nach dem Brand hatten die Nachbarn unter den verkohlten Sparren und unter der Asche die eiserne Kassette ihres Großvaters gefunden. In der Kassette, zwischen den von der Hitze gekräuselten Papierflocken, war ein Fetzchen Papier erhalten geblieben, auf dem die Worte *De Dich lbnd. Dochtr, Margaret. The Rookery, St. Giles-in-the-Fields* gerade noch lesbar waren. Unter den Worten war ein Kreuz und darauf stand geschrieben: *Margaret Hughes, ihr Zeichen.* Sie schlug das Buch am Anfang des Neuen Testaments auf und hielt es vorsichtig so, daß Ihre Ladyschaft die bröckeligen Stückchen sehen konnte, die auf der Seite zusammengesetzt waren.

»Ich seh schon. Nun, sie ist tot. Auf den Westindischen Inseln gestorben.«

Penitence war bekannt, daß Dirnen vom Commonwealth auf die Westindischen Inseln verbannt worden waren. Die puritanische Gemeinde in Neu England hatte gejubelt und lobende Briefe an Cromwell gesandt, weil er das Alte England von den Sünderinnen gereinigt hatte. Aber hier stimmte etwas nicht. Ihre Ladyschaft log. Die Squakheag, die das Lügen zu einer Kunst entwickelt hatten, hatten sie gelehrt, auf die Nuance zu achten, die einen Unterton von Falschheit hatte, und die hatte sie eben gehört.

Es ist vielleicht wahr, daß sie tot ist. Aber das mit den Westindischen Inseln ist nicht wahr. Sie sah ihre Ladyschaft fragend an.

»Ein Brief«, sagte ihre Ladyschaft herausfordernd. »Freunde, die sie da draußen gefunden hatte, haben mir geschrieben, daß sie tot ist. Also ist sie tot. Wie alt bist du?«

Das Gesicht ihrer Ladyschaft schüchterte Penitence ein. Hätte sie am Abend vorher nicht gesehen, daß ihr Mund sich zu einem Lächeln verziehen konnte, hätte sie die schweren, gutaussehenden Züge für unfähig gehalten, etwas anderes auszudrücken als Bitterkeit, die ihr zugehörig schien. Ihre Ladyschaft legte den Kopf schief, als glaube sie an nichts, was immer es auch sein mochte.

»Du kannst sprechen«, sagte ihre Ladyschaft ungeduldig, als Penitence die Zahl 18 in den Staub des Fußbodens malte. »Ich hab dich gehört. Also sprich.«

Wider besseres Wissen gezwungen, keuchend, Grimassen schneidend, auf lächerlichen Umwegen Worte umgehend, die mit p, b und c anfingen, beantwortete Penitence Fragen nach ihren Eltern und dem Grund ihrer Reise nach England.

»Nun gut«, sagte Ihre Ladyschaft endlich und erhob sich. »Du bekommst von mir Unterkunft und zwei Mahlzeiten am Tag. Im Angedenken an Margaret Hughes.« Sie hielt einen Moment inne. »Aber dafür wirst du unsere Flick- und Näharbeiten erledigen, und wenn wir beschäftigt sind, wirst du den Klienten die Drinks servieren.«

Penitence schüttelte den Kopf. »N-n-nähen werde ich, a-aber ich b-bediene keine S-sünder. Und ich w-w-werde am S-sabbath nicht a-a-arbeiten.«

»Du wirst tun, was man von dir verlangt.«

»Ich w-w-werde nicht s-sündigen.«

»Sündigen?« Ihre Ladyschaft packte den Kragen von Penitence' Kleid und hob sie fast aus dem Bett. »Was verstehst denn du von Sünde?« Hatte das Gesicht der Frau schon vorher einschüchternd gewirkt, sah es jetzt furchterregend aus. »Hunger ist Sünde. Kälte ist Sünde. Raub ist Sünde. Sünde ist, da draußen auf der Straße zu sterben, und keinen kümmert es. Sprich du mir nicht von Sünde, du scheinheiliges kleines Miststück.«

Penitence wich vor dem Atem zurück, der ihr in die Nase geblasen wurde. Ihre Ladyschaft ließ sie mit einem Stoß los, der sie aufs Bett zurückwarf. »Penitence«, sagte sie und spuckte aus. »Sie haben dich Penitence genannt, nicht wahr? Buße, ha! Ich werde dich büßen lassen. Du wirst deine Buße abarbeiten, wie ich es getan habe.« Der Raum vibrierte, als sie aus dem Zimmer stapfte und die Tür hinter sich zuschlug.

Hinter ihr sagte eine bebende Stimme: »N-nicht am S-sabbath, dann n-n-nicht.«

Penitence verbrachte fast den ganzen Vormittag auf der Suche nach einem göttlichen Ratschlag auf den Knien und saß den ganzen Nachmittag aufrecht da und haderte damit.

Zuerst blieb der Herr unerbittlich: Du wirst dieses Haus des Greuels noch in diesem Augenblick verlassen.

»Du hast ja recht, Herr. Wohin soll ich gehen.«

»Geh einfach«, sagte der Herr. »Ich werde für dich sorgen.«

Voller Verzweiflung wollte sie ihm glauben. Aber ihre vorsichtige Seele und ihre Erfahrungen auf Londons Straßen verlangten nach einer vertrauenswürdigeren Zusage. Wie sie jetzt wußte, waren Muschelperlenschnüre in Alt England kein gültiges Zahlungsmittel. Deshalb stand sie ohne Geld da. Sie war auch heimatlos und hatte keine Freunde. Ihre einzigen Verbündeten waren, dreitausend Meilen entfernt, rote Männer und Frauen, aber zu ihnen zurückkehren, hieße, sie zu gefährden. Und sich selbst sogar noch mehr. Solange Reverend Block lebte, war es für sie unmöglich, nach Neu England zurückzukehren; seine Behauptung, sie habe das Haus ihrer Großeltern niedergebrannt, würde sie vor Gericht bringen, und wer würde ihrem gestammelten Wort glauben, das gegen das Wort dieser Säule im Herrn, Ezra Block, stand?

»Ich müßte vielleicht verhungern, Herr.«

»Dann stirb, und gewinne das ewige Leben.«

Aber sie hatte erst achtzehn Jahre ihres irdischen abgelebt. Verzweifelt sah sie sich in der Dachkammer um. Es gab hier keine Bequemlichkeit für sie, aber auf der Straße gäbe es noch weniger. Würde es ihre Seele gefährden, eine Weile zu bleiben, bis sie eine ehrbare Arbeit fand? Ihre Ladyschaft hatte ihr so gut wie versprochen, daß sie sie nicht zum Man-weiß-schon-was zwingen werde, und in dieser Sache war Penitence durchaus bereit, ihr Glauben zu schenken. Außerdem, trotz all ihrer Feindseligkeit – und Feindseligkeit war in Penitence' Leben eine konstante Größe gewesen –, ihre Ladyschaft hatte Tante Margaret gekannt und schien ihr sogar irgendwie verpflichtet zu sein. Hier fortzugehen, hieße, für immer und ewig den Kontakt mit der inzwischen dahingeschiedenen Phantasiegestalt abzubrechen, über die sie noch immer gern mehr erfahren wollte.

»Joseph diente den Ägyptern, als er Sklave des Pharao war, Genesis, Kapitel 39«, sagte sie sich, »und seine Seele blieb rein.«

»Das ist richtig«, räumte der Herr ein.

»Potiphars Frau konnte weder ihn zum Du-weißt-schon-was verführen noch wird es ihrer Ladyschaft bei mir gelingen.«

»Wieder richtig«, sagte der Herr.

»Wenn ich nichts mit den Sünderinnen gemein habe, wenn ich den Sabbath einhalte und wenn ich gehe, sobald die Umstände es mir erlauben ...« versprach Penitence.

»Du hast keine andere Wahl«, sagte der Herr.

Ihre Ladyschaft ließ Penitence den ganzen Tag in ihrer Dachkammer, denn wie sie wußte, siegt der Hunger stets über Prinzipien. Als Mary, das Cock-and-Pie-Mädchen für alles, um fünf Uhr den Kopf ins Zimmer steckte und sagte: »Ihre Ladyschaft sagt, runterkommen zum Essen«, folgte ihr Penitence und stellte fest, daß ihre Ladyschaft sich zu einem Kompromiß durchgerungen hatte. Penitence sollte mit Kinyans in der Küche arbeiten, während Mary mit der sündigeren

Aufgabe betraut wurde, der Cock-and-Pie-Klientel die Drinks zu servieren.

»Und außerdem« – es war die dunkelhaarige Dorinda, die sich zu Wort meldete, als sie alle an dem großen, runden Tisch in der Küche beim Abendessen saßen – »unsere Gentlemen wollen bestimmt nicht, daß ihnen eine so häßliche Krähe ihren Malvesierwein serviert, nicht wahr, Euer Ladyschaft.«

»Höflichkeit kostet nichts, Dorinda«, rügte ihre Ladyschaft.

Dorinda schnitt eine Grimasse, die besagte, sie finde sie teuer, behielt jedoch von da an ihre Bemerkungen für sich und entschädigte sich mit einem heimlichen Tritt gegen Penitence' Fußknöchel.

Penitence trat zurück. In der Schule in Springfield, wo sie von allen drangsaliert worden war, hatte sie gelernt, daß es nichts einbrachte, auch die andere Wange hinzuhalten, denn dann wurde man auch auf sie geschlagen. Außerdem konnte ein richtiger Puritanerstiefel mehr Schaden anrichten als der Slipper einer Dirne. Ungerührt kaute sie weiter, während Dorinda das Wasser in die Augen schoß.

»Sie wird aber andere Kittel brauchen, nicht wahr, Euer Ladyschaft?« fragte Phoebe. »Ihre sind absolut unpassend und außerdem schmutzig.«

Unpassend wofür? Penitence zog sich den Kragen ihrer besten Jacke enger um den Hals. Fleckig von der Reise mochte sie sein, aber ein Waschzuber konnte das ändern, und sie hatte nicht die Absicht, dieses Bollwerk von Kleidungsstück gegen die dünnen Fähnchen ihrer Tischgenossinnen einzutauschen.

»Wir tragen Gewänder, Phoebe, keine Kittel«, korrigierte ihre Ladyschaft. »Penitence bekommt die Kleider, die sie sich aussucht. Spuck nicht, Sabina. Und, Fanny, wir wischen uns die fettigen Hände nicht auf dem Tisch ab. Wofür sind die Fingerschalen da?«

Penitence, die geglaubt hatte, die Schalen enthielten eine dünne, klare Suppe, war froh, daß sie noch keine Zeit gehabt hatte, aus ihrer zu trinken. Die Manieren, die hier verlangt wurden, verwirrten sie, obwohl sie bereit war, sie als lächerlich zu verdammen. Die Mädchen waren geschickt im Umgang mit der Gabel, einer Kunst, die in Massachusetts noch nicht sehr weit entwickelt war. Sie tranken – aus Gläsern, nicht aus Bechern – und spreizten dabei elegant den kleinen

Finger ab, offensichtlich bemüht, ihre Ladyschaft nachzuahmen, die sofort jeden Verstoß gegen die Etikette bemerkte.

Noch verwirrender fand Penitence die Unterhaltung. Diese Frauen bereiteten sich auf eine Nacht der verabscheuungswürdigsten aller Sünden vor, doch anstatt über die Sündhaftigkeit, wie sie erwartet hatte, sprach ihre Ladyschaft mit ihnen über Themen, die vom Wetter bis zu dem bevorstehenden Krieg mit den Holländern reichten.

»Sind die Holländer dieselben wie die Franzmänner?« fragte Fanny.

»Mehr Aufmerksamkeit, Fanny, bitte«, sagte Ihre Ladyschaft. »Angenommen, der Dekan wählt heute nacht wieder dich? Angenommen, er möchte sich mit dir über den Krieg unterhalten. Was wirst du sagen?«

»Wenn er das tut, was er das letztemal getan hat, wird nichts aus der Unterhaltung«, sagte Fanny. Es war der erste Hinweis auf ihr Gewerbe, die erste Bestätigung, daß es tatsächlich ihr Gewerbe war, und Penitence war entsetzt über die Leichtigkeit, mit der darüber gesprochen wurde. Sie suchte in Fannys rundem jungem Gesicht nach Satans Spuren, konnte jedoch nichts Teuflischeres als Einfalt darin entdecken.

Ihre Ladyschaft klopfte auf den Tisch. »Darf ich euch, meine Damen, daran erinnern, daß heute Samstag ist? Die Nacht der Lebenden Bilder. Und Seine Lordschaft hat sich ›Die Barbarin‹ gewünscht.«

Sie stöhnten alle auf. »Nicht ›Die Barbarin‹, Ladyschaft«, sagte Phoebe. »Die Federn bringen sie auf Ideen.«

Vom Ende des Tisches klagte Job: »Und von dem Tannin entzünden sich meine Pickel, Ladyschaft, es dauert Wochen, bis sie abheilen.«

»Dann los, junger Mann. Dort ist das Podium und alles, was ihr braucht, um euch fertigzumachen.«

Penitence hatte nicht gewußt, wie sie Job einordnen sollte. Einmal hatte Phoebe, ihre Tischnachbarin und freundlichste der Huren, mit dem Kopf in seine Richtung gezeigt und gesagt: »Job ist unser Zuhälter«, was Penitence nicht klüger machte. In den Schatten des Salons hatte seine riesige Gestalt beunruhigend gewirkt, ein Troll, doch für die unerwartet hohe, dünne Fistelstimme, die aus seinem Mund kam, hätte jeder Troll sich geschämt, während direktes Kerzenlicht enthüllte, daß er zwar von erschreckend dunkler Hautfarbe, aber nur wenig älter war als sie selbst, und eine so liebenswürdige Miene zur Schau trug, daß sie schon fast wieder nichtssagend war.

Neben ihm hüpfte die Dienstmagd Mary mit den ersten Anzeichen von Munterkeit auf und ab, die Penitence bei ihr gesehen hatte. »Darf ich die Maid sein, Ladyschaft? Darf ich?«

»Nein.«

Mary schmollte. »Vorige Woche mußte ich.«

»Wir hatten viel Arbeit. Francesca spielt die Maid.«

Dorinda sagte gehässig: »Immer ist Francesca die verdammte Maid.«

Penitence verstand nicht, worüber sie sprachen, aber wenn Francesca das Mädchen ihr gegenüber war, blondhaarig und zart, war es nur natürlich, daß sie ausersehen wurde, eine Maid zu verkörpern. Die anderen Frauengesichter am Tisch, sogar das von Mary, obwohl die Magd nicht älter sein konnte als vierzehn, waren hart, bitter und wissend, was, wie Penitence vermutete, die Folge der Sünde war. Francesca hatte die ätherische Entrücktheit eines Engels. *Sie ist gewiß keine Dirne.*

Francesca wandte den Kopf zu Dorinda und öffnete den lieblichen Mund. »Fick dich doch selbst, Dory.«

Als sie nach dem Essen zurückblieben, um den Tisch abzuräumen, fing Kinyans Penitence' durch die Küche schweifende Blicke auf. »Was starrst du so, Gafferin? Das hast du nicht erwartet, wie?«

Das hatte sie wirklich nicht. Diese Küche war genauso ordentlich, größer und besser ausgestattet als die besten Farmhausküchen, mit Fenstern nach Osten und nach Norden hinaus, wo sie früher einmal vermutlich auf Felder geblickt hatten. Jetzt aber hatten sie nur noch Ziegelmauern und Kamine vor sich. An der westlichen Wand war ein großer offener Kamin, flankiert von zwei gemauerten Herden, über denen jede nur vorstellbare Form von Pfannen, Deckeln, Kesseln, Dreifüßen, Tiegeln, Fleischspießen, Rührstangen, Sieben und Backformen hingen, alle auf Hochglanz poliert. In den Nischen des Kamins wurden Schinken geräuchert, und von den Deckenbalken hingen Kräuterzweige.

Hastig, um zu zeigen, daß nichts in diesem Haus der Sünde sie beeindrucken konnte, nahm sie die verächtliche Miene an, die, seit sie es betreten hatte, ihr natürlicher Gesichtsausdruck geworden war.

Darüber ärgerte sich Kinyans so, daß er mit ihr eine Führung durch sein Reich veranstaltete. Nach dem, was er von ihrer Ladyschaft über Penitence' Herkunft erfahren hatte, bereitete es ihm Vergnügen, sich vorzustellen, daß die Siedler in der Neuen Welt wie die Wilden unter den Indianern lebten. Bei jedem Gegenstand zornig den Finger in ihren Arm bohrend, machte er sie mit sieben verschiedenen Bratenwendern und Bratspießen bekannt – »bei uns mußt du dein Fleisch nicht roh hinunterschlingen« –, mit dem Pökeltisch, den Lakefässern, dem Teigtrog und einem Backofen für Kuchen. »Siehst du? Und einem anderen Backofen für Brot. Und was macht ihr Schnepfen? Wickelt Mehl und Wasser um einen Stock und röstet es?«

Penitence dachte an das Weizenbrot ihrer Großmutter, weiß und weich wie eine Schwanenbrust, und daß die Indianer den Mais auf hundert Arten zuzubereiten wußten, eine so köstlich wie die andere.

Aus der Küche gelangte man in eine aus zwei Räumen bestehende Speisekammer, einer für einen reichen Vorrat an Ale und Wein, Butter und Milch, im anderen, in dem es eisig kalt war, hingen Geflügel, Fisch und Bratenstücke. Die Kälte – und das war eindrucksvoll – kam aus dem Schacht eines großen Brunnens.

»Ihr«, krähte Kinyans, der endlich eine Wirkung sah, »habt euer Wasser mit Eimern aus dem Fluß holen müssen, nicht wahr?«

Das traf nicht zu, doch im Lauf ihres Lebens mußte sie Hunderte von Meilen mit dem Joch auf den Schultern gegangen sein, um das Wasser aus dem unpraktisch unten beim Gemüsegarten angelegten Brunnen zu holen. Andererseits stellte sie fest, daß im Cock-and-Pie-Haushalt wichtige Dinge fehlten. Wo war das Waschhaus? Das Brauhaus? Der Hühnerauslauf? Wo der Abtritt?

Wieder in der Küche, trat sie durch die Hintertür ins Freie. Durch eine hohe Ziegelmauer von den umstehenden Häusern getrennt, gab es da ein paar Quadratmeter übelriechender Erde, die eine Katzenfamilie noch übelriechender machte. Eine mit Eisenspitzen versehene Tür, die offenstand, führte linker Hand auf eine schmale Gasse und enthüllte, was ein mißtönender Kontrapunkt in der fast vollkommenen Fuge der Küche gewesen war. Ein Komposthaufen in einer Mauernische des gegenüberliegenden Hauses quoll über von verfaulten Gemüsen, Fliegen und menschlichen Exkrementen, die sich in die Gasse ergossen.

Während sie noch dastand, schnellte eine Katze vor, packte einen dunklen, geschmeidigen Körper und schleppte die Ratte in den Cock-and-Pie-Hof, um daran zu nagen.

Kann ich das ertragen? Konnte sie? Es war nicht der Schmutz, der sie anwiderte, sondern daß er so nah war. Zu Hause war der Abtritt ein ordentliches kleines Häuschen, dreißig Meter vom Haus entfernt, in dem eine Bank mit einem Loch in Form eines Hinterteils stand, durch das man seinen Unrat in den Bach fallen ließ, der ihn glucksend in den Pocumscut trug; der wiederum stürzte damit die Wasserfälle hinunter und transportierte die winzigen noch verbliebenen Reste in den großen Connecticut River und dann weiter ins Meer. Zu Hause blickte sie, wenn sie an der Hintertür der Küche stand, auf Hunderte von Meilen einsamen Waldes und atmete eine Luft, die nach Kiefern und Balsam duftete. Sogar wenn man sie wegen dieser oder jener läßlichen Sünde in den Holzkeller sperrte, wußte sie, daß draußen im Dunkeln der unendlich weite Raum eines fast leeren Kontinents war.

Mauern, Exkremente, Ratten und Katzen stürzten auf sie ein, sie fühlte eine Enge, die sie einschloß, ihr Gesicht bedeckte. Sie begann zu würgen.

»Verlustierst du dich?« schrie Kinyans. »Komm herein und arbeite!«

Das Cock-and-Pie hatte Speisen, Getränke und Frauen für die Kutschen- oder vielmehr die Sänftengilde im Angebot, denn Kutschen hätten es schwergehabt, sich durch die engen Gassen zu schlängeln. Penitence hatte geglaubt, die Bemerkungen ihrer Ladyschaft über Dekane und Lords seien angeberische Decknamen für Hinz und Kunz. Kinyans belehrte sie eines Besseren. Während sie arbeiteten, ließ er sich lang und breit über die Tatsache aus, daß die Klientel von »hoch oben« kam, wie er es nannte, und viele kirchliche Würdenträger darunter waren.

»Hast du kalte Hände? Dann reib die Teigstreusel. Aber ganz fein, wenn ich bitten darf. Erst letzte Woche hat der Bischof zu mir gesagt, Kinyans, hat er gesagt, dein Teig ist vergoldete Götterspeise. Und er ist ein richtiger Bischof. Und der Archidiakon, er liebt meine Pernollys. Kinyans, sagt er, du bearbeitest diese kleinen Särge unermüdlich mit deinem Nudelholz, sagt er, noch kein Ei hat eine schönere Beerdigung gehabt. Das ist nobel, wirklich nobel ist das. Gibt keinen Grund dafür, warum Kanzelprediger nicht dieselben Vergnügen haben sollen wie die anderen vornehmen Herren.«

Mädchen wurden nicht erwähnt, auch nicht, was im Salon und in den Schlafzimmern vorging. Wenn man Kinyans zuhörte, war seine Küche überhaupt der einzige Grund, warum Gentlemen das Cock-and-Pie besuchten. Penitence hätte ihnen verzeihen können, wenn das der Fall gewesen wäre. Der Mann war ein Künstler.

Während Penitence knetete, siebte, schürte und schwitzte, handhabten Kinyans knorrige Hände seine Küchengeräte wie Zauberstäbe. Ein Schnitt, eine flinke Bewegung, und er hatte ein Gitterwerk aus Teig hergestellt, so fein wie Spitze. Ein schnelles Ratatat wie das Hämmern eines Spechtes, und Petersilie, Salbei und Minze verwandelten sich in smaragdgrünes Pulver.

Bei kräftiger, gesunder puritanischer Kost aufgewachsen, bestaunte sie seine zitternden, nach Orange schmeckenden Cremes, die jungfräulich weißen Quarkspeisen mit Sahne, die Götterspeisen, die goldbraun gebackenen Pfannkuchen mit Kirschen, die Austern und Langusten auf ihren Betten aus Wasserkresse, die mit Pflaumen gefüllten Hühnchenschenkel auf flachen Schüsseln, die klebrigen Ingwerbrotlaibe, verziert mit vergoldeten Gewürznelken, das bernsteinfarbene Wunder, das er Apfeltorte nannte.

Als Mary die Speisen auf Tabletts lud, um sie in den Salon zu bringen, wo gekünstelte Schreie der Mädchen darauf schließen ließen, daß ihre Kunden kamen, widerstand Penitence der Versuchung zu naschen. *Die Speisen sind des Teufels*, dachte sie salbungsvoll. Um den sinnlichen Appetit anzuregen, nicht um für eine gute Ernährung zu sorgen; Tändeleien für die Finger, Sündennahrung – denn warum sollten sie sie sonst zu diesem feinschmeckerischen Lustgewinn verführen wollen?

Während sie aufräumten, beobachtete Kinyans sie, als sie mit ganzer Kraft und beide Hände benutzend, den Hackstock mit Sand scheuerte, und sagte grollend: »Das Arbeiten haben sie dir beigebracht, die Schnepfen, das muß man ihnen lassen. Komm her, ich hab etwas für dich.«

Reverend Block hatte ungefähr das gleiche gesagt und in fast demselben Ton. Vorsichtig schob sich Penitence um den Tisch herum, um ihn zwischen sich und den Koch zu bringen. Kinyans kam näher und streckte die Hand aus, um ihr zu zeigen, daß er ihr nichts Schlimmeres anbot als eine wohlschmeckende Waffel. Hochmütig schüttelte Penitence den Kopf. Es würde den Herrn gnädiger stimmen, wenn sie sich etwas versagte – so köstlich es auch sein mochte –, das in diesem Augenblick auch Sünder zu sich nahmen. Und je köstlicher es war, um so größer die Gnade.

Kinyans war gekränkt. »Rümpf du nicht die Nase über mein Gebäck, Miss Prinkum-Prankum. Rümpf ja über keinen von uns die Nase. Weißt du, wo du jetzt wärst, wenn ihre Ladyschaft dich nicht aufgenommen hätte? Tief, ganz tief in der Scheiße wärst du. Sie weiß Bescheid. Sie war drin, sie und ich auch. Zwei Landeier aus Somerset, die kein Geld hatten.« Er ereiferte sich. »Wenn sie die Nase gerümpft hätte, wären wir noch immer dort, und ich dulde nicht, daß ein miesepetriger Niemand wie du hochnäsig auf sie oder mich herunterschaut. Sie hat getan, was sie tun mußte, und sie hat es wundervoll gemacht. Sie ist eine Frau, wie es sie selten gibt, und an dem Tag, an dem du besser bist als sie, werden Tote furzen.«

Penitence war über die Heftigkeit seines Zorns betroffen, obwohl ihr klar war, daß er sich nur verteidigte. *Du schämst dich, Master Kinyans. Und das zu Recht.* Es war Zeit, daß sie ins Bett kam. Sie zündete eine Kerze an und ging.

Der Weg von der Küche zu ihrer Dachkammer führte sie über eine geschlossene Treppe, die bis ans nördliche Ende der Fensterreihe im Halbstock führte. Der Verbindungsgang lag im Schatten, aber unten war es hell, es roch nach Tabakrauch, und es herrschte eine einzig von menschlichem Atem belebte Stille. Sie hurten dort unten. Sollte sie einen Blick hinunterwerfen? Eine echte Puritanerin würde vorübergehen, ohne nach links oder nach rechts zu schauen und den Anblick der Unzucht meiden. Aber was tat man eigentlich genau, wenn man hurte? Das Du-weißt-was, natürlich, aber was sonst noch? Sie spähte hinunter.

Sie hatte Szenen wie auf dem Bauernhof erwartet; was sie sah, war überraschend gesittet. Ungefähr ein halbes Dutzend Männer, alle vollständig und sehr elegant bekleidet, lagerte entspannt auf den Couchs. Zwei trugen Masken, die anderen hatten sie abgelegt und zeigten offen ihr Gesicht; und diese Gesichter waren nicht besser und nicht schlimmer als der Männer, die Penitence auf dem Markt in Springfield das Vieh schätzen gesehen hatte. Sie waren alle alt, im Alter ihres Großvaters, so um die Fünfzig. Einer war älter, weißhaarig, mit sanften Zügen, Reverend Trubridge aus Hartford sehr ähnlich. Der Bischof? Der Dekan? Sie konnte sich sein asketisches Gesicht über einer Kanzel vorstellen, von wo aus er die Sünden einer Versammlung von Gläubigen verdammte, die bewundernd zu ihm aufsah.

Ihre Ladyschaft hielt eine dünne brennende Wachskerze an eine Pfeife, die von einem Mann geraucht wurde, dessen dicke Hängebacken unter dem Rand seiner Gesichtslarve hervorquollen. Dorinda sah gelangweilt aus und knabberte eine Süßigkeit. Die Frauen aus dem Cock-and-Pie hatten, wie Penitence erleichtert feststellte, ihre Kleider an, wenn auch Fanny und Sabina leider das Oberteil geöffnet hatten und bei zwei Männern auf dem Schoß saßen, den sie lässig kneteten.

Niemand achtete auf sie. Die Blicke der Männer waren auf etwas gerichtet, das Penitence' Augen durch den Überhang der Galerie verborgen blieb. Die Larve des fetten Mannes war so schlaff, daß seine Pfeife hinunterhing. Der Asket schien an seinen Gott zu denken. Es herrschte eine gebannte, von keuchendem männlichem Atem unterbrochene Stille, die in Penitence ein Unbehagen weckte und sie an Reverend Block erinnerte, bevor er gesprungen war.

Leise schlich sie die Galerie entlang und beugte sich über die Brüstung, um zu sehen, welche Gottlosigkeit eine so konzentrierte Aufmerksamkeit auf sich zog.

An der Schmalseite des Salons war zwischen Treppe und Wand ein Podium errichtet worden, auf dem, im Licht mehrerer Wandleuchter, Job und Francesca agierten.

Penitence hatte etwas schrecklich Götzendienerisches erwartet. *Oh, was für ein Unsinn!* Francesca, in hauchdünnem Weiß, lag hingestreckt auf dem Podium, die Hände wie zum Gebet emporgestreckt, in Todesangst vor der Gestalt, die über ihr eine Peitsche schwang. Die Angst, die sie in ihrer Rolle zeigen sollte, wurde jedoch durch den Ausdruck ihres Gesichts zunichte gemacht, das zwar reizend war, aber ebenso gelangweilt dreinblickte wie beim Abendessen. Penitence fragte sich, wie sie, wenn sie Job ansah, überhaupt ernst bleiben konnte.

Ein Bärenfell war über eine Schulter seines zweifellos prächtigen, wenn auch schmierigen Torsos geschlungen, der in dieser Beleuchtung orangefarben glänzte. Seine untere Hälfte steckte in einer Strumpfhose. Er hatte sich mit unzähligen Perlenschnüren behängt, und auf dem rasierten Schädel trug er einen großen, etwas wackligen gelben Federbusch. Ein zweiter Federbusch ragte auf seinem Rücken aus dem Gürtel wie ein Hahnenschwanz. Wenn die Grimasse, die er schnitt, drohend sein sollte, hatte er keinen Erfolg damit. Er sah wie schlecht beschnittener Goldregen aus.

Was für ein Unsinn. Sie empfand nur noch Verachtung. Wie konnten angeblich gebildete Männer einem solchen Mummenschanz zusehen, um sich zu erregen? Sie erriet instinktiv, was sie taten. Aus dem Salon stieg eine Hitze auf, die nichts mit der Temperatur zu tun hatte.

Was waren das für Männer, denen es Vergnügen bereitete, wenn eine Frau bedroht wurde? Denn obwohl er nur lächerlich aussah, sollte Job bedrohlich wirken. Er hatte nicht nur die Peitsche, in seinem Gürtel steckte auch ein Tomahawk – ein Tomahawk. *Er soll einen Indianer darstellen.* Penitence umklammerte die Brüstung, und ein lauter Schrei löste sich aus ihrer Kehle. »N-n-nein! Sie sind n-n-nicht …«

Ihre Ladyschaft wandte den Kopf nach oben, und ihr eisiger Blick glitt über Penitence' offenen Mund. »Geh zu Bett, Mädchen«, sagte sie leise.

Als Penitence sich umdrehte, erhaschte sie einen Blick auf Dorinda, die sich mit den Fingerknöcheln an die Schläfe klopfte, um anzudeuten, daß eine Verrückte sie gestört hatte.

Penitence schleppte sich in ihre Dachkammer, stellte den Kerzenleuchter auf den Boden und legte sich auf das Bett, als sei sie körperlich verwundet worden. Nichts, was sie gesehen hatte, seit sie in dieses rückständige Land gekommen war, hatte ihre Seele so tief verletzt wie die Travestie, deren Zeugin sie soeben geworden war und die bei aller Geschmacklosigkeit von einer Unschuld sprach, die dieses Publikum nicht fähig war zu verstehen.

Sie hatte Heimweh nach ihnen. Sie hatte sie so sehr geliebt; sie hatte in die Verbannung gehen müssen, um zu begreifen, daß sie alles waren, was sie *wirklich* geliebt hatte. Das Kerzenlicht enthüllte den Staub auf den Fußbodenbrettern aus Ulmenholz und verzerrte die Form der Deckenbalken. Da sie die Macht ihrer Erinnerung kannte, hatte sie versucht, Gedanken an zu Hause nicht aufkommen zu lassen, weil sie fürchtete, darunter zusammenzubrechen, doch sie krochen mit den Schatten herein ...

Sie war in der Scheune, in der gedroschen wurde, dem Spielhaus und der Zuflucht ihrer Kindheit. Sie hörte das dumpfe Klopfen der Dreschflegel und die Stimmen der Nachbarn, die den Hurds beim Dreschen des Getreides halfen. Sonne strömte durch die Scheune bis auf die Tenne und auf die Kerben, die in einen Stützpfeiler geschnitten wurden, damit ihr Großvater wußte, wann es Essenszeit war. Wenn sie gingen, ging sie nicht mit, sondern kletterte ins Stroh hinauf, beobachtete wie die Spreu auf den Sonnenstrahlen tanzte und verwandelte sich in den Adlergott Tookenchosin, so daß sie durch das Scheunentor fliegen konnte, über den Obstgarten hinweg, um schließlich über dem Fluß ihre Kreise zu ziehen.

Es war ein verzauberter Fluß, der einzige, der in Massachusetts nach Norden floß. Ihre Schwingen trugen sie hinauf und weiter, bis sie sich mühelos vom Wind tragen ließ, und es war der Fluß, der unter ihr verebbte. Der Geruch seiner Tiefen und der warmen Tümpel, an denen Unkraut wuchs, wehte zu den winzigen Löchern über ihrem scharfen Schnabel herauf.

Unter ihr stand eine rotbraune Gestalt völlig reglos auf einem Felsen, den Rücken anmutig gebeugt, einen Fischspeer über dem Wasser zückend, in dem er sich spiegelte. Das war Wahunsona. Ein Stück weiter vorn sang Wetatonmi unter einer Birke, von der sie die Rinde abschälte, um ihr Kanu abzudecken. Die Squakheag sangen den Bäumen, die sie verletzen mußten, Erklärungen und Entschuldigungen vor.

Jetzt schwebte sie hoch über dem Dorf der Squakheag auf dem breiten Ufer, dort, wo der Fluß allmählich begann sich nach Osten zu wenden. Von hier oben sahen die Hütten des Dorfes wie kleine braune Schmetterlingspuppen aus. Immer tiefere Kreise zog sie aus der kalten Luft in diese warme, nach Holzrauch und Bärenfett riechende Gemeinschaft.

O *Gott, o Gott*. Sie hätte sich nicht erlauben sollen, zurückzudenken. Nicht nur Heimweh quälte sie, sondern auch Reue. Warum hatte sie das Zusammensein nicht mehr genossen, als sie noch bei ihnen war. Da war immer ein Abstand gewesen, weil sie sich ihnen überlegen fühlte, und die Verantwortung, das Wort Gottes unter den Wilden zu verbreiten, auf ihr gelastet hatte.

Da ihr Status daheim so niedrig gewesen war, hatte sie versucht, sich vor den Squakheag als Herrin aufzuspielen, hatte sich vorgestellt, wie sie an der Spitze einer Reihe roter Männer und Frauen, die durch die Sprachgewalt von Penitence Hurd zum wahren Glauben bekehrt worden waren, die Haupt- und einzige Straße von Springfield entlangschritt.

Es war nicht so gekommen. Sie predigte ihnen, übersetzte oft Wort für Wort Reverend Blocks letzte Predigt. Sie hatten mit der ihnen eigenen Höflichkeit zugehört und ihr dann von ihren Göttern erzählt, die fliegen konnten, die auf vier Beinen daherkamen und mit Menschen und Tieren sprachen. Was das Interesse anbelangte, siegten die Squakheag jedesmal. Penitence' ausgehungerte Phantasie stürzte sich auf die Geschichten wie ein Wolf auf einen Schweinsfuß.

»Wenn du dich schon mit Roten anfreunden mußt, Penitence Hurd, dann nimm betende Rote, nicht die Wilden«, sagte ihre Mutter. Aber es waren die Wilden, die interessant waren.

Die betenden Indianer waren nur eine eingeschüchterte Abart der Puritaner, die sie bekehrt hatten. Sie lebten in baufälligen Hütten am Rand von weißen Dörfern, trugen die abgelegten Kleider der Puritaner, nahmen an den Gottesdiensten im Bethaus teil und riefen gehorsam halleluja. Die Puritaner unterstützten sie, benutzten sie als Arbeiter und belegten sie mit Strafen, wenn sie sich betranken, was sie häufig taten.

Die ungetauften Indianer lebten in ihren eigenen Dörfern, waren viel zahlreicher als die Weißen, jagten in ihren alten Revieren, bestellten ihre Felder, flitzten ihre Flüsse hinauf und hinunter, und prägten die Neue Welt durch einen uralten Besitzerstolz, der die Puritaner unangenehm daran erinnerte, daß sie, obwohl Gott ihnen Zion geschenkt hatte, noch immer die Eindringlinge waren.

Es hatte auf beiden Seiten guten Willen gegeben, obwohl alle wußten – oder vielleicht gerade weil alle wußten –, daß er sehr zerbrechlich war. Ihr Großvater hatte einen fairen Preis für das Land bezahlt, auf dem er seine Handelsniederlassung gebaut hatte, was ihm das General Court von Massachusetts zur Auflage machte.

Aber die beiden Kulturen in Einklang zu bringen, war unmöglich. Die Squakheag, ebenso wie die anderen indianischen Stämme, waren nicht fähig, die puritanische Anschauung von Landbesitz zu verstehen. Wie konnten Erde und Wasser jemandem gehören? Man jagte darauf, fischte darin, bestellte sie, aber man konnte sie nicht für sich behalten.

Als sie sechs gewesen war, hatte ihr Großvater sie flußabwärts mitgenommen, damit sie die Weiden sah, die er im Jahr vorher erworben hatte, und fanden Umpachala und seine Familie dabei, das Unkraut in dem Mais zu jäten, den sie darauf gepflanzt hatten.

Ihr Großvater betete um Geduld. »Sag diesen Heiden, das ist meine Weide.« Er hatte nie Algonquin gelernt. Penitence liebte diese Sprache, in der sie nicht stotterte und die sie von den indianischen Kunden der Handelsniederlassung gelernt hatte, bevor sie Englisch sprechen konnte. Sie sang: »Mein Großvater erinnert dich daran, o mein Onkel, daß er Awashonks für dieses Land bezahlt hat.«

Umpachala hatte Erstaunen gemimt und war mit weit gebreiteten Armen zurückgewichen. »Er hat es nicht benutzt, Kleine. Wieso war es dann seins?«

Der Zwischenfall zog keine Schwierigkeiten nach sich, denn die Squakheag lieferten die Pelze, die Ezekiel Hurd in seiner Handelsniederlassung verkaufte. Er war ein ehrgeiziger Mann, und da er geschäftlich von den Squakheag abhängig war, war er gezwungen, sich auf Penitence zu verlassen. Mehr als einmal mußte sie der Schule fernbleiben, weil er sie ins Indianerterritorium mitnahm, damit sie seine Handelsverträge übersetzte. Als ihn das Rheuma befiel, das ihn während seiner letzten Jahre quälte, schickte er sie allein. Ihre Mutter und Großmutter mißbilligten es, und auch Reverend Block warnte ihn davor. »Sich mit den Heiden zu verbrüdern, gefährdet die Seele des Kindes, Ezekiel.«

»Gott hat die Zunge des Kindes befreit, so daß es mühelos mit den Heiden sprechen kann«, erklärte der Großvater. »Durch sie kann ich das Wort unter ihnen verbreiten. Und wollt Ihr mir das Instrument verweigern, mit dem er mich ausgestattet hat, damit meine Geschäfte in dieser Wildnis florieren?« Reverend Block hätte es getan, wenn er gekonnt hätte, aber Ezekiel war ein mächtiger Mann in der Gemeinde. Die Nachbarn kritisierten ihn anfangs scharf, gewöhnten sich aber daran und riefen Penitence sogar selbst, wenn sie etwas zu übersetzen hatten. Sie waren Siedler; die Abgrenzungen zwischen den Geschlechtern verschwanden, wenn jede Hand – ob männlich oder weiblich – gebraucht wurde. Frauen als das schwächere Geschlecht zu bezeichnen, war schwierig in einem Land, in dem sie auf den Feldern arbeiteten und Gewehre trugen, um sich gegen Bären, wütende Elche oder eine räuberische Gruppe von Irokesen zu verteidigen.

Und es mußte anerkannt werden, daß ihre Freundschaft mit den Squakheag Penitence' Moral vielleicht nicht guttun würde, doch sie würde sie auch vor körperlichem Schaden bewahren. Notzucht an weißen Frauen war unbekannt; sie schlugen gelegentlich ihre Frauen, und die schlugen häufig zurück – aber es gab ein strenges Tabu gegen Vergewaltigung. Es war eines der wenigen Verbrechen, dessen die Puritaner nicht einmal die furchtbaren Irokesen beschuldigen konnten.

Schon durch ihr Stottern zur Außenseiterin geworden, steigerte Penitence das Mißtrauen der Gemeinde durch ihre Sympathie für die Indianer. Sie war sonderbar. Man konnte mit den Wilden Handel treiben, aber man brauchte sich nicht mit ihnen anzufreunden. Ihre Mitschülerinnen nannten sie »Squaw-Squaw Pen«.

Da die eigenen Leute ihr die Freundschaft verweigerten, suchte und fand sie sie bei den Squakheag, die sie Taupowau, die weise Sprecherin, nannten und sie in ihren Stamm aufnahmen.

Am Ende boten sie sich an, für sie zu kämpfen.

Sie hatten in einem Kreis vor Awashonks Hütte gesessen – Indianer bildeten immer einen Kreis – Awashonk, Penitence, Matoonas, Sosomon, der Häuptling, und Quequelett. Sosomon war noch immer verärgert, weil Reverend Block ihm gedroht hatte, Soldaten zu holen. »Er hat mich beleidigt, dieser säbelbeinige *Wotawquenange*.«

»Er hat mich beleidigt«, sagte Penitence. Sie bemühte sich, die Gelassenheit zu bewahren, die bei einer indianischen Beratung notwendig war, doch allmählich geriet sie in Panik. Durch das Feuer in der Handelsniederlassung war ihre Familie getötet worden, und es konnte auf Umwegen auch sie noch töten. Die puritanische Gemeinde kannte sie ihr Leben lang. Die Leute hatten sie nicht besonders gemocht, aber man konnte ihnen, davon war Penitence überzeugt, nicht einreden, daß sie eine Hexe war. Oder konnte man es doch?

Es war ein schlimmes Jahr gewesen. Eine Seuche hatte ein Drittel des Viehs umgebracht, durch die Trockenheit war der Weizen brandig geworden, und es hatte eine Reihe von Unfällen gegeben. Die Gemeinde Springfield war nervös. Schon vor dem Brand hatte Reverend Block gesagt, all das sei eine Strafe Gottes und es auf die üblichen läßlichen Vergehen zurückgeführt, Nichteinhaltung des Sabbath, unreine Gedanken und so weiter. Doch wenn er den Gläubigen jetzt einredete, an allem sei eine Hexe schuld, die in ihrer Mitte lebte …

Die Sonne stieg über den Pemawachuatuck und schmückte die Umrisse der Berge mit einem gelben Rand. Frauen zündeten ihre Frühstücksfeuer an, und überall im Dorf stieg der Rauch kerzengerade in die Höhe.

»Töten die Owanus Hexen?« fragte Awashonks.

»Ja.« Vergangenes Jahr hatten sie eine drüben auf der anderen Seite der Bay Colony verbrannt. Die Frau war auch eine Ketzerin gewesen, eine Quäkerin, und ihre Hinrichtung war auf allgemeine Zustimmung gestoßen. Jetzt geriet Penitence in Panik. »Das kann er nicht tun. Er weiß, daß ich keine Hexe bin. Ich habe das Haus nicht angezündet. Es war ein Unfall. Ich war gar nicht dort. Ich war hier. Großmutter hat andauernd Kerzen umgeworfen.«

Der junge Matoonas sprang auf. »Ich bin ein *Pniese*. Ich habe die bitteren Kräuter getrunken, habe sie ausgespien und mit meinem eigenen Erbrochenen wieder getrunken. Ich habe ein feierliches Bündnis mit dem Gott Hobbamock geschlossen. Ich bin für meinen Mut und meine Kühnheit bekannt. Ich werde den Owanus-Priester zu einem Zweikampf mit dem Kriegsbeil fordern, um die Ehre meiner Schwester zu beweisen.«

»O sei still«, sagten alle. Er war Penitence' jüngerer Seelenbruder, hatte sie jagen und fischen gelehrt und ihr beigebracht, im Wald zu überleben. Sie liebte ihn, doch wenn er anfing zu prahlen, konnte er eine rechte Plage sein.

»Er darf mich nicht verbrennen«, wiederholte Penitence. »Oder doch?«

»Er hat Angst vor dir«, sagte Awashonks. »Vielleicht tut er es.«

Vielleicht tut er es. Die Puritaner konnten die Unschicklichkeit nicht dulden, daß eine von ihnen bei den Indianern lebte. Sie zwangen Reverend Block, Penitence zurückzuholen, aber Awashonks hatte recht – Reverend Block hatte Angst, daß sie ihn öffentlich als Wüstling anprangern könnte. Er mußte ihr mit seiner Beschuldigung zuvorkommen.

Der Rat schwieg. Sie roch Holzrauch, Dung, Fluß, die Pomade im Haar ihrer Gefährten. Ihre eigenen Leute hatten sie hierher verbannt. Sie hatten ihr beigebracht, sich vor diesen Indianern zu ekeln, und manchmal tat sie es auch. Sie ekelte sich jetzt. Mit der schwarzen Farbe im Gesicht, unter der er seine Liebenswürdigkeit verbarg, sah Sosomon lächerlich aus. Matoonas war lächerlich in seinem Stolz auf eine Weihe, die unter anderem darin bestand, daß er so lange mit Stöcken auf seine Schienbeine einschlug, bis er kaum noch stehen konnte, von Sonnenaufgang bis Sonnenaufgang durch den Schnee rannte und sein mit Drogen versetztes Erbrochenes trank. Und wie konnte sie auf die Weisheit von Awashonks vertrauen, eine alte Frau, die, um böse Geister abzuwehren, ein Kissen um den Hals trug, das mit dem stark riechenden Harz aus Teufelsdreck gefüllt war?

Sosomon sagte: »Hört mich an. Taupowau ist mein adoptiertes Enkelkind. Sie hat uns früher geholfen und bittet jetzt uns um Hilfe. Wenn die Soldaten kommen, um sie zu holen, werden wir für sie kämpfen. Ich habe gesprochen.« Doch wie alle anderen blickte er aus dem Augenwinkel zu Awashonks hinüber und wartete auf das, was sie sagte.

»Sie kann bleiben, und wir werden kämpfen«, sagte Awashonks. Sie hatte die hohe Stimme sehr alter Frauen und sehr kleiner Kinder. »Wenn sie es will.«

Unten am Flußufer durchbrachen die Rufe der Watvögel die Leere der Dämmerung. Der Himmel war noch farblos und der Mond eine unheimliche Scheibe, die darauf wartete zu verschwinden. Penitence riß den Blick von ihm los und sah der Sachem Awashonks ins Gesicht. *Sie sieht wie eine in Essig eingelegte Zwiebel aus.*

Es wird Krieg geben, sagten Awashonks Knopfaugen. Keiner will ihn; jede Seite weiß, daß er kommen wird. Früher oder später werden Weiße und Rote müde werden, sich zu fragen, um wieviel besser es wäre, wenn die anderen verschwänden. Etwas wird die Spannung zerreißen, in der wir leben. Wirst du es sein?

Die Puritaner würden siegen. Awashonks hatte es immer gewußt; Penitence begriff es in diesem Augenblick. Sie mochten nicht so zahlreich sein, doch ihr Eifer war größer. Ebenso ihr Gott. Vielleicht nicht jetzt, gewiß nicht ihretwegen, doch bald würde die verworrene Präsenz zweier Kulturen, in der sie aufgewachsen war, sich auflösen. Und daraus würde eine ordentliche, einheitliche Welt entstehen.

Wenn sie jetzt ginge und alles zurückließe, würde sie nicht sehen, wie es geschah. Wenn sie es nicht sah, würde es nicht geschehen.

Höflich stand sie auf und lehnte das Angebot ab. Sie dankte ihnen. »Aber ich gehe zurück in die alte Heimat und suche meine Tante.«

Die Indianer hatten sie mit dem Perlranzen ausgestattet, Pfeifen, ihren besten Tabak und den kleinen Jagdbogen hineingepackt, mit dem umzugehen Matoonas ihr beigebracht hatte; außerdem Sosomons bestes Messer und alle Muschelgeldschnüre, die sie besaßen.

Der Abschied hatte einen ganzen Tag gedauert. Ungeduldig hatte sie im Zeremonienkreis am Feuer gesessen, während sie den Quatchet – den Abschiedstanz – tanzten. Beim Festschmaus servierten sie ihr nahrhafte Speisen, Sutsguttahhaschee mit grünem Kürbis, Jerusalemartischocken mit Walnüssen, dicke Fischsuppe mit weißem Lauch und saftige schwarze Brombeeren.

Macht schnell, macht schnell. Laßt mich gehen, bevor ihr verschwindet.

In dieser Nacht legte sie sich auf dem breiten Brett zur Ruhe, das drei Seiten von Awashonks Hütte einnahm, betrachtete die Glutasche der Feuer draußen, und die närrischen Muster von Körben, Kürbisflaschen, Schöpfkellen aus Schildpatt und gebrannten Tontöpfen, die von den schrägen Dachsparren herunterhingen, die Fetische der Kindergötter. Die Stille unter dem Deckenknäuel auf der gegenüberliegenden Seite des Brettes sagte ihr, daß Awashonks auch nicht schlafen konnte.

Am Morgen hatten sie und Matoonas sein Kanu mit Biberfellen beladen und waren nach Norden gefahren, wo der Fluß und der Quintatucquet sich vereinigten, hatten sich dort nach Süden gewandt und waren an den winzigen Puritanersiedlungen an den Ufern vorbeigeschlüpft, bis sie die Bucht erreichten.

Master Endicott, ein alter Handelspartner ihres Großvaters, hatte ihr für die Biberfelle eine Passage auf seinem Schiff gegeben. Unter den hübschen weißen Turmspitzen der Bethäuser, die sich vom Emailblau des Himmels abhoben, hatte der Herr sich offenbart. Seine Gebote waren im Läuten der Zoll-Glocken zu hören, die die Ankunft oder das Auslaufen eines Schiffes ankündigten, und in den Schüssen aus dem Blockhaus – einer hölzernen Befestigungsanlage mit Schießscharten und Gucklöchern –, die einlaufende Schiffe mahnten, vor Anker zu gehen, um sich inspizieren zu lassen.

Als sie in die Gesellschaft der schwarzgekleideten Männer und Frauen mit den hohen Hüten zurückgekehrt war, hatte sie sich für das heidnische Perltotem auf Matoonas' bloßer Brust und für die Adlerfeder in seinem Haar geschämt und ihm nicht erlaubt, sie an Bord zu begleiten. Sie hatte ihm nur ein einziges Mal zugewinkt, als er die lange Rückfahrt den Quintatucquet hinauf antrat, und sich dann abgewandt.

Die Penitence, die jetzt in einer Dachkammer im Bett lag, stöhnte vor Schmerz über die Undankbarkeit jener Penitence.

Irgendwo stöhnte jemand wie aus Mitgefühl mit. Sie setzte sich auf. Sie hörte auch ein Quietschen; ein gleichmäßiges, rhythmisches Quietschen wie von einem Bettgestell, das protestierte, wenn man darauf herumsprang. Sie stieg aus dem Bett und nahm ihre Kerze auf. Die Geräusche drangen von unten durch die Fußbodenbretter zu ihr herauf, kamen aus dem Stockwerk unter ihr, wo die Schlafzimmer der Metzen waren.

Das Stöhnen wurde zu einem Wimmern und endete in einem wilden Creszendo von Lästerungen.

Penitence hielt sich die Ohren zu, um die Töne auszuschließen. *Vernichte sie, Herr. Schick Deinen Pfeil und durchbohre die Sünder in ihrer Unreinheit. Bestrafe diese Dekane und Bischöfe, die die Indianer Wilde nennen.*

Sie fiel auf die Knie. *Und, Herr, behüte in Deiner unendlichen Gnade das Volk der Squakheag vor allem Leid.*

Obwohl sie spät zu Bett gegangen war, erwachte Penitence wie sie es ihr Leben lang gewohnt gewesen, als der Nachthimmel anfing sich zu lichten. In ihren Träumen hatten die Erlebnisse des vergangenen

Tages sich in ein fast verzweifeltes Verlangen nach Reinheit verstrickt.

Ich muß waschen. Diese Dachkammer, die Kleider, ja, sogar ihre Seele waren besudelt.

Sie stand auf, benutzte ihren Nachttopf und trug ihn, nachdem sie sich in eine Decke gewickelt hatte, mit der anderen Hand den Weg ertastend, hinunter.

Das Grau, das durch die hohen Ostfenster des Salons kam, sorgte für ein wenig Helligkeit auf der geisterhaften Galerie. Die Türen der Hurenzimmer waren geschlossen. Waren die Männer, die Hurenböcke, auch noch da? Blieben sie die ganze Nacht oder kehrten sie zwischen Mitternacht und Morgengrauen in ihre Paläste und Kathedralen zurück?

Sie ging durch die Tür am anderen Ende, hörte Kinyans und Job schnarchen und machte so das Zimmer ausfindig, in dem sie schliefen, stieg die dunkle Treppe in die Küche hinunter, wo die noch glühende Asche auf dem Rost Wärme und Licht verbreitete. Etwas Weiches berührte ihr Bein, und sie sah, daß Kinyans die Katzen in die Küche gelassen hatte, die jetzt darauf warteten, wieder hinauslaufen zu können. Penitence stellte den Nachttopf auf den Boden, zog die Riegel zurück und schnupperte in die Luft, die frisch gewesen sein mochte, bevor sie an dem Unrathaufen vorbeigestrichen war. In den Gebäuden um sie herum war es ganz still, was ihr die Gottlosigkeit der Rookery noch deutlicher bewußt machte; zu Hause in der Handelsniederlassung wären alle schon wach und bei der Arbeit gewesen.

Vorsichtig schlich sie hinaus in die Gasse, leerte ihren Topf und ließ ihn im Hof stehen, während sie in den Kühlraum ging, um Wasser aus dem Brunnen zu schöpfen. Sie kehrte in den Hof zurück und säuberte ihren Topf. Dann holte sie noch zwei Eimer Wasser aus dem Brunnen, schürte das Feuer, goß das Wasser in einen Kessel und hängte ihn an eine Winde zum Wärmen. Wieder fragte sie sich, wo im Cock-and-Pie die Wäsche gewaschen wurde, erschnüffelte in einem Schrank einen nach Nelken duftenden Bottich und nahm sich eine Kugel vom Seifenvorrat.

Als das Wasser soweit war, schleppte sie es hinauf, verriegelte ihre Tür, zog sich nackt aus, tauchte den Kopf in einen der beiden Eimer und wusch sich von oben bis unten. Als sie fertig war, legte sie ihre

Unterwäsche, ihre Haube und ihr Kleid zum Weichen ins Wasser und zog die sauberen Sachen an, die sie in ihrem Ranzen aus Amerika mitgebracht hatte. Sie fühlte sich besser; kalt, feucht – sie hatte sich mit der Decke abtrocknen müssen –, aber besser.

Das Entsetzen, dem sie in der vergangenen Nacht anheimgefallen war, hatte sie dazu gebracht, noch einmal anderen Sinnes zu werden. *Ich muß gehen.*

Aber Penitence Hurd war vorsichtig. Zweifellos saß sie im Siedekessel der Hölle; bevor sie jedoch hinaussprang, mußte sie wissen, wie heiß das Feuer war, das sie erwartete und ob sie nicht vom Regen in die Traufe kam.

Sie trat an das nicht verglaste Westfenster und öffnete die Läden. Knapp zwei Meter entfernt ragte das obere Geschoß eines Hauses vor ihr auf. Es hatte, genau ihr gegenüber, ein Fenster, das ebenso mit Läden verschlossen war wie das ihre. Sie beugte sich hinaus, schaute nach Norden in das Gäßchen zwischen den Häusern und sah, daß es an der Hintertür des Cock-and-Pie und am Unrathaufen vorbeiführte, bevor es sich zwischen noch mehr Häusern verlor. In der anderen Richtung waren die Stufen, die nach Dog Yard hinunterführten.

Sie tappte zum Südfenster. Als sie hier die Läden öffnete, glaubte sie, wieder nur eine Backsteinmauer vor sich zu sehen, diesmal nicht einmal einen Meter entfernt. Sie stieg hinauf, trat hinaus auf die Plattform und stellte fest, daß sie auf einem Balkon stand. Die Mauer, jetzt hüfthoch, war eine Brüstung, die vom oberen Teil der ungewöhnlichen Fassade des Cock-and-Pie gebildet wurde. Direkt unter ihr waren die Medaillons, sie sah die oberen blauen Keramikbögen. Weiter unten, zu ihrer Linken, lag Dog Yard, aber die Aussicht, die sich ihr bot, war viel beeindruckender.

Das Cock-and-Pie war das höchste Gebäude in der Rookery und der Pfarrbezirk St. Giles der höchste Punkt des West End. Die Aussicht, die, jenseits einer baufälligen Dachlandschaft, Penitence gewissermaßen zu Füßen lag, war ein Panorama von London.

Wenn sie, was selten vorgekommen war, mit ihrem Großvater Boston besucht hatte, hatte die Vielfalt der weißen Kirchturmspitzen großen Eindruck auf sie gemacht; jetzt sah sie, daß Boston ein Wickelkind gewesen war. Was sie vor sich sah, war der prächtige, muskelbepackte Erwachsene, ein zusammengerollter silberschuppiger Drache von einer Stadt.

In der Sonne, die wie eine riesige Orange aufging, fühlte die Morgenluft sich fast an wie ein Schleier, so daß Penitence glaubte, sie könnte sie zwischen den Fingern reiben. Hier und dort gab es offene Plätze, wo die Kronen herbstlicher Bäume mit ganzen Farbpaletten prunkten. Zwischendrin wurde, je weiter sie die Augen nach Osten schweifen ließ, das übereinandergeschichtete geometrische Durcheinander der Dächer dichter, überragt von der Kathedrale und dem gouvernantenhaft aufrecht dastehenden Tower, und endete in einem verschachtelten Mosaik, zusammengehalten und in Form gegossen von den Stadtmauern. Nur der Lauf der Themse war genau zu bestimmen; an ihrem Ufer entlang, direkt nach Süden, waren die Straßen und Gärten nur undeutlich zu sehen, verborgen unter einem Dunst, aus dem die Kamine und Kuppeln der Paläste am Strand auftauchten.

Sie war wie gelähmt von dem Gefühl, daß sie erwartet wurde. In einem dieser magischen Türme lag eine Erwartung, etwas Wunderbares, etwas, das mit einer unbekannten Fähigkeit in ihr im Einklang stand, wenn sie nur herausfinden konnte, was es war.

Aber jetzt noch nicht. Die Verachtung war widerwilligem Respekt gewichen. Sündig mochte die Stadt sein, doch es war eine Sünde von altersher, eine Stadt, die durch Weisheit und Reichtum nachlässig geworden war, eine Stadt mit zuviel Geschichte, um sich darum zu kümmern, was man von ihr dachte, und noch immer wert, die Wunder aufzuspüren, die ihr innewohnten.

Penitence kam sich unbedeutend vor, provinziell und dennoch war sie erregt. Um zu entdecken, was immer ihr winkte, bedurfte sie der Weltgewandtheit; London schloß sie aus, und indem es sie ausschloß, weckte es in ihr das Verlangen, dazuzugehören ...

Konnte sie von hier aus beginnen?

Unwillig blickte sie hinunter, um zu sehen, ob Dog Yard bei Tageslicht einen besseren Eindruck machte. Es war nicht der Fall.

Penitence war noch nicht erfahren genug, um zu wissen, daß die Gegend um St. Paul's für die City das gleiche war wie Dog Yard für die Rookery. Wer stark genug war, die Willenskraft und das ungewöhnliche Glück hatte, eine Kindheit in der Rookery zu überstehen, betrachtete Dog Yard schon als Schritt nach oben. Es war der Mittelpunkt, die Börse, der Ort, durch den man schlenderte, um Neuigkeiten und Klatsch zu hören. Ebenso wie der größte Teil des Welthandels unter den Kolonnaden und auf den Loggien des Royal Exchange abgewickelt wurde, konzentrierte sich der Kommerz der Rookery auf das Kopfsteinpflaster von Dog Yard. Die Tatsache, daß fast alle Waren aus Diebstählen stammten, interessierte weder hier noch dort; Will Tippin, der Taschendieb aus Dog Yard, hatte es in seiner Rede unter dem Galgen gesagt, und das taten auch die aus dem Royal Exchange.

Seine Bedeutung verdankte Dog Yard hauptsächlich den beiden einzigen soliden Bauwerken der Rookery: dem Ship Inn und dem Cock-and-Pie. Das Ship war elisabethanisch, ein Gebäude mit der überhängenden, fensterreichen Vorderfront einer Galleone. Daß es ab und zu von Adeligen frequentiert wurde, die sich unter das niedrige Volk mischen und gutes Ale trinken wollten, ohne daß ihnen die Kehle durchgeschnitten wurde, lag an der körperlichen Präsens und der Intelligenz des Wirtes Sam Bryskett.

Daß das Cock-and-Pie ein Bordell geworden war – seit seinen Tagen als Farmhaus der Tudors hatte es eine wechselvolle Geschichte –, war anfangs für Dog Yard ein Affront, weil Prostitution dort auf freiberuflicher Basis ausgeübt wurde. Noch beleidigender war, als ihre Ladyschaft möglichen Kunden, die in der Rookery lebten, den Zutritt verwehrte, obwohl sich bei diesen Preisen ein Besuch von vornherein verboten hätte. Hinter ihrem Rücken grollte man dem hinterfotzigen Miststück und seinen Mädchen, weil sie auf Vornehmheit setzte.

Aber Dog Yard hatte von den Bestrebungen ihrer Ladyschaft profitiert. Neugierig beobachtete man ihre Einkäufe, stellte fest, daß sie nur beste und frischeste Nahrungsmittel von ländlichen Lieferanten bezog, ihre Wäsche in die Wäscherei nach Holborn schickte, Wein in St. James' kaufte und jede Woche frische Sägespäne auf ihren Küchenboden streute.

Mit dem Unternehmergeist, für den Dog Yard berühmt war, paßte man sich dort der Situation an, Sam Bryskett legte sich bessere Weine in den Keller, verkaufte direkt an ihre Ladyschaft und ersparte ihr Transportkosten.

Die Gemüse- und Fleischlieferanten wurden überredet, meist mit Hilfe eines gezückten Messers, das Detailgeschäft bestimmten Dog Yardern zu überlassen. Die Familie Tippin, die in den Stables an der Südseite wohnte, überlegte, ob es möglich wäre, die Klienten des Cock-and-Pie zu erpressen oder zu berauben, entschied sich jedoch dagegen, die Gänseriche zu schlachten, die die goldenen Eier legten, und begann statt dessen von den Sänftenträgern Schutzgeld – in Dog Yard unter dem Namen »Engelsöl« bekannt – für das Privileg zu kassieren, daß sie unbehelligt auf ihre Herren warten durften. Und der jüngste Tippin sicherte sich die Sägespänekonzession, indem er eines Abends den nächstgelegenen Holzplatz überfiel.

Ihre Ladyschaft wehrte – im wahrsten Sinne des Wortes – handgreiflich Pont Tippins Versuch ab, gegen Entgelt den Posten des Cock-and-Pie-Zuhälters zu übernehmen, und wies gleichzeitig seinen Vorschlag zurück, ihr zwei seiner Töchter zu verkaufen, doch sie war klug genug, alle anderen Veränderungen zuzulassen, um ihren guten Willen zu bekunden, von dem es in Dog Yard immer ein bißchen zuwenig gab.

Sie vertraute ihre Wäsche auch den zweifellos fähigen Händen von Mistress Palmer an, nachdem die Sachen zweimal schmutzig aus der Wäscherei in Holborn zurückgekommen waren, wobei Jethro Palmer tatkräftig nachgeholfen hatte, indem er dem Wäschereimädchen, das sie brachte, zweimal ein Bein stellte.

Da die Dog Yarder ihren Profit lieber in Alkohol umsetzten und verspielten, anstatt in Ziegel und Mörtel zu investieren, sah Penitence Hurd nichts von diesem Unternehmergeist, als sie an jenem Tag im Spätherbst von ihrem Balkon hinunterschaute. Sie sah nur Schmutz; nacktes Mauerwerk, wo der Putz abgefallen war, zerbrochene Schindeln, Dachstroh, in dem üppig das Gras wucherte, obwohl auf dem Boden keines wuchs.

Die Schwelle des Cock-and-Pie führte wie die des Ship auf Steinpflaster, die eine Plattform bildeten; sie zog sich an der hohen Nordseite von Dog Yard entlang und war über Stufen zu erreichen. Auf mehr als eine Art führte von hier alles nach unten. Dog Yard selbst bildete ein Becken.

Da die Pracht des Ship ihren Blicken verborgen blieb, wenn sie sich nicht hinausbeugte, und da sie die einschüchternde, aber vornehme Vorderfront des Cock-and-Pie nicht sehen konnte, hatte Penitence einen tristen Eindruck. Etwas tiefer und ihr diagonal gegenüber hatte man die Bögen eines ehemals ordentlichen Stallgebäudes kreuz und quer mit Brettern verschlagen, obwohl darin Menschen lebten – sie sah, daß aus einem baufälligen Kamin Rauch aufstieg. Daneben und noch näher waren »die Gebäude«, eigentlich nur ein Haus, das zwölf Familien bewohnten, ein Rechteck aus roh mit Lehm beworfenem Flechtwerk, das ein Maurer reumütig mit Türmchen und Zinnen und vor sich hinrostenden italienischen Balkons verziert hatte. Die Pracht wurde durch Mistress Palmers Wäscheleinen noch betont, die sich von Zinne zu Zinne spannten.

Auf der entfernteren Westseite wurde Penitence' Blickfeld durch das Obergeschoß eines schmalen, hohen hölzernen Lagerhauses eingeengt, von dem sie aus flüchtigen Bemerkungen der Cock-and-Pie-Mädchen wußte, daß es sich um ein Etablissement namens Mother Hubbard's handelte, ein Bordell, als Abklatsch des Cock-and-Pie für Ortsansässige gedacht, oder, wie Alania es naserümpfend ausdrückte »wo man jedem Ziegenbock zu Willen war, wenn er zwei Pence bezahlen konnte«.

Wo immer ein leerer Platz zwischen zwei Häusern gewesen war, hatte jemand ein weiteres dazugebaut, so daß Behausungen sich in verrückten Winkeln hineinquetschten, deren obere Stockwerke und Dächer sich gefährlich schräg in den Yard hineinneigten und Schatten warfen, die nur die hartnäckige Mittagssonne vertreiben konnte. Wären die Gäßchen, die zum Yard führten, breiter gewesen, hätte sich dort nur noch mehr Abfall und Unrat angehäuft.

Die Leute, die sich sehen ließen, waren ebensowenig einnehmend wie der Ort; blasse Kinder, die Köpfe wegen der Läuse kahlgeschoren, so daß es unmöglich war, sie einem Geschlecht zuzuordnen, da ihre Lumpen keinerlei Hinweis gaben. Die Vorderseite eines großen Fasses, das sich als das Heim eines Mannes ohne Beine erwies, öffnete sich – Penitence erfuhr später, daß der Yard in seiner fröhlichen Art den Krüppel den »Läufer ohne Bein« nannte. Mit großer Geschicklichkeit schwang er sich in einen Eimer auf Rädern und fuhr, wie Penitence vermutete, zum Betteln.

Irgendwo im Osten begannen Kirchenglocken zu läuten. Die Klänge wurden im Westen von St. Giles und dann von den Türmen und Kirchentürmen aufgenommen, die es in London so überreich gab. Der Ruf zum Anglikanischen Gottesdienst blieb in Dog Yard ohne Wirkung, erinnerte Penitence jedoch daran, was für ein Tag es war.

Verflixt, heute ist Sabbath. Die Entscheidung, ob sie ging oder blieb, mußte auf morgen verschoben werden. Der heutige Tag gehörte dem Herrn. Psalm 121 singend, nahm sie die schwarze Bibel aus ihrem Ranzen, setzte sich auf das Bett und begann zu lesen.

Sie las und sang auch noch zwei Stunden später, als das Cock-and-Pie allmählich erwachte.

Gähnend, mit einem Mieder in der Hand, kam Dorinda zu ihr herein und warf das Kleidungsstück aufs Bett. »Flick mir das!«

Penitence legte den Zeigefinger auf die Bibelstelle und blickte auf. »Heute ist Ssa-Sa-Ssabbath.« Sie widmete sich wieder der Bibel.

»Ob Sa-Sa-Sabath oder nicht! Flick mir das verdammte Ding!«

Penitence las weiter.

»Du bist eine dämliche Cromwell-Anhängerin«, sagte Dorinda und schlich unauffällig näher. »Du bist eine verdammte Puritanerin, genau das bist du. Laß doch deinen geschorenen Schädel sehen!«

Sie riß Penitence die Haube vom Kopf. Penitence holte sie sich zurück und trat nach Dorinda. Dorinda trat zurück und packte eine Handvoll von Penitence' kurzen blonden Haaren. Kämpfend fielen sie zu Boden.

»Wem ist der Hund gestorben?« fragte Phoebe von der Tür her.

Dorinda rollte weg und entriß ihren Finger Penitence' Zähnen. »Sie ist eine verfluchte Sonntagsheilige und will mein verfluchtes Mieder nicht nähen. Ich werde es ihrer Ladyschaft sagen, und dann werde ich sie mir vornehmen, daß ihr das verfluchte Hören und Sehen vergeht.«

Phoebe und Sabina hielten Penitence davon zurück, sich aufs neue auf Dorinda zu stürzen, und setzten sie aufs Bett. »Schau«, sagte Phoebe freundlich, »unsere Sachen müssen am Sonntag genäht werden. Die meisten unserer Gentlemen verbringen den Sonntag auf der Kanzel, und morgen kommen sie wieder und sind noch heißer auf uns als sonst. Also sei nett, ja?«

Keuchend blickte Penitence in Phoebes freundliches Gesicht und sah, daß sie älter war als die anderen, vielleicht nicht älter als vierundzwanzig, aber sie alterte schnell.

Sie schüttelte den Kopf. »Es ist Ssa-Sabath.«

»Schau mal«, fuhr Phoebe fort, »es war ganz ungewöhnlich von ihrer Ladyschaft, dich so aufzunehmen. Besonders, da du nicht zu uns gehören willst. Früher hat sie die Flickarbeit weggegeben. Jetzt darfst du sie machen. Dach über dem Kopf und zweimal am Tag gutes Essen. Mehr kann man doch nicht verlangen, wie, Sabby?«

»Das kann man wirklich nicht«, sagte Sabina. »Mach ihre Ladyschaft ja nicht wütend, Pen. Sie ist der reine Terror, wenn man sie wütend macht, ihre Ladyschaft. Hab ich nicht recht, Pheeb?«

Phoebe bemühte sich noch immer, Penitence zu überreden, und tätschelte ihr die Hand. »Und scher dich nicht um Dorinda. Sie ist eifersüchtig, weil ihre Ladyschaft dich bevorzugt. Sie liebt ihre Ladyschaft, das tut Dorinda.«

Sabina nickte. »Besser als eine Mutter zu uns, das war sie, ihre Ladyschaft.«

Penitence sah sie starr an und fragte sich, wie ihre leiblichen Mütter gewesen sein mochten.

»Dorry bellt mehr als sie beißt«, sagte Phoebe, »und sie hatte es gestern nacht mit einem ganz Wilden zu tun, nicht wahr, Sabby? Einem Kleiderzerreißer.«

»Gott sei Dank, daß ich ihn nicht gekriegt habe«, sagte Sabina mitfühlend.

Dorindas Biß mochte nicht so schlimm gewesen sein wie ihr Gebell, aber die Bißspuren in Penitence' Schulter schmerzten noch jetzt, genauso wie Phoebes und Sabinas Unterhaltung ihren Ohren weh tat. »Es ist Ssab-Ssabbath.«

Über die Strafe seufzend, die Penitence bald zu erwarten hatte, verließen die beiden Mädchen Hand in Hand die Dachkammer.

Penitence setzte die Haube auf, brachte ihr Kleid in Ordnung, rieb sich die Schulter, kehrte zu ihrer Bibel zurück und raffte ihren ganzen Mut gegen den Zorn ihrer Ladyschaft zusammen.

Er kam nicht. Später streckte Dorinda den Kopf zur Tür herein. »Ihre Ladyschaft sagt, keine Arbeit, kein Essen.« Ihre Stimme verriet Zufriedenheit, doch in ihren dunklen Augen war die Enttäuschung über Penitence' milde Bestrafung zu lesen.

Während sie hungerte, freute sich Penitence, daß sie um der gerechten Sache willen leiden mußte, denn es war für ein Mädchen mit einem guten Appetit nicht leicht. Dennoch, wie Phoebe gesagt hatte, war es auch eine Härte für das Bordell, die Flickarbeiten nicht erledigt zu bekommen. Einerseits wollte Penitence den Ausschweifungen und der Zügellosigkeit nicht Vorschub leisten; andererseits würde sie bald zwei Nächte unter diesem Dach verbracht haben, und ihre puritanische Ethik erforderte, daß sie dafür bezahlte.

Morgen flicke ich ihr verflixtes Mieder. Dann gehe ich.

Aber am nächsten Morgen waren andere Flickarbeiten zu erledigen, und ein heftiger Regenguß, vermischt mit Schnee, trommelte auf das Dach und ergoß sich über die Stufen, die in das verstopfte Spundloch führten, das Dog Yard war. Penitence schaute hinaus und stellte sich vor, wie sie darin herumwatete und nicht wußte, wohin. Sie hatte Hunger, und der Duft von Kinyans falschem Hasen wehte schon durch die feuchte Luft des Dachgeschosses.

Sie fühlte sich in der Falle und war bedrückt. *Du mußt ein bißchen helfen, Herr.*

Als sie und Kinyans nach dem Abendessen abräumten, sagte er: »Soll ich dir von Margaret Hughes erzählen?«

Sie fuhr herum. Er hatte sich einen eigenen Bügeltrunk zusammengebraut, den er sich jetzt einverleibte, »um mir die Füße warmzuhalten«. Das Gebräu machte die Füße zappelig. Zwinkernd tippte sich Kinyans auf den Nasenflügel.

»Da staunste, wie? Du weißt längst nicht alles, Miss Prinkum-Prankum, aber Kinyans weiß es. Der alte Kinyans kommt auch aus Somerset. Auf den Westindischen Inseln gestorben. Daß ich nicht lache! Willste wissen …«

»Kein Wort mehr, Kinyans!«

Ihre Ladyschaft stand in der Tür, in Purpur gehüllt, das Gesicht für die bevorstehende Nacht geschminkt, doch unter dem Cupidobogen, den sie um ihren Mund gezogen hatte, waren ihre Lippen schmal, und ihre Augen waren farblos und leer. Trotz der Hitze in der Küche wurde die Luft um die beiden herum eisig.

Die mächtige Gestalt auf den winzigen Füßen kam näher, und Kinyans wich vor ihrem fetten, drohend erhobenen Finger zurück.

»Kein Wort mehr«, wiederholte sie. »Nie wieder.«

»Ich wollte nicht …«

»Nie wieder.« Sie ging hinaus.

Durch Blinzeln und ermutigende Laute versuchte Penitence Kinyans in die konspirative Stimmung zurückzuversetzen, doch der alte Mann war nüchtern geworden und sagte nichts mehr.

Als Penitence an diesem Abend vor ihrem Bett kniete, unterbrachen immer wieder Fragen ihre Gebete. Kinyans hatte Somerset jetzt zweimal erwähnt. Sein Akzent erinnerte sie an zu Hause, wo viele Siedler, ebenso wie ihre Familie, aus dem Westen des Landes gekommen waren, dieser Brustätte des Nonkonformismus. War ihre Tante mit ihm und ihrer Ladyschaft nach London gekommen? Er hatte angedeutet, daß sie nicht auf den Westindischen Inseln gestorben war. War sie überhaupt tot?

Ihre Phantasie stellte sich eine Tante Margaret vor, die so reich geworden war, daß eine neidische Ladyschaft ihre Nichte aus reiner Bosheit von ihr fernhielt. Oder saß sie im Gefängnis? Hatte man sie gehängt? Wollte ihre Ladyschaft sie aus Mitleid vor Schande bewahren?

Beides schien unwahrscheinlich, doch die Idee, daß ihre Tante noch lebte, machte sich in Penitence' Gedanken breit und weckte in ihr zugleich eine wilde Hoffnung und das bestürzende Wissen, daß der einzige Schlüssel zu Margaret Hughes' Aufenthalt im Cock-and-Pie zu finden war. Am nächsten Tag schneite es. Der Winter war früh gekommen.

Also blieb Penitence Hurd im Cock-and-Pie und machte allen das Leben schwer.

Jedes Mädchen, das zur Anprobe zu ihr in die Dachkammer kam, mußte eine biblische Ermahnung über sich ergehen lassen. Das war nicht einfach, wenn man stotterte und den Mund voller Stecknadeln hatte, aber Penitence hatte ihre Abhängigkeit von dem Bordell zur Mission erklärt. Wenn der Herr sie auf dieser Insel des Bösen stranden ließ, hatte er es getan, damit sie ihm diene.

Alania bekam Jesaja zu hören: »*Oh, daß du auf meine Gebote gehöret hättest.*«

Die unzertrennlichen Phoebe und Sabina bekamen die Seligpreisungen Christi in der Bergpredigt, und Dorinda, Penitence' *bète noir*, mußte sich aus dem II. Buch der Könige, Kapitel 9 den Tod von Jezabel anhören.

Sie machte Mary, das Hausmädchen mit einer Auswahl aus der

Epistel an die Römer über die der Fleischeslust Frönenden so hysterisch, daß ihre Ladyschaft ihr einen ihrer seltenen Besuche in der Dachkammer abstattete. »Ich dulde nicht, daß eine kleine Gans wie du meine Mädchen belästigt.«

Ihre Hand packte Penitence am Genick, zerrte sie zum vorderen Fenster und hob sie auf den Balkon, zwang sie, über die Brüstung zu schauen. »Siehst du das dort unten?«

Sie alle waren unten gewesen, um es sich anzusehen. Die Morgendämmerung hatte ein Kleiderbündel ans Licht gebracht, das auf den Stufen des Ship kauerte und am Abend vorher noch nicht dagewesen war, noch ein Stück Abfall, das der Wind ins Becken von Dog Yard geweht hatte, menschlicher Abfall – eine Frau, die ein Baby umklammerte, beide tot.

Sie waren noch immer da, anständig zugedeckt mit einem von Mistress Brysketts Laken, umringt von den Dog Yarders, die auf das Eintreffen des Sargmachers warteten. Die Leichenfrau, die neben der Leiche gekniet hatte, stand eben auf.

Ihre Ladyschaft rief zu Mistress Palmer hinunter: »An was, hat sie gesagt, ist die Frau gestorben?« Niemand fragte die Leichenfrau direkt.

Mit den Armen um sich schlagend, um sich warmzuhalten, schaute Mistress Palmer herauf. »Halsentzündung, hat sie gesagt.«

»Und meine Tante ist mein Onkel«, spottete ihre Ladyschaft. »Kennt sie jemand?«

Mistress Palmer schüttelte den Kopf. »Is nich von hier aus der Gegend.«

»Dann mach gefälligst meine Laken fertig«, schlug ihre Ladyschaft vor.

Ohne daß ein Wort gesprochen wurde und nur durch den Schnee gesehen, verstand es Mistress Palmer, durch ihre Miene auszudrükken, daß ihre Ladyschaft doch bei diesem Wetter selbst versuchen sollte, Laken zu trocknen, und daß Mistress Palmer, wären die Umstände anders, sich nicht so weit erniedrigen würde, für ein Bordell zu waschen, gleichgültig, wie vornehm es tat und daß sich ihre Ladyschaft, sobald sie diese hatte, die Laken in den Hintern schieben konnte. Trotzdem ging sie ins Gebäude zurück, wo aus ihrem Fenster Dampf in die eisige Luft wehte.

»Halsentzündung«, stieß ihre Ladyschaft hervor und ließ Penitence los. »Und Kälte. Und keine Arbeit. Und nicht wissen, wohin.«

Die Sargmacher waren gekommen, zwei Männer mit einer Kiste aus Kiefernholz auf einem Karren. Der Rocksaum der Unbekannten klebte am Eis fest, als sie ihre Leiche hoben, und sie rissen ihn mit Gewalt los. Das Baby war ein Ball in der Form eines Foetus, als sie es in den Sarg auf seine Mutter fallen ließen.

Tränen gefroren auf Penitence' Lidern. *Herr, Du siehst jeden Sperling, der fällt.*

»Und schwach«, flüsterte ihre Ladyschaft. Die Augen in ihrem blau-lila gesprenkelten Gesicht waren trocken. »Siehst du das?« Penitence nickte.

An der Tür blickte ihre Ladyschaft zurück. »Und hör auf Kinyans mit Fragen nach deiner Tante zu plagen. Sie ist tot.«

Dorinda kam hereingeschwankt. »Hat sie dich geschlagen?« Penitence nahm ihre Näharbeit auf, ein geblümtes Musselinkleid für Francesca, und tastete mit ihren eiskalten behandschuhten Händen nach der Nadel. »Hätte sie tun sollen«, sagte Dorinda. »Das kann sie gut. Schlägt ihre Klienten, das tut ihre Ladyschaft. Schlägt den Bischof.«

Endlich hatte sie eine Wirkung erzielt. Penitence blickte erstaunt auf.

Dorinda grinste. »Hast du nicht gewußt, wie, du eingebildeter Rundschädel. Du weißt auch gar nix. Ihm gefällt es nämlich? Nur so kann er kommen.«

Es gab so viel, was Penitence nicht wußte; widerwillig lernte sie. Sie zu schockieren wurde zum Zeitvertreib, die Rache der Metzen für ihre Frömmigkeit. Sie bestanden darauf, ihr zu erklären, was »zu Willen sein« bedeutete. Was sie enthüllten war furchtbar. »Bleib mir mit deinen Gebeten vom Leib, Prinks«, sagte Fanny – Kinyans Spitzname für Penitence war von allen übernommen worden. »Ich habe gestern nacht genug Gebete gehört. Mein Gentleman betet gern beim Rammeln.«

Sie versuchte gegen den Strom professioneller Geheimnisse die Ohren zu verschließen, versuchte, nicht zu zeigen, wie groß ihr Ekel vor den unglaublichen Variationen des Geschlechtsaktes war, die von den Klienten der Mädchen gefordert wurden; den Pissern, den Sadisten, den Masochisten, den Athanasiern, den Fummlern, den Saugern, den Schlitzern – sie gewann Einblick in die perversesten Begierden. In allen Einzelheiten.

Das einzige, was die Mädchen nicht preisgaben, waren die Namen ihrer Klienten. »Wir haben unsere Ehre«, sagte Alania hochmütig. Einige schützten ihre Identität dadurch, daß sie die Maskenlarven nicht ablegten, auch wenn sie sich aller anderen Kleidungsstücke entledigten; sie hatte in der »Nacht des Wilden« selbst gesehen, daß andere es nicht taten. Ob diese hochwürdigen Herren sich entspannen konnten, weil sie wußten, daß gemeinsames Sündigen alle daran hinderte, die anderen vor den Mitgliedern ihrer Gemeinde bloßzustellen, fragte Penitence nicht. Sie wollte es nicht wissen.

Anfangs hatte sie jede Nacht ihr Bett vor die Tür gerückt, weil sie fürchtete, ihre Ladyschaft könnte einen dieser widerlichen Männer zu ihr hinaufschicken. Doch das geschah nicht, und die Mädchen nahmen übel, was ihrer Ansicht nach der reine Nepotismus war.

»Du lebst auf unsere Kosten, das tust du«, beklagte sich Dorinda. »Und nur weil ihre Ladyschaft deine verdammte Tante gekannt hat.«

Penitence bezahlte jedoch für ihren Unterhalt mehr als genug. Der puritanischen Tradition nach war nachlässige Arbeit eine Beleidigung des Herrn, und Penitence konnte ebensowenig einen krummen Saum nähen, wie sie fliegen konnte. Kleidung und Wäsche des Cock-and-Pie waren jetzt viel besser in Ordnung als früher, als die Näharbeit außer Haus gegeben werden mußte, aber im großen und ganzen wußten die Mädchen es nicht zu schätzen. Sie waren eifersüchtig auf ihre scheinbar besondere Beziehung zu ihrer Ladyschaft, die ihre Pflegerin, Versorgerin, Lehrmeisterin, Beraterin und Beichtmutter war.

»Bist der Liebling, wie?« höhnte Alania. Es dauerte lange, ehe Penitence begriff, was für eine große Gunst es war, daß ihr erlaubt wurde, ihre Jungfräulichkeit zu bewahren. Außer Kinyans und Job übten im Cock-and-Pie alle ohne Ausnahme dasselbe Gewerbe aus. Auch die vierzehnjährige Mary mußte den Klienten zu Willen sein, wenn es viel zu tun gab, und sogar ihre Ladyschaft stellte alten Stammkunden, die besondere, schmerzvolle Wünsche hatten, ihre Talente zur Verfügung.

Es war sinnlos, wenn Penitence versuchte, den Mädchen begreiflich zu machen, daß sie ausgenutzt wurden, doch sie gab nicht auf.

»B-b-besser für sie, w-wenn m-man ihr einen M-ummm-m-Mühlstein um den Hals hängen würde.«

»Häng du ja ihrer Ladyschaft keine M-m-Mühlsteine um den Hals«, warnte Dorinda und wiederholte, was Sabina gesagt hatte. »Sie war uns immer eine gute Mutter.«

Und eines Tages – am Weihnachtstag – war Penitence überrascht, als sie erkannte, daß das in einem gewissen Sinn sogar zutraf.

Phoebe streckte den Kopf zur Tür herein. »Kommst du nicht zum Abendessen runter?«

Penitence schüttelte den Kopf. Sie las in ihrer Bibel.

»Es gibt Gans«, lockte Phoebe und kam herein, »und mit Äpfeln geschmortes Fleisch und Hammelwürstchen, und Kinyans hat seine Zuckerschweine gemacht.«

Penitence schluckte. Von draußen kam Glockengeläut, das die Geburt des Herrn feierte.

»Ihre Ladyschaft bittet dich. Und Dorinda, sie will dich auch und alle.« Bei Penitence' ungläubigem Blick setzte Phoebe sich aufs Bett. »Sei nicht so hart, Prinks. Glaubst du, Dorry macht es, weil es ihr gefällt? Glaubst du, es gefällt einer von uns? Wir hatten nur keine andere Wahl.« Sie seufzte. »Vielleicht ist es in Amerika anders.«

Das war es. Sünde war Sünde im auserwählten Land. Man beging sie nicht. Nun, Reverend Block hatte es versucht, aber wenn man es tat, entschuldigte man sich nicht damit, daß man keine andere Wahl gehabt hätte. Eisern las Penitence weiter.

»Mit der armen alten Dorry hat es ihr Granddad getrieben, als sie vier war«, sagte Phoebe nachdenklich.

»N-n-nein!« entrang es sich Penitence. »Sie l-lügt!«

»Ihre Mum hat ihn gelassen, weil der alte Mistkerl dann nicht über sie herfiel.«

»Sie l-l-lügt! Sie l-umm-lügt!«

Phoebe zuckte mit den Schultern. Und das Schulterzucken war der Beweis. Es war so wahr, daß nicht zählte, wer es glaubte oder nicht glaubte.

»Willst du nicht doch runterkommen?« bat Phoebe geduldig.

»Ich k-kka-kkan nicht.« Weihnachten war ein heidnisches Fest, das die Puritaner nicht feierten.

Seufzend stand Phoebe auf. »Dann bleib hier.« Sie sah sich in der blankgescheuerten, schmucklosen Dachkammer um, sah das blankgescheuerte, schmucklose Mädchen an, das darin saß, und ihr wurde so weich ums Herz, daß sie ihm einen Kuß auf die Stirn drückte. »Frohe Weihnachten, Prinks.«

Alleingeblieben saß Penitence da, ohne etwas zu sehen. Hatte Phoebe recht? Übten die Cock-and-Pie-Mädchen nur widerwillig ihr Gewerbe aus? Waren sie am Ende doch nicht eine absonderliche Gattung der *harlotis vulgaris*, einer abstoßenden Pflanze, die im Unflat wucherte? Waren sie genauso menschlich, aber weniger glücklich als sie?

Unflat war das Beet ihres Gewerbes, aber sie gediehen nicht darin. Die meisten hatten schon am ersten Stadium der Syphilis gelitten, den nässenden Geschwüren an ihren intimsten Stellen, die sie mit der Zeit umbringen würden.

Penitence erinnerte sich, wie sie ihr Einzelheiten aus ihrem Berufsleben aufgezwungen hatten – und sah Gesichter, die danach verlangten, sich selbst genauso zu strafen wie sie. Sie erinnerte sich an Gespräche, Sätze, die sie während der Anproben wie zufällig fallenließen, und die ihr flüchtige Einblicke in ihre Vergangenheit gewährt hatten. Damals hatte sie absichtlich nicht zugehört, weil sie wußte, daß sie sie nur ärgern wollten; jetzt gestattete sie sich, über sie nachzudenken, durchwanderte einen dunklen Korridor, in dem Türen flüchtige Blicke in die Hölle erlaubten.

Bettelei, im Stich gelassen werden, Schläge, Hunger; für die meisten Mädchen hier war sexuelle Gewalt so alltäglich gewesen, daß Reverend Blocks Angriff auf Penitence' Unschuld fast liebevoll wirkte. Sie begriff, daß sie einen schuldbewußten Kirchenmann hatte abwehren können; sie waren Opfer der Gewalt durch Männer in jener finster hoffnungslosen Wolfsgrube, der niedrigsten Form menschlichen Lebens, gewesen, wohin die Strahlen des Christentums nicht einmal zu dem grundlegenden Tabu gegen Inzest vorgedrungen waren.

Kein Wunder, daß das Cock-and-Pie für sie eine Zuflucht war. Kein Wunder, daß die Frau, die darauf bestand, für alle einen bestimmten Standard aufrechtzuerhalten zur bewunderten Oberbefehlshaberin geworden war. Jeder Klient, der sich nicht den Anstandsregeln ihrer Ladyschaft unterwarf, wurde abgewiesen, gleichgültig wieviel er bezahlte. Widerwillig Dienende in einem schmutzigen Krieg mochten die Mädchen sein, doch jetzt hatten sie sich wenigstens unter einer energischen Führung zusammengefunden.

Es wurde zu dunkel, um weiter in der Bibel zu lesen. Stirnrunzelnd kniete sie nieder, um ihr Nachtgebet zu sprechen, und zum erstenmal seit ihrer Ankunft schloß Penitence in echter Nächstenliebe die Mädchen des Cock-and-Pie in ihr Gebet ein.

3. Kapitel

Die Druckerei in der Goat Alley roch nach blauschwarzer Druckfarbe, vermischt mit Staub, Schweiß, Lauge und heißem Blei, das in ihr Erinnerungen an den Schuppen weckte, in dem die Presse ihres Großvaters gestanden hatte. Eine Firmentafel gab es nicht; das Unternehmen war, wie die meisten in der Rookery, illegal.

Ein Lehrling, der mehr als ihm zustand, zu dem Schweißgeruch beitrug, schnitt eine Grimasse, als Penitence die letzten Stufen zur Tür der Dachstube erklomm. »Achtung 'ne Fremde, Dada.«

Der Drucker, der am Kopf der Presse ein paar Schrauben anzog, blickte auf. »Raus! Niemand darf hier rein, und Frauen schon gar nicht. Aufträge werden unten entgegengenommen.«

Penitence hatte den Satz bis auf das Nötigste reduziert. »Haben Sie Arbeit?« Und stolperte leicht über das A.

Der Drucker kam auf sie zu. »Die Frau macht hier sauber. Raus!«

Penitence schüttelte den Kopf. »Ich bin ein Der-der-umm-der ...«

»Puritanerin?« fragte der Drucker. »Keine Gottesleugner erlaubt. Raus.«

»Ich bin Der-dr-um-dr ...«

»Dame? Dirne? Drangsal?« Der Sohn hatte kapiert.

»Dr-Drucker«, sagte Penitence. »War bei meinem Großvater Ll-Ll ...«

»Lumpensammlerin?«

»... Lehrling«, schloß Penitence. »Ich kann auch – umm ... Ich kann Korr-koorrum-koo ...« O *Bartholomäus!* »... Kk-Korrekturlesen.«

»Und was glaubst du, tu ich?« fragte der Lehrling verdrossen.

»M-machst Ff-Fehler.« Penitence hielt ein Theaterplakat in die Höhe, das sie in der Drury Lane von einer Mauer abgenommen hatte. Abgesehen davon, daß die Wörter unterschiedlich falsch geschrieben waren, standen einige Sätze auf dem Kopf.

Der Drucker folgte Penitence' Zeigefinger, der auf jeden Fehler zeigte, und gab seinem Sohn eins hinter die Ohren. »Kein Wunder, daß sie nie bezahlt haben.« Doch Penitence gegenüber behauptete er unverschämt: »Und was geht das dich an, Besserwisser? Vier Zeilen hohe Großbuchstaben in Antiqua wollten sie, und vier Zeilen hohe Großbuchstaben in Antiqua haben sie bekommen.«

Ezekiel Hurd war ein Meisterdrucker gewesen, bevor Charles I. ihn gezwungen hatte, England zu verlassen; er hatte in Amerika mit seiner Druckpresse einen profitablen Zweitberuf ausgeübt und Penitence alles gelehrt, was er wußte. Aber wenn dieser Idiot hier nicht zugeben wollte, daß er Hilfe brauchte, vergeudete sie ihre Zeit.

»Sie haben vier Zeilen hohe Großbuchstaben und P-p-p-Pica bekommen«, sagte sie. Wenn sie wütend war, sprach sie fast fließend.

Auf der Straße drückte sie den Hut fest auf den Schal, den sie sich um die Ohren geschlungen hatte. Sie befand sich in einer ihrer Ich-muß-das-Cock-and-Pie-verlassen-Phase. Im Lauf des langen, kalten Winters verwandelte sich ihre Verachtung für die Mädchen allmählich in etwas, das dem Mitleid nahe kam, sich selbst aber verachtete sie nach wie vor, weil sie blieb. Kinyans weigerte sich beständig, ihr mehr über Margaret Hughes zu verraten, und langsam verlor sie die Hoffnung, daß er es jemals tun würde.

Daß sie sich bei diesem ohne behördliche Genehmigung arbeitenden Drucker nach Arbeit erkundigt hatte, war ein Impuls gewesen, den der vertraute Geruch auslöste, der durch sein Fenster ins Freie drang, als sie auf dem Rückweg vom Kurzwarengeschäft in der High Street von St. Giles, wo sie Nähgarne gekauft hatte, an seiner Werkstatt vorüberkam.

Sei nicht niedergeschlagen, Pen. Alles geht gut für die aus, die Gott lieben. Und für müßiges Herumstehen konnte sie sich ganz gewiß nichts kaufen. Ihre Füße wurden allmählich taub, der Winterabend brach herein. Der Verkehr in der High Street war lebhaft gewesen – sie hörte ihn noch immer –, doch nichts rührte sich in dieser Gasse, und Fackeln gab es auch keine. Die Kälte war ein zusätzlicher Feind im Überlebenskampf der Bewohner und hatte sie in die Häuser getrieben. Sie kannte sich allmählich in der Rookery aus, mißtraute ihr aber im Dunkeln.

Eiszapfen hingen wie das Schwert des Damokles über ihrem Kopf, als sie schnell an stillen, windschiefen Häusern vorbeiging, deren weiße Dächer verrieten, daß in den Räumen darunter, wenn sie überhaupt geheizt wurden, die Feuer viel zu jämmerlich waren, um bis in die Dachsparren Wärme zu verbreiten.

Die Winter in Neu England waren kälter, aber die Häuser solide genug gebaut, um der Kälte zu trotzen. Matoonas hatte ihr gezeigt, wie man Schneeschuhe benutzte.

In Gedanken war sie in Massachusetts, und ihr Körper bewegte sich durch Butcher's Cut, als zwei Gestalten ihr den Weg vertraten. Über die untere Gesichtshälfte hatten sie sich Lumpen gebunden. Eine gedämpfte, sehr junge Stimme sagte: »Du weißt, was wir wollen, Lady.« Knaben, aber gefährliche Knaben.

Sie hängte sich ihren Korb über den linken Arm und bereitete sich darauf vor, das Messer, das sie rechts trug, aus der Scheide zu ziehen. »N-nein.« *Warum hab ich das gesagt? Kann ich es mit zweien aufnehmen?*

Von reiner Verzweiflung zur Lüge getrieben, stieß sie hervor: »Ich bin eine F-freundin der T-t-Tippins.«

Einer der Knaben sagte: »Wer sind die verdammten Tippins?« Er kam näher.

Fremde also. Junge Wegelagerer von außerhalb. Wären sie hier zu Hause gewesen, hätten sie gewußt, daß die Rookery Tippin-Territorium war und nur Tippins auf Raubzüge gehen durften.

Doch wenn nötig, konnte sie dem Großen das Messer ins Bein schleudern und dem mageren, der keine Schuhe anhatte, davonlaufen. Aber lieber war ihr natürlich, wenn es nicht soweit kam. Sie begann zurückzuweichen und rief: »Hilfe!«

Nichts geschah, nur in den Häusern um sie herum wurde es stiller, als wollten sie sich um jeden Preis aus Schwierigkeiten heraushalten. Die Jugendlichen rückten näher. Sie stellte sich auf eine Stufe, um höher zu stehen als die Angreifer, was von Vorteil war, klopfte mit dem Messergriff an die Tür und rief noch einmal: »Hilfe!«

Niemand, nichts. Sie war allein.

Nein, sie war es doch nicht. Von irgendwo hinter ihr kamen unregelmäßig stampfende Schritte und eine Stimme, die »Oho!« rief.

Sie drehte sich um, wollte sehen, wer da kam und rutschte auf der vereisten Stufe aus.

Sie schlug mit dem Rücken auf, rollte sich jedoch instinktiv herum, als die Knaben ihre Knöchel packten, trat nach ihnen und kroch in die Richtung, aus der Schritte und Stimme kamen, den Kopf hochhaltend wie ein Wild, dem ein Wolf auf den Fersen war und sah – den Gentleman auf sich zukommen.

Trotz ihrer Angst klassifizierte sie ihn sofort. Was wichtiger war, er war auf ihrer Seite, das sah sie. Und er war groß und kräftig.

Der Griff um ihre Beine lockerte sich. Über ihr musterte der Gentleman schwankend ihre Angreifer und lächelte, als liebe er sie. »Aber, aber, ihr heimlichen schwarzen Mitternachtsgauner«, sagte er. »Das ist nicht gut. Tut es nicht.«

Ohne ihre Angreifer aus den Augen zu lassen, streckte er Penitence die Hand entgegen, und sie zog sich daran in die Höhe.

Die Jugendlichen waren zurückgewichen. Penitence sah ihren Augen an, daß sie, beim Anblick des halb gezogenen Schwertes, das in der Scheide des Gentleman steckte, überlegten, Längen, Größen, Bedrängnis und Möglichkeiten abschätzten und dann zu einem Schluß kamen. Sie rannten.

Sie ließ seine Hand los und setzte sich, trotz ihres schmerzenden Steißbeins, auf die Treppe, um ihre zitternden Beine zu entlasten. Der Gentleman amüsierte sich großartig und rief hinter den entschwindenden Rücken der Burschen her: »Hinunter, hinunter in die tiefste Hölle mit euch, und sagt, daß ich euch schicke!« und verneigte sich dabei vor den Köpfen, die nun, da sie nicht mehr gebraucht wurden, an den Fenstern aufgetaucht waren. Den Hut schwenkend, wandte er sich wieder Penitence zu. »Zu Euren Diensten, Mistress. Seit Ihr verletzt?«

Sie schüttelte den Kopf und hoffte, daß er jetzt gehen würde. Getue war ihr *verhaßt*. Sie war dankbar für die Rettung, aber er sollte kein Drama daraus machen.

»Passiert so etwas oft?« Unter seinem Umhang holte er eine Lederflasche hervor und bot sie ihr an. Sie schüttelte den Kopf. Die Flasche roch nach Alkohol. Und er auch. Er trank ausgiebig. »Was wollten diese Edelknaben?«

Müde zeigte sie auf ihre Stiefel.

Er musterte sie kritisch. »Warum?«

Wie unhöflich. Sie hatten zwar bessere Tage gesehen, aber es waren solide Massachusetts-Stiefel und sehr begehrenswert in einem Bezirk, in dem die Hälfte der Bevölkerung barfuß ging. Und seine eigenen waren auch nicht besonders elegant. Sie wußte jetzt, warum sie ihn als Gentleman eingeschätzt hatte. In ihrer Gemeinde war das kein geachteter Titel; dort nannte man die verachteten Repräsentanten der englischen Regierung so, die nach Massachusetts geschickt wurden. Von dem flüchtigen Eindruck, den sie bei ihren Besuchen in Boston von ihnen gewonnen hatte, und nach den wenig schmeichelhaften Beschreibungen ihres Großvaters hatte sie sich ein Bild von den Prahlhänsen gemacht, und der hier war einer. Überlebensgroß. Alles an dem Mann hatte Schwung, sein Umhang reichte bis auf den Boden, sein Schwert hüpfte mit, wenn er die Beine bewegte, an seinem breiten Hut steckte eine lächerlich große Feder, die scheinbar davonfliegen wollte, als er den Hut vom Kopf riß, um sich zu verbeugen.

Außerdem war er betrunken. Sie wollte aufstehen, doch er ließ sich neben sie auf die Stufe fallen. »Laßt uns auf dem Boden sitzen und einander traurige Geschichten vom Tod der Könige erzählen«, sagte er freundlich. Er nahm noch einen Schluck aus der Flasche. »Und daß Ihr keinem von den Kerlen trauen dürft.«

Verlegen, noch immer erschüttert, nervös ob seiner Seltsamkeit und seiner Flüche, begriff Penitence sogar schon zu diesem frühen Zeitpunkt, daß sich unter seinem Geschwätz ein tiefer Schmerz verbarg, und als sie das erkannte, entspannte sie sich. Unglückliche Männer waren ungefährlich. Er war in seiner Trunkenheit ganz auf sich bezogen, und sie war nur ein Zwischenfall, der ihm passiert war, mehr nicht.

Mahnend hob er den Zeigefinger. »Vertraut ja keinem Prinzen, Madam. Nun ja, Rupert vielleicht. Aber wenn Euch das nächstemal ein König um einen Gefallen bittet …«

Sie lächelte beschwichtigend und stand auf.

»Nein, nein«, er rappelte sich unsicher in die Höhe, »hier wart Ihr in Gefahr, tapferes Herz; hier seid Ihr gestürzt, und Eure Jäger lauern vielleicht noch irgendwo. Wir gehen zusammen.« Wieder trank er ausgiebig, schob die Flasche unter seinen Umhang und bot ihr seinen Arm. Penitence kam sich wie eine Närrin vor, nahm ihn aber.

Sie kamen nur mühsam vorwärts – und lärmend: Er sang auf dem ganzen Weg.

Als sie sich Dog Yard näherten, blieb er stehen. »Ich habe mich verirrt in diesem Forst, schöne Jungfrau. Sagt mir, welcher von diesen Palästen ist das Cock and ...« Blinzelnd versuchte er eine Schrift auf seinem Handrücken zu lesen: »Das Cock and *Pea*?«

Über ihnen wurde gekichert, dort beugten sich die Mädchen aus Mother Hubbard's Etablissement aus einem Hinterfenster. »Pie, Liebling«, sagte eine, »Cock-and-Pie. Aber wir sind besser. Und wir machen es umsonst.« So wie sie mit ihm liebäugelte, meinte sie es ernst.

Penitence konnte sich nicht vorstellen, warum. Zugegeben, der Mann hatte Schwung, aber er war häßlich. Seine übergroße Nase, die in der Kälte rot angelaufen war, saß in einem pockennarbigen Gesicht, seine Augen hatten Tränensäcke, und er war offensichtlich ziemlich am Ende. Seine Wildlederstiefel hatten Risse, der Saum seines Umhangs war ausgefranst, weil er ihn über den Boden schleifen ließ, und sein Hut hatte, genauso wie ihre Schuhe bessere Tage gesehen, doch nicht in jüngster Zeit.

Er zog ihn vor Mother Hubbard's Mädchen. »Liebwerte Ladys, vergebt einem armen Schauspieler. Ich bin schon vergeben.«

Penitence drängte weiter. Ein Schauspieler? Brut von des Teufels Spielplatz. In Massachusetts hätten sie ihm die Ohren gestutzt, und das zu Recht. Ironie war neu für sie, doch sie ärgerte sich, daß der Gentleman sich ihrer bediente. Er machte sich über alles lustig. In dem Moment, in dem er sie »schöne Jungfrau« genannt hatte, war ihr klar geworden, daß sie wie eine Vogelscheuche aussah, ebenso wie sich hinter seiner Art, mit Mother Hubbard's Mädchen zu sprechen, sein Abscheu vor ihrem Gewerbe verbarg. *Und seines nicht viel besser.* Zum erstenmal hatte sie das Gefühl, die Rookery verteidigen zu müssen; er mochte glauben, er sei zu gut für sie, doch er suchte das Cock-and-Pie, und das war der Beweis, daß er es nicht war – ihre zunehmende Nachsicht gegen die Huren des Cock-and-Pie hatte ihren Widerwillen gegen die Klienten nicht verringert.

Die Stufen in das Becken von Dog Yard hinuntersteigend, zeigte sie auf das Schild des Cock-and-Pie und blieb zurück.

Selbst von diesem Mann wäre es ihr unerträglich gewesen, für eine der Liebedienerinnen gehalten zu werden. Doch er bestand darauf, sie nach Hause zu begleiten.

Sie stolperte die Stufen bis unter die Laterne hinauf, die über dem Eingang durch den Nebel schien und drehte sich trotzig um. Sie sah, wie die Mundwinkel das Schauspielers sich senkten und seine Brauen sich hoben, als er von ihrem Puritanerhut zu dem roten Licht hinaufblickte. Er war belustigt.

Sie öffnete den Mund, schloß ihn wieder. Diesem Mann würde sie nicht preisgeben, daß sie stotterte. Niemals.

Wieso kümmert es dich, was ein Sünder von dir denkt, Penitence Hurd?

Aber es kümmerte sie etwas, in diesem Fall kümmerte es sie etwas.

Er zog wieder seine Hand zu Rate. »Links, links.« Nach einer kunstvollen Verbeugung ging er weiter und blieb vor dem Haus auf der anderen Seite der Gasse, Penitence' Westfenster gegenüber, stehen. Sein Ziel war nicht das Cock-and-Pie, sondern Mistress Hicks' Haus.

Er klopfte ans Tor, und als man ihm öffnete, schwenkte er wieder den Hut. »Ah, Madam, man hat mir gesagt, in Eurem wunderschönen Etablissement könne man ein Zimmer mieten.«

Er war tatsächlich ganz unten. Mistress Hicks vermietete nach dem Prinzip, daß jemand, der verzweifelt genug war, eines ihrer Zimmer zu mieten, nur das bekam, was er verdiente. Penitence' Lippen zuckten. An dieser Begegnung höchst interessiert, schauten die Yarder aus ihren Fenstern.

»Welcher Beruf?«

»Ein armer Schauspieler, Ma'am, ein unglücklicher Gefolgsmann von Thespis, dem Tragödiendichter, der ...«

»Ohne Engagement?« Mistress Hicks' Stimme klang so rauh wie ein Reibeisen, was darauf schließen ließ, daß sie schon früher Schauspieler aufgenommen hatte.

»Man hat mir eine Anstellung im Cockpit zugesagt, Ma'am«, sagte der Schauspieler demütig.

»Name?«

»Henry King, Ma'am, zu Euren Diensten.«

Die lauschenden Ohren an den Fenstern ringsum merkten, daß er den Bruchteil einer Sekunde überlegte, bevor er geantwortet hatte. Neuankömmlinge in Dog Yard benutzen selten ihre richtigen Namen.

Mistress Hicks' Nase, die aus eigener Erfahrung ein, zwei Dinge über Alkohol wußte, analysierte den Atem des Schauspielers. »Ein Shilling die Woche. Feuer und alles andere extra. Und im Zimmer wird nicht gespuckt. Nehmt es oder laßt es.«

»Abgemacht.«

Als sie hinaufging, war Penitence noch immer gereizt. Der Großtuer hatte ein gutes Werk an ihr getan, sie damit aber herabgesetzt. Natürlich, man konnte nicht erwarten, daß jemand, der so verderbt war wie er, eine Frau erkannte, deren Moral und Charakter sie allen Menschen gleichstellte. Andererseits war es für ihn schwierig gewesen; ihr Hut, auf einem Wickelschal ihrer Ladyschaft thronend, schwere Stiefel, alter Mantel – es war vermutlich nicht einmal leicht gewesen, zu erkennen, daß sie ein weibliches Wesen war, von ihrer Moral und ihrem Charakter ganz zu schweigen.

Zum erstenmal dachte Penitence an ihre äußere Erscheinung.

Auf der Galerie traf sie Mary. »Meine Güte, Prinks, wo warst du? Dorinda heult. Einer ihrer Gentlemen wird erwartet, und du hast ihr eine Anprobe für ihre neue Jacke versprochen.« Mary bebte bei jeder Unruhe im Haus wie eine Stimmgabel, und ihr augenblicklicher Zustand besagte, daß Dorindas Wutanfall nicht alltäglich war.

Als sie im Begriff war, hinunterzugehen, tauchte Alania gähnend aus ihrem Schlafzimmer auf. »Hast du welche gesehen, Prinks?«

Penitence nickte. In ihrer Eigenschaft als Schneiderin im Cock-and-Pie war sie am Vormittag zum Hyde Park hinuntergegangen, um sich die Moden der Schlittschuhläufer aus der High Society auf dem See anzusehen. »Muffs sind in Mode.«

»Das waren sie immer, meine Liebe«, sagte Alania und fügte zu der anscheinend unendlichen Zahl von Euphemismen für die weibliche Scham lässig einen weiteren hinzu. »Machst du mir einen, wenn ich die Seide kaufe?«

Penitence nickte.

»Bist gar kein so übles altes Bündel, Prinks.«

Sie ließ die Tür ihres Zimmers offen, und Penitence zögerte, als sie daran vorbeiging. Obwohl die Zimmer der Mädchen klein waren, waren alle mit großen Spiegeln ausgestattet, die, wie sie inzwischen wußte – ein Wissen auf das sie zwar gern verzichtet hätte –, eine andere Funktion hatten als die übliche, zu prüfen, ob die Haare richtig saßen, zum Beispiel.

Vor der offenen Tür stehend, kämpfte Penitence mit der Versuchung, sich zu betrachten. *Kein übles altes Bündel.* Sahen die anderen sie so?

Bisher hatte sie ihr Spiegelbild nur in Wassereimern und nur flüchtig erblickt. Spiegel waren Eitelkeit. »Aus dem Spiegel starrt dich der Teufel an.« Wer hatte das gesagt? Oh, Reverend Block, der verflixte alte Kerl. Andererseits hatte sie zwar die Lehren von Reverend Block verworfen, jedoch nicht seinen Gott. Sie war nur gerade dabei, sich ein neues Urteil über Ihn zu bilden.

Eisern widerstand sie der Verlockung des Spiegels und ging in ihre Dachkammer hinauf. Sie würde ihre Seele nicht durch Narzißmus in Gefahr bringen, weil ein Geck ihren Wert nicht erkannt hatte.

Statt dessen trat sie auf ihren Balkon. Trotz der Kälte hatte sie es sich angewöhnt, jeden Abend dort zu stehen und die Sonne über London untergehen zu sehen.

Diese Zeit am Ende eines jeden Tages faszinierte sie. Unglück, Gemeinheit, Verbrechen – niemand wußte besser als sie, was in den versteckten Straßen geschah. Doch in diesen Momenten wurden sie von einem Sonnenuntergang ausgelöscht, der bereifte Türme und Dächer in reinen Bernstein verzauberte und eine goldene Welle durch die Themse schickte. Heute abend hatte sie wieder, und stärker denn je, das Gefühl der Erwartung.

Ein Schlurren und ein Klopfen holte sie nach Dog Yard und in seine bedrückende Sterblichkeit zurück. Die Leichenfrau überquerte den Platz und ging auf die Stufen des Ship Inn zu. Penitence hatte den Eindruck, daß die Leichenfrau an diesen Abenden häufig in Erscheinung trat.

Hinter ihr platzte Dorinda schimpfend und schlecht gelaunt in die Dachkammer. »Was machst du da draußen, faules Stück? Hier drin spielt die Musik. Und wo ist meine verfluchte Jacke?«

Doch als Penitence wieder in die Kammer zurückgeklettert war, hatte Dorinda aufgehört zu fluchen und starrte aus dem seitlichen

Fenster. »Nun«, sagte sie langsam zu sich selbst, »was sagt man denn *dazu*?«

Penitence schaute mit ihr hinaus. Das Zimmer auf der anderen Seite der Gasse, dessen Fensterläden seit ihrer Ankunft geschlossen gewesen waren, war jetzt ein langes Rechteck aus Kerzenlicht geworden. In einem Kamin an der Wand gegenüber brannte ein Feuer, vor dem man den Schauspieler sehen konnte. Er hatte den Umhang abgelegt und saß, die Arme hinter dem Kopf verschränkt, auf einem Stuhl, allem Anschein nach unglücklich in die Betrachtung der Risse in Mistress Hicks' Zimmerdecke versunken.

Dorinda nickte wohlwollend. »Und wer ist dieses saftige Stück Mannsbild?«

Penitence zuckte mit den Schultern. »I-irgendein Schauspieler.«

Energisch schloß sie die Fensterläden. Dorinda wandte die Augen nicht ab. »Er sieht aus, wie er aussieht, und meine Gentlemen sehen aus wie meine Gentlemen. Und man sagt, es gibt einen Gott.«

Es geschah schon wieder. Sie hatte Mitleid mit den Mädchen, die ihres Berufs überdrüssig waren; jetzt wehrte sich sogar Dorinda, die unsympathischste, die Metze mit dem größten Schandmaul gegen die Falle, in der sie saß.

Sie konnte dem Mädchen ein frommes »Geh hin und sündige hinfort nicht mehr« mitgeben. Doch wenn Dorinda fragte: »Wohin soll ich gehen?« würde sie keine Antwort wissen. Sie forschte in der Bibel, fand jedoch keine Lösung. Die Sohlen ihrer Stiefel wurden immer dünner in ihrem Bemühen, für sich selbst einen Ort zu finden, zu dem sie gehen konnte, und dabei war ihre Falle gepolstert im Vergleich mit dem Fangeisen, das dieses Mädchen festhielt, wo es war.

Freundlich sagte sie: »Ich b-bin mit der Jacke f-f-ast fertig«, und Dorinda erholte sich und sagte: »Wird auch langsam Zeit.« Sie stand still, während Penitence sie ihr anzog, glättete und zupfte. Dorindas Eifersucht flaute ab; die Haltung ihrer Ladyschaft gegen Penitence, eine Wachsamkeit, die an Feindseligkeit grenzte, gab ihr keinen Anlaß, eifersüchtig zu sein. Es war verwirrend. Penitence wußte, daß sie die Wohltätigkeit ihrer Ladyschaft mit harter Arbeit vergalt; die Feindseligkeit mußte weniger ihr gelten als ihrer Tante. Zweifellos war ihre Ladyschaft der Erinnerung an Margaret Hughes etwas schuldig, aber gemocht hatte sie sie nicht.

Die Art, wie ihre Ladyschaft die Mädchen ausnützte, schien weniger entsetzlich, nachdem Penitence erfahren hatte, wovor sie gerettet worden waren, und es gab Zeiten, in denen Penitence in ihrer Einsamkeit sie beinahe beneidete um die Kameraderie, die im Cock-and-Pie herrschte, diesem Corpsgeist der Mädchen, die ihre Ladyschaft zwischen ihr und den Mädchen förderte, ohne auch nur die geringste Respektlosigkeit zu dulden.

»Keine Kanzelreden heute?« fragte Dorinda.

Penitence schüttelte den Kopf. Sie predigte nicht mehr. Das bereitete ihr manchmal großen Kummer. Machte sie sich dadurch schuldig? War sie zu dem geworden, was ihr Großvater Weder-Fisch-noch-Fleisch-sein genannt hatte, wurde sie so tolerant, daß sie keine feste Meinung mehr zu dem hatte, was richtig und was falsch war?

Nun, auch wenn sie weder Fisch noch Fleisch war, war sie Jesu Lehren dennoch näher als der Religiosität von Reverend Block, der predigte: »Schneidet ihnen die Ohren ab und brandmarkt sie.« Das hatte sie inzwischen gelernt.

Gott, war sie müde; sie hatte die Mädchen satt, die an ihrer Müdigkeit schuld waren, hatte die kalte Dachkammer satt.

Sie trat zurück. »P-p-paßt p-perfekt.«

Dorinda sah sich nach einem Spiegel um und fand keinen. Sie marschierte zum Fenster und riß die Läden auf. »He, Schauspieler!«

Penitence stürzte ihr nach, um sie zurückzuhalten, doch der Mann schaute schon in ihre Richtung. Er verbeugte sich von seinem Stuhl aus.

»Das ist meine Freundin Penitence«, sagte Dorinda.

Der Schauspieler verbeugte sich wieder.

»Gefällt Euch meine neue Jacke?« fragte Dorinda und drehte sich um ihre eigene Achse.

Er kniff die verquollenen Augen zusammen und nickte. Er wollte in Ruhe gelassen werden.

Zu Penitence' Entsetzen sagte Dorinda: »Warum springt Ihr nicht zu uns rüber und zieht sie mir aus?«

Er streckte sich und trat ans Fenster: »Madam, zwischen Euch und mir klafft ein tiefer Abgrund: Eure Ehre, die meine, und es ist so verdammt tief, da hinunter. Ich wünsche Euch und Eurer Freundin heute abend reichere Ernte als meinen alten Kadaver.«

Er verbeugte sich, griff nach seiner Flasche und kehrte zu seinem Stuhl zurück.

»Nun«, sagte Dorinda, »er hat es nett gesagt.«

Penitence riß Dorindas Hand vom Fensterladen weg und knallte ihn zu. »W-wie k-kkkk-konntest du nur?«

Dorinda verzog den Mund. »Er soll von Anfang an wissen, daß er Nachbar eines Bordells ist«, sagte sie. »Gentlemen wie er kriegen diesen gewissen Blick, wenn sie's rausfinden. Also sag' ich's ihnen gleich. Und scheiß auf sie.«

Wieder diese unerwartete Verletzlichkeit und diesmal verschärft durch Selbstbestrafung. Dorinda hatte sich offen zu ihrem Gewerbe bekannt, weil sie dem Grundsatz huldigte, daß sie, wenn ihr jemand gefiel, diese Möglichkeit von vornherein ausschalten mußte. Sie brachte ihr Gesicht ganz dicht an das von Penitence heran. »Möchtest ihn gern selber haben, wie?«

Das wollte Penitence ganz gewiß nicht. Doch es ärgerte sie, daß ein solcher Mann denken könnte, sie sei eine Hure. Sie fragte sich, ob sie, nachdem Dorinda gegangen war, ans Fenster zurückkehren und ihm erklären sollte. *Bitte, Sir, ich bin keine Prostituierte.*

Sie übte es. »Bitte, Sir, ich bin keine Prostituierte.« Das Sonderbare an ihrer Behinderung war, daß sie nicht stotterte, wenn sie allein war. Die Ps klangen wie perfekte, kleine Lautexplosionen.

Doch die Erklärung hing geradezu lächerlich in der Luft, und wieviel lächerlicher würde es sich anhören, wenn sie, die schrecklichen Silben mühsam hervorbringend, aus dem Fenster rief: B-bbb-bi, prppro-pro.

Verdammt, wenn sie es tat, verdammt, wenn sie es nicht tat.

Sie wurde wütend. Wer war denn dieser komödiantische Bauernfänger, daß er sie bemitleiden durfte, weil sie stotterte oder eine Metze war? Was kümmerte sie, deren Seele am Tag des Jüngsten Gerichts die ewige Seligkeit erwartete, sich um die Meinung eines Menschen, der schreiend von der Hölle eingesogen werden würde?

Ein wunderschön auszusprechender, die Seele gefährdender Satz ertönte wie von selbst in der Dachkammer und erschreckte die, die ihn aussprach, noch während sie ihn sagte. Er lautete: »Und scheiß auf ihn.«

4. Kapitel

Der Montag war *Bill of Mortality*-Tag, der Tag, an dem die Todesfälle offiziell registriert wurden. Peter Simkin begab sich mit einem Tintenfaß, einem Federkiel, einem Lineal und Papier in die Sakristei der Kirche St. Giles und schrieb aus dem Register für Geburten, Heiraten und Todesfälle die Namen derjenigen ab, die in der vergangenen Woche in seiner Pfarrgemeinde gestorben waren und warum.

Er zog Linien für die einzelnen Spalten und trug dann die Namen in alphabetischer Reihenfolge ein; da der Tod sich jedoch an keine alphabetische Reihenfolge hielt, bedeutete das, daß er alles auf eine Schiefertafel notieren mußte, bevor er es ins reine übertragen konnte. Er fand Trost in der Tatsache, daß überall in London Küster wie er das gleiche taten, obwohl er in der Pfarrgemeinde St. Giles, die übervölkert und ärmer war und häufiger vom Tod heimgesucht wurde, für eine geringere Bezahlung viel mehr arbeiten mußte.

Wie der Pfarrer schämte auch er sich, daß er in die Spalte Todesursache so häufig »Syphilis« eintragen mußte.

Gewöhnlich brauchte er für die Arbeit keine ganze Stunde. An diesem ersten Montag im April dauerte sie fast zwei. Noch einmal zählte er die Todesfälle. Einunddreißig. Normalerweise waren es etwa neunzehn im Durchschnitt. Er ging zur Tür der Sakristei und rief seinen Pfarrer herein, um ihm die Liste zu zeigen.

»Ich weiß«, sagte Reverend Boreman. »Es war ein schlimmer Winter.«

»Acht, die am Fieber gestorben sind«, betonte Peter. »Das ist eine Menge.«

Reverend Boreman zuckte mit den Schultern. Sie mußten sich auf das verlassen, was die Leichenfrau ihnen sagte. »Und wie viele mit Syphilis in dieser Woche?«

Verlegen verdrehte Peter Simkin die Augen. Reverend Boreman folgte seinem Blick. In einer dunklen Ecke der Sakristei saß eine steife Gestalt unter den Chorhemden. Sie war wieder da.

Peter Simkin hatte ihm gesagt, daß sie im Cock-and-Pie wohnte, daher mußte sie inzwischen mit dem Wort Syphilis vertraut sein, auch wenn sie, wieder laut Simkin, nichts mit dem *raison d'etre* des Hauses zu tun hatte. Er neigte sogar dazu, es zu glauben; in ihrer puritanischen Kleidung konnte sie Lust höchstens in religiös Abartigen wecken. Er nickte ihr zu. »Mistress!« Und sie knickste abweisend.

»Die Kälte«, wiederholte er. »Es wird besser werden, nun, da der Frühling gekommen ist.«

Stirnrunzelnd rollte Peter Simkin die Liste zusammen, nahm seinen Hut und brach, mit Penitence an der Seite, in die City auf. Ihre Bekanntschaft, anläßlich einer Begegnung in der High Street erneuert, hatte dazu geführt, daß sie jede Woche gemeinsam in die City gingen; er, um die Totenliste der Pfarrei St. Giles bei den Behörden abzuliefern, sie, um sich eine neue Arbeit zu suchen.

Zuerst hatte er ihr vorgeschlagen, bei Londons puritanischen Gemeinden vorzusprechen. »Sie sind nicht beliebt, das versichere ich Ihnen«, hatte er gesagt. »Aber sie werden eine Arbeit für Euch finden.«

Sie hatte den Vorschlag abgelehnt. Es war möglich, daß Reverend Block eine Nachricht aus Amerika geschickt hatte, eine gewisse Penitence Hurd, eine, die stottert, sei eine Brandstifterin und eine Hexe. Bei Peter Simkin war sie sicherer, denn er gehörte der falschen Kirche an. Der kleine Mann war von einer uneigennützigen Freundlichkeit; in seiner Gesellschaft hatte sie den Mut, hin und wieder einen Satz zu sagen. Sie versuchte auch jetzt einen: »R-r-Ratten auch. Viele t-t-tote Ratten.«

Ihm waren die toten Ratten nicht aufgefallen; ihm machten die toten Menschen Sorgen.

Soll ich ihm das von der Leichenfrau sagen? Sie wußte mit Bestimmtheit, daß die Leichenfrau letzte Woche zweimal Schweigegeld genommen hatte – sie fühlte sich Dog Yard inzwischen schon so zugehörig, daß auch sie dieses Geld in Gedanken »Engels-Öl« nannte – einmal vom Pfandleiher, dessen Mieter tot im Bett gefunden worden war, das zweitemal von Sam Bryskett, bei dem ein Gast einfach tot umfiel. Es hatte sich herumgesprochen, daß die Leichen mit Pusteln bedeckt gewesen waren. Aus Angst um ihr Geschäft hatten die beiden Männer der Leichenfrau Silber in die Hand gedrückt, damit sie die Todesursache als nicht ansteckend angab.

Aber die Pest war doch ausgestorben, bestimmt. Und Penitence wußte aus eigener Erfahrung, daß die Leichenfrau behaupten konnte, Pest festgestellt zu haben, um ein bißchen Silber in die Hand gedrückt zu bekommen. *Man soll schlafende Hunde nicht wecken.* Und die Toten ruhen lassen. Sie mochte Sam Bryskett und seine rothaarige Familie und war überrascht, als sie merkte, daß ihre Loyalität gegenüber Dog Yard es ihr unmöglich machte, etwas preiszugeben, nicht einmal dem Küster des Kirchspiels, so nett er auch war.

Außerdem war das kein Tag, um vom Tod zu sprechen. Heute würde sie ewig leben; heute würde jeder ewig leben. Sie genoß diese montäglichen Spaziergänge; es war ein Vergnügen, an Häusern vorbeizugehen, die das Auge erfreuten und nicht jeden Moment einzustürzen drohten; statt Unrathaufen Kaffeestuben und Bäckereien zu riechen. Und heute war in London der Frühling ausgebrochen, als versuche Gott die Menschen reumütig für Seinen schlimmen Winter zu entschädigen.

Was eine Stadt aus Stein gewesen war, wurde zu einem Garten, in dem die Gebäude zu Ornamenten inmitten einer Fülle von Grün schrumpften; London hatte sein Umland wiedergefunden, denn die Viehtreiber kamen aus den angrenzenden Grafschaften, ließen ihre Schaf- und Gänseherden auf den freien Plätzen weiden, und Hähne krähten, um warme, weiche Morgendämmerungen zu verkünden.

Penitence schnüffelte genießerisch, als sie Blüten, junges Gras und Pferdedung roch, die sich miteinander mischten, und sie und Peter Simkin nahmen ihren üblichen Umweg durch den Hyde Park, weil Peter seiner Frau – einer großen, breiten Frau, die von einer noch größeren Kinderschar an ihr Haus in der High Street gebunden war – gern berichtete, wie die neueste Mode aussah. Im Winter waren sie hingegangen, um den Schlittschuhläufern zuzusehen, die wie bunte Schwalben über den zugefrorenen Serpentine flogen und ihre Kreise zogen. Heute erschreckte Penitence der Maibaum, obwohl sie mit dem Fuß den Takt zu der Flötenmusik schlug, die den Maitanz der Milchmädchen begleitete, die um den Baum herumtanzten und seine bunten Bänder flochten.

Peter Simkin zeigte auf einige Reiter, die vorbeikamen. »Seht doch, Pen, das ist Lady Castlemaine. Die Freundin des Königs.«

Doch wohl eher seine Metze. »Sie t-trägt M-m-m-Männerkleidung.«

»Die Mode, Pen, die Mode.«

Firlefanz. Extravaganz. Schau nur, wie dieser Plüsch glänzt. Noch während sie verächtlich schnaubte, prägte Penitence sich den eleganten Schnitt der Jacke mit den langen Schößen ein. Sie würde Francesca gut stehen.

Auf dem ganzen Weg in die City hatten ihr puritanischer Glaube an die vollkommene Gleichheit der menschlichen Gesellschaft und ihre Freude an der Schönheit um die Oberhand gerungen; die neuen Postkutschen-Stationen lockten jetzt, da die Straßen wieder passierbar waren, Passagiere an, obwohl man für fünf Meilen einen Shilling bezahlen mußte. Schweinslederkoffer mit Messingschlössern stapelten sich auf den Kutschendächern, während Damen, beim Einsteigen ihre Kleider raffend, Unterröcke aus Brokat und hochhackige Schuhe mit Pompons enthüllten. In den indischen Läden schlürften müßige Männer und Frauen Tee in einer exotisch duftenden Höhle, während vor ihren Füßen Baumwollstoffe aus Smyrna und persische Seiden ausgebreitet wurden. Nebenan prunkte das Spitzengeschäft mit burgundischen und holländischen genähten- und Bändchenspitzen in den Schattierungen von dicker Sahne bis zu Maiblüten. »Ich möchte ein Stück von den Flandrischen für ein Babylätzchen«, sagte eine Kundin. »Achtzehn Shilling der Yard? Das ist Wucher. Aber gut, wenn man muß, dann muß man.«

Achtzehn Shilling. Mit achtzehn Shilling wären die unbekannte Mutter und ihr Baby, die in Dog Yard gestorben waren, noch am Leben.

In der Bride Lane trennten sie sich. Peter Simkin trat durch das verschnörkelte Portal des Zunfthauses der ehrwürdigen Gesellschaft der Küster und überreichte seine Liste. Der Sekretär, der sie entgegennahm, warf einen Blick darauf und sagte: »Wieder mehr in St. Giles, Master Simkin? Mehr Syphilisfälle, vermute ich.«

Aber als er im Ring o' Bells Steakpastete aß und ein Porter trank, hörte Peter Simkin seine Kollegen aus St. Martin in the Field, Westminster und St. Clement Danes sagen, daß auch ihre Listen länger geworden waren.

»Wie unsere Leichenfrau sagt, die Kälte hat sie umgebracht«, erklärte St. Clement Danes, und die anderen pflichteten ihm bei.

Das Gespräch wandte sich dem Krieg gegen die Holländer zu, aber Peter Simkin hatte das Gefühl, daß weder die Steakpastete noch das Porter so gut schmeckten wie sonst.

Draußen wartete Penitence auf ihn. Er gab ihr ein Stück Fladenbrot, das er für sie aufgehoben hatte. »Glück gehabt?«

Kauend schüttelte Penitence den Kopf. »Dr-d-Druckerei geht nichts.«

In der Woche vorher hatte sie die Idee verworfen, eine Anstellung als Näherin zu bekommen; London quoll von Hugenotten über, die vor der Verfolgung Ludwigs XIV geflohen waren, und soweit sie es übersehen konnte, hatten alle mit dem Schneiderhandwerk zu tun. Die Antwort war immer dieselbe: Es gebe mehr Näherinnen als Arbeit.

Heute hatte sie versucht, mit ihren anderen Fähigkeiten hausieren zu gehen und war in jeder Druckerei in der Gegend von St. Paul's gewesen, hatte aber nur erfahren, daß man selten genug Druckergesellen geschweige denn Frauen einstellte.

Sie war überrascht gewesen, wie wenig Druckermeister es gab. Der kürzlich erlassene Licensing Act schien ihre Zahl auf sechsunddreißig zu beschränken. »Ist das für L-London?« fragte sie in der Stationer's Hall. Der Pförtner, der sie hinausführte, schüttelte den Kopf. »Für das ganze Land.«

Ein Land mit nur sechsunddreißig Druckern. *Und sie dürfen nur drucken, was man ihnen sagt.* Da gab es ja in Neu England mehr; zugegeben, sie waren meist klein, von der Druckerei in Cambridge abgesehen, aber sie waren frei. Kein Wunder, daß es viele illegale Druckereien gab wie die in der Goat Alley in der Rookery. Sie gab dem König die Schuld. Cromwell hätte das nie geduldet.

»Habt Ihr keine anderen Fähigkeiten?« fragte Peter Simkin mitfühlend.

Sie hatte keine; zumindest keine, die es ihr ermöglichen würden, eine Anstellung zu finden. Jemand, der einen Elch aufspüren konnte, würde in London wohl kaum benötigt.

An diesem Abend beobachtete Penitence Hurd von ihrem Balkon aus den Sonnenuntergang. Dann ging sie zu Bett. Stand wieder auf und sah den Mond aufgehen.

Was war das? Was rief sie? Welcher Dämon dort unten in der duftenden Nacht hexte dieses Prickeln in ihre Adern?

Vielleicht war es der Krieg. Die City hatte heute vor Haß gegen die Holländer förmlich gebrodelt. Kaufleute schimpften, daß Norwegen nicht mehr war als der Forst der Vereinigten Provinzen, die Rheinufer und die Dordogne nur Hollands Weingärten waren, daß in

Spanien und Irland holländische Schafe weideten und die Bank von Amsterdam den Handel zwischen der Alten und der Neuen Welt beherrschte.

Der Kuckuck sollte die Holländer holen. Sie waren ihr völlig schnuppe, und der Krieg auch. Irgendein älterer Kampf machte ihr Blut unruhig, ein unchristliches Ding, das in dieser Nacht alle Rastlosigkeit des Frühlings zu einem Ball aus Himmelsschlüsseln zusammengeknüllt und ihr in den Schoß geworfen hatte.

Sie stand auf, öffnete die Läden des anderen Fensters, um mehr Luft hereinzulassen, und sah zufällig – nicht daß es sie interessiert hätte –, daß das Fenster des Schauspielers dunkel war. Er war noch nicht aus der Drury Lane zurückgekommen.

Der Mann genoß in Dog Yard ein ziemlich hohes Ansehen; man hatte Gefallen an ihm gefunden oder, wie Penitence dachte: Man war auf ihn hereingefallen. Seine gedrechselte Sprache, die die Yarder bei jedem anderen hochnäsig genannt hätten, glich er durch seine Armut, seine Trinkerei und seine Lebensumstände aus, die den ihren glichen.

Mistress Palmer schmuggelte seine Wäsche unter die des Cock-and-Pie, so daß sie jetzt auf Kosten der ahnungslosen Ladyschaft gewaschen wurde. Der »Läufer ohne Bein« erledigte alles, was er ihm auftrug, bei Sam Bryskett trank er sein Ale kostenlos unter der Bedingung, daß er seine Thespiskollegen zum Trinken ins Ship mitbrachte, was der Mann auch tat. Fulker, der Pfandleiher, schoß ihm ohne jede Sicherheit Geld vor, und die Tippins ließen ihn nicht nur unbehelligt, sondern sorgten auch dafür, daß niemand anders ihn beraubte.

Das erstaunlichste Opfer seines Charmes war Mistress Hicks, obwohl es hier auf Gegenseitigkeit beruhte. An dem Morgen, an dem er über dem Tisch zusammengesunken gefunden wurde, nachdem er bis tief in die Nacht hinein geschrieben hatte, zu betrunken, um ins Theater zu gehen, hatte Mistress Hicks ihn an den Haaren nach unten geschleift, die Haare und den übrigen Kopf in den Pferdetrog getaucht und ihn dann persönlich in die Drury Lane begleitet, wo sie ihn mit einem Fußtritt durch den Eingang des Cockpit Theatre beförderte. Weil sie gedroht hatte, sie werde es wieder tun, blieb er seither immerhin so nüchtern, daß er arbeiten konnte.

Penitence, die das Tauchbad vergnügt von ihrem Balkon aus beobachtete, nahm an, daß Mistress Hicks sich nur ihre Miete sichern wollte, aber für Dog Yard war es schlichtweg reine Liebe.

Phoebe, die dem Spektakel mit Penitence zusammen zusah, sagte: »Gott der Allmächtige, jeden anderen hätte sie zu Senfmehl zermahlen und hinausgeworfen.«

Dorinda und Alania, die beide in ihn verliebt waren, folgten ihm ins Cockpit. Sie lungerten in ihrer Freizeit um das Theater herum und verfielen der Bühne, zwar nicht mit Haut und Haaren, aber zu einem großen Teil. Sie verzierten sich die Gesichter mit Schönheitspflästerchen und näselten bei jeder Gelegenheit »meine Lieben«. Sie dachten ernsthaft daran, Orangistinnen zu werden. »Killigrew hat ihn engagiert, meine Liebe«, sagte Alania zu Penitence in der herablassenden Art von jemand, der wußte, wer Killigrew war, zu jemand, der keine Ahnung hatte. »Er soll ihm bei einem französischen Stück von irgendeiner Molly Sowieso helfen, das unser Henry übersetzt hat. Hast du gewußt, daß unser Henry Französisch spricht? Wie ein gebürtiger Franzose, meine Liebe.«

Die Franzosen, ein Volk, eng verknüpft mit dem Papismus und jetzt anscheinend auch noch eines, das Stücke schreibende Frauen erdulden mußte, trugen nicht dazu bei, Penitence' Wertschätzung für den Schauspieler zu steigern. Sie begriff nicht, wieso die anderen nicht spürten, daß dieser Mann mit seinem angeblichen Charme nur seine Verachtung für die Rookery und ihre Menschen bemäntelte.

Sie vertraute Phoebe an, wie verblüfft sie darüber war.

»Er gehört nicht hierher, Prinks«, sagte Phoebe. »Wenn du mich fragst, gehört er auch nicht ins Theater. Ich wäre nicht überrascht, wenn er einer von denen wäre, die unter Cromwell ihren Platz verloren haben und ihn nicht zurückbekommen können. Natürlich gefällt ihm das nicht. Aber es sind nicht wir, die er verachtet. Er verachtet sich selbst.«

Penitence erkannte die Weisheit, wenn sie auch ihre Abneigung vorzog. Sie war unzufrieden, daß die Gedanken an ihn, wie heute abend, so viel von ihrer Aufmerksamkeit beanspruchten. Das mußte besser werden.

Sie setzte sich auf das Bett, nahm ihre Bibel und schlug sie aufs Geratewohl auf. Es war das Hohelied Salomos, Seiten, von denen die

Puritaner ihrer Gemeinde meinten, sie seien ein Versehen des Herrn, über das sie schnell hinwegblättern müßten. Penitence hatte sie noch nie gelesen.

Die Worte umschlangen sie, bevor sie sich gegen sie wehren konnte; der Duft von Lavendelöl und Safran, Kalmus und Zimt, Weihrauch und Aloen wehte sie in den umfriedeten Garten mit seiner versiegelten Quelle. Manchmal sprach eine Frau die Worte, manchmal ein Mann – und ein Mann mit einer sehr ungesunden Einstellung zu seiner Schwester. Die Geliebte kam über die Hügel gesprungen wie eine Hindin, um in das Fenster zu blicken, an dem er sich durch das Gitterwerk zeigte.

Penitence klappte die Bibel zu. Der einzige umfriedete Garten hier war Dog Yard, wo die Leichenfrau sogar jetzt noch ihres Weges tappte. Und das einzige Gitter war das des Schauspielers.

Was ist es? Vielleicht hatte der Anblick der schönen Frauen in den schönen Kleidern im Hydepark heute abend den Wunsch in ihr geweckt, Schönheit zu schaffen. Vielleicht würde sie sich morgen von ihrer Ladyschaft ein bißchen Stoff erbitten, um sich ein neues Kleid zu nähen. Schwarz, natürlich, hochgeschlossen, aber neu.

Der Impuls, in die duftende Nacht hinauszugehen, um zu finden, was sie rief, war stark und mußte unterdrückt werden. Nicht imstande, ihre Erregung in einer anderen Form auszudrücken, legte sie sich aufs Bett, verschränkte die Hände im Nacken und begann statt dessen zu singen.

Gesang hatte ihr immer Freude bereitet. Wenn sie sang, stotterte sie nicht, ein Phänomen, das ihr mehr als einmal Schläge von ihrer Mutter eingetragen hatte, die erklärte, wenn sie ungehemmt singen könne, sei es pure Halsstarrigkeit von ihr, zu stottern, wenn sie spreche.

Gewöhnlich sang sie Psalmen, aber nicht heute abend. Psalmen waren kein Ventil für das unchristliche Pochen in ihren Adern.

Als später der Schauspieler nach Hause kam, betrat er ein Dog Yard, dessen Bewohner im Mondlicht auf den Stufen vor der Haustür saßen und einem kräftigen jungen Sopran lauschten, der in einer bebenden Molltonart durch den Hof und die Gassen hallte, von der Getreideaussaat in einer Sprache sang, die sie nicht verstanden, von einem Gott Cauntantowwit, Hüter der Ernte dreitausend Meilen weit entfernt, von der Rückkehr junger Männer nach der Winterweihe zu einem Volk, von dem sie noch nie gehört hatten.

Er setzte sich neben seine Wirtin auf die Stufen. »Wer ist das?«

»Die puritanische Katze von gegenüber«, sagte Mistress Hicks. »Wo ist meine Miete?«

Er gab ihr das Geld. »Katze?«

»Katze. Metze. Hure. Die mit dem Hut.«

»Ah, Mistress Stiefel.«

»Weiß nicht, wie sie heißt. Schreit aber so jämmerlich wie eine verdammte Katze.«

Doch sie blieben sitzen. Der Frühling hatte sich sogar bis Dog Yard durchgekämpft, mit Baldrianbüscheln, die zwischen den Rissen in den Steinen sprossen, und einem Haselstrauch, der seine Kätzchen über die Tonne des »Läufers ohne Bein« verstreute. Der Bettler hockte in der Öffnung seines großen Fasses, und ließ seine Beinstummel im Takt des Liedes baumeln. Mistress Palmer lehnte auf dem Dach der Gebäude an einer Schießscharte, um die sie Wäsche drapiert hatte. Weiter unten in einem Fenster stillte Mistress Fairley träumerisch zwei Babys gleichzeitig. Zur Linken hatten die Cock-and-Pie-Mädchen Hocker auf die Steinplatten gestellt, um die Luft besser zu genießen. Sogar die Tippins, die nicht auf Raubzügen unterwegs waren, hatten sich ungewöhnlich still zusammengefunden, um auf den Stufen des Ship ihr Ale zu trinken. Es war ein Augenblick, wie es sie selten gab.

»Merkwürdig«, sagte der Schauspieler. Er holte die Lederflasche heraus und bot sie seiner Hauswirtin an.

Mistress Hicks trank. »Muß auch solche geben«, sagte sie. »Muß ein paar Freier haben, sonst würde diese Ladyschaft sie nicht behalten. Sie hält nichts von Wohltätigkeit.«

»Davon bin ich überzeugt. Aber als ich in Paris war, waren ein paar Missionspriester aus Quebec da, sie wollten König Ludwig indianische Konvertiten zeigen, die sie mitgebracht hatten. Sie ließen sie singen. Ihr Lied war dem, das sie singt, nicht unähnlich. Merkwürdig, daß eine arme kleine Hure in einem Bordell in der Rookery ein Irokesenlied singt. Noch dazu so wunderschön.«

»Das Leben ist seltsam«, sagte Mistress Hicks.

Sie tranken auf diese Perle philosophischer Weisheit.

»Und geht eine Zeitlang nicht ins Ship zum Trinken. Sie haben Kranke. Sam Bryskett hat den Apotheker holen lassen.«

Sie tranken auf Sam Brysketts Gesundheit und blieben lauschend beieinander sitzen.

So verging eine der in Dog Yard so seltenen friedlichen Nächte. Die letzte.

Am nächsten Tag lag die kollationierte Bill of Mortality für ganz London, seinen Freibezirken und außerhalb liegenden Pfarreien auf dem Schreibtisch des Lord Mayors.

Frühgeburten: 4 ... Altersschwäche: 45 ... Schädelbruch durch Sturz auf der Straße: 1 ... Kindbett: 28 ... Wassersucht: 32 ... Gicht: 1 ... Kummer: 3 ... Lethargie: 1 ... Pusteln: 2 ... Halsentzündung: 5 ... Plötzlich: 2 ... Erbrechen: 10 ... Winde: 4 ... Würmer: 20.

Die unzähligen unterschiedlichen Arten, auf die Leute sterben konnten, faszinierten Sir John Lawrence immer. »Was sind Pusteln?«

»Das weiß ich nicht, my Lord.«

»Und ich auch nicht. Und ›plötzlich‹ kann alles bedeuten.« Er zählte zusammen. »Es sind mehr.«

»Ein paar, my Lord«, sagte der Küster. »Der Winter war hart.«

Sir John fuhr mit dem Finger die Reihe der S entlang. »Gibt wieder eine Menge Syphilis.«

»St. Giles«, sagte der Küster selbstgefällig. »Wie immer.«

»Sie sind als einzige ehrlich genug, es zuzugeben.« Sir Johns Finger rückte eine Zeile höher. »Keine Pest?«

»Nein, my Lord.«

»Wieso nicht?« Sir John beugte sich über den Schreibtisch und klopfte auf die Platte. »Nat Hodges persönlich hat mir erzählt, daß er am letzten Dienstag in Westminster drei Todesfälle hatte. Sie stehen nicht hier drin. Warum nicht?«

Der Küster der ehrwürdigen Gesellschaft scharrte mit den Schuhen. Mann, wie sehr er neue Besen haßte; der alte Lord Mayor hatte die Listen weitergegeben, ohne einen Blick daraufzuwerfen. »Offensichtlich hat die Leichenfrau aus Westminster etwas anderes gesagt.«

»Offensichtlich«, Sir John nahm das Wort auf und spielte damit,

»offensichtlich wäre die Leichenfrau aus Westminster, wie alle Leichenfrauen, nicht einmal imstande, den Unterschied zwischen Pest und Schwindsucht zu erkennen. Offensichtlich würde sie für zwei Silbermünzen sagen, ein unsichtbarer Chor habe die Toten weggetragen.«

Der Küster der ehrwürdigen Gesellschaft fragte sich, wieso er sich gezwungen sah, ein System zu verteidigen, das offensichtlich mangelhaft war. Denn es *war* das System; war es immer und würde es immer sein. Die Ärzte stellten keine Totenscheine aus, das taten die Leichenfrauen.

Aber so war Sir John; aggressiv, ein kleiner Mann mit großen Ideen. Darauf aus, sich hervorzutun. Der Küster wollte es mit Vernunft versuchen. »My Lord, es ist zwanzig Jahre her, seit sie zuletzt ausgebrochen ist. Offensichtlich gibt es Doktoren, die nie einen Pestfall zu Gesicht bekommen haben. Die Leichenfrauen sind alt und haben ein gutes Gedächtnis.«

»Sie haben tiefe Taschen.« Die Augen des Lord Mayors funkelten zornig. »Hören Sie mir jetzt gefälligst zu, Master Küster. Der Bürgermeister wird alles tun, damit es ein gutes Jahr für London wird, ein großartiges Jahr. Wenn irgendwo die Pest auftritt, werde ich sie im Keim ersticken. Wenn mir ein Küster auch nur eine einzige Pestbeule verheimlicht, schicke ich ihn so schnell nach Barbados, daß er nicht einmal Zeit haben wird, sich zu verabschieden. Sie haben es mir als dem obersten Verwaltungsbeamten zu melden. Und mir zuerst. Ist das deutlich genug?«

Als der Küster der ehrwürdigen Gesellschaft gegangen war, sagte der Sekretär des Lord Mayors, der sein Neffe war: »Ihr wart sehr hart zu ihm, my Lord.«

»Er und sein unerträgliches ›offensichtlich‹.« Sir John trat ans Fenster des Rathauses der City von London und wehrte mit erhobener Hand jeden Vorwurf ab. »Es ist nicht seine Schuld, ich weiß, daß es ab und zu einzelne Fälle gibt, *das* weiß ich alles. Aber das Ding kommt in Zyklen von zwanzig Jahren, das weiß ich auch.« Er wirbelte auf seinen kleinen Schuhen herum. »Und du weißt es ebenfalls. Anno '25 und wieder in der Mitte der 40er. Wie viele tausend?«

Der junge Symmons sagte: »Das war vor meiner Zeit, my Lord.«

»Aber nicht vor meiner.« Er erinnerte sich an das Grauen. »Männer haben ihr eigenes Grab gegraben und sich hineingelegt, um zu sterben, weil sie wußten, daß ihre Frauen sie nicht tragen konnten. Niemand sonst wollte sie anfassen.«

Alle zwanzig Jahre. Nicht in diesem zwanzigsten, um der himmlischen Barmherzigkeit willen! Dafür hatte er gearbeitet; Stadtrat, Sheriff, dem jungen Charles im Exil die Treue gehalten. Der erste bürgerliche Würdenträger, der nach der Restauration geadelt wurde – und er hatte es verdient. Nun, da der rechtmäßige König auf den Thron zurückgekehrt war, würden sie gemeinsam London Zeiten schenken, wie es sie seit Lord Mayor Dick Whittington nicht mehr erlebt hatte. Das ließ er sich nicht nehmen.

In der Pfarrei von St. Giles-in-the-Fields brach Reverend Boreman ein langes Schweigen. »Und es besteht nicht die Möglichkeit, daß es Fieber war?«

William Boghurst schüttelte den Kopf. »Die Merkmale waren unverkennbar. Beim Ausbruch anno '25 war ich Assistent meines Vaters. Man hat sie damals gesehen.«

Reverend Boreman blieb hartnäckig. »Die Leichenfrau sagt, es war Rachitis.«

»Sie irrt sich.«

»Es heißt«, sagte Peter Simkin mehr zu sich selbst, »daß sie jetzt jeden Tag Fleisch kauft, statt nur einmal die Woche.«

»Gott verdamme die alte Hexe!« brüllte Reverend Boreman. »Also könnte sie grassieren.«

»Ohne Zweifel«, sagte der Apotheker ruhig. »Das Ship ist am beliebtesten in der Rookery. Und am größten.«

Reverend Boreman stand auf und trat an die Fenster des Wohnzimmers, die offenstanden, um die Maiendüfte aus dem Garten hereinzulassen. Um diese Jahreszeit war er am schönsten. Seine Frau hatte ihn angepflanzt. »Pest«, sagte er. Er merkte, daß er Daumen und Mittelfinger aneinander rieb, eine nervöse Gewohnheit, von der Janet versucht hatte, ihn zu heilen. Er hatte alle Bryskett-Kinder getauft. Acht? neun? Jedes ein Rotschopf. Traurig. Traurig Sam Bryskett, ein besserer Mann als die meisten in der Rookery. Gott helfe ihm.

»Der Lord Mayor hat angeordnet, daß er sofort benachrichtigt werden muß, Herr Pfarrer«, sagte Peter Simkin. »Damit er den Fall isolieren kann.«

»Isolieren? Wie denn? Die Pfarrgemeinde hat nicht einmal ein Pesthaus.«

»Der Küster der ehrwürdigen Gesellschaft hat mir gesagt, daß Sir John die Absicht hat, alle Gesunden aus einer pestverseuchten Pfarrei herauszuholen und alle Kranken hineinzubringen. Falls sie käme, sie isolieren eben.«

Reverend Boreman schnaubte. »Leichter gesagt als getan.«

»Aber«, fuhr der Küster hartnäckig fort, »man hat mir auch gesagt, daß der Geheime Staatsrat Schließungsbefehle erlassen hat.«

Auf Reverend Boreman stürmten zu schnell zu viele Informationen ein, aber eine begriff er sofort. »Wollt Ihr mir sagen, Peter Simkin, daß der Geheime Staatsrat eine Epidemie vermutet hat?«

»Sieht so aus, Herr Pfarrer.«

»Man kann sich denken, daß es nicht nur in St. Giles mehr Todesfälle gegeben hat als sonst«, sagte der Apotheker. »Es wurde vermutet, aber verheimlicht. Ich«, fuhr er fort, »empfehle mein Gegenmittel aus Latwerge, eine Einflößung, zum erstenmal angewendet von meinem Vater, die sich als höchst wirksam erwiesen hat. Acht Pence eine Unze.«

»Bereitet etwas davon zu«, sagte der Pfarrer. »Sehr viel.« Er schob den Augenblick von sich, in dem das Phantom sich in Realität verwandeln würde. Leiden, Arbeit, Verantwortung würden über ihn hereinbrechen. Er war zu alt; vielleicht sollte er sich zurückziehen und einen jüngeren Mann – sterben lassen. O Gott, genau das würde er tun wollen. Er hatte Angst. Christus im Himmel, er hatte Angst. »Nun, Peter Simkin, geht los und benachrichtigt den Lord Mayor. Und die Bezirksversammlung. Sexton, natürlich. Und sagt den Pfarrgemeinderäten, sie sollen heute abend hierherkommen.«

Simkin ging, und der Pfarrer wandte sich an den Apotheker. »Wir müssen Doktor Whaley Bescheid sagen. Er wird gebraucht werden.«

William Boghurst schlang die Finger ineinander. »Ich habe auf dem Weg hierher im Haus des guten Doktors vorgesprochen. Er wurde abberufen. Plötzlich. Mit seiner Familie. Ein Besuch. Bei seiner leidenden Schwester. In den Norden.«

»Ich verstehe.« Die Mauer zwischen seinem Garten und dem Friedhof war mit Janets rosa Lieblingsrosen bedeckt. Lebte sie noch, und wären die Kinder noch zu Hause, hätte er es Whaley gleichgetan und wäre geflohen? Aber sie lebte nicht mehr. Die Kinder waren nicht mehr zu Hause.

Die selbstgerechte, leise Stimme des Apothekers sagte: »Ich muß mit der Politik des Geheimen Kronrats konform gehen und Maßnahmen für die Schließung treffen, falls sie beabsichtigt ist. Sie hat anno '25 nichts genützt und wird jetzt wieder nichts nützen. Die Folge ist nur noch mehr Heimlichtuerei, von Flucht ganz zu schweigen. Vor allem ist sie unchristlich. Ich gehe sogar soweit zu behaupten, sie ist mörderisch.«

»Dann habt Ihr also keine kränkelnde Schwester?« Der Pfarrer drehte sich um und sah den Apotheker hinter seiner Brille blinzeln.

»Zufällig habe ich eine Schwester, die in der Tat nicht gesund ist. Sie hat das Rheumatische. Unglücklicherweise lebt sie in der Gemeinde.«

»Ihr bleibt?«

»O ja.«

Boghurst und Boreman, dachte Reverend Boreman. Die Verteidiger von St. Giles. Und wer würde sich an sie erinnern? Ah, vielleicht wird Gott es tun.

Er ging zum Apotheker und drückte ihm die Hände auf die mageren, straffen Schultern. »Laßt uns beten, mein Sohn«, sagte er.

»G-g-gehen?« Penitence starrte ihre Ladyschaft an. »W-wohin soll ich g-gehen?«

»Hör zu, ja? Wir haben zu tun. Zuerst Leadenhall Street. Nummer zweiundvierzig. Frag nach Master Patterson. Er ist Notar und mein Anwalt. Sag, daß du gekommen bist, die Papiere ihrer Ladyschaft abzuholen. Verstehst du? Die Papiere ihrer Ladyschaft. Dann kommst du her und packst deine Sachen. Morgen gehst du.«

»A-a-aber wohin soll ich denn?« fragte Penitence abermals.

Unten klopfte es, und ihre Ladyschaft eilte hinaus.

Penitence blieb stehen, wo sie stand, wartete, seltsam erschrocken. Es war eines, daß sie versucht hatte, das Cock-and-Pie aus freiem Willen zu verlassen; aber etwas ganz anderes, hinausgeworfen zu werden. *Was habe ich getan?* Ihre Näharbeit war mehr als zufriedenstellend gewesen.

Es war an sich schon ein Schock gewesen, daß sie in ihrer Ladyschaft Schlafzimmer befohlen worden war. Nach einem ersten Blick hatte sie die Augen von dem mit Volants besetzten rosa Voile abgewandt, der die Ketten und Fußfesseln umrahmte, die hinter dem Bett die Wand schmückten.

Sie zuckte zusammen, als sie auf der Treppe ihrer Ladyschaft damenhaft quälend langgezogene Vokale hörte. »Aber überhaupt nicht, my Lord. Ich verstehe vollkommen. Hier entlang, my Lord. Darf ich Euch unsere Mistress Fanny vorschlagen? Die schönste meiner Rosenknospen.«

Das lebhafte Klicken der Damenabsätze und der langsamere Schritt männlicher Stiefel passierten auf der Galerie die Tür des Boudoirs.

Schwer atmend kam ihre Ladyschaft zurück, doch bevor sie das Zimmer betreten konnte, klopfte es abermals unten an der großen Eingangstür. Wieder ging sie hinunter und brachte einen anderen Klienten mit – diesmal für Sabina.

Penitence war verblüfft. Es war so früh. Die Klientel des Cock-and-Pie erschien gewöhnlich nach Einbruch der Dunkelheit.

Ihre Ladyschaft kam herein und ging schwerfällig zu einem Nußbaumsekretär, aus dem sie eine Börse nahm. »Hier drin sind zwei Guineen. Davon kannst du leben, bis du Arbeit gefunden hast.«

»W-w-umm-wohin?« fragte Penitence wieder.

Ihre Ladyschaft preßte gereizt die Lippen zusammen. »Fort von London. Geh nach Taunton, und schließ dich den anderen Gottbelästigern an. Deine Tante ist aus Taunton gekommen. Erwähne ihren Namen im George in der Fore Street.«

Es war verwirrend, wenn sich der liebste Wunsch auf diese Weise erfüllte. Sie war dankbar, doch nun, da es soweit war, machte die bevorstehende Veränderung sie unsicher. »W-w-warum?«

»Warum was?« fauchte ihre Ladyschaft. Sie schob Penitence die Börse unter die Nase. »Hier ist dein Lohn. Nimm ihn. Mehr gibt es nicht.«

Penitence nahm ihre Stottererhaltung an, senkte den Kopf, ballte die Hände. »A-a-abba-aber warum?«

»Weil es mit dem Geschäft vorbei ist, deshalb. Keine Gentlemen mehr, deshalb. Keine Näharbeiten mehr, deshalb.« Ihre Ladyschaft setzte sich auf einen Hocker mit rosa Kissen. Sie starrte auf ihre

Hände. »Der Klientel, die wir von nun an bekommen, wird es egal sein, wenn wir in Lumpen gehen.«

Ein weiteres donnerndes Klopfen an der Eingangstür. Zornig stemmte ihre Ladyschaft sich in die Höhe und trat an die Brüstung der Galerie. »Mach du auf, Job. Wenn er nüchtern ist und bezahlen kann, laß ihn rein. Mary soll ihn zu Francesca führen. Sie ist dran.«

Penitence blieb hartnäckig. »A-a-ber es ist so v-v-viel zu tun.«

Ihre Ladyschaft schloß die Schublade des Sekretärs. »Wir haben zu tun, stimmt.« Sie drehte sich zu Penitence um, die zurückprallte. »Du willst wissen, warum? Wir haben zu tun, weil die Gentlemen Wind von der Pest bekommen haben.«

»P-p-Pest?«

Ihre Ladyschaft tat, was sie noch nie getan hatte, sie ahmte Penitence' Stottern nach. »P-p-Pest. Oh, sie wissen nicht, daß sie im Ship einen Pestfall haben. Aber sie wissen, daß die Pest irgendwo in der Stadt ist.«

Verwirrt stürzte Penitence sich auf die greifbarste Tatsache. »Im Ship?«

Ihre Ladyschaft atmete tief aus. »Sam Brysketts Jüngstes. Es ist in der Nacht gestorben.«

Das Jüngste. Das mußte Jenny sein. Es war Jenny. Blindlings streckte sie die Hand aus und nahm ihrer Ladyschaft die Börse aus der Hand. Sie hatte Angst und würde gehen, natürlich würde sie gehen und das schnell, doch diese Frau, so schlecht sie sein mochte, war in den vergangenen Monaten für sie zum Felsen geworden, an den sie sich klammern konnte.

»Warum kommt Ihr nicht auch mit?« sagte sie.

Etwas geschah in dem großen Gesicht der Bordellmutter; sie trat wieder an den Sekretär, blieb dort stehen und drehte sich erst nach ein paar Sekunden um. Penitence erschrak wieder. Womit hatte sie ihre Ladyschaft beleidigt?

»Du spatzenhirniges Sirupfaß.« Die dicken Finger gruben sich schmerzhaft in Penitence' Oberarm, als ihre Ladyschaft sie auf die Galerie zerrte. »Hörst du sie?« flüsterte sie. »Hörst du die Betten ächzen? Hörst du sie stöhnen und keuchen?«

Penitence hörte alles. Sie versuchte sich loszureißen.

»Weißt du, was sie machen?«

Penitence deckte sich die Ohren zu. »Nur zu gut.«

»Nein, du weißt es nicht. Du weißt *überhaupt* nichts. Das sind nicht meine regulären Gäste. Sie sind empfohlen worden. Diese Gentlemen sind gekommen, um sich die Syphilis zu holen, das machen sie.« Ihr Flüstern klang schrecklicher, als wenn sie geschrien hätte. »Hast du die Syphilis, bekommst du nicht die Pest. Das ist es, was die feinen Gentlemen wollen, und deshalb verlange ich heute das Doppelte. Für die Syphilis.«

Sie blickte den Korridor entlang. »Gott soll Euch verrotten lassen, ihr feinen Gentlemen«, sagte sie lächelnd. »Und das wird er zweifellos tun.«

Sie lächelte noch immer, als sie Penitence in ihr Zimmer zurückschob. »Mitkommen soll ich? Kleine, sie wären in Taunton über uns begeistert.«

Sie wurde sachlich. »Es gibt da einen Rollkutscher, der das Ship beliefert und dort übernachtet – er weiß auch nichts von der Pest. Er bringt dich morgen bis zur Great West Road. Nimm von dort einen Wagen nach Taunton. Oder geh zu Fuß. Ist mir egal. Nur geh. Aber hol zuerst die Papiere.«

Als Penitence sich durch die Drury Lane zwängte, drängten sich Männer vor jeder Bordelltür. Vor Mother Bennetts' Haus warteten sie in einer Reihe.

Bisher hatte Penitence nicht glauben können, was ihre Ladyschaft ihr erzählt hatte, doch es war offensichtlich die furchtbare Wahrheit. Widerwärtig vorsätzlich, ohne den Milderungsgrund der Lust wollten sich die Gentlemen im Cock-and-Pie, nicht anders als die einfachen Männer hier, gegen eine Krankheit impfen, indem sie sich eine andere zuzogen, die sie zu ihren Frauen nach Hause trugen. *Gott verdamme die Männer.* Gott VERDAMME sie! Sie begann zu laufen, um rascher in die Leadenhall Street zu kommen, damit es schneller morgen wurde und sie London auf Nimmerwiedersehen verlassen konnte.

Jemand berührte ihren Arm. »Wo brennt es, Pen?«

Sie blickte in das ernsthafte Gesicht des Küsters von St. Giles; automatisch fielen sie in Gleichschritt, doch diesmal fühlte sie sich von seiner Gesellschaft abgestoßen. Er war ein Mann. Wer weiß, vielleicht hatte auch er die Bordelle in der Drury Lane aufgesucht.

Peter Simkin sah sich vorsichtig um und flüsterte dann: »Habt Ihr von der ›P‹ gehört, Pen?«

P? Meinte er die Pest?

In eine Generation und ein Gebiet von Neu England hineingeboren, die der amerikanischen Pest entronnen waren, bedeutete das Wort für Penitence nicht das Entsetzen, das sie in den Augen ihrer Ladyschaft gesehen hatte und jetzt in Peter Simkins Augen sah; auch hatten ihre Großeltern, die über ihre Vergangenheit in England kaum gesprochen hatten, nie eine große Sache aus dem gemacht, was sie während des Ausbruchs anno '45 erlebt hatten. Es war ein Teufelswort, erschreckend, doch es betraf Pen nicht. Sie war nie krank gewesen sie konnte sich nicht vorstellen, wie es war, krank zu sein. Sie war durch ihre prachtvolle Gesundheit und durch ihr Gottvertrauen geschützt. Und es war wieder ein herrlicher Frühlingstag.

Dennoch wachsam geworden, fiel ihr in Londons zwielichtigen Straßen Unruhen auf, die unterschwellige Angst verriet. In der ganzen Cheapside gab es mehr Verkäufer von Hasenfüßen als vor einer Woche. Im Schaufenster einer dunklen Apotheke hingen aufgereiht an einer Schnur kabbalistische Zeichen, »die um den Hals zu tragen waren«.

Ein Juwelier stand auf der Straße und hielt einen Smaragd mit einer Pinzette, den er drehte und wendete, damit sich das Licht darin fing. Ein grüner Strahl tänzelte quer über die Mauer, und Penitence und Peter blieben stehen, um ihn zu beobachten. »Seht Ihr, Master«, sagte der Juwelier zu seinem gutgekleideten Kunden, »ein Sonnenstrahl, der durch den Stein fällt, zieht alle bösartigen Säfte aus dem Körper.«

Das Geschäft der Tabakwarenhändler blühte. »Kein Tabakwarenhändler ist je an der ›P‹ gestorben, das ist eine bekannte Tatsache«, flüsterte Peter Simkin.

Eine Dame und ein kleiner Junge kamen pfeiferauchend aus einem solchen Laden. Als das Kind anfing zu husten und jammerte: »Aber ich mag das nicht, Ma'am«, gab ihm die Mutter einen Klaps. »Es ist gut für dich.«

In der prächtigen Auffahrt zum Rathaus drängten sich die Wagen.

Penitence verabredete mit Peter, sich hier wieder mit ihm zu treffen, und eilte weiter in die Leadenhall Street, und ihre ganze Furcht konzentrierte sich jetzt auf die nächsten paar Minuten, in denen sie Fremden gegenübertreten und von einem gewissen Patterson die Papiere abholen mußte.

»Die Papiere ihrer Ladyschaft, bitte, Master Patterson«, übte sie. Es ging nicht gut. Zweimal P und ein B, das war zuviel. Ihre Hände begannen zu schwitzen. *Dokumente. Ich werde um die Dokumente ihrer Ladyschaft bitten.* Mit dem D hatte sie keine so großen Schwierigkeiten. *Und ich lasse das »Bitte« weg.* Das klang zwar ungehobelt, aber sie war es gewohnt, daß man sie für ungehobelt hielt. Stotterer konnten sich keine Höflichkeitsfloskeln leisten. »Bitte reich mir das Brot« mußte auf das kategorische »Brot« verkürzt werden.

Kann ich das »Patterson« auch weglassen?

Eine Frau, die auf dem Markt ein Huhn kaufte, starrte sie an. Wütend erwiderte Penitence ihren Blick. »Master Anwalt, ich möchte die Dokumente ihrer Ladyschaft«, sagte sie. O *verflixt, das klingt, als wär ich ein Straßenräuber.*

Hier war Nummer zweiundvierzig, ein schmales, elegantes Haus mit einem Messingschild, und hier war sie, ein schwitzendes Wrack. *Warum gehe ich nicht in den Yard zurück und lasse Papa Tippin in das Haus einbrechen?*

Es war schlimmer, als sie es sich vorgestellt hatte. Der Pförtner war taub oder dumm oder beides und ließ sie ihre Bitte, seinen Arbeitgeber sprechen zu dürfen, dreimal wiederholen. Master Patterson, ein vorsichtiger Schotte und der typische Anwalt, wollte ihr ohne schriftliche Anweisung ihrer Ladyschaft die Papiere nicht aushändigen, obwohl er wußte, daß sie Analphabetin war. Penitence mußte Antworten auf Fragen stottern, mit denen er ihre Glaubwürdigkeit prüfte.

Endlich gab er ihr widerstrebend eine Kassette und brachte sie zur Tür. Aber sogar dort hielt er sie noch auf. »Äh, ich bin überrascht, daß ein Mädchen Eures … Glaubens … Darf ich – äh – fragen, welche Stellung Ihr bei ihrer Ladyschaft innehabt?«

Ihr reichte es. »U-u-und w-w-welche habt Ihr?« stieß sie hervor und stapfte davon; weder Pocken noch Pest, noch sonst eine Plage kümmerten sie – außer ihrer eigenen. Bis sie Peter Simkins Gesicht sah.

»Die St-sterbeziffer. Sie ist h-h-höher?«

Er war sachlich und peinlich genau wie immer, obwohl seine Hände zitterten. »Es sind neun. In ganz London neun Pesttote.«

Neun. Und einer davon die kleine Jenny Bryskett. Aber für ganz London waren neun keine Katastrophe. »N-n-nicht so sch-sch-schlecht, oder?«

»Nein«, sagte er, »das wäre nicht so schlecht. Nur ist es nicht wahr.« Er nahm den Hut ab, um sich die Stirn abzuwischen und setzte ihn wieder auf. Er hatte eine Zeitung in der Hand – er kaufte die im Quartformat gedruckte *News* jede Woche, damit er sie seiner Frau vorlesen konnte, die gern hörte, was König und Hof so trieben. »Es wurde eigens ein Komitee des Geheimen Staatsrats gegründet.« Er las die Namen vor: »General Monk, Duke of Albemarle – er ist derjenige, der den König auf den Thron zurückgeholt hat, Pen. Lord Arlington, er ist das Staatsoberhaupt. Der Earl of Southampton, der erste Schatzlord. Lord Chamberlain. Der Duke of Ormonde. Der Earl of Bath. Der Präsident des Rechnungshofes. Der Vize-Großkämmerer. Mr. Sekretär Morice.«

Er blickte auf. »Neun«, sagte er. »Das sind neun sehr hochgestellte Gentlemen für nur neun Tote.«

Sie gingen weiter. »Wißt Ihr, was ich vermute, Pen? Ich vermute, es hat sich im Lauf des Winters langsam angeschlichen und steht jetzt vor den Toren.« Peter Simkin schaute sich um, als sehe er alles zum erstenmal. »Dies ist eine außergewöhnliche Stadt, Pen.«

Wie immer gingen sie durch das Hauptschiff von St. Paul's, um nach Ludgate hinunterzukommen, statt den Umweg durch die Carter Lane zu machen. Penitence hatte nichts dagegen, obwohl Cromwell die Kathedrale als papistisch verdammt hatte. Für sie war das Hauptschiff eine profane Abkürzung – wie für die meisten Londoner.

Sie wappnete sich, um sich durch die Stände zu drängen, die alles Verkäufliche feilboten, und Händler wegzustoßen, die vieles anboten, was nicht verkäuflich war, und dann sagte Peter Simkin zu ihrer größten Bestürzung: »Ihr erlaubt doch, Pen« und verschwand in seiner Seitenkapelle. Sie sah, daß er niederkniete.

Verlegen ging sie wieder hinaus auf die Treppe und wartete auf ihn. *Er tut, als sei das Ende der Welt gekommen.*

Von hier konnte sie über den Friedhof hinweg und über das Dächergewirr dahinter die Themse sehen, wo die Aalschiffe stromauf segelten, die braunen Segel vom Maiwind erfreulich gebläht.

Zu ihrer Linken läutete die Glocke vom schmalen Turm der Börse das Ende der Handelsgeschäfte ein, und dahinter schlug es vom hohen reich verzierten Glockenturm der Kirche St. Mary-le-Bow die volle Stunde. Zwischen den Strebepfeilern begannen die Buchhändler ihre Texte, Gedichte, Pamphlete und Übersetzungen zu sammeln und ihre auf Böcke gestellten Tische abzubauen.

Von hier aus sah Southwark am anderen Flußufer wie eine dörfliche Gemeinde aus, nicht wie der Pfuhl aus Ale-Häusern und Bordellen, das es tatsächlich war.

Pflichtbewußt dachte Penitence: *Weh über dich, Jerusalem*. Aber es war zu *ihrem* Jerusalem geworden, zu einer Stadt aus Energie und Schönheit und einem Versprechen, das noch nicht erfüllt worden war. Im Gegensatz dazu hatte das ihr unbekannte Taunton alle Eigenschaften des puritanischen Springfield in Massachusetts: ordentlich, ehrbar, lieblos und – langweilig. Sie wollte nur solange bleiben, bis sie alles über Tante Margaret erfahren hatte, was es zu erfahren gab; dann wollte sie, irgendwie, nach London zurückkehren.

Auf dem ganzen Heimweg schwatzte Peter Simkin über die Verordnungen. Ärzte mußten alle verdächtigen Fälle untersuchen und melden, alle nicht unbedingt erforderlichen Menschenansammlungen waren verboten, den Armen sollte man Erleichterung und Arbeit verschaffen, die Häuser mußten saubergehalten, der Unrat von den Straßen entfernt, Pesthäuser gebaut werden, niemand durfte ohne Gesundheitsbestätigung im Königreich umherreisen, die medizinische Fakultät mußte über medizinische Maßnahmen aufklären.

Sie hörte kaum hin. »Vernünftig«, sagte sie. *Was für ein Getue.*

»Vernünftig, wenn man sie auch durchführt, Pen, aber der alte Johnson – das ist der Küster von St. Martin –, er sagt, die gleichen Verordnungen wurden anno '25 erlassen, und schaut, was danach geschehen ist.« Peter Simkin saugte an seinen Zähnen. »Und vernünftig, wenn das Geld dafür da wäre, Pen. Aber das Parlament hat nur Mittel für den Krieg gegen die verdammten Holländer freigegeben. Jetzt ist es vorbei, man hat sich vertagt, und wann trifft man sich wieder, das ist es, was ich wissen möchte? Wenn die Pfarrgemeinden die

Kosten aufbringen sollen – nun, St. Giles hat das Geld nicht, das steht fest. Und es sind die ärmsten Pfarrgemeinden, in denen die ›P‹ am schlimmsten wütet, denkt an meine Worte.«

Er schaute sich um, ob vielleicht jemand zuhörte, und sagte, ihren Arm berührend, leise: »Und der junge Pettit – er ist der königliche Jagdmeuteführer –, er hat gesagt, der König habe mit Geheimbefehl angeordnet, daß die Truppen im Tower kaserniert werden sollen für den Fall einer Panik oder eines Aufruhrs.«

Was für ein Getue. Als sie durch die Gasse kamen, die zum Cockpit führte, warf sie einen Blick nach unten, sah aber niemanden, den sie kannte.

Voller Neuigkeiten und Pflichteifer bog Peter auf die High Street ab, und Penitence wanderte weiter nach Dog Yard – und geriet in einen Tumult.

Sie schlossen das Ship.

Waren die Holländer eingedrungen? Ihr erster Eindruck war, daß gekämpft wurde. Doch das war lächerlich. Die ersten Feindseligkeiten auf englischem Boden würden gewiß nicht in Dog Yard ausgetragen. Aber ein Krieg war es trotzdem. Auf einer Seite Soldaten, mit Piken bewaffnet, und Beamte der Pfarrgemeinde, die ihre Amtsstäbe schwangen, alle befehligt von einem kleinen Richter mit einem großen Hut, der auf einem Schimmel saß, winkte und schrie. Auf der anderen Seite Dog Yard.

Die Dog Yarder stellten sich den anderen in den Weg, kreischten, kämpften. Zwei Tippins schlugen auf einen Büttel ein, der auf dem Kopfsteinpflaster lag. Mistress Parker versuchte einem Soldaten, der sie mit einem Arm von sich weghielt, gegen das Schienbein zu treten.

Penitence sah, wie der Läufer ohne Bein in seinem Faß zwei anderen Bütteln den Weg abschnitt, die ihrem Kollegen zu Hilfe kommen wollten. Einer fiel über ihn, aber der andere, ein wütender, dicker Mensch, holte den Bettler aus dem Faß, entdeckte den aus der Mauer der Gebäude herausragenden Halter einer Pechpfanne und hängte den Mann am Kragen seiner Jacke daran auf.

Im Schutz des Kamins der Stables riß ein junger Tippin Schindeln aus dem Dach, schleuderte sie, rasch vorspringend, auf die Soldaten und versteckte sich wieder hinter dem Kamin. Das Cock-and-Pie und Mother Hubbard's hatten eine Allianz gebildet. Dorinda klammerte sich wie ein Affe an den Rücken eines Mannes, der etwas mit einem Fenster des Ship anstellen wollte, aber von einem der Mädchen aus Mother Hubbards Bordell daran gehindert wurde, das an seinem Arm hing.

Aus ihrem Fenster leerte Mistress Hicks den Nachttopf ihrer Gäste über dem Kopf jedes x-beliebigen Mitglieds der Gegenseite aus, das zufällig vorbeikam, und jedem Schwall folgte mit einem gut gezielten Wurf der Topf selbst.

Der Lärm war entsetzlich. In dem Hof klang es, als würden in einem Eimer gefangene, jaulende Katzen mit Steinen beworfen. Zwischen, unter und durch das Chaos rannten Kinder, versteckten sich, schrien; mittendrin das wie Fackeln leuchtende rote Haar der Bryskets.

Eines der Kinder kam zu Penitence heraufgelaufen und warf die Arme um ihre Taille. »Will nicht eingeschlossen werden, Pen. Mach, daß sie mich nicht einschließen.« Sie legte die Arme um den Knaben. Es war der zweitjüngste Bryskett.

Ein Pikenier kam auf sie zu. »Geben Sie ihn mir, Mistress.«

Wie im Krampf preßte sie das Kind fester an sich. »N-n-nein.«

Der Blick hinter dem Gesichtsschutz seines Helms war nicht gleichgültig oder gefühllos. »Das ist ein Befehl, Mistress. Pesthäuser müssen mit allen Bewohnern verschlossen werden.«

Aus der Mitte von Penitence' Mantel kam gedämpft eine Stimme. »Ich hab sie nich. Jenny hat sie gehabt. Mum hat uns nich zu ihr gelassen.«

»Nein«, sagte Penitence abermals.

»Komm schon, Sohn«, sagte der Soldat. Lederne Panzerhandschuhe zerrten den Knaben energisch aus Penitence' schützender Umarmung, trugen ihn durch den Yard, die Stufen hinauf und reichten ihn durch ein oberes Fenster des Ship an die bleiche rothaarige Mistress Bryskett weiter.

Die Eingangstür des Ship war bereits mit einer Kette und einem Vorhängeschloß gesichert. Eine große Gestalt, die im Haus gefangen war, strengte sich an, die Schultern durch den winzigen Spalt zu zwängen, der noch geblieben war, und betete dabei eine verzweifelte Litanei aus Vorwürfen herunter. »Das ist nicht richtig, Master. Ich bin rein. Ein Herfordshire-Mann, das bin ich. Nur ein Lieferant. Ihr müßt mich *hinauslassen*. Hab Frau und Kinder in Potters Bar. Was wird aus meinen Rössern? Laßt mich raus!«

Doch man nahm von ihm ebensowenig Notiz wie von dem Richter zu Pferde, dessen Stimme sich in eine noch schrillere Tonlage hinaufgeschraubt hatte.

Klick, klick, klick-klick-klick. Ein leises, rhythmisches Geräusch bewirkte, was kein Geschrei vermocht hatte, und drang in jedermanns Bewußtsein vor. Einer nach dem anderen wandten die Beamten der Pfarrgemeinde und die Dog Yarder die Köpfe in die Richtung, aus der das Geräusch kam.

Die Pikeniere kauerten mit dem Rücken zu den Stables und den Gebäuden in einer Reihe, das Schaftende ihrer Pike in einer ordentlichen Linie auf dem Boden, auf dem Sprung, gegen die Aufrührer vorzurücken.

Der Mann, der Penitence den zweiten kleinen Bryskett weggenommen hatte, fuhr fort, mit seiner Pike auf das Kopfsteinpflaster zu klopfen, bis alles still war. Er trat vor. Er war groß. Nur große Männer konnten die über fünf Meter lange Pike mit Anstand tragen.

»Mein Name«, rief er ungezwungen, »ist Corporal Forbush. Die Gentlemen, die hier kauern, sind eine Truppe von Seiner Majestät Pikenieren. Sie haben die Haltung eingenommen, mit der man gegen ein scheuendes Pferd vorgeht.« Jetzt hatte er die Aufmerksamkeit aller gewonnen. »Und nun«, fuhr er fort, »wenn diese Truppe angreift, steht sie auf, wie ich, und sie hebt die Piken. So.«

Dog Yards Augen richteten sich auf eine scharfe Stahlspitze.

»Und nun«, sagte Corporal Forbush, »*sie* wollen es nicht tun. Ich will nicht, daß sie es tun, und *ihr* wollt nicht, daß sie es tun. Deshalb schlage ich vor, daß wir jetzt alle ganz still sind und uns anhören, was uns Richter Flesher zu sagen hat.« Er salutierte vor dem kleinen Reiter, dem noch immer der Mund offenstand.

Also das ist Flesher. In der Rookery, nicht ohne Grund – und unter anderem – als Flogger Flesher bekannt, weil er Delinquenten mit Vorliebe auspeitschen ließ.

»Ich verhafte euch alle!« schrie er. »Constables, faßt diese Männer.« Er zeigte auf die Stelle, wo die Brüder Tippin den Büttel verprügelt hatten. Der Büttel richtete sich auf, betastete sein Kinn, aber die Tippins waren verschwunden und mit ihnen viel von Dog Yards

Kampfgeist, kaum noch einer wollte versuchen, sich gegen das Unvermeidliche zu wehren. Unter dem Vorwand, das Pferd des Richters zu beruhigen, gab Corporal Forbush ihm leise ein paar Ratschläge.

Widerwillig nahm Flogger Flesher sie an. Er schob sein Schwert in die Scheide, rückte seinen Hut gerade, holte eine Pergamentrolle heraus und begann zu lesen: »Mit der mir von seiner Königlichen Majestät verliehenen Amtsgewalt ...« Seine Lesung wurde von der mit Knoblauch gespickten Orange, die er sich an die Nase hielt, jetzt mindestens ebenso beeinträchtigt wie durch den Rollkutscher, der noch immer schrie, man solle ihn freilassen.

Penitence wandte sich der Gestalt an ihrer Seite zu; es war Phoebe, die ihre blutende Nase an ihren Unterrock preßte.

»Wie l-lange h-hat er g-gesagt?«

»Vierzig Tage«, sagte Phoebe. »Scheißkerle. Also ich bin mit dem König fertig.«

Das Ship, die Kinder, für vierzig Tage eingeschlossen? »K-k-können nicht«, sagte Penitence. »D-d-as d-d-dürfen s-sie nicht.«

Sie durften, und sie taten es. Alle kleinen Bryskets, die noch draußen waren, wurden eingefangen und ins Haus gehoben.

Während im Erdgeschoß ein Fenster nach dem anderen mit Brettern verschlagen wurde, liefen die gefangenen Bryskett-Kinder zum nächsten. Dorinda folgte ihnen im Freien, die Hand erhoben, um die ihren zu umklammern wie jemand, der sich von einem Passagier einer schon anrollenden Kutsche verabschiedet. Als die Bretter das letzte Fenster verschlossen, lehnte sie sich an die Mauer und rutschte dann langsam daran hinunter auf Hände und Knie.

Penitence lief zu ihr, um ihr aufzuhelfen. Dorinda schluchzte. »Die Kleinen. Ich ertrag's nicht.«

»Ich weiß.«

Mistress Parker wollte noch immer so gewaltsam ins Ship hinein wie der Rollkutscher heraus. »Mein Alter ist da drin, ihr Scheißkerle!« kreischte sie.

Richter Flesher lenkte sein Pferd zu den Eingangsstufen des Ship. »Wer ist da drin?«

Der Büttel an der Tür salutierte. »Der Wirt und seine Lady, Sir, acht Kinder, zwei Bierkellner, ein Schankkellner, ein Rollkutscher, eine Dienstmagd – und eine Person, die mit einem Krug in der Hand schläft.«

»Das ist er!« schrie Mistress Parker.

»Alle Personen, die sich im Gebäude befinden, bleiben auch dort«, sagte Richter Flesher. Er stieg vom Pferd und ging die Stufen hinauf. »Gib mir die Kreide.«

Hinter dem Ship quietschte jemand, und ein Constable kam um das Haus herummarschiert, mit einer Hand die magere Schulter eines Mädchens umklammernd. »Nelly Ogle, Sir, eine alte Jungfer aus dieser Pfarrgemeinde. Dienstmagd im Ship. Hab sie erwischt, als sie fliehen wollte.«

Richter Flesher betrachtete Nelly Ogle und überlegte, welche Möglichkeiten er hatte. Wenn er die Tür öffnen ließ, würde der Rollkutscher, groß und kräftig wie alle seinesgleichen, herausstürmen. »Holt eine Leiter, und sorgt dafür, daß die Magd wieder ins Haus kommt.«

Schweigend beobachtete Dog Yard, wie die zwölfjährige Nelly Ogle, ein Mädchen aus dieser Pfarrgemeinde, eine Leiter herbeischleppte, beobachtete, wie Mistress Bryskett ihr ins Haus half, beobachtete Mistress Brysketts Gesicht und beobachtete, wie Richter Flesher auf die Tür des Ship ein rotes Kreuz malte und etwas darüberschrieb. Er drehte sich um, spreizte die kurzen Beine und wandte sich an die Menge: »Jeder, der sich meinen Anordnungen widersetzt, muß mit schwersten Strafen rechnen. Ihr könnt euch glücklich schätzen, daß ich sie euch nicht schon jetzt auferlegt habe. Constable!«

Böswilligkeit war etwas, woran Richter Flesher gewöhnt war, doch er fühlte sich wohler, wenn er sich von der Höhe seines Richterstuhls herab damit befassen konnte. Er wartete auf der obersten Stufe bis die Pikeniere sich in zwei Reihen schützend um sein Pferd gestellt hatten, und gab dann erst das Signal für den Abzug der Kompanie.

Als er aus Dog Yard hinausmarschierte, holte Corporal Forbush den Läufer ohne Bein aus seiner luftigen Höhe herunter, wo er noch immer hing, und setzte ihn vorsichtig in seine Wanne. »Gott erhalte den König«, sagte er.

Das war ein Gruß, bei dem die Dog Yarder, die einen Souverän von legendärer Verderbtheit geradezu vergötterten, gewöhnlich in Jubelrufe ausbrachen. »Auf Charlie, damit er tausend Bäuche schwängert«, war ein Trinkspruch, bei dem im Ship schon viele Krüge gehoben worden waren. Heute blieben die Leute stumm.

Gemeinsam halfen Dorinda und Penitence einer weinenden Mistress Parker auf die Beine. »Was heißen die Worte, die dort stehen?« fragte sie und zeigte auf die Tür des Ship.

Penitence las: »Möge der Herr uns gnädig sein.«

Mistress Parker weinte wieder. »Er wollte immer mit einem Krug in seiner verdammten Hand sterben«, sagte sie. »Ich schätze, der Wunsch wird ihm erfüllt.«

Sie brachten sie zum Eingang der Gebäude und gingen ins Cock-and-Pie zurück, drängten sich durch einen Hof voller Leute, zu denen noch viele andere aus den umliegenden Gassen der Rookery kamen, und alle blickten starr zum Ship hinüber.

»Es wird Unruhen geben«, sagte Dorinda.

Wie schwer können die Unruhen noch werden?

Die Pest war bisher nur eine der unermeßlich vielen Krankheiten, mit denen die Rookery leben mußte; andererseits mischten sich hier und jetzt die Königlichen Behörden ein. Was die Beliebtheit anbelangte, konnte der König sich bei weitem nicht mit Sam Bryskett messen, der für Arbeit und Unterhaltung in einer Gegend sorgte, wo das eine wie das andere selten war. Penitence hörte einen Mann sagen: »Wer is'n Seine verhurte Majestät mit seiner Wamme und seinen aufgeputzten Frauenzimmern schon, daß er denkt, er kann unser verdammtes Gasthaus schließen?«

In der Dachkammer ließ Dorinda sich auf das Bett fallen, und Penitence setzte sich auf einen Hocker. Die letzten Reste des Tageslichts sickerten durch das Vorderfenster.

»Ich bin am Ende«, sagte Dorinda. Mit geschlossenen Augen sah sie verletzlich und erschöpft aus. »Krank war ich noch nie.«

Penitence erinnerte sich an die Männer, die den ganzen Tag auf der Galerie hin und her gestapft waren. Das Pestzeichen auf einer Tür in der Nähe würde sie von nun an fernhalten. »D-das ist zu Ende, e-endlich.«

Das Mitgefühl in ihrer Stimme brachte Dorinda dazu, sich aufzurichten und das Terrain zurückzuerobern, das sie durch ihre zur Schau getragene Schwäche verloren hatte. Sie sah sich in der Dachkammer um und schnüffelte. »Hier stinkt's nach frischer Scheiße.« Sie stand auf und schlug nach einem Stengel Johanneskraut, der von einem Balken herunterhing – Penitence war nach dem großen Frühjahrsputz aufs Land in der Nähe von Tottenham Court gegangen, um Kräuter zu pflücken. »Glaubst du, ein Büschel Unkraut hält dir die Pest vom Leib?«

Penitence schüttelte den Kopf. »F-fumm-Flöhe.«

»Fumflöhe«, sagte Dorinda verächtlich. »Flöhe bringen dich nicht um. Die Pest schon. Aber ich hab ganz vergessen, nicht wahr? Miss Prinkum-Prankum kriegt sie nicht. Ihre Ladyschaft schickt Miss Perinkum-Prankum fort-«

»K-k-keine A-a-Arbeit mehr.«

»Das hat sie gesagt.« Die alte Bosheit war wieder da. »Du bist ihr Liebling, du Miststück. Warst von Anfang an ihr Liebling.« Sie warf einen Blick auf das Fenster des Schauspielers, sah, daß sein Zimmer leer war, und ging.

Nach dem Abendessen leerte Penitence in ihrem Zimmer ihren mit Perlen verzierten Ranzen auf das Bett, um ihn neu zu packen. Mit erstaunlicher Großzügigkeit gegen den Rollkutscher hatte ihre Ladyschaft Job aufgetragen, am nächsten Morgen Pferde und Wagen des Mannes zu seiner Frau nach Potters Bar zu bringen. Penitence sollte mitfahren.

Sie betrachtete das kleine Häufchen ihrer Habseligkeiten; die nutzlosen Schnüre mit dem Muschelgeld, die sie ebenso zur Erinnerung an die Squagheag mitnehmen wollte wie den kleinen Jagdbogen und den Köcher mit den Pfeilen, die Matoonas für sie gemacht hatte. Den Tabak und die Pfeifen wollte sie Kinyans schenken, der gern rauchte, wenn er es sich leisten konnte. Saubere Unterwäsche, ein sauberes Kleid, ihren alten Mantel, sauber, aber fadenscheinig – zum Glück würde sie ihn, da der Sommer kam, kaum brauchen –, ein Paar ausrangierte Slipper und eine neue Haube, die sie sich aus einem Leinenrest genäht hatte.

Selbst mit den zwei Guineen von ihrer Ladyschaft war es wenig genug für die Monate, die sie in dieser Dachkammer verbracht hatte. Andererseits nahm sie andere Dinge mit: Mitgefühl für das Leben der Huren, eine widerwillige Bewunderung, sogar ein kameradschaftliches Gefühl für den Mut dieser armen Leute, die sie noch vor einem halben Jahr verabscheut hatte. Ob diese veränderten Ansichten Fortschritte oder nur verderbliche Vorurteilslosigkeit waren, hätte sie nicht zu sagen gewußt. Der Gott, an den sie geglaubt hatte, als sie hier eingetroffen war, hätte es gewiß mißbilligt, aber selbst Er hatte sich verändert.

Sie hörte, daß im Zimmer des Schauspielers jemand hin und her ging, und sah, daß aus seinem Fenster flackerndes Licht auf ihr Fenstersims fiel. In letzter Zeit hatte er es sich angewöhnt, an seinem Tisch bis in die frühen Morgenstunden zu schreiben. Das Kratzen seines Federkiels war durch ihre Fensterläden deutlich zu hören gewesen und hatte sie wachgehalten. Alania sagte, er schreibe ein Stück.

Ihr kam der Gedanke, er wisse vielleicht nicht, daß im Ship die Pest war und man es ihm vielleicht sagen sollte. Sie selbst glaubte ja nicht an die Gefahr, aber erfahren sollte er es.

Sofort geriet sie jedoch bei dem Gedanken in Panik, daß sie ihm, wenn sie mit ihm sprach, ihr Stottern preisgeben mußte. Sie konnte das Wort »Pest« nicht vermeiden, da es ja der eigentliche Grund für ihre Warnung war, aber es würde sie behindern. Gab es denn keinen anderen Namen dafür? Nur Pestilenz, ein weiteres unüberwindliches »P«.

Zum Kuckuck mit dem Mann. Was kümmerte es sie, was er von ihr dachte? Und wer war er, daß er die Botin kritisieren durfte? Er sollte dankbar sein, daß sie es ihm überhaupt sagte.

Sich in eine gesunde Wut versetzend, trat sie an ihre halb geöffneten Fensterläden und machte sie weit auf. Er hatte den Umhang abgelegt und studierte die Papiere auf seinem Tisch. »He!« rief sie hinüber.

Er blickte auf. »Ah, Mistress Stiefel.«

Sofort ließ ihr Zorn sie im Stich, und sie fing an so schlimm zu stottern wie nie vorher. »D-d-die P-p-p-pl-p ...« Es wollte nicht heraus. Es blieb ihr hinter den zusammengepreßten Lippen stecken. *Gib auf. Lauf weg und versteck dich.* Sie grub die geballten Fingerknöchel in die Seiten ihrer Oberschenkel, während sie mit den Worten kämpfte. »Die P-p-p-pl ...«

Anstatt sich abzuwenden oder ihr zu helfen, sah er sie interessiert an. »Warum tut Ihr das?«

Sie war so überrascht, daß sie sagte: »Ich s-st-stottere.«

»Das scheint mir auch so. Ihr wißt doch, daß man das heilen kann?«

So beiläufig. Als habe sie sich damit angesteckt wie mit einer Erkältung. Sie war zornig genug, um herauszubekommen:

»Die P-Pest ist im Ship.« Das letzte, was sie sah, bevor sie ihre Läden zuknallte, war sein Griff nach der Flasche auf dem Tisch.

5. *Kapitel*

Reverend Block kniete vor ihrem Bett und murmelte Lästerungen und Gebete. Diesmal hatte er Verstärkung mitgebracht. Ein Dutzend lüsterner Geistlicher schrie Obszönitäten vor der Tür. Der Lärm fesselte sie ans Bett. Diesmal würde sie sich nicht gegen Block wehren können, wenn der Lärm ihre Arme nicht losließ. *Aufhören! Aufhören!*

Schweißgebadet setzte sie sich im Bett auf. Da war Lärm wie während des Aufruhrs am Abend, aber zehnmal lauter. Sie wickelte sich die Bettdecke um das Nachthemd und eilte zum Vorderfenster.

Die Szene unten war wie der Aufruhr am Abend, doch um das Zehnfache größer. Hundert und noch mehr Gestalten wimmelten im flackernden Licht der einzigen Pechpfanne, über die Dog Yard verfügte, hin und her. Wo vorher Zorn die Menschen bewegt hatte, war jetzt Haß, zielloser, blanker Haß. Er wälzte sich durch den Yard wie kochender Dampf.

Es dauerte eine Weile, bis ihr klar wurde, daß der Groll, der am Abend in Dog Yard ausgebrochen war, sich in der ganzen Rookery ausgebreitet hatte, als die Männer – und die schwärmende Menge dort unten bestand hauptsächlich aus Männern – feststellten, daß ihnen das Lieblingsgasthaus verschlossen war.

Die Gefangensetzung der Brysketts, Angst vor der Pest, Bitterkeit gegen die Behörden, Betrunkenheit, hatten sich in einer riesigen Explosion entladen.

Ein Mann stand gefährlich schwankend auf dem Faß des Läufers ohne Bein und hetzte die Leute auf, nach Whitehall zu marschieren.

»Laßt uns gehn un' den König wecken! Schließen wir doch Old Rowley sein Gasthaus!«

Niemand hörte auf ihn, denn sie hatten Besseres zu tun, zum Beispiel das Tor zu den Stables einzutreten, oder Kopfsteine aufzuheben und in Fenster zu werfen. Die Dog Yarder, die ihre Pfeile am Nachmittag verschossen hatten, hatten sich zurückgezogen, um ihre Heime zu schützen.

Die Tür des Ship war offen, ebenso die Klappe zu seiner Rutsche; Fässer wurden heraufgerollt und aufgebrochen. Von den Brysketts war nichts zu sehen. Sam versuchte vermutlich, seinen Keller zu verteidigen. Auch die beiden Wachen, die zurückgelassen worden waren, waren nicht auf dem Posten; vielleicht holten sie Verstärkung. *Vielleicht waren sie tot.* Der Mob war durchaus fähig zu töten.

Die einzigen Gesichter, die sie erkannte, waren das des Rollkutschers, der betrunken war und tanzte, und das von Mistress Parkers Ehemann, der nur betrunken war und seine Frau geflissentlich überhörte, die ihn von ihrem Balkon aus anflehte, nach Hause zu kommen.

Direkt unter sich hörte Penitence ein lautes Poltern. Sie beugte sich über die Brüstung und sah mehrere Männer, die eine Bohle gegen die Tür des Cock-and-Pie rammten, um sie aufzubrechen. Einer entdeckte Penitence. »Komm runter, du Katze, sonst holen wir dich!« Ein wenig freundlicher rief ein anderer: »Komm runter, Schätzchen, und gib uns die Syphilis!«

Bei Mother Hubbard war eine andere Gruppe eingebrochen. Schreie drangen aus dem Haus. Huren schrien, wenn sie Bewunderung vortäuschten, aber nicht so. Mother Hubbards Mädchen wurden vergewaltigt.

Ein aus dem Pflaster gerissener Stein prallte gegen Penitence' Brüstung. Als sie zurückwich, hörte sie ein Triumphgeheul, hörte Holz splittern. Das äußere Tor hatte nachgegeben. Wenn das innere nachgab, würde auch im Cock-and-Pie geschehen, was bei Mother Hubbard geschah.

Penitence kippte den frisch gepackten Ranzen aus und tastete nach ihrem Messer. Ihre Finger berührten Matoonas' Jagdbogen und den Köcher, und sie packte beides. Bei der Tür fiel ihr ein, daß ein Schwertkämpfer nützlich wäre, und sie stürzte zu ihrem seitlichen Fenster.

»Schauspieler! Schauspieler!« Wie war doch sein verdammter Name!

Sie hörte ein Stöhnen. »Laßt mich in Ruh!« Eine blakende Kerze auf seinem Tisch erlaubte ihr zu sehen, daß er, noch immer seine Flasche umklammernd, schlaff auf der Tischplatte lag.

Sie nahm ihren Krug und schleuderte das Wasser in seine Richtung, weil sie hoffte, daß er dadurch nüchtern wurde. Es würde helfen oder auch nicht. Sie hatte keine Zeit, abzuwarten. Draußen im Korridor prallte sie gegen die zitternde Mary und schob sie aus dem Weg.

Auf der Galerie blickte sie über die Brüstung in den Salon. Er war dunkel, aber das Licht der Fackeln draußen fiel durch die hohen Fenster. Job stand mit dem Rücken zur Tür, Arme und Beine gespreizt wie Atlas, der die Welt trug, aber er wurde jedesmal weggeschleudert, wenn etwas Schweres von außen gegen die Tür prallte. Der Mob würde jeden Moment eindringen.

Alle anderen blickten zur Tür; Kinyans und Francesca hatten Hackmesser aus der Küche geholt, Dorinda, Alania und Phoebe hielten Stühle in Schulterhöhe, Sabina und Fanny hatten sich mit Schürhaken bewaffnet.

Ihre Ladyschaft schwang, ihrem Gewerbe getreu, eine Peitsche, obwohl sie sie im Augenblick über den Köpfen der Mädchen knallen ließ. »Hinauf, hinauf mit euch! Job kann die Tür nicht mehr halten. Springt zu Ma Hicks hinüber.« Sie trieb sie zur Treppe.

Als die Mädchen heraufkamen, nahm Penitence eine Position ein, von der aus sie nach unten schießen konnte. Sie war keine Meisterin im Bogenschießen, und die Pfeile waren nur für kleine Tiere tödlich, aber vielleicht konnte sie Armen und Beinen Wunden beibringen, die schmerzhaft genug waren, um den Eindringlingen zu einer Denkpause zu verhelfen.

Wenn sie Zeit gehabt hätte, hätte sie sich dem Entsetzen hingegeben, das die Schreie aus Mother Hubbard's Haus in ihr auslösten; statt dessen jedoch gehorchte sie einem Instinkt, der ihr befahl, nicht nur sich selbst, sondern auch das Cock-and-Pie zu schützen. Sündig mochte es sein, aber das Bordell war ihr Zuhause; die Mädchen waren Gefährtinnen. *Und kein Bastard soll sie mißbrauchen.*

Trotzdem zitterten ihr die Hände, und sie hatte Mühe, den ersten Pfeil einzulegen.

Job stürzte der Länge nach hin, als die Tür nachgab und Männer darüber hinwegtrampelten. Penitence schoß einen Pfeil ab, doch sie tat es nur, weil sie es so geplant hatte. Nichts, keine Peitsche, kein Hackmesser, kein Pfeil, konnten diesen Mob zurückhalten. Die Gesichter, einzeln genommen, kicherten, schrien, waren wollüstig, betrunken, doch es waren nicht zwanzig Einzelwesen, es war ein Ungeheuer mit vierzig Beinen, vierzig Armen und zwanzig Köpfen, zu einer Gewalt zusammengeballt, die sogar ihre Ladyschaft zu einer hilflosen Zwergin schrumpfen ließ. Penitence sah, wie sie den ersten Ungeheuern die Peitsche durch die Gesichter zog, sah Kinyans sein Hackmesser werfen, dann machten beide kehrt und rannten. Das Ding rannte hinter ihnen her. Nie hatte man ihnen erlaubt, das »hochgestochene« Cock-and-Pie zu betreten, eine weitere Benachteiligung in ihrem elenden Leben, für das sie sich jetzt rächen wollten.

Daß ihre Ladyschaft und Kinyans die Treppe erreichten, hatten sie Penitence' Pfeilen und den Wurfgeschossen zu verdanken, die die Mädchen von der Galerie auf die Eindringlinge schleuderten; doch der Wechsel zwischen Hell und Dunkel begünstigte den Feind. Wer nicht getroffen wurde, merkte nicht, daß andere getroffen waren, und drang ungeachtet des Gegenangriffs weiter vor.

»Auf den Dachboden!« schrie Penitence. Kinyans hatte die oberste Stufe erreicht. Ihre Ladyschaft hatte es schwerer, denn sie schleppte einen Mann mit, der hinten an ihrem Rock hing. Die Sicht war schlecht. Penitence beugte sich vor und schoß. Der Mann ließ ihre Ladyschaft los und fiel auf den Hintern. So bildete er ein Hindernis, groß genug, um der Cock-and-Pie-Mannschaft Zeit zu geben, sich hinter der Tür zur Dachbodentreppe zu verschanzen. Auf dem engen, dunklen Raum am Fuß der Treppe standen sie hinter- und nebeneinander, bemüht, die Tür gegen eine Kanonade von Tritten zu halten.

Ein winziger Lichtschein tauchte über ihnen auf, und eine Männerstimme, die es gewohnt war, sich Gehör zu verschaffen, sagte: »Mit Eurer Erlaubnis, Ladys. Hier entlang, wenn ich bitten darf.«

Der Schauspieler kam die Stufen herunter auf sie zu und forderte, mit seinem Schwert winkend, die Mädchen auf, sich an ihm vorbeizudrücken. Die Tritte gegen die Tür wurden immer heftiger, und Penitence, ihre Ladyschaft und Kinyans stemmten sich mit ihrem ganzen Gewicht dagegen, während die Mädchen auf den Dachboden flüchteten.

Endlich sagte die schöne Stimme: »Laßt jetzt los. Das ist meine Sache.«

Der starke Parfum- (ihre Ladyschaft) und der Küchengeruch (Kinyans) wichen dem Geruch von Leder und Wein. »Geht.«

Penitence trat zurück. Eine halbe Sekunde lang erhaschte sie, als sie sich abwandte und die Tür nachgab, einen Blick auf das Gesicht des Schauspielers. Sie spürte, wie er vorwärtssprang, hörte einen Schrei, dann war er auf der Galerie und fluchte poetisch. Mit der freien Hand tastete er nach der Tür hinter sich und warf sie zu.

Penitence hätte sie wieder geöffnet, doch im selben Moment packte eine dicke Hand sie am Kragen und zerrte sie die Treppe hinauf.

»Ihm wird nichts geschehen«, sagte ihre Ladyschaft, Penitence war da nicht so sicher.

In der Dachkammer führte ein Brett von ihrem Seitenfenster über die Gasse zu seinem Fenster. Die meisten Mädchen waren schon drüben, schauten aus dem Fenster des Schauspielers und versorgten Mary, die eben, gefährlich schwankend, hinüberkroch, mit guten Ratschlägen. Dorinda war noch in der Dachkammer und schob Mary von hinten an. Der Lärm am Fuß der Treppe ließ nach. Kinyans kehrte nun, da er sie in Sicherheit wußte, zum Kampfplatz zurück. Mary war drüben, wurde hineingehoben.

»Jetzt Ihr, Ladyschaft«, befahl Dorinda.

Ihre Ladyschaft schüttelte den Kopf und ließ sich auf das Bett sinken. Mit Dorinda an der Seite ging Penitence zum Vorderfenster und schaute hinaus. Randalierer rannten aus dem Cock-and-Pie ins Freie. Einer tauchte auf dem Rücken liegend in ihrem Blickfeld auf. Job schien am Leben und unverletzt zu sein und warf die Kerle hinaus. Sie sah noch ein halbes Dutzend Männer in den Yard zurückweichen, als der Schauspieler erschien und, die linke Hand elegant erhoben, mit der Schwertspitze ihre Westen ritzte.

Bei den Stufen des Ship bewegten sich Fackeln im Rhythmus marschierender Füße. Die Wache war zurück und hatte Verstärkung mitgebracht.

Doch es war noch nicht vorüber. Die Randalierer auf dieser Seite des Yard machten zuviel Lärm, um zu merken, daß die Autoritäten unterwegs waren, und ihr Stolz war gekränkt, weil sie von einer Schwertspitze verjagt worden waren.

Es waren viele, manche hatten Knüppel dabei. Ihre geschorenen Köpfe drängten sich in einem Halbkreis, knapp außerhalb der Reichweite des Schwertes, mit dem der Schauspieler hockend und mit fliegenden langen Haaren nach allen Seiten Hiebe verteilte. Job kämpfte mit zweien; der Rest bereitete sich darauf vor, vorwärtszustürmen.

Als wären sie eins machten Dorinda und Penitence kehrt, um hinunterzugehen und zu helfen, aber das Grollen einer tiefen Baritonstimme trieb sie an die Brüstung zurück. Zu dem Schauspieler war eine Verbündete von viel durchschlagenderer Wirkung gestoßen. Eine erschreckende Gestalt stand in dem Halbkreis neben ihm.

»Was glaubt ihr Scheißkerle eigentlich, daß ihr da tut?« fragte Mistress Hicks.

Sogar noch einschüchternder als Mrs. Hicks' Zorn über die Unruhe war ihr Aufzug, der entgegen der landläufigen Meinung, sie hänge die ganze Nacht mit dem Kopf nach unten an einem Balken, den Beweis erbrachte, daß sie in schmuddliger grüner Spitze und Papierhaarwickeln zu Bett ging.

Eine Stimme schrie: »Wer ist dieser hochnäsige Bastard, der uns aus unserem eigenen verdammten Hurenhaus vertreibt? Und du halt dich da raus, Ma!«

Mistress Hicks kam näher. »Er ist mein verdammter Mieter, das isser, und er bezahlt seine verdammte Miete, was verdammt viel mehr ist als du tust, soviel ich weiß, Rob Whinney und von dir, Abel Smith. Und von dir, Parky Potter.«

Sie beim Namen zu nennen, war ein Geniestreich, denn nun war der Pöbel nicht mehr anonym. Es wurde noch mehr geflucht, noch drohender mit den Knüppeln gefuchtelt, aber das war nur noch Schau, und als Mistress Hicks sie aufforderte zu verschwinden, begannen die Männer sich zu zerstreuen.

Penitence legte den Kopf auf die Brüstung und begann zu lachen, lachte so, daß ihr die Tränen über die Wangen liefen. *Corporal Forbush und Mistress Hicks Retter in der Not.* Sie trommelte mit den Fäusten auf die Brüstung.

Unter ihr stand der Schauspieler verblüfft neben Job, blickte auf, sah sie und zuckte mit den Schultern.

Sie stieß einen Schrei aus, setzte sich hin und wiegte sich. *Gott, wann habe ich zuletzt gelacht? Habe ich überhaupt jemals gelacht?* Dorinda schüttelte sie, aber Vergewaltigung, Aufruhr und Lächerlichkeit auf einmal waren zuviel. Sie hörte nicht auf zu lachen, und dann weinte sie.

Eine halbe Stunde später versammelten sich alle im Salon zu einem Bumpo. Bumpo war eine tödliche alkoholische Mischung von Kinyans, aber im Cock-and-Pie bezog sich das Wort nicht nur auf das Getränk, sondern auch auf die Gelegenheiten, wenn ihre Ladyschaft ihre Mädchen zusammenrief, um etwas zu besprechen, zu rügen, zu feiern oder zu trösten.

Der Salon hatte gelitten. Die Spiegel und Kandelaber waren zerbrochen, ebenso die meisten Stühle, und die wenigen Kerzen, die Kinyans angezündet hatte, reichten nicht aus, um die schlimmen Schäden an der Vergoldung sichtbar zu machen. Jeder suchte sich einen Sitzplatz und schlürfte den dampfenden Bumpo, schwankend zwischen einem angenehmen Gemeinschaftsgefühl und Schock.

Phoebe, Sabina und Francesca hatten ihre Ladyschaft zu Mother Hubbard begleitet, um sich nach dem Befinden ihrer Mädchen und Hausangestellten zu erkundigen und zu fragen, ob sie Hilfe brauchten. Bleich und ernst kamen sie zurück, ihre Ladyschaft war noch geblieben. Einige Mädchen waren vielfach vergewaltigt worden und in einem schlimmen Zustand. »Uns hätte es genauso gehen können.«

»Uns wäre es auch so gegangen«, sagte Alania und lächelte den Schauspieler affektiert an, »wenn Henry nicht gewesen wäre.«

So hieß er also. Henry King.

»Er ist über die Gasse zu uns rübergesprungen, das isser«, fuhr Alania fort. »Gesprungen isser. Dann hat er eins von Prinks Fußbodenbrettern rausgerissen und hat mit bloßen Händen eine Brücke für uns gemacht. Mit seinen bloßen Händen!«

Womit denn sonst? Der Mann hatte magische Kräfte, kein Zweifel, saß da, die langen Beine ausgestreckt, das häßliche Gesicht belustigt, die Hände kraftvoll, mit Kleidern, die bessere Tage gesehen hatten, doch wenn die Mädchen glaubten, er habe sie um ihretwillen gerettet, dann irrten sie sich.

Als er sie hinter sich geschoben hatte, um den Männern am Fuß der Dachbodentreppe entgegenzutreten, hatte sein Gesicht Kampfeslust verraten, eine angeborene Ritterlichkeit, die es in ihrer Welt nicht gab. Er hatte es nicht für sie getan, für keine von ihnen.

Sich in seiner Geschmeidigkeit und seiner Überlegenheit sonnend, Flüche vor sich hinmurmelnd, in einer Hand das Schwert, mit der anderen den Pöbel zu sich heranwinkend: Das Bild war in ihrem Gedächtnis eingebrannt. Jetzt und in alle Ewigkeit. Wie ein guter Schauspieler hatte er so ein schönes Bild geschaffen, das die anderen Bilder dieser schrecklichen Nacht überlagerte und vielleicht sogar verblassen ließ. Sie würde es mitnehmen, wenn sie morgen aufbrach.

Ihr Vorurteil war dahin, und an seine Stelle getreten war dieses seltsame Erkennen, das sie gefühlt hatte, als sie im Cut nebeneinander auf den Stufen gesessen hatten. Welcher Wind ihn auch nach Dog Yard geweht haben mochte, er war ihr vertraut. Unter dem prahlerischen Auftreten saß die Verzweiflung darüber, daß er in der Rookery wie in einer Falle gefangen war; sie wußte es, denn ihr war es genauso ergangen. Es gab eine Ebene, auf der sie diesen Mann verstand. Sie wünschte, sie hätte Zeit gehabt, sich anzuziehen; in ihre Bettdecke eingewickelt, mußte sie typisch nach Cock-and-Pie aussehen; nun, nicht so typisch wie Alania oder Dorinda, die ihre Decke im Bereich der Brust und der Beine aufklaffen ließen, aber ganz gewiß nicht respektabel.

Ihre Ladyschaft kam aus dem Yard zurück. Ungeschminkt wirkte ihr dickes Gesicht, als habe es keine festen Züge, und ausnahmsweise war ihr Haar zerzaust. »Sie kommen alle in den Käfig, die Wache treibt sie zusammen«, berichtete sie. »Jethro Parker und der Rollkutscher sind wieder im Ship, die armen Teufel.«

Aus den Schatten unter der Galerie kam ein Schniefen. Dort saß, den Kopf auf den Knien, völlig untröstlich der große Job und saugte an einem wunden Fingerknöchel. Penitence betrachtete ihn mit Mißfallen, sah in ihm den Sündenbock, da der Mob, der eigentliche Übeltäter, wie ein Unwetter gewesen war und ungefähr so schuldig wie ein Erdbeben. Job, die Muskelkraft des Bordells, der vermeintliche Beschützer. *Viel Schutz hast du uns nicht geboten.*

In ihren Augen war es immer eine beschämende Arbeit für einen erwachsenen Mann gewesen, und nun hatte er versagt, obwohl er so groß und so kräftig war wie selten ein Mann. Sie hatte ihm den »Wilden« nie verziehen.

Ihre Ladyschaft watschelte zu dem einzigen noch heilen Tisch hinüber, schenkte einen Becher Bumpo ein und brachte ihn ihrem Zuhälter. »War nicht deine Schuld«, sagte sie. »Es waren zu viele.« Job wischte sich die Augen und schlurfte hinter ihr her, als sie zum Sofa zurückging, ließ sich ihr zu Füßen nieder, und ihre Hand ruhte auf seinem Kopf.

Ihre Ladyschaft setzte sich bequem zurecht und sah sich in ihrem zerstörten Salon um. »Tja«, sagte sie, »das war ein Wirbel.«

Die bewußte Umschreibung war der Beginn einer Manöverkritik. Obwohl der Schauspieler der Held der Stunde war, hatte es noch andere Triumphe gegeben. Sabina, Dorinda und Phoebe hatten mit ihren Wurfgeschossen von der Galerie gute Treffer erzielt.

»Und was ist mit Prinks und ihren Pfeilen?« Penitence war plötzlich zum respektierten Mittelpunkt des Cock-and-Pie geworden, was ihr sehr guttat – Dorinda klopfte ihr tatsächlich bewundernd auf den Rücken –, obwohl sie wußte, es würde die Meinung des Schauspielers über sie endgültig besiegeln.

Er sah sie an. »Oh, eines Tigers Herz gehüllt in eines Weibes Haut«, sagte er. »Mehr Mistress Amazone als Mistress Stiefel, wie es scheint. Ihr kommt aus Amerika, glaube ich?«

Fanny legte ihren schweren Arm um Penitence' Schultern. »Den ganzen weiten Weg von Neu England«, sagte sie und meinte es gut. »Eine richtige kleine Puritanerin, als sie kam, aber das haben wir geändert. Jetzt bist du eine von uns, nicht wahr, Prinks?«

»Dessen bin ich sicher«, sagte der Schauspieler.

Die Unterhaltung wurde fortgesetzt.

Sir, ich bin die Näherin dieses Etablissements. Keine Prostituierte, aber durch Umstände hierher verschlagen, die ebenso unglücklich sind wie die Euren, wie sie auch sein mögen. Sie konnte es nicht sagen. Erstens *konnte* sie es nicht sagen, und zweitens verlangte ihr Stolz, daß er bei ihr genausoviel Einfühlungsvermögen und Scharfsinn bewies wie sie bei ihm.

Außerdem würde es die Mädchen verletzen. Und überdies würden sie sich nach dem nächsten Morgen nie wiedersehen.

Mrs. Hicks' Stiefel stapften über den Boden. »Kommt, Henry.

Bringt mich nach Hause. Wenn Ihr ihn nicht nötig habt, ich brauche meinen Schönheitsschlaf.«

Ohne mit der Wimper zu zucken, stand der Schauspieler auf und verabschiedete sich mit vielen Handküssen und geringschätzigem Schulterzucken, wenn man ihn lobte.

Ihre Ladyschaft knickste vor ihm und bemühte sich um ihr bestes Englisch. »Wann immer Ihr Euch der Annehmlichkeiten dieses Hauses bedienen wollt, Sir, werden meine Mädchen sich glücklich schätzen, Euch zu Diensten zu sein.«

Penitence, die sich abgewandt hatte, hörte ihn sagen: »Ihr seid zu gütig, Madam, aber *Euch* zu Diensten gewesen zu sein, ist mir Lohn und Dank genug.« Er reichte seiner Hauswirtin den Arm. »Zu Bett, zu Bett, Titania.«

Als sie gegangen waren, sagte Dorinda: »Lieber Gott, ich könnt ihn auffressen.«

Ihre Ladyschaft sah sie scharf an. »Täusch du dich ja nicht, mein Mädchen, er verachtet uns.«

»Tut er nicht«, protestierte Alania. »Er hat uns gerettet. Freundlich mit uns geredet und alles.«

»Er ist ein richtiger Edelmann, gehorcht seinem Motto ›Adel verpflichtet‹, und Gott segne ihn dafür. Doch er verachtet uns trotzdem.«

Sie weiß es. Woher weiß sie es?

Die Bordellmutter scheuchte ihre Brut ins Bett. »Kommt jetzt, Ma Hicks ist nicht die einzige, die ihren Schönheitsschlaf braucht.« Sie sah sich um. »Wo ist Mary? Sie hat ihren Bumpo noch nicht getrunken.«

Sie suchten nach ihr, aber die Magd war nicht da.

»Zum letztenmal hab ich sie gesehen, als sie zu Ma Hicks rübergerutscht ist«, sagte Sabina. »Sie hat auf dem Brett ein schreckliches Getue gemacht. Ich hab schon gedacht, sie fällt runter.«

Sie gingen in den Yard hinaus, wo Constables eine Gruppe jetzt sehr stiller Randalierer bewachten, die in Fußfesseln darauf warteten, abgeführt zu werden.

»Wo wart ihr, als wir euch gebraucht haben?« fragte ihre Ladyschaft. »Und wer bezahlt mir meinen Schaden?«

Der Constable, an den sie sich gewandt hatte, zuckte mit den Schultern.

»Habt Ihr meine Magd gesehen?«

Im selben Moment sahen sie sie alle, taumelnd kam sie aus Mrs. Hicks' Haus, so daß sie zuerst dachten, sie sei betrunken. Sie schien erblindet zu sein, tastete mit den Handflächen die Luft ab, als sei sie eine Mauer.

»Mary.«

Sie drehte sich zu ihnen um und stürzte.

Ein Constable hielt ihre Ladyschaft fest. »Vorsicht!« Ein anderer ging zu der auf dem Boden liegenden Gestalt und hob mit seiner Hellebarde vorsichtig das Oberteil ihres Hemdes. Er bekreuzigte sich. »Gott helfe uns, seht euch diese Ringe an. Sie hat sie, aber richtig.«

Vorsichtig schoben sie ihre Hellebarden durch Marys Achselhöhlen, trugen sie zum Cock-and-Pie und bugsierten sie durch die Tür ins Haus.

Es dauerte keine Stunde, und man begann das Cock-and-Pie und Mrs. Hicks' Haus mit allen Bewohnern zu verschließen.

6. *Kapitel*

Es war die Pest der Armen. Wie ein Fluß, der Schwerkraft folgend, immer den tiefsten Grund findet, gehorchte die Pest sozialen Gesetzen und behelligte die Reichen nicht. Wenn sie sich den Gärten großer Häuser näherte, die nur von wenigen Menschen bewohnt wurden, wich sie zurück und brach wieder in die Straßen mit den überfüllten Mietskasernen auf.

Von St. Giles aus durchsickernd, mied sie die Wiesen im Norden und Westen und folgte der Bevölkerungsdichte hinunter nach Holborn, durch die Drury Lane nach St. Clement Danes am Westtor der City, in die Pfarrei St. Martin-in-the-Fields, die am Ende ihres langen Arms den königlichen Palast in Whitehall einschloß.

Auf ihrem Weg durch die Chancery Lane kam sie an Lincoln's Inn vorbei, mußte aber feststellen, daß die Studenten, Anwälte und Barrister schneller gewesen waren, die Vorlesungen abgesagt, den Angestellten die Verantwortung übergeben hatten und geflohen waren.

Die Pest tötete den Pförtner am Tor und setzte ihren Weg in die City fort.

Item, schrieb Peter Simkin, *ein Brett, um die Toten zu transportieren: 3s.*

Item. An Harry Weedon, Schmied, für 108 Schlösser zum Verschließen von Häusern: 3Pf 11s.

Item. Eimer, um den eingeschlossenen Personen Wasser zu bringen: 5s 9d

Item. An Mr. Mann für Fackeln und Kerzen für die Nachtträger: 2Pf.

Item. Leichentücher ...

Sein Federkiel machte einen Sprung, als Reverend Boreman ihm plötzlich über die Schulter sah. »Wozu brauchen die verdammten Leichenträger Fackeln?« Der Apotheker war bei ihm.

»Für den Fall, daß sich niemand meldet«, sagte Peter Simkin, ohne aufzublicken. Er war mit der Arbeit stark im Rückstand.

»Daß sich wo niemand meldet?« fauchte Reverend Boreman.

»In einem Pesthaus«, erklärte William Boghurst. »Es kommt immer häufiger vor. Wenn die Träger auf ihren Ruf nachts keine Antwort bekommen, müssen sie ins Haus hinein. Es bedeutet gewöhnlich, daß alle Bewohner tot sind.«

»Deshalb die Fackeln und Kerzen. Befehl vom Examiner«, fügte Peter Simkin hinzu und schrieb weiter.

»Ach, wirklich«, sagte Reverend Boreman ausdruckslos. »Hoffentlich bezahlt der Examiner sie auch.« Das Geld der Gemeinde brauchten die Lebenden, nicht die Toten.

Es war kühl in der kleinen Sakristei mit der gewölbten Decke. Er hatte den Apotheker hierher mitgenommen, denn es war der einzig mögliche Aufenthaltsort außer der Kirche selbst – und dort gingen ihm, wenn John Gere an den Seilen zog, das Knarren und Ächzen und die Anzahl der Schläge vom Glockenturm auf die Nerven. Die Glocke ging ihm auf die Nerven. Sie läutete für tote Männer, tote Frauen, tote Kinder. Sie läutete seine Gemeinde weg.

Anfangs, wenn die tiefen, klaren, regelmäßigen Schläge der Totenglocke erklungen waren, hatten die Männer auf der Straße die Hüte abgenommen, um die Toten zu ehren, aber im Juni hatte die Glocke begonnen fast den ganzen Tag zu läuten. Vom zweiten Juni an wurde sie in ihrer Hartnäckigkeit von der Glocke von St. Mary-in-the-Fields und, noch weiter entfernt, von der von St. Clement Danes sehr eindringlich unterstützt, so daß die Männer es müde wurden, ständig den Hut abzunehmen und nicht mehr darauf achteten.

Er sehnte sich danach, sich hinzusetzen, doch wenn er es tat, würde er nie wieder aufstehen. »Nun?«

Der Apotheker nahm in dem geräumigen Sessel Platz, der für Besuche des Bischofs bereitstand, und ließ die kurzen Beine baumeln. Trotz der Hitze waren die Riemen seiner ganz eng sitzenden uralten Lederhaube unter seinem Kinn zu einer Schleife gebunden. »Ich fürchte, ich muß Euch bitten, mich heute abend bei der Notfallversammlung zu entschuldigen. Ich habe leider keine Zeit, daran teilzunehmen. Und ich muß Euch bitten, Herr Pfarrer, Richter Flesher einen Protest von mir zu überbringen.«

»Darüber wird Master Flesher erfreut sein«, sagte der Pfarrer.

»Ob erfreut oder nicht, ich wünsche, daß meine Meinung im Protokoll steht. Ich finde nämlich, daß man aus einem Haus, das infiziert ist, die Gesunden herausholen müßte und sie nicht auch einsperren dürfte, weil sie sich natürlich auch anstecken. Einschließung ist Mord. Ist gegen alle Humanität, gegen jede Religion, doch vor allem ist es gegen jeden gesunden Menschenverstand.« Seine helle Stimme klang unbeteiligt.

»Das wissen wir. Aber wir haben kein Geld.« In der Sakristei hin und her gehend, sammelte Reverend Boreman die Chorgewänder von den Wandhaken ein, an denen sie hingen. Da es, solange die Pest dauerte, keinen Chor gab, konnten die Gewänder gewaschen werden.

»Sie läßt sich von uns nicht unter Kontrolle halten, Robert.« William Boghurst hätte über das Wetter reden können, so trocken klang, was er sagte. Er machte den Pfarrer nervös.

»Das weiß ich auch!« Verdammt, Emmy Smith war gestern gestorben. Wer sollte in Zukunft die Kirchenwäsche waschen? Er bündelte die Chorhemden und beförderte sie mit einem Tritt in die Ecke. »Wie sieht die Sterbeliste diese Woche aus?«

Der Küster schrieb weiter. »Fast zweihundert, Herr Pfarrer.«

»Wo ist sie?« Es sah Simkin nicht ähnlich, so ungenau zu sein. »Es ist Montag. Ihr solltet sie hineinbringen.«

»Das tu ich auch, Herr Pfarrer. Aber bis Master Elliot wieder auf den Beinen ist, muß ich den Bericht des Kirchenvorstehers auch fertigstellen.«

»George Elliot kommt nicht wieder auf die Beine.« Reverend Boreman war eben vom Totenbett des Kirchenvorstehers zurückgekommen. Die neun Glockenschläge, die John Gere gerade ins Land geschickt hatte, hatten George Elliot gegolten.

Müde drehte sich der Küster auf dem Hocker um. Er hatte Tinte an der Nase. »Master Elliot tot? Das tut mir ehrlich leid, Herr Pfarrer. Gott gebe ihm die ewige Ruhe.«

»Das sollte er in der Tat. Was ist mit der Liste?«

»Ich habe sie zum Abschreiben weggegeben. Ich hatte keine Zeit, sie ordentlich zu kopieren, sie ist so lang geworden, und ich war doch die ganze Nacht wach und habe mich um die Ablösung gekümmert …«

Reverend Boreman riß sich zusammen; sie taten alle ihr Bestes. »Niemand nimmt es Euch übel, Peter. Wem habt Ihr die Liste gegeben?« Die Schreibkundigen waren in St. Giles nie sehr zahlreich gewesen, und die Pest dezimierte sie schnell.

Peter Simkins erschöpftes Gesicht schien zu schrumpfen. »Es war eine sehr schwierige Arbeit, Herr Pfarrer … Ich habe sie Mistress Hurd gegeben, damit sie sie für mich erledigt.«

Wer, zum Teufel, war Mistress Hurd? »Doch nicht diese puritanische Schlampe? Ich dachte, sie ist … Guter Mann, sie ist mit den übrigen im Cock-and-Pie eingeschlossen.«

William Boghurst mischte sich ein. »Sie läßt die Liste in einem Korb herunter, und ich habe Peter Simkin geraten, sie in seinem Backrohr zu backen, um jede Ansteckung zu verhindern, bevor er sich damit befaßt.«

Reverend Boreman nahm sich vor, in Zukunft kein Brot mehr aus Mistress Simkins Backofen zu frühstücken. Dann dachte er: Was macht es schon aus, nach den vielen von der Pest befallenen Händen Sterbender, die ich in den letzten Wochen gehalten habe?

»Sie hat eine saubere Handschrift, Herr Pfarrer«, sagte Peter Simkin bittend.

Dennoch, eine Puritanerin, die freiwillig in einem berüchtigten Bordell lebte … Er holte tief Atem. »Nun gut, aber das sagen wir Richter Flesher lieber nicht.« Er mußte sich mit dem Unvorstellbaren abfinden. Er überlebte es. »Und dem Bischof auch nicht«, fügte er hinzu.

Als sie zusammen durch die Kirche gingen, sagte der Apotheker: »Master Simkin müßte sich ausruhen.«

»Das müßtet Ihr. Das müßte ich.«

Im Vestibül strafften sie sich, bevor sie in die Sonne traten. Das Wetter begann dem Pfarrer auf die Nerven zu gehen. Dieser Juni war so verdammenswert – schön. Das war nicht richtig. Wie eine ungestüme Seele, die entschlossen weiterfeierte, nachdem die festliche Stimmung die anderen Gäste längst verlassen hatte. Das Gras hätte geschnitten werden müssen, aber der alte Ben White war vergangene Woche selbst hinweggemäht worden. Er sagte: »Ihr habt also das Cock-and-Pie aufgesucht, Master Boghurst.«

»Beruflich.« Der Apotheker blieb ungerührt. »Und zwar ging es um meinen Beruf, nicht um ihren. Es ist übrigens ein gutes Beispiel für das, was ich vorhin gesagt habe. Sie hatten dort einen Todesfall. Aber zehn Seelen sind eingeschlossen und warten auf das Unvermeidliche.«

»Sündige Seelen.« Mißbilligend betrachtete der Pfarrer den Staub, der seine Eiben grau färbte und von der unaufhörlichen Prozession von Kutschen und Pferden, die auf ihrer Flucht aus London aufs Land an seinem Tor vorbeikam, in dichten Wolken aufgewirbelt wurde. Hufgeklapper und Räderrollen gingen im Glockengeläut fast unter. Kein Wunder, daß er, auch wenn er ein bißchen Zeit hatte, nicht schlafen konnte.

Einige von Janets Rosen rankten sich über die Mauer des Pfarrgartens. Er sollte ihren Duft riechen können, den Lavendel riechen können, der den Kirchenweg entlang blühte und den die Bienen fleißig besuchten. Statt dessen roch die warme Luft nach Pferdedung und dem widerlichen Gestank der Erde, der von den Grabhügeln um die beiden großen Gruben ausging, die diesen einst gesegneten Ort entstellten.

Er hielt abends Massensterbegottesdienste, konnte kaum glauben, daß er es tat und tat es dennoch. Schalt die Träger, weil sie die Leichen wie Abfallsäcke in die Gruben kippten, wurde selbst gefühlloser und abgestumpfter, nahm von einem Abend zum anderen ein bißchen mehr von dem Unannehmbaren hin.

Es starben so viele, daß er kaum Zeit für die Lebenden hatte. Und kein Geld. Die 1s 6d pro Woche, die sie aus der Gemeindekasse jede Woche an Kranke und Notleidende verteilten, konnten keine Katze am Leben erhalten.

Eine Frau im Fenster einer hübschen Kutsche, die von einer Verkehrsstockung aufgehalten wurde, verrenkte sich den Hals, um über die Mauer auf die Löcher zu blicken, und trommelte mit den behandschuhten Fingern ungeduldig an den Kutschenschlag. Über den Handschuhen trug sie funkelnde Ringe und einen Schal vor dem Mund.

Wenn man von schuldigen Seelen sprach. »Habt Ihr etwas für die Armen gespendet, die Ihr zurücklaßt, Madam?« schrie er. Es hatte 4s 3d – drei Tage Arbeit – gekostet, diese Gruben ausheben zu lassen. Erschrocken zog die Frau die Jalousie vor dem Wagenfenster herunter. Sie hörten, wie sie den Kutscher drängte, weiterzufahren. Verdammt sollte sie sein. Er blickte die Straße entlang, auf der sich die mit Gepäckstücken beladenen Wagen drängten. Alle sollten sie verdammt sein! »Ich werde so zornig.« Sein Herz hämmerte.

»Ihr solltet Euch ausruhen. Gewiß waren einige auch großzügig zu den Gemeinden außerhalb. Prinz Rupert, die Herzogin von York.«

»Einige.« Es war das Gefühl des Preisgegebenseins. Jedesmal, wenn er eine mit einem Wappen geschmückte Kutsche vor seinem Tor anhalten und die Insassen auf ihrem Weg in die Sicherheit zu den Gruben hinübergaffen sah, kämpfte er gegen das Verlangen an, sie aus ihren Kutschen zu zerren, in die Krankenzimmer zu schleppen und zu zwingen, das Grauen zu sehen. Und manchmal hätte er sie am liebsten gebeten, ihn mitzunehmen.

In der Rookery waren über Nacht neue rote Kreuze aufgetaucht – wie ein Ausschlag. Den Butcher's Cut entlang hatte Peter Simkin bereits zwölf gezählt. Wenn das so weitergeht, dachte er, wird es billiger sein, die Häuser zu markieren, in denen die Pest nicht ist.

Er ging leise, bemüht, nicht die Augen auf sich zu lenken, die ihn durch die Lücken in den Brettern über den Erdgeschoßfenstern flehend ansehen würden, und die Stimmen nicht hören zu müssen, die fluchten, weil er nicht der Apotheker war oder den Karren mit sich führte, der Essen brachte.

Es war heiß. Die Sonne zog eine gezackte Spur durch die Mitte des Cut und vertiefte die Schatten unter den überhängenden oberen Stockwerken. Eins steht fest, dachte er, die Rookery war noch nie sauberer. Der Examiner bestand darauf, daß Abfallhaufen und Unrat in der ganzen Pfarrgemeinde regelmäßig weggeräumt wurden ... *Item. Straßenreinigung Pf 4s 2d.* Der Cut war leer, und die Stille draußen verstärkte die Geräusche, die durch jedes mit Brettern verschlagene Fenster drangen, das Gemurmel, hin und wieder ein Streit, weinende Kinder, die angeschrien wurden.

Er versuchte sich das Innere der Häuser vorzustellen und sah vor sich ein Nest voller Schlafmäuse, die durcheinanderwimmelten, sich wanden und krümmten. Woher das Geld nehmen, um all diese Menschen zu ernähren. Und wenn sie entgegenkommenderweise dieses Problem lösten, indem sie starben, woher das Geld für ihre Beerdigung nehmen?

Am Ende des Cut ging ein Mann von einer Straßenseite auf die andere und dann wieder zurück. Er ging, die Hände erhoben, von seinen Füßen mit ruckartigen, schlingernden Bewegungen vorwärtsgetragen, hinter seinem Schatten her.

Wo ist die Wache? Peter Simkin sah sich um, entdeckte eine Seitengasse und flüchtete hinein. Er fand zwei Wachleute, die in Cow Lane auf einem Zaun am Teich saßen, obwohl sie die Runde machen sollten.

Er befahl ihnen, sich zu erheben und sich um die arme Seele im Cut zu kümmern. »Noch ein verfluchter wandelnder Leichnam«, knurrte einer. Sie nahmen ihre Greifhaken und schlenderten davon, um ihre Pflicht zu tun. Er würde sich heute abend beim Richter über sie beschweren, doch was nutzte es? Die Männer, die bereit waren, diese Arbeit für einen Hungerlohn zu tun, waren wahrscheinlich nicht gerade die Blüte Englands.

Und sie hatten recht. Der Mann im Cut war ein Leichnam, der seinem Grab entgegentaumelte. Die Pest war nicht aufzuhalten; Krämpfe hielten Arme und Beine des Kranken in Bewegung wie die einer Marionette, zwangen die Sterbenden aus dem Bett an die frische Luft, mit einer Besessenheit, die die Persönlichkeit der Besessenen auslöschte. Wenn sie ins Freie entkamen, wanderten sie so lange durch die Straßen, bis sie zusammenbrachen.

Peter Simkins Hände umklammerten das rauhe Holz des Zauns. »Ich fürchte mich so, *fürchte* mich so sehr, o Herr.« Jeden Morgen untersuchten er und Mary sich gegenseitig den Oberkörper und die nackten Oberkörper der Kleinen nach den Merkmalen und sanken aus Dankbarkeit über eine makellose Haut auf die Knie. Aber wie lange noch? Vorgestern hatte es das Kleinste der Familie Evans zwei Türen weiter niedergestreckt. »Sag mir, was tun, o Herr, sag mir irgend etwas, und ich werde es tun. Nur erspare uns dieses Kreuz.«

Der Wasserspiegel im Teich war niedrig und mit Wasserlinsen bedeckt; auch das Wasser, das man mit Karren zu den Eingeschlossenen brachte, verursachte Kosten.

Ein lauter Knall, eine oder zwei Straßen entfernt, ließ ihn zusammenzucken. Es hatte begonnen. *Item. Pulver und Kugeln zum Töten von Ungeziefer: 6Pf 0s 9d.* Er mußte weiter. Der Gedanke an den mühseligen Marsch zur Parish Clerks' Hall war erschreckend, aber nicht so erschreckend wie die Feindseligkeit, die ihm dort entgegenschlug. St. Giles-in-the-Fields war ein Synonym für Pest geworden und er der Sündenbock. Seine Küsterkollegen hatten ihm klargemacht, daß sie ihn beim gemeinsamen Dinner im Rings o' Bells nicht mehr zu sehen wünschten. Er aß mit den anderen Ausgestoßenen von St. Martin und Clement Danes.

Und er hatte sich letzte Woche über einen Artikel in seiner *News* aufgeregt, der versuchte, die City zu beruhigen, indem er versicherte, es gebe nur neunzehn Pestfälle innerhalb der Stadtmauern; es sei St. Giles, wo die Krankheit wüte, und das, hieß es da, liege an der Armut und Schlamperei, die dort herrschten. Der Tenor des Artikels war, St. Giles habe sich sein Grab selbst gegraben.

Er hatte sich geschämt. Für seine Gemeinde. Für die Mitleidlosigkeit seiner Lieblingszeitung. Sie erwähnte nicht, daß immer mehr Dienstboten und Handwerker ohne Arbeit dastanden, nachdem ihre Arbeitgeber aus der City geflohen waren und das ohnehin übervolle St. Giles überschwemmten. Er hatte dem Pfarrer den Artikel nicht gezeigt. Der arme Mann war abgearbeitet genug, er brauchte keine zusätzliche Aufregung.

Vor ihm sah das hohe, mit Brettern verschlagene Haus von Mother Hubbard einer Windmühle so ähnlich, daß er im Geist die fehlenden Windmühlenflügel dazuskizzierte. Zwei Mädchen hingen aus einem hoch gelegenen Seitenfenster heraus, und er wappnete sich gegen ihre Rufe – »Lust auf'n kleines Fickerchen, Schatz?« –, mit denen Mother Hubbards Bordell seine Dienstleistungen anpries. Doch niemand rief ihn. Überrascht blickte er auf und sah, daß die Augen der Mädchen glanzlos und matt waren und ihn beobachteten, weil er da war und beobachtet werden konnte wie ein Käfer.

Er verstand es, als er um die Ecke bog und das rote Kreuz an ihrer Tür sah. Apotheker Boghurst hatte sich also geirrt. Er hatte gesagt, Huren seien durch die Syphilis gegen die Pest geschützt. Gott sei ihnen gnädig.

Er blieb auf den westlichen Stufen von Dog Yard stehen und winkte der Gestalt, die vom Balkon gegenüber herunterspähte. Da war sie, und ihr alter, hoher Hut schützte ihr Gesicht vor der Sonne.

Der Herr sei ihr und allen gnädig. Seit dem Abend, an dem er sie zur Leichenfrau gebracht hatte, fühlte er sich irgendwie für sie verantwortlich. Der Pfarrer hatte gesagt, sie wäre inzwischen gewiß moralisch verderbt. Das Cock-and-Pie ist Pech, und sie hat es angefaßt. Doch er hätte schwören können, daß sie noch Jungfrau war. Wahrscheinlich immer bleiben würde. Eine geborene alte Jungfer, trotz ihrer schönen Augen. Durch und durch Puritanerin mit Stolperzunge, obwohl sehr geschickt mit dem Federkiel.

Als er die Stufen hinunterstieg, um den Yard zu überqueren, umschloß ihn die Hitze, die zwischen den baufälligen Häusern gefangen war, wie ein Ofen. Überall rote Kreuze. Er hielt den Atem an, bis er die Stufen zu dem Gehweg unter ihrem Balkon hinaufgestiegen war. Der Wachmann des Yard, der auf den Stufen saß, nickte ihm grüßend zu und schob seine Hellebarde zur Seite, damit er vorübergehen konnte.

Der Korb hing bereits an seinem Strick herunter. Beinahe schuldbewußt zog er einen Handschuh über die rechte Hand, nahm eine Schiefertafel aus dem Korb, auf die er die Todesfälle gekritzelt hatte, wie sie gemeldet worden waren, und dann das in Rubriken unterteilte Papier, auf dem sie alles mit ihrer kleinen, sauberen Handschrift geordnet eingetragen hatte.

»Sind alle gesund, Pen?« Seine Stimme hallte beunruhigend durch den Yard. Er konnte kaum ihr Gesicht sehen, da er in die Sonne blinzeln mußte, doch der Hut nickte. »Nicht mehr lange, eh?« Sie spreizte und schloß die Finger. Das Wasser schoß ihm in die Augen, während er zählte. Noch sechsundzwanzig Tage. Sechsundzwanzig, wenn im Cock-and-Pie alle gesund blieben; zusätzlich vierzig weitere, wenn jemand erkrankte.

Schwerfällig suchte er nach ein paar passenden Worten. »In einer Weile werden sie kommen und Katzen und Hunde erschießen. Erschreckt nicht, wenn es knallt. Je früher das Ungeziefer vernichtet ist, um so schneller wird es vorbei sein.« Wieder ein Nicken. Er zeigte in die Seitengasse, wo der Abfallhaufen war. »Wird hier zu Eurer Zufriedenheit der Ihr-wißt-schon-was saubergemacht?« Er hatte dafür gesorgt, daß es getan wurde. Wieder ein Nicken.

Das war's dann. Er wußte nicht, was er sonst noch sagen konnte, und er wagte es nicht, den Gang in die City noch länger hinauszuschieben. »Gott beschütze Euch, Pen.« Er fühlte, daß ihre Augen, alle Augen ihm folgten, bis er bei den Stables um die Ecke bog.

Trotz der Hitze blieb Penitence auf dem Balkon und blickte in die Richtung, die der Küster eingeschlagen hatte. Nachts holte sie ihre Matratze heraus und schlief im Freien; die Sterne verhalfen ihr zu der Illusion, sie sei in Awashonks Hütte, deren offenstehende Eingangsklappe in unendliche Weiten führte.

Am Tag tat sie so, als könne sie bis zum Hyde Park hinunterblicken, wo das Wild zwischen den Bäumen umherwanderte, oder am Fluß entlangschlendern. Sie wußte, daß London sich leerte; jeden Morgen, wenn sie ihren Nachttopf hinuntertrug, kam sie an dem hinteren Speicherfenster vorbei, das über die Dächer bis dahin blickte, wo das offene Land begann, dann sah sie die gepunktete Schlange, die die Tottenham Court Road war, vollgestopft mit nordwärts fahrenden Kutschen. Auf der Themse gab es nur wenige Boote, und bei Einbruch der Dunkelheit wurden in den Türmen der Paläste am Strand immer weniger Fenster hell.

Penitence hatte sich während der Einschließung schlimm aufgeführt und darum gekämpft, das Tor zu öffnen, das auf der anderen Seite drei Constables festhielten. »Nicht mich. Nicht mich! Ich gehöre nicht dazu!« Der Sargdeckel schloß sich langsam. Das Gefühl der Kameradschaft mit den anderen war dahin. Es war ein Irrtum, daß sie hier war. Sie konnte nicht im Cock-and-Pie sterben, sie war keine Sünderin. *Ich gehöre nicht dazu.* Sie war zu sehr in Panik, um Scham zu empfinden.

Sie wurde herumgedreht und bekam einen so heftigen Schlag ins Gesicht, daß sie zur Seite flog. »Geh in dein Zimmer«, sagte ihre Ladyschaft. »Und bleib oben.«

In ihrer sonnigen Dachkammer war ihre Platzangst nicht mehr so stark. Doch sie kam sich vor wie auf einem Schiff, dessen tiefer gelegene Decks schon überflutet waren, während sie selbst, da sie auf der Brücke stand, noch Licht und Luft hatte, bis auch sie versank.

Sie hatte sich auf die Knie geworfen. *Führ mich zurück, Herr. Es tut mir leid, es tut mir leid.* Sie hatte Verderbtheit stillschweigend geduldet. Wie hatte sie eines Gottes so wenig achten können, der sich auf diese Weise rächen konnte? Wie hatte sie die Plagen von Sodom und Gomorrha vergessen können? Während sie hektisch ihren Ranzen nach ihrer Bibel durchwühlte, hörte sie Geschrei aus dem Haus gegenüber. Der Schauspieler lief in seinem Zimmer auf und ab und machte seiner Verzweiflung Luft, rief seinen eigenen Gott an.

Sie gab ihm die Schuld. Ihre nachbarschaftlichen Gefühle für ihn hatten den Zorn der wahren Puritanerin geweckt. Sie hatte ihre Fensterläden zugeworfen, um durch Gebete wieder in die Gnade des Herrn eingehen zu können. Die Läden waren noch immer geschlossen.

Aber als die Tage vergingen und es im Cock-and-Pie keine Todesfälle mehr gab, obwohl in Dog Yard immer mehr rote Kreuze auftauchten, beanspruchte die Pest eine eigene Normalität: ein makabres Abbild des geschäftigen Lebens und Treibens von früher.

Die schweren Schritte der patrouillierenden Wachen ersetzten die Schritte, die früher zum Alltag gehört hatten. Statt die Fässer über das Kopfsteinpflaster in Sam Brysketts Keller rollen zu hören, hörte man Schlüssel in Vorhängeschlössern klirren, wenn die Karren kamen, die Essen und Wasser brachten und alles an langen Stangen in die Häuser hineingereicht wurde. Vor der Pest war sie von den Rufen der alten Hannah aus der Bäckerei um die Ecke aufgewacht, die ihre Muffins anpries. Jetzt hörte man Morgen für Morgen den Ruf: »Bringt eure Toten heraus!« und die unvermeidliche Antwort: »Hier«, und dann wurden wieder Schlüssel in Schlössern herumgedreht.

An jedem zweiten Tag wurde aus dem Ship ein Sarg herausgetragen – zuerst ein Kindersarg, dann ein zweiter Kindersarg, dann der Sarg von Nelly Ogle – bis Penitence gegen Trauer unempfindlich wurde und sich fragte, warum sie es nicht so einrichten konnten, daß alle gleichzeitig starben, damit es nicht so gräßlich lange dauerte.

Getreulich begleitete Dog Yard, stellvertretend für den eingeschlossenen Wirt und seine Frau, jeden Sarg auf den Friedhof und plünderte ebenso getreulich den immer leerer werdenden Keller des Ship. Die Trauerzüge wurden immer kürzer, denn immer mehr Yarders wurden selbst eingeschlossen.

Am Tag vorher waren nur noch drei Trauernde dem Sarg der kleinen Nelly Ogle gefolgt, einer davon der Läufer ohne Bein, der sich in seinem Eimer vorwärtsschob. Warum setzte er sich eigentlich nicht in einen nicht infizierten Teil der City ab? Wenn sie die Möglichkeit hätte, *sie ginge*, auf allen vieren kriechen würde sie.

Er winkte ihr zu, und sie winkte zurück. Bei der Bewegung begannen vor ihren Augen Punkte zu tanzen. *Herr. Bewahre mich. Ist es soweit?*

Diesmal noch nicht, es war nur die Hitze. Vor der Sonne, die direkt über ihr stand, konnte auch ihr Hut sie nicht schützen, und ihr Kopf begann zu schwimmen, aber Gott, sie wollte um keinen Preis hineingehen.

Auf Anordnung ihrer Ladyschaft blieben alle Mädchen in ihren Zimmern, und Kinyans stellte die Tabletts mit dem Essen vor ihren Türen ab. Seine Vorräte schwanden schnell. Ab und zu hörte sie ihn in der Küche, sonst war es ganz still – abgesehen vom Geläut der Glocke von St. Giles, die anfangs ein furchtbares *memento mori* gewesen, jetzt aber nur noch eine Plage war.

Ihre Ladyschaft hatte Mary allein gepflegt und war die einzige, die gesehen hatte, wie sie starb. Penitence hatte von ihrem Balkon aus verfolgt, wie der kleine Fichtensarg weggetragen wurde. Niemand hatte ihn begleitet.

Heute war der Yard leer, nur Mistress Palmers Katze trank aus einer Pfütze, die der Wasserkarren zurückgelassen hatte, die Wache döste in der Sonne, und der Läufer ohne Bein saß in der Öffnung seines Fasses. Wenn sie noch eine Weile hier draußen blieb, fiel sie in Ohnmacht. Sie ging hinein und schloß die Augen, um sie an die Düsternis zu gewöhnen. Um sie herum warteten die Schatten mit den durch nichts zu füllenden Stunden von weiteren sechsundzwanzig Tagen.

In den Nächten wurde die Pest zu einer menschlichen, mörderischen Persönlichkeit. Penitence fuhr aus dem Schlaf auf; die Pest war irgendwo im Haus, ein Knarren zeigte an, daß sie die Treppe heraufschlich, um sie zu töten. Sie konnte nicht entkommen. Tagsüber legte sie sich wie eine riesige Daunendecke über die Wände der Dachkammer und erstickte jedes Geräusch, so daß Penitence, von Langweile gepeinigt, nur noch ihren eigenen Atem hörte.

Automatisch griff sie nach ihrer Bibel, legte sie wieder weg. Reglos zu bleiben, um lesen zu können, bedeutete, zu ersticken. Sie begann den Dachboden der Länge nach abzuschreiten – eins, zwei, drei … vierzehn, fünfzehn und ein halber Schritt. Über die Asymmetrie des halben Schrittes ärgerte sie sich immer wieder. Umdrehen, längere Schritte machen, damit es ihn nicht mehr gab. Eins, zwei, drei …

Ein Echo ihrer Schritte kam von der anderen Seite der Gasse durch die seitlichen Fensterläden, wo der Schauspieler in seinem Zimmer auf und ab ging. Da er längere Beine hatte und sein Zimmer kleiner war, brauchte er sechs Schritte, ehe er kehrtmachte. Sie hatte mitgezählt. Sie zählte alles: die Dachbalken, die Stellen, an denen der Putz von den Wänden gefallen war, die einzelnen Dachlatten, die unaufhörlichen Glockenschläge.

Sieben Tage noch, bis Peter Simkin ihr die nächste lebenerhaltende Totenliste brachte, die sie ins reine schreiben mußte. Sie hatte keinen Faden mehr, sonst hätte sie etwas nähen können … Vierzehn. Und ein halber. Sie hatte zu lange Schritte gemacht. Eins, zwei, drei …

Von draußen hörte sie Lärm und ging auf den Balkon zurück. Zwei Constables mit Gewehren standen auf den Stufen von Mother Hubbards Haus. Einer zielte auf Mistress Palmers Katze, die, nachdem sie getrunken hatte, auf dem Kopfsteinpflaster saß, und sich, eine Pfote in die Höhe streckend, das Brustfell putzte. Eine Tigerkatze, die sich ständig kratzte und auf einem Auge blind war, kein schönes Tier, doch Penitence war daran gewöhnt, sie zu sehen. Mistress Palmer liebte sie.

Das Treiben hatte die Aufmerksamkeit der Leute erregt, deren obere Fenster nicht mit Brettern verschlagen waren. Mistress Palmer stand auf ihrem Balkon und flehte den Constable an, nicht zu schießen, und schrie dann wieder ihrer Katze zu, wegzulaufen, doch die rührte sich nicht.

»Tut mir leid, Ma«, sagte der Constable. »Befehl ist Befehl.«

Penitence preßte die Hände auf die Ohren. Die Muskete explodierte, und die Katze auch.

Der Constable rieb sich die Schulter, die vom Rückstoß schmerzte, ging in den Yard hinunter, hob die Überreste der Katze am Schwanz auf und steckte sie in einen Sack.

Aus jedem Fenster, verschlagen oder nicht, ließen die Yarder eine Flur von Obszönitäten los. Mistress Palmer weinte.

Der andere Constable zeigte auf die Gasse zwischen dem Cock-and-Pie und Mistress Hicks' Fremdenheim. »Dort unten gibt es ein ganzes Nest.«

Kinyans Katzen. Penitence machte kehrt und lief hinunter. Auf der Galerie standen die Huren in ihren Türen. Nur die Tür ihrer Ladyschaft war geschlossen. »Was knallt hier so?«

»Es w-w-wird gesch-schossen. K-K-Kinyans K-K-Katzen.«

Sie gingen hinter ihr her. Im Hof vor der Küche protestierte Kinyans schon gegen das Unvermeidliche. »Sie tun keinem was, Nachbar.«

»Es ist angekündigt worden. Ungeziefer. Alle Katzen und Hunde müssen getötet werden.«

»Und wer soll dann die verdammten Ratten fangen? Sind Ratten kein Ungeziefer?«

Der Befehl, den der Constable bekommen hatte, bezog sich nicht auf Ratten. »Befehl is Befehl. Geht ins Haus, Gevatter.«

Verzweifelt sah Kinyans sich um. In dem von einer hohen Mauer umgebenen Hof lagen seine Katzen auf umgedrehten Fässern zufrieden in der Sonne; eine hatte die Pfote über die Augen gelegt. »Was ist mit den Kätzchen? Wollt ihr sie auch erschießen und alles?«

»Macht uns keine Schwierigkeiten, Gevatter«, sagte ein Constable müde. »Geht einfach wieder rein.«

Fanny legte Kinyans ihren kräftigen Arm um die Schultern, führte ihn sanft in die Küche und schloß die Tür. Der alte Mann schluchzte. Draußen fielen Schüsse. Zwischen den Schüssen hörte man Scharren und Kratzen.

»Und was treibt ihr hier, ihr Schlampen?« Ihre Ladyschaft, furchtbar in ihrem Zorn, war aus ihrem Mittagsschlaf aufgewacht und im Negligé heruntergekommen.

»Sie erschießen Kinyans Katzen«, sagte Phoebe.

»Und ich erschieße euch, wenn ihr nicht in eure Zimmer geht. Verschwindet.«

In Penitence' Dachkammer hatte sich die Sonne breitgemacht. Die seitlichen Fensterläden waren aufgestoßen worden, und der Schauspieler tippte, weit aus seinem Fenster hängend, mit der Schwertspitze dagegen. »Was ist los?«

Im ersten Anfall religiösen Entsetzens hatte Penitence jedem Umgang mit dem Mann ebenso abgeschworen wie jeder anderen Sünde, die ihr eingefallen war. Der Mann war Schauspieler, wahrscheinlich ein Papist und, *ipso facto*, ein Sünder. Im Interesse ihrer Seele hatte sie ihn auf dem Altar des Gottes geopfert, der die Pest schickte. Aber vierzehn einsame Tage hatten sie zermürbt, und das Opfer kam ihr jetzt lächerlich vor, falls es überhaupt ein Opfer war. Gewiß konnte es nicht schaden, wenn sie ihm antwortete. Der Herr verlangte nicht, daß man unhöflich war. »Sie erschießen die K-K-Katzen.«

»Ihr weint um eine verdammte Katze?«

Sie hatte nicht gewußt, daß sie weinte. Sie weinte nicht um Katzen.

Von sehr weit weg, begleitet von Glockengeläut, kam ein neuer Ton, ein tiefes Dröhnen, nur als leichtes Vibrieren in der Luft spürbar.

Donner. Vielleicht wäscht der Regen die Pest weg.

Der Schauspieler richtete sich auf. »Sie schießen mit Kanonen auf Katzen. Was ist da los?« Er wurde zornig. »Geht und fragt nach.«

Er sah nicht auf Dog Yard hinaus. Sein einziger Ausblick war ihr Fenster. Kanonen? Er war völlig durcheinander. Dann fiel ihr ein, daß der Himmel eben noch wolkenlos gewesen war, und nach den schrägen Sonnenstreifen zu schließen, die in ihre Dachkammer fielen, war er es noch immer.

Sie ging auf den Balkon. Der Himmel war so klar wie blaues Email. Die Wachen standen stramm, was ungewöhnlich war, und horchten auf das ferne Dröhnen. Sie sahen Penitence. »Schätze, das ist unsere Flotte, die auf die Holländer feuert«, sagte einer. Sie konnten sich vor Aufregung nicht stillhalten. Einer stach mit seiner Hellebarde Löcher in die Luft. »Hoch die Marine! Schießt die Mistkerle aus dem Wasser!«

Oh, Krieg. Sie wanderte zum Fenster zurück, sagte dem Schauspieler, was sie erfahren hatte, und war erstaunt über seine Erregung.

Daß Männer einander in diesen Zeiten mit Munition beschießen konnten, war so belanglos, daß es kaum Beachtung verdiente.

»Was ist mit Frankreich?« fragte er. »Bleibt es neutral? Courtin ist als Botschafter hier. Was tut er? Fragt, Weib, fragt nach.«

Penitence schüttelte den Kopf. Erstens bezweifelte sie, daß die Wachen es wußten, und zweitens brachte sie die Frage bestimmt nicht heraus.

Er begann zu fluchen. Der Krieg mit Frankreich konnte jeden Moment ausbrechen. Und er saß in einem pestverseuchten Höllenloch fest. Primitiven Idioten und Krankheit ausgeliefert. Wußte nichts. Konnte nichts tun.

Und deine Weinflasche ist leer. Sie sah, daß seine Hände zitterten. Auf der Speisekarte der Gemeinde, die ihn versorgte, stand kein Wein, und sie bezweifelte, daß er genug Geld hatte, um sich vom Läufer ohne Bein welchen bringen zu lassen. *Das wird dich lehren.* Sprüche, Kapitel 20, Vers 1: *Wein ist ein Spötter, stärkerer Trunk macht wütend.*

Weil er keinen Wein hatte, wütete auch er. Er stampfte in seinem Zorn, der sich jetzt gegen sie wandte, buchstäblich mit dem Fuß auf. Warf sich auf den Stuhl neben dem Fenstertisch. »Und du«, sagte er, »du meine einzige Verbindung nach draußen. Es ist deine Schuld. Du beleidigst mich.«

Diese Grobheit. Sie sollte ihre Fensterläden zuknallen. Doch sie tat es nicht. »M-m-mumm-meine Sch-sch-sch-Schuld?«

Er drohte ihr mit dem Finger. Sie hatte verdeutlicht, wodurch sie ihn beleidigte. »Deine Schuld. Guter Gott, Mädchen, dir wurde die Sprache von Chaucer und von Shakespeare gegeben, die auch die meine ist. Und du läßt dich einkerkern in einem Verlies inmitten dieser herrlichen Landschaft. Eingeschlossen, sagst du? Du versuchst ja nicht einmal, den Schlüssel zu dieser verdammten Tür zu finden.«

Das Bild des Kerkers entsprach so sehr ihrer eigenen Erfahrung, daß sie neugierig wurde. »W-wie?« Seltsamerweise konnte sie, wenn er so war, ungezwungener mit ihm umgehen, als wenn er sich übertrieben gekünstelt gab. Bitterkeit war ihr vertraut; bei ihrer Familie war das unvermeidlich.

»Wie? Nun, ich glaube, ich könnte es dich lehren.« Düster starrte er auf seine Stiefel. »Sonst gibt es verdammt wenig zu tun.«

Sie schaute ihn an. Der Mann war ein Scharlatan. Andererseits – Sprache war sein Beruf. *Angenommen* ... Nein, sie konnte nicht. Außerdem würde sie bald tot sein, und er auch; mit dem fernen Donner wollte der Herr ihr sagen, sie solle ihre letzten Stunden im Gebet verbringen, denn sonst wurde sie verdammt.

Sie sagte: »Wir haben keine Zeit.«

Er starrte noch immer auf seine Stiefel. »Oh, ganz deiner Meinung. Die gesellschaftlichen Verpflichtungen sind zu zahlreich. Widme dich ihnen, und laß mich in Ruhe.«

Sie überlegte. Wieder bot er ihr nicht um ihret-, sondern um seiner selbst willen Hilfe an. Wie sie suchte er Ablenkung von Entsetzen und Langweile, brauchte er Beschäftigung. Die Art, wie sie ihre Worte massakrierte, peinigte sein Ohr.

Sie stand in einem herbstlichen Schulhof in der Sonne, außerhalb – sie stand immer außerhalb – eines Kreises von Kindern, die mit Auszählreimen für ein Spiel zwei Mannschaften auswählten. Der Farn am Rand des Hofes mit dem harten, geborstenen Boden färbte sich rostrot, der Schatten des großen Ahornbaumes, unter dem sie spielten, sprenkelte die Hauben der Mädchen rot und orange. *»Inty, minty, tuppety, fig.«* Christy Trumbletts Stimme sang den magischen Unsinn, und ihr ausgestreckter Finger wanderte im Kreis herum.. *»Delia, dilia, dominig.«*

»Ich möchte sp-sp-spielen.«

»Otcha, potcha, dominotcha.«

»L-l-laß m-m-m-mich m-m-mum-mitspielen.«

»Hi, pon, tusk. Huldy, guldy, buu. Und raus bist du.«

Eine große schwarze Gestalt warf ihren Schatten über ihre Stiefel. »Warum meiden dich deine Mitschülerinnen, Penitence Hurd?«

Eine rhetorische Frage. Er wußte es. Sein Schatten war lang; er griff auf den Kreis der Kinder unter dem Ahornbaum über. Sie knickste und gab die richtige Antwort: »Meine Z-z-Zunge ist v-v-v-verflucht, Sir.«

»Fürwahr, sie schwatzt zuviel mit den Rothäuten und zuwenig mit Christen. Ich tadle deinen Großvater, Penitence Hurd, und ich tadle dich dafür.«

Elf Jahre später und dreitausend Meilen entfernt stand die achtzehnjährige Penitence in einer Dachkammer und beobachtete, wie die kleine, schmutzige, verschmierte Hand der siebenjährigen Penitence mutig nach der makellos weißen Manschette griff. »Ich m-m-möchte g-g-g-geheilt w-werden, Sir.«

In jenen Tagen sprach Reverend Block noch immer für Gott. Im fernen Geschützdonner konnte sie seine Stimme hören: »Darf die Erde zu Ihm, der sie erschaffen hat, sagen: Was hast du getan? Weh über die, die sich gegen ihren Schöpfer wendet. Du wardst gezeichnet zum Zwecke Gottes, nicht zu deinem Zwecke.«

Doch von diesem bis zum heutigen Tag hatte sich ihr nicht offenbart, was Gottes Zweck gewesen war. Und sie erkannte den Zweck auch nicht in den kleinen Särgen, die aus dem Ship herausgetragen wurden.

Otcha, potcha, dominotcha.

Ihr Blick konzentrierte sich wieder auf das Gesicht des Schauspielers. Er hatte die Augen geschlossen. Sie wußte, worauf sie sich einließ, wenn sie ihr Stottern diesem Mann preisgab: sie lieferte sich seiner Herrschsucht aus und wahrscheinlich dem Zorn des Herrn, ihres Gottes, und ganz gewiß würde sie gedemütigt werden. Doch hatte sie nicht all das ihr Leben lang ertragen? Sie konnte nicht länger außerhalb des Kreises bleiben, sie mußte von jemandem einbezogen werden, selbst wenn es dieser Sünder war.

Huldy, guldy, buu. Und raus bist du.

Der Schauspieler merkte, daß die klaren Augen der jungen Frau aus dem Cock-and-Pie ihn noch immer beobachteten, und schlug seine Augen auf. »Nun?«

Sie nickte.

7. Kapitel

»Atme, um Himmels willen!«

»I-ich atme d-doch.«

»Aus dem Magen heraus, wie ich es dir gesagt habe.« Der Schauspieler im Fenster auf der anderen Seite der Gasse legte die Hände an seine unteren Rippen. »So.«

»Ich b-bekomme die P-Pe-Pe-Pest.«

»Dazu ist es jetzt zu spät. Atme!«

Sie nahm eine Lunge voll Luft aus der Gasse und platzte fast, ehe er sie ausatmen ließ.

»Jetzt.« Zum Zeichen seiner Stellung als Schulmeister nahm er seinen Federkiel zur Hand. Zu den vertikalen Linien, aus denen er bestand, eine zusätzliche. Glattes, schulterlanges Haar, lange Wangen, lange Nase, die Spitzen seines Hemdkragens über dem geschlitzten Lederwams, die hervorragenden Hände dem Sonnenlicht ausgesetzt, das morgens seinen Tisch erreichte, während er selbst im Schatten blieb.

»Sprich.«

»Eh?«

»Sprich. Ich muß hören, was du tust, wenn du sprichst. Sag mir deinen Namen, sag mir irgendwas. Es ist egal. Sag es einfach.«

Es ist egal. Da lag die Schwierigkeit, zumindest teilweise. Sein Desinteresse für das, wer sie wirklich war. Für ihn war sie die Prostituierte von gegenüber, der er zu helfen versuchte, weil eine Besserung möglich war und weil er sich mit ihr die Stunden des Eingeschlossenseins vertrieb. Sie hatte recht gehabt, als sie von diesen Lektionen nur Demütigungen erwartet hatte.

Dorinda mischte sich ein. Aus ihrem Fenster direkt unter ihnen kam ihre Stimme: »Ihr Name ist Pen Hurd. Sie ist unsere amerikanische Hure.« Mit dem Scharfsinn der Eifersüchtigen hatte Dorinda den Spalt des Mißverständnisses erkannt und war bemüht, ihn zu erweitern.

»Madam, mich interessiert nicht, ob sie die Hexe von Endor ist. Stört uns nicht.« Stirnrunzelnd sah er Penitence an. »Sprich.«

Soll ich das ertragen? Besser, sich in die Würde der Einsamkeit retten, draußen, außerhalb des Lebens bleiben, wohin sie gehörte. Doch hinter ihr in den Schatten der Dachkammer war nicht das Leben, es war der Tod. Sie machte sich bereit, ballte die Hände, hob die Schultern, holte tief Atem ...

»Tu das nicht. Entspann dich, laß deinen Körper los. Und um der Liebe Gottes willen, atme. Sag mir deinen Namen.«

»P-Pe-Pp-e-Ppe ...« Der Verschlußlaut bäumte sich vor der Hürde zwischen ihnen auf, versuchte sie zu überspringen und verhedderte sich in unsichtbarem Laubwerk. »Ich k-k-kann nicht.«

»Paß auf«, sagte er geduldig, »ich habe dich das Lied der Barbaren singen gehört. Wo hast du es gelernt?«

»N-nn-ni-icht Ba-ba-bar-bamm-bar-baren.« *Wie unwissend er war.* »Alg-gonquin.«

»Die französischen Geistlichen haben mir gesagt, die Algonquin seien Barbaren. Sie haben gesagt, die einzigen guten Indianer seien die Irokesen.«

Sie wußte, was er tat, er forderte sie heraus, wollte sie zum Sprechen anstacheln, und sie konnte dem Köder nicht widerstehen. Französische Priester, die geschickt worden waren, um die Irokesen zu bekehren, waren Unruhestifter und Lügner, die Irokesen selbst bösartige Wilde, nicht würdig, einem Algonquin den Mokassin zu küssen.

Mit verzerrtem Gesicht stürzte sie sich in eine Lobeshymne auf Awashonks, Matoonas und ihr Volk, stotterte sich durch undurchdringliches Dickicht, sah Worte, die sie nicht bewältigte, in die Gasse hinunterfallen, kämpfte sich über Silben hinweg, bestand jedoch hartnäckig darauf, die Wahrheit über ihre Indianer zu erzählen, weil die Erzählung einen Hauch Pocumscut-Luft in ihre vom Pestgestank geplagte Nase wehte.

Er freute sich. »Da haben wir's, Stiefel, siehst du. Deine Hauptschwierigkeit liegt bei dir vorn im Mund. Du stotterst immer, aber hauptsächlich mit geschlossenen Lippen bei P und B.«

Er hört kein Wort von dem, was ich sage. Achtet nur darauf, wie ich es sage.

Sie hörte das Rumpeln des Leichenkarrens und stand auf. »Ich m-muß gehen.« Da sie als einzige ein Fenster mit Ausblick nach Dog Yard hatte, war sie zur »Pest-Beobachterin« des Cock-and-Pie ernannt worden und mußte täglich berichten,wie hoch an diesem Tag der Tribut an Menschenleben gewesen war.

»Herr Gott nochmal« stieß er empört hervor, weil sie abtrünnig wurde, und knallte die Fensterläden zu.

Penitence trat auf ihren Balkon.

Die ersten Kreidekreuze waren durch solche in offizieller roter Farbe ersetzt worden, die fremdartig inzwischen beinahe jede Tür in Dog Yard »zierten«. Der Leichenkarren hielt vor dem Haus des Pfandleihers an der entgegengesetzten linken Ecke, der Einmündung zur Pincher's Lane.

Ein Sargträger hängte den Pferden Futtersäcke um; sie würden noch eine ganze Weile hier sein. Neben ihm schwang sein Kollege eine Glocke und rief so gleichgültig wie ein Lumpensammler: »Bringt eure Toten heraus!« Penitence dachte trübsinnig: *Wahrscheinlich ist er das auch.*

Sie wappnete sich gegen die Antworten. »Hier.« »Hier.« »Hier.« »Hier.« »Hier.« *Herr, mach ein Ende.* Aber es hörte nicht auf. »Hier.« »Hier.« »Hier.« »Hier.« Wie lange noch, bis auch aus dem Cock-and-Pie eine Antwort kam? Oder aus dem Haus von Mistress Hicks? Die oberen Räume in den Gebäuden waren noch frei, aber aus den Stables wurde geantwortet. Pa Tippin mußte gestorben sein.

O Gott, hilf uns. Sie fiel auf die Knie, als einer der Träger einen Finger hob, um anzuzeigen, daß er den Ruf aus dem Fenster des Ship gehört hatte. *Nicht schon wieder.* Sie blieb auf den Knien liegen, nicht um zu beten, sondern um nicht sehen zu müssen, wie noch ein Sarg aus der Tür des Gasthauses getragen wurde. *Warum tust Du das, Herr?*

Kauernd lauschte sie auf die Stille aus dem Ship, auf das jüdische Klageritual, das die Frau des Pfandleihers anstimmte, während ihre Familie hinausgetragen wurde, auf die Rangelei in den Stables, als die Tippin-Söhne versuchten die Tür einzurennen, um ihren Vater zu seiner unverdienten Ruhe zu geleiten, lauschte der Panik, dem Kummer, dem Zorn und der Verwirrung, die sich, ein Responsorium der Pestilenz, zu einer kunstvollen Motette zusammenfügten.

Als es vorüber war, stand sie widerwillig auf und ließ sich von Soper, einem der Wachmänner, die Zahl der Toten nennen. Dann ging sie auf die Galerie hinunter. Ihre Ladyschaft stand in der Tür ihres Zimmer. »Nun?«

Penitence zählte auf. »… und noch zwei von M-umm-M-Mother Hubb-Hubbard. Der Pf-Pfandleiher und sein S-Sohn.« Ihr Stottern wurde schlimmer, je höher die Toten in der Wertschätzung ihrer Ladyschaft gestanden hatten. »Und M-M-Mistress CCr-Craw …«

»Jenny Crawford?« Das Gesicht ihrer Ladyschaft veränderte sich nie.

»Und die B-B-Babys. Es t-t-tut m-m-m-mir leid.«

»Ma Palmer? Ma Hicks?«

»N-nein. S-s-sie haben gewinkt.« Es war ein Ritual geworden. Die Lebenden signalisierten sich gegenseitig, daß sie noch am Leben waren. Männer, die sich früher eins auf die Nase gegeben, alte Frauen, die Nachbars Kinder angekeift hatten, winkten jetzt und tauschten in einer müden Kameraderie des Überlebens Neuigkeiten aus. Der Anblick von Mistress Palmer, die ihrer einstigen Todfeindin Mistress Hicks mit einem Stück ihrer Morgenwäsche zuwinkte, und der Lumpen, den die kräftige Faust von Mistress Hicks schwenkte, trösteten sie mit der Gewißheit, daß es ein paar Dinge gab, die die Pest nicht vernichten konnte.

»Sind das alle?«

Widerstrebend sagte Penitence: »N-n-n-och ein B-Br-Bry-Bry-umm-Bryskett. D-der z-zw-zweitälteste.« Sie wappnete sich gegen das Stöhnen aus den offenen Türen entlang der Galerie und gegen das Schluchzen aus Dorindas Zimmer. Beides kam.

»Du Miststück! Du beschissene Kuh, du. Du leichenfleddernde Krähe. Hast du nichts Besseres zu tun?« In ihrem Kummer verwechselte Dorinda unabänderlich Botschaft und Botin. Penitence ging langsam in ihre Dachkammer zurück und setzte sich auf den Hocker vor dem Seitenfenster. *Was spielt es für eine Rolle?* Stottern, Heilung, Stolz, Sünde waren nichts. Die Minuten, die einem von der Glocke vorgezählt wurden, waren so zerbrechlich geworden, daß sogar Demütigung ein kostbarer Beweis für Leben war.

»Stiefel!« Der Befehl klang immer so, als rufe er eine Magd, und er richtete sich immer nach seinen Bedürfnissen, nie nach den ihren. Sie meldete sich immer.

»Und jetzt. Polly pocht auf Porzellan. Und *atme*.«

Sie atmete ein, atmete aus, versuchte die Hände ganz locker zu machen. *Polly pocht auf Porzellan.* Leicht. »P-P-P-P-um-Polly p-p-po ...« Es war schlimmer; sie preßte die Lippen so fest zusammen, daß nur ein leises Grunzen zu ihm drang.

»Kein Pochen mehr auf Porzellan.« Von unten kam Dorindas monotone, aber wirkungsvolle Sabotage.

»Ruhe da unten! Stiefel, ich hab's dir gesagt. Die Falle lauert zwischen den Worten. Wir lassen keine Lücken. Wir sind ein guter General auf feindlichem Territorium, wir schließen unsere Reihen. Wir-halten-die-Truppen-zusammen. So. Alles in einem Fluß, keine Lücke.«

Allein in ihrem Zimmer machte Penitence ausgezeichnete Fortschritte; Polly pochte auf Porzellan genauso tapfer wie bucklige Buben brüllten. Ihre Zunge schnellte bei »t« und »d« forsch gegen den Gaumen – »Tänzer dürfen träge Damen tragen.« »J« und »ch« lösten sich ebenso leicht von Zunge und Zähnen, »k« und »g« formten sich an der Zungenwurzel und in der Kehle, die »S« glitten über den Gaumen wie Schlangen durch nasses Gras.

Seine Behauptung, daß Stottern eine Kraft war, die von außen kam, fand sie interessant; es war keine Schwäche, kein innerer Defekt, sondern etwas außerhalb. »Es ist der Feind, Stiefel. Er greift uns an, also treten wir zum Gegenangriff an.« Für einen Schauspieler benutzt er überraschend viele militärische Metaphern, dachte sie. Doch sie lernten beide, daß der Feind stärker war als Penitence.

Sie verlor die Hoffnung. Er die Geduld.

Eines: Sie war sehr geschickt darin geworden, ihn zu Beispielen zu verleiten, die sich, wenn sie Glück hatte, zu einer Vorstellung entwickelten.

Ohne es selbst zu wissen, war Penitence Hurd, um der Wirklichkeit zu entfliehen, zu einer besessenen Zuschauerin geworden. Heute gelang es ihr, ihn dazu zu bringen, ihr Beispiele von Sprachmustern zu geben. Er spielte ihr die ganze Skala seiner Mitbewohner bei Mistress Hicks vor. Angefangen bei der fetten Orangenverkäuferin mit ihrer von verschiedenen Vätern stammenden Brut im Kellergeschoß bis zu dem Gaukler und Seiltänzer und den Pfeifenmachern im ersten Stock, sie alle erschienen im Proszeniumbogen ihres Fensters mit ihren unterschiedlichen Gestalten und verschiedenen Akzenten.

»Und MacGregor, mein Zimmernachbar – wenn er spricht, ist es ein abwechselnd hohes und tiefes Jaulen wie von seinem wirklich gräßlichen Dudelsack, den er aber, Gott sei's gedankt, jetzt verkauft hat. Zum Beispiel so: ›Nun Master King. Leiheiheit Ihr mir. Eine Silbermünze. Für ein winziges. Schlückchen Ale?‹«

Die Gestalt des untersetzten Mannes mit den freundlichen, vorquellenden Augen des Säufers verschwand und verwandelte sich in den hochgewachsenen, mageren, kummervollen Schauspieler zurück. »Armer Teufel, ich weiß, wie er sich fühlt. Für einen Trunk würde ich selbst jemanden umbringen.«

Aber es war eine *Tour de force* gewesen. Aus den Fenstern von Alania und Dorinda, den Liebhaberinnen des Theaters, die zwar zuhören, aber nichts sehen konnten, kam Applaus. »Ihr seid besser als Charlie Hart, bestimmt.«

Penitence hatte keine Vergleichsmöglichkeit, da sie nicht wußte, wer Charlie Hart war; es interessierte sie auch herzlich wenig. Sie staunte über die Darbietung und fürchtete sie beinahe wie Hexerei, wußte aber dennoch, daß das, was sie da zu sehen bekommen hatte, Kunstfertigkeit gewesen war.

Sie begann zu denken, daß der Schauspieler kein richtiger Schauspieler war. Er spielte, weil er eine Arbeit brauchte; es war eine Fertigkeit wie die Fechtkunst, das Tanzen oder das Lautenspiel, Grundvoraussetzungen in einer Kultur, die sie nur vom Hörensagen kannte und verurteilte. Es war ein Notbehelf, nicht sein Leben.

Da waren seine gelegentlichen unbedachten Anspielungen auf militärische Dinge, die politische Situation, auf seinen geheimnisvollen Aufenthalt in Frankreich, eine Vertrautheit mit Hofkreisen, die Bemerkung, die er an dem Tag, an dem er sie im Cut rettete, über den König gemacht hatte.

Da sie über die Theaterwelt überhaupt nichts wußte, war es durchaus möglich, daß alle Schauspieler so umfassend gebildet waren wie er, doch sie bezweifelte es. Schließlich wußte sie nichts von ihm, nicht über seine Familie oder seine Herkunft, gar nichts.

Wenn Alania und Dorinda durch den Theaterklatsch erfahren hätten, daß er ein Verbannter vom Mond war, wäre Penitence nicht überrascht gewesen. Worüber sie immer wieder und unaufhörlich staunte, war, daß sie die wesentlichen Dinge an ihm so gut kannte: seine Sehnsucht nach dem, was ihm genommen worden war, was immer es gewesen sein mochte, die Verachtung für seine derzeitige Situation – und die Tapferkeit, mit der er sie ertrug. Er fand sich besser damit zurecht als sie.

Es wäre unter seiner Würde gewesen, ihr solche Gefühle zu offenbaren, doch sie schlugen wie eine Bugwelle über die Gasse zu ihr herüber. Er rief den unsichtbaren, applaudierenden Mädchen eine rüde Bemerkung zu und machte es sich wieder auf seinem Stuhl bequem. »Du hast schöne Zähne, Stiefel«, sagte er. »Du mußt häufiger lächeln.« Er drohte ihr mit dem Federkiel. »Und jetzt. Hände. Atmen. Anfangen ... Nein, nein, *nein*. Wir saugen die P nicht ein, wir atmen sie aus. Wirst du wohl atmen, in Gottes Namen!«

Der Kopf tat ihr weh. Ihm anscheinend auch, denn er hielt ihn fest und rief jemanden namens Pygmalion an. »Er hatte es leicht, er brauchte nur eine Frau aus einem steinernen Klotz herauszuhauen. Ich habe diese, diese …«

Sie knallte die Fensterläden zu, bevor er es sagen konnte, und hörte, daß er das gleiche tat.

Die City verlor ihre klaren Umrisse. Peter Simkin fand sich nicht mehr zurecht, weil die menschlichen Bezugspunkte fehlten, die immer seinen Weg begleitet hatten. Der Lavendelverkäufer von der Fleet Bridge war nicht mehr da. In St. Paul's hatten sich so wenige Leute eingefunden, daß er seine eigenen Schritte hörte, die von der hohen, schlichten Kuppel widerhallten.

Die kopfsteingepflasterte Fläche des Geflügelmarktes war leer, und die Frau, die mit einer einzelnen Henne in einem Lattenverschlag als einzige dastand, ließ ihn noch leerer aussehen. Er hatte es nicht anders erwartet. Große Märkte waren vorläufig verboten, ebenso alle Rummelplätze im Umkreis von fünfzig Meilen.

Der neue Pförtner der Parish Clerks' Hall wollte ihn nicht einlassen. Er zwang ihn, seine Bill of Mortality in eine Wärmepfanne zu legen, die durch die Gitterstäbe des Tores gereicht wurde, und dann befahl er ihm zu warten.

Ein Plakat an der Anschlagtafel am Tor nannte für die vergangene Woche die Zahl von insgesamt 1 089 Pesttoten. Daneben waren mit kleinen Nägeln in einem großen Viereck die sechzehn Quartseiten der *News* angebracht.

Peter verschwendete keinen Penny mehr an sie, da er inzwischen der Meinung war, keine Nachricht sei eine gute Nachricht, doch er war bereit, die Zeitung zu lesen, wenn es nichts kostete. Sie jubelte noch immer über den Sieg bei Lowestoft vor drei Wochen, bei dem englische Schiffe zwanzig Gefechtslinien versenkt und den holländischen Admiral Opdam mit seinem Flaggschiff in die Luft gejagt hatten; zehntausend holländische Seeleute waren ertrunken oder erschlagen worden.

Beträchtlich mehr Platz als den Berichten über die Pest wurde den Anzeigen für unübertreffliche Heilmittel gegen die Pest eingeräumt. Der Redakteur hatte aber auch einen kurzen Artikel veröffentlicht, in dem er seiner Freude darüber Ausdruck verlieh, daß die meisten Toten aus den Vorstädten kamen. Obwohl er gezwungen war, sechsundfünfzig Todesfälle in der City zuzugeben, wies er darauf hin, daß auch sie *nur aus engen Sackgassen* stammten. Außerdem: *Man hat mich höheren Ortes beauftragt, bekanntzugeben, daß alle, die bei hohem Fieber kleine, kalte Getränke zu sich genommen haben und dann auf so furchtbare Weise starben, ihren Tod beschleunigt haben.*

Als der Pförtner zurückkam, las Peter Simkin noch immer. »Kümmert Euch nicht um das, was da steht«, sagte der Mann. »Der alte L'Estrange druckt, was der König ihm aufträgt. Und wo ist unser guter König Charlie jetzt?«

»Wo ist er?«

»Fort.« Der Pförtner nickte. »Oder im Aufbruch begriffen. Fort ins Grüne, ohne ein Tra-la-la oder leck mich am Arsch. Fort nach dem verdammten Cupid's Arms, und ich wünschte, ich könnte den Scheißkerl begleiten.« Daß Peter diese Majestätsbeleidigung offensichtlich mißbilligte, ärgerte den Mann. »Soll fragen, ob Ihr eine Abschrift gemacht habt, wie befohlen?«

»Ja.« Nicht zum erstenmal segnete er Penitence Hurd.

»Dann, hat er gesagt, sollt Ihr sie nach Whitehall zu General Monck bringen. Der alte George ist jetzt für euch verdammte Vorstädter zuständig, und zur Hölle mit euch allen.«

Peter Simkin drehte sich um, zog die Mantelnähte von seinen schwitzenden Achselhöhlen weg und hatte sich schon gehorsam nach Westen in Marsch gesetzt, als er merkte, daß er schluchzte, weil er zu müde war für diesen zusätzlichen Umweg. Oben auf Ludgate Hill angekommen, konnte er nicht mehr weiter und kehrte im Black Bush ein, um sich auf einer Bank auszuruhen und etwas zu trinken, bis seine Beine aufhörten zu zittern. Drinnen war es kühl. Nach dem hellen Sonnenlicht draußen wirkte die höhlenähnliche Gaststube noch dunkler als gewöhnlich. Am anderen Ende schlug ein Mann bei Kerzenlicht Zapfhähne in Fässer.

Mit Ale und Austern gestärkt, ging Peter Simkin wieder in die blendende Helligkeit hinaus. Da er mit dieser Gegend nicht so vertraut war wie mit seiner üblichen Route, fand er keine Anzeichen, die ihn beunruhigten. Man ging seinen Geschäften nach, wenn sie auch nicht so lebhaft waren wie sonst; es waren auch weniger Menschen unterwegs, doch sie eilten mit der für die City typischen Zielstrebigkeit dahin und sahen nicht besorgter als sonst.

Das einzige, das an die Pest erinnerte, war hin und wieder ein im Vorübergehen erhaschter Blick auf einen Leichenkarren in einer Seitenstraße; rote Kreuze waren in den Hauptstraßen selten und hörten ganz auf bei den auf beiden Seiten des Strand aufragenden Palästen. Er hegte keinen Groll gegen Gott, weil er die Reichen so deutlich bevorzugte; Peter war besorgt, weil sein Pfarrer deshalb so in Hitze geraten konnte. Denn so war es nun einmal, und man mußte sich damit abfinden. Er bedauerte nur, als er an dem großen Tor vorüberkam, daß die Springbrunnen nicht plätscherten und Unkraut die kunstvoll angelegten Blumenbeete verunzierte.

Das war es, was nicht stimmte; der glitzernde Faden, den die Oberschicht in den Teppich London hineinwebte, war herausgezogen worden, und übrig geblieben war nur Alltägliches. Wie oft war er ungehalten gewesen, wenn eine Gruppe elegant gekleideter Lebemänner sich auf der Straße rücksichtslos rempelnd Platz verschafft, sich in Kaffeehäusern rüpelhaft benommen oder aus vergoldeten Kutschen Münzen und Beleidigungen unters Volk geworfen hatte. Jetzt waren sie nicht mehr da, hatten Lebensart und Stil mitgenommen, und Peter vermißte sie.

Seine Stiefel wirbelten Staub auf. Sogar unter den über die Mauern reichenden Ästen der Kastanienbäume war es heiß; Fliegen klebten hartnäckig auf seinem Gesicht. Die Schwierigkeiten, die Bill in einem Palast von der Größe einer kleinen englischen Stadt abzuliefern, türmten sich zu einem riesigen Problem. Er mußte sich wieder hinsetzen, schattiges Gras finden, bevor er die Sache anging. Aber als er abbog, fand er das Tor des St. James's Park für die Öffentlichkeit zum erstenmal verschlossen.

Ein Stückchen weiter südlich, am Tor des Privy Garden schwenkten Sir John Lawrence, der Lord Mayor von London, und George Monck, Herzog von Albemarle, die Hüte, bis die lärmende, rufende, mit Gepäckstücken hochbeladene Kavalkade und ihr letzter Trompete blasender berittener Begleiter außer Sicht waren, und wurden sich dann der Stille um sie herum bewußt.

»Er mußte gehen«, sagte Sir John, einen Vorwurf zurückweisend, den niemand gemacht hatte.

»Hätte früher gehen sollen«, sagte der Herzog. »Ich habe ihn nicht auf den Thron gesetzt, damit er von der Pest hinweggerafft wird.«

Das Gesicht des Lord Mayor zuckte – er hatte einen Tic –, als er eine neuerliche gereizte Aufwallung unterdrückte. Allmächtiger Gott, der alte George war nicht der einzige, der Charles auf den Thron geholfen hatte ... *Und* er hatte sich mit seiner Armee zurückgehalten, bis er sicher sein konnte, daß die Zeit für die Wiedereinsetzung der Monarchie günstig war, bevor er etwas unternahm, *und* vorher hatte er loyal zu dem Bastard Cromwell gestanden ... Doch wenn man ihn reden hörte ... Der Lord Mayor beherrschte sich. Müdigkeit, das war es. Um dem alten George gerecht zu werden, er war wenigstens bereit zu bleiben und zu helfen – der einzige von der Regierung.

Sie überquerten die Straße und machten sich auf den umständlichen Weg durch Upper Whitehall zum Wohnsitz des Herzogs.

»War das die Castlemaine, die sich mit Männerkleidung herausgeputzt hatte?«

Der Herzog schüttelte den massigen Kopf. »Stewart. Die Castlemaine ist schwanger.«

»Schon wieder?« Der Lord Mayor, der kurze Beine hatte, mußte hüpfen, um mit dem Gang des Herzogs Schritt zu halten. Durch die offenen Fenster des Schatzamtes sah er noch mehrere Schreiber an ihren Pulten, was fehlte, war der Schwung. Anderswo standen große Räume leer. Vielleicht, dachte er, sollte man sich über die Geburt eines jeden Kindes in einem Monat freuen, in dem die Sterblichkeitslisten schon 2050 Tote verzeichneten, wenn nur der kleine Bastard die Finanzen des Landes nicht belasten würde.

Sir John dachte sehr viel an Geld und sagte nun: »Er hat zehntausend Pfund zur Unterstützung der City gespendet.«

»Oh, wirklich?«

»Nur habe ich bisher nichts davon zu sehen bekommen.«

»Oh, wirklich?«

»Die Königin Mutter, die Herzogin von York, Prinz Rupert haben Geld gegeben. Der König – er meint es auch gut, das wissen wir ... Es ist nur so, daß wir noch nichts davon zu sehen bekommen haben.«

Der Herzog sagte: »Castlemaine hat gestern nacht fast tausend Pfund beim Kartenspiel verloren«, und er blieb beim Thema.

Sir John benutzte verschiedene Ausdrücke, um die Mätresse des Königs zu beschreiben, ohne einen zu finden, der angemessen gewesen wäre. Eintausend Pfund, die eigentlich der Öffentlichkeit gehörten, da die Seeleute, die gegen die Holländer gekämpft hatten, noch nicht entlohnt worden waren,und er selbst mit seiner Weisheit am Ende war, weil er keine Mittel hatte, um die Eingeschlossenen zu ernähren, die Kranken zu pflegen, die Toten zu begraben.

»Irgend jemand hat vor kurzem nachts ein richtiges kleines Gedicht an der Tür zu ihren Gemächern zurückgelassen«, sagte der Herzog. »Wie ging das nur?... ›Warum denn müssen unsre Beutel bluten, weil sie den Caesar fickt, den guten?‹ Irgendsowas war's.« Sein Gelächter wurde von den leeren Tennisplätzen als Echo zurückgeworfen. »Sehr passend hab ich es gefunden, sehr passend.«

Das sieht dir ähnlich, dachte Sir John. Auf deine Weise bist du genauso vulgär wie sie. Herr Jesus, wie weit sind wir gekommen, daß so etwas in einem königlichen Palast möglich ist? Und die Königin wohnt nur ein paar Yards entfernt.

»Aber der Bursche ist unser König.«

Scharf blickte Sir John zu dem großen Mann auf. Wer hatte denn gesagt, daß er es nicht sein sollte? Emporkömmlinge mochten Könige hin und her schieben wie es ihnen paßte, diesen absetzen, jenem den Kopf abschlagen, doch die Lawrence blieben königstreu, wer immer der König sein mochte.

An der Tür zu den Albemarle-Gemächern fragte er sich, ob er es mit der Herzogin zu tun bekommen würde. Xanthippen fühlte er sich heute nicht gewachsen. Doch als sie durch die Suite zum Kontor des Herzogs gingen, lauerte Lady Monck ihnen gnädigerweise nicht auf.

»Nun denn, Lord Mayor, sprechen wir über die Verteilung der Nahrungsmittel.« Inmitten des schweren herzoglichen Mobiliars einen viel zu süßen Malvasier schlürfend, beredeten sie die Angelegenheit.

Sir John sollte, kraft seines Amtes, die City selbst versorgen; der Herzog die Vorstadtgemeinden übernehmen. Die Höhe der Pestabgabe, die eingeführt worden war, würde davon abhängen, wie viele Leute in jeder Gemeinde nicht von der Pest befallen waren und bezahlen konnten. »Außerdem wird es private Gaben und Spenden aus anderen Städten geben.« Der Herzog sah den Lord Mayor fest an. »Ihr werdet zweifellos Euren Anteil davon für die City verlangen.«

»Den größten Teil, gewiß«, sagte Sir John.

»Aye, aber wißt Ihr denn, wieviel Einwohner die City hat?«

Er wußte es nicht. Die Schätzungen waren unterschiedlich. »Eine halbe Million? Eine Million? Auf jeden Fall mehr als die Vorstadtgemeinden. Sie ist größer.«

»Tatsächlich? Ist sie das wirklich? Seht Euch das einmal an.« Der Herzog holte eine grob gezeichnete Karte der City und ihrer Vorstädte heraus. Er zog einen Kreis um die City, machte sie zu einem soliden zentralen Block, umgeben von einem ausgefransten Rand.

»Sie ist trotzdem größer«, sagte Sir John.

»So sieht es aus, doch man braucht das Auge des Soldaten. Paßt jetzt auf.« Er zeichnete ein Gitter aus gleichgroßen Quadraten über das ganze Gebiet. »Zählt jetzt die Quadrate über der City und dann die, die außerhalb liegen.«

Zur City gehörten siebenundzwanzig Quadrate, zu den Gebieten außerhalb achtundzwanzig. »Ich sage Euch, Lord Mayor, die Menschenmasse da draußen ist genausogroß wie die drinnen.«

Sir John war überwältigt. Er hatte keine Ahnung, daß London sich so weit ausgebreitet hatte. Es hatte auch keinen Sinn, einzuwenden – wie er eigentlich wollte –, daß die Bevölkerungsdichte in der City größer war; er wußte, daß die Vorstadtgemeinden praktisch aus allen Nähten platzten.

Wieder übermannte ihn der inzwischen vertraute Zorn. »Ich weiß, um was Ihr mich bittet, doch ich werde es nicht tun. Verdammte Ausländer, die vom Land hereinströmen, um wie die Ratten zu leben, niemand hat sie gerufen.«

»Aye, aber es sind keine Ausländer, oder? Es sind englische Männer und Frauen, die woanders keine Arbeit finden konnten, und Eure City war in guten Zeiten sehr froh um ihre Arbeitskraft.«

Gott verdamme den Mann und sein Soldatenauge, und Gott verdamme, verdamme die Pest. Vor Johns geistigem Auge entstand ein Bild des Denkmals, das man ihm, wie er hoffte, errichten würde. Es hätte ihm gefallen, wenn man noch in ferner Zukunft gewußt hätte, daß London nach der Amtszeit von Sir John William Lawrence viel schöner gewesen war, als er es vorgefunden hatte. Jetzt würde man sich an das Jahr erinnern, in dem die Pest gewütet hatte. Er traf die mutigste Entscheidung seines Lebens. »Ich werde meine Ratsherren konsultieren«, sagte er, »doch Ihr könnt darauf zählen, daß in der City nur Geld ausgegeben werden wird, das auch dort aufgebracht wurde.«

»Gott wird es Euch lohnen, John«, sagte der Herzog leise.

»Das hoffe ich doch«, sagte Sir John.

Der Diener des Herzogs kam herein: »Der Küster von St. Giles-in-the-Fields ist hier, my Lord, mit seiner Totenliste. Ich habe sie gebacken, my Lord.«

Der Herzog erhob sich. »Ich sollte ihn wohl kennenlernen.« Er wandte sich an Sir John: »Jede Wette, daß er der Bursche ist, der den größten Teil des Geldes schlucken wird. Wollt Ihr ihn sehen, John?«

»Am liebsten in der Hölle«, sagte der Lord Mayor aus tiefstem Herzen. »Am liebsten möchte ich ihn lebendig begraben in einem seiner Löcher sehen. Ich möchte ihn auf der Folterbank schreien hören. Ihn und seine ganze verdammte Gemeinde.«

An Peter Simkin, der barhäuptig dastand und seinen Hut zwischen den Fingern drehte, stürmte ein kleiner Mann vorbei, der, wie er dachte – von der Hitze fast ohnmächtig und sich seiner daher nicht sicher –, die Kette und die Insignien der City von London trug. Der Lord Mayor, falls es der Lord Mayor war, schien drohend die Faust gegen ihn zu schütteln.

Wie die meisten Fenster in der Rookery war auch das des Schauspielers nicht verglast, ein viereckiger hölzerner Rahmen, ausgestattet mit Läden, in denen der Holzwurm für Lüftung sorgte. Die Läden verrieten seine Stimmungen, er warf sie krachend zu, wenn Pen ihn wütend machte, öffnete sie, um ihr zu zeigen, daß er ihr vergeben hatte, ließ sie geschlossen, wenn er ihrer überdrüssig war, und riß sie auf, um neu anzufangen.

Heute fingen sie neu an. »Heute«, sagte er, »habe ich eine gute Idee.«

Nicht schon wieder.

Heute hatte er eine Flöte. »Wir werden den Satz singen.«

Seine Hartnäckigkeit überraschte sie. Sie hatte längst die Hoffnung aufgegeben, daß es jemals besser werden könnte; die Lektionen waren ein Endpunkt. *Wir könnten genausogut Schach spielen.*

Bei der ersten Note steckten die Mädchen unter ihnen die Köpfe heraus. »Ach, wird jetzt gesungen?« Und von Dorinda kam: »Pen singt ihren Gentlemen gern etwas vor, nicht wahr, Pen?«

»Ich k-k-k-kann nicht.«

»Du kannst.« Die Läden würden, das wußte sie, jeden Moment zufliegen. Rasch wog sie Blamage gegen einen weiteren erstickend langweiligen Tag ab, an dem es nichts zu tun gab. Sie öffnete den Mund …

Er versuchte sie dazu zu bringen, ihn anzusehen. »Schau mich an. Sieh, wie meine Lippen sich bewegen.« Aber sie sah ihn nicht an. Wie die meisten Stotterer mied sie das Gesicht, an das sie sich wandte, nicht imstande, die Grimasse zu ertragen, die ein Spiegelbild der ihren war. Sie richtete ihre Übungen mit P und B an seine rechte Schulter.

»Was tut ihr beiden da?« Penitence war eben dabei, ein nahezu perfektes B mit einem C in der Mitte über die Gasse zu schicken. Sie öffnete die Lippen und blickte hinunter.

Die neue Wache, ein ehemaliger Fleischergeselle, musterte sie und den Schauspieler mißtrauisch. Die Pest hatte Soper vor zwei Tagen dahingerafft. Im Yard war man der Meinung, daß Wachen entweder Schurken oder Narren waren, und dieser, Sopers Nachfolger, war in doppelter Hinsicht vielversprechend. Er nutzte die Macht, die ihm die Pestgesetze gaben, mit tyrannischer Pedanterie aus. Am Tag vorher hatte er verlangt, daß Mistress Palmer bestraft wurde, weil ihre Wäsche, die an der Zugleine zwischen den Gebäuden und dem Schornstein der Stables hing, »gegen die Verordnung« war. Der Apotheker Boghurst hatte eingreifen müssen, um ihn davon zu überzeugen, daß Wäsche keine Ansteckungsgefahr darstellte.

Verärgert setzte der Schauspieler die Flöte ab und rief ein »Was?« hinunter, das einen empfindlichen Mann wie eine spitze Glasscherbe getroffen hätte.

Der Wachmann blieb ungerührt. »Kußhände werfen. Wieder gegen die Verordnung.«

Der Schauspieler verdrehte die Augen, verscheuchte den Mann mit einer Handbewegung. »Noch einmal B …«

»B-b-bbu-umm-b.« Ihr Gesicht zuckte vor Verlegenheit.

Der Schauspieler grollte: »Da siehst du, was du ihr angetan hast, du fettgesichtiger Büffel! Verschwinde.«

»Sag du nich Büffel zu mir!« Der Wachmann war empört. »Das is wieder gegen die Verordnung, das isses, und ich melde dich beim Richter.«

»Tu das.« Der Schauspieler hämmerte mit der Faust auf den Fenstersims. »Aber verschwinde. Die Lady braucht ihre Ruhe.«

»Ich weiß, was das Cock-and-Pie is. Wenn die ne Lady is, bin ich'n Holländer.«

Die Flöte wurde auf den Tisch gelegt, sehr langsam. »Nein«, sagte der Schauspieler, »du bist kein Holländer, du bist ein schweinsohriger, nach Scheiße stinkender, hundsgemeiner Mensch mit einem Spatzenhirn, und du wirst dich entschuldigen. He! Korinthenkacker!«

»Das melde ich!« Der Wachmann humpelte davon.

Der Schauspieler kratzte sich am Kinn. »Dogberry«, sagte er, »Dogberry, Dogberry, Dogberry.« Er schob den Stuhl zurück und verschwand im Schatten seines Zimmers.

Er sollte nicht fluchen. Aber es war nett von ihm. Ist es das wert?

Er war wieder da, mit einem Buch in der Hand. »Hör zu, Stiefel. In Paris gibt es einen Schauspieler, der stottert wie du. Er gehört zu Molières Truppe, Jean Béjart.« Er sah sie eindringlich an. Er hatte eine andere Idee. »Doch wenn er auf der Bühne steht, ist seine Sprache perfekt. Absolut perfekt.«

Sie nickte mit müder Nachsicht, und er wurde böse. »Herrgott nochmal, wenn Jean er selbst ist, stottert er. Ist er jemand anders, stottert er nicht.«

Sie verstand, was er meinte, sah jedoch nicht, wie das auf sie zutreffen könnte.

Er warf ihr das Buch zu, und sie fing es auf, sah es an und ließ es fallen, als sie merkte, was es war. »Das ist ein Theaterstück.«

»Ein Theaterstück, ja. Es explodiert nicht.«

Es kann die Seele verletzen. Der Schrecken vor dem zauberischen, narrenden, trügerischen Mummenschanz, dem Theater, war seit ihrer Kindheit in ihr noch sehr lebendig.

Sie gab ihm Rätsel auf. »Du liest doch, nicht wahr? Ich habe gesehen, daß du liest.«

Die Bibel. »Die B-bb-umm-B …« Dachte er, daß Dirnen die Bibel lasen? Wußte er nicht, daß es die Bibel war? Wie konnte er darauf beharren, sie so wenig zu kennen, da sie ihn doch so gut kannte? »Die B-Bb ...« *Laß es mich ihm sagen! Dieses eine Wort nur, Herr. Ich bitte dich.* »B-Bi-Bb-umm ...«

»Gott der Allmächtige«, sagte er, »willst du immer und ewig in einem Bordell bleiben? Lies es.« Er knallte die Läden zu.

Die Kirchenglocken läuteten den ganzen Nachmittag und verstärkten noch das Getöse in Penitence' Kopf, wo die Reine Kirche Schauspieler und Schauspielerei donnernd verdammte. Erst am Abend merkte sie, daß die Kirche mit der Stimme von Reverend Block sprach. *Und wie rein warst du?* Die Frage brachte die Stimme zum Schweigen, wenn auch die Glocken weiterläuteten. Sie saß da, lauschte ihnen und verglich zwei Männer miteinander; einen, der glaubte, sie sei eine Hure und sie nicht so behandelte, den anderen, der gewußt hatte, daß sie es nicht war, aber so getan hatte, als sei sie eine.

Sie ging hinaus, um den Sonnenuntergang zu betrachten. Sie sah Lichter, die sie sich nicht zu erklären wußte, bis ihr ein neuer Geruch in die zuckende Nase stieg. Sie verbrannten Desinfektionsmittel in den Straßen, um die Ansteckung zu verhindern.

Unter ihr ging die adrette schwarze Gestalt von Apotheker Boghurst quer durch den Yard zum Ship, wo der Nachtwächter ihm die Tür öffnete.

Wer im Yard noch lebte, stand am Fenster, Mistress Palmer auf ihrem Balkon, ein paar Tippins auf dem Dach der Stables. Der Läufer ohne Bein schwang sich aus seinem Faß in sein Gefährt. Sie warteten.

Eine halbe Stunde später zündete die Gruppe der Wachleute am Tor ihre Laternen an. Einer verließ die Gruppe und eilte in Richtung Butcher's Cut.

Der Yard wartete, denn man wußte, wer mit ihm zurückkommen würde. Und wirklich wurden bei seiner Rückkehr seine schweren Schritte von den schlurfenden der Leichenfrau begleitet.

Der Läufer ohne Bein rollte in seinem Gefährt durch den Yard zum Eingang des Ship; man hörte ihn aufgeregt etwas fragen und eine leisere Stimme antworten. Der Läufer ohne Bein begann seine Runde durch den Yard, aber die Nachricht war schneller als er. Sie wurde vom Haus des Pfandleihers zum Dach der Stables geflüstert, flog die Fenster der Gebäude hinauf und hinunter und sprang über die Lücke von Butcher's Cut zum Haus von Mother Hubbard.

Auf Penitence' Seite des Yard ging sie weiter, die Häuser zwischen Ship und Cock-and-Pie entlang, wurde jedoch am Fenster von Mistress Chalkley, die taub war, aufgehalten. Niemand schrie sie ihr ins Ohr.

Von Mistress Hicks' Fenster, rechts von Penitence, kam ein heiseres: »Seid Ihr da, Pen?«

»Ja.«

»Es ist John Bryskett. Der älteste. Das macht sechs.«

Wackelige Räder näherten sich quietschend den Stufen des Cock-and-Pie. Sie hörte den lauten Atem des Läufers ohne Bein. »Pen?«

»Ja.«

»Es gibt kein Gott nich, oder?« Im Yard machte ihr Hut sie zur Autorität in religiösen Fragen.

»Ja, es gibt einen«, sagte er. *Und er kreuzigt die Menschheit zu Seinem Vergnügen.*

Sie tastete sich durch das schlafende Haus in die Küche hinunter, zündete an den Kohlen, die jetzt noch im Kohlenbecken glühten, ein Binsenlicht an und nahm es mit einem Vorrat in ihre Dachkammer mit, wo das Buch des Schauspielers noch immer neben dem Seitenfenster lag. Es hatte Quartformat und sah aus, als habe es schon mehreren Leuten gehört, die nicht sehr pfleglich damit umgegangen waren.

Mit einem Finger schlug sie den fleckigen Leinendeckel und die Titelseite auf, kniete nieder und legte den Kopf schief, so daß sie lesen konnte, ohne das Buch anzufassen. Der Druck war schlecht, und es war viel hineingekritzelt worden. Ein paar Minuten später streckte sie einen anderen Finger aus, um die Seite umzuschlagen und sich das Buch besser zurechtzulegen. Dann streckte sie sich auf dem Boden aus. Als das Binsenlicht erlosch, zündete sie ein nächstes an und machte es sich auf dem Bett bequem, ohne zu merken, daß sie es tat.

Kurz vor Tagesanbruch legte sie das Buch zur Seite, setzte sich auf und schlang die Arme um die Knie. Kinyans letztes Binsenlicht war nur noch ein Zweig aus Asche, und nur das unterste Viertel verbreitete einen Lichtkreis; außerhalb dieses Kreises gab es Kummer und Leiden und einen Gott, dem beides gleichgültig war.

Innerhalb des Kreises war noch Messina. Hand in Hand tanzten ein Mann und eine Frau zur Musik der Flötenspieler, ein wesenloses, törichtes Paar, für dessen Gesellschaft sie jedoch dankbar sein würde, ob sie noch lange zu leben hatte oder bald sterben mußte. Penitence hatte Tränen in den Augen, als sie die beiden gehen sah, obwohl sie sie hier bei sich hatte, in dem schmuddligen Buch. Sie schlug die Titelseite auf, um zu sehen, wie es hieß, und nickte. Der Autor hatte es gewußt, hatte seine zarte Seifenblase in die Luft geblasen, hatte sie irisierend in einer von der Pest heimgesuchten Dachkammer schimmern lassen, für sie, die nie gespielt hatte und nicht wußte, was Spiel bedeutete.

Als die Träger kamen, stand sie auf dem Balkon und sah zu, wie John Brysketts Sarg auf dem Leichenkarren weggebracht wurde. Nur der Läufer ohne Bein folgte ihm. Dann ging sie zum Seitenfenster und wartete darauf, daß der Schauspieler die Läden öffnete.

Er gähnte und streckte sich. »Hast du's gelesen?«

»Ja.« Sie hielt es in der Hand.

»Und?«

Sie sagte: »Es ist l-lä-lä-lächerlich.« Zu oberflächlich, um als sündig bezeichnet zu werden, diente es dennoch keinem moralischen, keinem religiösen Zweck. Auf die reine Handlung reduziert, war es absurd.

»Es ist nicht sein größtes. Andererseits …«

Andererseits. Wer immer dieser Shakespeare war, er hatte das schwache Gerippe seines Stücks in Sternenlicht gehüllt. Leuchtende Worte hatten ihre Dachkammer erhellt, so daß sie, unvertraut mit der Form eines Stückes, die Bewegungen der Männer und Frauen sehen konnte, die sie sprachen, während sie um sie herumtanzten.

»Hat dir Beatrice gefallen?«

»Ja.« Vergangene Nacht hatte der Klumpen, der Penitence war, die Form gefunden, in die sie geprägt werden wollte; und sie war bereit, dafür ihre Seele zu verkaufen. »W-wie h-hat er es g-g-gemacht?«

»Was gemacht?«

»W-wie h-h-hat es g-gemacht, Euch w-w-wissen zu la-la-lassen, d-daß s-s-sie s-s-ich v-v-von A-A-Anfang an ge-ge-umm-geliebt h-h-haben …« Es war beinahe der längste Satz, den sie je zu ihm gesagt hatte, und er war zu schwierig. Die beiden hatten nicht gewußt, daß sie sich liebten, alle anderen glaubten, sie haßten sich, dies und die grotesken Ränke, die ihre Freunde angewandt hatten, um sie dazu zu bringen, sich ihre Liebe zu gestehen – das war die Handlung. Aber der Autor war darüber hinausgewachsen und hatte in dem Wortgefecht zwischen Beatrice und Benedikt zu Penitence gesagt: »Du und ich, wir wissen um ihre Liebe, auch wenn sie es nicht tun. Laß uns zusehen, wie sie von des Messers Schneide fallen, auf der sie schwankend stehen.«

»Genie.« Der Schauspieler zuckte mit den Schultern. »Es ist eine Narrenposse, das gebe ich zu. Wenn es um die echte Situation geht, übertrifft ihn Molière. Aber unser Will war zweifellos ein Genie. Ein fast so großes Genie wie ich.«

Sie ignorierte den letzten Satz. »War?«

»Er ist tot, Weib. Was hat man euch in Neu England beigebracht? Er ist 1615 oder 1616 gestorben – oder so.«

Sie spürte seinen Atem auf ihrer Wange, und dabei hatte er nicht mehr gelebt, als ihr Großvater ein Kind gewesen war.

Dogberry schlurfte durch die Gasse auf sie zu. Er sah verärgert aus.

»Na schön«, sagte er, »also isses nich wieder gegen die Verordnung. Aber ich laß euch zwei nich aus'n Augen.« Er lehnte zuerst seine Hellebarde und dann sich selbst an die Mauer von Mistress Hicks' Haus.

»Also«, sagte der Schauspieler: »Du spielst Beatrice. Ich bin Benedikt.«

Beatrice spielen? Wie konnte sie, die Sprachlose, eine Meisterin der Schlagfertigkeit spielen? Automatisch sagte sie: »Es ist V-V-Ver-Verstellung.«

»Verstellung«, stimmte Dogberry ihr aus der Gasse zu.

»Natürlich.« Der Schauspieler war überrascht. »Sich verstellen. So tun als ob. Sich etwas vorstellen. Warum nicht? Hast du, während du es gelesen hast, einen Augenblick an die Pest gedacht? Nein, das hast du nicht. Warst du traurig? Nein, warst du nicht. Es ist eine Bagatelle und soll amüsieren.« Er griff zu seinem Federkiel. »Die Lektionen sind die Infantrie, Schritt für Schritt. Das Stück unsere Kavallerie. So, wir fangen da an, wo Beatrice und Benedikt sich kennenlernen.« Er wies Penitence mit einer Geste an, die Textstelle zu finden.

Während sie die Seiten durchblätterte, fühlte sie, wie die Nerven sich ihres Atems bemächtigten. Sie atmete, wie er es sie gelehrt hatte, wischte sich die Hände verstohlen am Rock ab, versuchte sie zu lockern, zu entspannen. Sie konnte es; sie konnte sich der Kavallerie anschließen.

»Wie, mein liebes Fräulein Verachtung! Lebt Ihr auch noch?«

Sie geriet sofort aus der Fassung. Er hatte sich in den Fensterwinkel gesetzt, ein Knie angezogen, so daß sein Stiefel auf dem Fenstersims ruhte, und die Sonne lag auf einem Gesicht, das jünger geworden war. Die Stimme klang so lässig, wie die von Benedikt, so wie Penitence sie in der vergangenen Nacht in ihrem Kopf gehört hatte. Ein Finger zeigte auf Beatrices Zeile.

»W-w-wie s-s-so-sollte w-w-w-wohl V-Ver-dummver-V-Verachtung …«

Sie hatte geglaubt, Beatrices Worte würden sich von selbst sprechen, würden, weil sie die Worte von jemand anders waren, einen eigenen Willen haben. *Was für eine Närrin.* Penitence' Zunge war dazu verdammt zu stottern, was immer sie sprach. Dümmlich schaute sie auf das Buch in ihrer Hand und klappte es zu.

»Atme.«

Sie schüttelte den Kopf. Es war nicht ihr Atem. »Ich bin es.«

»Aha.« Er war wieder der Schauspieler. »Aber du bist nicht du, oder? Du bist nicht die arme kleine Pentecoast, oder wie immer du dich nennst.«

Penitence, dachte sie unglücklich.

»Du bist eine große Dame mit Geist und Ausstrahlung. Du bist klüger als Benedikt; du übertrumpfst ihn jederzeit. Komm schon, Stiefel, du hast doch schon große Ladys in ihren Kutschen gesehen, oder?« Er bewegte flatternd die Hand vor seinem Gesicht hin und her, als sei sie ein Fächer. »Stell dir vor, wie es ist, eine zu sein, seine Zofe schlecht zu behandeln, seinen Ehemann zum Hahnrei zu machen …« Er schloß die Augen. »Jesus, ich könnte etwas zu trinken brauchen.« Er schaute auf den Wachmann hinunter. »Warum machst du dich nicht auf und holst mir ein Ale?«

»Warum gibst du mir nicht das Geld?« fragte Dogberry.

Der Schauspieler sah wieder Penitence an. »Wirst du heute die Diamanten tragen? Stiefel, du mußt dir doch vorgestellt haben, wie es wäre.«

Das hatte sie ganz gewiß nicht. Sie hatte schon früh gelernt, Reichtum und alles, was damit zusammenhing, zu verachten. *Pentecoast oder wie immer du dich nennst.* Er wußte nicht einmal ihren Namen. Aber arm war sie. Arm und stumm. Sie würde nie etwas anderes sein.

»Dazu tät man schon Phantasie brauchen«, hörte sie den Wachmann sagen. »Sie schaut aus, wie etwas, das die Katze reingeschleppt hat.«

»Ihre Gentlemen haben's gern kirchlich!« rief Dorinda.

Aber der Schauspieler machte ein nachdenkliches Gesicht. »Dogberry«, sagte er, »du bist nicht so dumm wie du aussiehst.« Er spähte an Penitence vorbei in die Dachkammer.

»Diese Kisten. Was ist da drin?«

Sie zuckte mit den Schultern. *Ist doch egal.*

»Mach sie auf. Wir müssen das loswerden, das Ding, das du trägst. Beatrice muß sich wie Beatrice kleiden.«

Sie wehrte sich, verteidigte den moralischen Wert ihres Kleidungsstücks. »Es ist s-s-sauber.«

»Und eine Scheußlichkeit. Nicht einmal ich kann im Spiel so tun, als fände ich es reizvoll. Mach auf.«

Lustlos zerrte sie die erste Kiste ans Fenster und wühlte darin, wobei sie ganze Wolken zu Staub gewordenen Flohkrauts aufwirbelte. *Tu dies, tu das. Setz dem Affen einen Hut auf. Als nächstes wird er mir das Gesicht schminken wollen.*

Die Kleider kamen vom Pfandleiher, bei dem sie nicht abgeholt worden waren, bis ihre Ladyschaft sie billig gekauft hatte, weil sie hoffte, sie könnte sie für ihre Mädchen umarbeiten lassen. Die meisten waren uralt mit engen Miedern und Taillen, die man an die fließende, moderne, natürliche Linie nicht mehr anpassen konnte. Was brauchbar war, war schon verbraucht worden, der Rest war für Taschen oder Flicken aufgehoben worden. Für Penitence, die nie eine gewagtere Farbe als Grau getragen hatte, waren sie viel zu grell. Sie wählte das am wenigsten auffallende Ding, ein ausgeblichenes primelgelbes Oberteil mit Brusttuch und schwarzem Rock.

»Hoch. Hoch.« Halb gebückt hielt sie es in die Höhe.

»Ans Licht, wenn ich bitten darf.«

Sie schlurfte zum Fenster und hielt sich den Stoff an die Schultern. Der Schauspieler schüttelte den Kopf. Unten in der Gasse überlegte auch Dogberry und schüttelte dann seinen. »Nö.« Penitence sah ihn wütend an. Eine schmucklose grüne Jacke wurde von beiden abgelehnt und auch ein gewagterer magentaroter Mantel mit Pelzbesatz.

Der Schauspieler dachte nach. »Es ist das Haar.«

»Welches Haar?« fragte Dogberry.

»Genau. Diese Mißgeburt auf deinem Kopf. Runter damit.«

Sie hielt ihre Haube fest. Noch nie hatte sie sich ohne Kopfbedeckung öffentlich gezeigt. Diese Haube war ihre beste. »Es ist g-g-gumm-gutes L-Leinen.« Ihr Haar war das häßlichste an ihr. Es war hellgelb. Ihre Mutter hatte es widerspenstig genannt und ganz kurz geschnitten, um die Locken zu zähmen. Penitence hatte es vernachlässigt und jedesmal die Absicht gehabt, es zu schneiden, wenn sie bei der Haarwäsche daran erinnert wurde, wie lang es war; aber sie hatte es nicht getan und es statt dessen unter der Haube versteckt.

Der Schauspieler verlor die Geduld. Er packte sein Schwert, hielt sich mit einer Hand am Fensterrahmen fest und lehnte sich weit heraus. Penitence wurde die Haube vom Kopf gerissen. Dicht und schwer fiel ihr das Haar übers Gesicht. Darunter hervorspähend, sah sie, wie der Schauspieler sich wieder in sein Zimmer zurückschwang. Ihre Haube auf seiner Schwertspitze, drehte er sich um und sah sie an.

»Kneif mich«, sagte Dogberry.

Der Schauspieler stützte das Kinn auf die Faust. »Das Blaue«, sagte er.

Aus einer Kiste hing ein alter Seidenschal, so blau wie ein Pfauenhals. Sie legte ihn sich um ihren.

»So.« Er warf seinen Umhang vorn über beide Schultern. Penitence tat es ihm mit ihrem Schal nach.

»Kneif mich«, sagte Dogberry.

»Ja, ja«, sagte der Schauspieler. »Wer hätte das gedacht? Hast du einen Spiegel? Dann erlaube mir zu sagen: ›Sieh da, du bist schön, mein Schatz.‹ Stiefel, meine kleine Galathea, deine Rede soll so schön sein wie dein Gesicht. Sollten wir je aus diesem Rattenloch entkommen, mache ich dich zur Kaiserin von China, Prinzen sollen vor dir katzbuckeln, du wirst die Herrin von Königen sein. Und nun: ›Wie, mein liebes Fräulein Verachtung. Lebt Ihr auch noch?‹«

Wäre sie gezwungen gewesen, sich auf Penitence' Kavallerie zu verlassen, wäre es um die entsprechende Armee in einem Krieg schlecht bestellt gewesen. Sie war nur Penitence Hurd mit offenen Haaren und einem bißchen blauer Seide vor der Brust. Sie kam sich bloßgestellt und albern vor.

Der Tag wurde heißer. Dorinda ekelhafter. Dogberry fing an sich zu langweilen und setzte sich hin, um zu schlafen. Der Schauspieler, hartnäckig in seiner guten Absicht, ließ sich über die Techniken der Schauspielerei aus, die sie nicht begriff.

Endlich schwiegen sie, beide von ihrem Stottern erschöpft.

Sie brach das Schweigen mit dem Eingeständnis ihrer endgültigen Niederlage. »K-k-ann ich m-m-meine Ha-ha-humm-Haube w-w-wieder h-haben b-bb-b-umm-bitte?« Der Kopf tat ihr weh, und das unaufhörliche Geläut schwoll an und traf ihn mit jedem Glockenschlag.

Der Schauspieler sackte in seinem Fenster zusammen, spielte mit ihrer Haube. »Vielleicht.«

»B-bi-bumm-bitte!«

Er stand auf und verschwand im Hintergrund seines Zimmers.

Ich werde es schaffen. Ich bin nicht schlimmer dran als vorher. Etwas Weiches fiel ihr auf die Schulter. Sie nahm es herunter. Es war nicht ihre Haube, es war ein Stückchen schwarzer Satin mit Bändern. Sie sah ihn fragend an.

»Eine Maske. Die Leute tragen sie im Theater. Binde sie dir um. Und hier.« Ein glänzender Gegenstand flog im hohen Bogen über die Gasse zu ihr herüber, und sie fing ihn auf. Es war der Reisespiegel eines Gentleman, ein kleines silbernes Oval, mit einem reliefartigen Wappen vorn und hinten.

Penitence entfernte sich vom Fenster und nahm die beiden Gegenstände mit; in einen Spiegel zu schauen, war noch immer etwas, wofür man sich schämen mußte; man durfte es, wenn überhaupt, nur tun, wenn man allein war. Die Maske bedeckte den unteren Teil des Gesichts und ließ Augen und Stirn frei. Es gab einen Schlitz für den Mund und einen Höcker für die Nase.

Dies war Täuschung im höchsten Grad, die Krone der Arglist; die Maske anzulegen, bedeutete den endgültigen Verlust von Gottes Gnade.

Das Gleichnis von der Gnade Gottes hallte ihr in den Ohren.

Plötzlich drückte sie sich die Maske ans Gesicht und verknüpfte die Bänder unter ihrem Haar. Der glatte, weiche Stoff schmiegte sich an ihre warme Haut. Sofort fühlte sie sich seltsam verborgen und mächtig, zum erstenmal seit sie mit Matoonas gejagt und am Wildwechsel in einem Versteck mit wurfbereitem Speer auf der Lauer gelegen hatte.

Sie hob das silberne Oval auf und schob den Deckel beiseite. Innen war auf einer Seite eine Miniatur des Schauspielers, als er jünger und wohlhabender gewesen war. Sie blickte in das Glas auf der anderen Seite.

Die Augen einer fremden Frau sahen sie daraus an. Sie waren länglich, reichten beinahe bis an die Schläfen. Ein kräftiges Blau. Die Wimpern waren dunkel – zum Unterschied zu den entsetzlichen Haaren über der Stirn – und lang. Über der schwarzen Anonymität der Maske wirkten sie zwingend. Sie zu betrachten, war nicht eitel; sie waren körperlos, hatten zu nichts außerhalb dieses Spiegels Bezug. Zum erstenmal, seit sie denken konnte, blickte Penitence jemandem direkt in die Augen. Die Augen erwiderten den Blick genauso direkt, klug und, *Gott*, belustigt. Beatrices Augen.

Macht war ein neues Gefühl für sie; Pen fühlte sie so stark, daß sie den Spiegel zuklappte und die Maske abnahm, um sie auf Hexerei zu untersuchen. Keine Runen waren neben der Naht eingestickt, die ziemlich nachlässig gearbeitet war. Sie legte die Maske wieder um, klappte den Spiegel auf, betrachtete sich, nahm sie wieder ab und achtete darauf, daß sie keinen Blick auf ihr unverhülltes Spiegelbild warf; sie interessierte sich nicht für Penitence Hurd. Sie wiederholte es ein paarmal.

Hielt sie die Maske in der Hand, war sie ein in Form gebrachtes Stück Satin. Wenn sie sie umlegte, wurde sie zur Tarnkappe, die Penitence verschwinden ließ und ein neues, kraftvolleres Wesen an ihre Stelle setzte. Nichts und niemand würde die Frau hinter der Maske in einen Hinterhalt locken; sie war es, die im Hinterhalt lag. Sie trug einen Mantel, der die Trägerin unsichtbar machte und ihr gestattete zu sein, wer immer sie sein wollte.

Sie band die Maske wieder um und trat geduckt auf den Balkon in die heiße Luft, die von langsamem Glockengeläut und vom Rauch der reinigenden Feuer durchdrungen war. Eine schöne Zeit, um sich eine Stadt zu eigen zu machen, doch ihr gehörte sie. Sie streckte sich, hob zum Zeichen ihrer Treue beide Arme über den Kopf.

Von unten kam ein leises Stöhnen. »O mein Gott!«

Sie schaute hinunter. Die einzigen beiden Menschen im Yard waren Dogberry, der seinen Patrouillengang wieder aufgenommen hatte, und der Läufer ohne Bein, der in der Öffnung seiner Tonne saß und die nackten Beinstummel in die Sonne hielt. Beide starrten sie an; der Läufer ohne Bein hatte beide Zeigefinger vor dem Gesicht gekreuzt, um das Böse abzuwehren.

Beatrice sprach durch den maskenförmigen Schlitz in der Barriere von Penitence' Stotterei. »Gott schenke Euch Glück, Ihr Vettern.«

Der Läufer ohne Bein preßte die Hand aufs Herz. »Gott, Pen, habt Ihr mich erschreckt. Ich hab gedacht, Ihr seid'n Dämon.«

Das bin ich.

Sie wandte sich zurück in die Kammer.

Wieder war sie ein Ding der Dunkelheit, ein Phantom, ein Wechselbalg, und ihre Mutter und die Großeltern würden im Grab keine Ruhe finden; die Reine Kirche würde ihre Hände in Unschuld waschen und die Hexenriecher rufen. Sie hatte ihre Seele verkauft. Doch der Preis war richtig.

Ich bin eine Stimme.

Die Stimme sprach: »Aber dort tanzte ein Stern, und unter ihm ward ich geboren.«

Die Stimme hüpfte im Raum umher. Sie fand alles lustig. Es war eine Stimme, die überrascht war, sich da zu finden, wo sie war. Ihr Echo glitt über die Dielenbretter, als erwarte sie, Marmor zu finden. Sie strich mit einem tönenden Zeigefinger über die Balken und hob die Brauen, weil sie staubig waren. Klar, befehlsgewohnt, war es die Stimme der Gouverneurstöchter, für die die Siedler von Massachusetts nur Hinterwäldler gewesen waren.

Die maskierte Frau legte den Kopf schief, um der Stimme zu lauschen. Nicht ganz richtig.

Als Kind hatte sich ihr Geist in die Tiergeister der Indianer geflüchtet, wurde eine Eule, ein Adler, ein Fisch. Der Geist der Frau stieß auf Beatrice herab.

Männer zogen in ihre vergnüglichen Kriege, kehrten zurück und ahnten nicht, wie langweilig es ohne sie war. Hätte sie den bitteren

Humor, der ihr fehlte, wäre sie voller Zorn, ebenso wie sie sich darüber ärgerte, wie ihr Atem sich veränderte, wenn sie ihn ansah – irgendeine teuflische Verirrung, für die er bezahlen mußte. Da er hier war, heischte sie seine Aufmerksamkeit.

Sie rauschte zum Seitenfenster und winkte mit Beatrices beringten Fingern.

Benedikt saß noch immer im Fenster. Er hatte den Hut tief ins Gesicht gezogen, so daß es im Schatten lag, doch das Licht traf seinen Hals, wo er aus dem Hemd aufstieg. Eine Leinenhaube baumelte an seinen Fingern.

Sie sagte energisch: »Wie sollte wohl Verachtung sterben, wenn sie solche Nahrung vor sich hat wie Signor Benedikt?«

Einen Augenblick noch schien er weiterzuschlafen, bis er, sehr langsam, einen Finger ausstreckte und sich den Hut aus der Stirn schob.

Jemand klopfte von innen an die Eingangstür des Cock-and-Pie. Alania schrie der Wache zu, sie solle den Apotheker holen.

Schritte rannten die Treppe zu Penitence' Dachkammer herauf, und Phoebe stürmte herein. »Sie ist hier, Prinks. Oh, was sollen wir tun?« Sie lief zum Fenster, wiederholte den Ruf nach dem Apotheker und drehte sich dann um. »Sie ist hier, Prinks. Wir haben sie im *Haus*. Kinyans hat sie.«

Penitence' Augen trafen für eine lange Minute die des Schauspielers. Dann streckte sie die Hand nach ihrer Haube aus.

Später sollte sie sich daran erinnern, daß seine Hand das Stück Leinen umklammerte, als ertrage er es nicht, es loszulassen, und dann sagte er: »Nein.«

Sie wußte, daß seine Sorge weniger ihr galt als der vielversprechenden Schülerin, die er verlieren sollte, aber sie war dankbar.

Sie hatte es gewußt. Einen Moment lang hatte sie eine so entsetzliche Freude empfunden, daß vorauszusehen gewesen war, wie bald der puritanische Gott sie dafür bezahlen lassen würde.

Sie lächelte dem Schauspieler zu und streckte wieder die Hand aus. Übellaunig warf er ihr die Haube zu.

Pen fing sie auf, nahm die Maske ab, setzte, um hinunterzugehen, die Haube auf und stopfte sich im Gehen das Haar unter den weichen Stoff.

8. Kapitel

Die Mädchen hatten sich auf der Galerie versammelt und bemühten sich zu hören, was der Apotheker sagte, der versuchte Kinyans' Schreie zu übertönen. Unter ihnen bemühten sich ihre Ladyschaft und Job, den alten Mann auf einem Sofa im Salon festzuhalten.

Es gelang ihnen zu hören, wie Master Boghurst sagte: »Das ist das Angststadium.«

Kinyans strengte sich an, vor etwas wegzukriechen, das nur er sehen konnte.

Ihre Ladyship fauchte: »Wie lange dauert es?« Sie bezahlte keine halbe Krone, um zu erfahren, was auf der Hand lag.

»Vier, fünf Stunden. Manchmal länger.« Der Apotheker erhob die Stimme, ohne den Tonfall zu ändern. »Danach kommen Erbrechen und Ausfluß. Ich rate Euch, Eimer bereitzustellen. Sind seine Lymphdrüsen schon geschwollen?«

Die Haustür des Cock-and-Pie stand zum erstenmal seit drei Wochen offen, und die Nachmittagssonne malte seitlich einen Pfad quer durch den Salon zur Ostwand; frische Luft strömte herein. Während Job und ihre Ladyschaft sich mühten, den Patienten auszuziehen, schlug Kinyans ihnen mit der Hand ins Gesicht, als hätten sie sich in Ungeheuer verwandelt.

Er schrie immer wieder auf vor Schmerz. Der Apotheker kam näher, Job schob das Sofa mit den Knien in den Sonnenstreifen, der durch die Eingangstür fiel. Kinyans' magerer gelber Körper war mit stecknadelgroßen Flecken übersät, die zu Ringen zusammenflossen, so groß wie ein Fingernagel. Unter jeder Achselhöhle und an den Lenden bildeten sich dunkle Klumpen, die aussahen, als wären große schwarze Käfer unter seine Haut geschlüpft.

Der Apotheker zeigte auf die Lymphdrüsen. »Heiße Senfpflaster, um das Gift zusammenzuziehen. Sie müssen platzen. Oder zum Platzen gebracht werden. Wie alt ist er?«

»Sechzig, fünfundsechzig«, sagte ihre Ladyschaft keuchend.

Der Apotheker sagte tonlos: »Dann überlebt er vielleicht. Das ist eine Pest, die es auf junge Menschen abgesehen hat. Bisher konnte ich noch kein einziges Kind retten.«

O *Gott*. O *Gott*. Penitence hatte die Namen gezählt, neben denen die Abkürzung »Pe« stand und hatte die Summen in die Bills of Mortality übertragen und gedacht, sie kenne das Ausmaß der Katastrophe.

Jetzt begriff sie; jeder Name auf Peter Simkins Liste war durch diese Hölle gegangen; hinter jeder mit einem Vorhängeschloß gesicherten Tür, die mit einem roten Kreuz gekennzeichnet war, hatte sich das gleiche abgespielt, manchmal mehrfach, mit Lärm, mit Krämpfen, mit Opfern, die ihre Därme auf die Bettlaken entleerten, wie Kinyans jetzt. Ein Bryskett-Kind nach dem anderen hatte unter dieser Folter geschrien, und die Eltern hatten hilflos zusehen müssen.

Sie hatte die Glocken gehört, die eintönig ihre Todesbotschaften verkündeten, die mit schrillem Höllenlärm herausgeschrien werden müßten.

»Ich empfehle keine Krankenschwester«, sagte der Apotheker, »es sei denn, Ihr wollt Euch eine Schlampe und eine Diebin hereinholen. Wenn Ihr den Patienten ersticken wollt, dann könnt Ihr ein paar von den widersinnigen Arzneimitteln kaufen, die angeboten werden, oder Ihr nehmt meine Latwerge für acht Pence die Flasche. Haltet ihn sauber und warm, und gebt ihm, da Ihr ihn liebt, solange er schwitzt keine kalten Getränke.«

Er sprach, von den Schreien begleitet, einem inneren Rhythmus entsprechend, der nicht beschleunigt werden konnte, und als sei die Ausübung seines Berufes ein Ende an sich.

Er hat die Hoffnung verloren. Für uns, für sich selbst, für alle. Die Gefühle des Apothekers wurden nicht mehr von Angst, von Menschen- oder Gottesliebe und auch nicht von seinem Abscheu vor Huren gelenkt. Durch ihn wurde ihr bewußt, daß um sie herum nur noch eine unendlich große Vernichtung stattfand. Man hatte die Wahl, wie man sie erwarten wollte – wimmernd vor Entsetzen oder, wie dieser kleine Mann, mit würdevoller Gelassenheit.

Wieder ein Schrei, bei dem ihre Ladyschaft etwas fragte. Die Mädchen konnten ihr Gesicht nicht sehen; sie wandte ihnen den Rücken zu.

Der Apotheker machte sich nicht die Mühe, die Stimme zu senken. »Das kann ich nicht sagen, Mistress. Da dieser Mann den Haushalt geführt hat, sehe ich keinen Sinn darin, die Isolation fortzusetzen. Sie sollen jeden Morgen ihren Körper absuchen, täglich meine Latwerge mit einem bißchen Wein einnehmen, und dann erlaubt ihnen, daß sie Euch helfen.«

Ich kann nicht. Herr, vergib mir, aber ich kann nicht. Laß es die anderen tun. Nicht mich. Erst vor wenigen Minuten hatte sie den Schlüssel zum Leben selbst gefunden. *Ich kann jetzt nicht sterben.*

Puritanische Pflichten waren eines; sie war bereit gewesen, über Stirnen zu streichen, Haferschleim zu füttern. Aber sich dem stinkenden, rasenden Ding zu nähern, zu dem Kinyans geworden war, oder selbst so zu sterben ... Ihr Arm berührte Sabinas Arm, und sie merkte, daß sie sich die Galerie entlang zur Dachbodentür davongestohlen hatte.

Der Apotheker nickte ihrer Ladyschaft zu und ging hinaus, ging durch das Sonnenlicht ins Freie. Sie hörten das Rasseln von Dogberrys Schlüsselbund, und mit einem Türenknallen wurde die Sonne ausgesperrt. Sofort herrschte wieder Dämmerung im Salon; drei Streifen schwächer werdenden Lichts fielen durch die hohen Ostfenster auf die Säulen, auf deren abblätternder Vergoldung eine dicke Staubschicht lag, fielen auf den gelblich verfärbten Altmännerkörper, und blieben auf dem blondgefärbten, glanzlosen Haar ihrer Ladyschaft und auf der Stelle liegen, wo der massige Hals im Kragen ihres Kleides verschwand.

Diese geschmacklose Aufmachung, der Geruch, die Hitze, die sich zu erstickender Übelkeit zusammenballten. *Ich kann nicht.* Sie konnte den raschen Atem der anderen Mädchen hören.

Alle blieben stehen, wo sie waren, warteten darauf, daß ihre Ladyschaft sich bewegte. Kinyans Schreie wurden schwächer; bei jedem heftigen Zucken seines Körpers wurde der Geruch stärker. Job hielt ihn, auf der anderen Seite kauernd fest, die Augen auf das Gesicht ihrer Ladyschaft gerichtet. Nach einer Weile hob sie den rechten Arm und wischte sich mit dem Ärmel das Gesicht ab. »Nun«, sagte sie. Kinyans schlug mit den Füßen aus, und sie legte sich mit ihrem ganzen Gewicht auf seine Knöchel. »Phoebe.«

»Ja, Ladyschaft.«

»Du und Sabina macht Wasser heiß, damit wir den alten Kerl säubern können. Ihr seid für die Wäsche verantwortlich. Fanny.«

»Ja, Ladyschaft.«

»Du und Job bringt Kinyans Bett hierher. Francesca und Alania, fangt an, Lumpen zu zerreißen. Saubere, denkt daran.«

»Ja, Ladyschaft.« Die Frau hatte wieder Ordnung ins Universum gebracht. Dankbar eilten die Mädchen davon.

»Dorinda, du bist für die Küche verantwortlich. Gott helfe uns. Dorinda.«

Es kam keine Antwort. Ihre Ladyschaft drehte sich um und sah Penitence allein auf der Galerie stehen. »Und was tust du hier, deiner Meinung nach? Mach, daß du in deine Dachkammer hinaufkommst.«

Sie hatte sich eben hinaufschleichen wollen, jetzt war sie gekränkt, weil sie von der allgemeinen Geschäftigkeit ausgeschlossen wurde. »Ich k-k-k-ann auch h-h-helfen.«

»Jesus!« Der fast hysterische Aufschrei stürzte Kinyans Körper in einen neuerlichen Krampf. »Warum tust du nicht, was man dir sagt, verdammt! Ich *will* dich hier nicht. Wollte dich nie. Dich und deine verdammten Augen und deine Stotterschnauze. *Verstehst* du nicht?« Ihre Arme schlugen wie Dreschflegel nach Penitence. Sie starrte Penitence an, ballte langsam die Hände und beherrschte sich mit Mühe. Leise sagte sie: »Hol Dorinda. Schick sie in die Küche hinunter. Wenn du helfen willst, versuch diesem Saufkopf von Wachmann frisches Stroh und Binsenlichter abzuschwatzen. Aber hier unten will ich dich nicht mehr sehen. Ist das klar?« Sie drehte sich zu Kinyans um. Penitence legte die Hand auf die Klinke von Dorindas Tür, traurig über die Wiederkehr des alten Schmerzes. Ihre Mutter hatte genauso wie ihre Ladyschaft eben in der Küche ihres Hauses in Neu England gestanden. Zu ihren Füßen lagen die Scherben einer von ihr sehr geliebten Delfter Schüssel, die Penitence eben fallen gelassen hatte. »Ich habe dich nie *gewollt*. Dich hat der Teufel erschaffen. Ich will dich nicht in meinem Haus.«

Dorinda war in ihrem Zimmer und lag, den Daumen im Mund, auf dem Bett. Ihre Augen waren offen, doch als Penitence sie ansprach, blickten sie weiterhin starr geradeaus.

Francesca und Alania schauten herein. Sie hatten eine Truhe vom Dachboden geholt. »Ist sie krank?«

»Ich w-weiß nicht.«

»O Gott. Dann sieh doch nach.«

Und weil sie erwarteten, daß Dorinda sie hatte, streckte Penitence die Hände aus, um die fest verschränkten Arme des Mädchens mit Gewalt zu öffnen und ihr das Kleid herunterzuziehen.

Die Haut war makellos, die Lymphdrüsen in den Achselhöhlen nicht geschwollen.

»Ich d-denke, sie f-f-fürchtet sich nur.«

»Tun wir das nicht alle? Na ja, für die Küche ist sie kein großer Verlust, das ist sicher.«

»Ich k-k-kümmere mich u-um die K-K-üche.« Sie wußte genug über die zwielichtige Herkunft der Cock-and-Pie-Mädchen, um an ihren hausfraulichen Fähigkeiten zu zweifeln, die wiederum die einzigen waren, die Pen sich zutraute. Ihre Mutter und ihre Großmutter hatten den Haushalt – zur Erntezeit waren es oft mehr als sechzig Nachbarn gewesen, die geholfen hatten – so gut geführt, daß selbst der Marketender einer Armee vor Neid erblaßt wäre. Die Kunst der Haushaltsführung war die einzige Lektion, die Penitence gern von ihnen gelernt hatte.

Andere Lektionen waren schwerer gewesen: Wie man sich ein Selbstwertgefühl bewahrte und wie man Eigensinn und Widerstand gegen eine Disziplin einsetzte, die fast diktatorisch war. Jetzt waren sie für sie von Nutzen. Sie zog die Bettdecke über Dorindas hochgezogene Schultern und ging auf die Galerie hinaus, um den Mund einen Zug, den ihre Mutter und ihre Großeltern erkannt hätten.

Im Salon wusch ihre Ladyschaft Kinyans, der inzwischen bewußtlos war. Als wäre er ein Baby hielt sie seine dünnen Fußknöchel in der Hand und hob ihn hoch, während sie ihm mit einem Tuch den Kot von den Hinterbacken und Oberschenkeln wusch.

Penitence beobachtete sie. Zwei Bilder, eine magere Frau, die in Massachusetts ein Kind anschrie, eine dicke Frau, die im Salon eines Bordells schrie, verschmolzen miteinander und wurden zu einer. Der gleiche Ton, die gleiche Ablehnung. Die Frage, warum die Leichenfrau sie vor so vielen Monaten ohne zu zögern zu dieser Adresse gebracht hatte, war beantwortet.

Penitence sagte: »Ich kümmere mich um die Küche.« Wenn dies das Ende der Welt war, wollte sie es erleben, während sie arbeitete. Als die Frau ruckartig den Kopf hob, fuhr Penitence fort: »Du br-

brauchst mmich, T-T-Tante M-Margaret, o-o-ob du mich w-willst oder nicht.«

Der Zustand der Küche wies darauf hin, daß Kinyans seine Pflichten schon seit Tagen vernachlässigt hatte. Sie war ein Schweinestall und wimmelte von Schmeißfliegen. Entweder hatte er sich länger als vermutet krank gefühlt, oder der Mord an seinen Katzen hatte ihn in tiefe Gleichgültigkeit gestürzt.

Die Ratten hatten sich vermehrt. Als Penitence von der Galerie über die Holztreppe in die Küche hinunterpolterte, sah sie, wie sich die Binsen, die den Boden bedeckten, wellenförmig hoben und senkten. Eine große schwarze Ratte, die von einem Regal in der Pantry flüchten wollte, warf einen hölzernen Salzstreuer um. Als Penitence darauf zustürzte, damit nicht noch mehr Salz verschüttet, nicht noch mehr Glück vergeudet wurde, stieß sie mit dem Fuß gegen den starren Kadaver einer Ratte. Und noch eine war in der Nähe des Brunnens verendet.

Penitence warf eine Prise von dem verschütteten Salz über ihre linke Schulter, um den Teufel zu blenden, packte den nächstbesten Besen und machte sich an die Arbeit. Sie würde keine Binsen mehr auf den Boden streuen; sie mußte dafür sorgen, daß nichts mehr verschüttet oder verstreut wurde. Doch so wie es hier aussah, würde es nicht viel zu verschütten oder zu verstreuen geben. Das Mehlfaß war halb leer, die einzige geräucherte Speckseite fast verbraucht, und der Geruch aus dem Fliegenschrank, in dem das Fleisch aufbewahrt wurde, sagte ihr, daß der Inhalt schon gestern hätte gekocht werden müssen, wenn nicht früher. Das einzige noch halbwegs gute Stück war ein Rinderschlegel, den sie in ein Gemisch aus Wasser und Essig legte, um den scharfen Geschmack zu mildern. Sie wollte ihn fürs Abendessen kochen, und Kinyans konnte Rindfleischbrühe bekommen. Sie dankte Gott, daß ein ausreichender Vorrat an Hafer, getrockneten Erbsen und Bohnen vorhanden war.

Aber dennoch reichten die Vorräte in Zukunft nur für eine Mahlzeit täglich, und da es jetzt sinnlos geworden war, sich voneinander zu isolieren, konnten sie wieder gemeinsam essen, wie früher.

Sie war von Sauberkeit wie besessen und sorgte sich, weil sie nur ein einziges kleines Stück Seife fand; wenn man Kinyans Zustand berücksichtigte, würden sie eine Menge brauchen. Sie mußte selbst welche machen. Als Job in die Küche kam, ging sie mit ihm in den Hof und zeigte ihm, wie er die Binsen verbrennen mußte, die sie hinausgefegt hatte; die Asche mußte aufgehoben und das Feuer gleichzeitig dazu benutzt werden, das Fett zu schmelzen, das sie von den verdorbenen Fleischstücken abgeschabt hatte.

Entsetzt starrte sie in die große Wanne an der Pforte, in die das Cock-and-Pie seine Nachttöpfe leerte. Sie lief schon über. Eine summende, schimmernde blaugrüne Fliegenmasse ersetzte den Deckel, der heruntergefallen war.

»Lieber Gott, waren die M-M-Männer nicht h-h-hier, die in der N-N-Nacht die Ex-Exre-Exkremente a-a-abholen sollen?« Sie rüttelte an der Pforte und stellte fest, daß sie von außen mit einem Vorhangschloß gesichert war. »T-tu den Deckel drauf, Job.«

Sie stapfte hinauf, um Dogberry vom Balkon aus die Meinung zu sagen. Als sie am Seitenfenster vorbeikam, merkte sie, daß das Zimmer des Schauspielers leer war. Gut so, sie hatte jetzt keine Zeit für Mummenschanz.

Wenn man bedachte, wieviel Zeit und wie viele Zutaten Penitence zur Verfügung standen, servierte sie am Abend eine sehr passable Mahlzeit. Allen wurde aber der Appetit verdorben, als Francesca ihren Teller unberührt wegschob.

Beinahe schamhaft schob sie ihr Halstuch herunter und wies auf ihre Brust, auf der sich ein Ausschlag zeigte. »Hab ich eben bekommen«, sagte sie und blickte in die Runde. »Es ist nicht die Pest«, sagte sie. »Mir geht's gut. Kann nicht die Pest sein, oder? Nicht, wenn's mir gutgeht. Es sind Masern oder sowas, nicht wahr? Sie sind auch nicht verfärbt wie die von Kinyans. Es müssen Masern sein.«

Alle beeilten sich, ihr beizupflichten. Die Flecke waren nicht so dicht wie bei Kinyans und rötlich, nicht braun. »Masern«, erklärte ihre Ladyschaft. »Leg dich ein bißchen hin. Hab keine Angst, Kleine.«

Francesca fröstelte. »Hab ich ja nicht«, sagte sie. »Mir ist nur ein bißchen kalt, das ist alles.«

Phoebe legte den Arm um sie und half ihr die Treppe hinauf.

Niemand sonst rührte sich.

Sie ist hier. In dieser Küche. Jetzt. Irgendwie waren alle überrascht.

Sogar als sie Zeugen von Kinyans Leiden wurden, war ein gewisser Abstand dagewesen; Kinyan war alt, ein Mann, dort unten, Teil einer anderen Szenerie. Aber die Pest hatte mit am Tisch gesessen, auf Francescas jungem Fleisch, hatte mit ihnen zu Abend gegessen. Direkt neben *ihr*.

Sabinas Löffel klapperte, wo sie ihn an ihren Teller hielt. Ihre Ladyschaft beugte sich vor und nahm ihn weg. »Wir holen ihr Bett in den Salon herunter«, sagte sie. »Das erspart uns das ständige Hin- und Hergerenne. Aber eßt zuerst.« Stirnrunzelnd betrachtete sie den Tisch. »Penitence, du hast die Fingerschalen vergessen.«

»Wasser«, bat Fanny.

»Du darfst keins trinken«, sagte Penitence müde.

»Wasser.«

Aus dem Dunkel sagte ihre Ladyschaft: »Was macht es schon aus? Hol es.«

Penitence stützte die Hände auf die Knie, um sich aus dem kleinen vergoldeten Sessel neben Fannys Bett zu hieven. »Soll ich auch f-f-für die a-a-anderen W-wasser mitbringen?«

»Ja.«

Sie wankte in die Küche. Die wenigen Kohlen auf dem Rost gaben ihr genug Licht, um in dem Raum hinter der Küche den Eimer neben dem Brunnen zu sehen. Ihre Ladyschaft hatte recht; sie hatte immer recht; ob sie Fanny kaltes Wasser gaben oder nicht, wie Master Boghurst empfahl, sie würde sterben. Sie hatten die Anweisungen des Apothekers bei Kinyans und Francesca befolgt, ihnen nur Latwerge mit einem Schluck Wein eingeflößt und sich bemüht, sie mit Decken warmzuhalten, während sie fieberten. Kinyans und Francesca waren gestorben.

Die Pest hatte ihre Leichen abgeholt und auf den Karren gelegt. Zur Pest gehörten so viele Dinge, der Gestank der Körper, die sie befiel, der Mangel an Nahrung und Licht, die Glocken, und daß die Träger jetzt nicht mehr die Rolle von Gemeindedienern, sondern von Kobolden innehatten, die auf Befehl ihrer unsichtbaren Herrin kamen, um zu vollenden, was sie begonnen hatte. Sie lebten mit der Pest, starben an der Pest, taten nur, was sie ihnen gestattete. Sie hatte Launen, und da sie ihre Sklaven waren, unterwarfen sie sich ihr.

Sie war über die drei noch unberührten Häuser in Dog Yard hergefallen, die Wohnungen im Nachbarhaus, wo Mistress Chalkley wohnte, das Cock-and-Pie und Mistress Hicks' Haus, wütend, weil sie sie so lange verschont hatte. Geduckt warteten die Menschen ihre Schläge ab. Kinyans war tot, Francesca war tot, Fanny lag im Sterben, Alania und Job machten eben das Stadium durch, das zum Tod führte.

Die Pest hatte eine Weile innegehalten. Penitence sah, wie sie schwer atmend zurücktrat. Sie hörte sie den Auszählreim herunterleiern: »Otcha, potcha, dominotcha. Hi, pon, tusk. Huldy, guldy, graus.«

Und wer geht raus?

Aber davon, daß sie hier herumstand, wurde es auch nicht besser. Sie hängte den Eimer an das Seil der Winde und drehte an der schweren Kurbel. Die Luft, die aus dem Brunnen kam, strich wunderbar kalt über ihr schweißgetränktes Kleid.

Die Indianer behandelten Fieber nicht wie Master Boghurst. Sie rieben ihre Patienten mit einem Schwamm und kühlem Flußwasser ab. Der Fluß ... er umspülte ihre Füße. Sie fühlte die kühle Wasseroberfläche an ihren Knöcheln und die bunten Kiesel unter ihren Zehen.

Steh nicht herum. Dreh weiter. War es gestern gewesen, daß sie Mistress Chalkley geholt hatte? Heute morgen? Nein, gestern. Heute morgen waren es die Orangenverkäuferin und ihr Ältester. Heute morgen hatte der Schauspieler gesagt, daß Mistress Hicks sie hatte.

Denk nicht an ihn. Sie begann schneller an der Kurbel zu drehen, um nicht denken zu müssen. Die Pest konnte sich in einem Gedanken festsetzen, sie war schlau. Sie würde das Haus gegenüber betreten und ihn holen.

Bitte sie ja um nichts. Sie hatte für Francesca gebeten.

Niemand wird mehr da sein, der mir die Augen zudrückt. Das war ihre größte Sorge. Francescas Augen waren halb geöffnet gewesen, und sie hatte irgendwie verschlagen ausgesehen, was man von ihr nicht gewohnt war; Kinyans Blick war haßerfüllt gewesen. Master Boghurst sagte, die meisten Opfer starben mit offenen Augen. Unvernünftig vielleicht, aber es beunruhigte sie, daß sie auf dem Leichenkarren liegen und die anderen Toten mit einem ungehörigen Ausdruck anstarren würde …

Gott, ich bin so müde. Die Indianer behandelten Fieber nicht wie Master Boghurst. Die Indianer rieben die Kranken mit einem Schwamm und kühlem Flußwasser ab. Der Fluß …

Diesmal kam er nicht. Der kalte Schock war die Stimme ihrer Mutter: »Deine Tante hat gesündigt, Penitence Hurd. Faß in den Dreck, und du bist besudelt.«

Du hast nichts verstanden, Mutter. Du hast überhaupt nichts verstanden.

Das Drehen der Kurbel wurde zum Selbstzweck, hielt sie zwischen Vergangenheit und Zukunft in der Schwebe. Als der volle Eimer über dem Brunnenrand auftauchte, musterte sie ihn überrascht.

»Penitence!«

»Ich komme, Ladyschaft!«

Sie zog den Eimer ganz heraus, so daß er auf dem Brunnenrand stand, nahm ihn vom Haken und schleppte ihn durch die Küche.

Um ihre Ladyschaft fürchtete sie weniger als um den Schauspieler. Ihre Ladyschaft war der Pest gewachsen. In anderen Häusern stritten die Sterbenden miteinander, versuchten schreiend zu fliehen, Krankenschwestern stahlen ihren Patienten die Kleider und warfen die Leichen nackt aus dem Fenster auf den Leichenkarren. Aber nicht im Cock-and-Pie.

Der Plan der Pest war es, den Menschen ihre Würde zu stehlen. Job drehte das Gesicht zur Wand und weinte, als sein Darm sich entleerte, weil er ihn nicht mehr unter Kontrolle hatte. Francesca, die ihre qualvollen Schmerzen mutig ertragen hatte, war in ihrer letzten Stunde schlecht gelaunt gewesen, weil Sabina vergessen hatte, ihr ein anderes Kissen zu bringen. Doch ihre Ladyschaft machte ihnen allen – denen die pflegten und denen, die gepflegt wurden – bewußt, daß sie an einem Geschehen von monumentaler Bedeutung teilhatten.

Sie bestätigte weder noch leugnete sie, Tante Margaret zu sein, und Penitence war nicht näher darauf eingegangen. Ihre Ladyschaft wußte, daß sie wußte, nur das war ihr wichtig. Und sie wußte; es paßte alles. Wenn sie jetzt hineinhorchte, hörte sie in jeder Betonung die Stimme ihrer Mutter und sah in der Frau, die sich in der verkommensten Gegend von London ein erfolgreiches Geschäft aufgebaut hatte, die gleiche unbeugsame Tüchtigkeit wie in der Frau, die der Wildnis von Massachusetts getrotzt hatte.

Was sie tief berührte, war, daß unter der äußeren Härte ihrer Ladyschaft Mitgefühl und Güte verborgen waren.

Ich bin stolz auf sie, Mutter. Wie findest du das?

Sie brauchte große Willenskraft dazu, den Salon zu betreten. Es war ein Glück, daß sie über ein so großes Krankenzimmer verfügten; welche Zustände in den kleinen Wohnungen, zum Beispiel in den Gebäuden, herrschten, daran wagte sie nicht einmal zu denken. Doch sogar bei Tag erinnerten die düstere Beleuchtung und die stickige Luft an ein Mausoleum. Nachts, mit der schweren Luft, in der sich die Hitze des Tages gesammelt hatte und aus Sparsamkeitsgründen nur eine Kerze brannte, schrumpfte der Salon zu einer Gruft.

Ihre Ladyschaft sagte: »Hol noch ein Licht, Penitence.« Fannys Atem wurde zum Stöhnen. Penitence stellte den Eimer ab, lief in die Küche, holte eine Kerze, lief zurück.

Eine von Fannys Drüsen platzte. Dickes graugelbes Zeug sickerte durch die gezupfte Baumwolle, die sie aufgelegt hatten, und tropfte, als sich Fanny hin und her warf, auf das Laken.

Nicht auf das Laken. Wasser heißmachen, tragen, schrubben, spülen, trocknen – nicht schon wieder; sie konnte es so bald nicht schon wieder tun. Dann schämte sich Penitence für ihre Gedanken. Sie goß Wasser in einen Becher und half Fanny beim Trinken, während ihre Ladyschaft die Wunde säuberte. Daß sich das Gift nach außen ergossen hatte, brachte Erleichterung. Fannys Atem wurde fast wieder normal. »Besser«, sagte sie.

Penitence ging zu den anderen Betten. Alania stöhnte im Schlaf. Pestträume waren furchtbar.

Job war wach. Mit einem Tuch wischte sie ihm den Dreckschorf von den Hüften und und gab ihm zu trinken. »Fanny besser?«

»Ja.«

»Das is gut.«

Sie nickte, um ihn zu trösten. Fanny war nur eine kleine Atempause vergönnt. Die Pest war ein paar Schritte zurückgetreten, um ihr Werk zu bewundern, bevor sie wieder an die Arbeit ging.

»Gott, Prinks.« Job krümmte sich. »Mir tut der Magen so weh.« Sie hielt seine Hand fest, bis der Krampf abgeklungen war. »O Mann.« Er versuchte sie anzulächeln. »Ich bin'n altes Klageweib, oder?«

»Du bist der tapferste von allen«, sagte sie. Er war eine Offenbarung gewesen. Es hatte sie furchtbar geekelt; einem Männerkörper auf den Topf zu helfen, ihn hinterher zu säubern, es war widerlicher als bei einer Frau. Doch er hatte bewiesen, daß er – mehr als die anderen – auch die wahrnahm, die dem inneren Kreis der Leiden und der Pein nicht angehörten; er dachte und fühlte auf eine Weise für sie, die bewies, daß er es immer getan hatte. Penitence hatte nicht gemerkt, daß sie nicht mehr so stark stotterte, bis sein grauer, verschorfter Mund flüsterte: »Redest schön, Prinks.« Er war ein anspruchsloser Kranker, entschuldigte sich ständig mit: »Ich bin eine Plage, nich?«

Gestern hatte er während einer dieser falsche Hoffnungen weckenden Besserungsphasen gesagt: »Du kannst lesen, Prinks. Bringst du's mir bei, wenn's mir bessergeht, eh?« Sie hatte es versprochen, fassungslos, weil jemand, den sie für rettungslos verderbt und dumm gehalten hatte, einen solchen Ehrgeiz entwickelte. Doch wahrscheinlich würde er nicht lange genug leben, um sie beim Wort zu nehmen. Jede seiner Drüsen war so stark geschwollen, daß sie aussahen, als habe man Murmeln unter die Haut seiner Gelenke geschoben.

Er war ein bißchen älter als die Mädchen, ungefähr neunzehn; ein Junge vom Land, sagte ihre Ladyschaft, der in die Stadt gestolpert war, gebettelt hatte und fast verhungerte, bis er eines Nachts auf der Schwelle des Cock-and-Pie einschlief und ihre Ladyschaft ihm, von seiner Größe beeindruckt, den Job als Rausschmeißer gegeben hatte.

Im derzeitigen Stadium der Pest blieben ihm noch zwei Tage bis zum Tod.

Die Macht der Gewohnheit brachte Penitence dazu, für seine Genesung zu beten. *Er ist zu wertvoll.* Aber sie waren alle wertvoll und mußten alle gehen. Zu spät wünschte sie sich, sie wäre in den vergangenen Monaten nicht so engstirnig gewesen, hätte, anstatt sie zu verdammen, erkannt, wie verschieden die Menschen um sie herum waren. Jede Krankheit – Kinyans', Francescas, Fannys, Jobs, Alanias – zog sie in ihre eigene Welt, glich sich selbst auf entsetzliche Weise und war dennoch verschieden, weil sie sich der Persönlichkeit anpaßte, die von ihr befallen war.

»Penitence.«

Sie löste ihre Hand aus der seinen und lief zu Fannys Bett. Die Stimme ihrer Ladyschaft hatte eine Veränderung signalisiert. Fannys früher schwere Beine zuckten auf dem Bett, und ihre Fersen scharrten unaufhörlich über das Laken, als wollten sie graben. Ihre Ladyschaft legte sich Fannys Beine auf den Schoß, um ihnen Erleichterung zu bringen. Sie hinterließen eine Blutspur auf dem Laken.

Plötzlich klappte Fanny zusammen, als habe ein Tier sie in den Magen gebissen, dann fing sie wieder an, den Kopf auf dem Kissen hin- und herzuwerfen, links, rechts, links, rechts, ununterbrochen, wie schon seit Tagen. Ihre wunden, scharrenden Fersen zogen blutige Striche über die Schürze ihrer Ladyschaft.

Hör auf, hör auf. Wenn du es aushältst, ich kann es nicht. Penitence nahm Fannys Hand und versuchte dem Mädchen etwas von ihrer Kraft einzuflößen.

Fanny begann kurz und röchelnd zu atmen. Ihre Hand krallte sich über ihrem Herzen fest. Sie hoben ihr Hemd und sahen, daß die Haut unter ihrer linken Brust flatterte. Penitence preßte ihre Hand auf die Stelle und versuchte das Herz zu beruhigen. Fanny starrte in das Gesicht ihrer Ladyschaft.

»Ja, Kleine, ja, mein braves, kleines Mädchen«, sagte ihre Ladyschaft.

Sie waren so weit weg, so weit entfernt von dem Kampf, der sich in dem armen Körper abspielte. Als ob sie an einem Strand stünden und zusähen, wie Fanny ertrank.

Das Flattern unter Penitence' Hand ging in Salven über, stand still, explodierte zu dröhnendem Artilleriefeuer. Und stand still. »Nein«, sagte Penitence. »Tu das nicht, Fanny.«

Ihre Ladyschaft legte die Hand auf Fannys Augen und zog die Lider herunter.

Sie blieben eine Weile bei der Toten sitzen, ebenso vor Erschöpfung wie aus Respekt, dann schleppte Penitence sich hinauf, um ein sauberes Laken aus der Dachkammer zu holen, die einst Mary gehört hatte. Einen Augenblick blieb sie stehen und blickte aus dem winzigen Rückfenster über die dunstige Dachlandschaft bis dahin, wo die Tottenham Court Road aufs Land führte. Die hellen Tupfer auf den Feldern waren Schafe. Ein einsamer Vogel begann zu zwitschern. Wieder war ein brennend heißer Tag zu erwarten.

Hufgeklapper und Räderrollen auf Pflastersteinen kündigte einen weiteren Vorboten der Morgendämmerung an – den Leichenkarren. Penitence ging in ihre Kammer, um ihn zu erwarten.

Das Zimmer des Schauspielers war leer. Sie stand am Seitenfenster, zerknüllte das Laken zwischen den Händen. *Bitte Gott. Bitte Gott. Bitte Gott.*

Seine Tür ging auf, und er kam herein. Sein Blick flog sofort zu ihrem Fenster. Er sah schrecklich aus. »Fanny?«

Sie nickte.

»Sag den Trägern, sie sollen auch zu uns kommen. Das Orangenbaby ist tot.«

»Das t-t-ttut mir leid.« Die Kinder der Orangenverkäuferin waren die Qual seines Lebens gewesen, sie waren bei ihm ein und aus gerannt, hatten ihn beim Schreiben gestört, aber das kleinste und frechste hatte er ins Herz geschlossen.

»Stiefel.«

»Ja?«

»Paß auf dich auf.«

»Und Ihr auf Euch.«

Von ihrem Balkon aus fügte sie zu dem Antwortchor für die Leichenträger auch ihr »Hier« hinzu und ging hinunter, um Fanny in das Leichentuch einzunähen. Auf der Galerie hörte sie Sabinas Stimme: »Ist es Zeit?« Sie ging in Phoebes Zimmer, wo die beiden Mädchen trotz der Hitze immer gemeinsam schliefen. Zwei Augenpaare blickten ihr argwöhnisch entgegen. Sie wollten nichts hören. Sie wollte es ihnen nicht sagen.

»Es tut mir leid.«

Phoebe legte Sabina den Arm um die Schultern. »Wir stehen auf.«

»Ihr h-habt noch eine Stunde Zeit.« Sie teilten die Arbeit in Schichten ein, aber alle vier spürten die Erschöpfung.

»Wir begleiten sie.«

Sie waren auf die Gleichgültigkeit der Leichenträger und ihre Greifhaken nicht vorbereitet gewesen. Und sie schämten sich, daß Kinyans und Francesca wie Säcke voller Abfall weggebracht worden waren, keine Zeremonie, kein Priester und, das wußten sie, am Ende der Fahrt mit dem holpernden Pestkarren kein Stein auf dem Grab, das sie mit Hunderten anderer Leichen teilten.

Als Penitence den Leichnam in das Laken einnähte, sagte ihre Ladyschaft: »Du bist die Bibelfeste. Ich möchte, daß zu Fanny etwas gesagt wird. Ein Stückchen von einem Psalm. Nur will ich nicht, daß Gott drin vorkommt, und von Sünde will ich auch nichts hören.«

»A-a-aber d-darum gg-g-geht es d-d-och in den Psalmen«, protestierte Penitence.

Zu viert trugen sie Fanny zur Tür und legten sie nieder.

Den ersten Psalm ein wenig abändernd, sagte Penitence: »Sie wird wie ein Baum sein, v-v-verpflanzt an Wasserläufe, der seine Fr-Frucht zur Fruchtzeit sp-spendet. Und das Laub nicht w-w-welkt; was immer sie tut wird g-g-gedeihen.«

Endlich einmal war ihre Ladyschaft mit ihr einverstanden: »Das ist schön. Als ob sie aufs Land verreist.«

Ein Schlüssel wurde herumgedreht, die Tür ging auf, ließ Sonnenschein herein. In dem faulig riechenden Salon duftete die aus Dog Yard hereinströmende Luft so frisch wie ein Fluß im Sommer. Penitence hob Jobs Kopf, damit die Luft ihn kühlen konnte, und schloß die Augen, um sich selbst berieseln zu lassen. Eine Stimme sagte: »Guten Morgen, Mädchen. Paßt jetzt auf.« Sie hörte, wie die Greifhaken dumpf auf Fannys Leichnam aufprallten, hörte das Rasseln der Ketten, an denen sie befestigt waren, hörte das Schleifgeräusch.

Plötzlich wurde es laut. Sabina schrie. Die Tür wurde zugeworfen. Penitence öffnete die Augen. Sabina klammerte sich an die Tür. »Raus. Ich muß hier raus!« Sie brach schluchzend zusammen. »Da draußen leben Menschen.«

Ihre Ladyschaft zog sie in die Höhe. »Nein, sie leben nicht mehr.«

»Sie leben, sie leben!«

»Tun sie nicht. Hör zu.« Die Glocken begannen zu läuten. Heute waren sie lauter denn je, als neigten sich die Türme, die sie umgaben, über sie. »Ganz London hat sie jetzt. Es gibt Tausende wie uns.«

Sabina horchte, schniefte. »Alle unsere Klienten?«

»Ja.«

»Alles Lords und Ladys.«

»Ja.«

»Sogar der König?« Ihre Ladyschaft nickte. Sabina hatte den Massenexodus des Adels nicht gesehen. Penitence merkte, daß die unerwartet demokratische Haltung der Pestilenz sie tröstete. Sabina wischte sich die Nase am Ärmel ab. Edelmütig sagte sie: »Ich hoffe nur, die Mätressen kümmern sich auch richtig um den armen König.«

Der August kam und mit ihm steigende Temperaturen.

Als das Handwerk zum Erliegen kam und die Kamine der Färber, Brauer und Seifensieder aufhörten zu rauchen, wirkten Londons Konturen gestochen klar. Die London-Bridge blickte auf den Fluß hinunter, den keine Schiffe befuhren und der die Brückenbogen verkehrt herum widerspiegelte.

Hätten die Glocken der hundertdreißig Kirchen nicht verkündet, daß die Pest jetzt in jeder Gemeinde war, hätte die City an eine italienische Stadt erinnert, in der am Nachmittag alle schliefen.

In der Kirche von St. Giles-in-the-Fields betete Reverend Boreman mit seiner Gemeinde die für diesen Tag des Fastens und der Selbsterniedrigung vorgeschriebene Litanei.

»Erlöse uns, o Herr ...« Er fürchtete so um die Menschen, die sich vor ihm drängten, daß er ihnen nicht in die Augen sehen konnte. Wo kamen sie alle her? Welch wunderbare Erwartung bewog sie, ein solches Risiko einzugehen? Glaubten sie wirklich, der Herr werde sie erlösen?

»Denn der Zorn Gottes hat sich wider uns gerichtet, und die Pest ist über uns gekommen.«

Die Totenliste der vergangenen Woche hatte ihn dazu verleitet zu glauben, seine ganze Gemeinde sei entweder eingeschlossen oder tot. Nur Gott wußte, wie es nächste Woche aussehen würde. »Dein Pfeil steckt tief in unserem Fleisch.«

Ärger wallte in ihm auf, weil Peter Simkin nicht da war.

Der Küster hatte um die Erlaubnis gebeten, den Gottesdienst nicht besuchen zu müssen, damit er in der Sakristei bleiben und die Liste fertigstellen konnte, die morgen abgeliefert werden mußte. Doch er hätte inzwischen hier sein müssen. Es war die Schuld dieser verdammten Puritanerin aus dem Hurenhaus, auf die er so fest gebaut und die ihn im Stich gelassen hatte.

Als er zum stillen Gebet niederkniete, kämpfte Reverend Boreman gegen seinen Ärger an. *Nimm von mir alle Hartherzigkeit.* Er hatte nicht das Recht, sie zu verdammen. Peter sagte, sie habe alle Hände voll damit zu tun, die Huren zu pflegen. Er mußte damit aufhören, die Puritaner zu verachten. Die Wiedertäufer. Die Presbyterianer. Sogar die Quäker.

Überall in der Umgebung waren Kirchen, in denen die Gläubigen heute vor leeren Kanzeln säßen, wären nicht die Nonkonformisten aus ihren Verstecken gekommen, um zu predigen und sich um das Seelenheil der Herden zu kümmern, die von den Hirten der anglikanischen Kirche im Stich gelassen worden waren. Wenn das Land die Pest überlebte und die Nonkonformisten populär geworden waren, hatte die Staatskirche sich das nur selbst zuzuschreiben.

Er hatte schon ein Plakat gesehen, das voller Spott verkündet hatte: *Kanzel zu vermieten.*

Wirklich und wahrhaftig ein Tag der Erniedrigung.

Aber werden wir überleben? In dieser Woche hatte es eine einzige Taufe gegeben; ein Kind war geboren worden und beinahe fünfhundert Menschen gestorben. Überall nur Tod und Vernichtung. Am Taufbecken hatte er sich über den Säugling gebeugt, als schütze er eine winzige Flamme vor dem Wind.

Peter Simkin hatte einen Schreibkrampf bekommen, als er die vielen Namen in die Totenliste eingetragen hatte. Wo war Peter? Noch in der Sakristei? Manchmal kannte man nicht einmal ihre Namen. Verdammt, verdammt, verdammt. In Holborn hatte man auf der Straße eine Frau und ein Kind gefunden, die an der Pest gestorben waren, und sie mit den Greifhaken nach St. Giles befördert, damit war Holborn diese Sorge los. Für die Beerdigung einer unbekannten Frau mit Kind 2s 3d.

Er preßte die Hände fester zusammen, weil sie so heftig zitterten. *Reinige mich von Zorn. Hilf meiner Angst.* Möge Deine Nase besänftigt werden durch das widerliche desinfizierende Gebräu, das jetzt in den Nachtlichtern Deiner Kirche brennt. Auf Befehl der Stadtverwaltung hatte er 20 Pfund für das Zeug bezahlen müssen. Gib, daß es auch etwas nützt und nicht nur die Gemeinde zum Husten reizt.

Er stand auf. »Beschütze sie, Herr«, betete er. »Beschütze diese armen Menschen, deren Glaube an Dich sie in dieser Zeit größter Gefahr in dieses, Dein Haus, geschickt hat.«

An der Kirchentür schüttelte er Hände, klopfte auf Schultern, tröstete. Die alte Mrs. Harris fragte: »Ist er jetzt besänftigt? Ich möchte in Frieden sterben.«

»Betet«, sagte er und schickte in einen Sonnenschein hinaus, der genauso unbarmherzig war wie der Gott, der ihn geschaffen hatte.

Die Glocken von London, die geschwiegen hatten, damit Gott die demütigen Fürbitten hören konnte, begannen wieder zu läuten.

Er stapfte in die Sakristei hinüber. Es ziemte sich nicht für Peter, so beschäftigt er sein mochte, an einem solchen Tag abwesend zu sein. Er begann schon zu schimpfen, als er die Tür öffnete: »Es ist nicht richtig …« Und sah seinen Küster über dem hohen Pult zusammengesunken, auf dem aufgeschlagen das Register lag, den Federkiel noch in der Hand; und aus dem Tintenfaß, das umgefallen war, tropfte die Tinte auf den Boden.

»Peter!«

Seine Augen waren geöffnet, doch die Seele des braven kleinen Mannes war dahin.

Die goldene Bürgermeisterkutsche holte den Lord Mayor und den Herzog von Albemarle aus der Menge auf den Stufen von St. Paul's Cathedral heraus. Der gepolsterte Innenraum war drückend heiß.

»Gut gegangen«, sagte der Herzog und lehnte sich zurück. »Eine Menge Leute.«

Der Lord Mayor schnaubte übellaunig aus dem Fenster. »Wo war der Dekan?«

»Von einem übermächtigen Drang befallen, in Tunbridge Wells eine Wasserkur zu machen, wie man mir gesagt hat.«

Der Lord Mayor schnaubte wieder. »Hoffentlich ertränken sie ihn.«

Er zog ein Taschentuch aus dem Ärmel und wischte sich, bevor er es an die Nase hielt, übers Gesicht. Er hatte ein Vermögen für Schwefel, Hopfen und Pfeffer ausgegeben, damit die desinfizierenden Feuer in den Straßen Tag und Nacht brannten. Doch da die Totengräber von der Hitze und der Pest geschlagen in den Gruben zusammenbrachen, die sie schaufelten, vermengte sich der Gestank verwesender Leichen mit dem immer stärker werdenden Gift, das aus den Abfallhaufen aufstieg, die sogar in den vornehmeren Hauptstraßen liegenblieben.

Er konnte genausogut alte Schuhe verbrennen wie die Armen.

Er blickte auf schöne, noch immer unzerstörte Gebäude hinaus und sah Ruinen. Ausländische Käufer weigerten sich, Waren zu kaufen, die in London hergestellt worden waren. Die Holländer wurden immer zuversichtlicher. Eine ihrer verdammten Zeitungen hatte geschrieben: *Die englische Nation ist jetzt durch die Pest auf einem solchen Tiefpunkt angelangt, daß ein einzelner Mann sie mit einem Finger umwerfen kann.*

Sogar Provinzstädte, die von London hundert Meilen entfernt waren, wollten mit London keinen Handel treiben. Übelnehmen konnte er es ihnen nicht. Trotz der Anstrengungen, sie einzudämmen, entwich die Pest in kleinen Rinnsalen aus den isolierten Gebieten, fand ihren Weg nach Kent, nach Yarmouth und die Hauptverkehrsadern entlang nach Northamptonshire und Cheshire, auf die Insel Wight, und wurde zur Flut.

Die Krankheit war sogar bis auf die von Weiden beschatteten Wiesen von Salisbury durchgesickert, wo der König Zuflucht gefunden hatte. Einer der königlichen Hufschmiede hatte sie sich zugezogen.

Charles war wirklich reizend gewesen und hatte bei der Rückkehr von einer Hirschjagd zu den Fenstern des Hufschmieds hinaufgerufen und gefragt, ob er etwas tun könne.

Er hätte natürlich nichts getan, doch der Hufschmied würde die Erinnerung daran vermutlich hüten wie einen Schatz.

Der Lord Mayor blickte zu General Monck, dem Herzog von Albemarle, hinüber. »Habt Ihr etwas über den König erfahren?«

Es gab die Königliche Proklamation, mit der Offiziere und Soldaten entlassen wurden, die bei bei den Armeen des englischen Parlaments gedient hatten; gleichzeitig wurde ihnen untersagt, sich London auf eine Entfernung von weniger als zwanzig Meilen zu nähern. George lächelte sarkastisch. »Er war so gütig, mir ein Schreiben zu schicken, in dem es heißt, das Verbot gelte nicht für mich.«

Der Lord Mayor sagte: »Er hat natürlich Angst vor einer Rebellion.«

»Ja.«

Rebellion, dachte der Lord Mayor, seine einzige Sorge und ebenso das einzige, was er nicht zu befürchten hat. Man stecke eine halbe Million Menschen zusammen mit der Pest in einen Backofen, dann gibt es keine Rebellion, nur Verzweiflung und Hoffnungslosigkeit.

Die Kutsche holperte durch das Tor der Guildhall, bei dem kein Pförtner stand. Oben waren die Vorhänge geschlossen und erlaubten der Sonne nur durch einen einzigen Spalt, einen Strahl auf den bürgermeisterlichen Schreibtisch zu werfen. Sir John schickte seinen Neffen um Wein. »Auch ich habe ein Schreiben aus Salisbury erhalten. Vom dortigen Bürgermeister. Er ist unglücklich.« Seine Stimme klang so genußvoll wie seit langem nicht mehr. »Er mußte die Hälfte seiner Stadtbevölkerung gewaltsam vertreiben, um für die königliche Gesellschaft Platz zu schaffen.«

Er nahm den Brief zur Hand. »Wie groß ist die königliche Gesellschaft, was glaubt Ihr?«

Der General überlegte. »Ooh, Mätressen, Zofen, Kuchenbäcker, Köche, Pferde, Grooms, Flaschenwäscher ... Vier- bis fünfhundert.«

»Mindestens. Hoho! Das arme alte Salisbury. Es muß bluten.« Sir John wischte sich den Schweiß aus den Augen und las: »*Da die Stadtverwaltung sich der Ehre bewußt ist, die ihr zuteil wurde, hat sie Seiner Majestät zwei silberne Flakons zum Geschenk gemacht und mußte sich für diese und andere Geschenke 100 Pfund ausleihen.* Hoho. Und er hatte vergessen, bis ich ihn daran erinnerte, daß die Verwaltung jeder Stadt, die der König zum erstenmal mit seinem Besuch beglückt, auch an die königliche Dienerschaft bestimmte Summen entrichten muß. Wo das steht? Hier steht es. *5 Pfund an die Diener des Zeremonienmeisters, die ihm tagsüber zur Verfügung stehen. 3 Pfund 16s an den Sergeant Trompeter, 10s an jeden Pagen und eine Summe an den königlichen Hofnarren.*«

Er war nun nicht mehr belustigt und warf den Brief auf den Schreibtisch. »Jesus, London hat das Geld gebraucht. Hat sich die königliche Schatulle schon in Eure Richtung geöffnet?«

Der General schüttelte den Kopf. »Nein.«

»In meine auch nicht.«

Sir John ging zum Fenster und zog den Vorhang noch ein paar Zentimeter zurück. Hinter ihm schenkte der alte George sich noch ein Glas Wein ein.

Warum hörten die Glocken nicht auf? Den ganzen Tag, jeden Tag peinigten sie ihn bis ins Mark. Woher nahmen die Totengräber und die Küster nur die Energie, immer weiter zu läuten? Der steinerne Mittelpfosten des Fensters war heiß unter Sir Johns Hand, der Rasen der Guildhall unter ihm gelb geworden, weil niemand da war, der ihn wässern konnte. Warum *regnete* es nicht?

»Sie fangen an zu verhungern, George.«

»Das weiß ich, John.«

Es klopfte an der Doppeltür. Sie hatten darauf gewartet.

»Herein.«

Der oberste aller Gemeindeküster entschuldigte sich, als er eintrat. »Es sind noch nicht alle, My Lords, fürchte ich. Offenbar hat es Todesfälle unter den Küstern gegeben ... und natürlich sind da die Quäker, sonst hätte niemand die Glocken für sie geläutet, und von den Juden bekommen wir keine Listen.«

»Gebt her, das verdammte Ding«, sagte Sir John. Doch als er das Papier in der Hand hielt, wollte er es nicht ansehen. Es war warm und knisterte vom Desinfektionsofen. Eine idiotische Vorsichtsmaßnahme. Wenn Hitze die Pest ausrotten könnte, wäre seine Stadt die gesündeste in ganz Europa gewesen. »Nun denn ...« Um den Augenblick hinauszuzögern, überprüfte er das Datum über den Spalten und Zahlen der Gemeinden. »Vom 15. bis 22. August 1665.«

Er drehte das Blatt um. »Die Krankheiten und Unfälle der vergangenen Woche.« Widerstrebend überflog er die Liste: »Frühgeburten: 4 ... Getaufte: 9 ... Kopfschuß: 1 ...« Was zum Teufel war das? »Lethargie: 1 ... Lähmung: 1 ... Pest ...« Er ließ das Papier fallen. »O mein Gott!«

»Sagt es uns, Junge«, sagte General Monck.

»Fünftausendfünfhundertachtundsechzig.«

9. *Kapitel*

Job starb nicht. Alania starb. Am nächsten Tag hatten Phoebe und Sabina die Symptome. Einen Tag später sagte ihre Ladyschaft: Penitence, hol ein Laken vom Dachboden. Wir müssen noch ein Bett bereitstellen.«

Penitence war von Müdigkeit wie benommen. »Für wen?«

»Für mich.«

Sie glaubte es nicht, konnte es nicht glauben. Als sie mit dem Laken zurückkam, hatte ihre Ladyschaft alles andere fertig; Eimer, Kerze, eine Flasche mit Wasser und ein Becher standen neben dem Sofa, auf dem Fanny gestorben war. Sie machten das Bett gemeinsam, wie alle anderen bisher.

»Seid Ihr sicher?« Ihre Ladyschaft war dünner geworden, aber das war sie selbst auch.

Ihre Ladyschaft sagte: »Aber, aber« und zog mit einer merkwürdig prüden Geste einen Zoll ihres Negligés zur Seite, um die Male zu zeigen. »Und verschon mich mit diesem Latwergezeug«, sagte sie. »In einem Geldbeutel unter meinem Bett sind zwei Guineen für den Haushalt. Und schau, daß du diese Schlampe Dorinda aus dem Bett bekommst. Du wirst sie brauchen.«

Penitence half ihr ins Bett und lief dann zur Treppe.

»Penitence.«

Sie blieb stehen. »Ja, Ladyschaft?«

»Was ich im Fieberwahn auch sagen werde, nimm keine Notiz davon.«

»Ja, Ladyschaft.«

Dorinda hatte die Augen geschlossen. Sie hatten täglich nach ihr gesehen, ihren Topf geleert, ihr Essen und Wasser ans Bett gestellt und sie in Ruhe gelassen. Unten wurde ihr Name nicht erwähnt.

Penitence schüttelte sie mit beiden Händen. »Du mußt aufwachen. Du mußt!« Dorindas Augen blieben geschlossen, doch ihr Gesicht verzog sich mürrisch. *Sie schämt sich. Das Miststück weiß nicht, wie es mir in die Augen sehen soll.* Am liebsten hätte sie so lange auf Dorinda eingeprügelt, bis ihre Zähne klapperten. Statt dessen sagte sie: »Ihre Ladyschaft hat sie. Sie fragt nach dir.«

Im ersten Augenblick schienen die Worte wirkungslos von Dorinda abzuprallen, dann seufzte sie verdrießlich. »Na gut, verdammt«, sagte sie.

Phoebe begann zu husten. Ihre Stimme blubberte, als stecke ihr Kopf unter Wasser, aber sie wollte nicht aufhören zu reden. »Hab ihn seit seiner Geburt nicht gesehen, aber jede Woche drei Shilling geschickt.« Sie wandte sich an Penitence. Die Haut ihres Gesichts glänzte feucht und war grau wie Lehm. »Er wird vornehm erzogen.«

Sie sah wieder Dorinda an. »Turnstile Alley, Cheapside«, sagte sie eindringlich. Ihr Körper spannte sich wie ein Bogen, und sie schrie auf: »Wer wird sich jetzt um ihn kümmern?«

»Ich, Pheeb«, sagte Dorinda. »Halt durch, Mädchen.«

»Ich versuch es.«

Wenn sie nicht so müde gewesen wäre, wäre Penitence über ihre Naivität entsetzt gewesen. Ihr war nie der Gedanke gekommen, daß eines der Mädchen ein Kind haben könnte.

»Ist Sabby gestorben?«

»Nein«, log Dorinda, »sie hält sich tapfer. Und dort ist ihre Ladyschaft, schau mal. Und Job. Wir werden es schaffen.«

Phoebe sagt matt. »Ich versuch's.«

Aus dem Bett ihrer Ladyschaft kam ein Stöhnen. Dorinda ging zu ihr. Penitence blieb sitzen, da Phoebes Hand schmerzhaft die ihre drückte, als wolle sie sie zermalmen. Sie neigte den Kopf, um Phoebes Flüstern zu hören: »Sabby ist gestorben, nicht wahr?«

»Ja. Vor einer Weile.« Sie war beinahe dankbar gegangen, ebenso dankbar wie sie die Krankheit angenommen hatte, sobald sie wußte, daß Phoebe sie hatte.

Phoebe nickte. »Bitte sie, uns zusammen in die Grube zu legen.« Und wieder ein gequälter Aufschrei: »Ich weiß, es war Sünde, Prinks, aber Er wird uns nicht bestrafen, oder? Jetzt wird Er uns vergeben, nicht wahr?«

Wie konnte Er dieses Mädchen noch schlimmer bestrafen, als Er es schon getan hatte? Wie Dorinda log sie: »Er ist der G-G-Gott der Liebe, Pheeb.«

Eine halbe Stunde später brach ein langer stöhnender Atemzug aus Phoebes Brust. Sanft schloß Penitence ihr die Augen. »Phoebe ist tot«, sagte sie weinend.

»Warum heulst du denn?« Dorindas Stimme bebte. »Sie war nicht deine Freundin.«

»Sei still. Ss-sei still. Sie war nett zu mir.« Auch ihre Stimme bebte und klang so hysterisch, daß sie beide erschraken. Ihre Ladyschaft stöhnte vorwurfsvoll.

Penitence ging in die Küche, um Wasser für die Totenwäsche zu holen. Zitternd begann sie zu kurbeln, sah zu, wie der leere Eimer immer tiefer sank. Eine geliebte Seele war eben verschieden, und sie stritten wie verzogene Kinder. Sie hatten keine Zeit, das war der Jammer. Sie waren zu müde, um zu begreifen, was geschah oder wie tief es sie berührte. Sie taumelten von einem Tod zum anderen und hatten dazwischen nicht genug Zeit, sich auf die Würde der Trauer einzustimmen. Sie tasteten sich durch ewige Finsternis. Sie waren mager. Sie hatten die letzten Guineen ihrer Ladyschaft für Eier und Wein für ihre Patienten ausgegeben und aßen selbst nur Reste.

Laß mich geduldig mit ihr sein. Sie hat noch nie jemanden sterben sehen. Phoebe war die letzte ihrer Schwesternschaft. Und sie ist mir eine Hilfe.

Doch eine Hilfe war sie nur, solange Penitence sich darauf beschränkte, Job und die anderen zu pflegen, und ihre Ladyschaft Dorinda überließ.

»Sie ist *meine* Tante.« Ihre Worte wurden als Echo aus dem Brunnen zurückgeworfen und Penitence hielt inne, weil sie so gereizt klangen. Was war nur los? Sie war gegen alles unempfindlich geworden, war nur noch gereizt.

Sie holte zwei Laken für Sabina und Phoebe, sah nach Job, der schlief, und setzte sich Dorinda gegenüber auf die andere Seite der in tiefer Bewußtlosigkeit liegenden Ladyschaft. Zischend stritten sie sich über sie hinweg.

»Näh Phoebe und Sabina in dasselbe Laken.«

»Nein. Sie würden herumrutschen.« Es würde, wie die Dinge lagen, ohnehin wenig Würde dabeisein. Da inzwischen so viele Träger gestorben waren, war man der Barmherzigkeit von Männern ausgeliefert, denen diese Arbeit Spaß machte. Sie kamen nachts wie Ghul, der fleischfressende Dämon, und man flüsterte, daß sich an den Begräbnisstätten Schreckliches zutrug.

»Sie müssen beisammen bleiben.« Das Kerzenlicht malte Dorinda bösartige Schatten ins Gesicht. »Sie waren ein Liebespaar.«

Zuerst verstand Penitence nicht, was das bedeutete. Ihr Verstand versuchte sich in etwas zurechtzufinden, von dem sie nicht gewußt hatte, daß es existierte, und sie stellte fest, daß sie nicht einmal mehr Entsetzen oder Abscheu fühlte. Tränen traten ihr in die Augen. »Im Himmel werden s-sie nicht g-g-etrennt sein.« *Glaube ich das wirklich?*

Sie nähte sie getrennt ein. Die beiden zur Tür zu schleppen, war so anstrengend, daß sie und Dorinda hinterher völlig außer Atem waren. Sie halfen Job auf den Topf, gaben ihm einen Schluck Wasser und legten ihn wieder bequem zurecht. Sie rieben die heiße, lose Haut ihrer Ladyschaft mit einem Schwamm ab und strichen ihr das Goldhaar mit den grauen Wurzeln glatt. Manchmal stöhnte sie. Die erstickend heiße Nacht schien endlos zu dauern.

Irgendwo waren die üppigen Hecken des August, Böschungen voller Wiesenkerbel, irgendwo schmiegten sich Farne in die Spalten nasser Felsen.

Penitence legte das schwarze Kleid ab, das Hitze speicherte und zog einen altes von Phoebe an; die Verschnürung ließ sie offen, damit sich der Schweiß zwischen ihren Brüsten abkühlte. Dorinda hatte überhaupt nichts anziehen wollen, doch ihre Ladyschaft hatte es fertiggebracht zu sagen: »Nicht gut«, also war sie wieder in ihren Hänger geschlüpft. Sie war auf einem Stuhl am Bett ihrer Ladyschaft zusammengeklappt und schlief, die Knie weit gespreizt, das Gesicht schweißglänzend.

Penitence horchte auf ihren Atem, auf den ihrer Ladyschaft, auf ihren eigenen. Etwas begann in ihrer Brust zu schmerzen. *Hier ist sie.* Immer und immer wieder erschreckte sie ein Krampf, und sie geriet in Panik. Dorinda, das wußte sie, wachte ebenso über das, was in ihrem Innern vorging; bisher war jeder Alarm nur ein Symptom ihrer zunehmenden körperlichen Schwäche. Bald ...

Das Handgelenk tat ihr weh, weil sie ihrer Ladyschaft mit dem Fächer Kühlung zuführte, doch sie hörte nicht auf. *Wir verlieren sie.* Die Frau war ungewöhnlich stark im Erdulden. Nacht für Nacht kam das Fieber zurück. Nacht für Nacht kämpfte sie, keuchte, warf sich herum und lebte am nächsten Morgen noch. Jeder Atemzug blubberte wie bei Phoebe. Ihre Augen blickten starr geradeaus, flehten nie um Hilfe; sie führte ihren Kampf allein.

Penitence fand einzig und allein Hoffnung darin, daß Job genas, qualvoll langsam. Hätten wir mehr und besseres Essen, dachte sie, würde er schneller gesund. Er war so schwach und zum Skelett abgemagert, daß ein einfacher Schnupfen ihn dahinraffen konnte.

Penitence döste und hörte Dorinda sagen: »Sie ist hier, Ladyschaft.«

Die Augen der Bordellmutter blickten in ihre Richtung. »Kümmere dich um die Mädchen. Die Papiere sind unter dem Bett. Es tut mir leid.«

Es war unerträglich von einer Frau, die sich bisher noch nie entschuldigt hatte. »B-b-bitte n-nicht. Du h-hast mich aufgenommen.«

Die Züge ihrer Ladyschaft waren angespannt, doch Penitence' Worte riefen ein Stirnrunzeln hervor. Das Verstehen wich, kehrte zurück. »Dein Vater hat gestottert.«

Es war das erste menschliche Band, das zwischen ihr und der ehrenwerten, verschwommenen Gestalt von Ralph Hurd, dem Rundkopf, geknüpft wurde, der gefallen war, als er im Bürgerkrieg bei der Belagerung von Basing House gegen die Papisten gekämpft hatte. Außer als Beispiel der Frömmigkeit hatten ihre Mutter und ihre Großeltern ihn selten erwähnt. Und ihre Ladyschaft hatte ihn gekannt.

»Bitte erzähl mir von ihm.«

Das verkrampfte Gesicht ihrer Ladyschaft entspannte sich auf eine ganz ungewöhnliche Weise, als habe die stickige Luft den Duft von frischem Heu angenommen. »Du hast seine Augen«, sagte sie. »Er wollte mich heiraten.«

Und da war sie, die alte, alte Erklärung – ein Mann, der die falsche Schwester gewählt und diese verlassen hatte. Hatte er es bereut? Rührte die Verbitterung ihrer Mutter daher, weil ihr Mann Margaret Hughes vor ihr geliebt hatte? *Sag es mir.*

Der dünne Mund bekam einen sanften Zug, die Augen einen starren Blick.

Komm zurück. Aber sie streckte automatisch die Hand aus, um die Lider zu schließen.

Dorinda schlug ihre Hand weg. »Sie is nich tot.«

»Als ob ich es nicht wüßte. Man muß es jetzt tun.« *Komm zurück.* Der Anstand war mit ihrer Ladyschaft dahingegangen. Unordnung würde sich der Welt bemächtigen. *Komm zurück. Ohne dich fühle ich mich nicht sicher.*

Sie versuchte, ihre Tante bei sich zu behalten, indem sie ihre Vorschriften befolgte. Sie ging hinauf, um ein anderes Laken zu holen und stellte fest, daß im Wäscheschrank keins mehr war. Verzweifelt lief sie in die Küche. Das Trockengestell war leer. Sie begann zu schluchzen, rannte in den Salon zurück. »Wir haben kein Laken. Wir müssen sie in das einnähen, auf dem sie liegt.« Es war das Schrecklichste, das passieren konnte.

Dorinda hatte ihrer Ladyschaft die Augen zugedrückt. Sie sagte dumpf: »Sie geht nicht schmutzig. Sie geht in meinem Lastingumhang.«

Sie war in dem leichten Kanu aus Birkenrinde, das Matoonas für sie gemacht hatte, auf dem Wasser. Es war kurz vor Tagesanbruch, und die Enten waren noch nicht eingeflogen. Drüben, auf der anderen Seite des Flusses schaukelten schlafende Pelikane mit eingezogenen Köpfen und Schnäbeln wie kleine, bucklige Inseln. Hinter den Binsen beobachtete sie, wie der schwarze Fluß allmählich stahlgrau wurde. Noch hatte die Luft keine Landgerüche aufgenommen; sie roch nach Wasser, nach einer riesigen Fläche sauberen, kalten Wassers ...

»Hör auf!« Dorinda hielt ihre Arme fest. »Hör sofort auf.«

»Ich k-kann nicht.«

»Ich weiß, aber du mußt. Das hast du mir beigebracht. Sie würde es von dir verlangen.« Sanft wischte Dorinda ihr mit ihrem Ärmel über Nase und Kinn. »Setz dich ein bißchen hin. Ich nähe sie ein.« Penitence setzte sich.

»Ich bin jetzt fertig.«

Es gelang ihr, mit zitternden Beinen aufzustehen. Stöhnend trugen sie den Leichnam dahin, wo die Leichen von Phoebe und Sabina neben der Haustür lagen, und Penitence sprach die Worte, die sie gesprochen hatte, bevor sie Fanny hinaustrugen. Von draußen kam Hufgeklapper und das Ächzen des schweren Karrens. »Bringt eure Toten heraus.«

Der Schlüssel wurde ins Schloß gesteckt und herumgedreht. Unwillkürlich machten sie ein paar Schritte vorwärts, um im Mondschein zu stehen und zum bestirnten Himmel zu blicken.

»Aus dem Weg!« Zwei Träger schoben sich an ihnen vorbei. Sie machten sich nicht mehr die Mühe, Greifhaken zu benutzen. Die Säcke, die sie über Kopf und Schultern trugen, rochen nach Krankheit. Draußen, auf dem Karren, stand der Kutscher auf einem Berg Leichen.

Die beiden Männer ergriffen die ersten zwei Laken jeweils am Fußende. Die weiße Rolle, die Phoebe war, lehnten sie verkrümmt an ein Karrenrad und schwenkten Sabina durch die Luft, um genug Schwung zu bekommen und sie auf den hochbeladenen Karren werfen zu können.

Harry Burford, der Nachtwächter schwatzte mit dem Kutscher. Sie kamen ihre Ladyschaft holen. Die Naht riß, als sie den Leichnam über die Schwelle zerrten, und das Haar schleifte über das Kopfsteinpflaster.

Penitence stürzte hinaus, schob das Haar wieder hinein und versuchte das Bahrtuch zusammenzuhalten. Einer der Männer stieß sie mit einem Fußtritt aus dem Weg.

»Laßt sie in Ruhe, ihr Mistkerle, ihr Mistkerle!« Dorinda schluchzte und schlug um sich. »Das ist ihre Mutter.«

Der Kutscher auf dem Karren grinste die beiden Frauen an und packte eine Kindesleiche am Bein. »Huren, fünf für sechs Pence«, sagte er.

Die Träger warfen ihre Ladyschaft auf den Karren. Einer kam zur Tür zurück. »Willste mir nich einen runterholen, bevor ich geh?«

»Das reicht.« Harry schob seine Hellebarde vor den Mann und stieß ihn zurück. Bevor die Tür geschlossen wurde, hörten sie den Träger sagen: »Das sind doch Huren, oder nich?«

Um hinaufzugehen, bedurfte es großer Konzentration. Ein eiserner Reifen schnürte ihr die Brust ein.

Sie hatte das Ende der Galerie erreicht und überlegte, wie sie es bis in die Dachkammer schaffen sollte, als jemand sie von oben rief.

»Stiefel?«

Penitence mußte lange überlegen. »Was?«

Es folgte eine kurze Stille, dann ein Ausbruch. »Wo zum Teufel warst du? MacGregor hat gesagt, ihr hattet drei Leichen ...« Sie blieb stehen, wo sie war, und er kam, noch immer völlig außer sich, herunter. Er hatte eine Laterne. »Scheint, als seist du keine von den dreien gewesen.«

Einen Augenblick später sagte sie: »Was?«

Er hob die Laterne und schaute ihr ins Gesicht. »Verdammt.« Er preßte ihr die Hand auf die Stirn und half ihr dann die Treppe hinauf. »Wie bist du nur in diesen Zustand geraten?« Oben hob er sie auf, legte sie sich über die Schulter und trug sie und die Laterne in die Dachkammer. Er bückte sich und ließ sie auf ihr Bett gleiten. Sie fühlte die Wärme der Laterne auf ihrer Haut, als er sie tiefer hielt, um sie zu untersuchen. Dann atmete er erleichtert auf. »Aber du mußt dich wieder erholen. Wo ist der verdammte Apotheker? Bleib hier.«

Der Befehl war überflüssig; sie konnte nichts anderes tun. Zeit, Menschen kamen und gingen.

Das Haus war das Cock-and-Pie, gleichzeitig jedoch größer, voller Höhlen, die Stufen und Korridore hier und dort in unebene Galerien und Felsen verwandelt. Es war völlig dunkel, doch sie konnte durch die Dunkelheit hindurchsehen. Hoch oben in den Galerien miaute eine Katze. Männer mit Gewehren liefen durch das Haus und hatten Befehl, das Tier zu erschießen, weil es die Pest hatte. Sie waren irgendwo, und sie konnte sie nicht sehen, aber die Bösartigkeit, die sie ausstrahlten, war so deutlich spürbar, daß sie ihnen folgen konnte.

Sie würden die Katze erschießen und denken, es sei nur ein Tier. Doch wer es genau war, wußte sie nicht; jemand, der ihr ungeheuer wichtig war, verletzlich, in Not. Sie fühlte Angst und Liebe wie nie vorher; beinahe außer sich vor Entsetzen, liebte sie die Katze verzweifelt, sie mußte sie erreichen, bevor sie es taten. Es trieb sie durch das stille Haus. Immer wieder nahm sie falsche Abzweigungen und geriet in leere Höhlen, während die schleichenden Männer dem Miauen immer näher kamen. Sie schrie lautlos, während sie rannte. Ihre Kehle war wund, das Atmen tat ihr weh, doch ihr einziges Bestreben war, die Katze zu finden.

Während sie bei Bewußtsein war, stellte sie fest, daß man ihr zusetzte: »Hörst du mich? Ich habe mir große Mühe mit dir gegeben, du jämmerliches Stück Menschheit. Bis ich kam, bist du im Schlamm herumgekrochen. Ich habe dich herausgezogen. Habe dich in Gold verwandelt. Einen Augenblick habe ich die wahre Stimme Beatrices aus dem Mund einer billigen, stotternden Hure vernommen. Einen einzigen Augenblick. Und das habe ich aus meinem Gethsemane erreicht. Hörst du mir zu?«

Sie war nicht sicher. Die zornige Erklärung hatte Fehler, doch sie war zu müde, darauf hinzuweisen; sie wurde für sie zum Schlaflied, dem einzigen, das sie je gekannt hatte, und sie schlief dabei ein.

Der Traum kam wieder. »Hab gar nicht gewußt, daß du einen Kavalier hast, Prinks.« Die Stimme klang aufmunternd, aber flach, als rede die Sprecherin nur um des Redens willen und erwarte keine Antwort. Sie drang in der Form von Licht in die Höhlen.

Widerstrebend nahm sie das Gewicht von ihren Lidern und sah Dorindas Gesicht. »Wer ist denn dieser Benedikt, du Geheimniskrämerin, du?«

»Katze«, sagte Penitence. Die Pest hatte sie zurückgelassen. Tränen liefen ihr aus den Augen, und Dorinda tupfte sie ab. »Eine Katze war's? Dachte, du hast einen heimlichen Kavalier.«

Apotheker Boghurst diagnostizierte Brustfellentzündung und verordnete Latwerge mit Honig, geschmortes rotes Fleisch, Eier und Ruhe.

Es war Dorinda, von der sie all das bekam, Dorinda, die sie pflegte, wusch, die ihr auf den Topf half und sie fütterte. Manchmal saß Job, sehr hager geworden, in den heißen Nächten an ihrem Bett, aber meist war es Dorinda, die sie mit guten Neuigkeiten aufmunterte. »Ma Hicks hat es geschafft, wie Job. Henry und MacGregor und der Seiltänzer haben sie durchgekriegt. Henry wird den Krieg gewinnen, indem er sie gegen die Holländer in den Kampf schickt. Mistress Palmer hat sie noch nicht. Bei Mother Hubbard leben noch zwei Mädchen. Auf der Gemeindeliste sind es diese Woche weniger. Sam und Molly Brysketts Drittjüngstem geht es noch immer gut. Und wir haben einen *Plan.*«

»Was für einen Plan?« Sie fragte aus Dankbarkeit, sie war nicht sehr interessiert.

Während ihrer Krankheit waren, wie es schien, die Dinge schlimmer und besser geworden. In St. Giles wurde jetzt langsamer gestorben, obwohl es in ganz London täglich tausend Pesttote gab. Alles brach zusammen. Die Lebensmittelversorgung war unregelmäßig, doch am schlimmsten von allem, der Wasserwagen kam nur alle vier oder fünf Tage.

Um sich vor dem Verdursten und dem Verhungern zu retten, hatten die Überlebenden von Dog Yard sich organisiert. Es hatte Versammlungen auf den Dächern gegeben.

»Siehst du das?«

Eine Leiter führte zu einem bis vor kurzem unentdeckt gebliebenen Oberlicht in den Dachziegeln über den Balken. »Man kommt auf Mistress Crawfords Dach, dann über eine Planke zum Schiff und dann über noch mehr Planken auf das flache Dach der Stables. Dieser dämliche Dogberry hat wieder gefaselt, Versammlungen sind ›gegen die Verordnung‹, aber der Apotheker hat gesagt und wir alle auch, er soll den Mund halten, es macht nix aus.«

Der Yard legte die Rationen zusammen. Mistress Palmer kochte in ihren eisernen Waschzubern Stews. Die Witwe des Pfandleihers buk, wenn auch koscheres, Brot für die Allgemeinheit. Die beiden überlebenden Tippin-Jungen riskierten Gefängnisstrafen, ausnahmsweise für einen guten Zweck – sie unternahmen über die Dächer außerhalb der Rookery Raubzüge aufs Land, von wo sie Hühner und andere unbewachte Lebensmittel für den Kochtopf in Dog Yard herbeischafften.

Gehorsam, ohne große Begeisterung, schluckte Penitence den Löffel Stew, den Dorinda ihr an die Lippen hielt. »Auch R-Rindfleisch?«

Dorinda wurde schamrot. »Das hat Dogberry besorgt. Er ist mit Fleischern verwandt.«

Müde erinnerte sich Penitence, daß ein wohltätiger Dogberry ein Widerspruch in sich war. »Wovon?« Die beiden Guineen ihrer Ladyschaft waren längst verbraucht.

Dorinda erklärte angriffslustig: »Aus deiner Tasche natürlich. Du hast da ein Vermögen versteckt, für das du uns Whitehall hättest kaufen können, und es wäre noch was übriggeblieben.« Als sie sah, daß Penitence keine Ahnung hatte, wovon sie sprach, fügte sie hinzu: »Rauch. Stinkekraut. Weißt du, wieviel man dafür kriegt? Er qualmt gern, unser Dogberry, für eine Pfeife voll tut er alles, und du hast massenhaft davon.«

Der Tabak, den die Indianer ihr gegeben hatten. Sie hatte ihn vergessen. Hätte sie früher gewußt, wie wertvoll er war, hätten sie sich für ihre Ladyschaft und die anderen besseres Essen leisten können. Tränen liefen ihr übers Gesicht.

Dorinda trocknete sie. »Es hätte nichts geändert«, sagte sie. »Schlaf jetzt.«

Tagsüber wurde ihre Dachkammer zum Versammlungsort und zur Durchgangsstraße. Nicht imstande, den Salon zu ertragen, benutzten Job und Dorinda sie als Wohnzimmer, und da das Cock-and-Pie fast den ganzen Yard mit Wasser versorgte, kamen der Schauspieler und seine überlebenden Nachbarn von Mistress Hicks' Haus über die Planke herüber, die jetzt als Brücke über die Gasse diente, halfen,

Eimer heraufzukurbeln und brachten sie über die Leiter den Dürstenden.

Dann gab es den Plan. Dorinda war ganz erfüllt davon. Das Ziel war, das letzte überlebende Bryskett-Kind vor der Bedrohung durch die Pest zu retten. »Sam Bryskett – Gott, du solltest ihn mal sehn, Prinks, es ist ein Jammer – hat um Hilfe gebeten, und unser Henry hatte die Idee.« Das Cock-and-Pie sollte auf dem Balkon eine Version von *Viel Lärm um Nichts* aufführen.

Ursprünglich hatte man die Absicht gehabt, nur die Szenen zwischen Beatrice und Benedikt zu spielen, und der Schauspieler sollte die übrige Handlung erzählen. Dorinda hatte jedoch ihre Chance gesehen. »Ich werde spielen und alles.« Sie hatte den Schauspieler überredet, sie und Job in das Ensemble aufzunehmen. Daraus ergaben sich große Schwierigkeiten, nicht zuletzt deshalb, weil sie beide Analphabeten waren und Wort für Wort vorgesagt bekommen mußten, ehe sie es auswendig lernen konnten. Andererseits, erklärte Dorinda, zögerte es die Aufführung hinaus, was dem Plan eine bessere Chance gab.

Jetzt saß der Schauspieler im Haus gegenüber, schrieb, schrieb um und fluchte, während er aus einer Komödie für achtzehn *Dramatis personae*, ganz zu schweigen von Boten, Wachen, Dienern und so weiter, ein Stück für vier machen sollte, während in Penitence' Dachkammer McGregor, ehemals schottischer Dudelsackpfeifer, der lesen konnte, Tag für Tag viel Zeit damit verbrachte, Shakespeares Zeilen zu wiederholen, damit Dorinda und Job sie auswendiglernen konnten.

Die einzige, die von der allgemeinen Begeisterung nicht angesteckt wurde, war Penitence. Uninteressiert lag sie da, beobachtete das Kommen und Gehen, fand die ständige Gesellschaft ermüdend, zu schwach, um sich gegen die Peinlichkeit zu wehren, daß ihre Genesung sich in aller Öffentlichkeit vollzog, und nicht einmal sicher, daß es eine Genesung war.

Die Gefühle aus dem Traum bedrückten sie, Gefühle, die sie nie hatte, wenn sie wach war. Sie konnte sich nicht von ihnen befreien. Der Gedanke an das, was im Zimmer ihrer Ladyschaft auf sie wartete, hielt sie im Bett fest, als ob eine Steinplatte auf ihr läge.

Daher ging sie eines Nachmittags, als niemand da war, hinunter, um sich die Papiere anzusehen.

Die Satinvolants des großen Bettes ihrer Ladyschaft hatten einen Staubrand. Als Penitence zögernd mit der Hand die rauhen Fußbodenbretter abtastete, stieß sie gegen pelzige Staubknäuel und entdeckte dann ein Astloch. Mühsam hob sie ein quadratisches Stück des Fußbodens heraus, griff in die Höhlung darunter und holte eine Kassette ans Licht. Mit der Kassette auf den Knien hockte sie sich auf die Fersen.

Es war nicht die Kassette, die sie von Rechtsanwalt Patterson mitgebracht hatte. Sie war klein, hatte einen gewölbten Deckel mit zwei Metallbändern. Es war der Zwilling der Kassette, die ihr Großvater für sie gemacht hatte, als sie zehn Jahre alt gewesen war und die, jetzt zu Asche verkohlt, vom Wind eines Flusses von Massachusetts verweht wurde; vielleicht war sie sogar aus demselben Stück Kirschbaumholz. Vielleicht hatte er sie für seine Tochter Margaret gemacht, als auch sie zehn Jahre alt gewesen war. Sie hatte ihre Initialen M.H. in den Deckel gebrannt – genau wie Penitence.

Plötzlich ergriff sie ein tiefer Schmerz um das unbekannte Kind Margaret Hughes und das, was aus ihm geworden war. Sie stellte die Kassette auf das Bett und öffnete sie. Sie enthielt zusammengerollte, mit Bändern verschnürte Papiere.

Das erste war eine Übertragungsurkunde, die Margaret Hughes aus St. Giles als Käuferin »der Cock-and-Pie, früher als Appleyard House bekannten Liegenschaft« auswies. Sie trug das Datum vom 14. April 1651, und der Verkäufer war John Appleyard. Der Preis 186 Pfund 16s.

Der Lohn der Sünde muß hoch gewesen sein, dachte Penitence, sonst hätte ihre Ladyschaft sich eine solche Summe nicht leisten können.

Die nächste Urkunde offenbarte, daß das nicht zutraf. Es war ein Hypothekenbrief, in dem das Cock-and-Pie für die Summe von 185 Pfund als Sicherheit eingetragen war. Die Zinsen für die genannte Summe betrugen 45 Prozent *per annum*.

Penitence spürte die erste Gefühlsaufwallung seit Tagen. Sie schrie auf. »Fünfundvierzig Prozent!« Ihrem Großvater hatte man nur zwanzig abverlangt, als er für eine seiner Handelsunternehmungen Geld geborgt hatte, und darüber hatte er schon gemurrt.

Margaret Hughes hatte mit einem Kreuz unterschrieben, ebenso wie ein Gentleman namens William Calf, »Agent« genannt, obwohl man nicht ersehen konnte, wessen Agent er war. Zeugen waren ein Doktor der Theologie und ein Mitglied einer klösterlichen Gemeinschaft von Klerikern, vermutlich zwei Klienten ihrer Ladyschaft.

Das Pergament der dritten Rolle war weniger vergilbt und die Tinte frischer als die des ersten. Es war Margaret Hughes' letzter Wille und Testament. Abgesehen von kleinen persönlichen Gegenständen für Job, Kinyans und die Mädchen, hinterließ sie ihren gesamten Besitz *meiner Tochter Penitence Hoy, genannt Penitence Hurd, vor kurzem aus Neu England gekommen.*

Es hatte dieses Beweises nicht bedurft; in dem Augenblick, als der Leichnam ihrer Ladyschaft zum Leichenkarren gezerrt wurde und Dorinda geschrien hatte, hatten sich hundert winzige Erinnerungsbruchstücke, geflüsterte Worte, Blicke, Verletzungen in ihr zur Gewißheit zusammengeballt.

Dennoch, die Worte schwarz auf weiß vor sich zu sehen, war erschreckend, ein offizieller Befehl, sich neu zu erschaffen. Sie legte den Kopf auf die Tagesdecke ihrer Mutter, während die Person, die sie zu sein glaubte, sich langsam auflöste.

Hoy?

Ist das alles, was du mir zu sagen hast? Sie tastete in der fast leeren Kassette umher und holte ein dünnes, flaches, in Seide eingeschlagenes Päckchen heraus. Es war ein Brief. Die Aufschrift auf dem fleckigen Umschlag lautete: *Mistress Margaret Hughes, zu finden im George Inn, Taunton.*

Penitence glättete den Brief sehr sorgfältig. Er war, besonders da, wo er gefaltet war, schon sehr brüchig und zerfiel. Datiert war er in Oxford, im April 1646.

Mistress, mir obliegt die Pflicht, Euch die traurige Nachricht zu übermitteln, daß Capt. James Hoy an den Wunden gestorben ist, die er in einem Scharmützel davongetragen hat. Es bekümmert mich sehr, einen Offizier zu verlieren, der im Felde so tapfer und in Gesellschaft so fröhlich war. Als Letztes hat er mich gebeten, Euch zu schreiben und seiner unverbrüchlichen Zuneigung zu versichern, Euch beiliegende Stücke zu schicken und Euch seiner Familie zu empfehlen. Wünschte, ich könnte mehr tun für das Andenken eines getreuen Freundes, aber ich und mein

Bruder wurden vom Parlament gebeten, England zu verlassen und ein Schiff nach Calais zu nehmen.

Gott beschütze Euch, Mistress. Euer Diener Rupert.

Sie mußte zweimal lesen, um das hastige Gekritzel zu entziffern, und dreimal, um seine Bedeutung zu begreifen.

Rupert? Nur Mitglieder des Königshauses unterschrieben mit dem Vornamen. Prinz Rupert von der Pfalz und sein Bruder Maurice waren von Cromwell am Ende des Bürgerkrieges verbannt worden.

Unbarmherzig folgte ihr Verstand der Logik, während die Person, für die sie sich gehalten hatte, sich immer mehr verflüchtigte.

Capt. James Hoy. *Mein Vater.*

Der beispielhafte Ralph Hurd, dieser gemarterte Heilige der puritanischen Revolution, löste sich in Rauch auf, und an seine Stelle trat ein stotternder blauäugiger Mann, der nicht nur selbst ein Fremder war, sondern auch sie in eine Fremde verwandelte.

Er hatte auf der falschen Seite gekämpft. Sie war nicht Penitence Hurd, Sproß einer Familie von solider puritanischer Herkunft, sie war der Bastard eines Royalisten. Wenn sie jetzt achtzehn Jahre alt war – falls sich nicht auch das als Lüge herausstellte wie alles andere, was man ihr über sie erzählt hatte –, hatte er ihre Mutter noch geschwängert, ehe er sich in einem letzten »Scharmützel« mit Cromwells Truppen töten ließ.

Im Augenblick empfand sie Entrüstung. *Du dämlicher Papist … Verdammt.* Falsche Seite, falsche Gefolgstreue, falscher Tod zur falschen Zeit. Geradezu perfekt, um jedes Leben in Unordnung zu bringen, das ihrer Mutter, das ihre, das der Frau, die sie bisher für ihre Mutter gehalten hatte, aber sein eigenes am meisten, ein chaotischer Mikrokosmos in dem Chaos um sie herum.

War Margaret Hughes damals eine Hure gewesen? Aber selbst royalistische Captains versicherten am Totenbett eine Prostituierten nicht ihrer Liebe oder empfahlen sie ihrer Familie. Vielleicht hatte er ein schlechtes Gewissen. Vielleicht war es Notzucht gewesen. Der Ausdruck im Gesicht ihrer Ladyschaft, als sie sich sterbend an Captain Hoy erinnerte, bestätigte diese Vermutung nicht, und Penitence mußte sie verwerfen.

Dennoch hielt sie an ihrer Empörung fest, weil sie fürchtete, ohne sie haltlos zu sein. Dann also Verführung; die Schmeicheleien eines federgeschmückten Kavaliers aus der Junkernschaft, der die Skrupel einer unschuldigen Puritanerin vom Land überwunden hatte.

Es war jedoch geschehen, und als sich die arme, schwangere Margaret Hughes an die Hoys gewandt hatte, war sie zurückgestoßen worden. Penitence preßte die Lippen zusammen, als sie sich vorstellte, wie der höhnisch lachende Landadel die bittende junge Frau von seiner vornehmen Schwelle gewiesen und ihr die prunkvolle Tür vor der Nase zugeschlagen hatte.

Als sie sich die Reaktion ihrer eigenen Familie ausmalte, hatte sie festeren Boden unter den Füßen. Wie ihre Großmutter vor dem besudelten Fleisch von ihrem Fleisch zurückgewichen sein mochte, wie diese harte, kleine Seele den Pfad des Mitleids verschmäht und die Straße der empörten Selbstgerechtigkeit eingeschlagen hatte. Margaret Hughes war geächtet worden.

Es mußte um diese Zeit gewesen sein, nicht früher, daß ihre Großeltern sich den Reihen anderer frommer Puritaner im Neuen Jerusalem in Amerika angeschlossen, die entehrte Tochter zurückgelassen und den Bastard und die tugendhafte Tochter mitgenommen hatten. Hatten sie den Säugling Margaret Hughes' sündigen Armen entrissen? Oder hatte sie, die wußte, daß sie ausgestoßen werden sollte und das Kind nicht ernähren konnte, ihre Schwester gebeten, es als ihr eigenes großzuziehen?

Und was war mit der Schwester? Vorsichtig forschte Penitence' Verstand der lieblosen Erziehung nach, die ihr die Frau zukommen ließ, die, wie sie nun wußte, ihre Tante gewesen war, und empfand sie jetzt weniger schmerzvoll.

Wenn Ralph Hurd nicht überhaupt eine ehrenwerte Fiktion war, die seine arme Witwe ihr untergeschoben hatte, um sie als ihr eigenes Kind großziehen zu können; ein Kind, das nicht nur in Sünde empfangen, sondern auch von einem Feind ihres Ehemannes gezeugt worden war – wer konnte schon sagen, ob nicht ausgerechnet er den Schuß abgefeuert hatte, der Ralph Hurd tötete? Das war keine Voraussetzung für eine glückliche Mutterschaft.

Und ihre leibliche Mutter, von ihren Liebsten und Nächsten in England zurückgelassen, um den Lohn der Sünde einzuheimsen – für sie gab es keinen Lohn, nur noch Sünden.

Penitence studierte die Daten auf den Dokumenten. James Hoy war im April '46 gestorben, ihr Geburtstag war vier Monate später. Fünf Jahre danach hatte Margaret Hughes das Cock-and-Pie gekauft und ihre Karriere als Ihre Ladyschaft begonnen.

Wissend, was sie jetzt wußte, konnte Penitence sich die Armut jener fünf Jahre vorstellen, die Anstrengung, ehrbar zu bleiben, das unausweichliche Versinken in den Wogen der Verworfenheit, den Abschied von allen Tugenden, bis auf die eine – das Überleben. *Du hast keine Ladyschaft gehabt, die dir Zuflucht geboten hätte.*

Penitence hob den Kopf, und ihre Augen trafen auf die schwarzen Umrisse der Handfesseln, Ketten und Peitschen, die an der rosa Schlafzimmerwand ihrer Ladyschaft hingen. *Konntest du nicht Opfer bleiben? Mußtest du so üppig überleben?*

Sie wickelte den Brief wieder in die Seide ein, verschnürte die Pergamentrollen. Bis sie sich in ihrer eigenen und der Vergangenheit der anderen zurechtgefunden, sie neu geordnet haben würde, würde es einige Zeit dauern. Seltsamerweise war das stärkste Gefühl in ihr noch immer Empörung, der Zorn eines Kindes über die Geheimniskrämerei der Erwachsenen. Wie unaufrichtig sie alle gewesen waren. Sie war daran gehindert worden, ihre Mutter/Tante und ihre Großeltern so zu lieben, wie sie es gern gewollt hätte, doch sie hatte sie um ihrer Ideale willen respektiert, die Redlichkeit und Wahrheit geheißen hatten. Sie waren es, die sie gelehrt hatten, Lug und Trug zu verachten. Sie hatte darauf vertraut, daß sie diejenigen waren, als die sie sich ausgaben.

Jetzt standen sie in Masken vor ihr. *Warum haben sie es mir nicht gesagt?*

Dorinda kam an die Tür und beobachtete sie. Penitence drehte sich zu ihr um. »Woher hast du es gewußt?«

Dorinda zuckte mit den Schultern. »Das war so klar wie dicke Tinte.«

»Mir nicht. Warum hat sie es mir nicht gesagt?«

»O Prinks!« Dorinda sprach mit müder Gereiztheit. »Was hast du erwartet? Du hast uns alle angeglotzt, als wären wir faulige Heringe und du allein könntest noch schwimmen. Sollte sie dir in die Glotzaugen schauen und sagen: ›Willkommen zu Hause. Ich bin deine Ma‹? Is doch klar, daß sie das nicht gemacht hat.«

Es war eine schlichte Erklärung und traf vermutlich zu, aber Penitence hatte in ihrer Ladyschaft auch eine Frau gesehen, die weder Kummer noch Leid kannte, weder gut noch böse, und Mutterliebe kannte sie am allerwenigsten. Welche Qualen sie auch gelitten haben mochte, als man ihr ihr Kind wegnahm, sie hatte zu lange mit ihnen gelebt, und sie waren von zu vielen Dingen überlagert worden. Als Penitence auf ihrer Schwelle erschien, hatte sie nur Unbehagen gespürt, eine Erinnerung, die Schmerz gewesen war, nicht den Schmerz selbst. *Es war nur lästig.*

Ihre Ladyschaft hatte ihre Pflicht getan, ihrem Kind Schutz gewährt, hatte es richtig gefunden, Pen das Cock-and-Pie zu vererben, aber wenn es in der Erstarrung, in der sie lebte, ein Gefühl gegeben haben sollte, hatte sie sich nur darüber geärgert, daß sie überhaupt etwas empfand. Die Zuneigung zwischen ihnen, sofern es sie gegeben hatte, war eine Art Notlösung, keine Liebe zwischen Mutter und Tochter. Penitence bezweifelte, daß ihre Ladyschaft für sie mehr übrig gehabt hatte als für Dorinda und ihre anderen Mädchen.

Die einzige Liebe, die das Leben ihrer Tochter erwärmt hatte, hatte ihr eine verhutzelte alte Indianerin namens Awashonks gegeben, ihre einzige wahre Mutter.

Pen war so müde. Sie legte die Papiere in die Kassette zurück und klappte den Deckel zu. »Sie hat mir das Cock-and-Pie hinterlassen«, sagte sie.

Die alte Eifersucht machte Dorindas Züge scharf und böse. »Ich war ihr eine viel bessere Tochter als du.«

In ihrer seelischen und körperlichen Erschöpfung antwortete Penitence, worauf sie beide nicht vorbereitet waren. »Ja«, sagte sie, »das weiß ich.«

Sie erlitt einen Rückfall, versank eigentlich in eine Form der Lethargie, in der sich ihre Wandlung vom ehrenwerten Kind ehrenwerter Eltern zum Bastard eines Royalisten und einer Hure vollzog – darüber hinaus fand sie sich als Besitzerin eines Bordells wieder.

Es war eine schmerzhafte Verwandlung für jemanden mit puritanischer Erziehung, doch es war dieselbe Erziehung, die ihr zu der Überzeugung verhalf, daß ihr ureigenster Wert unverändert derselbe war.

Ärgerlicherweise half ihr auch der Austausch der Väter. Dem frommen Ralph Hurd, der so lange über sie geherrscht hatte, hatte man viele Tugenden zugeschrieben, doch Fröhlichkeit hatte nicht dazugehört. Jetzt saß auf einem Ast ihres Stammbaumes plötzlich ein Mann, der in Gesellschaft »fröhlich« gewesen war. *Wahrscheinlich betrunken*, schalt sie ihn. *Was hatte er für ein Recht, fröhlich zu sein, der Verführer?* Doch als sie ihn stirnrunzelnd ansah, blinzelte er ihr zu, ein Stotterer dem anderen, und um ein Haar hätte sie zurückgeblinzelt.

»B-bitte teilt Peter Simkin mit, daß ich ihm wieder mit der Todesliste helfen kann«, sagte sie zum Apotheker, und als er ihr sagte, daß der Küster vor vielen Tagen gestorben war, stellte sie fest, daß sie noch schwächer war als geglaubt.

»A-Aber sie ist jetzt vorbei, oder?« fragte sie unter Tränen. Die Schwingungen der Hoffnung, die aus Dog Yard aufstiegen, hatten den ihren geglichen.

Der Apotheker sah sie mit ausdruckslosen Augen an. »*Sera nimis vita est crastina: vive hodie*«, sagte er. Sie wußte nicht, was es hieß, aber es erschreckte sie.

Doch was es auch war, er hatte recht. Am nächsten Abend rief Mistress Palmer von ihrem Balkon der Wache zu, in Mistress Fairleys Zimmer habe sich den ganzen Tag nichts gerührt. »Und die Tür ist abgeschlossen.«

William Burrows hatte Dienst. Er rief seine Kollegen aus dem Cut herbei, sie banden sich Schals vor den Mund und betraten das Gebäude. Der Yard hörte, wie sie die Tür aufbrachen, horchte auf die Stille und wartete.

Mistress Fairley und ihre beiden Kleinen waren Opfer der Pest geworden, aber nur Mistress Fairley war daran gestorben. Vorher hatte sie die Kinder erstickt, damit sie nicht zurückblieben und ohne sie sterben mußten.

An diesem Abend begannen im Cock-and-Pie die Proben, damit man, wie geplant, Kitty Bryskett retten konnte, das einzige Kind, das in Dog Yard noch am Leben war.

10. Kapitel

In Messina tanzten Beatrice und Benedikt miteinander in Leonatos Säulenhalle, wobei sie die Tatsache ignorierten, daß ihre erhobenen Fingerspitzen über der stinkenden Gasse in der Rookery durch einen fünf Fuß breiten Abstand getrennt waren und das Licht schwächer wurde. Die meisten Proben fanden abends statt; da war es kühler, wenn auch nicht sehr.

»Wollt Ihr mir nicht sagen, wer Euch das gesagt hat?« fragte Beatrice.

»Nein, das bitte ich mir aus.«

»Und wollt Ihr mir auch nicht sagen, wer Ihr seid?«

»Jetzt nicht.«

»Daß ich voller Hochmut sei – und daß ich meinen besten Witz aus den *Hundert lustigen Erzählungen* hernehme! Nun seht, das sagte mir Signor Benedikt.«

»Um Himmels willen, Beatrice!« Der Schauspieler hämmerte mit der Faust auf seinen Tisch. »Wir haben das durchgesprochen. Der erste Satz ist eine verdammte Frage, also heb am Ende die Stimme. Sag ihn noch einmal.« Sie sagte ihn noch einmal …

»Hoch mit den Händen, Weib. Du sollst mit Benedikt tanzen, ihn nicht an den Hintern fassen. Streck die Finger aus. Anmutig. So ist es gut. Noch einmal.«

Seine Haltung ihr gegenüber hatte sich verändert. Die Geduld, die er bewiesen hatte, als er sie sprechen lehrte, war dahin, seit sie es konnte.

Die Ironie war, daß sie überhaupt nur als Beatrice mit ihm sprechen konnte. Wenn sie als die ganz alltägliche Penitence mit Dorinda oder Job sprach und mit den übrigen Yard-Leuten Neuigkeiten austauschte, stotterte sie nur noch sehr wenig. Wenn sie sich, als Penitence, an ihren Mentor wenden wollte, begann sie so entsetzlich zu stottern, daß sie lieber überhaupt nichts sagte.

Er merkte es nicht einmal. Es ging um das Stück, und nur darum. Es war Beatrice, mit der er probierte, Beatrices Stimme, der er lauschte, die er korrigierte: die Frau, die sie spielte, diente keinem anderen Zweck. Er war ein Pygmalion, der an seiner Skulptur arbeitete, um die ideale Frau zu schaffen, und die ideale Frau war nicht Galatea, sondern Beatrice.

Beatrice hatte nichts dagegen. Shakespeare hatte ihr in seinem Text hundertmal die Gelegenheit gegeben, Rache zu üben; die scharfe Kritik des Schauspielers ermöglichte es ihr, sie besser anzubringen.

Es war Penitence, die es übelnahm. Sie nahm übel, daß man sie wie zwei Menschen behandelte, einen wichtigen, einen unwichtigen. Sie nahm übel, daß sie zu zwei Menschen wurde. Penitence, die zurückgezogene Zwillingsschwester einer beliebten und lebhaften Beatrice. Jedesmal wenn er mit einem Nicken die Probe beendete, nahm sie die Maske ab und hatte, während sie ihn beobachtete, das unheimliche Erlebnis, ihr unmaskiertes Ich verschwinden zu sehen.

Unmaskiert ärgerte sie sich darüber, daß sie nicht einmal gefragt worden war, ob sie bei dem Stück mitwirken wollte. Sie blieb dabei, weil sie nur als Beatrice sichtbar wurde und – sie warf sich vor, sich etwas einzubilden, doch es war die Wahrheit – weil Beatrice es wollte.

Beatrice lebte während der Stunden am Fenster und verliebte sich mit jeder heftiger in Benedikt.

Ein Schlurfen in der Gasse sagte ihr, daß Dogberry seinen Nachtdienst angetreten hatte. Sie pausierten, während er sich auf dem Hocker niederließ, der jetzt sein regulärer Platz war. »Dachte, ihr fangt jetz' mit dem Liebeszeugs an.«

»Tun wir«, sagte der Schauspieler kurz angebunden.

»Gut.«

Der Tanz war kurz. Wie gewöhnlich ging Beatrice mit Benedikt nicht sehr liebenswürdig um.

»Nun schön«, sagte der Schauspieler, »man hat Beatrice vorgespiegelt, daß Benedikt sie liebt, wir wissen, daß er es tut, und so weiter, und so weiter, und ihn hat man hinters Licht geführt und eingeredet, sie liebe ihn auch, wir wissen, daß sie es tut, di-da-di-da, die arme Hero wurde fälschlich der Unkeuschheit bezichtigt, aber Claudio glaubt es, tum-ti-tum, und jetzt sind wir soweit.« Er blickte über die Gasse, die von unten her nur unzulänglich von Dogberrys Laterne erleuchtet wurde, und über der ein frühherbstlicher Vollmond hing. »Wir haben die Maskenszene beendet. Leg sie ab.«

Penitence schüttelte den Kopf.

»Leg sie ab. Sie hat ihren Zweck erfüllt. Du kannst nächste Woche nicht mit einer Maske auf dem Balkon erscheinen, um Himmels willen.«

Beatrice war die Maske, die Maske war Beatrice. Außerdem war Beatrices Liebe zu Benedikt so, daß Penitence sie von sich fernhalten mußte; sie durfte die Rollen nicht durcheinanderbringen.

»Ist dir nicht klar, daß wir *dafür* keine Zeit haben.« Sein Zorn rührte zum Teil von Erschöpfung her. Dorinda fand, daß er ein Juwel war, weil er so hart für den Plan arbeitete, doch aus der unbekannten Quelle, aus der Penitence ihr Verständnis für ihn schöpfte, wußte sie, daß das bevorstehende Ende des Eingeschlossenseins ihn nervös machte. Die Vierzig-Tage-Periode seit die Pest bei Mistress Hicks ausgebrochen war, endete zwei Tage nach der Aufführung des Stückes. Im Cock-and-Pie mußte man noch eine Woche länger warten. Sie saßen alle wie auf glühenden Kohlen, weil noch ständig die Gefahr eines weiteren Todesfalles drohte und sie dann noch einmal vierzig Tage lang eingeschlossen blieben – oder, wenn es ihr eigener Tod war, für die Ewigkeit. Die Tapferkeit, mit der er seine Gefangenschaft ertragen hatte, wurde so fadenscheinig wie seine Laune, je näher die Befreiung rückte.

Er rieb sich den Nacken. »Wie kann es so verdammt lange so verdammt heiß bleiben?« Er blickte zu Dogberry hinunter, um ihn, wie jeden Tag, zu fragen: »Warum besorgst du mir nicht etwas zu trinken?« Dogberry gab ihm die übliche Antwort.

Der Schauspieler atmete ein und wieder aus. »Hör zu, Stiefel ...« Es war länger als eine Woche her, seit er sie so genannt hatte. »Du brauchst kein Stückchen Seide, um dich zu maskieren. Alle tragen Masken. Wenn ich dich an den Hof mitnähme und den Lords und Ladys, die dort umherparadieren, die Larven vom Gesicht risse, wärst du überrascht über die Schurken, Betrüger und Huren, die zum Vorschein kämen. Wer ich bin? Du weißt es nicht. Wer du bist? Ich weiß es nicht. Durchaus möglich, daß Dogberry dort unten ein Gelehrter aus Oxford ist, was weiß denn ich? Was ich aber weiß, ist, daß ich dich zur besten Schauspielerin deiner Generation mache. Du hast die Fähigkeit, jede Person zu sein, die du sein willst, ich schwöre es, jede. Und jetzt nimm bitte das verdammte Stückchen Stoff ab, und zeig mir das Gesicht von Beatrice.«

Du lieber Mann, dachte sie. *Zufällig stamme ich von einer Linie von Maskenträgern ab. Wenn sie es konnten, kann ich es auch.*

»Danke. Und nun: Lady Beatrice, habt Ihr die ganze Zeit geweint?«

Mit echten Tränen in den Augen erwiderte sie: »Ja, und ich werde noch viel länger weinen.«

Endlich sagte Benedikt zu Beatrice: »Ich liebe nichts in der Welt so sehr als Euch! Ist das nicht seltsam?«

Und Beatrice sagte aufrichtig: »Ich liebe Euch mit so viel von meinem Herzen, daß nichts mehr übrigbleibt, es Euch dabei zu beteuern.«

»Heiß mich, was du willst, für dich ausführen«, bat Benedikt.

»Ermorde Claudio!«

»Nicht so!« schrie der Schauspieler. »Du sagst das nicht so ruhig. Das ist die große Forderung, der Schock. Er verändert das Stück. Er packt das Publikum bei der Kehle.«

»Hat mich gepackt«, meldete sich Dogberry aus der Gasse. »Richtig erschrocken bin ich, ja.«

»Halt den Mund«, sagte der Schauspieler. »Beatrice, nicht einmal in dem Augenblick, in dem du ihm deine Liebe gestehst, gibst du diesem Mann dein ganzes Herz. Er gibt sich dir ganz, doch du hast Mitleid mit dem Unglück deiner Cousine und willst ihre Ehre rächen. Das Publikum denkt: Hurra, jetzt hat Benedikt sie soweit und geht mit ihr ins Bett, und dann kommt: ›Ermorde Claudio!‹, und die Leute denken: Scheiße, alles ist schiefgegangen. Du hast sie in der Hand. Flüstre, wenn du mußt, aber schrei auch. Schrei für die arme, verleumdete Hero. Fühl's!«

Sie schwieg einen Augenblick. Beatrice war unerfahren im Spiel der Kränkungen; es war Penitence, die über Kränkungen an Frauen Bescheid wußte. Sie dachte an Reverend Block, an die Männer, die ins Cock-and-Pie kamen und dachte an den Schauspieler, der sie für eine Hure hielt.

Sie sagte: »Ermorde Claudio!«

Schweigen.

»Gott helf uns«, sagte Dogberry.

»Nicht schlecht«, sagte der Schauspieler. »Gar nicht so schlecht.« Er gähnte. »Ich bin müde. Wir spielen die Szene morgen zu Ende.«

»Wie hat die Katze ausgesehen?« fragte Dogberry in ihrem Traum.

»Sie war nicht schön«, sagte sie, »aber ihre Züge sind wichtig.« Die zu große Nase, die langen Flächen von Wangen, Kinn und Hals … Sie kannte die Katze so gut wie den Stamm des Baumes, den sie unten am Fluß erklettert hatte. Man mochte ihn entwurzeln und in einen Wald verpflanzen, und sie fand ihn noch immer aus allen anderen Bäumen heraus.

»Oh, ihn meinst du«, sagte Dogberry. »Das ist Henry. Wohnt da oben. He, Henry!«

Der Schrei weckte sie. Etwas prallte prasselnd gegen die Fensterläden gegenüber, als würfe jemand Steine hinauf. Sie schlüpfte aus dem Bett, ging zu den Fensterläden und spähte durch den Spalt.

Sie hörte den Schauspieler gähnen und fragen, wer das sei, zum Teufel.

»So'n feiner Pinkel will mit dir reden, Henry!« rief Dogberry.

»Ich bin es, my Lord«, sagte eine andere Stimme.

Der Schauspieler kam in Hemdsärmeln ans Fenster. Sein Blick lag auf ihren Fensterläden, doch sie bezweifelte, daß er sie oder die Fensterläden sah. Er schaute, sehr langsam, zu der Person hinunter, die außerhalb ihres Blickwinkels in der Gasse stand. »Und seit wann bin ich ›my Lord‹?«

»Seit vier Tagen, my Lord. Unser tiefstes Beileid, my Lord. Er war ein feiner Mann. Wir haben Euch seither gesucht. Der König ist sich seiner Verpflichtung gegen Euch bewußt geworden und gebietet mir …«

»Sag es lieber auf französisch, George.«

Sei verdammt, Dogberry! Der Wachmann saß gewiß unbeweglich auf seinem Hocker und sperrte Augen und Ohren auf wie bei allem, was sich ereignete.

Wer immer George sein mochte, er sprach ein schnelles Französisch.

»Ich verstehe«, sagte der Schauspieler. »Tja, man ist derzeit sehr beschäftigt, aber in einer Woche, so Gott will.«

Noch mehr Französisch.

»Nein«, sagte der Schauspieler. »Nicht allzuschlimm. Eigentlich recht lehrreich. Amüsante Leute. Aber man wird nicht traurig sein, hier fortzukommen. Wo wird die Kutsche warten?

Dann treffe ich Euch da. Bringt andere Kleider mit, damit man sich umziehen kann.« Und das war alles.

»Auf allgemeinen Wunsch«, rief Job vom Balkon, »von Seiner Majestät unserem König Charles aus Frankreich mitgebracht, um es persönlich am Hof von Whitehall aufzuführen, stellen wir heute abend *den* berühmten, *den* einzigartigen Lord Henry *King* vor.«

Dogberrys Bericht über den abendlichen Besucher des Schauspielers hatte offensichtlich dadurch, daß er weitergegeben worden war, nichts an Dramatik verloren.

Der Schauspieler trat auf den Balkon und verneigte sich zum Applaus des Publikums. Job schob sich wieder nach vorn. Er ließ sich mit fortreißen: »Und präsentieren *die* bekannte Schönheit, *den* Mond Amerikas nach ihrem jüngsten Erfolg bei den Rothäuten, Prinzessin *Penitence*.«

Ich werde es nicht schaffen. Ihr war übel. Sie hatte die Pest, etwas Schlimmeres als die Pest. Sie war tot, fühlte ihre Füße, ihre Hände nicht mehr. Mit gesenktem Kopf und hängenden Schultern nickte sie in Richtung der Gebäude und schlurfte zurück in die Dachkammer.

»Wie viele Wachen sind da draußen?« fragte Dorinda.

»H-hab ich nicht gesehen.«

»Du Idiotin. Deshalb tun wir's doch.«

Wirklich? Solange es ein Projekt gewesen war, schien es ein ausgezeichneter Grund zu sein, doch da hatte sie noch nicht gewußt, wie ihr zumute sein würde.

Job kündigte jetzt Dorinda an, und sie rauschte hinaus, um sich zu verneigen. »… *die* Meisterin der Komik, *die* Rose der Rookery, *unsere* Mademoiselle *Dorinda*:«

Wo hatte Job das gelernt? Von Dorinda, natürlich; von Dorinda und dem Schauspieler. Er tummelte sich in seiner Rolle wie eine Ente im Wasser. Dorinda war eine Naturbegabung, Job war eine Naturbegabung, der Schauspieler war ein Professioneller, blieb allein sie übrig.

Ganz ruhig blickte Penitence Dorinda entgegen, die jetzt stolz wie ein Pfau in die Kammer herunterkletterte. »Ich k-kann nicht.«

»Hör auf an dich zu denken. Denk an die Brysketts.«

Job kletterte herein. »Es werden immer mehr«, berichtete er. »Die meisten Wachen aus der Rookery sind schon da, und die Nachricht breitet sich aus.«

»Wir brauchen die aus der Umgebung von Tottenham Court«, sagte Dorinda.

»Sie werden kommen. Hört nur auf Henry. Er lockt sie her.«

Der Schauspieler sprach über das Theater und erklärte dieses Stück im besonderen, für den Fall, daß unter den Zuschauern welche waren, die bisher nicht einmal eine Vorstellung auf dem Jahrmarkt gesehen hatten. Seine Stimme erfüllte jede Ritze des Zimmers hinter ihm, ebenso wie sie mühelos durch ganz Dog Yard drang. Wenn sie heute abend Erfolg haben wollten, mußte sie in weit entfernte Gassen reichen, um die Ohren gelangweilter Wachen zu kitzeln und sie von ihren Posten wegzuholen.

»K-könnte man sie nicht h-hinten hinausschmuggeln?« flehte Penitence wie schon so oft. Vielleicht konnte dieser Kelch doch noch an ihr vorübergehen.

»Unsinn!« sagte Dorinda. »Hinten sind alle Fenster mit Brettern fest zugenagelt. Täte man sie wegreißen, wär das einen Riesenlärm. Das haben wir schon besprochen. Nimm dich zusammen.«

Sie konnte nicht. Gleich mußte sie hinaus auf diesen Balkon, mußte sprechen. *Wir tun das für die Brysketts. Nach allem, was die Pest uns angetan hat, werden wir sie dieses eine Mal schlagen.* Aber das reichte nicht. Nächstenliebe war nicht genug. Ihre Beine waren bei den Oberschenkeln zu Ende; sie stand auf Strümpfen. Wie sollte sie es ohne ihre Maske schaffen? Wie sollte sie es überhaupt schaffen?

Jetzt stand der Schauspieler vor ihr. »Atme.« Sie atmete, die Augen fest in den seinen.

»Wer bist du?«

»Ich bin Beatrice.«

»Bist du reich? Schön? Klug?«

»Ja.«

»Wer bin ich?«

»Benedikt.«

»Liebst du mich.«

»Ja.«

Er streckte die Hand aus, die Handfläche nach oben. Sie legte die ihre darauf, und gemeinsam betraten sie den Balkon.

Penitence war über den begeisterten Applaus überrascht, mit dem sie empfangen wurden; daß ein Theaterstück aufgeführt werden sollte, war vorsichtig durch den geheimen Nachrichtendienst verbreitet worden, doch sie hatte nicht erwartet, daß so viele den Weg über die Dächer wagen würden, um dabeizusein. Sie hatte das verzweifelte Verlangen der Menschen nach Ablenkung unterschätzt. Sie wagte nicht, hinauszusehen, heftete den Blick auf den Schauspieler und erwartete ihr Stichwort mit derselben Angst, mit der sie früher ein unvermeidliches P, B oder K erwartet hatte. *Ich werde stottern.*

Dann wandte sich ihr der Schauspieler in seiner Verkleidung als Leonato zu, und anstatt sich vor ihr zu verbeugen, wie sie es probiert hatten, nahm er ihr Gesicht zwischen die Hände. »... Keine Gesichter sind echter, als die so gewaschen werden. Wieviel besser ist's, über die Freude zu weinen, als sich am Weinen zu freuen.« Er sah ihr voll in die Augen und küßte sie.

Wieviel besser. Dorinda hatte recht. Penitence war eine Belanglosigkeit; Beatrice wartete darauf, Angst, Qual, die ihre, die aller zu zerstreuen. Für eine Stunde, nur eine Stunde, bei Gott, sollte es Verzauberung geben, und Penitence konnte gehen und sich erhängen. Sie hörte Beatrices Stimme über die Kaminkappen schweben. »Sagt mir doch, ist Signor Schlachtschwert aus dem Feldzug wieder heimgekommen? Oder nicht?«

Als Beatrice sagte, daß Benedikt Claudio anhängen werde wie eine Krankheit, kam ein Lacher. *Ein Lacher.* Wie lange war im Yard schon nicht mehr gelacht worden? Der Schauspieler war deshalb besorgt gewesen. Würden Sätze wie: »Man holt sich ihn schneller als die Pest« bei seinem von der Pest gebeutelten Publikum gut ankommen? Aber sie hatte es geschafft. Sie schaffte alles.

Daß auf dem Balkon ein falscher Fußboden eingezogen werden mußte, damit sie höher standen, und daß er wie eine Trommel vibrierte, wenn sie sich bewegten, daß sie jedesmal, wenn sie zu dritt auftraten, mit den Ellenbogen zusammenstießen, daß das Publikum sich zu sehr einmischte – während der Maskenszene hörte man Mistress Hicks von ihrem Dach schreien: »Das ist doch *sie*, du verdammter Idiot!« –, daß sie ein wenig zurücktreten mußten, damit ihre Kostüme von den Laternen, die am Rand des Balkons aufgereiht waren, nicht angesengt wurden, keine dieser Unannehmlichkeiten konnte die Euphorie dämpfen, die sie alle ergriffen hatte.

Das Haar unter einer Knabenmütze versteckt, sang sie Balthasars Lied und sah zum erstenmal ihr Publikum an. Es war dunkel, aber der Mond war aufgegangen, und die Wachen, die sich unten versammelt hatten, trugen Stocklaternen. Es waren nicht die Wachleute, die sie sah, es war Mistress Palmer, die auf ihrem Balkon saß, Mistress Hicks, die sich gefährlich über die Dachtraufe beugte, die dunkle Leere von Mistress Fairleys Fenster, die zwei einsamen Gestalten bei Mother Hubbard, ein Kind, das von irgendwoher aus den Häusern hinter ihnen mitgebracht und an eine Kaminkappe gebunden worden war, damit es nicht hinunterfiel, die Gesichter hinter den Firstbalken aufmerksam auf das ihre gerichtet, einige von ihnen mit noch nicht ganz verheilten Pestpusteln, alle blaß, alle mager.

»Seufzt nicht mehr, ihr Damen, seufzt nicht mehr«, sang sie und hörte Balthasars Stimme mit übertriebenem Vibrato singen, bevor sie sich fassen konnte; Tränen wären Selbstmitleid. Diese Menschen verdienten das Beste.

»Klagt, Mädchen, klagt nicht Ach und Weh,
kein Mann bewahrt die Treue.
Am Ufer halb, halb schon zur See
Reizt, lockt sie nur das Neue …«

Die Melodie stammte vom Schauspieler und war so kraftvoll wie der Text. Noch mehr Wachleute, die in den Yard kamen, verharrten in ihrem Zauber.

»Singt nicht Balladen trüb und bleich,
in Trauermelodieen …«

Auf dem Kopfsteinpflaster bewegte sich etwas; zwei Gestalten, ein Mann und eine Frau, schlichen hinter den versammelten Wachleuten zum Schiff. Sie waren also gekommen. Wie mutig. Penitence hatte den *raison d'ètre* für die Vorstellung fast vergessen. Sie sah, daß ein paar Gesichter in den Fenstern hinunterblickten und sang, wie sie noch nie gesungen hatte, um ihre Aufmerksamkeit zurückzuerobern. Die Dog Yarders waren in das Geheimnis eingeweiht, aber die Wachleute durften nichts merken, es war lebenswichtig, daß sie die Augen nicht vom Balkon des Cock-and-Pie abwandten.

»Weint keine Träne und laßt sie gehn,
und laßt sie gehn ...«

Sie hatte die Dog Yarder wieder, die mit ihr konspirierten, wußten, was sie wußte, wußten, daß sie wußte, was sie wußten. Sie lächelte ihnen zu und ließ ihnen dann ihren Segen zuteil werden:

»Seid froh und guter Dinge,
daß statt der Klag und dem Gestöhn
Jucheisasa erklinge.«

Sie ging ab in die Dachkammer, wo Dorinda und Job sich die Augen trockneten. Der Schauspieler trat in Gestalt des hinterhältigen Don Juan auf und sprach über das Zischen des Publikums hinweg seinen intriganten Monolog, mit dem er Claudio überzeugen will, daß Hero ihm untreu war. Dann schlüpfte er wieder in die Dachkammer und zog sich einen lächerlichen Hut über die Augen. In der nächsten Szene trat er mit Job auf. Sie hatten sich auch über diese Szene den Kopf zerbrochen; es war gut und schön für Shakespeare, seine Wachen als clownhafte Tölpel darzustellen, *er* hatte kein Publikum gehabt, das zum großen Teil aus Wachleuten bestand.

Penitence hörte zu, während sie sich umzog. Jobs Vortrag war bleiern, paßte recht gut zur Rolle des Gerichtsdieners Verges; der Schauspieler gab den Gerichtsdiener Dogberry in perfektem ostanglischem Akzent. Er hatte seine Mitbewohner, die Pfeifenmacher aus Suffolk, genau studiert. Er war sehr komisch. Von den Dächern kamen Hochrufe, doch sie gingen im Jubel aus der Gasse unter.

»Sie merken nicht, daß sie es sind«, sagte Dorinda.

Sie schnappte Hüte und Perücken der beiden Männer, als sie durch das Fenster hereinkamen, und ersetzte sie durch Hüte und Perücken von Claudio und Leonato. Job war wie trunken von seinem Erfolg, aber der Schauspieler stöhnte über die Pause, die sie sich nicht zu erlauben wagten. Man durfte den Wachen keine Zeit lassen, auf Patrouille zu gehen. Ihre nächste Szene war entscheidend.

Am Fenster lauschend, hörte sie, daß Job einen Hänger hatte. Sie soufflierte ihm. Sogar Dorinda war unsicher. Es war der Schauspieler, der die Szene zusammenhielt. Als die Männer hereinkamen, rauschte sie hinaus, um die verleumdete Hero zu trösten.

Jetzt kam die Liebesszene, die Krux in Master Shakespeares Stück und dem Dog Yard-Komplott. Sie stand am entgegengesetzten Ende des Balkons und schaute in die Gasse hinunter, die an Mistress Hicks' Haus vorüberführte und heute der Hauptgang einer Kirche war, auf dessen Marmorplatten das Mondlicht kleine Teiche malte. Der Boden vibrierte, als der Schauspieler hinter ihr auf den Balkon trat. »Lady Beatrice, habt Ihr die ganze Zeit geweint?«

Ohne sich umzudrehen, sagte sie: »Ja, und ich werde noch viel länger weinen.«

Frage. Antwort. In Benedikts Stimme mischten sich Überraschung mit Mitgefühl, ein Mann, der über sich selbst staunte. Frage. Antwort. Ihr Wissen umeinander vertiefte den Zauber der Nacht.

»Sag es ihr, um Himmels willen«, Mistress Palmers Flüstern erreichte sie über den Kirchengang hinweg, »sag ihr, daß du sie liebst, verdammt«, und wurde zu einem Seufzer der Erleichterung, als Benedikt sagte: »Ich liebe nichts in der Welt so sehr als Euch! Ist das nicht seltsam?«

Es kam an. Unter ihnen, um sie herum, regte sich nichts, niemand atmete.

»Heiß mich, was du willst, für dich auszuführen.«

Jetzt drehte sie sich um, jedes Auge in der Welt ruhte auf ihr, und ihre Augen nahmen eine Sekunde lang die Szene wahr, die im Ship »aufgeführt« wurde.

Sie streckte die Hand aus, in der sie die Rookery hielt. »Ermorde Claudio.«

Dog Yard holte tief Atem. Mistress Palmer spähte durch die Finger. Das Kind, das am Kamin festgebunden war, begann zu weinen. Eine Hellebarde fiel aus kraftlos gewordenen Fingern aufs Pflaster. Niemand ließ sich ablenken. Nur Beatrice und Benedikt merkten in einem anderen Leben, daß ein Mann und eine Frau mit einem Bündel in den Armen, auf Zehenspitzen schleichend, den gefahrvollen, labyrinthischen Weg durch eine Gasse zur Tottenham Court Road einschlugen, um aufs Land zu gelangen.

Sie ging von der Bühne ab. Dogberry und Verges waren wieder dran. Sie ließ sich auf ihr Bett fallen. Dorinda schüttelte sie. »Haben sie es geschafft?«

»Sie haben es geschafft.« Der flüchtige Blick, den sie erhascht hatte, hatte sich in die Netzhaut ihrer Augen eingebrannt; sie sah, würde immer sehen, wie ein nacktes kleines Mädchen von seinen Eltern einem Paar hinuntergereicht wurde, das auf der Straße stand. Sie begann zu schluchzen; die Gefühle, die sie hervorgerufen hatte, hatten sie dem Erbarmen und dem Entsetzen der Welt ausgeliefert.

»Laß dich nicht gehen, verdammt«, sagte Dorinda schniefend. »Sie haben noch einen weiten Weg vor sich.«

»Sie werden es schaffen.« Die Freunde der Brysketts, wer sie auch sein mochten, *mußten* es schaffen, dahinzukommen, wo immer es war, mit der einen winzigen Flamme Leben, die sie aus dem Brand gerettet hatten. Der Gedanke an sie verließ sie nicht, bis Beatrice und Benedikt das letzte neckische Wort gewechselt hatten.

Sie schwuren ja: Ihr seid fast krank um mich?

Sie schwuren ja: Ihr seid halbtot aus Liebe?

Es gab noch immer keinen Aufruhr, niemand schrie. Die Leute mußten inzwischen die Außenbezirke erreicht haben. Dort wartete ein mit Stroh gefüllter Wagen, hatte Sam Bryskett gesagt.

»Komm«, sagte Benedikt, »ich will dich nehmen, aber bei diesem Sonnenlicht, ich nehme dich nur aus Mitleid.«

Sie sprach ihre letzten Zeilen: »Ich will Euch nicht geradezu abweisen; aber bei diesem Tagesglanz, ich folge nur dem dringenden Zureden meiner Freunde; und zum Teil, um Euer Leben zu retten. Denn man sagt mir, Ihr hättet die Auszehrung.«

»Still! Ich stopfe dir den Mund.« *(Küßt sie)*

Dog Yard seufzte tief auf vor Zufriedenheit. Der Applaus setzte ein, als sie, die verschlungenen Hände hoch erhoben, in die Dachkammer zurückwichen. Unter den trampelnden Füßen lösten sich Schindeln vom Dach der Gebäude, aus dem Yard kamen Hochrufe, während mehr als dreißig Wachleute mit den Hellebarden auf das Pflaster trommelten; anstatt mit Programmen winkte man mit Verbänden, Kesseln und Nachttöpfen aus den Fenstern. Eine Stimme aus der Menge forderte: »Zugabe! Zugabe!« Man hörte Mistress Hicks antworten: »Zugabe, so ein Quatsch! Sie müssen das Ganze noch einmal spielen.«

Sie gingen wieder hinaus, verbeugten und verbeugten sich. Der Applaus schwoll noch mehr an, als Dorinda und Job sich neben sie drängten. Sie wurden mit Bewunderung überschüttet und bewunderten sich gegenseitig. Nie hatte sie eine solche Liebe gekannt, bis heute überhaupt noch keine Liebe gekannt. Wenn sie in die Höhe sprang, brachte sie den Weizen zum Blühen; sie hatte alle Herrlichkeit hier, in ihren Fingern.

In ihrer Kammer umarmte sie Dorinda und Job, wie sie auch einander umarmten. Bei den gegenseitigen Glückwünschen schwieg nur eine Stimme – die von Benedikt.

Statt dessen sah sie ein hagerer, unzufriedener Schauspieler an. »Du hast die Konzentration verloren«, sagte er. »Nach: ›Ermorde Claudio‹ war Beatrice verschwunden.«

Er zerstörte etwas, das der Volkommenheit, die sie je erreichen konnte, so nahe kam wie möglich. »Das w-war sie nicht.«

»O doch, sie war.«

Sie sagte: »Es h-humm-hat ihnen trotzd-dem gefallen.«

»Es h-h-hat ihnen trotzdem gefallen«, ahmte er sie spöttisch nach. »Ihnen gefällt alles. Sie können Schauspielkunst nicht von ihrem Arsch unterscheiden. Du hast ihnen Kleingeld gegeben.«

Erstaunlicherweise schlug sich Dorinda auf ihre Seite. »Ich hab sie verdammt gut gefunden«, sagte sie und geriet dadurch selbst ins Kreuzfeuer.

»Eine Vorstellung, und du bist Expertin, wie? Sie war gut bis zu ›ermorde Claudio‹, dann war sie schlecht.«

»Wir haben unsere Aufgabe trotzdem erledigt«, sagte Dorinda schmollend.

Er sagte sehr betont: »Die Aufgabe, mein liebes Mädchen, ist das Stück. Wenn diese Leute entdeckt und das Kind in das Pesthaus zurückgebracht worden wäre, hätten wir dennoch unser Bestes geben müssen.« Er fuhr zu Penitence herum. »Das mußt du begreifen, sonst bist du keine Schauspielerin.«

Der Palast von Messina war ein Scherbenhaufen. Sie wollte den

Schauspieler so tief treffen, daß sie hervorstieß: »Ich w-will keine v-ve-verdammte Schauspielerin sein. S-s-so tun, als w-w-wäre m-m-man jemand anders. Das ist keine Arbeit f-f-für eine erwachsene F-Fr-Frau. A-a-auch nicht f-f-ür einen e-er-erwachsenen Mann.«

»Für eine Hure wäre es jedenfalls ein Schritt nach oben.« Er nickte dem Ensemble zu, sprang auf den Fenstersims und schwang sich in sein Zimmer hinüber.

11. Kapitel

Durch die Feuer, die in den Straßen vor jedem zwölften Haus brannten, wurde es noch heißer, und der Geruch der Desinfektionsmittel überlagerte die Sommerdüfte im Pfarrgarten von St. Giles.

»Ihr wollt mir weismachen, Master Boreman, daß Ihr nichts davon wißt?«

»Ich weiß es jetzt, Master Flesher«, sagte Reverend Boreman müde, »weil Ihr so gütig wart, es mir mitzuteilen. Endlich. Ich habe vorher nichts gewußt.«

Die Inquisition wandte ihre Aufmerksamkeit dem Dritten zu, der im Wohnzimmer des Pfarrhauses anwesend war. »Und Ihr auch nicht, Master Boghurst?«

»Es ist nicht sehr wahrscheinlich, daß Sam Bryskett mich über seine Absicht, das Gesetz zu brechen, unterrichtet hätte, falls er diese Absicht tatsächlich hatte.« Der Apotheker sprach mit der ihm eigenen Präzision, aber Flogger Flesher glaubte eine Ausflucht herauszuhören.

»Daß Ihr die Einschließungen mißbilligt, ist wohlbekannt, Sir.«

»Ich nenne sie Mord, und als Mord hat sich die Maßnahme erwiesen, aber sie ist *Gesetz*, das ich nicht mißachten würde.«

»Dann werdet Ihr mir vielleicht sagen, ob es heute morgen im Ship noch Kinder gegeben hat?«

»Keine.«

»Doch als Ihr vergangene Woche da wart, war ein Kind noch am Leben?«

»Das ist richtig.«

»Und Bryskett hat Euch heute gesagt, es sei inzwischen gestorben?«

»Das hat er.«

»Aha!« Richter Flesher war da, wohin er wollte. »Dann wird unser braver Pfarrer mir auch beweisen können, ob er das Kind begraben hat oder nicht.«

Reverend Boreman wartete darauf, daß sein Zorn groß genug wurde und er dem gräßlichen kleinen Mann einen Floh ins Ohr setzen konnte, doch der Zorn stellte sich nicht ein; seine Kraft reichte dazu nicht mehr aus.

Er hatte in seinen Gottesdiensten den Herrn gebeten, ihnen aus dem Exil, wohin Er sie verbannt hatte, wenigstens Regen und Wind zu schicken.

Und in der Woche, in der Londons Bill of Mortality für September 8 252 Tote verzeichnet hatte, hatte es tatsächlich geregnet. Zwei Tage lang waren die Feuer von einem Regenguß erstickt worden, der die verstopften Kloaken durchspülte, die Temperatur um einige Grade und die Totenliste auf 562 senkte. Es hatte noch andere gute Omina gegeben. Die Leute sagten, die Dohlen seien in den Tower zurückgekehrt. Aus der Großen Glocke von Westminster war der Klöppel gefallen, ein Zeichen, das 1625 das Ende der Pest angekündigt hatte. Wie alle anderen hatte er zu hoffen gewagt.

Dann hatte es aufgehört zu regnen, die Hitze war zurückgekehrt, und die neueste Liste war die bisher längste gewesen: 8297 von Londons Männern, Frauen und Kindern waren gestorben. Und mit ihnen die Hoffnung.

Er stand auf und ging zur Tür. »Master Flesher, ich beerdige jetzt *en gros*. Ich lese die Messe, die Toten werden in die Erde gelegt, und ihr einziger Name ist Legion. Mein Küster ist beim Schreiben des Registers gestorben, und seither ist niemand mehr da, der es fortführen könnte – außer mir. Und das tu ich auch, sofern ich die Zeit finde.«

»Es ist ein Vergehen, das Gemeinderegister nicht auf dem laufenden zu halten.«

Er ist wirklich unglaublich, dachte Reverend Boreman. In den Massengräbern treiben die Männer mit den nackten Leichen junger Mädchen Nekrophilie, die Sterbenden hassen die Lebenden so, daß sie aus den Fenstern mit ihren verseuchten Verbänden nach ihnen werfen, auf den Straßen warten die Toten in Stapeln darauf, beerdigt zu werden, und Richter Flesher bleibt haargenau derselbe, der er war, bevor alles begann.

Er sagte: »Wenn Ihr die Leichen auf meinem Friedhof exhumieren wollt, steht es Euch frei. Inzwischen wünsche ich Euch einen guten Tag.«

An der Tür blieb der Richter auf ein letztes Wort stehen. »Huren und Zuhälter waren an dieser Missetat beteiligt. Sie und die Bryskettts werden dafür zur Verantwortung gezogen werden. Ich werde die Angelegenheit höchstselbst seiner Hoheit von Albemarle vortragen.«

Bevor er seinen Wagen bestiegen hatte, hatte der Pfarrer schon die Tür geschlossen. Er ließ sich dem Apotheker gegenüber in einen Sessel fallen. »Welche Huren? Welche Zuhälter?«

»Das Cock-and-Pie hat gestern abend auf seinem Balkon *Viel Lärm um nichts* aufgeführt. Zweifellos eine Verschwörung, um jeden Wachmann in der Rookery von seinem Posten fortzulocken.«

Reverend Boreman schüttelte langsam den Kopf. »Bedauerlich.«

Der Apotheker tat es ihm gleich. »Eine Freveltat.«

Der Pfarrer beugte sich vor und schenkte beiden ein Glas Malvasier aus der Flasche ein, die er Master Flesher nicht angeboten hatte. »Diese Woche nur hundertfünfundzwanzig in der Gemeinde, William. Geht sie vorbei?« Er hörte seine Worte. Nur? dachte er. Dennoch, in der schlimmsten Woche im August war die Zahl fast dreimal so hoch gewesen.

»Vielleicht geht sie in St. Giles zu Ende, aber setzt Eure Hoffnungen nicht zu hoch an. Sie ist imstande und kommt zurück.«

Hoffnung. Er hatte anderthalbtausend Gemeindemitglieder verloren, seine Gemeinde war eine Wüstenei aus leeren Häusern um einen stinkenden, übervollen Friedhof herum. Er hatte an Hunderten von Betten um Erlösung gebetet, und nur eine Handvoll von seiner Herde hatte überlebt. Wenn er nicht schlief, hatte ihm jeder Moment Leiden oder Obszönitäten menschlichen Verhaltens vor Augen geführt, die er früher für unmöglich gehalten hätte. Er hatte die Hoffnung längst verloren. Und mit ihr, Gott helfe ihm, den Glauben. Aber es gab doch noch Nächstenliebe, wie es schien. Sie war gestern abend in Dog Yard aufgeflackert, als Huren und Zuhälter unerschrocken dem Gesetz die Stirn geboten hatten, um ein Kind zu retten.

Shakespeare. Seine Frau hatte die Theaterstücke dieses Vagabunden geliebt. »Wir haben die Glocken zur Mitternacht gehört, Master Shallow«, sagte er. Sie waren viel zu lange Totenglocken gewesen, viel zu lange. Merkwürdigerweise hatte er wieder Mut gefaßt. Über das Weinglas hinweg blinzelte er seinem Freund zu. »Und wie haben sie gespielt, diese Zuhälter und Dirnen?«

Apotheker Boghurst lächelte wohlüberlegt, wie immer. »Ich glaube, mir hat noch nie ein Stück so gut gefallen«, sagte er.

Der Tag nach der Aufführung war für das Cock-and-Pie der erste ruhige seit langem.

Job, von der Aufregung übermüdet, blieb in seinem Zimmer. Der Schauspieler zeigte sich auch nicht, seine Läden blieben geschlossen.

Dorinda wollte den Triumph des Vorabends gemeinsam genießen, aber dazu war Penitence viel zu zornig. Als sie darüber nachdachte, mußte sie zugeben, daß der Schauspieler ihr Spiel zu Recht kritisiert hatte, doch die Bosheit seiner letzten Bemerkung hatte sie tief verletzt. Sie war jedoch nicht nur zornig, sondern auch enttäuscht, nicht nur über seinen Mangel an Scharfblick, sondern auch über seine Grobheit. »Wie darf er es wagen!«

»Er hat es nicht so gemeint, Prinks«, beschwichtigte Dorinda. »Das kommt von der Schauspielerei. Macht einen empfindlich. Er hatte angefangen dich zu bewundern, das ist es. Ich habe sein Gesicht gesehen, als du gesungen hast.« Penitence hörte, wieviel es sie kostete, das zu sagen. »Ich werde ihn zur Rede stellen. Das ist nur fair.«

»Das wirst du nicht.« Sie wollte keine Erklärungen, wollte nicht, daß man für sie bat; er müßte es selbst erkennen. »Mir ist egal, was er denkt.«

»Dann hör auf zu grübeln, verdammt!«

Die Befreiung von der echten Tragödie und der Theaterkomödie, die während der letzten Wochen ihr Leben beherrscht hatten, trug eine Stille ins Haus, die die Abwesenheit derer, die gegangen waren, um so deutlicher fühlbar machte. Immer wieder drangen zu den beiden, die noch am Leben waren, aus der leeren Galerie fröhliche

Neckereien mit der lautlosen Klarheit, die Erinnerung den Stimmen der Toten verleiht.

Die Gegenwart ihrer Ladyschaft war überall zu spüren, blieb jedoch unerwähnt, denn beide waren sich dessen bewußt, daß die jeweils andere vielleicht ein größeres Recht hatte, um sie zu trauern. Sie wußten auch um ihre gegenseitige Abhängigkeit und fürchteten, daß ohne ihre Ladyschaft die letzte Instanz fehlte, die schlichtend eingreifen konnte, falls sie einmal in Streit geraten sollten.

Trotz der Hitze verbrachten sie den größten Teil des Tages auf dem Balkon. Der Regen, der, von ihnen fast unbemerkt, während der hektischen Probentage gefallen war, hatte keinerlei Wirkung gezeigt. In der Ferne flimmerte die Themse so grell, daß einem das Wasser in die Augen schoß, während die Türme von Kirchen und Häusern auf ihren Dächern zu wanken schienen.

Der Yard litt unter der sengenden Sonne, Dachstroh und Holz bleichten aus, und in den Mauern öffneten sich neue Risse. Auf dem Boden der Pferdetränke lag Staub.

»Ich frage mich, wieso der ›Läufer‹ sie nicht gekriegt hat?« überlegte Dorinda müßig und beobachtete die Stümpfe des Bettlers, die in der Öffnung seines Fasses zuckten, wenn Fliegen sich darauf niederließen, während er den Nachmittag verdöste.

»T-tu's nicht.« Wenn man versuchte, in der Willkür, mit der die Pest zuschlug, einen Sinn zu finden, wurde man wahnsinnig; warum dieser und warum nicht jener? Darüber wurde nicht gesprochen, wenn die Überlebenden ihre Versammlungen auf den Dächern abhielten. Wer wagte denn, Gott um Schonung zu bitten, nachdem Er unschuldige Kinder getötet hatte? Es war besser, Sinn in der absoluten Sinnlosigkeit zu finden.

Sie beobachteten, wie sich ein langer Schatten, der vor der adretten Gestalt von Master Boghurst herhuschte, im Yard ausbreitete, als er ihn überquerte. Dogberry löste sich aus dem Schatten, um Mistress Hicks' Tür aufzuschließen. Der Apotheker war gekommen, um ihr und ihren Mietern ein offizielles Gesundheitszeugnis auszustellen, bevor die Einschließung am nächsten Tag endete.

»Eines ist sicher«, sagte Dorinda, »an Ma Hicks hat sie sich die Zähne ausgebissen. Was werden wir tun, Prinks?«

Unüberlegt antwortete Penitence: »Wir sind zurechtgekommen,

bevor er kam, und wir werden zurechtkommen, wenn er nicht mehr da ist.«

»Ich habe gemeint«, sagte Dorinda streng, »was werden wir tun, wenn man uns nächste Woche freiläßt? Was werden wir mit dem Rest unseres Lebens anfangen? Ich will nicht mehr zum Gewerbe zurückkehren.«

Bestürzt machte sich Penitence klar, daß sie für Dorinda die Verantwortung übernommen hatte. Das Mädchen war ihr von ihrer Ladyschaft genauso vererbt worden wie das Cock-and-Pie. »Das wirst du auch nicht«, sagte Penitence. »Ich l-laß mir etwas einfallen.«

»Zuallererst«, sagte Dorinda, »werden wir uns um Phoebes kleinen Jungen kümmern.«

Freunde waren, wie es schien, die Menschen, die einem das Schicksal zuspielte. Sie hätte sich Dorinda nicht ausgesucht, doch da sie nun einmal die Einöde erforschen mußte, die Zukunft hieß, konnte man schlechtere Gefährten haben als Dorinda mit ihrem verborgenen Vorrat an Zuneigung und Loyalität. Und sie hatte natürlich recht, wenn Phoebes Kind am Leben war, mußten sie es finden.

»Und wir könnten es mit der Schauspielerei versuchen«, fuhr Dorinda fort. »Henry hat gesagt, ich könnte eine gute Komödiantin sein.«

Penitence wollte sich ihren Überlegungen nicht anschließen, weil sie nicht über den nächsten Tag hinaus denken konnte. Sie wartete darauf, dies wurde ihr plötzlich klar, daß der Schauspieler fortging. Seine Abreise lag wie ein tiefer Abgrund vor ihr, in den sie hinabtauchen und aus dem sie wieder auftauchen mußte, bevor sie feststellen konnte, ob sie das, was von ihr übrig war, noch nutzen konnte.

Warum war sie eigentlich wütend auf ihn? Er war blind, doch durch seine Blindheit stand sie noch tiefer in seiner Schuld, denn er hatte sie nicht nur vor den Banditen aus der Rookery gerettet, sondern auch aus lebenslanger Sprachlosigkeit befreit.

Die Freiheit, die sie gewinnen würde, wenn Dogberry in einer Woche die Tür des Cock-and-Pie aufschloß, war nichts im Vergleich zu jener Freiheit, die ihr durch ein Fenster geschenkt worden war, das ihr die Welt der Poesie erschlossen und sie befähigt hatte, sie in Sprache umzusetzen.

»Ich habe Hunger«, sagte Dorinda. »Was gibt es zum Abendessen?«

Penitence ging in die Küche hinunter, um das Essen vorzubereiten, und hörte Dorinda rufen und noch einmal rufen. Sie lief die Treppe zur Galerie hinauf. Dorinda rüttelte an der Klinke von Jobs Tür. »Er antwortet nicht.«

Lächerlicherweise stieß Penitence das Mädchen beiseite und probierte es selbst. »Er hat sich eingeriegelt.«

»Hol eine Axt. Ich rufe den Apotheker. Vielleicht ist er noch bei Ma Hicks.«

Es war eine feste Tür, und als sie ein Loch hineingeschlagen hatte, das groß genug war, um die Hand hineinzustecken und den Riegel zurückzuschieben, hatte Dogberry schon Master Boghurst hereingeführt. Immer wieder rief sie. »Job! Job!« Aber sie wußten es schon. Die Stille auf der anderen Seite der Tür war endgültig.

Er lag mit offenem Mund auf dem Bett, als schnarche er. Sein Gesicht zeigte die entsetzliche Blässe des Todes, die ihnen nur allzu vertraut war.

Dorinda schluchzte. »Wie konntest du, Job, wie konntest du nur?«

Penitence fühlte die gleiche Trauer, den gleichen Schmerz. Wie bitter, daß Job diesen einsamen Tod gewählt hatte, ohne ihren Zuspruch gestorben war. Und wie tapfer.

Dorinda packte den Arm des Apothekers. »Aber er war doch drüber weg.«

Der Apotheker schüttelte den Kopf. »Sie hat ihre Form geändert und ist wiedergekommen.« Peinlich berührt wischte er die Hand des Mädchens von seinem Ärmel. »Sag mir, Penitence, hatte er irgendeine Verbindung zu Mistress Hicks?«

»Er hat ihr gestern abend Wasser hinübergebracht. V-vor der Vorstellung.«

Master Boghurst hob ein Augenlid des Toten. »Sie haben sich gegenseitig angesteckt. Diesmal, glaube ich, wird sie durch den Atem weitergetragen. Wie gut, daß er euch ausgesperrt hat. Mistress Hicks lebt noch, aber nicht mehr lange, fürchte ich. Bei der alten Form lebten die Patienten vier oder fünf Tage, jetzt aber überstehen sie nicht einmal achtundvierzig Stunden.« Er drehte sich zu den beiden Mädchen um. »Tja, schlagt ihn in ein Laken ein, ich helfe euch, ihn hinunterzutragen.«

Penitence wich zurück. Dann rannte sie. Es war finster auf der Galerie und finsterer noch auf der Treppe zum Dachboden. Sie rannte wie in jenem Alptraum mit der Katze, während die Pest vor ihr durch das schwarze Haus stolzierte, entschlossen, das Geliebteste zu töten, das sie besaß. Sie würde es nicht rechtzeitig erreichen. Sie glitt auf einer Stufe aus, fiel hin und schrammte sich das Schienbein auf. Auf allen vieren kroch sie in ihre Dachkammer.

Im Zimmer des Schauspielers war kein Licht, aber ihr Fenster war ein Rechteck aus blasserer Dunkelheit. Das Brett. Wo war das Brett? Ihre Fingernägel brachen, als sie verzweifelt danach suchte; sie fand es, schob es über die Gasse auf seinen Fenstersims und spürte, als sie hinüberkroch, wie es sich unter ihrem Gewicht durchbog. Aus ihrer Kehle kamen keuchend gekrächzte Warnrufe. Die Mörderin war vor ihr, war schon im Zimmer des Schauspielers. Papiere fielen auf den Boden, als sie über seinen Tisch rutschte. Sie tastete sich zur Tür und durch einen Korridor, der ihr fremd war, kam zu einem Treppengeländer. Sie ging hinunter und gelangte an eine Tür, vergeudete kostbare Minuten, während sie nach dem Türknauf suchte.

Eine Kerze auf einem Tisch, ein Bett, darauf eine Gestalt, eine zweite, die sich über sie beugte.

Penitence schrie: »Faß sie nicht an!«

Der Schauspieler sah verwirrt auf, dann zurück zu Mistress Hicks. »Sie ist tot. Ich habe nicht gedacht, daß sie sterben würde.«

»Faß sie nicht an, faß sie nicht an!« Sie lief um das Bett herum. »*Sie* ist zurückgekommen!« Sie warf sich gegen ihn, schützte ihn mit ihrem Körper vor dem Leichnam. »Sie ist zurückgekommen!«

Sie drängte sich an ihn, er legte die Arme um sie. Ihr Körper und der seine. Darum kannte sie ihn. Nicht durch Geist und Seele, nicht durch Worte. Ihr Körper für seinen, der seine für den ihren. Aneinandergepreßt, sich windend, um einander noch näher zu sein.

»Gott, ich habe dich gewollt«, sagte er.

Als er sie in sein Bett hinauftrug, sie dabei unaufhörlich küßte, hatten hundert puritanische Stimmen Zeit zu protestieren, zu tadeln, zu mißbilligen. Tote Stimmen. Leichen. Ihr Körper und der seine, die einzigen lebendigen, pulsierenden, schönen Imperative in dieser Friedhofswelt um sie herum. Welche Verdammnis sie hinterher auch erleiden mochte, vorher mußte sie ihn haben. Sie war nur noch bebende Höhle, die darauf wartete, ihn in sich zu bergen.

Sie lagen auf seinem Bett, das nach ihm roch. Sie kämpfte sich aus ihrer Kleidung, die ihre Haut von seiner trennte. Es war nicht schamlos, es war lebenswichtig. Gott, wie gut sie ihn kannte. Durch seinen Körper fühlte sie, wie erstaunt er war, daß es ihn so nach ihr verlangte, hörte die Vorwürfe, die versuchten ihn von ihr fernzuhalten, ihn tadelten wie ihre puritanischen Stimmen – und ebenso vergeblich.

Geschah es so? Den Brüsten? Zwischen den Beinen? Wie feucht, gleitend, schmerzlich, eindringend wundersam. Sie fuhren gemeinsam die Stromschnellen des Pocumscut hinunter, ritten auf den Wellen, hinauf, hinunter, hinauf, höher, höher und immer höher bis sie über den Rand des großen Wasserfalls stürzte …

Als sie aufwachte, war er schon wach. Sie rieb die Nase an seiner Brust, hielt inne. Er hatte nachgedacht, hatte dagelegen und nachgedacht.

»Stiefel?«

»Ja?«

»Es tut mir leid, so leid. Es hätte nicht geschehen dürfen.«

»Oh?«

»Jetzt habe ich mich genauso gemein benommen wie alle anderen, nicht wahr?«

Welche anderen?

»Mir ging's sehr schlecht, weißt du. Und du bist für mich sehr kostbar geworden.«

»Oh.«

»Verzeih mir, und vergiß es. Denk, die Pest war schuld.« Er wurde energisch vor Verlegenheit und stieg aus dem Bett, suchte seine Kleidung zusammen. »Ich muß gehen, bevor sie mich wieder einschließen.« Er hatte das Hemd angezogen. »Ich gehe über die Dächer. Wenn ich's bis ans Ende des Cut schaffe …« Er kämpfte sich in die Hose. »In der High Street wartet eine Kutsche auf mich.« Wams und Hut wurden in den Umhang eingerollt. Er schnürte alles zu einem Bündel zusammen und überlegte noch immer, was er ihr sagen könnte.

Das Bett schwankte, als er sich setzte, um die Stiefel anzuziehen. Den ersten, den zweiten.

Er drehte sich um, schaute auf sie hinunter. Sie sah nur den Umriß seines Kopfes. »Jetzt hör mir zu, Stiefel: Du bist zu gut für dieses Leben. Wenn sie dich nächste Woche herauslassen, wirst du ein neues beginnen. Das mußt du mir versprechen. Ich schreibe an Killigrew – Dorinda weiß, wen ich meine – und erkläre ihm, daß er ein Narr ist, wenn er dich nicht nimmt.«

Sie hörte Papier rascheln, als er sein Theaterstück in das Kleiderbündel stopfte.

»Eines schönen Tages«, sagte er, »falls und wenn ich zurückkehre, werde ich das King's Theatre betreten, und die Stimme, die ich von der Bühne hören werde, wird die schönste und am meisten bewunderte von allen sein. Und ich werde nichts anderes denken können als: Das ist meine Stimme. Wenn ich sonst nichts mit meinem Leben angefangen habe, dann habe ich der Welt wenigstens diesen Klang geschenkt. Versprich es mir, Stiefel, versprich es jetzt.«

Er erwartete keine Antwort. Hatte nie eine erwartet.

»Ich wünschte, ich hätte etwas für dich«, sagte er plötzlich gereizt, »aber ich habe nur dies …«

Leg es auf den Kaminsims. Wie ein Kunde.

Er stand wieder am Bett, ergriff ihre Hände.

Küß sie, und ich bring dich um. Er legte etwas Schweres darauf. Es war sein Schwert.

»Gott mit dir, Stiefel.«

Er blieb noch einen Moment stehen, und sie wußte, daß er Hilfe brauchte, ein Stichwort für seinen Abgang von der Bühne.

Geh einfach.

Und er ging einfach. Kletterte aus dem Fenster, griff hinauf zur Dachrinne und zog sich hoch. Man hörte ein Scharren, und sein Gesicht erschien noch einmal verkehrt herum.

»Vergiß nicht zu atmen«, sagte er und verschwand.

Nach einer Weile stand sie auf und suchte zwischen den zerwühlten Laken nach ihren Kleidern, zog sich an und kroch, ihren Lohn mittragend, in die Dachkammer zurück.

Sie fanden Phoebes Kind nie. An ihrem ersten Tag in Freiheit gingen sie ihn suchen, tappten vorsichtig, wie Katzen, denn es war ihnen bewußt, daß sie keine schützende Hand mehr über ihren Köpfen hatten. Mistress Palmer begrüßte sie mit einem Hurra. Dogberry nickte, als hätten sie eine Prüfung bestanden, die er angesetzt hatte.

Niemand sonst war in der Nähe. Die Abwesenheit war etwas positiv Gegenwärtiges, ein Aufschub. Jeden Augenblick würde jetzt eine Tür zufallen, Schritte würden auf sie zustürmen, die Leute aus ihren Verstecken kommen und »ätsch!« rufen. Niemand kam. Nie wieder würde jemand kommen. Die beiden Mädchen gingen auf Zehenspitzen, auf eine Überraschung gefaßt, die es nicht gab. Hinter den offenen Türen sah man umgeworfene Tassen, Betten mit zurückgeschlagenen zerrissenen Decken, ein grob geschnitztes Kaninchen auf Rädern, das an einem Strick gezogen werden konnte.

Zum erstenmal begriffen sie, wie groß die Katastrophe war, von der sich nur ein Zehntausendstel im Cock-and-Pie zugetragen hatte.

Die Adresse, die Phoebe Dorinda gegeben hatte, gehörte zu einem weiteren leeren Haus. Der einzige Mensch in der Straße, ein alter Mann, sagte: »Sie sind alle tot.«

Auf dem Rückweg gingen sie durch die Goat Alley. Penitence blieb vor der Tür der Druckerei stehen. »Was willst du hier?« fragte Dorinda. »Er ist tot, die ganze Familie ist tot.«

Ihre Schritte hinterließen ihre Fußspuren im Staub der Treppe. In der offenen Tür zum Loft hingen Spinnweben. »Sie ist noch da«, sagte Penitence. Die Druckerpresse sah genauso aus wie damals, als sie zuletzt hiergewesen war. In der Druckform lag ein halb fertiger Text, ein paar Buchstaben lagen auf dem Boden.

»Wunderschön«, sagte Dorinda. »Und jetz laß uns gehen. Ich bin halb verhungert.«

Das Schriftbild der Presse war zwar abgenutzt, aber noch deutlich. Vermutlich holländisch, wie die von Penitence' Großvater. *Ins Land geschmuggelt.* Nur die Holländer konnten gute Lettern gießen. Englische Lettern taugten nichts.

»Wirst du das wohl sein lassen, verdammt?« Dorindas Stimme klang scharf. Daß sie Phoebes Kind nicht gefunden hatten, war für sie ein Verlust mehr. »Die Gemeinde wird die Sachen früher oder später abholen.« Die Habe jener, die ohne Testament gestorben waren – und da die Pest ganze Familien ausgerottet hatten, gab es für die meisten Besitztümer keine Erben –, wurde von der Gemeinde verkauft, um die aufgelaufenen Kosten zu bestreiten.

»Ich werde es nicht sein lassen.« Sie konnte ihren übrigen Sünden ruhig auch Diebstahl hinzufügen. »Ich lasse sie von den Tippin-Jungen ins Cock-and-Pie hinüberbringen.«

»Wozu? Was sollen wir mit einer so verdammt großen Maschine anfangen, Prinks?«

»Unseren Lebensunterhalt verdienen.«

Innerhalb eines Monats hatte das Verlagshaus Cock-and-Pie seinen ersten Auftrag bekommen – Handzettel für Dogberry, den ehemaligen Wachmann, der zum Fleischerhandwerk zurückgekehrt war.

Um diese Zeit wußte Penitence schon, daß sie schwanger war.

Das Kind kam im Frühling zur Welt.

Drei Monate später wurde Penitence verhaftet, weil sie Schulden hatte.

2. BUCH

1. Kapitel

Beinahe so lange es ein London gegeben hatte, hatte es auch ein Newgate gegeben, eines der sieben Tore, die in die City führten. Und beinahe so lange es ein Newgate gab, gab es ein Gefängnis. Auch unter dem Namen Whittington oder Whitt bekannt, zu Ehren des Lord Mayors, dessen Hinterlassenschaft im 15. Jh. einen Neubau des Stadttores ermöglicht hatte; es war ein eindrucksvoller Torweg, der für den Verkehr einen ebenso eindrucksvollen Engpaß darstellte. Seine burgartigen Türme waren fünf Stockwerke hoch und über dem Bogengang dazwischen waren Pilaster mit Statuen, die Frieden, Sicherheit, Überfluß und Freiheit symbolisierten. Ursprünglich hatte die Freiheit eine Katze zu ihren Füßen, zum Gedenken an Dick Whittingtons Katze, aber sie war heruntergefallen. Dennoch, es war ein schönes Tor und hatte viel mehr gekostet als das Gefängnis dahinter.

Penitence Hurd betrat es mit einem Knaben, der zu einer Geldstrafe von vierzig Shilling verurteilt worden war, weil er einen Penny Brückenzoll nicht bezahlt hatte, einer Quäkerin, einem Straßenräuber und einer Frau, die ein Taschentuch im Wert von sechs Pence gestohlen hatte.

Sie wurden unter dem Torbogen in die Lodge geführt, wo ein Gefängniswärter ihre Personalien auf- und eine untersetzte Frau der Quäkerin und Penitence die Umhänge abnahm, die die beiden, wie sie sagte, nicht brauchen würden, sie aber schon.

Ihr nächster Halt war die Zelle, ein Raum, zwanzig Fuß lang und vierzehn Fuß breit, mit eisernen Gitterstäben vor einem winzigen Fenster mit Blick auf die Newgate Street. Ein Teil des Fußbodens bestand aus Brettern, auf denen geschlafen wurde, der Rest war mit Ketten, Haken, eisernen Krampen und getrockneten Exkrementen bedeckt.

Der Wärter zeigte auf die mit Eisenspitzen versehene Öffnung über der Tür und rasselte monoton die Gefängnisregeln herunter: »Durch die Öffnung mit Freunden sprechen, achtzehn Pence, Besuch von besagten Freunden, sechs Pence, ein eigener Raum ab zwanzig Guineen und elf Shilling die Woche, Putzfrau, ein Shilling die Woche, Möbel zehn Shilling und zwölf Pence pro Nacht für eine Hure. Hat einer von euch das Geld?«

Der Straßenräuber sagte, ja, er habe es, worauf der Wärter sich stramm aufrichtete und ihn mitnahm, um mit ihm zu teilen. Die Diebin und der Junge, der den Zoll nicht bezahlt hatte, weinten, die Quäkerin nicht.

Penitence auch nicht. Doch sie betete auch nicht wie die Quäkerin. Irgendwo in ihrem Innern fürchtete sie sich vor ihrer mißlichen Lage, doch ihr Verstand begriff nicht so richtig, was mit ihr passierte. Seit ihr Kind geboren war, war er nicht fähig gewesen, Furcht, Glück oder auch nur Langweile zu empfinden. Dorinda und Mistress Palmer hatten sie von dem Kind entbunden und es ihr in die Arme gelegt, hatten ihr gesagt, was für ein schöner Knabe es sei, und obwohl sie selbst gesehen hatte, daß es die Wahrheit war, hatte sie nichts gefühlt. Als ihre Brüste Milch gaben, war sie sogar überrascht gewesen, daß ihr Körper reagierte wie der einer Mutter.

Dorinda war es, die das Baby Benedikt nannte, die es wiegte und ihm vorsang, die eine Amme fand, als Penitence nicht mehr stillen konnte, die ihn zu den Stillzeiten hin- und zurücktrug, wenn es auch Penitence' Unternehmen zu verdanken war, daß die Amme bezahlt werden konnte, und sie beide genug zum Leben hatten.

Die Pest hatte bei lizensierten und unlizensierten Druckern einen hohen Tribut gefordert, und bisher wanderten noch keine Drucker aus der Provinz zu, die wagemutig genug waren, ihren Platz einzunehmen. Es war erstaunlich einfach gewesen, Arbeit für die gestohlene Druckerpresse zu finden, die sie in der Küche des Cock-and-Pie aufgestellt hatte – Apotheker Boghurst wollte Rechnungsformulare, und die wollte auch der Seiltänzer aus der Pension der verstorbenen Mistress Hicks. Reverend Boreman hatte sie mit dem Druck seiner polemischen Schrift gegen die Feigheit seiner Amtsbrüder beauftragt, die ihre Pfarreien beim ersten Pesthauch im Stich gelassen hatten. Mundpropaganda brachte ihr noch mehr Arbeit, bis sie es nicht mehr allein schaffte und MacGregor als Setzerjungen einstellen mußte.

Sie arbeitete zehn Stunden täglich in einer Küche voller Papier, in der es nach heißem Blei roch, erledigte die Arbeit, weil sie getan werden mußte, hatte keine Freude daran, hatte nichts für und nichts gegen sie, füllte nur die Leere aus, in der sie existierte.

Als der Gerichtsvollzieher kam, um sie ins Gefängnis zu bringen, weil sie ihre Hypothek nicht bezahlt hatte, protestierte Dorinda: »Aber es hat uns niemand dazu aufgefordert.«

»Ist sowieso egal«, erklärte der Gerichtsvollzieher. »Die Schuld wurde verkauft.«

»Wie kann man eine verdammte Schuld verkaufen?«

Der Gerichtsvollzieher war über ihre Unwissenheit erstaunt. Es gab Agenturen, die Schulden aufkauften und dann eintrieben, und würde die Delinquentin bitte mitkommen und einem Mann, der nur seine Pflicht tat, keine Schwierigkeiten machen.

Penitence ging.

Dog Yard war auf ihrer Seite, bereit den Gerichtsvollzieher zu lynchen, wenn sie nur ein Wort sagte; doch sie lehnte ab. »Es ist nicht wichtig.« Nichts war wichtig – nicht, daß Benedikt weinte, als sie abgeführt wurde, nicht die jungen Tippins, die neben ihr herrannten und ihr Ratschläge gaben, wie man in Newgate überleben konnte, nicht Dorinda, die versprach, das Geld irgendwie zu beschaffen. Es war, als geschähe all das jemand anders.

Daran änderte sich nichts, es blieb etwas, das jemand anders widerfuhr. Die Quäkerin wurde in den Kerker gebracht, der Junge in die Männerabteilung, die Diebin zauberte ein bißchen Bargeld hervor, und man erlaubte ihr, in den Speisesaal zu gehen, bevor sie in die Frauenabteilung gebracht wurde. Penitence, die keinen halben Penny hatte, um sich Vergünstigungen zu verschaffen, blieb über Nacht allein, ohne Essen, Wasser oder Licht.

In den frühen Morgenstunden wurde die Tür aufgeschlossen, und ein Mann mit einem großen Schlüsselbund am Gürtel kam mit einer Laterne und einem Krug Ale herein. Er reichte ihn Penitence, und sie trank.

»Du magst mich nich', oder?« fragte er.

Sie erinnerte sich nicht, ihn schon einmal gesehen zu haben. In diesem Licht konnte sie ihn auch jetzt kaum sehen, bis er entgegenkommend die Laterne hob. Gleichgültig betrachtete sie das pockennarbige Gesicht eines Mannes, der über das mittlere Alter schon hinaus war, und dessen Augen nichtssagend gewesen wären, wäre ihr Blick nicht von fast grimmiger Eindringlichkeit gewesen. Die Hand, in der er die Laterne hielt, zitterte stark.

Sie zuckte mit den Schultern.

»Hochmütig«, sagte er. »Du schaust auf mich herunter, ja? Man hat mir gesagt, es is 'ne Lady hier. Du bist 'ne Lady hier, nich' wahr?«

Sie hatte keine Ahnung.

Er kam nickend näher. »Lady mit Schulden. Lady im Kerker. Und muß wahrscheinlich drinbleiben. Ich mag hochnäsige Ladys. Mit Schlampen treib ich's nich'. Da bin ich eigen. Ich mag's, wenn sie mich nich' mögen. Ladys sollen ein eigenes Zimmer haben und ein Bett, in das sie sich kuscheln können, und sie sollten auch'n bißchen Fleisch in ihrer Soße haben.« Er zitterte jetzt so heftig, daß die Laterne wilde Schatten an die Wände warf. »Dein Magen schreit bestimmt schon zwölfe, wie? Willste, daß George ihn satt macht? George wird es tun, George wird dir Fleisch in die Soße geben. Man braucht George kein Geld in die Hand zu drücken, man kann ihn auch anders bezahlen.«

Sie nahm an, daß man das konnte. Sie sagte: »Nein.«

Seltsamerweise freute er sich darüber. »Die Lady sagt nein, ja? Zu gut für den alten George, wie? Dann wird George sie in ihr Quartier begleiten. Er kann warten, das kann George. Er hat schon früher gewartet.«

Mit einer Verbeugung ließ er sie an sich vorbeigehen und begleitete sie durch einen steinernen Korridor, der von den Schnarchtönen und den Stöhnlauten belebt wurde, die auf Wolken fauliger Luft durch die Gitter in den Türen drangen. Der große und ungesunde Gefängnishof, auf den der Korridor führte, roch im Vergleich dazu angenehm frisch.

George schwenkte die Laterne, um Penitence die Fenster zu zeigen, die auf den Hof herausblickten. Einige waren erleuchtet, und aus einem hörte man den Klang einer Mandoline.

»Press Yard, Privatzimmer«, sagte er. »Du tust George Gutes, und George tut dir Gutes. Aber du magst mich nich', oder?«

Noch mehr Korridore, noch mehr Gerüche, ein großes Tor, in dessen Schloß nur ein riesiger Schlüssel paßte. Als George das Tor öffnete, schlug ihnen der Gestank wie entweichendes Gas entgegen.

In diesem Augenblick war Newgates allgemeine Frauenabteilung, den Eingeweihten als Flap Alley bekannt, in ihrem besten Zustand, was bedeutete, sie war dunkel und still. Am anderen Ende des schmalen, etwa dreißig Fuß langen Raums knieten mehrere Frauen vor etwas, das eine an der Mauer befestigte Kiste zu sein schien, mit Kerzenlicht im Innern, das auf ihre Gesichter und Hälse fiel. Es sah wie ein Gemälde aus, auf dem der Künstler eine ländliche Szene mit Schäferinnen dargestellt hatte, die in die beleuchtete Krippe starrten. Der Schmutz auf der Leinwand dunkelte das Zwischenstück ab, doch Georges Laterne enthüllte, daß die Kiste ein aus Brettern zusammengeschlagenes Bett war, eines in einer Reihe von doppelstöckigen Betten, die sich, durch hölzerne Pfosten abgeteilt, an der Mauer hinzogen.

Penitence sah, daß jedes Bett in ihrem Blickfeld, und vermutlich auch jene, die außerhalb lagen, nicht mit einer, sondern zwei oder mehr Frauen belegt war. In dem unteren, direkt neben ihr schliefen an verschiedenen Enden zwei Frauen mit drei Kindern, die kreuz und quer lagen. Eigentlich war es ein Gelaß, drei Fuß breit, vier Fuß hoch und fünf Fuß lang.

»Sieht schlecht aus«, sagte George. »Whitt-Fieber.« Er stieß Penitence leicht an. »Merk dir eins. Von fünfen wird eine gehängt, und vier sterben am Whitt-Fieber. Daran solltest du denken, wenn George kommt, um sich sein' Lohn abzuholen.«

Am anderen Ende stand eine Frau auf und kam auf sie zu. »Hol die Träger, George«, sagte sie.

»Ist aus mit ihm, wie?« fragte George nicht ohne Mitgefühl.

»Und mit ihr. Wo ist dieser verdammte Blutsauger. Wir haben schon gestern morgen nach ihm verlangt.«

George zuckte mit den Schultern. »Du kennst'n doch.« Er ging weiter, und die Frau kehrte zu ihrer Gruppe zurück. Penitence folgte ihr und schaute in die längliche Kiste, in der ein Binsenlicht zwei gelblich-weiße, tote Gesichter beschien, das Gesicht einer Frau und eines Säuglings. Nach dem vielen Blut auf dem Strohsack unter den Beinen der Frau zu schließen, war sie verblutet.

Penitence wandte sich ab und setzte sich in den Schatten des leeren Kamins am Ende der Mauer. Ein Teil von ihr beschäftigte sich mit dem, was sie eben gesehen hatte; der andere dachte über die Hilflosigkeit der Frauen nach. Frauen wurden ausgestoßen, Frauen wurden eingesperrt, Frauen starben. Frauen sahen andere Frauen sterben. In ihrer Niedergeschlagenheit sah sie ganz klar, daß die Betten Verschläge für Kreaturen waren, die über ihr Leben genausowenig bestimmen konnten wie kleine Tiere, die dem Wetter und räuberischen Lebewesen auf Gnade und Ungnade ausgeliefert waren; machtlos, weil sie unwissend und unwissend, weil sie machtlos waren.

Es blieb still, bis George mit ein paar Wärtern und einer Trage zurückkam. Laut und herrisch hallten ihre Schritte über den Steinfußboden, und sie rissen Witze über ein Kartenspiel, bei dem sie unterbrochen worden waren. Ob sie sich über diese männliche Einmischung ärgerte oder nicht, plötzlich schrie eine Frau auf, die bei dem Bett stand, warf sich auf einen der Männer und krallte sich an ihm fest. Innerhalb weniger Sekunden war der Raum ein Inferno, Frauen mit Kindern, die an ihren Röcken hingen, kamen aus den Betten hervor, um sich an dem Angriff auf die Männer zu beteiligen, aber auch – in einigen Fällen – schreiend und fluchend übereinander herzufallen.

An der Tür zog George an einem Glockenstrang, und schrilles Gebimmel mischte sich unter das allgemeine Geheule. Andere Wärter mit vollen Wassereimern stürmten herein und leerten sie über Aufrührerinnen und Kinder, ohne darauf zu achten, wen sie trafen. Die Schnelligkeit, mit der alles wieder ruhig wurde, ohne daß eine Seite der anderen etwas nachtrug, war ein Beweis dafür, daß so etwas regelmäßig vorkam. Die Toten wurden weggebracht; Frauen wrangen ihre Haare und Kleider aus, sammelten ihre Kinder ein und kehrten in ihre Verschläge zurück. Wieder senkte sich Friede über die Flap Alley.

Penitence kroch aus dem offenen Kamin, in dem sie Zuflucht gesucht hatte, und ging langsam an den Betten entlang durch die Pfützen, versuchte eines zu finden, das leer war und wußte, daß sie vergeblich suchte, wußte, daß sie nie wieder etwas anderes als Hoffnungslosigkeit empfinden würde, daß der Gefängniskoller der

Frauen von ihrer Hoffnungslosigkeit herrührte, dem Ausdruck einer Verzweiflung, die so tief war, daß sie sich nur in Hysterie äußern konnte.

Nach einer Weile ging sie zurück an ihren Platz am Kamin, zog die nassen Schuhe aus, steckte die Beine unter den Rock und schlief ein.

Sie wurde von einem unsanften Tritt geweckt, und einer Stimme, die fragte: »Warum bist du drin?«

Eine der Frauen, die die sterbende Mutter gepflegt hatten, blickte mit der Feindseligkeit der Altgedienten auf die Neue herunter, eine hochgewachsene Frau, deren Gesichtshaut zu lange im Wasser gelegen zu haben schien, bevor man sie ausgewunden hatte.

»Wegen hundertacht Pfund«, sagte Penitence. Ihre Ladyschaft hatte sich nicht bemüht, viel von ihrer Hypothek abzuzahlen, sondern hatte ihren Gläubiger beschwichtigt, indem sie einem geradezu unmenschlich hohen Zinssatz zustimmte.

»Hast du Geld?«

Penitence schüttelte den Kopf.

»Du kriegst Colleys Bett nich'«, sagte die Frau heftig. »Da bin jetzt ich drin.« Ein Hustenanfall schüttelte sie.

Penitence nickte müde. Sie konnte auf dem Fußboden sterben; es würde ohnehin nicht lange dauern. Nicht hier.

»Hungrig?«

Penitence nickte wieder.

»Ja«, sagte die Frau, »und wennde kein Geld nich' hast, mußte hungern oder Whitt-Stew essen, das schon ziemlich lange auf der Weide sein Gnadenbrot bekommen hat, und das kommt erst zum Mittag. Am besten, du versuchst es am Fenster.« Hustend zeigte sie auf mehrere Frauen und Kinder, die in der Schlange hinter einem Gitterfenster warteten, das seitlich vom Kamin in die Mauer eingelassen war; das ungewisse Licht der Morgendämmerung sickerte herein, und man hörte den Lärm der Straße. Eine der Frauen streckte die Arme durch das Gitter und rief: »Habt Mitleid, gute Leute. Habt Mitleid mit einer armen Schuldnerin und ihren Kindern!«

»Schuldnerin«, spottete Penitence' neue Bekannte, »die einzigen Gläubiger, die sie hat, sind Glaser, weil sie zu oft durch ihre Fenster eingebrochen ist.« Sie war besänftigt, weil Penitence die Angelegenheit des Bettes so gelassen aufgenommen hatte, und meinte jetzt großmütig, sie könne es ja haben. »Für'n paar Stunden, mehr nich'. Glaub ja nich', du kannst es immer kriegen.«

Der Strohsack auf dem Bettgestell war mit Blut durchtränkt. Penitence nahm ihn heraus, kletterte hinauf und schlief sofort ein. Sie hatte in diesen Tagen ein unglaubliches Schlafbedürfnis, träumte düstere Träume, fand aber, sie seien dem Wachsein dennoch vorzuziehen.

Sie wurde davon wach, daß jemand ihren Namen rief. »Hurd! Jemand hier, der Hurd heißt?« Sie wurde zum Bettlerfenster geschickt, wo die Frauen noch immer in der Schlange warteten, und ihr nur mürrisch erlaubten, nach vorn zu gehen. »Jemand will mit dir reden, aber brauch nich' den ganzen verdammten Tag. Bist noch nich' an der Reihe.«

In der Newgate Street, durch die schon viele Männer mit Perücken zu ihren Geschäften in der City eilten, schien warm die Sonne; Händler waren zur St. Paul's Cathedral und zu den Märkten unterwegs, und Wagen, die vom Land hereinkamen, behinderten Kutschen und Kaleschen, die aus der Stadt hinauswollten. Doch für Penitence waren alle Tage grau.

Auf der Straße stand Dorinda mit Benedikt auf den Armen, und schwankte, von den Vorbeieilenden immer wieder angerempelt wie ein Blatt im Wind. Als sie Penitence sah, trat sie ganz nah ans Gitter. »Geht es dir gut?«

»Ja.«

»Siehst nicht so aus. Wir haben einen neuen Druckauftrag – von einem Spinner von den Fifth Monarchists, aber sein Geld ist gut, und MacGregor sagt, er schafft es, nur brauchen wir mehr Druckerschwärze.« Sie senkte die Stimme. »Ich habe das Schwert ins Leihhaus gebracht.«

Penitence nickte. Eine Frau hinter ihr versuchte bereits, sie vom Fenster wegzuzerren, doch sie hielt sich an den Gitterstäben fest. Dorinda schaute ihr fest in die Augen und dann auf Benedikt hinunter. »Siehst du seinen süßen, kleinen Schal?« sagte sie. »Ma Palmer hat ihn gestrickt.« Das hatte Mistress Palmer schon vor Wochen getan. »Schön, nicht wahr? Fühl mal.« Sie hob Benedikt zum Fenster hinauf; Penitence, die ihn scheinbar streichelte, fühlte die Umrisse einer Geldbörse und schloß die Hand darum. Als sie es tat, legten sich die

Finger ihres Sohnes zart um einen ihrer Finger, und sie mußte sie abschütteln, damit sie die Geldbörse in ihren Ärmel schieben konnte. Das Baby bekam große Augen, sein Mund öffnete sich und stieß einen winzigen Jammerlaut aus.

Plötzlich wurde Penitence von Gefühl übermannt. Ihr war, als sähe sie ihren Sohn zum erstenmal, nicht als etwas, das ihr aufgezwungen worden war, sondern als eine Persönlichkeit, der sie eben sehr weh getan hatte. Sie streckte die Hände aus, um ihn zu umklammern, aber Dorinda hatte ihn schon wieder an sich gedrückt. »Sag auf Wiedersehn zu deiner Mami. Sag, wir sehn uns morgen.« Sie winkte mit Benedikts winziger Faust. Das Baby sah noch immer seine Mutter an, und als Dorinda es forttrug, drehte es den Kopf, um sie noch länger zu beobachten.

O *Gott.* Das Eisen drückte sich Penitence ins Gesicht, als sie es an die Gitterstäbe preßte, um den kleinen, runden Kopf über Dorindas Schulter noch länger zu sehen, während die beiden im Gewühl der Straße immer kleiner wurden. Jeder Schritt, mit dem sie sich von ihr entfernten, war ein Vorwurf. Wie hatte sie ihn nur die ganze Zeit übersehen können? Wie konnte sie die Berührung ihres Sohnes wegen einer verdammten Geldbörse abschütteln? Wo war er? Sie konnte ihn nicht sehen. Dann erhaschte sie einen Blick auf Dorinda, die am Tor stehengeblieben war und darauf wartete, daß ein mit Brettern beladener Wagen es passierte. Als er vorüberrumpelte, rutschte ein Brett von der Ladung, und Dorinda mußte zur Seite springen, um nicht getroffen zu werden.

Wenn sie es nun nicht getan hätte? Penitence' Nervenenden waren nicht mehr das ausschließliche Eigentum ihres Körpers, sondern mit dem winzigen Teil der Menschheit verbunden, der jetzt in die Rookery verschwand, und sein Schmerz übertrug sich, um ein Vielfaches vergrößert, auf sie. Ein schlampig aufgeladenes Brett würde sie genau in dem Moment auslöschen, in dem es auf den kleinen Schädel krachte. Liebe zu ihrem Baby fiel über sie her wie ein Taifun. Die Frauen mußten ihre Hände mit kräftigen Schlägen bearbeiten, bevor sie die Gitterstäbe losließ.

Ich habe ihn abgeschüttelt. Noch immer spürte sie die weichen, knochenlosen Fingerchen. Bis zu dieser Zurückweisung schien sie ihn gar nicht wahrgenommen zu haben, ihn, der das Allerwichtigste auf der Welt war; sie hatte die Krankheiten nicht gekannt, die ihn töten konnten, hatte nicht erkannt, wie notwendig es war, daß sie am Leben blieb, um ihn beschützen zu können. Das war der Katzenalptraum, der in ihren Alltag eingebrochen war; sie würde ihn nie loswerden.

Dorindas Geschwätz hallte in ihren Ohren. *Ein Spinner von den Fifth Monarchists.* Sie schrie auf: »O Jesus, die Fifth Monarchists sind illegal«, und die Leute, die ihre Hetzschriften oder Blasphemien druckten – oder was immer es war –, verstießen auch gegen das Gesetz. Sie wurden gehängt. Wenn derjenige, der den Druckauftrag gegeben hatte, gefaßt würde, würde man ihn zwingen, preiszugeben, wer seine Pamphlete gedruckt hatte, dann würde Dorinda verhaftet werden und Benedikt allein bleiben. Ein schwaches Wimmern aus der Wiege, in der er verhungerte, zerriß ihr das Herz. Männer mit Gewehren kamen in diesem Alptraum auf ihn zu, um ihn zu erschießen, und sie konnte nicht rechtzeitig bei ihm sein.

»Hat keinen Sinn, sich gehen zu lassen, Schatz.« Die Inhaberin des Bettes legte ihr den Arm um die Schultern. »Der nette, kleine Kerl ist draußen viel besser aufgehoben. Ich weiß es. Mein letztes ist hier gestorben.«

Penitence starrte sie an. In diesem neuen Zustand, zu dem sie erwacht war, fand sie es erstaunlich, daß eine Frau so etwas aussprechen konnte, ohne zu schreien. »Wie heißt du?«

»Bet.«

»Ich muß hier raus, Bet.«

Was möglicherweise ein Lachen gewesen wäre, wurde zu einem Hustenanfall. Penitence klopfte der Frau den Rücken, doch es half nichts. Dann führte sie sie zum Bett und half ihr hinein. Sie setzte sich auf den Rand: »Hilf mir, Bet, ich muß hier raus.« Jetzt, da ihr Gehirn wieder arbeitete, hatte sich ein neuer Schrecken in ihr festgesetzt. Ihr Gläubiger hatte das Recht, sich das Cock-and-Pie wieder anzueignen, wenn die Zahlungen ausblieben. Das gespenstische Bild einer Dorinda, die mit Benedikt auf den Armen durch die Straßen irrte und nirgends ein Obdach fand, blitzte vor ihrem geistigen Auge auf. »Ich *muß* um jeden Preis hier raus.«

»Woll'n wir das nich' alle«, sagte Bet tonlos. »Nun, es gibt die silberne Brücke nach draußen für die, die den Zoll zahlen können.«

»D-die Schulden bezahlen, meinst du?«

»Es sind nich' nur die Schulden«, klärte Bet sie auf. »Das Entlassungsgeld. Diese Mißgeburten von Wärtern wollen Geld sehn, bevor sie dich rauslassen, ob du die Schulden bezahlt hast oder nich'. Haste denn keinen, der dir helfen kann?«

Vielleicht konnte sie sich von Reverend Boreman oder dem Apotheker etwas leihen. Wenn sie ihr erlaubten, ihre Druckerei auszubauen, konnte sie ihnen das Geld nach einiger Zeit bestimmt zurückzahlen. Oder sie konnte sich mit den Tippins verbünden und stehlen gehen. Sie würde *alles* tun. Aber um es tun zu können, mußte sie draußen sein.

Nein, sagte Bet, niemand aus der Flap Alley dürfe bedingt aus der Haft entlassen werden. »Dazu mußte dir'n Platz im Press Yard besorgen. Der Pöbel dort kriegt alles, was er will, wenn er bezahlt. Wird mit einem Tagespaß rausgelassen. Wir kommen nur raus, wenn wir unsere Zeit abgesessen haben oder wenn sie uns die Luft abdrehn.«

Bets Ehemann hatte man, wie es schien, »die Luft abgedreht«, ihn wegen Diebstahls gehängt. Sie selbst mußte vier Jahre absitzen, weil sie über die Nachbarin hergefallen war, die gegen ihren Mann ausgesagt hatte. Penitence wunderte sich zwar, daß eine Frau, nur um ihren Ehemann zu rächen, etwas tun konnte, das für sie und ihre Kinder solche Folgen hatte – drei hatten die Pest überlebt und mußten sich jetzt selbst irgendwie durchbringen –, doch darüber hinaus hörte sie nicht besonders aufmerksam zu. Mit einem plötzlich für alle Gefahren besonders geschärften Auge sah sie sich um, sah die von Exkrementen überquellenden Nachttöpfe unter jedem Bett, die Schorfe an den Mündern der Kinder, hörte den Husten, sah die Frau, die sich übergab, die alte Frau im Nachbarbett, die nach Atem rang. Nicht einmal das Leben in Dog Yard hatte sie auf diesen Ort vorbereitet. Es würde sie umbringen. Allein die Luft atmen zu müssen, war ein Todesurteil. Wichtiger noch, es würde auf Umwegen auch Benedikt töten. Sie konnte keinem trauen, nicht einmal Dorinda, daß er ohne sie überlebte. *Ich muß hier raus.*

»Wie kriege ich ein Zimmer im P-Press Yard?« fragte sie. Wenn der Press Yard der einzige Ausgangspunkt für ihre Freilassung war, dann mußte sie eben in den Press Yard.

»Ich muß ans Fenster.« Bet kletterte aus dem Bett, um sich in die Schlange vor dem Fenster einzureihen. »Mittag is' die beste Zeit.«

Penitence umklammerte ihren Arm. »Wie komme ich in den Press Yard?«

»So grün biste doch nich' mehr«, sagte Bet ungeduldig. »Hat George dir seinen ›Du-magst-mich-nich‹-Spruch aufgesagt?«

»Ja.«

»Dann weißte ja, wie man's macht. Geh mir aus'm Weg.«

Penitence folgte ihr, als sie sich an die Spitze der Schlange vordrängte. »Wie meinst du das?«

Bet streckte die Arme durch das Gitter. »Aus Barmherzigkeit, Lady«, winselte sie, »denkt an die armen Schuldner. Ich habe sechs Kinder, die verhungern, my Lord. – George is' in Ordnung, das isser. Denkt an eine arme Schuldnerin, Lady. Ich tät' mir wünschen, er tät' mich fragen, aber ich bin nich' hochnäsig genug für ihn. Hab' nur sechs Pence Schulden, my Lord, das is' alles. Denkt an eine arme Schuldnerin.«

Die Frau hinter Bet, die ihr am Fenster den Vortritt gelassen hatte, mischte sich ein: »George hat dir ein Angebot gemacht? Da haste Glück, wirklich. George tut keinem was.«

Alle anderen in der Schlange stimmten ihr zu. Als Käufer auf dem Markt sexueller Gunst schien George einen hohen Rang einzunehmen. Penitence hatte wirklich Glück. »Er hat's immer mit den Ladys.«

»Leg dich einfach hin und sag ihm, daß du ihn haßt, und er is' glücklich.«

»Und er hält, was er versprochen hat. Nich' wie der verfluchte Pudsey.«

Das Gespräch wurde zu einer allgemeinen Diskussion darüber, welcher Wärter was tat, für wen er es tat und für wieviel. Ihre Körper zu benutzen, um bei den Wärtern daraus Nutzen zu ziehen, war in der Flap Alley so normal wie das Anbetteln von Passanten. Es war, als diskutierten sie die Preise für Schlachtvieh. Penitence ging und kletterte, solange es leer war, in Bets Bett.

Ich muß hier raus. An die Mauer gedrückt, holte sie Dorindas Börse aus dem Ärmel und zog die Schnüre auf. Zwei Fünfshillingmünzen. Nicht einmal genug, um für eine Woche ein Zimmer im Press Yard zu mieten. Sie mußte den Rest erbetteln, leihen oder stehlen. Wo steckte im Diebstahl das Verbrechen? Newgate war ein königliches Gefängnis; der König und seine Behörden waren bereit, es von Dieben verwalten zu lassen, die räuberischer waren als irgendeiner aus der Rookery es je gewesen war.

Sie legte sich zurück und ließ ihre Gedanken zu Straßenräuberei und ähnlichen Verbrechen schweifen, ohne zu merken, daß sich von dem Bett hinter ihr eine Hand herüberstahl, bis sie nach der Geldbörse schnappte. Schreiend lief sie hinter der Diebin her, die, ein mageres, kleines Mädchen, mit der Börse zu einer Gruppe von Frauen gelaufen war. In der Mitte der Gruppe stand Bet. Sie musterte Penitence mit einem Blick durchtriebener Feindseligkeit. »Hab's Ihrer Ladyschaft vergessen zu erklären, nich' wahr«, sagte sie. »Aber die Regel is', daß wenn eine von uns Moos hat, alle Moos haben.« Die Gruppe kicherte.

Penitence ging auf sie los. »Gib es zurück, es gehört mir.« Zwei große, kräftige Frauen, gegen die sie sich nicht wehren konnte, packten sie.

»Es gehört uns«, korrigierte Bet. »Befehl vom Tribunal der weiblichen Häftlinge. Wollen mal seh'n, was der liebe Gott uns geschickt hat.« Ihre dürren Finger tauchten in die Börse und holten die zwei Fünfshillingmünzen heraus. »Zwei Wagenräder.«

»Ein verdammtes Vermögen«, sagte eine aus der Gruppe anerkennend.

Ohne Penitence aus den Augen zu lassen, reichte Bet die Silbermünzen der mageren jungen Diebin. »Sary, du bringst die beiden in die Schankstube und sagst dort, Bet will genug Genever für die ganze Flap Alley. Aber kein Spülwasser. Besten Genever. Befehl von einem Tribunal. Geht auf unsre Ladyschaft hier. Und jetz' ab mit dir.«

Penitence hörte auf sich zu wehren, als sie dem Kind nachsah. Daß sie das Geld für Gin ausgaben, für das sie Essen oder Medizin hätten kaufen können, war fast ebenso schlimm wie der Diebstahl selbst. Fast. Sie kehrte auf ihren alten Platz am Kamin zurück und beobachtete Sary, die hin und her lief und die Flaschen immer wieder nachfüllen ließ, beobachtete die Frauen, die den Alkohol schluckten und in ihre Kinder hineinschütteten – sogar die Babys bekamen einen Schluck –, beobachtete, wie die Frauen albern oder streitsüchtig wurden oder das Bewußtsein verloren. Sie sah kleine Mädchen und Jungen sich taumelnd im Kreis drehen, bis sie zu Boden fielen.

Eine Flasche am Hals haltend, kam Bet zum Kamin getaumelt. »Hab' aufgepaßt, damit die Fliegen nich' dran können. Deshalb keine Feindschaft nich', eh?«

Penitence nahm den Humpen. »Nein.« Sie empfand keine Feindseligkeit gegen sie, ebensowenig wie gegen Regen oder Kälte. Diese Frauen waren elementar, zu willkürlich in ihrer Grausamkeit, man konnte sie ihnen nicht übelnehmen.

»Man muß ab und zu doch auch'n bißchen Spaß haben, eh?«

»Ja.«

»Jeder für sich in diesem Leben, isses nich' so?«

Penitence trank der Frau zu, die sich eben für das einzig gültige Lebensprinzip ausgesprochen hatte. »Ja.« Bet, wenn du nur wüßtest, daß du meine Hebamme bist. Eine neue Penitence wird geboren.

Bet streckte die Hand aus. »Jetz' bin ich dran.«

Penitence hielt die Flasche von ihr weg. »O nein, das bist du nicht. Ich habe dafür bezahlt. Und ich muß betrunken sein, um zu tun, was ich tun werde.«

Bet kniff die Augen zusammen und sah sie an. »Was wirst du tun?«

»Ich will hier raus, Bet. Bei Gott, ich werde mich über dieses Rattenloch erheben, über *alle* Rattenlöcher, weg von den dummen Weibern, die drin sitzenbleiben. Und ich werde meinen Sohn mitnehmen.«

Als der Wärter George dann an diesem Abend zum Dienst kam, wartete Penitence an der Tür auf ihn.

2. *Kapitel*

Für ihren ersten Abstecher in die Hurerei hätte Penitence Hurd an einen schlimmeren Kunden geraten können als an den Wärter George. Im Cock-and-Pie hätte man ihn in die Kategorie der Fummler eingestuft. Auch hielt er, soweit Ehrlichkeit in Newgate etwas bedeutete – und das war nicht viel –, sein Wort. Dorinda hätte ihr gesagt, sie habe Glück (und sagte es ihr später auch).

In dieser Nacht jedoch, als Penitence ihm und seiner schwankenden Laterne in die Eingeweide des Gefängnisses folgte, war von diesem Glück weit und breit nichts zu sehen. Er bebte vor Erregung, berührte sie und behauptete immer wieder, daß sie ihn nicht mochte.

Sie konnte – *konnte* die Pest nicht dafür überlebt haben; es mußte sich jeden Augenblick ein Wunder ereignen und sie bewahren. Sie hatte einen Fehler gemacht; es mußte andere Möglichkeiten geben, aus Newgate hinauszukommen. O Gott, sie konnte *schwanger* werden. Sie würde ihm sagen, es tue ihr leid, doch sie müsse in die Flap Alley zurück. Aber sie ging immer weiter. Die Flap Alley war der Tod. Verbrecher bekamen ein befristetes Urteil, Schuldner blieben im Gefängnis, bis sie bezahlt hatten. Sie wünschte, sie hätte mehr Gin getrunken.

»P-PP-PPress Yard?« fragte sie ihn. »Ihr v-versprecht es?«

Er sah sie mißtrauisch an. »Du stotterst?«

Darf nicht stottern, darf nicht stottern. Muß am Leben bleiben. Warum habe ich die Maske nicht mitgenommen? Unvollkommenes konnte er nicht brauchen; sie mußte auf seine groteske Phantasie eingehen. »Nein«, sagte sie deutlich, »Ladys wie ich stottern nicht.«

Zufrieden öffnete er eine kleine, mit Eisennägeln beschlagene Tür, führte sie in eine Zelle und stellte die Laterne auf einen Tisch. »Hier drin sind immer die Todeskandidaten.« Der Raum war winzig und fensterlos. Dem Geruch und den nassen Mauern nach zu schließen, schien es eine Überschwemmung gegeben zu haben, die Leichen mitgeführt hatte. Auf dem Bett lagen Decken.

Sie fühlte, wie die Haut um ihren Mund herum kalt wurde und sich an ihre Zähne preßte, als weiche ihr das Blut aus dem Kopf.

»Du wirst ohnmächtig«, sagte George bewundernd. »Is' an so was nich' gewöhnt, 'ne Lady wie du.« Er setzte sich auf das Bett, zeigte ihr mit Gesten, sie solle sich ausziehen, und hob die Laterne, um sie besser sehen zu können. »Sag uns, woran du gewöhnt bist.«

Es kann nicht geschehen. Es wird nicht geschehen. Sie kniete nieder und zwang ihre Hand, sein Knie zu berühren. »B-bitte, Master George«, sagte sie ruhig. »V-vielleicht habt Ihr Kinder. Ich habe einen S-Sohn.« Es fiel ihr schwer, das wunderschöne Wort auszusprechen, doch sie war überzeugt, daß er ihm nicht widerstehen konnte. »Um der Kinder willen, wollen wir anständig bleiben. Gebt mir einen eigenen Raum, und ich verspreche Euch, daß Ihr, so bald es mir möglich ist, gut bezahlt werden sollt. Ich habe eine D-Druckerei …«

Sie hatte den falschen Zeitpunkt gewählt; seine Erwartungen waren schon so hoch, daß seine bessere Natur sich nicht mehr durchsetzen konnte, nicht mehr auf Bitten hörte. Er verzog die Lippen wie ein greinendes Baby und schrie: »Du verdirbst es!«

Er nahm die Laterne auf und begann Penitence zur Tür zu stoßen. »Du hast es verdorben. Du bist überhaupt keine Lady nich'. Ich bring dich zurück in die Alley.«

»Nein!« Irgendwo und irgendwann hatte jemand ihr das Schauspielern beigebracht. *Spiel.* Sie trat von ihm zurück. »Du gräßlicher Schurke. Dorthin geh' ich nicht mehr.«

Er machte ein störrisches Gesicht. »Ich laß' es nich' zu, daß du's verdirbst, mir mit Kindern kommst und so.«

»Es war gelogen«, sagte sie.

Besänftigt, aber noch immer mißtrauisch, setzte er sich.

Sie nahm die Maske aus einer nur in ihrer Vorstellung vorhandenen Schublade und band sie sich um. Die Stimme einer hochgeborenen Lady sagte: »Wie soll ich mich in diesem Leben zurechtfinden? Bisher habe ich nur in Herrenhäusern gelebt.«

»Wunderbar«, sagte er. »Sprich weiter.«

Sie hörte die Stimme ihrer Mutter – Tante: »Alle Schauspielerinnen sind Huren.« *Wieder falsch. Alle Huren sind Schauspielerinnen.* Mit Fingern, die sie nicht spürte, begann sie sich das Mieder aufzuknöpfen. »Wenn ich Euch den Namen meines Vaters nennen würde, würdet Ihr ihn als einen der Vornehmsten im Land erkennen, doch er bleibt unausgesprochen, um ihn und mich vor Schande zu bewahren.« *Wie lächerlich das ist.*

»Wunderbar.« Die Laterne bebte so stark, daß die Flamme auszugehen drohte. »Weiter.«

Hing das Überleben von einer so abscheulichen Farce ab? Sie erinnerte sich nicht, warum sie hier war, wollte sich nicht erinnern, nur daran denken, daß es sein mußte. Dann war sie, ununterbrochen redend, nackt, trug nur die Maske, die er nicht sehen konnte. Außerdem war es ja nicht ihr Gesicht, für das er sich interessierte.

»Ooh, was für kleine lilienweiße Titten.« Er stand auf und betastete sie eine Weile, während er vor sich hinmurmelte: »Ihr Ladys. Oh, ihr Ladys ...«

Sie schloß die Augen. *Ich bin nicht hier. Ich bin woanders.*

»Leg dich auf's Bett, Lady.«

Sie legte sich auf das Bett, starrte die Wand an, ballte fest die Hände. Sie hörte die Schlüssel rasseln, als er seinen Gürtel öffnete und auf den Boden warf. Er wand sich aus seiner Hose. *Rette mich, Herr. O Gott.* Sie geriet in Panik, als sie die Hitze seines Körpers spürte, der sie niederdrückte.

»Schau mich an, Lady. Schau den alten George an.« Sein Atem war schrecklich. »Du magst mich nich', oder?«

»Ich hasse Euch«, sagte sie ehrlich.

»Ooooooh!« kreischte er. »Wie schön.« Es war vorbei. Sein Körper wurde schlaff. Ihre Oberschenkel waren naß. Er lag da und atmete ihr in den Hals. »Zu schnell.«

Sie empfand flüchtige Dankbarkeit, weil er nicht in sie eingedrungen war, und dann mußte sie sich übergeben.

Er benahm sich sehr nett, half ihr vergnügt und eifrig beim Anziehen; das Erbrochene war ein Zeichen ihres Ekels und daher ein Beweis für ihre Vornehmheit. Er würde später saubermachen.

Sie konnte sich nie erinnern, wie sie in den Press Yard und in das Zimmer gekommen war, das sie sich eben erkauft hatte. Es hatte ein Fenster. »Wasser«, sagte sie. »Holt mir viel Wasser.«

»Ihr Ladys«, sagte er schalkhaft, brachte ihr aber etwas Wasser in einem Eimer, ein Stückchen Seife und einen brennenden Kerzenstummel, der in einem rechteckigen Stück Lehm steckte.

Als er gegangen war, zog sie sich aus, wusch sich von Kopf bis Fuß, zog sich an und wieder aus, um sich noch einmal zu waschen. Als sie sich wieder anzog, fror sie erbärmlich. Vor Kälte zitternd legte sie sich aufs Bett und fürchtete sich davor zu denken. Wenn sie dachte, würde der Ekel sie vernichten.

Es ist so kalt. Wie im Winter. Winter. Der Winter am Pocumscut. Im Winter ging sie immer hinaus, um die Baumschwalben zu beobachten – und sie wollte sie nicht verpassen. Sie ließ sich den Bach bis zu dem Platz hinuntertreiben, wo sie sich auf den letzten Lorbeerbäumen versammelten. Es waren die einzigen ihr bekannten Vögel, die spielten, eine Feder fallen, sie durch die Luft schweben ließen, ihr fröhlich zwitschernd nachsetzten und sie wieder aufhoben. Die Sonne fing sich in ihren metallischblauen Schwingen. Matoonas fischte vom Ufer aus; sie wollte ihm bei dieser Kälte nicht begegnen, stieg in den Bach, legte sich hin und ließ sich in den Fluß tragen, der sie bis zu der Stelle mitriß und herumwirbelte, an der sie durch die Felsen der Stromschnellen von ihren Flecken gesäubert werden würde.

Jemand zog sie zurück, und sie reagierte gereizt. Sie wollte an die Felsen geschleudert werden, um wieder rein zu sein.

»Hier«, sagte eine Stimme. »Jetzt haben wir's wärmer.«

Sie mochten es wärmer haben. Sie fror noch immer. Sie wurde in Stein verwandelt. Galatea verkehrt. Sie schlug die Augen auf. Ein vorgewärmter Ziegel wärmte ihr die Füße, ein Löffel hing dicht über ihrem Mund und über dem Löffel ein Gesicht.

»Ich habe Euch kommen gehört und gedacht, Gott sei's gedankt, endlich eine Nachbarin und vom gleichen Stand. Dann nichts. Also habe ich mich hereingetraut, und das war gut so. Wieso ist Euch so schrecklich kalt, Ihr armes Wesen?«

Das affektierte Näseln der Frau klang unecht, wie ein Versuch, den lässigen vokalischen Gleichklang der Oberschicht nachzuahmen, ebenso wirkten das gekünstelt unordentliche Haar und die Kleidung, die weniger getragen, als um den Körper drapiert zu sein schien. Davon merkte Penitence in diesem Moment jedoch nichts. Sie sah nur die teilnahmsvollen großen blauen Augen und viel Freundlichkeit.

»Wir müssen ein bißchen was von dieser Kalbsfußsülze essen, nicht wahr?« Die Frau schnupperte am Löffel. »Man hat um Kalbsfußsülze gebeten, aber … Ich heiße übrigens Aphra Behn.«

»Penitence Hurd«, flüsterte Penitence.

»Wie außerordentlich – biblisch. Und jetzt, egal, *was* dieses Zeug ist, es ist nahrhaft. Wir müssen es aufessen, sonst kommt der böse Noll und holt Euch. Das hat man zu uns doch immer gesagt. Der böse Noll Cromwell kommt und holt dich.«

So etwas hatte man zu Penitence nie gesagt. Diese Frau war also eine Royalistin. Aber mit der Suppe hatte sie recht. Sie war nahrhaft, und Penitence fühlte sich wohler, nachdem sie ein paar Löffel gegessen hatte. Besonders gut tat ihr nach der Flap Alley jedoch die

Freundschaft, die ihr von einer Frau angeboten wurde, die ungefähr in ihrem Alter war.

Aphra Behn tupfte den Mund ihres Pfleglings ab. »So, meine Liebe. Oh, die Wechselfälle des Lebens, daß Frauen wie wir so erniedrigt werden – und das wegen einer Kleinigkeit von hundertfünfzig Pfund.«

Also war Aphra auch hier, weil sie Schulden hatte. »Bei mir sind es hundertacht Pfund.«

»Wir werden nicht verzweifeln«, sagte Aphra und klopfte ihr auf die Schulter. »Wir werden aus dieser Finsternis auferstehen, und unsere Banner werden in einer neuen Morgendämmerung fliegen. ›Steinerne Mauern sind kein Gefängnis und Gitterstäbe aus Eisen kein Käfig; unschuldige und stille Seelen betrachten sie als Einsiedelei.‹ Der liebe Lovelace hat das im Gefängnis geschrieben, um unsere Herzen zu erheben.«

Es gab jedoch nur einen Menschen, der Penitence' Herz erheben konnte, und das war nicht Lovelace, wer immer das sein mochte, und auch nicht diese schwatzhafte Frau. So freundlich sie war, erschien Aphra Behn ihr wie ein einziger Vorwurf; ihre sanften, klaren Augen schienen nicht mit einer Welt vertraut, in der es ein Schritt nach oben war, ein Zimmer im Press Yard zu bewohnen. Für sie war es ein Schritt nach unten.

In diesem Moment hätte Penitence sich vor dem Blick ihres Sohnes verkrochen; um seinetwillen hatte sie sich prostituiert, war aber dadurch seiner nicht mehr wert. Es war Dorinda, die sie brauchte, der einzige Mensch, der verstehen und nicht verdammen würde.

»Vielleicht sollte ich jetzt erwähnen«, sagte Aphra, »daß ich Bühnenautorin und Witwe bin. In dieser Reihenfolge.«

»Eine Bühnenautorin?« Von Frauen, die Theaterstücke schrieben, hatte Penitence noch nie gehört. Sie stellte die einzige ihr wichtige Frage: »Habt Ihr Kinder?«

»Leider wurden mein Gemahl und ich nicht mit Nachkommen gesegnet.«

Penitence legte sich auf das hölzerne Kissen zurück. Diese Frau war gerade gut genug, einen mit Kalbsfußsülze zu versorgen, für seelische Verzweiflung jedoch nicht zuständig.

Sie irrte sich, doch es dauerte lange, ehe sie das begriff. Dennoch fand sie die Freundschaft, die ihr hier so schnell aufgedrängt wurde, herzerwärmend und überraschend. Ohne darum gebeten worden zu sein, erzählte sie ein paar Dinge aus ihrem Leben. Vor kurzem aus Amerika eingetroffen. In die Pestfalle geraten. Verschuldet.

Im Nebenraum kreischte jemand: »Wo ist meine Aphra? Die Bastarde haben meine Aphra weggeholt. Aphra-a-a!«

»Besuch. Entschuldigt mich.« Aphra Behn steckte Penitence den Löffel in den Mund, ließ ihn dort und lief hinaus.

Sie kam in Begleitung zurück. »Das ist meine Mutter, Mistress Johnson, Penitence. Und das ist mein Bruder. Bruderherz, hol Hocker von nebenan. Mistress Hurd sollte nicht allein sein.«

Penitence war über ihr Feingefühl überrascht, und sie war dankbar. Die beiden Johnsons waren ein eher zweifelhaftes Vergnügen; der junge Master Johnson schien träge bis zur Leblosigkeit, und die alte Mistress Johnson war unleugbar betrunken. Aber Penitence hatte solche Angst, mit der Erinnerung an George alleinzubleiben – schlimmer noch, mit George selbst –, daß sie die Gesellschaft der Untoten willkommen geheißen hätte.

Schlurfend brachte Master Johnson die Hocker, schubste seine Mutter auf den einen und ließ sich auf den anderen fallen. Aphra bat Penitence um Nachsicht, weil sie persönliche Angelegenheiten erörtern müsse, und fragte: »Haben meine Briefe den König erreicht? Was hat Sir Thomas gesagt?«

»Der König is' keiner von den schnellen.« Master Johnson ging mit Worten so langsam um, als fürchte er, sie könnten dem Feind in die Hände fallen. Er reichte ihr ein paar Briefe. »Sein Speichellecker hat sie zurückgegeben. Einer an Killigrew is' auch dabei. Er hat nur zehn Silbermünzen rausgerückt, davon können nich' mal Ma und ich leben, von dir ganz zu schweigen.«

»Aber er hat es versprochen!« jammerte Aphra.

Mistress Johnson beugte sich schwankend vor, nahm die Briefe und hielt sie Penitence in einer Aufwallung alkoholisierten Triumphs unter die Nase. »Meine Aphra hat für den König spioniert.«

Penitence nickte nachsichtig.

»Für den König spioniert. Meine Aphra.«

»Mutter!« sagte Aphra.

Mistress Johnson zwinkerte. Ihr Mund verzerrte sich und produzierte schließlich noch mehr Worte: »Die Holländer ausspioniert. Und Nonkonformisten. Meine Aphra.«

»Mutter!«

»Jetz' hat sie ihm geschrieben und ihn gefragt, warum er sie nich' bezahlt hat.«

»Mutter!« Erregt hielt Aphra ihre Mutter zurück und erklärte flüsternd: »Meine arme Mutter hat sich nach Papas tragischem Tod in England nie eingewöhnt. Hat sich nie wieder davon erholt. Und jetzt machen wir eine schlimme Zeit durch. So unzuträglich. So beschämend. Ihr müßt ihr vergeben.«

Mistress Johnson stieß Penitence leicht in die Rippen, schob ihr wieder die Briefe unter die Nase. »Brief an den König«, sagte sie. »Meine Aphra.«

Ein mutloses Nicken von Aphra erlaubte Penitence, sie zu lesen, was sie auch tat, während die Familie sich unterhielt.

Verflixt. Sie hatte tatsächlich für den König spioniert. Entweder war das Ganze eine ungewöhnliche Charade, deren Sinn und Zweck Penitence nicht begriff, oder Aphra Behn war wirklich als Spionin in die Niederlande gegangen. Ohne ihr Licht unter den Scheffel zu stellen, schrieb Aphra über ihre Dienste, die sie während der vergangenen Monate als Agentin des Königs in Holland geleistet hatte. Sie hatte dem einen Geheimnisse abgeluchst und geheimdienstliche Informationen von einem anderen weitergegeben. Aber es war ein kostspieliges Unternehmen gewesen, und ihre englischen Vorgesetzten hatten ihre Bitten um Geld ignoriert, obwohl sie an den König eine Petition nach der anderen gerichtet hatte; sie habe, schrieb sie, für seine königliche Sache ihren Schmuck verkauft und war schließlich gezwungen gewesen, sich von einem Bekannten 150 Pfund auszuleihen, um die Rückreise für sich und ihre Familie bezahlen zu können.

Penitence blickte immer wieder von den Briefen auf, um Aphra zu studieren, denn sie fand die Geschichte, die sie erzählten, und die rasante Beredtsamkeit, mit der sie erzählt wurde, unvereinbar mit der Frau, die sie geschrieben hatte.

Kein Stück von Aphras Kleidung paßte zum anderen; das schmuddlige, tief ausgeschnittene hellblaue Kleid war aus vornehmem Taft, dazu trug sie mehrere Schals in barbarischen Farben, einige aus Seide, einige aus Wolle, und der Stil des Kleides gehörte eher in die Zeit Charles I. als Charles II. Auf dem Kopf hatte sie eine rote Tafthaube mit schwarzen Federn, von denen eine abgebrochen war und herunterhing. Sie trug die Sachen ganz selbstverständlich, offenbar überzeugt, daß sie bald modern sein würden, auch wenn sie es jetzt noch nicht waren. Wäre sie nicht jung gewesen, hätte sie nur exzentrisch gewirkt, so aber sah sie ungewöhnlich aus, doch nicht auf die richtige Weise ungewöhnlich; die schlaffe Haltung, in der sie sich gefiel, ließ nichts von der Verwegenheit erkennen, mit der sie in die Niederlande gezogen war, um Spionin zu werden. Penitence, die noch nie einer Spionin begegnet war und auch nie auf den Gedanken gekommen wäre, daß es ein solches Wesen geben könnte, hätte sich darunter vielleicht so etwas wie ein dreistes Flittchen mit unverschämtem Gesicht vorgestellt. Doch während die Briefe die Schreiberin als Abenteurerin entlarvten, eine Frau ohne Bewußtsein für Sicherheit, von der Penitence' Großmutter gesagt hätte »sie hat nicht alle Tassen im Schrank«, saß auf Penitence Bett eine Frau, deren Äußeres nur auf eine liebenswerte Wunderlichkeit schließen ließ.

Penitence begann wieder zu lesen. Sogar nach ihrer Rückkehr war Aphras Bezahlung ausgeblieben. Der Bekannte, der ihr die 150 Pfund geliehen hatte, forderte sein Geld zurück, sie hatte es nicht, also ließ er sie verhaften.

Penitence las den Brief an Killigrew:

Sir,

wenn Ihr die Betrübnis meiner Seele ahntet, würdet Ihr mich bemitleiden, dessen bin ich sicher. Heute morgen hat man mich ins Gefängnis verschleppt. Ich habe mich totgeweint und habe in meinem Herzen den Mut gefunden, alles zu überwinden und zum König zu gehen und mich nie wieder zu erheben, bis er geneigt ist, mich zu bezahlen; doch ich bin krank und schwach und habe nicht die Kraft – auch nicht für ein Leben im Gefängnis.

»Killigrew?« fragte Penitence und gestattete sich, sich an diesen Namen zu erinnern. »Er hat mich angeworben«, klagte Aphra. »Er ist der Leiter der King's Company of Players – der Königlichen Schauspielertruppe – und ein mächtiger Freund unseres geliebten Königs.«

Ein Schauspieler. Treulos wie alle Schauspieler.

»Er is'n richtiger Geizkragen«, sagte Master Johnson, »und der König is' auch nich' viel besser.«

»Er ist unser König.« Zum erstenmal sprach Aphra scharf. »Das Parlament hält ihn kurz, den armen Mann. Auch Sir Thomas hat Schwierigkeiten, die Pest hat die Theatersaison unterbrochen.«

»Er sitzt nich' im Gefängnis«, sagte Master Johnson mürrisch.

Und du auch nicht. Trotz ihres eigenen Jammers konnte sich Penitence nicht des Verdachts erwehren, daß diese Frau, die nur wenig älter war als ihr Bruder, ihn und ihre gemeinsame Mutter mitschleppen mußte, als seien sie Affenbabys, die sich an ihren Rücken klammerten.

»Ich hab' Hunger«, murrte Mistress Johnson.

»Natürlich«, sagte Aphra und stand auf. »Wir müssen essen gehen. Begleitet Ihr uns, Mistress Hurd?«

Mistress Hurd war nicht hungrig; sie wollte auch niemanden sehen. Sie hatte das Gefühl, als sei in die Haut ihrer Stirn ein »P« für Prostituierte eingebrannt. Aphra blieb hartnäckig – »ich bitte Euch, seid unser Gast« –, und Minuten später wurde Penitence durch einen langen Gang abgeschleppt, Arm in Arm mit Master Johnson und einer schwankenden Mistress Johnson, während Aphra sie, gewissermaßen als Nachhut, in ihren Speisesaal geleitete.

Bei Tag war Newgate, was es tatsächlich war, eine eingeschlossene Stadt für sich. Es schüttelte ein paar Alpträume ab, neue kamen hinzu, während in den Gängen ein lebhaftes Treiben herrschte wie in Straßen, wo die Zellen die Läden und Treffpunkte waren.

Zweimal rief Aphra, sie müßten warten, während sie in einer Zelle verschwand – zuerst, um vom Schuster, der sie bewohnte, ein Paar Schuhe zu holen, und dann brachte sie einem Schneider ein paar zerlumpte Handschuhe zum Flicken; seine Zelle war vollgestopft mit an Haken hängender Kleidung. Weiter vorn probierte ein Perückenmacher einer Kundin eine Perücke an, während drei andere sich bei einem Kartenspiel die Zeit vertrieben.

Alle Türen standen offen, ungeachtet dessen, was in der Zelle gerade getan wurde. In einem Badezuber stand ein in Dampf gehüllter Mann, der keinen Faden am Leib trug, außer einem Hut, den er fröhlich lüftete, als Penitence und Mistress Johnson vorüberkamen.

»Wird denn niemand eingesperrt?« fragte Penitence über die Schulter zurück.

»Nicht in diesem Flügel«, erklärte Aphra. »Die abgeschlossenen

Zellen sind woanders. Dort sitzen die, die entweder deportiert oder hingerichtet werden. Und natürlich die Quäker.«

Was Penitence an den Gefangenen in diesem Teil von Newgate auffiel, war ihr normales Verhalten. In einer Zelle, die Vorhänge an den Fenstern hatte, las ein Ehemann die Zeitung, während seine Frau, die ihn besuchte, aus einem Deckelkorb allerlei Lebensmittel auspackte – Penitence sah, daß die Frau ein paar Petersilienzweige auf einen Teller mit Koteletts legte –, während ihre Kinder draußen im Gang mit Murmeln spielten. Als ob sie auf einer Straße vorübergingen, schwenkten zwei Gentlemen, die sich über die internationale Lage unterhielten, vor Mrs. Johnson, Aphra und Penitence die Hüte.

Hier sah man keine Spur von der Ausweglosigkeit, die die Gesichter in der Flap Alley prägte – Freude zwar auch nicht, aber wenige zeigten äußere Verzweiflung, nur das Selbstbewußtsein von Menschen, die sich mit ihren Alltagsproblemen beschäftigten. Die Schuldner und kleinen Übeltäter hier hatten ausreichende Möglichkeiten oder gute Freunde, die ihnen zu einem gerade noch erträglichen Leben verhalfen. Sie haben sich daran gewöhnt, dachte Penitence verständnislos.

Der Lärm, den sie hörten, als sie in die Nähe des Speisesaals kamen, klang nicht anders als der Lärm, der überall entstand, wo sich viele Menschen in einem großen, geschlossenen Raum aufhielten. Durchdringender Kohlgeruch überdeckte den Gestank nach Krankheit und Armut. Der Saal selbst war schön, glich dem Schiff einer kleinen Kathedrale mit einem Stichbalkendach und hohen Bogenfenstern, doch damit und mit dem großen Refektoriumstisch darunter, der beinahe die ganze Länge des Raumes einnahm und an dem an die dreihundert Männer, Frauen, Kinder und Hunde aßen, hatte das Religiöse auch ein Ende; die Hunde vergnügten sich außerdem mit Verfolgungsjagden in den Binsen, die den Fußboden bedeckten, wo Newgates Ratten versuchten, an der Mahlzeit teilzunehmen.

Flap Alley war zahlreich vertreten. Penitence sah die große Bet, die sich, um ihr Essen vor den gierigen Fingern der anderen Frauen zu retten, so tief darüber beugte, daß sie beinahe auf dem Tisch lag. Ein gemischte Gesellschaft von Frauen und Männern vor einer breiten Luke in der Mauer drängte und schob und stritt sich um einen

Platz in der Schlange, wo sie mit den verschiedensten Gefäßen auf ihre Rationen warteten. Die dünne graue Brühe, die ihnen von den Essensverteilern in die Gefäße geklatscht wurde, war vermutlich Whitt Stew.

Als Aphra sie durch den Saal führte, kamen sie an einem zerbrechlichen älteren Mann vorbei, der an die Seitenmauer urinierte. Niemand achtete sonderlich auf ihn, nur einer schrie: »Nicht hier drin, Trödler, um Gottes willen!«

Ein langer, erhöht auf Böcke gestellter Tisch im oberen Teil des Raumes hielt die Gefangenen im unteren Teil, die sich mit der Newgate-Massenabfütterung zufriedengeben mußten, von jenen fern, die es sich leisten konnten, etwas Besseres zu kaufen. Nicht sehr viel Besseres – die Köchinnen in Newgate waren sehr geschickt darin, Fleisch, Gemüse und Sauce in eine gleichförmig graue Masse zu verwandeln; das Essen wurde den »Gästen« jedoch von einem Mann auf Tellern serviert, der sich sonst als Wärter betätigte, was man an seinem Benehmen und den Schlüsseln an seinem Gürtel unschwer erkannte. Er half als Kellner nur aus, doch der Zustand der Serviette, die er sich unter den Arm geklemmt hatte, wies darauf hin, daß es besser gewesen wäre, er hätte sich auf seine eigentliche Arbeit beschränkt.

Hier oben herrschten angenehmere Sitten. Drei der vier Männer standen tatsächlich auf, als die Johnsons, Aphra und Penitence ihre Plätze einnahmen, obwohl einer von ihnen es mit einem unüberhörbaren Klirren tat, da seine Füße mit einer Eisenkugel und einer Kette gesichert waren, und er außerdem Handschellen trug.

Die Höflichkeit galt vor allem Aphra, die offensichtlich sehr beliebt war. Sie stellte Penitence vor: »Meine liebe Freundin, Mistress Hurd, vor kurzem aus Amerika angekommen.«

Penitence wurde allgemein willkommen geheißen, außer von dem Kellner, der vor sich hinknurrte: »Deportiert, oder? Was wollt ihr essen. Hab' nich'n ganzen Tag Zeit.«

»Von dem Schweinefleisch rate ich ab«, sagte ein kleiner Mann.

»Und vom Rind«, sagte der gefesselte Mann, »und sag ihnen, sie sollen das Ale wieder in das Pferd zurückschütten, das es ausgepißt hat. Morgen, Aphra.« Von Aphra, ihrem Bruder und Penitence abgesehen, war er der jüngste am Tisch; er hatte ein scharfgeschnittenes, gutaussehendes Gesicht und war sehr bunt und auffallend gekleidet.

»Mein armer Swaveley«, sagte Aphra. »Ich wünsch' Euch einen sehr guten Tag.«

Ihr Bruder wurde zum erstenmal ein bißchen lebhafter. »*Der* Swaveley?«

Eine Frau am anderen Ende des Tisches sagte: »Und daß solche Schurken an unserem Tisch essen dürfen, ist unglaublich. Ich werde mich beim Aufseher beschweren.«

Der Kellner drehte sich zu ihr um. »Befehl vom Aufseher, also haltet den Mund, Missus. Der Pfarrer will mit'm reden.«

»Der Pfarrer kann in seiner Zelle mit ihm reden«, beklagte sich die Frau.

»Kann er nich'«, sagte Swaveley. »Bin ein bißchen eigen darin, mit wem ich rede und mit wem nich'.«

Sogar Penitence hatte schon von Swaveley gehört, einem Straßenräuber, dessen Raubzüge, obwohl hauptsächlich südlich des Flusses ausgeführt, sehr bekannt geworden waren; in der Rookery hatte man ihn deshalb rückhaltlos bewundert.

Nach den Rippenstößen und den Blicken zu schließen, die im Hauptteil des Saales reihum gingen, galt er in Newgate als Held. Sogar der Kellner behandelte ihn mit Respekt.

Für Penitence war er nur ein Teil des Schreckenskaleidoskops, das an den Rändern ihres Elends flackerte. *Ich muß raus.*

Aphra suchte das Fleisch für sie aus, und sie merkte, daß Mrs. Johnson etwas Stärkeres als das Ale verlangte, das zum Essen serviert wurde und Swaveley es entgegen Aphras Wunsch bestellte, daß Aphra und ihr Bruder stritten, wer von ihnen den größeren Teil von Killigrews zehn Kronen behalten sollte, doch alles – Stimmen, Geräusche und Bewegungen – spielte sich weit entfernt ab, hatte nichts mit ihr zu tun. *Hinaus. Ich muß hinaus.* Als das Essen kam, würgte sie etwas davon hinunter, ohne darauf zu achten, was es oder wie schlecht es war, solange es ihr nur Kraft gab, ihre Befreiung zu planen. Erst als Aphra anfing Swaveley zuzusetzen, wurde sie sich einer anderen Wirklichkeit bewußt.

»Ich flehe Euch an, legt ein Geständnis ab«, sagte Aphra ernst. »Ich flehe Euch an. Es ist ein furchtbarer Tod.«

»Kein Tod ist angenehm«, sagte Swaveley. »Und so kriegt wenigstens mein alter Diener mein Pferd.«

Master Johnson stieß Penitence begeistert in die Rippen. »Er will nicht gestehen. Will die Presse. Is' lange keiner mehr gepreßt worden.«

»Was ist Pressen?« fragte Penitence.

Swaveley legte die gefesselten Hände hinter den Kopf, lehnte sich zurück und musterte sie belustigt. »Kennt man das in den Kolonien nich'?«

»I-ich glaube nicht.«

»Bißchen hinterm Mond, oder?«

Die anderen klärten sie auf. Wenn ein Übeltäter schwieg und sich weigerte, entweder auf schuldig oder unschuldig zu plädieren, erwarb er das Recht, anstatt gehängt, zu Tode gepreßt zu werden. »*Peine forte et dure*« – eine schreckliche und lange Pein –, jammerte Aphra. Vom Standpunkt des Übeltäters aus hatte die Prozedur den Vorteil, daß sie ihm gestattete, sein Hab und Gut seinen Erben zu vermachen, so daß es nicht an die Krone fiel, was der Fall war, wenn einer am Galgen starb.

»Der alte Rowley kriegt meine Bess nich'«, sagte Swaveley fest. »Is' viel zu gut für ihn. Reizende kleine Doncaster-Stute, er tät sie'n Wagen ziehen lassen oder sie einem von seinen Weibern geben.«

»Ich wette, Ihr haltet nich' mal dreihundert Pfund aus«, plärrte Master Johnson.

Swaveley grinste. »Legt ein Dutzend Silbermünzen für mich drauf und schickt Bess den Gewinn.«

Er erinnerte Penitence an die Tippin-Jungen. Selbst nicht viel älter als ein Junge, wirkte er jedoch durch seine Gerissenheit älter – wie die Tippins. Er schien auch lebendiger als alle anderen im Raum. Seine blassen Nasenflügel zuckten bei jeder Bewegung – ob er oder ein anderer es war, der sich bewegte – wie die eines Tieres, die auch jeden Geruch witterten.

So wie er könnte Benedikt heranwachsen. Hier war das Kind aus einer anderen Rookery, das ein verbrecherisches Leben mit dem schon vorbestimmten frühen Tod gewählt hatte. Jetzt stand er ihm unmittelbar bevor. Sie fragte sich, ob er, wenn er noch einmal die Wahl hätte, ein anderes Leben führen würde. Vielleicht nicht. Seiner Meinung nach ging er mit Glanz und Glorie unter.

Ich werde Benedikt retten. Diesen Jungen hier kann ich nicht retten, aber Benedikt werde ich retten.

Eine große Gestalt mit einer Alkoholfahne und süßlichem Schweißgeruch nahm gegenüber Platz. »Tz,tz«, sagte der Gefängnisgeistliche, »ihr eßt, ohne vorher gebetet zu haben? Bestimmt wollt ihr, daß ich ein Gebet spreche.«

»Nein«, sagten alle, aber der Geistliche bestand darauf, etwas Lateinisches zu intonieren, dem keiner zuhörte.

Da er zu den letzten Dingen gehörten, die Männer und Frauen unter dem Galgen zu sehen bekamen, bevor sich die Schlinge zuzog, war es bedauerlich, daß der Gefängnisgeistliche seine Nase häufiger in Alehumpen als in Gebetbücher gesteckt hatte. Sein feistes und erschreckend rotes Gesicht glänzte von Schweiß. Den Flecken auf seiner Samtjacke und seiner Leutseligkeit nach zu schließen, hatte er bereits gegessen.

»Jetzt, mein Sohn«, sagte er, den Blick auf Swaveley gerichtet. »Wegen deines Geständnisses ...«

»Ich gestehe nichts«, sagte Swaveley und wischte seinen Teller mit einem Stück Brot aus, das er mit beiden Händen hielt. »Und ich will nicht, daß Ihr dieses gräßliche Liedchen singt, während man mich plättet, also schiebt es Euch zwischen die Rippen, alter Gockel.«

Der Zeigefinger des Geistlichen war so braun wie seine Zähne und an der Spitze fast schwarz, was vom Pfeifestopfen kam. Er drohte Swaveley spielerisch, um zu zeigen, daß er die Beleidigung als gutmütige Stichelei ansah. »Wenn du schon nicht an deine Seele denkst, mein Sohn, denk an deinen Ruhm. Schaut, wie ich unsere nächsten Unglücklichen publik gemacht habe ...« Er zog mehrere Handzettel aus der Tasche und verteilte sie reihum.

Swaveley zerknüllte den seinen mit den gefesselten Händen und warf ihn dem Geistlichen auf den Bauch. »Ich bin schon berühmt.«

Daß Swaveley mit dem Gin so großzügig gewesen war, hatte ihm eine Verbündete eingebracht, die liebevoll gegen seine Schulter kippte. »Schlag ihm den Hut vom Kopf«, sagte sie.

»Mutter!«

Master Johnson überflog den Handzettel. »Unsere Affie könnte was Besseres schreiben als das hier.«

Aphra hielt ihre Mutter mit einer Hand zurück und las ihren Zettel. »Das könnte ich wirklich.«

Mrs. Johnson schwankte. »Meine Aphra schreibt selbst«, teilte sie dem Geistlichen mit. »Hat dem König geschrieben.«

Da ihr berufliches Interesse geweckt war, warf auch Penitence einen Blick auf den Zettel. Es waren die letzten, schauerlichen Geständnisse eines gewissen James Spiggot und einer gewissen Mary Moders vor ihrer Hinrichtung, er sollte wegen Erpressung und Diebstahl, sie wegen Betrugs und Prostitution gehängt werden. Es war das abscheulichste Schriftstück, das Penitence je zu Gesicht bekommen hatte.

»Die Hinrichtung findet nicht vor Monatag statt«, sagte der kleine Mann. »Angenommen, sie werden begnadigt?«

»Begnadigt?« bellte der Pfarrer. »Nach einem so saftigen Geständnis? Da bleibt es schon dabei.«

Der kleine Mann betrachtete noch immer nachdenklich den Zettel. »Ihr könnt'n neuen Druckstock brauchen«, sagte er. »Könnt' Euch'n neuen Holzstock machen.«

Ein Wärter kam auf den Straßenräuber zu. »'n paar Schnepfen fragen nach dir, Swaveley. Soll ich sie in deine Zelle bringen?«

»Hübsch?« fragte Swaveley.

»Auf jeden Fall jung«, sagte der Wärter.

Der Straßenräuber stand auf. »Mein Publikum«, sagte er. »Zeit für'n bißchen Hoppereiter aufm Bett, Ladys und Gents. Also lebt wohl.«

Der Geistliche packte ihn am Ärmel. »Verbring deine letzten Tage nicht in Unreinheit, mein Sohn, wirf dich lieber deinem Gott zu Füßen und bitte um Vergebung.«

»Oh, tut es für mich«, erwiderte Swaveley, »tut Ihr doch sowieso.« Von Applaus begleitet, den Geistlichen noch in seinem Kielwasser, ging er kettenklirrend aus dem Saal.

Mrs. Johnson war so betrunken, daß Aphra ihren Bruder bat, die Mutter nach Hause zu bringen. Sie und Penitence begleiteten die beiden bis zur Wache am Gefängniseingang, wo Mrs. Johnson sich über den Hut eines Wärters ereiferte, weil der Mann von Master Johnson dafür, daß er und seine Mutter das Gefängnis verlassen durften, sechs Pence verlangte.

»Meine arme Mutter«, sagte Aphra, die am Zaun stand, um ihnen nachzuwinken. »Wäre mein Vater damals nicht gestorben, hätte sie ihre Stellung als Frau des Generalgouverneurs von Surinam hervorragend ausgefüllt. Leider hat sein Tod an Bord des Schiffes, noch bevor wir Surinam erreichten, sie aus der Bahn geworfen.«

Penitence wußte nicht, wo Surinam war, beobachtete jedoch Mrs. Johnson, die diesmal von dem Verlangen überwältigt wurde, sich mitten auf der Straße hinzusetzen, und es fiel ihr schwer, sich vorzustellen, daß sie, auch wenn sie nüchtern war, imstande gewesen wäre, irgendeine hohe gesellschaftliche Stellung hervorragend auszufüllen. Falls der verstorbene Mr. Johnson nicht weit unter Stand geheiratet hatte, waren die Johnsons einfach keine Familie, die man sich im gehobenen Kolonialdienst vorstellen konnte. Sie hatten nicht den richtigen Akzent, bei Aphra klang er gekünstelt, und Mrs. Johnson sprach richtig gewöhnlich.

Sie wollte nicht anzweifeln, was ihre neue Freundin sagte, neigte aber dazu zu glauben, daß Aphra Behn die ganze Geschichte erfunden hatte.

Am zweiten Tag in Newgate und die ganze Zeit in Aphras Gesellschaft, neigte Penitence auch dazu zu glauben, daß Aphra sogar Mr. Behn erfunden hatte. Was sie von ihm erzählte, war sehr widersprüchlich; einmal war er ein holländischer Kaufmann, im nächsten Moment ein Geschäftsmann aus der City. Er war an Altersschwäche, er war an der Pest gestorben. Das einzige, das wirklich festzustehen schien, war, daß er nicht mehr lebte.

Am dritten Tag in Newgate war Penitence geneigt zu glauben, daß Aphra sich selbst erfunden hatte, doch inzwischen war es ihr egal.

Das war ein Fortschritt für Penitence, die wie alle Puritaner Unklarheiten verabscheute. Doch sie hatte erkannt, daß Aphra keine Lügnerin war, sondern jemand, dessen Phantasie sich eine eigene Welt geschaffen hatte. Sie war in Kent geboren, so viel gab sie zu. Hübsch, frühreif und arm, hatte sie das Leben des Landadels beobachtet, dessen Häuser ihre Träume beherrschten, und hatte ihre Familie irgendwie dazu überredet, ihr eine gute Erziehung zukommen zu lassen. Die Welt im Wunschdenken der jungen Aphra war aufregend und romantisch, und ihre Phantasie, von ihrem Ehrgeiz ganz zu schweigen, so kraftvoll, daß sie Aufregung und Romantik bis ins Erwachsenenalter gerettet hatte. Wenn man ihre derzeitige Lage betrachtete, wurde sie durch ihre Weigerung, von dieser Überzeugung abzulassen, beinahe lächerlich, doch diese Haltung machte sie auch großzügig. Die Kunstfigur, zu der sie geworden war, strahlte in der Dunkelheit von Newgate Optimismus aus, nicht nur für sich selbst, sondern auch auch für Penitence, die in die von Aphra geschaffene Fiktion einbezogen wurde.

»Schwester Penitence«, sagte sie, am Sonntagmorgen Penitence' Zelle betretend, »hast du die Glocke nicht gehört, die zur Messe ruft?«

»Aphra«, sagte Penitence warnend, »ich lasse mich nicht zur Papistin bekehren.« Aphras Aufenthalt in den Niederlanden hatte ihr einen, wie Penitence empfand, übertrieben rosigen Einblick in flämisches Klosterleben und den römischen Katholizismus im allgemeinen gestattet.

»Ich wünschte, wir würden nicht dazu gezwungen«, sagte Aphra, die Hände um die Bibel gefaltet, »aber umgeben von diesen Klostermauern müssen wir uns fügen, oder wir werden bestraft. Und denk einmal nach, Schwester, vielleicht finden unsere Liebhaber eine Möglichkeit, unsere Freiheit zu erwirken, während wir im Gebet verweilen.«

Sie hatten zwei mythische Liebhaber, Castor und Amphion, die ihre Tage damit verbrachten, vor den Mauern auf der Lauer zu liegen und zu planen, wie sie ihren Herzensdamen helfen konnten, der Knechtschaft zu entrinnen.

Penitence nahm ihre Bibel; es war leichter, in Aphras Phantasiestrom mitzuschwimmen, als sich gegen ihn zu wehren. Außerdem war sie noch nie in der Gefängniskapelle gewesen.

Sie schwebten durch den Korridor und verwirrten die Zelleninsassen, indem sie ihre Grüße mit *Pax vobiscum* erwiderten.

»Sind wir in ein Kloster geraten?« fragte Penitence.

»Schwester, Schwester«, schalt Aphra. »Kannst du so bald vergessen haben, daß unser Vater uns um jeden Preis mit zwei reichen älteren Freiern verheiraten wollte? Und daß wir uns mutig widersetzt haben? Verzweifle nicht, Castor und Amphion werden uns retten.«

»Sie haben uns gestern nicht gerettet«, beklagte sich Penitence.

Gestern waren Aphra und Penitence in einem Harem gefangen

gewesen, über den ein grausamer Türke herrschte, der sie bei einem Piratenüberfall von ihrem Schiff entführt hatte.

»Heute tun sie's bestimmt«, sagte Aphra.

Aus der Regelmäßigkeit, mit der sie beide in die Gefahr gerieten, zur Ehe mit reichen, unsympathischen Freiern gezwungen zu werden, schloß Penitence, daß Aphra doch richtig verheiratet, die Ehe aber so entsetzlich gewesen war, daß sie eine Abneigung gegen Ehemänner im allgemeinen zurückbehalten und Mr. Behns Namen nur deshalb nicht abgelegt hatte, weil er ungewöhnlicher war als Johnson und Aphras Vergangenheit einen fremdländischen Schimmer verlieh.

Am unteren Ende der Treppe verstellte ihnen Sumner den Weg, ein Schuldner, der in seiner Position als Führer des Gefangenentribunals mehr Macht besaß als er je als Lebensmittelhändler gehabt hatte. Hinter ihm standen zwei seiner Kumpane. »Ich bedaure, sagen zu müssen, daß man sich beim Tribunal über Euch beschwert hat, Mistress Behn«, sagte er gewichtig. »Und über Eure Freundin hier.«

In ihrer Rolle als Novizin knickste Aphra, und er blinzelte verwirrt. »*Mea culpa*, Vater. Wie haben wir gesündigt?«

»Ihr habt Rakett gespielt. Ich bedaure, es sagen zu müssen, aber es ist den Ladys nicht erlaubt, Rakett zu spielen.«

Ein Gelände mit festgestampftem Boden und einer Mauer hinter Press Yard war in einen Rakettplatz umgewandelt worden. Penitence wäre nie auf den Gedanken gekommen, daß der Platz auch Frauen zugänglich war, während Aphra wiederum keine Sekunde daran gedacht hatte, daß er es nicht sein könnte: »Ich habe das Spiel gelernt, als ich zum Gefolge des Herzogs von York gehörte.« Es war lange her, seit Penitence sich sportlich betätigt hatte, und ihre Bestürzung darüber, daß sie keine Kondition mehr hatte, und ihre Freude am Spiel hatten sie dazu gebracht, sich zu schwören, von nun an regelmäßig zu spielen. Das war jetzt vermutlich nicht mehr möglich. Zu ihrer Überraschung ließ Aphras scharfe Erwiderung: »Aber wir haben gespielt« auf das Gegenteil schließen.

»Nun ja.« Sumner hatte eine Entschuldigung oder Ausreden erwartet, aber er machte tapfer weiter. »Man hat sich beschwert, weil es nicht ladylike ist, und Master Giltspur hat gesagt, daß er warten mußte, weil Ihr gespielt habt.«

»Master Giltspur, der Freund von Dick Cromwell?« fragte Aphra.

»Nun ja, darüber weiß ich nichts, aber er hat immer ...«

»Um also auf den Punkt zu kommen«, fuhr Aphra fort, die ihre ganze Unterwürfigkeit abgeschüttelt hatte, »es ist Frauen nicht erlaubt, im *Gefängnis ihres Königs* etwas für ihre Gesundheit zu tun, weil es die sportliche Betätigung eines Königsmörders stört.«

»Nun ja. Nun nein ...«

»Mistress Hurd und ich werden morgen auf dem Platz stehen, Master Sumner, und ich bin sicher, daß Seine Majestät, *mit dem ich im Briefwechsel stehe*, sehr interessiert sein wird, von Versuchen zu erfahren, die uns daran hindern sollen.«

Sie eilte weiter, gefolgt von Penitence, die sie rückhaltlos bewunderte. »Aphra, das war kolossal.«

»Man soll nicht spielen, weil man eine Frau ist«, fauchte Aphra. »Hat man *dafür* seinem König gedient?«

Die Kapelle war überfüllt, nicht wegen der machtvollen Predigt des Gefängnisgeistlichen, sondern weil Newgates neuestes Kontingent zum Tode Verurteilter von den Besuchern besichtigt werden konnte – Männer und Frauen, die am nächsten Tag gehängt werden sollten. Man hatte die Todeskandidaten in einen Käfig gepfercht, der in der Mitte des Kirchenschiffes aufgestellt worden war, und ein paar von ihnen brüllten die Menschenansammlung an, die gekommen war, um sie anzustarren.

Auf der Kanzel versuchte der Pfarrer vergeblich, sich Gehör zu verschaffen.

Zwei Besucher erregten Penitence' besondere Aufmerksamkeit, zwei übertrieben elegant gekleidete Männer, die sich Parfumkugeln unter die Nase hielten. Sie stellten sich belustigt vor, daß die Gefangenen Pferde in einem Paradering wären.

»Schaut Euch den an, Wilmot, das is'n Sieger.« Einer der beiden bohrte seinen mit Bändern geschmückten Elfenbeinstock einem noch recht kräftig aussehenden Verurteilten in den feisten Nacken; der Todeskandidat spuckte darauf. »Schaut Euch diese Muskeln an. Ich wette hundert Guineen darauf, daß der die ganzen fünfzehn Minuten durchhält.«

»Ich laß mich hängen, wenn Ihr recht habt, Charles. Er wird gewogen.« Der Mann namens Wilmot schlug dem Gefangenen mit seinem ebenfalls bändergeschmückten Stock leicht auf die Schulter. »Wiehere mir ein bißchen was vor, mein feiner Hengst, du hast ein Liebchen, das sich an deinen Stößel hängen wird, und schon bist du aus dem Rennen. Stimmt das nicht? Es sind die Leichten, die die Distanz durchhalten. Mir hat einmal eine spindeldürre Stute, die es siebzehn und eine halbe Minute aushielt, glatte fünfhundert eingebracht. Ich nehme die hier.« Er stieß eine magere, blasse Frau an, die auf dem Boden saß und ein ebenso mageres, blasses Mädchen von etwa zehn Jahren streichelte und an sich drückte. »Sieg morgen für mich, Rosinante, und ich sorge dafür, daß dein Fohlen den Einsatz bekommt.«

Das also sind Lebemänner. Obwohl sich der puritanische Zorn besonders gegen das ausschweifende Leben und die Verweichlichung der hochgeborenen jungen Männer gerichtet hatte, die zum Gefolge Charles II. gehörten, war Penitence auf die Wirklichkeit nicht vorbereitet gewesen. Die langen Perücken dieser Lebemänner fielen lockig bis über die gestickten, taillierten seidenen Justaucorps, die bis unter die Knie reichten; darunter trugen sie Rüschenhosen und dazu Schuhe mit hohen Absätzen. Alles, was Spitze oder Bänder vertrug, war mit Spitze oder Bändern verziert, von den Rosetten an den Schultern angefangen bis zum Span. Ihre Kleidung, der stolzierende Schritt und die hohe näselnde Stimme waren eine Ungeheuerlichkeit, geradezu ein Frevel. Was Penitence jedoch nicht erwartet hatte, war ihre Aggression, die Ausstrahlung hemmungsloser Macht; sie hatte es mit Tigern zu tun.

Weil sie es nicht ertrug, an Männer zu denken, die Wetten darauf abschließen konnten, wie lange es dauerte, bis ein Mensch stranguliert war, verdrängte sie die beiden. Wichtiger war die Frau, die der Unhold mit seinem Stock angestoßen hatte, und ihr Kind. Mutter und Tochter bildeten in der turbulenten Kapelle ein Bild der Stille, achteten auf niemanden, klammerten sich in ihrer eigenen engen Welt der Verzweiflung aneinander, in der die Minuten, die sie noch gemeinsam hatten, unbarmherzig wegtickten.

Penitence ertrug es kaum, sie anzusehen, aber woanders hinzusehen, ertrug sie noch weniger. »Wer ist das?«

»Der Blonde ist Sir Charles Sedley«, sagte Aphra aufgeregt, »und ich denke, ich bin nicht sicher, aber ich *denke*, der andere ist der Earl of Rochester.«

»Nicht die«, sagte Penitence. »Die Mutter mit dem kleinen Mädchen.«

»Das? Das ist Mary Moders.«

Die Prostituierte. Und der Botschaft des Kruzifixus auf dem Altar näher als alle anderen in der Kapelle.

Die Lebemänner waren ihres Spiels überdrüssig geworden. Der Blonde stieg zur Kanzel hinauf, und in der plötzlichen Stille hörte man ihn sagen: »Reverend, ich würde diesen Unglücklichen gern ein paar Trostworte spenden.«

Der Pfarrer schwitzte vor Dankbarkeit, als er seinen Platz räumte. »Selbstverständlich, Sir Charles, ich bin überzeugt, eure Worte werden uns alle erbauen.«

»Das werden sie wirklich.« Sie Charles faltete die Hände, hob die Augen gen Himmel und begann in einem salbungsvollen Singsang zu sprechen: »Brüder, unsere heutige Epistel stammt aus dem Sedley-Buch der Epigramme, Kapitel 2, Vers 1:

Wenn er naht, der Tod, der Atem alsbald schwindet,
dann ist's der Furz, der oft den Tod verkündet;
und wenn der Tod gebiert die letzte Atemnot,
dann ist ein Furz der Tod ...«

Er drehte sich um, zog sich die Hose herunter, entblößte den plumpen rosigen Hintern, hängte ihn über den Kanzelrand und ließ einen fahren.

»... daher einen Furz für den Tod.«

Die Hose hochziehend, drehte er sich um. »Die Epistel ist zu Ende.« Das erstaunte Schweigen wurde durch den Applaus des Earls of Rochester gebrochen, und Sir Charles verließ, den Hut schwenkend, die Kanzel, verneigte sich vor dem gezwungen lächelnden Geistlichen und schloß sich seinem Freund an, der sich anschickte, die Kapelle zu verlassen.

Aphra drängte sich zu ihm vor. »Ihr erinnert Euch vielleicht nicht, Sir Charles, aber wir haben uns vor einiger Zeit bei Seiner Hoheit dem Herzog von York kennengelernt. Aphra Behn.«

Sie verdarb ihm den Abgang, doch er ließ sich die neue Gelegenheit nicht entgehen. »Mistress Behn. Wilmot, hier ist unsere alte Freundin Mistress Behn. Und sie sieht blendend aus. Der Herzog spricht ununterbrochen von Euch. Wilmot, hat der Herzog nicht erst gestern mit dem König über Mistress Behn gesprochen?«

»Über nichts anderes«, sagte der Earl of Rochester gähnend.

Zu Penitence' größtem Zorn zog Aphra sie näher. »Erlaubt mir, Euch meine Freundin Mistress Hurd vorzustellen.«

Sir Charles verneigte sich, »Ah, auch Mistress Hurds Name ist bei Hofe geläufig. Ah, wie hübsch, durch diese Orangerie zu schlendern und solche Früchte zu entdecken. Wollen wir ein bißchen an die Sonne gehen und ein Täßchen Tee miteinander trinken?«

Mühsam löste Penitence die Augen von Mutter und Kind. »Danke«, sagte sie, »ich ziehe meine derzeitige Gesellschaft vor.«

Das war ein Fehler. Geringschätzung vertrugen sie nicht. Zwei Augenpaare richteten sich auf sie, das eine plötzlich bösartig, das andere interessiert. »Man sieht, daß sie Euch mehr entspricht«, sagte der Earl of Rochester.

»Ich glaube, wir haben Mistress Hurd gekränkt«, sagte Sir Charles Sedley.

Hätte sie die beiden wichtig genug genommen, hätte sie ihnen gesagt, sie seien frevelhaft, nicht in ihrer Schamlosigkeit, nicht in ihrem Bestreben, wie Schuljungen zu schockieren, sondern weil sie unfähig waren, Mitleid zu empfinden. Sie waren ihr aber nicht wichtig genug, und wenn sie noch länger mit Mary Moders und ihrem Kind am gleichen Ort blieb, würde ihr das Herz brechen. Sie machte auf dem Absatz kehrt und ging in ihre Zelle zurück.

»Nur übermütig«, sagte Aphra, als sie später erschien.

»Ziemlich dekadent«, sagte Penitence. »Außerdem hatten sie keine Ahnung, wer du bist.«

»Sie werden mich schon noch kennenlernen«, sagte Aphra lässig. »Und man mußte das Epigramm bewundern, so indelikat es auch gewesen sein mag. Sehr sprachgewandt, unsere Lebemänner.«

»Da sind mir Castor und Pollux lieber.«

»Amphion, meine Liebe«, sagte Aphra. »Castor und Amphion. Ah, die beiden ritterlichen Helden! Möge Neptun ihr Schiff vor Sturm bewahren auf ihrer Fahrt zu dieser verlassenen Insel, an deren Strand wir geworfen wurden, als wir auf der Flucht aus ...«

»Was ist mit dem Kloster geschehen?« fragte Penitence.

»Es wurde aufgelöst«, sagte Aphra, »nach einem Besuch von Sir Charles Sedley und dem Earl of Rochester.«

3. *Kapitel*

Anfangs sorgte Aphra Behn nur für die zarten Blüten, die schmückten, was Penitence als ihr Leben ansah, eine Pflanze, die im Innersten verrottet war. Wenn sie im Verlauf ihrer Spiele ein paar Minuten lang vergaß, daß sie George zu Gefallen gewesen war und weiterhin zu Gefallen sein mußte oder in die Flap Alley zurückgeworfen werden würde, trafen ein Wort, der flüchtige Anblick eines Bettes sie wie ein Speer, der ihr den Magen durchbohrte.

Ekel vor sich selbst überdeckte alles. George betrachtete sie weniger als Menschen als ein Unglück, das ihr zugestoßen war. Ihr Verstand schrie ihr am Tag »Hure« zu, und in ihren Träumen wurde sie von einem drohenden Reverend Block verdammt. »Ich hätte zu dir ja sagen und mir diese ganze verdammte Geschichte ersparen sollen«, erklärte sie ihm müde. Ihr war ununterbrochen körperlich übel.

Als Dorinda sie nach Penitence' erster Begegnung mit George mit Benedikt besuchte, wollte sie ihn nicht einmal auf den Arm nehmen. »Ich fühle mich so beschmutzt«, sagte sie. »Fühle mich die ganze Zeit schmutzig. War es bei dir nicht so?«

»Nicht nach dem alten Mistkerl«, sagte Dorinda und meinte ihren Großvater. »Du wirst dich dran gewöhnen, Prinks. Ich hatte nie eine andere Wahl, und die hast du auch nicht, wenn du nicht in die Flap Alley zurückwillst. Und du darfst nicht zurück. Meine Ma ist dort gestorben.«

»Wirklich?« Penitence hatte noch nie gehört, daß Dorinda ihre Mutter erwähnt hätte.

»Ich *denke*, es war meine Ma«, sagte Dorinda zweifelnd.

Penitence wußte, sie würde sich nie daran gewöhnen, und tat es auch nicht. Am zweiten, dritten und vierten Abend, an dem der Wärter zu ihr kam, um seine Miete zu kassieren, übergab sie sich schon, als er sie in die leere Zelle führte, die ihm aus irgendeinem Grund für ihre heimlichen Treffen angemessen schien. Sie war dankbar, daß er nicht darauf bestand, den Raum zu benutzen, den sie bewohnte, und fand die Zelle für das, was zwischen ihnen geschah und das in sich auch eine Form des Todes war, sehr angemessen. Aber es war eine bessere Form des Todes, sie überwand ihn und kehrte ins Leben zurück.

Sie hatte die Wahl – entweder sie wurde verrückt, oder sie ordnete ihre Hurerei der Vernunft unter. Besser als der Tod, sagte sie sich immer wieder. Sie konnte nicht wie Dorinda und die anderen im Cock-and-Pie die Hurerei als eine Arbeit wie jede andere betrachten und sie in ihrer freien Zeit vergessen, doch das Bewußtsein, daß sie unumgänglich war, wenn sie am Leben bleiben wollte, verhinderte, daß Ekel und Abscheu sie umbrachten.

Dorinda beriet sie, wenn es um die Prozedur selbst ging. »Oh, ein Fummler«, sagte sie, als Penitence ihr widerstrebend Georges sexuelle Praktiken schilderte. »Das ist leicht. Sorg dafür, daß er schnell kommt.«

Die Praktiken, die sie dabei anwenden mußte, während er an ihren Brüsten spielte und saugte – das verfeinerte Eingehen auf seine Phantasien, das lächerliche Gehabe der Aristokratin, die den einfachen Mann verabscheute – steigerten noch ihre Selbstverachtung. Doch sie waren so wirksam, daß er manchmal schon einen Samenerguß hatte, bevor sie das Bett erreichte, und er war zu alt und hatte gewöhnlich zuviel zu tun, um auf einer zweiten Runde zu bestehen.

Sie wurde sehr geschickt darin. Allmählich bekam es den Aspekt einer Arbeit, die man sich durch Übung und Erfahrung erleichtern konnte. »Besser als die Flap Alley« wurde zu einer Zauberformel.

Sie hatte die Wahrheit entdeckt, die Frauen in ihrer Lage seit Jahrhunderten kannten: Es gibt kein Schicksal, das schlimmer ist als der Tod, wenn man ein Kind hat, für das man leben muß.

Sie erlaubte sich keine menschliche Regung gegen den Gefängniswärter, da er ihr auch keine gezeigt hatte, mußte jedoch feststellen, daß er sich an die Spielregeln hielt. Seine Macht über sie war absolut; er hätte sie jedesmal bevor er seinen Dienst antrat in die Zelle der Verdammten befehlen können, doch er berechnete die Kosten für ihr Zimmer im Press Yard mit zwanzig Pfund und den Preis ihrer Dienstleistung an ihm mit zehn Pfund und befahl sie daher in sieben Tagen jeweils nur zweimal zu sich.

Da er immer nur Nachtdienst hatte, begegneten sie sich tagsüber selten, aber wenn er sie traf, machten seine nach oben gerichteten Daumen und bedeutungsvolles Blinzeln sie halb verrückt vor Angst, daß jeder erraten mußte, was zwischen ihnen war. Sie las aus jedem Grinsen der anderen Wärter heraus, daß sie wußten, was vorging. Sie war sicher, daß Aphra es wußte, obwohl die Freundin es nie erwähnte; ihre besondere Freundlichkeit an Tagen nach den Nächten in der Zelle der Verdammten ließ vermuten, daß sie Penitence' schleppende Schritte gehört hatte, die Georges erregt an ihrer Zellentür vorüberhastenden folgten.

Sie bezahlte für ihr Zimmer nicht nur mit ihrem Körper, sondern mit ihrer Jugend. Ihr Gesicht bekam den Ausdruck eines Menschen, der in allerhöchster Not Gott um Hilfe gebeten hatte und, weil Er ihr keine Hilfe zuteil werden ließ, nun nie wieder darum bitten würde.

Die Gerichte versuchten noch immer, den Rückstand aufzuholen, den die Pest verursacht hatte, so daß die Namenslisten der an Hinrichtungstagen Gehängten ziemlich lang waren. Die Zuschauer, die so lange um ihre Belustigung gebracht worden waren, erschienen zu Tausenden. Aphras Mutter und Bruder folgten den Henkerskarren nach Tyburn und schilderten bei ihrem nächsten Besuch begeistert die Einzelheiten, die Penitence nicht hören wollte. Sie wollte nicht wissen, wie lange Mary Moders gebraucht hatte, um zu sterben. Was sie interessierte, war Peter Johnsons Bericht darüber, wie die *Geständnisse* des Geistlichen sich verkauft hatten. »Er hat sechs oder mehr Marktschreier eingestellt, die sie für zwei Pence pro Bogen anpriesen, und sie sind weggegangen wie geschnittenes Brot.«

»Er hat achtmal fünfhundertsechzehn Bogen drucken lassen«, sagte Penitence, die sich die Mühe gemacht hatte, das in Erfahrung zu bringen.«

»Und alle sind verkauft«, sagte Master Johnson. »Solche Menschenmassen hat man noch nie gesehen. Im Gedränge sind mehr gestorben als am Galgen. Der Himmel weiß, wieviel er für Swaveleys Geständnis erzielen wird, wenn er ihn je dazu bringt, eins abzulegen.

Das wird sie anlocken. Seit Jahren wurde keiner mehr gepreßt. Dafür könnte er glatt fünf Pence pro Stück nehmen.«

»Sechs Pence mit einem hübschen Holzschnitt«, sagte Penitence nachdenklich.

Als Mrs. und Master Johnson gegangen waren, sagte sie: »Aphra, du weißt von meiner Druckerpresse – und du kennst Swaveley ...«

Aphra war ihr schon voraus. »Wie viele Bogen hat ein Ries?«

Penitence lächelte. »Fünfhundertsechzehn.«

»Also hat er ... Wieviel sind achtmal fünfhundertsechzehn?«

Mit großer Mühe errechneten sie, daß der Geistliche, Papier und Marktschreier nicht gerechnet, an einem Nachmittag erstaunliche 51 Pfund 14 Shilling und 4 Pence eingenommen hatte. Sie ließen sich von ihren Berechnungen mit fortreißen: wenn sie zehn Ries druckten ... Wenn sie den Bogen für sechs Pence verkauften ... Wenn sie einen hübschen Holzschnitt hätten ... Wenn Swaveley einverstanden wäre.

»Wird er?«

»Es wäre gemein von uns, es zu tun, wenn er es nicht ist«, sagte Aphra energisch. »Andererseits besteht er auf seiner Absicht, man ist ihm wohlgesinnt, und man könnte, was die Syntax angeht, mit dem Herrn Pfarrer ganz schön Schlitten fahren. Hab' ich dir erzählt, daß ich ein Stück schreibe?«

»Ja«, sagte Penitence. Sie glaubte es noch immer nicht. »Aphra, was wir brauchen, ist weniger Bildung denn Vergnüglichkeit.«

»Unsereins kann gewiß vergnüglicher schreiben als der Herr Pfarrer.«

Penitence lehnte sich zurück. Aphras unerwarteter Geschäftssinn, obwohl überaus willkommen, war bei einer so phantasiebegabten Frau wirklich überraschend. »Ich dachte, du würdest solche Unternehmungen verachten.«

»Meine Liebe«, sagte Aphra, »man hat nicht die Absicht, sein Leben lang in Newgate zu bleiben. Man will weiterkommen. Ah, wenn man von der Liebe für die Liebe leben könnte. Doch leider ist die Welt dagegen.« Sie tätschelte Penitence' Knie. »Es gibt Gelegenheiten, die uns arme Frauen zwingt, uns zu beugen, wenn wir die Freiheit gewinnen wollen, so sehr es auch unserer Natur widerstrebt.«

Penitence schossen die Tränen in die Augen. »Danke«, sagte sie.

In gewisser Weise ähnelte Penitence' Vorhaben Aphras Phantasien. Sie glaubte nicht wirklich daran, daß es gelingen würde. Es waren die Männer, die Pläne ausheckten, um Geld zu verdienen. Frauen leiteten nichts in die Wege, sie reagierten. Alles, was ihr widerfahren war, war eine Reaktion auf etwas, das Gott oder ein Mann getan hatte. Ihr Wagemut, sich die Druckerpresse anzueignen, weil sie nicht betteln gehen wollte … Es war hoffnungslos. Sie würden den Plan vereiteln, wer immer *Sie* waren.

Aber der Anfang konnte sich sehen lassen. Swaveley sagte, er werde verflucht kein Geständnis ablegen, aber Mrs. Behn seine Lebensgeschichte erzählen, wenn sie sie veröffentlichen wolle, und das tat er mit großer Offenheit, besonders im Hinblick auf seine sexuellen Fähigkeiten; da wurde sogar Aphra rot.

»Auf einem Pferd?« wiederholte Penitence ungläubig. »Das geht doch nicht.«

»Er hat mir versichert, daß er's getan hat«, sagte Aphra. »Und er trieb es genauso mit der Lady aus der nächsten Kutsche, die er beraubte. Er sagte, beide seien mehr als willig gewesen. Und hätten es genossen.«

»H-heiliger Bartholomäus!«

»Du sagst es. Master Swaveleys Leben mag kurz sein, aber erfüllt war es ganz gewiß. Und wird sich gut verkaufen.«

»Es wird das Papier verbrennen, auf dem es gedruckt wird«, sagte Penitence. »Wir sollten es lieber in Zinn gießen.«

Während Penitence den kleinen Mann in seiner Zelle aufsuchte, der sich im Speisesaal über das Schweinefleisch beschwert hatte und zufällig Graveur war, ersuchte Aphra um eine Unterredung mit dem Aufseher, den sie bitten wollte, ihr zu erlauben, am nächsten Tag an Swaveleys Verhandlung in Old Bailey teilzunehmen. Wütend kam sie zurück. »Der widerwärtige alte Narr hat gesagt, ein zartes junges Ding wie unsereins werde bei dem, was man dort zu sehen kriege, in Ohnmacht fallen.«

»Also hast du ihm gesagt …«

»Man hat ihm erklärt, der verstorbene Mr. Behn habe für die Rückkehr der englischen Justiz gekämpft, und es sei einfach jämmerlich, wenn man es seiner Witwe nicht ermögliche, zuzusehen, wie sie funktioniert.«

Aphra benutzte, wie Penitence feststellte, den verblichenen Mr. Behn wie einen Regenschirm, schwang ihn, wenn nötig, erhob ihn, um sich gegen Angriffe auf ihre Respektabilität zu schützen, und vergaß ihn, wenn er ihr nicht von Nutzen sein konnte.

»*Hat* er für die Rückkehr der englischen Justiz gekämpft?«

»Das gehört nicht zur Sache«, sagte Aphra. »Daß man nicht dabei sein darf, weil man Frau ist, darauf kommt es an.«

»Aber der Aufseher hat die Erlaubnis verweigert.«

»Oh, er hat sie schließlich gegeben«, sagte Aphra.

Blaß und völlig aufgelöst kam sie aus Old Bailey zurück. »Die Fliegen, meine Liebe, und *die Leute.*« Penitence mußte ihr aus dem Schankraum ein Stärkungsmittel holen, ehe sie mit ihrem Bericht beginnen konnte.

Swaveley hatte sich weiterhin geweigert, auf Schuld oder Nichtschuld zu plädieren, und der Richter hatte sein Urteil gesprochen: »Ihr, Richard Swaveley, werdet zurückgeschickt in das Gefängnis, aus dem Ihr gekommen seid, und dort nackt auf der Erde liegen, ohne Streu, ohne Binsen oder Kleidung, außer jener, die der Anstand gebietet, und ein Arm soll mit einem Strick ausgestreckt auf eine Seite, der zweite auf die andere Seite gezogen werden, und genauso soll man mit Euren Beinen verfahren, und auf Euren Körper sollen Eisen und Steine gehäuft werden, soviel wie Ihr ertragt und noch mehr, bis Ihr tot seid.«

»Sollen wir das wirklich tun?«

Aber der Geistliche würde es tun, auch wenn sie es unterließen. Ohne zu ahnen, daß er Konkurrenz hatte, prahlte der Mann, er bereite eine *Erschröckliche Warnung, dargetan am verbrecherischen Leben des John Swaveley, Straßenräuber*, zur Veröffentlichung vor.

»Er wird eine Geschichte erfinden«, sagte Aphra. »Unsere wird die echte sein. Und die schrecklichere.«

Der Schweinefleischgegner und Graveur, der Clarins hieß, war einverstanden, auf sein Honorar zu warten, bis die Broschüren verkauft waren, doch sie konnten vom Papierlieferanten nicht die gleiche Geduld erwarten, der bei Lieferung bezahlt werden wollte.

MacGregor und Dorinda kamen zu einer Besprechung nach Newgate; Benedikt hatten sie in der Obhut von Mistress Palmer zurückgelassen. »Wir haben an dem Verrückten von den Fifth Monarchists einiges verdient«, sagte MacGregor, »aber nicht genug, um zehn Ries zu kaufen, von der Druckerschwärze ganz zu schweigen. Habt Ihr nichts mehr, was Ihr verkaufen könnt, Penitence? Ich würde ja meinen Dudelsack verpfänden, aber das geliebte Stück ist schon längst dahin.«

»Da wir gerade bei dem Thema sind«, sagte Penitence, »von den F-f-fifth Monarchists oder anderen Verrückten werden keine Druckaufträge mehr entgegengenommen. Wir wollen keine Schwierigkeiten mit den Behörden.«

»Die kriegen wir möglicherweise sowieso«, sagte MacGregor und studierte die Geständnisse von James Spiggot und Mary Moders. »Das wurde bei Catnatch of Seven Dials gesetzt. Sie sind lizensierte Drucker, wir nicht.«

»Unsere Broschüren bleiben namenlos.«

»In Ordnung, aber wir werden mächtig flinke Marktschreier brauchen, die sich nicht fangen lassen.«

Penitence und Dorinda sahen sich an. Gleichzeitig sagten sie: »Tippins.«

MacGregor nickte. »Erwischen kann man die Tippin-Jungen nich, aber es wird auch nich' viel zu erwischen geben, wenn wir das Geld nich' zusammenbekommen.«

Schweigend zermarterten sie sich die Köpfe.

»Oh, wenn man nur nicht gezwungen gewesen wäre, seine Ringe zu verkaufen«, sagte Aphra.

»Oh, wenn man nur das verdammte Diadem behalten hätte.« Dorinda war auf Penitence' Freundschaft mit Aphra Behn eifersüchtig und verspottete sie unaufhörlich, obwohl Aphra sie nicht beachtete. »Hier«, sagte sie und warf Penitence etwas in den Schoß. »Warum verkaufst du das nicht? Du hast es teuer genug bezahlt.«

Es war ein silbernes Oval. Der bossierte Reisespiegel eines Gentleman.

Verdammt.

Sie hatte ihn in der Dachkammer versteckt und versucht, ihn zu vergessen wie alles andere, das mit dem Schauspieler zusammenhing. Der Schmerz und der Zorn über seinen Abschied hatten sich verdoppelt und verdreifacht, als sie feststellte, daß sie sein Kind trug, ganz zu schweigen von der Erkenntnis, daß sie dadurch zumindest in den Augen der Welt die Hure war, für die man sie hielt.

Immer und immer wieder hatte sie mit sich gehadert. »Es ist unfair.«

Dorinda hatte mit den Schultern gezuckt. »Fairness ist nicht unbedingt eines Spezialität des Lebens.«

Sie hatte versucht, das Kind auf jede Art und Weise abzutreiben, die Dorinda kannte. Auf ihre Anweisung hin hatte Penitence Gin getrunken, heiß gebadet und war von der Galerie gesprungen – und hatte am Ende nur einen Kater, einen verstauchten Knöchel und war noch immer schwanger.

»Die alte Ma Perkins, drüben im Cut, hat es mit einer Stricknadel weggemacht«, sagte Dorinda, »aber die Pest hat sie geholt.«

Wie gut, daß es diese Möglichkeit nicht mehr gab, denn Penitence hätte sie sonst wahrgenommen. Sie war verzweifelt, sie wußte nicht, wovon sie sich ernähren sollte, ganz zu schweigen von einem Kind. Sie schämte sich und hatte Angst.

Verzweifelt sehnte sie ihre Ladyschaft herbei, nur daß sie der Gedanke, sie folge dem Pfad ihrer Mutter in die Hölle, in eine so tiefe Depression stürzte, daß sie in den Nebel geraten war, der sich erst jetzt zu lichten begann.

Ihr einziger Vorteil war, daß sie sich unter den Sündern der Alten Welt befand und nicht unter den Heiligen der Neuen. In der Rookery kümmerte es keinen, daß sie nicht verheiratet war; die meisten Mütter dort waren ledig. Sie wurde dadurch nur noch mehr eine der ihren, und der gelegentliche leichte Stupser und ein Zwinkern halfen ihr auf eine Weise, die sie bis ans Ende ihrer Tage nicht vergessen würde.

Als sie jetzt den Spiegel in ihrem Schoß betrachtete, stellte sie fest, daß sie die Erinnerung an den Schauspieler ertrug. Sie konnte es ihm kaum übelnehmen, daß er in dieser Nacht einer Leidenschaft nachgegeben hatte, gegen die sie hilflos gewesen und die genauso von ihr ausgegangen war. Und daß er sie so hartnäckig für eine Prostituierte gehalten hatte – nun, da war vieles gewesen, worauf er seine Überzeugung stützen konnte, und sie hatte ihm nie sagen können,daß sie keine Prostituierte war. *Und jetzt bin ich ja eine.*

Sie schwieg so lange, daß MacGregor den Spiegel in die Hand

nahm und aufklappte. »Ah, Master King«, sagte er zu dem Portrait im Innern. »Was is' wohl aus dir geworden, Junge? Ich hab' dich gemocht. Du hast uns Freude geschenkt.«

»Einigen von uns mehr als anderen«, sagte Dorinda bissig.

Freude. Aber vielleicht war es richtig von MacGregor, das Wort zu benutzen. Daß sie nicht mehr stotterte, war ein Geschenk des Schauspielers. Wie ihr Sohn.

Eines Tages würde sie ihm vielleicht sogar vergeben.

MacGregor biß in den Rand. »Gutes Silber«, sagte er. »O ja, für dieses Kinkerlitzchen kriegt Ihr schon ein paar Pennys.«

Aphra Behn streckte eine schlaffe Hand aus. »Darf ich?« Sie betrachtete das Portrait und bekam große Augen. »Habt Ihr King gesagt?«

Sie kennt ihn. Plötzlich ertrug Penitence es nicht mehr, über den Mann zu sprechen. So ganz war sie noch nicht über ihn hinweg. *Ich werde sie später fragen.*

Sie nahm den Spiegel und reichte ihn Dorinda. »Verkauf ihn.« Sie konnte darauf vertrauen, daß Dorry den besten Preis erzielen würde. MacGregor hingegen neigte, obwohl es mit ihm besser geworden war und er sich zu einem guten Drucker entwickelt hatte, noch immer dazu, sein Geld in Ale anzulegen.

Später als gewöhnlich an schönen Abenden schlenderten Aphra und Penitence um Press Yard herum, um das bißchen Luft zu genießen, das es dort gab. Press Yard glich einer Kiste ohne Deckel und die »Zuwendungen« des Trödlers und mehrerer Katzen hatten die Zustände nicht verbessert, aber der Himmel darüber färbte sich golden, und über die Mauer des Gartens, der dem Aufseher gehörte, hingen die Zweige eines Fliederstrauchs, der die Pfauenaugen anlockte.

Es war im Gefängnis die stille Zeit. Die Stammgäste des Schankraums, die tagsüber in der Lokalität für Tumult sorgten und sie nachts gefährlich machten, schliefen den Rausch vom Nachmittag aus, um für den abendlichen bereit zu sein, und Press Yard wirkte nüchtern und harmlos exzentrisch. Ein älterer Schuldner, der ausgerechnet hatte, wie oft man den Yard umrunden mußte, um die Entfernung bis Hampstead zurückzulegen, ging die Strecke so gewissenhaft ab, als mache er einen Spaziergang wie in jenen Tagen, ehe die Schulden ihn seine Freiheit gekostet hatten.

Er schwenkte den Hut. »Guten Abend, Ladys, ein angenehmer Abend. Vergebt mir, daß ich nicht stehenbleibe, doch ich muß mir meinen Atem für den Hügel aufsparen.«

»Guten Abend, Mr. Salter.«

»Aphra.«

»Meine Liebe?«

»Aphra, dieses Portrait heute nachmittag. Du hast es erkannt, nicht wahr?«

»Ich war nicht sicher und habe die Sache nicht weiterverfolgt, da du offensichtlich nicht darüber reden wolltest, aber ... Und natürlich war er damals jünger, obwohl die Ähnlichkeit bemerkenswert war, aber dann wiederum ...«

»Um Himmels willen, Aphra, wer war es?«

»Sir Anthony Torrington.«

Anthony Torrington? Penitence versuchte ihre Erinnerung an Henry King in den neuen Namen zu pressen. Er paßte nicht. Der »Sir« ebensowenig. Zu respektabel, klang zu sehr nach Junkertum. »Bist du sicher?«

»Sein Leben würde man nicht darauf verwetten, aber es ist ein Gesicht, das man nicht so leicht vergißt.«

»Wo hattest du es schon gesehen?«

»In der Residenz von Sir George Downing. Nur ganz flüchtig, aber ich zog Erkundigungen ein« – Aphras Wimpern flatterten – »und stellte fest, daß er der geheime Gesandte des Königs bei Prinz Wilhelm von Oranien war.«

»Wann war das?«

»Als ich in den Niederlanden war. Sir George ist offiziell unser Botschafter in Holland und weniger offiziell des Königs Kundschafter-General.«

»Ein Oberspion?«

»Downing betrachtet es gewiß als einen Teil seiner Pflichten, Informationen zu sammeln. Dort draußen gab es uns, die wir wußten, daß man den Brüdern De Witt heimlich die Schlüssel aus den Taschen gemopst hatte, während sie schliefen. Dann hat man Papiere aus ihrem Schrank genommen, sie Downing eine Stunde lang überlassen und wieder zurückgelegt, ohne daß jemand ahnte, was mit ihnen passiert war.«

»Ah, Ladys, wie schön die Heide an einem Juniabend ist.«

»Wie recht Ihr habt, Mr. Salter.«

»Man selbst war Sir George dabei eine große Hilfe«, fuhr Aphra im Weitergehen fort, »und hat ihn gewarnt, daß die Holländer unverschämt genug waren, mein geliebtes Surinam besetzen zu wollen und sogar planten, die Themse heraufzusegeln. Er war so gütig, mich nachdrücklich zu beglückwünschen, doch leider ohne finanzielle Zuwendung, die einem lieber gewesen wäre. ›Madam‹, sagte er, ›wir geben es weiter, doch unser königlicher Herr weiß besser als mit seinen Agenten mit dem was anzufangen, was aus seinem Arsch kommt.‹ Ein kraftvoller Redner, unser Sir George.«

Penitence fragte hartnäckig: »Dann war dieser Torrington ein königlicher Spion?«

Aphra zuckte mit den Schultern. »Kommt drauf an, wie man das Wort versteht. Es hieß, Sir Anthony werde an jedem europäischen Hof empfangen und spreche fast alle Sprachen.«

»Aber wenn er zur gleichen Zeit wie du in den Niederlanden war, kann er nicht der Henry King sein, der sich während der Pest in der Rookery aufgehalten hat.«

»Ah«, sagte Aphra. »Aber es ist dennoch möglich. Er verließ die Niederlande kurz nachdem ich eingetroffen war. Ein kleiner Vogel hat mir gezwitschert, daß der liebe König und Sir Anthony sich entzweit hatten. Hatte etwas mit den Franzosen zu tun. Sir Anthony fiel in Ungnade und wurde abberufen.«

In einer winterlichen Gasse in der Rookery hatte eine betrunkene Stimme einmal vorgeschlagen, sie sollten sich auf den Boden setzen und einander traurige Geschichten vom Tod des Königs erzählen. »Und wie kann man einem von diesen gemeinen Kerlen trauen?«

Und sie hatte geglaubt, ihn zu kennen.

»Man möchte ja nicht neugierig sein«, sagte Aphra vorsichtig, »aber habe ich richtig verstanden, daß zwischen dir und diesem Henry King ein besonderes Einverständnis war?«

»Nicht das geringste.« Und weil Penitence die Leute satt hatte, die vorgaben, eines zu sein und etwas anderes waren, erzählte sie Aphra die ganze Geschichte. Die Schmetterlinge zogen sich dahin zurück, wohin Schmetterlinge sich eben zurückziehen, Master Salter kehrte von Hampstead Heath zurück, im Schankraum wurde krakeelt, im

Ausschnitt des dunkler werdenden Himmels erschien ein Stern, und die Spaziergänger in Press Yard wurden den Wärtern mit dem Ruf »alle rein, alle rein!« aufgefordert, sich in ihre Zelle zurückzubegeben.

Aufgeregt drückte Aphra Penitence die Hände. »Was für eine *Romanze*. Meine Liebe, meine Liebe, was für ein unglückseliges Drama. Und alles hat sich von Balkon zu Balkon abgespielt, während die Pest wütete. Die Musen konnten ihm nicht gerecht werden.«

»Erzähl es ja nicht weiter.« Penitence war bestürzt. Sie hatte zwar eine Reaktion erwartet, aber nicht dieses Entzücken.

»Alle rein!« erregte sich der Wärter. »Habt ihr verdammten Frauenzimmer nich' gehört, daß ich ›alle rein‹ gerufen hab'?«

»Sie haben Euch gehört, Mannsbild«, sagte Aphra, »bis hinunter nach Cheapside. Unsereins geht, sobald man dazu bereit ist.« Sie nahm Penitence' Arm und stieg lässig die Stufen zu ihrem Zimmer hinauf. »Was wäre das für ein Theaterstück!«

Ihre Begeisterung legte sich erst nach Stunden. »Romeo und Julia, Pyramus und Thisbe, König Cophetua und Zenelophon. Wirklich, meine Liebe, hätte ich eine Leier, ich würde die Weise von Sir Anthony und Penitence singen.«

»So war es ja gar nicht«, sagte Penitence müde.

»Aber so war es, meine Liebe. So ist es. Er wird wiederkommen, siehst du das nicht? Er wird die Wahrheit erfahren und zu dir zurückkehren, den Hellespont durchschwimmen wie Leander.«

»Hoffentlich ertrinkt er. Ich will ihn nicht mehr.«

»Natürlich willst du.« Aphra fegte die Einzelheiten beiseite. »Die Torrington sind reich – oder waren es. Eine alte Kavaliersfamilie mit riesigem Grundbesitz in Somerset. Ich glaube, Augustus, der Vater, war einmal sogar Sheriff, hat aber unter dem Protektorat alles verloren, als die Familie mit dem lieben König ins Exil ging. Ich glaube, sie haben es jetzt zurückbekommen.«

»Kavaliere«, sagte Penitence mißbilligend.

»Natürlich Kavaliere«, sagte Aphra. »Wär's dir lieber, wenn dein Liebster ein verdammter Puritaner wäre? Oh, verzeih mir, Liebe. Man vergißt deine Herkunft.«

»Henry King besaß keinen einzigen Penny.«

Aphra preßte die Fingerspitzen an ihre Stirn. »Es hat einen Streit gegeben. Unstimmigkeiten wegen der Politik. Ich glaube mich zu erinnern, daß sein Vater nicht einverstanden war mit seiner Hei … Ach, du meine Güte!«

»Seiner Heirat?«

»Nun ja.« Aphra war völlig geknickt, fing sich aber sofort wieder. »Doch das ist sehr lange her, und ich glaube mich zu erinnern, daß sie starb oder daß es einen Skandal gegeben hat, *irgend etwas.*«

»Dieser Sir Anthony scheint Pech mit seinen Beziehungen zu haben«, sagte Penitence. »Ein streitsüchtiger Bursche.«

»Temperamentvoll«, sagte Aphra automatisch. »Aber überleg doch, sobald sein Vater stirbt, wird er zu dir zurückkehren, und dein kleiner Benedikt wird der Erbe eines Vermögens sein.«

»Wenn seine Frau sterben und seine ehelichen Kinder sterben sollten, und wenn ich ihm nicht in die Augen spucke. Schau mich an, Aphra, du mußt mir auf der Stelle v-v-versprechen, daß du nie, niemals weitererzählst, was ich dir heute abend anvertraut habe.«

Ernüchtert sah Aphra sie an. »War es so furchtbar?«

»Ja, das war es. Benedikt und ich werden es ohne ihn schaffen.«

»Aber …«

»Wenn, *wenn* es uns gelingt, Swaveleys Geschichte zu drucken, bevor der arme Mann beerdigt ist.«

»Sie ist schon so gut wie fertig«, sagte Aphra. »Muß nur noch geschrieben werden.«

»Dann schreib sie.«

Allein gelassen, blieb Penitence an ihrem Fenster stehen. Die warme Juninacht überlagerte die verbrauchte Luft in Press Yard mit Fliederduft. Aphra hatte ihr Henry King genommen und durch eine unbekannte Person aus einer Welt ersetzt, für die Penitence nur Verachtung übrig hatte. Der komische, schlaksige, anziehende Mann war verschwunden, es hatte ihn nie gegeben. Er hatte eine Maske getragen und war darunter jemand anders gewesen. *Schön und gut. Um so leichter, ihn zu vergessen.*

Fast konnte sie über die Romanze lächeln, die Aphra aus ihrer jämmerlichen Affaire machen wollte. Wenn Aphra Behn die Welt regierte, wäre sie unterhaltsamer und keine verkommene Schlammgrube. Morgen abend kam George, um seine »Miete« zu kassieren. Eine Woche später würde man einen jungen Mann unten auf das Kopfsteinpflaster legen und zu Tode quetschen.

Und kein Leander weit und breit, der uns rettet. Wer auch immer *er* war.

Seit vor elf Jahren Major Strangeways wegen Mordes an seinem Schwager hingerichtet worden war, war in Newgate niemand mehr zu Tode gepreßt worden, daher bereitete das Gefängnis zu Swaveleys Hinrichtung eine große Festlichkeit vor. Alle Gefangenen, die Räume mit Blick auf den Press Yard hatten, wurden an diesem Tag woanders untergebracht, um für die vornehme Welt Platz zu schaffen, die für eine gute Aussicht hohe Preise bezahlte. Im Yard selbst wurde eine Tribüne errichtet, für Richter, Ratsherren und andere Würdenträger. Es ging das Gerücht um, der König selbst werde vielleicht erscheinen – oder wenigstens einige seiner Mätressen schicken.

Quäker und Schwerverbrecher wurden in tiefere Verliese verbannt, wo ihre Schreie das Spektakel nicht stören konnten.

Man versuchte sogar, Newgate zu säubern, für den Fall, daß das Unwahrscheinliche eintrat und die Behörden das Gefängnis inspizieren wollten, aber nachdem der Yard geschrubbt worden war, verlief der Plan wieder im Sande.

»Mich wundert, daß sie nicht flaggen«, sagte der Graveur Clarins erbittert, da er seinen Raum auf der Männerseite aufgeben mußte.

Aphras Beschwerden, weil auch sie aus ihrem Raum hinausmußte, waren mit mehreren Hinweisen auf den Patriotismus des verstorbenen Mr. Behn und ihre eigenen Dienste für den König gespickt und verschafften ihr, Penitence, Mrs. und Master Johnson einen Platz in einer der Kammern hoch unterm Dach, die zur Wohnung des Aufsehers gehörte; die Diener, deren Kammer es war, mußten an diesem Tag die Besucher bedienen.

Aphra hatte an der Frühmesse teilgenommen, in die man Swaveley zu seiner letzten Kommunion geschleppt hatte. »Armer Junge, er sieht so blaß aus, und dieser widerliche Pfarrer hat ihn ständig ermahnt zu bereuen. Als sie ihn hinausführten, konnte ich ihm sagen, wo wir sein würden. Habe ihm versprochen, wir würden winken.«

»Das sollte ihn aufmuntern«, sagte Penitence. Hinrichtungen mußte es geben, ihr Großvater hatte sie in Springfield zu einigen mitgenommen, um ihr zu zeigen, welches Schicksal die Sünder erwartete, aber diese Festtagsstimmung ging ihr auf die Nerven. Die

Farben der in Scharlachrot gekleideten Richter, die Goldketten der Ratsherren, die Livreen der Dienerschaft, die Hüte der Ladys verwandelten die Tribüne in einen bunten Wandteppich.

Auf einer auf Böcken errichteten Galerie hatte eine kleine Musikkapelle inzwischen bis zur Erschöpfung alle geistliche Musik gespielt, die sie kannte und hatte jetzt auf weltliche zurückgegriffen, die sie langsam vortrug.

Sie merkte, daß alle eine von den Broschüren des Geistlichen in der Hand hielten. »Freiexemplare«, sagte Aphra. »Die kosten das Schwein ziemlich viel.«

Ihre Broschüre wurde seit zwei Tagen in ganz London zum Verkauf angeboten, und das Interesse war groß, die Tippins meldeten gute Erfolge. In diesem Augenblick verkauften Dorinda, MacGregor und die anderen Dog Yarder sie an die Menschenmassen vor dem Gefängnistor. Sie hatten eine zweite Auflage vorbereitet, die Swaveleys letzte Worte enthalten sollte. Der Geistliche hatte Swaveley einfach schon entsprechend reuige Worte in den Mund gelegt.

Swaveley hatte ihnen alle Ehre gemacht, aber Aphra hatte ihn noch übertroffen, indem sie eine deutliche Grenze zwischen dem Schlüpfrigen und dem Literarischen gezogen hatte. »Ihr könnt andere anleiten, meinem Beispiel zu folgen«, hatte Swaveley gesagt und dann affektiert gelächelt. »Immer vorausgesetzt, sie wären dazu fähig.« Sie hatte schon im ersten Abschnitt geschildert, wie er noch als Lehrling die Ehefrau seines Meisters verführt hatte. Für seinen Holzschnitt hatte Clarins sich von alten Wärtern die Prozedur des Pressens beschreiben lassen, und sein Bild eines hingestreckten Mannes, dem man ein schweres Gewicht auf die Brust legte, gab ihrer Broschüre etwas Dramatisches, das dem Druckerzeugnis des Geistlichen fehlte.

Stimmen, von denen Penitence zwei erkannte, drangen aus der Wohnung des Aufsehers zu ihnen in die Dachkammer; sie beklagten sich darüber, daß sie warten mußten.

»Wo ist der Verbrecher?« fragte eine Frau. »Er kommt verdammt spät.«

»Obwohl er sich doch mit dem Tod verabredet hat«, sagte eine männliche Stimme. Die Höflinge und Gecken waren eingetroffen und gaben sich geistreich.

»Rochester und Sedley«, sagte Aphra, »und wenn ich mich nicht irre, der Herzog von Buckingham.«

Die Tür zu den Zellen ging auf. Alles schwieg. Swaveley erschien, mit bloßem Oberkörper, einen Wärter an einer Seite, den Henker mit Maske an der anderen. Der Geistliche folgte psalmodierend.

»Er hat solche Angst«, sagte Penitence. Sie mußten ihn stützen. *Das reicht. Er hat seine Lektion gelernt. Laßt uns alle nach Hause gehen.*

»Huhuu!« Mrs. Johnson lehnte sich weit aus dem Fenster und mußte von ihrer Tochter zurückgezerrt werden. »Mutter!«

Die Kapelle begann ein Requiem zu spielen, während man Swaveley in die Hofmitte führte, auf den Rücken legte und die Eisen an seinen Beinen und Handgelenken an Pflöcken befestigt wurden.

Henker und Wärter traten zurück, während ein anderer Wärter den Yard betrat. Er zog einen flachen Handwagen hinter sich her, der mit einem großen Stein beladen war. *Sie haben das geprobt.*

Der Henker schaute zur Tribüne hinüber, ein Richter stand auf und nickte. Es folgte ein Trommelwirbel. Die drei Männer, die um die ausgestreckt daliegende Gestalt herumstanden, bückten sich, hoben mit großer Mühe den Stein vom Wagen und legten ihn Swaveley auf die Brust.

Mit einem Pfeifen, das bis in den letzten Winkel von Press Yard gehört wurde, entwich die Luft der Brust des Jungen.

Der Henker betrachtete den Stein so kritisch wie ein Maurer und streckte dann den Rücken. »Dreihundert Pfund!« rief er. Der Geistliche lag mit im Gebet gefalteten Händen auf den Knien.

Das ist ein Stein, der eigens dafür gemacht wurde. Was stimmt nicht mit dem menschlichen Geist, daß er sich mit so großer Sorgfalt solche Grausamkeit ausdenkt?

»Ich ertrage es nicht«, sagte Penitence leise zu Aphra. »Ich gehe.«

Aphra hielt sie zurück. »Er erträgt es, und wir profitieren davon«, sagte sie. »Wir bleiben.«

Sie blieb. Master Johnson bejammerte seine verlorene Wette. Unten wurden andere Wetten abgeschlossen: »Dreihundertfünfundzwanzig.« »Dreihundertfünfzig.«

Aphra zitierte:

»Auf Golgotha befriedigten sie ihre Augen, die nimmersatten
mit Szenen aus Blut und Menschenleben, die sie geopfert hatten.«

»Wer hat das geschrieben?« fragte Penitence.

»Ich. In Surinam. Dort hat es einen Sklaven gegeben, einen Neger, den sie mit dem Schiff aus Afrika verschleppt hatten. Er wurde unser Freund. Sein Name war Caesar.«

Penitence starrte sie an; Aphra war erstaunlich; die Erinnerung an den Neger verursachte ihr Schmerz. Sie hatte alles Gekünstelte abgelegt. »Was ist geschehen?«

»Sie haben ihn umgebracht. Sie haben ihm seine Frau weggenommen und an eine andere Plantage verkauft. Er stiftete andere Sklaven zu einer Revolte an.« Sie zuckte mit den Schultern. »Er unterlag natürlich. Sie haben ihn an einen Pfahl gebunden und in Stücke gehackt.«

»Oh.«

»Er war mein Freund«, sagte Aphra.

Aus den Fenstern unter ihnen, wo die Gecken und ihre Frauen sich anfingen zu langweilen, hörte man Gähnen. »Er liegt ja nur ganz einfach da«, beklagte sich eine weibliche Stimme.

»Stimmt. Er ist sehr flach.«

Penitence hatte für Swaveley gehofft, man würde den Stein auf ihn fallen lassen und ihn sofort töten; statt dessen wurden ihm die Lungen zerquetscht, und er erstickte langsam. Er warf den Kopf zurück, und sein Mund öffnete und schloß sich wie bei einem Fisch, der keuchend nach Atem rang.

»Sagt ihnen, sie sollen schneller machen, my Lord, ich bitte Euch«, meldete sich eine Stimme, entweder aus Mitleid oder aus Ungeduld.

Aus dem Fenster des Aufsehers ging ein Signal zu einem der Richter auf der Tribüne, der nickte und dem Henker mit erhobener Hand ein Zeichen gab. Man holte zwei kleinere Steine mit dem Handwagen. »Dreihundertfünfundzwanzig Pfund«, verkündete der Henker.

Swaveleys Mund öffnete sich weiter. Der Richter gab wieder ein Zeichen.

»Dreihundertfünfzig.«

Hört auf. Macht ein Ende. Hört auf.

Swaveleys Arm zuckte in seiner Fessel. Er versuchte zu sprechen.

Alarmiert schüttelte der Geistliche den Kopf, aber der Henker beugte sich über Swaveleys Mund und sah den Richter an. »Er möchte sich schuldig bekennen, my Lord.«

Der Geistliche protestierte: Seine Erschröckliche Warnung wurde ihm verdorben. Aber der Richter gab nach einem Blick auf den Henker mit Gesten zu verstehen, daß die Steine entfernt werden sollten. Swaveley zog Beine und Füße hinter sich her, als sie ihn wegschleppten, um ihm den Prozeß zu machen und dann zu hängen.

Als sie über die Hintertreppe hinunterging, begegnete die Gesellschaft aus der Dachkammer Sir Charles Sedley. »Mistress Aphra, Mistress Penitence«, sagte er. »Ich habe gehofft, diese Gelegenheit würde Euch herauslocken. Wir sind niedergeschlagen, weil sie so langweilig war, und ich bitte Euch, uns ein bißchen aufzuheitern. Ihre Freunde ebenso.« Er verneigte sich vor Mrs. Johnson.

Penitence war überrascht, daß er sich ihre Namen gemerkt hatte, aber sie war nicht in der Stimmung, seinesgleichen zu unterhalten. »Verzeiht mir«, sagte sie und eilte weiter, als sie hörte, daß Aphra Mutter und Bruder vorstellte.

In ihrem Raum angelangt, schloß sie die Tür. Sie brauchte Stille um sich.

Eine Stunde später klopfte es an ihre Tür. »Ich bitte Euch um Nachsicht, Madam«, sagte Sir Charles Sedley.

Da Penitence ihn nicht bat, Platz zu nehmen, lehnte er sich an die schmutzige Mauer; die Sonne, die durch das Fenster fiel, schimmerte auf seinem Seidenmantel, verlieh seiner Perücke einen stärkeren Glanz, ließ sein Parfum stärker duften und strahlte von seinen Ringen zurück, wenn er flatternd die Hände bewegte, eine Bemerkung über die Hitze machte und eine Prise Schnupftabak nahm. Wäre Penitence nicht überzeugt gewesen, daß er auf Grund einer Wette gekommen war, hätte sie geglaubt, er sei verwirrt. Er verwirrte sie, sie wollte ihn loswerden. »Was ist Euer A-Anliegen, Sir?«

»Mein A-Anliegen, Madam, mein A-Anliegen sind Eure Augen. Ich wollte mich überzeugen, ob sie wirklich so erstaunlich sind, wie ich sie in Erinnerung hatte, und, siehe da, sie sind es.« Als Penitence die Lippen zusammenpreßte, fügte er hinzu: »Obwohl man schon über einer Duellpistole freundlichere gesehen hat.«

Seine Augen, die sie aufmerksam beobachteten, waren blutunterlaufen. Er war nicht viel älter als sie, und seine Haut, über der ein Schimmer lag, war so klar und zart wie die eines Säuglings. Aus dem Fett, das ihn eines Tages überwältigen würde, sickerten winzige Schweißperlen.

»Nachdem Ihr Euch nun überzeugt habt und die Frage erledigt ist, wünsche ich Euch einen guten Tag«, sagte sie.

»Grausame Schöne, wollt Ihr mich so früh schon verbannen?« Er sprach sehr langsam; die Worte kamen so schlaff aus seinem Mund, daß sie wie Hohn klangen. »Ich erwarte Rochester und Buckingham, die von Mistress Behn sehr eingenommen sind. In diesem Augenblick reden sie zu dritt über die Kunst des Schreibens und den Anfang ihres Stückes. Es scheint, als hätten wir's mit einer neuen *Matchless Orinda* zu tun.«

Weil sie ihm die Genugtuung nicht gönnte, fragte Penitence nicht, wer *Matchless Orinda* war.

»Aber Ihr, Mistress, seid interessanter als sie – von puritanischer Herkunft, höre ich, und mit einer Neigung für das Theater. Man hat so seine Verbindungen zum Theater, und es wäre möglich, daß man letzteren Bestrebungen dienlich sein könnte.« Er schloß halb die Lider. »Wenn auch ganz gewiß nicht den ersteren.«

Verdammte Aphra, mußte sie alles ausplaudern? »Ich habe keinerlei Bestrebungen, Sir, außer der, allein gelassen zu werden.«

»Das sollt Ihr, das sollt Ihr. Diese Augen könnten ein Publikum ebenso erobern, wie sie mich erobert haben. Gebt mir einen Kuß, und ich eile, Eure Wünsche zu erfüllen.«

Der einzige Ort, an den er eilen konnte, war der, an dem seine Freunde sich aufhielten, um ihnen zu berichten, er habe die arme kleine Hure in ihrer Zelle verführt. Sein pompöses, glattzüngiges Gerede gab ihr das Gefühl, der Raum sei voller Eiderdaunen und sie versinke darin; sie wollte nur hinaus, mit Klauen und Krallen.

Die Tür ging auf. »Hört einmal, Penitence, soll ich von der Hinrichtung am Galgen auch einen Holzschnitt machen?« Clarins, wunderbar, unauffällig, in schlichtem Stoff gekleidet, war hereingekommen, um wichtige Dinge in einer unverschlüsselten Sprache mit ihr zu besprechen.

Sie Charles verneigte sich und zog sich zurück.

Als sie am nächsten Tag mit Aphra aus dem Speisesaal kam, fand sie ihre Zelle voller Rosen, Rosentöpfe, so viele, daß sie ihr sogar den Weg zu ihrem Bett verstellten. »Meine Liebe, wie charmant«, sagte Aphra, das Blütenmeer betrachtend. »Ich wußte, daß er von dir sehr eingenommen war.«

Penitence war wütend. »Ist dir klar, daß ich mit dem Geld, das sie gekostet haben, fast meine Schulden bezahlen könnte?«

Und dann *begriff* sie. Sir Charles bot ihr an, sie herauszuholen, hatte es ihr angeboten, und sie hatte ihn zurückgewiesen. Sie hatte keine Ahnung gehabt. *Penitence Hurd, aus dir wird nie eine Hure.*

Sie überlegte. Nachdem sie den Fuß einmal auf die unterste Sprosse der Leiter der Hurerei gesetzt hatte, war es mehr als unklug von ihr gewesen, nicht höher zu klettern. Satinlaken anstatt schmutziger Decken. Mätresse eines reichen jungen Mannes bei Hofe, anstatt zweimal in der Woche die Hure eines Gefängniswärters. Sie würde Beziehungen knüpfen und Benedikt, wenn er alt genug war, in eine gute Schule schicken können.

Logischerweise mußte sie Sedley ein Briefchen schreiben; ein einfaches Ja würde genügen. Mit Sedley ins Bett zu gehen konnte ihr nicht verhaßter sein als die Augenblicke in der Zelle der Verdammten mit George. *Aber George habe ich unter Kontrolle.*

Unlogischerweise tat sie es nicht. Erstens fing sie, als sie Aphra um Federkiel und Tinte bitten wollte, zu keuchen an, als werde ihr von einem großen Gewicht die Luft aus den Lungen gepreßt wie Swaveley. Zweitens war sie optimistisch und hoffte, ihre Schulden selbst bezahlen zu können.

Es kamen auch keine Blumen mehr, damit erledigte sich die Sache von selbst.

Der Gewinn für Aphra und Penitence aus *Swaveleys letzte Worte*, zusammen mit *Die endgültig letzten Worte*, die im August zum Verkauf kamen, nachdem er gehängt worden war, betrug 94 Pfund 6 Shilling, 10 Pence, fast fünfzig Pfund für jede.

Sie konnten es nicht glauben. »Und alle Unkosten sind bezahlt?« fragte Aphra.

»Ja«, sagte MacGregor, »alles ist bezahlt. Wir mußten für Tyburn schnell noch eine Auflage drucken.«

»Die Tippins haben die Menge auf über sechstausend geschätzt«, berichtete Dorinda, »und ich hoffe, Swaveley war dankbar für alles, was wir getan haben, um sie alle dorthinzubringen, obwohl er nicht so ausgesehen hat. Hatte keinen Mumm in den Knochen mehr, der arme Scheißkerl. Die Tippins haben den Leuten dort so viel aus den Taschen gezogen, daß sie von uns keinen Lohn haben wollten.«

»Jetzt brauchen wir nur noch ein paar Hinrichtungen«, sagte MacGregor.

Penitence zuckte zusammen. »Dann sollten wir uns lieber Geier-Druck nennen.«

»Das ist ein sehr schlechter Name«, sagte MacGregor, »doch da wir ihn nicht veröffentlichen werden, ist er inzwischen gut genug.«

»Was machen wir mit deinem Anteil, Prinks?« fragte Dorinda.

»Bezahl die Rechnungen. Kauf Benedikt, was er braucht. Behalte etwas für den Haushalt, und nimm den Rest als Anzahlung für unsere Schulden. Hinterleg das Geld bei einem Anwalt namens P-Patterson in der Leadenhall Street. Er war der Anwalt ihrer Ladyschaft, und er kann den Gläubiger bezahlen, sobald wir genug beisammen haben.« Sie zwinkerte MacGregor zu. »Noch ein Schotte, aber ich vertraue ihm.«

Der Gefängnispfarrer ging zur Stationers' Company, um sich über die mysteriösen und illegalen Druckerzeugnisse zu beschweren, die ihm sein Geschäft verdorben hatten. Die Stationers versprachen ihm, der Sache nachzugehen, doch angesichts der vielen nicht lizensierten Druckereien glaubten sie selbst nicht, daß sie Erfolg haben würden.

Geier-Druck hielt sich eine Zeitlang zurück. Es würde keine Hinrichtungen mehr geben, bis die Behörden genug Todesurteile beisammen hatten, daß sich das Spektakel in Tyburn lohnte.

Die beiden jungen Frauen hatten nichts zu tun, und Aphra, die länger im Gefängnis war, begann körperlich zu verfallen. Das Essen, das an jene ausgegeben wurde, die sich nichts Besseres leisten konnten, war häufig ungenießbar, und Aphra konnte es nicht bei sich behalten.

Penitence bat sie, etwas von dem Geld zu verwenden, das sie für ihre Schulden zurückgelegt hatten, doch Aphra weigerte sich. »Wenn man das tut, kommt man hier nie raus.« Penitence bekam Angst, daß sie sterben würde, wenn sie nichts von dem Geld nahm.

Sie befürchtete, daß Aphras Mattigkeit das erste Stadium des berüchtigten Whitt-Fiebers war, an dem in Newgate so viele starben. »Du darfst jetzt nicht aufgeben.«

Aphra schloß die Augen. »Schick *The Young King* an Rochester und Buckingham«, sagte sie leise. »Vielleicht finden sie, daß es sich lohnt, es für mich zu beenden.«

»Du wirst es beenden. Und was ist mit diesem Sklaven? Wolltest du nicht seine Geschichte aufschreiben?«

Aphras Augen schwammen in Tränen. »Ah, armer Caesar, wir sind beide dem Vergessen anheimgegeben.«

»Verdammt will ich sein, wenn du es bist«, sagte Penitence verärgert. Sie schickte das Stück nicht ab, schrieb aber an Rochester und Buckingham und schilderte ihnen die Lage.

Wenn Sedley die Wahrheit gesagt hatte, waren sie vielleicht an Aphra genug interessiert, um ihr das Leben zu retten. *Was sie an einem Tag für ihre verfluchten Bänder ausgaben, würde Aphra einen Monat lang am Leben erhalten.*

An diesem Abend in der Zelle der Verdammten forderte sie George auf, ihr anständiges Essen zu besorgen. Sie kannte ihn gut genug, um nicht zu bitten. »Ich möchte Käse, gutes Brot, frische Milch, und zwar schon morgen«, befahl sie ihm, während sie sich auszog. »Und etwas Wein.«

»Ja, ja, ihr Ladys«, sagte George bewundernd. »Whitt-Kost is nich' gut genug, wie? Erzähl mir, was du in deinem vornehmen Haus so essen tust.«

Was essen die Reichen? Ihr fielen nur die Mahlzeiten ein, die ihre Großmutter in ihrer Waldküche auf den Tisch gebracht hatte, und sie hoffte, daß sie ihm fremd genug sein würden, um exotisch zu klingen. »Kürbispastete.«

»Oooh. Kürbispastete.« Er schnupperte an ihren Oberschenkeln. »Und schön saftig.«

»Viel, viel Saft. Wilden Truthahn, mit Blaubeeren gefüllt. Dicke Suppe aus Meeresfrüchten.«

Es war gastronomische Pornographie und wirksam. George kam früher denn je. Aber er forderte seinen Preis. Als er ging, sagte er: »Halt dich morgen abend bereit. Gutes Essen kostet extra.«

Aphra ging es zu schlecht, daher fragte sie nicht, woher die Speisen kamen, aber es wurde ein wenig besser mit ihr. Da sie das Bett nicht verlassen konnte, setzte Penitence sich zu ihr und las ihr vor: »›Auch mich haben die Schwestern aus Pierien zum Sänger erkoren; auch ich habe Lieder, ja, und die Schäfer heißen mich einen Poeten, doch ich trau' ihnen nicht. Denn bisher, denk ich, schnatt're ich Gänsen gleich inmitten singender Schwäne.‹«

»O Vergil«, sagte Aphra seufzend, »wenn man nur so schnattern könnte wie du.«

Aphras Hunger nach Literatur war größer als der nach Nahrung. Dadurch, daß sie ihr aus der Bibliothek vorlas, die Aphra nach Newgate mitgebracht hatte, erwarb Penitence sich eine Bildung, von der sie bisher nicht einmal geträumt hatte. Aphra genügte sie noch immer nicht: »Leider ist es unserem Geschlecht versagt, Latein oder Griechisch zu lernen, so daß uns die Originale verschlossen bleiben. Wenn meine Augen nur das Griechisch Homers trinken könnten!«

Penitence fand einige der englischen Übersetzungen schwierig genug, doch sie las weiter, wenn Aphra schon lange schlief; sie begeisterte sich für die Reden von Sokrates oder hörte die Bronzeposaunen ihren Schlachtruf über die Mauern von Troja schmettern oder wiederholte leise immer und immer wieder einen honigsüßen Vergil'schen Satz. Wenn sie in Newgate auch die schlimmste aller menschlichen Erniedrigungen erfuhr, lernte sie, dank Aphra, auch die höchsten Höhen menschlichen Geistes kennen.

Und die der Frauen. Nie hatte sie früher von einer Dichterin gehört, die Aphra stets die »heilige Sappho« nannte – sie verstand, als sie Sapphos Gedichte las, warum die Puritaner ihre Existenz ignoriert hatten. Sie teilte die sexuellen Neigungen der Lesbierin auch nicht, aber sie war wie verzaubert von den wunderschönen, femininen Versfragmenten, die, aus einem anderen Land und zwanzig Jahrhunderte später, eine Gefängniszelle erfüllten, als seien sie erst jüngst geschrieben worden.

Sie bezweifelte immer noch, daß Aphras brennender Wunsch, ihr Stück in einem öffentlichen Theater aufzuführen, je wahr werden könnte. Doch zumindest ein Beispiel gab es dafür, daß eine Frau mehr sein konnte als eine Schreiberin für den Hausgebrauch.

»Wer ist *Matchless Orinda*?« fragte sie, weil ihr Sedley einfiel.

Aphras leidvolle Augen wurden eisig. »Pfui.«

»Wer war sie?«

»Erwähnt man die Tatsache, daß man schreiben will«, sagte Aphra, »bekommt man nur eines zu hören. Noch eine *Matchless Orinda*. Wenn ich dächte, man würde mich mit diesem oberflächlichen, seichten, schwülstigen Frauenzimmer in einen Topf werfen, würde ich mir hier und jetzt die Pulsadern aufschneiden. Pfui habe ich gesagt, und pfui habe ich gemeint.«

Zwar war Penitence nicht viel klüger geworden, doch sie bedauerte auch nicht, daß sie gefragt hatte; zum erstenmal seit Tagen war Aphra aus ihrer Apathie aufgewacht.

Doch das eigentliche Allheilmittel hielt am ersten Tag im September spät abends in Newgate Einzug, und zwar in Gestalt eines jungen Mannes, der für seine strenge, elegante Priesterkleidung viel zu muntere Augen zu haben schien.

Penitence stieß mit ihm zusammen, als sie, Aphras Schreie hörend, in ihre Zelle stürzte. Fast hätte sie ihm einen Faustschlag versetzt. Er hielt sie fest und bat um Entschuldigung. »Ich versichere Euch, Madam, Mistress Behns Geschrei hat eine überaus freudige Ursache.«

Aphra hob den Kopf. »Penitence. O meine Liebe, wir sind frei.«

»Nun ja«, sagte der junge Geistliche.

»Zweihundert Guineen. Wir können sofort gehen – noch in dieser Minute. Dieser wunderbare Bote, dieser Merkur …«

»Sprat«, sagte der junge Mann lächelnd, »Thomas Sprat.«

»… unsere Wohltäter, Seine Hoheit von Buckingham …«

»Eine anonyme Spende«, sagte Reverend Sprat.

»… und der Earl of Rochester. Wie können Worte …«

»Ich soll sagen, es sei eine Anerkennung von den Musen«, sagte Reverend Sprat taktvoll, »und obgleich ich überzeugt bin, daß die *anonymen* Spender glücklich wären, auch dieser Lady zu helfen, wenn sie von ihrer Misere wüßten, ist diese Spende ausschließlich dazu bestimmt, Euch zu befreien, Mistress Behn.«

Durch einen Tränenschleier und hinter zerzausten Haaren hervor sah Aphra ihm voll ins Gesicht. »Wenn Penitence nicht befreit wird, bleibe auch ich hier. Es ist jetzt genug da, um unser beider Schulden zu bezahlen.«

Also wurde es arrangiert. Es gab ein Kommen und Gehen. Ein ungehaltener Anwalt Patterson wurde von einem Musikabend in seinem Haus weggerufen, um Dokumente zu unterzeichnen und Eide zu leisten. Haftbefehle wurden zurückgezogen, Gläubiger bezahlt, und in den frühen Morgenstunden saß Penitence, noch immer benommen und ungläubig, neben Aphra in einer wappengeschmückten Kutsche – wessen Wappen es war, sah man nicht, dazu war es zu dunkel – und wurde nach Aldersgate gebracht, wo der junge Reverend Sprat, nachdem seine Pflichten getan waren, die beiden Frauen in die billige Pension brachte, in der Mrs. und Master Johnson wohnten und die, obwohl sehr schlicht, tausendmal besser war als Newgate.

Und eine halbe Meile entfernt entzündete in der Pudding Lane ein Funke aus einem sorglos unbeaufsichtigt gelassenen Backofen ein Reisigbündel, das zu dicht davorlag.

Ein Stück roter Glut aus dem brennenden Geschäft fiel auf einen Heuhaufen im Hof eines nahen Gasthofs. Der Gasthof fing Feuer, und die Flammen züngelten in die Thames Street, die von Lagerhäusern gesäumt wurde, in denen Talg, Öl und Spirituosen lagerten.

Der neue Lord Mayor, Sir Thomas Bludworth, wurde geweckt und entschloß sich, das Feuer zu ignorieren. In der City brannte es dauernd irgendwo. Dieser Brand jedoch fiel zufällig in eine Zeit großer Trockenheit; außerdem wehte ein kräftiger Ostwind. Geteerte, mit Stroh gedeckte, eng beieinanderstehende Holzhäuser loderten wie Fackeln.

Wie üblich versuchten Gruppen von Männern mit Wassereimern, langen Feuerhaken und Handspritzen mit den einzelnen Herden fertig zu werden, sobald irgendwo ein Feuer ausbrach, gaben dann aber auf. Die einzige Möglichkeit, einen Brand von diesen Ausmaßen zu bekämpfen, war die, alle Häuser völlig abzureißen, die auf seinem Weg lagen; doch Sir Thomas Bludworth war der dann fälligen Entschädigung wegen viel zu besorgt, um den Befehl zu geben, der London gerettet hätte.

An dem sonnigen windigen Sonntagmorgen flüchteten die verängstigten Londoner in Scharen aus ihren Häusern, warfen ihr Hab und Gut in Boote, die am Nordufer lagen, kletterten die Stufen zum

Wasser hinunter. Manche Leute blieben in ihren Häusern und rannten erst in Panik davon, als auch diese Feuer fingen. Verwirrte Tauben blieben zu lange auf Dachfirsten sitzen, bevor sie aufflogen und fielen mit angesengten Flügeln in die Flammen, die hundert Fuß in die Höhe schossen.

Flüchtlinge, unter ihnen Aphra Behn und ihre Familie, flohen voller Entsetzen aus der City. Einige durchschwammen den Fluß, andere kletterten an den Toren hinauf oder standen Schlange, um die gnädigerweise unversehrte London-Bridge zu überqueren. Der Preis für einen Wagen stieg auf vierzig Pfund.

Erst am Montag, als der König und sein Bruder James, Herzog von York, die Sache in die Hand nahmen, wurde etwas Entscheidendes getan.

Inzwischen saßen Aphra und die Johnsons gut aufgehoben im Cock-and-Pie und hatten, wie die übrige Rookery, einen Tribünenplatz, von dem aus sie zusehen konnten, wie London zu Tode brannte.

Rußflocken reizten ihre Augen, doch sie konnten den Blick nicht abwenden von der Korona der fast unsichtbaren Flamme, die über der Stadt waberte. Rauch breitete sich über der Landschaft aus wie das Haar einer häßlichen, alten Riesin. Doch schrecklicher noch als der Anblick war der Lärm, das furchtbare, selbstzufriedene Tosen des Feuers, das durchsetzt war vom Donner einstürzender Gebäude und dem Dröhnen der Explosionen, die den Balkon erzittern ließen, auf dem sie standen, als Seeleute, die von den Docks geholt worden waren, ganze Straßenzüge systematisch mit Pulver in die Luft jagten.

»Die Geschichte, oh, die Geschichte!« rief Aphra.

Penitence mußte daran denken, wie sie mit Peter Simkin die gemeißelten Torwege passiert hatte und in tiefstes Mittelalter geraten war. Wie Aphra würde sein Geist um die Straßen weinen, die Chaucers Pilger nach Canterbury aufbrechen gesehen und in denen die Menschen Elizabeths Krönungszug zugejubelt hatten.

In ihren Augen waren keine Tränen. Aphras Bruder war, wie mehrere Männer aus der Rookery, gegangen, um bei der Evakuierung der Menschen zu helfen, und kam mit der Nachricht zurück, daß obwohl fünf Sechstel der City verloren waren, noch niemand einen Todesfall gemeldet hatte.

»Und Newgate?« fragte sie ihn.

»Völlig ausgebrannt.«

Gesäubert. Die Vergangenheit der Stadt brannte, ein großer Teil davon so schmutzig wie die ihre gewesen war. Die Zelle der Verdammten war ein Raub der Flammen geworden. Sie und London konnten beide einen neuen Anfang machen.

Sie legte den Arm um die weinende Aphra und sah weiterhin zu, wie alles in Schutt und Asche fiel.

»Gut«, flüsterte sie.

4. Kapitel

Die Riding Yard Alley zweigte vom Strand-Ende der Catherine Street ab und war überraschend schmal. »Ist es hier?« fragte Penitence zweifelnd.

»Ich muß es doch wohl wissen, oder?« sagte Dorinda. »Es ist der Hintereingang. Der Vordereingang ist in der Drury Lane, die auch nicht viel breiter ist. Aber warte, bis du drin bist.«

Sie ging voraus und raffte ihre Röcke, um einer toten Katze auszuweichen, die in den Schatten der blassen Wintersonne eben noch sichtbar war. Sie folgten ihr. »Man war früher natürlich im alten Cockpit«, sagte Aphra, die Dorindas Vertrautheit mit der Umgebung übelnahm, »aber man war zu beschäftigt, seit dieses erbaut wurde.«

»Das mußt du ihm sagen«, höhnte Dorinda, über die Schulter zurückblickend. »Man bedauert tief, Sir Tom, aber man hatte im Gefängnis einfach *zuviel* zu tun.«

»Hör damit auf«, sagte Penitence. Daß Dorinda ständig an Aphra Behn herumnörgelte, machte das Leben zu Hause nicht gerade leichter, und das Leben im Cock-and-Pie war ohnehin mühsam genug. Das Haus war beinahe so voll wie zu ihrer Ladyschaft Zeiten. In den Dachkammern wohnten die Johnsons, MacGregor war in Jobs ehemaliges Zimmer gezogen, um in der Nähe der Druckerpresse zu sein, die in der Küche stand, und Mistress Palmer betrieb jetzt ihre Wäscherei in der Spülküche, in unmittelbarer Nachbarschaft des Brunnens.

Im Vergleich mit Newgate war es ein Paradies, aber an Tagen, an denen Benedikt zahnte, die Presse rumpelte und MacGregor mit Peter Johnson schimpfte, weil er nicht helfen wollte, wenn etwas zu drucken war – leider gab es nicht viel –, Dorinda Aphra hänselte, die zu schreiben versuchte, Mrs. Johnson sich in einem unbewachten Augenblick ins Ship davongeschlichen hatte, um sich eine Flasche zu holen, und Penitence nicht wußte, woher sie die nächste Mahlzeit für sie alle nehmen sollte, war es kaum erträglich.

»Das ist ihm bereits bekannt«, sagte Aphra mit Würde. »Ich habe damals an ihn geschrieben. Man kennt Sir Thomas gut.«

Sie ist nervös, sonst würde sie nicht antworten. Gewöhnlich war Aphra mit Dorinda sehr geduldig.

Penitence war auch nervös. Zu lange war sie puritanischen Lehren ausgesetzt gewesen, um den Tempel der Sünde, dem sie sich jetzt näherten, ohne Gewissensbisse betreten zu können.

»Herausgeholt hat er dich aber nicht, oder?« Dorinda blieb vor einem staubigen grünen Torweg stehen und sagte zu der ungeschlachten Gestalt, die dort lümmelte: »Das sind meine Freundinnen, Jacko.«

»Wie geht das Orangengeschäft, Dorry?« Indem Dorinda sich das nötige Geld von Sam Bryskett geliehen und die Tippins angeheuert hatte, die dem damaligen Amtsinhaber einen heiligen Schrecken einjagten, hatte sie die Orangen-Konzession für das King's Theatre erworben und verdiente nicht schlecht damit. Sofern im Cock-and-Pie überhaupt etwas zu essen auf den Tisch kam, war das hauptsächlich Dorindas kleinem Einkommen zu verdanken.

»Schlecht. Jetzt laß uns vorbei.«

»Kann ich nich'«, sagte Jacko. »Du kannst durch, aber Sir Tom hat Befehl gegeben. Deine Freundinnen bleiben draußen. Sie proben da drin.«

Dorindas Stimme wurde ganz sanft. »Jacko, mein kleiner Lockenkopf, wenn du uns nicht reinläßt, werde ich Sir Thomas wohl sagen müssen, daß ich gesehen habe, wie du dich gestern beim Einlaß dreimal im Nacken gekratzt hast.«

»Das tätst de nich'.«

»Das täte ich wohl, verflucht.«

Der Pförtner seufzte. »Rein mit euch, Freundinnen.«

Sie kamen in einen dunklen Korridor mit vielen Türen. Aphra war neugierig. »Warum darf er sich nicht kratzen?«

»Er wird dafür bezahlt, daß er das Eintrittsgeld annimmt«, sagte Dorinda. »Jedesmal wenn er sich im Nacken kratzt, läßt er eine Sixpencemünze unter den Kragen seiner Jacke gleiten.«

Penitence' Nase zuckte. Wäre sie ein Hund gewesen, hätte sie herumgeschnüffelt. Sie stolperte hinter Dorinda durch die Dunkelheit und trat ihr beinahe auf die Fersen. Dieses innere Erschauern, dieser wunderbare Geruch, fremd und unheimlich anziehend zugleich, fegten alle Vorurteile beiseite, verwandelten sie in Erregung.

Und dann war sie angekommen. Sie stand in der Tür, zum Parkett. Zu ihrer Rechten führten Reihen leerer Bänke mit einem Neigungswinkel von fünfzehn Grad zu den steiler ansteigenden Plätzen eines Amphitheaters. Darüber waren die Logen – sie hatte den Eindruck von vergoldetem Leder.

Dorinda brachte Aphra zu Sir Thomas Killigrews Kontor, aber Penitence ließ sich auf eine Bank fallen und blieb sitzen.

Vor ihr und ein wenig höher war es hell, hörte man Männerstimmen, sah Gestalten, die sich bewegten. Um sie herum roch es nach Orangenschalen, Flanell, Fischleim, altem Parfum, Tabak und Staub. Sie richtete den Blick auf das Licht, und die Bühne trat aus dem Dunkel heraus.

Im Hintergrund der Vorbühne bildeten zwei große goldene Neptunstatuen auf Marmorsockeln den Proszeniumbogen. Die Soffiten bildeten ein Fries aus Wolken, Nymphen und Cherubim, die einen üppigen roten Samtvorhang zu halten schienen; die Quasten am unteren Ende hingen hinter den Meeresgottheiten bis auf den Boden. In der Mitte des Frieses glänzten in Gold und Silber die heraldischen Symbole des Königs.

Noch mehr wurde ihr Blick von dem hellen Viereck angezogen. Es war ein Wald. Kein Wald mit Vielfraßen oder Elchen oder Unterholz. Hier war alles klar und deutlich. Es war ein Wald der Dryaden; sie konnte sie nicht sehen, doch sie wußte, daß sie da waren, sich hinter den flachen, gemalten Bäumen versteckten, die sich in raffinierter Perspektive bis zu einem weit entfernten Wäldchen zu erstrecken schienen. Sie fand es nicht merkwürdig, daß Kronleuchter den Sonnenschein vortäuschten. Von diesem Augenblick an war sie verloren.

Der Gott dieses Tempels verlangte ihre Seele, und Pen gab sie hin. Tausend geflüsterte Schreie mahnten sie, daß dies des Teufels Bethaus war, ein Schlund der List und der Täuschung. Doch gerade sie faszinierten Penitence. Das Licht, das so sanft auf diese Lichtung fiel, war nie auf Meer oder Land gefallen, aber es hatte dem schönsten ihrer Träume Farbe gegeben. Draußen, eine Million Meilen entfernt, war grauer Winter; hier, in einen Rahmen eingekapselt, war Sommer und würde immer Sommer sein.

Das Haar sträubte sich ihr im Nacken. Sie kannte diesen Ort, wie sie Henry King gekannt hatte. Hier war das Wesen dieses Mannes, oder er hatte das Wesen des Theaters in sich getragen. Sie war von dieser Herrlichkeit ausgeschlossen gewesen, diesem Entzücken der Kindheit. Wie eine Schildkröte, die das Meer ahnte, sehnte sie sich danach.

Hier und da saßen Leute auf den Bänken, die beim Licht dünner Wachskerzen lasen. Über der Bühne hämmerte ein Mann am Mechanismus des Vorhangs herum, während unten, in einem abgetrennten Teil des Parketts, eine Violine auftauchte.

Aus den Seitenkulissen hörte man Stimmen, jemand fluchte. Penitence beachtete sie nicht mehr als Vogelstimmen oder ein Rascheln des Windes im Laub eines echten Waldes. Sie war nicht einmal überrascht, als sie die lieb vertrauten Zeilen hörte: »Signior Leonato, laßt Pater Franciscus' in diesem Fall Euch geleiten ...«

Ihre Lippen bewegten sich synchron: »... Und wenngleich Ihr wißt, meine innerste Neigung und meine Liebe gelten dem Prinzen und Claudio, doch, bei meiner Ehr' ... Ist das verdammte Frauenzimmer endlich da?«

Hinter einer Seitenkulisse tauchte ein Kopf auf. »Nein, isses nich'.«

Glücklich setzte Penitence sich zurecht, um sich dieses neue Stück anzusehen.

Der Schauspieler warf die Arme in die Höhe. »Wo ist diese athanasianische Schlampe? Wie kann ich eine Liebesszene mit einem verdammten Vakuum spielen? Du liest den Text, John.«

»Hab' keine Zeit«, sagte Johns Kopf verdrießlich. »Ich muß ...«

»Dann such jemanden, der Zeit hat. Warum sollte ich meinen Atem verschwenden, wenn man die Huren, die so tun, als wären sie

Schauspielerinnen, in diesem Musentempelkrempel nicht dazu bringt …«

»Schon gut, schon gut«, brummte Johns Kopf, dem ein Körper wuchs, als er nach vorn gehinkt kam, ins Parkett spähte und einer vornübergeneigt dasitzenden Frauengestalt auf der Bank hinter Penitence zurief: »Knipp, würdest du vielleicht …«

»Nein, ich würde nicht, verdammt.« Knipp blickte nicht einmal von ihrem Script auf. »Ich muß bis zum Nachmittag die Sabina lernen, also laß mich in Ruh'.«

John hob die Augen gen Himmel, ließ sie dann hoffnungslos über die schweigenden Gestalten auf den anderen Bänken schweifen und sah plötzlich Penitence an. »Du da!«

Penitence schaute sich um.

»Du. Mit der Haube. Kannst du lesen?«

»Ich?«

»Oh, um Himmels willen. Du. Kannst du lesen? Dann komm hier rauf.«

Es war unvermeidlich; hatte so kommen müssen. Sie stieg die Stufen hinauf. Sie stand unter den Lichtern. John packte sie beim Arm und führte sie dahin, wo der Schauspieler saß, den Kopf auf den Knien, die Arme über dem Kopf. »Und jetzt, Liebes«, sagte John, als wäre sie ein Baby, richtete aber den Blick giftig auf die auf dem Boden zusammengesunkene Gestalt. »Dieser Gentleman hier ist ein Schauspieler, ob du's glaubst oder nicht.« Ein Buch wurde ihr in die Hand gedrückt. »Falls er sich je erheben sollte, möchte ich, daß du ihm all die kleinen Worte vorliest, die nach dem Namen Beat kommen. Siehst du? Hier. Beat. Wenn der Name Bene dasteht, wird er sprechen. Hast du verstanden, Liebes? In Ordnung, Kynaston?« Er ging.

Kynaston erhob sich seufzend. Er war groß, hatte ein feinknochiges Gesicht und ebensolche Hände. Sein Haar, das sein eigenes war, hing ihm in einer schönen Welle in die Augen, und er schob es zurück. »Lady Beatrice, habt Ihr die ganze Zeit geweint?«

Gnädiger Gott im Himmel, niemand beachtete sie. Aber sie stotterte trotzdem: »Ja, und ich w-w-werde noch v-v-viel länger w-w-weinen.«

Kynaston legte die Hand vor die Augen. »Warum ausgerechnet ich?« Aber er fuhr fort: »Das will ich nicht wünschen.« *Setz die Maske auf. Du kannst mit der Kavallerie mitreiten.* »Dessen bedarfs auch nicht, ich tu's freiwillig.«

Kynaston konzentrierte sich auf seine Rolle und sah sie nicht an, und so wurde sie immer besser. *Ich schaffe es.* Zwei Zeilen weiter kam ein P. *Atme.* »Es wäre auch nicht peinlich zu sagen ...« *Geschafft.* »... aber glaubt mirs nicht; und doch lüg ich nicht: Ich bekenne nichts und leugne nichts. Mich jammert meine Muhme.«

Ihre Stimme wurde kräftiger, als sie in den Rhythmus verfiel, den Henry ihr beigebracht hatte; sie hörte sie, die jetzt bis in den Zuschauerraum drang und dachte: Wie schön sie klingt.

Kynaston geriet jetzt auch in Fahrt. »Heiß mich, was du willst, für dich ausführen.«

Sie legte hinein, was sie auf dem Balkon des Cock-and-Pie hineingelegt hatte. »Ermorde Claudio.«

»Ha, nicht für die ganze Welt.« Er war ein ganz anderer Benedikt als Henry King, aber er fühlte den gleichen Zorn.

»Oh, daß ich ein Mann wäre!« zischte Beatrice. »O Gott, daß ich ein Mann wäre! Ich wollte sein Herz auf offenem Markt verzehren.«

»Höre mich, Beatrice ...«

Sie stürzte sich in eine Textstelle mit mehreren P, ohne ein einzigesmal hängenzubleiben, dann hatte sich Benedikt in Kynaston zurückverwandelt, der ihr die Hand küßte und lebwohl sagte. »Sehr schön, meine Liebe, ich dank Euch. Ihr könnt jetzt gehen.«

Als sie in die Wüste zurückschlurfte, hörte sie, wie er zu John sagte: »Sag ihr, sie soll wegen Ihres Gangs was unternehmen. Sie geht wie ein verdammtes Pferd.«

Der Mann über der Bühne hämmerte noch immer, die Violine wurde noch immer gestimmt. Aber alles hatte sich verändert. Als sie sich wieder setzte, glaubte sie die Knipp flüstern zu hören: »Er wollte die Stichworte, meine Liebe, kein verdammtes Vorsprechen«, doch als sie sich umschaute, war die Schauspielerin wieder in ihr Buch vertieft.

Dann traten Holzapfel, Konrad und ein Totengräber auf, und Holzapfel war so komisch, daß sie aufquietschte, bevor sie sich den Mund zuhalten konnte. Von da an spielte er für sie, bis Dorinda ihr auf die Schulter klopfte und sie ihr, immer wieder zurückblickend, in den Korridor folgen mußte. »Es ist nicht, was ich erwartet habe«, plapperte sie, »und ist es doch wieder. O Dorry, ich hatte eine so schöne Zeit.«

Zu ihrer Überraschung küßte Dorinda sie. »Und das hast du nicht in einem Stück sagen können?«

Nein. In den Minuten, Stunden, die sie dort verbracht hatte, war ihr eine Kindheit geschenkt worden, die Kindheit von jemand anders, voller Gaben und Wunder.

»Aphra ist weniger glücklich.«

Sie kam auf die Erde zurück. »Will er ihr Stück nicht?«

»Will es nicht mal lesen. Der alte Scheißkerl tut so, als wär er ihr noch nie begegnet. Ich schätze, er schämt sich, daß er sie ins Spionagegeschäft hineingezogen hat und ihr dann nicht helfen wollte.« Aphra mit Kummer und Sorgen stand jetzt mit Dorinda auf einer Stufe.

Eine tiefe, klangvolle Stimme dröhnte aus einer offenen Tür: »Madam, Stücke habe ich. Was mir fehlt, ist Publikum. Wißt Ihr, wie viele Zuschauer wir gestern in *The Slighted Maid* hatten, sogar mit dem verdammten Maskenspiel?«

Ein großer, fetter Mann mit einem brutalen Kinn fegte eine zwitschernde Aphra auf den Korridor. »Zweihundertvier. Zwei schäbige Hundert und vier. Einundzwanzig Pfund und neun Pence, Madame. Davon geht die Miete ab, das sind fünf Pfund, vierzehn Shilling, bleiben mir für die laufenden Kosten fünfzehn Pfund, sechs Shilling und neun Pence, ganz zu schweigen von den Schauspielern, die darauf bestehen, ihre Gage zu bekommen, obwohl sie nicht einmal eine Gans zum Schnattern bringen könnten. Bleibt mir mit neuen Stücken vom Leib, Madam. Wir müssen morgen mit *Viel Lärm* den Verlust wieder einbringen. Dem Himmel sei Dank für Shakespeare, kann ich nur sagen.«

Seine Stimme streifte alle drei Frauen vor ihm wie ein Besen und drängte sie zum Ausgang, wo Jacko die Tür offenhielt. Sir Thomas schob Aphras Ärmel zurück, ließ seinen Schnurrbart ihren Unterarm entlangwandern, tat so, als verteile er eine Reihe geräuschvoller, flüchtiger Küsse darauf. »Euer Stück mag Euer würdig sein, Madam, aber das letzte, das wir von einem verdammten Weib spielten, mußte nach einer Vorstellung abgesetzt werden. Zu verdammt tugendhaft. Ein Stück braucht Eier, Madam, Eier, und Frauen haben keine, Gott sei Dank. Kehrt zu Eurem Gatten zurück, Madam. Ich wünsche Euch einen guten Tag.«

Die Tür fiel hinter ihnen zu, und sie trotteten durch die Gasse zurück. Penitence legte Aphra den Arm um die Schultern und stellte zu ihrer Überraschung fest, daß da schon Dorindas Arm lag.

»Hast du ihm gesagt, daß Buckingham und Rochester deine Gönner sind?«

Das war eine recht großzügige Auslegung; seit dem Geldgeschenk, das sie aus Newgate befreit hatte, hatten sie von den edlen Lords nichts mehr gehört. Der Adel hatte sich größtenteils aufs Land zurückgezogen und den trostlosen Ruinen Londons den Rücken gekehrt.

»Ja«, sagte Aphra unglücklich.

»Ich geb' ihm Eier«, sagte Dorinda. Das ganze Cock-and-Pie hatte sich auf Aphras Stück verlassen. »Wünschte, ich hätte ihm die seinen abgezwickt, als ich die Chance hatte.«

Penitence warf ihr über Aphras Kopf hinweg einen Blick zu. »Du hast doch nicht!«

»Ich mußte«, sagte Dorinda, »oder es hätte ›lebt wohl, Orangen‹ geheißen. Er hat einen Rechts – Rechtsirgendwas auf jedes weibliche Wesen im Haus. Vom König verliehen, sagt er.«

Sie waren zurück im Winter, mit einer toten Katze in einer schmutzigen Gasse, und Sorgen nagten an ihren Mägen, vom Hunger ganz zu schweigen. *Wenn ich die Reste von dem Lammknochen abkratze und mit den letzten Karotten koche, können wir Suppe essen.*

Aphra blieb stehen. »Dorinda?«

»Ja, Affie?«

»Kannst du mich heute nachmittag in die Vorstellung einschmuggeln?«

»Du gehst doch nicht wieder hin?«

»Man kann nicht immer und ewig von Penitence' Wohltätigkeit leben.«

»Ich habe die deine sehr schnell angenommen.«

Aphra zitterte vor Verzweiflung. »Ich weiß nicht, was ich sonst tun soll.« Sie straffte sich. »Ich bin mit der Feder begabt, das weiß ich. Sie ist meine einzige Zuflucht. Ich gehe heute wieder hin. Ich gehe morgen. Und ich gehe übermorgen. Wann immer Vorstellung ist, ich werde da sein und mir das Stück ansehen. Ich werde lernen, was das Publikum will und was es nicht will. Und wenn Hoden der letzte Schrei sind, dann soll es Hoden bekommen.« Sie wischte sich die Tränen aus den Augen. »Mit Höckern drauf.«

»He, du!« Der Ruf kam von hinten, wo John aus der Theatertür herauskam. »Du! Wohin gehst du?«

»Nach Hause!« rief Penitence kalt zurück.

»Komm hierher zurück, und wir üben das Gehen. Ich dulde nicht, daß meine Komparsinnen wie Holzfäller über die Bühne trampeln.« Die Tür fiel zu. Er war gegangen.

»Komparsinnen?«

»Speerträger.« Dorinda war zwischen Freude und Neid hin- und hergerissen. »Hofdamen. Sie reden nicht. So was wie Mädchen für alles.«

»Oh.«

»Das ist vielleicht 'ne Wendung«, sagte Dorinda. »Wir kommen her, um Aphras Stück zu verkaufen, und du kriegst 'ne verdammte Arbeit.«

»Oh.«

Sie beeilten sich, um Aphra einzuholen, die taub war für alles außer ihrem Jammer, das Ende der Gasse erreicht hatte und sich in die falsche Richtung wandte. Sie nahmen ihre Arme und drehten sich nach Norden um. Mit einem wilden Blick sah sie zu ihnen auf. »Mit Höckern drauf.«

Der widrige Wind, der die Flammen über die City geweht hatte, brachte dem verschont gebliebenen West End Wohlstand. Steinmetze, Maurer, Fuhrleute, Schreiner, Architekten kamen aus Englands vier Himmelsrichtungen und brauchten Unterkünfte und Verpflegung.

Selbst die Rookery profitierte von dem Aufschwung; es gab Arbeit für alle, die bereit waren zu arbeiten, und für jene, die nicht dazu bereit waren, unzählige Taschen, in die man greifen konnte. Häuser, in denen es weder Mensch noch Ratte gegeben hatte, füllten sich wieder.

Penitence geriet in Versuchung, MacGregor aus Jobs und Kinyans in Phoebes ehemaliges Zimmer umzuquartieren, und die frei gewordenen Räume zu vermieten. Sie ließ den Plan fallen, als Reverend Boreman sie anläßlich eines ihrer Besuche in der Pfarrei St. Giles davor warnte. Sie holte nicht nur Texte bei ihm ab, die gedruckt werden sollten, es war ihr auch zur Gewohnheit geworden, ihn um Rat zu fragen.

»Fremde ins Cock-and-Pie bringen? Seid Ihr närrisch, Mädchen?«

»Sam Bryskett hat an zwei Dachdecker aus Bedford vermietet«, sagte sie. »Für eine Guinee die Woche. Was ist an einer Guinee für eine Woche närrisch?«

»Sam Bryskett hat keine illegale Druckerpresse in seiner Küche.«

Es fiel ihr noch immer schwer, den Grund für die Zensur zu begreifen. »Wenn ich darauf hinweisen darf, Ihr nutzt sie.«

»Ihr seid billiger als die anderen.«

»B-bisher hatte hatte ich noch keine Schererei damit.«

Der Reverend drohte ihr mit dem Finger. »Man hat Euch in Ruhe gelassen, mein Mädchen, weil wir Frieden haben und Ihr nichts Aufrührerisches druckt. Aber die Zeiten ändern sich. Und sie ändern sich schnell.«

Penitence überflog das gekritzelte Blatt, das er ihr gegeben hatte, ein Aufruf gegen die Behörden, die noch immer die Verhältnisse in Vorstädten wie St. Giles ignorierten, in denen die Ursachen für die Pest zu suchen waren. »›... Die Prasser, die ihre Piazzas bauen, während die Armen nicht einmal sauberes Trinkwasser haben.‹« Sie blickte auf. »Das ist wohl nicht aufrührerisch, nehme ich an?«

Der Pfarrer freute sich. »Ich hoffe zu Gott, daß es das ist. Ich hoffe zu Gott, sie machen mir den Prozeß, damit ich es ihnen ins Gesicht sagen kann.« Er runzelte die Stirn. »Ihr habt mein Versprechen, Penitence, daß von mir niemand erfahren würde, wer es gedruckt hat.«

Das wußte sie. Man würde ihm auch nicht den Prozeß machen. Wer von den Mächtigen kümmerte sich schon um die Wutanfälle, die ein armer Pfarrer wegen unsauberen Wassers bekam?

»Ihr seht müde aus, Kind. Wird Euch das Gehopse im Theater zuviel?«

Das Gehopse. Die Vorstellung des Publikums, das Theaterleben sei ein endloses lukullisches Bankett. Sie stand auf, um zu gehen und wechselte das Thema: »Glauben Sie, es waren die Papisten, die das große Feuer angezündet haben?«

»Diesen Götzenanbetern traue ich alles zu«, sagte Reverend Boreman, »aber ich glaube nicht, daß sie es waren. Weder die Papisten noch die Holländer.« Er lächelte ihr zu. »Nicht einmal die Puritaner.«

Er hat sich verändert. Früher hätte er gesagt, es sei die Strafe Gottes. *Er hat seine Sicherheit verloren.* Die Pest hatte alle um ihre Sicherheit gebracht.

Als er ihr von seiner Gartenpforte aus zum Abschied winkte, erinnerte er sich an das stumme Wesen, das ihn vor zwei Jahren an dieser Stelle herausgefordert hatte. Was für eine Veränderung. Zum Besseren? Ihrer Meinung nach wahrscheinlich nicht, dachte er. Sie war schöner geworden, ging und sprach mit Eleganz. Aber um welchen Preis. Kein so junges Gesicht wie das ihre sollte so alte Augen haben.

Sie war zur Prostitution zurückgekehrt. Nachdem sie in Newgate den ersten Schritt auf der rutschigen schiefen Bahn getan hatte, war der zweite schon leichter gewesen, obwohl ihr die Schuld noch schwerer auf der Seele lag, weil sie ihn diesmal nicht hätte tun müssen.

Mrs. Crompton, eine der Komparsinnen, war in die Damengarderobe gekommen, wo Penitence eben in das Kostüm schlüpfte, das sie in *Secret Love* trug. »Er will dich sehen, meine Liebe.«

Im King's Theatre gab es nur einen Er. Die anderen Frauen sahen sie mitleidig an, als sie sich fertig anzog und den Raum mit Entschlossenheit und guten Vorsätzen verließ. *Ich werde es nicht tun. Mit George war es zu Ende. Ich werde es nicht tun. Wenn er mich hinauswirft, schlimm, aber ich tu das nie wieder.*

Vor Killigrews Kontor blieb sie stehen. *Der Mann soll verdammt sein. Schließlich bezahlt er mich nicht.* Von den Komparsinnen wurde, wie sie zu ihrer Bestürzung festgestellt hatte, erwartet, daß sie Bühnenerfahrung bekamen; das einzige, das sie außerdem bekamen, war eine Mahlzeit nach der Vorstellung. Sie klopfte.

Sir Thomas saß in einem losen Hausmantel, einem Ding, das wie eine pelzige Nachtmütze mit Ohrenklappen aussah, und sehr übler Laune an seinem Schreibtisch. »Und was ist das?« In der Hand hielt er einen Theaterzettel.

O Gott! »Ein Freund von mir druckt sie, Sir. Ein guter Drucker und billig.«

»Und ohne Zweifel lizensiert.«

»Das sind doch nur Handzettel, keine P-Plakate.« Sie gab ihm dieselbe Erklärung wie John, dem Souffleur, der seinerseits den Schauspieler Hart überredet hatte und Hart, als einer der Aktionäre des Theaters, hatte den Druckauftrag erteilt. »Zehn Shilling ein Ries und ein gut geschriebener Text. Master Hart war sehr zufrieden.«

»So, so, Master Hart war sehr zufrieden, ja? Und sollte Seine Majestät erfahren, daß sein eigenes Theater eine nicht lizensierte Druckerei beschäftigt, wird Master Hart auch noch so zufrieden sein, wenn man ihn in den Tower wirft?«

Sie hatte den Kopf hängen lassen. Verdammt. *Verdammt.* Es war ein netter kleiner Auftrag gewesen und der einzige, den sie im Moment hatten. Er und Dorindas Orangen sorgten dafür, daß man im Cock-and-Pie etwas zu essen hatte.

»Wie heißt Ihr?«

»Penitence Hurd, Sir. Ich bin Komparsin.«

»Und eine hübsche kleine Komparsin dazu.«

Erschrocken blickte sie auf. Killigrews Augen ruhten auf dem Handzettel, doch sie wünschte, sie trüge ihr altes, hochgeschlossenes Kleid. Sie mußte die Ohren gegen die puritanischen Stimmen verschließen, die in ihrem Kopf gekreischt hatten, als sie zum erstenmal in hohen Absätzen und tief dekolletierter feinster Seide über die Bühne stolziert war – denn Sir Tom bestand darauf, daß auch die Komparsinnen erlesen gekleidet waren. Die Erregung, überhaupt auf der Bühne zu stehen, Teil dieser hinreißenden Charade zu sein, das bestürzend Verführerische, sich selbst im Spiegel zu sehen, geschminkt, großäugig, fremd, der Applaus, all diese Dinge hatten den mißbilligenden Chor verdrängt, der nur in ihrem Kopf existierte – denn schließlich sollte sie eine persische Dame darstellen, und vielleicht stellten persische Damen ihren schwellenden Busen zur Schau –, doch sie fühlte sich noch immer unbehaglich, wenn sie das Kostüm außerhalb der Bühne trug.

»Es ist gut gemacht, das gebe ich zu«, sagte Killigrew. »Wer hat es geschrieben?«

Der Zweck der Handzettel war es, auf die nächste Produktion hinzuweisen, und Aphras Texte waren häufig besser als die Stücke selbst. Könnte Aphra etwas gewinnen, wenn sie es ihm sagte, oder nicht? »Das weiß ich nicht genau, Sir.«

»Du kleines Biest.« Killigrew wurde frivol. »Ist dieser Drucker dein Liebhaber?«

»Ich habe keinen Liebhaber, Sir.«

»Aber du willst doch, daß er diesen Auftrag behält?«

»Ja, Sir.« Sein Kinn befingernd, wanderte er im Raum umher. Penitence stach die Couch an der Wand gegenüber unangenehm ins Auge. Der Samt war stark abgenutzt.

»Die Frage ist, wie ich Seine Majestät überreden könnte, diese Sache zu übersehen, falls er davon erfährt.«

»Das ist wenig wahrscheinlich, es sei denn, Ihr sagt es ihm.« *Du Schwein.* Killigrew fürchtete den König nicht. Als Charles im Exil war, hatte er ihm Frauen besorgt. Seine Grobheit in Anwesenheit des Königs war legendär. Einmal hatte er dem König gedroht, er werde Cromwells Gebeine ausgraben lassen, »weil sich ja sonst niemand um das Königreich kümmert«.

»Dann bin vielleicht ich es, der überredet werden sollte.« Er setzte sich auf die Couch, wie sie befürchtet hatte. Er klopfte sogar darauf. »Komm her, kleines Mädchen, und gib dem alten Sir Tom einen Kuß.«

Er *war* alt, über fünfzig, und fett. Ein Wulst seines Bauches trat unter seinem Hemd hervor und hing ihm über den Hosenbund. *Ich kann nicht.* Andererseits mußte sie Apotheker Boghurst eine halbe Krone für die Behandlung von Benedikts Krupp bezahlen, der noch immer nicht besser geworden war. »Haltet ihn warm«, hatte der Apotheker gesagt und nicht bedacht, daß die Kohlensteuer zugunsten des Wiederaufbaus von London erhöht worden war. »Gebt ihm Honig in Weißwein. Sorgt dafür, daß er Appetit bekommt.« Wie die Dinge standen, mußten die Mahlzeiten, die sie viermal wöchentlich im Theater aß, sieben Tage herhalten.

Killigrews Unterkiefer spannten sich. »Willst du den verdammten Auftrag behalten oder nicht?«

»Ja.« Doch sie blieb noch immer zurückhaltend. Diesmal würde es nicht so sein wie mit George. Sie mußte es nicht tun. Aber es würde bedeuten, daß sie diesen wunderbaren Ort verlassen mußte, den sie entdeckt hatte, die immerwährende Zuflucht aus der Tretmühle des Alltags. Das war entscheidend. *Was macht es schon? Ich bin ohnehin schon verdorbene Ware.*

Sie ging zu ihm, setzte sich neben ihn, und er warf sie auf den Rücken.

»Er war wie ein Hund«, berichtete sie Dorinda tonlos, als sie nach der Vorstellung durch den eisigen Nebel nach Hause gingen. »Ich mußte nichts tun, und ich mußte nichts sagen. Er hat mich nur – besprungen.«

»Er ist ein Hund«, sagte Dorinda. »Markiert sein verfluchtes Territorium. Höchstwahrscheinlich wird er dich nie wieder belästigen. Er wird einen anderen Baum finden, an dem er das Bein heben kann. Hat es lange gedauert?«

»Es ist mir so vorgekommen.« Hinterher hatte er ihr gesagt, sie solle sich beeilen und in Ordnung bringen, weil sie sonst den Beginn der Vorstellung versäume. »War es aber wahrscheinlich nicht.«

»Das ist die beste Sorte«, sagte Dorinda. »Die schnellen. Wie oft habe ich dagelegen und ›oh‹ und ›ah‹ und ›Ihr seid ein Hengst, my Lord‹ gesagt und mich nur gefragt, wie spät es wohl sein mochte.« Sie tätschelte Penitence' Arm. »Du mußt auch die guten Seiten sehen. Du hast deine Tage, also kann es keine kleinen Killigrews geben. Und du hast deinen Auftrag behalten. Das ist doch gut, oder?«

»O ja«, sagte Penitence. »Mit der Zeit werde ich schon noch zu einer guten Hure.«

Penitence hatte mit dem Wärter George geschlafen, weil sie Newgate überleben mußte und hinaus wollte. Sie schlief mit Killigrew, weil sie im Theater bleiben mußte, um zu spielen.

Wie lange sie schon den Wunsch gehabt hatte, Schauspielerin zu werden, wußte sie nicht; vielleicht schon immer. Vielleicht war es das gewesen, was sie zu den Indianern hingezogen hatte, denen das Schauspielern zur zweiten Natur geworden war; der Wunsch, aus sich hinauszutreten, hatte ihre Phantasie befähigt, sie in einen Adler zu verwandeln, in alles, was sie wollte.

Entstellt, durch puritanische Lehren unterdrückt, hatte der Samen zu keimen begonnen, als Henry King ihr die Maske zugeworfen hatte und war aufgegangen, als sie in Gestalt von Beatrice den Fuß auf den Balkon des Cock-and-Pie setzte. Nur Benedikt war jetzt noch wichtiger.

Im King's fand sie sich in einer Umgebung, die für sie so natürlich war wie die Wälder in Massachusetts, und wenn sie dadurch zu einer Kreatur des Teufels geworden war, dann tat es ihr leid, doch sie konnte nicht anders.

Außerdem wurde sie zum Glück nur selten in Killigrews Kontor befohlen. Nur wenn sie zufällig seine Aufmerksamkeit erregte, erinnerte sich Sir Thomas an sein *droit de seigneur* und übte es aus. Er war außerdem nur selten da, war häufig bei Hofe, wo er sich politischen und sexuellen Aktivitäten hingab und seiner Vendetta gegen seinen großen Rivalen Davenant, der das einzige andere Theater Londons leitete, das Duke of York. Die tägliche Arbeit an seinem eigenen Theater überließ er den führenden Schauspielern seines Ensembles, Lacy, Kynaston und Hart.

Und nichts, das ihr noch widerfahren mochte, konnte schlimmer sein als das erzwungene Zusammensein mit George, das sie noch jetzt wie fauligen Atem im Gesicht spürte. Im Vergleich dazu waren die wenigen Minuten mit Killigrew auf der Couch leicht – widerwärtig, erniedrigend, aber leicht.

Ihre moralische Sicherheit geriet ins Wanken. Sie war überzeugt gewesen, das Theater wäre ein Sumpf des Lasters, und stellte fest, daß das nicht zutraf. Natürlich, nach puritanischen Maßstäben führten die Schauspieler, mit einigen Ausnahmen, ein unmoralisches Leben, doch fand man dort nichts von der Heuchelei, die mit puritanischen Maßstäben zwangsläufig verbunden waren. Vor allem waren sie *Schauspieler*; sie lachten über ernste Dinge, sie stellten die Dinge auf den Kopf, Not und Elend wurden bei ihnen zum Spiel, sie waren mutig, sie hatten *Stil*, sie erinnerten sie an Henry King.

Und Killigrew abweisen, würde die Vertreibung aus diesem Paradies bedeuten. Schon hatte es durch ihn einen Makel; wenn er in der Nähe war, versteckte sie sich so gut wie möglich zwischen den anderen Komparsen, voller Spannung, bis er gegangen war. Aber sie kam dennoch wieder, weil sie nicht wegbleiben konnte. Sie wütete innerlich gegen die Verletzlichkeit von Frauen wie ihr, die Männern wie George und Killigrew auf Gnade und Ungnade ausgeliefert waren. Aber warum ihn nicht nutzen, wenn ihr Körper das einzige Kapital war, das sie hatte? So flüsterte die Schlange Penitence ins Ohr, und sie hörte auf die Schlange.

Der Glanz wäre ohnehin trüb geworden; hinter der Bühne war es zu eng, gab es häufig schlechte Laune. Götter und Göttinnen, die im Licht so wunderbar aussahen, wirkten aus den Kulissen heraus lächerlich, wenn sie sich schwankend auf die Versenkung zubewegten, während Percy und Hobbs, die Bühnenarbeiter schwitzend und fluchend an den Seilen zogen.

Doch Penitence' Empfindungen glichen den Gefühlen in einer Ehe; die Romantik verging, aber an ihre Stelle traten Liebe und Respekt. Es befriedigte die letzten Reste von Puritanismus in ihr, daß die Illusionen, gegen die Reverend Block gewütet hatte, die Früchte von Professionalismus und harter Arbeit waren.

Und Talent. Standen sie nicht auf der Bühne, waren die Schauspieler des King's anfällig für alle läßlichen Sünden – und manche weniger läßlichen –, denen menschliches Fleisch unterworfen war. Auf der Bühne gesellten sie sich zu den Unsterblichen. Wenn sie keine Komparsenrolle hatte, verbrachte Penitence ihre Zeit in den Seitenkulissen, beobachtete, wie Kynaston, der noch vor ein paar Sekunden neben ihr gestanden und sich nörgelnd über einen Luftzug beklagt hatte, über sich hinauswuchs, oder Lacy einem schlecht geschriebenen Monolog Glanz verlieh oder die maulfaule Knipp mit ihrem Pathos ein Publikum zu Tränen rührte oder »Abschaum« Goodman – ein Komödiant, der seinen Spitznamen nicht von ungefähr bekommen hatte – genau im richtigen Moment einsetzte.

Sie vergab ihnen ihre Sünden und die Albernheiten außerhalb der Bühne um der Dinge willen, die sie auf der Bühne leisteten. Hart, zum Beispiel, machte sich durch seine Eitelkeit lächerlich. Hart glaubte, es existiere kein größerer als Hart –, doch wenn er den Cyrus gab, war er von einer Majestät, die für Kaiser beispielhaft gewesen wäre, und sie glaubte ihm.

Sie studierte ihn und die anderen Hauptdarsteller während der Vorstellung, horchte auf die Flexionen und die zeitliche Koordinierung und vergrößerte so ein Wissen, mit dem sie schon geboren zu sein schien; und sie sehnte sich danach, es in die Tat umzusetzen.

Jeden Abend betete sie zu Thespis, ihrer neuen Allmächtigen, ihr eine Rolle zu geben, aber *Viel Lärm ...*, das immer ein volles Haus brachte, wurde in drei Monaten dreimal aufs Programm gesetzt, ohne daß sich eine von den Schauspielerinnen den Fuß brach oder sich auch nur erkältete. Nur John Downes, der Souffleur, half ihr in seiner mürrischen Art bei ihrer schauspielerischen Ausbildung. Er bestand darauf, daß sie eine Stunde vor der Vorstellung kam, damit er ihr beibringen konnte, wie man richtig ging, saß, ein Glas nahm, einen Fächer führte, wie man die Stimme bildete, damit man sie auch auf der Galerie hörte, und er lehrte sie singen. Er hatte sogar damit begonnen, ihr Fechtunterricht zu geben, was sie verwirrte.

»Gleichgewicht«, sagte er kurz, als sie ihn fragte, wozu. »Und du wirst nie die Penthesilea spielen, wenn du nicht mit einem Schwert umgehen kannst.«

»Ich werde die Penthesilea sowieso nie spielen«, sagte sie, um ihm ein Kompliment zu entlocken. »Außer dir nimmt hier niemand von mir Notiz.«

»Das überrascht mich auch verdammt wenig«, sagte er. »So wie du deine Ausfälle machst. Du willst doch keine Forellen fangen. Mach jetzt einen Ausfall.« Sie bekam aus ihm nichts heraus. Zur Zeit Charles I. war er Schauspieler gewesen. Er war so alt wie Killigrew, aber schlanker und nicht so lüstern. Einmal hatte er ihr – was sehr selten vorkam – anvertraut, daß er Shakespeares Bruder gekannt hatte.

»Wie war er? Was hat er über Shakespeare gesagt?«

»Konnte sich kaum noch an ihn erinnern, der schwachsinnige alte Furz.«

Wie alle Schauspieler im Bürgerkrieg hatte er, ebenso wie Hart, für den König gekämpft, war verwundet worden und hatte deshalb seine Bühnenlaufbahn aufgeben müssen. Doch das Theater ließ die Seinen nicht verkommen. Kein Schauspieler, gleichgültig wie alt oder klapprig, mußte auf der Straße um sein täglich Brot betteln. John verdiente das seine ausreichend: er war Souffleur, er kopierte Rollen, stellte Komparsen und Bühnenarbeiter ein, bildete sie aus, bestellte die Mahlzeiten und sorgte dafür, daß im Gebäude nach der Vorstellung jede Flamme gelöscht wurde – auch der Ofen, der im Winter den Zuschauerraum heizte. Penitence bezweifelte, daß das Theater ohne ihn stehen geblieben wäre. Da seine Tätigkeiten unbeachtet blieben, bezweifelte sie auch, daß seine Bemühungen, sie bühnenreif zu machen, Früchte tragen würden.

Sie irrte sich. Im Mai nach einer Aufführung von *Flora's Vagaries* wartete er auf sie, als sie mit den anderen Komparsen von der Bühne kam und schob ihr ein Stück Papier in die Hand. »Ich habe dir beigebracht«, sagte er, »sich wie ein menschliches Wesen zu bewegen, laß sehen, ob du auch wie eines sprechen kannst.«

»Ist das eine Rolle?«

»Eine Zeile.«

»O John! Danke.« Sie las: »Pardoniert sie, Euer Majestät, ich fleh' Euch an.« Sie las das Stichwort. »Ich sage das zu – *König Lear?*«

»Es ist nicht Shakespeare«, sagte John erbittert. »Irgendein Schmierfink hat eine Komödie daraus gemacht.« Er hatte keine hohe Meinung von Autoren. »Er sagt, er habe *Lears* ›Gallionsfigur‹ gerettet. Wußte gar nicht, daß er Schiffbruch erlitten hat.«

In ihrer Begeisterung wäre es Penitence egal gewesen, wenn der Autor ein Singspiel mit Tanz daraus gemacht hätte – was er tatsächlich getan hatte. An diesem Abend wurden alle im Cock-and-Pie zu Kritikern, während Penitence im Salon ihren Satz probierte: »*Pardoniert* sie, Euer Majestät, ich fleh' Euch an. P-pardoniert sie, Euer Majestät, ich *fleh'* Euch an. Pardoniert *sie*, Euer Majestät, ich fleh' Euch an.« »Ich würde das Pardoniert weglassen«, meinte Dorinda. »Sag einfach – verschont sie.«

»Warum fängt es nur mit einem P an?« jammerte Penitence. »Warum? Warum?« Benedikt, der auf sie zugewackelt kam, fiel um, und sie hob ihn auf. »Deine Mama wollte für dich ein bißchen Geld verdienen, ja, das wollte sie, aber sie kann das erste Wort nicht richtig aussprechen, sie kann es einfach nicht.«

»Damals, am Abend auf dem Balkon hast du alle Worte wunderbar ausgesprochen«, sagte Mistress Palmer.

»Und du wirst es wieder tun«, sagte Aphra. Sie sahen sie alle an, waren es nicht gewohnt, sie mutlos zu sehen. »An dem Abend hast du das Kind der Brysketts gerettet, Penitence. Nächste Woche wirst du dein eigenes retten.«

Atme. »Pardoniert sie, Euer Majestät, ich fleh' Euch an«, sagte Penitence.

Das Cock-and-Pie applaudierte.

Während der beiden ersten Akte von *The English King* – ihre Zeile kam im dritten dran – war sich Penitence des Publikums so deutlich bewußt wie noch nie; die Komparsen hatten sich meist in einiger Entfernung im Hintergrund der Bühne aufzuhalten. Bisher hatte sie sich außerdem viel zu sehr auf ihre Bewegungen und auf die Beobachtung der Schauspieler konzentriert, um sich darum zu kümmern, wie das Stück aufgenommen wurde; sie verließ sich in dieser Beziehung ganz auf Johns Maxime: »Wenn sie nicht deine Sachen auf die Bühne schmeißen, ist es ein Erfolg.«

Jetzt würde die Aufmerksamkeit der Menschen für die Dauer von acht Worten ihr gelten, sie würde für das Wesen jenseits der Kronleuchter und Rampenlichter lebendig werden.

Dr. Rhodes, der Autor, der so gütig gewesen war, Shakespeare und seinen *Lear* zu retten, hatte Killigrew dafür bezahlt, daß er das Stück auf die Bühne brachte, und hatte die Bänke mit Freunden und Bewunderern vollgepackt, von denen die meisten noch nie in einem Theater gewesen waren. Penitence, die durch den Vorhang spähte, bevor er aufging, sah das Parkett voller Bürger im Sonntagsstaat, die die maskierten Prostituierten angafften, die hofften, man werde sie irrigerweise für junge Ladys halten, und die jungen Ladys, die *ebenfalls* Masken trugen, kicherten mit ihren Kavalieren und hofften für sich das Gegenteil.

Die Musiker hinter ihrem mit Eisenspitzen versehenen Geländer direkt unter der Bühne stimmten ihre Instrumente.

Dorinda schlenderte zwischen den Bänken umher und verkaufte ihre Orangen. Das Limonademädchen hatte in seinem Kiosk neben dem Eingang den Kronleuchter angezündet und machte gute Geschäfte, jedoch nicht so gute wie ihre Konkurrenz, die heißen Burgunder verkaufte. Diener, die Plätze für ihre Herrschaft besetzten, balgten und stritten sich. Aphra saß in einer Loge, sie gehörte inzwischen schon zum festen Bestand des Theaters und mußte sich nicht mehr verstecken.

Eine Hand zog Penitence weg. »Verschwinde«, sagte John Downes zornig, »das ist unprofessionell.«

»Es sieht nach einem guten, ruhigen Haus aus.«

Er sah düster drein. »Darauf würde ich nicht wetten. Der Hof ist wieder in Whitehall.«

»Glaubst du, daß der König kommt?«

»Nicht zu diesem faulen Zauber. Aber die jungen Kerle, seine Höflinge, könnten erscheinen. Der Handzettel deines Freundes könnte sie dazu verleiten.« Aphra hatte mit zusammengebissenen Zähnen eine Inhaltsangabe des Stückes geschrieben, die einen Puritaner hätte anlocken können.

Mit den anderen Komparsen und Nelly Gwynn, die die Cordelia spielte, hinter der Souffleurtür wartend, übte Penitence das richtige Atmen und die Technik der Metamorphose, die sie als Kind benutzt hatte, um den häuslichen Beschränkungen zu entfliehen und als Adler flußauf ins indianische Lager zu fliegen.

Im Zuschauerraum verstummte das Geschwätz, die Violinen und Trompeten wurden leiser. Penitence stellte sich auf ihre Rolle ein, dachte sich kleiner, wurde zu einem schmächtigen Ding, das die Herrin bewunderte, und das von seinen Schwestern so schlecht behandelt wurde. Es funktionierte nicht so gut wie sonst; daß sie in diesen Schlund hineinsprechen sollte, ließ sich einfach nicht vergessen. Sie begriff, daß sie, wenn sie je eine richtige Schauspielerin werden wollte, mit diesem Raum sprechen mußte.

Lacy, der den König spielte, beendete den Prolog.

»Los jetzt, meine Schätzchen, Hals- und Beinbruch«, sagte die Gwynn, und sie betraten die Bühne.

Die Claque des Autors war höflich, ihr gefiel Gwynns kecke Darstellung, ihr gefielen auch der Jongleur und die Geister, die aus der Versenkung aufstiegen, und der Donner. Penitence mimte auf Teufel komm raus.

Erst in der zweiten Szene des zweiten Aktes drang der Lärm aus dem Parkett zu ihr durch. Laute, sorglose Stimmen fragten, wo sie sitzen konnten, verlangten, daß andere Zuschauer rückten, und riefen Dorinda und den maskierten Ladys »Huhu« zu. »Sie sind gekommen«, flüsterte Mrs. Warner, die dicht neben Penitence stand. »Verdammt sollen sie sein.«

Es war eine von Lacys großen Szenen – tapfer drosch er seine Phrasen, als aus dem Orchestergraben Proteste kamen und ein dick gepudertes mit Schönheitspflästerchen verziertes Gesicht zwischen zwei Rampenlichtern auftauchte; seine hochgetürmte Lokkenperücke ragte wie ein Hut über sie hinaus. Von seinen Freunden bejubelt, stemmte sich der Geck auf die Vorbühne, machte es sich bequem, nahm eine Prise Schnupftabak. »Jetzt kann ich was sehen.«

»Wir aber nicht!« rief ein Zuschauer.

»Dann sagt Euch selber was vor, Sirrah!« Schwankend drehte sich der Geck zum Ensemble um. »Macht weiter. Oder nein, wartet. Muß noch die andern raufholen.« Von da an ging alles schief. Mehrere gut gekleidete Betrunkene gesellten sich zu ihrem Freund. Sie zerrten König Lears Thron auf die Seite und nahmen darauf Platz. Sie grölten: »Nelly, sing uns ein Lied!« und wandten sich gegen Goneril und Regan. Als Becky Marshall als weiblicher Bösewicht Goneril auftrat, wurde sie von ihnen mit Buhrufen empfangen. Und als Regan (Anne Marshall) ihr, genauso dick geschminkt, folgte, sagte ein Geck: »O Gott, da gibt's ja zwei davon.«

Einer zwickte die Gwynn ins Hinterteil, und sie trat nach hinten kräftig zu, ohne den Bruchteil einer Sekunde im Text zu stocken. Einer der Gecken übergab sich, und es entstand eine Rauferei, weil ein Zuschauer versuchte ihn von der Bühne zu zerren.

Heroisch spielte das Ensemble des King's weiter, als hinge das Publikum an jedem Wort.

Ihr Text kam. »Die Arbeit, mein liebes Mädchen«, sagte eine Stimme aus ferner Vergangenheit, »ist das Stück.« *Atme.* Da draußen saßen Leute, die für ihre Plätze bezahlt hatten, und sie verdienten das Beste.

Lear züchtigte Cordelia. Es war Zeit, sie zu retten. Penitence lief auf ihr Stichwort nach vorn – ein Geck stellte ihr ein Bein, sie stolperte, rutschte auf dem Bauch bis zu König Lear und endete mit der Stirn auf seinen Zehen.

Inmitten des Gelächters, in das sogar die Claque des Autors einstimmte, hob sie das Gesicht zu Lacys zornigem Blick auf. »Pardoniert sie, Euer Majestät, ich fleh' Euch an!« sagte sie. Es war eine kurze Theaterkarriere gewesen. Der König wies ihre inständige Bitte verächtlich zurück, sie hinkte auf ihren Platz zurück und widerstand der Versuchung, zuerst den Gecken und dann sich selbst umzubringen.

Abmachungen wurden getroffen, Edgar und Cordelia wurden ein Paar. König Lear, mit seiner Tochter wiedervereint, pirouettierte glücklich mit ihr nach vorn, um das Hohngelächter der Gecken und den Applaus und die Hochrufe der Bürger entgegenzunehmen.

Die Gwynn, vielleicht die einzige, die imstande war, das Haus zu beruhigen, wurde hinausgeschickt, um den Epilog zu sprechen.

Hinter dem Vorhang ließ Lacy den Blick über die versammelten Komparsen schweifen und hielt bei Penitence inne. Er sah grimmig aus. »Ist sie eine von deinen, John?«

John Downes kam auf die Bühne. »Ja.«

»Ich dulde nicht, daß man über mich fällt. Zieh ihr etwas von der Gage ab.«

»Sie bekommt keine Gage, Lacy.«

»Nicht? Nun, ab jetzt bekommt sie eine. Trag sie mit zehn Shilling pro Woche ein. Und zieh ihr fünf ab.«

Im Juni bekam sie eine kleine Sprechrolle in einer Adaption von Beaumonts und Fletchers *Valentinian* und drei Tage später eine noch kleinere als persische Lady in *Cambises*. Sie war ein Page in *The Death of Richard II.* und gab die Ursula in wieder einer anderen Fassung von *Viel Lärm* ...

In der Küchendruckerei des Cock-and-Pie, wo MacGregor die Texte setzte, Aphra die Druckerschwärze einfüllte, Dorinda die Presse bediente und Mistress Palmer in der Spülküche nebenan tonlos ihr Waschbrett besang, wurde jede noch so kleine Rolle ausführlich besprochen bis sie fast völlig zerrupft war.

»Ich entdecke Bosheit in Ursula. Denkt ihr, ich sollte sie boshaft spielen?«

»Mach dir nicht so viele Gedanken«, sagte Dorinda. »Mir steht die Kuh bis hierher.«

»Sie ist nur da, um Botengänge zu erledigen, Penitence«, sagte Aphra.

»Sie ist trotzdem eine Persönlichkeit. Was denkst du, MacGregor?«

»Ich mag sie. Ich frage mich nur, sollten wir hier eine andere Schrift nehmen?« Aphra ging zu ihm, um mit ihm zu überlegen. Ihre Handzettel waren die einzige Arbeit, die Geier-Druck jetzt hatte. Andere nicht lizensierte Drucker waren aus der Provinz gekommen. Und auch das Geschäft mit den Handzetteln wurde weniger, da Killigrew den Etat des Theaters immer mehr kürzte.

Penitence riß den Hebel der Papierschneidemaschine nach unten, und das Messer zog eine unregelmäßige, mehrspurige Linie durch das Papier, so daß Streifen auf den Boden fielen, wo Benedikt spielte, wegen des nahen Brunnens an einer Wäscheleine hängend. »Tut mir leid, wenn ich euch langweile«, sagte sie gereizt, »aber jemand muß mir sagen, ob ich es richtig mache.«

Es gab Unmengen von Leuten, die es ihr sagen würden, wenn sie es nicht richtig machte. Knipp, die Marshalls und die anderen waren mit Tadel sehr schnell bei der Hand, wenn sie ihr Stichwort nicht rechtzeitig brachte oder mehr als notwendig in ihre Rolle hineinlegte, weil das von ihnen ablenkte. Sogar die gutmütige Gwynne sah sich gezwungen, sie zu maßregeln: »Übertreib nicht so, Schätzchen. Sie kommen, um mich zu sehen – nicht deinetwegen.«

Die restliche Zeit spielte sie scheinbar ins Leere. Sie versuchte sich einzureden, daß sie es nur darauf abgesehen hatte, wie eine erstklassige Schauspielerin ein Pfund pro Woche zu verdienen, und bis zu einem gewissen Grad traf das auch zu, aber was sie wirklich antrieb, war die Leidenschaft, die auf dem Balkon des Cock-and-Pie in ihr geweckt worden war, als die Menschen auf den Dächern durch sie in eine andere Welt versetzt worden waren.

An diesem Abend hatte sie erlebt, wie es war, andere zu beherrschen; sie hatte Magie eingesetzt, hatte nach einem Leben völliger Machtlosigkeit Macht gefühlt und sehnte sich, gierte danach, sie wieder zu fühlen.

Dann sagte ihr Hart, sie solle die Desdemona spielen. Sie war so erstaunt, daß sie es ihm beinahe ausgeredet hätte. »Aber sie ist die *Heroine*.« Sie waren eben nach dem letzten Vorhang für *The Indian Emperor* von der Bühne abgegangen, und Harts geschminkte Augen waren müde. »Danke, daß du mich daran erinnerst, meine Liebe. *Natürlich* ist sie die Heroine oder war es zumindest, als ich sie damals gespielt habe. Was du aus ihr machst, muß man sehen. Jetzt lauf, und lern deinen Text. In einem Monat ist Premiere.«

Penitence schwebte wie auf Wolken nach Hause. »Es ist das erstemal, daß sie von einer Schauspielerin gegeben wird. Das erstemal. *Othello* wurde das letztemal aufgeführt, als die Frauenrollen noch mit Männern besetzt wurden. Hart hat mich beobachtet, sagt er, und er denkt, ich könnte es schaffen.«

Das Cock-and-Pie war davon überzeugt, und MacGregor schlug vor, an einem Abend ins Ship zu gehen, und die Neuigkeit zu feiern.

Das Ship war dasselbe feine Gasthaus wie früher, aber mit den Kindern hatte es viel von seiner Atmosphäre verloren. Mistress Bryskett war eine gebrochene Frau, die sich nur selten sehen ließ. Das einzige Kind, das ihr geblieben war, war nie zurückgekommen; die Freunde, die es aufs Land mitgenommen hatten, hatten gebeten, es behalten zu dürfen, und da das kleine Mädchen in der guten Luft prächtig gedieh, hatte es bleiben dürfen. Sam war ruhiger und ernster, doch an diesem Abend bestand er darauf, alle einzuladen. »Die Heroine sollst du spielen? Dann aber lustig, ja, Prinks? Heutzutage braucht man ein bißchen Spaß.«

»Ich will mein Bestes tun, Sam.« Penitence brachte es nicht fertig, das Wort Tragödie auszusprechen, wenn die Brysketts dabei waren, und Sam, der sein Gasthaus kaum einmal verließ, würde kaum jemals Gelegenheit haben zu erfahren, daß der *Othello* alles andere als lustig war. Sie bezweifelte, daß irgend jemand aus der Rookery es erfahren würde; das Theater war vielleicht zu Lebzeiten Shakespeares volkstümlich gewesen, doch heute war es fast ausschließlich der Tummelplatz des Adels.

Sie rechnete nicht mit Dogberry. Der ehemalige Wächter hatte das Ship zu seinem Stammlokal gemacht, obwohl er jetzt eine gutgehende Fleischerei in der Drury Lane besaß. Er legte ihr den Arm um die Taille und hob sie einfach auf den Tisch. »Wir trinken heute abend auf mein Mündel«, verkündete er, »dem ich alles beigebracht habe, was ich weiß. Die Stunden, die ich in der Gasse verbracht und diesem Mädchen zugehört habe, wie es seinen Text lernte, waren – Stunden. Der Toast gilt Mistress. Penitence. Hurd. Meinem Mündel. Sie wird stürmischen Applaus ernten, und das Fleischerhandwerk wird zur Stelle sein und zusehen.« Als er sie, von Hurrarufen begleitet, herunterhob, schien er bekümmert. »Penitence Hurd«, sagte er. »Das klingt nicht, Prinks. Ist recht und gut, wenn es darum geht, Kanzeln zu stürmen, aber nicht, um stürmisch bejubelt zu werden.«

Hart hatte fast dasselbe gesagt. »Du wirst dich anders nennen müssen, meine Liebe. Der Name würde sich auf dem Programm nicht gut ausnehmen. Wir versuchen sie zu unterhalten, nicht ihre Seelen zu retten.«

»Könnte es nicht einfach Pen Hurd heißen?«

Hart schauderte. »Kling wie Pen hurt.«

Sie hatte gegen eine Namensänderung nichts einzuwenden. Die Indianer, für die Namen Magie waren, hatten die ihren immer gewechselt, wenn sie im Leben einen neuen Anfang machten. Als sie Matoonas kennenlernte, hatte er Manitowwock geheißen und war erst nachdem er die für sein Initiationsritual erforderliche Prüfung abgelegt hatte, Matoonas geworden. Es würde sie bei diesem für sie so entscheidenden neuen Anfang nicht unglücklich machen, den Ballast zurückzulassen, den sie mit ihrem alten Namen mitgeschleppt hatte. »Penitence« hatte man ihr schließlich als Sühne für die Sünde ihrer Mutter aufgezwungen, und streng genommen war sie eigentlich eine Hoy, nach ihrem vermeintlichen Vater, eher eine FitzHoy als eine Hurd.

Aphra schlug »Miranda« vor und Dorinda »Roxolona«. Merkwürdigerweise war es Mistress Palmer, die sagte: »Ihre Ladyschaft wäre so stolz auf dich. Warum nimmst du nicht ihren Namen an, ihr zu Ehren?«

»Margaret Hughes«, sagte sie fest zu Hart.

Er hob die Augen. »*Sehr* aufregend, meine Liebe. Nun schön, wenn du mußt, dann mußt du. Nur denke ich, wir geben dem Ganzen ein bißchen mehr Verve und machen Peg Hughes daraus.«

Also stand der Name Peg Hughes auf den Plakaten.

Nur weil Hart, der als junger Mann die Desdemona gespielt hatte, unbedingt einmal die Rolle des Mohren spielen wollte, setzte das King's *Othello* auf den Spielplan. Niemand war so optimistisch zu hoffen, daß das Stück mehr als eine Aufführung erleben würde; Tragödien waren unmodern; heutzutage wünschte sich das Publikum das heroische Drama, und daß Charles II. eine Vorliebe für Komödien hatte, war bekannt. »Das ist mir egal, es ist ein großartiges Stück«, sagte Hart eigensinnig.

Was er wirklich meinte, entdeckte Penitence, als sie zu probieren begannen: daß es eine große Rolle für *ihn* war und er beabsichtigte, Desdemona zu einer Stichwortgeberin für sein Spiel zu machen. Er hatte Penitence gewählt, eine Unbekannte, *weil* sie unbekannt war.

»Sie ist der Inbegriff der Unschuld«, erklärte er Penitence bei ihrer ersten Leseprobe. »Und während ich die anderen Ladys unseres Ensembles nicht verunglimpfen möchte, eine von ihnen als keusche Lilie zu präsentieren, würde eine Katze zum Kichern bringen, von einem Publikum ganz zu schweigen.«

Penitence war es gewohnt, daß die Puritaner bei Männern und Frauen verschiedene moralische Maßstäbe anlegten, daß sie das gleiche jedoch in der Welt des Theaters entdeckte, überraschte sie. Hart war, trotz seiner sogfältig gepflegten Weichlichkeit, selbst keine lilienweiße Jungfrau. Einige Frauen – Penitence allerdings war nicht darunter – fanden seinen schlanken, guterhaltenen Körper und seine lässige Art unwiderstehlich; seine Affairen waren Legion. In der Garderobe der Komparsen munkelte man, daß seine augenblickliche Gespielin die siebzehnjährige Nell Gwynn war. Doch Penitence mußte zugeben, daß er sein Publikum kannte. Die Gecken konnten über alles ihren Spott und Hohn ausschütten. Er wagte es nicht, die Desdemona mit der Gwynn, der Knipp oder einer der beiden Marshalls zu besetzen, denn dann konnte es der Fall sein, daß Othellos Frage an Desdemona: »Du keine Metze?« aus dem Zuschauerraum mit einem donnernden »Und ob!« beantwortet wurde.

»Während du, meine Liebe, wie eine Primel aussiehst, die noch niemand gepflückt hat.« Er hob eine Braue. »Oder hat man recht gehört, daß es eine kleine vaterlose Knospe gibt?«

»Meinen Sohn, ja.« Sie war zu stolz auf Benedikt, um ihn zu verstecken, und hatte ihn sogar ein- oder zweimal ins Theater mitgebracht.

Er nickte. »Nun, keine Sorge. Das Publikum wird es nicht erfahren. Verheiratet oder unverheiratet sind alle unsere Schauspielerinnen ›Mrs.‹. Seit unser lieber König wieder auf dem Thron sitzt, ist der Titel ›Mistress‹ ein wenig in Verruf geraten, weil er so fatal nach Mätresse klingt. Aber wir schweifen ab. Nun denn …«

Enttäuscht kam Penitence ins Cock-and-Pie zurück. »Er will, daß ich sie ganz zurückhaltend und blaß spiele. Er nennt sie immer nur eine kleine weiße Blüte.«

»Natürlich will er das«, sagte Dorinda. »Er ist der Gockel und duldet nicht, daß ein Huhn etwas von seinem verdammten Applaus abbekommt.«

»Ich habe das Stück nie gesehen«, sagte Aphra, »aber gelesen hab ich's und muß sagen, daß Desdemona tatsächlich zurückhaltend und scheu wirkt. Eine venezianische *Matchless Orinda*.«

In der Dachkammer durchforschten sie den Text nach Hinweisen auf Desdemona, bis sie praktisch ihre Schuhgröße kannten. »Die arme, arme Seele«, sagte Aphra und trocknete sich die Augen. »So unschuldig zu sein wie sie und dennoch von dem Mann, den sie liebt, als Hure verdächtigt zu werden.«

»*Das* kann ich spielen«, sagte Penitence leise.

Aber Aphra entschied, daß da noch mehr war. »So zurückhaltend und scheu ist sie gar nicht«, sagte sie. »Das liebe Mädchen weiß es zwar nicht, aber es hat *Begierde*. Nach Othello *giert* sie regelrecht. Sie ist ein Naturgeschöpf wie die Ehefrau meines lieben armen Caesar. Sie macht das ›Tier mit zwei Rücken‹ – was für eine wundervolle Wendung, wie *hat* der Mann das nur gemacht? – mit dem wunderbaren schwarzen Othello, genießt mit ihm die natürlichen Freuden der Liebe.« Aphra griff nach ihrem Fächer, um sich Kühle zuzufächeln. »Worauf es ankommt, Penitence, sie strahlt etwas Animalisches aus. Sie kann nichts dafür. Es gilt ihrem Ehemann, aber andere Männer nehmen den Duft auch wahr. Cassio tut es. Und dieser gräßliche Schuft Jago. Deshalb ist er so erpicht darauf, sie zu vernichten. Es ist die uralte Geschichte. Die Männer wollen uns und hassen uns, weil wir sie dazu bringen, uns zu wollen. Desdemona ist Eva.«

Penitence war beeindruckt. »Du bist klug, Aphra.«

»Wenn du jemals Lust empfunden hast«, sagte Aphra, »bereite dich darauf vor, sie jetzt zu spielen.«

Penitence' Augen schweiften zum Seitenfenster der Dachkammer; sie *hatte* Lust empfunden. Einmal.

»Nein, *nein!*« brüllte Hart. »Wollt ihr aus dem Mädchen eine Buhlerin machen?«

Rebecca Marshall und Kynaston saßen im Parkett und lernten die Rollen von Emilie und Cassio. Knipp, mit ihrer kleineren Rolle als Bianca, sah zu. »Ich weiß nicht, Charlie«, sagte sie bedächtig. »Wie sie die Rolle auffaßt, ergibt schon einen Sinn.«

»Wenn ich möchte, daß mir jemand das verdammte Stück interpretiert, der es nie gesehen hat, dann werde ich darum bitten, *vielen* Dank«, sagte Hart.

Penitence kam sich wie eine Närrin vor. Sie war auch erleichtert. Daß sie auf die Erinnerung an die Leidenschaft zurückgriff, die sie an jenem Abend vor nahezu zwei Jahren für Henry King empfunden hatte und sich so weit von ihr distanzierte, um sie kontrollieren und auf jemand anders richten zu können, hatte der Maxime »alle Schauspielerinnen sind Huren« eine neue Bedeutung gegeben.

Aber Kynaston mischte sich ein. »Ich bin mit Knipp einer Meinung, Charlie. Es ist die Erklärung für Othellos Eifersucht. Ich habe mich immer gewundert, wieso der Dummkopf Jagos Lügen so schnell geglaubt hat. Aber wenn Desdemona ein ganz kleines bißchen kokett ist, selbst wenn sich das nur auf Othello beschränkt, bestätigt Jago nur seine Ängste.« Er wandte sich zu Knipp um und fügte hinzu: »Es erklärt auch Jagos Verhalten. Der Kerl ist eifersüchtig.«

Hart verdrehte die Augen nach oben. »Hätte Shakespeare nur deine Wortgewalt gehabt!« Er kam nach vorn zu den Rampenlichtern, die noch nicht brannten.« In *Othello* geht es nicht um Sinn oder Vernunft, es geht um das Chaos. Um die Zerstörung eines großen Mannes. Das Publikum kommt nicht, um etwas über Sinn oder Vernunft zu hören. Sie kommen, um zu hören, wie ich Angst und Schrecken und Mitleid um mich verbreite. Ich werde wundervoll sein.«

»Gut. Gut.« Kynaston hob die schönen Hände. »Tut mir leid, daß ich etwas gesagt habe.«

»Aber du begreifst doch …«

»Bitte«, sagte Kynaston, »mach weiter. Sei weiter wundervoll. Mach eine Milchmagd aus dem Mädchen. Wenn das Publikum sich wundert, was Othello jemals in ihr gesehen hat, geht das nicht auf meine Kappe.«

»Nein, tut es nicht. Aber du begreifst doch …«

Kynaston wandte sich wieder seinem Textbuch zu. »Mach weiter.«

Lacy, der den Jago spielte, wurde aufgerufen, seine Meinung zu äußern. Penitence' Meinung war nicht gefragt, und sie machte es sich auf einer Couch bequem, die für die Nachmittagsvorstellung von *The English Monsieur* bereitgestellt worden war; die Auseinandersetzung ging weiter.

Zu ihrer größten Überraschung kam die Knipp aus dem Zuschauerraum zu ihr herauf und setzte sich neben sie. »Erinnert mich an meinen Ehemann.«

»Hart?«

»Othello. Will eine schöne Frau, doch schön soll sie nur für ihn sein.« Mehr als einmal war Penitence in dem kleinen, zarten Gesicht der Knipp ein blaues Auge aufgefallen. Wie jetzt auch. Aus der Nähe gesehen, waren die Säume ihrer eleganten Ärmel fadenscheinig, und ihr Strumpf hatte ein Loch. »Hast du gehört, daß Gwynn ihre Textbücher zurückgeschickt hat?«

Es bedeutete eine Beförderung für Penitence, daß die Knipp sich zum erstenmal herabließ, mit ihr zu reden. In der Hierarchie des King's sprachen die Hauptdarstellerinnen kaum einmal mit niedrigeren Chargen, es sei denn, es ging um die Arbeit, und wenn sie sprachen, bestanden sie darauf, mit »Mrs.« angeredet zu werden.

Dennoch tat es ihr leid, daß Nell Gwynn ging, und das sagte sie auch. »Wohin will sie denn?« Es schien unvorstellbar, daß jemand alles hinwarf, nachdem er schon erreicht hatte, wonach Penitence strebte.

»Sie wurde zu Höherem berufen. Wird Mätresse des Königs. Noch nichts davon gehört?«

»Das tut mir leid.« Obwohl sie den Puritanismus ablehnte, hatten zwei Generationen von Freidenkern Penitence gegen die Monarchie geimpft. Außerdem hatten die flüchtigen Blicke, die sie auf den König werfen konnte, wenn er im Theater erschien, nichts an ihrer Überzeugung geändert, daß es falsch war, einen Mann auf einen Thron zu setzen und ihn zu bewundern. An ihrem allerersten Tag in England, als sie Charles II. in seiner Kutsche vorüberfahren sah, war sie zu dem Schluß gekommen, daß er von Übel war.

Die Knipp sah sie an. »Und warum tut sie dir leid, Miss? Es geschieht nicht jeden Tag, daß ein Kind, das in einem Bordell Getränke servieren mußte, zur königlichen Mätresse aufsteigt.«

Penitence schüttelte den Kopf. »Ich mag Mrs. Gwynn.« Es war ein Vergnügen gewesen, ihr zuzusehen. Penitence wußte, daß sie als Schauspielerin schon besser war als die Gwynn, aber wenn sie bis zum Jüngsten Tag Schauspielerin bliebe, würde sie nie imstande sein, ein Publikum so an sich zu reißen und mit ihm Ball zu spielen, wie die Gwynn es tat. »Ich hoffe, sie wird keine zweite Mrs. Farley.« Elizabeth Farleys Geschichte war noch immer Gesprächsthema in der Komparsengarderobe – als »schreckliche Warnung« vor dem, was geschehen konnte, wenn sich eine Schauspielerin allzu leichtfertig ins königliche Bett locken ließ. Charles hatte eine oder zwei Nächte an ihr Gefallen gefunden und sie dann an einen seiner Höflinge weitergegeben; auch er war ihrer bald überdrüssig geworden, sie wurde schwanger, wurde in einen Schuldturm geworfen und, so besagte die Legende, war jetzt Straßenhure in Cheapside.

»O Gott«, sagte die Knipp, »eine verdammte Talarwanze. Farley war eine Närrin. Darüber wollten wir übrigens noch mit dir reden, aber es kann genausogut jetzt gleich sein.« Sie warf einen Blick zu den Schauspielern hinüber, die sich noch immer die Köpfe heißredeten und drehte sich dann um, so daß sie Penitence direkt ansah. »Hör zu, Hughes, du kannst es dir so einrichten, daß du für den Rest deines Lebens ausgesorgt hast, und du kannst enden wie Farley. Was willst du?«

»Ich will spielen.«

»Das wollen wir alle, Liebchen.« Die Knipp war ungeduldig. »Immer vorausgesetzt, sie lassen uns. Doch was passiert, ist folgendes: In dem Moment, in dem du als Desdemona vor diesem Publikum die Bühne betrittst, bist du begehrt. Dieses Theater ist ein Pudding, und Schauspielerinnen sind die Pflaumen. Es hängt ganz davon ab, von welcher Hand du dich pflücken läßt.« Sie fuchtelte Penitence mit dem Zeigefinger unter der Nase herum. »Sieh zu, daß du dir die aussuchst, die die wertvollsten Ringe trägt. Und laß dir Garantien geben. Leg dir etwas zurück für die Zeit, in der deine Schönheit vergangen ist. Glaub mir, das ist bald genug.«

Eine Gestalt ging neben ihnen in die Hocke, und die Knipp sah sie, Bestätigung suchend, erwartungsvoll an. »Ich sage ihr gerade, daß Farley eine dumme Gans war, weil sie sich keine Garantien geben ließ, bevor die Syphilis sie erwischt hat, stimmt das etwa nicht, Becky?«

Das Gesicht der jüngeren Marshall blieb wunderbar gelassen. »Es stimmt, leider.«

»Nelly wird nie und nimmer den gleichen Fehler machen wie Farley«, fuhr die Knipp fort. »Ebensowenig wie Moll Davis vom Duke's. Sie haben Old Rowley dazu gebracht, einiges herauszurücken, bevor er das Interesse verlor. Gut, Moll hat ein Baby von ihm, aber sie hat auch ein Haus und dazu tausend Pfund jährlich. Und unsere Nelly hat ihm das schon jetzt abgeknöpft.«

»Und ist noch nicht einmal schwanger«, sagte Becky Marshall.

Penitence war gerührt über die Fürsorglichkeit der beiden freundlichen Frauen, denn es bestand kein Zweifel, daß es ihnen sehr ernst war mit dem, was sie sagten – doch zugleich fühlte sie sich abgestoßen, weil sie der Meinung waren, daß eine Schauspielerin sich einen Gönner nach der Größe seines Vermögens aussuchen sollte. Sie dankte ihnen mit der Selbstgefälligkeit eines Menschen, der bald über die berauschende Summe von zweiundfünfzig Pfund im Jahr verfügen würde.

Die Knipp schüttelte nur den Kopf über sie und ging in die Garderobe.

»Du wirst es schon noch lernen«, sagte Becky Marshall.

»Mrs. Knipp scheint nicht davon profitiert zu haben, daß sie eine Pflaume ist«, sagte Penitence abwehrend.

Becky Marshall gähnte. »Nun ja, sie hat aus Liebe geheiratet, das arme Ding.«

Hart winkte sie zu sich. Penitence ging, bereit, Mitgefühl für ihn zu empfinden, hatte er doch eben seine Liebste an den König verloren. Doch der Schauspieler war völlig unbekümmert. »Also, meine Liebe«, sagte er, »wir wollen es mit einem Experiment versuchen. Wir werden aus Desdemona eine Frau machen, die in unsere Zeit paßt. Ich will, daß du ihr Feuer und Leidenschaft gibst. Sie liebt Othello nicht nur abgöttisch, sie ist ganz wild nach ihm ...«

In diesem Monat war Jasminparfum in Mode, und die Schauspielerinnen besprengten sich reichlich damit. Erwärmt von bloßen Hälsen und Busen und von der Hitze in den Garderoben, deren Wände mit Flanell verhängt waren, erreichte der Duft eine Intensität, die sich mit dem Geräusch weiblicher Stimmen vermengte und zum Crescendo steigerte, je näher der Beginn der Vorstellung rückte und die Schauspielerinnen und ihre Garderobieren sich um die Plätze vor den Spiegeln drängten.

Vor dem Eingang hatten Jacko und der Requisiteur Cully, der keinen Tag jünger als siebzig war, eine Auseinandersetzung mit Sir Hugh Middleton, der in Rebecca Marshall verliebt war und die Aufführung unbedingt sehen wollte. Aus der Entfernung klang das Geschwätz des Publikums wie ein gleichbleibender, summender Ton, nur unterbrochen vom rhythmischen Trommeln des Tamburins und dem Rufen der Tabakverkäufer.

Mrs. Coney trat zurück und betrachtete Penitence mit schiefgelegtem Kopf. »Braucht sie noch mehr Puder, Marshy?«

Rebecca Marshall legte ihre Puderquaste aus der Hand. »Lieber Himmel, nein. Hier, leg ihr ein bißchen davon auf.« Sie reichte ihr ein Blatt spanischen Rouges.

»Hart hat gesagt ›eine Lilie‹.«

»Aber nicht ›Hamlets Geist‹. Paß auf.« Penitence würgte.

»Brechschale!« rief Mrs. Coney. »Schnell!«

Eine Schale wurde gebracht. Penitence erbrach sich. Seufzend wischte Coney ihr das Gesicht ab und begann von neuem. »Nur ruhig, meine Taube. Du bist nicht die erste.«

Die Auseinandersetzung vor dem Eingang wurde lauter. Sir Hugh Middleton weigerte sich, die Vorschrift zu akzeptieren, daß außer dem Requisiteur an Premierennachmittagen kein männliches Wesen in die Garderobe durfte. »Becky!« rief er.

Rebecca Marshall hielt sich die Ohren zu. »Warum müssen wir so etwas dulden? Ich werde mich beim König beschweren. Ich will den Stinkstiefel nicht sehen.«

»Cully holt Sir Tom, damit er Middleton wegbringt.« Coney tätschelte Penitence' Haar und setzte ihr einen Blumenkranz auf. »So, Täubchen, du siehst wunderschön aus. Sieht sie nicht wunderschön aus, Marshy?«

»Das tut sie wirklich.« Rebecca strich sich selbst noch ein letztesmal übers Haar und stand auf. Vorsichtig löste sie Penitence' Finger, einen nach dem anderen, die sich um das Rosensträußchen krampften, das Dorinda und Aphra ihr daheim in die Hand gedrückt hatten.

Befreit, packten Penitence' Hände verzweifelt das Vorderteil von Rebeccas Robe. »Ich w-weiß die erste Zeile nicht mehr.«

»Ich weiß. Jetzt steh auf.«

Draußen wurden Sir Hughs Rufe leiser, als Killigrew ihn überredete, in den Zuschauerraum zurückzugehen. Anne Marshall geriet in Panik, wie üblich. »O Hölle, o Hölle, ich finde meine ... Oh, da sind sie ja.« Sie drückte Penitence einen Kuß auf die kalte Wange. »Du siehst wirklich reizend aus, meine Liebe. Hals- und Beinbruch.«

Coney steckte den Kopf zur Tür hinaus. »Den Umhang von Mrs. Hughes.«

»Mrs. Hughes Umhang kommt.« Theaterkostüme wurden bewacht wie Schmuckstücke, da es meist abgelegte königliche Kleidungsstücke waren. An Spieltagen wurde der Fußboden auf und hinter der Bühne mit Leinen ausgelegt, um sie zu schützen. Cully, der Requisiteur, hinkte herein, die Schultern des blauen Seidenumhangs sorgfältig über seine rheumatischen Hände gelegt; sein Assistent trug die Schleppe.

Coney drapierte den Umhang um Penitence' Schultern und befestigte ihn.

Der Inspizientengehilfe klopfte an die Tür. »Erster Akt, dritte Szene. Mrs. Hughes bitte auf die Bühne.«

Penitence klammerte sich wieder an Rebecca Marshall. »B-b-bitte! Ich erinnere mich an gar nichts mehr, an keine einzige Zeile.«

»Ich weiß.«

»Aa-a-aber es ist weg. Ich möchte n-n-nach Hause.«

»Ich weiß.«

In ihrer Mitte geleiteten die Schwestern Marshall Penitence in die Seitenkulissen, wo sie eingepfercht zwischen John Downes und Othellos Schiff standen, das in der Rinne, die es hielt, von der Bühne gezogen worden war. John wandte die Augen eine Sekunde lang von seinem Souffleurbuch ab und hielt den Daumen hoch.

Penitence starrte vor sich hin. Durch das nicht verglaste Fenster der Souffleurtür wirkten die Schauspieler auf der Bühne unwirklich und weit entfernt in ihrem hell erleuchteten Rahmen. Hart, mit schwarzem Gesicht und prächtig in Grün und Gold gewandet, deklamierte, eine Marionette, die dem unsichtbaren Ungeheuer gegenüberstand, das sie in der Höhle jenseits der Rampenlichter atmen hörte. Es war ein Tier. Sie konnte es riechen. Aphra war dort draußen und Dorinda und MacGregor, Dogberry und seine Freunde, und es hatte sie gefressen, in seinen Schlund eingesaugt.

Sie war schlaff. Sie hatte das Stadium des Entsetzens jenseits aller Entsetzen erreicht. *Ich werde stottern. Ich werde stottern. Ich kann nicht einmal stottern. Ich werde dort stehen, und sie können mich nach Hause schicken. Ich werde sterben. Das ist unmöglich. Kann nicht sein. Es ist egal. Es ist alles albern. Keine Arbeit für eine erwachsene Frau.*

Für eine Hure ist es jedenfalls ein Schritt nach oben. Die Aufgabe, mein liebes Mädchen, ist das Stück. Wir geben ihnen unser Bestes. Jetzt atme.

Harts große Stimme erklang:

»Sie liebte mich, weil ich Gefahr bestand;
Ich liebte sie um ihres Mitleids willen,
Das ist der ganze Zauber, den ich brauchte! –«

Rebecca Marshall sah, wie Penitence die Hände an ihr Gesicht hob, als rücke sie sich eine Maske zurecht. Sie berührte ihre Schulter. »Hals- und Beinbruch«, sagte sie.

»Hals- und Beinbruch«, sagte Penitence.

»Hier kommt das Fräulein, laßt sie dies bezeugen«, sagte Othello und breitete die Arme aus.

Desdemona lief auf die Bühne.

Das Publikum war klein und offenbar respektabel, hauptsächlich Bürger, die keine Lust gehabt hatten, sich das schlüpfrige Stück im Duke's anzusehen. Pen fühlte Feindseligkeit; es wollte eine Desdemona, die es kannte, die sexuell unerfahren und naiv war. Die Mißbilligung war mit Händen zu greifen, als sie das schwarze Gesicht küßte und streichelte.

Hart erstaunte sie; nicht einmal bei der Probe war er so auf sie eingegangen. Es war nicht Desdemonas Geschichte, sondern Othellos, aber ihr Spiel erlaubte dem Mohren Feinheiten, die noch nie versucht worden waren; und beide nahmen nach und nach das Publikum für sich ein.

Dann kam die Pause vor dem zweiten Akt. Rebecca Marshall kam stöhnend in die Garderobe, wo Mrs. Coney Penitence frisch puderte. »Ein paar von den Dreckskerlen sind gekommen«, sagte sie, »Sedley und ein paar andere. Sie sitzen schon mit Middleton auf der Vorbühne.«

Ich werde stottern. Jetzt werde ich stottern.

»Brechschale!« rief Coney.

Aber Becky Marshall hatte Penitence bei den Schultern gepackt und schüttelte sie. »Schau mich an. Es ist ganz unwichtig, was sie tun. Du und Hart, ihr seid … Nun, es ist, als wäre man mit zwei Tigern auf der Bühne. Du hast die Leute so erobert, daß sie sich die Kehlen durchschneiden würden, wenn du ihnen sagtest, sie sollten es tun. Du wirst sie nicht enttäuschen. Was die anderen Dreckskerle auch tun mögen, vergiß sie. Hörst du mich?«

Es war eine großmütige Rede; Becky Marshall hatte die Desdemona selbst spielen wollen.

»Ja, Becky, ich danke dir.« *Atme.*

Doch es war noch immer schrecklich, hinter der Souffleurtür zu stehen, die Gecken schnattern zu hören und Desdemonas Energie wieder aufzubauen, um hinausgehen zu können.

Auf der Bühne war Kynaston als Cassio zu routiniert, um sich ablenken zu lassen, aber die anderen, die bei ihm waren, kamen aus dem Takt. Als John Downes in den Seitenkulissen rief: »Ein Segel! Ein Segel! Ein Segel!«, um die Ankunft von Othellos Schiff in Zypern zu verkünden, stand einer der Gecken auf und wagte ein Tänzchen, während seine Freunde applaudierten. Die Zuschauer im Parkett wurden unruhig. Nun konnte jeden Moment ein Tumult ausbrechen.

Lacy, der neben ihr stand, nahm ihre Hand. »Als ich das letztemal den Jago spielte, wurden wir von Cromwells Truppen überfallen. Denkst du etwa, die kleinen Schwachköpfe da draußen sind Grobiane? Warte nur, bis du von einer puritanischen Pike aufgespießt wirst.« Er bekreuzigte sich. »Hals- und Beinbruch.«

»Hals- und Beinbruch.« Glückstrahlend rauschte sie hinaus.

Die Szene unterdrückte ein wenig das Gejohle, mit dem die Gecken und Lebemänner stets eine neue Schauspielerin bedachten, und obwohl sie wieder damit anfingen, als sie Othello leidenschaftlich begrüßte, fühlte sie, wie die Unruhe nachließ. Es ging darum, wer die Oberhand gewann, die Gecken oder Desdemona.

Penitence vergaß alles um sich herum; sie sprach nicht zu Othello, sondern zu einem anderen Mann, der geglaubt hatte, sie sei eine Hure. Sie schrie Desdemonas Verzweiflungsschrei »Das hab ich nicht verdient!« Henry King entgegen.

Als sie das Lied von der Weide sang, sah sie Sir Hugh weinen wie ein kleines Kind, und Sedley saß, das Kinn in die Hand gestützt, vorgebeugt da. In der letzten Zeile erlaubte sie ihrer Stimme zu brechen und spürte, wie sich im Parkett der Schmerz in der Dunkelheit aufbäumte, um sie zu trösten. Sie flehte Othello an, sie nicht zu töten.

»'s ist zu spät.« Othello bat sich, mit Harts Stimme, selbst, sie nicht zu morden.

Sie fühlte das Kissen auf ihrem Gesicht und geriet in Panik. *Angenommen er verliert die Kontrolle über sich.* Ihre letzten Zeilen waren die schwierigsten; mit diesem Noch-nicht-ganz-tot-sein hatte Shakespeare, ihrer Meinung nach, ein wenig des Guten zuviel getan. »Leb wohl«, aber im Publikum schluchzte jemand, als ihre Hand schlaff über den Bettrand fiel.

Endlich stürzte Othellos Körper über sie. »... mich selber tötend sterb ich so im Kuß«, und hüllte sie in den Geruch von Ofenschwärze ein. Sie hörte das Seufzen des fallenden Vorhangs in einem Haus, in dem es vollkommen still war.

»O Gott«, sagte sie leise vor sich hin, »es hat ihnen nicht gefallen.«

»Sei still!« Harts weißes Auge starrte sie an wie das eines Hais. »Jeder kann ein Haus in Jubel ausbrechen lassen. Die wahre Kunst ist es, das Publikum zu unterwerfen. Und wir haben es getan.«

Der Vorhang hob sich, während die Toten noch auf dem Bett lagen und die tote Emilia (Rebecca Marshall) kunstvoll auf dem Fußboden drapiert war.

Erst als Hart ihr die Hand reichte und ihr beim Aufstehen half, hörte sie den Applaus. Er brandete auf, und Harts Hand hob die ihre hoch. Sie liebte ihn. Sie liebte die Gecken, die aufgesprungen waren und ihr begeistert huldigten, sie liebte das Tier da draußen, das sie besiegt, das Einhorn, das den Kopf in ihren Schoß gebettet hatte.

Ich wünschte, Benedikt wäre hier. Sie hatten ihn bei Mistress Palmer gelassen, für den Fall, daß es für ihn zuviel gewesen wäre, zuzusehen, wie seine Mutter erstickt wurde.

Der Triumph war nicht vollkommen. Jemand fehlte.

Kynaston und Becky Marshall kamen auf die Bühne, um ihren verdienten Beifall entgegenzunehmen. Nun wurden Blumen, Bänder, Münzen auf die Bühne geworfen, sogar eine goldene Uhr.

Anne Marshall sollte den Prolog sprechen und dem Publikum Appetit auf die Vorstellung des nächsten Tages *The Humorous Lieutenant* machen, doch Killigrew kam an ihrer Statt auf die Bühne, um zu sagen, daß angesichts dieses Erfolgs »die Diener des Königs sich glücklich schätzen würden, den *Othello* morgen zu wiederholen«.

Nachdem sie von John Downes ein herzerwärmendes »Nicht

schlecht, gar nicht so schlecht« empfangen hatte, ging Penitence in die Garderobe und geriet in ein Chaos. Ungefähr ein Dutzend Kerle war dort eingedrungen. Sie zwickten die Garderobieren ins Hinterteil, starrten Becky Marshall in den Ausschnitt und experimentierten vor den Spiegeln mit Puder und Schönheitspflästerchen.

Jubel stieg auf, als Penitence eintrat, und Sir Hugh Middleton warf sich ihr buchstäblich vor die Füße. »Ihr wundervolles Geschöpf habt mich tief gerührt. Ich bete Euch an. Seid mein.«

Sir Charles Sedley verneigte sich vor ihr, ausnahmsweise nur mit leichtem Spott. »Nun, nun«, sagte er.

Den sich an ihre Fußknöchel klammernden Sir Hugh mitzerrend, hinkte Penitence zu ihrem Hocker. Sie war erschöpft; sie hatte auf ein erhellendes Gespräch mit ihren Kollegen über die Aufführung gehofft. Die Gecken waren betrunken, wie immer, und in dem Zustand beängstigend; sie fühlte sich verletzlich und preisgegeben. Jubelnde Begeisterung war jenseits des Rampenlichts am besten aufgehoben.

Sie versuchte zu lächeln und dankte ihnen, wurde jedoch vor Müdigkeit allmählich gereizt. Sir Hughes Hände lösten sich von ihren Knöcheln und wanderten an ihrem Bein weiter hinauf. »Du bringst mich um den Verstand, du wundervolles Wesen.«

Sie trat nach ihm, doch er ließ nicht los. Sie bat Sedley: »Könnt Ihr ihn mir nicht abnehmen?« Doch Sedley machte keine Anstalten dazu, sondern schaute interessiert zu.

Cully kam herein und wollte das Kostüm mitnehmen.

»Erlaub mir, es anzubehalten, nur heute abend«, bat sie. Becky Marshall versuchte sich hinter einem Wandschirm umzuziehen, der trotz der vereinten Bemühungen von Jacko und Mrs. Coney, die eine Brechschale schwang, heftig schwankte, weil die Gecken darüberschauten.

»Jede Schauspielerin, die ihr Kostüm außerhalb des Theaters trägt, wird mit dem Abzug einer Wochengage bestraft«, erklärte Cully ungerührt.

»Dann geh und bitte Master Hart und Master Lacy, herzukommen und diese Leute hinauszuwerfen.«

»Schon nach Hause gegangen.«

»Dann Sir Tom.« Wie weit war es gekommen, daß sie Killigrew um Hilfe bitten mußte.

»Nach Hause gegangen.«

Sie mußte sich zu Becky Marshall hinter den Wandschirm zwängen und der unangenehmen Aufgabe unterziehen, sich ihr altes Kleid über den Kopf zu streifen und sich zugleich darunter aus dem Kostüm zu schlängeln, wobei Sir Hugh Middleton auf dem Boden herumkroch und den anderen zurief, welche Farbe ihre Strümpfe und ihre Strumpfbänder hatten; er wurde erst still, als Coney ihm die Brechschale auf den Kopf schmetterte.

»Warum ist das erlaubt?« wollte Penitence wütend von Becky Marshall wissen.

Becky zuckte mit den Schultern. »Es sind Freunde des Königs. Dies ist das Theater des Königs. Wir sind sein Spielzeug.« Sie grinste. »Ich sehe, Sir Hugh hat mich schnöde verlassen, der treulose Kerl. Ich überlasse ihn dir gern.«

Sie mußten zum Ausgang rennen, lehnten Einladungen zum Abendessen, Wochenenden auf dem Land, Wagenfahrten nach Hause ab. Im Korridor verstellte ein unauffällig gekleideter, rundgesichtiger Mann Penitence den Weg und reichte ihr ein dickes Manuskript. »Mrs. Hughes, würdet Ihr mir die Ehre erweisen, dieses Stück zu lesen.« Ein paar Gecken versuchten sie aufzuheben. »Was? Oh, laßt mich *runter*!«

»Es ist mein Stück.« Der Mann rannte neben ihr her, als sie in Schulterhöhe durch den Korridor getragen wurde. »Ich möchte Euch als Heroine.«

Als sie in die Riding Yard Alley hinausgetragen wurde, eilte Sir Charles Sedley endlich zu ihrer Rettung herbei. »Setzt sie ab, meine Freunde, die Lady hat keinen Humor.« Er nahm ihr das Manuskript aus der Hand und las im Licht der Fackel neben dem Bühneneingang den Titel: »*The Indian Queen*. Schwülstiges Geschwätz, dessen bin ich sicher. Dennoch, der Bursche ist sicher im Ausdruck und richtet sich nach dem Geschmack der Leute.«

Penitence strich sich glättend über den Rock. »Wer ist er?«

»Dryden? Ein recht nützlicher Schreiberling, aber in jeglicher Beziehung nicht in derselben Klasse wie ich.«

Er musterte ihre derangierte Kleidung und den scharwenzelnden Sir Hugh, den sie noch immer abzuwehren versuchte. »Ich glaube wirklich, meine Liebe, Ihr solltet Euch einen Beschützer suchen.«

Aber für zumindest einen Abend hatte sie nicht nur einen, sondern viele. Als sie aus der Riding Yard Alley auftauchte, wurde sie von einer Gruppe von Männern mit einem Hurra empfangen. Die Fleischer aus der Drury Lane hoben sie auf die Schultern und trugen sie nach Hause ins Cock-and-Pie.

5. *Kapitel*

An einem schönen, vorstellungsfreien Tag Anfang Juni wurde Penitence im Haus des Großkämmerers in Whitehall als His Majesty's Servant – Dienerin seiner Majestät – vereidigt. Sie war nach der neuesten »Schäferinnenmode« gekleidet: Strohhut, so groß wie ein Wagenrad, mit unter dem Kinn gebundenen blauen Satinbändern, die farblich auf die Schleifen an ihren silbernen Glacélederschuhen abgestimmt waren, ein Kleid aus einem mit einem Zweigmuster verzierten cremefarbenen Musselin über seidenen Unterröcken und ein Mieder aus Fischbein. Eine zollbreite Spitze schützte ihre Brustwarzen vor kecken Blicken – solange sie sich nicht zu weit vorbeugte.

Die Knipp und Becky Marshall nachahmend, trug sie einen Spazierstock, mehr modisches Beiwerk, denn Stütze, hielt den Arm ausgestreckt, die Finger gekrümmt, doch zum Unterschied zu den Stöcken von Knipp und Marshall, die aus unechtem Elfenbein und aus dem Theaterfundus entführt worden waren, war der ihre vergoldet und geschnitzt und hatte die Form eines Hirtenstabes, ein Zeichen der Wertschätzung von den Fleischern aus der Drury Lane.

Die Zeremonie war würdig und kurz. Hart, Kynaston und Lacy standen in der scharlachroten und goldenen Livree der königlichen Schauspieler neben ihr; Penitence war enttäuscht, daß die königlichen Schauspielerinnen nicht eingekleidet wurden und bei der Vereidigung nur ein goldenes Medaillon mit Charles' Kopf überreicht bekamen.

Als sie in den Sonnenschein von St. James's Park hinaustraten, fragte Hart: »Und wie fühlst du dich jetzt, junge Peg?«

»So richtig offiziell.« Es war ein köstliches Gefühl, als sei sie bisher nur zweidimensional gewesen und wäre mit einem Knall zu etwas Dreidimensionalem geworden.

Zwei halbwüchsige Mädchen erspähten sie unter den Linden und kamen, ihren Vater mitzerrend, auf sie zugestürmt. »Oh, Mrs. Hughes, wir haben Euch gesehen – wirklich und wahrhaftig, gestern erst, in *The Great Favourite*.«

Ihr Vater schwenkte den Hut vor ihr. »Meine beiden Kinder wollen sagen, Madam, daß wir endlich wieder einmal Noblesse über Englands Bühnen schreiten sahen. Wir danken Euch.«

Penitence verneigte sich.

»Die waren doch gekauft«, sagte Lacy, als sie weitergingen. Die anderen nickten traurig.

Penitence betrachtete ihre Fingernägel. »Noblesse.« Sie seufzte. »Was für ein Jammer, daß nicht mehr von uns Noblesse haben.«

Kynaston sah sich um. »Und dieses undankbare, erst vor kurzem entwöhnte Kind, dieser Giftzahn, erwartet jetzt von uns, daß wir ihn einladen.«

»Gehen wir auf ein Glas ins Potiphar's«, sagte Becky Marshall.

»Bleiben wir im Park«, sagte Lacy, der knauserig war. »Ich gebe ihr eine Milch aus.«

»Gehen wir zu Gwynn«, sagte Knipp. »Dann kann der König uns alle mit Wein freihalten.«

Es war ein bißchen früh. Und wie Lacy meinte: »Wir sollten ihn lieber nicht ohne Hose erwischen.«

Am Seeufer entlangzuschlendern und die Enten und Pelikane zu beobachten, war beileibe nicht unangenehm. Penitence hatte einen Moment lang ein schlechtes Gewissen, weil sie diese freie Zeit nicht mit Benedikt verbrachte – sie hatte sehr viel zu tun, mußte Rollen für Aufführungen lernen, die sich oft nicht länger als einen Abend hielten, und sofort durch ein anderes Stück ersetzt wurden, so daß »lauf und spiel ein bißchen Liebling, Mutter muß arbeiten«, die Worte waren, die sie am häufigsten zu ihm sagte. Mit den anderen im Cock-and-Pie kam sie nur noch zusammen, wenn sie nach der Vorstellung hinter der Bühne auftauchten und Penitence nach Hause begleiteten.

Warum sollte ich nicht auch ein bißchen Spaß haben? Das war ein anderer Standardsatz für sie geworden. Trotz aller Arbeit und aller

Spannungen war das King's für sie wie eine köstliche Speisekammer, zu der man ihr nach langer Zeit des Darbens freien Zugang gewährte. Momente wie dieser, entspannt in schöner Umgebung, mit Menschen, die sich nicht nur respektierten, sondern liebten, waren für sie wie süchtigmachende kandierte Kirschen.

Das Theater war der Ort, wo sie aufblühte. In der City, unter neureichen Finanziers und Kaufleuten, waren sie weniger geneigt, sich zur Schau zu stellen, besonders die Schauspieler nicht, die man in ihrer Livree leicht erkannte. Hier war noch die alte puritanische Ethik lebendig, und sie wurden des öfteren von Bürgern beschimpft, die etwas gegen die frivoleren Stücke einzuwenden hatten; es konnte ihnen auch passieren, daß ihnen ein prüder Lehrling Pferdemist nachwarf. Hier, in den Parks, zwischen Palästen und Gärten des alten Geldes, waren sie von ihrem Publikum umgeben.

Doch sogar hier, stellte sie fest, hielten ihre Begleiter Ausschau, aber nicht nur, um die Grüße ihrer Bewunderer zu erwidern. Sie hatten immer mit dem Zorn eines gehörnten Ehemannes oder einer entehrten Ehefrau zu rechnen, oder auch mit der Wut eines Gecken, der in einem geistreichen Stück lächerlich gemacht worden war, und der die beleidigenden Worte dem Schauspieler übelnahm, und nicht dem Autor. Vergangene Woche war Hart um ein Haar von einem gekränkten Gecken durchbohrt worden, der sich in einem Prolog wiedererkannte, den Howard geschrieben hatte.

Sie wanderten weiter, bis die Milchmagd rief, deren Kühe um sie herum weideten. »Ah«, sagte Lacy zu ihr, »süßes Kind, dessen Atem dein eigen ist und das ganze Jahr nach Juni duftet wie ein frisch gemähter Heuhaufen.«

»Sagt mir ganz einfach, wie viele Ihr wollt«, sagte die Milchmagd müde.

»Sieben«, sagte Lacy.

Sie setzten sich auf eine Bank, während die Magd sich hinhockte, ihre großen roten Hände um ein Kuheuter legte und die Milch in einen Eimer lenkte.

»Tut mir leid, daß der König nicht bei deiner Amtseinführung anwesend war, Peg«, sagte Kynaston. »Bei meiner war er da.«

»Ah«, sagte Becky Marshall, »aber *du* hast vorher auch nicht seine Einladung abgelehnt, mit ihm ins Bett zu gehen.«

»Er hat mich nie gefragt.« Kynaston »klimperte« mit den Wimpern und wandte sich an Penitence. »Das hast du nicht getan. Oder *doch*?«

»Und ob sie's getan hat«, sagte Knipp. »Chiffinch kam gestern ins Künstlerzimmer und hat die Nachricht überbracht.«

»Ich hab' nicht gewußt, wer er war«, erklärte Penitence. Zuerst war einfach nur ein gut gekleideter Mann mit hitzigen Augen mehr gewesen, der sich mit den anderen nach der Vorstellung in der Garderobe der Schauspielerinnen gedrängt hatte. »Ich hab' nicht gewußt, daß er der Kuppler des Königs ist. Es war so – hinterrücks. ›Seine Majestät‹«, ahmte sie seine plötzlich herablassend klingende Stimme nach, »habe meine Interpretation gut gefallen, und sollte ich jemals den Wunsch haben, mich des Treppchens zu bedienen, würden Seine Majestät angemessen erfreut sein.«

»Die dumme Person hat nicht gewußt, was das Treppchen ist«, krähte Anne Marshall und warf vor Belustigung die Beine hoch. »Sie dachte, sie dürfe, wenn sie das nächstemal in Whitehall ist, das königliche Wasserklosett benutzen.«

Kynaston schlug die Hand vor den Mund.

»Was hast du geantwortet?« hauchte Hart.

Penitence schnitt eine Grimasse. »Ich sagte, danke, aber ich erledige das gewöhnlich, bevor ich mein Haus verlasse.«

Während des allgemeinen Gelächters hielt die Milchmagd Lacy ein Tablett mit sieben Bechern Milch hin. »Zehn Pence und'n halben Penny«, sagte sie. »Und ich hab kein Wechselgeld.«

Lacy wischte sich die Augen und zählte das Geld ab. »Was ist nur aus dem Geiste Arkadiens geworden?« fragte er.

»Läßt du das wohl sein«, sagte die Milchmagd und gab ihrer Leitkuh einen Stoß in die Flanken, um sie davon abzuhalten, sich allzusehr für Knipps blumengeschmückten Hut zu interessieren.

»Wird der König verärgert sein?« fragte Penitence. Es beunruhigte sie ein wenig. Sie machte aus dem Zwischenfall eine gute Story, doch sie hatte an diesem Abend schnell begriffen, wer Chiffinch war und was er wollte. Ihn scheinbar mißzuverstehen war ihr als beste Möglichkeit erschienen, eine Situation zu vermeiden, in die sie nicht geraten wollte. Sie wollte Karriere als Schauspielerin machen, nicht als Mätresse.

»Nee«, sagte die Knipp. »Er hat schon früher Körbe bekommen.

Frances Stewart wollte ihre Jungfräulichkeit bewahren und hat ihn in aller Öffentlichkeit abgewiesen.«

»Ich weiß nicht, Peg«, sagte Lacy, »er ist mein König, und ich liebe ihn bis der Tod uns scheidet und so weiter, aber wenn man ihn kränkt, geschehen seltsame Dinge. Schau dir die Nase des armen Coventry an.«

Jeden einzelnen in der Gruppe schauderte; äußere Entstellung war ein Alptraum für Schauspieler. Coventry hatte seine Entstellung nach einer Debatte im Unterhaus davongetragen, als ein Mitglied, das versuchte, die Besteuerung von den Theatern abzuwenden, darauf hinwies, wieviel Vergnügen die Theater dem König bereiteten. »Die Schauspieler oder die Schauspielerinnen?« hatte Sir John Coventry gefragt. Als er am nächsten Tag im Park spazierenging, wurde er von Schlägern überfallen, die ihm die Nase aufschlitzten.

»Komm, meine kleine Republikanerin«, sagte Kynaston. Die königlichen Diener wischten sich die Milchbärte ab, schlenderten weiter und zogen Penitence wegen ihres mangelnden Patriotismus auf. »Wärst du über das Treppchen gegangen?« fragte er Becky Marshall.

»Man hat mich nicht gebeten.«

»Aber *hättest* du es getan?« Penitence bedauerte nicht, die Einladung des Königs abgelehnt zu haben – im Bett des Königs hätte sie sich noch mehr als Hure gefühlt als in der Zelle der Verdammten und sogar mehr als auf Killigrews Couch –, aber erst nachdem Chiffinch sich mit einer Verbeugung entfernt hatte, waren ihr die Ungeheuerlichkeit ihres Tuns und die möglichen Konsequenzen bewußt geworden. Und obwohl die Schauspieler sie neckten, spürte Pen, wie überrascht sie waren, daß ihr ihre nicht mehr blütenweiße Tugend so teuer war.

»Nein«, sagte Becky Marshall.

»Warum?« Penitence war beruhigt, aber neugierig. Anders als ihre Schwester, hatte Becky Würde. Während Anne Liebhaber nahm, die alle reich und großzügig sein mußten, nahm die jüngere Marshall Geschenke an, ohne mehr dafür zu geben als ihre Gesellschaft beim Dinner.

Becky Marshall ging langsamer und blieb mit Penitence zurück. »Ich glaube auch nicht an die absolute Monarchie – weder im noch außerhalb des Bettes.« Sie senkte die Stimme. »Wir posaunen es nicht heraus, aber Stephen Marshall war der Cousin unseres Vaters.«

»Der Presbyterianer Stephen Marshall?« Penitence war beeindruckt. In Massachusetts galt Reverend Marshall beinahe als Heiliger. Während des Commonwealth waren seine Gebeine ehrenvoll in der Westminster Abbey bestattet worden. Nach Charles' Restauration hatte man sie hinausgeworfen. Es war merkwürdig zu entdecken, daß eine Schauspielerin mit solch einem aufrührerischen Geistlichen verwandt war.

Es kam noch seltsamer; Becky sagte: »Mein Vater folgte ihm in die presbyterianische Kirche, aber natürlich hat ihn das Gesetz daran gehindert zu predigen.« Sie lächelte. »Er hat keine hohe Meinung von der Ehre seiner Töchter, aber es würde ihn vielleicht trösten zu hören, daß wir beide eine Grenze ziehen, wenn es darum geht, mit einem Papisten zu schlafen.«

»Ist denn der König Papist?« In dem Wort bebte noch immer der ganze puritanische Abscheu.

»O ja«, sagte Becky Marshall gelassen. Sie wies mit einem Nicken auf die anderen, die vor ihnen waren. »Obwohl man unsere Freunde dort vorn nicht dazu bringen könnte, es zu glauben.«

Sie gingen einen schmalen Weg entlang, der auf einer Seite vom Kanal, auf der anderen von gekappten Weiden begrenzt wurde. Ein Stückchen weiter vorn, hinter den Bäumen hielt eine Kutsche. Als sie vorübergingen, sahen sie, daß der Kutschbock leer und die Vorhänge geschlossen waren. Becky Marshall sagte gerade, wie gefährlich es sei, die Pferde unbewacht zu lassen, als der Wagenschlag aufgerissen wurde und zwei Männer heraussprangen. Penitence hatte eben noch Zeit, Sir Hugh Middleton zu erkennen, dann packten sie die beiden Männer auch schon und begannen sie zur Kutsche zu zerren, wo ein dritter Mann den Schlag offenhielt. Sie schrie.

Um Hilfe rufend, rannte Becky Marshall ihnen nach. Einer der Entführer mußte Penitence loslassen, um Becky abzuwehren, und Penitence gelang es, einen Arm um einen Baumstamm zu schlingen. Sie schrammte sich das Gesicht an der Rinde auf, als die Männer sie wegrissen und ihr den Arm verdrehten, doch die Verzögerung hatte den Schauspielern Zeit gegeben, sie zu erreichen. In ihrer Verwirrung hatte sie den undeutlichen Eindruck, daß die Schauspieler sie und Middleton in Fechtposition mit gezogenen Degen umringten, während Middleton, den Rücken ihres Kleides umklammernd, schrie: »Die Hure gehört mir! Ich bete sie an.«

»Laßt sie los.«

Der andere Mann ließ los und rannte zur Kutsche zurück. Penitence trat mit ihrem brandneuen, hohen Absatz gegen Middletons Schienbein. Er zerriß ihr das Kleid, als er losließ und, sich das Bein reibend, herumzuhüpfen begann. »Sie gehört mir. Ich will sie.«

Lacy, der merkte, daß das Ganze zur Posse wurde, schob seinen Degen in die Scheide. »Steigt in Eure Kutsche, Sir Hugh, seid ein braver Junge.«

Middletons Gesicht verzog sich, und seine Hände flatterten wie die eines enttäuschten Kindes. »Aber ich will sie.«

»Nicht heute.« Kynaston und Hart brachten ihn zu seiner Kutsche, sahen ihr nach, als sie abfuhr und verneigten sich dann anmutig vor einer Menge, die sich eingefunden hatte, um zuzuschauen.

Die Szene war zu einer Aufführung geworden, und Penitence tat zitternd das ihre dazu, indem sie ihr zerrissenes Kleid und den ruinierten Hut bejammerte, als bereiteten sie ihr Kummer. In gewisser Weise traf das auch zu. Sie schuldete der Schneiderin und der Hutmacherin noch zwanzig Pfund. Doch der wahre Schock war nicht so sehr der Überfall an sich; es waren die Worte, die Middleton ihr zugezischt hatte, während er sie wegzerrte, wüste Beschimpfungen, mit denen er ihr seine Bewunderung beteuerte und die wie das Fauchen eines Raubtiers geklungen hatten. Knipp hatte recht. *Wir sind eine Beute.*

Knipp und Anne Marshall riefen Ach und Weh wegen ihres zerschrammten Gesichts. Es war Becky, die darauf bestand, daß etwas getan werden mußte. Sie war wütend. »Was sind wir denn?« tobte sie. »Tiere? Wir versuchen doch nur, unseren Lebensunterhalt zu verdienen, mehr nicht, und sie glauben, sie können uns einfangen wie streunende Hunde. Das ist nicht das erstemal. Und was ist mit diesem Gecken, der Knipp vor kurzem in der Garderobe beinahe vergewaltigt hätte? Wo ist der König? Ich werde ihm meine Meinung sagen.«

»Er kann nichts dafür, daß Middleton ein Irrer ist«, wandte Kynaston vernünftig ein.

»Wir stehen unter seinem Schutz, also soll er uns verdammt noch einmal beschützen. Wo ist er?«

Es war nicht schwierig, ihn zu finden; Charles II. war der zugänglichste aller Könige. Man schickte sie in die Pall Mall. Eine Menge verbarg ihn, stieß aber, gerade in dem Moment, als sie sie erreichten, ein bewunderndes »Ooh« zu einem Ball aus, der über ihre Köpfe hinweg und durch einen der Ringe flog, die in der Spielbahn an galgenähnlichen Pfählen hingen. Plötzlich stob die Menge auseinander, denn ein schlecht gezielter Ball schoß himmelwärts. Entschlossen zwängte Becky Marshall sich durch die entstandene Lücke.

Penitence blieb zurück; die Reaktion auf den Überfall setzte ein, und ihr wurde übel. Sie hörte Becky Marshalls Stimme, die dem König Vorhaltungen machte, und die Neuigkeit verbreitete sich rasch unter den Zuschauern. Becky meinte es gut, doch Penitence wünschte, sie würde keinen solchen Wirbel machen. Sie wollte nicht, daß der König auf sie aufmerksam wurde.

Eine sehr große Gestalt schob sich vor die Sonne. »Mrs. Hughes, Ihr erlaubt.« Eine Hand schob sich unter ihren Ellenbogen und führte sie in den Schatten einer Eiche. Die Gestalt neben ihr zog den Mantel aus, faltete ihn ordentlich und legte ihn auf den Boden. Dankbar ließ Penitence sich darauf nieder.

»Ihr seid verletzt, Madam. Erlaubt mir, einen Arzt zu holen.«

Die Stimme war tief und förmlich. Das Gesicht hoch über ihr war unverkennbar das eines Stuart, die gleiche dunkle Haut, die gleichen dunklen Haare, die gleichen Kinnbacken, das gleiche Grübchen im Kinn, die gleichen dunklen Augen. Nur der Mund war anders, dünner, nicht so sinnlich wie der des Königs und intelligenter als der von James. Unter dem Ansatz seiner Perücke bildete eine Narbe eine häßliche, runzlige Hautfurche. Dieser Mann war sogar noch größer als die königlichen Brüder, hatte schon mehr Jahre gesehen als sie und, seinem Aussehen nach, weniger Gefallen daran gefunden, doch im Augenblick schien er fast nervös vor Sorge. »Ein Stärkungsmittel, Madam. Dann erlaubt mir wenigstens, Euch ein Stärkungsmittel zu besorgen.«

»Vielen Dank, Sir, es ist nichts.«

»Es war ein gemeiner Überfall, von dem ich eben erfahren habe. Ein Wort von Euch, Madam, und ich lasse den Schuft aus dem Land peitschen.« Das wurde so energisch gesagt, daß eine Drossel, die es sich in den Zweigen über seinem Kopf gemütlich gemacht hatte, aufflog.

»Sie sind sehr gütig, Sir.« Penitence lächelte dankbar. »Aber ich denke, man hat Seine Majestät schon gebeten, etwas zu unternehmen. Ich bin eine seiner Schauspielerinnen.«

»In der Tat. Ich hatte das Vergnügen, erst vorige Woche Eure Desdemona zu sehen.«

Er war das. Das Haus war an diesem Abend ganz besonders diszipliniert gewesen, und Hart hatte erklärt: »Prinz Rupert ist im Zuschauerraum. Das Publikum wagt es nicht, sich schlecht zu benehmen, wenn Rupert in der Nähe ist.« Die Romantik, die den großen Reitergeneral Charles' I. noch immer umgab, hatte erregte Erwartung in die Garderobe getragen, aber der Prinz hatte sie enttäuscht und den Schauspielern nur seine Anerkennung aussprechen lassen. Penitence war natürlich auch neugierig gewesen, den Kommandeur zu sehen, der ihre Mutter mit so ausgesuchter Höflichkeit vom Tod ihres Vaters unterrichtet hatte.

Hier war er nun, ein alternder, verbittert aussehender Mann mit scharfen Gesichtszügen, der sich im Augenblick in seiner Haut nicht wohl fühlte. Schweigen.

»Ich ziehe Shakespeare dem Unsinn vor, der heutzutage gespielt wird«, sagte Prinz Rupert.

»Wir haben nächste Woche *Hamlet* auf dem Spielplan.«

»Mit Euch als Ophelia?«

»Ja.«

»Das lasse ich mir nicht entgehen.«

Wieder schwiegen sie und sahen einem Rehrudel zu, das in der Nähe äste. Es war eine Erleichterung, als eine Gruppe von Höflingen mit dem König an der Spitze auf sie zukam.

Prinz Rupert half ihr auf die Füße und verneigte sich. »Ich werde die Kavallerie instruieren, den Pöbel von Euch fernzuhalten. Lebt wohl, Ma'am.«

»Ich danke Euch, Euer Hoheit.«

Sedley und Rochester waren unter denen, die mit dem König Ball gespielt hatten, und alle drei hatten nur Westen an. Charles II. zeigte sich lässig besorgt, als sich Penitence vom Hofknicks erhob. Er legte ihr die Hand unters Kinn. »Verflixt, hat der böse Bube diesen Pfirsich zerkratzt? Er ist des Todes, was meint Ihr, Rochester?« Seine Augen blickten belustigt und ein wenig boshaft.

Hat er Middleton angestiftet? Sie verdrängte den Gedanken als unwürdig. *Aber ungehalten ist er nicht gerade.*

Der Earl of Rochester sagte: »Am besten, wir lassen ihn köpfen, Sire. Wir brauchen einen neuen Ball.«

»Mehr als einen«, sagte Sir Charles Sedley. »Befreien wir ihn noch von einem anderen Teil seiner Anatomie.«

Die arme Becky Marshall versuchte noch immer, den königlichen Ohren etwas von ihrer Entrüstung einzuflößen, doch sie war ebenfalls verspottet worden, und was sie sagte, klang nur noch zänkisch.

Von der Mauer, die die Gartenseite der Häuser am Spielfeld begrenzte, hörte man einen durchdringend schrillen Pfiff; dort war, zum Entzücken der Menge, Nell Gwynn von ihrer Seite aus heraufgeklettert und beugte sich herüber, um zu sehen, was passiert war.

Ungefähr zweihundert Leute drängten jetzt gegen die Soldaten, die eine Kette bildeten, um sie zurückzuhalten; alle wollten hören, wie der König seiner Mätresse die Situation erklärte.

»Geht es dir gut, Peg?«

»Ja, danke, Nelly.«

»Jetzt hör mir gut zu, Charlie«, sagte Gwynn. »Euer Majestät, meine ich natürlich. Das ist zuviel. Wir sind dem ständig ausgesetzt. In der Garderobe, im Freien. Ihr müßt dem ein Ende machen.«

»Wem ausgesetzt, Mrs. Gwynn?« fragte Rochester hinterhältig.

»Euch und Euresgleichen. Ihr behandelt uns, als gäb's von uns dreizehn auf ein Dutzend«, sagte Gwynn. Sie flirtete während ihrer Schelte, spielte den weiblichen Hofnarren. Die Menge war begeistert.

Charles wich zurück, gab sich geschlagen. »Pax, o meine Schöne. Es wird geschehen. Gesetze sollen erlassen, Edikte verbreitet werden.«

Dieses Spiel sollte offenbar noch eine Weile so weitergehen. Penitence fragte sich, ob sie nach Hause gehen könnte.

Der einzige, der ihr Aufmerksamkeit schenkte, war Sir Charles Sedley. Sie spürte, wie sein hemdsärmeliger Arm sich unter den ihren schob. »Ich habe Euch prophezeit, daß Ihr einen Beschützer braucht«, sagte er.

Am Ende blieb alles beim alten. Ein mürrischer Sir Hugh wurde vom Großkämmerer gerügt. Der König ordnete an, daß Zuschauer die Garderobe der Schauspielerinnen nicht mehr betreten durften, aber niemand hielt sich daran.

Auch kam Prinz Rupert nicht zur Premiere des *Hamlet*. Am selben Tag, dem 10. Juni, tauchte die holländische Flotte an der Mündung des Medway auf und beschoß die Festung, die die Mündung bewachte, bis sie sich ergab, segelte dann flußauf weiter, verbrannte drei der größten Schiffe der königlichen Marine und schleppte ihr Flaggschiff als Beute ab.

Die Nachricht erreichte Whitehall am nächsten Morgen.

Charles und James reagierten mit der gleichen Energie, die sie beim Großen Brand bewiesen hatten, stiegen sofort in den Sattel, um persönlich das Versenken von Schiffen in der Themse zu überwachen, damit der Feind, durch die Wracks behindert, nicht weiter vordringen konnte. Die Miliz jeder Grafschaft wurde aufgerufen und mit erstaunlicher Schnelligkeit ein großes Feldheer bereitgestellt. Aber obwohl sie den Schaden begrenzten, bekamen sie diesmal kein Lob. Diesmal kam der Nachhall des Donners, der von der Themse her an die Ohren der Londoner drang, nur aus den Kanonen der Feinde.

Die Königliche Marine hatte geschlafen, und der größte Schaden war ein politischer.

Penitence hörte die Neuigkeit in Dog Yard, als sie unterwegs ins Theater war. Sogar in der Rookery, die sich gewöhnlich um nichts kümmerte, was außerhalb geschah, versammelten sich Gruppen zorniger Menschen, um sich Gedanken darüber zu machen, wohin das alles noch führen sollte. In Holborn waren es keine Gruppen mehr, sondern Menschenmengen. In der Drury Lane war fast kein Durchkommen. Penitence entdeckte wenig Panik, nur Zorn. Das Land hatte die schlimmste Demütigung seiner seefahrenden Geschichte erlebt, und das Aufheulen richtete sich weniger gegen die Holländer, die die Schandtat begangen hatten, als gegen jene, die sie hätten verhindern müssen. Sie kämpfte sich durch Mengen, die sich um umgedrehte Fässer drängten, auf denen zornige Männer hochtrabende Reden gegen die Regierung, den Lordkanzler, ja, sogar gegen Charles II. schwangen.

Auf einem Faß stachelte ein Mann mit zerschlissenem Priesterkragen den Anti-Katholizismus an, der in jeder englischen protestantischen Menschenmenge schwelte. »Bestraft die Papisten, die unseren König mit ihrer Ketzerei einwickeln und ihn schwach machen. Bei Hofe herrscht die Hure Babylon.« Einer der Zuhörer nahm die Gelegenheit wahr zu schreien: »Sie ist nicht die einzige!«

Ein Stück weiter rief ein anderer Faßtrommler einen anderen teuflischen Geist wach. »Und was ich sage, ist: Wohin sind unsere Steuern verschwunden? Eh? Was tun sie mit unserem Geld, wenn sie es nicht für unsere Verteidigung verwenden? Eh?« Er bekam die Antwort, die er sich wünschte. »Das papistische Miststück Castlemaine hat es geschluckt.« Daß der König Barbara Villiers, jetzt Herzogin von Cleveland, mit Juwelen und Palästen überschüttet hatte, weil sie ihm das Bett wärmte, mißbilligten die Drury Laner viel mehr als die üppigen Geschenke, die er seiner neuesten Favoritin Nell Gwynn zukommen ließ. Nelly war eine der ihren und eine gute Protestantin. Die Castlemaine war hochmütig und römisch-katholisch und als Sündenbock wie geschaffen.

Als sie an den Ständen der Fleischer vorüberkam, wurde Penitence zu Dogberry gerufen, der von anderen Händlern, Fliegen und hängenden Rinderhälften umringt war. »Sie wird es wissen«, sagte er. »Hör zu, Pen, stimmt es, daß der König gestern nacht, als die Holländer angegriffen haben, mit seinen Frauen rumgetollt is' und einen verdammten Schmetterling gejagt hat?«

Sie war froh, sich vom Treiben des Hofes distanzieren zu können. »Ich bin nur eine arme Schauspielerin, William. Ich gehöre nicht zu diesen Kreisen.«

»Es is' schlimm genug. Sag ihm das, wenn du ihn siehst. Wir haben die verfluchte Pest nich' überlebt, damit sie uns jetzt in unseren Betten ermorden können. Zur Zeit unserer guten Königin Bess wär' das nich' geschehn. Und auch nich' bei Cromwell.«

Zum erstenmal seit ihrer Ankunft in England hörte sie, daß jemand den Namen des verstorbenen Lordprotektors anerkennend erwähnte. Es sah aus, als seien König Charles' II. Flitterwochen mit seinem einfachen Volk zu Ende.

Ihre Schauspielerkollegen hatten sich mit düsteren Mienen auf der Bühne zur Probe eingefunden. Sie entschuldigte sich, weil sie zu spät kam. »Alle geben mehr dem König die Schuld als den Holländern. Den Holländern scheint man es überhaupt nicht zu verübeln.«

»Tja, es hätte nicht passieren dürfen, Peg«, sagte Lacy. »Die Festung am Medway war erst halb fertig, weil man kein Geld mehr hatte. Und es heißt, die Marine geht unter, weil die Versorgung ungenügend ist.«

»Er wird jetzt mit den Holländern verhandeln müssen«, sagte Kynaston. »Der Krieg ruiniert uns.«

»Wir hätten von vornherein nicht gegen sie kämpfen dürfen.« Becky Marshall verriet, daß ihre Sympathien den Presbyterianern gehörten. »Ich habe nichts gegen die Holländer. Es sind die Franzosen, die mir Sorgen machen.«

John Downes rief Penitence in die Seitenkulissen. »Ein Brief für dich.«

Sie erbrach das Siegel und las die mit gefälliger Schrift hastig hingeworfene Nachricht.

Ich muß Kanonen postieren – in Woolwich und den Medway hinunter. Bedauerlich, daß es mir nicht früher gestattet wurde, obwohl ich darauf drängte; bedauerlich auch, daß ich nicht das Vergnügen haben werde, die Lady spielen zu sehen, die für mich Englands nobelste Schauspielerin ist. Möge Gott Euch behüten, und verzeiht Eurem ergebenen Diener Rupert.

»Interessant?« fragte John.

»Von Prinz Rupert«, sagte sie, »er ist in den Krieg gezogen.«

»Gott segne ihn. Er war in Edgewill bei unserer Gruppe, der verrückte Kerl. Ein Jammer, daß es nur wenige seinesgleichen gibt.«

Sie hörten Hart nörgeln: »Unser Publikum wird heute – falls überhaupt jemand kommt – sehr spärlich sein. Aber denkt ihr nicht, daß es ihm *möglicherweise* doch auffallen könnte, wenn Ophelia nicht auftritt?«

Das Publikum war an diesem Nachmittag tatsächlich sehr spärlich; und es waren vor allem mehr »Masken« da – wie die Schauspieler die Prostituierten aus dem Parkett nannten – als reguläre Zuschauer, und sogar sie saßen in Gruppen beisammen und berichteten einander flüsternd die letzten Neuigkeiten von der Blockade. Hart tat sein Bestes, doch als die vier Captains Hamlet von der Bühne trugen, hörte man den Leichnam sagen: »Shakespeare soll mich am Arsch lecken. Ab jetzt spielen wir Dryden.«

Penitence gefiel Drydens heroisches Drama nicht. Seine Knittelverse ließen sich viel schwerer sprechen als Shakespeares reimlose fünffüßige Jamben – sie waren gut, soweit Knittelverse eben gut sein konnten, manchmal sogar sublim, doch man mußte hart daran arbeiten, wenn sie nicht banal klingen sollten – und sie fand seine weiblichen Figuren schwach; trotz ihrer hochtrabenden Reden von Liebe und Opfer waren sie hohl, fehlte ihnen das Menschliche.

Sie mochte auch die Person Dryden nicht. Das Genie war vorhanden und des Dichters bäurisch runder Kopf mit mehr Wissen vollgestopft als rechtens war, doch sie fand, daß es ihm auf merkwürdige Weise an Überzeugung mangelte. Er war wie ein Chamäleon, war ein Theatermann unter Schauspielern, ein beobachtender Lebemann unter Lebemännern und ein untadeliger Höfling in Gegenwart des Königs.

Eines Tages, als er mit ihnen *The Rival Ladies* probte, durchschaute sie ihn. Zwischen Anna Marshall und der Knipp hatte es eine Auseinandersetzung darüber gegeben, wer wen an die Wand zu spielen versuchte, und Dryden mußte die beiden trennen. »Aber, aber, Ladys, ein Theater ist wie ein kleines Commonwealth, das, gut regiert, den Ruhm Gottes fördert.«

»Ein Puritaner!« rief Penitence, die das falsche Zitat aus dem Book of Managament erkannte, das ihre Kindheit bestimmt hatte. »›*Ein Haushalt* ist wie ein kleines Commonwealth …‹ Woher kennt Ihr Dod and Cleaver, Master Dryden?«

Sie war bestürzt über seinen Zorn. »Und woher kennt *Ihr* es, Madam? Habt Ihr vielleicht zum Pöbel der *Leveller* gehört?«

»Weder zu den Levellers noch zum Pöbel«, sagte sie. Sie ließ sich keine Beleidigungen mehr gefallen. »Aber zu Leuten, die ihrer Zunge Höflichkeit zu gebieten wissen.«

Später suchte er sie auf und entschuldigte sich. »Obwohl es nicht guttut, Mrs. Hughes, sich auf eine Erziehung zu berufen, die uns beiden und unserem königlichen Herrn verhaßt ist.«

Sie zuckte mit den Schultern. »Ich brüste mich weder damit noch verleugne ich sie.«

Als sie den Zwischenfall mit Aphra besprach, sagte sie: »Er ist ein Opportunist. Er hat während des Protektorats wahre Loblieder auf Cromwell verfaßt. Jetzt ist er durch und durch Royalist. Ich hasse Opportunisten.«

»Du bist kein Bühnenautor, der auf Gönnerschaft angewiesen ist«, sagte Aphra, die mit ihren Werken noch immer erfolglos in der Stadt hausieren ging. »Ich nehme es dem armen Mann nicht übel. Ich würde den Teufel preisen, wenn ich hoffen könnte, daß er bereit wäre, mein Stück aufzuführen.«

Penitence mußte zugeben, daß Dryden wußte, was das Publikum wollte. Englands Stolz war verletzt worden; sein Volk mußte zurückblicken, um Heldentum und Prinzipien zu finden, denn es sah, daß es in seinem eigenen Zeitalter weder das eine noch das andere gab.

Dryden sorgte mit Glanz und Gloria sowohl für Heldentum als auch für Prinzipien. Er sorgte auch für Aufsehen. Killigrew stöhnte über die Kosten exotischer Kostüme, die Tänzer, die Apparaturen, die es Göttern und Göttinnen ermöglichten, in Wagen vom Himmel herab- und Geistern aus der Unterwelt emporzusteigen, die Stürme, die Kerker, die magischen Effekte. Aber das Publikum liebte die Spektakel.

Und es war Peg Hughes, die das Publikum sah. Mit dem blonden Haar und ihrer Größe hob sie sich von den anderen Schauspielerinnen ab, die fast alle kleiner und dunkelhaarig waren, auch mit dem vornehmen Gang, den sie John Downes' Ausbildung zu verdanken hatte, und der sorgfältigen Diktion, mit der sie noch immer ihr Stottern kontrollieren mußte, war sie Drydens ideale Heroine. »Die perfekte Engländerin«, sagte er.

Daß sie in *The Indian Queen* ein Inkamädchen und ein spanisches als Knabe verkleidetes Mädchen in *The Rival Ladies* darstellte, war bedeutungslos. Was Dryden ihnen gab, war »Englische Eigenart« in exotische Landschaften versetzt.

Und Schwulst.

»Stirb, Hexe, stirb! Und all mein Unrecht sterb' mit dir«, kreischte Penitence, als sie bei der ersten Aufführung von *The Rival Ladies* mit dem Theaterdolch zustach und sich dabei fragte, ob das Publikum lachen würde, statt dessen jedoch hörte, wie es den Atem anhielt vor Entsetzen.

Sie wurde Expertin für bombastische Texte:

Geliebter Vater, oh, warum darf ich denn nicht,
da du mir das Leben gabst, für dich jetzt sterben?

Zwar klangen sie auch aus ihrem Mund gespreizt, aber auch spannend.

O *Wollust!* O *Entsetzen!* O *Tücke und Verrat!*

Es schien, als nähmen die »Ohs« in ihren Texten überhand. Aber sie wurde durch Drydens Ohs aus einer vielversprechenden Schauspielerin zum gefeierten Star von London.

Was sie sagte, wurde viel weniger wichtig, als wie sie es sagte. Sie wurde in mehr als einer Beziehung mächtig. Auf Drydens Theaterplakaten brauchte nur in Großbuchstaben ihr Name zu stehen, und das Theatre Royal war bei jeder Vorstellung überfüllt. Weder Klugschwätzer noch Lebemänner noch Gecken wagten es jetzt, eine Hughes-Dryden-Aufführung zu stören, denn sie mußten befürchten, vom übrigen Publikum gelyncht zu werden. Und in jedem Fall konnte Penitence ihr zögerndes Hohngelächter mit einem einzigen »Oh!« zum Schweigen bringen.

Macht. Sie begriff, was Macht bedeutete, als Killigrew sie vor einer weiteren Aufführung von *The Rival Ladies* in sein Kontor rufen ließ.

Er saß auf seiner Couch und klopfte auf den schäbigen Samtbezug. »Nun, mein liebes Mädchen, es ist lange her.«

Sie lächelte ihm zu, blieb jedoch an der Tür stehen. »Das ist es, Sir Tom.«

Er klopfte weiter. »Ich wußte«, sagte er und legte den Kopf auf die Seite, »ich wußte schon, als du noch eine ganz kleine Komparsin warst, daß London dir eines Tages zu Füßen liegen würde – und jetzt ist es soweit.«

»Ja, Sir Tom.«

»Und alles hast du mir zu verdanken, das weißt du.«

»Danke, Sir Tom.«

»Dann komm, und gib mir einen Kuß.«

Sie stellte einen Fuß auf den Stuhl bei seinem Schreibtisch – sie trug ein Knabenkostüm. »Davenant hat mir vor ein paar Tagen schriftlich gratuliert, Sir Tom. Nachdem er *The Indian Emperor* gesehen hatte.«

Killigrew hatte lässig hingegossen dagesessen. Jetzt richtete er sich auf. »Glaub ihm nicht. Was dieser geckenhafte Wortverdreher dir auch versprochen haben mag, glaub es nicht.«

»Ich *glaube*«, sagte Penitence, »er findet mich sogar besser als Mrs. Sanderson. Ich *glaube*, er bezahlt Mrs. Sanderson fünfunddreißig Shilling die Woche.«

»Unsinn. Keine Schauspielerin der Welt ist fünfunddreißig Shilling die Woche wert. *Hart* bekommt nur zwei Pfund. Und fang ja nicht an, mich zu erpressen, Miss Majestät. Außerdem würde der König dich nicht gehen lassen.«

»Ich *glaube*, Davenant wird den Herzog überreden, mit seinem Bruder um mich zu spielen. Mit Karten. Wenn ich einverstanden bin. Ich *glaube*, daß der König in letzter Zeit nur verloren hat.«

Sir Tom stand auf, riß sich die Perücke vom Kopf und schmetterte sie auf den Boden. »Gott verdamme alle Frauen. Das ist der Lohn dafür, daß ich den Miststücken Arbeit gebe. Ich hätte auf die Puritaner hören sollen. Hätte bei den Knaben bleiben sollen. Ich hätte Orang-Utans besser und billiger ausbilden können, aber nein, in der Güte meines Herzens hole ich ein paar schnatternde, nacktärschige Gänse aus den Elendsvierteln, verwandle sie in Schwäne, und was passiert?« Er brachte sein Gesicht ganz dicht an das von Penitence heran. »Eh? Sie beißen in die verdammte Hand, die sie füttert.«

Penitence zwang sich, nicht zurückzuweichen. »Aber wird sie mich mit fünfunddreißig Shilling die Woche füttern?«

Sir Tom riß ihr den Stuhl unter dem Fuß weg. »Du bist für deine Stiefel zu groß geworden, Madam.«

Sie blickte auf ihre Stiefel hinunter, ein Paar aus vergoldetem Ziegenleder, von einem der jungen königlichen Bastarde der Castlemaine abgelegt; sie paßten perfekt. »Der Vorhang geht jetzt bald auf«, sagte sie. »Spiele ich heute oder spiele ich nicht?« Sogar hinter der geschlossenen Tür hörten sie aus dem Zuschauerraum das gedämpfte Brausen eines übervollen Hauses. »Was?« Sir Tom hatte etwas gemurmelt.

»Ich habe gesagt«, erklärte er übellaunig, »ich nehme an, daß du auftreten mußt. Und gib nicht mir die Schuld, wenn das ganze Theater bankrott geht.«

»Da ist noch etwas«, sagte sie. *Kann genausogut rücksichtslos bis ans Ende gehen.* »Ich möchte, daß Dorinda Komparsin wird.«

»Wer zum Teufel ist Dorinda?«

»Das Orangen-Mädchen.« *Erinnert er sich nicht mehr, auf wen er ein Auge geworfen hatte?*

»*Diese* Dorinda.« Sir Tom wurde nachdenklich. »Erstaunliches Mädchen. Möse wie ein Korkenzieher. Gewiß, gewiß.« Er seufzte. »Was macht schon eine Hure mehr aus? Noch etwas, Madam? Keinen Ehemann, für den Ihr ein Herzogtum wollt?«

»Nein, danke, Sir Tom, ich habe keinen Ehemann.«

»Was für eine Gnade für irgendeinen armen Teufel. Jetzt seht zu, daß Ihr auf die Bühne kommt. Und ich sage Euch eins, Madam, ich bedaure den Tag …«

»Da ist noch etwas – ein Letztes. Ich wünschte, Ihr würdet Euch das mit Aphra Behns Stück noch einmal überlegen.«

Killigrew stürmte an ihr vorbei, öffnete die Tür und zeigte mit dem Finger. »Hinaus. Es ist schlimm genug, daß ich mich von Schlampen erpressen lassen muß, die vorgeben, Schauspielerinnen zu sein, aber mich mit dem Geschreibsel eines Frauenzimmers ruinieren – niemals! Hinaus!«

Penitence ging. Becky Marshall, ebenfalls in einem Knabenkostüm, wartete im Korridor auf sie. »Hat es geklappt?«

Penitence nahm ihre Hände und schwenkte sie herum. »Es hat. Ich habe die Couch vermieden *und* bekomme mehr Gage.«

Ihr Ehrgeiz sprang wie eine Bergziege zu höherer, saftigerer Weide. Es war richtig, daß Hart in der Woche nur zwei Pfund Gage bekam, aber als Aktionär bekam er auch tausend Pfund im Jahr. *Warum sollte nicht auch eine Frau Aktionärin werden?*

Dorinda zu sagen, daß sie ihr endlich einen Anfang beim Theater ermöglicht hatte, war eine weitere Riesenfreude. Als sie an diesem Abend gemeinsam nach Hause gingen, reichten ihre Pläne bis in das Reich der Phantasie.

»Ich melde Benedikt in der Westminster School an.«

»Wir können das Cock-and-Pie renovieren.«

»Wir könnten aus der Rookery ganz weggehen. Wir könnten nach Westminster ziehen.«

»Es tut mir so leid wegen Aphras Stück.«

»Wir werden es selbst aufführen. Wir werden unser eigenes Theater haben.«

Drury Laner starrten sie an, als sie vorbeitänzelten und ihre Stimmen durch den Sommerabend hallten.

Als sie nach Dog Yard einbogen, wurde wenigstens Dorinda ruhiger. »Mein Orangengeschäft werde ich vermieten. Ich kann es mir nicht leisten, die Einnahmen zu verlieren.«

»Orangen«, spottete Penitence, »brauchen wir bald nicht mehr. Wir sind jetzt beide berufstätige Frauen.«

»Das war ich immer«, sagte Dorinda.

»Wir haben jetzt einen richtigen Beruf, meine ich. Einen ehrbaren – fast. O Dorry, wir sind unabhängig. Wir können überleben. Wir brauchen nie wieder mit einem Mann zu schlafen.«

Sie standen so lange im Yard, wie gelähmt von dem Gedanken, daß der Läufer ohne Bein zu ihnen gefahren kam, um nachzusehen, was los war. Aus dem Fenster von Mother Hubbard's, wo eine neue Mädchengeneration die alte abgelöst hatte, fragte eine Stimme einen Passanten: »Ein kleines Fickerchen gefällig, Liebling?«

Penitence nahm dem Läufer ohne Bein die Mütze vom Kopf und warf sie in die Luft. »Wir müssen nie wieder mit jemandem schlafen.«

»Es sei denn, wir wollen«, sagte Dorinda, fing die Mütze auf und küßte den schorfigen Kopf, bevor sie ihn wieder bedeckte.

Als er ihre Stimmen hörte, kam Benedikt aus der Tür des Cock-and-Pie gewackelt. Penitence lief die Stufen hinauf und nahm ihn hoch, bevor er hinunterpurzelte. Sie setzte sich ihn auf die Schultern, so daß er die Imperien der Erde überblicken konnte.

Dog Yard lag im Schatten, den das hohe Fachwerkhaus von Mother Hubbard's warf, aber der Sonnenuntergang vergoldete die schäbigen Dächer und die Aussicht dahinter. »Wir steigen höher, mein Sohn«, sagte sie.

Penitence' Aufstieg verlief parallel zu dem der City of London auf. An Stelle des zerstörten uralten Häuserwaldes schoß eine elegante Plantage aus dem Boden.

Sie war nicht so elegant, wie sie hätte sein können. Der visionäre Plan, den Christopher Wren als leitender Architekt entworfen hatte, und der, wenn er ausgeführt worden wäre, Rom oder dem von Henri IV. neu gestalteten Paris den Rang abgelaufen hätte, wurde als zu kostspielig abgelehnt. Behinderung, Verzögerung und Korruption brachten zwangsläufig sogar den Kompromiß um seine Wirkung.

Aber wenn man Wren auch nicht gestattet hatte, Utopia zu entwerfen, entwarf er praktisch alles andere. Unter seiner Aufsicht begannen einundfünfzig Kirchen ihre unterschiedlichen und schönen Türme gen Himmel zu recken, einige wie Pagoden, einige mit Treppentürmen oder mit Säulen, Konsolen und Obelisken, einige flämisch, andere gotisch.

Die Arbeit, Häuser und Läden, groß oder klein, neu aufzubauen, ging jeden Tag weiter und dauerte manchmal bei Fackelbeleuchtung bis in die Nacht. Bauholz wurde nicht nur aus dem ganzen Land, sondern auch von weither, etwa aus Norwegen herantransportiert. Ziegeleien hüllten die Stadt in Rauch, allein die in Moorgate stellte über eine Million Ziegel jährlich her. Schmerz um Vergangenes wich dem Stolz auf eine neue, moderne Stadt mit breiteren Straßen, eine Stadt aus Ziegeln, Stein und Dachschindeln, die aus den Ruinen erstand.

Doch trotz allen Wachstums hatte man das Gefühl von etwas Unvollständigem. Londoner hielten inne, wenn sie zu der ungekrönten Erhebung hinüberblickten, die einst das Juwel strahlen ließ, für das ihre Häuser und Kirchen nur die unwesentliche Fassung gewesen waren. Es würde Jahre dauern, vielleicht würden sie es auch nicht mehr erleben; ehe St. Paul's nicht wiedererstanden war, konnte London nicht London sein.

Doch auf dem Hügel wurde ganz ohne Zeremoniell ein Grundstein gelegt. »Hier«, sagte Christopher Wren, »hier fangen wir an. Holt einen flachen Stein und legt ihn hierher.«

Seine Arbeiter sahen sich auf der Halde feuergeschwärzten Gerölls um. »Welchen?«

»Egal welchen.«

Der nächste und flachste war ein Teil eines alten Grabsteins. Als sie ihn auf die Stelle legten, auf die Wren zeigte, sahen sie welches Wort darauf stand.

Resurgam – ich werde wieder auferstehen.

Als Benedikt in das Schlafzimmer seiner Mutter kam, um sich seinen Gutenmorgenkuß zu holen, warf er einen Blick auf sie und fing an zu brüllen. Mistress Palmer stürzte herein. »Der Himmel helf uns, wozu hast du dir dieses verdammte Ding aufgesetzt? Da würde ja der Leibhaftige vor sich selber wegrennen.«

Penitence bemühte sich, die Bänder der Maske aus ihren Haaren zu lösen. »Ich hab' damit geschlafen. Sie hat ... Zum Kuckuck, mit dem Ding, hab keine Angst, Liebling, es ist nur Mama ... Sie hat Creme auf der Innenseite. So. Und jetzt gib mir einen Kuß.«

»Du hast ja auch verdammte Handschuhe an und alles.«

»Aus demselben Grund. Und ich wünschte, du würdest ein bißchen auf deine Sprache achten, wenn der Junge dabei ist.«

»Ich erschreck' ihn jedenfalls nich' so, daß er sich vor Angst in die Hose macht«, und vor sich hinmurmelnd, daß man zu ihrer Zeit Wasser und Seife benutzt hatte, marschierte Mrs. Palmer hinaus.

»Wir müssen dir einen Hauslehrer besorgen«, sagte Penitence zu ihrem Sohn.

»Brauch keinen Hauslehrer. Du hast gesagt, MacGregor ist mein Lehrer. Er lernt mich ...«

»Unterrichtet.«

»Er unterrichtet mich sehr gut. Du hast mich noch gar nicht mein neues ABC-Buch lesen gehört.« Benedikts kleiner Zeigefinger malte ein B auf die Wange seiner Mutter. »Soll ich es dir jetzt vorlesen?«

»Ich muß aufstehen und mich hübschmachen.«

Benedikt hüpfte auf ihrem Bett herum. »Warum? Warum mußt du? Du hast gesagt, du ruhst dich heute aus. Du hast gesagt, wir gehen in den Park.«

Er war ein dunkelhaariges Kind mit zarter, blasser Haut. Als er Penitence jetzt so wütend anstarrte, sah sie seinen Vater vor sich und schloß die Augen, um das Bild loszuwerden. Bisher hatte der Junge noch nicht gefragt, warum er nur eine Mutter und keinen Vater hatte – so viele seiner Altersgenossen in der Rookery wuchsen ohne Vater auf, so daß ihm der Zustand ganz natürlich vorkam.

Sie war auf die Frage vorbereitet. »Dein Vater ist tot, Benedikt.« Sie wollte, daß Henry King tot war. Jeden Tag wünschte sie sich ihn toter. Die Nächte waren etwas anderes, aber bei Tag löschte sie die Persönlichkeit des Mannes aus. Mit jedem Jahr grollte sie ihm mehr, weil er so unbekümmert gegangen war, bis ihre Erinnerung ihn mit Absicht zur Karikatur eines Verführers schrumpfen ließ. Sie hatte Dorinda und MacGregor verboten, ihn zu erwähnen.

Als sie das erstemal im Theater seinen Namen hörte, war es ein Schock für sie; Hart und Lacy diskutierten die Möglichkeit, eine Übersetzung des *Tartuffe* herauszubringen, und Hart sagte: »Ich wünschte, Henry King wäre noch bei uns. Er war der Molière-Kenner.«

»Ah, Henry!« Die Knipp seufzte. »Ich vermisse ihn.«

Es war, als hörte sie, daß ein Kentaur, irgendein mythisches Wesen einmal zum Tee vorbeigekommen sei. Es widersprach ihrem Stolz, mehr in Erfahrung zu bringen. Er wurde noch öfter erwähnt, doch niemand schien zu wissen, woher er gekommen und wohin er gegangen war, und er interessierte sie – typische Schauspieler, die sie waren – nur insoweit er etwas mit ihrem Theater zu tun gehabt hatte.

Die vorübergehende Ähnlichkeit verhärtete ihr Herz gegen den Jungen. »Ich muß einkaufen, für den Fall, daß ich mit dem König zum Rennen gehe«, erklärte sie ihm. »Du willst doch, daß Mami hübsch aussieht, nicht wahr?«

»Ich möchte, daß er Schlachten schlägt, dann könnte ich auch gehen. Ich möchte in den Krieg.«

Sie spülte sich das Gesicht ab und begann in den Kassetten, Etuis und Dosen aus vergoldetem Silber zu kramen, die Sir Hugh Middleton ihr als Versöhnungsgeschenk überreicht hatte. »Deine Tante Aphra hätte dich nicht in *Henry the Fifth* mitnehmen dürfen.«

»War das nicht großartig, wie sie alle Franzmänner getötet haben?«

»Es war nicht sehr großartig, als die Franzmänner die kleinen Jungen im Bagagewagen ermordeten.« Mit Zitronensaft auf spanischer Wolle säuberte sie ihr Gesicht von den letzten Cremeresten. Ein wenig Kochenillerot auf die Wangen getupft, während ihr Sohn dem französischen Adel mit ihrer langstieligen Puderquaste den Garaus machte.

»Ich wünschte, ich hätte ein Schwert.«

Du solltest eins haben. Wir mußten es verkaufen. »Sir Charles hat gesagt, er gibt dir eins, das er als Junge hatte.«

»Wirklich?« Mürrisch verzog er das Gesicht. »Mag Sir Charles Sedley-pedley-wedley nicht. Wieso magst du ihn? Er macht sich über mich lustig.«

»Er macht sich über alle lustig. Die Puderquaste bitte.«

»Können wir nicht doch in den Park gehen?«

»Komm her.« Als er zwischen ihren Knien stand, sahen sie sich mit gegenseitiger Verständnislosigkeit an. Sie waren so selten zusammen, daß sie befangen war, wenn sie mit ihm sprach. »Benedikt, erinnerst du dich, daß wir einmal in Tante Knipps Haus waren?«

Er nickte.

»Und daß es dort nur wenige Möbel gab?«

»Es war kalt.«

»Es war wirklich kalt. Das kommt daher, daß sie nicht so viel Geld verdient wie ich und sich keine Kohle kaufen kann. Und das wiederum kommt daher, daß ihr Mann sie nicht ausgehen läßt und sie keine Freundschaften schließen kann. Und wenn man keine Freunde hat, bekommt man keine guten Rollen und auch keine Geschenke von den Leuten.«

»Tante Dorry hat viele Freunde. Sie bekommt *sehr* gute Rollen. War sie gestern nicht verdammt komisch?«

»*Sehr* komisch. Ich habe dir gesagt, du sollst nicht fluchen.« Dorinda führte jetzt den Bühnennamen Roxolana, den sie einst für Penitence vorgeschlagen hatte, und ihr Erfolg auf der Bühne hatte Penitence überrascht. Nachdem sie der Freundin alles beigebracht hatte, was sie wußte, war sie verblüfft gewesen, als sie entdeckte, daß sie selbst im komischen Fach von Dorinda etwas lernen konnte. »Du verstehst doch, Benedikt, daß du, wenn du Griechisch und Latein lernen und ein guter Schwertkämpfer werden willst …«

»Und er ist gestorben, und dann ist sie gestorben.«

Sie mußte unwillkürlich lachen. Er hatte den Theaterjargon sehr schnell aufgeschnappt. »Aber begreifst du das denn nicht? Wir brauchen Geld, wenn du in die Schule gehen sollst. Und deshalb muß ich ausgehen und mich sehen lassen.«

Er hatte das Interesse verloren. »Ich habe eine Menge Freunde, oder? Ich habe die Tippins und …«

»Genau«, sagte sie grimmig. »Und nun. Soll das Schönheitspflästerchen hierher? Oder da her?«

Sie gab MacGregor und Mistress Palmer die Anweisungen für den Tag und trat ins Freie. Der Duft von »Hughes« Chypre, den Charles Lillie von Lillies-in-the-Strand eigens für sie kreiert hatte, kämpfte gegen den Gestank von Dog Yard an – und verlor.

Sie blieb bis hinter dem Ship in der Mitte der Gasse, um dem Dreck und Unrat unter den Stufen auszuweichen. *Hier bin ich* – sie fiel bei diesem Gedanken an diesem Punkt immer in Gleichschritt – *die berühmteste Schauspielerin Englands und lebe noch immer in diesem Höllenloch.*

»Guten Morgen, Pen.«

»Guten Morgen, Sam.«

Aus der Pfandleihe gegenüber schrie Mistress Fulker, die das Geschäft ihres verstorbenen Mannes weiterführte: »Die Zeit für deine Ticktack ist abgelaufen, Pen. Wirst du sie einlösen oder nicht?«

Überall sonst behandelt man mich respektvoll. Sollte sie die Uhr einlösen oder verkaufen? Sie war aus Gold, der Tribut eines unbekannten Bewunderers. Unwahrscheinlich, daß Mistress Fulker auch nur annähernd das bezahlen würde, was sie wert war. »Ich komm' morgen zu dir.« Verdammt, sie würde nicht in aller Öffentlichkeit feilschen.

Sie mußte ausweichen, als ein kleinerer Tippin angerannt kam und sich offensichtlich an ihren Rock hängen wollte. »He, Pen, darf Benny zum Spielen rauskommen?«

»Nein«, sagte sie kalt, »Benedikt hat zu lernen.«

Ich muß uns hier rausbringen. Es war schon ein Kunststück, durch die Rookery zu kommen, ohne sich Schuhe und Petticoat zu beschmutzen. Sedleys wiederholte Angebote, ihr einen Wagen zu schicken, mußte sie ablehnen, weil sie es nicht wagte, seine Bediensteten sehen zu lassen, wo sie lebte. Einen eigenen Wagen konnte sie sich nicht leisten. Aber ein Haus in einer Gegend zu mieten, in der es Gehsteige oder sogar Laufbretter gab, würde zuviel von dem Geld verschlingen, das sie für Benedikts Ausbildung sparte.

Um die Gesundheit des Jungen war sie nicht mehr so besorgt wie früher – jeder, der als Baby in der Rookery überlebte, überlebte gewöhnlich auch den Rest. Doch wenn sie nicht bald etwas unternahm, würden seine Sprache, ganz zu schweigen von den üblen Gewohnheiten, die er von den Tippins und ihresgleichen übernahm, ihn von einer Schule wie Westminster ausschließen.

Sie hatte gedacht, eine Gage von 91 Pfund im Jahr plus der Einkünfte aus ihren Benefizvorstellungen, plus der Geschenke, von denen sie die meisten gleich zu Geld machte, müßten genügen, um ihr ein angenehmes Leben zu ermöglichen und sie darüber hinaus unabhängig zu machen.

Sie hatte nicht damit gerechnet, daß sie sich den Anschein der Wohlhabenheit geben mußte. Dies war das England der Restauration. Kleider machten Leute. Sie hatte Benedikt die Wahrheit gesagt; die Knipp bekam immer weniger Rollen, nicht weil sie eine schlechte Schauspielerin war, sondern weil sie einen eifersüchtigen Ehemann hatte, dem jedes Geschenk verdächtig war und der ihr nicht erlaubte, die Runde durch die Kaffeehäuser zu machen, wo die Theaterautoren – und sie waren es, die die Rollen besetzten – verkehrten, oder im Park zu erscheinen, wo der Appetit des Publikums durch den Anblick der Heroinen angeregt wurde. Die Knipp verschwand.

Wenn Peg Hughes sichtbar bleiben wollte, mußte sie Seidenstrümpfe für fünfzehn Shilling und parfümierte Handschuhe für zwölf Shilling das Paar kaufen, ihre Umhänge mußten aus Italien kommen, ihre Schuhe aus der St. James's Street und ihre Kosmetika vom Strand. Die Spitze, die ihr Taschentuch zierte, kostete allein fünf Shilling das Yard.

Die Röcke raffend und von einer trockenen Stelle zur anderen hüpfend, erreichte sie Holborn, wo durch den Verkehr so viel Mist auf der Straße liegengeblieben war, daß sie stehenblieb und nachrechnete, ob sie einen Florin opfern und einen Wagen mieten sollte, der sie zur Royal Exchange brachte, oder ob sie, wenn sie es tat, die verwerflichste aller gesellschaftlichen Sünden begehen und pünktlich sein würde. »Immer warten lassen«, hatte Gwynn ihr geraten, als sie ihr eine Unterrichtsstunde über den Umgang mit Männern gegeben hatte. Nelly hatte leicht reden, da sie nie vor Mittag aufstand, aber es war sehr mühsam für Penitence, der Pünktlichkeit in die Seele eingeätzt worden war. Im Interesse ihrer Schuhe winkte sie jedoch einem Mietwagen, der zum Glück wie üblich in der Poultry Street im Stau steckenblieb.

Sie liebte die neue Börse. Die Großartigkeit des Platzes gewann etwas Freundliches durch die Arkaden der Läden. Es war, als stehe man auf der uralten Kreuzstraße der Welt und sehe die Karawanen vorüberziehen, sehe die fremdländischen Kaufleute, Russen im Pelz, Araber in weißen Gewändern, Juden in ihren Kaftans, die in diesem internationalen Babel mit Zobeln, Tee, Kaffee, Tabak und Gewürzen handelten.

Sie stellte sich in dem großen Eingang in Positur und wartete darauf, daß sie Aufmerksamkeit erregte, denn sie wußte, daß sie es wert war. Da sie sich die eleganten Schneiderinnen nicht leisten konnte, ließ sie bei einer im Exil lebenden Hugenottin arbeiten, die sich in der Rookery als Näherin niedergelassen hatte. Das Kostüm, das sie heute trug, richtete sich in seinem Stil gegen den Tand und Flitterkram, der in der Mode überhandnahm. Es war schlicht, aus einem feinen dunkelblauen Wollstoff, schmal in der Taille, mit einem glockenförmigen, geschlitzten Rock, aufgehellt nur durch einen weißen Kragen und weiße Manschetten. Ihr Hut, vom selben Dunkelblau, glich dem Hut eines Kavaliers und hatte als Putz anstatt eines Bandes eine weiße Straußenfeder. Die Schlichtheit ihrer Kleidung würde, so hoffte sie, den Mangel an Schmuck wettmachen. Nach der Bewunderung, die man ihr zollte, traf das zu.

Rochester und Sedley schickten sich an, herüberzukommen, schlugen dann jedoch eine andere Richtung ein, als Prinz Rupert ihnen zuvorkam. »Wie wenn wir uns verabredet hätten, Mrs. Hughes. Würdet Ihr eine Schokolade mit mir trinken? Eines meiner Schiffe hat ganz besonders gute Bohnen mitgebracht.«

»Ich danke Euch, Sir. Leider habe ich eine andere Verpflichtung.« Sie knickste. »Ich hoffe, Euch gefällt, was ich mit der Feder gemacht habe, die Ihr mir geschenkt habt.«

Ernsthaft betrachtete er ihren Hut. »Selbst der Strauß wäre damit einverstanden.« Sie lächelte, während sie sich, was oft geschah, gegenseitig anschwiegen.

Abrupt sagte er: »Würdet Ihr die Güte haben, am nächsten Samstag mit mir zu dinieren? Die Einladung gilt natürlich auch für Eure Anstandsdame.«

Gott segne ihn. Nur Rupert konnte glauben, daß die Gesellschaft noch Anstandsdamen erforderte. »Vielen Dank, Sir, es wird mir eine

Ehre sein.« Der König hatte sie geneckt: »Paßt auf, daß mein liebeskranker Cousin nicht Eure Festung stürmt wie seinerzeit Lichfield, Mrs. Hughes. Er wurde nicht wegen nichts und wieder nichts der hitzige Rupert genannt.« Doch sie war bei ihm genauso sicher wie bei MacGregor. Seine Briefe an sie waren eine Mischung aus wohlüberlegten, altmodischen Komplimenten und militärischen Kommuniqués.

Die beiden Lebemänner kamen spottend auf sie zu, nachdem er gegangen war. »Wie, Mrs. Hughes?« fragte Sedley mit gekünstelt tiefer Stimme und künstlich hinkend. »Ihr seid noch nie ertrunken? Dann habt Ihr nicht gelebt. Habt die Güte, mit mir auf meiner Jacht zu segeln. Steuermann, Ruder rechts.«

Rochester kam an ihre andere Seite gehinkt. »Nun, du junger Dreikäsehoch, du hättest bei uns sein sollen, als wir anno '42 Cromwells Babys gefressen haben. Das hätte einen Mann aus dir gemacht.«

»Ihr seid eifersüchtig«, sagte Penitence. Es nagte an ihnen, daß sie ihren Mut nie im Kampf gehärtet hatten wie Rupert und sich darauf beschränken mußten, ihn in albernen Duellen zu beweisen. Sie zerstörten sich selbst mit Alkohol und Orgien, weil sie nicht ruhmreich im Kampf sterben konnten. »Und Ihr habt Euch verspätet«, sagte Sedley und bot Penitence den Arm. »Später treffen wir uns mit Nelly und dem König im Bear. Seine Majestät freut sich darauf, in Verkleidung zu erscheinen.«

»Was bedeutet, daß ihn jeder erkennen wird«, sagte Rochester, »aber die Rechnung wird man uns vorlegen. Läden?«

»Läden«, sagte Penitence.

»Das ist so, als ob man einem Apotheker zusehen würde, wenn er versucht, die Fliegen von seinem Sirup zu verjagen«, sagte Sir Charles, als sie über den Preis von Bändern stöhnte.

»Was ist so?«

»Wenn man eine hübsche Schauspielerin beobachtet, die versucht, sich ihre Unabhängigkeit zu bewahren.«

»Ich jedenfalls werde es tun, Charles«, sagte sie warnend. Sie hielt ihn auf Armeslänge von sich entfernt, wies seine Schmeicheleien und seine wertvollen Geschenke zurück; er blieb jedoch hartnäckig, weil er überzeugt war, daß sie eines Tages nachgeben würde. Sie fürchtete, er könnte recht haben.

»Natürlich tut Ihr das, natürlich tut Ihr das. Aber bitte erlaubt mir, das Band zu kaufen. Es ist beinahe von dem gleichen Blau wie Eure Augen.«

»Nein, danke.«

»Meine Liebe, diese Fliege glaubt, daß sie für ein paar Shilling an Euren Honigtopf darf. Sie gestatten ihm aber nur, sich mit einem so hübschen Geschöpf am Arm zu schmücken.«

Rochester schnupperte an ihrem Hals. »Hört nicht auf ihn. Er ist ein fleischfressendes Insekt. Er legt eine solche Made in Eure Möse, daß die gesamte Medizin des Königreichs Euren Ruf nicht davor bewahren kann zu stinken.«

Sie riß sich von ihm los. Immer wieder wurde ihr das Spiel, das sie spielten, einfach zu anzüglich. Doch hatten sie sie schon so weit geformt, daß sie sich mehr davor fürchtete »tugendhaft« – bei ihnen klang es wie ein schmutziges Wort – auszusehen, als zu protestieren. Pen nahm es mit ihnen auf, indem sie ganz lässig so tat, als sei sie durch nichts zu schockieren. »Nur mit der Ruhe, my Lord, mein Preis ist höher als der für ein paar Yards Band.«

Aber Sedley kaufte das Band dennoch. Und später am Vormittag, als sie Will's Coffee House betraten, schob er es ihr in den Ausschnitt ihres Kostüms, und weil das Kleid, das sie beim Rennen tragen wollte, dringend ein paar neue Bänder brauchte, tat sie so, als merke sie es nicht und ließ sie dort.

Dryden saß auf seinem angestammten Platz am Feuer, feierte mit anderen Autoren seinen neuen Status als Poet Laureate und war gekränkt, weil sich die Aufmerksamkeit seines Publikums Penitence zuwandte.

»Mrs. Hughes, ich habe eine Rolle für Euch, die Euch den Mund wäßrig machen wird«, rief Dryden.

Doch Penitence hatte am anderen Ende des Raumes eine abenteuerlich gewandete Gestalt entdeckt und lief auf sie zu. »Aphra! Was tust du hier?«

Sie umarmten einander. Obwohl sie ihm selben Haus wohnten, war es Wochen her, seit sie zu mehr als zu einem kurzen Gruß auf der Treppe Zeit gehabt hatten.

Aphra schob sich ihre barbarisch bunte Mütze auf den Hinterkopf. »Man hat es geschafft. Ich hab's heute erfahren.«

»Was erfahren?«

»Davenant nimmt mein Stück.«

»O Aphra!« Es war unglaublich. Es war wundervoll. Sie mußte gegen die Tränen ankämpfen. »Ich freu' mich so. Welches?«

Sie trugen zwei Stühle ans hinterste Ende des Raumes und setzten sich, um zu schwatzen. »*The Forced Marriage.*« Aphra verzog mit vorgetäuschter Mißbilligung den Mund. »Nicht mein bestes, aber es ist ein Anfang.«

»Es bleibt mindestens eine Woche auf dem Spielplan. Ich bin so stolz auf dich.«

»Was für eine Ironie, daß es ausgerechnet im Duke's herauskommt. Ich wollte dich für die Hauptrolle. Aber, meine Liebe« – sie nahm Penitence' Hand in die ihre – »sollte es trotzdem ein Erfolg sein, nun, mein Bruder hat ein kleines Haus für uns gefunden ...«

»Du willst doch nicht weg aus dem Cock-and-Pie?«

»Wir können nicht für immer und ewig auf deine Kosten leben.«

»Du hast nicht auf meine Kosten gelebt, das hast du nicht!« Vor Bestürzung hob sie die Stimme, so daß Sedley sich nach ihr umdrehte. »Geh nicht, Aphra.« Es wäre eine Erleichterung gewesen, Mrs. Johnson loszuwerden, doch Aphra hatte die Dichtung ins Cock-and-Pie gebracht. »Was soll Benedikt ohne dich machen?« MacGregor hatte ihrem Sohn das Lesen beigebracht, aber es war Aphra, die ihn dazu brachte, das Lesen zu lieben.

»Er wird seine ehrenamtliche Tante jeden Tag besuchen. Wie du auch. Aber wir sind die neuen Frauen, meine Liebe und müssen nach Unabhängigkeit streben.«

Penitence schüttelte den Kopf. »Es ist hart. Du wirst schon sehen, wie hart.«

Sedleys Duft hüllte sie ein, als er sich, mit den Augen rollend, über sie beugte. »Wessen ist hart? Streitet nicht darum, Ladys. Ich kann für Euch beide hart genug sein.«

»Oh, haltet den Mund«, sagte Penitence müde.

Sofort wandte er sich giftig an Aphra. »Ich habe gehört, Ihr habt ein Bett für Euer Stück gefunden, Mistress. Gewiß habt Ihr das Kind nicht allein gezeugt. Wer ist der Vater?«

Gott schütze sie. Penitence warf Aphra eine Kußhand zu und scheuchte ihn vor sich her. Sie fürchtete für ihre Freundin. Spionage für den König und das Schuldgefängnis waren ein Kinderspiel gewesen im Vergleich mit dem, was eine Frau erwartete, die sich darauf vorbereitete, in einer Welt zu bestehen, in der jeder, ob intelligent oder schwachköpfig, sich einbildete, Bühnenautor zu sein.

6. *Kapitel*

Der Ausflug zu den Rennen war gegen Ende seines Aufenthalts für den Neffen des Königs, Prinz Wilhelm von Oranien, als Abwechslung geplant gewesen; der junge Prinz war auf Staatsbesuch nach England gekommen, um die neue Allianz zwischen den beiden Ländern zu festigen. Charles dachte, Wilhelm würde sich über Unterhaltung freuen. Er selbst würde es tun, denn er hatte er einige Schauspielerinnen eingeladen. »Und wenn eine von Euch Ladys den Jungen von seiner Jungfräulichkeit befreien würde, wäre der König nicht ungehalten«, erklärte der Earl of Rochester zwei Tage vor dem Unternehmen in der Garderobe.

Anne Marshall zog sich das Kleid über den Kopf. »Wie alt ist er?«

»Neunzehn, zwanzig.«

»Und noch immer eine verdammte Jungfrau?« Dorinda, die dabei war, ihr Mieder aufzuschnüren, hielt inne.

»Meine liebe Roxolana«, sagte Sedley, der versuchte seinen Stock auf seiner Nase zu balancieren, »am holländischen Hof erledigt man die Dinge anders. Erstens – verdammt noch mal, ich kriege den Trick einfach nicht raus – ist es überhaupt kein Hof. Die Niederlande sind eine Republik, arme Flachländer, das sind sie. Unser Wilhelm mag ein Prinz von Geblüt sein, aber in diesem rückständigen Land ist er nur ein Ratsherr oder Statthalter – oder wie immer diese trostlosen Titel heißen mögen, die sie sich selbst verleihen – eines einzigen kleinen Staates. Hier, ich hab's geschafft. Schaut mich an!«

»Er ist mehr als das«, sagte Becky Marshall ruhig.

Rochester warf ihr einen Blick zu. »Manchmal, meine liebe Becky, frage ich mich, wo du dein politisches Wissen herhast. Doch egal, unser junger königlicher Tölpel war seit Jahren ein Gefangener von De Witt, eingesperrt bei einer Diät aus Käse und Predigten. Dadurch ist er ziemlich sauertöpfisch geworden.«

Penitence rollte sorgfältig ihre mit Ziermünzen besetzten Bühnenstrümpfe herunter, die Nell Gwynn abgelegt hatte. »Er muß irgendwie von Bedeutung sein. Der König macht ein riesiges Getue um ihn. Ich nehme an, er tut es nur, um das neue Bündnis zu feiern.« Sie zog ihre eigenen Strümpfe an, strich sie glatt und schlug Sir George Etherege auf die Hand, als er versuchte, ihr Strumpfband zu schnappen. »Hört auf damit!«

»Er hat Euren Liebhaber vor den Kopf gestoßen, fürchte ich«, sagte Sedley. »Der verehrte königliche Rupert war beim Staatsdiner vor ein paar Tagen so beleidigt, daß man seinem Neffen an der Tafel den Vorrang vor ihm gegeben hatte, daß er hinausstolziert ist. Buchstäblich *stolziert*, meine Liebe. Hat wie ein gekränkter Spazierstock ausgesehen.« Er zog die Spitze seiner Manschetten zurecht. »Und da gerade von Kränkungen die Rede ist, meine Lieben, ich höre, daß Kynaston gestern den Epilog gesprochen und dabei mich imitiert hat.«

Die Schauspielerinnen beeilten sich, mit ihrer Toilette fertig zu werden. »War nur ein bißchen Spaß, Sedley«, sagte Anne Marshall.

»Natürlich war es Spaß. *Natürlich*. Hat sich das Publikum amüsiert?«

»Oh, es ist gestorben vor Lachen«, sagte Dorinda. Sie lenkte die Unterhaltung wieder auf den Prinzen von Oranien. »Also ich werde den Grünschnabel nicht ficken«, sagte sie. »Ich habe einen besseren Fisch an der Angel.«

»Ist das zufällig der edle Fisch aus Oxford, Roxolana, meine Liebe?« fragte Rochester hinterhältig. »Der *zwanzigste* Fisch von der Sorte?« Aubry de Vere, Earl of Oxford, machte Dorinda heftig den Hof.

»Er ist es. *Und* seine Absichten sind ehrenhaft, *und* er kommt mit uns nach Newmarket. Jemand anders kann sich den Holländer vornehmen.«

»Orangen-Mädchen weist den Prinzen von Oranien ab.« Rochester seufzte. »Aber denkt doch weiter. *Vielleicht* gebt ihr dem künftigen König von England einen Korb.«

Dorinda starrte ihn an. »Wie kommt Ihr denn darauf?«

»Nun, unsere liebe Königin, die arme portugiesische Fledermaus, scheint die einzige Frau in England zu sein, die der König *nicht* schwängern kann, und Bruder James hat nur Töchter, von denen die ältere vielleicht mit unserem kleinen Holländer vermählt wird – ich behaupte nicht, daß es so kommen wird, nur daß es so kommen könnte.« Ihn schauderte. »Also könnten wir auf ganz natürlichem Weg mit diesem an Verstopfung leidenden jungen Holländer auf dem Thron enden, Gott bewahre uns alle.«

»Mich langweilt die Politik. Gehen wir zum Dinner«, sagte Dorinda.

»Wir hatten unsere Differenzen, Ma'am«, sagte Prinz Rupert über den Earl of Clarendon. »Hyde war nie mein Freund, doch er war ein ehrlicher Feind und ein treuer Diener des Königs. Es tut mir leid, daß man ihm jetzt die Schuld für den mißlungenen Krieg in die Schuhe schiebt. Ich bedaure, daß er ins Exil mußte, Ma'am.«

Penitence nickte weise. »Aber wenigstens haben wir wieder Frieden.« *Halte die Unterhaltung neutral.* Sie hatte erwartet, eine große Gesellschaft vorzufinden, hatte erwartet, daß er sie, wie andere Höflinge es taten, eingeladen hatte, weil noch eine hübsche Frau an seiner Tafel fehlte. Aber sie waren allein und saßen einander an den Schmalseiten eines langen, polierten Tisches gegenüber. Sie fragte sich, ob er ihr erzählen würde, daß er das Staatsdiner beleidigt verlassen hatte, weil man dem jungen Prinzen von Oranien den Vorrang vor ihm gegeben hatte, doch er erwähnte den Zwischenfall nicht.

»Die Triple Alliance? Möge sie lange halten. Ich habe die holländische Flotte mehr aus Pflicht als aus Überzeugung bekämpft. Und ich bin froh, sie als Verbündete zu haben, Mrs. Hughes. Der wahre Feind Englands, Ma'am, ist Frankreich. Ludwig und seine Papisterei. Habe ich Euch jemals von meiner Gefangenschaft bei Ferdinand III. erzählt und daß man mir die Freiheit schenken wollte, wenn ich nur konvertierte und mich zu Rom bekannte?«

Das war besser. Sie wußte so wenig über die europäische Vergangenheit, und Rupert, der darin eine große Rolle gespielt hatte, verknüpfte die Geschichte mit der Gegenwart. Sie hörte zu, während sie aß, blieb jedoch auf der Hut; der leichte böhmische Akzent, der ab und zu bei ihm durchkam, gab seinem pedantischen Englisch etwas Orientalisches. *Vielleicht will er nur jemanden, mit dem er reden kann.* Wie bestürzend, wenn sie feststellen müßte, daß er war wie alle anderen und der Abend damit enden würde, daß sie einen Angriff abwehren mußte. *Ich hätte doch eine Anstandsdame mitbringen sollen.* Vielleicht verstand er es als Einladung, daß sie ohne Begleitung gekommen war. *Aber wen hätte ich mitnehmen sollen? Dorinda? Mistress Palmer?*

Seine Gemächer waren dunkel, lagen versteckt in einer Ecke des riesigen Palastes von Whitehall, blickten auf einen Garten und rochen nach Jagdhunden. Ein halbes Dutzend hatte sie bei ihrem Eintritt begrüßt, und er hatte Penitence' Reaktion beobachtet, bevor er die Hunde wegschickte. »Sie haben keine Angst, Mrs. Hughes«, sagte er. »Das ist gut. Das ist gut.«

Er schien in ihr die Verkörperung zarter Weiblichkeit zu sehen. Sie verschonte ihn mit der Erkenntnis, daß jemand, der einer indianischen Hundemeute gewachsen war, mit allem fertig wurde.

Es war der maskulinste Raum, in dem sie je gewesen war; der freie Raum an den Wänden über den drohend aufragenden Möbelstücken war vollgepackt mit Speeren, Schwertern und Rüstungen. Überall sonst waren Bücher. Der Tisch war mit erlesenem Leinen, Silber und Kristall gedeckt, das Essen jedoch kalt. Er entschuldigte sich. »Ich lasse sie aus der Küche herrennen, aber sie rennen nie schnell genug.«

Sie wurde ängstlich, als die Diener den Tisch abgeräumt hatten und gingen. *Ich hab' ihn gern gehabt. Wie schade.* Er stand auf und schaute aus dem Flügelfenster hinter sich, durch das der Geruch nassen Herbstlaubs hereinströmte. »Ich hatte gehofft, wir könnten im Garten spazierengehen, aber es ist zu feucht.«

Jetzt kommt es. Sie sah sich nach der unvermeidlichen Couch um, konnte aber keine entdecken.

Er nahm wieder am Tisch Platz, die Abendsonne hob die Umrisse seiner Perücke und seine noch immer athletisch breiten Schultern hervor. »Wißt Ihr, daß ich einen Sohn habe, Mrs. Hughes?« fragte er.

Sie wußte es. Charles Sedley hatte es ihr gesagt, als er merkte, daß der Prinz sich für sie interessierte. »Man würde es doch nicht für möglich halten, daß der alte Knabe sein Banner noch hochkriegt«, hatte Sedley gespottet. »Aber er konnte. Hat den kleinen Bastard einem jungen irischen Ding angehängt, dessen Vater mit unserem Rupert im Krieg gekämpft hat. Hat das Mädchen übertölpelt, so daß es glaubte, es heirate ihn, der dreckige alte Teufel, und hat es hinausgeworfen, nachdem er bekommen hatte, was er wollte.«

Weder die hinterlistige Täuschung noch der Hinauswurf klangen nach dem Rupert, den sie kannte. Aber vielleicht kannte sie ihn nicht. Sie wartete.

Er hustete. »Die Mutter des Jungen hatte und hat noch immer Anspruch auf mich. Es hat eine Zeremonie gegeben, die ich ein wenig töricht nur als Segen für eine Verbindung, sie aber für eine Hochzeit hielt.«

Er beugte sich vor. »Sie war katholisch, versteht Ihr?«

Penitence nickte, verstand jedoch gar nichts.

»Sie hat keine Klagen über mich, und wäre sie hier, würde sie es Euch sagen. Sie hat eine Unterkunft gefunden, die ihr besser gefällt, bei meiner Schwester, der Kurfürstin von Hannover. Unseren Sohn hat sie freundlicherweise in meiner Obhut gelassen.« Er hielt kurz inne. »Ich habe ihn in Eton angemeldet.«

Sie mußte sich zurückhalten, um nicht zu lächeln.

Er sprach jetzt so steif, als sei er über sie verärgert. »Ich sage Euch das, damit Ihr versteht, Madam, warum ich Euch nicht die Ehe anbieten kann. Wären meine Lebensumstände einfacher, hätte ich Euch jetzt einen Heiratsantrag gemacht. Ihr müßt mir glauben, daß mein Angebot in jeder anderen Beziehung ehrenhaft ist. Sicherheit, Dauer, ein Heim, das Ihr, wie ich hoffe, Eurer würdig finden werdet, all diese Dinge lege ich Euch zu Füßen mit aller Zuneigung, deren meine Seele fähig ist.«

Was immer sie erwartet hatte, das war es nicht.

»Ihr habt einen Sohn, glaube ich?« Man hat den Klatsch über sie demnach genauso schnell weitergegeben wie umgekehrt. Sie nickte. »Ich versichere Euch, daß er, solltet Ihr mich nehmen, genauso erzogen würde wie mein eigener.«

Sie schwieg so lange, daß er sagte: »Ist es mein Alter, Madam? Bin ich zu alt für Euch?« Zum erstenmal zeigte er, daß er aufgeregt war.

»Nein. O nein. Eure Hoheit …« Diese Förmlichkeit war lächerlich. Sie hörte sich an wie eine von Drydens Heroinen. »… ich bin überwältigt. Und verwirrt.«

»Ich bitte Euch, mir nicht jetzt zu antworten«, sagte er. »Obwohl alle denken, man sollte mich auf die Weide zum Grasen schicken, bin ich ein Mann von Welt und habe nicht erwartet, daß Euer Leben weniger kompliziert war als das meine. Sir Charles Sedley hat sich mit Eurem Namen Freiheiten herausgenommen, vielleicht hatte er Eure Erlaubnis, vielleicht nicht. Ich stelle keine Fragen.«

»Warum?« Jemand mußte diese Höflichkeit durchbrechen und etwas Handfestes sagen. »Warum nicht? Ihr wißt nichts über mich.«

»Es ist Eure Zukunft, die mich interessiert, nicht Eure Vergangenheit.« Energisch griff er nach der kleinen silbernen Glocke auf dem Tisch und klingelte nach dem Diener, der ihren Umhang bringen sollte. »Ihr werdet Zeit brauchen, um über meinen Vorschlag nachzudenken. Daher will ich jetzt nicht mehr von Eurer Zeit beanspruchen.«

Er erhob sich und ging steif am Tisch entlang, um den schweren Eichenstuhl zu halten, damit sie aufstehen konnte.

Er roch nach Kölnischwasser und Kampfer. Als er ihr die Hand küßte, blieb er gebückt stehen, damit er ihr ins Gesicht schauen konnte. »Ich sehe Euren Augen an, Madam«, sagte er, »daß Ihr, wenn Ihr einverstanden sein solltet, meine Ehre genauso hochhalten würdet, wie ich die Eure.«

Sie sah seine Augen, sah zum erstenmal die Leidenschaft darin. Diese wohlüberlegte Zurückhaltung widersprach seiner Natur; er war ein ungestümer, heißblütiger Mann. Seine Hand in der ihren zitterte. *Ich kann es nicht. Ich wünschte, ich könnte es, aber ich kann es nicht.*

»Ja«, sagte sie, »das würde ich. Deshalb werde ich es nicht tun. Glaubt mir, Ihr habt mir das größte Kompliment meines Lebens gemacht, Sir. Aber Ihr verdient, geliebt zu werden. Es tut mir leid, so leid, aber ich liebe Euch nicht.« Sie wollte ihm nichts vorspielen. Er verdiente die Wahrheit.

Zum erstenmal lächelte er, und sie sah den Mann, der schon früher um eine verlorene Sache gekämpft hatte. »Eine ehrliche Frau«, sagte er. »Sie ist es wert, daß man auf sie wartet.«

Als er sie durch das Labyrinth aus Korridoren und Höfen zu seiner Kutsche führte – merkwürdig, daß sie nichts dagegen gehabt hatte, ihm ihre Adresse zu nennen, die sie vor Sedley geheimhielt –, erzählte sie ihm von ihrer Lebenseinstellung. »Es macht mir Freude, selbst meinen Lebensunterhalt zu verdienen, wißt Ihr. Ich schätze meine Unabhängigkeit.«

Er hatte keine Ahnung, was sie meinte. Eine unabhängige Frau war ein Widerspruch an sich. »Ich werde darauf warten, von Euch zu hören. Gott segne Euch.«

Sie winkte und ließ sich dann in den mit Knöpfen verzierten Ledersitz zurückfallen. *Nun, nun, Penitence Hurd. Du bist in der Welt vorangekommen.* Sofort schämte sie sich ihrer Genugtuung. Sie mußte sich vorsehen, um sich nicht von Titeln beeindrucken zu lassen. Es zählte nicht, daß er ein Prinz von Geblüt war; er war ein guter Mensch, nur das war wichtig.

Ein guter Mensch? Prinz Räuber? Der Teufel Rupert? Geißel der puritanischen Sache? Wenn sie ihn nahm, würden die Schatten ihrer Großeltern nicht wissen, was sie mehr beklagen sollten – daß sie in Sünde lebte oder daß sie mit dem gefürchtetsten königlichen General des Bürgerkrieges in Sünde lebte.

Sagt was ihr wollt, erklärte sie ihnen vergnügt. *Meine Mutter würde es gutheißen.*

Als Charles Sedley ihr vorschlug, mit ihm zu leben, hatte er Benedikt nicht erwähnt. Sein Vorschlag war eine geschäftliche Transaktion: »Und tausend Pfund, wenn wir einander überdrüssig werden.« Ihm gefiel nur die Vorstellung, eine Trophäe zu erwerben, einen hübschen Kopf an der Wand seiner Eitelkeit. »*Schauspielerin, Drury Lane, c. 1670.*«

Rupert hatte ihr sein Leben angeboten.

Gott segne ihn, dachte sie gähnend. Es war ein Tag der großen Gefühle gewesen. *Aber Benedikt geht nach Westminster, nicht nach Eton.*

Um zu einer vernünftigen Zeit nach Newmarket zu kommen, mußte man London um drei Uhr morgens verlassen. Penitence und Dorinda verbrachten die Nacht bei den Marshalls in deren kleinem Haus in der Nähe der Temple Bar, so daß die Kutsche, die sie abholen kam, nur einmal anhalten mußte. Der Ehemann der Knipp hatte ihr nicht erlaubt, mitzufahren.

Dorinda war vor Aufregung ganz nervös – sie nahm zum erstenmal an einer königlichen Gesellschaft teil – und schwankte zwischen

Wenn-nur-Ihre-Ladyschaft-mich-jetzt-sehen-könnte und Angenommen-man-weiß-daß-ich-Prostituierte-war.

»Sie denken, wir sind alle Prostituierte«, erklärte ihr Becky Marshall und wiederholte die furchtbare Warnung von Elizabeth Farley.

»Ich weiß Bescheid«, sagte Dorinda. »Knipp hat mir schon alles erzählt. ›Verkauf dich nicht billig.‹ Und das werde ich nicht tun. Glaub mir, diese Tage sind vorüber. Außerdem hat Aubrey ehrenhafte Absichten.«

Daß irgendein Freund von Charles ehrenhafter Absichten fähig war, war eine Neuheit, und der Anblick von Aubreys bierseligem Gesicht, als er Dorinda in seine Kutsche hob, als sie in Whitehall mit der königlichen Kavalkade zusammengetroffen waren, weckte in Penitence starke Zweifel. Nach dem allgemeinen Platzwechsel fand sie sich mit Sedley, der einen Kater hatte, allein in einer Kutsche. Sie ging sofort zum Angriff über. »Ihr habt Euch mit meinem Namen Freiheiten erlaubt, wie es scheint«, sagte sie. »Ihr wißt, daß wir so nicht zueinander stehen, und ich dulde nicht, daß man munkelt, es wäre etwas zwischen uns.«

»O Gott«, sagte er stöhnend, »wartet, bis mein Kopf kleiner geworden ist. Ich ertrage um diese frühe Morgenstunde keine Puritaner.«

»Und Ihr kopuliert nachts auch nicht mit ihnen«, sagte sie, doch er war schon eingeschlafen.

Als Mutter eines Kindes, das sie nicht geheimhielt, war sie nicht in der Lage, die Jungfräuliche zu spielen. Doch ebensowenig ließ sie es zu, daß man verbreitete, sie stehe jedem zur Verfügung. Bisher war sie verschont geblieben, doch war ihr Ruf erst einmal ruiniert, wäre sie Freiwild. Die Hofschranzen würden sie zerreißen.

Sie priesen die Treulosigkeit in wundervollen, das Leben des Augenblicks verherrlichenden Sonetten an ihre Geliebten, doch wehe dem leidenschaftlich umworbenen Mädchen, wenn sie seiner überdrüssig geworden waren. Innerhalb weniger Tage waren die Einzelheiten über das, was es im Bett geleistet hatte, stadtbekannt.

Wurde aber das Mädchen seines Galans überdrüssig, war seine Wut erschreckend. Rochester hatte eine seiner Geliebten, die ihn sitzengelassen hatte, mit folgenden Versen bestraft:

Während sie wie eine läuf'ge Hündin heult,
Verabscheut und verachtet aus der Stadt vertrieben,
In einem dreckigen Loch allein geblieben,
Kaut sie an ihrem bittren Jammer hier
Und weiß, all das verdanket sie nur mir.
Und so gilt jedem Weibe meine Häme,
Das es wagt, mir die Möse zu entzieh'n, die ich eben zähme.

Eine Schauspielerin, die sich von ihnen fernhielt, geriet beruflich in Vergessenheit; sich in ihrer Gesellschaft zu zeigen, war gefährlich. Jede Minute, die sie bei Hofe verbrachte, war sich Penitence des Balanceaktes bewußt. Aber so erschreckend es war, so belebend und erheiternd war es auch. Mit ihrem Stil, ihrer Bildung, mit der sie so ungezwungen umgingen, und mit ihrem Reichtum machten sie das Leben zu einem strahlenden Fest, bei dem ihre Gäste nur darauf achten mußten, den Giftbecher zu meiden.

Sie betrachtete Sedleys pausbäckiges Gesicht, die verrutschte Perücke, die, an die Rückenlehne des Sitzes gepreßt, aussah wie das Ohr eines Spaniels, den Mund, der weinselige Schnarchtöne ausstieß. *Ich trau' dir nicht.* Doch wenn das der Fall war, warum war sie dann hier? Die ehrliche Antwort war, daß sie es satt hatte zu darben, daß sie es satt hatte, mit den Geistern der Pest in einem Haus zu leben, daß sie es satt hatte, sich um Benedikt zu sorgen, und es schließlich satt hatte, an eine Zukunft zu denken, in der ihre Schönheit vergangen war und mit ihr ihre Karriere.

Ist eine Frau fünfundzwanzig beginnt ihre Schönheit zu schwinden;
Mit Dreißig ist Schönheit tot und nicht mehr zu finden.

Das hatte Sedley ihr geschrieben. Und sie war schon vierundzwanzig, ging auf die Fünfundzwanzig zu. Und sie hatte seit ihrer Ankunft aus Amerika London kein einziges Mal verlassen. Und in gepolsterter Behaglichkeit zu neuen Erlebnissen aufzubrechen, mit einer Kavalkade, zu der ein König, ein Prinz und ein oder zwei Herzöge gehörten, von einigen Earls ganz zu schweigen, mußte ein guter Weg sein.

Kurz vor Baldock hielt man an, um die Pferde zu wechseln und die Blase zu entleeren; die Männer wanderten wie verkaterte Gespenster ab in den Wald, während für die Ladys hastig kleine Zelte aufgestellt wurden. In der Kutsche schlief Sedley sofort wieder ein, aber Penitence schaute aus dem Fenster, sah über den bereiften Kalkfelsen des Icknield Way die Morgendämmerung aufsteigen und beobachtete, wie die Sonne in den Hecken die Rottöne der Mehlbeeren und Hagebutten aufleuchten ließ. Hinter Royston setzte sie sich auf die linke Seite, wo das Land sich flach bis zum Horizont dehnte; auf den Feldern wechselten Gemüsebeete mit Streifen dunkler, bebauter Erde ab und bildeten ein schwarzes und smaragdgrünes Schachbrett. In der Ferne schwebten die Türme von Cambridge auf einem Kissen aus Dunst.

Sie war fasziniert von der Vielfältigkeit der englischen Landschaft. Jetzt fuhren sie durch winzige Dörfer, wo selbst das ärmlichste Cottage verputzt war. Sie hätte Sedley gern geweckt, um ihn zu fragen, warum das so war, fürchtete aber, er werde über ihre Begeisterung spotten; außerdem weiß er es ohnehin nicht, dachte sie.

»Und das, meine Liebe«, sagte der Earl of Rochester und zeigte auf einen schwarzen Hengst, der im Stallhof herumgeführt wurde, »ist der echte Old Rowley. Er hat beinahe ebenso viele Nachkommen gezeugt wie unser lieber König.«

»Den man den Vater seines Volkes nennt«, fügte Sir Charles Sedley hinzu, »weil der größte Teil seinen Lenden entsprungen ist.«

»Nicht übertrifft sein Begehren seine Kraft,
Sein Zepter ist genauso lang wie sein Schaft«,

sang Rochester. Penitence warf einen Blick auf den König, der nur wenige Fuß entfernt stand, und sah seine Lippen zucken. *Nun, wenn er es nicht für eine Majestätsbeleidigung hält, dann ist es keine.*

Die Schalke behielten recht. Königliche Bastarde waren in Newmarket ebenso zahlreich vertreten wie deren Mütter. Die Mutter des Herzogs von Monmouth, einem gutaussehenden jungen Mann, der sich hervortat, indem er über Old Rowley hinwegflankte, war aus der Vergangenheit des Königs unwiederbringlich gelöscht; aber die fruchtbare Castlemaine mit ihren Kindern war ebenso anwesend wie Nell Gwynn, und beide waren schwanger.

Penitence bedauerte die unfruchtbare Königin, obwohl sie mit den Mätressen auf recht freundschaftlichem Fuß zu stehen schien. »Sie muß«, hatte Sedley ihr erklärt, »seit sie den Kampf gegen die Castlemaine verloren hat, als der König darauf bestand, die Hure zur königlichen Kammerfrau zu machen.«

Der einzige außer ihr selbst, der die Situation bizarr zu finden schien, war der Prinz von Oranien. Er sah wie ein Junge aus, den man in einen arabischen Harem versetzt hatte, und jedesmal, wenn er von der unscheinbaren, kleinen Königin zu den schönen, rundlichen Frauen blickte, hochgewachsen und dunkel die eine, klein und blond die andere, die ihre Rivalinnen waren, blinzelte er verlegen.

Der König nahm, was ganz ungewöhnlich für ihn war, den Jungen unter seinen Schutz und Schirm. »Kommt zu mir, Neffe. Ein solches Pferdefleisch habt Ihr bestimmt noch nie gesehen.« Als Wilhelm gehorsam den Stallhof überquerte, musterte Penitence ihn aufmerksam. Die Stuart-Gene waren in seinem Gesicht deutlich zu erkennen, obwohl er kleiner war als seine Onkel und die runden Schultern eines Asthmatikers hatte.

»Ihr solltet Euch in Dieren einen so guten Stall wie diesen zulegen. Ich werde Euch eine trächtige Stute schicken, die Old Rowleys Fohlen trägt. In Gelderland könnte man eine schöne Rennstrecke bauen.«

»Übers Flachland natürlich«, sagte Rochester gedehnt. Die Hofschranzen fanden die flachen Niederlande unvorstellbar komisch.

»Ich dank' Euch, Euer Majestät«, sagte der Prinz von Oranien. Er sprach Englisch mit einem leicht singenden Akzent. »Aber sollte Frankreich noch näher an uns heranrücken, werden wir weder die Zeit noch den Platz für eine Pferderennbahn haben.«

Sedley und Rochester legten lässig eine Hand über den Mund und unterdrückten ein vorgetäuschtes Gähnen. Charles war verärgert. »Schließt Freundschaft mit Frankreich, Neffe. Ihr werdet feststellen, daß Ludwig ein besserer Freund ist als Eure Dummköpfe. Jetzt laß uns sehen, ob man Euch das Reiten beigebracht hat.«

Die Damen stellten sich in einer Reihe an, um sich für den Ritt zur Heide auf die Pferde heben zu lassen. Dorinda, die sich vor Pferden fürchtete, brachte den König zum Lachen, als sie kreischte: »Mich kriegt ihr auf so ein großes Biest nicht drauf. Da wird mir ja schwindlig.« Nach einiger Zeit ließ sie sich doch überreden und trabte, die Arme um die beachtliche Taille des Earl of Oxford geschlungen, an Penitence' Seite los, die sich ihrerseits an Sedleys Taille festhielt; ihnen folgten die Jockeys in ihren Wappenröcken und bestickten Mützen.

Es war ein herrlicher Tag. Ginster und Farnkraut säumten das von den Schafen abgeweidete Gras, das aussah, als sei es an die kleinen Hügel hingeplättet. Saatkrähen, von der lärmenden Kavalkade aufgestört, kreisten über Ulmen und Buchen, deren Wipfel sich über den Reitern wölbten und sich, erste Vorboten des Herbstes, allmählich gelb und kupfern färbten.

»Seht Ihr die Hofdame hinter Buckingham?« rief Sedley über die Schulter und zeigte auf eine anmutige Gestalt weit vor ihnen. »Das ist Winifred Wells, Charles' neueste Errungenschaft. Figur einer Göttin. Gesicht eines träumenden Schafes.«

Penitence wurde plötzlich von ihrem eigenen und vom Anblick ihrer Gefährten speiübel. Die Frische der Landschaft wurde zum Vorwurf. Sie wollte allein hineinwandern und an einem Bach ein Buch lesen. Heimweh nach den unberührten Wäldern von Massachusetts ließ ihr die Tränen in die Augen schießen.

»Und die dort? Gesicht wie ein Wasserspeier und übelriechend? Das ist eine von James' Liebsten. Wo findet er sie nur immer? Sie sollte sich vorsehen. Lord Carnegie mag es gar nicht, daß seine Frau mit James schläft und versucht sich die Syphilis zu holen, damit er beide anstecken kann.«

Sie verschloß die Ohren gegen alles außer dem Lerchengesang.

Sie sahen die Rennen aus einem Pavillon, der auf einer Anhöhe stand; dann konnte der männliche Hofstaat nicht widerstehen, am letzten Rennen teilzunehmen, das damit endete, daß der König zum Klang von Trommelwirbeln, Hurrageschrei und Trompetenklängen als erster den Zielpfosten passierte. *Er hat sogar eine Kapelle mitgebracht.*

Sie konnte sich des Gefühls nicht erwehren, daß es die Landsleute des Prinzen von Oranien nie geschafft hätten, sich den Weg die Themse hinauf zu erzwingen, wenn für die Landesverteidigung genausoviel Geld verwendet worden wäre, wie für diesen Ausflug verschwendet wurde. Eine außergewöhnliche Organisation war erforderlich gewesen, dieses große Bienenhaus aus Zelten zu errichten, wo livrierte Diener mit Erfrischungen aus und ein schwirrten. Außergewöhnlich war auch das Picknick, das später kam. Hübsche Bauernmädchen waren angestellt worden, um über den Tischen mit Palmwedeln die Fliegen von Fleisch, Fisch und Geflügel zu verjagen, die auf jede erdenkliche Art zubereitet waren, die der königlichen Küche bekannt war – gebraten, als Pastete, scharf, als Ragout, gekocht, mit Pistaziencreme, Artischockensaucen, mit Erbsen und Safran, Morellen und Trüffeln.

Um den Geist des Zurück-zur-Natur zu pflegen, saß die Gesellschaft auf Seidenkissen und aß, sehr zu Dorindas Erleichterung, mit den Fingern.

Nachdem er Penitence mit Bries und Spargel versorgt hatte, verschwand Sedley hinter einem kleinen Berg aus Koteletts. »Was wollt Ihr trinken? Bier, Lambeth Ale, Honigwein, roten Bordeaux, spanischen oder rheinischen Champagner?«

Was sie sich am meisten wünschte, war kaltes Wasser. Mit einem schönen Zinnhumpen in der Hand machte sie sich auf die Suche nach einem Bach und entdeckte einen an einem Waldrand. Sie kniete am Ufer nieder und trank, freute sich über das Rascheln der Blätter und das Plätschern des Wassers, untersuchte Tierfährten und erinnerte sich an ihre Jagdtage.

»Noch jemand, der Wasser trinkt«, sagte eine Stimme. Es war der Prinz von Oranien. Er hatte kein Gefäß, und nachdem sie geknickst hatte, bot sie ihm ihren Humpen an. »Ich glaube, man versucht mich betrunken zu machen«, sagte er.

Sie nickte. »Ganz bestimmt.« Während er trank, fiel ihr ein, daß Becky gesagt hatte, der Junge sei etwas Besonderes, irgend etwas in dem Sinn, und sie dachte: Becky hat vermutlich recht. Jemand hatte gesagt, er sei jünger als der Herzog von Monmouth, doch obwohl er weniger Jahre zählte, besaß er eine Reife, die der Sohn des Königs nie erreichen würde. Sie kam zu dem Schluß, daß sie ihn mochte.

»Schöne Lady«, sagte er, »so viele schöne Ladys verwirren mich. Wem gehört Ihr?« Als sie die Brauen hob, entschuldigte er sich: »Verzeiht mir. Mein Englisch.«

»Ich bin Schauspielerin. Und Gott sei Dank gehöre ich niemandem.«

»So?« Er hatte, wenn er lebhaft wurde, ein nettes Lächeln auf den Lippen. »Eine Schauspielerin. Kennt Ihr Molière. Ich habe einen Freund, der mich Molière vorgestellt hat. Ich mag ihn sehr.«

»Ich auch.« Sie schlenderten über die Heide zurück und unterhielten sich über das Theater. Er habe vor kurzem ein Ballett produziert, erzählte er. Als benehme er sich zu formlos, legte er die Hände auf den Rücken und fragte gewissenhaft: »Wart Ihr schon immer Schauspielerin?«

»Nein, früher war ich Drucker.«

Sie mußten dann stehenbleiben, weil er sie gründlich ausfragte, und wenn er über das Theater viel gewußt hatte, so wußte er doppelt soviel über das Druckerhandwerk. »Ich glaube, mein Land stellt die schönsten Lettern her.«

»Das finde ich auch.« Sie erzählte ihm von der Druckerpresse im Cock-and-Pie und spähte mißtrauisch hinter die Büsche. »Aber bitte sagt dem König nichts davon. Ich habe keine Lizenz.«

»Ihr habt in England keine freie Presse?« Er war entsetzt.

»Ich muß gehen«, sagte sie. An einem Hühnerbein nagend, kam Sedley auf sie zu.

Wilhelm bestand darauf, ihr die Hand zu schütteln. »Lebt wohl, Madam.«

»Lebt wohl.«

Sedley legte ihr den Arm um die Taille, um sie zum Picknick zurückzuführen. »Es ist gefährlich, Euch in die Nähe von Prinzen zu lassen«, sagte er. »Jungen oder alten.«

Dorinda und ihr Earl hatten auch einen Spaziergang unternommen. Dorinda schwebte förmlich zu dem Platz, wo Penitence mit Sedley und den Marshalls saß. »Er hat es getan«, flüsterte sie. »Er hat es ganz einfach getan. Er hat mich gebeten, ihn zu heiraten.«

»Meinen Glückwunsch«, sagte Sedley, während die Mädchen sich förmlich auf sie stürzten.

»Ich bin so glücklich für dich«, sagte Penitence, »wenn du dir sicher bist.«

»Ob ich mir sicher bin?« Dorinda flüsterte noch immer. »Ob ich mir sicher bin? Was denkst du denn? Aber es muß geheim bleiben, bis alles unter Dach und Fach ist. Wegen seiner Familie. Wir wollen uns bald fortschleichen. Er hat einen Priester gefunden, der die Trauung vollziehen wird. Wünscht mir Glück.«

Als sie gegangen war, um sich zu ihrem Liebsten zu gesellen, sahen Penitence und Rebecca einander an; sie bezweifelten, daß dieses Märchen so mühelos Wahrheit werden konnte. Becky fragte Sedley leise: »Der Earl ist doch nicht etwa verheiratet, oder?«

»Beruhigt Euer Mißtrauen«, sagte er, »der edle de Vere ist in dieser Minute unbeweibt.« Die Art, wie er das sagte, war nicht dazu angetan, Penitence' Unbehagen zu beschwichtigen, aber als sie Dorinda suchen ging, um sich ihr als Brautjungfer anzubieten, waren der Earl und seine künftige Gräfin nicht mehr zu sehen.

Es gab eine Ablenkung, als die Königin und einige ihrer Ladys, die sich rote Unterröcke und Mieder aus den Zelten der Bediensteten geliehen hatten, übermütig kichernd in Begleitung ihrer als Bauern verkleideten Leibwachen auf Zugpferden davonritten, um, wie sie hofften, inkognito einen nahen Jahrmarkt zu besuchen.

»Inkognito«, spottete Sedley. »Sie sehen ebenso bäuerlich aus wie das Old Bailey.«

Noch standen die abendlichen Lustbarkeiten bevor, aber Penitence fing an sich zu wünschen, daß das Ganze endlich zu Ende wäre. Die Wirklichkeit des Hoflebens war voller Spannungen. Und seit die Königin zu ihrem Bauernjahrmarkt-Abenteuer aufgebrochen war, gaben die Zurückbleibenden das bißchen Zurückhaltung auf, das sie bis dahin gewahrt hatten.

Penitence und Becky wurden von Höflingen, die vermutlich nicht zu Unrecht annahmen, daß sie eigens deshalb eingeladen worden waren, ständig um sexuelle Gefälligkeiten angegangen. Anne verließ sie bald und verschwand mit dem Earl of Dorset. Getrunken wurde hemmungslos; Rochester wurde blasser und zerfahrener, je mehr er trank. Sedley wurde röter und ein unflätiges Ärgernis.

Der Tag ging in den Abend über, die pastellfarbenen Seiden und Musseline der Nachmittagskostüme wurden gegen sattere Farben und schwerere Stoffe ausgetauscht. Schauplatz wurde die schöne Galerie im Palast des Earl of Suffolk in Audley End. Karten ersetzten die Pferde, Liebesspiele wurden aus dem Gebüsch auf die Couchs in diskreten Nischen verlegt. Alle wurden immer betrunkener. Penitence und Becky sangen zum Abendessen, wurden jedoch ausgebuht, weil ihre Lieder nicht obszön genug waren, obwohl sie ihnen obszön vorgekommen waren, als sie sie probten. Sir George Etherege nahm ihren Platz ein und sang jämmerlich schwankend:

»Von der Liebe größtem Zauber laßt euch berücken,
Er liegt in der Mösc der Frau'n, nicht in ihren Blicken …«

Penitence sah, daß Wilhelm von Oranien sich vom König verabschiedete, um zu Bett zu gehen, aber vom Herzog von Buckingham aufgehalten wurde, der ihn unhöflich schalt.

Müdigkeit, Lärm, Tabakrauch und die Dämpfe aus den Brandygläsern vermengten sich in ihr zu einem Gefühl der Trunkenheit, aus dem sie immer wieder zu Momenten schrecklicher Klarheit erwachte. Sedley befummelte ihre Brüste, der König die der Castlemaine, Buckingham wiederholte seine Predigt, diesmal vor einem nüchtern aussehenden Gentleman, der sich verlaufen zu haben schien. » …und ich rate Euch, my Lord, Euch eine Hure zu nehmen, denn man ist hier bei Hofe übel beraten, wenn man seiner Ehefrau treu ist.«

Alles stand kopf. Sie war in einen Zerrspiegel geraten, wo man an der Unmoral genauso starr festhielt wie die Puritaner an der Frömmigkeit. Wenn sie die Augen halb schloß, fiel der Glanz des Kerzenlichts auf Kostüme und Schmuck, so daß alles schimmerte wie ein Regenbogen. *Sie sind so schön. Es sind die klügsten Leute von England. Sie müssen recht haben.* Der Raum drehte sich um sie. Sie hatte großen Durst. Das Orangenwasser in ihrem Glas schmeckte merkwürdig.

Es waren viele Hunde da. Eine Hündin säugte auf einer mit Satin bezogenen Couch ihre Welpen – sehr zum Mißfallen eines Paares, das eine andere Verwendung für die Couch hatte. Der Mann versuchte die Hündin hinunterzustoßen, sie knurrte. Der König erhob sich taumelnd. »Laßt meinen Hund in Ruhe, Page.«

Der Höfling hob seinen blutenden Finger. »Gott schütze Euer Majestät, aber verdamme Eure Hunde.«

»Das ist komisch«, sagte Penitence lachend. »Das ist so komisch.«

»Und Ihr seid so begehrenswert«, sagte Sedley. Sie waren in einem dunklen Korridor, und sie fror nach der Hitze in der Galerie.

»Wo ist Becky?«

»Sie kommt gleich nach. Du bist so schön, so begehrenswert.«

»Wo ist der Prinz von Oranien. Orangenwasser. Etwas in meinem Orangenwasser.«

»Still jetzt. Buckingham hat etwas in sein Glas getan. Hier hinein, du Schönheit, du liebliche Last.«

»Ich seh' nichts.«

»Hier hinauf. Hoppla.«

»Es ist kalt«, sagte sie. Die seidene Bettdecke war kühl an ihren Schultern.

»Hier ist etwas, das dich wärmen wird.«

Ein Teil ihres Verstandes merkte sehr wohl, was passierte, doch es steckte ganz hoch oben in der Ecke des Betthimmels, die sie im Mondlicht gerade noch sehen, aber nicht erreichen konnte. Ihr Körper schrie: Warum nicht? Warum die Maske der Lust tragen, ohne Lust zu erfahren?

Sprich mir nicht von Standhaftigkeit,
Der frivolen Täuschung
kalten Alters, eifersüchtiger Engstirnigkeit,
Krankheit und Unvernunft.

Standhaftigkeit ließ sie welken, und für wen? Er hatte sie verlassen, bezahlt und war gegangen. »Du hast recht«, stieß sie schluchzend hervor, »ich bin für ihn zu alt geworden.«

»Du bist schön, du puritanisches Miststück. Halt still.«

Sie wünschte, er würde nicht sprechen. Solange er nur die Hitze zwischen ihren Beinen entzündete, um sie warmzuhalten. Reib mich, reib mich ins Leben zurück.

Er rieb fest; ihr Kopf schlug gegen das Kopfende des Bettes. Warum verdarb er alles mit seinen Flüchen? Nicht schön.

»Gott verdammt!« Sie wurde wach. »Nein, das tust du nicht. Mach, daß du wegkommst von mir.«

»Halt still, Hure. Ich komme.«

»Nein!« Mit ganzer Kraft zog sie die Beine an, krümmte sich, klappte zusammen wie ein Taschenmesser, stieß Sedley aus sich heraus und von sich hinunter. Schreiend und sich aufbäumend lag er da, dann erschlaffte er.

»Ihr habt mich betrunken gemacht – Ihr, Ihr ...« Ihr fiel kein Ausdruck ein, der für ihn oder für sie schlimm genug war. »Ihr gemeines *Ding.*« Sie stolperte gegen eine Wand, tastete nach der Tür, tastete ein Paneel nach dem Türknauf ab und drehte ihn um, schüttelte ihn. Die Tür war abgeschlossen. Kein Schlüssel.

Jetzt war sie außer sich vor Wut, marschierte zum Bett zurück und schlug nach der Gestalt, die da lag. »Wenn *ich* es sage, hört Ihr? Wenn *ich* es sage. Ich. Nicht Ihr.« Er murmelte etwas. Sie zog den Bettvorhang weiter zurück und sah den Schlüssel blitzen, den er noch in der Hand hielt. Später stellte sie fest, daß er ihr die Haut aufgerissen hatte.

Draußen, im undurchdringlicheren Dunkel des Korridors blieb sie stehen und betastete ihren Körper. Ihre Brüste hingen aus ihrem Mieder heraus. Sie zog es herauf. *Wo ist mein verdammtes Zimmer? Haben sie in diesem verdammten Haus keine Dienerschaft?* Irgendwo zu ihrer Rechten hörte sie Lärm. Schwankend bewegte sie sich darauf zu und ging langsamer, als laute Rufe, trunkenes Gelächter und, wie ein verspätetes Echo, hohe, spitze Schreie an ihr Ohr drangen. Ein Vorhang gegen den Durchzug trennte ihren Korridor vom nächsten. Vorsichtig spähte sie durch einen Spalt.

Eine Männergruppe – sie erkannte Buckhurst und Rochester – stand um eine wilde Gestalt herum und feuerte sie an, als sie an eine Tür hämmerte. »Immer drauf los, Euer Hoheit!« Das war Buckinghams Stimme. »Wozu sind Ehrendamen denn da, wenn nicht, um ihre Ehre an Prinzen zu verlieren?«

Die weiblichen Schreie drangen durch die Tür, die aber sehr solide aussah und offensichtlich versperrt war.

Armer kleiner Teufel. Sie haben mit ihm das gleiche gemacht. Den Vorhang vor den Körper haltend, schob sie sich vorwärts und nahm eine Fackel aus dem Wandleuchter. Niemand bemerkte es. Als sie zurückhuschte, blieb ihr das Gesicht des Prinzen von Oranien im Auge haften, verzerrt und von Tränen überströmt.

Sie versuchte es bei jeder Tür, außer bei der, hinter der sie Sedley wußte, und fand endlich eine, die sich öffnen ließ. Das Zimmer war leer, der Bettvorhang offen und die Bettdecke ordentlich zurückgeschlagen. Auf den Sesseln lagen Frauenkleider, doch ihre Besitzerinnen hatten offenbar andere Betten gefunden. Sie schloß die Tür, sperrte ab, stellte die Fackel in eine chinesische Vase und setzte sich ans offene Fenster, genoß die kalte Luft auf ihrer Haut.

Ehe keine Ruhe eingekehrt war, hatte es keinen Sinn, in diesem riesigen Haus ihr Zimmer zu suchen. Später würde sie es finden – sobald die Betrunkenen sich zurückgezogen hätten, würden sie schlafen wie tot –, würde bequeme Schuhe und ihren Mantel anziehen und zu Fuß nach Hause aufbrechen. Straßenräuber, Hunde, Entfernung, was waren sie nach dieser königlichen Belustigung?

Ihrem Selbstekel hatte sie zumindest die negative Erkenntnis zu verdanken, wer sie war. Nicht wie die. Niemals wie die. Wenn St. Peter sie am Tag des Jüngsten Gerichts fragte, wohin sie gehöre, wußte sie jetzt genug, um sagen zu können: »Nicht zu denen.«

Hin und wieder schrak sie auf, als die Höflinge in ihre Zimmer schwankten. Zweimal taumelte jemand gegen ihre Tür, und einmal rüttelte jemand anders am Türknauf, schrie dann:

»Vögelt tüchtig, *mes braves*!« und ging weiter.

Das Haus schlief ein, und auch Penitence schlief.

Es war noch dunkel, als sie von einem lauten Schluchzen erwachte. Es folgte ein Scharren, wieder ein Schluchzen, dann ein Würgen. Leise öffnete sie die Tür, spähte hinaus, griff nach der Fackel und hielt sie hoch. Zwei Türen von ihr entfernt kroch ein Wesen auf Händen und Knien von ihr weg. Von da wo sie stand, sah es aus wie ein monströser Pudel mit rasiertem Hinterteil. Er hatte seine Hose verloren, aber lächerlicherweise Perücke und Wams anbehalten und zog eine Spur von Erbrochenem hinter sich her.

»Prinz«, rief Penitence leise. »Hier herein, Euer Hoheit.«

Weinend schaute der Pudel zu ihr zurück. »*Dar is geen Prins in den lande*«, sagte er. »Es gibt keinen Prinzen mehr.«

»Oh, kommt schon rein.« Sie hatte die Männer satt. Der Kopf tat ihr weh. Sie mußte sich hinauswagen und ihm zurückhelfen, mußte ihn stützen, ein Vorgang, den er behinderte, indem er sich so tief nach vorn beugte, daß sein Wams seine intimsten Teile bedeckte. »Ich will Bückling. Seht mich nicht an«, sagte er immer wieder mit seinem komischen Akzent. »Schaut mich nicht an. Ich will Bückling.«

»Seid still.«

Zusammen stolperten sie ins Zimmer, er strebte taumelnd zum

Bett, bedeckte sich bis zur Taille mit der Bettdecke und saß stocksteif da wie eine empörte Jungfrau. »Mir ist übel. Ich will Bückling«.

Sie hielt die chinesische Vase, während er sich hinein erbrach. Zwischen zwei Brechanfällen bestand er jeweils auf seinem »Bückling.«

»Ich mache keinen Bückling mehr, vor keinem von Euch«, wies sie ihn zurecht. »Nie wieder.«

Er starrte sie an. »Bücking«, sagte er deutlich, bevor sich sein Mund wieder füllte, »holt mir Bücking.«

»Wer ist Bücking.«

»Holt ihn.«

»Ich weiß nicht, wo er ist, weiß nicht, wo irgend etwas ist, und ich habe keine Lust, im Dunkeln umherzuirren. Wartet bis zur Morgendämmerung. Dann hole ich ihn.«

Er übergab sich wieder. Sie verstand nicht, wieso sich in seiner zierlichen Gestalt so viel angesammelt haben konnte und fragte sich, ob sie ihn vergiftet hatten, denn vielleicht war Alkohol Gift für ihn. Auf einer Kommode standen ein silberner Wasserkrug und eine Schüssel. Sie half ihm beim Trinken und wusch ihm das Gesicht mit einem Tuch, das sie von einem Sessel nahm.

Sein Blick wurde fester. »Die Wasserspenderin«, sagte er. »Zweimal an einem Tag. Ich schäme mich vor Euch.«

»Das braucht Ihr nicht. Mich haben sie auch betrunken gemacht.«

»Ich schäme mich.« Er war in seinem eigenen Jammer verloren.

Sie hören nie zu. Sie setzte sich auf das Bett, so daß ihre Köpfe auf gleicher Höhe waren. »Hört Ihr mich? Sie haben mich auch betrunken gemacht. Ich war mit einem Mann im Bett, den ich nicht ausstehen kann.«

»Das sagt Ihr nur, um mir meine Scham zu erleichtern.«

»So daß wir uns gemeinsam schämen müssen.« Er war so jung. »Schlaft jetzt. Ich lasse niemanden herein. Sobald der Morgen dämmert, gehe ich Bücking suchen.«

»Was für Menschen?« fragte er. »Was für Menschen sind das nur, die so etwas tun?«

Darauf wußte sie keine Antwort. Als er die Augen schloß, kehrte sie ans Fenster zurück, um nach dem Morgen Ausschau zu halten. Sie mußte wieder eingeschlafen sein, denn sie wurde von einer raschelnden Bewegung wach. Der Junge hielt sich am Bettpfosten fest und kämpfte gegen die Übelkeit, doch er stand auf den Beinen, und Gott allein wußte, welche höfischen Sitten ihn dazu trieben. Er hatte einen Frauenunterrock von einem Sessel genommen und angezogen; er wußte, daß er lächerlich aussah, vertraute ihr und bestand höflich darauf, mit ihr zu wachen. Er tappte zum Fenster und setzte sich ihr gegenüber.

Wie reizend, so etwas zu tun. Sie sagte ungezwungen: »Ist Oranien ein schöner Teil der Niederlande?« Vielleicht vergaß er beim Reden seine Übelkeit.

»Oranien liegt nicht in den Niederlanden. Es liegt in Südfrankreich. Früher war es ein unabhängiges Fürstentum. Unter den Rittern von Karl dem Großen hat es einen Wilhelm von Oranien gegeben. Jetzt hat Ludwig uns geschluckt und tötet seine protestantischen Kinder.« Er fuhr sich mit dem Handrücken über die Stirn. »Das verstehe ich nicht. Ich sage meinem Onkel Charles: Hüte dich vor Ludwig. Er hat die Absicht, sich ganz Europa einzuverleiben. Vielleicht auch England.« Er zuckte mit den Schultern, genau wie Rowley es tat, und sagte mit tiefer Stimme: »›Sei beruhigt, Neffe. Ludwig ist einer von uns.‹« Er beugte sich vor. »Aber wenn er einer von uns ist, warum hat sich England dann mit meinem Land und Schweden gegen ihn zur Triple Allianz zusammengeschlossen?«

Sie zuckte ebenfalls mit den Schultern. Von Politik verstand sie nichts. »Dann seid Ihr kein Holländer?«

»Wie nennt Ihr einen Hund, der von vielen Rassen abstammt?«

»Einen Mischling.«

»Ich bin ein Mischling. Drei von meinen Urgroßeltern waren germanisch, zwei französisch, einer Italiener, einer Schotte – Euer James I. –, einer Skandinavier. Und doch, ich bin Holländer.« Sein Adamsapfel hüpfte, als er schluckte. »Ich wünschte, ich wäre zu Hause.«

Oh, mochte Gott ihn behüten. Er war noch so jung. »Erzählt mir von zu Hause.«

Aus dem Garten strömte der Duft von Rosen und Geißblatt durch das Fenster, doch seine Sehnsucht war so stark, daß er ihn als frische Brise spürte, die ungehindert über grenzenlose Himmel, Deiche und Sanddünen wehte. Sie hörte Glockenspiele über Kanäle und Märkte klingen, zu denen die Bäuerinnen in Booten fuhren, ein Land der

Maler und Denker und Dichter. »Es ist sehr sauber«, sagte er immer wieder, dann entschuldigte er sich. »Aber natürlich liebt Ihr Euer Land auch.«

Jetzt war sie an der Reihe, ihm von den Wäldern in Massachusetts und ihren Indianern zu erzählen, vom Pocumscut und den Puritanern.

»Ich bin vor den Puritanern weggelaufen – oder vielmehr vor ihrer Scheinheiligkeit«, sagte sie, »doch von hier aus gesehen, kommen sie mir – verehrungswürdig vor.«

Er nickte. »Sie haben wenigstens ein Ideal«, sagte er. »Hier hat niemand eines. Diese Männer von gestern abend glauben an nichts.« Er erhob sich, schritt auf und ab, ohne auf das Rascheln des Unterrocks zu achten. »Wißt Ihr, was mein Onkel zu mir gesagt hat? Er hat gesagt« – und wieder wurde seine Stimme unbewußt tiefer – »›Neffe, wenn Frankreich die Niederlande annektieren würde, würde Ludwig dafür sorgen, daß du einen Teil davon bekommst, dein eigenes Königreich. Er ist dein Verwandter. Er vergißt dich nicht. Hör nicht auf deine holländischen Dummköpfe.‹«

Er ließ sich wieder in seinen Sessel fallen. »Aber sie sind keine Dummköpfe. Die Holländer sind mein Volk. Es fällt mir schwer zu denken, daß ich ihn das tatsächlich sagen hörte.«

Er hat es bestimmt gesagt. Charles war klug und in mehr als einer Beziehung liebenswürdig, aber er machte ihr angst. Sie konnte sich des Gefühls nicht erwehren, daß unter der komplizierten Vielschichtigkeit seiner Seele eine ungeheure Leere gähnte. Leer, still, kalt, ein Nichts. Zwischen diesem jungen Mann und dem vergoldeten König konnte es keine Verständigung geben. Daß Wilhelm vielleicht seine Religion, sein Volk und das flache Land auf dem es lebte, mehr liebte als sich selbst, überstieg das Begriffsvermögen seines Onkels.

»Er hält mich für einen langweiligen Tugendbold«, sagte der Prinz von Oranien.

»Das seid Ihr«, sagte sie. »Und das bin, wie ich entdeckt habe, auch ich.«

Sie schüttelten sich die Hand.

Sie hörten eine Tür zufallen, dann eine zweite, lautes Klopfen, Proteste aus verschlafenen Kehlen, noch mehr Türenknallen. Der

Lärm kam näher, und darunter war ein tiefer Ton, ein Grollen, als tappe eine Bärin durch den Korridor und suche nach ihrem Jungen. »Bücking«, sagte Wilhelm.

Penitence sperrte die Tür auf, merkte zum erstenmal, daß es heller Tag war. Die Gestalt, die eben aus einem Zimmer stürmte, war einem Bären so ähnlich wie ein Homo sapiens nur sein konnte, riesige Schultern, drohend ausgestreckte Arme, vierschrötige Beine – und sehr zornig. Penitence winkte das Ungetüm ins Zimmer und prallte zurück, als es wütend an ihr vorbeiraste.

Der Prinz lächelte. »Mrs. Hughes, darf ich Euch meinen treuen Freund, Hans Wilhelm Bücking, vorstellen. Bücking, deine Hose.«

Der junge Mann grunzte überrascht, doch seine riesigen Hände begannen sofort an der Verschnürung zu nesteln. Rücksichtsvoll kehrte Penitence den beiden den Rücken. Als sie sich wieder umdrehte, steckte der Prinz in einer Hose, die er festhalten mußte, und der Bär trug einen Unterrock.

Der Prinz von Oranien verneigte sich. »Ihr seid für immer meine gute Freundin, Mrs. Hughes.«

Penitence knickste. »Euch stets gern zu Diensten, Euer Hoheit.«

Und beide meinten es ernst.

»Er wird wütend sein«, sagte Becky. »Es liegen noch drei Tage königlicher Lustbarkeiten vor uns. Du wirst ihn um Dispens bitten müssen, damit du gehen kannst. Schließlich bist du eine seiner Bediensteten.«

»Ich bin es, die wütend ist«, erklärte Penitence. »Wie du einmal gesagt hast, stehen wir unter seinem Schutz, warum beschützt er uns dann nicht? Ich habe jedenfalls dem Majordomus – oder was immer er ist – gesagt, ich brauchte sofort eine Kutsche, um nach Hause zu fahren, weil ich krank bin.« Sie hielt sich den Kopf. »Und das ist die Wahrheit. Was haben sie mir nur in das Orangenwasser getan?«

Becky begann zu strahlen. »Wenn du krank bist, kannst du nicht ohne Begleitung fahren. Du läßt mich hier nicht allein.«

Ein Hausmädchen half ihnen, ihr Gepäck und die Hutschachteln hinunterzutragen. Doch als sie auf Zehenspitzen durch die Halle gingen, wurden sie durch die offene Tür des Kartenzimmers erspäht.

Im nächsten Moment sahen sich die beiden Frauen mehreren

Männern gegenüber, die in die Halle drängten, Buckingham, Sedley, Rochester, Harry Jermyn, Lord Chesterfield und alle anderen, einige unrasiert, die meisten blaß, weil sie zuwenig geschlafen hatten und alle nach dieser durchzechten Nacht voller Bosheit und Rachsucht. Sedley sah unglaublich siegessicher aus.

»Wollt Ihr schon fort, Ladys?« fragte Buckingham. »Aber doch wohl nicht nach der letzten Nacht. War das denn nicht die Gelegenheit, bei der Sedleys großer Schwanz endlich die scheue Hughes-Klitoris erobert hat?«

Sie hatte es gewußt. Und sie war vorbereitet, riß weit die Augen auf. »Ach, tatsächlich?« fragte sie. »Ich bitte Euch, Sir Charles, ihn das nächstemal größer zu machen. Diesmal habe ich leider nichts davon bemerkt.«

Sie sah, wie Sedleys Gesicht sich veränderte, bevor sie an ihm vorüberfegte und brüllendes Gelächter losbrach.

Als sie sich im Wagen bequem zurechtsetzte, sagte sie: »Ich bin doch nicht Schauspielerin für nichts und wieder nichts.«

Becky war noch immer atemlos vor Lachen. »Hoffen wir, daß du weiterhin Schauspielerin bleiben darfst.«

»Wie geht es ihm?«

Kerzenschein huschte über ihr Gesicht, während Kynastons Hauswirtin Penitence mißtrauisch beäugte. »Besser als es seinen Feinden recht ist«, sagte sie, »aber schlecht genug.« Sie ging über die knarrenden Stufen einer engen Treppe voraus und öffnete eine Tür. »Hier hinein.«

Kynastons Wohnung strafte das Haus und seine Hauswirtin Lügen. Ein Feuer im Kamin spiegelte sich in den mit Bienenwachs polierten, wenigen erlesenen Möbelstücken, sein Portrait schmückte eine Wand und ein schöner orientalischer Teppich die andere. Die Bettvorhänge waren aus frischer Baumwolle mit einem Zweigmuster. Doch die Gestalt auf dem Bett, bandagiert und mit furchtbaren Blutergüssen, verwandelte es in ein Schlachtfeld. Knipp, die neben dem Bett saß, legte einen Finger an die Lippen.

Auf Zehenspitzen näher kommend, flüsterte Penitence wieder: »Wie geht es ihm?«

»Sie haben ihm beide Arme gebrochen. Sie hatten es auf sein Gesicht abgesehen, doch er konnte den größten Teil bedecken. Er hat wenigstens seine Zähne gerettet.«

»Hat er gesagt, wer sie waren?«

Knipp zuckte mit den Schultern und wich ihren Augen aus. »Zwei Männer mit Knüppeln, sagt er. Er hat sie nie vorher gesehen.«

»Was meint der Doktor?«

»Er hat die Arme geschient und ihm eine Medizin gegeben. Er sollte wieder gesund werden. Aber er fiebert.«

Penitence setzte sich an die andere Seite des Bettes und streckte, um sich nicht gar so hilflos zu fühlen, die Hand aus, um Kynastons feuchtes Haar zu streicheln, zog die Hand jedoch hastig zurück, weil sie fürchtete, ihm noch mehr weh zu tun; auf der Stirn war keine einzige Stelle, die unverletzt war. Die Nachricht, daß Kynaston überfallen worden war, hatte das Cock-and-Pie am Morgen erreicht, als sie noch versucht hatte, sich von der späten Rückkehr aus Newmarket zu erholen. Sie blickte zu Knipp hinüber, die Feindseligkeit ausstrahlte, als sei Kynaston ihr Eigentum. »Ich bin so bald gekommen, wie ich konnte«, sagte sie, »aber ich war heute nachmittag im Theater.«

»Ich bin sicher, du hast mächtig viel zu tun.«

Penitence ignorierte ihren Ton. »Was haben sie genommen?«

»Wer?«

»Die Räuber.«

»Nichts. Sie hatten es nicht auf seinen Geldbeutel abgesehen.«

Sie verstand nicht. »Worauf denn dann?«

Knipp zuckte mit den Schultern. »Vielleicht bleibst du eine Weile bei ihm sitzen. Ich muß nach Hause. Mein Mann wird mir nie glauben, daß ich nicht irgendwo herumhüpfe.« Sie warf Penitence eine Kußhand zu und berührte sehr sanft einen der beiden geschienten Arme. »Armer Kynaston, es wird lange dauern, bevor er wieder hüpfen kann.« Als sie aufstand, sagte sie: »Wie war der König? Wie war's in Newmarket?« Doch als Penitence anfangen wollte zu erzählen, unterbrach sie sie mit Anweisungen. »Und hier ist seine warme Milch mit Wein und Gewürzen. Er muß etwas trinken, sobald er aufwacht. Die Schüssel ist auf ihrem üblichen Platz. Er wird deine Hilfe brauchen, um hineinzupissen.« Bei der Tür drehte sie sich um. »Das heißt, wenn du nicht zu vornehm dazu bist.«

Penitence säuberte das Medizintischchen, steckte die Bettlaken ordentlich um den zuckenden Patienten fest und setzte sich für ihre Wache zurecht.

Knipps Haltung verletzte sie. Sie vermutete, daß es eine verständliche Eifersucht war, Knipps Karriere ging zu Ende, und die ihre stand in voller Blüte, doch die kleine Komödiantin hatte sich bisher noch nie so feindselig gezeigt. Vielleicht lag es daran, daß sie und die anderen sich bei Hofe amüsierten, als Kynaston überfallen wurde.

Und wie wir uns amüsiert haben. Wenn du nur wüßtest, Knipp.

Es war sehr still. Sie holte ihr Rollenbuch für *Tyrannick Love* heraus und begann ihre Rolle zu memorieren; das Stück hatte in drei Wochen Premiere. Durch das halb geöffnete Fenster kam der Warnruf einer Drossel, die vor etwas floh, das sie aus ihrer Ruhe aufgeschreckt hatte. Penitence ging zum Fenster und hoffte, eine Eule zu sehen. Sie liebte Eulen.

Das Haus stand mit anderen in einer Reihe und blickte auf einen Platz in der Nähe von Hatton Garden hinaus. Es war eine feuchte, ruhige Nacht, aber gegenüber schwankte der Ast einer Eiche unter dem Gewicht von etwas Größerem als einer Eule. Eine Katze? Schwerer als eine Katze.

Sie kniff die Augen zusammen und glaubte, in den Schatten zwischen den Ästen spähend, eine menschliche Gestalt zu entdecken. Sie blinzelte, und die Gestalt wurde zu einer Ausbuchtung des Stammes. Trotzdem verbarrikadierte sie Kynastons Tür. Vielleicht wollte der verärgerte Ehemann, der Gläubiger oder wer immer ihn zusammengeschlagen hatte, noch mehr Blut sehen als Kynaston schon vergossen hatte. Sie würde Wächter bitten, ein Auge auf ihn zu haben.

Eine hübsche Uhr, Geschenk eines Bewunderers, schlug einmal und weckte den Patienten. Sie half ihm auf den Topf, dann hielt sie ihm das Glas, während er trank. »Wie fühlst du dich, armes Lamm?«

Er stöhnte. »Ich will die Wahrheit wissen, Peg. Schone mich nicht. Bin ich für immer entstellt?«

Gott segne ihn. Ein echter Schauspieler. »Alles wird heilen, und du wirst so gut wie neu sein.« Doch er gab sich nicht zufrieden, bis sie einen Spiegel holte.

»O mein Gott! Banquo nach dem Mord.« Er ließ sich auf das Kissen zurücksinken, und wäre er imstande gewesen, eine Hand zu heben, hätte er sie über die Augen gelegt.

»Wer war es? Worauf waren sie aus?«

Er sah sie schmerzlich an. »Kannst du es dir nicht vorstellen?«

Plötzlich wußte sie es. »Etwa Sedley?«

»Hast ein Paar Handschuhe gewonnen. Ich habe gehört, wie einer sagte, das werde mich lehren, höherstehende Personen nicht mehr nachzuäffen.« Ein krampfartiger Schmerz überfiel ihn, als er sich bewegte. »Und das wird es. Glaub mir, Peg, das wird es. Ich weiß, er ist ein Freund von dir. Aber man kann den Hof nicht beleidigen und ungeschoren davonkommen.«

»Er ist kein Freund«, sagte sie. Sie hätte es erraten sollen. Sir John Coventry hatte über die Moral des Königs gespottet, und man hatte ihm die Nase aufgeschlitzt. Kynaston hatte sich über Sedleys protzige Kleidung lustiggemacht. Die Vergeltung hatte beide schnell ereilt. Sie hörte den Prinzen von Oranien fragen: »Was sind das für Menschen?« Menschen, mit denen sie bisher gern zusammen gewesen war. Kein Wunder, daß Knipp sie ihre Verachtung spüren ließ.

»Er ist nicht mein Freund«, wiederholte sie, doch der Schauspieler war eingeschlafen.

Was für Menschen? Männer, die jedes Gefühl für Anstand verloren hatten. Götter von eigenen Gnaden, die ihre Blitze gegen Sterbliche schleuderten, die es wagten, sie herauszufordern.

Seltsamerweise war es nicht Sedley, dem sie die Schuld gab, sondern dem Mann, der ihn und die anderen bei ihrer wilden Tarantella anführte, immer mehr Gift in ihr Blut träufelte, anstatt es zu verdünnen, einem König, der zusah, wie seine Seeleute verhungerten, weil sie keine Heuer bekamen und der seiner Mätresse fünfundzwanzigtausend Pfund gab, die sie in einer Nacht verspielen durfte. Er lud sie ein, diesen Tanz mit ihm zu tanzen, die klugen, schönen Männer und Frauen, deren Talent unter einem besseren Monarchen zu etwas Lohnenderem als zu Ausschweifungen hätte genutzt werden können. Mit seiner Verachtung für Anstand hatte er sie alle infiziert, Sedley, Rochester, die Castlemaine, die Gwynn. *Um ein Haar wäre es ihm auch bei mir gelungen.*

Aber du kannst den Hof nicht beleidigen und ungeschoren davonkommen.

Unruhig trat sie wieder ans Fenster. Da war nichts. Oder doch, da war etwas. Schleppende Schritte kamen die Straße entlang.

Penitence lief zur Haustür hinunter und riß sie auf. »Dorry, was ist passiert?« Sie half dem Mädchen die Treppe hinauf und setzte es ans Feuer, damit ihm warm wurde.

Dorinda schaute zum Bett hinüber. »Wie geht es ihm?«

»Schlecht, aber er wird überleben. Erzähl. War der Earl schon verheiratet?«

»Nein«, sagte Dorinda leichthin, »verheiratet war er nicht. Eine wundervolle Zeremonie war's. Du hättest dabei sein müssen. Er hat mir ein schönes Kleid gekauft. Der Priester, in Schwarz, fein herausgeputzt, ein Blumenkrönchen, den Strumpf geworfen, Menge Freunde da, um ihn aufzufangen, Küsse, Champagner für später, das Bett mit Weihwasser besprengt. Wunderschön war's. Echt Haymarket.«

Penitence streichelte ihr die Hand und wartete.

Dorinda holte tief Atem. »Das einzige war, der Priester tauchte am nächsten Morgen mit allen anderen wieder auf. Aber er war nicht in Schwarz. War überhaupt kein Priester, nur einer seiner Freunde. Er hatte mich zum Narren gehalten, hintergangen, betrogen. Gott, wie sie alle gelacht haben!«

Penitence legte der Freundin den Kopf auf die Schulter.

»Was ich nicht verstehe, Prinks.« Dorindas Stimme klang unbarmherzig unbekümmert, »was ich nicht verstehe, ist, warum er es getan hat. Wir waren schon miteinander im Bett. Er wußte, daß ich keine lilienweiße Unschuld war, die nach einem Ring lechzte. Das Schlimme ist« – und zum erstenmal bebte ihre Stimme – »ich habe den Scheißkerl geliebt. Habe geglaubt, daß ich ihn liebe. Warum also der ganze Zauber?«

Weil er ihn amüsiert hat. »Was hast du getan?«

»Bin nach Hause gegangen. Was hätte ich sonst tun sollen?« Ihre Schuhe waren durch und durch naß und in Fetzen. Sie mußte meilenweit zu Fuß gegangen sein. Penitence zog sie ihr aus und rieb die armen Füße. »Ma Palmer hat mir von Kynaston erzählt, also bin ich hergekommen.« Sie stand auf und trat ans Bett. »Wer hat das getan? Sedley?«

»Zwei seiner Schläger.«

Dorinda schüttelte fast bewundernd den Kopf. »Diese Höflinge«, sagte sie, »haben uns beide erledigt.«

»Ihr kommt wieder, beide.«

Dorinda schaute auf den Mann hinunter. »*Er* vielleicht. Ich nicht.«

»Du auch.«

Dorinda blickte auf. »O ja«, sagte sie, »ich werde eine verdammte Sensation sein, nicht wahr? Unser Sedley wird ein Stück darüber schreiben. *Roxolana oder die genasführte Braut.* Die Dreckskerle werden mich mit ihrem Gelächter von der Bühne vertreiben, und ich kann es ihnen nicht einmal verdenken. Nein, mit mir ist es aus.«

Obwohl sie protestierte, wußte Penitence, daß es wahrscheinlich so kommen würde. Haß gegen die Unbarmherzigkeit der Männer wallte in ihr auf. »Ich hole dir etwas Heißes zu trinken«, sagte sie. »Becky übernimmt bei Tagesanbruch. Dann bring ich dich nach Hause.«

Aber Dorinda wollte allein sein. »Du hast deine Pflicht getan. Geh nach Hause zu Benedikt, er hat in letzter Zeit sehr wenig von dir gehabt. Ich möchte nachdenken, und ich sorge für Kynny.« Sie versuchte zu lächeln. »Auf Männer im Bett verstehe ich mich gut.«

Nichts konnte sie umstimmen. »Verflucht noch einmal, laß mich *allein.*«

Penitence ging widerstrebend.

Draußen blieb sie vor der Tür stehen, um ihre Augen an die Dunkelheit zu gewöhnen. Die Bäume und Hecken auf dem Platz regten sich nicht. Hoch am Himmel zogen Wolken dahin, tränkten die Luft mit Regendunst und ließen hin und wieder den Mond aufblitzen, der einen weichen Schimmer über Laub und Dächer legte. Ihre Schritte wiederholten auf der feuchten Oberfläche der Straße immer wieder einen bestimmten Rhythmus: Was für Menschen? Was für Menschen?

Was für ein Mann war das, der keine Kosten und Mühen scheute, um eine Frau zu demütigen, die ihm nichts getan hatte?

Als sie den Earl of Oxford vor ihrem geistigen Auge auferstehen ließ, fett, lachend, sorglos, stellte sie einen Zusammenhang zwischen ihm und einem Hof her, an dem man – das sah sie jetzt – geradezu darauf erpicht war, Frauen zu demütigen. Die Castlemaine und die Gwynn und alle anderen Mätressen, die mit ihren Kleidern und ihren Temperamenten prahlten in ihrem unaufhörlichen Kampf, sich gegenseitig auszustechen, waren Äffchen, die man sich für Kunststücke hielt und die von ihren Herren angestachelt wurden, immer abartigere Kapriolen zu zeigen. Die arme kleine Frau mit der dunkelhaarigen Oberlippe, die Königin von England, wurde gezwungen, nicht nur zu akzeptieren, daß die Bettgenossinnen ihres Gemahls ihr dienten, sie schien es zu genießen.

Was für Menschen? Was für Männer?

Vielleicht überhaupt keine besonderen? Vielleicht einfach nur Männer? Es machte Penitence angst. Angenommen, ein Bürgerkrieg war ausgebrochen, von dem die eine Seite, die Frauen, nichts wußte, die andere Seite, die Armee der Männer, jedoch unterrichtet war – und kämpfte. *Ich fange an zu phantasieren.*

Ihre Vorstellungskraft hatte in den schlafenden Straßen Ungeheuer geweckt; sie tappten hinter ihr her. Sie drehte sich um, sah jedoch nichts.

Sie hatte recht gehabt, sich gegen sie zu wehren. Sie grinste, als sie sich erinnerte, wie Sedleys siegessicheres Gesicht sich verändert hatte, als sie seine Potenz verhöhnte. *Ein Treffer für unsere Seite.*

Das Lachen verging ihr. Sie *wurde* verfolgt. Irgendwo hinter ihr war ein Fuß mit einem Platschen in eine Pfütze getreten. Ihr Nacken und ihre Schultern wurden steif, so sehr widerstrebte es ihr, zurückzuschauen. Sie war ungefähr in der Mitte von Holborn, und auf beiden Seiten säumten Geschäftsfassaden mit geschlossenen Läden und in steilen Giebeln auslaufenden Stockwerken die leere, schnurgerade Straße, so weit sie sehen konnte. Inzwischen daran gewöhnt, von Wagen, Sänften oder Fackelträgern nach Hause gebracht zu werden, war sie unachtsam geworden und hatte vergessen, daß nachts Banden in den Straßen ihr Unwesen trieben.

Aber es war – wieviel? – vier Uhr morgens. Die ganze Welt schlief. Welche Bande würde sich wohl noch herumtreiben, wenn es auf der Straße nichts mehr zu holen gab?

Sie ging schneller. Wenn es ihr gelang, High Holborn zu erreichen, kannte sie ein Dutzend Seitenstraßen, die in die Rookery führten, wo sie sicher war. Dort würden sie ihr nicht folgen können.

Lächerlich. Es war jemand, der genauso arglos nach Hause ging wie sie. Sie zwang sich, sich umzudrehen, doch die Gebäude warfen auf beiden Seiten der Straße undurchdringliche Schatten und ließen nur einen blasseren Pfad dazwischen frei.

Aber irgend jemand war da. Im Wald erworbener Instinkt weckte das panische Verlangen in ihr, der Gefahr zu entrinnen, sie atmete rascher, begann zu laufen. An eine Tür klopfen und um Zuflucht bitten? Doch im Erdgeschoß wohnte niemand; sollte es ihr gelingen, einen Bewohner zu wecken, würde es Minuten dauern, bevor man sie einließ, falls man es überhaupt tat. Zu lange.

Ein leises Trommeln, nicht im Rhythmus ihrer eigenen Schritte, überzeugte sie endgültig, sie raffte ihre Röcke und begann zu laufen. Das Trommeln wurde schneller. *Wo ist mein Messer? Warum habe ich mein Messer nicht bei mir?* O *Matoonas, ich bin nachlässig geworden.*

Die Vine, sie würde an der Vine nach Norden abbiegen. Wenn sie King's Gate erreichte und sich nach links hielt, mußte sie an eine Abkürzung in die Rookery kommen.

Jemand war vor ihr. Gott sei Dank, Gott sei Dank. Eine große männliche Gestalt. Eine andere Seele.

Als sie auf den Mann zurannte, erkannte sie, daß etwas nicht stimmte. Er blickte ihr nicht fragend, sondern erwartungsvoll entgegen. Sie sah das Weiß seiner Zähne. Er lächelte. Die Erkenntnis, daß er und ihr Verfolger zusammengehörten, traf sie wie ein Peitschenhieb. *Man hatte sie hinter ihr hergeschickt.*

Zwischen ihr und dem Mann vor ihr öffnete sich zu ihrer Rechten ein schmales Gäßchen. Blindlings lief sie hinein, rutschte in einer Pfütze aus, rappelte sich auf, lief weiter und geriet in tieferes Dunkel. Sie hörte, wie sich die beiden hinter ihr einen Gruß zuriefen, und das Mahlen ihrer Stiefel.

Schreien? Aber Schreie hatten in dieser Gegend keine Wirkung. Sie würden nur ihre Angst verraten, den Tiger ermutigen, dem Meckern der Ziege zu folgen.

Links. Geh nach links. Die Rookery würde sie aufnehmen, diese Zuflucht für Falschmünzer, Huren und Diebe, Verfemte, ihr wahres Zuhause. Sie kannte dieses Gäßchen nicht und hatte schreckliche Angst, es könnte an einer Mauer enden. Faulendes Holz, überhängende Wäsche, Stille, nur das Geräusch ihrer Schritte.

Was würden sie tun? Sie notzüchtigen? Verunstalten? Was immer es war, sie hatten gewonnen. Sie war gebrochen. Wer waren sie? Sedleys Männer? Die von Sir Hugh Middleton? Die des Königs? Es war egal. Man kann den Hof nicht beleidigen und ungeschoren davonkommen. *Närrin. Was für eine Närrin.* Hinter ihr waren die Vollstrecker der Weltmacht, die sie für ihre jämmerliche Rebellion bestrafen wollte. *Es tut mir leid, ich gebe nach. Ich kann es nicht mit euch aufnehmen. Es gibt keine Unabhängigkeit für uns. Ich will zu euch gehören. Tut mir nicht weh.*

Vor sich sah sie die Umrisse einer zerbrochenen Regenrinne, die sich hakenförmig von der Dunkelheit abhob; das Mondlicht fing die Tropfen aus der Öffnung auf. Penitence hatte diese Regenrinne schon früher gesehen. Noch einmal fünfzig Yard und sie wäre sicher in Dog Yard, ganz in der Nähe des gesegneten, gesegneten Ship. Nur noch wenige Schritte.

Sie schaffte sie nicht. Sie erwischten sie. Eine Hand zerrte an ihrem Rock. Kein Laut kam von ihnen. Fleisch auf dem ihren, Finger auf ihren Brüsten, griffen ihr wie Klauen ins Haar. Ihr Geruch. Faulig und fremd.

Da begann sie zu schreien, bis eine dieser Hände ihr in den Mund fuhr und ihre Zähne beschmierte.

Dann verschwanden sie.

Drei Minuten später, von einer Hand geweckt, die wie rasend an das Tor des Cock-and-Pie hämmerte, öffnete Mistress Palmer einem Wesen, das sich krümmte, als wolle es vor seinem eigenen Fleisch zurückweichen, einer würgenden, flüsternden Frau, deren Augen sie aus einer Maske von Hundekot anstarrten.

Am nächsten Morgen schrieb Penitence einen Brief an Prinz Rupert, in dem sie einwilligte, seine Mätresse zu werden.

3. BUCH

1. Kapitel

Ohne Vorwarnung feuerte die britische Flotte auf einen Geleitzug holländischer Kaufleute, und das Land fand sich, einigermaßen überrascht und trotz der Allianz zwischen den beiden Staaten, wieder im Krieg gegen die Niederlande. Man bedauerte es nicht sehr. Die Holländer hatten zuviel vom Welthandel an sich gerissen – was weder ihnen noch England gut bekam. Doch als ein Vierteljahr verstrich und im Seekrieg noch immer kein greifbarer englischer Sieg zu verzeichnen war, entschied sogar ein royalistisches Parlament, genug sei genug, und weigerte sich, dem König genügend Geld für die Kriegsführung zu bewilligen.

War es Zufall, daß der Krieg gegen die Niederlande gerade dann erklärt worden war, als die gigantische Armee Ludwigs XIV., die um das Neunfache größer war als die der Holländer, die Niederlande besetzte? War es kein Zufall, hatte Charles damit zeigen wollen, daß es klüger war, mit den Franzosen zu paktieren, war das ein Fehler, denn Englands Meinung änderte sich. Plötzlich waren die Niederlande keine Plage mehr, sie wurden überrannt, ausgehungert und gefoltert von einem Volk, das England ein viel ebenbürtigerer Feind war, als die Niederlande es jemals gewesen – den Franzosen. Mehr noch, die jämmerlichen Reste ihrer Armee kämpften gegen die Invasoren unter ihrem neuen jungen General, Prinz Wilhelm von Oranien.

Die Leute erinnerten sich an die Armada und an eine andere kleine und tapfere protestantische Nation, die sich gegen die Macht eines katholischen Unterdrückers erhoben hatte.

Auf wessen Seite standen der König und seine Berater? Der junge Wilhelm, der die Deiche seines Landes durchstach, um das Vordringen des Feindes durch Überflutung zu behindern wie die gute Königin Bess, die in Tilbury vor der feindseligen See gestanden hatte?

Oder die Armeen Ludwigs XIV., die jetzt die Erinnerung an den drohenden Halbkreis der Galleonen von Philip von Spanien wachriefen?

Protestanten oder Katholiken. Die Frage hing in der Luft.

Dann nahm sich der König eine neue Mätresse, Louise de Kéroualle, eine katholische Französin, und erließ beinahe im gleichen Atemzug eine Indulgenzerklärung, in der er anordnete, die Strafgesetze für all jene außer Kraft zu setzen, die von der Staatskirche dissidierten. Es sei sein Recht, sagte er, er habe die »Regierungsgewalt in kirchlichen Angelegenheiten«.

Es hätte nicht viel ausgemacht, wenn man Nonkonformisten, Puritanern, sogar den verhaßten Quäkern und ähnlichen das Recht gegeben hätte, ihren Glauben öffentlich auszuüben, doch diese Nachsicht erstreckte sich auch auf Katholiken.

Das konnte der gute alte Rowley sein, der wieder einmal seine Toleranz bewies, doch mit allem, was vorangegangen war, sah es nach viel mehr als nach dem schmalen Ende des katholischen Keils aus.

Wer sagte überhaupt, der König habe die »Regierungsgewalt in kirchlichen Angelegenheiten«? Ging Charles den Weg seines Vaters und versuchte, die absolute Monarchie einzuführen? War England heimlich in den Händen von Jesuiten?

Es folgte ein Aufschrei. Sogar das Oberhaus weigerte sich, den König zu unterstützen. Charles wurde nicht nur gezwungen, seine Indulgenz zurückzunehmen, ein neues und weniger willfähriges Parlament konterte mit einer Entscheidung, die verlangte, daß sich jeder, der ein öffentliches Amt innehatte, einem Test unterziehen mußte, zu dem auch die Zugehörigkeit zur englischen Staatskirche, der Treueeid und die Ablehnung der Lehre vom Meßopfer gehörten – mit anderen Worten, eine Hürde, die kein wahrer Katholik nehmen konnte.

Und der erste, der daran scheiterte, war James, der Herzog von York. Ehrenhaft bekannte er sich zu seiner Zugehörigkeit zur Kirche von Rom und trat als Lord High Admiral zurück – ein Amt, das dann seinem protestantischen Cousin, Prinz Rupert, übertragen wurde.

Es erschreckte das Land, zu entdecken, daß des Königs eigener Bruder Katholik war. Die Königin hatte noch immer kein Kind geboren, und die Hoffnung, daß sie es jemals tun werde, schwand. Wenn Charles starb, bekam England den ersten katholischen Monarchen seit der Bloody Mary unseligen Angedenkens.

Zwar wurden James' Töchter Mary und Anne zu guten Protestantinnen erzogen, und zwischen Mary und dem Prinzen von Oranien wurde eine Heirat arrangiert, aber …

Zu diesem Zeitpunkt geschahen zwei ominöse Dinge. Der König, wegen seiner ausgezeichneten Gesundheit stets gerühmt, wurde schwer krank. Und James, inzwischen verwitwet, suchte nach einer neuen Frau und wählte eine schöne italienische Prinzessin, Mary von Modena, eine Katholikin.

Die Sicherheiten, mit denen die Regierungszeit Charles II. begonnen hatte, hatten zu bröckeln begonnen.

Der König wurde gesund, doch wie es sich erwiesen hatte, konnte man sich nicht darauf verlassen, daß er seinen Bruder überlebte. Man konnte sich nicht einmal darauf verlassen, daß er sein Königreich gegen die Papisten verteidigen würde. Nachdem er die Moral auf den Kopf gestellt, eine ganze Aristokratie korrumpiert, ein Theater geschaffen hatte, das Ehebruch als Tugend verherrlichte, starb er vielleicht eines Tages und hinterließ ein noch größeres Chaos.

Das Land ging vor die Hunde.

Gütiger Gott, es gab sogar eine Frau, die Erfolg als Theaterautorin hatte.

Das Portal der Gemeindekirche von Hammersmith stand offen, um die letzte Oktobersonne und den Geruch von Laub und Kuhfladen und versengtem Horn aus der Schmiede ein Stück weiter unten einzulassen, wo Coppy den Sonntag entheiligte und die Pferde für die morgige Jagd beschlug.

Drinnen roch es nach Weihrauch und Sonntagsstaat.

»Und was ist dieses Ding, der Whig?« fragte Pfarrer Fowler, hob die Hände gen Himmel und ließ dabei ein Loch in der Achselhöhle seiner Soutane sehen. »Ich sage euch, er ist ein alter Feind mit einem neuen Namen, ein Wesen, das Gott verhaßt ist, ein latitu … ein latidinarian, der *parentis mutandis*, eine Ausgeburt der Hölle im Antlitz Gottes …«

Penitence, die in der vordersten Kirchenbank saß, hörte Reverend Boreman, ihren neuen Hausgeistlichen, in der Bank hinter ihr herumrutschen, und lächelte. Die Predigten des Pfarrers gingen ihm immer auf die Nerven, aber wie dieser Mann sich am Lateinischen verging, versetzte ihn in Zorn, hauptsächlich deshalb, weil er einer der wenigen in der Gemeinde war, der es wußte.

Sie hätte nichts dagegen gehabt zu erfahren, was ein Whig war – das Wort fiel dauernd –, aber es war unwahrscheinlich, daß sie von Pfarrer Fowler erleuchtet wurde, der es vermutlich selbst nicht genau wußte. Sie ließ seine bombastische in einem schweren Middlesex-Akzent gehaltene Predigt unbeachtet an sich vorüberfließen, ebenso wie die Politik der letzten beiden Jahre. Politik war der Hof, und das Leben bei Hofe spielte sich jetzt nur an der Peripherie ihres eigenen ab.

Sie legte die Hand auf Ruperts Hand und drückte sie, um ihn zu wecken. Ruperts Reaktion auf den Vikar bestand darin, daß er während seiner Predigten einschlief. »Blwah?« sagte er.

Der Pfarrer zog die Schultern ein und strahlte unsicher. »Wollen Euer Hoheit so gütig sein?«

Rupert erhob sich und marschierte zum Seitengang und zu dem Gemälde mit der Plakette: *Dem ruhmvollen Märtyrer König Charles den Ersten zum Gedenken*, nahm das silberne Kästchen, das darunterlag, und trug es zum Altargitter.

Er ist noch immer blaß. Er hatte ihr den größten Schreck ihres Lebens eingejagt, als während eines anstrengenden Tennisspiels seine alte Kopfwunde aufgeplatzt war. Er weigerte sich, einen Arzt kommen zu lassen – er hatte einen Horror vor Ärzten –, und hatte nicht einmal gewollt, daß sie die Wunde verband. »Es sieht zu abstoßend aus, überlaß es Peter.«

»Das werde ich ganz gewiß nicht tun«, sagte sie. »Es ist meine Sache.« Er wollte nie eine Schwäche vor ihr zeigen, denn er fürchtete, sie könnte sich dann des Altersunterschiedes zwischen ihnen allzu deutlich bewußt werden, aber er war ihr für ihre Pflege rührend dankbar gewesen. *Er wird zu schnell alt.* Er sagte, er sei zufriedener denn je zuvor, und wahrscheinlich stimmte das auch – sein berühmter Zorn zeigte sich nur noch selten und hatte sich nie gegen sie gewandt. Aber seine Kriege hatten ihn eingeholt.

Er ist wie ich. Auch seine Leiden wirken in ihm nach.

Rupert hob den Deckel des Kästchens, und der Pfarrer goß Wein und Gebete über das einbalsamierte Herz von Sir Nicholas Crispe, Bart, das es enthielt. Sie hörte Pfarrer Boreman etwas vor sich hinmurmeln. Das war zu heidnisch für ihn. Aber Sir Nicholas hatte in sein Testament geschrieben, er wünsche, daß sein Herz alljährlich an seinem Todestag mit Wein erfrischt werde, und da er Ruperts Freund und der Erbauer des Hauses gewesen war, in dem sie jetzt lebten, mußte der Haushalt teilnehmen. *Noblesse oblige* sei das, sagte Rupert.

»Ein guter Jahrgang, Sir Nick, nicht wahr?« rief jemand. Es klang nach dem Sohn der Brewsters. Rupert kehrte zu ihrer Bank zurück, aufrecht und zornig über die Frechheit. Alle anderen riefen ein schicklicheres »Gott segne Sir Nicholas« und knieten zum letzten Gebet nieder.

Es war eine geräumige Kirche – Sir Nick hatte auch sie gebaut – mit einer hübsch gemalten Kassettendecke. In die Stille drangen Vogelgesang und Coppys Hämmern.

Friede, dachte Penitence. Aber ein *unverdienter* Friede. Als sie sich in die Geborgenheit von Ruperts Schutz geflüchtet hatte, war ihr nicht klar gewesen, wie sehr sie sich als Deserteurin fühlen und wie unverdient der Friede sein würde.

Raschelnd fegte eine Soutane an ihr vorüber, als der Vikar zum Portal eilte, um der Gemeinde die Hände zu schütteln, obwohl niemand sich bewegen würde, bevor Rupert es tat. Bedächtig erhob sich der Prinz und reichte ihr den Arm; zusammen, ihren ganzen Haushalt hinter sich, schritten sie das Mittelschiff entlang, und alle Augen ruhten auf ihnen, Royalle, Ruperts riesiger schwarzer Pudel, folgte ihnen ins Freie.

Draußen auf dem Friedhof mußten sie für mehr *noblesse oblige* stehenbleiben, nickten den Dorfbewohnern freundlich zu, erkundigten sich nach Mistress Coles Rheumatismus und Jem Harpers Jüngstem. Rupert war in diesen Dingen sehr gewissenhaft, obwohl ihre Ehrfurcht vor ihm so groß war, daß sie nie mehr sagten, als: »Geht gut, Sir, ich dank' Euch sehr.« Wäre Penitence allein gewesen, hätten sie eifriger und ausführlicher geantwortet. Jem fügte, zu ihr herübernickend, hinzu: »Dieser Umschlag, den Mistress ihm gemacht hat, hat seinem kleinen Husten ganz wunderbar geholfen, Sir.«

Rupert hörte es mit Genugtuung. »Ihre Ladyschaft hat große Erfahrung in diesen Dingen.«

Jetzt kam der ortsansässige niedrige Adel an die Reihe. Sie wurden von Männern und Frauen umringt, die so groß und schwer waren wie Ochsen; die Nachkommenschaft der Brewsters war groß und zahlreich. »Schöner Morgen, Euer Königliche Hoheit und Mmm …«

»Euer Ladyschaft«, kam Rupert ihm zu Hilfe.

»Euer Ladyschaft«, sagte Squire Brewster und hatte absichtlich Schwierigkeiten, es über die Lippen zu bringen. »Werdet Ihr morgen jagen, Euer Königliche Hoheit? Wir könnten nämlich Euren Bluthund sehr gut brauchen.«

Rupert sah Penitence an, die den Blick erwiderte, ohne eine Miene zu verziehen. »Ihr könnt den Hund haben, Sir John, ich brauche ihn leider nicht. Ihre Ladyschaft verhätschelt mich noch immer.« Er liebte die Vorstellung, daß er unter dem Pantoffel stand. »Diese Frauen, nicht wahr.«

»Ihr müßt sie Euch erziehen, Hoheit. Eine *Ehefrau* wie Lady Brewster kennt ihren Platz. Das tust du doch, Betty, wie?«

»Nun ja«, sagte Lady Brewster und schaffte es irgendwie, ihren Seufzer zwischen Ehefrau und Mätresse anzusiedeln. »So ist es.«

Sie kamen nicht darüber hinweg. Anfangs hatten sie sie in der Kirche mit fasziniertem Abscheu beobachtet, als könne sie jeden Moment anfangen, sich auszuziehen und auf dem Altar zu tanzen, denn sie gingen von dem Grundsatz aus, daß Schauspielerinnen eben Schauspielerinnen waren. Und als Rupert einmal verreist gewesen war, hatte der älteste Sohn der Brewsters versucht, sie zu küssen; er war von dem Grundsatz ausgegangen, daß Mätressen eben Mätressen waren. Jetzt spickten sie ihre Konversation mit Anspielungen. Aber Lady Brewster trug, wie Penitence feststellte, eine genaue Kopie des gestreiften Kleides, das sie am letzen Ostersonntag angehabt hatte, obwohl die kurzen Ärmel zuviel von den in der Oktoberkühle leicht bläulich angelaufenen Oberarmen der Frau sehen ließen und der Reifrock ihre Hüften betonte.

Am Friedhofstor zwängten sich die Brewsters in einen funkelnagelneuen offenen Wagen, eine Replik des Wagens, den Rupert im Frühling gekauft hatte. Bob, ihr Kutscher, verdrehte die Augen wegen der Mühe, die er sich für eine Fahrt von einer Viertelmeile machen mußte. Penitence half Mistress Palmer in Ruperts Wagen zu den anderen Bediensteten und lächelte Lady Brewster zu. »Es ist ein so schöner Tag, seine Königliche Hoheit und ich gehen zu Fuß nach

Hause.« Das war kleinlich, aber den Brewsters eins auszuwischen, war einer der kleinen Triumphe, die das Leben bot.

»Mit Eurer Erlaubnis«, sagte Reverend Boreman grimmig, »werde ich diesem Tolpatsch von Pfarrer noch eine Lateinlektion geben.«

»Behackt mir ja nicht wieder seinen Kohl«, warnte Penitence. »Das letztemal habt Ihr Euch den Rücken verrenkt.« Sie sahen ihm nach, als er über den Friedhof auf das baufällige Pfarrhaus zuhinkte.

»Er war eine gute Wahl, meine Liebe.« Sie war überrascht gewesen, als Rupert ihr vorschlug, sie solle einen Hausgeistlichen haben. Seit Rupert zum Konnetabel von Schloß Windsor ernannt worden war, war sein Hausgeistlicher dort im Amt.

»Brauche ich denn einen?« hatte sie gefragt.

»Es ist üblich für jemanden in deiner Stellung.«

»Ich kann mich nicht daran gewöhnen, daß ich eine so hohe Stellung habe.« Sie hatte nicht geglaubt, daß ihr alter Freund von St. Giles einverstanden sein würde, doch ein Herzanfall hatte ihn gezwungen, sich aus seiner alten Gemeinde zurückzuziehen und diesen weniger beschwerlichen Posten auf dem Land anzunehmen. Es war gutgegangen. Die Luft tat ihm gut, und London war nah genug, so daß seine Freunde ihn jederzeit in dem hübschen, kleinen Haus besuchen konnten, das Rupert ihm auf dem Gut zur Verfügung gestellt hatte.

Auch Mistress Palmer hatte sich gut eingefügt, nahm im Haushalt die Stellung als Benedikts alte Kinderfrau ein und bekam ihre Wäsche gewaschen.

Der Herbst war trocken gewesen, und ihre Schuhe wirbelten Staub auf, als sie die Dorfstraße entlanggingen, und Rupert hatte den Hut häufiger in der Hand als auf dem Kopf, weil er ihn ständig vor knicksenden Frauen und dienernden Männern ziehen mußte.

Mit Royalle, der an ihrer Seite dahintrottete, bogen sie nach links in die Upper Mall ab, wo am Kai Fischernetze einen Baldachin über ihren Köpfen bildeten, und überquerten die kleine Bucht auf der High Bridge. Sofort kamen sie in die Grasniederung, die die Themse säumte.

Vier Meilen entfernt lag Charing Cross, aber hier standen Kühe bis an die Fesseln in Gras und Butterblumen, und Grasmücken sangen im Ried und in den Weiden, die sich über ihr Spiegelbild im Fluß neigten. *Compleat Angler*-Land. Sie hatte Rupert zum Geburtstag ein Exemplar des Buches mit Kalbsledereinband und Goldschnitt geschenkt und gehofft, es werde ihn dazu anregen, häufiger angeln zu gehen, statt seinen Hals auf der Jagd zu riskieren. Er hatte sich sehr darüber gefreut.

Sie machte ihm gern ungewöhnliche Geburtstagsgeschenke; in diesem Jahr war es etwas ganz Besonderes, sie wartete nur den richtigen Augenblick ab, um ihm davon zu erzählen.

Der Heckenweg mündete in ein riesiges schmiedeeisernes Tor und wurde zu einer Zufahrt, die von halbwüchsigen Kastanien gesäumt war. Dahinter, in der Ferne glänzten die aus rosenfarbenen Ziegeln erbauten Türmchen von Awdes mit seiner Kuppel und den blitzenden Erkerfenstern.

Awdes.

Als er gesagt hatte, er werde ihr ein Haus geben, das ihrer würdig sei, hatte sie keine Ahnung gehabt, wie hoch er ihren Wert einschätzte. Penitence hatte vielleicht ein kleines, schickes Stadthaus erwartet, ähnlich jenem,das Charles Nell Gwynn geschenkt hatte. Sie hatte etwas weitaus Prächtigeres bekommen; sechzig Zimmer, unter anderem ein Billardzimmer und eine Waffenkammer; außerdem gehörten dazu eine Tennisplatz, eine Molkerei, ein See und ein Ziergarten, geschaffen von einem holländischen Landschaftsgärtner, dem es gelungen war, den Garten so anzulegen, daß die Themse einbezogen war.

Awdes war einer Königin würdig; die Königin, Catherine von Braganza, hatte Awdes als ihren Landsitz erwerben wollen und baute, nachdem sie abgewiesen worden war, in der Nähe etwas Eigenes.

Uneingeladen war der König aus Whitehall gekommen, um das Liebesnest seines Onkels zu besichtigen, und hatte wie üblich seine Höflinge mitgebracht, unter anderem Sir Charles Sedley, der gehässig erklärt hatte: »Oh, oh, wir müssen aber *brav* sein im Bett, um all das zu verdienen.«

»Im Gegenteil, mein lieber Charles«, zischte sie zurück, »um all das zu verdienen, mußten wir im Bett absolut *ungezogen* sein.« *Da hast du's, du Bastard.* Sie hatte beobachtet, wie der Hieb getroffen hatte. Er versuchte zu lächeln, doch sie hörte fast seine Zähne knirschen. Sie würde es nie beweisen können, doch sie wußte, daß er in dieser Nacht die beiden Männer geschickt hatte, die sie mit Hundedreck beschmierten, ebenso wie sie wußte, daß er die Schläger auf Kynaston gehetzt hatte. Er mußte sich innerlich krümmen vor Zorn, wenn er sich vorstellte, daß eigentlich er derjenige war, dem sie zu verdanken hatte, was ihr seiner Meinung nach als großes Glück erscheinen mußte. Daß sie und Rupert möglicherweise miteinander glücklich waren, mußte wie Galle und Wermut für ihn sein – nicht unbedingt aus Eifersucht, sondern weil er das Glück anderer haßte und fürchtete.

Eigentlich hatte natürlich er gewonnen; er hatte ihr etwas genommen, das ihr viel mehr bedeutet hatte als all der Luxus, den sie jetzt genoß – ihre Unabhängigkeit. Doch das durfte er nie erfahren, lieber hätte sie sich rädern lassen; Sir Charles und seine Schläger hatten den Preis der Unabhängigkeit so weit hinaufgetrieben, daß sie gezwungen gewesen war, sie aufzugeben. Dank ihm war sie heute wieder bei der Prostitution angelangt – die Mätresse eines Mannes, den sie nicht liebte. Daß der Mann reich und großzügig war, machte die Hurerei nur lohnender, war die höchste Stufe. Vom Beischlaf mit einem Gefängniswärter in Newgate zum Beischlaf mit einem königlichen Prinzen – was für ein Erfolg. In den Augen der Welt hatte sie den Gipfel der Prostitution erklommen und kam gleich nach der großen Castlemaine und der Gwynn. Genau in diesem Augenblick mochten Bordellmütter sie ihren jungen, ehrgeizigen Huren als Beispiel vorhalten: »Aus dir kann eine Peg Hughes werden.«

Ich habe es versucht, meine Lieben, erklärte sie ihnen, *habe versucht, mir mein Brot ehrlich zu verdienen. Sie haben es nicht zugelassen. Haben mir Hundedreck auf die Zähne geschmiert.*

»Du bist sehr blaß, meine Liebe. Du bist doch nicht zu müde?« Rupert schaute voller Sorge auf sie hinunter.

Sie stellte sich auf die Zehenspitzen und küßte ihn. »Rupert, du bist der einzige, der mir nicht das Gefühl gibt, eine Schlampe zu sein.«

»Diese verdammten Brewsters.« Es war ihm verhaßt, daran erinnert zu werden, daß sie beide nicht verheiratet waren.

»Es waren nicht die Brewsters. Und es macht mir nichts aus, das weißt du.« Die Heiratszeremonie war ohnehin zu einem großen Teil Heuchelei; die Gesellschaft besiegelte mit der Eheschließung ein

Handelsabkommen. *Das hat Aphra Behn in all den Jahren in ihren Stücken gesagt.* Eine Erbin, die von ihren Eltern in eine Ehe ohne Liebe gegeben wurde, war nicht weniger eine glücklose Hure als eine, die üble Umstände zu einer Verbindung mit einem Beschützer zwangen. Zum tausendstenmal empfand Penitence große Bewunderung für Aphra, die in der Welt draußen kämpfte, in der man Frauen wie Dreck behandelte, und noch immer weigerte sie sich zu kapitulieren.

Arm in Arm bogen sie und Rupert ab, um das Parkland zu umrunden, wo hinter den palisadenförmigen Eichen Ritwild stand. »Bist *du* sicher, daß du nicht zu müde bist?«

»Ich bin noch nicht altersschwach, meine Liebe.«

Sie freute sich, die Gelegenheit beim Schopf packen zu können. »Das bist du tatsächlich nicht. Ich habe den Beweis dafür. Ich bin schwanger.«

Er wurde blaß vor Freude. »Meine Liebe, o meine Liebe, meine Liebe.«

Als sie auf den Flußpfad kamen, überredete sie ihn, sich auf die Bank zu setzen. Er sah ziemlich zittrig aus. Er zwang sie, sich ebenfalls zu setzen. »Wir hätten nicht so weit zu Fuß gehen sollen. Ach, ich habe es so erhofft.«

Das hatte sie gewußt. »Du hast nichts gesagt.«

»So etwas tut ein Gentleman nicht.«

Sie küßte ihn. »Herzlichen Glückwunsch zum Geburtstag im Dezember.«

»Kommt er dann zur Welt?«

»Nein, erst im Frühling. Aber es ist in diesem Jahr mein Geschenk für dich.«

»Bei Gott, ich bin ja gar nicht so alt, oder? Laß uns laufen. Nein, nicht laufen. Heute nachmittag fahren wir nach Eton und sagen den Jungen, daß sie einen Bruder bekommen. Die ganze Welt muß es erfahren.«

»Oder eine Schwester.«

Als sie weitergingen, beschäftigte er sich mit diesem Gedanken; er war neu für ihn. »Ein Mädchen, bei Gott. Hoffen wir, daß es wird wie seine Mutter.«

Es machte ihr Freude, ihn so glücklich zu sehen, doch unter der samtenen Zufriedenheit, in die er sie gehüllt hatte, blieb das alte Unbehagen: *unverdient, unverdient*. Einmal hatte sie versucht, ihm zu sagen, was sie empfand. »Ich wünschte, du gäbst mir nicht so viel, Rupert. Ich wäre mit weniger genauso glücklich.«

Sie hatten im Bett gelegen, und er hatte übermütig geantwortet: »Ich wollte, ich hätte mehr und könnte dir mehr geben.«

Sie hatte ihn abgewehrt. »Ich habe meinen Lebensunterhalt selbst verdient, weißt du. Es war nicht besonders viel, aber ich habe selbst etwas dafür geleistet. All das« – mit einer einzigen Handbewegung umfaßte sie das schöne Schlafzimmer aus der Zeit Jakobs I. –, »ich habe es nicht *verdient*.«

»Du machst mich glücklich.«

Das wußte sie, aber das geschah beinahe zufällig, sie tat nichts dafür; ein Zufall, daß ihr besonderes Zusammenspiel von Aussehen und Persönlichkeit ihn fesselten. Ihn glücklich zu machen, war für die Geborgenheit, die er ihr schenkte, das wenigste, was sie tun konnte.

Doch nie wieder die Befriedigung zu spüren, für sich und Benedikt mit ihrer Druckerei oder ihrer Schauspielkunst Geld zu verdienen – *versorgt* zu werden, anstatt selbst zu versorgen ... Es gab Zeiten, in denen sie unter klaustrophobischen Ängsten litt. Und wenn sie versuchte, es ihm zu erklären, wurde er nur unglücklich und sagte, sie würde anders empfinden, wenn sie verheiratet wären. Was nicht der Fall gewesen wäre. Die Ehe wäre noch schlimmer.

Also hatte sie das Thema fallenlassen, hatte ihn geküßt und sich seinem Liebesspiel hingegeben; sein weltmännisch sensibles Gefühl, sie ebenso zum Höhepunkt zu führen, wie er zu seinem kam – worüber Dorinda sie aufgeklärt hatte –, entzückte sie.

Und hier lag ihre größte Schuld; sie konnte ihn nicht lieben wie eine Geliebte. Sie mußte die Zähne zusammenbeißen, um auf seine Zärtlichkeiten zu reagieren, und schaffte es nur aus Dankbarkeit. Sie hinterging ihn, obwohl er es nicht wußte, und die Tatsache, daß er es nicht wußte, machte sie zu einer noch größeren Betrügerin. Als ihre Periode ausblieb und sie feststellte, daß sie schwanger war, hatte sie das Gefühl, eher eine Entschädigung für ihn als ein Kind zu tragen.

Als sie am Nachmittag mit dem Wagen nach Windsor fuhren, sagte Rupert: »Willst du noch immer nächste Woche ins Theater?«

»Selbstverständlich will ich. Es sind Proben. Ich bleibe bei Aphra, bis du zur letzten Vorstellung hinaufkommst. Dann können wir in Spring Gardens übernachten oder sofort zurückfahren.«

»Was ich gemeint habe, war, ob du spielen wirst? Du mußt jetzt an das Kind denken.«

Es war ihm jetzt eigentlich überhaupt nicht recht, daß sie noch spielte, doch da er so vorsichtig war, es ihr nicht zu verbieten, bestand sie darauf, mindestens zweimal im Jahr aufzutreten. Es bedeutete schließlich, daß sie nicht völlig abhängig war. Sie hatte *The Compleat Angler* von ihrem eigenen Geld gekauft.

»Rupert, ich bin stark wie ein Pferd. Außerdem ist es Harts Benefizvorstellung, und ich kann ihn nicht enttäuschen. *Othello* war sein Triumph, und er sagt, ich sei die beste Desdemona, die er je hatte.«

»Wie wahr, wie wahr. Übrigens will ich einen Freund mitbringen. Den Viscount Severn and Thames. Mit deiner Erlaubnis werde ich ihn einladen, hinterher für ein paar Tage zu uns nach Awdes zu kommen.«

»Selbstverständlich.« Er hatte immer weniger Freunde, da immer mehr von ihnen starben; der Viscount war bestimmt ein weiterer Aristokrat, der seine Zeit überlebt hatte, wie der Earl of Craven oder Colonel William Legge; Royalisten, die für Charles I. gekämpft hatten und für den Hof seines Sohnes nur Spott und Hohn übrig hatten, weil sie noch an Ehre glaubten.

Ihre Ansichten über Demokratie ließen Pen die Haare zu Berge stehen – sie waren dagegen –, und nach dem Dinner überließ sie die alten Herrn gewöhnlich ihren Pfeifen, ihrem Brandy und ihren Gesprächen über Auspeitschungen; ihr gegenüber waren sie von einer rauhen, aber herzlichen, stets gleichbleibenden Ritterlichkeit. Was bedeutete schon Politik? An Ruperts politische Ansichten zu denken, war ihr unerträglich, daher sprachen sie selten über etwas anderes als Haushaltsangelegenheiten.

Ein paar Pensionäre saßen, ihre Stöcke zwischen den Knien, auf dem Sockel der Statue von Henry VI., als die Kutsche in den wunderschönen Schulhof von Eton preschte. Sie starrten jedoch nicht Penitence oder Rupert an, sondern Peter, der hinter ihnen auf dem Dienersitz thronte. Schwarze Menschen waren hier draußen in der finstersten Provinz ein Novum.

Im College war noch Unterricht, aber der Rektor kam herausgewatschelt, um die illustren Eltern zu begrüßen, und zog seinen samtenen Talar und den Geruch eines üppigen Dinners hinter sich her, das, seinem Körperumfang nach zu schließen, mehr als ausreichend gewesen sein mußte.

Wie üblich erbat Rupert sich einen halben freien Tag für alle Jungen und erntete ein Hurra von den Gesichtern an den Fenstern, als der Rektor mit einem Handzeichen einwilligte. Penitence mochte den Rektor nicht; seine teuren Talare und seine Fettleibigkeit standen in einem allzu schrecklichen Gegensatz zum körperlichen Zustand der siebzig, knochendürren jungen Kollegiaten in seiner Obhut, die, laut Benedikt und Dudley, von einer immer gleichen Diät aus Hammelfleisch, Brot und Bier existierten. Die Hammelknochen wurden als Köder für die Ratten benutzt, die das Long Chamber verseuchten, in dem die Kollegiaten wohnten und schliefen. »Sie fangen die Ratten in ihren Strümpfen und schlagen sie tot.«

Als *Oppidans* – zahlende Studenten – hatten Benedikt und Dudley die Erlaubnis, außerhalb des Colleges zu wohnen. Da ihre Zimmer in dem großen Schloß lagen, das hoch über College und Stadt hinausragte, und ihr Vater sein Konnetabel war, ersparte ihnen der Rektor die Züchtigung mit der Rute, mit der er die Grammatik weniger begünstigterer Jungen korrigierte.

Was Penitence' Becher der Dankbarkeit zum Überlaufen brachte, war Ruperts Verhalten gegen Benedikt. Er hatte sein Versprechen gehalten, ihrem Sohn die gleiche Erziehung angedeihen zu lassen wie seinem eigenen; manchmal dachte sie, daß er ihm sogar mehr gab.

Der Prinz und der Junge hatten einander von Anfang an gemocht. Benedikt verehrte den Helden rückhaltlos, dessen Schocktaktiken die Kavallerie der Rundköpfe bei Worcester hinweggefegt hatte, der, seinen Hund an der Seite, in die Schlacht geritten war, der Englands erste Mine aktiviert hatte und der den Sichelschwanz des Wetterhahns auf dem Dach von Awdes noch immer mit einer Kugel aus der Sattelpistole traf. Benedikt hörte Ruperts Geschichten zu, rannte durch den Ziergarten mit dem Kriegsruf der Royalisten: »Für einen König!« und schwang dabei sein Schwert, das Rupert für ihn hatte schmieden lassen.

Als Penitence ihrem Sohn, wegen seiner royalistischen Neigungen besorgt, unter vier Augen erklärt hatte, die Sache der Rundköpfe habe in gewisser Beziehung ihre Berechtigung gehabt, hatte verächtlich gesagt: »Pah, die Rotröcke! Sie waren langweilig.«

Es war Dudley, der ihr zuhörte; aber Dudley war ein geborener Zuhörer. Er war ungefähr so alt wie Benedikt, sogar noch größer und blond, während Benedikt dunkel war. Nachdem sie ihn eingehend beobachtet hatte, kam Penitence zu dem Schluß, daß seine Mutter gertenschlank und geschmeidig sein mußte, Sommersprossen hatte und schüchtern war. Dudley schlich sich ihr ins Herz; er fürchtete die Mißbilligung seines Vaters und zog sie daher erst recht auf sich. Mehr den Büchern als dem Sport zugeneigt, mußte er sich bemühen, um für Ruperts wissenschaftliche Versuche Interesse zu zeigen und über den Krieg zu sprechen, der für Benedikt eine so große Faszination besaß. Sie verbrachten den Nachmittag am Fluß in Cuckoo Weir, so daß Rupert angeln und die Jungen baden konnten. Peter breitete auf dem Gras Leinentischtücher aus und deckte für ein Picknick mit Törtchen, Quittenkonfitüre, kandierten Äpfeln und Stachelbeerküchlein, denn beide Jungen liebten Süßigkeiten.

»Das nenne ich ein Essen, Peter, ich danke dir!« rief Benedikt krümelnd. Dudley hatte einen guten Einfluß auf seine Manieren.

Peter stand, drei Yards entfernt, beobachtete den Fluß und drehte sich nicht um. »Hat Eure Ma zusammengestellt«, sagte er. Im Lauf der Jahre hatte es Penitence geschafft, die kalte und feindselige Höflichkeit, die ihr der Haushalt entgegenbrachte, zu durchbrechen, nur nicht bei Peter. Er war ein Relikt aus Ruperts Bukanierzeiten, ein Kind, das bei der Flucht seines Dorfes zurückgeblieben war, als Ruperts Schiff vor der Küste von Guinea ankerte. Rupert hatte ihn als Souvenir nach Hause gebracht – wie einen Papagei und einen Affen. Obwohl er sich verloren und allein gefühlt und unendlich darunter gelitten hatte – oder vielleicht eben deshalb – war er konvertiert und ein begeisterter Anhänger der englischen Staatskirche geworden, obwohl er, wie Penitence vermutete, dazu neigte, Rupert mit Gott zu verwechseln.

Er hatte sich um Bildung bemüht und war allmählich in die Stellung als Ruperts Majordomus hineingewachsen; doch mit einer Abneigung, die Penitence von einer mißbilligenden Schwiegermutter erwartet hätte, verübelte er, daß eine Frau, die für ihn eine Abenteurerin war, in das Leben seines Herrn eindrang.

Benedikt ging zu Rupert, um ihm beim Angeln zuzusehen, während Penitence und Dudley sich mit Büchern niederließen.

»Was liest du?« fragte Dudley.

»*Othello*. Um mich für die Aufführung im King's vorzubereiten.«

»Wovon handelt es?«

Sie erzählte ihm die Handlung in groben Umrissen und streckte dann die Hand nach ihm aus. »Desdemona hatte niemanden, der sie gegen Jago verteidigt hätte, wie du und Benedikt es für mich getan habt.« Als sie und Rupert die Jungen das erstemal im College besucht hatten, hatten die beiden blaue Augen und verschwollene Münder. Dudley hatte sich geweigert zu verraten, warum sie sich geschlagen hatten, aber Benedikt, noch immer wütend, war damit herausgeplatzt: »Sie haben dich eine Hure genannt.«

»Wer hat das getan?«

»Ein paar Oppidans und ein paar Kollegiaten. Sie haben gesagt, du bist eine Hure, weil du Schauspielerin und nicht verheiratet bist.«

Rupert hätte am liebsten die ganze Schule auspeitschen lassen, den Rektor eingeschlossen. Penitence riet ihm davon ab, denn, sagte sie, er könne diejenigen, die sie verunglimpften, dadurch zwar zum Schweigen bringen, aber ihre Meinung ändern könne er nicht.

Der Zwischenfall fiel mit einer King's Produktion von *Der Kaufmann von Venedig* zusammen, und sie feierte als Porzia einen großen Erfolg. Am Ende der Saison überredete sie Killigrew, mit dem Stück nach Windsor Castle zu gehen, und bat Rupert, das ganze College einzuladen. »Es gibt niemanden, der respektabler wäre als Porzia«, sagte sie, »und von den Kostümen werden sie hingerissen sein.«

Sie hatte recht. Nach dem nächsten Trimester war Benedikt nach Hause gekommen und hatte leicht verächtlich berichtet, die ganze Schule sei in sie verliebt. Penitence fürchtete, daß sie es übertrieben hatte, denn auch Dudley himmelte sie an.

Sie sah, daß Ruperts Ankündigung, die Familie werde sich vergrößern, den Jungen beunruhigt hatte. Eine Libelle beobachtend, die im Schilf hin und her surrte, sagte er: »Ist es gefährlich, ein Baby zu bekommen?«

»Nicht für mich. Ich bin kräftig.«

»Aber es tut weh, nicht wahr?«

»Ein bißchen. Sorg dich nicht. Du sorgst dich zuviel.«

»Ich hoffe, es ist ein Mädchen.«

Sie sagte: »Ich mag Söhne. Wenn es so gut gerät wie die beiden, die ich jetzt habe, werde ich als Mutter glücklich sein.« Das waren genug persönliche Dinge für ihn. Sie hatte sie beide auf neutralen Boden zurückgeführt. »Ich möchte dich etwas fragen, Dudley. Was ist ein Whig?«

Glücklich sagte er: »Ich denke, zuerst war das ein schrecklicher Schotte, ein Abtrünniger oder so was ähnliches. Jetzt versteht man aber Leute darunter, die nicht wollen, daß James die Thronfolge antritt, wenn der König stirbt.«

»Ah. Und was ist ein Tory?«

»Nun, zuerst waren Torys genauso schreckliche Iren, doch jetzt sind es Leute, die nichts dagegen haben, wenn James Thronfolger wird. Ich denke, das heißt es.«

»Danke, Dudley.«

Es war immer eine Erleichterung, daß die Jungen sich nicht davor fürchteten, in die Schule zurückzugehen, obwohl sie es sehr bedauerten, wenn ihre Ausflüge zu Ende waren. Schließlich lebten sie als privilegierte Schüler unter den besten Bedingungen, mit einer Hausdame und einem Stab von Bediensteten in einem der schönsten Schlösser des Landes und liebevollen Eltern ganz in der Nähe.

Doch als sie und Rupert an diesem Abend nach Hause gefahren wurden, hatte sie einen Anfall häufig wiederkehrender Angst. *Gott hat irgend etwas in petto.* Der Überfluß aus dem Füllhorn, aus dem er den Reichtum des Lebens über sie und ihren Sohn vergoß, war gegen das puritanische Gesetz. Es würde eine Abrechnung geben. Sie hatte es nicht verdient.

2. Kapitel

Als Penitence das letztemal in London gewesen war, war Titus Oates eben als derjenige in Erscheinung getreten, der eine papistische Verschwörung entlarven konnte, die es sich zum Ziel gesetzt hatte, England an die Jesuiten zu verschachern. Mit einigen Schauspielern vom

King's war sie in den Hyde Park gegangen, um ihn auf seiner Seifenkiste sprechen zu hören, wo er der lauschenden Menschenmenge dieselbe Geschichte erzählte, die er auch dem Privy Council – dem Geheimen Kronrat vortrug: Es gebe ein Komplott zwischen Ludwig XIV., den Jesuiten und den englischen Katholiken, den König zu töten und England für Frankreich zu erobern.

Es war ein ungewöhnlich heißer Tag in einem ungewöhnlich heißen Sommer gewesen; Penitence war überrascht über die große Menge, die es auf sich nahm, eng aneinandergedrängt diesem Mann zuzuhören.

»Ist er nicht ein Bild von einem Mann?« sagte Lacy. »Hör ihm zu.«

Das Gedränge vor ihr nahm Penitence die Sicht, und zuerst konnte sie wirklich nur zuhören. Er schien weniger zu sprechen als zu jammern, wie ein schlechter Schauspieler, der die Qualen des Schmerzes schildert.

»Brüder«, sagte er schluchzend, »sie haben unsere City einmal niedergebrannt, wollen wir zusehen, wie sie es wieder tun? Denn sie werden es tun. O ja, in ihrer Bosheit werden sie es tun. Ich habe ihre Pläne gehört.«

Sie hatte sich unter den Leuten umgesehen, die um sie herumstanden und war überrascht gewesen, daß sie das Gekünstelte der Vorführung tolerierten. Londoner Massen wurden nicht gerade wegen ihrer Geduld gegen Absurdes gerühmt. Doch sie unterließen es nicht nur, zu spotten und zu höhnen, sie waren verzückt. Die Zusammensetzung der Menge war ebenfalls überraschend; gut gekleidete Männer und Frauen, die gewöhnlich auf Abstand hielten, neben Handwerkern in ihren flachen Mützen, schienen völlig zu übersehen, daß sie Schulter an Schulter mit der arbeitenden Bevölkerung eingepfercht waren.

»Hört die Warnung, hört die Warnung, meine Brüder«, fuhr die Stimme bebend fort. »Beschämt muß ich gestehen, daß ich sie kenne. Daß ich ihre Pläne gehört habe. Sie wollen sich erheben, sobald der Papst das Signal gibt, und wollen uns in unseren Betten massakrieren – uns, ihre protestantischen Nachbarn.«

»Wieso«, sagte Lacy neben Penitence, »wird eigentlich nie jemand außerhalb des Bettes massakriert?«

Hart und Kynaston hatten sich bis in die erste Reihe durchgekämpft, und endlich bekam auch Penitence Titus Oates zu sehen. Sie blinzelte, um sicherzugehen, daß ihr das Licht keinen Streich spielte. Aber das war nicht der Fall. Der Mann, der ungefähr dreihundert Menschen hypnotisierte, war häßlich – unglaublich, unvergeßlich häßlich. Die niedrige Stirn, die winzige Nase, die fast unsichtbaren Augen und die riesigen Wackelkinne erinnerten unwillkürlich an ein Schwein.

»Wer ist das?« wandte sie sich flüsternd an Kynaston. »Woher kommt er?«

»Ein Ex-Jesuit«, sagte Kynaston, »der seinen Irrweg eingesehen hat. Und der auch jedes andere verdammte Ding sah.«

»Da ich zu Euch spreche, meine Brüder«, fuhr Oates fort, »plant dieser Erz-Götzenanbeter Ludwig, seine Armee in Irland zu landen. Unser König, unsere Staatsmänner, die englischen Geistlichen, die unsere Kirche beschützen, sollen durch das Schwert sterben.« Er schüttelte den Speichel von den Lippen und erhob die Stimme zu einem Geheul: »Hütet Euch, hütet Euch, meine Freunde, vor den Horden von Babylon.«

Der Mann war der Traum eines jeden Mimen. Die Schauspieler hatten hingerissen zugehört und die Lippen zugleich mit den seinen bewegt. Hart summte unaufhörlich, um die richtige Tonlage herauszubekommen.

Als sie weitergingen, machte Kynaston sich Notizen. »Was für eine Wonne, meine Lieben«, sagte er. »Ich werde einen Epilog als Titus Oafs schreiben. Die Schwierigkeit dabei wird nur sein, mit meinem Pamphlet das Original zu übertreffen.«

Becky Marshall hatte ihre Zweifel. »Ich denke, du mußt vorsichtig sein, Kynny. Die Menge hat ihm verzückt gelauscht.«

»Der Mann ist ein Scharlatan«, sagte Lacy. »Du willst mir doch nicht weismachen, Becky, mein Schatz, daß unser Titus – falls es all diese Komplotte gäbe – jedesmal hinter der Tür gestanden und gelauscht hätte. So viele Papisten gibt es nicht in England. Gott verdammt, es gibt nicht einmal so viele *Türen*.«

Becky schüttelte den Kopf. »Kein Rauch ohne Feuer.«

»Es ist richtig«, sagte Hart, »daß unser verehrter König zu viele Katholiken an seinen Hof gelassen hat, von seinem Bett ganz zu schweigen, doch ich kann nicht glauben, daß sie planen, ihn zu töten. Stoß

Old Rowley vom Thron, und du kriegst James.« Ihn schauderte. »Nicht einmal der *Papst* würde James wollen. Wie denkst du darüber, Peg?«

Penitence hatte mit den Schultern gezuckt. »Ich verstehe nichts von Politik«, sagte sie, »aber unterschätzen würde ich ihn nicht.« Sie hatte Prediger wie Oates in Massachusetts gesehen. »Ob er nun lügt oder nicht, die Leute glauben ihm.«

Das war im Sommer gewesen.

Als sie Anfang November wegen des *Othello* wieder nach London kam, geriet sie in eine Stadt, die vor Hysterie außer Rand und Band war. Zwei Tage vorher hatte man Sir Edmund Berry Godfrey, einen protestantischen Stadtrat, auf dem Primrose Hill ermordet aufgefunden. Und eben diesem Sir Edmund hatte Titus Oates vor kurzem unter Eid versichert, daß der Leibarzt der Königin und der Sekretär der Herzogin von York planten, den König zu vergiften. Man nahm allgemein an, daß Sir Edmund von Papisten umgebracht worden war, weil er zuviel gewußt hatte.

Die Kutsche schaukelte. Penitence, die seit Hammersmith geschlummert hatte, wurde wach, als sie von einer Seite des Sitzes auf die andere kippte. Automatisch legte sie die Hände um den Leib, um das Kind zu schützen. Sie hörte den Kutscher Boller protestieren: »Ich sag' euch, das is' der Wagen von Prinz Rupert. Seine Lady sitzt drin.«

Die Vorhänge wurden aufgerissen, und sie blickte in wütende Gesichter. »Stimmt das?« fragte einer. Der Mann klopfte auf die Flanke der Kutsche. »Ist das Ruperts Wappen?«

»Ja. Was hat das zu bedeuten?«

»Und du bist seine Hure?«

Eine Frau drängte sich nach vorn und spähte hinein. »Ja«, sagte sie und zeigte ihre Zahnlücken. »Das is' wirklich Peg Hughes. Hab' sie im Theater gesehn. Ihr könnt sie gehen lassen.«

Der Mann war nicht überzeugt. »Keine verfluchte papistische Hure.«

»Nee«, sagte die Frau. »Rupert is'n guter Protestant.«

Penitence hörte, wie sie die Botschaft an die anderen weitergab, während die Kutsche weiterholperte. »Das is' Ruperts Schlampe. Sie is' in Ordnung.«

Es wurde allmählich dunkel, doch sie konnte einen großen dreiarmigen Galgenbaum sehen, an dem noch wie unordentliche Wäsche die Leichen hingen und sich vom malvenfarbenen Himmel abhoben. *Tyburn*. Sie klopfte auf das Kutschendach. Das Gesicht des Lakaien Geoffrey tauchte verkehrt herum im Fenster auf. »Der Zwischenfall tut mir leid, Eure Ladyschaft, aber wir sollten jetzt lieber nich' anhalten.«

»Was tun wir eigentlich so weit nördlich? Wer waren diese Leute?«

»Weiß ich nich', Ladyschaft. Papistenjäger, scheint mir. Aber sorgt Euch jetzt nicht. Boller haben die Dinge schon auf der Hinfahrt nicht behagt, und er ist diesen Weg gefahren, um nicht in Schwierigkeiten zu geraten.«

»Nun, wir sind hineingeraten, nicht wahr? Am besten, ihr fahrt gleich nach Spring Gardens. Ich gehe dann zu Fuß zu Mistress Behn.«

Geoffreys Gesicht verschwand und erschien wieder, nachdem er sich mit dem Kutscher beraten hatte. »Boller sagt, er läßt Euch nicht raus, ehe er Euch nicht an Eurem Ziel abgeliefert hat. Es ist nicht sicher. Wir fahren über High Holborn und hinten herum zu Mistress Behn.«

Penitence ließ sich zurücksinken. Sie war noch immer empört. Sie hatte vergessen, daß sie jemandes Hure war. Zwar hatte sie gehört, daß es in London zu Unruhen gekommen war, doch sie hatte geglaubt, daß wie üblich nur ein paar Lehrlinge randalierten. Die Fackeln der Menge schrumpften in der Ferne zu blinzelnden Lichtlein, die Felder blieben zurück, Häuser tauchten auf, als sie sich High Holborn näherten, wo sie in jener Nacht verfolgt worden war.

Denk nicht daran. Denk nicht daran. Wegen jener Nacht war sie Ruperts Hure. Hastig überprüfte sie den Inhalt ihrer Reisetasche, um nicht an ihre Erniedrigung zu denken, die so absolut gewesen war, daß sie die Erinnerung daran nicht ertrug. Ihr Körper war nicht so gehorsam; sie fühlte, wie ihr Fleisch vor Ekel zuckte.

Oben in Farringdown wurden sie noch einmal angehalten; mit zorniger Miene präsentierte sie sich zur Begutachtung, als Boller erklärte, daß sie Prinz Ruperts protestantische Frau sei.

Die Atmosphäre in den Straßen war anders als sie sie in Erinnerung hatte. Einige Fenster waren hell erleuchtet, und dahinter drängten sich die Leute, um zu beobachten, was unten geschah. In anderen Häusern hatte man die Läden geschlossen.

Auffallend war, daß die Bürgerwehr sich nicht blicken ließ. Gruppen mit Fackeln hämmerten an die Türen der Katholiken oder drängten sich um einen Verdächtigen und stellten ihm Fragen. Ein Haus brannte, und ein paar Männer hielten gewaltsam die verzweifelten Hausbewohner zurück. Die Gewalttaten hatten etwas kühl Sachliches an sich, als seien sie für die Männer und Frauen, die sie verübten, schon Routine geworden.

In der St. Bride's Street weigerten sich Geoffrey und Boller zu Ruperts Stadthaus in Spring Gardens zurückzufahren, ehe Aphras Tür nicht geöffnet wurde. »Der *Master* läßt uns auspeitschen, wenn Euch was passiert.« Ihr Laune wurde nicht besser, weil es sie lockte, mit ihnen zurückzufahren; dort könnte sie in aller Ruhe ihr Dinner essen, das von Bediensteten serviert wurde, die sofort zur Stelle waren, wenn sie klingelte, könnte ein Bad nehmen und es sich mit einem Buch im Bett gemütlich machen; Aphras Haus hingegen war weniger komfortabel und gewöhnlich voller Leute; oft waren es Höflinge, die sie selbst zu meiden suchte. Doch Aphra wäre tief gekränkt, wenn sie nicht bei ihr bliebe, und ihre Freundin sollte nicht denken, sie sei hochmütig geworden.

Wie sie vorhergesehen hatte, befanden sich in dem Raum, der auf den Fleet Ditch hinausblickte, Nell Gwynn, die mit Otway focht, was für einen Gentleman, einen Schauspieler, der zum Ensemble des Duke of York Theatre's gehörte, und auf dem Teppich schlief, nicht ganz ungefährlich war; der Maler John Greenhill, der, das Skizzenbuch auf den Knien, den Pinsel in die Höhe haltend, mit zusammengekniffenen Augen zu Aphras Sessel hinüberschaute, zu betrunken, um zu merken, daß sein Sujet aufgestanden war, um seinen Gast zu begrüßen; und in einer Ecke plapperte der verrückte Bühnenautor Nathaniel Lee vor sich hin.

Penitence berichtete, was sie erlebt hatte. »Was ist denn los, um Gottes willen? Sie schienen zu glauben, ich sei die Castlemaine oder sonst jemand.«

»Es ist das Wappen, Peg!« rief Gwynn. »Mir ist das gleiche passiert. Sie haben gedacht, ich sei Charlies neue französische Schlampe. Sie haben mich erwischt, als ich am Cross vorüberkam. Waren verdammt nah dran, meinen Klapperkasten von Kutsche umzuschmeißen. Ich hab's ihnen vielleicht gegeben. Hab den Kopf aus dem Fenster gestreckt und und gesagt: »Frieden, gute Leute. Ich bin die protestantische Hure.«

Penitence schubste eine Katze von Aphras durchhängender Couch und setzte sich. »Aber ich verstehe nicht. *Waren* es denn Papisten, die den Stadtrat ermordet haben?«

»Es ist ganz unwichtig, wer ihn ermordet hat«, sagte der traurige Schauspieler am anderen Ende der Couch, an dessen Namen sie sich nicht erinnern konnte. »Es kommt nur darauf, *wen* die Leute für den Mörder halten. Sie denken, es waren die Katholiken, also werden die Katholiken dafür bezahlen. Ich erwarte jeden Moment, verhaftet zu werden.« Er reichte Penitence ein Bündel Pamphlete. »Seht Euch diesen verdammten Unfug an.«

»Niemand wird irgend jemanden verhaften«, sagte Aphra. »Trink noch einen Schluck Milchpunsch. Penitence, meine Liebe, koste auch ein bißchen.«

Die Pamphlete unterschieden sich im Stil, waren aber übereinstimmend bösartig antikatholisch. Auf einem war der Holzschnitt eines Jesuitenpaters, und der Text darunter lautete: *Meine Religion ist Mord, Plünderung und Rebellion.*

Ein anderes malte mit Worten ein Bild des Schicksals, das die Londoner erwartete, wenn die papistischen Armeen sich mit den einheimischen Katholiken vereinigten, um *eure guten protestantischen Frauen und Töchter zu schänden, eure Babys mit den Köpfen an die Mauern eurer Häuser zu klatschen, daß ihnen das Gehirn ausrinnt ...* Und so weiter.

Penitence kniff bei diesem Pamphlet die Augen zusammen und hielt es gegen das Licht, um es besser prüfen zu können.

»Darf ich das behalten?«

Der Schauspieler sagte, sie dürfe alle behalten. »Meine Todesurteile.«

Aphra flößte ihm noch mehr Milchpunsch ein. »Die Stadt ist wahnsinnig geworden«, klagte sie Penitence. »Man käme in Versuchung, sich eine Sattelpistole zu verschaffen, wenn man nur damit umgehen könnte. Ich habe vor ein paar Tagen als Antwort auf diesen ganzen Unsinn einige Knittelverse geschrieben, und ich will verdammt sein, wenn mich daraufhin nicht ein Parlamentsmitglied im Theater angegriffen und beschuldigt hätte, daß ich Whig-Babys fresse. Ich mußte ziemlich scharf werden. ›Ich bin Vegetarierin‹, hab' ich gesagt, ›also redet keinen Unsinn, Sirrah.‹«

Der Ungeheuerlichkeiten war kein Ende. Titus Oates war so unverschämt gewesen, den Leibarzt der Königin anzuprangern, und hatte versteckt angedeutet, sogar die Königin sei in das Komplott des Königsmordes eingeweiht. Stadträte rieten katholischen Witwen, Protestanten zu heiraten, um ihren Patriotismus zu beweisen. Der König war angesichts solcher Wut hilflos und nicht imstande jenen beizustehen, die, wie er genau wußte, unschuldig waren.

Am schlimmsten wirkte sich die Notsituation auf das Theater aus. »Ich fürchte, ihr werdet bei *Othello* nur sehr wenig Publikum haben, Penitence«, sagte Aphra. »Shakespeare war kein Whig, und wenn die Stücke nicht ›whigfreundlich‹ sind, kommt keiner, um sie sich anzusehen.«

Aber da die Gesellschaft sich aus lauter Theaterleuten zusammensetzte, wandte sich das Gespräch wirklich wichtigen Themen zu: Killigrews finanziellen Problemen; dem Auftauchen der neuen Schauspielerin am Duke of York's, Elizabeth Barry, in die der Earl of Rochester völlig vernarrt war; der hitzigen Auseinandersetzung um Reim und reimlosen fünffüßigen Jambus.

Beschwichtigt beteiligte sich Penitence daran, erfuhr den neuesten Klatsch und beobachtete Aphra mit einer Bewunderung, die mit jedem Wiedersehen größer wurde. Heute abend quoll ihr Haar unter einem Turban hervor, ihr Kleid war am Saum zerrissen, und die Spitze eines ihrer türkischen Pantoffel hing schlaff hinunter. Sie hockte auf einem Schemel und kritzelte ihr neuestes Stück in ein Notizbuch, ohne ein Wort der Unterhaltung zu verpassen, die sie mühelos in Gang hielt; ihr Vergnügen an ihren so ungleichen Gästen erwiderten sie mit gleicher Zuneigung.

Jeder, der jemand war und Schwierigkeiten hatte, erschien früher oder später in diesem Zimmer mit den Möbeln aus zweiter Hand und dem Geruch nach Katzen, um sich bei Aphra einen Milchpunsch und Trost und Zuspruch zu holen. Es war das Asyl des armen Nat Lee. Zuerst hatte Nell Gwynn Aphra ebenso unbarmherzig kritisiert wie alle anderen, die sie für anmaßend hielt – bis ihre Mutter, eine berühmte Säuferin, im Rausch in den Fleet Ditch fiel und ertrank. Aphras Mutter war kurz vorher aus Angst vor den rosa Schlangen gestorben, die über ihr Totenbett gekrochen waren, was die beiden trauernden Töchter – in einer Tragödie vereint, die alle anderen komisch fanden – einander näher gebracht hatte.

Und Thomas Otway – sogar Penitence hatte Aphra davon abgeraten, ihm in ihrem ersten Stück eine Rolle zu geben. Für eine Dramatikerin gab es genug Risiken, ohne mit einem theaterverrückten, stotternden Amateur ein solches Wagnis einzugehen. »Man darf im Erfolg nicht kleinlich sein, Penitence, meine Liebe«, hatte Aphra gesagt.

Penitence war um ihretwillen nervös geworden. »Noch hast du keinen Erfolg.«

»Ich werde ihn haben.«

Und trotz der totalen Stille, während der Otway, von manischem Lampenfieber gepackt, stumm das Publikum angestarrt und seinen Text völlig vergessen hatte – er hatte im letzten Akt ausgewechselt werden müssen –, war das Stück sechs Abende gelaufen, was geradezu phänomenal war. Otway hatte sein Genie fortan dem Schreiben von Stücken zugewandt, und es ging ihm recht gut dabei, aber nicht so gut wie Aphra.

Es hätte Aphra unglücklich gemacht, wenn sie gewußt hätte, daß sie der Anlaß für den ersten und bisher einzigen Streit zwischen Penitence und Rupert gewesen war. Ihn hatte allein der Gedanke schockiert, daß eine Frau überhaupt schrieb, doch nachdem er Aphras zweites Stück *The Amorous Prince* gesehen hatte, hatte er beim Dinner in Spring Gardens zu Penitence gesagt: »Man hofft, meine Liebe, daß du dich nie verlocken läßt, in einer dieser weiblichen Produktionen aufzutreten.«

»Und warum nicht?«

»Das hätte dir schon der erste Akt sagen müssen. Es ist eine Verführungsszene. Das Paar, eben aus dem Bett aufgestanden, war nicht verheiratet, es war nicht einmal verlobt.« Er gab sich unglaublich pompös.

»Das sind wir auch nicht.«

»Wir stehen nicht auf der Bühne.«

»Rupert, um Himmels willen, du hast Dutzende Stücke gesehen, die viel skandalöser waren.«

»Die hatte keine Frau geschrieben. Deine Freundin mag sie ja sein, aber sie schreibt zu frei für die Bescheidenheit, die ihr Geschlecht auszeichnen sollte. Wären ihre Werke mehr von The Matchless Orinda beeinflußt, hätte ich nichts dagegen, daß du darin auftrittst.«

Penitence wurde böse. »The Matchless Orinda mußte ihren Lebensunterhalt nicht selbst verdienen, und das war gut so, denn kein Mensch will ein Stück von ihr sehen. In Aphras Stücke strömen sie zu Hunderten. Was erwartest du von ihr? Soll sie in Bescheidenheit vergessen werden und in ein Schuldgefängnis geworfen werden? Oder in Bescheidenheit auf die Straße gehen?«

»Sie könnte heiraten, sich einen Gönner suchen – wenn jemand sie haben wollte.«

»Das will *sie* nicht.« Pen erstickte an seiner Unerschütterlichkeit. »Sie liebt, was sie tut. Sie ist gut. Und wenn sie mir jemals eine Rolle anbieten würde, würde ich die Chance ergreifen.« Doch schon als sie die Tür zuknallte, wußte sie, daß sie es nicht tun würde. Und auch als sie abends ihre Schlafzimmertür zusperrte, obwohl Rupert zu tief gekränkt gewesen war, um anzuklopfen, wußte sie, daß sie es nicht tun würde. Als sie sich an Rupert verkauft hatte, hatte sie versprochen, seine Ehre mit ihrer eigenen zu schützen, und seine Ehre konnte es, wie es schien, nicht überleben, wenn seine Hure in einem Stück von Aphra Behn auftrat. So lautete der Kaufvertrag.

Bei Gott, wenn es nicht Benedikts wegen wäre, würde ich ihn jetzt verlassen. Mit Aphra in Freiheit und Selbstachtung leben. Sie kletterte ins Bett und sah sich wütend im Zimmer um, wo sich in jedem schönen Stück, jedem Kerzenhalter, jedem Dufttopf und jedem Samtvorhang das sanfte Mondlicht spiegelte, das durch das offene Gitterfenster fiel. *Freiheit und Selbstachtung.*

Und Hundedreck.

Nein, sie würde es nicht tun. Sie hatte nicht den Mut.

Als sie Aphra jetzt gegenübersaß, beneidete und bedauerte sie die Frau, die noch immer den Kampf austrug, aus dem sie selbst sich zurückgezogen hatte. Kaum ein Tag verging, an dem Aphra nicht mit dem verbalen Äquivalent von Exkrementen beworfen wurde. Hofschranzen kamen absichtlich zu jeder ihrer Premieren, um zu giften gegen ein schlechtes Stück, denn es war ja von einer Frau geschrieben worden. Kirchenmänner, die Obszönitäten duldeten, wenn ein Mann sie geschrieben hatte, verdammten Aphras »Schamlosigkeit« von der Kanzel. Bühnenautoren neideten sich gegenseitig bösartig genug ihren Erfolg; wenn eine Frau Erfolg hatte, waren sie gnadenlos. Als ihnen dämmerte, daß es nicht nur das ungewohnt Neue war, das ihr die Zuschauer brachte, fingen die witzigen Köpfe an, Spott- und Schmähschriften gegen sie zu verfassen. Wycherley schrieb in einem Gedicht voller Zweideutigkeiten und Wortspielereien, daß sie ihre Rollen nur darauf anlege, Applaus zu ernten – was man jedoch auch so verstehen konnte, daß sie ihre intimsten Körperteile zeige, nur um sich einen Tripper zu holen. Daß sie sich für das Recht der Frauen einsetzte zu heiraten, wen sie wollten, und Anspruch auf sexuelle Freiheit hatten, wenn sie liebten, zog Angriffe auf ihr Privatleben von jenen nach sich, die vermuteten, daß sie sich jeden Abend einen anderen Liebhaber nahm.

Sie mußte sich gegen Verleger wehren, die sich geehrt fühlten, Rochesters in der Gossensprache verfaßte Gedichte zu drucken, Aphras feine Erotik jedoch ablehnten, weil sie fürchteten, man könnte sie für unanständig halten.

Je heftiger sie ihren Kritikern widersprach – und das tat sie –, um so bekannter wurde sie. Je bekannter sie wurde, um so mehr wurde sie verunglimpft.

Doch Davenant im Duke's Theatre setzte ihr Stücke immer wieder auf den Spielplan, und sie überdauerten den entscheidenden dritten Tag, der dem Autor die ersten Einnahmen brachte. Sie bekam hundert Pfund pro Stück und verdiente außerdem mit ihren Gedichten, ihren Textbearbeitungen und den Lobreden, die sie über verschiedene Mitglieder der königlichen Familie schrieb.

Was sie mit dem Geld machte, blieb für jeden, der zum erstenmal das schäbige Zimmer über dem Fleet-Fluß betrat, ein Geheimnis, doch Penitence vermutete, daß das meiste an Aphras Bruder und alle anderen ging, die in Not geraten waren. »Was ist das? Lieber Gott, was ist das?« Von draußen hörte man Feuerwerkskörper knallen, Schreie und stampfende Schritte.

Stirnrunzelnd stand Aphra auf und wollte zur Tür gehen, doch der nervöse Schauspieler hielt sie zurück. »Mach nicht auf! Mach nicht auf! Sie wollen mich holen.«

»Laß lieber zu, Affie«, sagte Nell Gwynn. »Es ist alles in Ordnung,

Neville, mein Schatz« – *jetzt weiß ich's wieder: Neville Payne heißt er* –, »sie verbrennen den Papst. Ein Teil der Prozession kommt wohl auf ihrem Weg in die City hier vorbei, das ist alles.«

»Alles?«

Liebevoll weckte Aphra den Betrunkenen, der auf ihrem Teppich schlief und stellte ihn als »Master John Hoyle aus Lincoln's Inn« vor. Gemeinsam gingen sie hinauf, um aus Aphras Schlafzimmerfenster, von dem man über die Fleet Bridge bis zum Ludgate blicken konnte, das Treiben auf der Straße zu beobachten.

Die Prozession war nur der Beitrag des West End, unterwegs, um sich der großen antikatholischen Demonstration anzuschließen, die in der City abgehalten wurde, doch auch sie war schon eindrucksvoll genug. Sogar Neville Payne, überzeugt, daß sie sich gegen ihn richtete, drängte sich nach vorn, um die jubelnde Menge und die »Festwagen« zu sehen, von denen einige Mitren tragende Papstfiguren mitführten, umgeben von als Nonnen verkleideten Frauen mit bloßen Brüsten und Plakaten, auf denen *Die Papsthuren* stand. Auf einem Wagen sah man eine lebensgroße Puppe mit weißem Gesicht, die von einem Schwert durchbohrt war und den ermordeten Sir Edmund Berry Godfrey darstellte. Um den Hals trug die Puppe ein Plakat mit den Worten: *Rächt mich.*

»Gut, nicht wahr?« fragte Nell Gwynn und schlug den Takt zur Musik der Kapellen.

»Willst du nicht zurücktreten, Weib?« flüstere Neville Payne bittend. »Du machst sie auf uns aufmerksam.«

»Sie sind nicht hinter dir her, mein Schatz. Es ist der gräßliche Jimmy, Herzog von York, dem sie an die Eier wollen.«

Die Prozession staute sich vor dem Engpaß am Ludgate. Um sich die Zeit zu vertreiben, errichtete einer der Männer, die die »Festwagen« begleiteten, ein Gerüst, hängte eine Papstfigur auf und zündete sie an. Als das Stroh Feuer fing, begann sich der Sack, der den Körper bildete, zu krümmen und dann zu schreien.

»O Gott, o Gott«, flüsterte Aphra, »sie haben Katzen hineingetan.«

Das Vergnügen der Menge an dem dargebotenen Schauspiel war furchtbar, die physische Gewalttat wurde von der Begeisterung über ihre Grausamkeit weit übertroffen. Der Verkehr verstopfte noch immer das Stadttor, als ein junger Mann auf einem herrlichen Pferd, begleitet von Vorreitern mit Fackeln, auf das Tor zuritt. Es fiel den Beobachtern an Aphras Fenster schwer, die Gesichtszüge zu erkennen, doch sie sahen, daß der lange Umhang, der von seinen Schultern bis über den Rumpf seines Pferdes reichte, von jenem königlichen Purpur war, das nur der König, der Herzog von York und Prinz Rupert tragen durften. Doch der junge Mann war keiner von ihnen.

Entzückt rief die Menge seinen Namen wie eine Beschwörung: »Monmouth! Monmouth!«

»Gütiger Gott, es ist der kleine Prinz Perkin«, sagte Nelly bestürzt. »Meinem Charlie wird das gar nicht gefallen. Er ist noch nicht König.«

Neville Payne klammerte sich an sie. »Er wird es auch nicht, oder? Sag, daß er es nicht wird.«

»Er wäre es gern«, antwortete Nelly Gwynn. »Shaftesbury und die anderen Whigs verbreiten das Gerücht, daß seine Ma Charlie heimlich geheiratet hat. Angeblich gibt es irgendwo eine Black Box, in der die Heiratspapiere sind.« Sie schnaubte. »So ein Humbug. Wenn Charlie Lucy Walter geheiratet hat, bin ich der Großkhan von China.«

Neben Penitence meldete sich der unrasierte, vom Alkohol aufgeschwemmte John Hoyle aus Lincoln's Inn zum erstenmal zu Wort: »Der Junge hat falsche Vorstellungen von der Monarchie. Wenn ich mich nicht irre, will er durch Handauflegen Skrofulose heilen. Gewiß ein Vorrecht deines Liebhabers, Nelly, oder?«

Ein Kreis, der sich um Monmouth gebildet hatte, erlaubte ihnen, die Gestalten zu sehen, die innerhalb des Kreises knieten, und auch Monmouth, der den gebeugten Köpfen mit der traditionellen königlichen Geste zur Heilung der Skrofulose die Hand auflegte.

Nelly schüttelte den Kopf. »Das wird Charlie gar nicht gefallen«, wiederholte sie. »Er ist kein übler Kerl, dieser Perkin, aber Charlie achtet streng auf die Einhaltung der Thronfolge. Er wird nie dulden, daß ein Bastard König wird, auch dann nicht, wenn es einer von seinen eigenen ist.«

»Bis dahin ist er sowieso tot«, sagte Penitence. Sie war müde und wollte ins Bett gehen.

Hoyle sagte: »Dem stimme ich bei. Nieder mit allen Tyrannen.

Was macht es aus, wer König ist? Sie sind alle gleich. Obwohl ich fürchte, wir werden es alle noch erleben, daß es sehr viel ausmacht. Mistress Behn, machen sich die Getränke in diesem Etablissement nicht ein bißchen zu rar?«

Anders als seine äußere Erscheinung war Hoyles Stimme schön und die eines gebildeten Mannes, und in dem Augenblick, in dem er zu Aphra Behn sprach, wußte Penitence, daß sie ein Liebespaar waren, eine Tatsache, die darin ihre Bestätigung fand, daß Aphra und er gemeinsam zu Bett gingen, als die Straßen leer waren und die Gesellschaft sich aufgelöst hatte.

In dem kleinen Gästezimmer machte Penitence sich darüber größere Sorgen als über die Zukunft des Königs. *Und schon wieder ein anderer.* Aphra war nicht promiskuitiv, doch die Großzügigkeit, mit der sie Freunde und Freundinnen, denen es schlechtging, in ihr Haus aufnahm, führte dazu, daß die Leute glaubten, sie sei es. Ihr Pech lag darin, daß sie sich immer in Männer verliebte, die ihr Geld nahmen und sie dann wegen einer anderen verließen.

Ihr letzter Liebhaber, wieder ein junger Rechtsanwalt, Jeffrey Boys, hatte immer Schulden, und Penitence hatte protestiert, als die Gläubiger vor Aphras Tür auftauchten und von ihr verlangten, die Schuldscheine einzulösen, die sie für ihn unterschrieben hatte.

»Was soll ich machen?« hatte Aphra gesagt, nachdem sie ihr Geld bekommen hatten und gegangen waren. »Ich liebe ihn.«

»Mußt du ihn denn so sehr lieben? Er blutet dich aus.«

»Was hätte Liebe für eine Bedeutung, wenn wir nicht leidenschaftlich liebten?« Aphra seufzte. »Sie ist das einzige, das Ausschweifung zu einer Tugend macht.«

Offensichtlich hatte das auch Jeffrey Boys geglaubt; einen Monat später hatte er seine Zuneigung auf eine Jüngere übertragen.

Um sie zu trösten, ging Penitence zu Aphra hinüber; sie saß an dem Tisch, der zugleich ihr Schreibtisch war, und schrieb; unter ein Tischbein hatte jemand ein Buch geschoben, damit das Möbelstück nicht wackelte. »Was schreibst du, Aphra?« hatte sie liebevoll gefragt.

»Ein Gedicht, meine Liebe, an *sie*.« Aphra wischte sich die Tränen aus den Augen und ließ einen Tintenfleck auf ihrer Wange zurück. »Ich warne sie. Sie ist sehr hübsch, Penitence. Man sieht, warum sie mich ausgestochen hat. Er hatte natürlich das Recht zu gehen, Liebe muß immer frei sein, aber ich möchte nicht, daß auch ihr das Herz gebrochen wird.«

»Oh, um Himmels willen, Aphra, hör auf, so verdammt großmütig zu sein!« Doch Aphra lernte es nie, liebte weiter und wurde weiter betrogen.

Weil keiner von ihnen wußte, wie ein Geier aussah, war die Geier-Press in Cock-and-Pie-Press umbenannt worden, und dank des vor kurzem erlassenen Gesetzes, das den Bann von nicht lizensierten Druckereien nahm, war sie endlich legal und auch erfolgreich.

Die Medaillons an der Fassade des Cock-and-Pie waren ebenso frisch übermalt worden wie das Tor; man hatte sich dadurch der übrigen Rookery angepaßt, die dank des Fleißes der hugenottischen Flüchtlinge einen erfreulichen Aufschwung erlebte. Das Schild zeigte noch immer einen Hahn, der auf einer ziemlich ungewöhnlich aussehenden Torte thronte, doch der Text auf der Schrifttafel darunter lautete: *Drucker von Königlichen Gnaden.*

»Von welchen Königlichen Gnaden?« fragte Penitence, als sie eintrat.

»Nun, du bist die Bettgenossin eines Prinzen, also ist das königlich«, sagte Dorinda, »und wir drucken jetzt die Programme und Plakate des King's, und das ist auch königlich. Möchtest du eine Tasse von diesem neuen Tee?«

»*Tee*«, sagte Penitence. »Oh, oh, uns muß es ja wirklich gutgehen.«

»Eine besondere Gelegenheit«, sagte Dorinda spitz, »wenn Prinz Ruperts Lady sich herabläßt, uns arme Drucker zu besuchen«, und verschwand, um den Tee zu kochen.

Warum mache ich mir die Mühe zu kommen? Meist tat sie es nicht. Es war Wochen her, seit sie zum letztenmal den Fuß ins Cock-and-Pie gesetzt hatte, und es war nur ihr schlechtes Gewissen, das sie diesmal hergeführt hatte. Rupert, der Derbheit bei Frauen nicht mochte, machte ihr klar, daß er ihr die Freundschaft zwar nicht verbot, aber mit Dorinda noch weniger einverstanden war als mit Aphra. »Sie ist deiner nicht würdig, meine Liebe.«

Penitence protestierte und wies ihn immer wieder darauf hin, wie treu und zuverlässig Dorinda in Zeiten der Not zu ihr gestanden hatte, war jedoch insgeheim erleichtert, Ruperts Mißbilligung zum

Vorwand nehmen zu können, Dorinda nicht allzuoft zu treffen. Die Frau war unleugbar gewöhnlich und sprach zu häufig von einer Vergangenheit, die Penitence hinter sich lassen wollte.

Die falsche Trauung, mit der der Earl of Oxford Dorinda hereingelegt hatte, hatte für sie das Ende ihrer Bühnenkarriere bedeutet – denn sie war auf der Bühne von den Hofschranzen verhöhnt worden, die diese Demütigung sehr komisch fanden. Ihre Freunde hatten zu ihr gehalten. Penitence hatte ihr einen halben Anteil an der Cock-and-Pie Druckerei übereignet, MacGregor hatte ihr das Lesen beigebracht und half ihr bei der Führung des Betriebes. Aphra, Rebecca Marshall und ein paar Schauspieler schickten ihr Arbeit.

Wie sehr sie unter dem Verlust ihrer Theaterkarriere litt, war schwer zu sagen, da sie nie darüber sprach. Sie war mit derselben gespielten Tapferkeit, die sie als Prostituierte zur Schau getragen hatte, Geschäftsfrau geworden. Ihre Zunge war schärfer denn je, und mit der Brille, die sie zum Lesen trug, das Haar unter einer Haube versteckt, die wie eine Schüssel aussah, die Figur unter einer sackartigen Schürze verborgen, sah sie erschreckend aus. Doch die Kunden erwarteten offensichtlich, daß eine Druckerin exzentrisch war, und es sprach sich herum, daß sie gute Arbeit zu niedrigen Preisen ablieferte.

Mit MacGregors Hilfe wagte sie sich an den Druck von Büchern und Pamphleten, so daß das Guthaben für Penitence' Anteil am Profit, das MacGregor alljährlich an Maria Verkündigung nach Awdes brachte, von Jahr zu Jahr größer wurde.

Der Salon war jetzt die Druckerwerkstatt. Die Couchs und vergoldeten Sessel blieben jetzt den Kunden vorbehalten und waren an die Wände zurückgeschoben worden, um zwischen den Säulen Platz für die Tische der Schriftsetzer zu schaffen.

Der Geruch von Papier, Blei und Druckerschwärze vertrieb schale Düfte. Ein neues Oberlicht im Dach ließ die Morgensonne herein.

Die Augen von der Tür abgewandt, wo für sie für alle Zeit in Laken eingenähte Leichen lagen, schlenderte Penitence durch den Raum und las wie beiläufig Korrekturbogen, die an den Trockenleinen hingen. Dann hörte sie auf, nur beiläufig hinzusehen und las genauer. Fast alle Bögen waren Pamphlete, und beinahe jedes Pamphlet verkündete hysterisch anti-papistische Parolen mit Titeln wie: *Der syphilitische Priester der Hure von Babylon* oder *Jesuitische Mörder: Die papistischen Komplotte und ihre mörderischen Praktiken* oder *Verschwörung zur Vernichtung der protestantischen Religion.*

Ein paar waren offen aufwieglerisch und staatsgefährdend: *Immer mehr Schurken und Papisten bei Hofe.* Eines war ein Lied:

Einen Tudor! Einen Tudor! Von Stuarts haben wir genug.
Bei unsrer alten Bess gab's nie so viel Lug und Trug.

Sie rief: »Was, zum Teufel, ist denn das?«

Dorinda kam aus der Küche in den Salon zurück, stellte das Tablett ab, schob sich die Brille vom Scheitel auf die Nase und kam, um zu sehen, was Penitence meinte. »Das ist ein Stück vom alten Marvell«, sagte sie. »Er verkauft sich zur Zeit gut.«

»Und das?« Penitence hielt ihr das Blatt hin, das ihr der Schauspieler Neville Payne gegeben und dazu gesagt hatte, das sei sein Todesurteil. Es sah danach aus, als habe er damit recht gehabt. Nell Gwynn hatte Aphra bestellen lassen, daß er beschuldigt wurde, an der papistischen Verschwörung beteiligt zu sein und daß man ihn verhaftet hatte, als er nach Hause gekommen war.

Dorinda betrachtete das Blatt. Sie bewegte beim Lesen noch immer die Lippen. Penitence half ihr: »Hier steht, daß papistische Armeen kommen, alle protestantischen Frauen schänden und ihren Babys die Gehirne aus dem Kopf prügeln werden. Erkennst du es?«

Dorinda schüttelte den Kopf. »Nee, trink deinen Tee.«

»Um Himmels willen, Dorry, natürlich kommt es von uns. Dieses abgestoßene P würde ich überall erkennen.«

»Nun ja«, murrte Dorinda, »wir haben in Holland neue Lettern bestellt. MacGregor holt sie gerade ab.«

»Lassen wir die Lettern«, sagte Penitence. »Mir geht es nur darum – was denkst du dir eigentlich dabei, solche Hetzschriften zu drucken? Du wirst bald von königlichen Gnaden im Tower landen, wenn du nicht vorsichtig bist.«

»Nicht wir, Prinks. Heutzutage kommen die verfluchten Papisten in den Tower, und der König kann gar nichts dagegen tun.«

»Ich weiß«, sagte Penitence grimmig. »Ein harmloser Katholik, ein Freund von Aphra, sitzt jetzt dort, und Schriften wie diese haben geholfen, ihn hineinzubringen. Sie peitschen die Menschen zur Raserei auf.«

Dorinda schob ihre Brille auf den Kopf zurück. »Dann sollte sich Aphra ihre verdammten Freunde sorgfältiger aussuchen, glaubst du nicht? Sie hat immer ein bißchen zu den Römisch-katholischen gehalten.«

»Römisch-katholische«, sagte Penitence verächtlich. »Wer bringt dir solche Worte bei? Früher hat es dich nicht gekümmert, ob jemand einen Nasenring getragen hat. Wer hat dich denn plötzlich zur Puritanerin gemacht? MacGregor?« Sie meinte es ironisch, doch plötzlich fiel ihr ein, was Dorinda gesagt hatte. »Holland? MacGregor ist nach Holland gefahren? O Jesus, er ist es, der diesen Mist herüberbringt – du stehst mit diesen verdammten verbannten Levellern in Verbindung.« ›Verbannte Leveller‹ war ein Ausdruck von Rupert. Er sah keinen großen Unterschied zwischen dem Ziel der Whigs, James von der Thronfolge auszuschließen, und den überzeugten Republikanern.

Sie stand auf. »Nun, du kannst MacGregor mitteilen, daß ich für die Hetzschriften aus dem Cock-and-Pie nicht einstehen werde. Ich muß an Prinz Rupert denken.« Dorinda stieß sie auf ihren Stuhl zurück.

»*Wage* es ja nicht«, sagte Dorinda mit plötzlich verändertem, starrem Gesicht, »wage es ja nicht, nach Gott weiß wie langer Zeit mit deinem Parfum und deinem Sonnenschirm hier aufzutauchen und *uns* vorzuschreiben, was wir drucken dürfen und was nicht. Prinz Rupert gefallen unsere Pamphlete nicht, wie? Nun, da kann ich nur hurra schreien, verdammt! Haben deine und Nellys Kutsche ein bißchen geschüttelt, ja? Oh, ich habe davon gehört. Und wieder schrei ich hurra! Wir werden noch ganz andere Dinge rütteln und schütteln und diesen verfluchten James schnurstracks aus der Thronfolge schmeißen, den Bastard.« Sie stützte die Hände in die Hüften. »Und wir werden den lieben Charlie und alle übrigen stinkenden papistischen Stiefellecker so lange schütteln, bis sie ein bißchen weniger an ihre Schwänze und mehr an ihr Land denken. Und wenn es dir und deinem verfluchten Prinzen nicht paßt, könnt ihr's euch in den Arsch stecken.«

»Wie darfst du es *wagen*!«

Penitence spöttisch nachäffend, hob und senkte Dorinda die Schultern. »Wie-darfst-du-es-wagen, oh, wie-darfst-du-es-wagen? Früher hast du den König auch nicht besonders geliebt, das tust du erst, seit du seinen Verwandten vögelst.«

»Du warst ganz glücklich, einen Earl vögeln zu dürfen.« Sie hatten beide die Beherrschung verloren. Penitence fiel nichts ein, das auch nur annähernd schlimm genug war, um es Dorinda entgegenzuschreien. »Der ist es nämlich, dem du's heimzahlen willst, oder? Politik war dir immer verdammt egal. Aber weil eine Hofschranze dich zur Närrin gemacht hat, zahlst du es allen heim. Du bist eifersüchtig. Warst es schon immer.«

»*Raus!* Raus mit dir, du verfluchte papistische Hure!«

Dorinda sah sich nach etwas um, mit dem sie werfen konnte. »Kommst hierher, von Kopf bis Fuß die Lady aus dem Herrenhaus, die ihre Armen besucht. Vergiß nicht, ich weiß, daß du die Beine für einen verfluchten Gefängniswärter breit gemacht hast.«

»Und ich weiß, daß du das gleiche für buchstäblich *jeden* getan hast, und ich gehe!«

Lange Papierstreifen wickelten sich um ihren rechten Knöchel, als sie durch den Salon stolzierte und sie stieß sie weg.

Gemeines Luder. Vorbei an der Couch, die Phoebes Totenbett gewesen war. *Ich hätte die Verbindung schon vor Jahren abbrechen sollen. Rupert wollte es.* Vorbei an dem Platz, auf dem sie zusammen bei der sterbenden Ladyschaft gewacht hatten. *Er hat gesagt, sie werde versuchen, mich auf ihre Ebene hinunterzuziehen.* Wo Dorinda sie gepflegt und Benedikt gehütet hatte, als sie selbst im Gefängnis gewesen war …

Jetzt stand sie am Tor, wohin sie so viele kostbare Tote gezerrt hatten. *Wenn ich jetzt gehe, ist alles zu Ende.*

Sie drehte sich um und sagte mürrisch: »Ich bin schwanger.«

Dorinda holte tief Atem, legte beide Hände auf ihren Bauch. Mit rauher Stimme sagte sie: »Oh, komm schon, und trink deinen Tee. Ich übrigens auch.«

Einen Augenblick war Penitence wie benommen. »*Dorry*, ich freu mich so.«

»Ich auch«, sagte Dorinda wieder und brach vor Freude in Tränen aus.

Penitence war verblüfft, wie glücklich sie über Dorindas Schwangerschaft war, sogar glücklicher als über ihre eigene. Endlich hatte

Gott dieser Frau etwas gegeben, die ein so entbehrungsreiches Leben gehabt und der sie so viel zu verdanken hatte. *Wie konnte ich nur so undankbar sein?*

Gott und von wem?

Mit ihrer ebenfalls schwangeren Freundin beim Tee sitzend, überlegte Penitence, wie sie vorsichtig fragen könnte, doch ihr fiel nichts ein. »Wer ist der Vater?«

»Neugieriges Ding«, sagte Dorinda gelassen. »MacGregor natürlich.«

»Mac*Gregor*?«

»Und warum nicht?«

Penitence sagte hastig: »Aus keinem besonderen Grund. Ich hätte nur nie an MacGregor gedacht.«

»Er ist nich einmal so alt wie dein Rupert«, sagte Dorinda.

»Gewiß nicht.« Sie hatte an MacGregor weder als alten noch als jungen Mann gedacht und auch nicht daran, daß er ein Sexualleben haben könnte; für sie war er einfach ein guter Drucker und ein Mann gewesen, der zuviel trank.

»Er trinkt nicht mehr. Er ist respektabel. Wir werden heiraten.« Dorinda legte den Kopf schief, um ihren Worten nachzulauschen: »Ich werde eine verheiratete Frau sein.«

Penitence sagte: »Meinen Glückwunsch. Er ist ein guter Mann.« *Ist er ein guter Mann?* Nach dem zu schließen, was er druckte, hatte er revolutionäre politische Ansichten. Sie schämte sich, weil sie ihn so wenig kannte.

»Er wird es tun, Prinks.« Dorinda lächelte schmerzlich; sie wußten beide, daß sie nicht von Liebe redeten. »Man kann ihm vertrauen. Er wird für uns sorgen, für das Kind und für mich. Schließlich war ich eine Hure und muß froh sein, ihn zu kriegen.«

»Er hat Glück, daß er *dich* kriegt.« Penitence steigerte sich wieder in ihren Zorn hinein. »Und du sorg dafür, daß er dich nicht in den Tower bringt.« Sie nickte zu den Korrekturbogen hinüber. »Wer verkauft dieses aufrührerische Zeug?« Es war zuviel des Zufalls, daß *jeder* Kunde der Cock-and-Pie-Press nur anti-papistisches Zeug drucken ließ. Es mußte eine Organisation sein. MacGregor arbeitete für jemanden, für eine Gruppe.

Dorinda hätte beinahe geantwortet. »Es ist …« Sie unterbrach sich. »Du hast ihm nur nie zugehört, Prinks. Politisch ist er ein kleiner Scheißkerl, unser Donal. Das kommt daher, daß er Schotte ist. Hat irgendwas mit diesem ›C‹ zu tun.«

»Mit dem Zeh?«

»Mit dem Buchstaben C. Lauter C da oben in Schottland. Conventicler, Covenanter, Clans. Er hat versucht, es mir zu erklären, aber ich verstehe nicht die Hälfte von dem, was er sagt. Ich weiß nur, daß verglichen mit den schottischen Religionskämpfen die unseren wie ein verdammtes Madrigal klingen. Die Regierung dort verbannt nicht nur die Dissenter, sie macht Jagd auf sie und schneidet ihnen die Gedärme raus. Seine Familie sind Dissenter. Ein paar seiner Cousins wurden vor einigen Tagen zusammengetrieben, nach Edinburgh gebracht und in den Spanischen Stiefel gesteckt.«

»Was ist ein Spanischer Stiefel?«

»Ein Foltergerät. Sie stecken deine Füße in einen Eisenstiefel und schlagen Keile hinein.« Kriegerisch beugte sie sich vor. »Und dein verfluchter Herzog von York hat anscheinend zugesehen, als wär's eine Volksbelustigung.«

»Er ist nicht mein Herzog.«

»Er ist der verfluchte Cousin von deinem Rupert.«

»Das glaub' ich nicht. James ist zu dumm, um grausam zu sein.«

Dorinda schnaubte verächtlich. »Du bist zu nah am Siruptopf, Prinks. Aber MacGregor glaubt es. Und ich glaube MacGregor. Er sagt, William soll Thronfolger werden, weil James unfähig ist zu regieren, und ich gebe ihm recht.«

Penitence war verwirrt. »William?«

»Der Holländer. Der zimperliche kleine Scheißkerl, den wir damals in Newmarket kennengelernt haben. Der Oranier.«

Allmählich dämmerte es Penitence. »Ist MacGregor deshalb nach Holland gefahren? Er arbeitet für Prinz William? All das soll William auf den Thron helfen?« Sie war jetzt zu besorgt, um verärgert zu sein. »Hör zu, Dorry. Er muß damit aufhören. Dafür darf MacGregor die Cock-and-Pie-Press *nicht* benutzen. Es ist mir egal, wenn James seiner Mutter die Beine abgehackt hat, ich dulde es nicht. Er soll die Finger von der Politik lassen, es ist zu gefährlich. Für mich und für dich. Wir müssen an unsere Babys denken. Ich will nicht, daß meins im Tower geboren wird.«

Dorinda warf den Kopf zurück, doch es war offensichtlich, daß sie sich des Risikos bewußt gewesen war, das MacGregor mit seinen Majestätsbeleidigungen auf sich nahm. Penitence' Sorge steckte sie an, und sie erklärte sich bereit, MacGregor zu sagen, daß sie sich auf normale Druckaufträge beschränken mußten. »Aber er ist ein eigensinniger kleiner Scheißkerl, Prinks, du kennst ihn nicht.«

Als sie am Nachmittag vom Cock-and-Pie ins Theater ging, dachte sie über die Lage nach, in die er sie gebracht hatte – eine Druckerei zu besitzen, in der man eine Politik verfolgte, die nicht nur ihr Liebhaber, sondern auch ihr König als Hochverrat ansehen würden – Penitence mußte Dorinda rechtgeben, sie kannte MacGregor tatsächlich nicht.

Sie fing an sich zu wünschen, sie hätte ihn nie gekannt.

Vierter Akt, zweite Szene, und Rupert war noch immer nicht im Theater. Sie wußte es mit dem winzigen letzten Rest von Bewußtsein, das sie sich für das Publikum bewahrte. Es sah ihm nicht ähnlich, zu spät zu kommen. Der Freund, den er mitbrachte, mußte ihn aufgehalten haben.

»*Schwör, du seist treu!*« wütete Othello.

»*Der Himmel weiß, ich bin's.*«

»*Der Himmel weiß, falsch bist du, wie die Hölle.*«

Wie Aphra vorhergesagt hatte, war das Haus fast leer, doch die da waren, hatte das Stück gepackt. Sie spürte ihre Nerven mit den eigenen vibrieren. Sich in seinen Qualen wiegend, zog Hart sie an sich und begann seinen Trauermonolog.

Als er ihr die Hände um das Gesicht legte – *Schmelzöfen müßt ich machen aus den Wangen«* –, sah Penitence, daß Rupert in der Tür zum Zuschauerraum stand, und hinter ihm noch eine andere Gestalt.

»*Bei Gott, Ihr tut mir Unrecht.*«
»*Du keine Metze?*«
»*Nein, so wahr ich Christin:*

Wenn meinem Herrn bewahren dies Gefäß
Vor jeder schnöden, sträflichen Berührung,
Heißt, keine Metze sein, dann bin ich keine.«

Rupert war zu den Logen gegangen. Sein Begleiter blieb, wo er war, das Gesicht der Bühne zugewandt.

»Was? Du keine Hure?«

»Nnnein. S-s-so h-h-helfe G-G-Gott mir.«

Othello zog sie wieder an sich, so daß sein Mund dicht an ihrem Ohr war. »Was ist los, Peg.«

»So h-h-helfe G-G-Go ...«

»So helfe Gott mir«, soufflierte John Downes.

Sie hörte es nicht. Der Druck in ihren Ohren hatte sich verändert, es war ein Gefühl, als wäre sie taub. Irgendwo war ein Publikum, und der arme Hart füllte die schreckliche Pause aus dem Stegreif verzweifelt mit eigenen Texten auf, sie aber stand, außerhalb der Zeit, der Gestalt in der Tür gegenüber. Die Perspektive veränderte die Entfernung zwischen ihnen, als würden sie aufeinander zugetrieben wie Schiffe auf Kollisionskurs.

»Was?« brüllte Hart. »Hör ich Euch sagen, Ihr seid *keine* Hure?« Noch einmal zog er sie an sich. »Um Christi willen, Peg, sag *irgend etwas*.«

Der Text war dort draußen. Verzweifelt hängte sie sich daran. *»Nein, so helfe mir Gott«*, und hörte Hart erleichtert fortsetzen: *»Ists möglich?«*

Sie warf den Kopf zurück. »O *Himmel, sei mir gnädig.*«

Als sie sich nach der Vorstellung in der Garderobe umzogen, sagte Becky Marshall: »Ich habe dich schon oft spielen sehen, Peg, aber heute abend hast du dich selbst übertroffen. Du warst wunderbar. Du gewinnst ein Paar Handschuhe.«

»Zwei Paar«, stimmte Anne zu. »Was war im vierten Akt in der zweiten Szene los? Ich dachte, du stirbst. Hart wäre fast gestorben.«

»Ich war abgelenkt.«

»Komisch, das war ich auch, als ich gleich danach auftrat. Ein Mann, der in der Tür stand, hat mich an Henry King erinnert. Erinnerst du dich noch an Henry, Peg? Nein, das war vor deiner Zeit.«

Hart kam herein. »Wundervoll, meine Liebe. Wirklich eine Vorstellung, um den Göttern einen Applaus zu entlocken.« Er jubelte. »An dieses jämmerliche Häufchen natürlich verschwendet, aber wir hatten es fest in der Hand. Hab' ich im vierten Akt, zweite Szene eine winzige Zerstreutheit entdeckt? Da haben wir sie fast verloren. Ich hab schon gedacht, wir würden durchfallen.«

»Tut mir leid, Charlie.«

»Macht nichts, macht nichts. Dein guter Rupert hat mir eine Benefizbörse gegeben, die mir sehr helfen wird, wenn ich einmal abtrete, er ist wirklich ein echter Prinz. Er hat mich gebeten, dir auszurichten, er erwarte dich in seinem Wagen.«

In der Drury Lane schienen die Wagenlichter verschwommen durch ein kaltes Nieseln.

Boller hielt ihr die Tür.

Ruperts Hand ergriff die ihre, als sie einstieg. »Mein liebes Mädchen, was für eine Vorstellung. Du hast mich immer tief bewegt, heute abend aber noch mehr als sonst.«

Er machte Penitence mit der dunklen Gestalt in der Ecke des Wagens bekannt. »Der Viscount ist ein alter Freund. Er war für den König jahrelang im Ausland, und ich fürchte, seine Gesundheit hat darunter gelitten. Er möchte unbedingt in einem Gasthof übernachten, doch ich habe ihn überstimmt und gesagt, die Luft in Hammersmith und meine Lady werden ihn gesund machen.« Er war entzückt über das, was er getan hatte. »Meine Kriegslist hat ihn überrascht. Ihr habt bis heut abend nicht gewuß, daß meine Lady und die allerbeste Schauspielerin Englands ein und dieselbe sind, nicht wahr, Viscount?«

»Nein, das wußte ich nicht«, sagte Henry Kings Stimme.

»Und was sagt Ihr dazu?«

»Ich beglückwünsche Mrs. Hughes zu ihrem Spiel.«

Die Fahrt verging mit Ruperts triumphierend düsteren Prognosen über den Zustand Englands. Wenn er eine Entgegnung nicht vermeiden konnte, antwortete der Viscount of Severn and Thames kurz. Seine Stimme klang müde.

Penitence sagte überhaupt nichts. Auf den gesamten vier Meilen hatte sie nur einen zusammenhängenden Gedanken: *Gott sei Dank, daß Benedict nicht zu Hause ist.*

3. *Kapitel*

Peter stand zwischen den korinthischen Säulen, und die offene Tür hinter ihm warf einen breiten Lichtstreifen auf die Treppe. »Willkommen daheim, Euer Hoheit. Willkommen daheim, Eure Ladyschaft.«

»Danke, Peter.«

»Hallo, Peter«, sagte der Viscount.

Zum erstenmal, seit sie ihn kannte, zeigte der Majordomus Gefühl. »Gott, Gott sei gelobt. Die guten Zeiten sind wiedergekehrt, Gott.«

Aus irgendeinem Grund war es für sie schrecklich, daß Peter ihn kannte und liebte. Ihr Zorn gab ihren Beinen ausreichend Kraft, die Treppe zur langen Galerie schnell und vor ihm hinaufzusteigen.

Wie eine gute Gastgeberin, doch ohne ihn anzusehen, öffnete sie die Tür zu den besten Gastgemächern und sagte: »Ich hoffe, Ihr werdet Euch wohl fühlen, my Lord. Ich schicke Euch die Haushälterin, damit Ihr auch alles bekommt, was Ihr wünscht.« Er verneigte sich, sie knickste und ging.

In ihrem Zimmer trat sie vor ihren Spiegel und fragte sich, ob sie gealtert war, fragte sich, ob die Gewalt ihres Zorns das Glas splittern lassen würde; das Gesicht eines häßlichen, alten Weibes blickte ihr entgegen. Wie durfte er es wagen, wiederzukommen? Wie durfte er es wagen? Wie durfte er es wagen, Rupert und Peter zu kennen, und in ihr wohltemperiertes Leben einzubrechen, in dem es zwar keine Leidenschaft, aber auch keinen Schmerz gab. *Warum ist er nicht tot?* Wie durfte er es *wagen*, nicht tot zu sein? Wo war er *dreizehn Jahre lang* gewesen? Und was interessierte es sie, wo zum Teufel er gewesen war?

Es interessiert mich nicht. Sie faßte sich, nahm die Schultern zurück, faltete die Hände im Schoß und kontrollierte ihre Atmung. Kein Grund für diesen inneren Aufruhr. Er war ein Mann, den sie vor langer Zeit gekannt hatte, und das war alles. Natürlich, er war der Vater ihres Sohnes, doch das wußte er nicht, ebensowenig wie jemand anders, außer Dorinda, Aphra, MacGregor und … O *Gott, Mistress Palmer!*

Sie hatte die Alptraumvision, daß Henry King und die ehemalige Wäscherin aus der Rookery sich auf der Treppe von Awdes trafen.

Das wird nicht passieren. Palmer war um diese Abendzeit gewöhnlich schon im Bett. Ich werde dafür sorgen, daß es nicht geschieht. Nichts wird geschehen – wie sollte es auch? Zwei Menschen, die sich einst kannten, waren einander durch Zufall wiederbegegnet, das war alles.

Doch wenn das alles war, warum dieser Zorn? *Du hast mich verlassen. Du hast gedacht, ich sei eine Hure und hast mich verlassen. Deinetwegen mußte ich mein Kind allein aufziehen. Deinetwegen wurde aus mir die Hure, für die du mich gehalten hast.*

Gewiß hatte er nie die Absicht gehabt, wieder in ihr Leben zu treten. Als sie ihn im Theater an der Tür und er sie auf der Bühne gesehen hatte, war auch er schockiert gewesen, das hatte sie an der Art erkannt, wie er dastand …

Die Konturen seines Kopfes hätten ihr nach dieser langen Zeit nicht so vertraut sein, die Haltung seiner Schultern sich nicht mehr so deutlich von all den anderen Schultern im Theater unterscheiden dürfen … Gott, o Gott, was für ein Durcheinander.

Es klopfte, und sie wurde nervös. Es war Rupert. »Du hast müde ausgesehen, meine Liebe. Es tut mir leid, daß ich dir einen Gast zumute, aber Torrington verdient, daß wir ihn gut behandeln. Später wird er uns bestimmt erzählen, was er erlebt hat.«

Sie nickte. »Rupert.«

Er wandte sich um. »Meine Liebe?«

»Ich habe etwas für dich.«

Lächelnd sagte er: »Noch ein Geburtstagsgeschenk?«

»In gewisser Weise.« Sie ging zu der Kommode, in der sie ihre alte perlenbesetzte Tasche aufbewahrte, und nahm den Brief heraus, den sie in der Kassette ihrer Ladyschaft gefunden hatte. »Ich denke, du erkennst die Schrift.«

»Was ist das?« Er trug den Brief zum Kandelaber, hielt ihn auf Armeslänge von sich ab und las. »Und woher hat meine Lady das?«

»Du hast diesen Brief meiner Mutter geschrieben. Captain Hoy war mein Vater.«

Er faltete den Brief mit großer Sorgfalt und legte ihn weg. »Ich erinnere mich an Hoy. Ein guter Mann und ein tapferer Soldat. Er hat gestottert.« Er nahm sie in die Arme. »Warum hast du mir das nicht schon früher gesagt?«

»Ich weiß nicht. Heute abend schien der richtige Moment gekommen. Du solltest wissen, daß es zwischen uns schon immer eine Verbindung gegeben hat. Und immer geben wird.«

»Meine Liebe, meine sehr, sehr Liebe.« Er küßte sie, wurde dann energisch: »Wir werden noch darüber sprechen. Doch jetzt gehen wir hinunter, ja?«

Beim Dinner blieb Peter unerschütterlich im Hintergrund stehen und sorgte dafür, daß dem Gast, obwohl er sie kaum anrührte, riesige Portionen serviert wurden. Penitence fand das so irritierend, daß sie fast einen Schreikrampf bekam, obwohl sie nicht wußte, warum, ebensowenig wie sie wußte, warum sie Rupert ausgerechnet heute abend von ihrem Vater erzählt hatte – außer, daß er ihr plötzlich so verletzlich vorgekommen war und sie ihm Sicherheit geben wollte.

Sie wußte aber auch nicht, warum sie es ihm nicht schon früher gesagt hatte. Vielleicht, weil er so sorgfältig jede Frage nach ihrer Vergangenheit umgangen hatte, daß sie zu einem verbotenen Territorium geworden schien, denn wenn er gefragt hätte, wäre sie möglicherweise gezwungen gewesen zu gestehen, daß sie zwei Jahre ihres Lebens in einem Bordell verbracht hatte. Es hätte ihn verletzt, auch wenn er ihr die Erklärung geglaubt hätte, daß sie nicht zu den Huren gezählt hatte.

Etwas, das du nie geglaubt hast, Henry King. Zum erstenmal an diesem Abend schaute sie dem Viscount Severn und Thames direkt ins Gesicht.

Zum erstenmal erwiderte der Viscount ihren Blick. *Und du glaubst es noch immer nicht, Gott verdamme dich in die Hölle.* Der Viscount lächelte, und da ihre Fähigkeit, ihn instinktiv zu verstehen, noch immer erschreckend lebendig war, wußte sie, daß auch er zürnte. Weil er sie, *verdammt sollte er sein,* als sein Eigentum betrachtete.

Doch sein schlechter Gesundheitszustand, nicht das Alter, ließ ihn älter erscheinen, als die Jahre es rechtfertigten. Seine Haut war fast gelb und seine Augen blutunterlaufen. Aber abgesehen von einer Spur Grau in den Haaren, sah er aus wie immer, verdammter Kerl.

Vergnügt schwatzend aß Rupert sich durch die unzähligen Gänge mit einem Appetit, der bewies, daß die Stuarts gegen Gewichtszunahme immun waren. Es war Peter, der ihr Unbehagen spürte und dem auch auffiel, wie schweigsam der Schauspieler war. Leise wechselte er von Henry Kings Tischseite auf die ihre und beobachtete ihre Gesichter. *Zeit, die Maske aufzusetzen.* »Und wie habt Ihr und my Lord einander kennengelernt, Viscount?«

Es war Rupert, der antwortete. »Das war in Irland. In dem bösen Jahr '49. Anthony war noch keine sechzehn Jahre alt und wurde mir von seinem Vater wie ein Paket zugeschickt, denn er sollte nicht in einem Land erzogen werden, aus dem die Leute stammten, die an der Verurteilung und Hinrichtung von Charles I. beteiligt gewesen waren. Ich nahm ihn an Bord der ›Antilope‹. Die ›Antilope‹, ein braves kleines Schiff. Erinnert Ihr Euch an sie, Anthony?«

»Sehr gut, Euer Hoheit. Ich erinnere mich, daß Ihre Majestät ihre Juwelen versetzt hat, um sie zu bewaffnen.« Der Viscount nickte Penitence zu. »Ich freue mich, daß wenigstens die Perlen ausgelöst werden konnten.«

Penitence legte die Hand auf den Hals. Die Perlen hatten Ruperts Mutter, Elisabeth von Böhmen, gehört und waren so herrlich, daß sie ihre Furcht, sie zu tragen, nur überwand, weil Rupert darauf bestand, daß sie das Kollier umlegte.

Rupert strahlte. »Ihre Majestät wäre glücklich gewesen zu sehen, daß eine solche Schönheit sie geerbt hat. Bei Gott, wir mußten unser letztes Hemd versetzen, um überhaupt segeln zu können, und wir haben es ebenso getan, um uns mit Proviant auszurüsten und allem, was man sonst braucht, um die Feinde des Königs zu bekämpfen.« Er lächelte. » Und wenn wir uns neu ausrüsten wollten, mußten wir ein vorüberfahrendes Schiff erbeuten und verkaufen wie die verdammten Korsaren, auch wenn wir nicht mit der Grausamkeit dieser Halunken vorgingen.«

»Ihr wart nie grausam, Euer Hoheit«, sagte der Viscount.

Penitence überkam große Erleichterung. *Er liebt Rupert. Er wird ihm nicht weh tun.*

»Was haben wir damals für Tage erlebt«, sagte Rupert. »Portugal, die Azoren, Indien, Afrika. Erinnerst du dich, Peter? Dort haben wir wenigstens dich aufgesammelt.« Er runzelte die Stirn. »Und den verloren, den ich auf der Welt am meisten geliebt habe.«

Ruperts Bruder, Prinz Maurice, war während eines Hurrikans vor den Westindischen Inseln ertrunken. Rupert weinte immer, wenn er von ihm sprach.

Der Viscount brach den Bann der Erinnerungen. »Und wie seid Ihr und my Lord Euch begegnet, Mrs. Hughes?«

Wieder war es Rupert, der antwortete. »Meine Lady« – er betonte das Wort leicht – »trat zum erstenmal als Desdemona auf, in einer Rolle, die sie seither zu der ihren gemacht hat, wie Ihr heute gesehen habt. Sie hat es mir nicht leicht gemacht, sie zu gewinnen, doch am Ende ließ sie sich doch überreden, mir ihre Gunst zu schenken – was sie seit acht Jahren tut.« Er hob sein Glas und nickte Penitence zu. »Und noch immer bringt sie es fertig, mich zu überraschen.«

»Davon bin ich überzeugt«, sagte der Viscount.

Nach dem Dinner war sie froh, sich in ihren Salon zurückziehen zu können. Aus dem Speisesaal wehte der Duft von Tabakrauch und Portwein herüber. Sie hörte die Männer in den Garten gehen, und dann in Ruperts Bibliothek zurückkehren. Sie wollte zu Bett gehen; sie konnte nicht zu Bett gehen.

Plötzlich wurden die Stimmen lauter, und Penitence sprang auf. Sie stritten. *Er hat es Rupert gesagt.* Dem mußte sie sofort entgegentreten. Als sie in die Bibliothek kam, standen sich die beiden Männer gegenüber, und der Viscount führte hitzig das Wort. Rupert war überrascht, sie zu sehen, aber höflich wie immer. »Setz dich bitte, meine Liebe. Ein Glas Port?« Zu Henry King sagte er: »Ich habe keine Geheimnisse vor meiner Lady.«

Der Viscount hatte Geheimnisse, wie es schien. Er schlug mit der flachen Hand auf den Kaminsims, kehrte dem Raum den Rücken und starrte ins Feuer.

Die Lippen zusammengepreßt, reichte Rupert ihr den Port. »Der Viscount ist mit einer Mission aus dem Ausland zurückgekehrt, meine Liebe. Er ist gekommen, um mir den Thron von England anzubieten.«

Penitence saß ganz still und wartete.

Rupert nahm einen Sessel neben ihr und sah sie an, obwohl sie nicht diejenige war, zu der er sprach. »Er scheint drei Dinge nicht zu beachten: erstens, daß es nicht an ihm ist, den Thron zu vergeben; zweitens, daß ich im Krieg für die rechtmäßige Thronfolge gekämpft habe, und drittens, daß Charles mein Cousin ist, dem ich ewige Gefolgstreue geschworen habe.«

»Charles kann den Thron behalten«, erklärte der Viscount dem Feuer. »Es ist James, der ihm nicht nachfolgen darf.«

»Auch James ist mein Cousin.«

»Und Katholik.«

»Seine Religion ist unwichtig.«

Der Viscount drehte sich um. »Ist sie das wirklich? Es geht nicht um das, was er persönlich glaubt, das versichere ich Euch. Meinetwegen könnte er dreimal täglich seinen Salaam vor Allah machen. Aber der Mann wird versuchen, diesen Glauben dem Land aufzuzwingen. Ich sage Euch, ich *weiß* es. Wenn die Engländer es hinnehmen würden, was sie nicht tun werden, könntet Ihr Euch vorstellen, sie in der Sklaverei leben zu sehen?«

Was diesem Abend etwas zusätzlich Merkwürdiges gab, war die Tatsache, daß innerhalb von vierundzwanzig Stunden jemand anders prophezeite, James werde tyrannisch regieren. Widerwillig wandte Penitence die Augen von Ruperts Gesicht ab und richtete sie auf das Gesicht des Viscounts, auf dem sie haften blieben.

»Denn es ist Sklaverei«, sagte er. »Spanien bricht unter der Last seiner Klöster zusammen. Frankreich versucht sich auf diese Weise die ganze Welt zu unterwerfen. Ihr seid ein Mann der Wissenschaften, Rupert, um Himmels willen, wollt Ihr denn, daß jeder Fortschritt aufgehalten wird, weil er dem Papst nicht gefällt? Rom betrachtet Galileo Galilei noch immer als Ketzer und behauptet nach wie vor, daß die Sonne sich um die Erde dreht.«

Ich dachte, das tut sie, ich dachte, das tut sie, ich dachte, ich kenne dich. Wo war der Schauspieler aus Mistress Hicks' Fenster? Das war er nicht; das war ein anderer.

»Er würde uns seinen Glauben nicht aufzwingen«, sagte Rupert eigensinnig.

»Zufällig weiß ich, daß er es tun wird. Er ist ein Narr und wird es tun. Und die Engländer werden es nicht hinnehmen. Sie haben schon einmal gegen den Absolutismus gekämpft: Sie werden es wieder tun, dann gibt es eine neue blutige Revolution. Die Leute, die ich vertrete, möchten das verhindern. Warum wollt Ihr es nicht?«

»James würde uns nicht seinen Glauben aufzwingen.« Rupert blieb hartnäckig.

»Er wird uns an Frankreich verkaufen. Charles hat es bereits getan.«

Rupert stand auf. Das Feuer warf seinen Schatten über Teppiche und Fußbodendielen vor Penitence' Füße, wo er sich mit dem des anderen Mannes traf. »Ihr seid Gast in meinem Haus, sonst würde ich Euch mit meinem Schwert durchbohren.«

Der Viscount blieb stehen, wo er war. »Euer Hoheit, nach sieben Jahre in französischen Gefängnissen habe ich das Recht, das zu sagen. Durch sie habe ich das Recht erworben zu erwarten, daß Ihr mir zuhört.«

Rupert setzte sich.

Voller Qual dachte Penitence: *sieben Jahre im Gefängnis!* Und dann dachte sie: *Und wo war er die anderen sechs?*

Der Viscount nahm einen Hocker, trug ihn zu ihnen hinüber, setzte sich Rupert zu Füßen und beugte sich vor: »Ihr müßt mir glauben, my Lord. Das hat nichts mit Charles' persönlichem Betrug an mir zu tun. Den habe ich ihm längst vergeben. Ich habe ihm Lehenstreue geschworen wie ihr – zur gleichen Zeit, wenn Ihr Euch erinnert, und ich breche meinen Eid nicht. Es ist James, dem ich nicht dienen werde. Doch die Tatsache bleibt, daß Charles anno '70 ein Geheimabkommen mit Ludwig unterschrieben hat. Seine Schwester war die Vermittlerin.« Seine langen Finger hoben sich deutlich vom Feuer ab, als er an ihnen abzählte. »Daran beteiligt waren Ludwig, Charles, James und Madame, niemand sonst.«

»Ich fürchte, Ihr habt Euch vergeblich die Mühe gemacht, my Lord«, sagte Rupert. »Die königlichen Ratgeber haben davon gewußt. Sogar ich habe davon erfahren. Der Vertrag mit Frankreich ist kein Geheimnis. Charles hat sein Land nur gegen alle Eventualitäten gesichert, was ein kluger Monarch tun muß.«

»Es hat einen Vertrag im Vertrag gegeben. Der Rat hat nur geglaubt, die Bedingungen zu kennen. Was er nicht wußte, ist, daß Charles versprochen hat, sich Ludwigs Herrschaft über die Niederlande nicht zu widersetzen. Auch weiß der Rat nichts von der ansehnlichen Summe, die Ludwig unserem Charles für seine Willfährigkeit bezahlt hat. Und er wußte nicht, daß Charles für noch mehr Geld versprochen hat, zur römischen Kirche überzutreten.«

»Nein!« Rupert sprang auf und stieß den Viscount fast von seinem Hocker, als er durch das Zimmer stapfte. »Das glaube ich nicht!«

Der Viscount folgte ihm unbarmherzig. »Ich war ein besserer Geheimagent als Charles für möglich hielt, und man hat mir die Information gegeben. Zuerst habe ich sie nicht geglaubt, genau wir Ihr. Wollte sie nicht glauben. Dann wurde mein Informant ermordet aufgefunden, und ich dachte: *Hallo, hallo.* Als die Geheimpolizei mich am nächsten Tag verhaftete, sah es so aus, als wisse ich etwas, von dem Ludwig nicht wollte, daß ich es wußte. In den sieben Jahren die ich im La Reynies-Gefängnis saß, wurde es für mich zur verdammten Gewißheit. Besonders, da Charles keinen Finger rührte mich herauszuholen.«

»Wir haben nicht gewußt, wo Ihr wart. Ich habe Ludwig selbst ...«

»Charles hat es gewußt. Er mag genug Bedenken gehabt haben, um Ludwig daran zu hindern, meinen Körper wiegen und mich in eine *oubliette* – ein Verlies für ewige Gefangene – werfen zu lassen, aber er hat es gewußt.«

Seltsamerweise hatte der Zorn, der im Raum gehangen hatte, sich aufgelöst. Rupert schenkte sich und dem Viscount noch mehr Port ein, sie nahmen einander gegenüber am Feuer Platz und streckten die Beine aus, als seien sie am Ende eines langen, nicht unerfreulichen Tages angelangt.

»Euch wurde übel mitgespielt, Anthony. Das tut mir leid.«

Der Viscount hob sein Glas und drehte es, beobachtete die Flammen, die durchschienen und es purpurn färbten. »Dem König auch. Es sei, so sagt er mir, allein die Schuld seines Scoutmaster-Generals gewesen. Ich soll eine ansehnliche Pension bekommen.«

Ein Scheit fiel krachend auf die Kaminsohle, und der Viscount beförderte es mit einem Tritt auf den Rost zurück. »Ich beklage mich nicht, Rupert. Ich habe meinem Land gedient, und England ist größer als seine einzelnen Könige und gewiß viel, viel größer als seine Viscounts. Es ist England, um das ich fürchte. Charles denkt, er spiele ein raffiniertes Spiel – er nennt es *Der Große Plan.* Aber im Vergleich mit jenem Ungeheuer jenseits des Wassers ist er ein Kind. Es ist Ludwig, der mit ihm spielt. Und was James angeht – Ludwig wird ihn fressen und die Kerne ausspucken. Ludwig XIV. ist ein Genie, und wenn man ihn nicht schnell aufhält, wird er bald ganz Europa regieren – England inbegriffen.« Er leerte sein Glas und stand auf. »Deshalb werde ich James nicht dienen. Er hat vielleicht nicht die Absicht, es zu erlauben, aber Ludwig würde sein Land schon vor dem Frühstück in die Tasche stecken.«

Plötzlich beugte er sich vor, daß er beinahe kniete. »Euer Hoheit, es muß kein Blut vergossen werden. Halb England will ja schon, daß James von der Thronfolge ausgeschlossen wird, und wenn bekannt würde, daß Ihr bereit seid, seinen Platz einzunehmen, hätten wir auch die andere Hälfte auf unserer Seite. Ich bitte Euch, es zu bedenken. Gebt Eurem Land, was es braucht, einen König der Vernunft.«

Penitence kannte die Antwort, bevor sie ausgesprochen wurde. Für Rupert war das Königtum heilig und unantastbar. Ein unkomplizierter Mann, der nach den Regeln der Rangordnung lebte, hielt er an der Tradition fest, denn sie war die einzige Sicherheit in einer Welt der Revolutionen und stürzenden Throne. Sein Zorn darüber, wenn jemand von niedrigerem Rang, wie der Prinz von Oranien, ihm vorgezogen wurde, hatte nichts mit Eitelkeit zu tun, sondern nur mit seiner Angst vor Unordnung.

Und jetzt sang er sogar:

»Treue bleibt immer gleich, mein Kind,
Ob sie das Spiel verliert oder gewinnt:
Treu wie das Zifferblatt der Sonne,
Auch wenn sie gar nicht scheint mit Wonne.«

Die Baßstimme zog die letzte Note in die Länge, und Rupert lächelte. »Erinnert Ihr Euch, Anthony?« Freundlich klopfte er dem Viscount auf die Schulter. »Sagt ihnen, ihr Angebot schmeichelte mir. Aber sie haben nicht das Recht, es mir zu machen.«

Der Viscount gab nach. »Ich habe ihnen prophezeit, daß Ihr das sagen würdet.«

Sie begleiteten ihn zu seiner Tür und sagten ihm gute Nacht.

Zu ihrer Erleichterung brachte Rupert sie auch nur bis an ihre Schlafzimmertür und trat nicht ein. Er küßte ihr die Hand. »Du brauchst deinen Schlaf. Denk nichts Übles von Torrington. Er ist nicht der Revolutionär, der er zu sein scheint, und er wird sich schon einleben, wenn er Zeit gehabt hat, sich von seinen schlimmen Erlebnissen zu erholen. Tatsächlich hat er dem König besser gedient, als es der König verdient. Hast du gewußt, daß Charles ihm die Frau weggenommen hat?«

Er nickte, als sie ihn überrascht ansah. »Die Frau ist im Kindbett gestorben, und es wurde vertuscht, aber Torrington ist kein Roger Castlemaine, der sich vom König zum Hahnrei machen und dann mit Titeln und Orden beschwichtigen läßt. Er ist eine Zeitlang verschwunden und nur in den Dienst des Königs zurückgekehrt, weil sein Land ihn brauchte.«

Und ich weiß, wohin er ging.

Wie immer, wenn er sehr beunruhigt war, berührte Rupert häufig seine Stirnwunde.

»Schmerzt sie wieder?« fragte Pen. »Komm rein, und ich bade sie.«

Er lehnte ab. Sie fragte sich, worüber er sich am meisten aufregte: daß er die Königswürde abgelehnt oder daß er erfahren hatte, wie perfide Charles gehandelt hatte, als er sich heimlich mit den Franzosen gegen seine holländischen Alliierten verbündete.

»Weißt du, meine Liebe«, sagte er, »schlimmer als alles andere ist, zu wissen, daß der König so tief sinken kann, einen Freund so zu behandeln, wie er Anthony Torrington behandelt hat. Wie konnte er, nachdem er die Ehefrau verführt hatte, dulden, daß der Ehemann im Gefängnis leiden mußte? Der Mann war Charles' Gefolgsmann.«

»Eben *weil* er seine Ehefrau verführt hatte«, sagte Penitence. »David hat Uria, den Hethiter, aus dem gleichen Grund an die vorderste Front einer Schlacht geschickt.«

Rupert schüttelte den Kopf. »Das bedeutet nichts Gutes. Und was David tat, hat dem Herrn mißfallen.«

Sie sagte, und es war ihr sehr ernst damit: »Du wärst ein wunderbarer König gewesen.«

In ihrem Zimmer ließ sie sich auf den Fenstersitz fallen und blickte in den Ziergarten hinaus. *Warum bist du zurückgekommen?* Nur – das war er ja gar nicht. Keine Spur von Henry King in diesem Möchtegern-Königsmacher und seiner bedrückenden Vergangenheit, mit seinen Loyalitäten und noch schrecklicheren Illoyalitäten.

»Dein Vater ist tot«, hatte sie Benedikt gesagt, wie sie es geplant hatte. Aber der Schauspieler, der inmitten von Pest und Armut eine schmutzige Gasse verzaubert hatte, war nie für sie gestorben – bis jetzt.

Jetzt war er tot. Irgendeine imposante Seele bewohnte Henry Kings Körper, ein Aristokrat, der das Theater nicht brauchte, weil er über die Weltbühne stolzierte, ein Uria, der Hethiter, großmütig genug, aus dem Reich der Toten zurückzukehren und seinem persönlichen David zu vergeben; einer, der Königswürden anbot, wie ein anderer sagen würde: »Nimm eine Karte« und unvereinbar mit dem Scharlatan aus der Rookery.

Jener Mann war nur eine Facette von der vielseitigen Persönlichkeit dieses Mannes gewesen, ein Charakter, für diese Gelegenheit geschaffen, um die Zeit zu überbrücken, während das wahre Ich in seinem Innern sich von der Demütigung erholte.

Henry King hatte ihr zweimal einen schmerzlichen Verlust zugefügt, einmal, als er sie verließ, und jetzt wieder, als er ihr bewies, daß er nie existiert hatte. Das dünne Gewebe aus Groll und Schmerz und Wut, mit dem sie dreizehn Jahre lang den Abgrund zudeckte, den er hinterlassen hatte, zerriß. Sie hatte nicht gewußt, daß sie so leiden könnte. *Gott verdamme* dich, Henry King.

Sie mußte sich wiegen, mußte gehen, um den Schmerz mit körperlicher Bewegung zu lindern. Hinter den dunklen Schleifen und Bögen der Ziergartenhecken lag der Rasen im Schatten weit ausgebreiteter Zedernäste. Sie warf sich einen Umhang über die Schultern und ging hinunter.

Auf dem Weg durch die Halle sah sie durch die offene Tür der Bibliothek, daß Peter vergessen hatte, das Feuer abzudecken. Sie ging hinein, um es nachzuholen. Als sie das Kamingitter wieder anbrachte, sagte eine Stimme zu ihrer Rechten: »Hallo, Stiefel.«

So leicht, wie sie einst die Gasse zwischen zwei Fenstern überwunden hatte, überwand die Stimme dreizehn Jahre, machte sie wieder jung und zart. Nur eine einzige Minute lang wollte sie ihn wiedergrüßen und die Zeit überbrücken, doch sie tat es nicht. Dieser Mann hatte sie verlassen

»Gute Nacht, Viscount«, sagte sie und schickte sich an zu gehen.

»Hast es weit gebracht, Stiefel, das kann man sagen. Sto- stolz drauf, daß ich das Potential erkannt habe.«

Er ist betrunken. Er saß in einem Nachtwächtersessel auf der anderen Seite des Feuers, das Gesicht im Schatten. Die Karaffen waren viel leerer als vorher. *Er war betrunken, als wir uns zum erstenmal tra-*

fen, und er ist es auch jetzt. Sie schüttelte ein Kissen auf und ging weiter.

Die Stimme verfolgte sie. »Warum brennst du nicht mit mir durch?« Als sie herumfuhr, erhob er sich taumelnd und fuchtelte mit einem zitternden Zeigefinger herum. »Is' mein Ernst. Wir brennen durch. Du mit deinen Perlen der Königin von Böhmen und ich mit meiner Pension – wir könnten leben wie Gott in Frankreich.«

Die Versuchung, ihn zu verletzen, war zu stark, um ihr zu widerstehen. Sie setzte sich in den Sessel gegenüber. »Besten Dank«, sagte sie. »Ich bin bereits versorgt.«

»Das bist du, stimmt. Hast du gut gemacht. Hab mir Sorgen um dich gemacht. Habe immer zu Stiefel – das war meine Lieblingsratte im Gefängnis – gesagt: ›Stiefel, hab ich zu ihr gesagt, wenn ich jemals hier rauskomme, geh ich zurück und seh nach, wie's deiner Namensschwester geht, der kleinen, armen Schlampe.‹ Hää – hätte mir keine Sorgen machen müssen. Hier ist sie und wirft Perlen in das Bett eines Prinzen. Hat sich die gesellschaftliche Leiter hinaufgehurt. Hast du auch Charles gevögelt, oder ist er die nächste Sprosse?«

Welche Wonne. Sie fühlte eine wilde, kämpferische Freude. Er hatte zu der Gossenratte zurückkehren wollen, die er verlassen hatte, und wollte herablassend edelmütig zu ihr sein. Sie gähnte, hielt die Hand vor den Mund und ließ ihre Ringe im Licht des Feuers blitzen. »Er hat nicht genug geboten«, sagte sie. »Wie Ihr.« *Das saß.*

Er nahm sich noch einen Drink, obwohl er, als er sich wieder setzte, nüchterner geworden schien. »Ich biete es jetzt«, sagte er. »Wenn du Rupert in Ruhe läßt. Und ich biete dir die Ehe, was mehr ist, als die anderen geboten haben, darauf wette ich.«

»Die Ehe?«

»Gewiß. Meine erste Frau war eine Schlampe, warum also von der edlen Tradition abweichen?«

Sie ignorierte die Beleidigung und versuchte zu ergründen, was in aller Welt er zu tun versuchte. Hinter der Trunkenheit, der Ironie und der unglaublichen Unverschämtheit verfolgte er einen bestimmten Zweck. »Ihr glaubt, Rupert hat die Königswürde meinetwegen ausgeschlagen?«

»Hat es doch praktisch gesagt. Du hast dem armen alten Mann total den Kopf verdreht, das ist offensichtlich. ›Ich tausche meine Lady nicht gegen die größte Königin der Christenheit.‹ Seine Worte. Doch er würde es tun müssen, verstehst du, so tief England auch gesunken sein mag, hat es nicht aufgehört – ist es noch nicht soweit, Huren zu Königinnen zu machen – jedenfalls nicht, wenn sie nicht hochgeboren sind.« Er beugte sich in seinem Sessel vor, so daß sie, seit sie den Raum betreten hatte, zum erstenmal sein Gesicht sah. »Laß ihn in Ruhe, Stiefel. Du gehst mit mir. Auf der Stelle.«

Glaubte er wirklich, er brauchte nur mit einem Stück Fleisch zu winken, und die Hündin würde hinter ihm herrennen? Er verstand sie genausowenig wie er Rupert verstand. Er verstand überhaupt nichts. Wenn es je einen Augenblick gegeben hätte, in dem sie ihm von sich hätte erzählen können, würde sie sich diesen Augenblick jetzt nicht zurückwünschen. Das war Krieg. Und wenn man ihr glühendheiße Kohlen unter die Fingernägel steckte, würde sie ihm nicht sagen, daß sie keine Hure gewesen war. Sie wünschte, sie wäre eine gewesen. Sie wünschte, sie hätte mit jedem Mann gehurt, dem sie je begegnet war, weil es ihn verletzte.

Sie jubelte innerlich. *Es verletzte ihn.* Er hatte für das stotternde Mädchen auf der anderen Seite des Rookerygäßchens etwas empfunden. Er hatte aus dem Ton, den er gefunden hatte, eine passable Frau geformt und war stolz darauf gewesen. Er hatte sich seine Galatea patentieren lassen und war verärgert, weil andere Männer von ihr Gebrauch gemacht hatten.

Was für ein Narr. Sie konnte ihn verletzen und immer wieder verletzen. »Heiraten?« sagte sie. »Euch? Viscount, Ihr seid auch nicht annähernd meine Preislage.«

Sie machte kehrt, um hinauszugehen, als er sich auf sie stürzte, sie verfehlte und gegen den Kamin taumelte. *Trunkenbold.* Er zitterte und murmelte vor sich hin und brach zusammen. O *Gott, er ist krank.* Sie zerrte ihn aus dem Bereich der Flammen und lief dann Peter holen.

»*Mal aire* nennen es die Franzosen«, sagte Rupert, »von den ungesunden Dämpfen der Sümpfe. Ich habe die Krankheit schon gesehen, in Afrika, obwohl man nicht einmal so weit reisen muß, um sie zu bekommen. Seine Majestät hatte vor kurzem etwas Ähnliches.«

»Es kommt nicht darauf an, welcher Krankheit die hier ähnelt oder nicht ähnelt. Was können wir dagegen tun?«

Verärgert trommelte Rupert auf das Fußende von Torringtons knarrendem Bett. »Es kommt sehr wohl darauf an, meine Liebe, verzeih. Charles wurde nicht von den Ärzten geheilt – als könnten diese aufdringlichen Idioten überhaupt jemanden heilen –, sondern mit einem Pulver aus der Rinde eines südamerikanischen Baumes. Die Frau des Vizekönigs von Peru hat es mitgebracht. Sie war nach der Methode der Eingeborenen erfolgreich damit behandelt worden ...«

Penitence biß die Zähne zusammen. Es hatte keinen Sinn, ihn zu drängen. Sie zog die Decken höher über die vor Kälte schlotternde Gestalt im Bett und forderte Peter mit einer Geste auf, noch mehr Decken zu bringen. Wenn diese Rinde etwas taugte, konnte Rupert das Pulver besorgen; der König war damals in Windsor erkrankt, als Rupert, der Konnetabel des Schlosses, ebenfalls anwesend gewesen war. *Aber schnell, schnell. Er stirbt.*

»... und es heißt nach ihr *Cinchona*. Charles und ich haben mit Robert Taylor experimentiert, um die richtige Dosis zu finden, und ...«

»Können wir es *bekommen*?«

»Das können wir. Ich habe etwas davon in meinem Laboratorium in Windsor. Ich reite sofort hinüber. Aber, meine Liebe ...«

»Ja?«

»Ich werde dort bleiben müssen. Das Forstgericht tritt zusammen, und ich muß mein Richteramt ausüben; dann kommt der König zu den Rennen hinunter. Darf ich dich bitten, hierzubleiben und dich um unseren armen Freund zu kümmern? Er ist noch nicht lange genug in England, um schon wieder einen eigenen Haushalt zu haben, und in seinem Zustand ist die Fahrt zum Sitz seiner Familie im Westen zu anstrengend.«

»Ich bleibe, Rupert.«

»Es besteht keine Ansteckungsgefahr, sonst würde ich dich nicht darum bitten. Es geht nur darum, daß du der Dienerschaft Anweisungen gibst und die Pflege beaufsichtigst. Überanstreng dich nicht. Peter wird mich begleiten und das Cinchona zurückbringen.«

»Nehmt Boller mit«, sagte Peters tiefe Stimme von der Tür her, wo er wieder gewartet hatte. »Ich geh' nich' fort von hier.«

Penitence blickte auf. Als Ruperts ältester Bediensteter konnte der Schwarze sich Freiheiten leisten, die niemand anders erlaubt waren, aber er verriet ein Mißtrauen, das sie erschreckte. Rupert merkte es nicht.

Schließlich stand sie neben seinem Steigbügel und wartete darauf, sich zu verabschieden, als er mit den unzähligen Anweisungen für Peter und den Verwalter Samuel, das Gut betreffend, zu Ende kam. Er schloß seine Bemerkungen immer mit denselben Worten: »In jeder Hinsicht habt ihr meiner Lady zu gehorchen wie mir selbst.«

»Paßt auf Euch auf, my Lord«, sagte sie. Vor den Bediensteten gingen sie sehr förmlich miteinander um. »Wenn die Kopfschmerzen wiederkehren, müßt Ihr nach Hause kommen.«

Er küßte ihr die Hand. »Wir hatten noch keine Zeit, über Euren Vater zu sprechen. Ich habe über die Sache nachgedacht. Habt Ihr gewußt, daß er Erbe eines Rittergutes war?«

»Ach, wirklich?«

»Das Rittergut der Hoy. Eine alte Familie. Irgendwo in Somerset, glaube ich.« Er nickte vor sich hin. »Ich werde mich darum kümmern.«

Sie sah ihm hinterher, als er die Kastanienallee entlangritt, gefolgt von Boller auf seinem Zelter. Am Tor drehte er sich um und schwenkte den Hut, schwenkte ihn über seinem Kopf wie ein Junge mit einer Geste, die bei der königlichen Kavallerie wohlbekannt war. *Beschütze ihn, oh, beschütze ihn gut.*

4. Kapitel

Sie versuchte sich auf die hundert Pflichten zu konzentrieren, die mit der Führung eines großen Hauses verbunden waren. Dennoch drängte es sie, bei dem Patienten zu sein, sie wurde nervös, wenn sie es nicht war, und kehrte jeden Augenblick, den sie erübrigen konnte, in sein Zimmer zurück. Es gab eine Auseinandersetzung mit Peter, als sie sagte, sie wolle die Nachtwache übernehmen.

»Ich bleibe. Es ist nich' schicklich für Euch, die Nacht hier zu verbringen.«

»Du brauchst deinen Schlaf, Peter. Geh zu Bett.«

»Es schickt sich nich'.«

»Sei nicht so prüde. Ich brauche keine Aufsichtsperson. Er ist der Freund meines Herrn. Und auch wenn er es nicht wäre, kann er mich in seinem Zustand wohl kaum belästigen.« Peter schob seine dicke Unterlippe vor, wie immer, wenn er eigensinnig war. »Ich bleibe.« Die tonlosen und merkwürdig korrekt ausgesprochenen Worte deuteten versteckt an, daß sie diejenige sein könnte, die den Kranken belästigte.

»Das ist ein Befehl.« Sie befürchtete eine Rebellion, doch obwohl er die Unterlippe noch weiter vorschob als sonst, ging er.

Hält außer Rupert jedes männliche Wesen mich für eine Hure? Es ist meine Pflicht als Gastgeberin, den Mann zu pflegen, das ist alles.

Es war nicht alles. Jahrelang hatte sie Gott um seinen Tod gebeten, und nun, da Gott ihr den Wunsch zu erfüllen schien, wurde sie von einem verzweifelten Mitleid überrumpelt. Zusammengerollt wie ein Foetus lag er da, eine Hand über der anderen, die Fingernägel blau von der Kälte, die seine Zähne klappern ließ, als liege er im Winter auf einem offenen Feld, anstatt in einem Bett unter einem ganzen Deckenstapel.

Sie ging zum Kamin und schürte das Feuer, um den Impuls zu unterdrücken, das arme Wesen so knuddeln, bis es warm war, wie sie Benedikt in den Wintern geknuddelt hatte, in denen es keine Kohle gab.

Erinnerungen, die verdrängt worden waren, nachdem er sie verlassen hatte, begannen lebendig zu werden. Einmal hatte er an ihrem Krankenbett gesessen und ihr so lange zugesetzt, bis sie ins Leben zurückgefunden hatte. »Ich habe hart für dich gearbeitet«, hatte seine Stimme gesagt, »du elendes Stück Mensch.« Er hatte sie sein Werk in Gethsemane genannt. Die Rookery war damals für sie alle die Schädelstätte gewesen, für ihn verfeinert durch die Erinnerung an den Ehebruch seiner Frau. Er hatte nicht die Genugtuung gehabt, seinen Rivalen zum Duell fordern zu können – man konnte sich mit einem König nicht duellieren –, er hatte sich statt dessen in den Alkohol geflüchtet und im verkommensten Teil von London grimmig über seine Demütigung nachgedacht. Damals mußten ihm alle Frauen wie Prostituierte erschienen sein, wie also konnte er sie für etwas anderes als für eine Hure halten? Aber er hatte zurückkehren wollen. Das sagte er.

»Dreizehn Jahre, um über den Kanal zurückzukommen«, sagte sie zu der fröstelnden Gestalt auf dem Bett. »Du hättest es nicht so überstürzen sollen. Du hast dich überanstrengt.«

Nun gut, wenn Charles seinen Vertrag mit Frankreich anno 1670 abschloß und Henry King sieben Jahre eingekerkert gewesen war, weil er davon gewußt hatte, blieb noch eine Menge Zeit übrig. »Du wärst auf jeden Fall zu spät gekommen.«

Zu spät – wofür? Um ein paar Goldstücke in die dankbaren Hände einer Straßendirne fallen zu lassen, die ihm leid tat? Nach der er seine Lieblingsratte getauft hatte? *Ho, ho, Henry King. Du hast bei deiner Heimkehr eine Überraschung erlebt.*

Ein Stöhnen kam aus dem Bett. »Kalt ...«

»Geschieht dir recht«, sagte sie.

Gefühle kamen und gingen zu schnell, um gedeutet zu werden. Groll verging, stieg wieder auf, verging, wurde zu Panik, als der Schüttelfrost zu Fieber und Delirium wurde. Sein Nacken glühte an ihrem Arm, als sie ihm den Kopf hob, um ihm die Cinchonalösung einzuflößen, und sie hatte Mühe, ihn zum Trinken zu überreden. Mit einem wilden Blick packte er ihr Haar und schrie: »Aber das war in einem anderen Land.«

Die Botschaften, die Rupert schickte, klangen nicht beruhigend.

Nach dem Fieber wird er stark schwitzen, und es wird ihm etwas bessergehen, bis er drei oder vier Tage später wieder Schüttelfrost bekommt. Wenn das Wechselfieber jeden Tag kommt, wird er so geschwächt sein, daß er das Bewußtsein verlieren und vielleicht sterben wird. Wenn er zuwenig Lebenskraft hat, werden die kurzen Besserungen und das Rückfallfieber möglicherweise andauern.

Der große Schweißausbruch kam gegen Morgen.

Sie rief zu früh nach frischen Laken und mußte noch mehr bringen lassen. Zwei Lakaien, Johannes und Herbert, bündelten die schweißdurchtränkte Wäsche, um sie in die Wäscherei zu bringen. Penitence, die ihnen dabei zusah, zuckte plötzlich erschrocken zusammen. Sie überließ es ihnen, den Patienten mit einem in Majoranwasser getauchten Schwamm zu waschen, sagte ihnen, daß ihm auf keinen Fall zu kalt werden dürfe, und lief hastig aus dem Zimmer.

Mistress Palmer war eben dabei, dem Wäschemädchen, das im Hof Kleider aufhängte, eine Strafpredigt zu halten. Penitence ging mit ihr in den Küchengarten.

»Was, der Komödiant, der damals das Stück für uns aufgeführt hat?« fragte Mistress Palmer aufgeregt.

»Ja.«

»Der wo bei der alten Ma Hicks gewohnt hat?«

»Ja.«

»Der wo Benedikt sein ...«

»Um Himmels willen, leise. Ja.« Mistress Palmer war die einzige in ihrem Haushalt, die Henry King erkennen würde – Reverend Boreman war ihm nie begegnet. »Ich will nicht, daß du den Viscount of Severn an Thames, wenn du ihn siehst, mit Erinnerungen an die Rookery überfällst.«

»Mach' ich natürlich nich'«, sagte Mistress Palmer fest. »Ich möchte mein' Stellung behalten, genau wie Ihr. Gefällt mir hier.«

»Es geht dabei nicht um unsere Stellungen. Ich will nur nicht, daß er von Benedikt erfährt, und ich will nicht, daß der Prinz sich aufregt.«

»Glaub' ich auch, daß Ihr das nich' tut. Wer will schon in den alten Yard und zu den alten Zeiten zurück? Wißt Ihr noch – die Nacht in der Ihr nach Hause gekrochen gekommen seid, ganz mit Dreck beschmiert? Und schaut Euch jetz' an? Glitzerchen an den Fingern, ein Furzfänger beim Dinner hinter Eurem Stuhl ...«

Penitence ging und kam sich noch verruchter vor als vorher.

Peter war wieder im Krankenzimmer, saß mit gekreuzten Armen auf einem Hocker an der Tür. Sein Patient war wach, jammerte aber vor Schwäche. Er würgte, als sie ihm die Medizin einflößte. »Ich bin aus dem Kerker geflohen, um Zeug zu entkommen, das besser schmeckte als dies hier.«

»Ihr seid geflohen?« Es war bezeichnend für ihr Interesse, daß sie hinzufügte: »Wann?«, anstatt zu fragen: »Wie?«

»Weiß nicht«, sagte er gereizt. »Vor einem Jahr? War gezwungen, den langen Weg nach Hause zu nehmen, über Amerika. Das einzige Schiff, das ich kriegen konnte.«

Dreizehn Jahre begründet, erklärt. Eine Schicht ihres Grolls löste sich, wurde jedoch sofort durch eine andere ersetzt. *Er hätte schreiben können.*

Sie schickte in die Küche um Essen für den Kranken und überließ es Peter, ihn löffelweise zu füttern, während sie sich ausruhen ging. Am Nachmittag, der stark bewölkt und düster war, befahl sie, daß in seinem Zimmer die Leuchtpfanne angezündet wurde und setzte sich, während er schlief, mit ihrer Stickerei zum Licht. Peter, auf seinem Hocker, sank der Kopf auf die Brust; er war eingeschlummert.

Ein Schrei aus dem Bett. Sie ließ den Stickrahmen fallen und lief zu ihm. Er klammerte sich an sie. »Ich hab' geträumt, ich sei wieder dort.« Er zitterte, aber nicht vor Kälte.

Sieben Jahre. Zum erstenmal wurden es seine Jahre, nicht die ihren. Entsetzt sah sie vor sich vergeudeten Tag auf vergeudeten Tag, die unter dem Deckel eines Sarges hervorkrochen, ohne daß er hoffen konnte, diesen Deckel jemals zu heben. »Still«, sagte sie, »still. Ihr seid jetzt in Sicherheit. Ihr seid zu Hause.«

Er zog ihre Hände unter seine Wange und schlief auf ihnen ein. Und so kniete sie, um ihn nicht zu bewegen, in höchst unbequemer Haltung neben dem Bett, und ihr war egal, was Peter dachte. Sie war in den gleichen Jahren mit Applaus überschüttet worden, hatte, dank ihm, viel erreicht. Tränen tropften auf ihre Arme, und ganz vorsichtig zog Pen eine Hand heraus, um sie abzuwischen.

Am Abend, nach einer weiteren Dosis Cinchona und ein wenig Fleischbrühe, wurde er lebhaft und gehässig. »Habe ich dir erzählt, daß ich im Gefängnis eine Lieblingsratte hatte, Peter?«

»Nein, Lord.«

»Lieblingsratte. Habe sie Stiefel genannt. Und ihr Tricks beigebracht.«

»Eine kluge Ratte, Lord?«

»Eine sehr kluge Ratte, Peter. Als sie zu mir kam, konnte sie nur quieken. Als ich mit ihr fertig war, konnte sie sprechen, was hältst du davon?«

»Ihr wollt mich veräppeln, Lord.«

»Aber durchaus nicht. Sie konnte sogar singen. Hat Balthasars Lied gesungen.«

»Was ist aus der Ratte geworden, Lord?«

Der Viscount legte sich in die Kissen zurück. »Oh, sie ist in eine andere Zelle gegangen, in der es bessere Krümel gab. Du weißt doch, wie Ratten sind.«

Penitence biß den Faden ab, stieß die Nadel in die Stickerei und stand auf. »Gute Nacht, my Lord.«

»Ihr geht?«

»Ja.«

»Sing mir etwas vor. Balthazars Lied. Zum Gedenken an Stiefel.«

»Ich singe nur beruflich, my Lord. Ich schicke Euch unseren Lautenspieler.«

Es war beruhigend, im Ziergarten spazieren zu gehen. Als sie um das kunstvolle Muster herumging, hoben sich die Hecken im Licht der Fackeln von der Terrasse wie eine schwarze Stickerei vom hellen Kies ab.

Er glaubte tatsächlich, daß sie so etwas wie seine Leibeigene war. Was sie nicht ergründen konnte, war, ob er Rupert übelnahm, weil er besaß, was von Rechts wegen eigentlich ihm gehörte, oder ob, wie er es sah, dieser Besitz ein Stolperstein zwischen Rupert und der Krone war.

Wie der Ziergarten, hatte ihr Zusammensein ein Muster. Die Form dieses Musters hing von der Krankheit ab. Am dritten Tag bekam er wieder Schüttelfrost und war nur noch bemitleidenswert. Während des nachfolgenden Fiebers durchwanderte sein Geist ›Große Pläne‹ und Gefängnisse. Danach war er erschöpft und reizbar, bis der Kreislauf drei Tage später wieder begann.

Als der zweite Fieberanfall, der sehr schlimm war, seinen Höhepunkt erreicht hatte, schrie er wieder: »Aber das war in einem anderen Land!«

Sie und Peter hatten zu kämpfen, um ihn niederzuhalten. Diesmal beendete sie das Zitat an seiner Statt: »Und nebenbei, die Dirne ist tot.«

Er hörte auf, sich zu wehren.

»Das is' seine Frau, die tot is'«, sagte Peter und trocknete sich die Stirn mit dem Arm. »Hell wie der Mond war sie. Salomons Lied.«

»Erzähl.«

Er schüttelte den Kopf. »Der Lohn der Sünde ist der Tod.«

»Römer 6, Vers 23«, sagte sie automatisch, und der Schwarze

blickte erstaunt auf. »Was ist passiert, als der König sie ihm weggenommen hat?«

Traurig betrachtete Peter den Kopf, der sich auf dem Kissen von einer Seite auf die andere warf. »Er hat geklagt und mit den Zähnen geknirscht. Der Prinz und ich dachten, daß er den Verstand verlieren würde, und wir sperrten ihn in Spring Gardens ein, für den Fall, daß er die Absicht hatte, dem König etwas anzutun. Oder sich selbst. Dabei hatte sein Papa ihn verstoßen, weil er sie geheiratet hatte.«

»Sein Vater hat ihn verstoßen?«

»Weil sie eine Römische war. Und der König hat gesagt: Kümmer dich nicht um deinen Papa, du und sie, ihr könnt bei mir in Whitehall wohnen, bis dein Papa stirbt. Aber der König gierte nach der schönen Lady und sie nach ihm. Und der Lohn der Sünde ist Tod.«

Seine weißumrandeten Augen sahen sie bedeutungsvoll an, und obwohl sie noch mehr Fragen stellte, wollte er nichts mehr sagen.

Er hatte also eine Katholikin geheiratet, und sein Vater hatte ihn deshalb verstoßen. Einiges aus der Vergangenheit des Mannes wurde allmählich klar. Er hatte kein Geld gehabt, sich jedoch geweigert, sich für die Untreue seiner Frau bezahlen zu lassen wie Roger Castlemaine, war betrunken und singend durch eine Gasse in der Rookery gewandert und hatte ein Mädchen gerettet, das von Straßenräubern angefallen worden war, die es auf seine Stiefel abgesehen hatten.

Nach dem Fieber fiel er in eine tiefe Depression. »Laßt einen Beichtvater für mich holen. Und einen Rechtsanwalt, der mein Testament aufschreiben soll.«

»Ihr werdet nicht sterben.«

»O doch, das werde ich.« Ihm kam ein beunruhigender Gedanke. »Der verfluchte Cromwell ist an Malaria gestorben.«

Sie mußte lachen, doch da Peter im Moment nicht im Zimmer war, fragte sie: »Warum wart Ihr am Theater?«

»Was?« fragte er gereizt.

»Nachdem – nachdem Euer Vater Euch verstoßen hatte. Warum habt Ihr das Theater gewählt. Warum das King's?«

Er schloß die Augen. »Kümmert Euch um Eure eigenen Angelegenheiten, Madam.«

Mit fortschreitender Genesung wurden seine Manieren besser. Solange er beleidigend wurde, waren sie der Wahrheit über das, was zwischen ihnen war, näher gewesen. Sie besuchte ihn jeden Morgen, nachdem der Barbier ihn rasiert hatte, um sich höflich nach seinem Ergehen zu erkundigen, und bekam höfliche Antworten; und am Abend kam sie noch einmal. Sie überwachte die Zubereitung der Speisen, die ihm hinaufgeschickt wurden, stopfte ein Kissen mit Kräutern, damit es in seinem Zimmer angenehm duftete, und fragte Peter nach seinen Wünschen.

Inbrünstig wünschte sie sich, daß er abreiste – in zwei Wochen kamen die Jungen über Weihnachten nach Hause –, und wehrte sich dagegen, zuzugeben, daß seit seiner Ankunft jeder Augenblick eine ganz besondere Bedeutung gehabt hatte – eine Bedeutung, wie sie sie seit jenen Tagen von Leben und Tod in der Rookery nicht mehr erlebt hatte.

Der einzige Ort, an dem sie sich einer Illusion des Friedens hingeben konnte, war der Kräutergarten. Sie hatte ihn geschaffen, er war das einzige in ganz Awdes, das nicht von jemand anders entworfen worden war. Von Kräutern verstand sie etwas; ihre Großmutter hatte sie für alles benutzt, zum Kochen, zum Kurieren von Wehwehchen, aber der Garten des Handelspostens war nur zweckmäßig gewesen. Bevor sie angefangen hatte, mit Rupert große Häuser zu besuchen, hatte sie nicht einmal im Traum daran gedacht, daß Kräuter nicht nur in schmucklosen Nutzgärten gezogen werden konnten. Interessiert hatte sie jede Abhandlung über das Thema gelesen, die sie finden konnte, und hatte angefangen, am anderen Ende des Stallhofes ein ungenutztes Stück Land in einen Kräutergarten zu verwandeln.

Wie sie selbst sagte, hatte sie erst nach vielen Versuchen und vielen Irrtümern etwas so Hübsches geschaffen, wo sie und Rupert ebensooft und mit ebensogroßem Vergnügen saßen wie auf der Terrasse über dem Ziergarten. Der Kräutergarten zog sich an der hohen rötlichen Ziegelmauer des Stallhofes entlang, die Penitence mit Apothekerrosen und einem Quittenbaum verschönt hatte. Ziegelwege, die zur Mauer paßten, führten im Zickzack um den Mittelteil herum, wo kleine graue Hecken aus Heiligenkraut ein Spitzenmuster bildeten, gefüllt mit Pölsterchen aus Thymian und Petersilie.

In den vier Ecken standen wuschelköpfige Lorbeerbäume wie Schildwachen; sie schützten das Geißblatt, das die Mitte beherrschte.

Das Beet an der Mauer enthielt die wildwuchernden, aber nützlichen Pflanzen wie Boretsch, Salbei und Rosmarin vor einem nebelhaften Hintergrund aus Fenchel. Rupert hatte ihr eine Sonnenuhr für den Garten geschenkt, und sie hatte sie in einen Bogengang gestellt, den sie in die Eibenhecke geschnitten hatte, die das entgegengesetzte Ende begrenzte.

Der Mauer gegenüber führte ein Erdwall unter drei großen Eichen in den riesigen Park, und zur Zeit arbeitete sie an einer kleinen Grastreppe, die den Zugang zum Wall erleichtern sollte. Dunstan, der Gärtner, hatte die Stufen angelegt, doch die Rasenstücke paßte sie selbst ein.

Es war ein kalter, strahlender Tag, und sie hatte sich warm eingepackt und sich ein Tuch über das Haar gebunden. Das dauernde Hin und Her, Zurechtschneiden und Festklopfen nahm sie völlig in Anspruch und sie sang mit Unterbrechungen: »*Jackie, mein Junge. Master? Singst du schön? Sehr schön. Hei-runter, ho-runter* ...« Das Gartenrotkehlchen saß auf dem Spaten, den Dunstan neben dem Rasenstapel in die Erde gerammt hatte, und beobachtete sie. »... *Dindong-runter. Unter den Blättern so grün-oh.*«

Noch jemand sah ihr zu. Sie erhob sich von den Knien und erblickte den Viscount, der, wunderschön anzusehen, im Torweg der Mauer stand, einen Umhang so schwungvoll übergeworfen wie damals, als er ihr zum erstenmal begegnet war. *Er ist eine Zierde. Wie die Sonnenuhr. Er sollte immer dort stehen.* »Warum hat Peter Euch herausgelassen. Es ist zu kalt.«

»Ich bin geflohen. Darf ich mit Euch sprechen?«

Als sie den Garten durchquerte, wurde ihr bewußt, wie erschreckend sie aussah in ihren Gartenstiefeln und der unförmigen Schürze. Sie zerrte das Tuch vom Kopf und schüttelte ihr Haar aus. Er beobachtete jede ihrer Bewegungen wie ein Mann, der eine Fremde betrachtete.

So weit wie möglich voneinander entfernt, setzten sie sich auf die von Flechten überwachsene Steinbank an der Mauer. Ihre Hände waren erdverkrustet. Sie begann immer mit Arbeitshandschuhen und zog sie aus, ohne es zu merken. Sie schob die Arme unter ihre Schürze.

Er blickte starr geradeaus, und sie mußte den Anfang machen: »Ich wünschte, Ihr könntet den Garten im Sommer sehen. Ich bin sehr stolz darauf.«

Er betrachtete das blasse Grau und Grün der Pflanzen. »Er sieht auch jetzt hübsch aus.«

Das Rotkehlchen flog auf einen der Lorbeerbäume und beäugte sie. »Es ist ziemlich zahm«, sagte sie verzweifelt.

»Ich bin gekommen, um mich zu entschuldigen«, entgegnete er steif. »Ich habe unverzeihliche Dinge gesagt.« Er wandte sich an die halbfertige Treppe. »Die Krankheit und die Vergangenheit haben meinen Blick getrübt.« Er wartete auf eine Antwort und blickte, als sie nicht kam, gereizt auf seine Finger, die ungeduldig auf die Bank trommelten. Sie reagierte nicht wie erwartet, und er fuhr fort: »Ihr wart nicht nur meine Gastgeberin, Ihr habt mich auch gepflegt und hättet unendlich viel Besseres verdient, als ich gegeben habe.«

Schöne Worte, aber ohne Überzeugung gesagt, als sei er ein Schuljunge, den man gezwungen hatte, sich bei einer reichen Tante wegen seines schlechten Benehmens zu entschuldigen. »Prinz Ruperts Generation ist klüger als die meine. Schließlich«, setzte er hinzu, »ist eine Rose nicht weniger eine Rose, weil sie früher in einem Misthaufen wurzelte.«

Wie ihn verletzen? Wie ihn sehr verletzen? »Danke Viscount. Glaubt Ihr, ich sollte den ganzen Wall terrassieren oder nur dieses Stück?«

»Habt Ihr gehört, was ich gesagt habe?«

»Ja, aber wir dürfen nicht hier sitzen und schwatzen, die Gefahr, daß Ihr Euch erkältet, ist zu groß. Sehe ich Euch heute abend beim Dinner? Ich freue mich darauf.«

Als er sich steifbeinig entfernte, kehrte sie unglücklich zu ihren Rasenstücken zurück. Warum reagierten sie jeweils auf die Schachzüge des anderen? Und wozu überhaupt diese Schachzüge? Warum konnten sie sich nach so langer Zeit nicht einfach unterhalten, ohne innerhalb von Sekunden jedes Gefühl aufzuwühlen, zu dem Menschen fähig waren?

Sie wußte warum. Sie hatte es vom ersten Moment an gewußt, als er im Theater in der Tür erschienen war. Sie fragte sich, ob auch er es wußte.

Penitence sah sich im Garten um, blickte zur Sonnenuhr, zu den Eichen hinüber, die den Park hinter ihnen in etwas Geheimnisvolles verwandelten. Noch vor ungefähr einer Woche war sie bekümmert gewesen, weil sie die Großzügigkeit nicht verdiente, mit der Rupert sie überschüttete.

Jetzt konnte – jetzt mußte Pen sie sich verdienen. Gott hatte aus dem klaren, kalten Himmel Seine Hand ausgestreckt und forderte die Begleichung ihrer Schuld. Es war an der Zeit zu bezahlen.

Sie betraten das Speisezimmer durch verschiedene Türen und prüften, vorsichtig witternd, die Luft. Dann nahmen sie an den entgegengesetzten Enden des Tisches Platz und riefen sich Bemerkungen über Gesundheit, Wetter und Gärten zu.

Die Länge des Tisches ermöglichte es ihr, Peter zuzuflüstern: »Schenk my Lord nicht allzuoft nach. Es ist schlecht für seine Gesundheit.« Aber es war zu spät. Die Karaffe stand an seinem Tischende, und er sorgte dafür, daß sie dort blieb.

Als der Hauptgang serviert wurde, sagte sich Penitence, wie albern das war und setzte sich trotzig auf den Stuhl zu seiner Rechten. Sie wollte mehr über seine politischen Ansichten erfahren, und da sie bereits wußte, daß sie hochverräterisch waren, diskutierte man sie wohl lieber nicht über eine Entfernung von zwanzig Fuß hinweg.

»Ich bin neugierig, Viscount«, sagte sie, »wenn James nicht Thronfolger werden soll, wer dann? Monmouth?«

»Monmouth?« wiederholte er ungläubig.

Nicht Monmouth. »Wer denn?«

Er zuckte mit den Schultern. »Wenn Rupert nicht will, muß es der nächste legitime Erbe sein. Mary.« Er schob sein Glas zurück und murmelte empört vor sich hin: »Monmouth!«

Vor ihrem geistigen Auge erschien ein Bild von James' älterer Tochter, die sie zum letztenmal vor einem Jahr gesehen hatte: rundes Gesicht, durchschnittlich hübsch, jung und schluchzend. Es war ein großes Familienfest in Whitehall gewesen – wie gewöhnlich hatte Rupert darauf bestanden, daß »meine Lady« zur Familie gehörte –, und die fünfzehnjährige Mary war plötzlich in Tränen ausgebrochen, als jemand ihre bevorstehende Hochzeit mit Wilhelm von Oranien erwähnte.

»Wundert mich nicht«, hatte Barbara Castlemaine Penitence zugeflüstert, während sie im Kreis um das weinende Mädchen herumstanden und es zu trösten versuchten. »Mit einem langweiligen holländischen Zwerg verheiratet. Einem *protestantischen* langweiligen holländischen Zwerg. Was für ein Schicksal.«

»Meine Liebe«, hatte Königin Catherine zu ihrer Nichte gesagt und versucht, nett zu ihr zu sein, »wenigstens kennst du den jungen Mann schon. Als ich nach England kam, hatte ich den König noch nicht einmal gesehen.«

»Madam«, hatte Mary gestammelt, »Ihr seid *nach* England gekommen. Aber *ich* muß es verlassen.«

Jetzt sagte Penitence: »Sie ist keine Elizabeth Tudor.«

»Das braucht sie nicht zu sein. Sie hat einen Gemahl gefunden, der das nächstbeste ist.«

Sie lächelte. Das Bild von Wilhelm von Oranien im Rock nach dem Debakel in Newmarket war in ihrer Erinnerung noch immer sehr lebendig. Er und Rupert korrespondierten miteinander, und sie legte hin und wieder eine kleine Botschaft bei, die er auch beantwortete. *Viscount, wenn es nach Eurem Willen geht, wird Penitence Hurd eines Tages von ihrem König sagen können, sie habe ihn ohne Hosen gekannt.* Es war unwahrscheinlich.

»Unterschätzt ihn nicht.« Der Viscount füllte sein Glas von neuem. »Dieser junge Mann ist alles, was zwischen uns und Ludwig steht. Wenn unsere Kinder als Erwachsene nicht Französisch sprechen und den Papst anbeten sollen, werden wir es dem jungen Wilhelm zu verdanken haben.«

Das schien auch nicht wahrscheinlich.

Sie wanderten in Ruperts Bibliothek. Peter machte sich am Feuer zu schaffen, stellte Karaffen zurecht, klopfte Kissen auf, dann ging ihm die Beschäftigung jedoch aus, und er hatte keinen Grund mehr, noch länger zu bleiben, aber die Tür zur Halle ließ er weit offen. Penitence schloß sie nicht.

Sie saßen sich am Feuer gegenüber. Nachdem sie beim Dinner auf neutralem Boden geblieben waren, benahm er sich in ihrer Gesellschaft ungezwungener; sie spürte, daß er sich nicht mehr so angestrengt darauf konzentrieren mußte, sie nicht zu beleidigen. Sie selbst hatte mit seiner Pflege gute Arbeit geleistet, er war wieder gesund, und es tat ihr gut, ihn anzusehen. Sie hatte ihm nach dem ersten Fieberanfall das Haar geschnitten, und der Barbier hatte ihm eine Perücke angepaßt, die ihn, zusammen mit seiner eleganten Kleidung in den typischen Lebemann verwandelte. Sie empfand plötzlich schmerzliche Sehnsucht nach dem komischen Mann in geflickten Sachen an Mistress Hicks' Fenster. Vielleicht war er noch irgendwo unter all der Spitze und dem Brokat versteckt, doch sie konnten es sich beide nicht leisten, ihn herauszulocken.

Vorsichtig sagte sie: »Viscount, darf ich Euch nach Euren Plänen fragen?«

»Ich habe daran gedacht, noch ein bißchen von diesem ausgezeichneten Port zu trinken, dann zu Bett zu gehen und morgen abzureisen. Dank Euch geht es mir so gut, daß ich reisen kann.«

Die Maske saß perfekt, daher konnte sie zum Dank für das Kompliment den Kopf neigen. »Ihr müßt bleiben, so lange Ihr wollt. Das habe ich auch nicht gemeint. Ich dachte nur – Ihr habt genug Schwierigkeiten gehabt. Müßt Ihr Euch noch mehr in die Politik verwickeln lassen?«

Er lächelte. »Die Politik hat eine Art, jeden irgendwie zu verwickeln. Das ist schon dem Wort selbst innewohnend.«

»Aber Ihr scheint – ein starkes persönliches Interesse zu haben.«

Er hielt sein Glas schräg wie an seinem ersten Abend, so daß es schimmerte wie ein Edelstein in einem Ring. »Wenn Ihr glaubt, ich sei gegen meinen König, weil er mit meiner Frau geschlafen hat, dann irrt Ihr Euch. Ich gebe zu, ich war nicht gerade glücklich darüber. Und um eine andere Frage zu beantworten, die Ihr mir gestellt habt – es war der Grund, warum ich mich den Theaterleuten anschloß.«

»Warum?« Wie schön von ihm, dachte sie, daß er mir eine Erklärung gibt, nachdem ich ihm am Vormittag die kalte Schulter gezeigt habe. Er mußt noch immer das Gefühl haben, er schulde ihr etwas.

»Oh, er hat versucht mich mit Botschafterposten und ähnlichem aus dem Land zu locken, damit er freie Bahn zum Bett der verstorbenen Lady Torrington hatte.« Er trank. »Und ich weigerte mich, nahm keinen Posten an. Wir Hahnreie haben unseren Stolz. Ich liebe das Theater – als junger Mann habe ich einige Zeit bei Molière und seiner Truppe verbracht –, *und* ich hatte die kindische Idee, vor ihm Kapriolen zu machen wie Scaramouche aus der *comedia dell'arte*, damit er daran erinnert wurde, was er getan hatte. Vielleicht habe ich sogar daran gedacht, von der Bühne in seine Loge zu springen und den Bastard zu erstechen.« Er stand auf, lehnte sich an die Kamineinfassung und blickte auf sie hinunter. »Gott, was für Narren wir doch sind. Glaubt mir, die verstorbene Lady Torrington war es nicht wert.«

Gut.

Er gähnte. »Wie es sich ergab, überholten mich die Ereignisse. Mein Kummer schrumpfte angesichts der vielen Toten. England, das waren, wie ich entdeckte, nicht nur als Schäfer verkleidete Hofschranzen, die ständig in Betten hinein- und wieder heraushüpften. England war arm und tapfer, wie Ma Hicks und MacGregor und das Mädchen im Fenster gegenüber. Als mein Land mich daher wieder in die Pflicht nahm, weil es wollte, daß ich die holländische Bedrohung im Auge behielt, folgte ich dem Ruf.«

»Die *holländische* Bedrohung?«

»Das glaubte man damals, doch als ich tiefer grub, stellte ich fest, daß nicht die Holländer uns bedrohten, sondern Ludwig XIV. und unser eigener König. O nein, Madam, ich habe kein persönliches Interesse, das versichere ich Euch. Zufällig liebe ich das Gleichgewicht meines Landes. Ich möchte nicht, daß es erschüttert wird.«

»Aber wird es denn durch Charles erschüttert?« fragte sie. »Im Augenblick scheint es *ihn* zu erschüttern. Der armen Catherine Verrat vorzuwerfen und die vielen katholischen Lords einzukerkern!«

Er winkte ab. »Ein Auf und Ab, nur ein Auf und Ab. Oates wird zu weit gehen – Männer wie er tun das immer. Die Gefahr liegt tiefer. Mit den *pourboires* – den Trinkgeldern –, die er von Ludwig bekommt, wird Charles vielleicht bald in der glücklichen Lage sein, vom Parlament kein Geld mehr fordern zu müssen. Er kann dann sein stehendes Heer ganz allein mit eigenen Mitteln vergrößern. Und hier, Madam, liegt der Anfang der absoluten Regierungsgewalt.«

»Ich verstehe.« Sie verstand nicht. Der Zustand des Landes war hier, in Hammersmith: im Rhythmus der Jahreszeiten und in der Person des bukolischen, phantasielosen Squire Brewster, den Milchmädchen und Schmieden und im regelmäßigen Besuch in der Pfarrkirche, wo man diesen angenehmen Kompromiß, die anglikanische Kommunion, feierte, lag eine schöne, unerschütterliche Sicherheit.

»Wie ich sehe, kann ich Euch nicht überzeugen. Hoffen wir, daß nichts das jemals fertigbringt.« Er setzte sich und schenkte sich noch ein Glas ein. »Ich habe gehört, Ihr habt einen Sohn.«

»Wir haben zwei.« Um ihn abzulenken, platzte sie mit dem ersten Gedanken heraus, der ihr einfiel: »Habt Ihr Kinder?« Und erinnerte sich dann.

»Unglücklicherweise ist Lady Torrington bei der Niederkunft gestorben und das Baby mit ihr. Außerdem durfte man bezweifeln, daß es meines war. Nein, ich habe keine Kinder.«

Wieder sah sie für den Bruchteil einer Schrecksekunde die Welt mit seinen Augen. Hätte sie nicht so tief in Ruperts Schuld gestanden, hätte sie ihm gesagt, daß er einen großartigen Sohn hatte, hätte ihm Benedikt als Entschädigung für seine Leiden angeboten. »Ich erwarte im Frühling wieder ein Baby«, sagte sie und erkannte im selben Moment, daß er sich damit beschwichtigt hatte zu glauben, Rupert sei zu alt und ihre Beziehung platonisch.

Sie dachte, er werde sie angreifen. *Er ist betrunken.*

»Ah, wie reizend«, sagte er. »Ein kleiner Fremdling, das Getrappel winziger Füße. Trinken wir auf den kleinen Bastard.« Er warf das Glas in die Flammen, und es zerschellte an der Rückwand des Kamins.

Jesus, wie primitiv sie waren. Wie brünftige Hirsche mit ihrem Harem. Er hatte einmal mit ihr geschlafen, und noch immer war ihm der Gedanke verhaßt, daß ein anderer sie geschwängert hatte. Aber der Gedanke, daß ihr Sohn von ihm sein könnte, war ihm nicht gekommen.

Voller Verachtung dachte sie, daß er jetzt wieder zu dem alten Thema zurückkehren werde, und er tat es. »Bei Gott, Stiefel, du hast es weit gebracht seit der Rookery.«

Sie gab es ihm zurück. »Ich ja. Ihr nicht.«

Zorn schien ihn immer betrunkener zu machen. Er legte den Zeigefinger an die Lippen. »Schlimmer Viscount«, sagte er. »Darfst die glückliche Szene nicht stören. Darfst keine Unruhe in das kleine, gemütliche Nest tragen, das *gutgepolsterte* kleine, gemütliche Nest. Wir wünschen nicht, daß jemand die Erinnerungen an unsere Vergangenheit auf den hübschen Teppich kotzt, wir haben die Pest-Toten vergessen und die toten Indianer, haben alles hinter uns gelassen. *Requiescat* in Vergessenheit. Stiefel ist weitergegangen.«

Sie stand auf, wollte gehen, blieb jedoch stehen. »Was für tote Indianer?«

»Scheine mich daran zu erinnern, daß mir eine junge Hure erzählt hat, sie sei als amerikanische Puritanerin unter Indianern aufgewachsen. Denk nicht mehr an sie, denk nicht mehr an die Rookery. Sie sind tot. Alle tot wie Ma Hicks, und laß die anstößige Vergangenheit ruhen.«

»Tot? Warum sind die Indianer tot?«

»Massaker.« Er hatte ihr Glas genommen, um sich noch einmal nachzuschenken. »Dachte, der Prinz hätte es dir gesagt. War wohl im Bett zu beschäftigt, wie?« Er kam schwankend auf sie zu. »Ein Krieg, Mistress. Zwischen Siedlern und Indianern. Massaker. Braucht dich nicht zu kümmern. Schon lange vorbei.«

»Welchen Siedlern?« Sie schlug ihm das Glas aus der Hand, und es landete, wie das andere, im Feuer. »Verdammter Kerl, welchen Indianern? Waren es Squakheag?«

Er starrte sie an. Wurde allmählich nüchtern. »Weiß nicht. Wir ankerten auf meinem hübschen Heimweg in der Bucht von Connecticut. Die Dinge dort waren weniger hübsch. Der Krieg war vorbei, und die Indianer wurden zusammengetrieben und auf die Westindischen Inseln transportiert.«

Sie waren in ihrem Kopf eingeschlossen gewesen wie in Bernstein, die Puritaner und die Indianer; Frauen in weißen Krägen, die auf ihren Veranden saßen und spannen; ein Kanu auf dem schimmernden Pocumscut, und der darin saß, hatte das Paddel zu einem Schlag erhoben, der in der Luft hängenblieb.

Die Stimme des Viscounts kam von weit, weit weg. »Es tut mir leid«, sagte er. »Es tut mir leid. Ich bin ein Idiot.«

Massaker.

Sie fühlte, daß er sie einen Augenblick festhielt, bevor er sie zu einem Sessel führte und dann zu Peter ging, damit er ihr Kammermädchen holte.

Am Morgen verabschiedeten sie sich vor dem versammelten Haushalt höflich voneinander, und er ritt davon. Später hörte sie, daß er nach Holland gegangen war.

Rupert war halsstarrig. »Meine Liebe, du mußt einsehen, daß eine solche Reise um diese Zeit und in deinem Zustand unmöglich ist.«

»Warum? Warum ist sie unmöglich? Du hast Schiffe, die hinüberfahren.«

»Die Hudson Bay und Rupert Land sind von Neu England ziemlich weit entfernt, und selbst wenn sie es nicht wären – es kommt nicht in Frage, daß du diese Reise unternimmst. Ich bin erstaunt, daß du an so etwas auch nur denken kannst.«

»Warum hast du es mir nicht *gesagt*?«

Er zog sie an sich, so daß sie auf seinen Knien saß. »Da ich nichts von deiner Beziehung zu Amerika wußte, hatte ich keinen Grund dazu«, sagte er vernünftig. »Wie es scheint, habe ich ahnungslos eine Puritanerin zu mir genommen.«

Sie konnte nicht aufhören zu weinen. Ihr nasses Gesicht und ihre Nase verdarben seinen Samtrock völlig. »Bitte, Rupert, ich *muß* fahren.«

»Meine Liebe, was könntest du tun? Der Krieg ist zwei Jahre her – oder noch länger. Der Friede ist wiederhergestellt. Du hast dort keine Familie. Ich kann weder deine noch die Gesundheit unseres Kindes aufs Spiel setzen. Wenn du willst, kann ich Erkundigungen einziehen.« Er suchte in seinem Ärmel und brachte ein Batisttaschentuch mit Spitzenbesatz zum Vorschein. »Schau dich doch an, du siehst nicht gut aus. Daß du Torrington gepflegt hast, hat dich erschöpft. Putz dir die Nase. Da, schau nur, Royalle ist ganz aufgeregt. Er macht sich Sorgen um seine kleine Herrin.«

Penitence legte dem Pudel den Arm um den lockigen schwarzen Hals und schluchzte weiter. »Ich bitte dich!«

»Ich werde diese Reise nie gutheißen, und jetzt Schluß damit. Ich sage ein für allemal nein.«

Rupert gab seinen Agenten in der Hudson Bay den Auftrag, soviel wie möglich über die Überlebenden des Krieges, weiße oder rote, in Neu England zu erfahren. Inzwischen erschienen, als Ergebnis der Umfragen in den Heimathäfen, reihenweise die unterschiedlichsten Männer in Awdes und wurden von der Ehrfurcht gebietenden Gestalt des Prinzen Rupert vom Rhein begrüßt, in einen Salon geführt und von seiner schwangeren Mätresse befragt.

Die meisten waren Schiffskapitäne, die ihre Informationen aus zweiter Hand hatten, und anfangs dachte Penitence, sie übertrieben den Grad des Schreckens, der über Neu England hinweggefegt war. Er habe den gesamten Handel ruiniert, berichteten sie kummervoll, außer den mit Sklaven. »Und sie taugen nicht zu Sklaven, die Indianer«, hatte ein Kapitän mit einem fröhlichen Gesicht gesagt. »Die meisten waren verwundet oder halb verhungert, wenn ich sie in New Haven an Bord nahm, und die Hälfte tot, als ich sie in Jamaica auslud. Sie sind ihren Preis nicht wert, diese Indianer.«

Alle Kapitäne nannten den Krieg »König Philips Krieg«, nach dem Indianer, der ihn angeblich begonnen hatte.

»Aber wer ist dieser König Philip?« fragte Penitence immer wieder. Die Kapiäne kannten die Stämme nicht. »Ein Indianer eben. Jetzt ein toter Indianer.«

Rupert besorgte ihr vom Herzog von York, der für seinen Bruder ein wachsames Auge auf die Siedlungen in Neu England hielt, Kopien von Dokumenten. Und aus diesen Dokumenten erfuhr sie, wie furchtbar dieser Krieg gewütet hatte. Von den neunzig Gemeinden waren fünfzig ausradiert oder zerstört worden, Tausende hatten ihr Leben verloren, und da die Landwirtschaft vernichtet war, würde man fünfzig Jahre lang Kriegsschulden bezahlen müssen.

Den Herzog von York erreichten Klagen der Siedler über den Friedensvertrag, den ein Jahr vorher sein Stellvertreter, der Gouverneur von New York Edmund Andros, ihnen und den Indianern aufgezwungen hatte. »Ein Flickwerk, das lügnerischen, betrügerischen, mordenden Wilden noch immer einen ansehnlichen Teil des Landes überläßt, und das Massaker an uns bleibt ungesühnt.«

Ein Dokument enthielt den Bericht eines Augenzeugen über die Ereignisse in Lancaster. Die Indianer, hieß es da, seien über die friedliche Siedlung hergefallen und hätten unsägliche Greueltaten begangen, »wobei sie einigen ihrer Opfer bei lebendigem Leib die Haut abzogen oder sie auf spitze Pfähle spießten oder langsam über kleinen Feuern rösteten«.

Rupert kam zu ihr und nahm ihr das Papier aus der Hand. »Wenn du dich so aufregst, meine Liebe, muß ich dir verbieten, daß du das liest.«

Sie sah zu ihm auf. »Meine Indianer hätten so etwas nie getan. Nicht Awashonks Volk. Rupert, was ist dort schiefgelaufen?«

Am nächsten Tag empfing sie einen Besucher, der es ihr sagen konnte. Er hieß Fitzwilliams, war jung, gebildet und hochintelligent, und Rupert hatte ihn gebeten, nach Awdes zu kommen, weil er einer von James' Agenten war, die man aus England nach Amerika geschickt hatte, damit sie die Lage in Neu England beurteilten.

Er flirtete auch gern. »Ich fühle mich sehr geehrt, Euch kennenlernen zu dürfen. War schon mit Fünfzehn in Euch verliebt, hab' Euch als Desdemona und Beatrice gesehen, und an diesen beiden habe ich seither alle Frauen gemessen.«

Sie sorgte sich zu sehr, um geschmeichelt zu sein. »Wie hat der Krieg begonnen, Master Fitzwilliam?«

»*Begonnen* hat er anno 1620, als der erste Pilger den Fuß auf Neu Englands Erde setzte, wenn Ihr mir verzeiht, daß ich das sage – ich habe von Seiner Königlichen Hoheit erfahren, daß Ihr puritanische Verwandte habt.« In dem belustigten Blick, den der junge Mann durch das Wohnzimmer von Awdes schweifen ließ, war etwas von Anthony Torringtons »Hast es weit gebracht, Stiefel.«

»Bitte«, sagte sie, »berichtet einfach.«

Er zuckte mit den Schultern. »So etwas geht nicht. Zwei verschiedene Völker, zivilisierte und wilde, die Seite an Seite leben. Das ist unmöglich. Also ich hab' die Rothaut gemocht, jedenfalls das, was ich von ihr gesehen habe, und wäre ich damals dort gewesen, und hätte sie ein offenes Ohr für ein gutes Wort gehabt, hätte ich ihr in dem Augenblick, in dem die ›Mayflower‹ am Horizont auftauchte, geraten, sich die Kehle durchzuschneiden. Es wäre schneller gegangen und hätte den Mittler überflüssig gemacht. Denn der Indianer war ohnehin von vornherein verloren, wißt Ihr.«

Sie machte den Mund auf, um ihn wegen seiner Schnoddrigkeit zu rügen, sagte dann jedoch nichts. Er hatte recht. Sogar als Kind hatte sie, ohne zu wissen, warum, ihre Squakheag geliebt, wie man etwa die letzten Stücke einer wundervollen exotischen Frucht liebte, bevor man zu einer ewigen und eintönigen Brotdiät verurteilt wurde.

»Wir haben uns verstanden, wir haben Seite an Seite gelebt«, sagte sie hilflos, als könne sie es wahrmachen, indem sie es aussprach. Doch während Fitzwilliam sprach, erkannte sie, daß die kleinen Streitigkeiten zwischen den weißen Nachbarn ihres Großvaters und den einheimischen Indianern, an die sie sich erinnerte, sich explosionsartig gesteigert hatten, so daß die beiden feindlichen Kulturen nicht mehr imstande gewesen waren, miteinander zu leben.

Mit *ihrem* nomadischen System der Landwirtschaft brauchten die Indianer sechzehn- oder zwanzigmal mehr Ackerland als die Siedlerfamilien, die Siedler erlaubten ihren Tieren, umherzustreifen und die indianischen Getreidefelder zu zertrampeln, und blockierten mit ihren Flußnetzen den Nachschub an Fischen zu den traditionellen Fischereigründen der Eingeborenen.

»Und der Biberhut ist aus der Mode gekommen, Ma'am«, sagte Fitzwilliam, erstaunt die Brauen hochziehend, weil er sich nicht vorstellen konnte, daß er je in Mode gewesen war, »also war es auch mit dem indianischen Pelzhandel vorbei. Außerdem gibt es sowieso keine Biber mehr. Und die Puritaner brauchen nicht mehr mit den Indianern Handel zu treiben; sie exportieren nach England und auf den Kontinent. Unser gutes altes Pfund, Shillinge und Pence haben das Wampum als Zahlungsmittel ersetzt. Eure indianischen Häuptlinge haben begonnen, im Tausch gegen Stoffe, Äxte, Kessel und ähnliche Dinge Land zu verkaufen. Die puritanische Bevölkerung hat zu- die indianische abgenommen.«

Immer mehr Land geriet unter die puritanische Pflugschar, und immer mehr protestierende Indianer kamen wegen eines Vergehens vor ein Gericht, das sie nicht anerkannten, und wurden in einer Sprache, die sie nicht verstanden, zu Geldsummen in Pfund Sterling verurteilt; um sie aufbringen zu können, mußten sie wieder Land verkaufen.

Neue weiße Siedler, die in die Massachusetts Bay strömten, waren von einer Gewaltbereitschaft, die die ursprünglichen Pilger und ihre Nachkommen nicht gekannt hatten.

Indianer fanden den Tod bei Zwischenfällen, die Fitzwilliam ebenso auf Unwissenheit wie auf Grausamkeit zurückführte, wie zum Beispiel diesen: ein paar englische Seeleute entdeckten eine Squaw, die mit ihrem Baby im Kanu über die Dorchester Bay paddelte, und beschlossen, eine Geschichte nachzuprüfen, die sie gehört hatten. Man erzählte sich nämlich, daß alle indianischen Babys vom Augenblick ihrer Geburt an schwimmen könnten. Sie rammten das Kanu mit ihrem Boot und warfen es um, so daß das Baby hinausgeschleudert wurde. Die verzweifelte Mutter tauchte nach ihrem

Sohn, und sie fand ihn auch. »Natürlich tot«, sagte Fitzwilliam und fügte zerknirscht hinzu: »Seine Hoheit wird mich auspeitschen lassen, weil ich Euch aufrege. Aber das waren die Dinge, die in den Rothäuten Groll und Unmut weckten.«

»Ich muß es wissen.«

»Es stellte sich heraus, daß die Squaw die Ehefrau eines großen Häuptlings und das Baby sein Sohn gewesen war. Nun und danach« – Fitzwilliam seufzte – »verhafteten die Soldaten der Siedlung Plymouth wegen irgendeines Vergehens den Häuptling der Pokanoket, einen jungen Krieger, den sie Alexander nannten, und trieben ihn mit gezogener Waffe vor sich her.« Fitzwilliam machte ein verblüfftes Gesicht. »Er ertrug die Demütigung nicht und starb.«

Penitence nickte. Indianer, die fähig waren, jede körperliche Marter zu ertragen, starben sehr leicht aus Scham.

»Und es erwies sich, daß auch er ein großer Häuptling war.«

Mit all den anderen Ungerechtigkeiten, die sein Volk erlitten hatte, überstieg diese für Philip, Alexanders Bruder, jedes Maß. Er erklärte den Krieg: ›Die Engländer, die als erste in dieses Land kamen, waren nur eine Handvoll Leute, hilflos, arm und verzweifelt. Damals war mein Vater der Häuptling und half ihnen auf die gastfreundlichste Weise über ihre Verzweiflung hinweg. Er gab ihnen Land, das sie bewirtschaften und auf dem sie bauen konnten ... Sie waren erfolgreich und vermehrten sich. Mit verschiedenen Mitteln kamen sie in den Besitz großer Teile dieses Territoriums. Mein älterer Bruder wurde Häuptling – er wurde gefangengenommen und eingesperrt, wurde krank und starb. Bald nachdem ich Häuptling geworden war, haben sie mein ganzes Volk entwaffnet – nahmen ihm das Land. Aber ein kleiner Teil des Dominions meiner Ahnen ist uns geblieben. *Ich bin entschlossen, nicht weiterzuleben, wenn ich kein Land mehr habe.*‹

Der Krieg begann mit kleinen Scharmützeln, die zu größeren Angriffen führten, bis er alle Territorien der Wampanoag ergriff, die südliche Federation, zu der auch die Pokanotek gehörten. Jahrelang aufgestauter Zorn brach hervor; dann weitete er sich bis zu den Nipmuck, den Narragansett aus, entlang des Connecticut River zu den Nowottock und den Pocumtuck, bis die ganze algonquinische Nation lichterloh brannte.«

Springfield, wo Penitence zur Schule gegangen war, war niedergebrannt worden, ebenso Lancaster, Sudbury, Marlborough, Mendon, Chelmsford, Warwick und viele andere. Kleine hölzerne Gemeinden, die ihre Namen dem Heimweh zu verdanken hatten, gingen in Flammen auf und mit ihnen zerfetzte Bibeln und hingemetzelte Männer, Frauen und Kinder.

»Leider waren nicht nur die Indianer so grausam«, berichtete Fitzwilliam. »Friedliche und befreundete indianische Dorfgemeinschaften wurden von puritanischen Soldaten abgeschlachtet, die es nicht kümmerte, ob der Stamm unschuldig war oder nicht; die Menschen waren rot, das genügte. Rote Männer, Frauen und Kinder wurden zusammengetrieben, zur Küste gebracht und als Sklaven verkauft.«

»Die Squakheag? Habt Ihr von einer Indianerin namens Awashonks gehört? Oder von Matoonas?«

Er schüttelte den Kopf. Sie merkte, daß sie ihn enttäuscht hatte; sie hatte sich nicht wie eine Schauspielerin benommen; es war exzentrisch von ihr, einzelne Indianer zu kennen. Sein Bericht über den Krieg war unparteiischer gewesen als die meisten, aber es war der Bericht eines Historikers. Er hatte den unvermeidlichen Aufstieg der englischen Christen und den Untergang der roten Wilden gesehen.

Nachdem er gegangen war, suchte sie in den Dokumenten nach Namen und Orten, die sie kannte, wie eine Frau, die unter Ruinen nach den Resten ihrer Familie sucht, doch die Katastrophe war zu groß gewesen, um einzelne Nachbarn oder die Wigwams von Awashonks' Stamm zu erwähnen.

Sie hörte auf zu lesen. Das Gemetzel hatte vor zwei Jahren stattgefunden, während sie sorglos und unbeschwert gelebt hatte. Die Schreie und das Kriegsgeschrei waren verstummt und die Flammen erloschen. Die Toten waren längst begraben, und sie hatte es nicht gewußt. Sie hatte jahrelang nicht an Neu England gedacht.

Doch sie hätte es tun sollen. Sie schuldete den Puritanern ihrer Kindheit nicht viel, obwohl es sie überraschend tief berührte, daß ihre Gemeinden so entsetzlich gelitten hatten, aber den Indianern schuldete sie sehr viel. Abgesehen von der Zuneigung, die sie bei ihren eigenen Leuten nicht gefunden hatte, hatten sie ihr wahrscheinlich das Leben gerettet, als sie ihr halfen, Reverend Block und seiner Anklage der Hexerei zu entkommen. Sie hatte es ihnen nicht nur nie vergolten, vermutlich hatte sie ihnen sogar geschadet, weil sie sie in ihre Schwierigkeiten hineingezogen hatte. So arglos sie auch gewesen war, sie hatte zu dem Mißtrauen zwischen den Roten und Weißen am Pocumscut River entscheidend beigetragen.

Was kann ich tun? Was kann ich tun?

Als Rupert nach Hause kam, lief sie ihm entgegen. »Wir müssen feststellen, ob sie als Sklaven verkauft wurden. Hilf mir, sie zu finden, Rupert. Ich muß zurück.«

Er war freundlich, blieb aber fest: »Meine Liebe, am vordringlichsten schuldest du jetzt dem Kind die größte Rücksicht. Ich werde Erkundigungen einziehen, so gut ich kann, aber damit mußt du dich zufriedengeben.« Er war überzeugt, daß alle tot waren, das sah Pen, und sie würde sie nie finden. Seine Erkundigungen würden nur neue Schrecken aufdecken – noch mehr sterbende Babys, noch mehr schreiende Mütter.

Für ihn waren die Indianer eine andere Spezies, und ihre Sorge war für ihn nur Schwangerschaftshysterie. Müde ging sie zum Tisch zurück, faltete die Dokumente und band sie zusammen. »Ich will nichts mehr wissen«, sagte sie.

Sie war jetzt zweiunddreißig Jahre alt, nicht mehr achtzehn, und die Schwangerschaft war schwierig und wurde durch Träume erschwert, die ihr Gefühl der Schuld und des Verrats noch steigerten. Manchmal handelte der Traum von Henry King, und wenn sie aufwachte, hatte sie das Gefühl, Rupert untreu gewesen zu sein. Andere Träume führten sie in das Neu England ihrer Kindheit zurück, und sie wachte schluchzend auf. In diesen Träumen liefen die Indianer immer, nicht hinter etwas her oder von etwas anderem fort, sie liefen einfach mit den leichten, lockeren Schritten, mit denen die jungen Krieger weite Entfernungen zurücklegten; sie hörte das leise, dumpfe Geräusch ihrer Mokassins auf den Waldwegen, sah die Sonne durch das Laubwerk scheinen und über ihre Körper spielen, als liefen sie durch Wasser.

Sie werden sterben. Wenn sie eingefangen und auf die ausgedörrten Felder der Sklaverei getrieben wurden, werden sie, wie nach Luft schnappende Fische, nach der Freiheit ihres Elementes lechzen. Sie konnten nur atmen, wenn sie grenzenlose Räume um sich hatten. In Ketten würden sie nicht überleben.

Und was wurde jetzt aus Neu England? Was sollte werden, wenn diese wunderbare Dimension für immer aus seinen Wäldern verschwunden war und sie verarmt und leer zurückblieben? Weiß würde sich ausbreiten, wo es früher Farbe gegeben hatte wie auf einer bunten Blumenwiese, wenn das empfindliche Gleichgewicht, das tausend Jahre gehalten hatte, unter dem Puritanismus zerstört wurde.

Wie konntet ihr sie nur versklaven? Ihr seid zu ihnen gekommen, um der Sklaverei zu entrinnen.

Nachdem sie eine leichte Blutung gehabt hatte, überwand Rupert verzweifelt seine Abneigung und schickte Dorinda eine Einladung, nach Awdes zu kommen, »damit Ihr Euer eigenes Kind in gesunder Luft zur Welt bringen und meiner Lady Gesellschaft leisten könnt, die Euren Trost bitter braucht«. Einen zweiten Brief schickte er Aphra Behn.

Die beiden Frauen waren genau das, was Penitence brauchte – Dorinda erfrischend und in Umständen wie sie und Aphra, der einzige Mensch auf der Welt, der verstehen konnte, wie sehr sie unter der verzweifelten Lage der Indianer litt.

Sie hörte Penitence' Gefühlsergüssen aufmerksam zu. »Ich glaube wirklich, daß man die Sklaverei anprangern muß.«

Penitence griff nach ihrer Hand. »Wann?« Wenn eine Stimme – und noch dazu die ihrer Freundin – sich dagegen erhob, daß das Leben eines Menschen Eigentum eines anderen sein konnte, wurde sie zumindet ein wenig von ihrer Schuld entlastet.

Aber Aphra war Realistin geworden. »Sobald ich Zeit habe, und sobald ich weiß, daß ich's verkaufen kann«, sagte sie fest. Penitence drängte sie nicht mehr; vielleicht, weil sie in ihrem Bestreben, unabhängig zu bleiben, versagt hatte, hegte sie eine fast mystische Bewunderung für Aphra, die es geschafft hatte.

Sie wandten sich anderen Dingen zu. Aphra war, wie immer, der Born aller Neuigkeiten. »Endlich wendet sich das Blatt gegen die furchtbaren Whigs«, sagte sie. »*Niemand* hat Oates geglaubt, daß unsere liebe Königin plant den König zu vergiften. Und daß die vielen bedauernswerten Katholiken hingerichtet wurden – nun, es hat Seine Majestät beinahe umgebracht, die Todesurteile unterschreiben zu müssen. Sogar der Mob hat geschrien, als der arme Viscount Stafford zum Block ging. Die Menschen schrien: »›Gott segne Euch, my Lord, Ihr werdet ermordet!‹« Ihr liebenswürdiges Gesicht verzog sich böse, soweit es dazu fähig war, und sie fügte hinzu: »Ein Jammer, daß sie nicht schon vor Monaten so dachten, als sie Oates einfach alles glaubten und nach papistischem Blut lechzten. Der arme, liebe Neville Payne ist erst jetzt aus dem Tower gekommen.«

»Mob?« fragte Penitence.

»Oh, meine Liebe, wir haben in diesem schrecklichen Jahr zwei neue Wörter erfunden. ›Mob‹ und ›Heuchelei‹. Und jetzt versuchen Shaftesbury und seine Whigs nicht nur den armen, lieben Herzog von York von der Thronfolge auszuschließen, ihr viel größeres Ziel ist es, Charles zu überreden, Monmouth zu seinem Erben zu bestimmen, was er natürlich nicht tun wird. Nachdem man die gräßlichen Pamphlete zu lesen bekam, die den armen James verunglimpfen, ist man sehr glücklich, daß man ihm *The Rover* gewidmet hat.«

Penitence erkannte zu spät, daß sie mit Aphra und Dorinda Schießpulver und Streichholz unter einem Dach aufbewahrte.

»Verunglimpfen den armen James, wie?« fragte Dorinda. »Verfluchter Krüppel. Weißt du, was er MacGregors Familie angetan hat?«

»Wo *ist* MacGregor?« warf Penitence hastig ein. Sie war überrascht gewesen, daß Dorinda Ruperts Einladung so bereitwillig angenommen und die Cock-and-Pie Press einem Lehrling überlassen hatte.

»Fort«, sagte Dorinda kurz und wandte sich wieder Aphra zu.

Aphra behauptete steif und fest, die Grausamkeiten in Schottland seien das Werk der schottischen Regierung, und der arme, liebe James sei nicht dafür verantwortlich, und das führte zu einem Streit, den Penitence nur mit Mühe schlichten konnte. Am Ende war Dorinda kurzatmig und Aphra in halsstarrige Trauer versunken, doch Penitence gelang es, das Gespräch auf das Theater zu lenken, obwohl sie sich sogar hier auf gefährlichem Grund bewegten, da die Theater zu Mikrokosmen der politischen Auseinandersetzungen außerhalb ihrer Mauern geworden waren, und es im Publikum immer wieder zu Raufereien zwischen Torys und Whigs kam.

Nach dem Dinner saßen sie im Salon, und Aphra las ihnen Auszüge aus ihren Stücken und Gedichten vor. Penitence war verblüfft, wie gut sie waren. Aphra hatte ihre Kunst gemeistert; sie war komisch, eine brillante Dramaturgin, und sie zog die Massen ins Theater. Aber das Thema, das beinahe ihr ganzes Werk durchzog, war die Forderung nach Gleichberechtigung von Mann und Frau in der Liebe. Immer wieder prangerte sie die Vernunftehe an, die nur wegen Besitz oder Geld geschlossen wurde, und die meisten ihrer Heldinnen wehrten sich dagegen, gegen ihren Willen verheiratet zu werden.

Es war ein mutiger Standpunkt. Die Aristokraten, die Aphras Publikum waren und selbst einen lockeren Lebenswandel führten, waren äußerst altmodisch, wenn es darum ging, ihre Töchter zu verschachern, um den Besitz zu mehren. »Die Kritiker greifen mich an, weil ich die Töchter ermutige zu rebellieren, aber ich werde jede Art von Sklaverei anprangern, wo immer ich sie finde. In den Wäldern von Neu England. Oder in den Salons des alten England.«

»Gib es ihnen nur, Affie«, sagte Dorinda lebhaft.

Aphra lächelte ihrer Gastgeberin zu. »Es gibt auch Sklaverei für Frauen, Penitence. Man muß sich sein Brot selbst verdienen, und man kann nur eine Art der Sklaverei auf einmal bekämpfen.«

»Ich glaube langsam, sie ist unteilbar.«

Der Abend endete mit Liebesgedichten. Vor den Fenstern fiel Schnee auf den Ziergarten, verwandelte ihn in weiße Stickerei. Drinnen las Aphra über einen erotischen arkadischen Frühling:

»Leicht hingestreckt dein Körper zur Verführung lädt,
Weckt Wünsche gar, die leicht das Aug' verrät.«

»Lies *Amyntas führt mich in den Hain*, Affie.«

»Sein schmelzend Aug' bedurfte keiner Hilf,
Sein zärtlich Mär zu spinnen,
Sie, die doch selbst schon brannte,
war allzu leicht ganz zu gewinnen.
Er küßt' mich nur und hielt mich,
mit seinen Armen Wünsche flüsternd, fest
Und legt mich sanft darnieder.
Ah, wer ahnt den Rest?«

Als sie schwieg, seufzte Dorinda tief auf. »Gott«, sagte sie leise, »ich kann's.«

Das konnte auch Penitence. Sie wurde energisch. »Zeit, zu Bett zu gehen, Ladys.« Die beiden Frauen sahen so müde aus, wie sie sich fühlte. Dorinda hatte ihr schon anvertraut, daß sie von der Furcht gepeinigt werde, die Geschlechtskrankheit, die sie sich als Prostituierte geholt hatte, könnte, auch wenn sie ausgeheilt schien, ihrem Kind schaden.

Aphra sah abgespannt aus und war abgemagert; sie zog die Entrüstung, mit der sie über ihre Kritiker sprach, immer ins Lächerliche, aber Penitence wußte, daß sie sie verletzte. »Man schickt seine Stücke hinaus mit *va, mon enfant! Prends ta fortune!* – geh, mein Kind! Such dein Glück! – und muß erleben, daß die armen Dinger von den Federkielen der Männer erstochen werden! ›Eine Frau schreibt ein Stück? Verbrennt es wegen Anmaßung.‹ Man könnte sich beinahe darüber ärgern.«

Der Earl of Rochester, ihr bewunderter Gönner starb an seiner Lasterhaftigkeit, und ihre Gedichte verrieten, daß ihr Liebesleben nicht glücklich war. Laut Dorinda – was den Theaterklatsch betraf immer auf dem laufenden – betrog Aphras Liebhaber John Hoyle sie sowohl mit Männern als auch mit anderen Frauen.

Wir sind alle müde, dachte sie; drei müde Frauen, zermürbt von ihrem Frau-Sein. *Verdammte Männer.* Verdammt sollten sie sein, weil sie Kriege begannen, verdammt für ihre Politik und ihre Intrigen und am meisten dafür, daß sie mit Frauen schliefen.

Obwohl Aphra in die Stadt zurückgekehrt war, ließ die Spannung nicht nach. Dorinda benahm sich gut, solange Rupert in der Nähe war, aber in Penitence' Gesellschaft höhnte sie über die Üppigkeit ihres Lebens. »*Wie* viele Köche? Hast wohl die Zeit vergessen, in der wir alle nur den armen alten Kinyans hatten, wie?«

»Drei Köche«, sagte Penitence geduldig, »fünf Küchenjungen und einen, der die Bratspieße dreht. Und ich habe Kinyans nicht vergessen.«

Oder: »Guten Geschmack in Rubinohrringen, unsere verdammte Königin von Böhmen. Wir waren am falschen Ende des Gewerbes, ihre Ladyschaft und ich.«

Endlich hatte sie einen Nerv getroffen. Penitence zog sie in den Kräutergarten, wo niemand sie hören konnte. »Noch ein Wort«, fauchte sie, »noch eine einzige Andeutung, daß ich mich mit Rupert wegen seiner Juwelen und seiner Köche oder wegen irgendeiner verdammten anderen Sache eingelassen habe, und ich bring' dich um.«

»Und weshalb hast du's dann getan? Wegen seines kraftvollen jungen Körpers?«

Frieden, ihr guten Leute. Ich bin die protestantische Hure. »Laß mich in Ruhe. Laß mich in *Ruhe*.«

Schwerfällig ging sie zu der steinernen Bank, auf der sie mit Henry King gesessen hatte. Gleich darauf kam Dorinda ihr nach, setzte sich und nahm ihre Hand. »Eben hast du wie deine Ma ausgesehen.«

»Ich war müde geworden«, sagte Penitence leise. »Nach dieser Nacht, nachdem sie mir Hundedreck ins Gesicht und in den Mund geschmiert hatten, konnte ich nicht mehr kämpfen. Ich habe den leichteren Weg gewählt.«

»Das weiß ich ja. Ich hab's nicht so gemeint.«

»Doch, das hast du. Und du hast recht. Es war trotzdem Hurerei. Aber ich liebe ihn. Nicht so, wie er es sich wünscht, aber ich tu' ihm gut.«

»Ich weiß. Achte gar nicht auf mich.«

Die Rasenstufen waren schön geworden. Dunstan hatte sie gemäht. Traurig trippelte ihr Rotkehlchen zu ihren Füßen herum, während die Amseln unermüdlich hin und her flogen, um in ihren Nestern in der Eibenhecke ihre unersättlichen Jungen zu füttern.

»Und weil du und MacGregor Republikaner geworden seid, bedeutet es nicht, daß all dies« – sie wies mit der Hand auf ihren schönen Garten – »falsch ist. Rupert ist ein sehr *guter* Mensch.«

»Das weiß ich, Prinks. Und ich bin auch keine Republikanerin. Ich versteh' nicht die Hälfte von dem, was MacGregor dauernd faselt. Aber er ist ein guter Mann, und er denkt, wenn der verfluchte James den Thron besteigt, wird es England sein, das in der Hundescheiße sitzt. Und ich glaube ihm.« Tief atmete sie die nach Kräutern duftende Luft ein. »O je, ich muß schon wieder pinkeln.«

Sie halfen sich gegenseitig beim Aufstehen und gingen ins Haus, wobei sie sich darüber unterhielten, was eine fortgeschrittene

Schwangerschaft der Blase antat; und das war ein viel dringenderes Thema.

Dorindas Wehen waren furchtbar; nach achtundvierzig Stunden geriet Penitence, deren Niederkunft in vierzehn Tagen bevorstand, in Panik und schickte Boller mit einer Kutsche nach St. Giles-in-the-Fields um Apotheker Boghurst, den einzigen medizinischen Fachmann, dem sie vertraute. Weil er weniger nahm als die Ärzte, hatte er bei vielen schweren Entbindungen in der Rookery geholfen.

Vor der Tür von Dorindas Schlafzimmer ermahnte sie ihn, weder ihre noch Dorindas Verbindung mit dem Cock-and-Pie zu erwähnen. Der kleine Mann hatte sich überhaupt nicht verändert. »Ich bin kein Arzt, Madam, aber ich befolge die Lehren des Hippokrates.«

»Hat er etwas von Babys verstanden?«

Frauen standen um Dorindas Bett herum. Außer Mistress Palmer waren da noch Mistress Dobbs, die Hebamme von Hammersmith, Annie, das Milchmädchen, das sein Kind verloren hatte und die Amme des kommenden Babys werden sollte, und drei Hausmädchen.

Das Zimmer roch scharf nach Erde und nach der Butter, mit der die Hebamme den Geburtskanal eingefettet und versucht hatte, dem Baby den Eintritt in die Welt zu erleichtern.

Apotheker Boghurst schnupperte. »Eibischwurzeln?«

»Ja, Doktor«, sagte Mistress Dobbs, ich habe sie kleingestampft.«

»Habt Ihr schon etwas davon eingeführt?«

»Wollte ich eben tun, Doktor.«

»Raus!«

Mistress Palmer und Penitence durften bleiben. Auf dem Flur beschwerte sich die Hebamme laut bei ihren Begleiterinnen, doch dann wurde ihre Stimme immer leiser und verstummte schließlich ganz.

Dorindas Haare waren schweißnaß, und sie biß krampfhaft auf einen Lederriemen. Unter der Matratze schauten Messergriffe heraus, so daß es aussah, als werde ein riesiges Stück Fleisch zum Kochen vorbereitet. Apotheker Boghurst zog die Messer heraus und warf sie in die Ecke.

»Haben sie hingetan, um die Schmerzen abzuschneiden, Apotheker«, protestierte Mistress Palmer.

»Haben sie aber nicht getan.«

Beschämt überließ Penitence ihre ohnehin schon blau und grün gequetschte Hand wieder Dorindas unbarmherzigem Griff. Zeugin dieser Leiden zu sein, ohne lindern zu können, hatte sie so zermürbt, daß sie die Anweisungen der Hebamme wie ein Schaf befolgt hatte. Dennoch machte sie Einwände, als Boghurst nach der Untersuchung die Feuerzange ins Feuer legte und dann in eine Schüssel mit handwarmem Zaunrübenwasser tauchte.

»Ihr wollt doch nicht dieses Ding in sie hineinstecken?«

Der Apotheker nahm sie zur Seite. »Es heißt jetzt nur noch – die Mutter *oder* das Kind«, sagte er. »Ich bezweifle, daß wir beide retten können. Wenn ich jetzt nicht handle, verlieren wir beide. Bindet ihr die Hände an die Bettpfosten, und dann haltet Ihr und Mistress Palmer je ein Bein fest.«

Dorindas Unterschenkel an ihre Brust pressend, betete Penitence hoffnungslos um Gottes Gnade für Dorinda. Ihre Schreie erinnerten an die Schreie aus der Zeit der Pest und an Neu England. *Warum gibt es auf dieser Welt nicht mehr Güte, wenn das Geborenwerden eine solche Qual ist?*

Die Nabelschnur wurde durchgeschnitten, und Mistress Palmer trug das blutige Häufchen weg, das das Baby war, während der Apotheker die Nachgeburt holte. Die Stille des Raumes schmiegte sich wie Wolle über ihre klingelnden Ohren. Die Stirn noch immer auf Dorindas weißem Knie, schlummerte Penitence ein.

Dann hörte man ein winziges Keuchen und leises Wehklagen, das wie das Miauen einer Katze klang.

Mistress Palmer flüsterte ungläubig: »Der Winzling lebt!«

Ein zweites Flüstern kam aus dem Bett: »Geht es ihm gut?« Apotheker Boghurst stand auf, sah nach und nickte. Hilflos vor Überraschung, merkte Penitence, daß ihm ebenso wie ihr die Tränen über die Wangen liefen. »Ihr habt eine tapfere Tochter, Mistress«, sagte er zu Dorinda.

Als Penitence hinunterging, um die Amme hinaufzuschicken, weinte sie über die Tapferkeit des Babys, Dorindas, des Apothekers, Mistress Palmers und ihre eigene, über den Mut der Schöpfung angesichts scheinbar unüberwindlicher Risiken. »Es gibt einen Gott«, teilte sie dem erschrockenen Rupert schluchzend mit. »Er ist oben.«

Er führte sie in die Hauskapelle, um ein Dankgebet zu sprechen, und sie richtete es an den Gott, der in Dorindas Schlafzimmer erschienen war, ein Etwas, weder männlich noch weiblich, sondern eine unbestimmbare, sich krümmende Amöbe aus beidem.

Sie konnte nicht aufhören zu schluchzen. Dorindas Mühsal hatte nicht mit den Wehen begonnen, sie hatte sie auf Schritt und Tritt begleitet – auf ihrem Weg vom Kind zur Frau und in eine Welt, die nur darauf aus war, sie zu vernichten.

»Mach es ihrem Kind leichter«, betete Penitence. »Mach es meinem leichter.«

Dorinda taufte ihr Baby Penitence, obwohl es bei ihren engsten Freunden immer nur »Zänglein« hieß.

Penitence' Tochter, die sechzehn Tage später geboren wurde, bekam den Namen Ruperta.

5. Kapitel

Penitence bestand nicht nur darauf, ihre Tochter zu stillen – obwohl es in der Klasse, zu der sie jetzt gehörte, verpönt war –, sie verbrachte auch jede Minute, die sie erübrigen konnte, mit ihr. Zum erstenmal mußte sie sich von ihr trennen, als Rupert darauf bestand, sie auf eine Reise mitzunehmen, deren Ziel er ihr nicht nennen wollte.

Penitence wollte nicht verreisen. »Es ist nicht richtig, wenn du sagst, sie müsse auf eigenen Füßen stehen, Rupert, sie hat doch eben erst angefangen zu laufen.« Sie war überrascht, daß er ihr zumutete, das Kind allein zu lassen. Er betete Ruperta an. Sogar der König von England hatte sich an ihrer Wiege einfinden müssen, um sie zu bewundern, und hatte gehorsam erklärt, das Baby sei »unglaublich liebreizend und werde künftigen Männern das Herz stehlen«.

»Meines hat sie schon gestohlen«, sagte Rupert zu ihm. »Ich denke, mein Lord Burford wäre kein unpassender Partner für sie.« Der Earl of Burford war Charles' ältester Sohn von Nell Gwynn.

Doch es war ein wenig befriedigender Besuch; der König weigerte sich, sich über die Verbindung zu äußern, die Rupert ihm nahegelegt hatte, und reagierte noch ausweichender auf Ruperts Ersuchen, Dudley und Benedikt Titel zu verleihen.

Rupert war außer sich vor Zorn. »Er adelt die Bastarde jeder ehebrecherischen Dirne in seinem Bett, während ich, der ich für ihn und vor ihm für seinen Vater gekämpft habe, hinnehmen muß, daß meine feinen Jungen bürgerlich bleiben.«

»Du scheinst aber bereit, Ruperta mit einem dieser Bastarde zu verheiraten«, sagte Penitence kalt.

»Gwynn ist ein ehrliches Frauenzimmer«, erwiderte er – er hatte Nelly immer gemocht –, »und der junge Burford ist ein aufrichtiger Junge. Er hat keine Ambitionen auf den Thron wie Monmouth. Und ja, ja, meine Liebe, Ruperta soll nicht gegen ihren Wunsch verheiratet werden. Ich wollte nur prinzipiell feststellen, wie hoch ihr Wert einzuschätzen ist, aber Charles würde ein Prinzip nicht erkennen, wenn es ihm guten Tag wünschte.«

Penitence nickte. »Ich habe gehört, wie du ihm das gesagt hast.«

»Nun, wäre es dir lieber, wenn ich schmerzlich das Gesicht verziehen, mich verneigen und den Mund halten würde, wie ein verdammter Günstling? Ich unterstütze von meiner Pension ehrliche Seeleute, die er schon vor Jahren hätte bezahlen müssen, während er Hunderttausende von Pfund für diese neue französische Dirne hinauswirft. Wo hat er das Geld her, he? He? Torrington hat recht gehabt. Der König von England steht auf Frankreichs Lohnliste.« Er hielt sich den Kopf und stapfte im Salon herum.

Penitence bekam Angst. »Mein Lieber, du machst dich krank. Komm und setz dich.«

Nur weil seine Gesundheit ebenso unbeständig wurde wie seine Stimmungen, willigte sie ein, ihn auf der geheimnisvollen Reise zu begleiten, obwohl es eine Qual für sie war, Ruperta zu verlassen. Ihre Lage hatte es ihr nicht erlaubt, Benedikts Kindheit zu genießen, daher wollte sie keine Minute dieser Kindheit versäumen. Und Ruperta war ein besonders liebenswürdiges Kind: gesund, lachend und mit dem Versprechen ungewöhnlicher Schönheit – stuartscher Schönheit –, die man jetzt schon in dem pausbäckigen Gesichtchen ahnte; das Grübchen im Kinn war da, und die großen Augen hatte sie auch, die bei ihr jedoch blau waren. Wie der König gesagt hatte, als er sie sah: »Hier könnt Ihr die Vaterschaft nicht leugnen, Cousin.«

Ruperta war auf der langen Liste ihrer Schulden eine weitere, die sie Rupert zurückzahlen mußte. *Wieder muß ich zahlen*, dachte sie unglücklich, als sie aus der Kutsche winkte. Dorinda, die während Penitence' Abwesenheit in Awdes blieb, stand auf der Treppe und sah ihnen nach – Ruperta an einer Hand, Zänglein an der anderen, und beide Kinder winkten.

»Hat diese Frau kein eigenes Heim?« fragte Rupert wie so oft, manchmal scherzhaft, manchmal leicht verärgert, weil sich Dorinda so häufig in Awdes aufhielt, wenn er von Windsor Castle zurückkehrte. Wann immer MacGregor verreist war – und er verreiste oft –, lud Penitence Dorinda zu sich ein.

»Sie ist meine Freundin«, sagte Penitence fest, wie immer, »und Zänglein braucht soviel gute Landluft wie sie nur kriegen kann.«

»Ein armes kleines Ding.« Heute war er guter Laune. Es machte ihm Spaß, Zänglein, die sein Patenkind war, ein bißchen zu verwöhnen, vor allem deshalb, weil sie ein mageres, ständig unter Koliken leidendes Baby war, das durch seine häufigen Krankheiten die Schönheit und ausgezeichnete Gesundheit seines eigenen Kindes hervorhob.

Für Penitence war sie ebenso ein Wunder wie für Dorinda, und sie liebte Zänglein.

»Wohin fahren wir, Rupert?«

»Nach Westen.« Es war sein Geheimnis. Wo immer es sein mochte, er hatte vor einer Woche einen Trupp dienstbarer Geister vorausgeschickt.

»Nach Amerika?« Sie hoffte einen phantastischen Augenblick lang, daß er Awashonks und Matoonas und die anderen gefunden hatte und sie alle wiedersehen würde.

»So weit nicht, Madam. Stell keine Fragen, dann bekommst du keine Lügen zu hören.«

Penitence schmollte. *Ich will mein Baby.* Männer schoben einen immer in eine Richtung, in die man gar nicht wollte.

Doch während die Kutsche immer weiter nach Westen rollte, munterte die sich verändernde Szenerie sie wieder auf. Schließlich war sie länger als ein Jahr nicht aus Awdes herausgekommen, teils weil sie fürchtete, Ruperts Bitten, ihn in die Stadt zu begleiten, könnten wieder zu einer Begegnung mit dem Viscount of Severn and Thames führen und ihre Gefühle durcheinanderbringen. Sie hatte sich von ihrer Mutterschaft überwältigen lassen, hatte ihr Aussehen vernachlässigt, die Ereignisse außerhalb ihres Hauses und, vor allem, Rupert selbst. *Reiß dich zusammen.* Ihre Milch versiegte ohnehin. Ihre Tochter war bei Dorinda, Annie, die zum Kindermädchen befördert worden war, bei Mistress Palmer, Reverend Boreman und dem restlichen Haushalt von Awdes, der sich um Ruperta kümmerte, gewiß gut aufgehoben.

Es war Ende April und sehr schön. Entlang der befestigten Straßen bekam die Landschaft wieder Farbe, die sich öffnenden Knospen an den Bäumen malten Schatteninseln auf den Boden, und der Bärenklau auf den Böschungen glich weißem Spitzengeriesel. Sie übernachteten in Gasthöfen, in denen Rupert alle Gästezimmer gemietet hatte, so daß sie für sich sein konnten.

Penitence begann die Reise zu genießen. Am zweiten Tag überquerten sie die weite Salisbury Plain und machten einen Umweg, um Stonehenge zu besichtigen. Rupert neckte sie wegen ihres Puritanismus, weil sie sich angesichts der großen heidnischen Steine unbehaglich fühlte. »Wie würden meine Cavaliers sich die Augen reiben, wenn sie jetzt sehen könnten, wie verliebt ich in einen Rundkopf bin.«

Er hatte beinahe in dem gesamten Gebiet gekämpft, durch das sie kamen, und wußte über jede Meile eine Anekdote zu erzählen. Penitence hatte die meisten schon gehört, doch als sie die Orte jetzt sah, erwachte ihr Interesse aufs neue.

Jenseits der Ebene wurde das Land weniger »ordentlich«, wurde farbiger, und die Bäume wuchsen wild durcheinander. Immer häufiger bremsten ein abschüssiger Hügel oder der steile Anstieg des unmittelbar darauffolgenden ihre Fahrt.

Für Dorinda, die der Meinung war, die Zivilisation höre außerhalb eines Fünfmeilen-Radius von London auf, wäre dies ein Land gewesen, in dem Drachen hausten. *Sie würde ihr Testament machen.* Doch so abgelegen die Dörfer und Städte auch sein mochten, durch die sie kamen, sie waren oft sehr ansehnlich und machten einen wohlhabenden Eindruck, auch wenn der Verkehr von Schafherden aufgehalten wurde, und die Gebäude überwiegend aus der Tudor- oder einer noch weiter zurückliegenden Zeit stammten.

»Hier war man für Cromwell und das Parlament«, sagte Rupert von einer Stadt, oder: »Hier waren tapfere Royalisten zu Hause« von einer anderen, so daß Penitence' politische Geographie am Ende in ihrem Kopf ein einziges Chaos war und sie den Eindruck gewann, daß die Orte in Meereshöhe auf seiten der Rundköpfe gewesen waren, während man sicher sein konnte, daß ein Ort um so königstreuer war, je höher er auf einem Hügel lag.

»Wir sind jetzt in Somerset«, sagte Rupert und zeigte nach Norden. »Irgendwo dort drüben liegt der Stammsitz der Familie deines Patienten.« Er hielt ihren Schreck für Nichtverstehen. »Anthony, meine Liebe. Der Viscount of Severn and Thames.«

»Wir wollen ihn doch nicht etwa besuchen?«

»Nein, nein. Obwohl es ein bemerkenswert schönes Haus ist. Doch wir würden nie wieder wegkommen, er würde seine Pflegerin festlich bewirten wollen.«

Das glaube ich nicht, Rupert. Sofort bekam die Landschaft eine besondere Bedeutung, weil sie *seine* Grafschaft war, doch eben weil sie *seine* Grafschaft war, würde sie sich hier immer unbehaglich fühlen, das wußte sie.

Am Abend des vierten Tages kamen sie in eine wirklich sehr merkwürdige Gegend, eine Landschaft, die beinahe eintönig flach war, so flach, daß alles, was die gerade Linie des Horizonts unterbrach, eine Gruppe gekappter Weiden, ein Kirchturm, das Auge anzog, als hätte es eine mystische Bedeutung. Die Straße wurde zu einem Damm über riedbewachsene Marschen, wo die Hufe des weidenden Viehs glucksende Geräusche machten und sich in den tiefen Trittspuren, die sie hinterließen, dunkles Wasser sammelte.

Die Landschaft war die einsamste, durch die sie gekommen waren, und wirkte fremdartig durch den Gesang von Vögeln, die Penitence noch nie gesehen hatte; unbekannte Gräser raschelten, und dennoch konnte sie sich des Gefühls nicht erwehren, daß sie, sobald die Räder der Kutsche nur aufhören würden zu rollen, den Namen des Ortes nennen könnte und wüßte, welchen Heilzwecken die Blütenkätzchen der kleinen Myrte dienten, die sich auf dem Moor ausbreitete, oder Rupert den einheimischen Spitznamen des winzigen, langschwänzigen Vogels sagen könnte, der in den Binsen flatterte. Es war, als werde sie von einem Wahngebilde verfolgt, das sich ihren Blicken entzog.

»Sind wir noch in Somerset?«

»Ja, noch immer.«

»Mir ist ganz merkwürdig, Rupert.«

»Es dauert nicht mehr lange, meine Liebe. Wir sind fast da.«

Aber sie war ganz und gar nicht müde; als die Kutsche den Damm verließ und eine leichte Anhöhe zu erklimmen begann, hielt sie sich am Fensterrahmen fest, damit sie auf die scheinbar endlose, ebene Weite verschiedener Grün zurückblicken konnte. »Wie heißt die Gegend hier?«

»Es ist das Sedgemoor, meine Liebe.«

Sedgemoor. »Die Levels.«

Er war überrascht. »Ja, die Somerset Levels. Hast du schon von ihnen gehört?«

»Ich kann mich nicht erinnern.«

Die Kutsche fuhr durch eine gewundene Kastanienallee, die aussah, als führe sie zu etwas Großartigem, mündete jedoch in den Hof einer Farm. Penitence dachte, sie hätten den falschen Weg genommen, doch sie fuhren weiter, trieben Hühner in die Flucht, passierten einen Torbogen, und weiter ging es auf einem unbefestigten Weg. Dann hielt die Kutsche.

»Ab hier sollten wir vielleicht zu Fuß gehen, denke ich, meine Liebe«, sagte Rupert.

Jetzt wußte sie es, doch um nichts in der Welt hätte sie ihm die Überraschung verdorben. *Der Gute, oh, der Gute.*

Vor ihr lag ein Burggraben, und davor bildete der Bogen eines finsteren, quadratischen steinernen Torhauses einen tunnelartigen Eingang zu einer flachen hölzernen Brücke, die auf die Insel inmitten des Burggrabens führte. Und zum Haus.

Von hier aus erhaschte man durch die Bäume nur flüchtige Blicke auf Stein, Ziegel und Kamin. Als sie die Zugbrücke überquerte, sah sie, daß der Zwilling des Torhauses am anderen Ende einen Hof einrahmte. Sie durchschritt den Bogengang und ging eine Zufahrt entlang, die ein wild wuchernder Rasen säumte. Unmittelbar vor ihr erhob sich das rechteckige, mit Zinnen versehene Herrenhaus aus dem warmen Oolith des Ham Hill, von den aus Stein gehauenen vierblättrigen Kleeblättern über den drei hohen Fenstern abgesehen, ebenso schmucklos wie die Torhäuser.

Es war ein sehr altes Herrenhaus mit einem unterirdischen Gewölbe, in dem man früher Tiere gehalten hatte, und das jetzt zu einem bewohnbaren Erdgeschoß mit eigenem Eingang umgebaut worden war.

Um die kahle Strenge des Hauses zu mildern, hatte ein Abenteurer aus früher Tudorzeit auf der Nord- und der Südseite des Hofes je einen Flügel im damals modischsten Stil angebaut, zwei Gebäude mit einem verrückten Fachwerk, Giebeln und Gitterfenstern, deren obere Stockwerke sich vornüberneigten wie beschwipste Nachtschwärmer. Die Sonne, die hinter ihnen über den Levels sank, schien direkt in den Hof und verwandelte das Sammelsurium architektonischer Absonderlichkeiten in eine glatte Collage aus honigfarbenem Stein, creme- und pilzfarbenen Hölzern, winzigen Eichentüren und Fenstern mit rautenförmigen Scheiben, aus denen sich darin spiegelnder Bernstein blitzte. Sogar die Polster aus Flechten auf dem winkeligen Dach paßten mit ihren Farben Grau und Gold in das Gesamtbild.

Rupert sagte »pfui«, als er das Unkraut und den Verfall sah. Penitence merkte von beidem nichts. Die sich vorneigenden oberen Stockwerke der Tudorflügel machten auf sie den Eindruck einer überfüllten Theatergalerie; das Haus sagte etwas, das nur sie hören konnte; sie wurde nicht nur willkommen geheißen, man spendete ihr Beifall.

Eine Tür in einem Rahmen mit abgenutzten Schnitzereien ging auf, und da stand Peter, der in dieser Umgebung reichlich merkwürdig aussah, als sei man zu den Zeiten der Kreuzfahrer und sarazenischen Diener zurückgekehrt.

»Sind die Möbel da?« fragte Rupert kurz angebunden.

»Ja, Lord.«

Als ihre Augen sich an das Dunkel eines mit schwarzer Eiche getäfelten Flures gewöhnt hatten, war Pen wie verzaubert. Der Steinfußboden war in Jahrhunderten von unzähligen Füßen leicht ausgehöhlt und poliert worden, und in ihm spiegelte sich am anderen Ende das Tageslicht, das durch eine Tür an der Rückseite des Hauses fiel. Linker Hand war eine Treppe; der Aufsatz am Endpfosten des Treppengeländers war ein geschnitzter Sarazenenkopf. Peter, der einen Kandelaber mit brennenden Kerzen in die Höhe hielt, ging ihnen auf der Treppe voraus, die an einem nach rechts und links führenden Korridor endete, und trat dann beiseite, um Penitence als erste durch eine Tür gehen zu lassen. Sie kam in einen Saal.

Weite und Frömmigkeit. Das war ihr erster Eindruck. Der Raum war spärlich möbliert, und irgendwo entschuldigte sich Rupert dafür, daß er es noch nicht geschafft hatte, die passenden Stücke zu finden. Die kühle Schönheit mittelalterlicher Frömmigkeit fand allein in der erhabenen Größe des Saales ihren Ausdruck. Die Gitterscheiben der drei hohen Fenster waren so alt, daß das Sonnenlicht in einem wabenartigen Muster durch ihr bernsteinfarbenes und grünes Glas auf den Steinfußboden fiel. Über dem schlichten, riesengroßen Rechteck, das der Kamin war, sah man die Wappenschilder und Rosen des ersten Tudor.

Rupert hörte auf zu sprechen, als er ihr Gesicht sah. Lächelnd kam er auf sie zu, blieb förmlich vor ihr stehen; in der Hand hielt er einen Ring mit mehreren riesengroßen Schlüsseln und eine mehrfach versiegelte Pergamentrolle.

»Madam, ich habe die Ehre, dir dein Heim zum Geschenk zu machen. Dein lieber Vater wurde hier geboren. Es ist nur recht und billig, daß es jetzt dir gehört.«

»Es gehört mir?« Sie hatte vermutet, daß dies das Zuhause ihres Vaters gewesen war, hatte jedoch geglaubt, daß sie dem Haus nur einen Besuch abstatteten.

»Seit dem Tod deines Großvaters hat es Erbstreitigkeiten gegeben. Die beiden Parteien waren glücklich, den Streit durch den Verkauf beilegen zu können.«

»Es gehört mir?«

Er sah sehr selbstzufrieden drein. »Es ist, vielleicht, nicht so schön wie das Geburtstagsgeschenk, das ich von dir bekommen habe, und ganz gewiß nicht in so gutem Zustand, da es immerhin fast fünfhundert Jahre älter ist, aber es ist dennoch ein Geschenk, von dem ich gehofft habe, es werde eine andere Reaktion als Tränen hervorrufen.« Er trocknete ihr die Augen mit seinem Taschentuch.

Der Besitz hieß Athelzoy Priory. Sie ließ den Namen auf der Zunge zergehen; ein Name, der nach Äpfeln schmeckte, schön, mit einer unterschwelligen Komik wie das verwirrende Gefühl aus Würde und Überschwang, das sie im Hof überkommen hatte.

Rupert trat an den Kamin. In einen weißen Steinbalken über dem Sims war eine lateinische Inschrift eingraviert: »*Quod Olim Fuit Meminisse Minime Juvat*«, las er laut. »›Sich an die Vergangenheit zu erinnern, macht wenig Freude.‹« Er verneigte sich vor Penitence. »Wenn du erlaubst, meine Liebe, möchte ich die Inschrift ändern lassen. Ich vertraue darauf, daß die Jahre, die wir gemeinsam verbrachten, uns viel Freude geschenkt haben, dir genauso wie mir.« Er hielt den Hut in der Hand, und die letzten Sonnenstrahlen, die durch die Scheiben fielen, sprenkelten seinen eleganten schwarzen Samtrock mit bunten Farben.

Sie ging durch ihre Halle auf ihn zu und legte die Arme um ihn.

Am nächsten Tag besichtigten sie alles gemeinsam. Rupert war selbst nur einmal hiergewesen, um zu sehen, ob es sich lohnte, Athelzoy zu kaufen. »Es hat sich gelohnt, meine Liebe«, versicherte er ihr. »Obwohl dein Großvater und seine Vorfahren leider nicht die Männer waren, die Möglichkeiten des Anwesens zu nutzen. Sie waren alle Spieler. Wie dein Vater.«

»War mein Vater ein Spieler?«

»Er war im ganzen Regiment berüchtigt dafür. Ich erinnere mich, daß wir sehr gern mit ihm spielten; er verlor regelmäßig. Armer Kerl, armer, tapferer Kerl.«

Das Herrenhaus habe seit dem Tod ihres Großvaters leergestanden, erzählte er ihr. Er hatte das wichtigste Mobiliar in London bestellt und mit Wagen hergeschickt, damit die Diener es aufstellen konnten. Er hatte gut gewählt, schlichte, aber erstklassige Stühle, Ruhebänke, Betten, Schränke und Tische aus der Zeit Elizabeths. Moderne Stücke hätten nicht hereingepaßt.

Die Diener hatten auch ihr Bestes getan. Alle Räume im Haus waren fleckenlos und beinahe unbarmherzig mit Bienenwachs und Seife behandelt worden.

In den Tudorflügeln warfen Butterblumen in Krügen gelbe Reflexe auf das dunkle Holz der Fenstersimse, Zinnteller schimmerten streng auf der Anrichte, und die knarrenden Treppen in die oberen Stockwerke waren auf Hochglanz poliert und absolut lebensgefährlich.

»Es hat seit urdenklichen Zeiten den Äbten von Glastonbury gehört, aber während der Rosenkriege fiel es an die Krone, und Henry VII. hat es seinem Knappen d'Haut geschenkt, von dem du abstammst, meine Liebe. 1521 wurde es modernisiert, doch seither hat man verdammt wenig dafür getan.«

Rupert fluchte so selten, daß sie wußte, wie sehr er sich über den vernachlässigten Zustand des Hauses ärgerte. Das Dach war stellenweise undicht, in Fachwerk und Gebälk des Nordflügels hauste der Holzwurm, die Zugbrücke funktionierte nicht, weil die Ketten völlig verrostet waren, in den bröckelnden Schornsteinkappen aus Ziegelsteinen nisteten Dohlen. »Und was die sanitären Anlagen betrifft ...«

Sogar Penitence, die aus einem Entzücken ins andere fiel, wohin sie sich auch wandte, mußte zugeben, daß man von Sanitäranlagen nicht reden konnte, die aus einem großen Abtritt bestanden, der auf der Rückseite des Hauses in die Mauer eingebaut war; eine Rinne führte in den Burggraben. Die fünf Löcher in Form eines Hinterteils – zwei große und drei kleine – über der Rinne zeigten, daß der Abtritt der Hoys nur für die Familie bestimmt gewesen war, dennoch war die ganze Anlage eine katastrophale Fehlplanung. Doch nicht nur, weil sie zugelassen hatten, daß Quellen und Bäche des Burggrabens verstopft wurden, begann Penitence an der Hygiene ihrer Vorfahren väterlicherseits zu zweifeln, sie fragte sich auch, wie unempfindlich sie gegen den Gestank gewesen sein mußten.

Rupert hatte jedoch moderne Bauhandwerker und Kanalisationsfachleute gerufen und aus Awdes mehrere Bedürfnisstühle mit herausnehmbaren Töpfen, geschnitzten Deckeln und gepolsterten Sitzen kommen lassen. Penitence machte sich jedoch mehr Sorgen um die zu lebensgroßen Schachfiguren zugeschnittenen Eiben im südlichen Garten, die so verwachsen waren, daß man ihre ursprüngliche Form kaum noch sah.

Ihre Eiben-Schachfiguren. Ihre Hölzer mit der feinen Maserung wie die Runzeln in der Haut einer alten Frau. Ihre viereckigen Regenrinnen aus Blei, jede mit dem »H« des Hoyschen Wappens verziert. Ihr weißer Raum mit der herrlichen Stuckdecke im Nordflügel.

Ungläubig wanderte sie um das Haus herum, berührte hier etwas, strich dort über etwas anderes. *Ihre* uralten Kastanienbäume, die Knospen ansetzten. *Ihre* Scharte links neben dem Bogen des Torhauses für Verhandlungen mit dem Feind. *Ihre* Fischteiche jenseits des Burggrabens, *ihre* Felder dahinter, *ihr* Streifen des Sedgemoor Torfstichs, *ihr* Stück des Flusses Minnow. *Ihr* Ruderboot, das an den Stufen festgemacht war, die an der Rückseite des Hauses in den Burggraben führten.

»Gut?« fragte Rupert.

»Sehr gut. Sehr gut. Sehr, sehr, sehr gut.« Sie preßte den Kopf an seine Brust. »Gehört es wirklich mir?«

»Ganz und gar. Es ist leider nur ein kleines Landhaus, aber es gehört ganz und gar dir. Niemand kann oder darf es dir nehmen, meine Liebe. Nicht jetzt und auch nicht, wenn ich nicht mehr da bin.«

Sie trat einen Schritt zurück, über die Trauer in seiner Stimme betroffen. »Wohin willst du?«

»Meine Liebe, es liegt in der Natur der Dinge ...«

»Nein!« Sie mußte ihn daran hindern, es auszusprechen. »Ich kann nicht ohne dich leben.«

Er war glücklich und erregt und ging mit ihr ins Bett.

Später schmiedete er triumphierend und eifrig Pläne. »Wir werden die Nachbarn meiner Lady einladen.«

Sie protestierte. »Es wird dich zu sehr anstrengen. Das Haus ist nicht fertig.«

»Ich bin, scheint mir, jünger als ich dachte«, sagte er selbstgefällig. Er wollte ihr einen festen Platz in der ländlichen Gesellschaft verschaffen, »solange ich noch hier bin, um dich einzuführen.« Er wußte ebenso wie sie, daß sie ohne den Schutz seines Namens – und was noch wichtiger war, Ruperta – nur schwer oder auch gar nicht Zugang in die Gesellschaft von Somerset finden würde.

Sie legte den Kopf auf seinen Arm und blickte zum Betthimmel hinauf, wieder einmal beschämt, weil sie Vergnügen vortäuschen mußte, denn Rupert verdiente nicht nur seine eigene sexuelle Erfüllung, sondern auch die ihre. Sie hatte tausendmal darum gebetet, ihn nicht nur mit der Seele, sondern auch mit dem Körper lieben zu können. Es hätte alles so viel einfacher gemacht. *Verdammter Henry King.* Wie konnte die Erinnerung an die Nacht mit ihm, eine einzige Nacht vor fast zwanzig Jahren, noch immer zwischen ihr und einem viel wertvolleren Mann stehen?

Eine alte Klage; sie beobachtete, wie sie sich durch das orgiastische Treiben geschnitzter eichener Kreaturen und ineinander verschlungener Muster schlängelte, die den Betthimmel schmückten. Sie hatten den größten Raum im Nordflügel zu ihrem Schlafzimmer bestimmt, doch er wirkte klein im Verhältnis zu diesem Bett, einem riesigen, glänzend schwarzen, wuchtigen Möbelstück mit Schnitzereien auf jeder glatten Fläche. Es war das einzige Stück, das von ihres Großvaters streitenden Erben nicht aus dem Haus entfernt worden war – vermutlich, weil es zu schwer war, um von der Stelle gerückt zu werden. Vielleicht war ja ihr Vater darin geboren.

»Verlaß mich nicht, Rupert.« Sie dachte nicht an sich. Um seinetwillen wünschte sie, sein schöner Spätsommer möge ewig dauern, nun, da er seine Tochter und ein Zuhause hatte, wo man für ihn sorgte, so daß er nicht mehr unter den Unverschämtheiten junger Männer leiden mußte, die den Platz an der Seite dieses wankelmütigen Königs eingenommen hatten, der ihm gebührt hätte. »Ich kann ohne dich nicht sein«, sagte sie noch einmal.

Sie konnte; sie konnte alles ertragen. Aber es wäre ein härteres, einsameres Leben ohne ihn. »Und machen wir uns nicht die Mühe, Gäste einzuladen.« Nicht nur, daß die Gesellschaft von Somerset ihr völlig gleichgültig war, Gäste einzuladen, war auch riskant, weil es dann vielleicht zu einer neuerlichen Begegnung mit dem Viscount of Severn and Thames käme; schon hatte Rupert seinen Namen ganz oben auf die Liste der Leute gesetzt, die zu mehreren Abendessen eingeladen werden sollten.

Noch am selben Abend wurde Peter in die Kutsche gesetzt und mit dem Auftrag nach Awdes geschickt, mehr Küchenpersonal herbeizuschaffen und ausreichend Gläser, Bestecke und Tischwäsche einzupacken.

In der Zwischenzeit hieß es wieder einmal *noblesse oblige*. Am Sonntag gingen sie über die Zugbrücke und den Burggraben entlang zur Rückseite des Gebäudes, wo ein Weg sie durch Obstgärten zu der überraschend schönen Pfarrkirche führte, in der sie einer weniger eindrucksvollen Messe beiwohnten, die ein Kurat zelebrierte, der es sehr eilig hatte, und für den die Seelen von St. Mary, Athelzoy, nur eine von vielen Gemeinden war, denen er an diesem Tag das Heil brachte.

Draußen, auf dem Friedhof, wo die Schafe an den Graseinfassungen der Gräber knabberten, bildete die Gemeinde respektvoll einen Kreis um Rupert, der mit weittragender Stimme sich selbst und seine Lady vorstellte. Es war eine geringe Zahl für eine so große Kirche, ungefähr vierzig überwiegend schon ältere Erwachsene. Altmodische Hauben auf hellem oder ergrauendem Haar, Mieder und Röcke verfilzt von zu häufigem Waschen, schöne Haut, sogar bei den Alten, die Hälse der Männer erdverkrustet, die Hände der Frauen schwielig vom vielen Spinnen. Ein paar von den jüngeren Frauen trugen einen Spinnrocken am Gürtel und spannen, während sie zuhörten. Die Kinder – sie beobachtete ganz besonders die Kinder, um zu sehen, ob Ruperta und Zänglein hier unbeschwert aufwachsen könnten – kamen ihr recht gesund vor.

Die jungen Leute, die sie bisher kennengelernt hatte, gefielen ihr: Mudge und Prue Ridge, Sohn und Tochter von der Farm, die unmittelbar an die Priory grenzte. Beide schienen intelligent zu sein, waren hübsch und sehr kräftig. Prue brachte an jedem Morgen die Milch in die Priory – balancierte sie in einem Eimer auf dem Kopf. Einmal, als sie wieder fort war, hatte Penitence heimlich versucht, den Eimer zu heben, hatte es jedoch nicht geschafft. »Ein voller Eimer auf dem Kopf, und das mit der gleichen Leichtigkeit, mit der ich einen Hut trage«, berichtete sie Rupert erstaunt.

»Ihre Ladyschaft wünscht, daß ich mich darauf verlassen kann«, beendete Rupert seine kleine Ansprache, »daß ihr loyal und willig sein werdet, ebenso wie sie euch eine wahre Lehensherrin sein und euch im Herzen tragen wird.«

Es wurde hurra gerufen. »Wird sie uns Arbeit geben, wird sie?«

»Das wird sie.« Rupert nickte. »Ich bin sicher, meine Lady wird Dienstboten brauchen, denen sie vertrauen kann.« Laute Hurrarufe. »Und ich sage dem Wirt des Hoy Arms, daß jeder, der heute abend auf die Gesundheit von Ladyschaft trinken will, das auf meine Kosten tun kann.« Die Hurrarufe wurden so laut, daß die Krähen aus den Friedhofsulmen in den leicht windigen blauen Himmel aufflogen und sich krächzend davonmachten.

Dann verabschiedeten sich Rupert und Penitence und gingen. »Sie leiden«, erklärte ihr Rupert. »Einst hatte jeder Haushalt in diesem Gebiet seine eigenen Schafe, schor sie, spann die Wolle und verkaufte sie an die Tuchhändler. Davon und mit Erntearbeit bestritten sie ihren Lebensunterhalt. Heute machen die Tuchhändler mehr Profit, wenn sie ihre Spinnerinnen in etwas hineinstecken, das sie *Fabrik* nennen.«

»Wie's früher war, war es eben am besten«, neckte sie ihn.

»Und oft stimmt das wirklich«, sagte er ernst. »Diese *Fabriken* werden das Band lockern, das auf dem Land hoch und niedrig verbindet. Schau dir jetzt diese Cottages an, die Hälfte steht leer. Brave Kleinbauern, die ihren Herrn und ihr Land geliebt haben, gehen jetzt in einem Kasten arbeiten.«

Rupert sehnte sich noch immer nach dem feudalen System in seiner höchsten Blüte und neigte dazu, jeden für revolutionär zu halten, der nicht so dachte. Penitence unterließ es, ihn darauf hinzuweisen, daß nur allergrößte Not oder ein starker Anreiz jemanden aus Athelzoy weggelockt und dazu gebracht haben konnten, in einem Kasten zu arbeiten. Auf beiden Seiten der Straße floß ein Bach unter mit Steinplatten belegten Stegen dahin, die zu behäbigen weißverputzten Cottages mit tiefen Fenstern und einem noch tiefer hängenden Reetdach führten. In fast jedem Garten war ein Brunnen, gab es Haselstauden, Apfel- oder Birnbäume und ein Gemüsebeet. Nach einem morgendlichen Regenschauer mischte sich der Geruch von feuchter Erde mit dem Geruch von Kuhdung und dem Duft des Frühlings.

Ja, es stimmte, die Hälfte der Cottages war unbewohnt. Ihre Priory hatte einen großen Teil der Arbeit vergeben, von der dieses Dorf abhängig war, und der Tod seines Herrn, ihres Großvaters, hatte den Arbeitern, die seine Ernte eingebracht hatten, und den Dienstboten seines Haushalts die Arbeit genommen.

Ein Stück weiter vorn erweiterte sich die Straße in eine Art Dorfplatz, dem einzigen, mit dem Athelzoy aufwarten konnte; Schafhürden und Kuhpferche säumten ein Kreuz, das beinahe so groß und so kunstvoll war wie das Eleonoren-Kreuz auf Londons Charing. Ein dünner Mann in einem puritanischen schwarzen Anzug und Hut stand auf den Stufen und psalmodierte aus der Bibel.

Der Ostseite des Kreuzes gegenüber lag das Hoy Arms. Im selben Stil wie die Fachwerkflügel der Priory erbaut, erinnerte es Penitence an das Ship in Dog Yard; eine ebenso unberechtigte Fröhlichkeit schien davon auszugehen.

Als der Wirt des Gasthauses, sich die Hände an seiner Schürze abtrocknend, herauskam, um sie zu begrüßen, drehte sich der Mann auf den Stufen des Kreuzes um und starrte in ihre Richtung.

Penitence erstarrte und umklammerte Ruperts Arm fester.

Sie hatte plötzlich ein *déjà vu*-Gefühl.

»Wer da liebet mit Weisheit, ergötzet seinen Vater, aber er, der Metzen beischlafet, verschleudert seine Manneskraft.«

Sie hatte es gewußt. Der Ton war der von Titus Oates, von Reverend Block, der Singsang, den puritanische Frömmler für erforderlich hielten, um dem Ausdruck zu verleihen, was rechtschaffen war. Sie haßte ihn. Aber es war das Timbre der Stimme, das langgezogene erste E in Metzen, das sie in eine andere Zeit, in ein anderes Land zurückversetzte. Einen Augenblick war sie verwirrt, dann legte sie ihr ganzes Gewicht auf Ruperts Arm, um ihn aufzuhalten, weil er sich, seinen Stock schwenkend, wütend auf den Mann stürzen wollte. »Nein!«

»Ich peitsche den Schurken aus, ich lasse ihm die Haut abziehen.«

»Nein. Laß ihn. Er ist deiner Aufmerksamkeit nicht wert, Rupert.« Er zog sie weiter, war entschlossen zu töten. Verzweifelt winkte sie dem Wirt, er solle ihr helfen. Gemeinsam drehten sie einen schweratmenden, brüllenden Rupert um, und dann nahm der Wirt ihm den Stock ab, um ihn durch die Tür des Hoy Arms bugsieren zu können, wo die Wirtin auch noch ihr beträchtliches Gewicht einsetzte, um ihn auf eine Sitzbank zu verfrachten.

»Entschuldige mich einen Moment.« Penitence lief hinaus und zu dem Mann auf den Stufen des Kreuzes hinüber. Er wurde von den Dorfleuten, die aus der Kirche zurückkamen, mit Schimpfworten beworfen wie mit Steinen, denn er hatte einen königlichen Prinzen und künftigen Arbeitgeber beleidigt. Ein paar warfen tatsächlich mit großen Klumpen Mist nach ihm, als hätten sie nur auf einen Vorwand gewartet. *Kein beliebter Mann.* Er machte keine Anstalten, sich zu schützen, hatte aber zum Zeichen seines Märtyrertums die Augen geschlossen, und seine Lippen bewegten sich im Gebet. Die Menge forderte Penitence auf, sich an dem Spaß zu beteiligen. »Gebt's dem nur richtig, Ladyschaft, so richtig'n Tritt innen Hintern, damit's auch weh tun tut, sin' alles olle Pfaffen.« Einer schlug den Schandpfahl vor.

»Wie heißt Ihr?« fragte Penitence ruhig.

Der Mann öffnete die Augen. Obwohl er älter aussah, konnte er kaum über sechzig sein. Es war unheimlich, in seinem Gesicht die gleichen Linien der Verbitterung zu sehen, die sie in einem anderen Gesicht gesehen hatte, das sie einst so gut kannte.

»Mein Name ist immerwährend«, sagte er.

»Ich wette, das ist er nicht«, antwortete sie. »Ich wette, er lautet Hughes.«

»Er, der Metzen beischlafet, verschleudert seine Manneskraft, Sprüche 29, Vers 3.«

»Wahrlich die Wirte und die Metzen gehen vor dir in das Königreich Gottes ein«, antwortete sie. »Matthias 21, Vers 31.« Und ging in den Gasthof zurück.

Besorgt wegen des schlechten Eindrucks, den ihr königlicher Gast bekommen hatte, versuchten der Wirt und seine Frau Rupert mit Worten und ihrem besten Ale zu beschwichtigen. Zwar beherrschte er sich jetzt, saß aber stocksteif und weiß vor Zorn da.

Er würde ihr in der Öffentlichkeit keine Vorwürfe machen – er machte ihr auch wenn sie allein waren kaum einmal Vorwürfe –, doch sie hatte Schande über ihn gebracht, weil sie es nicht zugelassen hatte, daß er sie verteidigte, und weil sie mit dem Mann gesprochen hatte, der sie verunglimpfte.

»Wer ist dieser Mann? Wo wohnt er?« fragte sie.

Der Wirt wandte sich ihr erleichtert zu. »Keiner von hier, sag ich Euch. Kommt von Sallycombe rüber. Ganzes Vipernnest von diesen Predigern. Sie sagen es is' ihre Pflicht, jeden Sonntag die Ohren von uns respektablen Leuten zu belästigen.« Der Wirt spuckte in die Sägespäne auf dem Boden. »Kommen aus Sallycombe, alle mit'nander. Warum Lady Alice sie duldet, weiß ich nich'. Weiß ich wirklich nich'. Rundköpfe und Nonkonformisten waren das. Rundköpfe und Nonkonformisten bleiben sie.«

»Wie heißt er?«

»Martin Hughes, Euer Ladyschaft. Ein Tuchrauher. Oh, was für'ne Schlange.«

Mudge Ridge streckte den Kopf durch den Türspalt. Er hatte seinen Wagen in die Schmiede gebracht, um ein Rad geradebiegen zu lassen und fuhr jetzt nach Hause. Wollten Seine Hoheit und die Lady mitfahren?

Penitence nahm an. Ruperts Hände zitterten noch immer. Er sprach auf der Rückfahrt kein Wort und saß auf dem Sitz des schaukelnden Bauernwagens mit der Würde eines Cavaliers auf einem Schlachtroß. Penitence saß neben ihm und unterhielt sich mit Mudge, der zu Fuß nebenherging und das Pferd führte. Auch er war zerknirscht wegen des Zwischenfalls, sah aber weiter als der Wirt.

»Somerset«, begann er zu erklären – er sprach es Zummerzet aus – »is' jetzt zwischen Royalisten und Rundköpfen aufgeteilt, zwischen Kirche und Bethaus. Ist es immer, war es immer. Und weil der Adel reicher und die Kirche römischer wird, wenden sich die armen Leute den Nonkonformisten zu. Nicht so sehr die Farmer, vielleich', aber die Weber und Spinner.«

Weber und Spinner wie ihre Großeltern mütterlicherseits, bevor sie in eine neue Welt auswanderten.

Übrigens hatte sie weder Mudge noch Prue Ridge heute morgen in der Kirche gesehen, obwohl die Eltern der beiden dagewesen waren. Sie erwähnte es beiläufig.

Mudge blickte über die Schulter zurück und sah sie an, und ihr wurde klar, daß in den alten Zeiten ihr Großvater väterlicherseits, Royalist und Kirchgänger, seine Pächter bestraft hätte, wenn sie dem Gottesdienst ferngeblieben wären. Sie blinzelte ihm zu, und seine weißbewimperten blauen Augen wurden zuerst groß vor Überraschung und dann vor belustigter Erleichterung.

Wieder in der Priory brachte sie Rupert in das Zimmer auf der rechten Seite des Flurs, das sie zu ihrem Salon gemacht hatten, schenkte ihm einen Brandy ein und kniete dann ihm zu Füßen nieder. »Es tut mir leid, Rupert.«

»Der Mann wird trotz deines Einschreitens ausgepeitscht. Wenn man ein so schlechtes Benehmen ungestraft durchgehen läßt, haben wir bald wieder Revolution. Der Richter wird informiert. Niemand darf dich am hellichten Tag beleidigen.«

Sie bezweifelte, daß ein Richter jemanden wegen Beleidigung an den Pranger stellen konnte, aber vielleicht war es in Somerset möglich. »Bitte, Rupert ...«

Er hob die Hand. »Du wirst dich nicht zu seiner Fürsprecherin machen. Eine solche Rücksicht ist nicht am Platz. Ich werde das Ungeziefer höchstpersönlich an den Schandpfahl stellen.«

»Ich hoffe, du wirst es nicht tun, Rupert.« Sie nahm seine Hand. »Ich bin ziemlich sicher, daß er der Bruder meiner Großmutter ist. Das Ungeziefer ist mein Großonkel.«

6. Kapitel

Der Viscount of Severn and Thames, erfuhren sie, hielt sich in den Niederlanden auf und sehe sich daher außerstande, die freundliche Einladung anzunehmen und am 4. Mai mit seiner Königlichen Hoheit Prinz Rupert und Mrs. Hughes zu dinieren.

»Es heißt, er ist dick mit Prinz William befreundet«, berichtete ihr Rupert bekümmert. »Ich wünschte mir, nicht hören zu müssen, daß er ein Whig geworden ist.« Die Whigs regten ihn auf. Sie wollten nicht nur den armen James von der Thronfolge ausschließen, Extremisten unter ihnen forderten, daß der König den protestantischen Herzog von Monmouth ehelich erklären ließ, damit er der nächste König werden konnte. Ebensogut konnte man – Ruperts Meinung nach – den Teufel inthronisieren.

»Aber wäre es dir lieber, wenn er ein Tory wäre?« fragte sie und bedauerte es sofort wieder, als sie seine Unentschlossenheit sah; es war ihr unerträglich, daß sich Rupert, der immer so genau gesehen hatte, wo seine Pflichten lagen, im Alter mit Zweifeln herumschlagen mußte. Die Art, wie sein Cousin regierte, beunruhigte ihn, nicht zuletzt deshalb, weil er das Parlament aufgelöst hatte. Jeden Tag bekam er Briefe von seinem Londoner Finanzier und von Freunden, die Kaufleute waren, und die sich über die Manipulationen beschwerten, mit denen der König versuchte, die politische Kontrolle über die City und ihre gesetzgebenden Körperschaften zu erlangen. Ruperts Loyalität gegen Englands Institutionen war beinahe ebensogroß wie die gegen den englischen Thron, und er war betroffen, weil das eine drohte, das andere zu vernichten.

Die Nachbarn, die in die Priory zum Dinner kamen, plagten keinerlei Zweifel, Torys der Kirche von England alle miteinander, Richter, Sheriffs, neureiche Tuchhändler, verdammten sie die Whigs in ihrem klangvollen, stark zu Zwielauten neigenden Akzent. Ihre Gleichung war absolut simpel: Whigs waren Nonkonformisten, und Nonkonformisten waren verdammt.

Penitence, die viele aristokratische Whigs kannte, die der Kirche von England angehörten, begriff, daß sie so weitab von London in einer anderen Welt lebte; die Söhne von Männern, die für die Krone gekämpft hatten, verachteten noch immer die Männer, deren Väter auf seiten des Parlaments gestanden hatten. Um Erfolg zu haben, mußte man *ipso facto* ein Tory sein. Andererseits blühte und gedieh der Whiggismus unter den besiegten Nonkonformisten: unbedeutenden, aber unabhängigen Handwerkern; Webern, Kleinbauern.

Wenn Martin Hughes ein Beispiel für den Somerset-Whiggismus war, und wenn die Landbesitzer, die bei ihnen zu Gast waren und Ehefrauen, Reichtum und Vorurteile in der absoluten Gewißheit zur Schau stellten, daß Prinz Rupert ihr Verhalten billigen würde – wenn sie die typischen Torys darstellten, dann war ihr keiner von ihnen sonderlich sympathisch; und zum erstenmal wurde ihr bewußt, daß sie das Ergebnis einer Verbindung aus beiden war. Ihr gefiel die Landschaft besser als die Menschen, die hier lebten.

»Hab' gehört, 's hat'n häßlichen Zwischenfall gegeben zwischen Euch un' einem von diesen verdammten bigotten Predigern, Euer Hoheit«, blökte Sir Ostyn Edwards, Penitence' nächster Nachbar und der örtliche Richter. Die Neuigkeit hatte sich schnell verbreitet; sogar die Cartwrights, ein Paar überzeugter, aber sympathischer Torys an Ruperts Tischende, hatte davon gehört – und sie lebten in Crewkerne, gut zehn Meilen entfernt.

Rupert spielte die Angelegenheit herunter. »Der Kerl hat nur eine Menge Unsinn erzählt.«

Er erwähnte Penitence' mögliche Verwandtschaft mit dem Prediger ebensowenig wie daß sie ein uneheliches Kind ihres Altersgenossen Captain Hoy war. Es ging sie nichts an.

»Unruhestifter und Revolutionäre«, erklärte Sir William Portman, der Abgeordnete für Taunton. »Es sind Whigs, Sir, intrigante, diebische Whigs. Ihr solltet sie einsperren, Ostyn, einsperren, alle miteinander.«

»Ich tu's«, sagte Sir Ostyn entrüstet. »Und was passiert? Ihr Gentlemen beklagt Euch, ich nehm' Euch Eure Arbeiter weg.«

»Die Hughes' sind nich' meine Arbeiter«, beklagte sich Sir Roger Pascoe. »Zu verdammt unabhängig. Tuchrauher. Ihr solltet sie von Eurem Land verjagen, Alice« – er hob die Stimme, Lady Alice Lisle war schwerhörig –, »ich sag, Ihr solltet sie von Eurem Land runter und in meine Fabriken treiben, Alice.«

»Ich werde nichts dergleichen tun«, sagte Lady Alice. »Ah, ich behaupte nicht, daß sie keine lästigen Moralprediger sind, aber ich will nich', daß sie für vier Shilling die Woche an Euren Webstühlen verhungern, wenn überall sieben gezahlt werden, was Ihr sehr genau wißt, Sir Roger.« Sir Roger strahlte, nicht im geringsten gekränkt. »Und finden am Zugstuhl ihren eigenen Harnisch, ihre eigene Schlichte und wickeln ihre eigenen Spulen. Wenn das gut fürs Geschäft ist, ist es gut fürs Land.«

»Es ist gut für Eure Tasche«, schalt Lady Alice. »Der Handel soll dem Menschen dienen, nicht der Mensch dem Handel. Und damit meine ich *alle* Menschen, junger Master Pascoe.«

Alice Lisle war die einzige Frau, die ohne Begleitung gekommen war, und die einzige Frau, die Rupert – einem dringenden Rat folgend – allein eingeladen hatte. Sie war eine Institution, eine ungefähr siebzigjährige Witwe, die ihr zwei Meilen entfernt gelegenes Landgut mit großer Tüchtigkeit bewirtschaftete. In dieser Gegend geboren und aufgewachsen, zum Landadel gehörend, war sie nicht nur die Witwe eines Cromwell-Anhängers, sondern selbst eine Nonkonformistin. Weil man sie ihr Leben lang gekannt hatte, wurde sie und wurden ihre unkonventionellen Ansichten vom Tory-Landadel ebenso akzeptiert wie Barrow Mump oder Glastonbury Tor, diese exzentrischen Hügel, die aus der flachen Landschaft wie Altäre emporragten.

»Was ist ein Tuchrauher?« fragte Penitence. Sie hatte das Wort in Verbindung mit Martin Hughes jetzt zweimal gehört.

Alle Köpfe wandten sich ihr zu, als erwarteten sie etwas, doch was das war, ahnte sie nicht. Sie hatte die ganze Zeit über geschwiegen, außer wenn sie die Gäste ermunterte, doch mehr zu essen. Alle Frauen, außer Lady Alice, waren nur dazu da, die Unterhaltung der Männer zu bewundern und ihr zuzustimmen, und die meisten Ehefrauen hielten den kunstvoll frisierten Kopf gesenkt und taten genau das.

Rupert hatte sein Bestes getan, um den Leuten klarzumachen, daß Penitence die Gastgeberin war. »Soll ich das Fleisch schneiden, meine Liebe?« und: »Ihre Ladyschaft hatte noch keine Zeit, ihre Tafel so auszustatten, wie sie es sich wünscht, nicht wahr, meine Liebe?« Doch die Gäste gingen nicht darauf ein. Sie fanden die Situation eigenartig. Jahrelang hatten sie entzückt und entsetzt zugleich den Geschichten zugehört, die über das im Umlauf waren, was bei Hofe geschah, sie wußten von der Lüsternheit der Prinzen und der Leichtfertigkeit der Schauspielerinnen und hatten sich darauf vorbereitet, Augenzeugen solcher *Vorgänge* zu sein. Was sie erlebten, war eine Häuslichkeit, die nur in ihrer Harmonie ungewöhnlich war, und deshalb waren sie nicht nur enttäuscht, sie fühlten sich betrogen.

Jetzt starrten sie Penitence an wie Jungen auf einem Jahrmarkt, die einen Schwertschlucker beobachteten, der zwischen zwei Vorstellungen pausierte. Sie unterdrückte den Impuls, an einem Strumpfband zu ziehen und es zurückschnellen zu lassen, damit sie sich so entrüsten konnten, wie sie sich offensichtlich entrüsten wollten, und starrte zurück.

»Eh?« grunzte Sir Ostyn. Er war der Richter des Ortes und kürzlich Witwer geworden; seine Freunde hatten sich über seine Suche nach einer passenden Ehefrau sehr amüsiert. Die Täfelung ihres Speisezimmers war ein perfekter Hintergrund für seine zu stark gelockte helle Perücke und seine Himmelfahrtsnase. Wenn man ihn rahmen könnte, dachte Penitence, hätte man das schöne Portrait eines Schweines. Das Kerzenlicht schien auf die polierte Tafel und das Silber und war zu den Gesichtern rundum nachsichtiger, als die meisten es verdienten. *Warum muß ich mich mit diesen Leuten abgeben? Ich möchte nach Hause. Ich möchte zu meiner Tochter.*

»Ihr Ladyschaft hat gefragt, was ein Tuchrauher ist«, sagte Rupert mit Nachdruck.

»Oh, Tuchrauher«, sagte Sir Roger triumphierend, würdigte Penitence jedoch keiner näheren Erklärung. »Weiß man in London nich', was das is'?«

Sie fing Ruperts Blick auf und erhob sich. »Wollen wir die Gentlemen allein lassen, Ladys?«

Stühle wurden zurückgeschoben, als die Gentlemen aufstanden und die Ladys hinausgingen.

»Haben wir die Erlaubnis unserer Gastgeberin zu rauchen?« fragte Rupert.

Der Gute. »Selbstverständlich habt Ihr die.«

Sie führte die Damen durch den geschützten Gang in den Nordflügel und zeigte ihnen, wo sie die Bedürfnisstühle in dem Raum finden konnten, den Rupert – darauf hatte er bestanden – zu einem Badezimmer hatte ausbauen lassen. Dann führte sie sie zurück in den Flur in dem unterirdischen Gewölbe unter der Halle und weiter in den Salon. »Ich habe mir gedacht, wir könnten beim Kaffee hier drin schwatzen«, sagte sie vergnügt. »Es ist klein, aber warm an diesem kühlen Abend.«

Lady Pascoe, aus der Fassung gebracht, weil es in der Priory ein Badezimmer gab, während ihr eigenes viel größeres Haus keines aufzuweisen hatte, versuchte ihre Überlegenheit zurückzugewinnen. »Hier isses wirklich eng«, sagte sie. »Ihr müßt Euren Mann dazu bringen zu vergrößern. Mein Salon is' doppelt so groß.«

Das muß er ja sein. »Kaffee? Tee? Oder Schokolade?«

Wäre sie in nachsichtigerer Stimmung gewesen, hätte Penitence erkannt, daß sie ebenso eingeschüchtert wie neugierig waren. Denn obwohl sie eine gefallene Frau war, war sie eine *weltgewandte* und *gebildete* gefallene Frau, die Geliebte eines Prinzen, zu Hause in dem verderbten London und dem noch verderbteren Hof. Sie mußten ihr zu verstehen geben, wie wenig beeindruckt sie waren, um wieviel größer ihre Häuser waren, wie sehr sie mit den örtlichen Gegebenheiten vertraut waren, wie gut sie die Priory selbst kannten.

»Ich hab' als Baby mit den Hoy-Kindern gespielt«, sagte Lady Portland. »Hab in diesem Haus jeden Winkel gekannt. Habt Ihr schon das Geheimzimmer entdeckt?«

Zum erstenmal an diesem Abend interessiert, richtete Penitence sich auf. »Nein. Wo ist es?«

»Der alte Master Hoy hat uns damit geneckt, aber nie was verraten. Muß hier irgendwo sein.« Die Federn in ihrem Haar nickten, als sie die Täfelung betrachtete.

Lady Pascoe fühlte sich bemüßigt, Penitence herablassend zu erklären, was ein Tuchrauher war: ein Mann, der eine distelähnliche Pflanze – eine Karde, die einen verlängerten Stachelkopf hatte – dazu benutzte, die Stoffe zu krempeln. »Ihr wißt nicht, was Krempeln ist?

Du meine Güte, in London lernt man wirklich nicht viel, nicht wahr? Nun, Krempeln is' …«

Lady Alice, die einzige, von der Penitence wirklich etwas hören wollte, verschlief den ganzen Diskurs, bis das herrliche Geräusch von Männerschritten sie alle erlöste und sie Rupert und den männlichen Gästen die Treppe hinauf in den Saal folgen konnten, wo Peter mit Tabletts und Servierwagen voller weiterer Köstlichkeiten, Kuchen und Marzipanen wartete, die, wie Rupert ihr versichert hatte, in Somerset unbedingt nötig waren, um die Mägen zu schließen, bevor alle heimgingen.

Der Saal, nur selten warm und an diesem Abend im Vorfrühling unangenehm kühl, wurde von einem Feuer beleuchtet. Fast zwei Meter lange Scheite aus Apfelholz füllten den Kamin, duftende Flammen schlugen Funken aus den Juwelen der Gäste und veränderten den Ausdruck auf den Gesichtern der Wasserspeier am Ende eines jeden der großen Bogen, die das gewölbte Dach stützten.

Rupert hatte ein Fenster geöffnet, damit die Gäste die Schneise sehen konnten, die auf seine Anordnung dort in die Waldung gerodet worden war, wo sie sanft zu den Levels abfiel.

Sir Ostyn nickte beifällig. »Höchste Zeit, daß das Haus eine anständige Zufahrt bekommt. Werdet Ihr sie befestigen, so ähnlich wie einen Knüppeldamm?«

»Doch keinen Knüppeldamm«, spottete Sir Roger. »Pflastersteine. Ihr braucht Pflastersteine, Euer Hoheit. Und ein verdammt großes Tor vorndran.« Jetzt mischten sich alle Männer ein und sagten dem Prinzen, was er im Hinblick auf die Zufahrt zur Priory tun oder nicht tun sollte.

Ich will sie nicht, hatte Penitence protestiert, als Rupert ihr sagte, er plane eine breite, schnurgerade Zufahrt von der Straße zum Haus, die den sich windenden Tunnel ersetzen sollte, der sich um die Erhebung im Farmhof der Ridges schlängelte. Sie liebte das Geheimnisvolle dieses Weges, fand es reizvoll, wie das Haus als schöne Überraschung aus der Verborgenheit auftauchte. Aber Rupert hatte ihr vorgeworfen, allzu bescheiden zu sein – »du sollst das Licht der Priory nicht unter den Scheffel stellen« –, und sie hatte nachgegeben, denn obwohl die Besitzurkunde ihren Namen trug, war er es, der alles bezahlt hatte.

Nun, da die drei Lichter des Saales in die Dunkelheit strahlten, hatte sie nicht das Gefühl, daß ihre Priory besser zur Geltung kam, es kam ihr eher so vor, als sei sie entkleidet worden und jetzt völlig schutzlos in ihrer Blöße. Sie konnte vom gesamten Verkehr gesehen werden, der die Straßen über die Moore zwischen Glastonbury und Taunton benutzte. Sie würde von der Dunkelheit überraschte Reisende anlocken, Diebe und Räuber …

Hinter ihr sagte Lady Pascoe: »So einen hab' ich auch, nur ist meiner größer.« Penitence drehte sich um, weil sie erwartete, ein anderes ihrer Möbelstücke geschmäht zu sehen. Aber die Frau zeigte auf Peter, obwohl der Haushofmeister nicht einmal zwei Meter entfernt stand.

»Meiner ist jünger«, sagte Mrs. Cartwright. »Hab' ihn in Bristol gekauft.«

Penitence konnte es nicht länger hören: sie überließ sie ihren Vergleichen über die »Waren« des Sklavenhandels und nahm die Gelegenheit wahr, sich neben Lady Alice zu setzen. »Dieser Martin Hughes«, sagte sie, »Martin HUGHES, Lady Alice. Wo wohnt er. Wohnt, meine Liebe.«

Wenn sie dem Mann von den Stufen am Kreuz im Geist eine weiße Haube aufsetzte, sah sie ihre Großmutter; die gleichen stechenden Augen, die gleichen Lippen, dünn geworden in ihrer Abneigung gegen alles Menschliche. Obwohl sie aus der Kehle eines Mannes gekommen war, hatte die Stimme genau das gleiche Timbre wie jene, die den jüngeren Bruder gerühmt hatte, der zu Hause geblieben war, um »das Banner des Herrn in der Schlacht wider die Sünde hochzuhalten«.

Und so war seine Großnichte ihm begegnet – in Athelzoy auf den Stufen eines Kreuzes stehend und noch immer das Banner hochhaltend.

Lady Alices Gedächtnis war noch völlig intakt: Viele Jahre hatten die Hughes und die Hurds im Dienst der Familie Lisle gestanden. »Wir waren alle eifrige Arbeiter im Weinberg Gottes, aber die Hughes', allen voran Tabitha und ihr Bruder Martin, waren besonders fanatisch. Eine mürrische kleine Madam, diese Tabitha. Wie sie es geschafft hat, sich diesen gutaussehenden Ezechiel Hurd zu angeln, werde ich nie verstehen. *Nie.*« Lady Alice machte ein finsteres

Gesicht. »Sie brachte ihn dazu, der Bruderschaft beizutreten, damit sie alle anderen wollüstiger Gedanken bezichtigen konnte. O du mein lieber Gott, für sie war die nackte Wahrheit ein wollüstiger Gedanke, für den Buße getan werden mußte. Sie hatte drei wollüstige Gedanken, soviel ich weiß – Martha, dann John, dann ...«

Penitence formte mit den Lippen den Namen. »Margaret.«

»Margaret«, sagte Lady Alice. »Armes Mädchen. Bildhübsches Mädchen.« Sie winkte Penitence näher. »Hat dem Sohn dieses Hauses hier ins Auge gestochen. Mehr als das. Er war verrückt nach ihr, der junge Jack Hoy. Hätte sie vielleicht sogar geheiratet, auch gegen den Willen seines Vaters, aber der arme Junge ist im Krieg gefallen.«

»Was ist aus ihr geworden?«

»Oh.« Die Runzeln in dem mit leichtem Haarflaum bedeckten Kinn vertieften sich, als würden sie wie von den Schnüren eines Geldbeutels zusammengezogen. »Die Hoys haben sie weggeschickt. Und Tabitha nahm ihr, hartherzig wie sie war, das Baby weg. Hat ihre eigene Tochter aus dem Haus geworfen. Ich habe zu ihr gesagt: ›Gib dem armen Mädchen das Baby zurück, und *ich* nehme die beiden bei mir auf. Laß die, die unter euch ohne Sünde ist, laß sie den ersten Stein werfen.‹ Aber Tabithas Herz *war* aus Stein: ›Die Metze hat Schande über unser Haus gebracht‹, sagte sie. ›Laßt sie auf dem Pfad der Sünde weitergehen, während wir in Rechtschaffenheit unserem Gott folgen.‹ O ja, das Herz dieser Frau war aus Stein. Wie ihre Augen.«

Ich erinnere mich. Das Alter hatte es noch mehr versteinert. Zuneigung war ein Riß im Deich der Rechtschaffenheit, durch den die Flut der Sünde strömen konnte; er wurde unbarmherzig verschlossen. Für ihre Enkelin hatte sie kein Lächeln gehabt, kein liebevoll nachsichtiges Wort, hatte sie, soweit sich Penitence erinnerte, nie gestreichelt. Und die brave Tochter Martha hatte sklavisch die unchristliche Christlichkeit nachgeahmt. *Arme Martha.* Mit aufwallendem Mitgefühl vergab Penitence der Frau, die sie so viele Jahre für ihre Mutter gehalten hatte. Hatte Tabitha gewußt, daß ihre verderbte Tochter Margaret ihre ganze Charakterstärke geerbt hatte.

»Sie hat sie alle nach Amerika verschleppt – das Baby, Martha, den armen Ezekiel – und hat die zweite Tochter allein zurückgelassen. Wie oft hab' ich mich schon gefragt, was aus dem Mädchen geworden ist.«

Eine erfolgreiche Bordellmutter.

»Und Ihr seid ihr wie aus dem Gesicht geschnitten«, sagte Lady Alice listig. Gute Augen hatte sie auch noch. »Und Ihr habt denselben Nachnamen wie Tabitha.«

Penitence sah sie lächelnd an. »Darf ich Euch morgen besuchen? Morgen?« Es gab noch so viel, was sie wissen wollte. Sie hatte schon so lange keine Familie; vielleicht gab es noch andere Mitglieder, weniger selbstgerecht als Martin Hughes, die sie willkommen heißen, sich erinnern und ihr zeigen würden, wo ihre Mutter den Sohn aus der Athelzoy Priory kennen- und liebengelernt hatte.

Sie hatte sich noch nicht entschieden, ob sie all das Lady Alice erzählen würde. Die alte Frau vermutete ganz offensichtlich etwas. Aber nicht einmal Rupert kannte bisher die ganze Geschichte; nicht, was aus ihrer Mutter geworden war, nachdem man sie verstoßen hatte, und auch nicht, wo ihre Tochter sie wiedergefunden hatte.

Vielleicht war es an der Zeit, daß sie Rupert vom Cock-and-Pie erzählte.

Sie hatte jedoch keine Gelegenheit dazu. Am Abend bekam er Kopfschmerzen, die nicht mehr aufhörten. Als sie ihm die Perücke abnahm, um ihm ins Bett zu helfen, sah sie, daß seine Stirnwunde eiterte. Am nächsten Morgen bestand er darauf, aufzustehen, gab sich am Nachmittag jedoch geschlagen und ging wieder ins Bett. »Kümmere dich nicht um mich, meine Liebe. Du hattest noch gar keine Zeit, dein neues Heim zu genießen.«

Sie hörte nicht auf ihn und ging hinunter, um mit Peter zu besprechen, ob es möglich war, Rupert mit der Kutsche nach Awdes zurückzubringen.

»Er wird sich weigern, einen Doktor kommen zu lassen, wohin wir auch mit ihm fahren«, meinte Peter.

Sie hatte Angst. Somerset war zum Ende der Welt geworden; sie war hier fremd, und niemand würde ihr helfen. »Vielleicht erlaubt er Apotheker Boghurst, ihn zu behandeln. Wir machen ihm ein Bett in der Kutsche.«

Es erschreckte sie noch mehr, als Rupert sich von Peter und Boller widerstandslos zur Kutsche tragen ließ. Sein Kopf lag auf ihrem Schoß, und sie versuchte ihn zu schützen, indem sie mit ihrem Körper das Rütteln und die Stöße abzufangen suchte, und merkte erst, als sie fünf Meilen hinter ihr lag, daß sie die Athelzoy Priory verlassen hatte, ohne ihr einen Abschiedsblick gegönnt zu haben. Als sie drei Tage später den Stadtrand von London erreichten, war Rupert so krank, daß Penitence es riskierte, die paar Meilen weiterzufahren und ihn in das Haus in Spring Gardens zu bringen, damit Apotheker Boghurst schneller bei ihm sein konnte.

7. Kapitel

Es war ein Sterben, das sich lange hinzog. Den Sommer über erholte sich Rupert wieder, doch im Herbst wurden die Rückfälle häufiger, bis er überhaupt nicht mehr genas. Wenn Penitence morgens die Vorhänge öffnete, ärgerte sie sich über das Rattern der Wagen und die Rufe auf der Straße – eine Welt, die beharrlich ihren Geschäften nachging, während ihr großer Krieger starb.

Er wußte, daß er im Sterben lag. Anfang November machte er sein Testament. Als die Anwälte gegangen waren, war er müde, und sie saß an seinem Bett, während er schlummerte. Zusammenzuckend erwachte er und schien nicht zu wissen, wo er war. Dann fragte er: »Wirst du wieder heiraten?«

Bei dem Wort »wieder« verlor sie beinahe die Fassung. »Nein.«

Der Earl of Craven, für den sie Gott dankte, kam jeden Tag vorbei, doch außer ihm wachten hauptsächlich die Dienerschaft, Penitence' Freundinnen Aphra und Dorinda, Reverend Boreman, der Apotheker Boghurst und der Hund Royalle, der nicht von Ruperts Seite wich, mit ihr am Bett des Kranken.

Der König erschien nicht, obwohl sie ihn auf dem laufenden hielt.

In ihrem Auftrag schrieb der Sekretär an die noch verbliebenen Kinder der Tochter von James I. und an Friedrich V. von Böhmen. Der Elector Palatinate war kürzlich gestorben, hatte jedoch den Briefwechsel mit seinem jüngeren Bruder abgebrochen, wütend darüber, daß Rupert die Juwelen ihrer Mutter einer Mätresse geschenkt hatte – obwohl Rupert der einzige Sohn gewesen war, der sie im Alter unterstützt hatte. Sophie war jetzt Kurfürstin von Hannover, Louise war in einem Kloster, und keine fand die Zeit zu kommen.

Nur im Schlafzimmer des Hauses in Spring Gardens hatte das Zeitalter der Treue, ob recht oder unrecht, Bestand, und der Prinz, der es verkörpert hatte, durchlebte es in seinem verwirrten Geist noch einmal. Weinend umklammerten Lord Craven und Penitence seine Hände, als er versuchte, eine geisterhafte Kavallerie mit einem Wink in die Schlacht zu schicken, und längst dahingegangenen Männern Befehle zurief.

Hatten sie ihn dazu gebracht, einzuschlafen, saß Penitence da und wartete darauf, daß Craven ihr von seinem Freund erzählte. Seine Erinnerungen begannen immer mit: »Ihr hättet ihn sehen sollen ...« Und endeten stets damit, daß er weinte.

»Ihr hättet ihn vor Bristol sehen sollen. In Scharlachrot mit silbernen Spitzen auf seinem Berberrappen. Den ›Drachenprinzen‹ hat Cromwell ihn genannt, aber er hat ihn respektiert, o ja, sogar dieser Schurke hat ihn respektiert. Was für einen Respekt haben diese königlichen Säufer zu erwarten, die uns heute kommandieren – außer einem Strick, um sich selbst daran aufzuhängen?«

Durch Cravens Augen betrachtete sie den jungen Rupert und eine Handvoll schlecht bewaffneter Cavaliers, die an der Powick Bridge gegen die stählernen Kettenhemden der Parlamentarier anrannten und in der ersten Schlacht von Newbury gegen die unerschütterlichen Langspieße der in London ausgebildeten Banden. »Immer und immer wieder hat er unsere Sache gerettet. Ein- oder zweimal auch gefährdet, uns aber immer wieder aus der Gefahr befreit. Es war nicht seine Schuld, daß wir geschlagen wurden.«

Eine bestimmte Frage hatte sie Rupert nie gestellt, jetzt tat sie es. »Warum hat er sich in England niedergelassen?«

Craven lächelte. »Wißt Ihr, meine Liebe, manchmal denk' ich, es war wegen seiner Feinde. Er war nie ein politischer Mensch, und es ist ihm auch nie in den Sinn gekommen, sich zu fragen, ob der Streit seines Onkels mit dem Parlament rechtmäßig war. Aber er hat mir einmal gesagt, die Stärke der Rundköpfe beeindrucke ihn. Kurz vor Ende des Krieges hat er mir geschrieben, sollte er sich einmal beim Reiten den Hals brechen, wäre er nicht unglücklich, wenn England seine Gebeine bekäme.« Der Earl weinte wieder.

Wenn er seine alten Schlachten wieder erlebte, belebten sich auch die Wunden wieder, die sie ihm geschlagen hatten, so daß er sie noch einmal erleiden konnte. Jeden Morgen und jeden Abend, wenn Penitence oder Peter die Verbände von Bein oder Kopf anfeuchteten, sickerte Eiter aus dem Fleisch, das sich grün verfärbte. Ruperta beklagte sich über den Geruch, als Penitence sie auf das Bett hob, damit sie Rupert küßte, und bekam zum erstenmal einen Klaps von ihrer Mutter. »Küß deinen Vater!«

Nur Ruperta brachte ein wenig Zusammenhang in Ruperts Fieberphantasien. In einer klaren Minute gelang es ihm, Craven zu sagen, daß sein Hosenbandorden dem König mit der wiederholten Bitte zugeschickt werden sollte, die Heirat zwischen ihr und Burford zu arrangieren.

Charles ignorierte auch diese Bitte.

Am 27. November begann Rupert zu husten. Master Boghurst sagte: »Es dauert nicht mehr lange. Holt Eure Söhne.«

Die Jungen knieten am Ende des Bettes, aber als der Husten und die Nacht sich weiterschleppten, ließ Penitence Sessel bringen, in denen sie schlafen konnten. Nur sie und Peter blieben wach. Am Morgen lebte Rupert noch immer.

Sie verlor die Übersicht über Zeit und Raum. Manchmal war es Henry Kings Hand, die sie hielt, manchmal die von Dorinda. Einmal die Hand Ihrer Ladyschaft. Sie träumte von Awashonks, erwachte mit einem Ruck und dachte, die dunklen Augen, die sie anstarrten, gehörten dem Häuptling der Squakheag. Es waren Peters Augen.

Am nächsten Morgen, dem 29. November, war es noch dunkel, als Royalle zu Peters Schreien herzzerreißend zu heulen begann.

Unten im Salon las der Earl of Craven als Testamentsvollstrecker dem Haushalt den Letzten Willen vor. Rupert hatte seiner legitimen Familie nichts hinterlassen. Es gab Legate für die Dienerschaft, Dudley bekam den Besitz in Deutschland, der Rest ging an Penitence und Ruperta »mit dem ausdrücklichen Wunsch«, sagte Craven, »daß Benedikt am Vermögen seiner Mutter teilhaben soll«.

Dem Testament beigegeben war eine eigene, liebevolle Botschaft an Ruperta, die der Earl ihr, die in ihrem hohen Stühlchen saß, sehr ernst vorlas – sie solle ein braves Mädchen bleiben und Lord Craven und ihrer Mutter stets gehorchen.

Penitence wurde wegen der Beerdigung nicht befragt, die vom Earl Marshal ausgerichtet wurde. Ruperts Leiche wurde aus dem Haus in Spring Gardens in das Painted Chamber in Whitehall gebracht, dort aufgebahrt und dann in der Westminster Abbey bestattet.

Zwei Kompanien zu Fuß begleiteten den Leichenzug, gefolgt von Ruperts Hausdienern, gefolgt von den jüngeren Söhnen der Barone, den jüngeren Söhnen der Viscounts, Geheimen Staatsräte, den ältesten Söhnen der Barone und Viscounts, den jüngeren Söhnen der Earls und weiter in strenger Rangordnung bis zu dem Offizier, der vor dem Sarg herging und auf einem Kissen Ruperts Krone trug.

Der Earl of Craven, in einem Umhang mit einer langen Schleppe, die von zwei Männern getragen wurde, war der *chief mourner*. Hinter ihm gingen noch mehr Earls und Viscounts, Leibgardisten und Ruperts Bedienstete außer Haus, Schmiede, Boller und die anderen Kutscher und Fährleute.

Peter hätte den Zug der Bediensteten anführen sollen, doch als die Beerdigung stattfand, war er tot. Sie hatten ihn von Ruperts Totenbett aufheben müssen, ihn hinaufgetragen und auf das Bett gelegt, das zu seinem eigenen Totenbett werden sollte. Penitence hatte ihm jeden Tag das Essen hinaufgebracht und ihn angefleht zu essen, doch der schwarze Mann hatte allem abgeschworen, was seinen Körper am Leben erhalten konnte. Merkwürdigerweise schien er keine Trauer zu empfinden; er verweigerte nur starrsinnig das Leben. Er schob die Unterlippe vor, als schmolle er, und zog sie nur zurück, wenn Penitence versuchte, ihm einen Löffel in den Mund zu zwängen.

Es schien ungeheuer wichtig, daß er am Leben blieb. Ruperts Tod hatte Schuldgefühle in Penitence geweckt, weil sie ihn nicht genug und nicht so geliebt hatte, wie er es sich gewünscht hätte. Sie hoffte, er hatte nicht gewußt, daß sie es nicht tat. *Aber ich wußte es.* Daß sie ihm etwas vorgetäuscht hatte, waren in ihrer Erinnerung keine Versuche, ihm Freude zu machen, sondern die schmutzigen Praktiken wie in einem Bordell üblich. Sie hatte mit zu kleiner Münze bezahlt; vielleicht konnte sie ihr Versäumnis jetzt noch ein wenig ausgleichen, indem sie diesen, seinen geliebten und liebenden Diener am Leben erhielt. Außerdem gehörte Peter unverrückbar zu mehr als zehn Jahren ihres eigenen Lebens, und sie ertrug es nicht, noch mehr davon zu verlieren. »Versuch zu essen, Peter. Was soll ich ohne dich tun?«

Sie hielt seine schlaffe Hand und merkte, daß sie kalt geworden war. Weinend warf sie sich über seine Leiche. Sein Tod machte ihr Ruperts Tod bewußt wie nichts anderes vorher. Ihre Schuld wog jetzt noch schwerer, weil sie nicht imstande gewesen war, ihn am Leben zu erhalten. Durch seinen Tod hatte er Rupert eine größere Treue bewiesen als sie.

»Unsinn«, sagte Reverend Boreman scharf zu ihr. »Was wollt Ihr eigentlich? Sind wir Heiden, daß wir sterben müssen, weil unser Herr stirbt?«

»Peter war kein Heide«, antwortete sie schluchzend.

»Er war ein Sklave, er wollte nicht mehr leben. Seid Ihr eine Sklavin?«

Ja. Ich habe mich verkauft. Rupert hat mich gekauft.

Dorinda reagierte noch geringschätziger. »Na schön, dann hat er dich eben gekauft. Es war ein fairer Handel. Du hast ihn glücklich gemacht. Was wollen sie denn für ihr verdammtes Geld? Ein bißchen mit dir schlafen, um Himmels willen.«

Frauen waren bei Ruperts Beerdigung nicht zugelassen, ebensowenig wie uneheliche Söhne – die nicht geadelt worden waren. Penitence, Dudley und Benedikt wohnten der Messe bei, indem sie von dem für die Öffentlichkeit freigegebenen Ende des Kirchenschiffs über die Köpfe spähten. Sie wurden auch nicht zum Leichenschmaus eingeladen.

Sie nahmen ihn mit einigen wenigen Freunden, hauptsächlich Theaterleuten, in Spring Gardens ein.

»Sie hätten dir in der Abbey einen Platz in der vordersten Reihe geben können«, sagte Aphra Behn entrüstet. »Alle Welt weiß, wieviel du ihm bedeutet hast.«

»Was jetzt?« fragte Nelly Gwynn. »Bleibst du hier?«

»Ich kann nicht. Ich muß das Haus verlassen.« Spring Gardens war eine Leihgabe des Königs, nur für Rupert bestimmt. Awdes, das Rupert auf Lebenszeit überlassen worden war, verschloß auch seine Türen vor ihr.

»Bei mir hast du immer ein Heim, Peg.«

»Sie kommt nach St. Bride's'«, sagte Aphra.

»Sie kommt, verdammt noch mal, ins Cock-and-Pie«, sagte Dorinda.

Becky Marshall bot ebenfalls ihr Haus an. Penitence bedankte sich bei allen und versprach, sie zu besuchen. »Vorläufig gehe ich nach Somerset.«

Noch immer peinigten sie Schuldgefühle. *Ich habe ihn nicht genug geliebt. Warum habe ich nicht besser für ihn gesorgt? Hätte ich besser für ihn sorgen können?* Somerset war so schrecklich weit entfernt von ihren Freunden und allem, was sie kannte, doch es war das Zuhause, das Rupert für sie gekauft hatte, und sie hatte das Gefühl, ein wenig wiedergutmachen zu können, was sie ihm schuldete, wenn sie dort wohnte.

»Laß gut sein, Peg«, sagte Charles Hart. »Es war eine schöne Beerdigung. Himmel, ich hoffe, daß so viele weinende Menschen die Straßen säumen, wenn der Große Souffleur mich zu sich ruft. Meilenweit nur Schwarz unter einem wolkenverhangenen Himmel. Gedämpfte Trommeln. Was für ein Theater.«

»Ja«, sagte Penitence. »Er wäre begeistert gewesen.«

Als sie hinausging, sagte Gwynn: »Du willst dich doch nicht in der finstersten Provinz begraben. Geh wieder zur Bühne, Schätzchen. Du hast dir dein Aussehen bewahrt, und daß du so dünn bist, steht dir.«

Rupert wollte es nicht. Sie wußte Nellys Reaktion im voraus, wenn sie ihr das sagte, also nannte sie einen anderen ebenso aufrichtigen Vorwand. »Killigrew will mich nicht. Der König hat angedeutet, ich sei nicht erwünscht.«

Nell Gwynn sagte reuig: »Er ist über Ruperts Testament ein bißchen verstimmt, Peg. Du würdest es nicht für möglich halten, aber mein Charlie hält große Stücke auf die legitime Familie. Er hätte die arme alte Catherine schon vor Jahren hinausgeworfen und jemanden mit Babys geheiratet, wenn es nicht so wäre. Er kann nicht verstehen, wieso Rupert alles dir hinterlassen hat.«

»Dann geht es ihm wie mir.«

Gwynn sah sie scharf an. »O mein Gott, treten wir doch alle in ein Kloster ein.« Sie hatte für Selbstzweifel nichts übrig, weder bei sich selbst noch bei anderen. »Er hat es dir hinterlassen, weil du ihn glücklich gemacht hast. Er hat dich gern gevögelt. Nur darum geht es, Peg. Kriege und Politik halten die Männer im Bett nicht warm. Er hat einen guten Gegenwert für sein Geld bekommen.« Sie tätschelte Penitence die Wange und wurde sachlich: »James wäre nur allzu glücklich, dich am Duke of York's zu haben. Bleib hier, Peg. Kauf dir ein Stadthaus und einen hübschen jungen Liebhaber. Du hast es verdient.«

Penitence küßte sie. »Ich überleg's mir, Nelly.«

»Nun, überleg nicht zu lange. Wir werden alle nicht jünger. Und wann immer du die Perlen der Elisabeth von Böhmen verkaufen willst – ich biete mit.«

Als alle gegangen waren, zog Penitence sich mit den Jungen in den Salon zurück, forderte sie auf, sich zu setzen, blieb aber selbst am Kamin stehen. »Ich denke, wir sollten über Eure Zukunft sprechen«, sagte sie.

»Haben wir eine?« fragte Benedikt. Von den beiden zeigte er seine Trauer offener. Dudley versuchte die seine um ihretwillen zu verbergen.

»Nun«, sagte sie, »angesichts der Haltung des Königs wird eure Beförderung vielleicht auf sich warten lassen. In England auf jeden Fall und für lange Zeit.«

»Ich möchte in die Armee eintreten«, sagte Benedikt.

»Du willst in jede eintreten, egal wo«, sagte Dudley.

Das hatte sie befürchtet. *Und Dudley wird es tun, weil er denkt, er sollte ein Militär werden wie sein Vater.*

Sie sagte mit sanfter Stimme: »Ich habe einen Vorschlag. Ich habe an den Prinzen von Oranien geschrieben und ihn gefragt, ob ihr nicht für ein oder zwei Jahre an seinen Hof kommen könnt. Er ist schließlich ein Verwandter. Er hat geantwortet, er wäre entzückt.«

Dudley lächelte zum erstenmal seit seines Vaters Tod. »Die Welt sehen ...«

»Gegen die Franzosen kämpfen.« Benedikt war aufgesprungen.

Nein, das wirst du nicht. Wilhelm hatte ihr geantwortet: Wüßte ich nicht um ihre Verbindung mit meinem dahingegangenen hochverehrten Verwandten, hätte ich die beiden jungen Gentlemen um Euretwillen willkommen geheißen. Sorgt Euch nicht, Madam, sie werden weder an Leib noch an Seele Schaden nehmen.

Sie hatte selbst Nachforschungen angestellt. Wilhelms wütende Verteidigung seines Landes hatte ihm eine Atempause verschafft; zumindest eine Zeitlang herrschte in den holländischen Niederlanden Frieden. Die Berichte aus Den Haag erzählten von Marys Häuslichkeit, Opern- und Kirchenbesuchen, Gartenarbeit, dem Einrichten von Häusern.

Wenn die Jungen sich nicht auf der Jagd den Hals brachen – was ihnen in England genauso passieren konnte wie in Holland –, würden ihre Körper ziemlich sicher sein und ihre Seelen in seiner Obhut noch sicherer, als wenn sie Geschmack an den Ausschweifungen von Whitehall bekämen.

Was für ein Narr du bist, Charles Stuart, daß dir zügellose Bürschchen lieber sind, als zwei so großartige junge Männer wie Ruperts und meine Söhne.

An Geld würde es den Jungen nicht mangeln. Sie würde zwischen ihnen die 1 694 Guineen aufteilen, die Ruperts eiserne Kassette enthalten hatte.

Aus einem Grund jedoch zögerte sie, die beiden nach den Niederlanden zu schicken. In ihrer Tasche steckte ein höflicher Kondolenzbrief zum Tode Seiner Königlichen Hoheit, Prinz Rupert. Unterschrieben war er vom Viscount of Severn and Thames, und die Absenderadresse lautete Den Haag.

Es gab sehr viel zu tun. Rupert hatte Mitgliedern seines Haushalts, die alt genug waren, um in den Ruhestand zu treten – und die meisten waren es – Pensionen hinterlassen. Gute Stellungen mußten für jene gefunden werden, die blieben und Penitence nicht in die Wildnis von Somerset begleiten wollten.

Zu ihrer Überraschung waren Reverend Boreman und Mistress Palmer bereit, sich wieder entwurzeln und in Somerset neu einpflanzen zu lassen. Boller, der Kutscher, und Johannes und Annie, das Kindermädchen, waren ebenfalls bereit, mit ihr zu kommen.

Penitence mußte erleben, daß beinahe alles, was ihr in den vergangenen Jahren etwas bedeutet hatte, bei der Versteigerung des Inventars von Awdes unter den Hammer kam. Sie sah es trockenen Auges bis zum letzten Posten, einer alten Jagdstute von Rupert, die schon vor Jahren erblindet war. Squire Brewster bot ein Pfund und kaufte sie. »Nein, nein«, sagte er mit überraschendem Verständnis für Penitence' Ängste. »Sie darf ihren Lebensabend im hohen Gras einer Koppel verbringen. Er hätte es so gewollt.«

Im Frühling lenkte Boller die letzte, nicht verkaufte Kutsche durch das Tor von Awdes und bog auf die Great West Road ein. In der Kutsche saßen Penitence, Mistress Palmer, Reverend Boreman, Dorinda, Ruperta und Zänglein. Auf dem Dach schwankten mehrere Kisten. Neben der Kutsche lief ein großer schwarzer Pudel.

Ohne daß es irgendwie formell beschlossen worden wäre, waren Dorinda und Zänglein inzwischen zu festen Mitgliedern des Haushaltes geworden. Der hugenottische Lehrling führte die Cock-and-Pie Press sehr erfolgreich; MacGregor hielt sich immer länger in den Niederlanden auf, und Dorinda erwähnte ihn immer seltener.

Penitence war mit dem Arrangement so zufrieden, daß sie keine Fragen stellte. Zänglein und Ruperta waren wunderbare Spielgefährtinnen, während Dorinda die Stimme der Vernunft war, die Penitence davor bewahrte, in ihrer Trauer zu rührselig zu werden.

Hinter der Kutsche kam ein Gepäckwagen mit Annie und Johannes. Die Vorreiter bestanden aus einer großen Truppe der Musketiere des Earl of Craven; er hatte darauf bestanden, ihr auf der langen Reise nach Somerset Begleitschutz mitzugeben. »Angenommen, Straßenräuber erfahren, daß ihr die Perlen unserer lieben Königin tragt, Mrs. Hughes. Nein, nein, Rupert würde es mir nie verzeihen.«

Penitence fand, daß die Kutsche mit einem Vorreitertrupp viel mehr Aufmerksamkeit auf sich ziehen würde als ohne ihn; die Kette der Elisabeth von Böhmen nahm allmählich das Gewicht eines Mühlsteins an. Andererseits aber war sie Rupertas Mitgift.

Ich muß in Athelzoy das Geheimzimmer finden. Die verdammte Halskette dort unterbringen, damit sie sicher ist.

Sie sagte sich, daß sie überhaupt nicht mehr sicher war. Rupert hatte sie beschützt, ihr Kind, ihr Eigentum, doch jetzt konnte sie gnadenlos ausgeplündert werden – und nicht nur von Dieben. Schon hatte der König seinen Unmut darüber bewiesen, daß sie das Geld seines Onkels geerbt hatte, indem er sie von der Bühne seines Theaters verbannte. Vielleicht würde er sie direkt bestrafen. Sie vielleicht verheiraten wollen. Er würde sie kaum gegen die Belästigung von Männern wie Charles Sedley schützen.

Penitence steigerte sich in eine solche Panik hinein, daß sie wieder, so stark wie seit Jahren nicht, das Entsetzen jener Nacht verspürte, als man sie durch High Holborn verfolgt hatte. Wieder war sie ein Hase, und alle Hunde, denen der Sinn danach stand, durften sie zu Tode hetzen. Nur war sie diesmal noch verletzlicher, weil sie ein Häschen hatte, das sie verteidigen mußte. *Diesmal werde ich mich stellen und kämpfen. Ruperta werden sie nicht verletzen.*

»Hab Euch gesagt, die Austern war'n schlecht!« rief Mistress Palmer über das Rattern der Kutschräder hinweg.

Penitence blickte zu ihr hinüber. »Was?«

»Die Austern. Im letzten Gasthaus. Seid ganz grün geworden.«

»Geht es dir gut, Prinks?« fragte Dorinda. »Du hast geschnieft.«

Sie benahm sich idiotisch. *So* wichtig war sie nicht; Rupert hatte ihr nicht so viel Geld hinterlassen, daß sie automatisch zum Opfer von Räubern und Glücksrittern werden würde. »Ich habe mir wegen des Perlenhalsbands Sorgen gemacht«, sagte sie. »Mit den vielen Soldaten wird jeder Dieb in London wissen, daß ich es aufs Land mitnehme.«

»Land?« Dorinda steckte den Kopf aus dem Fenster und betrachtete mißmutig die grüne Landschaft. »Tunbridge Wells ist Land. Das hier ist ein verdammter Dschungel. Jeder bedauernswerte Tropf von einem Dieb, der uns hier aufspürt, braucht hinterher ein Stärkungsmittel. Wo sind wir?«

»Es ist nicht mehr weit.« Dorinda hatte recht. Wenn sie ein Hase war, kehrte sie in ihre Sasse zurück. Sie würde sich darin verkriechen. Athelzoy, Ruperts letztes Geschenk, sollte zu einem Schrein des Gedenkens an ihn werden – und sie, die Hüterin seiner Flamme, würde ihm mit Keuschheit, Mütterlichkeit und guten Taten zurückzahlen, was sie ihm schuldig geblieben war. Opferbereit blickte sie aus dem Fenster und wartete darauf, daß die Kutsche die leichte Anhöhe durch geheimnisvolle Bäume an einem sich windenden Fahrweg zu erklimmen begann.

Sie hatte die Zufahrt vergessen, die auf Ruperts Befehl durch diese geheimnisvollen Bäume geschlagen worden war. Unfertig und häßlich lag sie da, ein gerodeter Streifen, als habe ein Titan, um zu ihrem Haus zu kommen, in ihrem Waldland alles niedergetrampelt, was ihm im Weg war.

Aber als sie zur Priory hinaufblickte, verliebte Penitence sich von neuem in sie. Allzu entblößt, aber gebaut, um entblößt zu werden, ähnelten die quadratischen Torhäuser aus dieser Entfernung Auswüchsen vor dem harmonischen Rechteck des Herrenhauses, und die verrückten, phantasievollen Tudorflügel schienen ihr die Kamine entgegenzuneigen vor Freude, weil sie wieder da war.

Sie zog Ruperta und Zänglein an sich, damit sie hinausschauen konnten. »Wir sind zu Hause, meine Kleinen.« Sie würden hier sicher sein. Im tiefsten Somerset, wo nie etwas geschah. Weit entfernt vom Mittelpunkt der Politik, der Könige und der Hofschranzen.

Und sie selbst konnte endlich tugendhaft sein; dies war Ruperts wahre Hinterlassenschaft an sie – ihre Unabhängigkeit. Sie brauchte ihren Körper nicht für Nahrung oder ein Obdach zu verkaufen. Für sie war der größte Luxus, den so wenige Frauen je genießen konnten – genug zu essen in der Speisekammer und in ihrem Bett allein zu sein.

Nicht mehr Rupert lieben und doch den Augenblick fürchten, wenn seine alternden Hände ihre Haut streichelten. Wieder durchfuhr Schuldbewußtsein sie wie ein Stich. *Ich habe ihn nicht genug geliebt.*

Instinktiv wandte sie den Kopf nach Norden, in die Richtung, in der das Stammhaus der Viscounts of Severn and Thames lag, als richte sie ihren Entschluß dahin. *Aber ich werde es wiedergutmachen. Ich werde seinem Andenken treu bleiben für alle Ewigkeit.*

4. BUCH

1. Kapitel

Am 2. Februar 1685 erkrankte Charles.

Das einzige seiner zahlreichen illegitimen Kinder, das nicht an sein Bett gerufen wurde, war der Herzog von Monmouth, den man nach der Aufdeckung des Rye House Plots gezwungen hatte, ins Exil zu gehen.

Diese letzte Verschwörung war in vieler Hinsicht die Whig-Version der papistischen Verschwörung, nur daß sie in diesem Fall echt war. Es war eine protestantische Verschwörung in einer Verschwörung. Ihr Kern war ein Plan, Charles und seinen Bruder James zu töten, als sie bei der Rückkehr von Newmarket in der Nähe von Rye House in Hoddesdon vorbeikamen.

Ahnungslos, daß Fanatiker einen Königsmord in Betracht zogen, um die Kirche und die Freiheiten Englands zu retten, hatte sich Monmouth an der Verschwörung beteiligt und mit Männern verkehrt, die glaubten, diese Dinge könnten nur durch eine Rebellion bewahrt werden. Geschockt hatte Charles seinen Sohn »eine Bestie und einen Dummkopf« genannt und ihn außer Landes geschickt.

Aber der König und ganz besonders James, Herzog von York, profitierten von der Rye House-Geschichte. Über Nacht neigten sich die Sympathien der Öffentlichkeit den Torys zu. Die öffentliche Loyalität, die abgenommen hatte, seit Charles mit strengerer Hand regierte, wandte sich ihm zu. Und er hatte das ausgenutzt.

James, in dem man nicht mehr den künftigen Tyrannen, sondern ein Opfer sah, wurde an den Hof zurückberufen. Die Whig-Partei, die verlangt hatte, ihn von der Thronfolge auszuschließen, wurde beinahe zerschlagen. Alle, die ihn diffamiert hatten, kamen ins Gefängnis. Alte Feinde wurden hingerichtet. Die City von London, die fest in der Hand der Whigs gewesen war, verlor ihre Vorrechte. Andere Stadtteile, in denen es Whig-Beamte gab und die regelmäßig Whig-Mitglieder ins Parlament schickten, wurden umorganisiert, so daß die Torys die Oberhand gewannen.

Und nun starb Charles – im Alter von dreiundfünfzig Jahren und nach einer Regierung, die mehr einem fünfundzwanzig Jahre dauernden Bacchanal geähnelt hatte.

Mit erstaunlicher Tapferkeit – einer Tugend, an der es den Stuarts nie gefehlt hatte – ertrug er vier Tage lang die Behandlung seiner Ärzte, die ihn, wie es später hieß »folterten wie einen Indianer am Marterpfahl«, ehe der Tod ihn erlöste. Es steht fest, daß er unmittelbar vor seinem Tod in die römisch-katholische Kirche aufgenommen wurde.

Die Leute auf der Straße weinten, als die Glocken den Tod von König Charles II. verkündeten, doch es gab keinen Aufschrei gegen die Nachfolge durch König James II., und James führte diesen Gleichmut auf Wohlwollen zurück. Mary war bereits mit Wilhelm von Oranien verheiratet. Und seine zweite Tochter Anne heiratete jetzt den ebenfalls makellosen Protestanten Georg von Dänemark.

Daraus schlossen die Engländer, sie könnten sich darauf freuen, daß dieser neue König, so katholisch er selbst auch sein mochte, wenn er starb, den Thron in gute protestantische Hände weitergeben würde. Und er war einundfünfzig Jahre alt. Und er konnte *so* schlecht nicht sein, nicht wahr?

Auf der hohen Kanzel von St. Mary's Church, Athelzoy, stehend, verkündete der Vikar: »Ich werde jetzt die Thronrede unseres neuen und geliebten Königs James II. vorlesen.« Nervös blickte er zu einer schlanken Dame mittleren Alters hinunter, um ihre Erlaubnis einzuholen; sie trug einen großen Hut und saß vor der sich in den Bänken drängenden Kirchengemeinde.

Seine Herrin holte Prinz Ruperts Chronometer aus der Tasche, polierte sie, schüttelte sie, las sie ab und schlug mit klarer, weittragender Stimme vor: »Vielleicht nur die *wichtigen* Teile, Vikar.«

»Sehr wohl, Eure Ladyschaft.«

»Dann können wir auf eine Predigt verzichten.« Neben ihr nickte Sir Ostyn Edwards energisch.

»Sehr wohl, Euer Ladyschaft.«

Dorinda beugte sich über Zängleins Kopf hinweg vor und flüsterte: »Spricht er Englisch?« Sie hatte immer noch Schwierigkeiten mit dem Dialekt von Somerset.

»Ja. Er wird König James' Thronrede vorlesen.«

»Affie und ich haben sie schon gehört.«

»Dann hör sie dir noch einmal an.« Es war gut und schön für Aphra und Dorinda, die eben aus London gekommen waren, blasiert zu erklären, sie hätten die Rede schon gehört, aber es hatte eine Weile gedauert, bis die Kopien nach Somerset in das Landstädtchen Taunton gelangt waren, und die Analphabeten – wie die meisten ihrer Pfarrkinder hier – mußten warten, bis ihnen die Rede von der Kanzel vorgelesen wurde.

Penitence wandte den Kopf, um zu schätzen, wie viele von ihren Gemeindemitgliedern lesen konnten, und zählte vier: Mudge Ridge, Sir Ostyn, natürlich, Hurry Yeo, der Wirt des Hoy Arms, und Hurrys elfjährige Tochter, die in Taunton zur Schule ging und ihre unsterbliche Seele dadurch gefährdete, nicht nur, weil es wider die Natur war, daß Mädchen lesen lernten, sondern vor allem, weil sie es in einer Schule lernte, die von zwei Nonkonformistinnen geleitet wurde.

Vielleicht sollte ich eine Schule gründen.

Sie war die wichtigste Person in Athelzoy; daher war das Dorf ihre Verantwortung geworden. *Ihre* Gemeinde. *Ihre* Pfarrkinder. Der Bischof von Bath und Wells mochte sie als die seinen betrachten, doch ohne das Vermögen, das Penitence eingebracht hatte, konnte die Kirche sich keinen eigenen Vikar leisten.

Das ganze Dorf hatte wie eine Knolle geschlafen, fruchtbar, aber unfähig, sich zur Blüte zu entfalten, solange es nicht in den Genuß der Wärme und Feuchtigkeit von finanziellen Zuwendungen kam. Lange vor dem Bürgerkrieg und ganz gewiß seit dem Tod des einzigen Sohnes hatte die Familie Hoy kein Geld gehabt, um in Athelzoy Wachstum und Fortschritt zu fördern. Penitence, die anfangs unwissend gewesen war, hatte für den ersten notwendigen Geldsegen gesorgt, indem sie mehrere Dorfbewohner für Haushalt und Garten einstellte.

Die jungen Leute, die von zu Hause fortgegangen waren, um sich irgendwo Arbeit zu suchen, kamen zurück und belebten Hurry Yeos Geschäft durch häufige Besuche des Hoy Arms so sehr, daß er einen Schankkellner einstellen mußte.

Unter der Leitung des jungen Mudge Ridge, der nur Kapital gebraucht hatte, um seine und die Farm der Priory zu gewinnbringenden Unternehmen zu machen, wurde Penitence' Viehherde, die vorwiegend aus Milchkühen bestand, durch den Erwerb eines Devon-Bullen verbessert. »Und da Ihr jetz 'ne Farm habt, die wo auf Milchwirtschaft spezialisiert is', müßt Ihr auch Schweine haben«, sagte Mudge. Natürlich hatten noch im selben Jahr zwei gefleckte Gloucestershire-Säue dreiunddreißig robuste Ferkel geworfen, die von Molke und dem Überschuß an Milch ernährt, zu schmackhaftem – und gewinnbringendem – Speck heranwuchsen, und deren Innereien zu Fleischpasteten und Würsten verarbeitet wurden. Am profitabelsten erwies sich jedoch der Anbau der distelähnlichen Pflanze namens Karde mit dem verlängerten Stachelkopf, der sich schnell zu einer richtigen Industrie entwickelte.

Penitence hatte gezweifelt; sie wußte kaum was Karden waren, geschweige denn wie man sie anbauen mußte. Vor allem aber – was damit tun, wenn man sie angebaut hatte.

»Laßt mich, laßt mich, Euer Ladyschaft«, bettelte Mudge. »Ihr habt den richtigen Boden, drüben bei Sallycombe habt Ihr schweren Lehm. Ich hab' den alten Master so sehr gebeten, aber er war ein eigensinniger alter – Gentleman und hat nich' sehn können, was ich seh'.«

»Ich hab' gedacht, daß sie in Sallycombe schon selbst Karde anbauen«, sagte Penitence. »Die Nonkonformisten, diese Hughes« – *meine Familie* –, »sind die keine Tuchrauher?«

»Lumpige kleine Felderchen«, sagte Mudge geringschätzig. »Wir – Ihr habt dort fünfzig, sechzig Acker, die nach der Karde schrein.« Seine großen, erdigen Hände fuchtelten in der Luft herum. »Könnt Ihr nich' sehn, was ich seh?«

Obwohl sie ihm zwanzig Acker überließ, konnte sie es nicht sehen. Konnte es zwei Jahre lang nicht. Die Karde wurde gesät, ausgepflanzt, mit langen, schmalen Spaten gejätet, dann in vorbereitete Furchen von neuem eingepflanzt, und alles, was Penitence sehen konnte, war, daß ihre Karde für ihre Zwecke unbrauchbar sein würde, wenn es im Juni zu oft regnete und sie selbst bald ruiniert sein würde, wenn sie weiterhin die Löhne für eine so zeitraubende Arbeit bezahlen mußte. Und alles für eine Pflanze, die man mit der bloßen

Hand nicht berühren konnte, die nicht duftete und die sie an einen stocksteifen, stachelköpfigen Dogberry erinnerte.

Erst nach der Ernte im nächsten August hatte sie Mudges Vision gesehen – Wagen, die zweihundertfünfzigtausend Kardeköpfe über das Sedgemoor in die Tuchfabriken nach Taunton brachten, 250.000 Karden, zum Bearbeiten von feinem Wollstoff, 250.000 so verpackt, daß sie wie Luffaschwämme aussahen, dreißig Köpfe in einem Packen, und für jeden Packen erzielte man fünfzehn Pfund.

Im nächsten Jahr verpachtete sie zehn Acker an Mudge und gab dem ganzen Dorf Athelzoy Arbeit, indem sie selbst fünfzig bebaute.

Die einzigen, die über ihren Triumph alles andere als erfreut waren, waren die Nonkonformisten, die ein paar Acker Lehmboden auf Dame Alices Land gepachtet hatten, um Karde anzubauen. Tatsächlich vertrieb Penitence' Massenproduktion ihren eigenen Großonkel vom Markt.

Und an diesem Tag im Frühsommer, in *ihrer* Kirche, umringt von *ihren* Dörflern, als die Sonne in bunten Sprenkeln durch das neue Rosenfenster fiel, das dem Andenken des Prinzen Rupert vom Rhein gewidmet war, war ihr dieser Großonkel verdammt egal. *Geschieht ihm recht.*

Aufmerksam hörte sie James' Thronrede zu und nickte immer wieder anerkennend über die wiederholte Zusicherung des Königs, daß er keine Streitigkeiten wolle – mit niemand. Ja, bestätigte er, er sei römisch-katholisch, doch deshalb brauche sich niemand zu sorgen; er schwöre, die anglikanische Kirche und die Gesetze Englands zu achten. Er werde auf seine Rechte nicht verzichten und die Rechte anderer respektieren. »Ebenso wie ich schon für mein Land gekämpft habe, werde ich ihm weiterhin seine Freiheiten bewahren.«

Neben ihr nickte Sir Ostyn ebenfalls. »Ich hab' es ihm gesagt, als ich ihm geschrieben hab', er soll vorsichtig vorgehen. Fördere die Freiheiten und fördere den Handel.«

»Ich bin sicher, Euer Rat war für den König sehr wertvoll«, sagte Penitence. Sir Ostyn war ein Idiot. *Dennoch gebe ich ihm recht.* Sie wollte jetzt keinen Aufruhr und keine Revolution, da sie eben dabei war, ihre Kardeproduktion zu erweitern und neue Abnehmer zu gewinnen – diesmal die Tuchfabrikanten in Nordengland.

Hier, in Athelzoy, saß sie inmitten lauter Torys, die über James' Rede genauso begeistert waren wie das ganze Land. Sir Ostyn hatte mehrere Richter, freie Bürger und Kaufleute vereint, die König James ihrer Loyalität versicherten und ihm versprachen, nie einen Abgeordneten ins Unterhaus zu schicken, der dafür gestimmt hatte, daß er von der Thronfolge ausgeschlossen werden sollte.

Aber an anderen Orten in Somerset setzte sich der nicht mit Landwirtschaft beschäftigte Teil der Bevölkerung hauptsächlich aus Nonkonformisten zusammen – Baptisten, Presbyterianern, Puritanern, Fifth Monarchists usw. – für die James' Papismus ein Greuel war. Familien wie die ihrer Großmutter, die Arbeiter und Handwerker in diesem Gebiet hatten im Bürgerkrieg hart für das Parlament gekämpft und trotz Charles' Versprechungen und seines Edelmuts bei seinem Regierungsantritt weiterhin dafür gelitten. James konnte ihnen Religionsfreiheit versprechen, bis er schwarz im Gesicht war, soweit es sie betraf, war er Katholik und daher Beelzebub. *Sie konnten Schwierigkeiten machen.*

Vikar Lambert beendete seine Lesung der königlichen Rede, über ihre glückliche Botschaft triumphierend – aber nicht minder glücklich darüber, daß er die meisten Worte richtig herausgebracht hatte. »Nun, ihr braven Leute«, sagte er, »jetzt haben wir für unsere Kirche das Wort eines Königs, und eines Königs, der nie schlechter war als sein Wort.«

Penitence hob die Brauen. Vikar Lambert formulierte gewöhnlich nicht so treffend. Er mußte den Satz von jemand anders gehört haben.

»Das war gut«, sagte Sir Ostyn. »Eine gute Parole war das.« Sir Ostyn würde während der Regierung von König James seine Schäfchen genauso ins Trockene bringen wie unter König Charles.

Und Sir Ostyn wollte sie heiraten.

Zum Teil, weil er nach ihr gierte, aber Sir Ostyn gierte nach allem, was weibliche Rundungen hatte, doch hauptsächlich war es ihm um die Priory und ihr Vermögen zu tun.

Er machte kein Hehl daraus und nahm keine Notiz davon, daß sie immer wieder nein sagte. Die Sache hatte nur ein Gutes, er war kein Charles Sedley, Gott sei Dank. Sie konnte ihn auf Armes Länge von sich fernhalten, und er hielt ihr seinerseits andere Verehrer fern.

Als der Gottesdienst zu Ende war, versuchte er, vor ihr durch die Tür des Kirchenstuhls zu gelangen, doch sie schlängelte sich an seiner massigen Figur vorbei, so daß sie ohne ihn den Mittelgang entlanggehen konnte. Sie stupste Ruperta und Zänglein, die vor ihr gingen, leicht an, denn ihr war bewußt, daß jede Frau in der Gemeinde darauf achtete, was sie trugen; sie wußte, daß sie alle drei hervorragend aussahen.

Draußen auf dem Friedhof stand sie mit den anderen unter den steifen Ästen der riesigen Eibe, während die Kirchengemeinde im Gänsemarsch an ihr vorbeizog. Als Penitence leicht den Finger hob, trat Mary Claymond beiseite und wartete, bis ihre Ladyschaft bereit war, mit ihr zu sprechen.

Dorinda ahmte sie spöttisch nach, hob eine Hand zum päpstlichen Segen und verabschiedete jeden, der vorbeikam, mit einem »Nunc, nunc.« Aphra lag in den Wehen einer Dichtung, starrte schwankend und vor sich hinmurmelnd zum Himmel.

Nachdem die Dörfler geknickst und mit den Fingern an ihre Stirnlocken getippt hatten, versammelten sie sich am Friedhofstor, warteten, bis Penitence ging und beobachteten Dorinda und Aphra. Anfangs hatten die Besuche von Penitence' Theaterfreunden sie nervös gemacht, und sie hatten deshalb so getan, als seien sie nicht vorhanden. Die Kleidung, der Akzent, ihre Eigenarten waren zu seltsam gewesen. Als Aphra versuchte in ihnen die Liebe zur Literatur zu wecken, indem sie Gedichte rezitierte, sahen sie sich zu dem Schluß gezwungen, daß sie verrückt war – eine Meinung, die sich noch nicht geändert hatte.

Dorinda war in ihren Augen Penitence' weiblicher Hofnarr.

Penitence wandte sich an das wartende Mädchen: »Mary, ich wünsche, daß du deinen Eltern ausrichtest, daß Mudge Ridge sie mit meinem Segen morgen am frühen Abend aufsuchen wird.«

Es gab Mary einen Ruck. »Un' w'rum kommt er denn, Leddyschaft?«

»Er wird um deine Hand anhalten, wie du sehr genau weißt, Mary Claymond.« Sie lächelte das Mädchen an. »Wie man mir sagt, kann sie ausgezeichnet backen, diese Hand.« In den Dörfern von Somerset war das für ein Mädchen das höchste Lob.

Mary sträubte sich. »Ich weiß nich', ob ich will. Maister Ridge bedeutet Kapelle, nich' Kirche.«

Penitence war sofort verstimmt. »Das ist egal. Hast du nicht eben den Vikar gehört, der gesagt hat, der König ist für Toleranz? Glaubst du, du seist besser als dein König? Ich dulde keinen solchen Unsinn. Mudge ist ein großartiger Bursche, und du kannst von Glück reden, daß du ihn bekommst.«

Bevor sie den Friedhof verließ, blieb Penitence neben einem winzigen neuen Grabstein stehen, auf dem die einfachen Worte standen: *Royalle, AD 1671–1684*. Sie hatte mit der Diözese im Streit gelegen, um den Hund auf dem Friedhof begraben zu können, aber sie hatte gesiegt. *Rupert hätte sich gefreut*.

Im Gehen sagte Aphra: »Man wird Sumerset nie verstehen, doch ich glaube herausgehört zu haben, daß das Kind von vorhin nicht bereit ist, Mudge zu heiraten?«

»Selbstverständlich ist sie bereit«, fauchte Penitence. »Sie spielt nur die Schüchterne. Er ist eine großartige Partie für sie. Und Mudge kann eine gute Melkerin als Ehefrau brauchen.«

»Die wahre Meinung ist hier wohl nicht gefragt«, sagte Aphra träge.

Penitence sah sie mißtrauisch an. *Habe ich Mary Claymont zu sehr tyrannisiert? Nein*. Es würde für beide eine gute Ehe werden.

Ein lauer Maiwind zauste die Kerzen der Kastanienbäume am Ententeich, und ein Schauer winziger weißer und rosafarbener Blüten landete auf dem Wasser. Ruperta und Zänglein, die den langen Gottesdienst würdevoll wie Erwachsene hatten über sich ergehen lassen, wurden von Sir Ostyn gedrängt, auf den Baum zu klettern und das Eichhörnchennest zu suchen, das er angeblich entdeckt hatte – und brauchte das nicht zweimal zu sagen.

»Also wirklich, Ostyn«, sagte Penitence, hob Zänglein von seinem Rücken und strich das flaschengrüne Samtjäckchen des Kindes glatt, »sie werden sich schmutzig machen.«

»An einem kleinen Schmutzfleck ist nichts Schlimmes. Sie sollen doch nicht etwa wie affektierte Londoner Damen aufwachsen. Sie wollen kräftige Sumerset-Mädchen sein. Eh, meine Kleinen? Wollt ihr mit mir jagen kommen?«

»Ja, bitte«, sagte Ruperta sofort, und Zänglein antwortete eine oder zwei Sekunden später wie ein Echo. Penitence musterte die beiden voller Stolz. Jeder in Somerset verbrachte Frühling und Sommer hatte ihre Wangen rosig gefärbt und Zängleins überzarte Knochen mit festem Fleisch umhüllt. Die beiden waren auch durchaus nicht affektiert. Ruperta schlug ganz nach ihrem Vater und kannte keine körperlichen Ängste, aber Zänglein war diejenige mit Courage; sie mußte Todesängste überwinden und tat es jedesmal, wenn sie ein Pferd bestieg.

Im Hoy Arms wartete Hurry mit einem Humpen Ale, den er auf Penitence' Geheiß für Sir Ostyn bereithielt, bevor sie den Rückweg in die Priory antraten.

Dorinda blickte zum Marktplatz hinüber. »Hat der arme Tropf dich wieder eine Dirne genannt?«

Die Zivilisation war in Form eines richtigen Prangers mit einem Joch, das um Hals und Handgelenke gelegt wurde, in Athelzoy eingezogen; den alten Schandpfahl mit Ringen früherer Tage gab es nicht mehr.

Heute war der Missetäter, der da stand, wie so oft Martin Hughes. Befriedigt stellte sie fest, daß er, von echten Schmerzen gepeinigt, die Lippen fest zusammenpreßte. Die Höhe des Prangers war so berechnet, daß die Wirbelsäule aufs äußerste gestreckt wurde.

»Man hat ihn verurteilt, weil er die Krönung des Königs verflucht hat«, erklärte Penitence. Das stimmte, aber nur zum Teil, denn Sir Ostyn hätte von der Königslästerung nichts erfahren, wenn sie sich nicht darüber beschwert hätte.

Großonkel oder nicht, ihre Geduld mit dem Mann war zu Ende. Weil sie jetzt den Kardemarkt beherrschte, stellte er sie um so nachdrücklicher und hartnäckiger als ein Beispiel dafür hin, daß Satan von der Sünde profitierte. Jeden Sonntag kam er nach Athelzoy, um gegen sie zu predigen.

Seine magere schwarze Gestalt verfolgte sie, genauso wie sie von Reverend Block in Massachusetts verfolgt und angeklagt worden war. Vor drei Monaten, als er in Taunton gepredigt und sie in der Menge entdeckt hatte, hatte er mit dem Finger auf sie gezeigt und verkündet: »Sie ist diese Hurenschauspielerin, die Mätresse des verstorbenen Drachenprinzen.«

Doch diesmal hatten die boshaften Kräfte des Puritanismus sich in ihrem Opfer getäuscht. *Ich bin nicht mehr arm und verängstigt.* Diesmal waren ihre Freunde keine Indianer, sondern mächtige Bewunderer wie Sir Ostyn Edwards, Friedensrichter. Diesmal hatte der Hase sich umgedreht und die Hunde gebissen, und es war ebenso der Schatten von Reverend Block wie Martin Hughes, der Kopf und Hände durch das Joch steckte.

Von der Schwelle des Hoy Arms die Szene beobachtend, während Sir Ostyn seinen Humpen leerte, sagte sie leise zu Aphra und Dorinda: »Das wird ihn lehren, mir vorzuwerfen, ich suhlte mich in den Früchten der Sünde.«

»Aber seien wir doch mal ehrlich«, sagte Dorinda, »der Mistkerl hat recht. Genau das tust du.«

Das war als »du-und-ich-wissen-noch-wann« gemeint, eine Erinnerung an den Krieg von einer Überlebenden an die andere, aber es erschütterte die Grundmauern eines Gebäudes, das zu errichten Penitence große Mühe gekostet hatte. Ohne Dorinda und ohne Martin Hughes hätte Penitence vergessen können – und auch vergessen, daß sie je etwas anderes gewesen war als eine Frau von Stand.

Sie wandte sich wütend ab und ging weiter.

An den Sonntagen schlug sie ihren Gästen immer diesen Spaziergang vor; er brachte sie ins Dorf, ihr Dorf, vorbei an ihren Bohnen- und Weizenfeldern, und erlaubte ihr den Blick über das Sedgemoor, wo ihr schwarzes Devonvieh auf den Marschwiesen weidete, und wo, in der Ferne, die niedrigen malvenfarbenen Wolken hingen, die ihre Kardefelder waren.

Sie hatte erwartet, daß man sie meiden würde, und es hatte ihr wenig ausgemacht, solange sie ihr Leben ganz still dem Gedenken an Rupert widmen konnte; daher war sie überrascht gewesen, wie die Haltung ihrer Nachbarn sich ihr gegenüber verändert hatte, als sie feststellten, daß sie, dank ihrem Großvater Ezechiel Hurd, eine tüchtige Farmerin war und, dank Mudge Ridge, mit ihren Karden ein Vermögen verdiente.

Der niedrige englische Landadel haßte Franzosen, Italiener, Schotten, Iren, Papisten, Presbyterianer, Unabhängige, Baptisten, Quäker und Juden, war aber tolerant gegen einen Fehler von seinesgleichen.

Sie furzten, rülpsten, spielten sich gegenseitig die derbsten Streiche und hatten mit dem Vieh auf ihren Weiden viel gemeinsam, aber sie waren zu abhängig voneinander, um sich über die Unarten von ihresgleichen zu entrüsten, selbst dann, wenn ihresgleichen eine Frau war. Höflinge wie Charles Sedley machten sich über die Possen dieser Bauerntölpel lustig, aber sie hätten von ihnen einiges über Gruppenzusammenhalt lernen können.

Sie konnten sich den Luxus nicht leisten, lange zu überlegen, wer dazugehörte oder wer nicht dazugehörte: nicht wenn sie voneinander die Erlaubnis erbaten, auf dem Land eines anderen zu jagen, nicht wenn die Levels überflutet wurden, ihre Häuser in Inseln verwandelten und sie vom Nachbarn Rettung erwarteten, nicht wenn ihr bester Pflug zerbrach oder ihre Kutsche ein Rad verlor – oder wenn sich die Geburt eines Babys als schwierig erwies. Sie brauchten Hilfe von dem, der am nächsten war, und wenn derjenige, der am nächsten war, eine unerwünschte Vergangenheit hatte, verlor sie vor dem Nutzen in der Gegenwart ihre Bedeutung.

Unelegant und bukolisch, hatte der niedrige Adel von Somerset die Fähigkeit, Ärgernisse so lange zu glätten und zu beschönigen, bis sie akzeptabel waren. Als sie feststellten, daß Penitence sich weder durch Grobheit noch wenn man ihr die kalte Schulter zeigte, noch durch Ratschläge oder Heiratsanträge aus der Priory vertreiben ließ, stuften ihre Nachbarn sie als Unikum ein – genauso wie Lady Alice Lisle – und akzeptierten sie. Ihre Arbeiter halfen Penitence bei den Ernten, und umgekehrt halfen Penitence' Arbeiter auch ihnen. Als ein Kind der Pascoes starb, kam Reverend Boreman gerade noch rechtzeitig, um seine unsterbliche Seele durch eine Taufe zu retten. Etwas von Ruperts Chinarinde rettete einem anderen Pascoe-Baby das Leben. Und Sir William Portmans Verbindungen ermöglichten es Penitence, an die Tuchfabrikanten im Norden zu verkaufen.

Es war nicht zu erwarten, daß man sie mit Glacéhandschuhen behandeln würde; sie mußte sich unaufhörlich deftige Andeutungen gefallen lassen, sie machten obszöne Gesten mit ihren kräftigen Händen, aber in Gegenwart von jemand, von dem sie glaubten, er stehe über oder unter ihnen oder der von weiter herkam als von Glastonbury, nahmen sie Penitence in ihre Reihen auf.

Und die niedrigeren Klassen selbst waren brutale Realisten. Ledyschaft war fremd und auch ein bißchen irre, aber sie bezahlte gut und regelmäßig. QED – *quod erat demonstrandum* – waren sie ihr treu ergeben.

So wurde Penitence Lady von Athelzoy.

Sie wäre lieber keine »Fremde« gewesen, hätte gern preisgegeben, daß sie eine Hoy war, von der Familie abstammte, die das Dorf seit Jahrhunderten regiert hatte. Doch damit hätte sie unvermeidlich die skandalöse Liebesgeschichte ihrer Eltern wieder ans Licht gezerrt und sich selbst mit den abscheulichen, Unruhe stiftenden, nonkonformistischen Hughes in Verbindung gebracht.

Und das konnte sie nicht dulden. Zum erstenmal war Penitence reich, angesehen und hatte Macht. Es war ein schwindelerregendes Gefühl. Die Leute bemühten sich, sie nicht zu verärgern. Vikar Lambert besprach seine Predigten mit ihr. Handelsleute richteten sich nach ihren Gewohnheiten.

Sogar auf der Höhe ihres Bühnenruhms war sie in der Garderobe Angriffen und Beleidigungen ausgesetzt gewesen. Jetzt konnte sie jeden, der sie verunglimpfte, bestrafen, indem sie ihren guten Nachbar Sir Ostyn Edwards, Friedensrichter, bat, ihn an den Pranger zu stellen. Sie würde all das nicht aufs Spiel setzen, indem sie ihre Verwandtschaft mit diesen Leuten preisgab.

Und da die Tatsache, daß sie eine berüchtigte Mätresse gewesen war, in der Erinnerung anderer verblaßte, schwand sie auch aus der ihren. Zuerst hatte sie Respekt gefordert, »weil Rupert das für mich gewünscht hätte«. Dann forderte sie ihn für sich selbst. Die belustigte Stimme, die in ihrem ersten Jahr in Athelzoy sagte: »Spiel die vornehme Lady«, war verstummt und durch eine heftige ersetzt worden, die scharf sagte: »Du *bist* eine vornehme Lady.«

Dorinda verdarb ihr das allerdings immer wieder.

Sie querten die Brücke über den übermütigen Minnow, der in den ruhigeren Cary mündete, und der wiederum vereinigte sich mit dem River Parrett, der sich, immer breiter werdend, seinen Weg nach Bridgewater und zum Bristol Channel suchte. Hier fiel das Land in den verschiedenen Grüntönen ab, die Penitence liebte, das Oliv ihrer Korbweidenpflanzung und die silbriggrün schimmernde Unterseite der Weidenblätter, die von einem leichten Wind gefächelt wurden, das Dunkelgrün der Binsen.

Das Sedgemoor rührte sie auf eine Weise an, die sie nicht erklären konnte, es sei denn, daß es der Ort war, an dem sie gezeugt worden war, was vermutlich zutraf. Reizlos im Winter und trügerisches Sumpfland, war es dennoch eine dramatische Landschaft. Vielleicht war es der Himmel, der das flache Land beherrschte, oder die Art wie die sinkende Sonne Tümpel und Teiche in Bernstein verwandelte, oder die Tatsache, daß es beinahe auf Meereshöhe lag, ein Pünktchen in einer riesigen grünen Einsamkeit, die sich ungehindert und leer bis zum Bristol Channel dehnte.

Es verging kaum ein Tag, daß sie es sich nehmen ließ, dort zu wandern oder auf ihrem Pony zu reiten; früher hatte sie immer Zoborn, den Sohn des Hufschmieds, als Führer mitgenommen, doch inzwischen konnte sie, wenn sie das Moor überblickte, den versteckten Damm ausmachen, der von der Fahrstraße am Fuß der Anhöhe zur Taunton Road führte, und wußte, wo sie Torf-Moos pflücken konnte und welche Torfstecherei die besten Torfziegel für die Feuer der Priory produzierte. Es hieß von ihr, sie könne »die Marschen abreiten«, was soviel hieß wie »sie kennt sie gut«.

»Die Levels«, sagte sie und atmete sie ein.

»Hübsch«, sagte Dorinda. »Können wir jetzt nach Hause gehen. Ich bin erledigt.«

»Aus Euch wird nie 'ne echte Sumerset-Maid«, neckte Sir Ostyn sie.

»Dafür danke ich Gott.«

Dorinda war von Anfang an gegen Athelzoy gewesen – und nicht nur gegen Athelzoy, sondern gegen ganz Somerset. Es war von London zu weit entfernt, es hatte zu viele Gerüche, war zu still, zu üppig, des Abends zu dunkel, zu heiß im Sommer, und zu viele Insekten, flogen, krabbelten und summten von den Marschen herauf. Sie verstand kein Wort von dem, was die verdammten Cidre-Schlürfer sagten. Für Karden konnte sie sich nicht begeistern

Sie kam nur aus einem einzigen Grund immer wieder – wegen der Vorteile und der Freude, die ihrer Tochter geboten wurden, weil sie Rupertas Leben teilte. Zänglein litt und grämte sich, wenn sie woanders war.

Becky Marshal hatte bei einem Besuch in der Priory vorgeschlagen, Dorinda solle Zänglein bei Penitence lassen, mit ihr nach London zurückkehren und als Garderobiere und Charakterdarstellerin ans Duke of York's gehen. Penitence hatte in den Augen der Freundin Soffitenlampen aufleuchten sehen und sie ermutigt zu gehen. Gleichzeitig nahm sie es ihr Zängleins wegen übel und sagte zu

Becky: »Wie kann sie planen, sich von diesem süßen Kind zu trennen?«

Und Becky hatte erwidert: »Ich denke, wenn ich das sagen darf, daß sie ihre große Liebe gerade dadurch beweist, daß sie es hierläßt. Du bist es, nicht Dorinda, die Zänglein um Rat fragt. Das liebe Kind ist mehr deines als ihres.«

Also ging Dorinda, von einer neuen Generation von Theaterbesuchern gnädigerweise nicht mehr erkannt, und spielte erst kleinere, dann größere Nebenrollen, bis sie sich jedes Jahr länger in London aufhielt als in Somerset.

Sie bogen auf dem tiefen, schmalen, von Farnen gesäumten Weg, der das Dorfende mit dem Ende der Zufahrt von Priory verband, rechts ab und kamen zwischen Eichen auf einer Grünfläche heraus, die linker Hand die Levels beherrschte und rechter Hand bis an das große schmiedeeiserne Tor reichte.

»Zoborn, Mutter.« Ruperta zeigte auf einen von einem Pferd gezogenen Wagen: Er holperte noch weit entfernt über den Damm, der aus Taunton zu diesem Ende des Sedgemoor führte; er brachte die Nonkonformisten aus Athelzoy von ihrem Gottesdienst aus dem Gebethaus zurück.

»Ich habe Zoborn gebeten, bei Tidy's hineinzuschauen, um zu sehen, ob ein Brief von meinem Sohn gekommen ist«, erklärte Penitence Sir Ostyn. Tidy verwaltete das Postamt. »Der Bote hätte ihn sonst erst morgen früh gebracht.«

»Was für ein bösartiger Geist hat den Mann Zoborn getauft?« fragte Aphra.

»Er ist nicht ganz richtig im Kopf«, sagte Penitence zerstreut, plötzlich von Angst vor Pferd und Wagen gepackt. Bei vernünftiger Überlegung waren die Auswüchse an den Seiten Schaffelle, die die Frauen nach Athelzoy brachten, um sie zu Garn zu spinnen, doch sie gaben dem Wagen die Form einer Hornisse mit gebreiteten Flügeln, die im Näherkommen immer größer wurde.

»In jedem Dorf gibt es einen«, erklärte Sir Ostyn Aphra und tippte sich an die Schläfe. »Is' nich' richtich im Kopp. Also isser *Zoborn*. Und heißt auch so.«

»Kommt von ›so geboren‹«, erklärte Penitence der verständnislos dreinblickenden Aphra. »Kinder, begleitet unsere Gäste nach Hause, und sagt Johannes, wir wollen bald essen. Ich warte nur hier, um zu sehen, ob ein Brief gekommen ist.«

Die Mädchen nahmen Sir Ostyn und Aphra bei der Hand und zogen sie zum Haus. Penitence sah ihnen nach und merkte, daß Sir Ostyn Aphra mit der freien Hand eins auf den Hintern gab – und einen Sprung machte, als Aphra gleiches mit gleichem vergalt.

Dorinda blieb bei ihr. Verlegen, ohne zu sprechen, beobachteten die beiden Frauen den Wagen und hielten in der stärker werdenden Brise, die Gerüche von Gras und Marsch mit dem flüchtigen Geruch des Meeres vermischte, ihre flatternden Hüte fest.

Gib, daß ein Brief gekommen ist. Benedikt war ein hoffnungsloser Briefschreiber. Bis vor ein paar Wochen hatte ihr der getreue Dudley jeden Monat Nachricht über Benedikt geschickt, doch jetzt hatte Dudley sich dem Kreuzzug des Christenheeres gegen die Türken angeschlossen, und seine Briefe kamen nach langen Pausen gebündelt. Sie sorgte sich um ihn und um Benedikt, der in den Niederlanden geblieben war – ohne seinen Pflegebruder, der ihm mit seinem gesunden Menschenverstand immer die Flausen ausgetrieben hatte. Seit sechs Wochen hatte sie von keinem der beiden etwas gehört.

Er ist tot. Sie waren beide tot. Sie hatte eine Vorahnung, vom Stachel des Insekts getroffen, das, noch größer geworden, auf sie zukroch. Nachdem sie es einmal als Monstrosität gesehen hatte, gelang es ihr nicht mehr, das unheilvolle Bild zu verdrängen. Zoborns armes Gesicht und seine Ledermütze wurden zu einem Kopf mit Schnabel und facettenreichen Augen. Dann winkte er – »Brief aus Holland, Leddyschaft!« – und wurde wieder zu einem Einfaltspinsel, der einen Wagen voller Schaffelle und Bauern lenkte.

Sie riß ihm den Brief aus der Hand und blickte die Wageninsassen stirnrunzelnd und mißbilligend an: ihre beiden lieben Mudge und Prue Ridge, Jack und Mistress Fuller, die Mackrells, das Yeo-Kind, Jan und Betty Creech und ihr Baby. Gute Leute, alle miteinander, aber Nonkonformisten; sie widersetzten sich der Staatsreligion, von der Penitence inzwischen glaubte, daß sie für die Wirtschaft des Landes lebenswichtig war.

Zoborns immer nickender Kopf nickte ihr jetzt bewußt zu.

»König Monmouth kommt nach Somerset.«

»Psssst.« Mistress Fuller legte ihrem Sohn die Hand auf den Mund.

»Wenn Sir Ostyn dich hört, Zoborn, kommst du ins Gefängnis.« Sie sah Mudge an. »Wo kommt denn das her?«

»Oh, beim Treffen hat's Gerüchte gegeben.« Er wollte nicht mit der Sprache heraus.

»Es gibt immer Gerüchte«, schalt sie. »Und Leute wie du sind dumm genug, sie zu ermutigen. Monmouth wird es nicht wagen zu kommen. Nicht nach dem Argyll-Fiasko.«

Der Earl of Argyll war in Schottland eingefallen, während der Herzog von Monmouth irgendwo in England landen sollte, um gegen James' katholische Regierung eine protestantische Rebellion anzuzetteln. Angesichts der Tatsache, daß Argyll nach einem Monat voller Fehlschläge gefangengenommen worden war, konnte man nicht erwarten, daß Monmouth den gleichen Fehler machen würde, zumal ihm seine Mit-Exilanten in den Niederlanden weder genug Männer noch genug Geld zur Verfügung stellten.

»Sie werden unsre Freunde in Taunton verhaften«, platzte Zoborn heraus.

»Sie heben alle Unruhestifter in ganz England aus«, sagte Penitence, von Sir Ostyn gut unterrichtet. »Wir wollen doch nicht, daß uns dumme Männer Schwierigkeiten machen, oder?« Sie sah Mudge fest in die Augen. »Das wollen wir doch nicht? Nicht so kurz vor der Kardeernte.«

Mudge grinste. »Ich mach' jedenfalls keine, Leddyschaft.« Die anderen im Wagen nickten.

»Gut.« Sie klopfte dem müden Pferd auf die Flanke, damit es sich wieder in Bewegung setzte, und wandte sich dann ihrem Brief zu.

»Der ist für mich«, sagte Dorinda.

Penitence sah sie an und schob den Fingernagel unter das Wachssiegel. »Es ist *mein* Brief. Kommt von Benedikt und Dudley.« Sie mußte den Brief hoch in die Luft halten, weil Dorinda danach schnappen wollte.

»Es ist meiner. Schau dir den verdammten Namen auf dem Umschlag an.«

»Du hast gehört. Er kommt aus Holland. Selbstverständlich gehört er mir.« Dorinda zu sagen, sie sei ein eifersüchtiges Miststück, war eine wunderschöne Versuchung, der sie jeden Augenblick nachgeben würde.

Dorinda war weniger rücksichtsvoll. »Leddyschaft, Leddyschaft«, sagte sie affektiert. »Alles für Leddyschaft.« Sie senkte die Stimme. »Du bist zu anmaßend geworden, du. Hüpfst herum wie das Burgfräulein, weil ein paar Trottel nach deiner Pfeife tanzen.«

»Du bist eifersüchtig!« rief Penitence. »Dein Mann hat dich sitzenlassen, und du hast nichts außer dem, was du von mir bekommst. Du bist eifersüchtig, weil Zänglein mich mehr liebt als dich.« Sie war wieder in der Dachkammer des Cock-and-Pie, und streckte schon die Hände aus, um Dorinda bei den Haaren zu packen. Dann hielt sie entsetzt inne.

»Vielleicht«, sagte Dorinda mit höfischem Akzent, »bist du so freundlich zu beachten, was auf diesem Brief steht.«

Penitence warf einen Blick darauf und reichte ihn mit beschämtem Gesicht Dorinda.

Dorinda kehrte ihr den Rücken, um ihn zu lesen. MacGregor hatte sie lesen gelehrt, doch sie bewegte noch immer die Lippen dabei. Ihr Hinterkopf und die Schultern hatten dieselben Umrisse wie an dem Tag, an dem sie Benedikt vom Fenster des Newgate Gefängnisses weggetragen hatte.

Wie konnte ich nur solche Dinge zu dir sagen? Zu dir, die du meinen Sohn für mich beschützt hast? Penitence fragte leise: »Ist er von MacGregor?«

»Ja.«

»Geht es ihm gut? Ich wußte nicht, daß er wieder in den Niederlanden ist.«

»Dann weißt auch du nicht immer alles, nicht wahr?«

Wenn es um MacGregor geht, weiß ich nichts, dachte Penitence. Zwanzig Jahre kannte sie den Mann, und alles, was sie über ihn sagen konnte, war, daß er zwar ein schottischer Radikaler, aber in ihrer Gegenwart nie radikal gewesen war. Es war, als sei ihr Interesse über ihn hinweggeglitten und habe nie etwas erfaßt, als ziehe er sich zurück, um sich unsichtbar zu machen. *Er mußte Ansichten haben.* Sie wußte, daß er Ansichten hatte; warum sollte er sonst die anti-katholischen, gegen James gerichteten Ergüsse verrückter Exilanten veröffentlichen? Aber er hatte sie ihr gegenüber nie geäußert. Dorinda hatte einmal gesagt, das komme daher, daß er sich vor ihr fürchte. *Henry King mochte ihn. Verdammt.* Wen interessierte schon, ob Henry King jemanden mochte oder nicht?

Sie bedauerte sehr, daß sie sich nicht mehr Mühe gegeben hatte, den Mann kennenzulernen. Offensichtlich war er für Dorinda noch immer wichtig. Wenn sie es recht überlegte, war er auch ein wichtiger, zumindest ein unveränderlicher Teil von Benedikts Kindheit gewesen, eine männliche Gegenwart, unwichtig, aber immer da in dem chaotischen Kampf, ihren Anstrengungen, sie alle satt zu bekommen.

Sie versuchte es noch einmal. »Kommt er bald nach England zurück?«

»Kümmere dich um deinen eigenen Kram.« Dorindas Ton war weniger grob als zerstreut.

Wenn nicht, dann nicht. Aber wenn Penitence sich später erinnerte, war sie immer dankbar, daß sie die Zurückweisung ignoriert, den Abstand zwischen ihnen überbrückt und Dorindas Hand genommen hatte.

Dorinda entzog sie ihr, doch wieder ohne jede Feindseligkeit. Sorgfältig faltete sie den Brief und schob ihn in die Tasche.

Vor ihnen das Haus mit dem hübschen Durcheinander aus Dächern und Kaminen rührte wie immer Penitence' Herz. Wie recht hatte Rupert mit dieser Zufahrt gehabt, die es so hervorhob. Schweigend gingen sie darauf zu.

Beim Dinner unterhielt Sir Ostyn sie mit der haargenauen Schilderung, wie er am Tag vorher bei der Acland Hirschjagd einer Hirschkuh über sechsundzwanzig Meilen nachgesetzt hatte. Nach der Mahlzeit, in der Halle, als die Frauen die Gelegenheit wahrnahmen, seine Sätze über sich hinwegplätschern zu lassen und ihre eigenen Neuigkeiten auszutauschen – sie hatten sich zwei Monate nicht gesehen –, hörte er so verzückt zu, als wären sie Scheherezaden. Daß sie unabhängige Frauen waren – in Somerset eine seltene Rasse –, faszinierte und entsetzte ihn zugleich. Aber wenn sie eine Pause eintreten ließen, nahm er die Jagdgeschichten wieder auf, überzeugt, daß sie gebannt sein würden.

Während er sprach, bemühte sich Penitence, die Augen von dem Wasserspeier ihr gegenüber abzuwenden. *Starr ihn nicht an. Sie werden es merken.*

Sie hatte das Geheimzimmer der Priory gefunden. Zumindest *wußte* sie, wo es war. Sie konnte nur nicht hinein.

Drei Jahre hatte es gedauert, ehe das Haus sein Geheimnis preisgab. Drei Jahre immer hoffnungsloserer Suche nach diesem heiligen Gral, einem sicheren Versteck, bis sie endlich aufgegeben, das Halsband der Elisabeth von Böhmen in einer Hutschachtel nach London zurückgebracht und in der Bank des Earl of Craven deponiert hatte. Und dann hatte sie entdeckt, was sie gesucht hatte.

Es war in der Nacht der Flut gewesen, als der Bristol Channel durch die Befestigungen an der Küste gebrochen war und sich still und heimlich über die Moore fast bis zum Anfang der Zufahrt zur Priory geschlängelt hatte. Sie hatte im Saal mit Ruperta und Zänglein Mikado gespielt und versucht, die Kinder von dem schrecklichen Geheul des Windes abzulenken, während der übrige Haushalt von einem Fenster zum anderen gelaufen war, um die Läden besser zu befestigen.

Die Kerzen hatten im Luftzug geflattert, und sie hatte, aufblickend, zum erstenmal bemerkt, daß Mund, Nasenlöcher und Augen des Wasserspeiers in der Nordostecke des Saales leer und schwarz waren.

Zum Entzücken der Mädchen war sie auf Händen und Knien herumgekrochen, bis sie einen der anderen Wasserspeier über sich hatte und in sein höhnisch grinsendes Gesicht schauen konnte. Seine Nasenlöcher waren grau, nicht schwarz. Sie waren zugestopft.

Sie kroch zu dem Wasserspeier in der Ecke zurück. *Sehr schlau.* Von den sechs Wasserspeiern im Saal befand sich dieser im tiefsten Schatten und war derjenige, vor dem das Auge zurückschrak. Nicht weil er häßlich war – die anderen waren häßlicher –, aber er hatte etwas Abstoßendes; dieser Wasserspeier wünschte einem Unglück, kannte die Zukunft und wartete darauf, daß sie eintraf.

Als die Mädchen zu Bett gegangen waren, holte sie sich einen Hocker und ein paar dünne, spitzzulaufende Kerzen. Auf Zehenspitzen stehend, schob sie dem Wasserspeier eine Kerze in die Nase und stocherte darin herum. Das Gesicht war eine nach innen hohle Maske. Sie band eine zweite Kerze an das Ende der ersten und stocherte tiefer – alles hohl.

Das Jaulen des Windes überdeckte das Scharren der Leiter, als sie sie durch den Saal zog; dann suchte sie im Haus nach Korbweidengerten.

Sie hatte ihr Gesicht nur mit Widerwillen dem Gesicht des Wasserspeiers genähert. Doch als sie ihm so nahe war, mußte sie über die Kunst des Steinmetzes staunen, der mit einem einfachen Meißel etwas so Häßliches schaffen konnte.

Die Maske hing in einem Winkel von fünfundvierzig Grad zum Fußboden des Saales schräg nach unten und machte es schwierig für sie, in die Öffnungen zu spähen. Mit einer Schnur band sie zwei Weidengerten aneinander und bekam so eine etwa vier Fuß lange Rute, die sie in den groben Mund einführte, und fügte dann eine weitere hinzu.

Es war ihr nicht möglich, das ganze Ausmaß des Raumes hinter dem Wasserspeier zu erkunden, aber auch mit einer sechs Fuß langen Rute stieß sie gegen kein Hindernis.

Sie versuchte den Wasserspeier zu drehen, um zu sehen, ob er sich bewegte, doch er war fest mit der Mauer verbunden. Die Luft aus seinen Löchern roch nach Stein und Alter, aber nicht feucht. Als sie den Mund an den Mund des Wasserspeiers legte und »hallo« sagte, fiel sie fast von der Leiter, als sie hörte, wie ihre Stimme immer tiefer wurde und laut widerhallend zu ihr zurückkehrte. *Hallooo!*

Sie hatte den Raum gefunden, doch wie kam man hinein?

In dieser Nacht und den folgenden Nächten maß Penitence aus und schritt ab. Die Länge des Gangs zwischen Saal und Solar stimmte mit der anderen Seite der Wand überein. Die Höhe ebenso. Der Raum war also nicht an der Längsseite des Saales, aber irgendwo am Ende des Rechtecks in die Nordwand eingebaut, vielleicht zwischen Kamin und Ecke.

Dort aber wurde es schwierig. An diesem Ende paßte sich der Saal genau dem später hinzugekommenen Flügel, dem Tudor-Nordflügel an, wo die Fußböden nicht auf der gleichen Ebene lagen wie die des Saales. Es gab so viele Ecken, Schränke, winzige Treppen, daß es fast unmöglich war, irgendeine bauliche Unstimmigkeit festzustellen, aus der man auf die Lage des Geheimzimmers schließen konnte.

Nach einiger Zeit glaubte sie es hinter der Südwand ihres Schlafzimmers aufgespürt zu haben, die sich an die Nordseite des Saales an dem Ende anschloß, an dem sich der Kamin befand. Wenn ihre Berechnungen richtig waren, mußte es zwischen diesen beiden eine ziemlich große Lücke geben. Aber eine Tür gab es nicht.

Sie hätte schreien können vor Enttäuschung. Was hatte es für einen Sinn, stolze Besitzerin eines Geheimzimmers zu sein, wenn man Arbeiter anstellen mußte, die eine Wand einreißen mußten, damit man hineinkam, aber auch wenn sie noch so viel klopfte und heimlich verdächtige Paneele entfernte – es führte zu nichts.

»Hast du mein Stück gelesen, Penitence?«

Sie hatte bis zum Frühling warten müssen, bis sie, ohne daß es auffiel, anordnen konnte, das Feuer im Saal ausgehen zu lassen, damit sie hineinkriechen konnte, um die rechte Seite des Rauchfangs zu untersuchen. Sie nahm einen Pickel mit und richtete in dem Mauerwerk des Kamins erheblichen Schaden an, bevor sie neuerlich auf festen Stein stieß.

»Hast du's gelesen, Penitence? Penitence, *meine Liebe*, hast du *Der Weibsteufel* gelesen?«

»Entschuldige, Affie. Ich war in Gedanken meilenweit weg. Ja, ich habe es gelesen. Die ganze letzte Nacht. Es ist wundervoll.«

Und das war es. Es war nicht Shakespeare, aber großartige Unterhaltung und galoppierte nur so dahin. Es spielte während der Indianerkriege in Virginia und bezog seinen dramatischen Gehalt aus der konventionellen Liebesgeschichte zwischen einem englischen Soldaten und der Indianerkönigin. Was aber bei dieser Art Drama neu war, war die komische Heroine, robust, trinkfest, rauchend, fluchend, bereit, für und mit dem Mann zu kämpfen, den sie liebte. In jedem anderen Stück endete ein solches Mannweib mit einem unterwürfigen Monolog an ihren Liebhaber. Nicht aber hier. Unbekehrt und unbußfertig ging sie mit ihrem Mann in den Sonnenuntergang hinein und zu einem kameradschaftlichen Happy End.

»Wann setzt das Duke's den Weibsteufel auf den Spielplan?«

Aphra lehnte sich im Sessel zurück. »Wann kannst du ihn spielen?«

»Wie wär's wenn ich eines Tags zu einem Eurer alten Mummenschanze kommen tät?« fragte Sir Ostyn. »Hab' noch nie'n Theaterstück gesehn.«

»Sie würden Euch nicht reinlassen, mein Lieber«, sagte Aphra und wandte sich Penitence zu, die sprachlos dagesessen hatte.

»Du willst, daß ich die Rolle spiele?« Es war eine Rolle, für die man morden konnte. Neben ihr wirkten alle anderen blaß. Und sie konnte von einer Schauspielerin d'un certain âge – im gewissen Alter – gespielt werden.

»Betterton will dich haben. Er hat dich früher gesehen.«

Betterton war das große Licht der neuen Generation am Duke of York's, und Aphra mußte ihn gezwungen haben, sie, Penitence, zu verlangen; zu Ruperts Lebzeiten war sie nur selten aufgetreten; nach seinem Tod überhaupt nicht mehr.

Ans Theater zurück? Soll ich? Kann ich? Der Gedanke, nie wieder zu spielen, war bitter gewesen, aber sie hatte ihn opferbereit auf den Altar der Erinnerung an Rupert gelegt: Es wäre ihm nicht recht. Und als Gutsherrin hatte sie auch eine Rolle spielen müssen, und sie hatte sie gut gespielt. *Sollte ich?* Vielleicht war es ihrer jetzt nicht mehr würdig, in diese liederliche, diese fadenscheinige, degenerierte und, ach, so *köstliche* Welt zurückzukehren.

Alle, die Penitence beobachteten, bemerkten, daß der ihr zur zweiten Natur gewordene, hoheitsvolle Ausdruck weicher wurde, wehmütig fast und auf jeden Fall menschlicher. Aphra nutzte das für sich aus. »Komm mit Dorinda und mir zurück«, sagte sie. »Drei Wochen Probe, sechs Wochen Aufführung – du kannst wieder in Athelzoy sein, bevor die Karden werfen – oder was immer sie tun.«

»Ohne mich«, sagte Dorinda. »Ich bleibe eine Weile hier.« Sie erhob sich halb aus dem Sessel und verneigte sich vor Penitence. »Mit Eurer gütigen Erlaubnis, Euer Ladyschaft.«

»Aber natürlich.« Penitence ignorierte den Spott; sie war verblüfft, doch es erleichterte ihr die Entscheidung, wenn sie wußte, daß Dorinda hierbleiben wollte, um Reverend Boreman und Annie bei den Mädchen zu helfen. »In diesem Fall, Affie, ja bitte.«

Das Glück wollte es, daß Penitence zwei Tage vor ihrer Abreise nach London die Tür des Geheimzimmers entdeckte – oder vielmehr, Ruperta und Zänglein fanden sie.

Weil Penitence Annie gebeten hatte, ihr beim Packen zu helfen, amüsierten sich die beiden kleinen Mädchen allein und hatten sich in verbotenes Territorium gewagt, um auf Penitence' Bett herumzuhüpfen.

Sie hörte von unten das protestierende Ächzen der Pfosten, die ihren Betthimmel trugen und machte sich eilig auf, um dem Unsinn ein Ende zu bereiten und hörte im nächsten Moment ein Krachen und einen Schrei; erschrocken stürmte sie los. Zwei Augenpaare blickten ihr schuldbewußt vom Bett her entgegen; das blaue vor Schmerz zusammengekniffen. »Sie hat es nicht absichtlich gemacht.« Zänglein hatte Ruperta den dünnen Arm um die Schultern gelegt und beschützte sie wie üblich. »Sie ist drübergefallen, und es ist runtergekommen.«

»Es« war das mittlere Paneel des Betthimmels, das schief herunterhing.

Streng untersuchte Penitence die Schramme am Bein ihrer Tochter, erklärte, sie könne sehr gut damit laufen und verbannte sie und Zänglein in die Küche.

Allein geblieben, untersuchte sie den Schaden und stellte fest, daß nichts zerbrochen war. Obwohl es so aussah, als seien Kopfende und Mittelpaneel des Betthimmels aus einem Stück, war das schwere quadratische, zweieinhalb Fuß große Brett ein Einzelteil aus Eichenholz, oben und unten verzapft, so daß man es in nicht sichtbare Rillen der Paneele darüber und darunter schieben konnte. Rupertas Sturz hatte das Holz seitlich verschoben und es teilweise aus der Rille herausgerissen.

Penitence war so eifrig damit beschäftigt, es wieder hineinzuschieben, daß sie erst zu spät merkte, was hinter der entstandenen Lücke war. Es klickte, als das Brett wieder in die Rille hineinglitt und den Teil der Wand bedeckte, der freigelegt gewesen war und in dem sie ein Stück von einer Tür gesehen hatte.

Vor Aufregung zitternd, versuchte sie das Brett wieder zu verschieben, doch es bewegte sich nicht. Verdammt. Das Klicken war von einem Verschluß gekommen, der eingeschnappt war. Sie zog und schob ohne Erfolg, stellte sich auf die Kissen und versuchte über das Kopfende des Bettes hinweg- und dahinterzugreifen, doch das Bett schloß bündig an die Wand an,und sie konnte nicht mehr als eine Fingerspitze hineinschieben. Verdammt. *Verdammt.*

Sie setzte sich und überlegte. Sie konnte das Paneel mit einer Axt zerhacken oder ein paar Leute vom Feld holen lassen, die das Bett von der Wand wegzerrten. *Und Eintrittskarten verkaufen, wenn ich schon dabei bin.* Ein Geheimzimmer schien wenig Sinn zu haben, wenn es allgemein bekannt war. Nein, es gab einen leichteren Weg, das Paneel zu entfernen, und zwar den, der vom Erfinder dafür vorgesehen war. Sie mußte sie nur aufspüren.

Penitence hockte sich auf die Fersen und betrachtete das Kopfende des Bettes, die in der Morgensonne in sattem Schwarz glänzende Schnitzerei, die aussah wie eine inkrustierte Klippe, noch feucht von der Flut. Zwei Reihen kleinerer Paneele umgaben das eine, das sich bewegen ließ – oder nicht bewegen ließ wie eben jetzt –, jedes eine Geschichte aus der Bibel, dargestellt mit steifbeinigen Figuren in der Kleidung der frühen Tudors. Zwischen den Paneelen beschnupperten Dachshunde mit Schlappohren eine Hasenfährte, Jagdhunde waren hinter Rotwild her, bis sich der Kreis schloß, das Rotwild die Dachshunde jagte und der Hase die Jagdhunde. Das brachte sie immer zum Lächeln.

Ganz oben war auf walisisch eine Inschrift eingeschnitzt – KYFFARTWTH AIGWNA HARRA AP:LL. Rupert hatte sie ihr einmal übersetzt: *Ein Meister war Harry ap Llewellyn, der dies gemacht hat.*

Jetzt wußte sie, warum die Hoys, die das Bett in Auftrag gegeben hatten, für die Schnitzereien einen Waliser holten, den sie, als er mit der Arbeit fertig war, nach Wales zurückschicken konnten – nachdem sie ihm eingeschärft hatten, über das, was dahinter war, ja den Mund zu halten.

»Nun also, Harry Ap:Ll«, sagte Penitence. »Wo muß ich draufdrücken?«

Auf dem mittleren Paneel war eine Darstellung von Adam und Eva. Adam stand auf der einen Seite des Baumes der Erkenntnis und bedeckte mit einer Hand seine Genitalien. Auf der anderen Seite bedeckte eine praktische lange Haarsträhne Evas Scham. Um den Baum schlängelte sich eine drachenähnliche Schlange, die Zähne grinsend entblößt, mit dem offenen Maul auf Evas nackte Brust weisend.

Die Äpfel auf dem Baum oder Adams Nabel konnten die Knöpfe sein, die den Verschluß öffneten, doch Penitence befürchtete, daß sie Harry Ap:Ll besser kannte. Sie streckte den Finger aus und tippte rasch auf Evas muntere Brustwarze, hörte das Klicken, sah das Paneel nach links zur Seite gleiten und hatte vor sich die Tür, die sie beinahe vier Jahre lang vergeblich gesucht hatte.

Sie war aus geschnitztem Fichtenholz und größer als das Paneel, obwohl sie nicht sehen konnte, wie groß, und die Schwelle befand sich auf gleicher Höhe wie der untere Rand des Paneels. Sie stand bereits ein wenig offen. Penitence hielt es für wahrscheinlich, daß – bevor der Nordflügel angebaut wurde – da, wo jetzt ihr Schlafzimmer lag, ein anderer Raum aus Stein gewesen war und ein Wandbehang diese Tür verborgen hatte.

Und warum sitze ich hier herum und stelle solche Überlegungen an, anstatt hineinzugehen?

Sie wurde im Alter wirklich wunderlich. Zuerst ihre Furcht vor Zoborns Wagen vor ein paar Tagen und jetzt dieser Widerwille, etwas Wunderbares zu erkunden. *Es konnte ein Schatz darin sein.* Nun ja, aber Schätze waren nicht das einzige, das sie hinter Mauern verborgen hatten.

Zuerst schloß sie die Schlafzimmertür ab. Sie zündete eine Kerze an und legte dann ein Kissen auf die Schwelle des Paneels, nicht nur, um für ihre Knie eine Brücke über die Schwelle des geheimen Zimmers zu schaffen, sondern auch um zu verhindern, daß das Paneel sich wieder schloß und sie auf der anderen Seite den Mechanismus nicht fand, mit dem sie es wieder öffnen konnte. Bei dem Gedanken wurden ihre Handteller feucht von Schweiß.

Die Kerze vor sich haltend, kroch sie über das Kissen in den Raum, und weil die Türschwelle etwa einen Fuß höher lag als der Fußboden, mußte sie sich die Beine ein wenig verrenken, bevor sie aufrecht stehen konnte.

Es war ein häßlicher Raum. Er enthielt nichts außer einer Bank und war zu lang und zu hoch für die Breite von ungefähr sieben Fuß. Kein Fenster unterbrach die steinernen Wände, und das einzige Licht kam durch die Tür und mehrere Löcher in der Wand gegenüber, an der die Bank stand. Sie begriff nicht, wozu dieser Raum gedient haben konnte; als Versteck für Schmuck und Juwelen war er viel zu groß, und die Luftlöcher wiesen darauf hin, daß er irgendwie bewohnt werden sollte. Das Versteck eines Priesters? Aber warum? Die Hoys waren seit Heinrich VIII. Protestanten gewesen; sie brauchten in ihrem Haus keinen Raum, um verbotene Messen zu zelebrieren.

Als sie die Löcher in der Wand untersuchte, kam ihr eine Idee. Sie waren unregelmäßig, zwei runde nebeneinander ganz oben, zwei weitere tiefer, auch rund, aber kleiner und enger beieinander und darunter ein Schlitz. Alle befanden sich in einer konkaven Nische und waren eigentlich winzige Tunnels, die in der dicken Mauer schräg nach unten führten.

Sie legte die Augen an die Nische und sah vertraute Farben, die sie im ersten Moment nicht einordnen konnte, bis sie den Teppich aus Isfahan erkannte, der in Awdes Ruperts Arbeitszimmer geschmückt hatte und jetzt in ihrem Saal vor dem Kamin lag. *Natürlich*. Sie hatte vergessen. Sie blickte durch die Augen des Wasserspeiers.

Kein Versteck für einen Priester, ein Guckloch. Ein Raum, um zu spionieren. Das Zimmer eines Voyeurs. Irgendein alter Hoy hatte hier auf der Bank gesessen und unbemerkt seinen Haushalt beobachtet. Wem hatte seine Spioniererei gegolten? Seiner Frau? Nein, natürlich nicht; als dieser Raum gebaut wurde, war das Haus ein Kloster gewesen. Der Prior hatte hier gesessen, dieser schmutzige alte Mann, und seine Fratzenaugen hatten seine ahnungslose Herde beobachtet, Sünden registriert, gehört, wie Komplotte geschmiedet wurden, Dingen gelauscht, die ihm seine Mönche bei der Beichte nicht sagten.

Eine Gestalt tauchte in ihrem Blickfeld auf – Joan, ein sich nur träge bewegendes Mädchen aus Athelzoy, das angestellt war, um zu fegen. Die beschränkte Sicht durch den Wasserspeier weckte das Interesse an ihr, verlieh ihr Bedeutung. Sehr langsam fegte sie die Asche zusammen, die aus dem Kamin gefallen war. Als sie sie in ihrem Eimer wegtrug, wehte ihr Rock ein wenig von dem feinen weißen Pulver auf den Teppich.

Joan blieb stehen und verrieb es dann mit ihrer dicken Schuhsohle.

Mit dir werde ich aber ein Hühnchen rupfen, Miss. Penitence richtete sich auf; Gucklöcher waren faszinierend und erschreckend zugleich. Sie mußte widerstehen. Mußte sich mühsam beherrschen, nicht mit schauerlich klingender Stimme zu schreien: »Deine Sünden sind entdeckt, Joan Pedder!« Der Schock würde das Mädchen wahrscheinlich umbringen. Noch einmal hielt sie zu einem letzten prüfenden Blick die Kerze in die Höhe, entdeckte nichts Interessantes und kroch wieder hinaus.

Irgendwie war sie schon froh, daß es das Zimmer gab, doch wenn sie erwartet hatte, nach der Entdeckung des Geheimnisses Erregung zu fühlen, wurde sie enttäuscht. Sie konnte den Schmuck darin aufbewahren, den Rupert ihr geschenkt hatte, doch da Raub in diesem Teil des Landes beinahe unbekannt war, war er wahrscheinlich ebenso sicher in der schweren Truhe, in die sie ihn gewöhnlich sperrte.

Nun ja, man konnte nie wissen, wann einem ein Versteck nützlich sein konnte. Sie hätte jedoch auch nichts dagegen, dieses häßliche Gelaß nie wieder zu betreten. Und Joan Pedder würde sie noch einiges zu sagen haben.

2. Kapitel

Wo einst St. Paul's gewesen war, wuchs noch immer unregelmäßiges Mauerwerk aus dem Boden, doch der Rest der City war elegant wiederauferstanden, und die Bevölkerung eilte wie früher durch die sauberen Straßen und ging in den Geschäften ein und aus, als seien sie schon immer dagewesen.

Dennoch fand Penitence London merkwürdig bedrückend. Es war heiß, und sie hatte sich an die grenzenlose Weite von Somerset gewöhnt, aber die Stadt, früher einmal ganz locker und fast liederlich, war inzwischen ordentlich, beinahe pedantisch geworden.

Bei ihrem ersten Spaziergang überlegte sie, wieso die Kaufleute, die an ihr vorbeikamen, so verändert aussahen, bis sie merkte, daß der dünne Schnurrbart verschwunden war, den erfolgreiche Männer getragen hatten, um Charles II. nachzuahmen. Jetzt waren sie in Nachahmung von James II. glatt rasiert. Verschwunden war auch die allzu ungezwungene Kleidung; die Leibröcke der Herrenmode waren enger und steifer. Es gab weniger Bänder, und die Schuhe waren mit Schnallen verziert.

Die Frauenmode hatte sich ebenfalls verändert. *Und nicht zum besseren.* Ihr gefielen die kunstvoll gearbeiteten Hauben ebensowenig wie der steife Faltenwurf der Kleider mit ihren Turnüren und Schleppen. Die Wirkung war weder so hübsch noch so bequem wie zu ihrer Zeit. Wie ein Echo kam ihr der Gedanke: O *Gott, ich werde alt.*

Das Theater war in einem schlimmen Zustand. Das King's war an Killigrews Mißwirtschaft eingegangen. Das einzige in London noch bespielte Theater war das Duke of York's, und selbst da waren die Besucherzahlen gering. »Der König hat nichts dafür übrig«, erklärte ihr Otway, »man könnte meinen, die Politik, die Jagd und Catherine Sedley seien seine *einzigen* Interessen.«

Der Beißer war selbst gebissen worden. Sir Charles Sedley, hieß es, war außer sich vor Wut, weil der König sich seine Tochter ins Bett geholt hatte. In der Reihe von James' Mätressen war Catherine Sedley unscheinbar, doch sie hatte ihres Vaters brillante Bosheit geerbt und gestand, sie sei selbst verblüfft, daß James von ihr so fasziniert war. »Meine Schönheit kann es nicht sein, weil ich keine habe; und es kann auch nicht mein Verstand sein, weil er selbst zuwenig hat, um zu erkennen, daß ich intelligent bin.«

Andere alte Freunde waren in Schwierigkeiten. John Hoyle trank mehr denn je. Dryden hatte es für opportun gehalten, katholisch zu werden. Charlie Hart war tot.

Dennoch war es erfreulich, bei Aphras Soirées willkommen geheißen und als geehrte Thespisjüngerin begrüßt zu werden, wenn sie die Garderobe besuchte. Thomas Betterton beugte sich über ihre Hand und sagte: »Ich hatte den Vorzug, Eure Beatrice zu sehen, Ma'am.«

Als sie, Bescheidenheit mimend, protestierte und behauptete, sie sei zu alt und zu eingerostet für *Der Weibsteufel – aber versuch mal, mir die Rolle wegzunehmen –*, sagte er ernst: »Alter läßt Euch nicht welken und Mode Euer einmaliges Talent nicht schmälern.« Da sie eben erst seinen Macbeth gesehen hatte, rührte das Kompliment sie fast zu Tränen. Aus der Nähe gesehen, war er durchschnittlich groß mit einem runden, hausbackenen Gesicht; auf der Bühne war er sieben Fuß groß gewesen.

Aphra bestand auch darauf, Penitence mit dem vor kurzen ernannten Oberrichter des Königs, Sir George Jeffreys, bekannt zu machen. »Ein feiner, energischer Mann und ein eifriger Theaterbesucher. Man kann nicht genug Freunde von Stand haben. Durch sein häufiges Erscheinen hat er mehrere Stücke gerettet. Ich habe ihm meine Übersetzung von *Die Geschichte der Orakel* gewidmet. Du mußt dich doch an ihn erinnern, meine Liebe. Im King's ist er häufig hinter die Bühne gekommen. Von deiner Desdemona war er hingerissen.«

Er wurde zur nächsten Soirée eingeladen, um sie kennenzulernen.

»Und ich erkläre Euch, liebe Madam«, rief der Lord Oberrichter dröhnend, »dieser Othello ist ein Narr. Großartig, aber ein Narr. Hätte er seinen Fall vor mein Gericht gebracht, wäre Eure Desdemona frei wie ein Vogel davongeflogen und dieser verlogene, doppelzüngige Knappe Jago hätte ebenso ausgepeitscht werden müssen wie Titus Oates jetzt – ›bis Blut rinnt‹. Ich hätte seine Verleumdungen aufgedeckt, hätte den Lumpen entlarvt.«

Penitence zwinkerte bewundernd. »Wie aufschlußreich, das Urteil eines großen Juristen über das Stück zu hören, my Lord.« Wie Aphra gesagt hatte, man konnte nie zu viele Freunde von Sir Georges Stand haben. *Aber ich erinnere mich noch immer nicht an ihn.* Wenn er, wie er ihr erzählte, einmal in die Garderobe gekommen war, als sie die Desdemona gegeben hatte, hatte er keinen großen Eindruck hinterlassen.

Es hieß, daß er, aus bescheidenen Verhältnissen stammend, unglaublich klug war. Vielleicht hatte er erst, nachdem James, dem er sehr ergeben war, den Thron bestiegen hatte, genug Raum bekommen, um seine außergewöhnliche Persönlichkeit zu entfalten. Sein ziemlich unauffälliges, gut durchblutetes Gesicht sprach von seiner Macht, so daß es schwierig war, die Augen davon abzuwenden. Er heizte Aphras heißes, unordentliches Wohnzimmer mit seiner Energie und seiner riesigen, überraschend musikalischen Baßstimme auf. Er war ungefähr vierzig Jahre alt, ein schwerer Trinker und noch immer gierig nach Fleisch – seine Hand berührte ununterbrochen die von Penitence, um sie auf etwas aufmerksam zu machen, aus allen nur erdenklichen Gründen. Es hieß, er sei unglücklich verheiratet.

Trotz seiner hohen Stellung fand er es aufregend, unter Theaterleuten zu sein, vertraut zu sein mit Männern und Frauen, die er bisher nur von der Galerie aus gesehen hatte. Seine vorstehenden blauen Augen schauten sich jedesmal, wenn er gesprochen hatte, nach Reaktionen um. *Er ist ein schlechter Schauspieler.*

Er legte ihre Hand auf seine riesige Brust. »Versprecht mir, daß Ihr die Desdemona für mich spielt, denn sonst muß ich sterben. Betterton hier wird Euer Othello sein, nicht wahr, Tom? Eine Sondervorstellung für den Lord Oberrichter. Tut mir den Gefallen.«

Penitence sah, daß Betterton von der Idee angetan war; seine Bemühungen, *Das Teufelsweib* auf die Bühne zu bringen, wurden durch die Gerüchte von einer bevorstehenden Invasion durch Monmouth behindert. In Zeiten der Unruhe wünschte James, daß sein Publikum bewährte alte Stücke mit patriotischen Themen wie Henry V. zu sehen bekam und nicht neumodische Teufelsweiber.

Jeden Tag gab es Berichte von einer Rebellenflotte, die sich auf dem Texel jenseits des Kanals sammelte, und Penitence hatte sich entschieden, nach Hause zu fahren, wenn aus dem *Teufelsweib* nicht bald etwas wurde. Sollte es wirklich Unruhen geben, wollte sie von den Kindern nicht so weit entfernt sein.

Andererseits wäre es enttäuschend, in den Westen zurückzukehren, ohne wenigstens noch einmal aufgetreten zu sein.

Sie sagte: »Können wir Sir George die Freude machen, Tom? Es ist so selten, daß wir armen Schauspielerinnen auf derselben Seite stehen wie ein Richter.«

Der Lord Oberrichter lachte so dröhnend, daß alle Gläser vibrierten. Betterton nickte.

Es war unvermeidlich, daß sich das Gespräch den neuesten Nachrichten aus den Niederlanden zuwandte. »Zerbrecht Euch nicht die hübschen Köpfe, Ladys«, sagte Sir George und fing wieder Penitence' Hand ein. »Wenn der Schuft landet, werden wir uns zu verteidigen wissen. Wir beobachten den Nordwesten und Schottland. Verräter und alle, die der Regierung unerwünscht sind, werden zusammengetrieben.«

»Den Nordwesten?« Penitence war erleichtert. »Dann wird Monmouth meine jungfräulichen Wälder nicht behelligen?«

»Nein, nein, Ma'am. Lancashire, Cheshire oder Schottland – so lauten unsere Informationen, wenn der Schuft überhaupt kommt. Mistress Hughes' jungfräuliche Wälder sind nicht gefährdet. Wir werden Monmouth fernhalten, aber erlaubt Ihr Eurem Oberrichter, Eure jungfräulichen Wälder zu besuchen, wenn er zum nächsten Gerichtstag in den Südwesten reist?«

»Ihr seid mir immer willkommen, my Lord«, sagte Penitence. Sie fragte sich, ob ihr Vorratskeller einem Besuch von Sir George gewachsen war. Und sie fragte sich, ob sie es wohl sein würde.

Am 11. Juni 1685 landete der Herzog von Monmouth mit einer etwas mehr als achtzig Mann starken Expeditionsstreitkraft im Südwesten, in der Nähe von Lyme Regis in Dorset.

Zwei der wichtigsten Leutnants des Herzogs fielen sofort aus, da der eine den anderen totschoß.

Doch man konnte sich nicht darauf verlassen, daß die Invasoren sich weiterhin gegenseitig ausmerzten. Schon scharten sich Nonkonformisten um das protestantische Banner des Herzogs. König James rief sein stehendes Heer zu den Waffen und alarmierte die Milizen von Dorset, Somerset und Devon.

Penitence wollte umgehend in die Priory zurückkehren, wurde jedoch überredet, davon abzusehen. Der Aufstand fand in Dorset statt, wenn man es überhaupt einen Aufstand nennen konnte. Und selbst wenn er sich über die Grenze von Somerset ausweitete, was konnte der Herzog mit etwas mehr als achtzig Mann schon tun? Bis zur Aufführung des *Othello* waren es nur noch ein paar Tage. Sollte sie den Lord Oberrichter enttäuschen, der als Feind viel gefährlicher war als tausend Monmouths?

Es war nicht leicht, von den Ereignissen in Somerset ein zusammenhängendes Bild zu bekommen; einige Berichte besagten, die ganze Grafschaft erhebe sich, um sich dem Herzog anzuschließen, anderen wiederum konnte man entnehmen, daß sich ihm nur die Unzufriedenen anschlossen und alle anderen ziemlich unbeteiligt blieben. Bedenklich war, daß Penitence seit über einer Woche kein Wort aus der Priory gehört hatte – weder von Dorinda noch von jemand anders.

Als Penitence sich endlich entschloß, nach Hause zu reisen, koste es, was es wolle, bekam sie keinen Platz in der Kutsche. »Alles für Militär- und Amtspersonen reserviert!« schrie sie Aphra an, als sie aus dem Kontor der Flying Coachs zurückkam; als sei es Aphras Schuld. »Monmouths Banner weht über Taunton – *Taunton*, das ist über King's Sedgemoor nur zehn Meeilen von uns entfernt –, und Tausende strömen herbei. Der Bastard requiriert Häuser und Pferde.«

Sie geriet in Panik. Monmouth würde ihr Vieh stehlen. Der Haushalt verhungerte. Er würde das Haus niederbrennen. Sie waren alle tot. Monmouth war ein Mörder, ein Vergewaltiger, brachte kleine Mädchen um. Er …

»Beruhige dich, meine Liebe«, sagte Aphra. »Wir haben von keinen Verletzten gehört, von keinem Möbelstück, das zu Bruch gegangen wäre, es hat nicht einmal eine Schlacht gegeben.« Sie beschwichtigte mit Milchpunsch und gesundem Menschenverstand. »Warum vergißt du es nicht – ja, ich weiß, aber hör zu –, gibst am Samstag die Vorstellung deines Lebens und bittest dann unseren lieben Lord Oberrichter um ein Papierchen, das dich zu einer ›berechtigten Person‹ macht – oder was immer du brauchst. Mach ihm eine Freude, und er wird dir nichts abschlagen.«

Penitence beruhigte sich allmählich. »Aber ich möchte sofort nach Hause.«

»Sei vernünftig, meine Liebe. Es sind nur noch zwei Tage bis dahin, und Monmouth ist doch kein Ungeheuer, das kleine Mädchen frißt. Und selbst wenn er es wäre, an Dorinda käme er nie vorbei. Nein, nein, er marschiert nur durch die Gegend.«

Penitence küßte sie. »Über meine Karden soll er lieber nicht marschieren.«

Alle, die Thomas Bettertons *Othello* mit Peg Hughes als Desdemona sahen, sollten noch ihren Enkelkindern davon erzählen, überzeugt, daß Ähnliches nie wieder zu sehen sein würde.

»Hals- und Beinbruch«, sagte Becky.

»Hals- und Beinbruch.« Tief atmete sie den alten einzigartigen Theatergeruch ein, gleichgültig, ob es der des King's oder des Duke's war, und betrat mit wehendem Umhang die Bühne zum letzten Akt ihrer, wie sie wußte, besten – und letzten – Vorstellung.

Erstens würde sie nie über die Höhen hinauswachsen, die sie an diesem Abend erreicht hatte, denn daß sie so gut gewesen war, hatte sie nur Tom Betterton zu verdanken; er war einzigartig, nie noch hatte sie solche Schauspielkunst erlebt. Zweitens hatte sie nicht den Mut, noch einmal mit einer Brechschale in der Garderobe zu kauern und jedesmal ihr Entsetzen niederzukämpfen, wenn sie aus den Kulissen auf die Bühne trat. Sie konnte nicht zu einem Leben zurückkehren, das einem Boxring glich, und in dem der Sieg über einen Herausforderer nur bedeutete, daß man noch aufrecht stehen und auf den nächsten warten konnte. Sie fühlte Mitleid und Neid und – Dankbarkeit für den neuen Star des Duke's, Elizabeth Barry;

das Mädchen war schön und talentiert, aber sie hatte sich einverstanden erklärt, für diese Vorstellung die Desdemona als zweite Besetzung einzustudieren, und sie gab Penitence das Gefühl, alt zu sein.

Der Garderobenspiegel verhielt sich gegen ihre Jahre rücksichtsvoll; ihre grauen Haare – sofern sie welche hatte – versteckten sich unter den blonden, und ihre Haut war noch faltenlos. Doch das undefinierbare Etwas, das das Alter war, bedeutete, daß sie bald lächerlich aussehen würde, wenn sie eine junge Braut spielte.

Und die Hofschranzen würden mit ihrer Meinung nicht hinter dem Berg halten. Penitence hatte die entsetzliche Anspannung vergessen, der das ohnehin an den Nerven zerrende Leben einer Schauspielerin durch sie ausgesetzt war. Sie waren dagewesen, waren in der Pause in die Garderobe geströmt; eine andere Generation, genauso aggressiv und hartnäckig und flegelhaft – obwohl ganz entschieden weniger geistvoll – wie Charles' Höflinge. Einer hatte sie schon »Tantchen« genannt, als er versuchte an ihrem Strumpfband zu zupfen.

Becky suchte in dem Durcheinander ihren Blick. »Das verklärt die Erinnerungen an Sir Hugh Middleton, nicht wahr?«

Doch was ihr vor allem die Erkenntnis beschert hatte, daß sie keine Schauspielerin mehr war, war ihre Angst nicht nur um ihre Kinder, sondern auch um ihr Haus, ihre Leute, ihr Vieh, denn Monmouths Armee kam immer näher. Sie bot Gott ihre Karriere als Schauspielerin im Tausch gegen ihre Sicherheit und fürchtete, Er werde dieses Angebot nicht akzeptabel finden, weil der Handel zu einseitig zu ihren Gunsten wäre.

Dank der Anwesenheit von Sir George benahmen sich die Gecken während der Vorstellung recht gut. Als sie das Weidenlied sang, herrschte absolute Stille. Nur das Schluchzen des Lord Oberrichters war zu hören.

Am Ende, als Bettertons Hände die ihren in die Höhe hielten, badete sie ein letztes Mal in der strahlenden Liebe des Publikums und sagte schweigend lebewohl.

Sie George weinte noch immer, als er hinter die Bühne kam und war sehr erregt. »Oh, geliebtes Wesen, daß ich Euch doch zum Dinner und ins Paradies entführen dürfte – wenn der König mich nicht ausgerechnet in diesem Augenblick gerufen hätte.«

Er wedelte mit einem Papier, auf dem das königliche Siegel prangte.

Jetzt galt es, schnell zu sein. »Ich fühle mich geschmeichelt, Sir, daß Ihr dennoch bis zum Ende des Stückes geblieben seid. Wenn es Euch gefallen hat, gewährt mir bitte eine Gunst.« Sie beugte sich vor, so daß er mit Muße ihren Brustansatz betrachten konnte. Für Zurückhaltung war jetzt keine Zeit.

»Meine Lenden sind nicht aus Stein, Mistress Hughes.« Er hauchte ihr seinen Weinatem ins Gesicht. »Sie sind sehr lebendig, und Ihr habt sie erbeben lassen. Verlangt von mir, was Ihr wollt.«

Sie erklärte ihm, was sie wollte und beobachtete, wie sich ein berechnender Ausdruck in seine leicht vorstehenden lichtblauen Augen schlich.

Er sagte: »Soll ich Euch verlieren, da ich Euch kaum gefunden habe? Wir können heute abend vielleicht nicht dinnieren, aber es gibt immer ein Morgen.« Er tätschelte ihre bloße Schulter und schien seine heiße Hand dort zu vergessen.

»Nein, meine liebe Lady, es ist für Euch zu gefährlich, nach Hause zu fahren.«

»Ich kann an nichts anderes als an meine Kinder denken, bevor ich sie gesehen habe«, sagte sie warnend. *Mach doch mit deinen verdammten Lenden, was du willst.* Sie schien weich zu werden. »Habt ihr nicht« – sie ließ ihre Lider flattern – »habt Ihr nicht gesagt, Ihr wolltet Euch bald in – eh – meinem jungfräulichen Wald ergehen? Gebt mir einen Passierschein, my Lord, damit ich reisen und mein Haus auf Euer Kommen vorbereiten kann.«

Aus den Augenwinkeln sah sie, wie Betterton, der eben hereingekommen war, mit einem Finger seinen Kragen lockerte, als finde er ihn zu eng. Anne Marshall grinste, Becky hatte die Brauen gehoben, und Elizabeth hörte interessiert zu, um keine Pointe zu verpassen.

Sir George sabberte. »Wenn der König mich beauftragt, die Rebellen zu verurteilen, sobald sie gefangengenommen sind, werde ich wie das Schwert der Verdammnis durch den Südwesten reisen. Werde ich Euch zu meinen Füßen sehen, Madam?«

»Meine Felder werden bereit sein«, flüsterte sie. Über ihr Verhalten schämen konnte sie sich später. *Gib mir einfach den Passierschein.*

Sie bekam ihn. Er gab einem seiner Männer den Auftrag, sein Reisepult zu holen und stellte ihr den Passierschein an Ort und Stelle aus; alle, die es betraf, wurden angewiesen, Mrs. Peg Hugh nach bestem Wissen und Gewissen behilflich zu sein, gezeichnet George Jeffreys, Lord Oberrichter.

Während er das Schreiben versiegelte, rief er: »Monmouth, du wirst es büßen, daß du dich zwischen mich und diese Frau gestellt hast. Dafür allein wird man dir den Bauch aufschlitzen, wenn du endlich vor deinem Richter stehst.«

Becky, die sich gerade abschminkte, hielt dabei inne. »Und wann wird das sein, my Lord?« Es war jetzt Juli. Monmouth marschierte inzwischen seit fast einem Monat beinahe ungehindert durch den Südwesten.

Aber der Lord Oberrichter war gegangen, nachdem er seinen mit Wein parfümierten Speichel auf Penitence' Arm zurückgelassen hatte.

»Tja«, sagte Anne, »und da regt man sich über Straßenräuber auf.«

»Das also ist mit ›*die Pistole auf die Brust setzen*‹ gemeint«, sagte Elizabeth Barry.

»Ich habe diesen Passierschein gebraucht«, verteidigte sich Penitence. Sie bereute ihre Vorstellung jetzt, da sie ihr Ziel erreicht hatte. Nicht zuletzt wegen ihrer Theatralik. Ihr war klar, daß sie dem Mann mehr versprochen hatte, als sie zu zahlen beabsichtigte, doch über die Konsequenzen hatte sie sich hinweggesetzt; er konnte sterben, sie konnte sterben, die Welt konnte untergehen, bevor sie sich wiedersahen.

»Du bist dafür aber auch ganz schön weit gegangen.«

»Hoffen wir, Sir George ist nicht allzu streng mit ihr, wenn sie sich ihm ergibt. Es heißt er hat einen sehr großen Gerichtsbezirk.«

»Ach, haltet den Mund«, sagte Penitence.

Selbst mit der Akkreditierung des Lord Oberrichters wurde die Reise nach Somerset zu einem Alptraum, der eine Woche dauerte. Die Eilkutschen eilten nur bis Salisbury, danach mußte sie mit der Post und mit einem Kaufmann aus Bridgewater fahren, an dessen beleibte Mitte sie sich klammerte; er kehrte aus Schottland zurück, um den Befehl über seine Bürgerwehr zu übernehmen.

In Yeovil wurden die Postpferde nicht gewechselt. Die Regeln des

Postamtes besagten, daß Passagiere sich nach einer halben Stunde selbst ein Pferd mieten konnten, wenn keine Postpferde zur Verfügung standen. Penitence und der Kaufmann aus Bridgewater warteten einen halben Tag im Gasthof, während der Stallknecht sich bei den ortsansässigen Farmern vergeblich nach Pferden erkundigte, denn sie waren nicht bereit, Tiere zu vermieten, die sie vor den requirierenden Agenten des Königs und des Herzogs versteckt hatten. Die Straßen waren auch pferdeleer. Dann machte sich Penitence selbst auf und erwarb von zwei Landfrauen, die zum Markt unterwegs waren, ein Maultier und einen Esel; sie bot ihnen einen Preis, den auszuschlagen sie sich nicht leisten konnten.

Das bedeutete, daß sie sich nicht nur vom größten Teil ihres Gepäcks, sondern auch von dem Kaufmann aus Bridgewater trennen mußte, der das Maultier und eine andere Route als Penitence nach Hause nahm. Er machte sich Sorgen um sie; zwischen ihnen hatte sich eine Kameradschaft entwickelt wie so oft zwischen Reisenden, die tagelang zusammen waren. Als sie ihre Satteltaschen mit ein paar Sachen zum Umziehen packte, klopfte er an ihre Tür und gab ihr – als Entgelt für das Maultier – einen Patronengürtel und eine Steinschloß-Kavalleriepistole und zeigte ihr, wie man damit umging. »Sie ist alt, aber zuverlässig. Ihr könnt mehr als einen Schuß damit abfeuern, ohne zu laden. Und hier wird sie entsichert.«

Er hörte nicht darauf, als Penitence protestierte, sie habe es nicht mehr weit, unterwegs wohnten Freunde von ihr, und sie würde niemanden erschießen wollen, und als sie das letztemal von Monmouths Armee gehört hatte, war sie meilenweit entfernt gewesen und kampierte in der Nähe von Bristol. »Krieg ist gefährlich für Frauen, egal welcher«, sagte er. »Wenn Ihr Monmouth begegnet, erschießt ihn.«

Sie bezahlte dem Stallknecht drei Shillings, damit er sie auf den restlichen zwölf oder dreizehn Meilen nach Hause begleitete und brach am nächsten Julimorgen bei Tagesanbruch auf. Die Kirchenglocken von Yeovil sagten ihr, daß es Sonntag war.

Der Stallknecht ließ sie im Stich, als sie auf der Somerton Road königlicher schwerer Artillerie begegneten; er müsse dem Ruf der Natur folgen, sagte er. Sie wartete eine halbe Stunde, bevor ihr klar wurde, daß er hinter seinem Baum nicht mehr hervorkommen würde. Wütend brach sie auf.

Die Kanonen wurden von Ochsen gezogen und blockierten die Straße; ihren kleinen Esel durchzulavieren wurde noch kniffliger, weil die Männer dauernd seinen Zügel festhielten, um sie von Kopf bis Fuß zu mustern. Sie waren weniger lüstern als unglücklich. Sie vermutete, daß es für den königlichen Kommandeur Feversham, der von der Artillerie und den Bedürfnissen der Artilleriesoldaten keine Ahnung hatte, von Vorteil gewesen wäre, eine Salve in seinen Allerwertesten geschossen zu bekommen, und was hatte eine hübsche Frau wie sie auf dieser Straße zu suchen?

Das Ziel der Truppe war Bridgwater. Die letzten Meldungen des Geheimdienstes besagten, der Feind stehe direkt davor. Penitence war erleichtert. Bridgwater war zwar viel zu nahe für ihren Geschmack, aber wenigstens weiter entfernt als Taunton. Wenn sie Glück hatten, würde die Schlacht – falls es eine Schlacht geben sollte – Athelzoy nicht berühren.

Sobald sie konnte, verließ sie die Hauptstraße mit ihrem Verkehr und den Straßensperren und wich auf die Hügelpfade aus. Sie wurde müde, und Verzweiflung überkam sie. Vogelschreie klangen ihr wie Kinderweinen in den Ohren – es war Ruperta, es war Zänglein. Sie trat dem Esel in die Flanken und ritt weiter, von der sinkenden Sonne geblendet, als sie die Bäume hinter sich ließ, und wußte, daß sie, wenn sie auf die Sonne zuritt, früher oder später ins Tal des Cary kommen mußte; von dort würde sie den Weg leicht nach Hause finden.

Bei allen Cottages und Hütten, an denen sie vorüberkam, waren die Fensterläden geschlossen. Aus den Schornsteinen stieg kein Rauch auf, keine Hühner scharrten in den leeren Höfen. Wenn sie in der Ferne Reiter sah, führte sie den Esel hinter die Bäume und versteckte sich, bis sie vorüber waren.

Der Boden fiel jetzt allmählich ab, und der Esel stolperte. Penitence stieg ab und ging neben ihm her; sie durfte den Weg nicht aus den Augen verlieren, und sie begannen ihr schon vom angestrengten Vorwärtsschauen zu brennen. Als sie die Levels erreichte, hatten sie mit den Uferdämmen der Kanäle, die sich, noch von Gold und Altrosa überhaucht, wie Flecke im Wasser spiegelten, eine dunkle Sepiafarbe angenommen. Endlich und sehr weit entfernt entdeckte sie den Kirchturm von Athelzoy; golden blitzte die Wetterfahne im letzten Sonnenstrahl, und Penitence schluchzte erleichtert auf.

Sie fand einen Pfad, der sie nach Hause bringen würde, wenn auch sehr langsam – seine scheinbar sinnlosen Windungen führten um die sumpfigen Stellen herum, die unter einer nach einem trockenen Sommer dünnen Erdkruste lauerten. Sie konnte die Tücken des Weges im Gras gerade noch ausmachen, doch sie ging vorsichtig. Wenn der Esel in den Sumpf geriet, würde sie ihn nie wieder herausziehen können.

Es prasselte, als brenne jemand trockene Zweige ab, nein, als zünde man weit entfernt ein Feuerwerk. Es verstummte, begann von neuem, wurde lebhafter; ein eifriges, argloses Geräusch – bis ihr klar wurde, daß es sich um Musketenfeuer handelte. Es kam direkt aus dem Norden, doch wenn es in dieser Richtung blinkende Lichter gab, war es schwierig, sie von Sternen zu unterscheiden.

Es war unheimlich – je lauter im Norden gelärmt wurde, um so stiller wurde die Marsch um sie herum. Gewöhnlich hörte man während eines Abendspaziergangs die Frösche quaken, die Rohrdommeln lärmen, und kleine Reptilien huschten durch die Binsen. Jetzt war alles still.

Der Weg schaukelte leicht unter ihren Füßen, sie hörte ein Wimmern und dann ein lautes Krachen. Irgendwo im Norden war eine Kanone abgefeuert worden. Es folgten noch mehr Explosionen, und immer weitere, bis die leichten Erschütterungen unter ihren Fußsohlen nicht mehr aufhörten. Sie hatte Artilleriesalven schon gehört – war dabei gewesen, als die Flotte Rupert mit einundzwanzig Salutschüssen verabschiedete und hatte damals gedacht, daß das Pfeifen der Kugeln das Entsetzen jener ausdrückte, die sie treffen würden, ebenso wie der Schrei einer jagenden Eule das Quieken der Maus vorwegnahm, bevor die Krallen sie zerfleischten.

Blitze erleuchteten jetzt einen Teil des nördlichen Himmels – Flammen, von den dröhnenden Mäulern der Kanonen ausgespien.

Die seit langem erwartete Schlacht zwischen Monmouth und der Armee seines Onkels hatte angefangen.

Hört auf. Hört auf. Ihr seid viel zu nahe bei meinen Kindern. Verdammte Kerle, verschwindet und kämpft woanders.

Was sie verblüffte, war ein bleistiftdünner Streifen Lichts, der vor ihr über ein paar Weiden fiel. Er kam aus der Richtung, in die sie ging. Kein Musketen- und kein Kanonenfeuer, ein regloser Strahl. Dort, wo die Priory sein mußte. Er kam aus der Priory.

Was machen sie denn?

Die drei Fenster des Saales, die ordentlich abgedunkelt sein sollten, waren hell erleuchtet wie ein Triptychon, ein geradezu festliches Willkommen, ein Leuchtturm, eine Botschaft übers Moor: Kommt und kämpft hier, kommt und schändet mich.

Dorinda. Ich bring sie um.

Irgend etwas Schreckliches war passiert. Um ihrer eigenen Sicherheit willen führte sie den Esel über den alten Weg zum Haus, den Weg, der zur Farm der Ridges führte. Das Farmhaus war verschlossen, Hürden, die früher Schweinekoben gewesen waren, lagen umgestürzt herum – in dem schlechten Licht stolperte sie über eine und schürfte sich den Knöchel auf. Soweit sie sehen konnte, war sonst nichts beschädigt, aber die Stille eines Ortes, an dem noch vor kurzem Hühner gegackert und Schweine gegrunzt hatten, machte sie nervös, und sie begann, den Esel mitziehend, zu rennen.

Aus den Fenstern des Saales fiel taghelles Licht auf die Brücke, die über den Burggraben führte, und sie fühlte sich preisgegeben, als sie sie, für jedermann sichtbar, überquerte. Die Hufe des Esels dröhnten auf den Planken laut und hohl. Sie wagte es nicht, zu den zu Schachfiguren zurechtgeschnittenen Eibenbäumen im Ziergarten hinüberzuschauen, denn sie fürchtete, es könnte sich eine bewegen.

Der Hof wirkte im Licht völlig normal. Der große Stein, der als Aufsteigehilfe diente, die Blumenkübel, die bemoosten Steinlöwen, die vor den Stufen kauerten, alles beruhigend. Aber keine Hunde kamen heraus, um sie zu begrüßen. Kein Hausmädchen erschien am Fenster, um der Herrin zuzuwinken, kein Pferdeknecht kam o-beinig durch den Bogen des Stallhofes, um ihr Pferd – ihren Esel in Empfang zu nehmen.

Sie ließ die Zügel los, ließ ihn an der Tränke zurück und holte die Pistole aus der Satteltasche.

Die Eingangstür schwang auf, als sie sie berührte und ging hinter ihr knarrend wieder zu, so daß sie sich blind durch den Flur tasten mußte, bis ihre Augen sich an die Dunkelheit gewöhnt hatten. Hitze kam aus der Küche, und die Flammen der offenen Herdfeuer spiegelten sich in Kupfertöpfen und -pfannen.

Die Mädchen sind tot. Der Haushalt hielt oben im Saal die Totenwache. Die Lichter aus den Fenstern kamen von den Kerzen an ihren

Katafalken. Vor Angst und Müdigkeit schluchzend schleppte sie sich die Treppe hinauf.

Alles Licht in der Halle kam von drei Kandelabern, die auf den Fenstersimsen standen, der übrige Raum lag im Schatten. Das laute Geräusch ihrer polternden Schritte auf der Treppe hallte noch nach und überdeckte eine zweite hastige und verstohlene Bewegung. Penitence lehnte sich mit dem Rücken an die Wand und hob lauschend die Pistole. Sie wollte nicht stillhalten und wackelte in alle Richtungen.

Außer fernem Schlachtenlärm hörte Penitence jetzt nichts mehr. Die Augen zusammenkneifend, ließ sie die Blicke durch den Raum wandern – zu der schwarzen Höhle des offenen Kamins und den Portraits von Rupert an den helleren Wänden. *Er hätte sich in seinem eigenen Haus nicht verkrochen, der Gute.* »Kommt raus!« rief sie, sich in einen künstlichen Zorn hineinsteigernd. »Ich weiß, daß ihr da seid.« Ihre Stimme widerhallte; sie wünschte, sie wäre stumm geblieben.

Jemand tauchte aus dem Kamin auf, kam, sich das Kleid abklopfend, auf sie zu und sagte mit dem weichen Somerset-Akzent: »Nichts habt Ihr gewußt.« Es war Prue Ridge.

Trotz scheinbarer Lässigkeit zitterte das Mädchen; und Penitence ebenfalls. Sie packten sich bei den Händen. »Was ist passiert? Wo sind die Mädchen und Mistress Dorinda?«

Mistress Dorinda hatte offenbar schon vor einer Woche Johannes und Boller die Anweisung gegeben, die beiden Kinder, Annie, Reverend Boreman und Mistress Palmer aus der Gefahrenzone zu den Cartwrights nach Crewkerne zu bringen. Boller war mit der schriftlichen Nachricht zurückgekommen, daß sie dort sicher eingetroffen waren. Am nächsten Tag war er nach Taunton gefahren, um Lebensmittel zu besorgen und war nicht wieder aufgetaucht. Das Personal aus dem Dorf war nach Hause gelaufen, um sein Vieh in den Marschen vor marodierenden Truppen zu verstecken.

Es dauerte einige Zeit, bis Penitence alles erfahren hatte, hauptsächlich deshalb, weil sie sich entspannte, als sie die beiden kleinen Mädchen in Sicherheit wußte und nicht alles mitbekam, was Prue berichtete. Dann wiederum glaubte Prue, Penitence wisse mehr als sie. »Miss Dorinda und Mudge sin' ihn suchen gegangen.«

»Wen? Wen sind sie suchen gegangen? Wo? Wann? Warum?«

»Vor 'ner Minute sin' sie weg.« Prue kannte den Namen der Person nicht, nach der gesucht wurde. »Sie konnt' einfach nich' stillhalten. Scheint, als wär's ihr Mann.«

Was für ein Mann? Wer war wichtig genug gewesen, ihre Freundin und den Bruder des Mädchens in die Marsch zu locken, obwohl sie das Kanonenfeuer gehört hatten?

Das Bombardement war stärker geworden, und das Knattern des Musketenfeuers klang, als brenne die Marsch. Sie ging zu den Fenstern; das Flackern am nördlichen Himmel glich einem Wetterleuchten, das nicht aufhörte. Sie fing an, die Kerzen auszublasen, aber Prue hielt sie zurück. »Ich soll die Lichter brennen lassen, damit er das Haus findet, für den Fall, daß sie ihn nich' treffen.«

»›Ihr Mann‹ ... MacGregor? Du kannst nicht MacGregor meinen?« O Gott, MacGregor war in den Niederlanden gewesen, aber gewiß war er nicht idiotisch genug, sich Monmouths Invasionstruppe anzuschließen.

Prue zuckte mit den Schultern. Aber ja, der Mann, um den es ging, kämpfte in der Schlacht. Sie schlug sich mit der flachen Hand an die Stirn, ihr Gesicht hellte sich auf, und sie fing an, sich den Schuh aufzubinden. *Es war zuviel für sie.* Aber Prue holte einen Brief heraus, den sie unter die Fußsohle geschoben hatte. »Sie hat gesagt, den soll ich Euch geben, wenn Ihr kommt.«

Es war kein Brief von Dorinda an sie, sondern einer von MacGregor an Dorinda, der, um den sie gestritten hatten, als Zoborn ihn aus Taunton mitgebracht hatte. Ganz oben stand: *Auf der Insel Texel.*

Er war sehr kurz, datiert vom 14. Mai, also vor fast anderthalb Monaten. *Liebe Frau,* begann er.

Der Junge ist fest entschlossen: Ich hätte alles seinem ahnungslosen Vater erzählt, überzeugt, daß auch er, wie wir, gewünscht hätte, daß sein Sohn sich aus der Sache mit Monmouth heraushalten soll, aber my Lord Henry King hat die Niederlanden verlassen. Die einzige Vorsichtsmaßnahme, zu der sich der Junge bereiterklärt hat, ist die, sich Hurd zu nennen. Bleib bei seiner Mutter in der Priory, wie ich bei dem Jungen bleiben werde, wenn wir nach England kommen, um ihn zu leiten, so er in Not gerät. Wir sind dem Unternehmen jetzt verpflichtet. Bete, daß der Herr das Streben des Herzogs begünstigt, so daß wir beide, Du und ich, noch in diesem Leben wiedervereint werden, bevor wir im Himmel sind. Doch Sein Wille geschehe. Dein Dich liebender Ehemann, Donal MacGregor.

Eine Sekunde lang verschloß sich ihr Verstand dem Gelesenen, als würde volles Begreifen ihn verbrennen. Der Herzog war der Herzog von Monmouth. Meinte er mit dem ahnungslosen Vater Henry King? Denn wenn er es tat …

»Aber, aber meine Liebe, regt Euch nich' so auf.« Prue Ridge hielt sie mit einer Hand auf einem Stuhl fest, hatte in der anderen eine dünne Wachskerze mit schwelendem Docht und hielt sie ihr unter die Nase.

»M-m-mein-s-ss-sohn«, sagte Penitence. »Ich habe einen S-ssohn.«

»Das war's also.« Prue nickte. »Heißt er zufällig Benedikt? 'n Benedikt hat sie nämlich erwähnt. Un' is' MacGregor sein Pappy?«

Penitence schüttelte den Kopf. Ihre Lippen waren so erstarrt, daß es ihr schwerfiel, Worte zu formen. »Er ist D-Dorindas Ehemann. Sie haben Benedikt sehr gg-gern.« *Mein Sohn, mein Sohn.* Sie wollte aufstehen, doch Prue hielt sie zurück. »Wohin wollt Ihr?«

»Zu meinem Sohn. Er ist mit Mon-monmouth gekommen. Er ist dort draußen.«

»Isser – er und noch tausend andre. Ihr findet ihn nie.«

»Und Dorinda auch nicht.«

»Vielleicht nich'«, sagte Prue ehrlich, aber sie hat ein – ein Rendezvous ausgemacht, wie sie's genannt hat. Mudge hat ihr erklärt, sie soll ihrem Mann sagen, wenn er sich im Moor verirrt, muß er auf die Westseite von den Poldens zuhalten und sich dann nach Süden wenden. Dorthin sind sie gegangen, schätz' ich.«

Penitence preßte die Fingerknöchel in die Wangen. Sie versuchte das Chaos einer Schlacht zu begreifen, konnte aber nur den geliebten Körper ihres Sohnes zwischen diesen flackernden Lichtern sehen und wußte, daß er den Weg in die Priory nur über tausend Hindernisse finden konnte – und eines davon war der Tod. »Es ist hoffnungslos.«

Prue schüttelte den Kopf. »Mudge ist bei ihr.«

Penitence klammerte sich an den Glauben des Mädchens, denn nichts anderes konnte sie ihrer Hoffnungslosigkeit entgegensetzen. Sie baute auf den hauchdünnen Optimismus: »Und Dorinda war vernünftig.« Denn wenn man sich im Moor verirrte, konnte man immer die Poldens sehen – keine besonders hohen Hügel, wenn man einen normalen Maßstab anlegte, aber in dieser flachen Landschaft ragten sie wie ein Bergzug aus der Ebene – und wenn man sich auf der Westseite der Poldens nach Süden wandte, mußte man schon sehr viel Pech haben, um nicht nach einer Weile das Licht aus den Fenstern der Priory zu sehen.

Sie stand auf. Sich zu beschäftigen, würde ihr vielleicht helfen, nicht den Verstand zu verlieren. »Wir werden Verbände vorbereiten, »und etwas zu essen. Und du erzählst mir inzwischen alles.«

Sie versuchte sich zu konzentrieren, um nicht an die Schlacht denken zu müssen; dennoch verlor sie immer wieder den Faden. Dann jedoch konnte sie zwischen den Ereignissen und Persönlichkeiten einen gewissen zeitlichen Zusammenhang herstellen.

Vor drei Wochen hatten sich praktisch alle Einwohner von Athelzoy und den anderen Marschdörfern aufgemacht und waren über den Damm die zehn Meilen nach Taunton gewandert, um sich diesen Sohn von Charles II. anzusehen, der gekommen war, seinen papistischen Onkel herauszufordern und auf dem Marktplatz den Standard der protestantischen Rebellion beim Volk zu heben.

Es war schwierig gewesen, einen Blick auf ihn zu erhaschen, hatte Prue gesagt, so groß war die Menge, die von überallher zusammengeströmt war. In Purpur gekleidet, mit einem silbernen Stern auf der Brust, wurde er von Menschen belagert, die ihm die Hand küssen wollten und riefen: »Ein Monmouth! Ein Monmouth! Die protestantische Religion!« Prue hatte sich seine »Deklaration« angehört, die von Marktschreiern laut vorgelesen wurde. Sie hatte ein paar interessante Punkte enthalten: Zum Beispiel beschuldigte der Herzog King James, London niedergebrannt und König Charles ermordet zu haben. Aber es war eine sehr lange Deklaration, und als Prue einen der in der Nähe stehenden Männer gefragt hatte, was das alles bedeutete, sagte er: »Wir sind gekommen, um die Papisten zu bekämpfen«, was der Herzog nicht so unmißverständlich ausgedrückt hatte.

Dann hatten siebenundzwanzig Mädchen von der Stadtschule – »die kleine Rachel Yeo war auch dabei«, sagte Prue stolz – einen hübschen Festzug gebildet und dem Herzog eine Flagge überreicht, die sie selbst genäht hatten.

Aus der ganzen Grafschaft waren die Männer gekommen, um sich anwerben zu lassen. So viele, sagte Prue, daß sie geglaubt habe, die ganze Welt sei für Monmouth. »Fünf- bis sechstausend Mann und tausend Pferde, erzählt man sich.«

Aber am nächsten Sonntag war der Friedensrichter Sir Ostyn Edwards herübergeritten, um der Kirchengemeinde von Athelzoy zu sagen, sie dürfe den Herzog weder mit Männern noch mit Lebensmitteln unterstützen. »... und wenn wir es täten, wär's Verrat an unserem rechtmäßigen König. Niemand von Adel kämpft auf der Seite des Herzogs, und wir täten es auch nich' dürfen. Aber als er weg war, kommt Master Hughes zum Dorfkreuz und sagt, die gute alte Sache von Gott und von der Religion, die tot gewesen wär', is' wieder aufgestanden. Und wer kümmert sich schon um das, was der Adel macht.«

Martin Hughes. Benedikt und Martin Hughes. Wie merkwürdig, daß zwei einander so unähnliche Verwandte auf derselben Seite standen – der fanatische alte Mann aus Überzeugung, doch was konnte den jungen dazu gebracht haben, sich Monmouth anzuschließen? Romantik, natürlich. Sie hörte Dudleys Stimme sagen, daß Benedikt um jeden Preis zur Armee gehen wollte, egal zu welcher.

Ihr Sohn würde fast begrüßen, daß die Sache, für die er kämpfte, verloren war, wenn er nur für sie kämpfte; er würde sich als zweiter Rupert sehen. O *Benedikt, warum hast du es mir nicht gesagt?*

Sie ging zum Fenster, stützte sich auf das Sims und fühlte, wie es unter der Erschütterung der Kanonenschüsse bebte. *Hier war ich schon einmal.* Vor langer Zeit hatte sie, genauso hilflos, an diesem Fenster gestanden. Damals wie heute hatte sie Dorinda ihren Sohn anvertrauen müssen. *Ich dachte, ich hätte mich verändert, und sie sei dieselbe geblieben. Aber ich bin nur reich geworden, mehr habe ich nicht getan. Ich habe nicht aufgepaßt.* Es war Dorinda, die auf die Menschen geachtet hatte, die ihr etwas bedeuteten, sie jedoch war zu beschäftigt gewesen – wie Dorinda gesagt hatte – um herauszufinden, was sie empfanden.

MacGregors Brief an Dorinda hatte eine Tiefe in ihrer Ehe aufgezeigt, die Penitence nie vermutet hätte. Es war Dorinda, die durch MacGregors häufige Besuche bei den radikalen Exilanten in Holland mit Benedikt enger in Verbindung geblieben war als sie selbst. Dorinda hatte gewußt, daß ihr Sohn beabsichtigte, mit Monmouth zu kämpfen, Dorinda, die versucht hatte, ihn davon abzubringen.

Ein Nachtfalter, von einer Kerzenflamme versengt, flatterte auf Penitence' Handrücken, und sie starrte ihn an. *Ich weiß nicht, was tun. Ich weiß nicht einmal, was ich mit diesem Falter tun soll.* Er rutschte ihr von der Hand und fiel auf den Boden. Sie wandte sich ab.

Zusammen zerrissen sie ein altes Bettlaken, um Bandagen daraus zu machen, und bereiteten Suppe vor. Prue war sehr stolz darauf, daß es Mudge und ihr gelungen war, so viel von der Ernte beiseite zu bringen und vor den »alten Strandräubern« zu verstecken, wie sie die Armeeangehörigen nannte, die zum Requirieren gekommen waren. Sie beklagte sich über James' Männer, die das Gebiet okkupiert hatten, als der Herzog nach Bristol abgezogen war; sie hatten sich nicht gerade beliebt gemacht, hatten gefordert und sich dann die Vorräte gewaltsam genommen. Die Quartiermeister des Herzogs hatten keine Lebensmittel requirieren müssen; man hatte ihnen ganze Wagenladungen gebracht, Schaf-, Ziegen- und Rinderherden – eine Gabe der einfachen Leuten von Somerset für ihren protestantischen Befreier.

Sie hatte geglaubt zu wissen, was ihr Dorf tat und dachte, vermutete jedoch, daß Prues weitschweifige Rede verbergen sollte, wie viele seiner Männer sich Monmouth angeschlossen hatten oder ganz gewiß mit ihm sympathisierten. *Ich habe nicht darauf geachtet.*

Die Kerzen in den Fenstern waren fast erloschen, und sie ersetzten sie durch neue. Die brannten in der schweren Luft, ohne zu flackern, aber die Flammen zitterten. Der Geschützlärm wurde lauter, und es kam Penitence so vor, als könne sie aus dem Spektakel Trommeln und Trompeten heraushören.

»Wie weit entfernt ist es, was glaubst du?«

Prue kam zu ihr. »Fünf Meilen. Sechs. Ich schätze, es kommt aus der Gegend von Chedzoy.« Zum erstenmal verlor sie die Beherrschung. »Wenn du getötet wirst, Barnabas Turvey, dann komm ja nicht zu mir, um mir was vorzuheulen.«

»Barnabas?«

»Nonkonformist aus Chedzoy«, jammerte Prue, »und'n Riesentölpel. Konnt's nich' abwarten, bis Monmouth nach Taunton kam, o nein. Muß seinen kleinen sauberen Hof in Chedzoy im Stich lassen und bis Chard laufen, um sich anwerben zu lassen.«

»Hübscher Junge?« Penitence legte dem Mädchen den Arm um die Schultern.

»Hab' schon häßlichere gesehn«, sagte Prue schluchzend. »Warum machen die sowas, Leddyschaft? Sagt es mir.«

»Ich weiß es nicht.« Junge Männer, vielleicht Benedikt, vielleicht Barnabas, ließen sich die Glieder abreißen. Weizenfelder wurden niedergetrampelt und mit Blut getränkt. Alle Dinge, die gut waren und gediehen, wurden zermalmt, weil einer dachte, seine Religion sei besser als die des anderen. *So habe ich auch einmal gedacht.* Und dann war sie ihrer Ladyschaft begegnet, hatte Dorinda und das Cock-and-Pie kennengelernt und festgestellt, daß es im Grunde nicht wichtig war, was man glaubte, solange man keine Menschen verletzte und das Korn wachsen ließ. *Hört auf. Hört auf.*

Es war ihr nicht möglich, sich stillzuhalten. Sie ging hinaus, führte den Esel in den Farmhof, fütterte ihn und stellte ihn in den Stall. Sie ging die Zufahrt hinunter zum Tor, betrachtete die dunklen Reihen der jungen Kastanien, die eines Tages eine Allee bilden würden, aber sie nahm sie nicht wahr.

Sie stand da und wandte sich von den Blitzen ab, damit ihre Augen nicht geblendet wurden, zwischen dem dunkleren und dem helleren Schwarz des nahen Moorlandes unterscheiden konnten, und versuchte durch das Sperrfeuer vertraute Geräusche zu erlauschen. Der Mond ging auf; sie konnte die Silhouette der Poldens sehen, die sich vom Himmel abhoben. *Geh auf sie zu. Komm nach Hause, und sei in Sicherheit.*

Sie ertrug es nicht, noch länger hinauszuschauen, machte kehrt und ging langsam ins Haus zurück.

3. Kapitel

Die Nacht war so lang, daß Penitence immer wieder Ruperts Chronometer hervorholte und schüttelte, weil sie glaubte, er sei stehengeblieben – bis er tatsächlich nicht mehr ging. Sie schlief ein, wachte auf und stellte fest, daß sie den Chronometer an die Brust preßte. Prue stand noch immer am Fenster. »Ladyschaft.«

Penitence ging zu ihr und blieb neben ihr stehen. Die Artillerie hatte aufgehört zu schießen, doch das Musketenfeuer war jetzt breiter gestreut. Und der Himmel hatte sich verändert, verlor allmählich sein tiefstes Schwarz. »Es wird schon Morgen.«

Sie traten hinaus in die erwartungsvolle Luft der Dämmerung eines Julimorgens, überquerten den Burggraben und gingen zum Tor hinunter. Das Musketenfeuer war jetzt viel näher, und ab und zu konnten sie die winzigen Blitze aus den Mündungen der Musketen sehen. Der erste Schrei, den sie hörten, schien von einer Eule zu kommen, doch dann dauerte er zu lange. Es folgten andere, Rufe und gurgelndes Plätschern aus unterschiedlichen Entfernungen, mühelos überwanden sie das flache Land.

Korditgeruch würzte die Luft, die heller wurde, bis die Landschaft sich enthüllte, als wäre sie in Milch getaucht; weiß über dem Boden, wo der Nebel dicht war und dann in immer durchsichtigeren Abstufungen, so daß die obersten Äste der Weiden und Erlen aussahen wie eine zwischen muselindünnem Dunst kunstvoll arrangierte Szenerie. Der Tag versprach schön zu werden.

Das spitze Kik-kik-kik einer Wasserralle im Ried weckte die Landvögel in den Bäumen der Priory. Eine Weihe begann ihre Jagdgründe zu erkunden und wartete darauf, daß der Nebel aufklarte.

Mit dem Vogelgesang kamen die abgerissenen Rufe von Männern, noch immer weit entfernt – Flüche, unverkennbar in Panik ausgestoßen.

»Wo sind sie?« Es war, als säße man auf einem Berggipfel fest und versuchte die tiefer hängenden Wolken zu durchdringen.

»Sie gehen in Richtung des Scaup-Kanals«, sagte Prue. Sie konnten die Männer nicht sehen, nur das Wabern des Nebels, durch den sie rannten. Was sie sehen konnten, waren die Reiter, die hinter ihnen her waren, denn unheimlicherweise, beinahe lächerlich, waren die Hüte der Reiter das einzig Sichtbare. Ungefähr zehn Hüte, die meisten braun, einer schwarz mit einer langen Feder, ritten im Zickzack durch die Marsch wie Jagdhunde. Einmal tauchte ein Säbel aus dem Nebel auf, schimmerte in der Morgensonne und fuhr dann wie ein Blitz nach unten. Es folgte ein Schrei.

Unter Tränen kichernd, sagte Prue: »Wer ist wer?«

»Das ist egal.« Wichtig war nur, daß die versteckten Füchse den furchtbaren Jagdhunden entkamen. Selbst wenn Benedikt unter einem dieser Hüte steckte, betete sie darum, daß die Männer, die er jagte, entkommen konnten.

Der Nebel klarte allmählich auf, und der Uferdamm des Kanals war hoch, so daß sie die rennenden Männer sehen konnten, die den Damm überquerten und auf der anderen Seite in einen Nebelgraben fielen. »So viele.« Etwa zwanzig mußten es sein. Sie waren zu weit entfernt, und man konnte die Gesichter nicht erkennen, wofür Penitence immer dankbar war, aber man sah ihre Angst. Einer versuchte nicht, über den Damm zu entkommen, sondern lief daran entlang, und ein Kavalleriesoldat beugte sich auf seinem unsichtbaren Pferd tief hinunter, bis sein Säbel mit einem wunderschönen Streich der Linie seines Galopps folgte. Sie sahen auch, daß er zurücktrabte.

Die Kavalleristen stiegen ab und kletterten auf den Damm.

Sie hatten jetzt Pistolen in den Händen.

»O nein«, sagte Prue. »Es ist zu tief.« Die Männer im Kanal würden vom Schlamm hinuntergezogen werden, würden versuchen herauszuklettern, abrutschen, sich festklammern. Sie begann auf und ab zu springen und schrie: »Laßt sie in Ruh'!«

»Das tun sie nie.« Doch sie waren ohnehin zu weit weg, um Prues dünne Stimme zu hören. Dennoch machte Penitence mit, winkte mit den Armen, schrie, denn wenn es auch sinnlos war, es ging ihr auch gegen die Natur, nicht zu protestieren.

Die Kavalleriesoldaten benutzten die Männer im Graben zu Übungszwecken als Schießscheiben. Sie bildeten ein elegantes Fries auf dem Uferdamm, jetzt in der Sonne, die den Dunst weggebrannt hatte, perfekt herausgearbeitet; sie zielten und machten sich ein- oder zweimal gegenseitig auf einen Flüchtenden aufmerksam.

Als sie anfingen zu schießen, zog Penitence Prue weg.

Sie wagten sich erst wieder zum Tor hinaus, als nicht mehr gefeuert wurde. Wenn die königliche Armee die Schlacht gewonnen hatte, konnten zwei der Männer im Graben Benedikt und MacGregor sein. Wer immer gesiegt hatte, vielleicht war irgend jemand unten im Kanal noch am Leben.

Aber obwohl die Kavalleriesoldaten verschwunden waren, herrschte auf den Levels noch lebhaftes Treiben, und sie trauten sich nicht weiter vor. Hier und da sahen sie auf den Dämmen kleinere Trupps zu Pferde. Ab und zu stiegen sie ab und mähten mit ihren Säbeln büschelweise das Riedgras um. Jede Hütte und jede Heumiete in den Marschen brannte. Einmal sahen die beiden Frauen eine Reihe von Männern, die mit Stricken um den Hals über den Damm nach Norden, in Richtung Taunton getrieben wurden. *Wenigstens machen sie Gefangene. Aber wer nimmt wen gefangen?*

Der Vormittag verging, während sie herumtrödelten und bis zum Nachmittag nichts taten. »Ich halte es nicht mehr aus. Ich sattle mir den verdammten Esel und reite zu Ostyn hinüber. Ich muß wissen, was vorgeht.«

Zusammen gingen sie zur Farm, während Prue protestierte, es sei zu gefährlich, jetzt zu reiten. Dann sagte sie: »Hinter uns is' jemand.«

Sie hatten den alten Weg zur Farm genommen, nicht die neue Zufahrt. Hinter ihnen verschwanden die tiefen, mit Kuhmist und Laubschatten gesprenkelten Furchen des Weges hinter einer Kurve. Penitence lauschte und hörte einen losgetretenen Stein wegrollen. »Schnell unter die Bäume.«

Aber um die Kurve herum kam Mudge mit einer Gestalt über den Schultern. Das dunkle Haar hing ihr ins Gesicht, so daß man es nicht erkennen konnte, und auf Mudges Jacke floß Blut, aber Penitence wußte, wer es war. Sie lief auf Mudge zu. »Danke, Mudge. O Mudge, o Mudge, ich danke dir.«

Sie hielt ihrem Sohn den Kopf, als Mudge ihn mitten auf den Weg legte. »Ist er in Ordnung?« Sie sah, daß er es nicht war. In einem Stück Spitze, das man ihm um die Stirn gebunden hatte, erkannte sie den Saum von Dorindas Unterrock; der Stoff hatte sich verschoben, und Blut sickerte Benedikt aus einer Wunde am Hinterkopf. Seine Haut war gelblich-weiß.

»Er wird nicht sterben.« Mudge richtete sich auf und preßte die Hände auf seinen Rücken. »Aber ganz schön schwer ist er.«

»Wo hast du ihn gefunden? Ist Dorinda bei dir? Wo ist MacGregor?«

»Das reinste Wunder war's.« Mudge wandte sich an seine Schwester. »Die Männer des Königs war'n überall, aber MacGregor hatte ihn in einen Graben am Yancy Hill gebracht. Miss Dorinda war nicht begeistert, daß wir so weit laufen mußten. ›Ich hab' dir gesagt, weiter südlich, du Narr‹, sagt sie zu ihr'm Mann und küßt ihn, und er grinst, und dann wird er ohnmächtig. Hat gebrochene Rippen, schätze ich.«

»Wer hat gesiegt, Mudge?« Eine dumme Frage. Wäre es Monmouth, hätten MacGregor und Benedikt auf dem Schlachtfeld bleiben und auf die Verwundetenkarren warten können, anstatt sich in einen Graben in den Poldenhügeln zu schleppen.

»Der Teufel«, antwortete Mudge. Er küßte seine Schwester. »Könnt ihr den Jungen von hier wegbringen? Ich muß zurück, bevor die Patrouillen die andern zwei erwischen, Miss Dorinda schafft's nich' allein.«

»Sei vorsichtig, Mudge. Danke, Mudge.«

Penitence sah ihm nicht nach und erlaubte es auch Prue nicht, sondern rief ihr zu, sich Benedikts Arm um die Schultern zu legen und ihr zu helfen, ihn ins Haus zu bringen. Er war völlig bewußtlos und sein Gewicht erschreckend; er war gewachsen. Die Spitzen seiner Stiefel zogen Wellenlinien in den Staub des Weges. Nachdem sie die Brücke des Burggrabens hinter sich hatten, mußten die Frauen sich ausruhen und legten ihn auf die Bank im Durchgang des Torhauses.

Sie waren in der Mitte des Hofes, als sie auf der Zufahrt Hufgetrappel hörten. Prue begann zur Haustür zu ziehen. Penitence jedoch zog nach links. »Hier hinein, hier hinein.« Die Tür des Nordflügels war am nächsten und stand offen. Unter ihrer Last gebeugt, fielen sie beinahe über die Schwelle, und Penitence stieß die Tür mit dem Fuß zu.

»Hinauf, schnell, schnell.« Wer es auch war, sie würden zuerst ins Haupthaus eindringen, durch die eindruckvollste Tür, die sie als erste sahen, wenn sie in den Hof kamen. Sie hielt jetzt die Hände ihres Sohnes und zog von oben, während Prue von unten schob.

Benedikts Stiefel holperten mit einem lauten Klicken über jede Stufe, aber der Lärm der Pferdehufe im Hof schluckte das Geräusch – wer immer es war, es waren viele. Ihre Schlafzimmertür war nur noch etwa einen Yard entfernt. Die Treppe war schmal, aber zum Glück stark poliert.

Die Männer waren jetzt im Haus. Sogar hier hörte sie Schritte und Sporenklirren im unteren Flur und jemanden »im Namen des Königs« rufen.

»Geh außen herum«, sagte sie keuchend zu Prue. »Geh durch den Flur zum Saal, damit sie nicht merken, daß du von hier kommst. Halt sie dort fest. Biete ihnen Ale an.«

»Das haben die Strandräuber letzte Woche gestohlen.« Prue ließ Benedikts Beine los und quetschte sich an ihm vorbei, die Treppe hinauf zu dem sich windenden Gang, der plötzlich abbog und zwischen Saal und Solar zur Haupttreppe führte.

»Biete ihnen irgend etwas an. Ich komme in einer Minute nach.«

»Sie werden unters Bett schauen«, warnte Prue.

Aber nicht dahinter. »Geh, um Himmels willen, bevor sie heraufkommen.«

Wie sie es schaffte, wußte sie hinterher nicht mehr. Später humpelte sie, weil sie ein Gewicht auf ihr Bett bugsiert hatte, das anderthalbmal so groß wie ihr eigenes, durch die Öffnung in der Täfelung geklettert war und den Körper nachgezogen hatte. Doch als sie es tat, merkte sie den Schmerz nicht. Sie mußte es ohnehin tun und hatte keine Zeit an die Wunde des Jungen zu denken. Vor ihrem geistigen Auge erschienen die Gestalten, die – ein elegantes Fries – vom Uferdamm eines Kanals auf Männer einhieben und schossen, die sich unten verzweifelt zu verbergen suchten. *Sie werden ihn erschießen.* Heftig zerrte sie an ihrem Sohn, wütend auf ihn, bereit, für ihn zu töten, bis seine Beine über das Sims scharrten, und sie beide rücklings auf den Boden des Geheimzimmers fielen.

Keine Zeit, dafür zu sorgen, daß er es bequem hatte. Sogar über ihren keuchenden Atem hinweg hörte sie im Korridor Stiefel auf ihr Schlafzimmer zukommen und Prues zungenfertige Proteste. »Ihre Ladyschaft schläft.«

Penitence kroch durch das helle Rechteck im Kopfteil des Bettes zurück, drehte sich herum und schloß das Paneel. Sie hörte es klicken, sie stieg vom Bett, die Schlafzimmertür flog auf – alles gleichzeitig.

Sie klopfte und zupfte an ihrem Kleid und sich selbst herum, und der Mann, der hereinkam, sah es. *Doch das ist schon in Ordnung. Wäre ich eben aufgewacht, würde ich dasselbe tun.* Es war die Reaktion einer Schauspielerin: Die Person, die ich spiele, würde es tun. Sie wußte, daß sie vor diesem Mann erstklassige Schauspielkunst zeigen mußte.

Er hatte sehr helles Haar, war etwas über Dreißig, sah nicht schlecht aus und glaubte an nichts; nicht daran, daß die Erde sich um die Sonne drehte, nicht an Gott, nicht an Unglauben. In dem Moment, in dem Penitence Nevis ins Auge faßte, wußte sie, daß er in einem Vakuum lebte.

»Major Peter Nevis, Mistress.« Er ließ die Augen durch das Zimmer schweifen, bevor er sie ansah. »Durchsucht es.«

So genau paßten die letzten Worte zum Ton seines Grußes, daß sie dachte, er richte sie an sie, doch kaum hatte er sie ausgesprochen, stürmten zwei Soldaten herein, stießen sie beiseite, öffneten ihren Kleiderschrank mit einem Fußtritt, rissen Bilder von der Wand, warfen ihren Spiegel um und schütteten den Inhalt ihrer Parfumfläschchen und Puderdosen aus. Während der eine die Bettvorhänge mit dem Schwert aufschlitzte, tauchte der andere unters Bett, kam mit dem Nachttopf wieder hervor, schüttelte ihn über dem Boden und schleuderte ihn dann, als sei er enttäuscht, daß er leer war, an die Wand, wo er zerbrach.

Sie blieb ruhig. *Würde die Person, die ich spiele, ruhig bleiben?* Sie würde es müssen, sie selbst zitterte zu heftig vor Erleichterung, daß es ihr gelungen war, Benedikt zu verstecken; sie konnte einfach keinen Zorn vortäuschen. Diese »Durchsuchung« artete jedoch zu sehr in Zerstörung aus – wer würde etwas in einem Parfumfläschchen verstecken –, um ihr angst zu machen. Und so viel wußte sie bereits: Wenn sie vor Major Peter Nevis Angst zeigte, würde er mehr verlangen.

Statt dessen fragte sie mit Würde: »Und warum geschieht das?«

»Ratet einmal.« Mit der Schwertspitze warf er lässig ihre Roben aus dem Kleiderschrank, ohne sie anzusehen. Seine Augen waren auf das Bett gerichtet.

»Ich nehme an, weil Ihr ein Rüpel seid, Sir.«

»Nicht schlecht geraten.« Er schob sich seitlich an ihr vorbei zum Bett, setzte sich breitbeinig, das Schwert, mit der Spitze auf den Boden zeigend, zwischen den Knien, die Hände auf dem Knauf gekreuzt. »Ich vermute, daß Ihr jemanden versteckt, Mistress ...« Fragend hob er eine Braue.

»Hughes.«

»Mistress Hughes. Ich weiß sogar, daß Ihr es tut. Man hat einen Mann gesehen, der einen anderen aus der Marsch diese Steigung heraufschleppte.«

Ist das alles? Ihre wahnwitzige Angst nahm ab. »O ja«, sagte sie, »das ist natürlich ein Beweis. Er könnte nicht zufällig ins Dorf gegangen sein, in die Kirche, zur Farm, er muß hierhergekommen sein. Was für ein idiotischer Kerl seid Ihr doch.« Spiel die große Dame, die Royalistin, er soll sich schämen, daß er mich – *mich* – verdächtigt hat, einen Rebellen zu verstecken.

»Ja«, sagte Major Nevis, »das muß er. Wißt Ihr, Mistress Hughes, ich habe einen ausgezeichneten Instinkt. Die Araber haben immer gesagt, ich hätte ein drittes Ohr. Vielleicht deshalb, weil ich ihnen so viele abgeschnitten habe, natürlich, aber ich bilde mir gern ein, daß ich Dinge höre, die die Menschen nicht sagen.«

Seine linke Hand tastete unter die zerdrückten Bettlaken. »Zum Beispiel, das erste, was mir Eure Abigail nicht gesagt hat, als sie uns in der Halle traf, war, daß sie etwas zu verbergen hatte. Jetzt sagt Ihr mir nicht, daß Ihr niemanden versteckt.«

Er hatte tatsächlich einen ausgezeichneten Instinkt, aber er war nicht sicher. *Und ich bin Schauspielerin.* Sie fühlte, wie er im Geist ihre Standhaftigkeit prüfte, nach einer Schwäche suchte und verwirrt war, weil er keine fand. Zeit, die großen Geschütze aufzufahren. »Junge«, sagte sie, »Ihr werdet diesen Unsinn bedauern, wenn ich dem Lord Oberrichter Jeffreys davon berichte.«

»Und berichtet es auch gleich dem König, wenn Ihr schon dabei seid, Mistress.«

»Das könnte ich«, sagte sie. »Ich kenne auch ihn.«

Er zog die Hand unter dem Bettlaken hervor und schnupperte daran. »Dann könnt Ihr dem König auch gleich erzählen, warum frisches Blut in Eurem Bett ist.«

Ihre Zehen verkrampften sich vor Anstrengung, jetzt keinen Schreck zu zeigen. Sie hatte Benedikt zum Bett gezerrt und hatte ihn hinaufgehievt, so daß sein Kopf und sein Oberkörper auf dem Bett gelegen hatten, während sie das Paneel öffnete. *Da ist das Blut auf die Laken gekommen;* danach hatte sie das Kissen über die beiden Simse gelegt und ihn durch die Öffnung gezogen. Er hatte auch auf das Kissen geblutet, doch Gott sei Dank hatte sie es ihm schnell unter den Kopf geschoben.

»Ihr demütigt mich, Major, wenn Ihr mich zwingt zu erklären, was einer Frau jeden Monat zu einer bestimmten Zeit passiert.« Sie hätte rot werden müssen, doch ihr Gesicht war blutleer. Vielleicht beschämte ihn das.

Es beschämte ihn nicht. Er nickte – nicht überzeugt, eher wie ein Gegner, der einen Hieb einstecken mußte. Sie straffte sich. Er war imstande, sie zu zwingen, daß sie sich auszog, um sich zu überzeugen, daß sie tatsächlich menstruierte.

Langsam, wie bei einer Marionette, begann sich sein Kopf nach links zu drehen, als zwinge ihn etwas dazu, das Kopfende des Bettes zu betrachten. Er hob sein Schwert und begann lässig mit der Spitze in den Schnitzereien zu stochern. Penitence stand wie erstarrt, unfähig zu denken, sah nur zu, wie sich die Schwertspitze ins Auge eines Hasen bohrte, dann zur Nase eines Dachshundes schnellte, Adam in den Nabel stach – und wartete auf das Unvermeidliche: daß sie Evas Brustwarze traf.

Von der Tür her hörte man eine heftige Auseinandersetzung; jemand schrie etwas, der Leutnant von Nevis schrie zurück. Sie hörte das Wort »verwundet«. *Schenk ihnen deine Aufmerksamkeit, nicht Eva.* Der Mann hatte innere Kräfte, doch vielleicht konnte sie die mit Hilfe ihres Willens auf etwas anderes lenken. *Fort von Eva. Fort von meinem Sohn.*

Er sah sie an. »Ich werde ihn finden, Mistress Hughes. Wo er auch ist, ich finde ihn.«

Und sie glaubte ihm.

»Bringt sie hinunter.« Er stand auf, ging zur Tür hinaus, und die Soldaten packten Penitence' Arme und marschierten mit ihr hinter ihm her.

Im Hof hing über dem überwölbten Torweg des Torhauses eine Fahne mit dem Osterlamm. Zwei Pferde kamen eben herein, der Karren, den sie zogen, holperte noch über die Brücke. Vor dem Karren schritt, die Faust gegen Major Nevis schüttelnd, Sir Ostyn Edwards in der rotgelben Uniform der Devon- und Somerset-Miliz. »Ich lasse die Verwundeten nicht länger in der verdammten Marsch liegen. Von Fliegen gepeinigt, die armen Kerle. Sie brauchen frisches Wasser und brave Frauen, die sie pflegen.« Er wandte sich an Penitence: »Stimmt das nicht, Mistress Hughes? Frisches Wasser und brave Frauen.«

Sie hätte ihn küssen mögen. »Bringt sie nur her, Sir Ostyn.«

Beschwichtigt wies der Friedensrichter die rotgelb uniformierten Soldaten mit Gesten an, die Männer von den beiden Karren zu heben, und brummte währenddessen, für Penitence und die Welt im allgemeinen bestimmt: »›Wartet‹, sagt er. ›In diesem Haus sind Rebellen‹, sagt er. ›Vielleicht Monmouth selbst‹, sagt er. »Wartet, bis ich einen aufgestöbert habe', sagt er.« Als er sich Major Nevis zuwandte, sah er aus wie ein schreiend bunter Bantamhahn. »Und ich habe Euch erklärt, Mistress Hughes war eine gute Freundin von Prinz Rupert selbst, und Monmouth oder seine Rebellen würde sie genausowenig verstecken wie meinen Arsch.«

Major Nevis sah seinen Stellvertreter an. »Niemand betritt dieses Haus, bevor Ihr es nicht gründlich durchsucht habt, Leutnant. Und hinterher dürfen die Leute nur hinein, wenn Ihr oder Canto sie begleitet.«

»Ja, Sir.« Nevis' Stellvertreter hatte langes schwarzes Haar, olivfarbene Haut und trug einen Ohrring, aber er sah tüchtig aus. *Zu allem fähig,* dachte Penitence.

»Ich komme wieder.« Major Nevis schwang sich in den Sattel und verließ mit seiner berittenen Truppe den Hof. Sir Ostyn hatte er nicht eigentlich ignoriert, er schien sich seiner Existenz gar nicht bewußt.

Der Friedensrichter schüttelte wieder die Faust hinter ihm her. »Ich schreibe dem König, das ist sicher. Nur weil wir Milizen sind, heißt das nicht, daß man uns so behandeln darf.« Er gab Penitence einen leichten Rippenstoß und wiederholte: »Nur weil wir Milizen sind.«

Doch Penitence beobachtete den Major, der im Vorbeireiten grüßend den Hut vor der Fahne schwenkte, die über dem Torhaus hing; das heißt, eigentlich beobachtete sie seine Kopfbedeckung. Sie war schwarz, mit einer langen Feder und war ihr schon unter jenen aufgefallen, die im Morgennebel auf Menschenjagd gewesen waren.

»Fort mit Schaden.« Sir Ostyn wischte sich mit zitternder Hand die Oberlippe ab, und Penitence begriff, daß sogar ein Friedensrichter Mut gebraucht hatte, um sich gegen Major Nevis aufzulehnen.

»Wer ist er?«

»Nach Oberst Kirk der zweithöchste Offizier. Einer von den Lambs.« Als sie ihn verständnislos ansah, wies er mit dem Kopf auf die Fahne mit dem eingestickten Osterlamm. »Seht Ihr die Farben? Hätte nie gedacht, daß Männer sich vor einem verdammten Schaf fürchten könnten, aber Nevis jagt seinen eigenen Leuten Furcht und Schrecken ein, vom Feind ganz zu schweigen. Kirk und Nevis, eben aus der Garnison in Tanger zurück. Wenn Ihr mich fragt, haben sie ihre Gemeinheiten den Leuten dort abgeschaut. Sie sind niederträchtig. Aber der König liebt sie.« Er wandte sich zu seinen Verwundeten um, denen von den Karren geholfen wurde. »Na, Jem, auf diesen Schnitt kannst du aber stolz sein. Einen Zoll höher, und deine Missus hätte sich bitter beklagt, schätze ich.«

Nevis' Stellvertreter, ein Leutnant mit dem unwahrscheinlichen Namen Jones, hielt sich peinlich genau an die Befehle seines Vorgesetzten; Prue durfte das Haus nur mit Bewachung betreten, Penitence durfte überhaupt nicht hinein, und die Verwundeten lagen den ganzen Nachmittag in der prallen Sonne im Hof auf dem Kopfsteinpflaster. Immer mehr Verwundete wurden ans Tor der Priory gebracht, denn es hatte sich schnell herumgesprochen, daß hier die Verwundetenstation für die südlichen Levels war.

»Dankt Gott dafür, daß die Truppen hier meist zu den Königlichen gehören«, sagte Sir Ostyn. »Oben bei Weston Zoyland haben sie alle verwundeten Rebellen auf den Friedhof gebracht. Tausende, sagt man.«

»Woher wissen sie, welcher welcher ist?« fragte Penitence wütend. Nicht alle Milizsoldaten trugen Uniform, waren, als man sie zu den Waffen rief, schnurstracks von ihren Feldern oder anderen Arbeiten weggelaufen. Blut mit nasser Erde und Schlamm vermischt, machte es schier unmöglich, die ursprüngliche Farbe des Stoffes zu erkennen, den Penitence an diesem Nachmittag von den Wunden schnitt. Armee, Miliz, Rebellen, sie alle litten. Sie erhob sich von den Knien und sah Leutnant Jones an: »Erlaubt Ihr mir, in mein Zimmer zu gehen und neue Verbände zu holen?«

Er überraschte sie. »Ja.« Er kaute Tabak – eine Gewohnheit, die sie bisher noch nicht gekannt hatte. Er hatte dunkelbraune Zähne, was man sah, wenn er lächelte – wie jetzt. Er sprach sehr wenig, wahrscheinlich weil man seinen fremdländischen Akzent nicht hören sollte, aber er hörte sehr aufmerksam zu. Als sie sich über einen Sterbenden beugte, um sich seine letzten Worte einzuprägen, war Leutnant Jones dabei und hörte sie auch. Während sie einem Patienten die Stirn mit einem nassen Tuch kühlte, hielt Leutnant Jones ihren Arm fest und lauschte dem Gestammel des Delirierenden.

»Gut.« Sie ging an ihm vorbei zur Nordtür, stellte fest, daß er sie begleitete und wechselte die Richtung, um das Haus durch den Haupteingang zu betreten. Auf der Treppe des Tudorflügels waren vielleicht Blutspuren.

Verzweifelt ging sie vor ihm her. Sie mißgönnte den Männern da draußen nicht, daß sie versorgt wurden, und sie half ihnen gern, schlimm war nur, daß ihr Sohn, nur ein paar Yards entfernt, ganz ohne Hilfe dalag. Zum erstenmal war ihr jetzt erlaubt worden, das Haus zu betreten, und zwar seit – sie blickte über die Schulter zurück und sah, daß die Abendsonne schräg in den eichengetäfelten Korridor fiel – seit dem Mittag. Aber selbst wenn Prue gewußt hätte, wie man in das geheime Zimmer gelangte – auch sie wurde zu streng bewacht, um Benedikt helfen zu können. Das Mädchen sah so verzweifelt aus wie Penitence zumute war; Prue sorgte sich nicht nur um Benedikt, sie hatte auch Angst um Mudge, Dorinda und MacGregor draußen in der Marsch. Das lebhafte Treiben um die Priory würde sie warnen und daran hindern, ihr zu nahe zu kommen, aber andererseits, wo konnten sie sich verstecken? Die königlichen Truppen suchten in den Levels nach fliehenden Rebellen. Immer wieder wurde von Zeit zu Zeit eine halbtote Vogelscheuche in den Hof geschleppt, wo sie von den Doktoren zusammengeflickt wurde, bevor man sie auf den Karren trieb, mit dem die Gefangenen transportiert wurden. Hätte Penitence nicht die Pest überlebt und gesehen, was sie einem menschlichen Körper antun konnte, wäre sie für die Männer, die in Reihen in ihrem Hof lagen, völlig nutzlos gewesen. Prue würgte es jedesmal, wenn ein Chirurg ein Stückchen anemonenfarben Darm oder Leber aufdeckte oder ein Knochenstück freilegte, das weiß aus dem Blut hervorstach. Penitence, die selbst gegen die Übelkeit ankämpfte, hatte sie damit beschäftigt, Wasser von der Pumpe zu holen.

Von dem Gestank und der Hitze wurden Fliegen angelockt. Es gab keinen Schatten. Immer wieder flehte Penitence Leutnant Jones an, seinen Soldaten zu erlauben, die Verwundeten in das kühle Haus zu bringen, doch er lehnte ab.

Sie versuchte einen Magen zu verbinden, als ein paar Milizsoldaten anfingen, ihren Patienten zu ihrem Karren zu zerren. »Er ist ein Monmouth, Ladyschaft«, erklärte ihr der Sergeant und zeigte auf die weiße Kokarde auf der Jacke des Mannes.

»Er ist verwundet!« schrie sie. Der Sergeant – ein Einheimischer, sie kannte sein Gesicht von irgendwoher – war nicht ohne Mitleid. »Gebt ihn lieber mir, Euer Ladyschaft.« Er wies mit dem Kopf auf die Fahne mit der sanften wolligen Tiergestalt über dem Torbogen. »Er ist ein Rebellenhund, aber es is' nich' schön zuzusehn, wie Hunde von Lämmern gerissen werden. Nevis macht keine Gefangenen.«

Seine Untergebenen ließen auch keinen Stein auf dem anderen. Als Penitence durch das Haus ging, sah sie keinen einzigen Stuhl, der noch aufrecht stand. Schranktüren waren aus den Angeln gerissen, jeder Vorhang von der Stange abgeschnitten. Alle Portraits, sogar die beiden von Rupert, lagen mit der Bildseite nach unten in der Halle auf dem Boden.

Aber die schlimmsten Verwüstungen hatte Nevis in ihrem Schlafzimmer angerichtet. Er war zurückgekehrt, um noch mehr zu zerstören. Ihre Daunendecke war durchbohrt worden, und es sah aus, als habe es Federn geschneit. Ihre Handarbeit, die, auf einen Rahmen gespannt, beim Fenster gelegen hatte, war kreuz und quer aufgeschlitzt.

Die Verwüstung enthielt eine Botschaft. Sein Instinkt sagte Nevis, daß in dem Raum etwas verborgen war. Sie war auch eine Demonstration sexuellen Hasses; er hatte ihre Kleider und Unterröcke am Betthimmel aufgehängt und in jedes Kleidungsstück in Höhe des Beckens ein Loch hineingestoßen. Am schlimmsten für sie war, daß das Türschloß zerstört worden war, so daß sie die Tür nicht mehr sichern konnte.

Leutnant Jones' Augen ruhten auf ihrem Gesicht, um zu sehen, wie sie reagierte. Sie vergaß es beinahe – sie konnte nur an den Jungen in seinem Versteck denken. Er konnte inzwischen verblutet, an seinem Erbrochenen erstickt sein. Seit Stunden lag er im Dunkeln, ohne Nahrung und ohne etwas zu trinken.

Es fiel ihr schwer, die Augen nicht auf das Kopfende des Bettes zu richten, es fiel ihr unendlich schwer, nicht ein aus der Täfelung herausgebrochenes Stück Holz zu nehmen und das höhnisch grinsende

Schwein damit zu durchbohren. *Man würde seine Schreie hören.* Das war der einzige Grund, warum sie es nicht tat.

Die Verbände aus ihrer Medizintruhe waren auf dem Boden zerstreut. Als sie sie aufsammelte, erhaschte sie in einer Scherbe ihres Spiegels einen Blick auf ihr Gesicht. Es war schmutzig. Wenn sie es recht überlegte, hatte sie, seit sie den Gasthof in Yeovil verlassen hatte, nichts mehr für ihr Aussehen getan ... Ungläubig zählte sie zurück. War es wirklich erst gestern morgen gewesen?

Gott verdamme sie alle. Ich werde sauber sein, und wenn der Himmel einstürzt. »Laßt Ihr mich allein, während ich mich wasche?«

Er spuckte aus, und sie sah seine braunen Zähne. Zielbewußt ging sie zu ihrem Toilettenschrank und wusch sich. Sie stellte den Glassplitter auf den stark beschädigten Toilettentisch und suchte in dem Durcheinander nach ihrer Haarbürste, hob einen Hocker auf und setzte sich, um sich das Haar zu bürsten.

»Wenn Ihr das Kleid wechseln wollt, ich habe nichts dagegen«, sagte Leutnant Jones' Stimme anzüglich irgendwo über ihrem Kopf. Er stand hinter ihr. Sie spürte die Hitze seiner Lenden im Nacken.

Wird es Benedikt helfen, wenn ich es tue? Schon einmal habe ich ihn auf diese Weise gerettet. Sie überlegte. Gab es auch nur die entfernteste Möglichkeit, daß dieser Mann ihr als Gegenleistung für erwiesene Dienste erlauben würde, sich um Benedikt zu kümmern? *Nein.* Ihr Körper war nicht mehr reizvoll genug, um einen solchen Mann dazu zu bringen, seine Vorgesetzten für längere Zeit zu hintergehen. Sie musterte die dunklen Augen im Spiegel und wußte, daß sie Exzesse gesehen hatten, die sie sich nicht einmal vorstellen konnte. Für Benedikt war es besser, bewußtlos zu sterben, als diesem Mann in die Hände zu fallen.

»Schert Euch fort«, sagte sie.

Einen Augenblick legte sie den Kopf in die Hände, und strähnte sich mit den Fingern das Haar. Wie konnte all das nur in einem einzigen Tag geschehen? Das also war der Krieg, dieses Ding, das von anderen entschieden wurde – die armen Männer dort draußen, ihr Sohn, der in diesem Loch starb, dieser plötzliche Zusammenbruch jeder Ordnung, diese Gutsherrin zurückverwandelt in eine Schauspielerin und dann in eine berechnende Hure.

Im Hof wurde Hufgeklapper laut, und Jones ging zum Fenster,

winkte ihr dann mit dem Finger. »Runter. Sofort.« Er hatte es plötzlich eilig.

Sie begann die Salbentöpfe vom Fußboden aufzusammeln, hoffte, er werde die Geduld verlieren und ohne sie gehen. Er verlor die Geduld, ging aber nicht, sondern zog statt dessen sein Schwert. »Runter.« Hastig fegte sie Salbentöpfe und Verbände in ihre Schürze und ging dem Mann voran die Treppe hinunter.

»Wir verlassen dieses Haus. Bringt die Männer zu den Ambulanzkarren.« Es war die Stimme von Major Nevis. Einige seiner Männer halfen bereits den Milizärzten, die Tragen über die Brücke zu transportieren.

Erst als sie ihn wiedersah, begriff Penitence, wie groß ihre Angst vor Nevis war. Seine Gestalt zu Pferde hob sich von einem herrlichen Sonnenuntergang ab – und wurde grau. Sie konnte jeden dazu bringen, sie und ihren Sohn heil aus dieser Situation herauszuholen – den guten Sir Ostyn, den lüsternen Jones, sogar Monmouth, sollte er hierherfinden – doch mit Major Nevis würde sie nie fertig werden. Er war überlebensgroß.

Die Männer um ihn herum waren ihm ähnlich, wenn auch weniger ausgeprägt. Obwohl in Uniform, machten sie den Eindruck von Miliz: waren dünner, schneller, wölfischer als die Soldaten des stehenden Heeres.

Jones durchquerte, über die Tragen steigend, den Hof, und sein Kommandeur bückte sich, damit der Mann ihm etwas ins Ohr flüstern konnte. *Sprechen sie über mich?* Die Männer, die Nevis' Pferd umstanden, pflanzten die Bajonette auf. Das Klicken der Messer, die in die Musketenmündungen eingepaßt wurden, brachte jeden Mann im Hof dazu, den Kopf zu heben – sofern er dazu fähig war.

Jones ging voraus, und Major Nevis, noch immer zu Pferde, folgte ihm zu einem Verwundeten, der im Schatten eines Blumenkübels lag. Ihre Männer gingen hinter ihnen und hoben die Füße wie Katzen, um nicht auf die Körper zu treten, die ausgestreckt auf dem Kopfsteinpflaster lagen. Sie hörte Jones sagen: »Er ist einer.«

Es war der Verwundete, der deliriert und vor sich hingeplappert hatte, während sie ihm die Stirn kühlte und Jones zuhörte. Sie hatte gewußt, daß er ein Rebell war, den man irrtümlich für einen königlichen Soldaten gehalten hatte. Sie hatte versucht, ihn zum Schweigen zu bringen, weil er dauernd etwas von »König Monmouth« vor sich hinmurmelte, und hatte gehofft, der aufmerksam lauschende Jones könne seinen dicken Somersetshire-Akzent nicht verstehen.

Sie sah Nevis nicken, sah, wie zwei seiner Männer den Ellenbogen abwinkelten, als sie ihre Musketen hoben und sich dann strafften. Sie sah, wie sie die Bajonette in den Körper des Mannes zu ihren Füßen stießen, und konnte noch immer nicht glauben, was da geschah. So mühelos bohrte sich das Metall ins Fleisch. Es folgte ein Zucken, wieder nur ganz leicht, der Mann war tot.

Penitence stürmte vorwärts. »Was tut Ihr da? Er hat noch gelebt.« Sir Ostyn war hinter ihr, gab ihr Rückendeckung. »Ihr Schuft, Ihr Halunke! Ich protestiere, Sir.«

»Ach wirklich?« fragte Nevis. »Der Mann war ein Rebell, vielleicht ein Spion.«

»Der Mann hatte ein Recht auf einen ordentlichen Prozeß,Sir!« rief ein Milizarzt von der anderen Seite des Hofes.

»Einen Prozeß?« sagte Nevis. »Ihr wollt einen Prozeß?« Er blickte zum Torhaus. Die sinkende Sonne schien in einem orangefarbenen Lichtbogen durch den Tunnel, der so grell war, daß man blinzeln mußte. Schwarze Gestalten standen davor, eine plump, mit einer verdrehten Schlinge um den Hals und noch etwas, das sich wie eine Leine nach oben schlängelte.

Penitence erkannte die Gestalt nicht. Doch von der anderen Hofseite hörte sie Prue aufstöhnen. »Es is' Zoborn. Zoborn, was machen sie mit dir?« Sie sah, wie das Mädchen ins Licht lief und dann von einem Wachsoldaten zu Boden gestoßen wurde.

Penitence drehte sich zu dem Mann auf dem Pferd um. »Das ist Zoborn«, sagte sie, als wisse er Bescheid.

Nevis' gleichgültige Stimme durchdrang die Stille. »Wird beschuldigt, die Soldaten Seiner Majestät behindert zu haben, als sie das Dorf nach Rebellen durchsuchten. Außerdem hat er den König laut beschimpft. Frag den Gefangenen, ob er etwas zu sagen hat, Harris.«

Auf der anderen Seite des Burggrabens standen Dorfbewohner. Penitence erkannte Jack Fuller, den größten Mann aus Athelzoy, weil er alle anderen überragte; er war Zoborns Vater.

»Er sagt bur, bur, bur, Sir«, rief Harris, und jemand lachte.

Es war ein Trick von Major Nevis, daß er, wenn er sprach, nie die

Person ansah, mit der er redete und sich ihr erst beim letzten Satz zuwandte. Das tat er jetzt, drehte den Kopf so, als betrachte er die oberen Fenster, die von drei Seiten auf ihn herunterblickten. »Habt Ihr etwas zur Verteidigung dieses Mannes vorzubringen, Mistress Hughes? Wie zum Beispiel, wer heute morgen hier heraufgetragen wurde und von wem?« Jetzt sah er sie an. »Und wo ist er jetzt?«

Er versucht mich zur Komplizin zu machen. Die Sonne, die durch den Tunnel fiel, verwandelte den Eingang des Torhauses in einen Proszeniumbogen, vor dem die Schauspieler als perfekte schwarze Silhouetten standen. *Es ist ein Stück. Es ist nicht die Wirklichkeit.* »Er ist einfältig, zurückgeblieben. Ihr könnt ihn nicht hängen. Tut es bitte nicht.« Das war nicht der richtige Text. Zu schwach. *Es ist ein Stück. Aber es ist die Wirklichkeit.* Selbst wenn sie Benedikts Leben für Zoborn opferte, hatte sie nicht das Recht, auch Mudge zu opfern.

Nevis nickte den Silhouetten zu, die um Zoborn herumstanden, und Penitence schloß die Augen. Sie hörte die Schreie von Prue und den Dorfbewohnern.

Als sie die Augen wieder öffnete, blickte das alberne, runde Gesicht des Osterlamms auf das Bündel herunter, das unter seinen gestickten Hufen hin und her schwang. Darunter rollten die beiden Verwundetenkarren über die Brücke und die Zufahrt hinunter. Jenseits des Burggrabens lagen die Dorfbewohner auf den Knien, alle, außer Jack Fuller, der sehr aufrecht und still dastand.

Ostyn Edwards war zutiefst geschockt und machte Nevis Vorwürfe. »Er hat nichts Unrechtes getan, der arme Tropf, ihn zu hängen war pure Grausamkeit. Ich werd' Euch dem König melden.«

Nevis streckte sich. »Ihr bringt die Verwundeten nach Taunton.«

Penitence sagte hastig: »Verlaßt mich nicht, Sir Ostyn.« Die Vorstellung, mit Nevis allein zu bleiben, erschreckte sie.

»Ich bleibe bei Euch, Mädchen«, sagte er tapfer. »Ich bekomme meine Befehle vom Herzog von Somerset und nur vom Herzog von Somerset.«

»Hauptmann Sir Ostyn Edwards?« sagte Nevis. »Der bin ich, Sir.«

»Kommandant der Cary Valley-Truppe der Somerset-Miliz?«

»Und stolz darauf, Sir.« Sir Ostyn legte Penitence den Arm um die Schultern.

»Der vor vier Tagen von Kommandeur Feversham den Befehl erhalten hat, in Chezdoy die Kanalbrücke zu zerstören, um den Feind zu behindern, und der, als der Feind sie gestern überquerte, noch immer darüber nachdachte, wie er es tun sollte?« Nevis betrachtete den Himmel.

»Das war nicht ...« Penitence fühlte, wie Sir Ostyns fester Arm erschlaffte.

»... der irrtümlich ein Loch in einem Baumstamm für Artillerie hielt und seine Männer aufforderte, sich zurückzuziehen, wodurch sie, wie es sich herausgestellt hat, in einen richtigen Artillerieangriff gerieten?«

Sir Ostyns Arm rutschte von Penitence' Schultern.

»... der eine ganze Nacht lang den vorrückenden Feind mit Schnellfeuer belegte und bei Tagesanbruch entdeckte, daß er die Flügel der Windmühle von Somerton durchlöchert hatte?«

Sir Ostyn sagte nichts.

Endlich sah Nevis ihn an. »Und jetzt haut gefälligst ab nach Taunton.«

Leutnant Jones und ein paar von den *Lambs* – den Lämmern – stellten sich in Reih und Glied auf und verabschiedeten den völlig vernichteten Sir Ostyn mit einem höhnischen Hurra, als er und seine Truppe unter Zoborns noch immer baumelnder Leiche in die letzte Sonne eintauchten.

Penitence versuchte sich zu erinnern, wohin sie die Pistole des Kaufmanns aus Bridgwater getan hatte. Sie würden sie notzüchtigen oder töten, wahrscheinlich beides. Ihr Tod würde auch Benedikts Tod bedeuten. Noch nie hatte sie solche Angst empfunden, doch wenn sie sich erinnern konnte, wo sie ihre Pistole versteckt hatte, würde sie kämpfend untergehen. Sie hatte um Prue ebensoviel Angst wie um sich selbst und ihren Sohn; das Mädchen verdiente nicht, was jetzt mit ihm geschehen würde. Niemand verdiente, was geschehen würde ... Im *Schornstein in der Küche*. Jetzt wußte sie es wieder. Es hatte sie nervös gemacht, weil die Waffe ihr immer wieder gegen die Knie schlug, als sie Prue während der langen Stunden, in denen sie auf Dorinda wartete, beim Zubereiten der Suppe half.

Komm nicht her. Beim Gedanken an Dorinda stiegen Penitence die Tränen in die Augen. *Bleib in Sicherheit. Aber ich wünschte, du wärst hier. Du und ich zusammen.*

Als sie sich über den Kessel beugte, hatte ihr die Pistole wieder gegen die Knie geschlagen, und sie hatte sie auf das rußige Sims im Schornstein gelegt. Wenn Nevis' Männer nicht daran gedacht hatten, in den Kamin zu schauen, war die Waffe noch dort.

Sie hörte ein Wimmern. Prue war in die Hofmitte gestoßen worden, und die Soldaten bildeten einen Kreis um sie herum.

Penitence stolperte, als die Schulter von Nevis' Pferd sie vorwärtsschob. Sie blickte auf. Nevis' Hände lagen auf dem Sattelknopf. Seine Aufmerksamkeit richtete sich scheinbar auf das rechte Ohr seines Pferdes. »Es gibt zwei Möglichkeiten, Mistress Hughes.«

»Ich verstecke niemanden«, sagte sie und kniete nieder. »Bitte, Sir, bitte, ich verstecke niemanden.« Sie hatte das Gefühl, vor Angst zu zerfließen. Es gab nichts, was sie nicht tun wollte, wenn er nur nicht geschehen ließe, was er geschehen lassen würde.

»Eine Möglichkeit ist, Eure Abigail meinen Männern auszuliefern, bis Ihr mir sagt, wen Ihr wo versteckt.« Lächelnd wandte er den Kopf und sah sie an. »Oder ich kann das Haus in Brand setzen.«

»Bitte«, sagte sie wieder. »Bitte.«

Von irgendwoher stieg Zorn in ihr auf. Ein merkwürdiger, beinahe zusammenhangloser Zorn über die Demütigungen, die anständige Menschen durch solche Ungeheuer erleiden mußten, wie der Mann auf dem Pferd eines war.

Wie durfte er den armen, liebenswerten Sir Ostyn und seine Miliz auf diese Weise entmannen, nur weil sie nicht morden konnten? Sie bestellten ihre Felder, zogen Kinder auf, sie stellten Dinge her – sie hatten keine Zeit zu lernen, wie man wirksam zerstörte. Wie durfte er es wagen, ein so harmloses Leben zu vernichten wie das von Zoborn, wie durfte er es wagen, Prue und ihr selbst so Ungeheuerliches anzudrohen. Wie durfte er es *wagen*, Frauen zu hassen.

»Du Bastard!« sagte sie und lief in die Küche.

Sie konnte sich gerade noch überzeugen, daß die Pistole nicht mehr im Kamin steckte, dann wurde sie gepackt und in den Hof zurückgeschleppt. Ihr Ausbruchsversuch hatte die Männer aufgestachelt, und Prue, irgendwo zwischen einem Männerhaufen eingekeilt, schrie. Penitence schrie mit ihr, trat um sich und bespuckte die beiden Männer, die sie festhielten.

Und hielt inne.

»Das ist nicht schön, Leute, tut es nicht«, sagte eine Stimme, die weit trug und es dennoch schaffte, ganz gelassen zu klingen wie bei einer x-beliebigen Unterhaltung. Jemand war ungehört in den Hof eingeritten.

»Ich habe Frauen schreien gehört«, fuhr die Stimme im Plauderton fort, »und ich sagte zum Brigadier: Da oben muß sich der alte Nevis tummeln, besuchen wir ihn doch. Und er sagte: Sieht ganz nach einem anständigen Haus aus, warum übernachten wir nicht hier? Er kommt übrigens gleich nach. Hilf der Dame auf, Muskett.«

Ein kräftiger Soldat in brauner Uniform half Prue, die das zerrissene Mieder ihres Kleides an die Brüste preßte, auf die Beine. Nevis' Männer wichen grollend zurück, wilde Tiere, die mit einer Flamme von einem Kadaver verjagt wurden. Sie blickten von dem berittenen Sprecher zum Major hinüber, der ebenfalls noch im Sattel saß. Der Neuankömmling hatte die rotgelben Embleme der Somerset-Miliz an Kragen und Ärmeln, aber er war kein Sir Ostyn; hinter seinem fast freundschaftlichen Ton steckte stählerne Härte; außerdem hielt er eine Pistole in der Hand – ganz sorglos, als sei ihm gar nicht bewußt, daß er sie hatte – und zielte ganz ruhig auf die Männer.

In der schattigen Dämmerung nicht zu bemerken, senkte sich tiefer Friede auf Penitence. Die anderen Soldaten, die mit ihm gekommen waren, hielten eine Fackel, die sein Gesicht beleuchtete; sie war wieder achtzehn, und er sah aus wie damals in einer Seitengasse der Rookery, als er lächelnd und so, als liebe er die Kerle, ihre Angreifer vertrieben hatte.

Und ich liebte dich. Damals – und immer seither. Liebe dich so sehr. Ungläubig und schmerzlich fragte sie sich, warum sie zwanzig Jahre ohne ihn vergeudet hatte. O *Gott, wie sehe ich aus?* So völlig vergaß sie die Situation, in der sie alle waren, daß sie die Hand hob, um sich das Haar zu ordnen – und stellte fest, daß zwei von Nevis' Soldaten noch immer ihre Arme festhielten.

Sie mochten auf derselben Seite stehen, doch diese beiden Zweige der Armee waren einander nicht gerade in Liebe zugetan. Der Viscount of Severn and Thames beherrschte eine schwierige Situation mit seiner Persönlichkeit, zwei Männern und einer Pistole. *Es ist noch nicht vorbei. Paß auf, mein Lieber.* Sie warf einen flüchtigen Blick in Nevis' Gesicht. *Er haßt dich.*

In diesem Moment bekam Henry Verstärkung. Ein jüngerer Mann auf einem bildschönen Pferd kam an der Spitze einer Offizierskavalkade in den Hof geritten. »Das Abendessen fertig, Torrington? Wo sind wir hier? Wem gehört das Haus. Ah, Nevis, der Leichnam hat mir verraten, daß Ihr es sein müßt.« Jemand nahm bereits Zoborns Leiche ab.

Sie kannte auch diesen Mann, wenn auch nicht gut genug, um sich an seinen Namen zu erinnern – ein Theaterbesucher, keiner der unverschämten Hofschranzen. Sie war gerettet. Wichtiger noch, Benedikt war gerettet, wenn sie die Situation richtig handhabte. Um das zu tun, mußte sie schaffen, wonach sie sich ohnehin sehnte, mit dem Viscount of Severn and Thames allein zu sein.

Nevis sagte mürrisch: »Die Besitzerin ist eine teuflische alte Vettel. Sie versteckt einen Rebellen. Ich wollte sie eben dazu bringen, mir zu verraten, wo.«

Der *Name!*

Sie holte tief Atem und rief quer über den Hof. »Sir John Churchill!« Das war James' zweithöchster Kommandeur im Westen.

Er sah sich um und kniff die Augen zusammen, um Penitence einordnen zu können. Der Viscount of Severn and Thames an seiner Seite war ganz still geworden. Sie schüttelte die Männer ab, die sie festhielten und trat in das Licht der Fackel, versuchte wie die Schauspielerin auszusehen, die sie einst gewesen war.

»Peg Hughes, bei Gott! Was in aller Welt tut Ihr hier?«

»Das ist mein Haus«, sagte sie schleppend. »Der Prinz hat es mir gekauft. Und ich habe versucht, diesen wahnsinnigen Dummkopf zu überzeugen, daß Monmouth nicht bei mir zu Gast ist. Schickt ihn weg, mein Lieber, und Ihr gewinnt ein Paar Handschuhe.«

Ihr Theaterjargon bezauberte ihn. Er war theaternärrisch gewesen, erinnerte sie sich jetzt. Immer im Theater. Eines Abends hatte er ein Orangenmädchen belästigt, und Otway hatte ihm deshalb die Leviten gelesen. Er stellte sie seinem Stab vor: »Gentlemen, die liebste *Freundin*« – er blinzelte – »unseres Helden Prinz Rupert und die größte Schauspielerin ihrer Generation. Das Theater war nicht mehr das alte, nachdem sie und Nelly von der Bühne abgegangen waren.« Er gab ihr das Gefühl, neunzig zu sein, obwohl sie ungefähr im gleichen Alter waren. »Euer kostbarer Instinkt hat Euch hier im Stich gelassen, Nevis. Peg, darf ich Euch auch Oberst Oglethorpe von der Kavallerie vorstellen? Und den Viscount of Severn and Thames? Ihr habt Euch früher doch auch für das Theater interessiert, Torrington. Müßtet Euch noch an Peg Hughes erinnern.«

Es folgte eine Pause. »Natürlich erinnere ich mich.«

Penitence blickte zu Henry Kings Gesicht auf und wurde ohnmächtig.

Sie kam zu sich, als er sie die Treppe hinauftrug. Prue leuchtete ihnen, und der Soldat Muskett bildete die Nachhut. *Das ist lächerlich.* Sie war, wie sie wußte, der Erschöpfung nahe, aber so schwach zu werden, daß sie in Ohnmacht fiel, wenn sie ihn nur ansah ... Dennoch, sie würde nicht darauf bestehen zu gehen und sich dadurch um das köstliche Gefühl bringen, in seinen Armen zu liegen. Sie war innerlich völlig leer, nur noch das körperliche Erinnern an ihn war da. Sie legte die Wange an seinen Hals und spürte, wie er schluckte. *Und du erinnerst dich auch an mich.* Die Luft um sie herum vibrierte.

»Du bist dicker geworden«, sagte er.

Sie lachte, weil das nicht stimmte. Sie bewegte den Kopf, so daß ihre Haut über die Bartstoppeln an seinem Kinn strich. Er atmete schwer, aber nicht nur vor Anstrengung. »Jesus Christus.«

Prue öffnete die Tür ihres Schlafzimmers, und der Luftzug wirbelte einen kleinen Schneesturm aus Federn auf.

»Was zum Teufel ist hier los?«

Die Lust versickerte, als der Alptraum zurückkehrte. Er setzte sie ab. Sie sagte: »Major Nevis hat einen Rebellen gesucht.«

»Womit? Hat er mit einer Kanone gefeuert?« Er entdeckte die Unterröcke mit den obszönen Löchern, die noch am Betthimmel hingen. »Ich bring ihn um.«

»Henry, ich brauche Hilfe.« Sie strengte sich an, zusammenhängend zu sprechen. Muskett stand auf der Schwelle, Prue zündete die Kerzen im Raum an. »Ich möchte, daß Prue hinuntergeht und mir etwas zu essen und zu trinken bringt. Und Muskett soll sie begleiten. Wenn sie allein geht, ist sie nicht sicher.«

Prue sah schrecklich aus. Blut aus der Nase war auf ihrer Oberlippe getrocknet. Es war ihr gelungen, das Mieder soweit zuzubinden, daß es schicklich aussah, aber auf der Schulter sah man Blutergüsse. »Geht es dir gut, Prue?« fragte Penitence. »Haben sie dir weh getan?« *Es geht ihr natürlich nicht gut. Natürlich haben sie ihr weh getan.* Die Reaktion setzte jetzt bei ihr ein; der Kerzenhalter in ihrer Hand zitterte, doch sie betrachtete den Mann, der sie davor bewahrt hatte, vergewaltigt zu werden, mit einer Art Heldenverehrung.

Penitence senkte die Stimme, so daß Muskett sie nicht hörte: »Und die Verbände, Prue, ich habe sie im Hof gelassen. Es darf aber niemand sehen, daß du sie ins Haus bringst.«

Das Mädchen nickte und ging. Mit einem Blick auf den Viscount folgte ihr Muskett.

So schnell sie konnte begann Penitence die Dinge auf das Bett zu häufen, die sie in dem geheimen Zimmer brauchen würde; Kerzen, Decken, Wasser ... »Halt das bitte.« Sie reichte dem Viscount Schüssel und Krug.

Bedächtig stellte er beides auf einen Tisch. »Daraus schließe ich, daß du gelogen hast. Du *hast* einen Rebellen versteckt?«

»Nicht Monmouth«, sagte sie. »Deinen Sohn.«

Sie war in großer Eile und brauchte verzweifelt seine Hilfe, sonst hätte sie es ihm nie auf diese Weise gesagt. Sie hatte es ihm im Traum gesagt. Immer wieder. Manchmal strafend. *Das ist der Sohn, den du im Stich gelassen hast, als du mich im Stich ließest.* Manchmal mit bekümmerter Mildtätigkeit: *Siehe den Sohn, den ich für dich aufgezogen habe.* Aber dieser Sohn durfte nicht tot sein, wenn Henry von seiner Existenz erfuhr. Sie mußte schnell handeln. Sie schaute ihn nicht einmal an, um zu sehen, wie er die Neuigkeit aufnahm, sondern knüpfte alles außer dem Wasserkrug in ein Bettlaken. Sie sagte nur: »Wenn ich klopfe, weil ich heraus will, drückst du ganz einfach auf Evas Brustwarze«, drückte selbst darauf und begann, das Bündel hinter sich herziehend, durch die Öffnung zu klettern.

Sie hörte ihn sagen: »Wird sie nichts dagegen haben?« als sie, schon im Geheimzimmer, den Wasserkrug vom Bett nahm und das Paneel schloß.

Die traubenförmige Anordnung der Löcher in der Wand zeigte ihr, daß im Saal die Kerzen brannten, und sie hörte, daß der große Tisch, der nur bei Festessen gebraucht wurde, in die Mitte des Raumes geschoben wurde. Es mußten sehr viele Offiziere sein, die zu Abend essen wollten, denn offenbar war das Speisezimmer zu klein. *Hoffentlich haben sie ihr Essen mitgebracht.* Sie fragte sich, ob die Flamme ihrer dünnen Kerze so hell war, um durch die Öffnungen des Wasserspeiers zu scheinen, so daß sie im Saal gesehen werden konnte. Sie mußte es riskieren. Sie brauchte Licht.

Benedikt lag noch da, wie sie ihn hingelegt hatte; er atmete unregelmäßig und war sehr kalt. Im Raum stank es nach Urin und Erbrochenem. Einen Augenblick zögerte sie, unentschlossen, was sie als erstes tun sollte, dann machte sie sich an die Arbeit.

Nach einer Weile glitt das Paneel zurück, die langen Beine des Viscount rutschten über das Sims, und dann folgte seine restliche Gestalt. »Muskett bewacht die Tür.« Er sah sich um. »Allmächtiger Gott!«

»Pst«, sagte sie bittend, obwohl die Stimmen aus dem Saal, wo Armee-Marketender den Tisch deckten, jeden lauten Ausruf aus dem Maul des Wasserspeiers übertönen würden. »Heb ihn auf.« Als sie dem noch immer bewußtlosen Benedikt die gefaltete Decke unterschob, die ihm als Matratze dienen sollte, sah sie ihr Trio als eine Art verspätetes Krippenspiel: Josef, Maria und ein großes Jesuskind in dem von einer dünnen Wachskerze erleuchteten Stall. Wieder ein unwiederholbarer Augenblick, den zu genießen sie keine Zeit hatte. »Schau dir seinen Kopf an. Wie schlimm ist es?«

Sie hatte dem Jungen um die Wunde herum die Haare abgeschnitten, und man sah jetzt einen schnurgeraden Streifen nackten Fleisches.

Er hielt die Kerze über die Wunde und betrachtete sie eingehend. »Ich denke, er hatte Glück. Die Kugel hat seinen Schädel gestreift und wahrscheinlich verätzt. Aber sie hat ihm einen höllischen Schlag versetzt. Er wird eine ganze Weile nicht bei klarem Verstand sein.

»Er hat ein paar Löffel Suppe gegessen«, sagte sie. Sie nahm die aufgerollten Stoffstreifen, die er mitgebracht hatte, begann Benedikt zu verbinden und beobachtete den Viscount, der Benedikts Gesicht studierte. Seine Bewegungen brachten das Kerzenlicht zum Flackern, und die Züge des Jungen verzerrten sich im Spiel von Licht und Schatten. *Er wird die Ähnlichkeit sehen.* »Wird er wieder gesund?«

»Dunkles Zimmer, flüssige Nahrung.« Er sah sich um und zuckte mit den Schultern. »Du scheinst an alles gedacht zu haben. Außer an das, was man mit euch beiden tun wird, wenn herauskommt, daß du einen Rebellen versteckt hast. Hast du daran gedacht?«

Sie verstand ihn nicht. »Er ist mein Sohn«, sagte sie. »Unser Sohn.«

Der Lärm aus dem Saal, der durch die Luftlöcher drang, wurde lauter, als sich die Offiziere zum Essen versammelten. Sie hörten Churchill nach dem Viscount of Severn and Thames rufen. »Wo ist Torrington? Kümmert er sich noch immer um unsere Gastgeberin?«

»Vögelt das Miststück wahrscheinlich«, sagte ein anderer. Es war Nevis' Stimme. Churchill hatte den Mann demnach wegen seines Verhaltens ihr gegenüber zwar gerügt, aber fortgeschickt hatte er ihn nicht.

»Ich habe gedacht, er macht dem Portlannon-Mädchen den Hof«, sagte jemand.

»In keinem Heiratsvertrag steht, daß du keine schöne Schauspielerin vögeln darfst.«

»Mir dreht sich der Magen um, wenn ich mich mit der Miliz an einen Tisch setzen muß.« Das war wieder Nevis. »Wenn wir es ihr überlassen hätten, hätte der König seinen verdammten Thron verloren.«

»Bei den meisten geb ich Euch recht«, sagte Churchill, »aber wären Torrington und seine Männer aus Nord-Somerset nicht gewesen, hätte ich mein Leben verloren.«

Der Viscount knurrte. »Ich muß gehen. Ich lasse Muskett an der Tür. Da bist du sicher.«

Er wird also heiraten. Sie sah ihm nach, als er sich durch die Öffnung schlängelte. »Henry.«

Sein Gesicht erschien in dem Rechteck. »Ja?«

»Ist der Aufstand vorüber? Hat der König gesiegt?«

Er nickte. »Es ist alles vorbei.« Seine Augen suchten die Gestalt auf dem Boden. »Ausgenommen das Töten.«

Sie saß da und starrte noch lange, nachdem er gegangen war, auf das Rechteck aus Licht. *Er hat nicht einmal nach Benedikts Namen gefragt.* Wenn sie darüber nachdachte, würde sie weinen. Aber sie konnte nicht daran denken, sie war zu müde.

Sanft bettete sie den Kopf ihres Sohnes in Seitenlage auf das Kissen. Jetzt hatte er es wenigstens warm, und er war sauber; mehr konnte sie im Moment nicht für ihn tun. Sie nahm die Kerze und kroch damit durch die Öffnung. Sie schloß das Paneel, blies die Kerze aus und schlief ein.

Stampfende Hufe und Männerstimmen unter ihrem Fenster weckten sie Stunden später. Auch vor ihrer Tür hörte sie leise Stimmen, dann wurde die Tür geöffnet. »Ich bin es.«

Sie wußte es. Sie strich sich ein paar Federn aus dem Gesicht und aus den Haaren. Er setzte sich auf den Bettrand. »Wir haben den Auftrag, die restlichen Rebellen zu jagen und gefangenzunehmen. Monmouth wurde gesichtet, er scheint zum New Forest unterwegs zu sein. Ich habe den Befehl, ihm nachzusetzen.«

»Du läßt mich doch nicht mit Nevis allein?«

»Nein. Nevis muß zu den übrigen Lambs nach Taunton zurück.« Als sie erleichtert aufseufzte, sagte er: »Und wen hast du jetzt dort drin?«

»Benedikt«, sagte sie. »Bekannt als Benedikt Hurd.« Sie dankte Gott, daß er den Namen benutzt hatte, unter dem er getauft worden war, und nicht den, unter dem man ihn bei Hof kannte – Benedikt Hughes. Es war unwahrscheinlich, daß jemand in dem Major Hurd, der sich mit Monmouth verbündet hatte, den Sohn von Peg Hughes und Ruperts Pflegesohn erkennen würde.

»Um Himmels willen, Stiefel. Hurd ist einer von Monmouths Kavalleriekommandeuren. Das halbe Land ist hinter ihm her.«

Sie hatte keine Ahnung. Ihr Sohn kam ihr noch immer wie ein Kind vor. »Was sollen wir tun? Wie kann ich ihn wegbringen?«

»Das wirst du nicht tun – nicht ehe er wieder bei Bewußtsein ist. Dann werden wir sehen.«

»Du kommst zurück?«

»Sieht so aus, als müßte ich.« Er hieb mit der Faust auf die Matratze, und um sie herum flogen die Federn auf. »Um Christi willen, Stiefel, es war nicht nötig, mir diese haarsträubende Geschichte zu erzählen – daß er mein Sohn ist, meine ich. Ich hätte ihn nicht verraten.«

»Aber er *ist* dein Sohn.« Sie hörte ihre Stimme, wirkungslos und flüsternd, das Zischen einer Schlange, das Echo von Frauen aus vielen Jahrhunderten, die einem arglosen, vertrauensvollen, hilflosen Mann das Kind eines anderen unterschieben wollten.

Und er sagte, der Viscount sagte, Henry King sagte: »Woher willst du das wissen?«

Sie betrachtete die Linie von Kopf und Schultern, die sich im

Licht, das durch die Fenster fiel, deutlich abzeichnete. Zwanzig Jahre hatten ihn nichts gelehrt. Sein Mißtrauen war so groß, daß ihm die Zuneigung, die er für sie empfand wie eine Verirrung vorkommen mußte.

Er hatte all die Jahre im Gefängnis Ludwig XIV. – und vermutlich die meisten seither – gegen die Erinnerung an die Hure angekämpft, mit der er, einem Gentleman nicht würdig, Unzucht getrieben hatte und die er nicht vergessen konnte.

Ich wußte in dem Augenblick, in dem ich dich sah, wer du warst. Wie war es möglich, daß du nichts von mir gewußt hast? Es gab nichts, was sie tun konnte, durch keine Tugend würde sie ihn je überzeugen; weil er ihr glauben wollte, und daß er ihr glauben wollte, stempelte ihn in seinen und in den Augen der Gesellschaft zum Narren.

Als er Benedikt ansah, hatte er in einen Spiegel geblickt, der sein wieder jung gewordenes Gesicht zurückwarf. Er durfte jedoch seinen Augen nicht trauen, weil er die Mutter in einem Bordell gefunden hatte. Und daher war sie eine Hure gewesen. Daher war ihr Kind ein Irgendwer.

Sie glaubte zu ersticken; das Elend von Newgate, die Plackerei, die Verantwortung, die Nächte, die sie auf und abgegangen war, als Benedikt die Masern hatte, Krupp, Zähne bekam, der ganze Kampf, um seinen Sohn am Leben zu erhalten, und er fragte sie, woher sie wußte, daß es sein Sohn war.

Zorn entzündete zwanzig Jahre aufgestauten Grolls, und das Feuer brannte lichterloh. »Du dummer B-bba-b …« Es ging nicht von selbst. Sie schlug sich auf die Wangen, damit das Wort herauskam, sie stampfte mit den Füßen auf, sie krallte sich an ihm fest. »Du B-bbaa …«

»Bastard«, sagte er. »Um Himmels willen, *atme*!« Er umfing ihre Hand, um sie von sich abzuhalten.

Ihre Gesichter waren einander ganz nah, die Hitze eines Körpers sprang auf den anderen über. Ihr Körper und seiner. Sein Atem auf ihrem Mund fachte die Wut an, bis sie in unerträgliche Leidenschaft umschlug.

»O Jesus, Stiefel«, sagte er. Und damit war alles gesagt.

Wie schön es war. Wie wunderbar Männer waren, starke, starre Äste, in Seide gehüllt. Sie erinnerte sich noch nach zwanzig Jahren.

Das Kopfende des Bettes knarrte rhythmisch, jemand versuchte hereinzukommen. *Herein* ... »Man wird uns hören«, sagte sie.

»Laß sie doch«, sagte er.

Es durfte nicht aufhören, sie ertrug es nicht, doch sie konnte das Ende nicht aufhalten. Radschlagend, durcheinandergewirbelt, wie aus einem Wasserstrudel emporgeschleudert, keuchend, kehrte sie in ein zerstörtes Schlafzimmer in einem besetzten Haus und zu einem Mann zurück, der glaubte, sie sei eine Hure. *Was ich eben bewiesen habe.* Respektable Frauen waren nicht so hemmungslos. *Arme respektable Frauen.*

Als sie ihm beim Anziehen zusah, wurde sie in die Rookery zurückversetzt. »Das letztemal hast du dich entschuldigt und bist nie wiedergekommen«, sagte sie.

Er zog die Stiefel an. »Daran erinnerst du dich?«

»Oh, um Himmels willen! Natürlich erinnere ich mich.« *Denk, was du willst. Denk irgendwas. Nur verlaß mich nicht noch einmal.*

»Diesmal ist es nur Monmouth, nicht Louis. Ich komme wieder.« Er beugte sich über sie und stützte sich auf die Hände, so daß er sie ansehen konnte. »Ich laß Muskett hier. Muskett kannst du vertrauen. Aber um Himmels willen, sei vorsichtig, sonst hängst du an deinem eigenen Torhaus wie der arme Teufel gestern.« Er küßte sie fest. »Und mach etwas mit diesem verdammten Bett. Ich bin von oben bis unten voller Federn.«

Sie kuschelte sich hinein, als er, die Federn von den Schultern zupfend, hinausging. Als sie im Hof seine Schritte hörte, mußte sie ein Laken umhängen und ans Fenster laufen. Er bürstete noch immer Federn von seiner Uniform. Churchill und ein paar andere Offiziere zogen ihn ihretwegen auf. Er antwortete mit einem Schulterzucken und winkte ihr mit dem Hut, als er mit den anderen wegritt.

Sie blieb, wo sie war, versuchte noch einen Blick auf ihn zu erhaschen, als er aus dem Torhaus kam und bevor er auf der Zufahrt verschwand. *Die Dirne, die ihrem Soldatenliebhaber für eine Nacht aus dem Fenster zum Abschied winkt.* Beinahe die älteste Szene der Welt. Es war ihr egal.

Ein Huf stampfte unter ihr, und sie schaute hinunter. Nur noch ein Pferd stand im Hof. Sein Reiter kam aus der Tür unter ihrem Fenster. Nevis. Er schwang sich in den Sattel, und als er zum Torhaus ritt, drehte er sich um und betrachtete eingehend das Haus, ein Besitzer, der sich überzeugte, daß alles abgeschlossen war. Sie sah, daß man die Farben des Osterlamms abgenommen hatte.

Kurz bevor er in den Durchgang einritt, zügelte er das Pferd und wendete es. Sofort wich sie zurück.

Nevis lächelte, nahm den Hut ab und schwenkte ihn – genauso wie der Viscount es getan hatte. Dann ritt er weiter.

4. Kapitel

Monmouths Aufstand scheiterte, weil der niedrige Adel sich ihm nicht anschloß. Torys waren mit James II. zufrieden, und nur wenige Landbesitzer unter den Whigs waren zu diesem Zeitpunkt bereit, sich für die Sache eines Bastards, auch wenn er Protestant war, gegen den legitimen Thronfolger aufzulehnen, und mochte er noch so katholisch sein.

Die Tausende von Handwerkern und ärmeren Männern, die sich um Monmouths Banner scharten, hatten sich in der Schlacht bei Sedgemoor tapfer geschlagen, einen schwierigen Vorstoß in der Nacht durchgeführt und mutig gekämpft, aber ohne moderne Waffen und ohne Ausbildung konnten sie nicht hoffen, den disziplinierten Truppen lange Widerstand leisten zu können, besonders jenen nicht, die unter dem Kommando von John Churchill standen.

Als ihre Linien einmal durchbrochen waren, wurden sie von Panik ergriffen und flohen. Der Tod forderte einen hohen Blutzoll. Die Kirchenvorsteher in Weston Zoyland, deren Aufgabe es war, das Schlachtfeld aufzuräumen, zählten allein 1 384 Tote, die in Massengräbern in den Marschen verscharrt wurden. Und viele Leichen wurde nicht mal beerdigt.

Monmouth entdeckte man drei Tage nach der Schlacht, in einem Graben versteckt, wo er eine Handvoll Erbsen kaute. Er wurde in den Tower von London gebracht und hingerichtet.

Einige seiner Offiziere hatten das Glück, in die Niederlande zu entkommen, etwa 1 300 Mann nahm man gefangen, der Rest, ungefähr ein Drittel, wurde in den Mooren und Hügeln von Somerset gejagt wie Freiwild. Milizoffiziere, die sich nicht gegen ihn gestellt hatten, als Monmouth noch eine Macht war, mit der man rechnen mußte, boten ihren Soldaten fünf Shilling für jeden gefangenen Rebellen. Aber wie im Krieg, erwies sich die Miliz im Vergleich mit Kirks Lambs auch bei der Jagd nach Flüchtigen als nicht besonders erfolgreich. Leichen, die an Ladenschildern hingen, wurden zum Synonym für die Regimentsfarben der aus Tanger zurückgekehrten Kommandeure und verbreiteten solchen Schrecken, daß Leute, die Flüchtlinge versteckten, häufig von ihren Nachbarn verraten wurden, die Vergeltungsmaßnahmen vermeiden wollten.

Die Gefängnisse von Hampshire, Dorset, Somerset und Devon waren überfüllt und warteten auf den Lord Oberrichter Sir George Jeffreys und vier weitere Richter zu Gerichtstagen, die als die Blutigen Assisen in die Geschichte eingingen.

Am Ende eines jeden Markttages versammelten sich die Kaufleute und Landjunker, die in und um die Levels herum Land besaßen, in Taunton im White Heart, um miteinander Cidre zu trinken, bevor sie nach Hause fuhren. Es war eine inoffizielle Zusammenkunft, aber altehrwürdig. Frauen waren selten dabei. Es hatte Penitence, die sich in Geschäften in Taunton aufhielt, überrascht, eine Einladung zu bekommen. Ebenso überrascht hatte es sie, die Neuigkeit von der letzten Verhaftung zu hören. »Lady *Alice*?«

»So isses, sag' ich Euch.« Sir Ostyn war verärgert.

»Aber – *Lady Alice*. Wie habt ihr das nur tun können?«

Er stampfte mit dem Fuß auf, daß der Boden des Gastzimmers im Oberstock des Gasthofs zitterte. »Verdammich, da hab' ich nichts mit zu tun. Das ist Kriegsrecht. Der Prediger steckte oben in ihrem Kamin, und ab ins Gefängnis mußte sie, Nachbar oder nicht.« Er schenkte Penitence und den anderen einen Becher Cidre nach. »Hier trinkt das.«

»Das ist ein böser Schreck, ich weiß, Peg, aber sie hätte eben keine Rebellen verstecken sollen«, erklärte Sir Roger Pascoe vernünftig. Er erntete allgemeine Zustimmung.

»Sie ist alt. Manchmal verwirrt. Wer hat denn diesen Prediger in ihrem Kamin gefunden? Nevis, nehme ich an?«

Schweigen. Der sechste Sinn des Majors hatte ihn zum Schrekken – zum Black Shuck – der Levels und der umliegenden Inseln werden lassen. Die Dorfbewohner beschworen seinen Namen, um ihre Kinder zu erschrecken und erzählten Geschichten, wie zum Beispiel die, daß er einmal seine Männer ganz plötzlich vom Damm hinunter zu dem eine Meile entfernten Middlezoy Ditch geführt hatte, wo sich ein Rebell versteckt hatte. »Er konnte es nicht wissen, muß ihn gerochen haben wie ein Hund.«

Obwohl Penitence von Furcht vor ihm geradezu besessen war, versuchte sie, rational zu denken und hatte sich über Prue lustig gemacht, die hysterisch erzählt hatte, Nevis beobachte nachts das Haus – bis sie selbst einen Reiter sah, der einen Hut mit einer langen Feder trug; in einer mondhellen Julinacht hatte er auf der Zugbrücke gestanden und nicht einmal versucht, sich zu verbergen.

»Ich mag ihn nicht, das muß ich zugeben«, sagte der Wirt aus Middlezoy. »Es ist jetzt einen Monat her, und er läßt den Leichnam noch immer nicht von meinem Schild abnehmen, das schadet meinem Geschäft. Aber er steht treu zum König, und das bewundere ich an einem Mann.«

»Gott segne den König, Gott liebt ihn«, sagte Sir Ostyn. Alle riefen: »Gott segne König James.« Penitence blähte die Wangen, fügte aber ein geheucheltes »Amen« hinzu. Königstreue hieß die Parole.

»Fahren wir fort«, sagte Bürgermeister Cranbourn. »Oh, die Last, die die Assisen uns loyalen freien Bürgern auferlegen, Ihr würdet es nicht glauben.« Er reichte ihr einen zerlesenen Brief. »Ihr kennt Sir George, Peg. Seht her. Würdet Ihr sagen, er wünscht, daß ein Galgen auf *jedem* Marktplatz errichtet wird? Oder nur auf den größeren Märkten? Oder Viehmärkten? Oder Geflügelmärkten? Oder auf was für Märkten?«

»Ich habe keine Ahnung. Fragt doch ihn.« Wenig hilfsbereit reichte Penitence ihm den Brief zurück. Seit man vom Sekretär des Richters, der seinem Vorgesetzten vorausgereist war, erfahren hatte, Sir George Jeffreys wünsche, seine Lieblingsschauspielerin Peg Hughes bei dem Empfang zu sehen, den man ihm bereiten wollte, hatte man sie über alle Vorlieben und Abneigungen des Lord Oberrichters befragt. Deshalb war sie auch heute eingeladen worden.

»Er hat irgendein schlimmes Steinleiden, Peg, und das macht ihn sehr ungeduldig, heißt es«, erklärte der Bürgermeister.

»Das ist ja alles gut und schön, aber wissen der Richter und der König auch, was für Kosten da auf uns zukommen?« Sir Roger nahm den Brief an sich, um ihn zu lesen. »›Henkerstricke für die Rebellen, Scheiterhaufen, um ihre Innereien zu verbrennen, Feuerung und Kessel zum Kochen der Köpfe und Viertel, Salz zum Konservieren der Stücke – einen halben Scheffel für jeden Mann.‹ Kennt er den Salzpreis? ›Teer, Ochsen, Rollwagen und Karren.‹«

»Sie haben doch noch nicht einmal vor Gericht gestanden.« Diese Männer waren nicht grausam, waren gute Ehemänner, Väter und Nachbarn. Ebenso wie sie selbst kannten sie einige der Rebellen persönlich, sie hatten ihre Schuhe repariert, Wolle von ihren Schafen waren auf den nun verlassen dastehenden Webstühlen verarbeitet worden. Doch sie konnten auf die gleiche Weise, wie sie über ein aufziehendes Gewitter sprachen, über die Gerätschaften reden, die der Vernichtung dieser Menschen dienten. Energisch kam sie auf den Grund zu sprechen, der sie bewogen hatte, die Einladung anzunehmen. »Kann ich mich darauf verlassen, daß Eure Pächter nächsten Monat auf meinen Feldern aushelfen werden, Sir Ostyn? Sir Roger?« Da so viele von den Tagelöhnern im Gefängnis saßen, waren Feldarbeiter sehr gefragt, und Penitence sorgte sich um ihre Kardenernte.

Sir Roger sah sie listig an. Er war ein Somerset-Mann. »Wie ist das mit Eurer Schauspielerei?«

Es widerstrebte ihr zutiefst, Sir George Jeffrey je wiederzusehen, geschweige denn, noch eine Vorstellung für ihn zu geben, aber es wäre zweifellos klug, es zu tun; niemand würde eine Frau, die sich der Gunst des höchsten Richters im Land erfreute, verdächtigen, einem Rebellen Zuflucht zu gewähren. Und sie mußte ihre Karden ernten. »Gut, aber nur eine kurze Vorstellung«, stimmte sie zu.

Sie schüttelten sich die Hand. »Und da«, Sir Roger war wieder bei seinem Brief, »›eine ausreichende Anzahl an Speeren und Pfählen, um die Köpfe und die Viertel aufzuspießen.‹ Wie viele hält er für ›ausreichend‹? Hätte Seine Lordschaft etwas dagegen, wenn wir sie auf Zaunstaketen steckten?«

»Um Himmels willen!« Sie wandte sich ab und nahm Sir Ostyn auf die Seite. »Irgendein Lebenszeichen von ihr?«

Er schüttelte den Kopf. »Ich habe die Listen eines jeden Gefängnisses auf dieser Seite der Poldens studiert und sie nicht gefunden.«

»Und was ist mit MacGregor? Vielleicht hat sie den Namen Dorinda MacGregor angegeben. Ostyn, es können in Somerset doch nicht so viele Frauen im Gefängnis sitzen.«

»Ihr wärt überrascht, Mädchen. Sie nehmen überhand, *überhand*, sag ich Euch. Alberne Frauenzimmer wie die Schulmeisterin ...«

»Da fällt mir ein.« Penitence wandte sich an ihre Nachbarn. »Wer wird wegen der Mädchen mit Sir George sprechen?«

Sie mochten auf die Hinrichtung lästiger Rebellen vorbereitet sein, würden sich vielleicht nicht für die bedauernswerte Lady Alice Lisle einsetzen, aber gewiß war kein einziger Mann in diesem Raum, der nicht gegen die Gefangennahme der siebenundzwanzig kleinen Mädchen protestieren würde, deren einziges Verbrechen es gewesen war, Monmouth eine Fahne zu überreichen. Der arme Hurry Yeo vom Hoy Arms in Athelzoy, dessen Tochter unter denen war, die in Taunton Castle im Gefängnis saßen, hatte Penitence um Hilfe gebeten, und sie war überzeugt gewesen, daß sie sogar bei dem eingefleischtesten Tory Mitgefühl und Gehör finden würde.

Bis jetzt. »Wer wird mit ihm sprechen?« fragte sie wieder. Als es still blieb, sagte sie: »Ich verstehe.«

»Euch kennt er schließlich, Peg«, sagte Sir Roger.

Verärgert wandte Penitence sich wieder an Sir Ostyn. »Und Mudge Ridge? Er steht auch auf keiner Gefängnisliste?«

»Tut mir leid, Peg.«

Was soll ich nur Prue sagen? Was soll ich Zänglein sagen? Es war, als wären Dorinda MacGregor und Mudge vom Angesicht der Erde verschwunden. Sie hatte versucht, sich einzureden, es könne um Dorinda und MacGregor nur so still geworden sein, weil sie davongekommen waren, weil es ihnen gelungen war, vor den Folgen der Schlacht zu fliehen und ein Boot nach Holland zu finden. Aber daß Mudge auch nicht zurückgekommen war, der die beiden ins Haus bringen wollte, machte eine solche Erklärung unwahrscheinlich. Mit jedem Tag, der verging, erhärtete sich, was offensichtlich war: Die drei waren tot oder gefangen.

Die Schwierigkeit war, daß die Gefangenen auf alle Gefängnisse des Landes verteilt worden waren, und kaum jemand wußte, wen man wohin geschickt hatte. Henry hatte sich für sie in Weston Zoyland erkundigt, wo die meisten in der Schlacht gefallenen Rebellen in riesigen Massengräbern beerdigt worden waren, aber niemand erinnerte sich an die Leiche einer Frau. O *Dorinda*.

»Ich wette, sie haben falsche Namen angegeben, wollten ihre Familien schützen«, sagte Sir Ostyn freundlich. »Verzweifelt nicht, meine Schöne. Im Gefängnis sind sie sicher, verlaßt Euch auf mich.«

Das war kein Trost; die Berichte aus den Gefängnissen besagten, daß die Verhältnisse dort unmenschlich waren; wenn die Prozesse nicht bald anfingen, würde es keine Rebellen mehr geben, die angeklagt werden konnten.

Ihre Stimme bebte. »Sie dürften überhaupt nicht im Gefängnis sein. Sie haben nichts getan.« Soweit es Dorinda und Mudge betraf, war das die Wahrheit. Sie hatte keinen Grund dafür gesehen, dem Friedensrichter zu sagen, daß Dorindas Ehemann bei Monmouths Armee gewesen war.

Nach der Kühle des dunklen Zimmers im Oberstock des White Heart war der erste Schritt auf die Fore Street so als öffne man einen Feuerofen; für einen Spätnachmittag war es geradezu grausam heiß, und die Hitze traf sie wie ein Schlag. Die dümmlichen, leeren Augen des Osterlamms starrten ihr von der Fahne entgegen, die an einem Mast vor dem Gasthof hing, in dem Kirks Regiment sein Quartier aufgeschlagen hatte. Sie ertrug es nicht, das Ding anzuschauen, und merkte, daß die Leute die Schritte beschleunigten, um schneller daran vorbeizukommen. Schon nannte man den Teil von Taunton, in dem die niederen Dienstgrade der Lambs kampierten, »Tanger«, und seine früher stillen, provinziellen Gassen hatten viele der weniger angenehmen Aspekte dieser afrikanischen Stadt angenommen.

Man konnte nicht erwarten, daß die Truppen von James II. die Bewohner von Taunton freundlich behandeln würden; war die Stadt doch von den Stuarts als die »aufrührerischste in ganz England« bezeichnet worden. Im Bürgerkrieg hatte sie mit unverbrüchlicher Treue zum Parlament gehalten, zwei königliche Belagerungen durchgestanden, bei denen sie zu zwei Dritteln zerstört worden war. Eine Brutstätte des Nonkonformismus, hatte sie Monmouth ein ganzes Regiment zur Verfügung gestellt, und im Gefängnis saßen zur

Zeit mehr als fünfhundert Männer, die darauf warteten, daß Richter Jeffreys ihnen den Prozeß machte.

Sie wandte sich zum Castle, wo die Eltern der Mädchen von Taunton vor dem Gefängnis eine Mahnwache hielten. Sie hatte Mrs. Yeo im Eselskarren mitgebracht und mußte sie jetzt abholen, um sie nach Hause mitzunehmen. Die Angst der Frau war ansteckend. Penitence wußte, daß sie heute abend Boller wieder zu den Cartwrights nach Crewkerne schicken würde, weil sie hören wollte, daß Ruperta und Zänglein in Sicherheit waren, obwohl sie nicht daran zweifelte. Die Cartwrights hatten die beiden Mädchen, den größten Teil ihres Personals und selbst ihre Hunde in ihre eigene riesige Familie aufgenommen und waren überglücklich, ihren Nachbarn erzählen zu können, daß sie Prinz Ruperts Tochter in ihrer Obhut hatten.

Penitence vermißte die beiden Mädchen sehr. Sie behauptete, sie erlaube ihnen noch nicht, zurückzukommen, weil die Priory so nahe bei Sedgemoor lag und man in der Gegend noch immer mit Rebellentätigkeit rechnen mußte, ganz zu schweigen von der Unannehmlichkeit, Kirk's Lambs zu Nachbarn zu haben. Sogar in Crewkerne schauderte man, wenn Kirk's Lambs erwähnt wurden.

Was ihr mehr Sorgen bereitete, was sie nachts nicht schlafen ließ, waren die Folgen, die sie erwarteten, wenn man entdeckte, daß in der Priory einer von Monmouths Kommandeuren Zuflucht gefunden hatte. Im besten Fall würde man Penitence enteignen, und Ruperta würde ihr Erbe verlieren.

Zänglein würde dann nicht nur ihre Mutter, sondern auch ihr Zuhause verloren haben.

»Mistress Hughes?«

Sie fuhr herum. Der Mann, der ihr durch die Abkürzung zum Castle folgte, war normal gekleidet, doch sie erkannte sofort den Nonkonformisten; die Haltung von Nacken und Schultern verriet etwas wie puritanische Strenge, ebenso die Art, wie er die Fingerspitzen beider Hände aneinanderpreßte – als setze er sich, wenn er sich entspannte, dem Vorwurf aus, menschlich zu sein. »Ja?«

»Auf ein Wort, Mistress Hughes.« Mit einem Blick in die Runde überzeugte er sich, daß sie unbeobachtet waren.

»Ja?«

»Ich biete dir die Gelegenheit, dem Herrn zu dienen und deine Seele zu retten, Mistress.«

Sie war erleichtert. Nur eine raffiniertere Form der Bettelei.

Sie antwortete nicht unfreundlich mit einem Wortspiel, das sich gleichermaßen auf die Seelenrettung wie auf ihre finanziellen Mittel bezog, und ging weiter.

Er war ein typischer puritanischer Prediger; je abweisender man war, um so hartnäckiger wurde er. »Lady Alice hat dir einen Teppich vermacht, bevor sie sie abgeholt haben, Mistress. Man wird ihn dir heut abend bringen, und du sollst ihn erst aufrollen, wenn du allein bist. Du darfst auch den Behörden nicht verraten, daß du ihn hast.« Er kniff die Augen zusammen und sah sie bedeutungsvoll an.

»Was für einen Teppich?« fragte sie und bekam plötzlich Angst.

»Lady Alice hat gesagt, du würdest das Muster erkennen«, sagte der Mann und machte kehrt.

Penitence ging weiter, versuchte sich zu beruhigen. Ein harmloser Irrer, mehr nicht. Oder vielleicht war es die arme Alice, die im Gefängnis verrückt geworden war und anfing an ihre Nachbarn Teppiche zu verschenken. Ihre Furcht war völlig grundlos; weil sie Benedikt versteckte, glaubte sie sich von allen Seiten bedroht.

Das Denken fiel ihr schwer. Der Tag war lang gewesen. Taunton, die früher so freundliche Stadt, war jetzt belagert, das Tanger-Regiment und die Todesvorbereitungen prägten ihr Bild. Es war so heiß. Sie hatte so viele Probleme: Wie sollte sie mit dem Lord Oberrichter umgehen, wenn er kam, nachdem sie sich selbst so bloßgestellt hatte, als sie das letztemal zusammengetroffen waren. Wie sollte sie auf der langen Rückfahrt nach Athelzoy Mrs. Yeos Schmerz ertragen? Wie die Fahrt selbst ertragen. Wie die unzähligen holprigen Meilen der Marsch überwinden und sich um Dorinda, Mudge und MacGregor halb zu Tode ängstigen? Wie sollte sie sich nicht um Benedikt sorgen und sich ständig fragen, was sie mit ihm tun sollte. Wie sich nicht um Ruperta und Zänglein sorgen?

Doch inmitten all dieser Kümmernisse war ihr bewußt, daß Gott ein liebender Gott war. Denn ab und zu, sparsam, um sicherzugehen, daß sie sich nicht an das Glück gewöhnte, und fast immer nachts, öffnete Er die Hand und erlaubte Henry King, in die Priory und in ihr Bett zurückzukehren.

Sie hörte die Hufschläge seines Pferdes schon von weitem und stand am Fenster, um ihn durch ihr Tor reiten zu sehen.

Frösche quakten in der Marsch, und der Erntemond erhellte die Zufahrt wie eine riesige Straßenlaterne, und dort, wo die Eibenschachfiguren geometrische Schatten warfen, war der Rasen gelblich geworden. Ihr war, als hätte sich eine der Figuren bewegt. *Nevis?*

Dann hörte sie Musketts Ausruf und Henrys immer gleiche Antwort: »Ich bin's, du Dummkopf«, und als sie hinunterging, um ihn zu begrüßen, damit er sie wieder hinauftragen konnte, verschwand alles andere aus ihrem Kopf.

Als er diesmal wie üblich in ihr Schlafzimmer gehen wollte, hielt sie ihn zurück und sagte: »Die nächste Tür.«

»Was stimmt mit diesem Zimmer nicht?«

»Benedikt erholt sich allmählich«, erklärte sie ihm. »Ich möchte nicht, daß er uns hört.« Das war jedoch nur die halbe Wahrheit.

»Hauptsache, es gibt dort ein Bett.«

Das Bett war das Problem; das Schlaraffenland, zu dem es für sie beide geworden war, war Ruperts Bett. Sie hatte ein schlechtes Gewissen. Bei Rupert hatte sie voller Dankbarkeit versucht, seine Liebe zu erwidern, weil sie ihm so viel schuldete. Sie hatte versprochen, seinem Andenken treu zu bleiben. Und hier war sie nun, überschäumend vor Leidenschaft, die sie für jemanden empfand, der sie viel weniger verdiente. Das wenigste, was sie tun konnte, war, sich in ein anderes Bett zurückzuziehen.

Das Schlafzimmer nebenan war kleiner, das Bett einfacher, doch wie er gesagt hatte, es war nicht wichtig.

Unvermittelt hatte er sie einmal gefragt: »Hat Rupert dir auch so viel Freude gegeben?« Und sagte dann: »Tut mir leid.« Er wollte, daß sie nein sagte, das wußte sie. Es wäre jedoch beschämend gewesen, ihm zu gestehen, sie habe nichts empfunden, wenn Rupert sie berührt hatte – außer daß sie sich schuldig gefühlt und gehofft hatte, es wäre bald vorbei. Das Geheimnis seines Bettes zu wahren, war sie einem Mann schuldig, der ihr so viel gegeben hatte wie Rupert. *Wir Mätressen haben unsere Ethik.*

Statt dessen sagte sie ihm, Helena habe von Paris nicht so viele Freuden erfahren wie Penitence von Henry King, und daß sie jedesmal, wenn sie miteinander ins Bett gingen, der Welt gesamten Vorrat an Glück erschöpfe.

Sie vermutete, daß diese Überschwenglichkeit, obwohl sie ihn entzückte, seinen Verdacht bestätigte. Es war eine mutwillige Antwort, wie Männer sie von Huren erwarteten. Es war nicht zu ändern. Und auch nicht mehr wichtig. Sie hatte ihren Stolz verloren. Er konnte sie zu jeder Bedingung haben. Solange er sie nur wollte.

Er wollte sie.

Viel, viel später, als sie wieder normal atmen konnte, gab sie ihm einen leichten Rippenstoß. »Wer ist das Portlannon-Mädchen?

»Wer?« Er schlief schon halb.

»Das Portlannon-Mädchen. Dem du den Hof machst.«

»Ach, sie. Nettes Ding. Reich, gute Familie. Stottert überhaupt nicht. Ich ziehe sie als die nächste Viscountess of Severn and Thames in Betracht.« Gähnend musterte er Penitence aus den Augenwinkeln. »Eifersüchtig?«

»Nein.« Und sie war es tatsächlich nicht. Es hatte keinen Sinn, jemand anders etwas zu mißgönnen, was einem nicht bestimmt war.

»Ich dachte mir, ich sollte Kinder haben, bevor ich zu alt bin.«

»Natürlich.« *Er wollte sagen ›einen Sohn‹*. Doch sie protestierte nicht, sagte nicht, er habe doch einen. Ob er nun glaubte oder nicht glaubte, daß Benedikt sein Sohn war, war – wie alles andere – bedeutungslos geworden. Es war, als hätten sie gemeinsam einen mit einer hohen Mauer umfriedeten Garten außerhalb des alltäglichen Lebens betreten, in dem sie die einzigen Bewohner waren.

Wenn er aus Bridgwater nicht fort konnte, wo er und seine Miliz stationiert waren, tat sie alles, was man von ihr erwartete, sprach, bewegte, sorgte sich, unterhielt sich über ihre Ernte, während ihre Seele sich die ganze Zeit über an dem Tor in der Mauer wundrieb, sich danach sehnte, wieder eingelassen zu werden. Sobald sie ihn sah, drehte sich der Schlüssel im Schloß, und Musik, die keiner anderen glich, strömte durch das Tor, das sich einladend vor ihr öffnete.

In diesem Garten gab es keine Vergangenheit. Weil er nervös wurde, wenn sie die Vergangenheit erwähnte, über die zu sprechen er sich weigerte, obwohl sie gern mehr erfahren hätte. Er sagte nur: »Der verstorbene Viscount, mein Vater, übte sein *droit de seigneur* bei jedem weiblichen Wesen auf unserem Besitz aus, wahrscheinlich sogar bei den Schafen. Aber, bei Gott, als ich eine katholische Ehefrau nach Hause brachte – da war er plötzlich der empörte Puritaner. Er warf mich hinaus. Sagte, das könne zu nichts Gutem führen.« Henry schloß die Augen. »Und recht hatte er, der käufliche alte Scheißkerl.«

Da er um die Einzigartigkeit ihrer Beziehung wußte – und sie wußte, daß er wußte –, fand sie es erstaunlich, daß ihre Vergangenheit eine so große Bedeutung für ihn hatte. Es machte sie zornig, daß es so war. Aber es war so.

Es war Zeit, den Garten zu verlassen. »Gehen wir zum Abendessen hinunter?«

»Ich hab' schon gedacht, du würdest nie fragen.« Er begann nach seinen Sachen zu tasten. »So viel Vergnüglichkeit macht mich hungrig.«

»Es ist sehr freundlich von dir, sie mir zu bereiten«, sagte sie höflich.

»So bin ich eben. Denke nie an mich. Du sagst, Benedikt geht es besser? Um wieviel besser?«

»Er macht mir Sorgen, Henry. Manchmal ist er verwirrt und dann wieder nur übellaunig.«

»Das ist nach einer so schweren Gehirnerschütterung nicht anders zu erwarten. In zwei Nächten von heute an muß er ganz in Ordnung sein. Er muß zur Küste reiten können, denn er muß um halb fünf Uhr morgens mit der Flut auslaufen.«

Sie legte den Kopf auf seinen Ärmel. »Woher hast du das Boot bekommen?«

»Eine Yacht, Weib. Es ist eine Yacht, und sie gehört mir, und es ist meine Crew.« Sie vergaß immer wieder, daß er ein Viscount war. »Sie liegt in einem Wasserlauf in der Mündung des Parrett, die nicht ganz zufällig von der Severn and Thames North Somerset-Miliz bewacht wird, Gott segne sie. Ich stecke ihn in einen Korb oder so was Ähnliches und erzähle ihnen, es sei Schmuggelware. Alle meine Männer sind Schmuggler. Der Platz ist im Krähenflug ungefähr fünfzehn Meilen von hier.«

»Wir haben keine Krähe, liebster Henry. Wir haben nicht einmal ein verdammtes Pferd, seit das letzte requiriert wurde. Einen Eselskarren, den haben wir.«

»Ich bringe ein zweites Pferd mit.« Er führte sie durch die Tür und durch den Korridor. Ihre Schritte hallten, als sie die Wendeltreppe hinuntergingen, und die Stille wurde noch aufdringlicher. Außer Muskett und Prue hatte sie kein Hauspersonal mehr; alle anderen halfen in Crewkerne aus.

Den Dienstboten aus dem Dorf hatte sie gesagt, sie sollten nicht mehr kommen, angeblich weil es keine Arbeit gab, in Wahrheit jedoch, damit Benedikt sich frei bewegen konnte, wenn er sich wohl genug fühlte.

Prue hatte auf dem Küchentisch kaltes Fleisch, Brot und Eingemachtes vorbereitet. Seit die Soldaten in das Gebiet eingedrungen waren und bei den Gerichtstagen so viele auswärtige Beamte und Schreiber benötigt wurden, waren die Lebensmittel knapper denn je. Heute abend hatte Henry eine Flasche Bordeaux und etwas geräuchertes Wildbret mitgebracht, das ihm von seinem Besitz im Norden der Grafschaft geschickt worden war.

Penitence konnte nichts essen. »Wie kannst du Benedikt durchschmuggeln? Du hast selbst gesagt, in den Levels sei überall die Armee, die noch immer nach Rebellen sucht.«

Er stopfte sich den Mund mit Wildfleisch voll und tat das Problem mit einem Achselzucken ab. Dann murmelte er etwas mit vollem Mund, das sie nicht verstand.

»Wie bitte?«

Er schluckte. »Sie kennen mich. Jeder Straßensperre auf dem Damm ist bekannt, daß ich eine unersättliche Frau habe, die befriedigt werden will. Sie schreien hurra, wenn ich vorüberkomme. Es ist rührend.«

»Aber Benedikt kennen sie nicht.«

Er zog sie an sich. »Stiefel, ich bring' ihn hin. Ich stecke ihn in Musketts Uniform. Eine andere Möglichkeit sehe ich nicht. Wir müssen überübermorgen nacht dort sein, sonst ist die Tide falsch, und wir werden von den Küstenwachbooten in der Bucht gesehen. Bring den Jungen nur soweit, daß er reiten kann, und ich bring' ihn hin, und wenn es mein Tod ist.«

Das eben beunruhigt mich. Sie wußte jedoch nicht, was sonst getan werden könnte, und daß sie ihm so nahe war, war ihrer Konzentration auch nicht unbedingt förderlich. »Noch immer keine Nachricht von Dorinda und MacGregor? Oder von Mudge?«

»Nein, tut mir leid.« Er gab sie frei. »Lieber Heiliger Jesus, wie konnte MacGregor nur so idiotisch sein, sich mit Monmouth einzulassen? Ich hatte ihn erst ungefähr eine Woche vorher in Den Haag gesehen, und er hat es nicht einmal erwähnt.«

»Du hast MacGregor in den Niederlanden gekannt?«

»Ich habe MacGregor schon in der Rookery gekannt, diesen schottischen Saufbold. Als ich ihn in Den Haag traf, hatte er mit dem Trinken aufgehört, die Liebe einer braven Frau hat ihn gerettet, wenn man Dorinda so nennen kann. Also habe ich ihm Arbeit gegeben. Er war einer unserer Agenten, hat mir und Bentinck geholfen, die Verteilung der englischen Pamphlete zu organisieren.«

»Bentinck!«

»Prinz Wilhelms rechte Hand.« Er sah sie neugierig an. »Du kennst Bentinck?«

»Ich bin ihm einmal begegnet, vor langer, langer Zeit.«

Sofort wurde er unruhig. Sie waren auf das gefährliche Territorium ihrer Vergangenheit geraten. »Du scheinst mit der Zeit eine Menge Männer kennengelernt zu haben. Bentinck. Churchill.«

Sie zuckte mit den Schultern und begann ein Tablett vorzubereiten, um es Benedikt und Muskett hinaufzubringen. *Und wie viele Frauen hast du mit der Zeit kennengelernt?* Ein Bein auf dem Tisch, lümmelte er in einem Stuhl mit Armlehnen, der zu einer ganzen Garnitur von Speisezimmerstühlen gehörte, und sah fast so aus wie damals in einem Fenster in der Rookery. Sein Haar, damals lang, jetzt kurz – seine Perücke lag irgendwo im Bett –, war ein wenig grau geworden, aber nicht sehr. Das Licht vom Herdfeuer spielte über einen Hals, der mit den Jahren nicht plumper geworden war. Er war so anziehend wie die Hölle und konnte sie mit seinen Zweifeln und seinen Spitzen gegen Dorinda wütender machen als je ein Mann, dem sie begegnet war.

Wenn Dorinda tot ist, dann nur, weil sie versucht hat, deinem Sohn zu helfen. Das hatte sie ihm nicht gesagt.

Denn wenn er ihr glaubte, müßte er sich den MacGregors so verpflichtet fühlen, daß er nicht ruhen würde, bis er sie fand, und sich dadurch noch verdächtiger machen. Schon waren beim niedrigen Adel der Grafschaft Gerüchte gegen ihn im Umlauf; er war zu lange in Holland bei Wilhelm von Oranien gewesen; man hatte gehört, daß er über König James spöttische Bemerkungen machte. Churchill bewunderte ihn, aber Churchill war inzwischen wieder in Whitehall; die Grafschaft war auf Gnade und Ungnade Kirks Regiment ausgeliefert, und Kirk und Nevis haßten ihn, vor allem, weil er mit seiner Verachtung gegen sie nicht hinter dem Berg hielt. *Es tut mir leid, Dorinda.* Ich kann es nicht zulassen, daß er versucht, dich zu finden. Einen Sohn zu haben, auf den ein Kopfgeld ausgesetzt war, brachte sie um; wenn sein Vater in Verdacht geriete, würde sie den Verstand verlieren.

Sie sagte: »Du arbeitest also für Wilhelm?«

Hellhörig erfaßte er jede Nuance in ihrer Stimme. »Gütiger Gott, ihn kennst du auch?«

»Ich bin Prinz Wilhelm begegnet«, erklärte sie ihm kühl. »Einfach nur begegnet.« *Er hatte damals keine Hose an.* »Willst du jetzt ihn auf den englischen Thron setzen? Das letztemal war es Rupert.«

»Rupert war in den Klauen eines Vampirs«, sagte Henry. »Wilhelm hat Mary erzogen. Auf ihn kann man eher setzen.«

Sie ging um den Tisch herum und kniete neben seinem Stuhl nieder. »Liebling, keine Schlachten mehr. Sie verletzen die Menschen. Menschen verschwinden oder werden gehenkt. Ist es denn so wichtig, welcher König auf dem Thron sitzt – oder ob der Prunksessel ganz leer bleibt?«

Er war zuerst entsetzt, dann erschien auf seinem Gesicht der nachsichtige Ausdruck, der Idioten und Kindern vorbehalten ist. Er hob sie auf seine Knie und tippte mit dem Finger auf ihre Nasenspitze. »Es muß einen König geben, Stiefel, denn sonst hätten die Münzen leere Stellen, da wo sein Kopf sein sollte. Du kannst einen König haben, der ein Narr ist, wie Charles I. Und du kannst einen König haben, der katholisch ist wie Charles II. Aber wenn du einen König hast, der ein Narr und katholisch ist wie James, dann gibt es früher oder später eine Revolution. Und hier kommt Wilhelm ins Spiel.«

Sie streichelte sein Gesicht. »Das allererste, das du je zu mir gesagt hast, war, daß man Königen nicht trauen darf. Keinem einzigen von den Kerlen, hast du gesagt.« Eine Million Jahre war das her. Ein unschuldiges, stimmloses Ding war sie gewesen und war in der Rookery durch die Gosse gekrochen, um Angreifern zu entkommen, die so arm waren wie sie. Dann war aus den Wolken dieser göttliche Held herabgestiegen, um sie nicht nur vor ihren Angreifern zu retten, sondern um sie auch aus ihrer Unschuld und Stimmlosigkeit zu erlösen.

»Ich habe gesagt, ich traue ihnen nicht, ich habe nicht gesagt, wir können ohne sie auskommen.« Er verzog den Mund, als er sich erinnerte. »Das war vielleicht ein eisig kalter Tag, Stiefel. Ich seh' dich jetzt vor mir.«

Und wir haben einander gehenlassen. Und jetzt habe ich dich wieder. Pfauen und Elfenbein, Gold und Saphire saßen in Gestalt dieses Mannes in ihrer Küche. Penitence kuschelte sich enger an ihn und spürte sofort, wie er hart wurde. »O nein, das tust du nicht«, sagte sie, obwohl es, weiß Gott, eine Verlockung war. »Am Ende bist du noch völlig erschöpft.« Sie rutschte von seinem Schoß hinunter. »Ich bringe Benedikt und Muskett das Abendessen hinauf.«

Er seufzte. »Na schön, tu das.« Bei Penitence beschwerte er sich darüber, daß der Junge ein Narr war, daß jeder ein Narr war, der sich Monmouth angeschlossen hatte, doch der Junge interessierte ihn. Einmal hatte sie gesehen, wie er auf dem Bett seine Hand neben die von Benedikt legte, und die beiden verglich. Für sie waren sie einander so ähnlich wie ein Ei dem anderen, schmal und kräftig, aber sie hatte nichts gesagt. *Mach nur so weiter. Laß dein Mißtrauen die nächsten zwanzig Jahre verderben wie es die vergangenen verdorben hat.* Er machte sie so wütend. Sie liebte ihn so sehr.

Als sie ins Schlafzimmer kamen, sprang Muskett, der mit Benedikt auf dem Nachttisch Karten spielte, auf und stand stramm. »Sir.«

Henry musterte die Münzen, die auf dem Tisch lagen. »Ich würde keine zu großen Einsätze wagen, Major Hurd. Mein Sergeant ist landauf landab in Somerset als Machiavelli-Muskett bekannt.«

Penitence liebte Muskett. Er war zuverlässig und solide, und sein Humor machte ihn anziehender als so mancher Mann von besserem Aussehen es war. Sie hatte Hoffnungen für ihn und Prue. Er blickte starr auf die Wand. »Der Major ist ein ehrlicher Kartenspieler, Sir. Was bei einem Kavalleristen selten ist, Sir. Und bei Offizieren. Meiner Erfahrung nach. Sir.«

»Denkst du manchmal dran, wie es ist, auf eine Kanone gebunden und ausgepeitscht zu werden, Muskett?«

»Nein. Sir.«

»Solltest du aber.« Henry wandte sich an Benedikt. »Wie geht es uns heute abend, Major?«

»Ich weiß nicht, wie es Euch geht, aber in meinem verdammten Kopf hämmert es.«

»Benedikt!« Penitence hätte ihn umbringen mögen. Er wußte nicht, daß Henry sein Vater war – ehe Henry nicht bereit war, ihn anzuerkennen, hielt sie es nicht für richtig, es ihm zu sagen –, und war in seiner Gegenwart immer mürrischer und widerspenstiger geworden, aber so flegelhaft hatte er sich noch nie benommen. »Der Viscount war so freundlich, heute abend zu uns zu kommen, um dich über die Vorkehrungen für deine Flucht zu informieren.«

»Deshalb ist er gekommen? Aus keinem anderen Grund?« Benedikt war ausgezehrt. Körperliche Schwäche ließ seinen Zorn wie mürrische Gereiztheit erscheinen. Zitternd hielt er sich an einer Stuhllehne fest, um aufzustehen. »Vor allem möchte ich wissen, warum der Hauptmann Viscount einem Rebellen zur Flucht verhelfen will. Oder vielleicht sollte ich diese Frage lieber meiner Mutter stellen. Sir, ich fordere Euch, um ihre Ehre zu verteidigen, zum Duell.«

»Das wollt Ihr, bei Gott«, sagte Henry.

Wie kann ich nur einen so dummen Jungen großgezogen haben? Er hatte natürlich Rupert bewundert. Und er war krank. Penitence sah ihren Sohn an, und der Atem stockte ihr, so groß war die Ähnlichkeit mit seinem Vater. Das Kerzenlicht betonte die tiefliegenden Augen und die neue Linie der langen, schmalen Wangen. *Er ist älter geworden.* Er tat ihr so leid. Mit dieser lächerlichen Erklärung versuchte er vorzutäuschen, daß es noch mittelalterliche Ritterlichkeit gab, obwohl er doch gesehen hatte, daß sie bei Sedgemoor in Stücke gehauen worden war. Sie wußte, daß er es gesehen hatte. Sie hatte gehört, worüber er in so manchem seiner Alpträume phantasierte.

Sie faßte den Viscount am Ärmel, zog ihn beiseite und flüsterte: »Sei nachsichtig mit ihm, Henry.«

»Kein Sorge, ich lasse mich auf nichts ein. Er ist wahrscheinlich ein viel besserer Duellant als ich. Vor allem ist er jünger. Und genauso groß. Außerdem«, fügte er verdrießlich hinzu, »hat der kleine Bastard einen höheren Rang als ich.«

»Etwas liegt auf der Zufahrt, Sir«, sagte Muskett, der diplomatisch aus dem Fenster geschaut hatte.

Henry ging hinüber, legte Benedikt die Hand auf die Schulter und zwang ihn in seinen Sessel zurück. »Ihr bekommt Eure Satisfaktion später, Major. Bleibt außer Sicht.« Er trat zu Muskett und Penitence ans Fenster.

Sie konnten über das Dach des Torhauses hinweg eben noch das Ende der Zufahrt sehen, einen stillen weißen Fluß im Licht des riesigen Mondes. Von hier aus sah Musketts »Etwas« schwarz und weich eingerollt aus wie ein Wegschnecke. Doch wenn es eine Wegschnecke war, hatte sie Männergröße.

»Bleibt hier.« Henry lud im Hinausgehen seine Pistole. Muskett, der immer eine bei der Hand hatte, griff nach ihr. »Ihr bleibt am besten hier, Mistress.«

Wessen Haus ist das? Sie nahm Benedikt am Arm und half ihm auf. »Zeit, ins Loch zurückzugehen, fürchte ich.« Wenn Muskett bei ihm war, um ihn zu beschützen, ließ sie ihn im Schlafzimmer frei herumlaufen, solange er sich von den Fenstern fernhielt.

»Nein.« Gereizt schüttelte er sie ab. »Ich will sehen, was es ist.«

Er ist übermüdet. Wie oft hatte sie das in seiner Kindheit gesagt? Sie änderten sich nie. »Benedikt«, sagte sie, »du bist schwach genug, und du bist noch jung genug, daß dir deine Mutter noch einen Klaps geben kann, wenn du nicht in diesen Raum zurückgehst.« Und es war ihr ernst damit.

Er grinste. Sie hatte vergessen, daß er es konnte. *Du bist wahrlich deines Vaters Sohn.* Sie half ihm durch die Öffnung im Kopfteil des Bettes und lief dann zu den beiden Männern hinunter. Sie standen Rücken an Rücken, und Muskett zielte mit seiner Pistole auf die »Schnecke«. Henry sicherte die linke Seite der Zufahrt. »Muskett hat den Karren nicht kommen gesehen, doch er hat ihn abfahren gehört. Und er dachte, er habe dort drüben einen Schatten entdeckt.« Nach ein paar Minuten entspannte er sich. »In Ordnung, Sergeant, laß mal sehen, was man uns gebracht hat.«

Penitence wußte er bereits. »Lady Alices Teppich.«

Es war nicht nur ein Teppich. Als die Männer an den Fransen ruckten, rollte er sich auf, und die Gestalt eines älteren Mannes fiel schlaff auf den Kies.

Schwere, laute Atemzüge sagten ihnen, daß er nicht tot war, sonst hätte das Gesicht, das im Mondlicht schrecklich aussah, die Vermutung nahegelegt. Als Penitence ein Kind war, hatte man sie gezwungen, bei der Beerdigung von erhabenen puritanischen Predigern am Sarg vorbeizuziehen, und sie hatten wie dieser Mann ausgesehen; schwarz gekleidet, mit der Bibel zwischen den Händen.

Die Hände dieses Mannes bewegten sich noch, und er roch noch schrecklicher als die toten Prediger von gleicher Art. Sie kannte sie nur allzugut.

»Ein Rebell«, sagte Henry. »Mit Lungen, in denen sich das Blut staut, wie es aussieht.« Er strich mit der Hand über den schwarzen Mantel aus feinem Wollstoff. »Feucht. Hat möglicherweise draußen im Riedgras gelegen. Irgend jemand will ihn offenbar nicht mehr verstecken, und ich kann nicht behaupten, daß ich es ihm übelnehme. Was denkst du, Muskett?«

»Ganz Eurer Meinung, Sir.«

»Und was, glaubst du, sollten wir mit ihm tun?«

»Ich persönlich, Sir, würde das nächste Loch in der Marsch suchen und ihn hineinwerfen.«

»Einverstanden. Pack ihn wieder ein.«

»Nein!«

Jeder Instinkt schrie in ihr, auf alle Humanität zu pfeifen und es den Männern zu überlassen, was sie mit diesem Gespenst machten, schnell den Kopf abzuwenden und unberührt zubleiben. *Was haben du und deinesgleichen je für mich getan? Warum sollte ich noch einen Mann aufnehmen, der denkt, ich sei eine Hure?* Müde sagte sie: »Bringt ihn ins Haus hinauf.«

»Stiefel, du hast genug Schwierigkeiten.«

»Ich weiß, aber er ist ein Verwandter von mir. Seine Name ist Martin Hughes.«

Während Henry und Muskett den Bewußtlosen in die Spülküche trugen, um ihm die feuchten Kleider auszuziehen und ihn zu waschen, ging Penitence in das Hauptschlafzimmer im Nordflügel, weil sie mehr Decken brauchte und ein paar Sachen von Rupert. Sie öffnete das Paneel, half Benedikt aus dem Geheimzimmer und erklärte ihm, was passiert war.

»Warst du eben hier oben?« fragte er. »Ich dachte, ich hätte jemand im Zimmer herumgehen gehört.«

Penitence sah sich voller Unbehagen um. Es galt die Regel, daß er kein Geräusch machen durfte, bis das Paneel geöffnet wurde, und da er wußte, welches Risiko sie auf sich nahm, wenn man ihn fand, beachtete er diese Regel sorgfältig, ließ aber, um die schlimmsten Schrecken der Klaustrophobie abzuwenden, die Tür hinter dem Paneel immer offen.

Sie schaute unters Bett und in die Schränke und schloß die Tür hinter sich ab, bevor sie hinunterging, um es den Männern zu erzählen. Martin Hughes lag, in eine Decke gehüllt, in der Spülküche auf dem Tisch.

»Soll ich das Haus durchsuchen?« fragte Muskett.

»Was hätte es für einen Sinn?« sagte Henry müde. »Das verdammte Ding hat mehr Löcher, durch die man herein- und hinausschlüpfen kann, als ein Käse voller Käfer. Geh hinauf, und bewach den Jungen.« Als sein Sergeant gegangen war, wandte er sich an Penitence. »Ich will dich hier raus haben«, sagte er. »Muskett wird dich nach Cheynes begleiten, das ist mein Haus, und dort kannst du bleiben, bis wir alle diese Verwandten losgeworden sind, die du dauernd um dich versammelst.«

»Nein, ich kann nicht weg.« Sie begann einen Breiumschlag vorzubereiten, um Martin Hughes' Beschwerden in der Brust zu lindern; bald würde sie keine Laken mehr haben, die sie zerreißen konnte.

»Hör zu!« Er wurde verärgert. »Dieses alte Storchenbein wurde dir auf die Zufahrt gelegt, um uns aus dem Haus zu locken, damit sie nach dem Jungen suchen konnten. Sie verdächtigen dich.«

»Nein«, sagte sie. »Es war Nevis, der im Haus war.« Sie hörte, daß ihre Stimme hysterisch umzukippen drohte und zwang sich zur Selbstbeherrschung. »Nevis war im Haus. Er beobachtet. Er hat mich von Anfang an verdächtigt, doch solange er das geheime Zimmer nicht findet, kann er nichts tun. Lady Alice hat mir den Teppich geschickt.«

»Lady Alice Lisle? Ich dachte, die hätte man verhaftet.«

»Das hat man auch. Den Teppich hat sie mir ›hinterlassen‹. Sie hat die Familienähnlichkeit erkannt.«

In der Speisekammer war Gänseschmalz, und sie holte es. Während sie es neben dem Feuer zergehen ließ, erzählte Penitence Henry, was sie über die Geschichte ihrer Mutter wußte. »Sie haben das Kind, mich, nach Amerika mitgenommen, sie aber zurückgelassen und praktisch dem Hungertod preisgegeben. Nur – sie ist nicht verhungert. Sie ging nach London und eröffnete das Cock-and-Pie.«

»Ihre Ladyschaft war deine Mutter?«

Sie fragte sich, ob das seinen Verdacht bestätigte. Wie die Mutter, so die Tochter. Sie klatschte Gänseschmalz auf gezupfte Baumwolle, verteilte die Baumwolle auf einem Stück Leinen und legte den Umschlag auf Martin Hughes' knochige, haarlose Brust. Seine Haut war heiß, und er hatte den Mund geöffnet, um zu atmen.

»Sehr schön«, sagte Henry, »aber nichts von alledem erklärt mir, warum du nicht aus der Feuerlinie verschwinden kannst. Wenn du darauf bestehst, feurige Kohlen auf das Haupt dieses häßlichen alten Mistkerls zu häufen, überlaß es Muskett und mir. Wir bringen ihn fort.«

»Es geht mir um Dorinda«, sagte sie. »Ich kann nicht gehen, solange ich nicht weiß, was aus ihr geworden ist.«

Er wurde langsam wütend. Für Dorinda hatte er noch nie viel übrig gehabt. Abgesehen davon wußte Penitence, daß er ungeduldig war, weil er wieder mit ihr ins Bett gehen wollte, ehe er nach Bridgwater zurückkehrte. »Das Frauenzimmer ist tot oder im Gefängnis. So oder so – was könntest du tun?« Für ihn war die Sache abgetan.

»Ich würde zu Jeffreys gehen«, sagte sie unachtsam. »Er würde sie mir geben.«

»Tatsächlich? Noch ein Bewunderer?«

Sie blickte von dem Verband auf, den sie eben anlegte, sah höfliches Interesse wie festgeklebt auf seinem Gesicht und wurde nun selbst verärgert. »Ja, wenn du's genau wissen willst.«

Er nickte. »Schauspielerinnen kommen viel herum.«

»Nein«, sagte sie. »Das tun wir nicht. Wir stehen ganz still, und die Männer kommen zu *uns*. Theater spielen, bedeutet nicht, daß man eine Hure sein muß. Und wenn man in einem *Bordell* lebt, muß man auch keine sein.«

»Ach, wirklich?«

Sie dachte an den Eifer, den Männer an den Tag legten, um eine Frau zu verführen, und an den noch größeren Eifer, mit dem sie sie später verleumdeten und beleidigten. Sie dachte an Aphra, die verleumdet wurde, weil sie sich ihren Lebensunterhalt selbst verdiente. Sie dachte an Dorinda, die zum Gespött geworden war, weil sie an die

Liebe eines Mannes geglaubt hatte. Der Mann vor ihr war ein Beispiel für eine ganze Gattung von Ausbeutern. »Ja, wirklich«, stimmte sie zu. »Eine Hure wird sie erst später, wenn sie ein Kind erwartet und verlassen wird und nach Newgate kommt, weil sie Schulden hat. *Dann* erst wird sie zur Hure. Und wenn sie versucht, den Lebensunterhalt für sich und das Kind zu verdienen und ein Mann sagt, das sei erst möglich, wenn sie mit ihm schläft. *Dann* wird sie zur Hure.«

Zwanzig Jahre Groll nährten ihren Zorn; er war nicht aufzuhalten. Das erhebende Gefühl, endlich die Wahrheit herauszuschreien, war wie eine Trompete, die vor einer Schlacht zum Angriff rief; sie sprach immer schneller. Sie ließ Martin Hughes' Körper auf den Tisch zurückfallen, so daß sie sich darüberbeugen und den Mann anschreien konnte, der ihr gegenüberstand, den Feind. »Und wenn der Lord Oberrichter Jeffreys mit ihr ins Bett gehen will und dafür ihre Freundin freiläßt, dann ist das ein geringer Preis, denn sie ist es *gewohnt, die Hure zu sein, die du aus ihr gemacht hast!*« Sie kreischte die Worte.

Dann bereute sie sie. Es war nicht der richtige Zeitpunkt, all das hervorzuholen, wenn sie überlastet und außer sich vor Angst war und sie beide zu müde waren. *Ich liebe dich. Ich habe immer nur dich geliebt.*

Doch es war schon zu spät.

Er verneigte sich. »Offenbar kann ich Euch nicht helfen, Madam. Darf ich Euch vorschlagen, einen Teil Eurer Dienerschaft zurückzuholen, zum Schutz für Euch und die Euren.«

Sie mußte Muskett herunterrufen, damit er ihr half, den alten Mann hinaufzubringen. Sie hörte den Kies prasseln, als Henrys Pferd die Zufahrt hinuntergaloppierte. Als sie Muskett durch die Tür ihres Schlafzimmers leuchtete, öffnete der Kranke, den er über der Schulter trug, die Augen und sah Penitence an. »Jezabel«, sagte er. Es kam automatisch, eine Reaktion auf jede Frau, die nicht bis zum Hals zugeknöpft war. Wahrscheinlich war ihm gar nicht bewußt, daß er es gesagt hatte. *Warum tue ich das?*

Als sie den mageren alten Körper durch das Loch im Kopfteil des Bettes zu Muskett hinüberschob, der schon hineingeklettert war, protestierte Benedikt. »Hier drin ist es schon schlimm genug, ohne daß ich's mit einem wie ihm teilen muß.«

Müde holte sie Bettzeug und half Muskett, es dem alten Mann bequem zu machen. Dann kletterte sie wieder hinaus.

»Das ist dein Urgroßonkel«, sagte sie, »Und das« – sie zeigte auf die Zufahrt – »war dein Vater. Und das«, so hart sie konnte, schlug sie ihrem Sohn ins Gesicht, »ist dafür, daß du zu einem wie diese beiden herangewachsen bist. Ich gehe jetzt ins Bett.«

Die meisten Tagelöhner, die Penitence in den vergangenen Jahren bei der Kardenernte beschäftigt hatte, entstammten der nonkonformistischen männlichen Bevölkerung von Somerset. Ein großer Teil dieser Männer war entweder während des Monmouths-Aufstands gefallen oder saß im Gefängnis und wartete auf den Prozeß.

Obwohl ergänzt durch so viele Arbeiter, wie ihre Nachbarn entbehren konnten, trotteten bei Tagesanbruch nur achtzehn Männer in den Hof, um Anweisungen zu bekommen.

Penitence blickte von ihnen in den Frühnebel, der über den Marschen hing, und fragte sich, ob die Hitzewelle lange genug anhalten würde, damit so wenige so viel ernten konnten, bevor die Regenfälle kamen. Schon prophezeiten die Neunmalklugen im Dorf Gewitter, und die Luft wurde tatsächlich schwer. In den Levels war es still geworden, als quetsche die Hitze das Leben aus ihnen heraus. Die Wasservögel hielten sich im Schatten des Rieds auf. Der einzige Laut war das unaufhörliche Summen der Insekten und das Sirren einer Libelle, die einem plötzlich dicht am Ohr vorbeiflog.

Sie sah wieder die Männer an. Sie warteten darauf, daß sie die Messer verteilte, mit denen die Karden geschnitten wurden, und warteten auf die Ansprache, die ihr Blut in Wallung brachte und die Muskeln spannte; in den vergangenen Jahren war sie traditionell von Mudge gehalten worden, bevor die Männer auf die Felder hinausgingen.

»Tut euer Bestes und tut es schnell«, sagte sie knapp. *Was erwarten sie in dieser Hitze?* »Es gibt eine Belohnung für den Mann, der mit seinen drei Ackern als erster fertig ist.«

Der Ansporn brachte ein Funkeln in die Augen der Männer, das Shakespeare nicht hätte hervorrufen können, und gutwillig schlurften sie an dem Tisch vorbei, an dem sie die Kardemesser ausgab, die sonst in einem versperrten Kasten im Schrank in der Halle aufbewahrt wurden. Sie waren teuer, eigens zum Kardenschneiden hergestellt; kleine, tödlich scharfe Klingen, die in die Beuge des Zeigefingers eines Mannes paßten, so daß es eher so aussah, als pflücke die in einem Handschuh steckende Hand, die die Karden schnitt, die stachligen Köpfe.

Ungeduldig, aber ihrer Pflichten als Gutsherrin eingedenk, erkundigte sie sich nach den Familien der Männer und berichtete von ihrer eigenen. Ja, danke, Miss Ruperta und Miss Zänglein waren gesund, und sie hoffe, sie würden nach Hause kommen, sobald die Gerichtstage zu Ende waren. Wie geht es den Kleinen? *Bitte beeilt euch und geht.* Ja, sie schaffe es mit Musketts und Prues Hilfe sehr gut.

Wenn mir die Karden genug einbringen, kann ich vielleicht Benedikts Begnadigung erkaufen. Vielleicht sogar die von Dorinda und MacGregor, falls sie noch am Leben waren. Es hieß, daß man Lord Grey, einem von Monmouths wenigen adeligen Leutnants, schon erlaubt hatte, sich für 7000 Pfund und den Verrat an seinen ehemaligen Kameraden die Vergebung des Königs zu erkaufen. Doch selbst wenn sie das Halsband der Elisabeth von Böhmen verkaufte – das zur Hälfte ohnehin Ruperta gehörte –, konnte sie nicht hoffen, je eine solche Summe aufzubringen. Aber gewiß würde man für Benedikt, jünger und nicht so hochgeboren wie Lord Grey, nicht annähernd so viel verlangen.

Ja, danke, Miss Ruperta und Miss Zänglein geht es gut. Nein, vom armen Mudge Ridge hatte sie noch immer nichts gehört, aber ich danke dir, daß du gefragt hast.

»Vermißt Ihr ihn, Ladyschaft?«

Sie blickte auf, denn das war keine höfliche Frage, sondern klang wie eine Botschaft. Der Mann, der gesprochen hatte, war plump und im mittleren Alter. Sie konnte sich nicht erinnern, ihn schon einmal gesehen zu haben.

»Er fehlt mir sehr«, sagte sie. Die anderen siebzehn Männer hatten sich in den Schatten des Torhauses zurückgezogen und warteten auf den Abmarsch in die Kardefelder. Sie reichte dem Mann vor ihr das letzte Kardemesser, doch er nahm es nicht.

»Habt Ihr von der Flucht aus dem Gefängnis in Ilchester gehört, Ladyschaft?« Er sah sich beiläufig um, spielte so auffallend den Unbekümmerten, daß Nevis ihn sofort verdächtigen würde, wenn er ihn sah. *Laß Nevis ihn bitte nicht sehen!* Ihr Herz krampfte sich vor Angst zusammen und begann unrhythmisch zu stolpern. Sie hatte den Verdacht, daß Nevis allgegenwärtig war.

Nein, davon hatte sie nichts gehört.

»Sechzig Männer, Ladyschaft. Sechzig konnten fliehen. Wir haben gedacht, es könnte Euch interessieren, und Ihr würdet es Prue Ridge sagen wollen.«

»Um Himmels willen«, stieß sie hervor, »wenn Mudge Ridge dabei war, dann sag es mir.« Sie ertrug diese Heimlichtuerei nicht. Selbst wenn Nevis sie *beobachtete*, konnte er nichts hören. »Weißt du etwas von einem Mann namens MacGregor? Oder Mistress Dorinda?«

Der Mann zuckte mit den Schultern, dann ging er. Er schloß sich den anderen bis auf die andere Seite des Burggrabens an, bog dann aber ab und nahm den Weg durch das Moor.

Als sie auf den Tisch hinunterblickte, sah sie, daß er das Kardemesser liegengelassen hatte. Sie nahm es und steckte es in die Tasche, bevor sie zu Prue ging, um ihr zu berichten, was geschehen war. Als sie das Mädchen fand, war es eben dabei, die Halle auszufegen.

»Ob er das wohl gemeint hat, Prue? Daß Mudge in Ilchester im Gefängnis war und fliehen konnte? Aber wie soll Mudge nach Ilchester gekommen sein?« Das Dorf lag sechs Meilen entfernt in südöstlicher Richtung und weitab vom Schlachtfeld.

»Man hat sie auf alle Gefängnisse in der ganzen Umgebung verteilt.« Prues früher rundliches Gesicht hatte sich aufgehellt. »Und daß diese verdammten Lambs Mudge Ridge nich' lange festhalten können, is' klar. Ich schätze, das war's. Mudge is' frei.« Sie begann an Penitence' Schulter zu weinen. »Gott beschütz' meinen braven Bruder und laß ihn sicher nach Hause kommen.«

»Amen.« *Aber noch nicht jetzt.* So gern sie ihren Verwalter hatte, hoffte Penitence leidenschaftlich, daß er woanders hinging, nicht in die Priory zurückkehrte. Das Geheimzimmer wurde allmählich zu eng, und sie war ständig in Gefahr. Nevis verdächtigte sie, einen von Monmouths Kommandeuren zu verstecken, und wer es auch gewesen war, der ihr den »Teppich« gebracht hatte, er wußte, daß sie den Rebellen Martin Hughes aufgenommen hatte.

Wenn derjenige gefangengenommen wurde, würde er sich vielleicht verraten, um seine eigene Haut zu retten. Jemand hatte Lady Alice Lisle aus demselben Grund angeschwärzt.

Ich werde krank. Niemand konnte so in Angst und auf Messers Schneide leben, ohne daß die schlechten Säfte im Körper überhandnahmen. *Ich habe keine Zeit, krank zu sein.* Sie mußte für ihren Sohn die Möglichkeiten einer Flucht erkunden – und für diesen verdammten Urgroßonkel, wenn er am Leben blieb.

Und nun quälte sie zu ihren anderen Kümmernissen noch der Gedanke, daß sie sich selbst aus ihrem geheimen Zaubergarten vertrieben hatte, als sie Henry von ihrer Hurerei erzählte. Er hatte ihr geglaubt. War glücklich, die Wahrheit zu glauben, die sie verdammte; nicht imstande, die Wahrheit zu hören, die es nicht tat.

Ich bin froh, daß ich es ihm gesagt habe, dachte sie trotzig. Wie hätte sie denn seiner Ansicht nach überleben können? Was hatte er erwartet? Was erwarteten die Männer? Daß Frauen unverdorben blieben wie neue Blumentöpfe, in die ein Mann seinen eigenen einzigartigen Samen pflanzen konnte? *Ich wette, er hat die vergangenen Jahre nicht in Selbstverleugnung zugebracht.*

Es war die Schuld der verstorbenen Lady Torrington, die ihn mit dem König zum Hahnrei gemacht hatte, daß er Frauen mißtraute. *Wenn er gegen die verstorbene Lady Torrington genauso mißtrauisch war wie gegen mich, dann tut mir das arme, tote Frauenzimmer leid.*

Aber wenn seine Eifersucht bedeutete, daß er nicht wiederkam, um Benedikt an die Küste und in die Freiheit zu schmuggeln, dann wußte sie nicht, was tun.

Ich werde krank.

Sie riß sich zusammen. *Ich habe keine Zeit, krank zu sein.* Das Problem mit so schweren Problemen war, daß es einen in einen Wirbel riß, der einem den Magen zusammenpreßte und nirgendwohin führte, außer in den Wahnsinn. »Geh und mach das Frühstück für die Männer fertig«, sagte sie zu Prue.

»Es ist nicht viel da.« Prue trocknete sich die Augen. Es gab immer weniger zu essen, nachdem das, was nach der Requisition durch die Armee noch übrig gewesen war, nunmehr für die Invasion von Richtern, Schreibern, Verteidigern und Dienstboten gebraucht wurde, die zu den Gerichtstagen kam. In den Marschen der Levels weidete kein Vieh mehr, und auf den Inseln der Levels grasten keine Schafe.

»Tu, was du kannst.« *Die Assisen.* Ein neuer Schrecken kam auf sie zu und zwar schon heute nachmittag.

Auf dem Schreibpult in ihrem Schlafzimmer lag ein auf gehämmertem Papier geschriebener, mit einem Siegel versehener und bebänderter Brief, der lautete:

Liebste Madam, ich habe Eure Vorstellung gesehen. Wollt Ihr Euch nicht auch meine ansehen? Hinterher werden wir gemeinsam zu Abend essen. Euer ergebener Diener,

Jeffreys

Sie ging in die Halle, legte das Kardemesser in den Kasten und blieb wie erstarrt stehen.

Jemand atmete.

Sie sah sich um; Prue war in der Küche, die Halle war leer, die Morgensonne strömte in drei Flickmusterstreifen durch die Fenster. Muskett war oben im Zimmer und bewachte die beiden Flüchtlinge. Niemand sonst war im Haus. Und doch atmete jemand. Sog keuchend Luft ein, atmete lange und bebend aus. Sie fühlte sich zwanzig Jahre zurückversetzt, in die verfluchte Zelle in Newgate, und ihr war, als höre sie Georges schweres Atmen, als sie sich für ihn auszog.

Nevis. Sie unterdrückte ihre panische Angst und fuhr herum. Es gab eine Erklärung. Mußte eine geben. *Rohre. Eine Katze. Etwas im Schornstein.* Am lautesten war es, wenn sie in der Nähe der Innenwand stand, und lauter noch beim Kamin. *Natürlich. Der Wasserspeier.*

Erleichtert atmete sie selbst aus und schaute hinauf. Es war das Stöhnen des noch immer delirierenden Martin Hughes, das durch die Luftlöcher des geheimen Zimmers drang. Doch während sie sich selbst diese vernünftige Erklärung gab, fühlte sie bestürzt abergläubisches Entsetzen vor dem Leben, das der bösartige Fratze des Wasserspeiers durch die aus Mund und Nasenlöchern pfeifende Luft eingehaucht bekam.

Sie lief durch den Saal, den Korridor entlang und ins große Schlafzimmer. »Um Himmels willen, Muskett, kannst du ihn nicht ruhighalten? Wo ist Muskett?«

Am Fenster sitzend, zeigt ihr Sohn mit dem Daumen über die Schulter zum Kopfende des Bettes und auf das offene Paneel. Penitence kletterte durch und war wie immer betroffen, wie dieses Zimmer auf ihre Stimmung drückte.

Muskett kniete neben dem Strohsack, auf dem der nur mühsam atmende Prediger Hughes lag, und kühlte ihm Gesicht und Nacken. Ein Binsenlicht, das an einem Halter in einer Klemme steckte, brannte mit ruhiger Flamme und beleuchtete das schlaffe, mit Bartstoppeln bedeckte Kinn des alten Mannes.

Durch die hohen, schrägen Wände des Raumes verstärkt, klang sein rasselnder Atem lauter denn je.

»Ihr könnt ihn hören, nicht wahr?« Muskett hatte das Problem bereits begriffen.

»Man kann ihn bis Taunton hören.«

»Tut mir leid, Mistress. Ich werde die Luftlöcher verstopfen. Ein bißchen Lehm hab ich mir besorgt.« Nicht zum erstenmal fragte sich Penitence, wieviel Henry seinem Sergeant bezahlte, und kam, wie immer, zu dem Schluß, daß es bestimmt nicht genug war. Er reichte ihr das alte Tuch, damit sie Martin Hughes weiter kühlen konnte, und begann Lehm in die Löcher zu stopfen, die in die Halle führten. »Aber wenn das Paneel geschlossen ist, Mistress, wird man den Lehm wieder herausnehmen müssen. Sonst ersticken die beiden nämlich.«

Sie musterte Martin Hughes. Die Krisis war noch nicht vorüber. »Es geht ihm nicht besser, Muskett, nicht wahr?«

»Ihm?« Muskett schien für nonkonformistische Prediger nichts übrig zu haben. »Seine Sorte überlebt auch noch die Posaune des Jüngsten Gerichts.«

»Prue bringt euch bald das Frühstück. Ich bin dir sehr dankbar, Muskett. Glaubst du, er kommt wieder, Muskett?«

»Seine Lordschaft?«

»Er hat gesagt, er kommt morgen nacht, um Benedikt zu holen.«

»Wenn er gesagt hat, er kommt, dann kommt er.« War Regen naß? Konnten Vögel fliegen?

Voller Neid, weil ein menschliches Wesen einem anderen so rückhaltlos vertrauen konnte, sah Penitence den Sergeant an. »Kennst du ihn schon lange, Muskett?«

»Solange ich meine Zähne kenne, Mistress. Mein Vater hat dem alten Viscount gedient.«

»Dann hast du auch die erste Lady Torrington gekannt?«

»Hab' ich«, sagte er zurückhaltend.

»Ich habe ihn im Pestjahr kennengelernt.« Sie merkte, daß ihre Stimme weich wurde, aber sie konnte nicht anders.

»Ja, Mistress. Das hab' ich mir zusammengereimt. Wir waren alle sehr in Sorge, weil wir nicht wußten, wohin er verschwunden war.«

»Major Hurd ist sein Sohn.« Sie wußte nicht, warum sie das sagte.

»Ach, wirklich, Mistress?« Sie hatte Muskett dabei ertappt, wie seine Augen von Benedikt zu Henry und wieder zurück zu Benedikt gewandert waren, und wußte, daß ihm die Ähnlichkeit nicht entgangen war, doch soweit es Muskett betraf, war Major Hurd so lange nicht Sohn des Viscounts, solange der sich nicht zu ihm bekannte.

Seit die blinzelnden Lichter in der Wand abgedunkelt waren, wirkte das Geheimzimmer bedrückender denn je. Penitence ließ Muskett mit seinem Patienten allein, kletterte hinaus und setzte sich auf das Bett. Das Zimmer war aufgeräumt worden, wies aber noch immer Spuren der Zerstörung auf. »Benedikt, ich glaube, ich muß dir einiges erklären.«

Sie hatten wenig Zeit gehabt, miteinander zu reden, seit es ihm wieder gutging. Noch hatte sie nicht herausgefunden, was für ein Mensch er jetzt war, wie ihn die Schlacht bei Sedgemoor verändert hatte. Er war für sie ein ebenso geheimnisvolles Wesen wie der Säugling, der er einst gewesen war. Sie hatte das gleiche schmerzliche Verlangen, ihn zu beschützen, hatte den gleichen Alptraum wie in Newgate, als sei er noch der wimmernde Säugling und kein erwachsener Mann.

»Warum hast du dich Monmouth angeschlossen?« fragte sie abrupt.

Er wandte sich nicht vom Fenster ab. »Prinz Rupert hätte es auch getan.«

»Prinz Rupert hätte nie versucht, einen legitimen König zu entthronen«, sagte sie.

Er wollte nicht darüber sprechen. Statt dessen zeigte er auf die leicht abfallende Fläche jenseits des Hofes über den westlichen Levels, wo die aufgehende Sonne den frühen Morgennebel in eine goldene Rose verwandelte. »Wo ist das?«

»Des Königs Sedgemoor.«

Er hatte es nicht mit der Nacht blitzender Feuerstöße aus Gewehren und Kanonen in Zusammenhang gebracht und verstummte. Sie hätte um seinetwillen weinen können. Nun, es kam vieles auf ihn zu, das ihn ablenken würde. »Benedikt«, wiederholte sie, »ich muß dir viel erzählen.«

Und sie erzählte es ihm. Zuerst von MacGregor und seiner Tante Dorinda. Zu ihrem Erstaunen war er nicht betroffen, sondern verärgert: »Tante Dorry? Gott verdammt, kann ein Mann nicht in den Krieg ziehen, ohne daß die ganze weibliche Verwandtschaft hinter ihm herrennt?« Er schämte sich natürlich, doch Penitence hätte ihn wieder schlagen mögen. *Sie haben keine Ahnung.* Sie sahen die Welt als Kreis, um den die Frauen herumstanden wie ein Publikum und keine andere Aufgabe hatten als zuzuschauen. »Wo ist sie? Ist sie mit MacGregor zusammen?«

»Wir wissen es nicht.«

»Dann werden wir sie eben suchen gehen müssen. Wo ist mein Schwert?«

Von weither, irgendwo zwischen unmerklich sich veränderndem Ried und Wiese kam der Ruf einer Rohrdommel.

»Benedikt«, sagte Penitence. Die Stimme versagte ihr, und sie mußte noch einmal anfangen. »Benedikt, da draußen ist ein Fluß mit dem Namen Parrett. In seiner Mündung wird morgen nacht ein Boot auf dich warten, das dich in die Niederlande bringt. Morgen nacht gehst du an Bord des verdammten Dings. Ich möchte, daß du das ganz klar verstehst. In die Niederlande. Du und dein Vater.«

Bis dahin hatte er beinahe gelächelt. »Was für ein Vater? Was redest du dauernd von meinem Vater? Mein Vater ist tot.«

Sie machte keine große Sache daraus, erzählte ihm nur, daß sie und sein Vater sich während der großen Pest kennengelernt hatten, daß er abberufen worden war, um in den Dienst seines Landes zu treten und dann viele Jahre in einem französischen Gefängnis verbracht hatte – ahnungslos, daß sie mit seinem Sohn zurückgeblieben war.

Er schwieg lange Zeit, verarbeitete es. Sie begann sich zu sorgen, daß sie nicht fertig sein würde, wenn Sir Ostyn Edwards sie abholen kam, um mit ihr zu den Assisen zu fahren, doch sie wagte nicht, die Gedanken des Jungen zu unterbrechen.

»Weißt du«, sagte er, »ich wußte immer, daß mein Vater nicht tot ist. Deine Stimme hat sich immer verändert, wenn du es gesagt hast. Ich dachte, es wäre vielleicht Prinz Rupert.«

»Nein.« *Wie traurig.* Du ahnst nie, was im Kopf deines Kindes vorgeht.

»Oh.«

Sie sagte fröhlich und albern: »Der Viscount ist sehr nett. Sein Familienname ist Torrington. Anthony Torrington. Ich nenne ihn Henry.« *Er hat gute Zähne.* Sie wurde gereizt. *Ich verkaufe kein Pferd.*

»Warum?«

»Ist das wichtig?« *Willst du einen Vater haben oder nicht?*

»Wird er dich zu einer ehrbaren Frau machen?«

»Wie bitte?« Jetzt war sie wirklich wütend.

»Wird er dich heiraten? Mich anerkennen?«

Das war alles, was sie für ihren Sohn war, eine Leibeigene, nur da, um seinem Wohlergehen zu dienen. »Nein!« schrie sie. »Weil *ich ihn* nicht heiraten werde. Ich bleibe die ehrlose Frau, die ich immer war, und wenn es dir nicht paßt, kannst du dich erhängen und König James die Arbeit ersparen.« Sie stolzierte zum Toilettentisch hinüber, stellte die Glasscherbe auf, das einzig einigermaßen brauchbare Stück, das von ihrem Spiegel übrig war, und begann sich das Haar zu bürsten.

Nach einer Weile fühlte sie die Hände ihres Sohnes auf ihren Schultern und sah zu ihm auf. Er war so groß wie sein Vater. »Ich glaube«, sagte er, »du hast es ganz schön weit gebracht. Für eine ehrlose Frau.«

»Danke.« Sie gab ihm einen leichten Schlag auf die Hand.

»Und Schluß mit dem Unsinn, daß du Tante Dorinda suchen willst. Das kann ich allein besser. Solange du im Land bist, bist du ein Risiko für mich. Ich werde es leichter haben, wenn ich dich in Sicherheit weiß.«

»Ja, das sehe ich ein. Aber das war Tante Dorry wie sie leibt und lebt. Ihr Leben für mich zu riskieren. Sie und MacGregor waren immer so gut zu mir.«

»Waren sie das?« Sie hatte sich nie über andere den Kopf zerbrochen, über ihre guten Eigenschaften und menschlichen Bindungen, hatte sich, ohne nach links oder rechts zu schauen, durchs Leben gekämpft.

»Ein Viscount«, sagte Benedikt nachdenklich. »Nicht übel, ihn zum Vater zu haben. Was bin ich dann?«

Sie konnte nicht widerstehen. »Ein Bastard.«

5. Kapitel

»Ein wirklich hübscher kleiner Maibaum«, sagte Sir Ostyn bewundernd, als er Penitence in seine Kutsche half. »Eine Wohltat für meine müden Augen seid Ihr, meine Schöne. Wir beide werden unterwegs ein bißchen trallala machen, ja?«

Penitence stand auf der Stufe und schaute auf ihn hinunter. »Ich bin bereit, mit meinem Eselskarren zu fahren«, warnte sie ihn. Er hatte ein wenig von seinem Selbstbewußtsein zurückgewonnen, das von Nevis so arg gebeutelt worden war. Sie freute sich für ihn, aber nicht so sehr, daß sie sich auf der ganzen Fahrt nach Taunton von ihm befummeln lassen wollte. »Außerdem begleitet uns Prue.«

Er war durchaus nicht geknickt. »Euer Mädchen kommt auch an die Reihe, wenn Ihr wollt.«

Sie war sorgfältig gekleidet, hatte jedoch gewußt, daß sie in diesem, ihrem besten Kleid, Schwierigkeiten heraufbeschwören würde. Sie hatte bei ihrem letzten Zusammentreffen mit dem Lord Oberrichter herausfordernd die kokette Frau gespielt, und er würde gewiß den Wunsch äußern, nach dem Dinner heute abend mit ihr ins Bett zu gehen.

Sie hatte lange im Unterkleid dagestanden, sich vor ihrem Pfeilerspiegel ein Kleid nach dem anderen vorgehalten und überlegt.

Wenn Henry mich verlassen – *und,* was wichtiger ist, seinen Sohn im Stich gelassen hat –, ist es an mir, Benedikt vor dem Galgen zu bewahren.

Der Mann, der die Autorität hat, Benedikt freizulassen – *und* Dorinda und MacGregor, wenn es notwendig wäre –, darf erwarten, daß ich ihm zum Tausch meinen Körper anbiete.

Sie unterdrückte ihren Ekel, und ihr wurde klar, daß sie jetzt zur wahren Hure geworden war, da sie über den Akt hinaus nur den

Lohn im Auge hatte. *Ich muß meinen Sohn retten. Wenn er gehängt würde, könnte ich es nicht überleben. Ich bin die Tochter meiner Mutter. Sie hat gehurt, um zu überleben; wenn es nötig ist, werde ich das gleiche tun.*

Am Ende hatte sie das dunkelblaue Baumwollkleid gewählt; es betonte ihre noch immer wunderschöne Haut.

Sir Ostyn und Penitence erreichten Taunton Castle erst um elf Uhr, hatten aber nur wenige Minuten des ersten Falles versäumt. Der größte Teil des Vormittags war mit der zeremoniellen Eröffnung der Assise vergangen. Trompeten hatten geschmettert, rote Teppiche waren ausgelegt, Sträußchen ausgetauscht, Reden gehalten worden. Jeder, der in Somerset jemand war, demonstrierte seine Königstreue durch seine oder ihre Anwesenheit in festlicher Kleidung.

So dicht drängte man sich im Gericht, daß man Sir Ostyn, trotz seines Amtes als Friedensrichter, zuerst den Eintritt verwehren wollte. Als Penitence jedoch das Schreiben des Lord Oberrichters präsentierte, war der Türhüter so beeindruckt, daß er sich höchstpersönlich mit einem tiefen Bückling ins Gewühl stürzte und mit zwei heftig protestierenden Mitgliedern des niedrigen Adels wiederkam, deren Plätze sie und Sir Ostyn einnahmen.

Der erste Fall, der verhandelt wurde, war der von Lady Alice Lisle.

Es war, als werde man mumifiziert. Die tiefen Nischen der hohen Fenster waren mit Zuschauern überfüllt; hartnäckig widersetzten sie sich den Bitten des Türhüters, herunterzukommen und sperrten dadurch so viel Sonnenlicht aus, daß man Kerzen anzünden mußte. Die Hitze, der Geruch, die Düsterkeit bedrängten Penitence so heftig, daß sie beinahe in Panik geriet, bis sie von dem Drama gefesselt wurde, das sich am anderen Ende des langen Saales abspielte, wo Kerzen zwei Protagonisten wie Soffitenlampen beleuchteten.

Jeffreys saß im Hellen, während die Perücken der beiden Richter links und rechts von ihm nur graue Rahmen um Gesichter bildeten, die verschwunden waren.

Und die betagte Frau auf der Anklagebank saß im Licht, die weiße Haube und der Puritanerkragen scharf hervorgehoben.

Eine körperlose Stimme murmelte in der Zeugenbank und wurde von Sir George Jeffreys' weittragendem Baß unterbrochen: »Es ist zu dunkel hier. Halt die Kerze höher, damit wir sein freches Gesicht sehen können.«

Eine Kerze wurde in die Höhe gehalten, und ein Zeuge wurde sichtbar, der eigensinnig vor sich hinmurmelte, während ihm die Tränen über die Wangen liefen. Penitence kannte ihn, es war Lady Alices Haushofmeister.

»Das ist alles Unsinn«, sagte Sir George. »Hältst du wirklich irgendeinen Mann hier für so dumm, daß er dir glaubt?«

»Sie hat gedacht, es sind nur Presbyterianer, my Lord, keine Rebellen. Sie dachte, sie seien nur in Gefahr, weil sie gepredigt hatten.«

Von unten angeleuchtet, sah der Mund des Lord Oberrichters so aus, als seien ihm Fangzähne gewachsen. Zum erstenmal hörte Penitence ein leises Echo des walisischen Akzents, den zu verlieren er sich bemüht hatte. »Es gibt unter diesen triefnasigen, lügnerischen, frömmlerischen presbyterianischen Halunken keinen einzigen, der bei der letzten furchtbaren Verschwörung und Rebellion nicht seine Hand im Spiel hatte. Ich hoffe, Gentlemen von der Jury, daß Euch das widerwärtige Verhalten dieses Kerls nicht entgeht. Ein Heide würde sich für eine solche Schurkerei schämen.«

»O mein lieber Gott«, flüsterte Sir Ostyn Penitence zu, »wenn er schon einen Zeugen so behandelt, was wird er erst mit Lady Alice tun?«

Was würde er mit mir tun? Sie beging das gleiche Verbrechen.

Der Captain, der die beiden Rebellen in Lady Alices Haus entdeckt hatte, wurde aufgerufen, um Zeugnis abzulegen. Der Anklagevertreter war überflüssig; es war der Lord Oberrichter, der die Zeugen befragte.

Was für eine Vorstellung. Sie hatte keinen Richard III. gesehen, nicht einmal den von Lacy, der an Jeffreys herangekommen wäre. Der Mann posierte, variierte den Tonfall, brachte das Publikum manchmal zum Lachen, lullte es mit Milde ein, ließ es vor Schreck zusammenzucken, stieß zurück, zog an, entfaltete eine Brillanz, die benommen machte.

Das Stück – sie korrigierte sich – der *Fall* hing ganz davon ab, ob Lady Alice, als sie den beiden Männern Zuflucht gewährte, gewußt hatte, daß es Rebellen waren. Lady Alice erklärte, sie habe es nicht gewußt. Penitence wünschte, sie würde es mit größerer Bestimmtheit sagen; sie war gealtert, seit sie das letztemal miteinander Tee getrunken hatten, ihr Kopf zitterte, und wegen ihrer Schwerhörigkeit mußte sie die Hand um die Ohrmuschel wölben. Jeffreys hatte einem Angestellten des Gerichts erlaubt, neben ihr in der Anklagebank zu stehen und alles zu wiederholen, was gesagt wurde. Penitence wünschte auch, Lady Alice trüge kein so unverkennbar puritanisches Kleid. Aber sie war stolz auf sie; ihre Nachbarin verlor nicht ihre Würde; auf ihrem Gesicht lag die verständnislose Gelassenheit der sehr Alten.

Jetzt faßte Jeffreys zusammen – tödlich. Wie konnte die Dame nicht gewußt haben, daß es Rebellen waren? »Und wenn sie es wußte«, tönte seine wunderschöne Stimme, »dann dürfen weder ihr Alter noch ihr Geschlecht Euch rühren. Ich fordere Euch, ihr braven Geschworenen, auf zu urteilen, wie Ihr vor den Schranken des Jüngsten Gerichts urteilen würdet, nur Eurem Gewissen und der Wahrheit verpflichtet.«

Als die Richter und die Geschworenen sich zurückzogen, wurde der Gerichtssaal zum Tollhaus. Um Penitence herum wurde hitzig für und wider gesprochen.

»Eine Nonkonformistin war sie schon immer.«

»Aber trotzdem ein freundliches altes Frauenzimmer. Und als der König gestorben ist, hat sie um ihn geweint.«

»Trotzdem hat sie gewußt, daß es Rebellen waren.«

»Klar hat sie's gewußt, aber gejagtes Wild verstecken is' nich' dasselbe wie wildern. So sind Frauen eben. Sie werden sie nie verbrennen.«

Penitence wandte sich an Sir Ostyn. »Sie verbrennen? Sie wollen sie verbrennen?«

Seine Schweinsgesicht sah unglücklich aus.

»Das ist nun mal die Strafe, Peg.«

Sie schüttelte seinen Arm. »Sie verbrennen? Für eine Tat aus Menschenliebe?« Sie hatte vergessen, daß Lady Alices Verbrechen auch das ihre war, stellte sich nur vor, wie gerichtlich angeordnete Flammen an diesem zerbrechlichen, runzligen Körper fraßen. »Sie müßten sich zu sehr schämen.« Seit den Hexenverbrennungen während des Interregnums sträubten sich die gebildeten Menschen – und gewiß war Jeffreys, obwohl ein Ungeheuer, so doch ein gebildetes Ungeheuer – gegen einen Rückfall in die Barbarei. Dies war ein neues Zeitalter. Trotz all seiner Fehler hatte Charles Toleranz und Wissenschaft gefördert. James konnte nicht, er *konnte* die Uhr nicht zurückdrehen.

Sir Ostyn mahnte sie zu schweigen. Der Saal erhob sich, als Geschworene und Richter zurückkehrten.

»Ja?«

»My Lord«, der Vorsitzende der Geschworenen war verblüfft und nervös, »die Männer, die Lady Alice versteckt hat, sind noch nicht verurteilt. Wir müssen unbedingt wissen, my Lord,ob es Hochverrat ist, einen Mann zu verstecken, dem man noch nicht bewiesen hat, daß er ein Rebell war.«

»Es ist ganz gleich«, versicherte ihm Jeffreys.

»Aber wir sind nicht sicher, daß sie wußte, wer die Männer – daß sie Rebellen waren.« Das zu sagen, war ein großes Wagnis.

In der Stille des Gerichtssaals hört man die Glocke vom Turm von St. Mary ein Uhr schlagen. Es hatte mittags keine Pause gegeben, und der Lord Oberrichter Jeffreys rutschte unruhig auf der Richterbank herum. Der Vorsitzende der Geschworenen zuckte zusammen, als wolle er in Deckung gehen.

»Ich kann nicht begreifen«, schrie Jeffreys, »wieso ihr bei einem so einfachen Fall überhaupt Eure Geschworenenbänke verlassen mußtet. Wenn ich nicht sofort eine Entscheidung bekomme, vertage ich den Fall, und ihr werdet die ganze Nacht eingesperrt.«

»Wißt Ihr, Peg«, sagte Sir Ostyn, als Geschworene und Richter abermals den Saal verließen, »das ist der Jammer dabei. Ich fürchte, er wird an der alten Seele ein Exempel statuieren müssen. Er hat mehr Prozesse in Dorchester und noch mehr in Exeter vor sich, *bevor* er nach Wells und Bristol weiterzieht. Er muß hier ein Exempel statuieren.«

Sie verstand nicht. »Aber es ist Lady *Alice.* Sie ist Eure Nachbarin.«

Ein Gerichtsdiener zwängte sich durch die übervolle Reihe, in der sie saßen, beugte sich zu Penitence und flüsterte: »Seine Lordschaft der Oberrichter läßt fragen, ob Mistress Hughes geneigt wäre, in der Pause mit ihm in seinem Zimmer eine Erfrischung zu nehmen.

Nein, Mistress Hughes war nicht geneigt. Doch die respektvollen

Blicke, die ihr von jenen zugeworfen wurden, die in Hörweite saßen und das Flüstern verstanden hatten, brachten sie zur Vernunft. Was mit Lady Alice auch geschehen mochte, Penitence mußte an ihren eigenen Hals denken, und je näher sie bei Jeffreys war, um so geringer die Wahrscheinlichkeit, daß ihr Hals – und Benedikts und Martin Hughes' und Dorindas und MacGregors – mit Axt oder Strick Bekanntschaft machen würden. Sie nickte und stand auf. »Richtet ihm einen Gruß von mir aus«, sagte Sir Ostyn.

Obwohl der Gerichtsdiener vor ihr herging, um ihr den Weg freizumachen, kamen sie in dem Gedränge an der Tür langsam voran. Die lauten Gespräche und Diskussionen verstummten, als die Geschworenen sich in ihre Bänke schoben und die Richter ihre Plätze einnahmen.

Widerstrebend drehte Penitence sich um. Die Szene war noch immer eine Bühnendekoration; Jeffreys mit seinem breiten roten Gesicht und der scharlachroten Robe hätte feuerspeiend aus einer Falltür zur Hölle erschienen sein können; Lady Alice, eine Studie in nüchternem Schwarz und Weiß, mit nickendem Kopf, die Augen vielleicht auf Erinnerungen aus ihrem langen Leben oder auf ihre Arthritis konzentriert, jedermanns Großmutter.

»Schuldig, my Lord.«

Jeffreys verurteilte sie dazu, lebendig verbrannt zu werden.

»Bei Gott, Madam«, sagte Jeffreys und wedelte mit dem Bein eines Kapauns, »es ist wirklich eine Wohltat für das Auge, auf Eurem süßen Gesicht ruhen zu dürfen. Was sagt Ihr, my Lords?«

Die Richter Wythens und Levinz pflichteten ihm bei und aßen und tranken weiter an dem reichlich gedeckten Tisch des Gasthofs neben Taunton Castle.

Penitence lehnte es ab, etwas zu essen, nahm jedoch ein Glas Wein an, weil sie hoffte, es würde ihren Magen wieder in Ordnung bringen, und ihre Hände würden aufhören zu zittern. Sie zog den Lord Oberrichter in eine Ecke. »Kann man nichts tun? Kann ich nichts tun, um Euch zu überreden?«

Jeffreys runzelte die Stirn. »Ihr bedauert Lady Alice, Mistress?«

»Das tue ich«, sagte sie.

Unerwartet sagte er: »Ich tu's ja auch. Aber ich bin ein Diener des

Königs, und er muß geschützt werden. Ich habe das gesetzliche Urteil für eine Verräterin ausgesprochen, die sie ja ist.«

»Sie ist so alt.« Penitence holte tief Atem. »Es gibt Nachbarn«, sagte sie bedeutungsvoll, »vielleicht sogar Freunde, die schuldlos, töricht vielleicht, in die – die Rebellion hineingezogen wurden. Wenn man Euch um Gnade für sie bäte – wäre man Euch, my Lord, in ewiger Dankbarkeit verpflichtet.«

Ihre Blicke trafen sich. Sie wußte, sie hatte es zur falschen Zeit gesagt; der richtige Augenblick, ihm ihre Dienste anzubieten, würde heute abend kommen, nachdem er gut gegessen hatte. Aber nach dem furchtbaren Urteil hatte Penitence Lady Alice auf ihre Liste bereits »angesengter Hölzer« gesetzt, die sie – und in diesem Fall im wahrsten Sinn des Wortes – vor dem Verbrennen retten mußte. Sie konnte an nichts anderes denken. List und Geschicklichkeit verließen sie mit dem Bild dieses an einen Scheiterhaufen gebundenen harmlosen alten Körpers, das unaufhörlich durch ihr Gehirn flackerte. Es könnte Dorinda – es könnte Benedikt sein.

»Mistress.« Er war kein Narr. Seine mit gelben Streifen durchzogenen Augen drückten eine Warnung aus. »Es ist zu hoffen, daß Ihr keine solchen Nachbarn oder Freunde habt. Wäre es mein eigener Bruder, ich würde schuldige Männer schuldig sprechen. Der König war ernsthaft gefährdet. Blut muß einen solchen Graben um ihn bilden, daß ihn nie wieder jemand zu überschreiten wagt.« Sein rotes Gesicht näherte sich dem ihren. Sie roch Schweiß und den Staub seiner Perücke. »Wie schön auch die Bittstellerin, sie könnte an dem Urteil nichts ändern. Ob es vollstreckt wird oder nicht, bleibt dem König überlassen.« Er blinzelte. »In *dieser* Sache, Mistress, werde ich immer Euer Freund bleiben.«

Er geleitete sie zum Tisch zurück. »Was Lady Alice anbelangt, so habe ich angeordnet, daß man ihr Feder, Papier und Tinte bringt, und habe ihr gesagt, sie soll sie gut nutzen.«

»Ihr meint, sie kann den König um Gnade bitten?«

»Sie weiß, was ich meine. Die Angelegenheit liegt nicht mehr in meinen Händen.«

Penitence fühlte sich besser. Es gab keinen Zweifel, daß bei einem anderen Richter als Jeffreys Lady Alice nicht schuldig gesprochen worden wäre. Doch dieser Mann tat seiner Ansicht nach nur seine

Pflicht. Wenigstens war er menschlich genug gewesen, Alice zu einem Gnadengesuch zu raten. James würde gewiß Milde walten lassen. Und sie selbst wußte jetzt, wo sie stand; Jeffreys hatte ihr deutlich zu verstehen gegeben, daß man ihn weder mit Geld noch mit schönen Worten bestechen konnte, ein Urteil zu ändern; doch würde er hinterher vielleicht seinen Einfluß beim König geltend machen – ihm nahelegen, die Entscheidung zu überdenken.

Er wartete auf ihre Reaktion. Aphras Worte über Jeffreys fielen ihr ein: *Man kann nicht genug Freunde in dieser Klasse haben.* Sie fürchtete den Mann, doch in ihrer Lage konnte sie es sich nicht leisten, sich ihn zum Feind zu machen. Sie setzte ihr schönstes Bühnenlächeln auf – schließlich war sie nicht Schauspielerin für nichts und wieder nichts.

Er war entzückt. »Diese Lady«, verkündete er seinen Richterkollegen, »ist eine Oase für uns Reisende in dieser trostlosen Wüste. Wir wollen auf sie trinken. Sie wird für uns singen, ihr Lied wird sich wie Nektar in unsere ausgedörrten Seelen ergießen.« Ihre apathische Reaktion ärgerte ihn. »Falls einige von uns Seelen haben.« Er wandte sich an Penitence. »Speisen wir heute abend zusammen, meine Liebe?«

O *Gott!* »Ich fürchte, Ihr werdet überanstrengt sein, my Lord.«

»Überanstrengt? Das sind wir ganz gewiß. Die Kerze juristischer Mühen, die wir anzünden, soll nie wieder verlöschen. Gegen mehr als dreizehnhundert Rebellen müssen wir noch verhandeln, und ich schwöre, daß wir sie alle innerhalb eines Monats verurteilt haben werden, und wenn es uns umbringt, was bei den ständigen Reisen, dem Geruch der Schurken in der Nase und vom Stein geplagt, durchaus geschehen kann.«

Jeffreys benutzte den *Plural majestatis,* da seine Kollegen gesund und frisch aussahen. Er hingegen nicht. Er ballte ab und zu die Hände und zuckte vor Schmerz zusammen. Der Gerichtsdiener hatte ihr erzählt, *er* habe von Sir Georges Kammerdiener erfahren, der große Richter leide schwer an seinen Steinen. »Hat auf der Fahrt nach Taunton dreiundsechzig Steine gepißt. Dreiundsechzig.«

Die Röte seines Gesichts kam von den Mengen, die er trank – »vom Doktor verordnet, Madam, vom Doktor verordnet.« »Werden sehen, wie viele wir noch verurteilen können, bevor der Tag zu Ende geht. Und gebe es der Himmel, daß sie sich schuldig bekennen. Wenn die Schurken behaupten, unschuldig zu sein, dann sitzen wir am Jüngsten Tag noch über sie zu Gericht. Wir müssen ihnen schmeicheln und versprechen, der König werde sie begnadigen, wenn sie sich schuldig bekennen, damit sparen wir kostbare Zeit.«

Richter Wythens, ein trockener kleiner Mann, rutschte auf seinem Stuhl hin und her. »Ich bezweifle, daß es legal ist, einem Mann etwas dafür zu versprechen, daß er sich schuldig bekennt.«

»Tut Ihr das? *Tut* Ihr das?« Sir George Jeffreys beugte sich vor.

Richter Wythens von der Ersten Kammer des High Court of Justice – ein Barrister, der die Krone in Strafsachen vertrat – lehnte sich zurück. »Angesichts der Tatsache, daß man einige zum Tode verurteilen wird, sollten wir …«

»Presbyterianer!« schrie Jeffreys. »Das sind keine Männer, sondern presbyterianische Hunde, die gegen ihren König die Zähne gefletscht haben. Bei solchen wie sie es sind, ist kein Versprechen bindend. Ich sage Euch, wir statuieren hier und jetzt ein Exempel oder müssen uns selbst verdammen, weil wir versagt und unsere Pflicht gegen unser Land nicht erfüllt haben.«

Der zweite Richter erhob sich. »Zeit für ein bißchen Tabak, bevor wir an den Pranger zurückkehren«, sagte Levinz. »Entschuldigt mich, meine Liebe.«

Mit dem Lord Oberrichter allein zu sein, war alarmierend; krank oder nicht, der Mann war die reine Gier. »Und wann singt Ihr für mich, Peg? Für Euch werde ich nie zu müde sein.« Er griff nach ihrer Hand.

»Morgen abend ist für die Abgeordneten eine Festlichkeit geplant, my Lord.«

»Zum Kuckuck damit. Ein zugiger Saal mit blechern klingenden Trompeten, ich kenne das, ich kenne das. In London habt Ihr mich in Euer Haus eingeladen.«

Sir Georges Sekretär kam herein, verneigte sich und sagte, das Gericht sei bereit, wenn Sir George es auch sei.

Zu Penitence' Erleichterung stand er auf. »Leider, meine liebe Madam, ich muß in die Tretmühle zurück.« Er geleitete sie zur Tür. »Gebt mir die Kraft zu tun, was getan werden muß – und es schnell zu tun. Habt Ihr gehört, daß der Großsiegelbewahrer tot ist?«

»Nein. Armer Lord North.«

»Amen. Wäre ich in diesem Augenblick im Blickfeld des Königs, würde das Amt mir gehören. Aber ich schufte mich hier zwischen Wilden ab, während Männer, die mir nicht das Wasser reichen können, gegen mich konspirieren. Werde ich Großsiegelbewahrer, meine Liebe?«

»Ich weiß, daß Ihr es werdet.«

Er nickte. »Und später Lordkanzler?«

Er will hoch hinaus. »Ich wünsche Euch Erfolg, my Lord.«

Er gab ihr zum Abschied einen Handkuß, wanderte den Arm hinauf und hinterließ Geflügelduft darauf. »Heute abend werden wir gut speisen.«

O *Hilfe!*

Im Gerichtssaal war es heißer denn je. Die Angeklagten, hauptsächlich Männer, obwohl auch ein paar Frauen darunter waren, kamen in Gruppen von einem Dutzend herein. Mit Handfesseln und Fußketten, vier Gruppen pro Stunde und das den ganzen Nachmittag. Einige trugen noch die Kleider, in denen sie gefangengenommen worden waren, andere hatten brandige Wunden, so daß der Gestank im Saal noch schlimmer wurde. Sir Ostyn schnupperte an einer Ambrakugel. Penitence hielt sich ihr parfümiertes Taschentuch vor die Nase und musterte über das Tuch hinweg sehr aufmerksam die Gesichter, falls eines davon MacGregor gehörte.

Keine der Frauen war Dorinda.

Nach einer Weile verschmolzen die Gesichter in eines, ein ländliches Gesicht, gleichmütig und von gleichem Mut. Das Verlesen der Anklage wurde zur monotonen Formalität, bei der sich nur die Namen änderten. Jeffreys hob das Gesicht von seinem Duftsträußchen und sagte, nach kürzester Beratung mit seinen beiden Kollegen, immer und immer wieder: »Gefangene vor den Schranken des Gerichts, wir finden euch schuldig. Zum Tode verurteilt«, und schloß die Augen, bis die nächste Gruppe hereinkam. Im Saal wurde es unruhig; Anwälte steckten die Perücken zusammen, um zu schwatzen, Ankläger lachten mit Verteidigern. »Hätten zu Hause bleiben können, die Kerle«, sagte sie Ostyn und setzte sich bequemer zurecht. »So nützlich wie sie sich hier machen, hätten sie alles ihren Sekretären überlassen können.«

Penitence sah, daß Prue sich irgendwie durch die Menge an der Tür gedrängt hatte, und winkte sie zu sich, aber sie kam im Gewühl keinen Schritt mehr weiter, und nach einer Weile verlor Penitence sie wieder aus den Augen.

»NICHT SCHULDIG?« Mit dem ganzen übrigen Gerichtssaal schrak Penitence bei dem Schrei des Lord Oberrichters auf. Er schien selbst vor sich hingedöst zu haben; schien mit schiefsitzender Perücke auch erst zu sich gekommen zu sein und begriffen zu haben, was der Mann in der Anklagebank gesagt hatte.

Penitence hatte den Namen des Mannes nicht gehört, doch wer immer es war, es war mutig von ihm, eine Erklärung abzugeben, die Richter Jeffreys' Zeit beanspruchen würde.

»Nicht schuldig?« Er starrte den Missetäter wütend an. »Und welche Gründe hast du dafür, dich nicht schuldig zu erklären, du Natter?«

Der Gefangene erklärte, die Zeugen, die gegen ihn auftraten, seien unglaubwürdig. »Einer ist Papist, my Lord, und eine ist Prostituierte ...«

»Du unverschämter Rebell!« bellte Jeffreys. »Die Beweise des Königs anzuzweifeln. Ich sehe dich, Schurke. Ich sehe dich mit dem Strick um den Hals.«

Der Beschuldigte sagte, er sei ein guter Protestant.

»Protestant?« brüllte der Lord Oberrichter. »Du meinst wohl Presbyterianer? Ich rieche einen Presbyterianer vierzig Meilen gegen den Wind.«

Ein Mann, der für den Charakter des Beschuldigten zeugen sollte, trat vor, ein strammer, aber mitleidiger Tory. »My Lord, diese arme Kreatur gehört zur Gemeinde.«

Der Lord Oberrichter grinste erfreut. »Bemüh dich nicht«, sagte er zu dem Zeugen. »Ich werde die Gemeinde von dieser Last befreien.«

Der Mann wurde zum Tode verurteilt. Jeffreys war jetzt in seinem Element. Beinahe hätte er sich die Ärmel aufgerollt. »Haben wir noch mehr Unschuldige, Master Clerk?«

Unglaublicherweise gab es noch andere. Das Beispiel des über den protestantischen Kümmerling verhängten Urteils vor Augen, ganz zu schweigen von dem Urteil gegen Lady Alice, gab es in den Zellen des Gefängnisses von Taunton Castle Männer, die fest davon überzeugt waren, unschuldig zu sein und daß Richter Jeffreys sie freisprechen würde.

Erleichtert stellte Penitence fest, daß die Verhandlung bis tief in die Nacht dauern würde, wenn das Gericht die ganze Liste des heutigen Tages erledigen wollte, und es daher für sie zu spät sein würde, mit dem Oberrichter zu essen. Es war auch zu spät für sie, noch vor Dunkelwerden über Sedgemoor nach Hause zu gehen.

»Nur keine Sorge, mein Liebchen«, sagte Sir Ostyn. »Euer gutaussehender Liebhaber hat alles arrangiert. Wir sind eingeladen, bei Sir Roger zu nächtigen. Es ist bequemer. Samt Prue, was jammerschade ist, sonst hätten wir uns ein Bett teilen können.« Er wies mit einer Geste zur Anklagebank. »Wir möchten doch die Vorstellung morgen um keinen Preis versäumen, nicht wahr?«

Penitence nahm dankbar an und lächelte über seinen ständigen Witz, daß sie ein Liebespaar wären. Die Pascoes hatten ein herrliches Haus in der North Street, nicht weit von der Assize Hall entfernt. Sie verzieh Ostyn sogar, daß er den verzweifelten Kampf von Männern und Frauen um ihr Leben eine »Vorstellung« genannt hatte, weil auch sie die Elemente des Dramas darin entdeckt hatte. Sie hatte nicht die Elenden gesehen, die sich an die furchtbare Gerichtsschranke klammerten; sie hatte Schauspieler gesehen.

Mehr aber ertrug sie nicht. Morgen würde sie in die Priory zurückgehen, nachdem sie mit ihren lauen Bemühungen, den Hauptdarsteller zu verführen, keinen Erfolg gehabt hatte, aber nur allzu dankbar, daß sie sich der unwürdigen Prozedur nicht in seiner Garderobe unterziehen mußte.

Spät in der Nacht kam Prue weinend in ihr Zimmer bei den Pascoes und flehte sie an, Jeffreys um das Leben von Barnabas Turvey, dem jungen Weber, zu bitten.

»Ich lieb' ihn, ich lieb' ihn«, jammerte Prue. »Ich hab's nich' gewußt, bevor ich ihn nich' auf der Anklagebank gesehn hab', und er war so blaß.«

»Er wurde heute angeklagt? Hat er sich schuldig bekannt?« Penitence konnte sich an den Namen nicht erinnern, aber es waren so viele gewesen. »Es tut mir leid, Prue.«

»Dieser Ochse hat es gewagt, ihn zum Tode zu verurteilen. Ihr müßt ihm helfen, Penitence.« Nicht mehr »Euer Ladyschaft«. Es war die demokratische Bitte einer Frau an die andere und dahinter verborgen die stillschweigende Erinnerung daran, daß Mudge Benedikt gerettet hatte.

Penitence berichtete dem Mädchen, was Jeffreys gesagt hatte. »Er hat erklärt, und wenn sein eigener Bruder schuldig gesprochen würde, könnte er nichts tun. Und dein Barnabas hat sich schuldig bekannt.«

Sie schämte sich zwar, aber sie dankte Gott, daß sie dieses Gespräch mit Jeffreys geführt hatte. Wäre das nicht der Fall gewesen, hätte sie ihn heute abend um Prues willen noch einmal darauf angesprochen, das wußte sie.

»Man hat ihm gesagt, er soll sich schuldig bekennen.« Es war Prue gelungen, einen ihr bekannten Gefängniswärter zu überreden, sie mit ihrem Geliebten durch die Gitterstäbe seiner Zelle sprechen zu lassen. »Stellvertretender Staatsanwalt is' er, hat er gesagt, und wenn Barnabas sich schuldig bekennt, kann er damit sein Leben retten, alle könnten sie dann ihr Leben retten. Um Zeit zu sparen, hat er gesagt.«

Penitence brachte das Mädchen in ihr Bett und kletterte dann zu ihm. »Dann bleibt er auch am Leben. Ein bißchen Gefängnis vielleicht, und dann wird er frei sein.«

»Aber sie haben ihn zum Tod verurteilt«, jammerte Prue.

»Eine Formalität«, sagte Penitence, die es selbst glauben wollte. Außerdem war sie müde. Der Tag war lang gewesen, einer von vielen langen Tagen, seit ihr Geheimzimmer bewohnt war. Sie hatte so viele Menschen, um die sie sich sorgte, daß Prues Weber erst weit unten auf der Liste stand. Sie strich ihr die blonden Locken aus der Stirn, um sie zum Einschlafen zu bringen, und schlief selbst ein.

Am Morgen war Prue nicht mehr da, und als Penitence, die schnell nach Hause wollte, hinunterkam, um sie zu suchen, wich Lady Pascoe ihren Fragen aus. »Ah, ich denke, das Mädchen hat jemanden getroffen, den es kennt.«

»Wen?« *Verflixtes Frauenzimmer.* Jetzt war nicht die richtige Zeit, Bekanntschaften zu erneuern.

Auf der Straße herrschten Lärm und Unruhe, mehr als um eine so frühe Stunde üblich. Penitence blickte durch das grüne Glas des Speisezimmerfensters und sah verzerrte grüne Gestalten in Richtung des Castle vorbeieilen.

»Ich geh' da nicht hin, meiner Seel«, sagte Lady Pascoe, »wird kein schöner Anblick sein. Sie fangen mit den Hinrichtungen an.«

Penitence sah sie fassungslos an. »Aber sie sind doch erst gestern verurteilt worden.« Kein Abstand zwischen Verurteilung und Hinrichtung? Keine Berufung möglich? Sogar dem Straßenräuber Swaveley hatte man das Recht zugebilligt, Berufung einzulegen.

»Es wird nicht schön sein«, sagte Lady Pascoe wieder. Sie war blaß. Es hieß, sie sei vor ihrer Heirat mit Sir Roger selbst Nonkonformistin gewesen. »Ich würde nicht gehen.«

Penitence war schon fort. Die Menge drängte aus der North Street auf den Viehmarkt, der gewöhnlich auf dem Gemeindeanger vor dem Castle abgehalten wurde. Das Gedränge war so groß, daß Penitence ein paar Leute, die vor einem Haus auf den Stufen standen, fragen mußte, ob sie sich für einen Moment hinaufstellen dürfe, damit sie nach Prue Ausschau halten konnte.

Über die Köpfe der Menge hinweg sah sie einen gedeckten Marktplatz – jede Stadt hatte einen, mit einem Dach aus ineinander verflochtenen Latten, das auf Steinsäulen ruhte, um den Auktionator vor Wind und Wetter zu schützen. Milizmänner drängten die Massen von einem freien Platz zurück, auf dem ein leerer Galgen errichtet worden war; daneben ein Podium und darauf ein roter Tisch, dessen glänzende frische Farbe jemand nur sehr schludrig aufgetragen hatte.

Um den Platz herum war noch genügend Raum für die Pranger; aus den Öffnungen hingen die Köpfe und Arme von Männern und Frauen wie die regloser, plumper Statuen. In London hätte die Menge sie beworfen, einfach weil es Spaß machte, mit Sachen zu werfen, aber in Taunton hatte man für Spaß und Fröhlichkeit keinen Sinn mehr. Die am Pranger standen, waren die Glücklichen, die gestern einem Todesurteil entgangen waren.

Penitence blinzelte in die Morgensonne, um die gelben Blitze an den Milizuniformen zu erkennen, und stellte erleichtert fest, es waren nicht die aus North Somerset. *Henry würde seinen Männern nicht erlauben, das zu tun.*

Die Aufmerksamkeit der Menge – noch nie hatte sie eine erlebt, die so ruhig war – richtete sich auf den Wagen an der Seite des Platzes. Ein Erntewagen, riesig, lang, aus grobem Holz, die schrägen Seiten aus einzelnen Planken, darauf ungefähr ein Dutzend Männer in Ketten. Um den Wagen herum standen auf Zehenspitzen, damit sie durch die Spalte zwischen den Planken greifen und die Hände der Männer berühren konnten, Frauen; einige schrien, andere waren ganz still. Die Männer sangen.

Im Schatten unter dem Dach liefen Gestalten eifrig hin und her. Rauch stieg in die klare Luft, es blubberte und roch nach Teer; Penitence mußte an Zäune denken.

Sie stieg die Stufen hinunter, und ein Mann nahm, die Mütze ziehend, seinen Platz wieder ein. *Lauf weg. Laß mich weglaufen.* Aber eine der Frauen, die neben dem Wagen weinte, war Prue Ridge.

Sie brauchte lange, um bis zu ihr vorzudringen. Die Menge stand so dicht beisammen und wich und wankte nicht, daß es war, als schlage man sich durch dicht angepflanztes junges Gehölz. Nach einiger Zeit wurde sie direkt vor die Reihe der Milizsoldaten gestoßen und mußte sich an ihren Spießen vorbeischieben. Einmal stolperte sie gegen den Sockel eines wie eine Statue wirkenden Prangers und entschuldigte sich automatisch. Der Mann, dessen Kopf aus dem Loch in dem mit Scharnieren versehenen Brett hing, das er um den Hals trug, hatte die Augen halb geöffnet. Auf einem großen Stück Papier, das man ihm an die Mütze geheftet hatte, die noch immer das grüne Band der Rebellen schmückte, stand: *Ich bin ein Monmouth.*

Am nächsten Pranger – *Einen Monmouth will ich lieben* – vermied es Penitence, dem Mädchen ins Gesicht zu sehen, indem sie hinter ihm vorbeiging; statt dessen sah sie seinen Rücken. Fliegen hatten sich auf dem Blut niedergelassen, das durch die Schlitze von etwas sickerte, das früher ein geblümtes Baumwollkleid gewesen war. Eine ältere Frau versuchte, sie mit ihrer Haube zu verjagen und murmelte unaufhörlich vor sich hin. Es klang wie: »Mach dir nichts draus, mach dir nichts draus.« Aber auch ihre Augen waren auf den Wagen gerichtet.

Wieder schien diese Szene für das Theater entworfen; die Plazierung der »Statuen«, das Podium, die Menge, aber im richtigen Theater gab es keine Fliegen. Dies also war der Epilog zu der virtuosen Vorstellung des Schauspielers mit weißer Perücke und scharlachroter Robe, der sie gestern beigewohnt hatte. Er gestikulierte und sprach seinen Text – und das Fleisch geringerer Männer und Frauen wurde aufgerissen, und echtes Blut rann heraus.

Nirgendwo wäre sie mit noch größerem Widerstreben hingegangen als zu diesem Wagen, aber der Soldat, der ihn bewachte, hinderte sie nicht daran, sich Prue zu nähern. Hinter dem Wagen, in einer Seitenstraße, entdeckte sie Dragoner zu Pferde, für den Fall, daß es Schwierigkeiten gab.

Im selben Augenblick stieg der Scharfrichter, aus den Schatten des Marktes tretend, auf das Podium und rief: »Der Nächste.« Zwei Milizsoldaten ließen die hintere Klapptür des Wagens herunter und befahlen einem der Männer, herunterzukommen. Der Gesang der übrigen wurde lauter, als man ihn zum Podium schleppte.

»Komm mit, Prue.« Penitence nahm sie beim Arm.

Prues andere Hand hatte sich im Saum der Jacke eines jungen Mannes festgekrallt. Wie benommen drehte sie sich zu Penitence um. »Sie haben ihm das Leben versprochen«, sagte sie. »Ihr habt gesagt, er muß nicht sterben.«

Einige Männer auf dem Wagen waren verletzt, aber alle sangen. Penitence schaute zu Prues Liebstem hinauf und sah ein weißes Gesicht, das noch vor wenigen Wochen hübsch gewesen war. *Er ist so jung.* Barnabas Turveys makelloser Hals bewegte sich, während er den Choral schmetterte. In seinen Augen, die auf Prue heruntersahen, stand Todesqual.

Unwillkürlich stieß die Menge einen Laut aus, als versuche sie, für den Mann um Atem zu ringen, der jetzt von den drei Gehilfen des Henkers an einem Seil hochgezogen wurde, das über den Arm des Galgens geworfen worden war; seine Beine zuckten und strampelten in der Luft. Sie hatten ihn entkleidet, bis auf die Hosen, und ihm die Ketten abgenommen. Der Henker in seiner schwarzen Lederkapuze sah vom Podium aus zu, neigte leicht den Kopf bei den Bewegungen des Gehenkten und kratzte sich unter den Armen wie jemand, der eine heikle Entscheidung treffen mußte.

Als das Zucken und Strampeln schwächer wurde, nickte er, und seine Gehilfen ließen das Seil herunter, bis die Füße des Gehenkten den Boden berührten; als er zusammensackte, hielten sie ihn fest und legten den halb bewußtlosen Körper auf den Tisch.

Penitence erinnerte sich später, wie überrascht sie gewesen war, daß der Tisch nicht mehr rot war. Jemand hatte einen Eimer Wasser darüber ausgegossen und die Farbe weggewaschen, so daß er jetzt für den nächsten glänzenden »Anstrich« bereit war.

Zwei Gehilfen knieten nieder, hielten die Beine des Gehenkten fest. Der dritte nahm die Arme und bog sie nach hinten, so daß die Rippen eine Wölbung über dem eingesunkenen Bauch des Mannes bildeten. Auf ein weitere Nicken des Henkers zogen sie ihm die Hosen aus.

Das Singen über Penitence wurde lauter, um die Schreie zu übertönen. Sie vergrub den Kopf an Prues Schulter, hörte aber trotzdem das Ritschratsch des Messers, das Splittern der Knochen, das Klatschen, mit dem die Innereien in einen Eimer geworfen wurden, dann das Hacken – Geräusche, die sie Hunderte von Malen in Massachusetts in der Küche gehört hatte, wenn ihre Großmutter ein Huhn vierteilte.

Sie hatte von Menschen gehört, die gehenkt, aufs Rad geflochten und gevierteilt worden waren, doch die Ungeheuerlichkeit dessen, was wirklich geschah, war ihr nie klar gewesen. *Ich bin furchtbar und wunderbar erschaffen.* Sie krümmte sich bei diesem Sakrileg gottesfürchtiger Menschen, die es wagten, ein liebesfähiges, für die Dauer geschaffenes, funktionierendes Wunder wie den Körper eines anderen Menschen zu zerstückeln.

»Der Nächste.«

»Wartet!« rief eine erschöpfte Stimme aus den Schatten unter dem Dach. »Der Soleeimer ist voll. Wir bereiten einen anderen vor!« Aber die hintere Klappe des Wagens wurde bereits heruntergelassen und ein anderer Mann zum Galgen gebracht. Noch zwei, und dann war Barnabas Turvey an der Reihe.

»Missus.«

Penitence blickte auf. Der Junge kniete nieder, um durch die Planken sprechen zu können. Die Tränen liefen ihr über die Wangen, und sein Gesicht verschwamm vor ihren Augen. Es hätte Benedikts Gesicht sein können.

»Wenn Ihr Mitleid habt, bringt sie von hier fort, Missus.«

Sie nickte schluchzend. Behutsam lösten seine gefesselten Hände Prues Finger von seiner Jacke, und Penitence zog das Mädchen mit aller Kraft weg. Sie hörten ihn rufen: »Gott segne dich, Prue, und sage allen, ich bin als Monmouth gestorben!«

In der Fore Street näherte sich ihr ein in leuchtende Farben gekleideter Mann und zog die Mütze vor ihr, als lebten er und sie in einer normalen Welt. »Sir Georges Majordomus, liebe Lady«, sagte er und sagte es noch einmal. Einen Arm um Prues Schultern, blickte sie an ihm vorbei, hörte ihn nicht.

»... Ich verstehe, was es ist, liebe Lady, Ihr fürchtet um Eure Lebensmittelvorräte. Das ist oft so, aber wir bringen unsere eigenen mit und die Dienerschaft auch.«

»Was?« sagte sie.

»Habt keine Angst. Alles wird arrangiert. Sir George liebt seine kleinen überraschenden Besuche, aber meiner Erfahrung nach haben es die Ladys gern, wenn man sie vorwarnt.«

»Was?« sagte sie.

»Mistress.« Der Mann wurde zornig und arrogant. »Man wäre Euch für ein wenig Aufmerksamkeit sehr verbunden. Der Lord Oberrichter beabsichtigt, Euch heute zum Abendessen zu überraschen. Er war so gnädig zu sagen, wenn Mohammed nicht zum Berg kommt, dann muß eben der Berg zu Mohammed kommen.«

»Was für ein Berg?«

Erst als sie und Prue die zehn Meilen über das Moor nach Hause gingen, hatte sie sich so weit wieder gefaßt, um zu begreifen, daß der Lord Oberrichter von England sich in die Priory zum Dinner eingeladen hatte.

»Wird er kommen, Muskett?«

So müde sie nach der langen Wanderung auch war, ging Penitence im Hauptschlafzimmer rastlos auf und ab, weil sie sich nicht stillhalten konnte. Nach allem, was sie heute morgen auf dem Marktplatz von Taunton gesehen hatte, konnte sie ihren Sohn, der am Fenster saß, nicht anschauen, ohne seinen Körper so auseinandergerissen zu sehen, wie die Körper der anderen Männer auseinandergerissen worden waren. Sie konnte sich nicht einmal darüber freuen, daß es Martin Hughes besserging. Was hatte es für einen Sinn, daß dieser alte Kadaver sich erholte, wenn auch er gevierteilt werden würde. Er lag auf dem Bett, hinter sich das offene Paneel, für den Fall daß er schnell verschwinden mußte, und knurrte Prue an, die ihn mit Haferschleim fütterte, weil sie ab und zu in Trance fiel und mit blicklosen Augen auf den Löffel starrte.

Ich brauche Henry. Sie war jetzt ebenso hilflos wie an dem Tag in der Rookery, als er sie vor den Straßenräubern gerettet hatte. Im Geist kroch sie vorwärts wie damals, ein Wild, das sich vor den Hunden krümmte, die es jagten.

»Er wird kommen, Missus«, sagte Muskett.

Sie geriet außer sich vor Panik. »Und wenn er kommt? Er kann Benedikt nicht wegbringen, wenn das Haus voll von Jeffreys' Männern ist. Er wird die Flut verpassen.«

»Es gibt auch noch eine nächste.«

Muskett war ein Fels, doch sie war völlig zermürbt von dem Gefühl, daß sich dem Haus mit hastigen, vom Schicksal vorherbestimmten Schritten ein Zerstörer näherte. *Wir werden verraten werden.* Die Gefahr wuchs mit jeder Sekunde. Sie hatten Glück gehabt, bisher nicht verraten worden zu sein. Und wer sollte nun, nach dem heute vor dem Castle zur Schau gestellten Grauen, noch davor zurückschrecken, den Behörden zu berichten, daß sie einen nonkonformistischen Rebellen versteckte? Schließlich war auch Lady Alice verraten worden, von einer Frau an die Behörden verkauft, die dafür ihren Mann zurückbekam, der nach der Schlacht bei Sedgemoor verhaftet worden war. Um wieviel leichter war es, die ehemalige Mätresse von Prinz Rupert und ihren frömmlerischen Onkel zu verraten. Sogar die, die dem alten Mann zuerst Zuflucht gewährt hatten, hatten ihn nicht genug gemocht, um ihn zu behalten. Sie nahm es ihnen nicht übel. *Ich mag ihn selbst nicht besonders.*

Er nörgelte wieder, Prue enthalte ihm den nächsten Bissen vor. Es war die Stimme, die hundertmal Hölle und Verdammnis auf sie herabbeschworen hatte.

»Halt den Mund!« fauchte sie ihn an.

Ihn durften sie gefangennehmen, es war ihr egal, es würde ihr nicht einmal etwas ausmachen, wenn man *sie* erwischte. Es war Benedikt, um den sie sich sorgte.

Auch er nörgelte. »Mutter, finde ein Schwert für mich, und ich schlage mich allein zur Küste durch.«

»Halt du genauso den Mund«, sagte sie. Noch immer geschwächt, in einer Gegend, in der es von königlichen Truppen wimmelte, wäre er schon am ersten Tag verloren. *Errette meine Seele vom Schwert/ meine Einsame vor den Hunden.* Wie gut hatte der Psalmist ihre Situation gekannt. Würde Henry kommen? Wie konnte es ihr helfen, wenn er kam? *Ich will ihn nur hier haben.* Er war ihr *deus ex machina.* Er hatte sie schon früher vor ihren Feinden gerettet, auch wenn die Feinde damals nur Räubergesellen waren.

»Setzt Euch, Missus.« Musketts zuverlässige Hände nahmen die ihren und führten sie zum Fenstersims. »Ihr könnt nach Seiner Lordschaft Ausschau halten und mir dabei erzählen, was Richter Jeffreys für heute abend plant. Sehen wir, ob wir uns einen eigenen Plan zurechtlegen können.«

Es war ihr verhaßt, daran zu denken, welche Pläne Jeffreys für heute abend hatte. Sie bemühte sich sehr, sich an das zu erinnern, was der Majordomus ihr gesagt hatte. »Er schickt seinen Haushalt herüber, der immer mit ihm reist, und der soll das Haus und das Dinner für ihn vorbereiten. Eine kleine Sache mit wenigen Freunden.«

»Also jetzt. *So* wollen wir vorgehen. Ich werde mich, wenn alle bei Tisch sind, mit dem Major die Treppe des Nordflügels hinunterschleichen.«

»Es ist schrecklich gefährlich«, sagte sie. »Jeffreys' Dienerschaft ist zahlreich, und ich weiß, daß ihn eine Dragonerabteilung auf Schritt und Tritt begleitet, um ihn zu schützen. Sie werden Männer im Torhaus postieren, damit niemand kommen oder gehen kann.«

»Es war nur eine Idee.« Muskett leckte sich den Finger ab und zog auf der Fensterscheibe eine Linie. »Was kommt dann?«

»Nun, dann muß ich für Unterhaltung sorgen, denke ich. Jeffreys möchte mich singen hören. Und ich soll etwas von Shakespeare spielen.«

»Schauspielern?«

»Einen oder zwei Monologe sprechen.«

»Und wo werdet Ihr das tun, Missus.«

Sie begriff, worauf er abzielte. Sie sah sich zurückversetzt in eine andere Zeit des Schreckens, als ein anderes Kind gerettet werden mußte. »O Muskett! Das haben wir schon einmal getan. Euer Herr und ich. Wir haben die Wachen von ihren Posten fortgelockt.«

»*So* muß es gemacht werden.« Muskett lächelte nie, doch daran, daß er auf der Fensterscheibe eine zweite längere Linie zog, merkte sie, daß er sich freute. »Errichtet eine Bühne nach hinten raus. Irgendwie weg vom Torhaus. Ihr und der Captain lockt sie weg. Ich bringe den Major so schnell wie ein Wiesel über den Burggraben und zur Yacht des Captains.«

»Und was machen wir mit dem anderen Gentleman?« fragte Penitence leise. Sie wies mit dem Kopf auf das Bett und Martin Hughes.

»Nein«, sagte Muskett fest.

Sie nahm es ihm nicht übel. Der alte Mann war *zu* alt, zu krank und viel zu unberechenbar für einen solchen »Ausflug«, besonders bei der Eile, die Muskett und Benedikt an den Tag legen mußten. Nun, sie würde sich überlegen, was mit ihm anfangen, wenn die quälende Sorge um Benedikt von ihr genommen und er nicht mehr in Gefahr sein würde.

Muskett wandte sich an Benedikt. »Ein feiner Schauspieler, der Captain. Ihr solltet ihn sehen, Major.«

»Ich bin auch nicht schlecht«, sagte Penitence. Noch einmal durchlebte sie die kostbaren Augenblicke auf dem Balkon des Cock-and-Pie, als sie Beatrice und Henry Benedikt gewesen war. Das Entsetzen der Pest war mit den Jahren verblaßt; die Erinnerungen, die jetzt am stärksten waren, waren die an menschlichen Mut. In allen Einzelheiten erinnerte sie sich an die Szene auf den Dächern gegenüber, als sie Balthasars Lied gesungen hatte: Mistress Palmers Gesicht, das Gesicht von Mistress Hicks, das Kind, das am Schornstein festgebunden gewesen war. Die Erinnerungen machten sie mutiger.

»Denn die Maske der Schauspieler verhüllet nur das Haupt der Sünde!« schrie Martin Hughes vom Bett her. Eine seiner festgelegten Antworten wurde unweigerlich durch das Wort »Schauspieler« ausgelöst.

»Wir hätten ihn in der Marsch liegenlassen sollen«, sagte Penitence zu Muskett.

Der Sergeant beachtete sie nicht. Interessiert musterte er den alten Mann. »Gibt es ein Stück, in dem ein Mohr eine Maske trägt?«

»Othello? Er wird nicht mehr mit Maske gespielt. Wir benutzen Lampenruß. Eigentlich …«

Sie starrte den Sergeant an. Er hatte sich eben ergiebig auf den Finger gespuckt und schmierte einen breiten Streifen über das ganze

Fenster. Dann bückte er sich und brachte sein unbewegtes Gesicht dicht vor das ihre. »*So* machen wir's, Missus.«

Sie hatten noch ein paar Minuten, um das *So* zu besprechen, dann traf Richter Jeffreys' Majordomus an der Spitze mehrerer Wagen ein, die Lebensmittel und Personal brachten. Gefolgt von Major Nevis mit Sir Ostyn Edwards und einem Durchsuchungsbefehl für das Haus. Gefolgt vom Rt. Hon. Viscount of Severn and Thames. Gefolgt vom Lord Oberrichter von England, Sir George Jeffreys und Freunden.

Wieder durchsuchten Nevis' Leute das Haus, diesmal unter der Ägide des sehr zerknirschten Sir Ostyn Edwards. »Tut mir wirklich leid, Peg, aber irgendein Kerl behauptet, daß sich der alte Martin Hughes hier versteckt. Ich habe diesem verfluchten Nevis erklärt, lieber würdet Ihr den alten Gottseibeiuns verstecken. ›Sie hätte ihn längst an den Pranger stellen lassen‹, hab' ich ihm erklärt, aber hört er auf mich?«

Sie standen in der Halle und sahen zu, wie Schränke geleert, der Ruß aus Kaminen gekratzt, Bajonette zwischen Mauersteine gesteckt wurden, weil man sehen wollte, ob sich der eine oder der andere herauslösen ließ. »Richtiges Schwein von einem Mann, und das hab' ich ihm auch gesagt«, erklärte Sir Ostyn. »Aber das Militär macht jetzt nun mal die Gesetze. Natürlich ist er eigentlich hinter diesem Rebellen Hurd her. Hat alle anderen geschnappt – Wade, Foulkes und Goodenough, aber nicht Hurd. Wurde anscheinend zuletzt gesehen, als jemand ihn in dieser Richtung über ein Feld trug.«

Penitence ballte die Hände. Verblüfft nahm der Friedensrichter eine in die seine, um sie zu trösten und schrie leise auf, weil sie so kalt war. Er zwinkerte ihr mit einem wimpernlosen Auge zu. »Eine solche Bestie habt Ihr wohl noch nie erlebt, nicht wahr, Peg?«

»Nein«, sagte sie, und er nickte erleichtert.

Ich sollte empört sein. Sie sollte gegen Nevis' Verdacht protestieren, doch sie mußte sich so hart darauf konzentrieren, nicht in Panik auszubrechen, daß sie keine Kraft mehr hatte, um Zorn vorzutäuschen.

Ein Krach und Schreie von oben sagten ihr, daß Nevis' Instinkt ihn wieder dazu geführt hatte, sein Interesse vor allem auf das Hauptschlafzimmer im Nordflügel zu richten. Sir Ostyn auf den Fersen, rannte sie hinauf.

Zwei von Nevis' Männern hielten den gotteslästerlich fluchenden Muskett fest. Das Zimmer war, wenn möglich, in einem noch schlimmeren Zustand als nach der ersten Durchsuchung.

Die Spiegelscherbe war unter einem Stiefel zermalmt worden, jede Schublade war herausgerissen, das Bett war bis auf den Rahmen auseinandergenommen, und ihre frisch geflickte Matratze wieder aufgeschlitzt. Der Krach, den sie gehört hatten, war vom Betthimmel gekommen, der unter dem Gewicht eines Nevis-Soldaten zusammengebrochen war, als er in den schmalen Raum zwischen Betthimmel und Zimmerdecke kroch. Das Paneel am Kopfende war jedoch noch unberührt.

Jetzt war sie wütend. Oder in Panik. Oder beides. Sie stürzte zum Bett, zog den Soldaten herunter und gab ihm obendrein einen Fußtritt. Dann wandte sie sich an Nevis. »Mit welchem Recht tut Ihr das schon wieder? Ich möchte Euch daran erinnern, daß ich eine loyale Untertanin von König James bin und mit seinem verstorbenen Cousin gut befreundet war. Ich werde dem König von Eurem wiederholten Vandalismus berichten und mich beim Lord Oberrichter beschweren, der heute zum Dinner hierherkommt.«

»Und das werde ich auch tun.« Sir Ostyn bewies Mut, wenn man in Betracht zog, wie Nevis ihn bei ihrer ersten Begegnung abgefertigt hatte.

Nevis war nicht beeindruckt. Penitence fragte sich, *was* ihn beeindrucken würde. Seine Züge waren nicht unangenehm, prägten sich jedoch nicht ein. Wenn sie sein Gesicht nicht vor sich hatte und es sich vorzustellen versuchte, schaffte sie es nicht, weil es nichts von der Feindseligkeit ausdrückte, die sie aus seiner Seele strömen fühlte. Es gab keine Möglichkeit, den Mann zu erreichen, denn er nahm von den Menschen um ihn herum keinen Beistand an, lehnte den guten Willen anderer scheinbar völlig ab und folgte nur seinem Weg. Sie hatte ihn behindert, hatte eine Barriere zwischen ihm und dem Mann aufgerichtet, den er jagte. Doch er hatte die Fühler einer Ameise, und wie eine Ameise würde er einen Weg zu seinem Ziel finden, bis er zerquetscht wurde.

Sie hatte entsetzliche Angst vor ihm.

Er sah ihr voll ins Gesicht. »Er ist hier. Ich weiß verdammt, daß er hier ist. Und ich werde ihn finden.«

»Flucht nicht in Gegenwart einer Frau, Ihr Halunke!« schrie Sir Ostyn mit geblähten Nasenflügeln. »Ich werde mit Eurem Oberst über Euer Benehmen sprechen …«

»Drei«, sagte Nevis, ohne den Friedensrichter zu beachten. Er sah Penitence an. »Erstens. Hurd. Zweitens. Martin Hughes. Und noch ein Mann namens Mudge Ridge. Der dritte.«

Sie schluckte. »Was ist mit ihnen?«

»Ich habe viele Leute befragt, Lady. Und wenn *ich* die Fragen stelle, antworten die Leute.«

Sie konnte sich seine Methoden vorstellen.

»Zeugen haben beobachtet, daß Hurd in diese Richtung getragen wurde. Zeugen haben einen Karren gesehen, in dem der Mann Hughes lag, und auch er fuhr in diese Richtung. Und jetzt, nach einem Ausbruch aus dem Gefängnis in Ilchester, wurde Mudge Ridge gesehen, Euer Verwalter, Madam. Von Zeugen. Ist in diese Richtung gegangen. Heute.« Seine Stimme war tonlos; er benutzte Pausen, um etwas besonders hervorzuheben. Er wandte sich an den Friedensrichter. »Alles Zufall?«

»Aber gewiß«, sagte Sir Ostyn unerschütterlich.

»Nein.« In Nevis' Stimme lag alle Überzeugung der Welt. »Es gibt ein Geheimzimmer in diesem Haus. Ich lasse Schlegel holen und werde diese verfluchten Mauern niederreißen lassen, bis ich es gefunden habe.«

»Nicht heute abend, mein lieber Mann«, sagte eine Stimme von der Schwelle her. »*Was* für ein Durcheinander. Wie in einem Hühnerstall. Aber es ist trotzdem das beste Schlafzimmer im Haus. *Was* Ihr auch tun wollt, es *muß* bis morgen warten.«

Es war Jeffreys Majordomus, ein schlanker Mann mittleren Alters in gelbem Brokat, der sich ständig mit den Händen ans Gesicht faßte. Er besaß die Autorität des Lord Oberrichters, setzte sie aber wirkungsvoller ein, und seine Sorgen waren so trivial, daß es war, als hätten seine schlaffen Finger eine brennende Zündschnur gelöscht. Weder Sir Ostyn noch Major Nevis waren ihm gewachsen. Nevis warf Penitence einen letzten Blick zu. »Ich umstelle das Haus heute nacht mit einem so dichten Ring, daß keine Maus durchschlüpfen könnte. Und morgen werden die Mauern eingerissen.«

Als er gegangen war, gaben ihre Beine nach, und sie setzte sich auf das Bett, um sich für den nächsten Kampf zu wappnen. Der Majordomus hatte seine Untergebenen bereits angewiesen, das Zimmer zu säubern. »Wir brauchen unsere Matratze und unsere Laken ... Den Betthimmel werden wir mit einem Vorhang abdecken.«

»Das ist mein Schlafzimmer«, sagte Penitence.

Der Majordomus riß die Augen weit auf. »Wenn Sir George hier übernachtet, brauchen wir das beste Schlafzimmer.«

»Warum sollte er hier übernachten?«

»Meine liebe Lady.« Der Majordomus zuckte mit den Schultern. »Wenn Ihr es nicht wißt, ich weiß es ganz gewiß nicht.« Er zupfte an seiner Amtskette. »Auf jeden Fall brauchen wir nach einem Tag bei Gericht einen Raum, in dem wir uns umkleiden können, also brauchen wir ein Schlafzimmer.«

»Nicht dieses.«

Er warf die Arme in die Höhe und blähte sich auf, gab jedoch nach. »Oh, nun gut.« Er wählte das Schlafzimmer nebenan.

Sie hatte entsetzliche Angst vor Jeffreys' Eintreffen, nicht nur, weil dadurch Benedikts Flucht noch schwieriger würde. Bis heute morgen hatte sie in dem Mann einen Wichtigtuer und Tyrannen gesehen, der mit seiner Begeisterung über seine eigene Tüchtigkeit ein übertrieben agierender Schauspieler, sogar ein wenig amüsant war. Seit dem Prozeß gegen Lady Alice und dem, was sie heute morgen auf dem Marktplatz von Taunton gesehen und gehört hatte, war der Mann für sie zu einem Ungeheuer geworden. Sie hatte die direkten Folgen seiner Urteile gesehen, gehört, gerochen, erfahren, daß er ein solches Urteil skrupellos auch gegen ihren Sohn aussprechen würde.

Ich bitte Dich, Gott. Mach, daß er nicht kommt.

Sie geriet in die nächste Panik, als der Majordomus befahl, den großen Tisch im Saal für das Dinner zu decken.

»Warum nicht im Speisezimmer?« fragte sie. Die Öffnungen des Wasserspeiers waren nicht zugestöpselt, damit die beiden Männer im Geheimzimmer atmen konnten, weil die Tür verschlossen bleiben mußte. Jedesmal wenn sie am Wasserspeier vorbeiging, bildete sie sich ein, ihr Gemurmel zu hören.

»Zu klein, liebe Lady«, sagte der Majordomus sofort.

»Wie viele Leute kommen denn, um Himmels willen?«

Der Majordomus preßte beide Hände unter eine Wange wie ein

schlafendes Kind. Er bediente sich der bedeutungslosesten Gesten, die sie je gesehen hatte. »Das hängt davon ab, in welcher Stimmung wir sind. Ich habe schon erlebt, daß wir fast hundert mitgebracht haben.« Er erhaschte einen Blick auf ihr Gesicht und verriet zum erstenmal ein bißchen Mitgefühl. »Falls Ihr Euch Sorgen um Eure Vorräte macht, liebe Lady, wir haben alles mitgebracht.« Er sprach durchaus die Wahrheit. Seine Leute packten bereits Tafelaufsätze und Bestecke aus grünen Flanellbeuteln aus.

Penitence fand ein wenig zu ihrer Selbstachtung als Hausfrau zurück. »Wir werden mein Silber benutzen.«

»Wir wollen nur das Beste, liebe Lady.«

»Ich habe das Beste.«

Ruperts Silber, aus Awdes mitgebracht, öffnete dem Majordomus die Augen, »*Madam*. Warum habt Ihr nichts *gesagt*?« Von da an behandelte er sie höflicher, was eine gemischte Freude war, da er sich jetzt in allem mit ihr beriet, was bedeutete, daß sie, um mit Muskett nicht zu vertraut zu erscheinen, den unersetzlichen Sergeant aus dem Schlafzimmer verbannen mußte. Sie nutzte die nächste Zeitspanne, sich mit peinlicher Sorgfalt anzuziehen und griff zu jedem Kunstgriff und allen erdenklichen künstlichen Farben, um ihr Gesicht weniger abgezehrt erscheinen zu lassen. Alle paar Minuten lief sie zum Fenster, um Ausschau nach Henry zu halten. *Er kommt nicht. Es ist sinnlos.* Sie sah die Sonne unter- und den Mond aufgehen. Sie beobachtete Nevis, der jenseits des Burggrabens einen dichten Kordon um das Haus zog und hörte die Frösche, die in der Marsch anfingen, ihre monotonen, ohrenbetäubenden Gesänge anzustimmen. Sie zündete Kerzen an und trat wieder vor den Spiegel, weil sie vor Angst über der Oberlippe leicht zu schwitzen begonnen hatte. Sie sah passabel aus. Sie erinnerte sich selbst an die eiserne Regel für eine alternde Schauspielerin: *Wende dem Licht den Rücken zu*.

Der Duft der nächtlichen Gräser in der Marsch ging in den Gerüchen unter, die aus der Küche kamen, wo Jeffreys' französische Köche sich gegenseitig anbrüllten. Der Majordomus war mit dem Rest seines Personals ins Freie gegangen, wo, nachdem er sich mit Penitence beraten hatte, die Belustigungen stattfinden sollten.

Prue hatte sie weggeschickt, sie sollte die Nacht im Haus des Vikars im Dorf verbringen. Sie hatte bleiben wollen, und Penitence hätte sie gern behalten, aber sobald Nevis und seine Männer eingetroffen waren, hatte es ihr die Erinnerung an den Abend, an dem sie beinahe vergewaltigt worden war, unmöglich gemacht zu bleiben; sie hatte nichts mehr tun können und nur noch gezittert. Penitence vermißte sie.

Im restlichen Haus war es still. Sie hörte ein Knacken auf der winzigen Treppe, die zu dem Korridor zwischen Saal und Solar führte. Die Stufen ächzten manchmal. Als sie hinausging, um nachzusehen, ob vor dem Zimmer jemand war, war der Korridor leer.

Sie ging zurück, öffnete das Paneel am Kopfende des Bettes und stieß die Tür zurück, die dahinter war. »Geht es euch gut.« Schale Luft schlug ihr entgegen.

»Der Alte hört nicht auf zu beten«, sagte Benedikt.

»Stopf die Löcher zu.«

»Dann können wir nicht atmen.«

Verdammt sollte dieser Mensch sein. Warum hatte sie ihn aufgenommen? Was hatten die Puritaner je für sie getan, außer ihr Leben und jetzt das ihres Sohnes bedroht? Sie sagte und meinte es ernst: »Erstick ihn, wenn es sein muß.«

Sie hörte Benedikt belustigt grunzen. »Ist er schon hier?«

»Nein«, sagte sie. »Und Jeffreys auch nicht.«

»Ich habe Jeffreys gemeint.«

»Oh.«

»Tut mir leid, doch den Viscount habe ich nicht in Betracht gezogen.« *Guter Junge, er bemüht sich, nett zu sein.* »Ich verstehe ja, daß es dir nicht recht wäre, wenn ich ihn umbringen würde. Wenn er mein Vater ist.«

»Ich weiß, daß er es ist, Benedikt«, sagte sie kalt.

Eine junge Hand mit einem knochigen Handgelenk schob sich durch das Paneel, tastete nach ihrer Hand und fand sie. »Es wäre wie bei diesem Kerl, dem Ödipus. Den eigenen Vater umzubringen, meine ich.«

»Nicht ganz«, sagte sie. Die Erziehung in Eton hatte es nicht geschafft, ihrem Sohn die ganze Bedeutung der griechischen Tragödie beizubringen. »O Benedikt. Ich weiß nicht, ob Musketts Plan gelingen wird. Ich weiß nicht, ob er kommt. Der Park ist voller Soldaten.«

»Ich bin eine Last, nicht wahr?«

Wieder wurde sie zwanzig Jahre zurückversetzt. Wer hatte das gesagt und ihr damit fast das Herz gebrochen. *Job*. Der arme, tapfere Job ihrer Ladyschaft. *Es ist ein Omen*. Job war gestorben. Benedikt würde sterben.

Sie preßte die Hand ihres Sohnes an ihre Wange.

»Um Himmels willen, Stiefel, was ist hier los?« Der Viscount mußte den Kopf einziehen, um durch die Tür zu kommen.

Sie hatte sich so sehr gewünscht, daß er kam, und sich so sehr davor gefürchtet, daß er nicht kommen würde, daß sie ganz durcheinander war, als er tatsächlich auftauchte.

»Wo warst du?«

»Hatte zu tun.« Er sah sie kühl an. »Und wie es aussieht, ist es dir genauso ergangen. Was hast du gemacht? Eintrittskarten verkauft?«

Während sie ihm berichtete, kam Muskett herein. »Lichter von Lord Jeffreys Gefolge auf dem Damm gesichtet, Sir.«

Der Viscount trat ans Fenster. »Diesem alten Fettsack und seinen Leuten auszuweichen, dürfte nicht schwierig sein. Es ist Nevis, der mir Sorgen macht. Warum ist er ausgerechnet heute abend hier?«

»Ich denke, weil Mudge Ridge geflohen ist. Sie glauben, er kommt hierher. Und Nevis sucht nur einen Vorwand. Henry, er *weiß*, daß Benedikt hier ist. Ich weiß nicht, woher er es weiß, aber er weiß es. Morgen will er im Haus Wände einreißen, hat er gesagt.«

»Dann müssen wir den Jungen heute nacht wegbringen.«

»Muskett hat einen Plan«, sagte Penitence. »Erklär ihm, was du vorhast, Muskett.«

Sie beobachtete Henrys Gesicht, während Muskett ihm seinen Plan schilderte, lernte es auswendig, für den Fall, daß die furchtbare herbstliche Traurigkeit, die auf ihr lastete, die Vorahnung eines Verlustes war. Seine Nase war noch immer zu groß; er war wirklich nicht schön, doch wenn sie ihn nur ansah, wollte sie ihn. Sie sah, wie er die Brauen hob. »Othello? Ich kenne den Text, aber ... Ich habe Othello noch nie gespielt.«

»O doch, das hast du«, sagte sie, und wenn sie jemals etwas gewußt hatte, dann dies: »Du spielst ihn seit zwanzig Jahren *en suite*.« Er war bestürzt. Sie stand auf. »Ich muß gehen. Wirst du es tun?«

Anstatt ihr zu antworten, sah er Muskett an: »Dieses kleine Juwel hast du dir ganz allein ausgedacht, nicht wahr, Kerl?«

»Sir«, sagte Muskett mit scharfem Tadel. »Der alte Gentleman aus dem Teppich hat uns auf die Idee gebracht, Sir.«

Sein Herr nickte. »Dann bedank dich in meinem Namen bei ihm.«

Penitence ging hinunter, um den Lord Oberrichter zu begrüßen.

Als sie vor dem Torhaus schwungvoll zu ihrem Knicks ansetzte, sagte neben ihr Jeffreys' Majordomus beim Anblick seines Herrn: »Uns plagt wieder der Stein ganz schlimm. Oh, oh, seht uns doch an. Möchten pissen und können nicht. Denken, wir können's mit Alkohol vertreiben. Da gibt es bestimmt Tränen vor dem Zubettgehen.«

Richter Jeffreys war in Erwartung eines Bacchanals gekommen. Er hatte fast vierzig Leute mitgebracht, doch nur wenige waren respektabel wie Sir William Portman, das zuständige Parlamentsmitglied, und seine Frau und Sir Ostyn, der sich selbst eingeladen hatte. Sie sahen schon jetzt so aus, als bedauerten sie, gekommen zu sein.

Der Rest waren Soldaten wie Oberst Kirk vom Tanger Regiment in Begleitung von Nevis und Leutnant Jones, außerdem maßgebliche Persönlichkeiten der Assise, wie der öffentliche Ankläger und sein Stellvertreter, oder unbedeutende Höflinge, die aus London angereist waren – Penitence erkannte ein paar Hofschranzen, die bei ihrer Abschiedsvorstellung im Duke's gewesen waren.

Kirk begrüßte sie mit übertriebener Vertraulichkeit. »Wir erinnern uns an alte Zeiten, nicht wahr, Mistress?« Als ob sie miteinander geschlafen hätten. Tatsächlich war es seine Schwester Mal, eine leidenschaftliche Theaterbesucherin, die sie gekannt hatte. Sie war Ehrenjungfrau bei Hof gewesen, hatte aber den Titel verloren, weil sie mit James geschlafen hatte, als er noch Herzog von York gewesen war. Jetzt fiel Penitence ein, daß Mal auch mit Monmouth geschlafen hatte. Ihr verdankte Kirk sein erstes Offizierspatent. Monmouth hatte es ihm verliehen. Abgesehen von seinem wölfischen Lächeln, strahlte Kirk eine Liebenswürdigkeit aus, die Nevis fehlte, aber es war Kirk, durch den die Lambs in den Ruf gekommen waren, Angst und Schrecken um sich zu verbreiten. An seinen Armen hingen zwei Frauen, die, ihrem Aussehen nach, aus den Elendsvierteln von Taunton kamen. Ein paar von den anderen Gästen hatten ähnliche Begleiterinnen. Und alle waren betrunken.

Ihr Verhalten zeigte schon als sie aus ihren Kutschen stiegen, daß sie erwarteten, sich später ausgiebig sexuell zu verlustieren – mit wem, schien unwichtig zu sein.

Glauben sie, ich sei eine Schlampe? Was hier geschah, war eine Beleidigung für Rupert und für Ruperts Haus. Als sie das Dinner zur Hälfte hinter sich hatten, war ihre Kränkung größer als ihre Furcht, und von ihrem Ende des Tisches aus – sie hatte sich energisch gegen den Majordomus wehren müssen, der sie unbedingt am oberen Ende des Tisches an Jeffreys Seite plazieren wollte – schüchterte sie ihre Gäste mit einer hochmütigen Miene ein, die möglicherweise sogar Elisabeth Tudor veranlaßt hätte, sich zu fragen, ob sie das richtige Messer benutzte.

Henry war ihr keine Hilfe. Er saß auf der rechten Seite, ungefähr in der Mitte des Tisches, aß mit Genuß und starrte dabei auf den Brustansatz eines dunkelhaarigen Frauenzimmers, das zwischen ihm und Nevis Platz genommen hatte und es allem Anschein nach gern zuließ, daß er starrte. Sein Kopf war der einzige, der nicht dem Lord Oberrichter am entgegengesetzten Ende des Tisches zugewandt war.

Penitence verhinderte eine Orgie, aber gerade noch. Bald würden die meisten Gäste, Jeffreys eingeschlossen, wenn er so weitertrank, die Kontrolle über sich verlieren.

Es war ihr gelungen, die Unterhaltung von sexuellen Anzüglichkeiten abzulenken, aber jetzt konzentrierte sie sich auf die Prozesse des vergangenen Tages und wurde, wie es sich erwies, noch roher, noch anzüglicher. Jeffreys prahlte. »Sie hat mich angefleht, ihn ihr unverstümmelt zurückzugeben. Also habe ich zu ihr gesagt: ›Gewiß, Madam, da Ihr so beredt bittet, sollt Ihr den Teil seines Körpers haben, den Ihr am meisten liebt. Ich werde das beim Sheriff veranlassen.‹«

Sir Nicholas Fenton, an den Penitence sich noch vom Hof Charles II. erinnerte, wollte sich ausschütten vor Lachen und tätschelte dem Oberrichter die Hand. »Wundervoll, my Lord. Gebt ihr den Schwanz. Gebt allen die blutigen Schwänze. Wie viele waren es heute, my Lord?«

Schwarz und glänzend tauchte Sir Georges Mund aus dem Glas auf und hinterließ bei Penitence den Eindruck, er habe Blut getrunken. »Zweihundertzweiundsiebzig.«

Der stellvertretende Ankläger streckte sich. »Eine Zahl, die in die

Annalen eingehen sollte, denn nie vorher wurden an einem einzigen Tag so viele verurteilt, und es wird auch nie wieder geschehen.«

»Zweihundertzweiundsiebzig«, quäkte Sir Nicholas. »Wundervoll. Wundervoll.«

Oberst Kirk schrie: »Und was ist mit den Jungfräulein, my Lord? Wann macht Ihr den Jungfräulein den Prozeß?«

Penitence hörte auf so zu tun, als esse sie weiter, und hörte zu. Sie hatte gehofft, Jeffreys bitten zu können, er möge die Kinder freilassen. Die bedauernswerte Mrs. Yeo machte sich tagtäglich über das Moor auf, um ihre Tochter im Gefängnis in Taunton zu besuchen.

Der Lord Oberrichter richtete sich hoheitsvoll auf. Kirk war einen Schritt zu weit gegangen. »Sie bleiben, wo sie sind. Es ist nicht meine Art, Schulmädchen zu verurteilen.«

»Schulmädchen. Verflucht wundervoll.«

»Dennoch, my Lord«, blieb Kirk hartnäckig, »sie werden einen hübschen Batzen einbringen. Ich hoffe, Ihr erinnert den König daran, daß er seine Soldaten mit einem Teil des Gewinns belohnt.«

Jeffreys zuckte mit den Schultern. »Die Justiz braucht ihre Belohnung ebenso wie die Soldaten. Aber sollen ihre winselnden Familien sie nur freikaufen, was sie gewiß tun werden. Das ist nicht meine Sache.«

Penitence wandte sich an Sir William Portman zu ihrer Rechten, der sich immer unbehaglicher zu fühlen schien. »Was kann er meinen? Was wird mit den Mädchen geschehen?«

Lady Portman beugte sich über ihren Mann zu ihr hinüber. »Es heißt, daß sie im Gefängnis bleiben müssen, bis ihre Eltern sie freikaufen. Man gibt sie den Hofdamen der Königin, die dann den Profit einheimsen.«

»Jungfräulein den Jungfrauen«, sagte Penitence, »ich verstehe.«

»Pst.« Lady Portman mahnte sie, die Stimme zu senken, aber Sir Nicholas Fenton hatte den Satz schon aufgeschnappt. »Jungfräulein den Jungfrauen. Wundervoll.«

Was habe ich mit diesen Leuten zu schaffen? Sie ertrug es nicht, daß sie in ihrem Saal saßen, nicht nur wegen der Gefahr, die sie darstellten, sondern wegen ihrer Fleischerseelen. Hinter Jeffreys Kopf hing Ruperts Portrait, und sie hatte das Gefühl, daß es ihr Vorwürfe machte. Er hatte ihr dieses Haus geschenkt, und sie hatte es durch diese vulgären Menschen entweiht und sogar, mochte Gott ihr helfen, durch die körperliche Lust, die sie mit einem anderen Mann im Bett gefunden hatte.

Die Klarheit dieses schönen Raumes erstickte in den profanen Gesprächen und den schmachtenden Melodien, die des Lord Oberrichters Musiker in einer Ecke des obersten Treppenabsatzes spielten. Seine großzügige, reine Linie wurde von den Blumenschalen und den geharzten Fackeln in den Wandhaltern zerstört, mit denen der Majordomus den Saal seiner Meinung nach »verschönert« hatte.

Das einzig zum Raum gehörige, das zu den Schweinen an ihrem Trog paßte, war der nordöstliche Wasserspeier. Er glotzte sie an, versuchte, ihre Aufmerksamkeit – und die der anderen – zu erregen. Sie hätte schwören können, daß sie das Ding flüstern hörte.

Der Anblick des Tisches selbst schnürte ihr die Kehle zu; seit Wochen hatte sie nicht mehr so viel zu essen gesehen. Es gab zuviel Fleisch, zuwenig Salate. Blut und Fett trieften aus den ganzen Lendenstücken eines Rindes, die Berge gepökelten Schweinefleischs (»unser Lieblingsessen« dem Majordomus zufolge) waren zerteilt worden, so daß Schweinsfüße zwischen den Schüsseln herumrollten, frisches Kalbsbries und Kalbsleber schwammen in einer reichen, dunkelroten Sauce.

»Ihr eßt nichts, liebe Madam?« rief Jeffreys ihr über die ganze Länge des Tisches hinweg zu.

»Mein Magen verträgt es nicht.«

Seltsamerweise verstand er sie. »Mein Domus hat mir berichtet, Jack Ketchs Tätigkeit auf dem Marktplatz heute vormittag hätte Euch beunruhigt.«

»Das hat sie in der Tat«, sagte sie. Um den Tisch herum war es still geworden.

»Bedauerlich, bedauerlich.« Bratensaft und Wein liefen ihm über das Kinn. »Aber es mußte ein Exempel statuiert werden, jetzt, am Anfang, wenn auch das weiche Herz einer Lady es nicht mit ansehen kann. Weiches Herz.« Er verharrte bei diesem Gedanken, als wolle er ihn verspeisen. Dann rief er, seine Spitzenmanschetten schüttelnd: »Aber ich verspreche Euch, Madam, in anderen Städten der Assise wird man mit Vernunft Barmherzigkeit beweisen, nachdem man ein Zeichen gesetzt hat.«

»Und einen gesunden Gewinn erzielt.« Die Stille war jetzt absolut. *Was tust du denn?* Sie konnte nicht glauben, daß sie das gesagt hatte. *Vielleicht brauchst du diesen Mann.*

Jeffreys kleine Augen wurden noch kleiner. Er war nicht erfreut, gestattete es sich jedoch, sich von Sir Nicholas Frentons schallendem Gelächter ablenken zu lassen. »Gesunden Gewinn erzielt. Wundervoll.«

Kirk lenkte die Aufmerksamkeit wieder auf sie. »Da wir von Gewinnen sprechen: Mein ranghöchster Offizier verdächtigt Mistress Hughes, Rebellen entführt zu haben, damit sie die Belohnung beanspruchen kann. Er sagt, drei seien in der Nähe ihres Besitzes gesehen worden. Einer von ihnen war kein geringerer als Hurd.« Er scherzte. Er glaubte es nicht. Sie hatte ihn mit Nevis streiten sehen.

»Entführerin. Wundervoll.«

»Was ist das? Was ist das?« Jeffreys witterte etwas.

»Ich habe mir Hurd von einigen Rebellen, die er kommandiert hat, beschreiben lassen.« Nevis griff seitlich in seinen Stiefel und holte ein Stück Pergament heraus. »Man hat gesehen, daß er vom Feld in diese Richtung weggetragen wurde.«

Irgendwie schaffte es Penitence, mit den Schultern zu zucken. »Der Major hat es für nötig erachtet, zweimal mein Haus zu durchsuchen, my Lord, ohne Ergebnis. Und ich protestiere, my Lord. Es ist kaum wahrscheinlich, daß ich den Feinden von Prinz Rupert Zuflucht gewähren würde.« *Erinnere sie daran, wer du bist.*

Aber das Pergament machte am Tisch die Runde.

»Ist Euch ähnlich, nur jünger, Viscount«, sagte der Narr Sir Ostyn.

Henry streckte die Hand aus. »Sieht aber nicht so gut aus wie ich.«

Als das Pergament Penitence erreichte, gelang es ihr zu spotten: »Er sieht aus wie Hamlets Geist. Vielleicht solltet Ihr ihn auf dem Festungswall suchen, Major. Allerdings haben wir keinen.«

»Wundervoll. Keinen Festungswall.«

»Kommt, Major«, sagte Jeffreys. »Ihr habt das Haus durchsucht und Eure Pflicht getan. Laßt jetzt diese liebe Seele in Ruhe. Ich befehle es.«

Einen Augenblick dachte Penitence, Nevis würde widersprechen; trotz seines Instinkts hatte der Mann keine Vorstellung davon, wie man mit Anstand aufgab, selbst wenn es in seinem Interesse war; er sah aber einen Sinn darin, sich zu beugen. »Der Ring, den meine Männer um das Haus gezogen haben, bleibt trotzdem.«

Kirk gab Nevis einen Schlag auf den Rücken und wandte sich an Jeffreys. »Das schadet ja nichts, my Lord, nur über Nacht. Der Mann könnte sich draußen im Park versteckt haben. Nevis hat eine Nase für solche Dinge. Wir denken an Eure Sicherheit.«

Drüben in der dunklen Ecke hinter dem Kamin glotzte und schwatzte der Wasserspeier.

Jeffreys nickte. »In Ordnung. Wenn es unsere Lustbarkeiten nicht stört, Gastgeberin?« Es war eigentlich keine Frage.

Penitence erhob sich. »Dann muß ich gehen und sie vorbereiten.« Als sie an seinem Stuhl vorbeikam, streckte Jeffreys die Hand aus, packte ihren Arm und zog sie zu sich herunter, so daß ihr Gesicht dicht vor dem seinen war. Sein Wein- und Fleischatem schlug ihr ins Gesicht. Er war sinnlich geworden. »Spielt die Desdemona für mich. Damals hab' ich mich in Euch verliebt. Liebt Ihr mich, Peg?«

»Wer könnte Euch widerstehen?« *Bleib spielerisch.* »Wollt Ihr mein Othello sein, my Lord?«

Er flüsterte: »Die Pocken soll er kriegen. Grünäugiger Schurke. Küßt mich. Ich werde Euch auf diesem Bett nicht töten, Peg, außer mit Liebe.«

Sie ertrug es nicht, ihm so nah zu sein. Hitze stieg aus seinem großen Körper auf und hüllte sie ein. Sie lächelte auf ihn hinunter, küßte seine schweißnasse Wange und schaute ihm in die Augen. »Bis dahin muß mein Mohr mörderisch sein. Wer es ist, wird Euch überraschen.« *Das klingt wie Dryden in seiner schlimmsten Zeit.*

Sie wurde noch weiter hinuntergezogen und fiel fast über ihn, als sein Mund den ihren suchte, aber statt dessen auf ihrem Kinn landete. »Spielt die Desdemona für mich. Da hab' ich mich in Euch verliebt.«

Gott, wie sehr verabscheute sie Betrunkene und ihr sich ständig wiederholendes Geschwafel. Aber als sie durch den Korridor in ihr Schlafzimmer eilte, hätte sie am liebsten gesungen. Sie hatte gedacht, sie würde den Lord Oberrichter irgendwie dazu bringen müssen, einen Auszug aus dem *Othello* zu verlangen, und jetzt hatte er es sogar von sich aus getan. *So weit, so gut.*

Muskett hatte noch zwei Spiegel gefunden und auf Tische gestellt.

Ihr Kleid, Umhang, Perücke und Schuhe waren auf dem einen zurechtgelegt. Auf dem anderen stand ein Krug mit Lampenruß, daneben lagen ein langes Stück von ihrem Bettvorhang und Ruperts bestes Reisecape mit den scharlachroten Seidenbiesen. »Das Theater hat einen ausgezeichneten Garderobier verloren, als du dich für den Viscount entschieden hast, Muskett.«

»Danke, Mistress.« Er ging hinaus. Da er die Tür bewachte, während sie sich umzog, konnte sie das Bettpaneel öffnen. »Bist du fertig? Laß dich ansehen.« Sie betrachtete den Kopf, der sich durch die Öffnung schob, küßte ihn und rief, Sir Nicholas Fenton nachahmend: »Wundervoll!« *Ist es das wirklich?* Würde sich Nevis täuschen lassen? »Und wenn du wieder in den Niederlanden bist, bleib dort.« Die Tür ging auf, und sie schloß hastig das Paneel.

Es war Henry. Er setzte sich sofort an den Toilettentisch. »Wo ist der blöde Spiegel? Gott der Allmächtige, ich bin zu alt für so was.« Er schmierte sich Lampenruß ins Gesicht und schaute mit zusammengekniffenen Augen zu Penitence hinüber: »Und du auch. Haben meine Augen mich getäuscht, oder hast du eben den Gentleman mit dem rubinroten Gesicht in seinen unehrenhaften Absichten ermutigt?«

Sie war vor ihrem eigenen Spiegel beschäftigt. »Man muß ihn bei Laune halten. Vielleicht brauchen wir ihn, bevor die Nacht zu Ende ist.«

»Auf welche Weise?«

»Das weiß ich nicht.« Wie konnte sie es wissen? »Wenn Benedikt entdeckt wird – könnten wir uns auf seine Verbindung mit Rupert berufen.«

»Stiefel, der König hat eben seinen eigenen Neffen enthaupten lassen. Jeffreys wird über den Verrat deines Sohnes nicht einfach hinwegsehen, weil der Junge sich mit Rupert gut verstanden hat. Oder weil du seine Phantasie reizt.«

Was weißt du schon?

Sie hatte sich mit ihrem Körper aus einem der schlimmsten Gefängnisse von ganz England herausgekauft. Sie war Schauspielerin geworden, weil sie sich an einen anderen Mann verkauft hatte. *Du weißt nicht, wozu Männer imstande sind, um ihre Lust zu befriedigen.* Die Hitze, die aus Jeffreys' Körper aufstieg, war die gleiche wie bei George und Killigrew.

Sie merkte, daß er sie beobachtete, und zuckte zusammen.
»Gott der Allmächtige«, sagte er, »du würdest es tun.«
Und das würde sie. Sie bekam Gänsehaut bei dem Gedanken, Gegenwart und Zukunft wurden völlig farblos, aber wenn es dazu kam und Benedikts Leben der Preis war, dann würde sie es tun.
Sie hörte, wie man im Saal ihren Namen rief. Ihr Publikum erwartete sie.
»Hals- und Beinbruch«, sagte sie und ging hinaus.

6. *Kapitel*

Der szenische Hintergrund war wundervoll. Als sie am Nachmittag angefangen hatte zu erklären, was sie sich vorstellte, hatte sich der Majordomus an die Nase getippt. »Wenn es etwas gibt, worauf wir uns verstehen, liebe Lady, dann ist es Dramatik. Wir haben genug davon gesehen. Überlaßt alles mir.« Es war viel zuwenig Zeit gewesen, um etwas anderes zu tun, und der Mann hatte sich mit Feuereifer in seine Rolle als Theaterleiter geworfen.

Sie waren der Meinung gewesen, daß die Bühne die Grasplattform sein sollte, die auf der Südseite des Hauses eine natürliche Terrasse bildete, bevor sie zu den Eibenschachfiguren, zum Rasen und zum Burggraben abfiel. Heute abend sah sie aus, als sei sie von einem Schwarm riesiger Leuchtkäfer heimgesucht worden. Chinesische Lampions hingen von den Zweigen und an den Speeren der Eibenritter. Jeffreys' Musiker spielten leise und unsichtbar am Rand des Burggrabens, wo die Lampions über dem Wasser schwebten, das Weiß der Wasserlilien aus dem Dunkel hoben und das größere Spiegelbild des Mondes mit den ihren umgaben.

Die Plattform selbst war mit Blumenkübeln geschmückt. Meeresmuscheln, von den Kindern bei einem Ausflug an die Küste gesammelt, bildeten die Reflektoren der Rampenlichter, und der Bühnenhintergrund war die offenstehende Tür, die in den erleuchteten Raum im Südflügel führte, der Ruperts Bibliothek gewesen war.

Eine Couch, bedeckt mit Seidentüchern und Gobelins, stand in der Mitte des Bühnenhintergrundes und entlockte dem Publikum, während es seine Plätze auf den gepolsterten Bänken einnahm, allerlei zotige Bemerkungen.

Penitence und der Majordomus standen in den Kulissen – einem Vorhang, der zwischen zwei Eibenschachfiguren hing. Er preßte die Ellenbogen zusammen und schlug die Fäuste aneinander wie ein Kind, das sich vor dem Gewitter fürchtet. »Hört Euch diesen *Lärm* an. Wie könnt Ihr sie zum Schweigen bringen, liebe Lady? Zittert und bebt Ihr nicht?«

Sie zitterte und bebte, aber nicht vom Lampenfieber. »Wie heißt Ihr?«

»Gilbert.«

»Gilbert, ich habe Theatersäle zum Schweigen gebracht, gegen die sich dieses Volk wie das Gebet eines Puritaners ausnimmt.« Verglichen mit den Dreckskerlen vom Hof Charles II. waren das Amateure.

Unten am Burggraben warteten die Musiker auf ihr Zeichen. Sie hob einen Arm, eine Trompete schmetterte, das Publikum auf den Bänken buhte, und Peg Hughes trat noch einmal ins Rampenlicht.

Hätte sie sofort mit den ernsten Texten begonnen, hätte man sie ausgepfiffen als Rache für die deutliche Mißbilligung, die während des Dinners nicht zu übersehen war. Doch sie überrumpelte alle. Sie hatte sich das Haar zu Löckchen aufgesteckt, ihr Dekolleté so weit hinuntergezogen, daß beinahe die Brustwarzen zu sehen waren und sang in Cockney:

»Mein Lager ist auf kaltem Boden,
und herrlich hart ist mein Geschick,
doch beug ich schwer nur das Genick
zu meines fetten Liebsten Hoden.«

Bei dem bekannten Lied brachen diejenigen, die häufig ins Theater gingen, in spontanen Applaus aus. »Nelly!« rief Fenton. »Nelly wie sie leibt und lebt!«

Penitence stolzierte auf und ab, raschelte mit ihrem Petticoat und zwinkerte Jeffreys zu.

»Doch seufze ich: O schmelze, meines Herzens Zierde!
Und bitt' dich schmelz' geschwinde,
denn du bist der, nach dem ich gierte,
verlörest du nur ein paar Pfunde.«

Man lachte auf Jeffreys' Kosten, was gefährlich war, aber das restliche Publikum hatte sie gepackt und konnte jetzt mit ihm spielen. Allmählich und neckisch führte sie es über die ganze Skala von Schlüpfrigkeit zu Rührseligkeit und gewann sogar Jeffreys mit der herzzerreißenden Bitte an ihn, als sie sang:

»Noch keiner hatte solche Kunst
zu tragen seiner Lüste Glut
in einer Jungfrau Herz und Gunst
und wallen macht ihr Blut.«

Mit dem »Herzen einer Jungfrau« forderte sie Pfiffe und Buhrufe geradezu heraus, doch jedesmal wenn sie sich verneigte, zog sie ihr Mieder ein Stückchen höher, und man hörte ihr mit immer größerem Ernst zu.

Während Balthasars Lied wurde sie eine Sekunde abgelenkt. Hinter einem Eibenritter lag Sir Nicholas Fenton auf einer Hure aus Taunton, und seine Hinterbacken bewegten sich auf und ab wie Pumpenschwengel. *Nie hätte ihre Ladyschaft erlaubt, daß sich ein Mädchen aus dem Cock-and-Pie so liederlich benahm.* Auf den Bänken war Nevis als einziger noch nüchtern. Er saß aufrecht da, drehte den Kopf zwischen ihr und dem mondhellen Garten hin und her, als wisse er, daß sie etwas im Schilde führte.

Hinter ihm sah sie jenseits des Burggrabens seine Männer und Jeffrey's Dragoner in Abständen von fünfundzwanzig Yard aufgereiht, dunkle Statuen im Mondlicht.

Einige lehnten auf ihren Spießen und hörten zu, anstatt sie vorschriftsmäßig zu halten – aber das war nicht wichtig. Für Musketts Plan war wichtig, was sich im nächsten Moment ereignen würde.

Sie begann mit Porzias *»Die Art der Gnade ...«*, kniete nieder und streckte Jeffreys die Arme entgegen. *Und hör ja zu, du Schwein.*

Es war Zeit. Irgendwo an einem der oberen Fenster hatte Henry auf sein Stichwort gewartet. Von der anderen Seite des Hauses hörte man Geschrei und Gebrüll. Jemand schoß eine Muskete ab, ein oder zwei Leute sprangen von den Bänken auf und griffen zu ihren Schwertern.

Hinter dem Hauseck, von Muskett mit einer Klapper verfolgt, hüpfte eine große Gestalt herum; bekleidet war sie mit ausgestopften Pantalons, einem Hemd mit weiten Ärmeln und einem breitkrempigen Hut, dessen Feder dem Träger schlaff bis unter die Nase hing. Sein Gesicht war schwarz und sein Hosenbeutel hatte die Größe eines Plumpuddings, aus dem ein riesiger, künstlicher erigierter Penis ragte. Es war ein Clown, geradewegs aus der Harlekinade des Scaramouche, und unwillkürlich begann das Publikum zu lachen.

Eine der Schildwachen, ein Sergeant, entschuldigte sich bei Kirk. »Hat uns erschreckt, Sir. Schwarzes Gesicht und alles, ist auf uns zugestürzt, und Davis hat geschossen. Hat gedacht, es wär' der Teufel, Sir.«

Kirk lachte noch immer, es war Nevis, der ihn anschnauzte: »Geh auf deinen Posten zurück und bleib dort!«

Der Clown mit dem schwarzen Gesicht fiel vor Jeffreys auf die Knie:

»Muß das so sein? Wenn er kommt rein?
Der arme alte Teufel. Will nur 'nen Fick, kein Zweifel.
Wie selten genossen – zwischen die Backen geschossen.«

Der Lord Oberrichter riß dem Clown den Hut herunter. Er war bestürzt gewesen, als er bei seiner Ankunft bemerkt hatte, daß Henry schon da war, denn er betrachtete ihn als Rivalen. Jetzt wollte er sich jedoch ausschütten vor Lachen. »Den Mann soll die ganze Strenge des Gesetzes treffen, Viscount.«

Penitence zog sich in die Kulissen zurück, um die Nadeln aus dem Haar zu nehmen und es zu lösen, während der Majordomus den Umhang um sie drapierte. Als sie sich das Haar kämmte, kam Henry dazu. Muskett half ihm beim Umziehen, legte ihm Othellos Umhang um, nahm ihm den Hut ab und setzte ihm einen Turban aus einem von Penitence' grünen Brokatbettvorhängen auf; zusammengehalten wurde er von der Brillantbrosche, die Rupert ihr zu Rupertas Geburt geschenkt hatte.

Henry sagte: »In Ordnung, Muskett, geh ins Schlafzimmer zurück, und bleib dort. Major Nevis könnte das Verlangen überkommen, es wieder zu durchsuchen. Mir schien er von der Vorstellung unserer Gastgeberin überhaupt nicht beeindruckt.«

Er sah Penitence nicht an, als er hinzufügte: »Obwohl sie alle anderen verführt zu haben scheint.«

»Oh, um Himmels willen«, sagte sie gereizt. »Ich lulle sie ein.«

»Hat Ihre Ladyschaft es so genannt? Geh und leg dich aufs Bett. Beenden wir die Farce.«

»Hals- und Beinbruch«, sagte sie, doch er antwortete nicht.

Der Majordomus hatte die Terrassentür von Ruperts Bibliothek geschlossen. Nach einer Minute öffnete er sie wieder, man sah das Bett, und Desdemona sang im Nachthemd und mit offenen Haaren das Lied von der Weide. Jetzt witzelte niemand mehr über das Bett. Als sie endete und sich zum Schlafen hinlegte, war es im Garten still, nur eine Nachtigall sang im Wald, und wieder war das Schluchzen des Lord Oberrichters zu hören.

Ich habe sie eingelullt. Warum bist du immer eifersüchtig?

Sie hörte ihn, als er die Terrasse betrat, auf und ab ging und den großen Monolog aus der zweiten Szene des letzten Aktes sprach. Er hatte lange nicht mehr auf einer Bühne gestanden, doch das Gefühl, das er mit dem Mann teilte, den er spielte, verlieh seinem Othello eine bebende Leidenschaftlichkeit, zu der nicht einmal Betterton fähig war. Penitence erkannte, wieviel er vor ihr verbarg und mit Humor bemäntelte. *Es tut mir so leid. Warum glaubst du nicht, daß ich dich liebe?* Vielleicht glaubte er es, aber wie Othello, wie alle Männer, war er nicht imstande zu glauben, daß eine Frau sinnlich *und* treu sein konnte. Wenn sie Leidenschaft fühlte, mußte sie leidenschaftlich sein. Wenn sie leidenschaftlich war, konnte sie nicht treu sein. *Eva,* dachte sie. *Eva ist schuld an allem.*

Wie waren aus ihnen, aus Beatrice und Benedikt, Desdemona und Othello geworden? Was immer sie, wie er meinte, getan,wie viele Männer sie, wie er glaubte, gehabt hatte, warum konnte er es nicht akzeptieren und das Glück annehmen, das sie jetzt erlebten? Männer waren solche Egoisten, waren so ausschließlich. Sie mußten Dinge besitzen, um sie zu lieben.

»... Doch nicht ihr Blut vergieß ich;
Noch ritz' ich diese Haut, so weiß wie Schnee
Und weiß wie eines Denkmals Alabaster...
Doch sterben muß sie, sonst betrügt sie andre.
Tu aus das Licht, und dann ... tu aus das Licht.«

Henry, es tut mir so leid. Bisher hatte sie nicht begriffen, wie sehr sie seine Seele peinigte.

Es war zu spät, um ihre Interpretation der Desdemona als sinnliche Frau zu ändern. So hatte sie sie auch gespielt, als Rupert ihn ins Theater mitgebracht hatte. Er hatte im King's auf der Schwelle gestanden und gesehen, wie sie sich in Harts Armen ganz der Liebe hingab.

Damals habe ich gespielt. Du mußt wissen, daß ich jetzt nicht spiele.

Als er Desdemona weckte, streckte sie die Arme aus und zog ihn herunter wie eine Frau, die es gewohnt ist zu lieben, sobald ihr Mann zu Bett kam. Sie hörte Jeffreys' zischenden Atem. Auch er hörte ihn und wich so heftig von ihr zurück, daß sie, das Haar über dem Gesicht, auf das Bett niedergeworfen wurde.

Als sie um ihr Leben flehte, streichelte sie sein Gesicht. Als Desdemona und als Penitence versuchte sie ihm zu zeigen, wie sehr sie ihn liebte.

»Denk deiner Sünden ...« befahl er. *Erinnere dich an das Cock-and-Pie.*

»Das ist zu dir die Herzensliebe.« Ich erinnere mich. Ich habe zwanzig Jahre von der Erinnerung gezehrt – gelebt. Verlaß mich nicht.

»Und dafür stirbst du.«

Er zwang sie wieder auf das Bett zurück, nannte sie eine Dirne, und als er ihr das Kissen aufs Gesicht legte, blitzte aus irgendeinem barbarischen Urinstinkt in seinem Kopf der Gedanke auf, daß er zudrücken sollte, bis sie ihn nicht mehr quälen konnte. Er verdrängte ihn jedoch in derselben Sekunde.

Eine hohe Falsettstimme berichtete, ohne daß man jemand sah, aus den Kulissen, daß Jago aus Bosheit gehandelt hatte und Desdemona unschuldig war. Der Majordomus hatte sich erboten, die Emilia zu geben und las den Text von einer Zusammenfassung ab, die Penitence geschrieben hatte, so daß Othello fortfahren konnte: *»Ich* *hab' noch einen Degen hier im Zimmer«* und dann weiter: *»Ich küßte dich eh ich dir Tod gab! …«*

Der Körper, den sie so gut kannte, fiel auf sie. *»Nun sei dies der Schluß: Mich selber tötend, sterb ich so im Kuß.«* Und er *küßte* sie. Kein professioneller Schauspieler hätte sie so geküßt – es lenkte zu sehr ab und war ganz und gar nicht schicklich. Sie war sich jedoch nur seiner Nähe bewußt, der Applaus war eine Kulisse wie weit entfernter Donner.

Ihr Körper war so sehr ein Teil des seinen, daß sie spürte, wie jemand ihm auf den Rücken tippte; jemand klopfte an die Pforte ihres geheimen Gartens. Es war Jeffreys, der eingelassen werden wollte. Die Szene hatte ihn entflammt; es war sein Recht, auf Desdemona zu liegen – er hatte für das Dinner gesorgt. »Ihr habt mich verrückt gemacht, meine Liebe. Stehlen wir uns fort, damit wir ein wenig Zeit für uns haben.«

Der Viscount stand auf, streckte sich. »Ich fürchte, es *wäre* Diebstahl, my Lord. Ich sehe, Mistress Hughes und ich müssen unser Geheimnis lüften. Kommt, Madam.« Er zog Penitence in die Höhe, führte sie in die Mitte der Bühne und hob die Stimme: »Mistress Hughes hat eingewilligt, meine Frau zu werden. Wir werden heiraten, sobald mein Dienst in Bridgwater zu Ende ist. Das werden wir doch, Süße, oder?«

Sie wußte, was er – seiner Ansicht nach – tat; er schützte sie mit seinem Namen, wenn er sie mit Jeffreys und seinem Gefolge allein ließ, was er in einer Minute tun mußte, wenn ihr Plan gelingen sollte. Es war schon nach zwei Uhr morgens.

Sie bezweifelte jedoch, daß ihm wirklich klar war, was er tat; er steckte sein Territorium ab, damit niemand anders sie während seiner Abwesenheit haben konnte. Schlimmer, er hatte den Lord Oberrichter öffentlich gedemütigt. Er sah Jeffreys Gesicht nicht – in Übereinstimmung mit ihrem Plan war Muskett gekommen und hatte gemeldet, ihre Pferde stünden bereit und sie kämen zu spät zu ihrem Dienst in Bridgwater. Von diesem Moment an mußte alles sehr schnell geschehen.

Nur sie sah, daß der gedemütige Jeffreys vor Zorn feuerrot wurde – nicht nur, weil sein Plan für diese Nacht vereitelt worden, sondern weil es vor seinen Freunden geschehen war, die alle wußten, was er vorgehabt hatte.

Jeffreys gehörte nicht zu den Höflingen, die die Wankelmütigkeit einer Frau mit einem Achselzucken abtun konnten, solange eine andere zur Verfügung stand. Daß eine Frau verlobt war, war für diese Männer bedeutungslos; sie nahmen sie trotzdem. Aber Jeffreys kam aus einer niedrigeren Klasse, aus einer Familie von höheren Geistlichen; er war ein Bourgeois; seine Frauen mußte ihn abgöttisch lieben, solange er sie hatte, und nur ihn allein – sie durften ihre Hand keinem anderen geben und schon gar nicht direkt vor seiner Nase. *Er wird mir nie verzeihen.* Sie sah, wie der Haß in seine kleinen Eberaugen stieg – Haß nicht gegen den Viscount, sondern gegen sie, die ihn genasführt hatte.

Der Viscount sprach mit Kirk, lachte und schlug ihm auf den Rücken wie ein Junge. »Habt Ihr gesehen, wie ich die Kerle von der Wache erschreckt habe, Percy? Was meint Ihr? Ich denke, ich behalte mein Kostüm an und erschrecke auf meinem Rückweg alle, die im Dienst eingeschlafen sind. Das wird die faulen Burschen wecken.«

Jeffreys verbeugte sich vor Penitence. »Madam, seid so gütig und laßt meinen Wagen vorfahren.«

Es war offensichtlich, daß die Lustbarkeiten, die die Priory zu bieten hatte, zu Ende waren. Die nächtliche Unzucht fand nicht statt, es sei denn, man konnte sie auf der Rückfahrt nach Taunton in den Kutschen nachholen. Vielleicht fand man den Vorschlag des Viscounts deshalb so nachahmenswert. Alle waren dafür, sich zu verkleiden und die Wachposten bei den Straßensperren im Moor zu erschrecken. Lampenruß wurde geholt, und die meisten Männer und mindestens zwei Frauen schwärzten sich die Gesichter, schlangen sich ihre Schals um den Kopf, um wie Othello auszusehen.

Sir Nicholas Fenton war so weit gegangen, sich die Hose auszuziehen und schwärzte zum Entsetzen von Lady Portland seinen Penis. »Das wird den Kerlen einen Schreck einjagen.«

Alle begaben sich in den Hof, wo die Kutschen warteten.

Mühsam kletterte Jeffreys in die seine. Penitence lief hin und wollte sich verabschieden, aber der Lord Oberrichter übersah sie geflissentlich. Er wandte sich an Kirk, der in der Nähe stand. »Zieht Eure Leute zurück, Oberst, wir werden sie morgen in Taunton brauchen. Soll diese Mistress sich von ihrem Ehemann beschützen lassen. Ich wünsche ihm viel Glück mit ihr.« Er stieß seinem Kutscher den

Stock in den Rücken, fuhr davon, und die anderen Trunkenbolde mußten sich in die übrigen drei Vehikel quetschen.

Nevis ging rastlos hin und her und musterte forschend alle Gesichter.

Penitence hatte einen Punsch beiseite gestellt, und als sie jetzt damit von Gast zu Gast ging, lenkte sie die Aufmerksamkeit vom Viscount ab, der beiläufig bemerkte, er müsse noch sein Schwert aus der Garderobe holen. Aus den Augenwinkeln sah sie seine Gestalt in Kostüm und Turban im Korridor und dann die Wendeltreppe hinauf verschwinden.

Sie kam, sich das Schwert umgürtend, gleich darauf wieder herunter, das schwarze Gesicht unsichtbar in dem dunklen Korridor, nur in den Brillanten am Turban spiegelte sich das Licht der Kutschenlampen im Hof.

Muskett half ihm in den Sattel und stieg dann auf sein Pferd. Penitence reichte ihm den Bügeltrunk. »Viel Glück bei den Wachposten«, sagte sie. Als er getrunken hatte, gab er ihr den Becher zurück, und sie spürte, wie seine Finger ihren Handrücken streichelten, dann ruckte er am Zügel, und sein Pferd schloß sich dem Zug der abfahrenden Gäste am Torhaus an.

Nevis stand auf der einen Seite und Leutnant Jones auf der anderen, beide hielten Laternen hoch und betrachteten ganz genau die Gesichter, die vorbeikamen. Kirk kanzelte Nevis ab: »Wenn Ihr das Haus durchsucht habt, dann ist er nicht hier. Wir brauchen die Leute morgen in Taunton – Jeffreys Gesichtsfarbe nach zu schließen, wird er die ganze Stadt hängen. Das ist ein Befehl, Nevis.«

Diener mit Lampions ritten vor den Kutschen her, wurden einer nach dem anderen langsamer, bis Nevis nickte, Jones den Pferden auf die Flanken schlug und sie sich wieder in Bewegung setzten. Hinter der nächsten Kutsche näherten sich Othello und Muskett dem Torhaus.

Die Portmans und Sir Ostyn verabschiedeten sich von Penitence. »Ihr habt mir nie gesagt, daß Ihr mit einem Viscount verlobt seid«, sagte Sir Ostyn vorwurfsvoll.

»Das wußte ich ja selbst nicht«, erwiderte sie.

Er musterte sie besorgt. »Allzu gut seht Ihr nicht aus, Mädchen. Wollt Ihr, daß ich bleibe?« Er meinte es gut, und sie lehnte so höflich wie sie konnte ab. *Geh einfach. Geh.*

Gilbert, der Majordomus, beaufsichtigte bei der Küche das Beladen seiner Wagen und lief ständig hin und her, um ihr mitzuteilen, was man nicht finden konnte und was am nächsten Tag noch abgeholt werden mußte. Er war bekümmert und ebenso tief gekränkt wie sein Herr. »Ihr habt ihn aufgeregt. Ich habe ja *gesagt*, es wird vor dem Zubettgehen noch Tränen geben.«

Sie blickte ihm über die Schulter, um zu sehen, was am Torhaus vorging. Es gab eine Verzögerung. Nicholas Fenton beugte sich aus seiner Kutsche – es war die letzte –, um ihr seinen Dank zuzuschreien und seine schwarzen Genitalien zu präsentieren. Sie nahm dies nickend zur Kenntnis. »Sehr hübsch, Sir Nicholas«, doch sie ließ dabei die Stockung am Torhaus nicht aus den Augen, wo Nevis' Laterne praktisch den Lampenruß von Othellos Gesicht wegbrannte, als er es prüfte. *Bitte, lieber Gott!* Wenn sie jetzt entlarvt wurden, hatte sie Henry auf die Liste jener gesetzt, die morgen vor Jeffreys in der Anklagebank stehen würden.

Sie waren durch. Die Laterne wurde nicht mehr hochgehalten. Nevis hatte genickt, Jones zuerst Othellos und dann Musketts Pferd die Flanke geklopft. Kirk ritt hinter den beiden her, und Nevis folgte ihm. Seine Männer formierten sich in Marschordnung, bereit, abzuziehen. *Danke, lieber Gott, danke, danke, danke.*

Sie stand auf der Brücke und winkte, als der letzte Wagen des Majordomus durchs Tor rumpelte und sich am Ende der Zufahrt der Kavalkade anschloß, die auf dem mondhellen Damm davonzog. Sie sah der Reihe blinzelnder Lichter nach, bis die Entfernung eines nach dem andern löschte. In Middlezoy würden sich mit etwas Glück zwei Reiter absondern und wie die Teufel nach Bridgwater und weiter zur Küste reiten. So viele Straßensperren waren zu überwinden. Die meisten Wachposten kannten Muskett – und sie kannten das Pferd des Hauptmanns Viscount. Würden sie sie passieren lassen?

Woher nahm sie nur die Kraft, sich noch weiter zu sorgen? Sie war leer; völlig gefühllos, doch der Teil von ihr, der mit dem Mann gegangen war, der jetzt das Sedgemoor durchquerte, war noch immer fähig, Angst zu empfinden.

Die Stille der Nacht tröstete sie; in ihren Ohren vibrierte noch immer der Lärm, mit dem sie die vergangenen Stunden gelebt hatte.

Die Priory gehörte wieder ihr allein. Sie sollte die Zugbrücke in Ordnung bringen lassen, damit sie Jeffreys' brutale Welt für immer ausschließen konnte. Jetzt konnte sie nur das Torhaus verriegeln, bevor sie sich gründlich im Haus umsah, um sicherzugehen, daß Nevis niemanden zurückgelassen hatte. Die Eibenschachfiguren im Ziergarten hatten etwas von der Hitze des Tages aufgesogen und verbreiteten jetzt einen süßen Duft; die Tabakpflanzen, die Rupert aus Amerika importiert hatte, damit sie an Massachusetts erinnert wurde, kamen erst nachts zur Geltung und dufteten mit Rosen und Lavendel und niedergetretenem Gras um die Wette.

Hinter einer Schachfigur blitzte etwas Weißes hervor. Sie zwang sich, darauf zuzulaufen – und fand eine Unterhose. Sie gehörte Sir Nicholas. Ein Stück weiter stolperte sie über eine Schlange und erschrak. Aber es war nur der künstliche Penis.

Sie hatte einen Vogel aufgeschreckt; in den Sträuchern am Burggraben raschelte es, und sie begann zu laufen. Sie zog die Terrassentür von Ruperts Bibliothek zu und schloß sie ab. Dann machte sie schnell eine Runde durch das Haus, bis sie wieder im Hof war. Es war dunkel. Der Majordomus hatte alle Kerzen wieder mitgenommen, die er gebracht hatte, und sie zündete eine von ihren eigenen an. Der Mond stand noch immer hoch, aber unter dem Dachgesims mußte sie nach den Schlössern tasten und mehrere Schlüssel von ihrer Gürtelkette ausprobieren, um die Türen zu den beiden Flügeln abschließen zu können. Sie hatte sie absichtlich offengelassen – es bewies, daß sie nichts zu verbergen hatte.

Sie tastete sich durch die Haustür und ließ die Hand am Paneel des Korridors entlanggleiten, bis sie den Pfosten der Wendeltreppe fühlte. Ihre hohen Absätze klapperten laut durch die Stille des Hauses und der oberste Treppenabsatz knarrte wie immer. Sie setzte die Füße vorsichtiger, denn ein immer stärker werdender Instinkt sagte ihr, alles müsse still bleiben.

Im Saal war es ungewöhnlich heiß – der Majordomus hatte darauf bestanden, Feuer zu machen –, und es roch nach Fleisch, Tabak und parfümiertem Harz. Mondlicht fiel ihr auf die Füße, und sie schritt über seinen Abglanz auf dem Boden hinweg, um ein Fenster zu öffnen und die Nachtluft einzulassen. Sie blieb am Fenster stehen, blickte auf das Sedgemoor hinaus und fragte sich, was Benedikt empfinden würde, wenn er über das Moor ritt, in dem so viele seiner Kameraden gefallen waren. *Paß auf dich auf, mein Sohn, damit du dich nicht zu ihnen gesellst.*

Eine Schleiereule flog träge auf weißen Schwingen vorbei, und hinter ihr schrie der Wasserspeier.

Er schrie noch immer, als sie den Flur entlang in ihr Zimmer rannte, sich auf das Bett warf und die Finger über das Kopfende gleiten ließ, um Evas Brustwarze zu finden.

Als sich das Paneel öffnete, sah sie ein flackerndes Licht und hörte, daß sich jemand bewegte. »Henry? Was ist los?«

»Dein verdammter Onkel – oder was immer er ist, er ist los.«

Sie konnte jetzt in den Raum hineinsehen. Ein Binsenlicht stand in der Nähe von Martin Hughes' Lager. Martin selbst kauerte in einer Ecke und stieß monotone Schreie aus; mit aus den Höhlen quellenden Augen starrte er auf etwas, das, wie Penitence zugeben mußte, jemanden, der eben erst aufgewacht war, zu Tode erschrecken konnte. In dem nach oben gerichteten Licht sah der Viscount aus wie ein riesenhafter Dämon aus der Hölle. Sie schlängelte sich durch die Öffnung, packte das Binsenlicht, kroch damit hinaus und zündete eine der Kerzen im Schlafzimmer an. Sie fand ein Töpfchen Lanolinsalbe und etwas Schafwolle, die sie mit dem Binsenlicht ins Geheimzimmer brachte und dem Viscount reichte. »Ist ja alles gut«, beschwichtigte sie ihren Großonkel. »Er hatte sich verkleidet. Du bist jetzt in Sicherheit, und das hast du ihm zu verdanken. Wir werden dich bald wegbringen.«

»Ist der Junge weggekommen?« Henry rieb sich den Lampenruß vom Gesicht.

»Er ist von *hier* weggekommen. O Henry, er hat noch einen so weiten Weg vor sich.«

»Er hat Muskett. Muskett sorgt dafür, daß er durchkommt.«

»Ja. Muskett fehlt mir.« Sie hatte dem Mann vertraut, sich in allem auf ihn verlassen.

»Er kommt zurück. Er bringt den Jungen an Bord der Yacht, und dann kommt er mich holen.«

»Aber wenn du nach Bridgwater zurückkommst, werden sie wissen, daß du auf dem Rückweg nicht dabei warst. Sie werden nur Muskett gesehen haben.«

»Guter Gott, Weib, ist das dein Vertrauen in die englische Miliz? Erstens sind sie zu dämlich, um zu wissen, ob ich nicht schon an ihnen vorbeigeschlüpft bin. Außerdem haben die Posten inzwischen gewechselt. Die am Morgen Dienst haben werden glauben, ich sei, wegen des Na-du-weißt-schon-was in der Nacht zurückgekommen. Was« – er blinzelte ihr zu – »keine so schlechte Idee ist.« Er rieb sich den letzten Lampenruß aus dem Gesicht und wandte sich dann Martin Hughes zu, dessen Schreie zu einem tief aus der Brust kommenden Wimmern geworden waren. Henry schenkte aus dem Krug einen Becher Wasser ein und hielt ihn dem alten Mann an den Mund. »Seht mich sehr gut an, Master Hughes. Ich werde bald Euer Schwiegergroßneffe sein. Gott helfe mir.«

»Pst«, bat Penitence. »Sprich leise.«

»Warum? Hast du das Haus nicht durchsucht? Ich habe sie alle abziehen gehört.«

»Ich weiß nicht warum, sprich einfach leise.«

»Ist noch etwas zu essen da? Wir sollten dem armen alten Kerl etwas geben.« Er war mit sich zufrieden. Eine ähnliche Euphorie hatte sie nach einer gelungenen Vorstellung auch bei Hart und Lacy und Kynaston erlebt. Bei sich selbst auch, übrigens.

Sie mußte sich zwingen, in die Küche hinunterzugehen. Noch nie hatte sie sich vor dem Haus gefürchtet, aber seit ihre jüngsten Gäste fort waren, kam es ihr bedrohlich und fremd vor.

Jeffreys' Köche waren so wohltätig gewesen, ein paar Reste zurückzulassen, und sie brachte sie mit einem Krug Wein ins Schlafzimmer, wo Henry dem alten Mann durch die Öffnung geholfen, ihn aufs Bett gelegt hatte und jetzt freundlich mit ihm sprach, damit er sich von dem Schreck erholen konnte. Martin fiel mit so großem Appetit über das Essen her, daß offensichtlich war, wie gut es ihm schon ging. Erschrocken erinnerte sich Penitence, daß sie den ganzen Tag weder ihm noch Benedikt etwas zu essen gebracht hatte. Wie schrecklich, daß sie ihren Sohn mit leerem Magen in eine solche Gefahr geschickt hatte.

»Und ich habe dir Jeffreys vom Hals gehalten, nicht wahr?« Henry triumphierte noch immer. »Oder von etwas anderem, was immer der Mistkerl vorzieht.«

»Das hast du.« Er war völlig ahnungslos. Jeffreys würde sie für den

Rest seines Lebens hassen. *Und man kann nicht zuwenig Feinde in dieser Klasse haben.*

»Warum hat Rupert dich nicht geheiratet?« fragte er lässig. »Hat es mir überlassen, eine ehrbare Frau aus dir zu machen, vermute ich.« Er streckte sich. »Morgen fahren wir in mein Haus und heiraten in der Kapelle.«

Sie wußte, sie sollte den Mund halten – sie waren beide viel zu müde für eine Auseinandersetzung –, aber selbst unter diesen Umständen konnte sie ihn nicht täuschen. »Ich kann dich nicht heiraten, Henry.«

»Was?« Daran, daß sie ihm einen Korb geben könnte, hätte er nicht einmal im Traum gedacht.

»Ich habe Rupert versprochen, nie zu heiraten. Als er im Sterben lag.«

»Und jetzt ist er tot. Um Himmels willen, Stiefel, du warst schließlich keine Braut Christi. Er hat dich nicht geheiratet. Ich heirate dich. Es ist ein gutes Angebot.«

Er sagte es so bekümmert, daß sie um ein Haar aufgelacht hätte, doch er preßte den Mund zu einer dünnen Linie zusammen, und sie wußte, daß er sie in diesen Momenten beinahe haßte. Sie sagte bittend: »Henry, Rupert hat mir alles gegeben. Was für einen Unterschied macht es schon, ob wir heiraten oder nicht. Du weißt, daß ich mich geehrt fühle, deine Mätresse zu sein.«

Er stand vom Bett auf, packte ihren Arm und zog sie ans Fenster. Nicht einmal Martin Hughes durfte sie so reden hören, das ertrug er nicht. Bis zu diesem Augenblick hatte sie nicht gesehen, wie konventionell er eigentlich war. Vielleicht, dachte sie, gehört das alles zusammen. Aus Protest gegen seinen Vater hatte er eine Katholikin geheiratet, war Schauspieler geworden, hatte seinem Land lieber als Agent gedient, war nicht, was üblicher gewesen wäre, Politiker oder Soldat geworden. Doch er war ebenso das Gegenteil von seinem promiskuitiven Vater und glaubte fest an den ehrbaren Stand der Ehe. *Und hast zweimal eine Enttäuschung erlebt: die verstorbene Lady Torrington und jetzt mich.* Sie wußte, was es ihn gekostet hatte, sein Mißtrauen und seine Eifersucht niederzukämpfen und ihr die Ehe anzubieten. Dafür liebte sie ihn nur noch mehr, obwohl sie verärgert war. *Er hätte mich auch netter fragen können.*

Am Fenster schüttelte er sie. »Hörst du endlich auf, wie eine Schlampe zu denken! Ich wünsche mir legitime Erben.«

Niemand konnte sie schneller in Zorn versetzen als er. »Ist das der Grund, warum du heiraten willst?«

»Es ist der übliche.«

Unter ihnen überflutete das Mondlicht den Hof, verkürzte die Schatten der Blumenkübel und des Aufsteigebocks zu dunklen Lachen um die Sockel herum.

»Um Himmels willen«, sagte Henry. »Rupert hatte kein Recht, so etwas von dir zu verlangen. Er selbst hat dich nicht geheiratet.«

»Er hätte es getan«, sagte sie scharf. *Wie durfte er es wagen, Rupert anzugreifen.* »Aber er konnte nicht. Und er hat mich nicht zu dem Versprechen gezwungen. Ich habe es ihm freiwillig gegeben.«

»Dann bist du eine …«

Trotz der erhobenen Stimmen hörten sie das Knarren der Schlafzimmertür und dann die Stimme. »Ein Streit zwischen Hure und Hurenbock, wie?«

Nevis stand da.

Penitence brauchte Zeit, um zu merken, daß der Mann vom Umhang bis zu den Stiefeln triefend naß war und in jeder Hand eine große Sattelpistole hielt. Der Triumph in seinen Augen war furchtbar. Ein Schaf bekam den gleichen Ausdruck zu sehen, bevor ein Wolf es ansprang; die geifernde Freude eines Raubtiers, das gleich töten würde. Im ersten Moment fühlte sie eine solche Verzweiflung, daß alles um sie herum zu schwanken begann und sie fast zusammenbrach, als sei die Welt mit einem Ruck stehengeblieben.

»Major Nevis«, sagte der Viscount. »Wie nett. Seid durch den Burggraben geschwommen, wie ich sehe.« Seine Stimme klang so gelassen, als spreche er mit Muskett.

»Hab' aber dafür gesorgt, daß mein Pulver trocken bleibt.« Nevis mußte die Pistolen in seinen Hut gesteckt haben; er war das einzige, das nicht naß war. Die lange Feder schillerte. Der Major trat ans Bett und drückte Martin Hughes die Pistolenmündung auf die Stirn. Die Augen des alten Mannes waren geschlossen, und er sah aus, wie er seit Tagen ausgesehen hatte – als stehe er an der Schwelle des Todes. Nevis gönnte ihm keinen zweiten Blick. Er wandte den Kopf und spähte in die Öffnung; im Geheimzimmer glimmte noch das Binsenlicht. »Ich habe *gewußt*, daß es einen solchen Raum gibt.«

Penitence, die Henrys Hand umklammerte, fühlte, wie er alle Muskeln spannte, um den Mann anzugreifen; dann entspannte er sich wieder, als er sah, daß er nicht schneller als die Pistole sein konnte. *Gott sei Dank.* Er war vernünftig. Nevis würde ihn töten und Martin Hughes auch.

»Niemand drin«, sagte Nevis. »Ich nehme an, Hurd ist nicht mehr da?«

Penitence sagte: »Wer?« Ihr fiel nichts anderes ein.

Henry sagte: »Ihm hat die Gesellschaft nicht gefallen.«

Nevis nickte. »Er war der Mohr. Ihr habt die Plätze getauscht. Ich war schon fast in Taunton, als es mir klar wurde. Also bin ich zurückgekommen.«

»Er wird es nicht bedauern, Euch verfehlt zu haben.«

Nevis lächelte. »Ich bedaure es auch nicht. Ich habe einen besseren Fang gemacht. Einen viel besseren. Erstens Prinz Ruperts Mätresse.« Er wandte seine Aufmerksamkeit Penitence zu, die er bisher ignoriert hatte. »Ihr werdet brennen, Mistress.« Das zu sagen, bereitete ihm Vergnügen, aber mehr noch genoß er es, Henry zu sagen: »Und ich habe den Viscount of Severn and Thames. Und Ihr kommt auf den Richtblock, Meister. Ich werde dafür sorgen, daß Ihr denselben Scharfrichter bekommt wie Monmouth. Er mußte fünfmal mit der Axt zuschlagen und dann noch zum Messer greifen, um die Sache endgültig zu erledigen.«

Penitence sagte: »Der Viscount hatte mit der Flucht nichts zu tun. Er ist zurückgekommen, um die Nacht mit mir zu verbringen, wie so oft. Er wußte nichts von meinem Plan, meinen Sohn in seiner Maske fortzuschicken. Er war im anderen Schlafzimmer, hat dort auf mich gewartet. Warum sollte er einem Rebellen helfen? Er hatte mit dem Aufstand gegen den König nichts zu tun. Er ist ein loyaler Untertan.«

Sie hörte sich selbst schwatzen und wußte, daß keiner der beiden Protagonisten sie beachtete; sie war Nebensache – eine Frau. Dies war männliches Territorium, zwei Platzhirsche, die sich gegenseitig belauerten, aber Nevis war derjenige, der im Vorteil war, er hatte eine Waffe, er war der Herausforderer. Sie fragte sich, wodurch Henry solche Feindseligkeit hervorgerufen haben mochte, dann dachte sie, daß es wohl deshalb war, weil er alles hatte, während Nevis, ohne Witz, ohne Charme und ohne Verbindungen nur dadurch überlebte, daß er die haßte, die all diese Dinge besaßen.

»Warum er einem Rebellen helfen sollte?« nahm Nevis ihre Frage auf, um mit ihr zu spielen. Er sah den Viscount an. »Weil der Rebell Hurd sein Sohn ist, deshalb.«

Er wartete darauf, wie ihre Reaktion sein würde. Von Penitence kam die heftigere. *Woher weiß er es.* Woher *konnte* er es wissen? Er wirkte so nichtssagend und strahlte dennoch abgrundtiefe Bosheit aus. Das Element der Hexerei schien in den Schatten des Raumes zu nisten.

»Ahnt Ihr, woher ich das weiß?«

Sie schüttelte den Kopf, obwohl er nicht sie ansah.

»Ein kleiner Wasserspeier hat es mir verraten.«

Er war im Saal gewesen, hatte gehorcht. Die Gucklöcher des Geheimzimmers konnten auch so genutzt werden. Er hatte sie und Henry sprechen gehört. Sie überlegte verzweifelt, was sie gesagt hatten.

»Und ein kleiner Brief.« Er wurde jetzt sicherer, machte es sich auf dem Bett bequem. Mit einem Blick auf Martin Hughes legte er die Pistole aus der rechten Hand auf einen Tisch rechts neben dem Bett und griff in seine Uniformjacke.

Penitence spürte förmlich, wie Henry den alten Mann durch Gedankenübertragung zwingen wollte, sich jetzt zu rühren, den Arm des Feindes zu packen. Sie hielt dagegen, wollte ihn zurückhalten. Die andere Pistole war auf sie und Henry gerichtet, und die Hand, die sie hielt, zitterte nicht.

Nevis hatte einen Brief in der Hand. Es war der, den MacGregor Dorinda geschickt hatte. Nachdem Prue ihn ihr gegeben hatte, hatte sie ihn in einer kleinen Kassette auf dem Toilettetisch aufbewahrt. Er begann zu lesen, sorgfältig, wie ein Junge, der sich vor einem Lieblingslehrer aufspielen wollte.

»Liebe Frau. Der Junge ist fest entschlossen. Ich hätte alles seinem ahnungslosen Vater erzählt, überzeugt, daß auch er, wie wir, gewünscht hätte, daß sein Sohn sich aus der Sache mit Monmouth heraushalten soll, aber my Lord Henry King hat die Niederlande verlassen. Die ein-

zige Vorsichtsmaßnahme, zu der sich der Junge bereiterklärt hat, ist die, sich Hurd zu nennen. Bleib bei seiner Mutter in der Priory, wie ich bei dem Jungen bleiben werde, um ihn zu leiten, wenn er in Not gerät. Wir sind dem Unternehmen jetzt verpflichtet. Bete, daß der Herr das Streben des Herzogs begünstigt, so daß wir beide, Du und ich, noch in diesem Leben wiedervereint werden, bevor wir im Himmel sind. Doch Sein Wille geschehe. Dein Dich liebender Ehemann, Donal MacGregor.«

Er blickte auf. »Ihr seid eine traurige Schlampe, Mistress Hughes. Ihr schließt nichts ab. Ich bin in Eurem Haus ein und aus gegangen, bei Tag und bei Nacht. Ich habe Schlüssel, Pistolen, Briefe gefunden, brauchte sie nur zu nehmen. Und diesen einen Brief. Er beweist, daß Ihr die Mutter von Hurd seid. Ich wußte, der Bastard würde hierherkommen. Und eben habe ich einen Wasserspeier mit einer Frauenstimme sprechen gehört, die einen Mann ›Henry‹ nannte – für mich der Beweis, daß er Hurds Vater ist.« Er schob den Brief sorgfältig in die Tasche zurück und richtete die Pistole wieder auf Martin Hughes' Kopf.

»Alte Hurer. Hat Prinz Rupert gewußt, daß sich seine Schlampe einen einfachen Viscount gehalten hat, um ihre Möse zu befriedigen?« Penitence hörte ihn kaum. Sie starrte vor sich hin, jeden Nerv auf den Mann neben ihr ausgerichtet, der so still geworden war wie der Tod. *Jetzt glaubst du es, weil ein Mann es dir gesagt hat. Mir wolltest du nicht glauben.*

Nevis versuchte noch immer, Henry aufzustacheln. »Es wird den König interessieren, daß ein Peer seines Reiches einen Sohn hat, der ein Monmouth ist.«

Sie fühlte, daß Henrys Aufmerksamkeit wieder in die Gegenwart zurückkehrte. »Nun ja«, sagte er gelassen, »Ihr müßt verstehen, daß wir befürchteten, er könnte dem Familiennamen die Schande antun, zu den Lambs zu gehen.«

Gott segne ihn. Sie sah, daß Nevis' Daumen den Hahn der linken Pistole spannte. *Erschieß ihn nicht.* Der Mann blieb eine Weile, wo er war. Er schien nachzudenken. Dann legte er die entsicherte Pistole vorsichtig auf den Tisch, stand auf, griff über seinen Kopf in das Gestänge des Betthimmels, hievte sich selbst auf das Bett und trat mit dem Stiefel gegen Martin Hughes' Kopf. Er traf ihn mit dem Absatz.

Blut schoß in das graue Haar des alten Mannes. Es war die kaltblütigste beiläufige Gewalttat, die Penitence je gesehen hatte. Nevis' Miene änderte sich nicht. »Damit er still bleibt, während wir in den Saal gehen«, sagte er. »Jones kommt bald, und dann bringen wir euch Hurer nach Taunton.«

Es war merkwürdig, das von den Puritanern vielgeliebte Wort »Hurer« aus dem Mund eines Mannes zu hören, der einem Regiment angehörte, das für seine farbigen Flüche berühmt war. Es schien der beste Name zu sein, den Nevis ihnen geben konnte. *Er ist aufgewachsen wie ich.* Sie hatte ihn eingeordnet. Er war das Gefährlichste, das es gab – ein Revolutionär gegen seine eigene Herkunft; er hatte sein Schicksal mit den Sündern verbunden, konnte aber am Sündigen keine Freude finden, außer in Grausamkeiten.

Der Viscount reichte ihr den rechten Arm, und sie nahm ihn. Nevis winkte mit der Pistole, und sie gingen zur Tür.

Ebenso wie sie schien auch der Viscount an seinen Tod zu denken, denn plötzlich rief er: »Alles, was dir in die Hände kommt zu tun, das tue frisch; denn bei den Toten, wo du hinfährst, ist weder Schaffen noch Planen, weder Vernunft noch Weisheit.«

»Ecclesiastes 9«, sagte Penitence automatisch.

»Haltet den Mund, beide! Ich dulde keine verfluchten Predigten, ich dulde sie nicht!« Zwar konnte sie Nevis' nichtssagendes Gesicht nicht sehen, hörte jedoch, daß seine Stimme fast hysterisch klang.

Henry wechselte jetzt zu den Psalmen. »Meine Zeit steht in deinen Händen.« Das war falsch. Es hieß: Meine Zeit steht in ihren Händen. Er preßte ihren Arm ganz fest an seine Seite und steuerte sie zu weit nach rechts, daß sie gegen den Nachttisch stolperte.

Flüchtig sah sie Martin Hughes' leidvolle Augen, die jetzt offen waren, sah das Blut in seinem Haar. Henrys rechte Hand ließ ihre linke los und zuckte heftig, bevor er sie wieder nahm.

Nevis blieb hinter ihnen stehen. Die Kerze, die er trotz der beiden Pistolen noch irgendwie tragen konnte, warf den Schatten seiner Hutfeder auf die Wand vor ihnen. »Die Pistole ist auf Eure Mätresse gerichtet, Captain«, sagte er.

Inmitten aller Ängste vor dem, was geschehen würde, fühlte Penitence ein brennendes Bedauern, daß sie als berüchtigte Berühmtheit enden sollte. In diesem Augenblick kam es ihr so vor, daß sie sich nie etwas anderes gewünscht hatte als Respektabilität. Wie eine schlecht geschliffene Holzkugel war sie schief auf die Straße des Lebens geworfen worden; anstatt geradeaus zu laufen, war wie von einer Seite auf die andere gerollt und unvermeidlich aus einer Katastrophe in die nächste geraten. Sie würde nicht einmal verheiratet sterben. *Eine Mätresse. Es tut mir so leid, Ruperta.* Aphra würde ein Stück darüber schreiben. O Gott, dies war der Augenblick, in dem das ganze Leben blitzartig an einem vorüberzog.

»So, so«, sagte Henry. »Ein Sohn.« Er sprach nur zu ihr.

Sofort bekam sie wieder Luft, drohte nicht mehr zu ertrinken. Sie beide waren allein in einem Boot. Nevis' schmutziger Monolog hinter ihnen war das Hintergrundgeräusch der See.

»Warum hast du es mir nicht gesagt?« Er war wieder gekränkt.

»*Was?*«

»Sofort als du es wußtest.«

»Ich habe nicht gewußt, wo du warst. Wie darfst *du* es wagen, *mir* Vorwürfe zu machen?« Wie konnte er sie ausgerechnet jetzt so wütend machen?

»Du hättest dich bei Hof nach mir erkundigen können.«

»Wir h-h-haben uns in Newgate nicht in H-hofkreisen bewegt.« O *verdammt.*

Die Pistolenmündung preßte sich in ihr Rückgrat, und sie erstarrte. »Seht zu, daß ihr in den Saal kommt.« Als sie dort waren, mußte Penitence die Kerzen in den Fenstern anzünden, während Nevis eine Pistole dem Viscount an den Rücken hielt und mit der anderen auf sie zielte. Ihre Hand zitterte so heftig, daß sie kaum den Stahl anstreichen konnte. Als sie es geschafft hatte, befahl er ihr, eines der Fenster zu öffnen, »damit wir Jones hören«. Der Viscount mußte sich unter das Fenster neben ihr setzen, Nevis blieb oben auf der Treppe stehen. »Wir werden nur zwei Pferde haben, ihr Hurer. Das meine steht unten am Tor. Jones hat das seine. Wir werden Euch an zwei verfluchte Stricke angebunden durch das Moor und durch Taunton schleifen müssen.«

»Newgate?« fragte Henry.

»Wegen Schulden.«

»Ah.« Sie wartete darauf, daß er sagte, es tue ihm leid, weil sie so viel gelitten hatte, doch er sagte statt dessen: »Jetzt hat der Junge mein zweites Schwert. Was ist aus dem ersten geworden, das ich dir gegeben habe?«

»Wir haben es verkauft«, sagte sie und war froh, daß sie es sagte. Widersinn vermischte sich mit Unwirklichkeit. Saß sie unter den schönen Fenstern ihres eigenen Saales, redete mit einem Verrückten über die Vergangenheit, während ein zweiter darauf wartete, sie mit Schimpf und Schande in den Tod zu führen? Oder war es ein Traum?

Wäre ich nach Newgate gekommen, wenn er nicht gewesen wäre? Sie hatte ihm so lange die Schuld gegeben, daß es schwierig war, sich zu erinnern. Es war jetzt ohnehin nicht mehr wichtig.

»Es war ein gutes Schwert«, sagte Henry. Jetzt begriff sie. Er versuchte sie wütend zu machen, damit sie keine Angst mehr hatte. Es gelang ihm nicht. Jeder Nerv in ihr horchte auf Hufgetrappel von draußen.

»Haltet eure verfluchten Hurenmäuler«, sagte Nevis beunruhigt, weil er sein Publikum verlor. »Noch ein Wort, und ich schleife Euch und das Miststück nackt durch Taunton.«

»Spanisch«, sagte Henry. »Oder habe ich es in Marokko gekauft? Auf jeden Fall erinnere ich mich« – er lehnte sich bequemer an die Wand –, »daß der Schwertschmied mir erzählt hat, was für ein feines Regiment die Tangiers sind, wenn man bedenke, daß sie nur Leute nehmen, die nicht genug Grips haben, um in ein anderes einzutreten. Bestünden darauf, nur die besten Kamele zu vögeln, hat er gesagt ...«

Nein, tu das nicht! Er versuchte Nevis absichtlich in Wut zu bringen – wie sie –, doch was für einen Grund er diesmal hatte, ahnte sie nicht.

Nevis' Gesicht blieb ausdruckslos wie immer, doch aus seinem Mund kam ein Strom wüster Beschimpfungen, die meisten davon gegen Hauptleute der Miliz, die nie gesehen hatten, wie im Zorn ein Schuß abgefeuert worden war, und rennen würden, wenn sie es sähen.

Penitence war erstaunt, daß zwei Männer die Verunglimpfung ihres Regiments als Beleidigung ansehen konnten. *Was tut das schon?*

In diesem Moment bemerkte sie die Ratte. Eine Ratte mit welligem Fell, was unmöglich war, aber grau wie eine Ratte. Sie verharrte eine Sekunde lang neben Nevis' Fuß bei dem verzierten Treppengeländer auf der obersten Stufe, auf der er stand. In dieser Nacht war eine Ratte mit welligem Fell auch nicht außergewöhnlicher als alles andere. Sie stellte sie nicht in Frage. Sie war sehr müde. Wenn sie einschlief, würde sie sich, wenn sie aufwachte, vielleicht in ihrem wohlgeordneten, hochgeachteten Awdes wiederfinden, mit Rupert. *Es tut mir so leid, Rupert.*

»Ach ja, und die Ziegen«, sagte Henry. »Bei den Ziegen waren sie nicht so wählerisch wie bei den Kamelen …«

Hör auf. Er bringt dich um.

Die entsicherte Pistole in Nevis' Hand zitterte, als er die Treppe herunterkam. Das Loch in der Mündung wurde immer größer und wirkte so magnetisch, daß Penitence' Augen ihm Zoll für Zoll folgten, als es höher und tiefer schwankte. »Du arroganter Dreckskerl. Hast nie für etwas arbeiten müssen. Dein Essen, deine Kutschen und dein Rang, was hast du denn dafür tun müssen, außer huren?«

Er kam unaufhörlich näher, und Penitence wußte, er würde Henry erschießen, wenn der nicht endlich still war.

Und Henry war nicht still.

Er zitierte mit dröhnender Stimme, so laut er konnte, Sprüche Salomos. »Stahl schärfet den Stahl; also schärfet ein Mann die Fassung seines Feindes. Schärfet sie im Namen des Herrn.«

Wieder zitierte er falsch, aber inzwischen hatte sie die Ratte wiederentdeckt. Sie sah sie größer werden und sich in Martin Hughes' graues Haupt verwandeln. Es tauchte hinter Nevis auf der Treppe auf. *Die oberste Stufe knarrt.* Kraft ihrer Gedanken versuchte sie, ihm die Botschaft zu übermitteln. *Er wird dich hören.* Natürlich, deshalb machte Henry einen solchen Lärm.

»Wer immer dich auf die Wange schlägt, den schlage auf die seine.«

Das hat der Herr nie gesagt. Außerdem, der alte Mann hatte keine Waffe. Womit konnte er zuschlagen? Sie wollte sich an der Ablenkung beteiligen, indem sie etwas schrie, irgend etwas, aber sie war in die Zeit vor zwanzig Jahren zurückgekehrt. Die Worte waren ihr in der Kehle steckengeblieben, und sie nickte mit dem Kopf wie eine Idiotin vor Anstrengung, sie herauszubekommen. Und statt zu schreien, stampfte sie mit den Füßen.

Jetzt waren sie es, die Nevis Angst einjagten. Seine Augen waren übergroß geworden, und in ihnen sah sie ihre und Henrys Wildheit gespiegelt. Die Beherrschung zu verlieren verlieh einem eine Art Macht, und sie suchte nicht länger nach Worten, sondern schrie – den Entsetzensschrei des Schafes vor dem Wolf, das Entsetzen jenseits allen Entsetzens.

Und sie sah, wie ihr Großonkel sich Nevis unsicher auf Zehenspitzen näherte und ihm auf den Nacken schlug. Fast schien es eine Berührung, um den Mann aufmerksam zu machen, eine so sanfte Bewegung, daß Nevis nicht schoß. Er hob die entsicherte Pistole, als wolle er etwas von seinem Kragen abstreifen. Sie verschwand in einem Blutstrom. Ein Spund schien unter Druck aus Nevis' Nacken herausgezogen worden zu sein. Schwarz breitete sich das Blut im Mondlicht aus, sie hörten es auf den Boden klatschen. Martin Hughes wich zurück, um nicht von dem Blutstrom getroffen zu werden.

Dann drückte Nevis ab; eine Reflexbewegung. Der Schuß traf den Kamin, aber Nevis sank schon in die Knie wie ein geschlachteter Ochse. Er sah völlig fassungslos aus.

Henry lief nach vorn und hob Nevis' Umhang auf, um sich ebenfalls gegen das Blut abzuschirmen. »Gut gemacht, Onkel.«

»Ich schlug den Sohn des Belial mit der Schneide meines Schwertes«, sagte Martin Hughes.

»Das hast du getan.«

Er hat es erwartet. Sie verstand nicht, was geschehen war. Ihr Liebster und ihr Großonkel beglückwünschten sich gegenseitig.

»Ist er tot?« fragte sie.

»Steh nicht rum wie eine Schlafwandlerin, Stiefel. Hol einen Eimer Wasser. Viele Eimer. Das Blut muß verschwunden sein, bevor Jones kommt.« Er blickte zu Martin Hughes hinauf, der sich noch immer am Treppenpfosten festhielt. Unglücklicherweise können wir nicht auch Jones töten. Für zwei Tote hätten wir keine Erklärung. Es wird schwer genug werden, diesen einen zu erklären.« Er wandte sich wieder an Penitence. »Beweg dich, Weib. Und tritt nicht in das Blut, um Himmels willen. Wir brauchen keine blutigen Fußspuren im ganzen Haus. Mach schon, beweg dich.«

»Aber *wieso* ist er tot?«

Er sah sehr selbstzufrieden aus. »Zeig es ihr, Onkel.«

Verstohlen, als biete er eine Süßigkeit an, öffnete Martin Hughes die Hand. In der Beuge seines Zeigefingers lag eine gebogene Stahlklinge. Einen Moment lang konnte sie nicht sehen, was es war; seine ganze Hand war blutig. »Ich habe den Ungerechten niedergemacht.«

»Es lag auf dem Tisch neben dem Bett«, sagte Henry. »Wieso, zum Teufel, Nevis es übersehen konnte, werde ich nie begreifen. Es hat sich praktisch gereckt und gestreckt und ihm zugewinkt. Als wir zur Tür gingen, ist es mir gelungen, es in die Nähe von Onkels rechter Hand zu schieben.«

Sie hatte es hingelegt. Und zwar an dem Tag, an dem sie die anderen Messer an die Erntearbeiter verteilt und erfahren hatte, daß Mudge Ridge aus dem Gefängnis in Ilchester entflohen war. Später hatte sie es hinunternehmen und zu den anderen zurücklegen wollen, war jedoch durch irgend etwas abgelenkt worden ... Wodurch eigentlich? Sie wußte es nicht mehr. Das einzelne Kardemesser hatte sie völlig vergessen. Seither hatte es auf dem Tisch im Schlafzimmer gelegen, als gehöre es dorthin, so daß sie es gar nicht mehr bemerkt hatte.

Henry schickte sie, Nevis' Pferd von dem Pfosten am Tor loszubinden, doch so oft sie es auch auf die Flanke schlug, es galoppierte nicht davon. Sie brachte es vorläufig auf die Farm, bis sie Zeit hatten zu überlegen, was damit tun. Dann ging sie zu den Männern in den Saal zurück.

Nevis wurde in seinen Umhang und dann in den schönen Teppich gepackt, der in der Nähe des Kamins gelegen hatte. Henry durchsuchte das Haus, um festzustellen, wo der Mann eingedrungen war, und reparierte den Schaden, während Penitence im Saal noch mehr Kerzen anzündete. Zu dritt arbeiteten sie wie besessen, schütteten Wasser über das Blut, wischten es auf, wrangen das rosafarbene Wasser in die Eimer und holten noch mehr Wasser. Unbegreiflich, daß ein Mann so viel Blut haben konnte. Es war überall, auf dem Treppenabsatz, an den Wänden, in und an den Verzierungen des Treppengeländers. Mit Wasser verdünnt, verschwand es allmählich vom Fußboden, mit dem Ergebnis, daß die Bohlen aussahen, als seien sie aus der See aufgetaucht, doch es würde Tage dauern, bis sie jeden Spritzer in den Schrunden und Rissen der Wände entdeckten.

Und sie hatten keine Zeit. Penitence staunte schon jetzt,daß eine Nacht so lang sein konnte. Wenn Jones jetzt noch nicht da war, kam er gewiß bei Tagesanbruch.

Während sie arbeiteten, besprachen Martin und Henry, was sie mit dem Leichnam tun sollten. Penitence wurde nicht gefragt. Der Tod war Männersache. Sie redeten ganz sachlich darüber. Sie war von der Gelassenheit ihres Großonkels überrascht. Vermutlich hatte sie keine Ahnung, wie er wirklich war. *Vielleicht hat er jeden Tag vor dem Frühstück einem Sohn des Belial mit dem Kardemesser den Garaus gemacht, was weiß denn ich?* Sie lachte bei dem Gedanken, obwohl sie noch immer zitterte.

Henry warf ihr einen Blick zu. »Wir haben keine Zeit, hysterisch zu sein.« Er lehnte sich auf seinen Mop. »Nun gut, wir bringen ihn ins Geheimzimmer.«

»Nein!« schrie sie.

Henry sagte: »Stiefel, wir haben keine Zeit, ihn woanders hinzubringen. Morgen mauern wir es zu. So fest wie eine Gruft.«

»Nicht in meinem Haus. Nicht in meinem Haus. Nicht in meinem Haus.«

»Schon gut. Schon *gut*, Stiefel. Dann muß er in den Burggraben. Und das schnell.«

Sie hielt die Kerze, während die beiden Männer den Teppich die Treppe hinunterschleiften, dann durch den Korridor zur Haustür. Als sie dort ankamen, keuchte Martin Hughes so schwer, daß sie ihm schieben helfen mußte, während Henry den Leichnam über die Schulter nahm. Sie verrenkte sich fast die Hände, so sehr widerstrebte es ihr, den Teppich zu berühren. *Raus. Raus aus meinem Haus, du Ding, du gräßliches Ding.*

»Wir brauchen ein Gewicht, um ihn zu beschweren.«

Mit vereinten Kräften rollten sie und Martin einen der schweren Blumenkübel über das Kopfsteinpflaster, verschütteten Erde und entwurzelten die Ringelblumen. Es knirschte so laut, daß Penitence nichts anderes hörte. *Und wenn Jones jetzt kommt?* Draußen vor dem Hof blickte sie nach Osten. Es mochte ihre Angst sein, aber es sah dort eine Spur heller aus als am übrigen Himmel.

An der Zugbrücke wandte sie sich feige ab, damit sie nicht zusehen mußte, wie der Blumenkübel an der Leiche festgebunden wurde.

Sie hörte das Klatschen, sah, wie das Wasser sich kräuselte und die Wasserrosen unter der Zugbrücke zu schwanken begannen. Erst da setzten ihre Gedanken wieder ein. »Du mußt gehen«, sagte sie zu Henry. »Du müßtest jetzt in Bridgwater sein. Jones wird wissen, daß du ihn getötet hast. Sie werden sein Pferd in der Farm finden. Geh jetzt.«

»Jones wird überhaupt nichts *wissen*. Es hängt davon ab, was Nevis ihm gesagt hat. Wir können uns herausreden.«

»Wir können das Pferd nicht wegreden.« Sie fing an zu schluchzen. »Nimm es und geh.«

»Nein.«

Sie riß sich zusammen. Sie mußten klug und listig vorgehen. Sie trocknete sich die Augen und strich sich das Haar zurück. »Wenn wir sie davon überzeugen könnten, daß Nevis nie hier war ...«

»Er wird ihnen gesagt haben, wohin er wollte.«

»Das heißt noch lange nicht, daß er auch hier eingetroffen ist.« *Wir sind Schauspieler. Täuschung ist unser Vorname.* Sie hatten alle zum Narren gehalten – alle außer Nevis – einmal. Wie den Trick wiederholen? *Denk nach.* Plötzlich hörte sie im Kopf, wie von Gott gesandt, eine tiefe, irdische Stimme aus der Vergangenheit. »Erinnerst du dich an Ma Hicks?«

Für einen Augenblick entspannte sich sein Gesicht. »Die einzige Frau, die ich wirklich geliebt habe.«

»Weißt du noch, wie sie, als alle eine Zugabe verlangten, gerufen hat: ›Vergeßt die Zugabe. Sie sollen es noch einmal machen?‹ Machen wir's noch einmal.«

Sie rannte auf das Haus zu. Fragen und Antworten schossen ihr durch den Kopf. Wohin hatten sie Nevis' Hut getan? War er blutig? Es war ein schwarzer Hut, man würde das Blut nicht sehen. Sie haben beide den gleichen Umhang. Henry ist größer. Aber man kann die Größe eines Mannes zu Pferde nicht leicht schätzen. Er ist dunkel. Nevis ist blond. *War* blond. Nebel, wir brauchen Morgennebel.

Als sie im Saal ankam, stürzte sie ans Fenster. Es war gegen Morgen kühl genug geworden, um feuchten Dampf aufsteigen zu lassen; in der Luft hing ein Schleier, der allmählich grauer wurde.

Der Hut war Nevis vom Kopf gefallen, als er zusammensackte, und lag neben dem Treppengeländer. Auf der Unterseite der Krempe war ein glänzender Fleck im matten Filz, aber mit Glück würde niemand nahe genug herankommen, um es zu bemerken.

Im Hof kehrten die beiden Männer die Erde und die herausgerissenen Blumen weg. Keuchend begann Penitence Henry über die Zugbrücke zu ziehen. »Hol das Pferd. Hol das Pferd.« Die Zufahrt schien eine erleuchtete Bühnenrampe, und sie standen mitten im Licht.

Henry steuerte sie zurück in den Schatten des Torhauses.

»Sei nicht närrisch, Stiefel. Ich gehe nicht.«

»Du mußt.«

»Es wird einen Verdacht geben. Das stehst du allein nicht durch.«

»Es wird keinen Verdacht geben, wenn man Nevis von hier wegreiten sieht.«

»Es wird einen Verdacht geben«, wiederholte er. »Fragen. Vielleicht suchen sie sogar im Burggraben.«

»Das werden sie nicht.« *Wie ihn zum Gehen überreden? Wie ihn in Sicherheit bringen?*

Dann wußte sie es.

Sie löste sich von ihm und blickte zu ihm auf. »Du mußt gehen, du bringst mich in Gefahr.«

»Sei kein Narr.«

»Ich bin ohne dich besser dran«, sagte sie. »Martin Hughes geht ins Geheimzimmer zurück, bis es in der Gegend ruhiger geworden ist. Man wird Nevis sehen, wenn er von hier wegreitet, also kann er nicht hier gestorben sein. Mir wird nichts geschehen, *wenn du jetzt gehst.* Jeffreys wird mich schützen.«

Er hatte Jeffreys' haßerfülltes Gesicht nicht gesehen. Sie konnte seine Eifersucht ins Spiel bringen. Alles, alles, nur damit er ging.

Sofort tat er gleichgültig. »Das wird er, nehme ich an«, sagte er. »Für einen bestimmten Preis. Es hängt davon ab, ob du ihn bezahlen willst oder nicht.«

»Es ist ein geringer Preis.«

»Nicht für mich.« Noch nie hatte er seine Eifersucht zugegeben, aber er hatte auch nie gesagt, daß er sie liebe. Er sagte es ihr jetzt. »Nicht für mich, Stiefel.«

»Nun, für mich schon«, sagte sie. »Ich habe ihn schon früher bezahlt. Es ist nichts, es zählt nicht. Es ist ein Handel. Man bekommt dafür Essen auf den Tisch und Leute aus dem Gefängnis. Solch ein Handel hat mir dieses Haus eingebracht. Es bedeutet, daß ich dieses Haus und meine Tochter behalten kann.« Die Spannung zerriß, und sie hämmerte ihm mit den Fäusten gegen die Brust und schrie: »Du bringst meine Tochter in Gefahr. Warum gehst du nicht? Ich will dich hier nicht haben. Ich bin eine Hure, merkst du das denn nicht? Das ist es, was ich am besten kann.«

Sie sah seinen Gesichtsausdruck nicht, denn das sich schwankend im Wasser spiegelnde Morgenlicht drang durch die Planken der Brücke und irrlichterte über sein Gesicht.

Er begann sich zur Zufahrt hin von ihr zu entfernen, und sie trottete hinter ihm her. *Gut gemacht, Peg Hughes. Jetzt darfst du dich auf weitere zwanzig Jahre ohne ihn gefaßt machen.* Sie bezweifelte, daß sie diese Zeit überleben würde.

Sie wandten sich nach rechts zur Farm. Penitence fröstelte es. Die Morgendämmerung war der erste Vorbote des Herbstes nach dem langen, trockenen Sommer. Sie entdeckte Spinnennetze zwischen den Sträuchern mit gleitenden Tautropfen zwischen den Fäden. Aus der Marsch stieg ein sehr willkommener Nebel, der wie Vorhänge aus feinster Gaze zwischen Weiden und Haselsträuchern hing.

Das Farmhaus war von zu vielen Durchsuchungen stark beschädigt, aber im Hof roch es tröstlich nach Kuhdung und Hühnermist. Nevis' Pferd, dessen Zügel sie um den Torpfosten geschlungen hatte, schaute sich zu ihnen um.

Der Viscount zog den Sattelgurt fest. »Ich verstehe dich«, sagte er. »Wahrscheinlich willst du mich ebenso retten wie dich. Ich kann mir vorstellen, daß du mutig bist. Aber ich verbeuge mich mit Dank vor meinem Publikum, weil ich so nicht weitermachen kann. Ich brauche Ruhe und Frieden.«

Er ließ das Seitenblatt fallen, setzte den Fuß in den Steigbügel und schwang sich in den Sattel. Dann streckte er die Hand nach Nevis' Hut aus und sie reichte ihn hinauf. Er musterte ihn und drehte die Krempe, bis das Blut zu sehen war.

»Ich glaube, du hast recht«, sagte er. »Du wirst ohne mich sicherer sein. Aber ich müßte ohnehin gehen. Ob du mit dem Ungeheuer schläfst oder nicht, ist nicht der entscheidende Punkt. Nicht wieder gutzumachen, ist, daß du es planen kannst. Du warst schon zu lange Hure.«

Genau das hatte sie gewollt, aber es war so schmerzlich, daß sie reagierte. »Wer hat mich denn dazu gemacht?«

»Ich nehme an, daß ich es war. Es gibt keine Schuld für das, was aus dir geworden ist.« Endlich blickte er auf sie herunter. »Du bist eine bemerkenswerte und schöne Frau, Stiefel, und ich bewundere dich. Tatsächlich liebe ich dich. Aber es scheint, daß ich – genauso wie du – ein Geschöpf der Vergangenheit bin, und ich kann mir die Zukunft nicht mit einer Frau an meiner Seite vorstellen, deren erster Gedanke bei jeder Schwierigkeit ist, mit wem sie vögeln soll, um ihre Haut zu retten. Und das ist die Wahrheit.«

Er setzte Nevis' Hut auf und ruckte an den Zügeln.

Sie ging zum Haus zurück, sah ihm nicht nach. Ein Lebewohl war nicht nötig.

Leutnant Jones tauchte erst am späten Vormittag auf; und auch dann führte ihn mehr die Macht der Gewohnheit als ein Verdacht in die Priory. Unterwegs waren er und sein Trupp von den Wachposten aufgehalten worden, die berichtet hatten, Major Nevis sei am frühen Morgen im Galopp nach Norden geritten. Ein Wunder, daß er sich nicht den Hals gebrochen hatte. Ja, Sir, unverkennbar der Major; sie hatten ihn an seinem Hut erkannt.

»Hat er gesagt, wohin er wollte?« fragte Leutnant Jones Penitence listig.

»Ich habe ihn gar nicht zu sehen bekommen«, sagte sie mürrisch. »Er war nicht hier. Und nach all dem Ärger, den er mir mit der Durchsuchung des Hauses gemacht hat, als ich Gäste hatte, wäre er mir auch nicht willkommen gewesen.«

Prue im Saal war genauso mißgestimmt. »Schaut Euch diesen verdammten Saal an und die Schweinerei, die Ihr Gentlemen mit Eurem Essenszeug hinterlassen habt. Hab' viele, viele Eimer Wasser gebraucht, um das verdammte Fett von diesem Fußboden wegzukriegen.«

Leutnant Jones durchsuchte noch einmal flüchtig Haus und Park, wurde jedoch von einem Boten der Miliz gestört, der die Nachricht brachte, Major Nevis sei im Ticky Hole gefunden worden, einem Sumpfloch hinter Sedgemoor, das den Ruf hatte, seine Toten nie wieder herauszugeben. Man habe sich verzweifelt bemüht, ihn herauszuziehen, doch er sei schon zu tief eingesunken gewesen.

Man konnte nie feststellen, was er dort getan hatte, und es kam der

Verdacht auf, daß er nicht hineingestürzt, sondern gestoßen worden war. Doch Verdächtige zu verhören, erwies sich als ebenso schwierig wie Vergeltungsmaßnahmen zu ergreifen, da Ticky Hole in einer unwirtlichen, völlig unbewohnten Gegend lag. Am Ende kam man zu dem Schluß, daß er wohl hinter einem entflohenen Sträfling hergewesen war, der ihn überwältigt hatte. König James sprach sich lobend über seine Tapferkeit und Loyalität aus, konnte jedoch den Verwandten des Majors keine Belohnung zukommen lassen, denn wie seine Leiche konnten auch die Verdächtigen nicht gefunden werden.

Zwei Wochen später entdeckte Sir Ostyn Edwards den Aufenthaltsort von Dorinda und MacGregor. Beide waren, nachdem man sie gefangengenommen hatte, in das winzige, taubenschlagähnliche Gefängnis in Glastonbury jenseits der Poldens gebracht worden, wo ein des Lesens und Schreibens nur halb kundiger Schreiber Dorinda als Mags Roger und MacGregor als M. Rigger in die Gefängnisliste eingetragen hatte. Unter diesen Namen waren sie nach Wells verlegt worden, um dort Lord Oberrichter Jeffreys und die Assise zu erwarten.

Als Penitence am nächsten Tag nach Wells kam, war der Prozeß vorüber. MacGregor war zu Deportation verurteilt worden.

Gegen Dorinda hatte man nicht mehr verhandeln müssen. Sechs Wochen in einem überfüllten Gefängnis im Hochsommer waren zuviel für sie gewesen, und sie war zehn Tage vorher am Gefängnisfieber gestorben.

5. BUCH

1. Kapitel

In den Nachwehen des Monmouth-Aufstandes bewies James II. die gleiche Unfähigkeit, den englischen Charakter zu verstehen wie sein Vater Charles I., den dieses Unvermögen den Kopf gekostet hatte.

Bis dahin hatte er sich gut gehalten, hatte seine Armee mobilisiert und die Rebellen schnell und exemplarisch bestraft. Die Opposition der Whigs war so nachhaltig erschüttert worden, daß man sagen konnte, es gebe sie gar nicht. Das Parlament war James' Werkzeug und bewilligte ihm mehr Geld, als es je seinem Bruder zur Verfügung gestellt hatte –, und er hatte die Macht, dieses Parlament so lange zu behalten wie er wollte.

Man murrte gegen Jeffreys Assisen, aber niemand hatte erwartet, daß die Rebellen nur wie ungezogene kleine Jungen behandelt werden würden. Viele wünschten, der König hätte Lady Alice Lisles Gnadengesuch barmherziger beschieden, doch anstatt die alte Frau zu begnadigen, deren einziges Verbrechen es gewesen war, einen Flüchtling zu verbergen, wandelte er den Tod durch Verbrennen nur in Tod durch Enthaupten um. Dennoch hatten Kirche und Bevölkerung das Gefühl, James sei ein strenger, mächtiger, nüchterner, hart arbeitender König, anders als sein leichtlebiger Bruder, der allen, die vom Toryismus abwichen, unmißverständlich zu verstehen gab, was sie zu erwarten hatten, wenn sie Schwierigkeiten machten. Und wenn dieser König zufällig ein praktizierender Katholik war, nun, sollte er doch.

Das hätte das Ende sein sollen.

Dann, nach Jeffreys Rückkehr, befahl der König plötzlich den Tod von weiteren zweihundertneununddreißig Rebellen. Selbst Jeffreys schien der Meinung gewesen zu sein, genug sei genug. »Das Königreich hat mich gehaßt, weil ich so viel im Westen getan habe, und ich wurde vom König ungnädig empfangen, weil ich nicht noch mehr getan hatte«, sagte er später. Die Richtblöcke, Hackbeile, Scheiterhaufen mußten wieder hervorgeholt werden; die Galgen von neuem aufgerichtet. Wieder verpestete der Geruch menschlicher Gedärme die Luft der Marktplätze. Städte und Dörfer, die sich an den Anblick gewöhnt hatten, auf Flaggenmaste gespießte Köpfe oder Hinterbacken von Leuten zu sehen, die sie gekannt hatten, entdeckten neue Teile geteerter Anatomie, die auf sie herunterstarrten. Manche Leute hatten sich nie daran gewöhnt; der Westen war nicht London, wo der Kopf eines Verräters oder eines anderen Missetäters immer die Brücke schmückte.

Lord Stawell, ein loyaler Tory, protestierte gegen die Verteilung einzelner Gliedmaßen in der Landschaft und wurde damit belohnt, daß man an seinem Tor noch drei Männer henkte und entmannte.

Jetzt, als alle schon geglaubt hatten, das Töten sei vorüber, fing man wieder damit an. Körperteile wurden über Dorset, Somerset und Devon verteilt, eine Streuung des Todes, die den ganzen Oktober und bis in den November hinein dauerte, bis alle, außer Kirk und seinen Lambs vielleicht, des Tötens überdrüssig waren und sich an das Leiden der protestantischen Märtyrer unter Maria der Blutigen erinnerten.

Dann gab es Deportationen. Die Verbannten gingen für immer ins Exil und mußten gewöhnlich während der ersten fünf Jahre als Sklaven arbeiten. Im Fall der Monmouth-Rebellen wurde die Zwangsarbeit durch ein königliches Dekret auf zehn Jahre verlängert.

Wieder war es nicht die Strafe an sich, die man empörend fand, und in diesem Fall auch nicht die Dauer, es war die königliche Gier. Der Profit aus dem Verkauf von fast tausend Deportierten als Sklaven an die Zuckerplantagen auf den Westindischen Inseln für zehn bis fünfzehn Pfund pro Kopf wurde nicht an jene verteilt, die den Aufstand niedergeschlagen hatten, sondern an neun Höflinge, die Königin eingeschlossen, einige davon Katholiken – wie die Königin.

Die Mädchen von Taunton – die Schulmädchen, die Monmouth bei seiner Ankunft eine Fahne überreicht hatten, wurden nicht vor Gericht gestellt oder verurteilt, doch man war der Meinung, daß ihr Verhalten einer Begnadigung durch den König bedurfte – der Preis für diese Begnadigung sollte von den Hofdamen der Königin festgesetzt und eingesammelt und die Kinder als Geächtete behandelt werden, bis das Geld bezahlt war. Da die Eltern der meisten Kinder begütert waren, forderte das Gericht, das im Namen der Hofdamen handelte, siebentausend Pfund.

Nach Monaten des Bittens und des Feilschens akzeptierten die Hofdamen einen Preis zwischen fünfzig bis hundert Pfund pro Mädchen; der Wert der Kinder war stark gefallen, nachdem eines im Gefängnis gestorben war.

Nicht nur im Westen des Landes hatte man das Gefühl, daß die am meisten gelitten hatten, die an der Rebellion nur am Rande beteiligt gewesen waren, während jene, die sie organisiert und angeführt hatten, sich mit Ausnahme von Monmouth selbst freikaufen konnten.

An einem frischen Novembermorgen plagte sich ein Pferd, das einen mit Karden beladenen Wagen mit einer Bäuerin auf dem Kutschbock zog, zu der kleinen Steinbrücke hinauf, die in der Nähe von Chezdoy über den Cary führte.

Der Milizsoldat, der die Brücke bewachte und den Wagen beobachtet hatte, als er über die Levels näher kam, nahm den Spieß in die andere Hand und verlagerte sein Gewicht von einem Fuß auf den anderen, um seine Bemerkung anzubringen. »'Morgen, Ladyschaft. Sein wohl allein heut', nich' wahr?«

Penitence stieg ab, um ein wenig zu schwatzen und bediente sich des heimischen Dialekts, der ihre *langue de guerre* war. »Was aus'm Handel wern soll, weiß ich nich', Matt Fry. Kein Kutscher nich' zu kriegen; arme Seelen, sin' entweder unterwegs zu den Zuckerplantagen oder säubern die Kanäle oder bewachen ihre Ärsche, wie du.«

»Die Leut' muß man beschützen, Missus.«

»Lieber Himmel, vor wem?« Sie zeigte auf den Galgen auf der anderen Seite der Brücke, an dem ein in Eisen gelegtes, undefinierbares, geteertes Stück menschlichen Fleisches hing, von dem stellenweise die glänzende Oberfläche schon verwittert war, so daß zwei Saatkrähen an dem speckigen Innern herumhacken konnten. »Nich mal die Krähen fürchten sich vor dir.«

»Wieder nach Bridgwater unterwegs, nich'?« fragte Matt Fry gelassen. »Hab' gedacht, Ihr habt Eure mittelgroßen Pflanzen schon verkauft.«

»Das sind die mickrigen.« Sie führte ihn um den Wagen herum nach hinten und nahm ein Bündel herunter, um ihm die kleineren Kardeköpfe zu zeigen, die aus den erstklassigen Bündeln ausgesondert worden waren. »Sie bringen nicht so viel ein, aber es ist wenigstens etwas Geld.«

Sie schwatzten noch ein bißchen, bis Penitence wieder auf ihren Bock stieg, an den Zügeln ruckte und weiterfuhr, wobei sie Nevis' Sattelpistole aus der Tasche unter ihrer Schürze nahm und an ihren Platz unter der Fußstütze zurücklegte.

Die Moore waren zu dieser Jahreszeit belebter als zu irgendeiner anderen; die kleinen Flüsse und Kanäle, die wenigstens einen Teil der winterlichen Überschwemmungen ableiteten, mußten gesäubert werden. In langen Reihen standen Kinder und Frauen in den versteckten Gräben, mit den Füßen in dunklem Unkraut und riefen Penitence einen Gruß zu; sie grüßte zurück. Vor einem weiten farblosen Himmel flogen große Gänseschwärme auf dem Weg in ihre Winterquartiere landein. Das niedrige, graue Gestrüpp, das die nicht bebauten Stellen bedeckte, schimmerte schon frostig weiß; sehr deutlich hoben sich das auffallende Grün der Moose, die scharlachroten Hagebutten und die unendlichen vielen Gelb des Teppichs aus Weiden- und Weißdornblättern davon ab. Die Luft roch scharf nach herbstlichem Kompost.

Nach ungefähr einer Meile raschelte es zwischen den Samenkapseln hinten im Wagen, und Penitence sagte, scheinbar zu ihrem Pferd: »Nein, du kannst noch nicht. Wir sind noch immer auf der falschen Seite der Poldens.«

Sie fuhr fort: »Nun, denk daran, daß du deiner Seele wohltust, wenn du deinen Körper kasteist. ›Pfleg das Fleisch nicht so, daß es lüstern wird.‹ Paulus, Brief an die Römer, irgendwas. In Ordnung, Kapitel dreizehn. Still jetzt, in einer Minute kommen wir wieder an Dränierern vorbei.«

Das stimmte nicht, aber es war eine gute Möglichkeit, sich ein bißchen Ruhe zu verschaffen.

Ein Stück weiter hielt sie den Wagen bei einem Wegweiser an und redete wieder in die Luft hinein: »Nach links steht da Bridgwater und nach rechts Woolavington. Biegen wir rechts ab?« Sie nickte und zog am rechten Zügel, lenkte den Wagen nach Norden. Der Wegweiser war mit einem Kopf geschmückt, dem man eine Schleife mit den Worten »ein Monmouth« umgebunden hatte. Vor dem Wegweiser hatte jemand einen Strauß aus Heckenrosen und Klematis niedergelegt.

Ob der alte Mann hinten im Wagen wohl gewußt hätte, wessen Kopf es war. *Er könnte Prues jungem Mann gehört haben.* Wieder schlug der Zorn, von dem sie sich nie befreien konnte, über ihr zusammen wie eine Welle. Wie durften sie es wagen, auseinanderzureißen, was sie nicht heilmachen konnten? Lady Alices würdevoller alter Kopf, der in den Korb des Scharfrichters fiel. *Ich bin wundervoll und furchtbar geschaffen.* Wieviel Leid es gegeben hatte. Was hatte Dorinda durchgemacht? Was machte MacGregor in diesem Augenblick durch. Sie war so einsam.

Ein Brief von Benedikt, mit O. Moor unterschrieben, hatte sich eingehend nach ihrer Gesundheit erkundigt, ihr von Mr. Moors sicherer Ankunft in den Niederlanden berichtet und erwähnt, daß Mr. Moor die Bekanntschaft eines gewissen Henry King Esquire gemacht hatte. Mehr zu sagen, wäre gefährlich gewesen. Obwohl sie glücklich war, daß sie sich endlich gefunden hatten, hätte sie viel darum gegeben zu sehen, wie Vater und Sohn miteinander auskamen, und fühlte sich um so einsamer bei dem Gedanken, daß es nie der Fall sein würde. Einen Augenblick wurde sie so von Selbstmitleid und Mitleid mit der Menschheit im allgemeinen überwältigt, daß sie fast ihren Großonkel aus den Disteln seines Gefängnisses auferstehen ließ, damit er sich zu ihr setzte. Aber nur fast. Martin Hughes konnte man nicht so sehr bemitleiden. Seine Patronin geköpft, seine Gemeinde dezimiert, er selbst ein Flüchtling in seiner engsten Heimat, gezwungen, einen Mann zu töten, um sich und andere zu retten – nicht einmal diese furchtbaren Ereignisse weckten Mitgefühl mit diesem Mann. Endlich einmal war er auf sie angewiesen.

Als sie daher die Poldens auf einer Seite hinaufrumpelten und dann weiter zu dem Damm hinunterrollten, der die nassen Wiesen des Glastonbury-Tales durchquerte, erklärte sie ihm, was wegen der Indianer unternommen werden mußte. »Zuerst MacGregor, natürlich«, sagte sie, »und dann die Squakheag. Sie haben ihre fünf Jahre hinter sich. Nein, ich will nicht, daß man sie bekehrt; sie sind Gott ein gutes Stück näher als du.«

Um das zu bekräftigen, erzählte sie ihm von Reverend Block. »Ein schwafelnder, bigotter, lüsterner Heuchler, der mich gern brennen gesehen hätte!« schrie sie in die Luft und war noch in der Erinnerung voller Zorn. »Wäre er nicht gewesen, hätte ich Massachusetts nie verlassen.«

Was wäre aus mir geworden? Die engstirnige Ehefrau eines puritanischen Farmers? Eine exzentrische Indianerfreundin? Wäre ich in König Philips Krieg umgekommen? »Du erinnerst mich an ihn«, teilte sie den Karden mit.

Tatsächlich bezweifelte sie, daß es Martin Hughes irgendwann nach irgendeiner Frau gelüstet hatte, aber sie hielt ihm zugute, daß er gegen die Beleidigung nicht protestierte.

Anfangs hatte sie ihn gebeten, ihr von seiner Nichte zu erzählen, dem Mädchen, das später ihre Ladyschaft geworden war, doch er hatte sich geweigert, über die Sünderin zu sprechen, die nicht nur ein Kind geboren hatte, ohne verheiratet zu sein, sondern es auch noch dem Sohn der verhaßten Familie gebar, die im Bürgerkrieg gegen die seine gekämpft hatte.

»Hast du dich nie gefragt, was aus ihr geworden ist, nachdem ihr sie hinausgeworfen habt?« hatte sie ihn gefragt, doch er hatte nur den eigensinnigen grauen Kopf geschüttelt, und einen Moment lang hatte sie ihre Großmutter in ihm gesehen und begriffen, daß seine lieblose Form des Puritanismus eine Huldigung für die einzige Frau war, die je seiner Liebe würdig gewesen war, seine Schwester Tabitha, und daß sie auf ihn einen größeren Einfluß gehabt hatte als er auf sie. Der einzige andere Mensch, den er zu schätzen schien, war – überraschenderweise – der Viscount, für den er die Kameradschaft von Männern empfand, die einen gemeinsamen Feind bezwungen hatten. »Den hätt'st du heiraten sollen. Hab' gehört, daß er's dir angeboten hat. Willst du die Hure spielen wie deine Mutter?«

»Ja«, sagte sie. »Und das mit Stolz.« Er forderte solche Antworten heraus. Die Tatsache, daß sie ihn aufgenommen und gepflegt hatte und daß sie jetzt versuchte, ihn aus dem Land zu schmuggeln, hatte ihr kein Wort des Dankes von ihm eingebracht. Natürlich, er hatte Nevis getötet, doch das hatte er getan, um auch sein Leben zu retten, nicht nur Henrys und ihr Leben, und außerdem empfand sie seit der Tat eine absolut vernunftwidrige Abneigung gegen ihn. Nevis mußte sterben, sagte sie sich, doch die beiläufige Art, in der ihr Onkel und ihr Geliebter sich verbündet hatten, um die Tat zu begehen und dann zu vertuschen, fand sie noch immer erschreckend. Noch jetzt widerstrebte es ihr, ihren Saal zu betreten, und noch mehr, in die Nähe des Burggrabens zu gehen. Und Fische aus dem Fischteich zu essen, der von der Quelle gespeist wurde, die aus dem Burggraben kam ...

Das und die Anwesenheit eines Mannes im Haus, der noch von den Behörden gesucht wurde, bedeutete, daß sie es nicht wagte, Kinder und Personal nach Hause zu holen; sie hatte die Cartwrights bitten müssen, sie noch eine Weile in Crewkerne zu behalten, während sie mit Prue und einer Hilfe aus dem Dorf, die abends nach Hause ging, in der Priory hauste. Was bedeutete, daß sie Zänglein nichts vom Tod ihrer Mutter sagen konnte, eine Aufgabe, vor der sie sich fürchtete und die sie daher nicht länger aufschieben wollte.

Doch wie konnte sie erwarten, daß ein noch nicht siebenjähriges Kind begriff, was sie selbst nicht begreifen konnte? Sie und Dorinda hatten gemeinsam die Pest überlebt, die Geburten gemeinsam durchgestanden, sie konnte nicht tot sein. Sie war im Cock-and-Pie und verfluchte Penitence, weil sie sie nicht besuchte. Daß sie tot sein sollte, war nicht zu ertragen. Und gelitten hatte, bevor sie starb. Und für Benedikt gestorben war.

Da ihr diese Wagenfahrt die Gelegenheit gab, erklärte Penitence ihrem Onkel alles haarklein. »Und«, schloß sie, »du kostest mich eine Menge Geld, du jämmerlicher, schwafelnder, scheinheiliger, undankbarer alter Mann.«

Sie hatte nach London fahren und sich dem Earl of Craven anvertrauen müssen. Das Halsband der Elisabeth von Böhmen war an Nell Gwynn verkauft und der halbe Erlös als Treuhandvermögen für Ruperta angelegt worden; der Rest, Penitence' Hälfte, schmolz schnell. Einen Teil hatte sie für Martin Hughes ausgegeben, aber sie hatte in London auch Hurry Yeo, den Wirt des Hoy Arms, seine Frau und andere Eltern und Verwandte der Mädchen von Taunton getroffen, die versuchten, die Begnadigung ihrer Töchter zu erkaufen.

Es war ein Jammer. An London, seine Lebensweise und seine Preise nicht gewöhnt, hatten sie den größten Teil des Geldes schon fast verbraucht, mit dem sie hofften, ihre Kinder zu befreien. In

Whitehall wurden sie von Sekretär zu Sekretär geschickt, mußten – manchmal tagelang – draußen auf Agenten warten, die sich dann nicht um sie kümmerten oder es, vielleicht, am nächsten Tag tun würden. Und die ganze Zeit wurden sie halb wahnsinnig bei dem Gedanken, was mit ihren kleinen Mädchen im Gefängnis passierte.

Der Wirt Yeo hatte so sehr abgenommen, daß Penitence ihn beinahe nicht erkannt hätte; Mrs. Yeo hatte eine fahle Gesichtsfarbe, und ihre Fußknöchel waren erschreckend geschwollen. »Verdammt, da kann einer leiden, in dem verflixten alten Whitehall«, sagte sie müde zu Penitence und meinte nicht nur ihren eigenen Schmerz, sondern den von Hunderten von Verwandten von Rebellen, die sich verzweifelt bemühten, ihre Lieben vom Tod oder – was oft auf dasselbe hinauskam – der Deportation loszukaufen und dabei mit dem Kopf gegen die abweisende Gleichgültigkeit von Whitehall rannten wie gegen eine Mauer. Penitence bot den Yeos und ein paar anderen Eltern der Mädchen von Taunton freie Unterkunft im Cock-and-Pie an, sicherte sich die Unterstützung des Earl of Craven und John Churchills und schoß ihnen je einhundert Pfund vor. *Verdammter Monmouth.* »Verdammter Monmouth!« schrie sie. Ein Fasan, der am Ufer umhertrippelte, beschloß, den Fahrweg nicht zu überqueren und huschte in das duftende, rostfarbene Farndickicht zurück.

Die Karden warfen Penitence bösartig vor, sie sei eine unflätig daherredende Harpyie, und sie rächte sich dafür, indem sie noch fünf Meilen weiterfuhr, bevor sie ihren Großonkel herausließ.

In Lower Langford verbrachten sie die Nacht bei einem Prediger-Kollegen von Onkel Martin. Sie mußten sich durch ein doppeltes Losungswort zu erkennen geben, und die Geheimniskrämerei hätte nicht größer sein können, wenn der Mann Monmouth höchstpersönlich bei sich aufgenommen hätte. Penitence, die müde war, wollte ins Bett, das sich als der Heuboden in der Scheune herausstellte, aber dort war es wenigstens still. Am nächsten Morgen verlangte sie heißes Wasser und ging damit in die Scheune zurück, wo sie sich wusch, das Gesicht zurechtmachte, in ihr bestes blaues Samtkleid schlüpfte und ihre Saphirohrringe ansteckte. Sie hatten noch immer zehn Meilen vor sich, diesmal zu Pferde, doch sie würde vor Bristol, wo sie einen guten Eindruck machen mußte, keine Gelegenheit mehr haben, sich umzuziehen.

Sorgfältig musterte sie sich in dem düsteren Novemberlicht, das nur zögernd in die Scheune sickerte, in ihrem Reisespiegel. Überanstrengung und Erschöpfung zeigten sich in hohlen Wangen und eingefallenen Schläfen. *Alt. Ich bin alt. Kein Wunder, daß er mich nicht will. Er nimmt die Eifersucht zum Vorwand, um jemanden zu heiraten, der jung genug ist, ihm Kinder zu schenken.*

»Jezabel«, sagte Onkel Martin Hughes gelassen, als er in die Scheune kam; es war unweigerlich seine Reaktion, wenn er sah, daß sie sich im Spiegel betrachtete, ebenso die Reaktion auf ihre Parfums und Puder auf dem Toilettetisch oder wenn sie die Ohrringe oder ihr Haar unbedeckt trug.

»Geck«, antwortete Penitence ausnahmsweise. Sie hatte ihm ein paar von Ruperts Sachen geändert und gekürzt, weil er ja kleiner war. Die bestickte schwarze Jacke mit dem Spitzenhalstuch, die um seine knochigen Knie schlotterte, der Federhut und die Schnallenschuhe trugen mehr ihn als er sie. Sie grinste.

Er sagte: »In Schmach und Schande werde ich vor das Antlitz des Herrn treten.« Aber seine Großnichte entdeckte einen fragenden Unterton in seinen Worten, als wolle er wissen wie er aussah.

Sie schob Nevis' Pistole in die Satteltasche. »Nur für den Fall, daß irgendein Straßenräuber Lust auf meine Ohrringe und deine Schuhschnallen bekommt.«

»Bei Gott, das soll er nur versuchen!« Er überraschte sie. Einen Moment lang erwärmte ein kameradschaftliches Gefühl ihr Herz, das sofort wieder verschwand, als sie die pelzbesetzte, mit Satin eingefaßte Kapuze ihres Reisecapes aufsetzte und er sie wieder »Jezabel« nannte. Sie vermutete, daß es so etwas wie ein Kompliment sein sollte; es hieß, daß sie gesündigt hatte und dennoch hübsch aussah.

Den Wagen ließen sie zurück, bis Penitence wiederkam – die Karden waren der Preis, den sie für die Übernachtung und das Risiko bezahlte, das der Prediger eingegangen war, als er sie beherbergte. Martin kletterte auf das Pferd, Penitence stieg hinter ihm auf, und sie nahmen die Straße nach Bristol unter die Hufe.

Penitence war über die Schönheit der Häuser überrascht. Obwohl kleiner als London, stand Bristol, wenn es um den Handel mit dem Ausland ging, der Hauptstadt in nichts nach. In den Schaufenstern sah man hübsche Hüte, Silber und Zinngeschirr, vergoldete Lederkoffer und ziselierten Goldschmuck. Am schönsten waren die Kleider: die Seiden, die verschiedenen Baumwollstoffe, die feinen Leinen oder aus einem Seiden- und Baumwollgemisch in Indien hergestellten Stoffe; die malerisch über Stühle und Ladenpulte drapierten Spitzen und die ebenfalls aus Indien stammenden bunten Baumwollstoffe mit eingewebten Streifen und Karos, die hinter den dunklen Scheiben der Ladenfassaden wie Blumengärten schimmerten. »Jezabel« intonierte Onkel Martin, als er mit ihr hineinschaute.

Der Gasthof hieß »Blackamoor and Elephant«, und damit Analphabeten ihn auch finden konnten, prangten an seiner Fassade zwei riesige Schilder; auf dem einen war der Kopf eines Negers, auf dem anderen der eines Elefanten zu sehen. Das Innere des Hauses bestand aus Korridoren, winzigen Räumen und Türen, ein Puzzle aus schwarzem Holz, das nach Bienenwachs und altem Wein duftete. Als sie ihren Namen nannte, führte der Wirt sie mit zahlreichen Verbeugungen in einen Salon im ersten Stock, wo sie von einem leise sprechenden, zurückhaltend lächelnden Gentleman und seiner hübschen Frau erwartet wurden. »Sehr erfreut, Mrs. Hughes. Ich bin John Spragge, Sekretär der Royal African Company. Meine Frau Henrietta.«

Als Penitence Martin vorstellen wollte, hob Mr. Spragge die Hand und brachte sie mit einem Lächeln zum Schweigen. Sein Flüstern klang so wie das eines Arztes an einem Totenbett: »Und das muß Master Smith sein, dem wir mit größtem Vergnügen eine Passage besorgt haben.«

»Das ist sehr freundlich von ihnen«, sagte Penitence bescheiden. Die Passage allein kostete fünfhundert Pfund – so entgegenkommend war die Royal African Company auch wieder nicht –, doch daß sie überhaupt einen Mann außer Landes schmuggelte, in dem sie einen Rebellen gegen den König vermuten mußte, war ein ausreichender Anlaß zu Dank, nicht zuletzt an den Earl of Craven, der sich für Penitence eingesetzt hatte, und der Tatsache, daß Rupert Großaktionär der Gesellschaft gewesen war.

»Nicht der Rede wert, Mrs. Hughes.« Mr. Spragge winkte mit der diskret beringten Hand einem Mann, der sich in den Schatten zurückgezogen hatte, und befahl ihm, Mr. Smith in seine Kabine auf der »Bonaventura« zu bringen. »Ihr werdet später noch genügend Zeit haben, Euch zu verabschieden, Mr. Smith«, sagte er, »doch vielleicht wollt Ihr Euch vorher ein bißchen an Bord zurechtfinden. Ihr segelt mit der Nachmittagsflut.« Mit seiner leisen Stimme fügte er hinzu, er hoffe, das sei ihnen recht, doch Penitence merkte, daß es ihn völlig kalt ließ, ob es ihnen recht war oder nicht. *Er will Onkel Martin so schnell wie möglich hier weg haben.* Sie war beeindruckt.

Henrietta servierte ihr einen ausgezeichneten Kaffee, fragte ein wenig gleichgültig, ob sie von weither gekommen sei, und erzählte ihr, daß sie und Mr. Spragge vier Kinder hatten und in einem Zuckerhaus in der Prince Street wohnten.

»Zuckerhaus?«

Henrietta sah sich nach Hilfe um. »Mr. Spragge sagt, daß man es so nennt, sei ein Scherz. Ich denke, weil dies eine Zuckerstadt ist, auf dem Handel mit Zucker aufgebaut.« Henrietta schien selbst aus Zucker gesponnen mit dem hellen Kraushaar und den hellblauen Augen. Die auf ihr Kleid applizierten pastellfarbenen Blumen sahen wie Marzipanrosen aus.

»Ach, übrigens«, sagte Mr. Spragge tröstend, als er von der Tür zurückkam, »der Earl of Craven hat mir gestattet zu versuchen, Euch für eine Investition in unser Unternehmen zu interessieren, Mrs. Hughes.« Er setzte sich und wartete ab. Penitence fragte sich, welches Lächeln er jetzt hervorholen würde. Er schien eine ganze Sammlung zu haben. Es war bewundernswürdig. »In der Company wissen wir, wieviel Vertrauen unser verstorbener Patron Prinz Rupert in Euch gesetzt hat, Mrs. Hughes.«

Sie übersetzte »Vertrauen in Euch gesetzt« mit »Euch sehr viel Geld hinterlassen hat«. *Das Halsband der Elisabeth von Böhmen.* Lord Craven hatte es nicht für klug gehalten, den Royal Africans zu sagen, daß es verkauft worden war. Sie neigte den Kopf.

»Habt Ihr je daran gedacht, Mrs. Hughes, daß in diesen unruhigen Zeiten nicht einmal Prinzen sich auf ihr traditionelles Einkommen verlassen können, sondern wie dieser hochgeschätzte, modern denkende Mann, Prinz Rupert, die Lebensader unseres großen Landes – den Handel – beleben müssen.«

Sie hatte nie daran gedacht, wußte aber, daß sie es in der nächsten Stunde ganz gewiß tun würde. Nun, es war nicht unangenehm, mit

Kaffee, Kuchen und Komplimenten überhäuft zu werden und verschiedene Möglichkeiten erklärt zu bekommen, wie sie mit dem, was von ihrem Erbe noch übrig war, Geld verdienen konnte. Das Jahr war kostspielig gewesen.

Die Royal Africans machten nicht nur Gewinn; wie es aussah, schienen sie praktisch Münzen prägen zu dürfen. Bei ihnen gab es keine Mißerfolge. Wenn ein Schiff von dreien sein Ziel erreichte, erlitt ein Mann – pardon, eine Frau – keinen Verlust. Wenn zwei einliefen, machte sie Gewinn. Kamen alle drei, hatte sie für ihr Leben ausgesorgt. Und im Durchschnitt ging von fünf Schiffen nur eins verloren.

Mr. Spragge entblößte seine Seele mit seinem Lächeln. »Sogar ich, Mrs. Hughes, habe mein Witwerscherflein investiert ... Verzeih, Henrietta, ein kleiner Scherz ... Und obwohl die Fracht nichts Besonderes war und die Westindischen Inseln in schlechtem Zustand erreicht hat, hat mir das Unternehmen einen Profit von achtunddreißig Prozent eingebracht. Achtunddreißig Prozent. Was haltet Ihr davon?«

Mit einer Handbewegung schnitt er ihre Antwort ab. »Wartet, Mrs. Hughes. Ihr braucht Euch nicht sofort zu entscheiden. Kommt, verabschiedet Euch von Eurem Onkel, seht Euch die »Bonaventura« an – sie ist das neueste Schiff unserer Flotte und eben erst in den Dienst gestellt –, und vielleicht wollte Ihr dann noch andere Partner Eures – von Prinz Rupert kennenlernen.«

Wie die meisten Menschen hatte Penitence Kais und Docks immer aufregend gefunden. Auf diesen Kais von Bristol war es, als bewege man sich in einem ganzen Spektrum aus Gerüchen, man ging an Fässern mit Gewürzen, Tabaken, Zucker und Wein vorüber. Auf eine merkwürdige Weise wurde durch die Schauerleute, die völlig gleichgültig Elfenbein, Affen, Tee, Kaffee und Pfauen löschten, als seien es ganz alltägliche Waren, das Exotische noch betont, ebenso, wie umgekehrt das englische Wasser, das gegen die verzierten, fremdländischen Schiffskörper lappte, besonders grau wirkte.

Doch von diesen Kais waren auch die Schiffe ausgelaufen, vollgepackt mit englischen Rebellen, die zehn Jahren Sklaverei oder, was wahrscheinlicher war, dem Tod entgegenfuhren. MacGregor war darunter gewesen, und sein Gesicht, an das man sich so schwer erinnerte, schwebte vor Penitence' geistigem Auge von Tag zu Tag deutlicher, als präge Dorindas Geist es ihr ein, damit sie nicht vergaß, wieviel sie ihm schuldete.

Die »Bonaventura«, eine große Ketch, war funkelnagelneu und duftete nach Holz und Lanolin. Onkel Martin Hughes' Heckkabine war gut ausgestattet; zu gut, hätte sie gemeint, wenn sie nicht festgestellt hätte, daß sie, wenn sie an seine Abreise dachte, Gewissensbisse bekam.

Er jedoch war mürrisch. »Das Schiff segelt nicht zu den Westindischen Inseln«, sagte er vorwurfsvoll. »Du hast gesagt, die Westindischen Inseln.«

Sie wandte sich an Spragge. »Ich habe für die Westindischen Inseln bezahlt.«

Sein Lächeln bewies Verständnis, enthielt aber auch einen Vorwurf. »Bestrebt, wie wir sind, dem Protegé unseres geliebten verstorbenen Prinzen einen Gefallen zu tun, müßt Ihr einsehen, daß die ›Bonaventura‹ gebaut wurde, um zwischen der Küste von Guinea und den Westindischen Inseln zu kreuzen. Zuerst muß sie ihre Fracht in Afrika löschen, erst dann geht es weiter nach Jamaica. Für Mr. Smith macht das einen Unterschied von einer oder zwei Wochen aus.«

Sie wandte sich zu Martin Hughes um, der auf seiner Koje saß und die Bibel hervorgeholt hatte. Der Augenblick des Abschieds war gekommen. Mit einem überwältigenden Gefühl für das, was sich schickte, flüsterte Mr. Spragge, er und Henriette würden draußen warten.

Penitence und ihr Großonkel blieben allein. Das Boot schwankte im Kielwasser eines vorüberfahrenden Schiffes, und sie hörte das Wasser gegen den Rumpf klatschen. Es erinnerte sie an ein Geräusch, das sie vergessen wollte, an Gedärme, die in den Eimer des Scharfrichters klatschten. *Davor habe ich dich wenigstens bewahrt.* »Du wirst mir schreiben, ja?« bat sie ihn. »Zuerst MacGregor und dann die Indianer. Und du läßt es mich wissen, wenn du nicht genug Geld hast.« Aufreizend bis zum Schluß, legte er den Finger auf die Zeile, die er scheinbar gelesen hatte, blickte auf, nickte und kehrte dann wieder zu seinem Bibeltext zurück.

Impulsiv sagte sie und wünschte, sie hätte es nicht getan: »Willst du mich nicht segnen, bevor du fährst?« Sie hatte allen Grund zu wissen, daß Wasser dicker war als Blut, doch mit Martin Hughes' Abreise verschwand der letzte aus der Familie ihrer Mutter für immer aus ihrem Leben, und sie verstand sie noch immer nicht besser als an dem Tag, an dem sie Massachusetts verlassen hatte.

»Du warst ein Baby, was viele Koliken hatte«, sagte er, und weil sie eine Zurückweisung erwartet hatte, hörte sie im ersten Moment nicht, was er sagte.

»War ich das?«

»Ganz genau auf diesem Kai habe ich dir Lebewohl gesagt, bevor deine Großmutter dich nach Amerika mitgenommen hat, und du hast auf mein bestes Halstuch erbrochen.«

»Ach, wirklich?«

»Gestehe deine Missetat, bereue sie, dann will ich dich segnen.«

Alle Liebe mußte Gott gehören; je mehr Zuneigung ein Heiliger der Reinen Kirche für ein anderes menschliches Wesen empfand, um so größer die Verpflichtung, seine Seele für Gott zu retten. Sie vermutete, daß er damit eine Art von Zuneigung eingestand. Wahrscheinlich hatte er genauso für ihre Mutter empfunden. Auch sie hatte nicht bereut. »Leb wohl, Onkel Martin«, sagte sie.

Zu ihrem größten Ärger kämpfte sie mit den Tränen, als sie zu den Spragges an Deck kam, wo Matrosen Fässer verstauten und festzurrten. Über ihren Köpfen liefen Männer, die nackten Füße gekrümmt wie Affen, die Webeleinen hinauf und herunter. Spragge war eifrig dabei, die Seetüchtigkeit der »Bonaventura« zu erläutern. Wahrscheinlich hatte sie noch nicht genug Investoren. Penitence nickte wortlos, als er vorschlug, ihr den Frachtraum zu zeigen – »wir sind sehr stolz darauf, daß es der modernste ist, den es gibt« –, und folgte ihm eine Leiter in ein Loch hinunter, in dem es roch wie in einer Schreinerei und die Planken mit Hobelspänen bedeckt waren.

Sie fand sich in einem engen Gang wieder, der auf einer Seite von einer Schutzwand und auf der anderen von Regalen mit Lattenrosten gebildet wurde, die den ganzen Raum einnahmen. Hätten die Regale nicht so weit nach hinten gereicht, hätte sie geglaubt, sie seien dazu bestimmt, eine Bibliothek aufzunehmen – in den Abständen zwischen den einzelnen Borden hätten sogar große Bände Platz gehabt, obwohl die senkrechten Pfosten, scheinbar unnötigerweise, nur etwa sechzehn Zoll voneinander entfernt waren; in jedem war ein

Ring befestigt, auf gleicher Höhe mit einem zweiten etwa sechs Fuß entfernten, der in die Latten eingeschraubt war.

Die Wirkung dieser Kabuffs und des neuen Holzes wäre hübsch gewesen, hätte sie all das nicht fatal an die Flap Alley erinnert. *Mein Gott, in Newgate mußten menschliche Wesen in Verschlägen hausen, die nur wenig größer waren.* Beinahe hätte sie es laut gesagt, dachte jedoch, daß Mr. Spragge wohl schockiert wäre, wenn eine möglicherweise künftige Investorin in Newgate gesessen hätte. Vielleicht aber auch nicht. Rebellen, Kriminelle – wenn sie Geld hatten, schien die Royal African Company durchaus gewillt, mit ihnen Geschäfte zu machen.

»Bedenkt, Mrs. Hughes, daß wir auf einem Schiff dieser Größe fünfhundertsechzehn transportieren können. Beachtet die Lüftung in der Decke …«

Fünfhundertsechzehn? Sie bekam Gänsehaut an den Armen. »*Was* transportiert Ihr eigentlich?«

Mr. Spragge atmete aus, als wolle er sagen, worüber reden wir denn, und setzte ein geduldiges Lächeln auf. »Unsere Fracht sind Sklaven, Mrs. Hughes. Damit handeln wir. Sklaven für Jamaica. Und hier stapeln wir sie.«

»Entschuldigt mich«, sagte sie, »ich war der Meinung, Ihr hättet gesagt, Eure Ladung geht von Afrika nach … Oh, mein Gott!«

Mr. Spragges Lächeln war spielerisch nachsichtig, weil Frauen keine Ahnung von dem hatten, was die Welt in Bewegung hielt. »Mrs. Hughes, was glaubt Ihr denn, wie der Zucker wächst, geerntet, raffiniert wird?« Wie ein Schulmeister ruckte er mit dem erhobenen Zeigefinger. »Schiffe, Sklaven, Zucker. Zucker, Schiffe, Sklaven. Das große Dreieck der Navigation. Seit 1680 hat die Royal African Company fünftausend pro Jahr verschifft und hofft …«

Als er weiterging, versank seine Stimme in der Übelkeit, die in Penitence aufstieg. *Hier stapeln wir sie.* Ob sie wollte oder nicht, sie wurde aufgehoben und auf dem Regal in einen Käfig gesteckt. *Ihre rechte Hand und ihr rechtes Bein waren an die linke Hand und das linke Bein von jemand anders gekettet. Sie lag in einem Raum, der kleiner war als ein Sarg. Das Holz des Regals über ihr berührte fast ihre Nase. Ihr Körper hob und senkte sich mit dem Schiff, Wasser tropfte durch Löcher in der Persenning, mit der der Frachtraum abgedeckt war.*

Sie klammerte sich an die Leiter, bemühte sich, an die Luft zu kommen, hielt sich an einer Spiere fest und würgte.

Das nächste, das sie wahrnahm, war, daß Henrietta ihr mit einem Taschentuch das Gesicht fächelte, als habe sie zuwenig Luft bekommen, während Mr. Spragge, der scharfsinniger war, ihr erklärte, daß es für Schwarze nicht so schlimm sei wie für Weiße. »Sie empfinden die Entbehrungen nicht so stark. Und wenn sie auf die Plantagen kommen, sind sie so glücklich. Henrietta, Liebes, erzähl doch Mrs. Hughes von unserer Reise nach Barbados und wie glücklich die Neger in ihrem neuen Zuhause waren.«

Henrietta sah sich um, als versuche sie, sich an die Reise zu erinnern. »Sie waren sehr glücklich. Nur habe ich es ein bißchen merkwürdig gefunden, daß die schwarzen Köche an ihre Herde gekettet waren.«

»Ihr müßt verstehen, Mrs. Hughes, sie sind nicht so wie wir ...«

»Sie sind es«, flüsterte Penitence. »Sie sind es.« Sie sah Peters schwarzes Gesicht vor sich, als er mit ihr bei dem sterbenden Rupert gewacht hatte, voller Trauer und Schmerz wie das ihre. Sie drehte sich so heftig zu Mr. Spragge um, daß er zurückfuhr und mit dem Kopf gegen die Spiere schlug. »Ihr würdet das nicht tun, wenn Prinz Rupert noch lebte.«

Er blinzelte, ehrlich verblüfft. »Warum denn nicht? Ich glaube, Ihr versteht nicht, Mrs. Hughes. Sklaven, Zucker, Schiffe – sie sind *le raison d'être* der Company. Euer ... Seine Hoheit war einer ihrer Gründer.«

»Nein«, sagte sie, »Rupert hat nichts davon gewußt.«

Als er widersprach, riß sie sich zusammen, stieß ihn und Henrietta beiseite, wischte sich den Mund ab, band die Schleife ihres Hutes unter dem Kinn fester und ging zur Fallreepstreppe. An der Sperre der Heckreling schwankte sie einen Moment. »Er hat nichts davon gewußt. Nicht Rupert.«

Penitence wußte später nie, wie sie den Mietstall und ihr Pferd gefunden hatte, obwohl ihr die Häuser, an denen sie vorbeikam, im Gedächtnis blieben.

Zuckerhäuser mit Dächern, die aussahen, als seien sie aus Lebkuchen und die Fensterpfosten aus Gerstenzucker, obwohl ihre Grundmauern in Wahrheit auf Menschenblut gebaut waren.

Nicht Rupert.

Sie verbrachte eine schweigsame Nacht in der Scheune in Lower Langford und konnte sich auch daran nicht mehr erinnern. Sie spannte das Pferd vor den Wagen und fuhr gen Süden, wobei ihr kaum bewußt wurde, was sie tat, und sie auch die Landschaft kaum wahrnahm, durch die sie kam.

Was ist geschehen? Warum fühle ich mich so? Natürlich hatte sie gewußt, daß es Sklaverei gab, aber sie hatte irgendwo stattgefunden, genauso wie das Ausweiden und Vierteilen von Menschen *irgendwo* existiert hatte, bis sie selbst bei der Hinrichtung dabeigewesen war. Was immer sie befähigt hatte, zum Teil indianisch zu werden, sich in einen Adler oder in Beatrice und Desdemona zu verwandeln, hatte sie nun lebendig begraben. Einen Moment lang war sie in einen lebendigen Sarg hineingeglitten und hatte gesehen, wie der Deckel zufiel.

Matoonas. Awashonks. *Verzeiht mir.* Sie hätte alles aufgeben und sich auf die Suche nach ihnen machen sollen, hätte Kind, Beschützer, Behaglichkeit, Haus zurücklassen sollen ... Nichts, was sie geopfert hätte, wäre zu teuer bezahlt gewesen, um sie vor diesen menschlichen Käfigen zu retten. Angekettet in Räumen, die nur ein paar Zoll maßen, nachdem sie die Freiheit von Tausenden von Meilen gewohnt gewesen waren, mußten sie zu Staub zerfallen.

In diesem Moment begriff sie, daß ihre Indianer tot waren.

Rupert hatte es immer gewußt. Sie mußte sich damit abfinden.

Fünfzigmal mußte er ihr die Geschichte von Peter erzählt haben, wie er und sein Bruder Maurice in der Bucht eines Dorfes an der Küste von Guinea geankert und als sie an Land gingen, festgestellt hatten, daß alle Bewohner des Dorfes geflohen waren; nur noch einen kleinen, völlig verängstigten schwarzen Jungen hatten sie gefunden, der sich die Knie kratzte. »Sie dachten, wir seien Sklavenhändler, weißt du, meine Liebe?« hatte Rupert immer wieder gesagt.

Und das warst du. Du hast Peter nach Hause mitgenommen, hast einen Christen aus ihm gemacht, du hast gewußt, daß er Schmerz, Glück, Eifersucht, Liebe fühlen konnte – Liebe vor allem –, und dennoch warst du fähig, dich anderen Männern bei einem Unternehmen anzuschließen, die seine Brüder und Schwestern auf den

Markt brachten und verkauften, wie du Vieh oder Kohle verkauft hast.

Die Fracht war nichts Besonderes. Kam in schlechtem Zustand an.

Sie sah Rupert vor sich, mit steifer Würde, liebevoll, der anständigste Mann seiner Generation.

Sie sehnte sich danach, ihm zu vergeben, aber die Vergebung lag nicht bei ihr. *Wenn du nicht sehen kannst, wie groß ein Unrecht ist, wer sieht es dann?*

Niemand hatte die Fähigkeit zu sehen, was sie sah. *Sie* war die Außenseiterin. Es war das Besondere an ihr, daß sie als Kind gelernt hatte, daß Menschen einer Hautfarbe dieselben Schmerzen litten wie die anderer Hautfarben. In ihrer Jugend in der Rookery hatte sie gesehen, wie Frauen gekauft und verkauft wurden. Aus einem Land in ein anderes verschlagen, von einem Mann zum anderen, hatte der Kampf, den sie und andere Frauen gegen ihre Rechtlosigkeit geführt und verloren hatten, das Fenster zu einem weltweiten Unrecht aufgestoßen.

Fracht. Profit. Handel. Auf menschliche Wesen angewandt, wurden die Worte zur absoluten Blasphemie. Sie wußte es. Dorinda hatte es gewußt. Jetzt würde es auch MacGregor wissen, wenn er noch am Leben war. Aber wer sonst noch?

Die verheerende Einsamkeit ihres Wissens ließ sie zu einer Ameise schrumpfen, die über die Platte der Somerset Levels kroch.

»Aphra.«

Die Novemberluft riß ihr das Wort von den Lippen und verwandelte es in frostigen Hauch. Er vermengte sich mit dem Dampf, der vom Rücken des Pferdes aufstieg. Aber Aphra würde es wissen, *hatte* es gewußt. Die seltsame Frau hatte die Unteilbarkeit menschlicher Freiheit prophezeit; hatte erklärt, wenn Freiheit nicht für beide Geschlechter und alle Rassen gelte, sei es keine Freiheit. Aphra würde sich dafür einsetzen. Natürlich würde niemand sie beachten, aber die große Wahrheit würde ausgesprochen worden sein, und eines Tages würde sie jemand hören.

Dennoch, sie war so allein wie damals, als sie von Bord des Schiffes aus Massachusetts gegangen und in die Slums von London geraten war. Die blasse, sinkende Sonne glänzte auf kahlen Ästen, und auf der ganzen Strecke schaukelten geteerte, in Eisen gelegte Fleischstücke im leichten, kalten Wind. Sie sehnte sich nach Aphra, dem einzigen Menschen in England, der ihren Jammer verstehen würde. Und sie sehnte sich nach MacGregor. *Bleib am Leben, MacGregor.* Mit MacGregor würde ihr Dorinda weniger fehlen, und sie könnte vielleicht wenigstens einen Teil ihrer riesigen Schuld zurückzahlen. Sie sehnte sich nach der Kameraderie der Tage im Cock-and-Pie zurück, damit sie die Leere füllten, in der sie jetzt lebte.

Und nun hatte sie auch Rupert verloren oder zumindest den Glauben an die absolute menschliche Anständigkeit, die Rupert für sie verkörpert hatte. O *mein Lieber, wie konntest du nur?*

Durch die winterliche Landschaft rollend, fror Penitence immer stärker, doch sie wurde auch freier, da die letzte Fessel ihrer Leibeigenschaft von ihr abfiel und sie die große und wahre Vereinfachung begriff: alle Männer, alle Frauen waren unvollkommen, und daher sollte alle Macht geprüft und im Gleichgewicht gehalten werden, und kein Mensch dürfte die absolute Herrschaft über einen anderen haben.

Sie sprach Rupert los; wie hätte er die Welt so sehen können, wie sie sie sah? Das konnte niemand von ihm erwarten. Aber sie sprach auch sich selbst los; die Vereinbarung zwischen ihnen hatten sie beide respektiert, solange er lebte, doch da er nicht gewesen war, wofür sie ihn gehalten hatte, hatte er das Recht auf ihre Treue nach seinem Tod verwirkt.

Als sie in Chedzoy die Brücke über den Cary erreichte, schwand das Licht schnell. Das Stück Rebellenfleisch auf seinem Mast war ein verschwommenes Ornament, wie eine deformierte steinerne Ananas am Tor eines Landhauses.

»Kitzelt die alte Schindmähre ein bißchen, sonst müßt ihr die Nacht in den Levels verbringen«, sagte Matt Fry zu ihr, als sie vorüberfuhr.

Penitence sah und hörte ihn nicht.

Verdammt, dachte sie, ich hätte Henry doch heiraten können.

Als der König das Parlament bat, ihm mehr Geld für ein größeres stehendes Heer zu bewilligen, traf James zum erstenmal einen Nerv.

Erstens mißtraute das Unterhaus schon aus Tradition den Königen, die ihre eigene starke Armee hatten. Auch saßen dort viele Gentlemen, die stolz auf ihre Miliz waren und nichts mehr liebten, als am Wochenende ihre Brustharnische anzulegen und ihre Dienstboten durch die Landschaft zu jagen.

Zweitens hatte der König während der Rebellion Katholiken zu Offizieren ernannt. Den Test Acts zufolge – denselben Gesetzen, die James – als er noch Herzog von York gewesen war – gezwungen hatten, als Lord Admiral zurückzutreten, war das illegal. Aber James erklärte nicht nur, daß er diese Männer ihrer Posten nicht *entheben* werde, er forderte, daß die Test Acts und andere Gesetze gegen Nonkonformisten außer Kraft gesetzt würden.

Das Parlament hätte genickt und protestantischen Nonkonformisten, Presbyterianern, Baptisten, Quäkern und ihresgleichen gestattet, anzubeten, wen sie wollten, aber eine Abolition hätte auch den Katholiken Religionsfreiheit gewährt. Wußte der König nicht, daß das Land so etwas *nicht* dulden würde?

Die Tatsache, daß die Katholiken sich gut benahmen, daß sie kaum genug waren, um ein Regiment aufzustellen, geschweige denn zu regieren, und daß der Papst selbst seine englischen Vertreter angewiesen hatte, eine zurückhaltende und konstitutionelle Politik zu betreiben, all das nützte nichts; keine Furcht reichte so tief in die englische Seele hinab wie die vor dem Papismus.

Wäre der Prinz der Dunkelheit – der Teufel höchstpersönlich – auf dem Thron erschienen, hätte das die Engländer nicht mehr erschreckt als der Gedanke einer römisch-katholischen Herrschaft. Für sie gab es keinen Unterschied zwischen beiden. Die Bartholomäusnacht, die unzähligen katholischen Verschwörungen gegen die gute Königin Bess, die Pulververschwörung von 1605 in London und nun die Übergriffe Ludwigs XIV. gegen seine französischen Protestanten nach der Aufhebung des Edikts von Nantes, das 1598 zur Beendigung der Hugenottenkriege erlassen worden war – all diese Schrecken wurden einem Glauben zugeordnet, der seine Mitglieder von den Regeln der Moral befreite, solange sie nur für ihre Kirche eintraten. Deshalb hatte in der Zeit, in der die Furcht vor einem papistischen Komplott so groß war, Titus Oates mit seinen Lügengeschichten von den Jesuiten unterm Bett solche Panik ausgelöst.

Viel hing davon ab, ob James begriff, daß diese tief verwurzelte Antipathie englischer Männer und Frauen, ob hoch oder niedrig, weder mit Vernunft noch mit Gewalt zerstreut werden konnte.

Es schien, als könne er es nicht begreifen. Als das Parlament sich ausweichend verhielt, zeigte er ihm sein Mißfallen und löste es auf. Er sei, sagte er, »entschlossen, allen Nonkonformisten, gleichgültig welchen Glaubens, Religionsfreiheit zu gewähren; er sei immer gegen eine Verfolgung aus Gründen des Glaubens gewesen«. Das war eine noble Gesinnung, und er bekräftigte sie durch eine allgemeine Amnestie, die zwölfhundert Quäkern und Wiedertäufern, die im Gefängnis saßen, die Freiheit gab.

Aber James' Toleranz hatte auch eine dunklere Seite. Protestantische Minister, Diplomaten, Verwaltungsbeamte und Armeeoffiziere – ganz besonders Armeeoffiziere – sahen sich entlassen und durch Katholiken ersetzt.

Die Alarmglocken begannen zu läuten.

Eine Zeitlang wurde in der Gesellschaft geklatscht, daß die ehemalige Schauspielerin Peg Hughes, die Mätresse von Rupert von der Pfalz, nach einer kurzen Affaire mit dem Viscount of Severn and Thames von ihm sitzengelassen worden war, und daß derselbe Viscount auch mit dem König in Streit geraten war und sich übers Wasser davongemacht hatte, um Wilhelm von Oranien seine Dienste anzubieten. Dann beschäftigten andere und wichtigere Dinge die Gesellschaft, und sie vergaß beide.

Penitence verbrachte die nächsten drei Jahre auf ihrem Besitz, der Priory, und bemühte sich, sowenig Aufmerksamkeit zu erregen wie möglich. Zwar konnte nicht bewiesen werden, daß sie Monmouth-Rebellen geholfen hatte, vor der Justiz zu fliehen, doch die Ereignisse des Sommers 1685 hatten ihrem Ruf geschadet, und sie mußte ihn wiederherstellen, wenn ihre Tochter und ihr Pflegekind in die Gesellschaft aufgenommen werden sollten, ohne daß der zweifelhafte Ruf der Mutter ihre Chancen verdarb.

Mistress Palmer nahm die Neuigkeit von Dorindas Tod mit der philosophischen Gelassenheit alter Menschen hin. »Der Herr behüte sie. Wieder eine aus Dog Yard dahin. Nun ja, einmal müssen wir alle gehen.«

Zänglein trauerte um Mutter und Vater jedoch tiefer, als Penitence erwartet hatte, wenn man bedachte, daß sie sie in den letzten ein, zwei Jahren nur selten sehen konnte. Es hatte keinen Sinn zu versprechen, daß MacGregor eines Tages zurückkommen würde – er war nicht gekommen. Ebensowenig Sinn hatte es, einen Gedenkstein für ihre Mutter aufzustellen, um dem Kind etwas zu geben, worauf es seinen Kummer richten konnte, da Dorindas Körper mit den Körpern anderer Gefangener in eine Kalkgrube geworfen worden war; und da sie eine mutmaßliche Rebellin gewesen war, wurde ihr eine Gedenkfeier verweigert.

Es dauerte zwei Jahre, bedurfte der Fürsprache von Aphra Behn und der des Earls of Craven und kostete dreihundert Pfund, ehe man Penitence gestattete, in der Kirche von Athelzoy für ihre Freundin eine Gedenktafel anbringen zu lassen.

Reverend Boreman, der allmählich alt und unbeugsam wurde, wollte die Worte *Wer von euch ohne Sünde ist, der werfe den ersten Stein* auf die Tafel gravieren lassen.

Penitence' Zorn blieb allen, die ihn miterlebten, unvergeßlich. »Ich dulde nicht, daß über sie geurteilt wird. Ich *dulde* es nicht! Hört Ihr?« Ihr schien immer klarer zu werden, daß arme Engländerinnen nicht viel besser dran waren als Sklavinnen, wenn sie nur die Wahl zwischen Verhungern und sich Verkaufen hatten. »Laßt irgend jemand – *irgend jemand* – einen Stein auf sie werfen und er kriegt ihn sofort zurück – auf sein verdammtes Auge.«

Am Ende hatte Dorindas Gedenktafel folgende Inschrift: *Nie gab es größere Liebe.*

Penitence' Geduld nahm mit der Zahl ihrer Dienstboten ab. Der Aderlaß der Assisen, die Deportationen und die Tode im Gefängnis hatten von der jungen männlichen Bevölkerung einen hohen Tribut gefordert, und die einquartierte Armee zu ernähren, kam den Westen teuer zu stehen.

Es gab nicht genug Arbeiter, um in den Levells die Gräben und Kanäle sauberzuhalten, und im ersten Winter nach der Rebellion überflutete der Parrett die Moore wie schon seit Jahren nicht mehr; Vieh und Wintersaaten ertranken. Penitence konnte nur ein paar Acker mit Karden bepflanzen, da sie zu wenig Arbeitskräfte hatte, und das bedeutete, daß sie ihre Märkte im Norden Englands verlieren würde. Sie sah ihre Eiben-Schachfiguren zu Sträuchern verwildern, weil niemand da war, der sich auf die Kunst des Bäumeschneidens verstand.

Am schlimmsten jedoch war, daß sie zusehen mußte, wie Prues junges Gesicht verbittert wurde, da das Mädchen ihren einzigen Trost in dem Gott der Rache fand, der in den Kapellen um Sedgemoor immer häufiger angebetet wurde.

Der einzige Lichtblick war die Nachricht von Mudge Ridges Flucht. Jetzt wurde ihr mitgeteilt, daß auch er Holland erreicht hatte. Penitence schickte etwas von ihrem schnell dahinschmelzenden Geld an Benedikts Adresse.

Nach achtzehn Monaten bekam sie wieder einen Brief, diesmal von jenseits des Atlantik. Nachdem sie die obligatorischen Ermahnungen für ihre unbußfertige Seele hinter sich gebracht hatte, wurde Onkel Martin erstaunlich mitteilungsfreudig.

Es stand eine Menge über die Strapazen der Reise und die damit verbundenen Verdauungsschwierigkeiten darin, ausführlich berichtete er, daß er Schildkrötenfleisch gegessen hatte, nichts jedoch über Afrika selbst, aber auch viel über die Sklaven, die die »Bonaventura« dort an Bord genommen hatte. Er war empört über die Bedingungen, unter denen sie reisen mußten, *durch die so viele sterben*, doch nur, weil ihm dadurch potentielle Konvertiten verlorengingen. Onkel Martin Hughes hatte, wie es schien, eine neue Berufung gefunden; *dem Herrn die armen, unwissenden Kreaturen zuzuführen, so daß der Handel Gutes und nicht Böses bewirkt.*

Seine Schilderung von Jamaica war eine Seite lang und befaßte sich hauptsächlich mit den vielen schwarzen Mädchen, die es in den Häusern der Plantagenbesitzer und Verwalter gab, was der Sünde natürlich Tür und Tor öffnete.

Erst als Penitence beim Lesen schon fast geflucht hätte, kam er auf das Wesentliche:

Da man die Gesetze hier nicht beachtet, wurde ich auch kaum daran gehindert, nachdem ich lange um den Preis gefeilscht hatte, den Schot-

ten freizukaufen, von dem wir gesprochen hatten, und ihm eine Passage auf einem holländischen Schiff zu besorgen, das vielleicht schon vor diesem Brief eingetroffen ist, obwohl sein Herr ihn nur ungern gehen ließ, da er sich in geschäftlichen Dingen als vertrauenswürdig erwiesen hatte, was bei so vielen Ungläubigen und Missetätern nur selten der Fall ist.

Penitence mußte sich setzen und drückte den Brief an die Wange. *MacGregor.* Einer war entkommen.

Es gab aber noch eine Seite in Onkel Martins schwer leserlicher Handschrift. Sie las weiter:

Trotz gründlicher Nachforschungen hatte ich keine Spur von Deinen Squakheag gefunden und auch keine Hoffnung, sie noch zu entdecken, da die Aufseher hier indianische Sklaven verachten, weil sie zu schnell sterben; also nahm ich ein Schiff nach Amerika, um dort geistigen Trost bei meinen Brüdern und Schwestern im Herrn zu finden und mich nach Deiner und meiner Familie umzusehen. Doch obwohl ich in diesem Moment mitten zwischen Bergen und Ebene am Ufer eines Flusses sitze, der Pocumscut heißt, gibt es hier kein Anzeichen heidnischer Bevölkerung und auch keiner anderen; es gibt nur verbranntes Gras, als habe es Feuer gefangen, und diese Perle, die ich Dir schicke.

Penitence riß das Papier auf, das an einer Ecke zugenäht gewesen war, und nahm eine verblaßte rote und blaue Perle heraus, die auf einer Seite angesengt war.

Für einen Augenblick war sie da, wo ihr Onkel gewesen war, am Fuß des zerklüfteten Berges Pemawachuatuck, wo neben dem Fluß die Hütten von Awashonks Volk gestanden hatten.

Durch seine Augen blickte sie auf einen rauchlosen geschwärzten Ring; außer dem Schrei eines kreisenden Adlers war kein Laut zu hören, und sie wußte, daß nicht nur all ihre geliebten Indianer tot waren, sondern auch ihre Art zu leben, und sie nie wieder auferstehen würde.

Liebevoll faltete sie den Brief um die Perle, trug ihn hinauf und verwahrte ihn in einem seidenen Halstuch in der Schublade ihres Toilettentischs. Dann ging sie hinunter, um Zänglein zu sagen, daß ihr Vater lebte und auf dem Weg in die Freiheit war.

Es war eine jener Zeiten absoluter Ungewißheit. Wenn Penitence in den Pausen Zeit hatte, etwas anderes zu fühlen als Erschöpfung, schien alles in der Schwebe. Überrascht entdeckte sie, daß ihre Nachbarn, diese überzeugten Tory-Männer und -Frauen, in einem ähnlichen Zustand waren. Wenn sie sich trafen, waren das Hauptthema ihrer Gespräche, das sogar noch vor den Viehpreisen kam, die vier katholischen Lords, die in den Geheimen Kronrat aufgenommen und vereidigt worden waren. Posten, auf die anglikanische Kirchenmänner Anspruch zu haben glaubten, wurden an Mitglieder der römischen Kirche vergeben.

Unter Charles I. hatten die Royalisten von Somerset zwar Konflikte gekannt, waren aber nie mit sich selbst uneins gewesen. Wenn sie für die Sache des Königs kämpften, wußten sie, daß sie König und Kirche als symbolisches Ganzes schützten. Jetzt sahen ihre Enkel sich zum erstenmal vor eine schreckliche Wahl gestellt. König *oder* Kirche? Wie, wenn James es ihnen unmöglich machte, beiden treu zu sein?

»Ich sage Euch«, erklärte Sir Ostyn Edwards ihr dröhnend, »er wird der Kirche treu sein, verflucht.« Doch als er von einem Ausflug nach London zurückkehrte, war er tief erschüttert; hatte er dort doch Mönche gesehen, die auf offener Straße ihre Rosenkränze befingerten.

Mit königlicher Billigung wurden Pamphlete verkauft, in denen behauptet wurde, man könne den Beweis erbringen, daß Charles II. als Katholik gelebt hatte und gestorben war.

»*Old Rowley* hat wie ein Papist herumgehurt, das bestreitet niemand«, sagte Sir Ostyn wacker, »aber wir *wissen*, daß er ein guter Protestant war.« Seine winzigen weißbewimperten Augen sahen Penitence von der Seite her an. »War er das etwa nicht?«

»Ich weiß es nicht«, sagte sie. »Habt Ihr Aphra besucht?«

Als sie Sir Ostyn dem kurzen aber dynamischen Einfluß von Aphra und Dorinda ausgesetzt hatte, hatte Penitence dem Theater einen neuen glühenden Verehrer gewonnen. Seine alljährlichen Besuche in London fanden jetzt vierteljährlich statt, und diesmal hatte er an vier aufeinanderfolgenden Abenden die Aufführung von Aphras neuestem Stück *The Lucky Chance* besucht.«

»Unanständig«, sagte er. »Hab nie ein unanständigeres Stück gesehen.« Er war der einzige Mensch, den sie kannte, der sich buchstäblich die Seiten hielt vor Lachen.

Ja, er sei bei Aphra gewesen, und sie habe ihn bewirtet und ihm eine Kopie des Stücks für Penitence mitgegeben, damit sie es las. »Ist jetzt eine arme alte Seele mit ihrem Rheumatismus.«

Ostyns Bemerkung klang aggressiv, und Penitence ging nicht darauf ein; er versuchte nur, sie herauszufordern. Aphra war zwar älter als sie, hatte sich jedoch stets die Jugendlichkeit einer Gleichaltrigen bewahrt. Ihre Briefe waren so munter wie eh und je, und daß sie Penitence' Einladungen immer wieder ausschlug, erklärte sie damit, daß sie zu viele Aufträge hatte. Penitence, die versuchte, den Kopf und ihre Ernte – und diese manchmal im wahrsten Sinn des Wortes – über Wasser zu halten, hatte ihrerseits ähnliche Entschuldigungen vorgebracht.

Es machte ihr Spaß, *The Lucky Chance* zu lesen, eine lebhafte Komödie, in der arme Heroinen beschlossen, reiche alte Männer zu heiraten. Während sie sich in ihren meisten Stücken mit den Reichen auseinandersetzte, verarbeitete Aphra in diesem ihre eigene Erfahrung mit der Armut. Das Glanzstück jedoch war ihr Portrait der impotenten alten Lüstlinge, die ihre Mädchen heirateten – nicht die üblichen durchschnittlichen Figuren, aber durch Aphras eigene Erfahrung geradezu furchtbar lebendig. *Mr. Behn*, dachte Penitence.

Mit dem Stück hatte Sir Ostyn ihr noch ein paar andere Arbeiten von Aphra mitgebracht, unter anderem ihre kämpferische Verteidigung von *The Lucky Chance:*

> Sie belegen es mit dem alten, nie versagenden Skandal – daß es sich für Ladys nicht ziemt. Als seien die Ladys verpflichtet, nur Unanständigkeiten zu hören, die *ihnen* aus den Federn fließen. Hätte ein Mann es geschrieben, man hätte es ein bewundernswertes Stück genannt, selbst wenn er der langweiligste, gedankenloseste, erbärmlichste Schmierfink der Stadt gewesen wäre.

»Arme alte Seele, ja?« fragte Penitence Sir Ostyn. »Gib's ihnen nur, Affie.«

Aphra hatte auch ihre pindarische Ode an James anläßlich *»Der glücklichen Krönung Seiner Heiligen Majestät«* beigelegt, die zu lesen

Penitence sich nicht die Mühe machte. Was sie eines Abends im Bett las, und was sie zutiefst aufwühlte, war Aphras Gedicht an John Hoyle. *»Für Mr. J. H.«*

Mein ist der Himmel, ich halt' ihn in den Armen,
Kein Unglück kann sich mir noch nähern.
Dir, Schicksal, spott' ich, eitle Welt, ade!
Laß mich auf immer im sanften Liebesfieber brennen,
Taumelnd vor Sehnsucht, vor Freude ganz von Sinnen.

Verdammt sollst du sein, Affie. Auch sie hatte den Himmel in den Armen gehalten, in diesem Zimmer, in diesem Bett – und hatte ihn losgelassen.

Die Gesetze gegen den Papismus waren noch nicht aufgehoben, aber der König nahm die Sache in die eigenen Hände. Ohne auf ein Parlament zu warten, das die Test Acts außer Kraft setzen würde – es wäre ohnehin nie eines gewählt worden, das dies getan hätte –, erließ James eigene Indulgenzerklärungen.

Die Reaktion war ungewöhnlich. Eine nonkonformistische protestantische Kirche nach der anderen, Gruppen, die wegen ihres Glaubens ins Gefängnis gegangen waren, Prediger, die ihren Lebensunterhalt verloren hatten, weil sie sich weigerten, die Artikel der anglikanischen Kirche zu befolgen, Männer, die vom Five Mile Act aus ihrem Heim vertrieben worden waren, all diese Menschen erklärten James, daß sie seine Erlaubnis, legal ihren Gott anzubeten, nicht wollten, wenn er auch den Katholiken religiöse Freiheit gewähre.

Es änderte nichts. James befahl, daß seine Indulgenzerklärung an mehreren aufeinanderfolgenden Sonntagen von jeder Kanzel herab verlesen wurde.

Sechs Bischöfe gingen mit einer vom Erzbischof von Canterbury unterschriebenen Petition nach Whitehall, versicherten James ihrer Loyalität, wiesen jedoch mit allergrößter Höflichkeit darauf hin, daß er das nicht tun dürfe; der König sei nicht befugt, Gesetze außer Kraft zu setzen, das sei das Privileg des Parlaments. Sie müßten sich daher weigern, was der König ihnen gnädig verzeihen möge, seine Erklärung in anglikanischen Kirchen verlesen zu lassen.

Der König verzieh nicht. »Das ist die Vorstufe der Rebellion.«

Auf den Knien schworen die Bischöfe, daß dem nicht so war. »Sir«, sagte Bischof Ken von Bath und Wells, »ich hoffe, daß Ihr uns die Gewissensfreiheit gewährt, die Ihr der ganzen Menschheit zubilligt.«

James beharrte zornig auf seinem Standpunkt. »Das ist Rebellion. Das ist die Vorstufe der Rebellion.«

»Wir haben zwei Pflichten zu erfüllen«, antwortete Ken. »Unsere Pflicht gegen Gott und unsere Pflicht gegen Eure Majestät. Wir ehren Euch, aber wir fürchten Gott.«

Die Bischöfe wurden in den Tower geworfen.

Und die Königin war schwanger.

Die Kirche von St. Mary Magdalene mit ihren fünf Seitenschiffen war sehr groß und nur selten bis auf den letzten Platz gefüllt, doch an einem Sonntag im Juni des Jahres 1688 versammelte sich dort praktisch die Bevölkerung des ganzen Taunton Vale, darunter Nonkonformisten, die zu anderer Zeit lieber tot gewesen wären, als sich in einer anglikanischen Kirche sehen zu lassen, und man hätte sie dort auch nicht geduldet. Doch da man sie in den Tower geschickt hatte, waren Bischof Ken von Bath und Wells und Bischof Trelawney von Bristol zu jedermanns Bischöfen geworden; auch für ihre Gegner.

Die Augen der Gemeinde hingen an dem Prediger, als er die Stufen zu der geschnitzten Kanzel hinaufstieg. In beinahe allen Kirchen des Landes konzentrierten sich die Blicke der Gemeinde in diesem Moment auf die Prediger, die zu tausend Kanzeln hinaufstiegen. Würde er? Würde er nicht?

In St. Mary Magdalene tat er es nicht. Ungefähr zweitausend Männer und Frauen aus Somerset lehnten sich zufrieden zurück und hörten sich die übliche Predigt an.

In etwa hundert Kirchengemeinden der Stadt verschränkten auch die Londoner die Arme und setzten sich bequem zurecht, nickten oder dösten oder dösten nickend vor sich hin, wie sie es zu dieser Stunde gewohnt waren. Sogar in der St. James Kapelle weigerte sich der anglikanische Geistliche, die Indulgenzerklärung des derzeitigen Regenten zu verlesen.

Als in der Westminster Abbey ein gehorsamerer Prediger zu verlesen begann, was sein König befohlen hatte, ging seine Stimme in dem Lärm unter, den seine riesige Gemeinde beim Verlassen der Kirche machte.

Vor St. Mary Magdalene versammelten sich Penitence' Nachbarn unter den knospenden Lindenbäumen bei ihren Kutschen.

»Damit haben wir's ihm gezeigt«, sagte Sir Roger Pascoe.

Sir Ostyn nickte. »Wird ihn lehren, unsre Bischöfe nicht einzusperren. Bei Gott, ich täte am liebsten ...«

»Können wir jetzt heimfahren?« fragte Penitence. Sie wartete schon seit dem Ende des Gottesdienstes eine halbe Stunde, während die anderen Kirchgänger sich gegenseitig beglückwünschten, als hätte jeder von ihnen ganz persönlich Roms Streitkräfte eigenhändig niedergerungen. Sie mußte sich um ihre Karden kümmern.

»Wird ihn lehren, uns nicht irgendso'n altes papistisches Baby unterzuschieben«, sagte Sir Roger.

Lady Portman und Lady Pascoe nickten mit der Autorität von Frauen, die schon Kinder geboren hatten. »Sie is' zu alt und hat schon zu viele Babys verloren, um jetzt noch eins zu kriegen. Das arme, kleine Würmchen in einer Wärmpfanne ins Bett zu schmuggeln, empörend.«

Penitence seufzte. Wenn sie erst einmal anfingen, über die königliche Geburt herzuziehen, kam sie nie nach Hause. Mit Dreißig war Maria von Modena jünger als die Mesdames Portman und Pascoe, und da königliche Geburten meist in einem Raum stattfanden, in dem sich mindestens vierzig gewichtige Zeugen aufhielten, und da in diesem Fall der gesamte Geheime Kronrat zu diesen Zeugen gehört hatte, darunter auch Lordkanzler Jeffreys, war sie selbst geneigt zu glauben, daß James endlich mit seinem langersehnten legitimen Sohn und Erben gesegnet worden war.

Doch es war bezeichnend dafür, wieviel Vertrauen James bei seinen Untertanen eingebüßt hatte, daß sie sich weigerten, es zu glauben. Es war ein Wechselbalg, eine Lüge, ein jesuitischer Betrug, eine Verschwörung, der gut protestantischen Prinzessin Maria von Oranien die Thronfolge zu verwehren und irgendein papistisches Balg auf den Thron zu setzen.

Tatsächlich, dachte Penitence, wagen sie es nicht, es zu glauben. Sie waren bereit gewesen, sich mit James' Katholizismus abzufinden, solange abzusehen war, daß er mit ihm sterben würde, aber die Aussicht auf eine Folge römisch-katholischer Könige hatte dem englischen Volk einen schönen Schreck eingejagt. Und als Beweis dafür, daß die Götter zuerst jenen, die sie vernichten wollten, den Verstand raubten, hatte James den Papst gebeten, der Taufpate des Kindes zu sein.

Aus irgendeiner der Gruppen, die sich vor der Kirche versammelt hatten, übertönte ein Pfeifen das Stimmengemurmel. Die Melodie war mitreißend, aber es war ihre Wirkung auf ihre Freunde, die Penitence aufhorchen ließ. Sie spitzten die Ohren wie Jagdhunde beim Klang des Jagdhorns.

»Was ist das?« fragte sie. »Ich höre es jetzt häufig.«

»Wenn der König so weitermacht, werdet Ihr's noch verdammt oft hör'n«, sagte Sir Ostyn und half ihr und den beiden Mädchen in seine Kutsche. »Es heißt *Lillibullero.* Still jetzt.«

Auf der Rückfahrt über Sedgemoor sprach er von Prinz Wilhelm von Oranien. »Schätze, der Junge wäre für uns richtig. Protestantischer Wind, der den katholischen Unrat wegbläst.«

Penitence konnte sich darüber nicht aufregen. Erst vor drei Jahren hatten dieselben Leute, die Bischöfe Ken und Trelawney mit ihnen, mit Vergnügen die Hinrichtung von Männern gutgeheißen, die nur einen anderen protestantischen Wind unterstützt hatten, der James fortblasen sollte. Das sagte sie auch.

»Das ist etwas ganz anderes«, wurde sie von Sir Ostyn belehrt. »Monmouth ...« Er schaute sich um, um zu sehen, ob Ruperta und Zänglein zuhörten. Der Name besaß noch immer eine gewisse Macht. »... er war ein Bastard, wie dieses Baby ein Bastard ist, das sie uns aufzwingen wollen. Wilhelm ist ehelich und verheiratet mit der ehelichen Mary. Er ist der Junge, der für uns richtig wäre. Protestantischer Wind.«

»Ich habe James satt«, sagte sie, »aber noch mehr habe ich es satt, mit anzusehen, wie Männer versuchen, ihn loszuwerden. Es würde wieder gemordet werden. Davon hatten wir schon genug. Ich höre mir das nicht mehr an.« Sie blieb bei ihrer Weigerung, darüber zu sprechen und vergaß, ihn zu fragen, was das alles mit dem Lied *Lillibullero* zu tun hatte. In den Tagen darauf erfuhr sie, daß es von einem protestantischen Wind handelte:

O, wo bleibt er so lang' und kommt nicht geschwind?
Ho! Bei meiner Seel' 's ist ein protestantischer Wind.
Lero, lero, Lillibullero.

Die lächerlichen Worte und die hüpfenden, fröhlichen Rhythmen verwoben sich so unauflöslich mit der Hoffnung der Protestanten auf Wilhelm von Oranien, daß das Lied ein Signal und eine Herausforderung war. Man hörte die Melodie aus Whig-Kaffeehäusern, Lehrlinge pfiffen sie, wenn sie ihrer Arbeit nachgingen, es hieß, man habe es sogar schon in Whitehall gehört, wo die wie im Belagerungszustand lebende protestantische Prinzessin Anne unerschütterlich allen Versuchen der Jesuiten widerstand, sie und ihren Haushalt zum Katholizismus zu bekehren. Mit Oranien zu sympathisieren war gefährlich, doch bisher war der königlichen Autorität noch nicht aufgegangen, daß die Opposition sich in Form eines Liedes bildete.

An dem Tag, an dem Penitence ihren Eber über die Marschen trieb, weil er Lady Pascoes Sau gefällig sein sollte, und zum Tee blieb, summte sogar Lady Pascoe die Melodie, während sie die Tassen auf den Tisch stellte.

Mein Gott. Auch Lady Pascoe. Wenn James die Ergebenheit dieser dicken, Honigkuchen backenden, liebenswerten Frau verloren hatte, dann hatte er England verloren.

Henrys Stimme geisterte Penitence durch den Kopf: »Du kannst einen König haben, der ein Narr ist, und du kannst einen König haben, der Katholik ist, aber wenn du einen König hast, der ein Narr *und* Katholik ist, gibt es früher oder später eine Revolution. Und dann ist Wilhelm an der Reihe.«

Ihrer Meinung nach mußte James gehen, nicht weil er katholisch oder ein Narr war, sondern weil er gesagt hatte: »Ich kenne die Engländer. Man darf ihnen vor allem nicht zeigen, daß man sie fürchtet.«

Das war die Aussage eines Fremden, eines Mannes, der sich nicht nur vor den Engländern *fürchtete*, sondern sich nicht als einen der ihren betrachtete. Und als Penitence in einer Junibrise nach Hause ging, die die Weidenblätter durcheinanderwirbelte, so daß ihre weiße Seite nach oben wies, die blaue Oberfläche der Bäche und Flüßchen kräuselte und die Luft mit dem Duft von Bohnenblüten parfümierte, wurde ihr klar, daß etwas für sie lebenswichtig geworden war: Wenn England von einem Monarchen repräsentiert werden mußte, dann mußte dieser Monarch für das Land empfinden, was sie inzwischen für diese Gegend von Somerset empfand. Die Nationalität hatte nichts damit zu tun; Rupert, in Böhmen geboren, war Engländer gewesen bis in die Fingerspitzen. James war gebürtiger Engländer und von seinem Volk so weit entfernt, als käme er vom Mond.

Mary, dachte sie. Mary hatte geweint, als sie England verlassen und in das Haus Oranien einheiraten mußte. *Mary wird es gut machen.*

Soweit das überhaupt möglich war, war Penitence jetzt in ihrer Gemeinde rehabilitiert und, obwohl man in ihr noch immer eine Bedrohung für Ehefrauen sah, traute man ihr zumindest zu, daß sie zur selben politischen Szene gehörte wie alle anderen, was bedeutete, daß Nachbarn ihr mit einem Nicken und einem Blinzeln die Pamphlete zusteckten, die heimlich im ganzen Land verteilt wurden, und von ihr erwarteten, daß sie sie weitergab. Wer sie verteilte, wußte niemand genau, doch es gab keine Zweifel, daß sie ursprünglich aus den Niederlanden kamen. Einige waren geradezu hysterisch antikatholisch, einige anti-James, einige für Wilhelm und Mary. In allen wurde gefordert, daß der König die Bischöfe aus dem Gefängnis entlassen und der etablierten Kirche Konzessionen machen sollte.

Das eindringlichste dieser Pamphlete war ein offener Brief an das englische Volk, geschrieben von einem Caspar Fagel, Grand Pensionary von Holland, in dem ausführlich dargelegt wurde, was geschehen würde, wenn Mary ihrem Vater auf den Thron folgte. Es war ein beruhigendes, tröstliches Dokument, in dem es hieß, sie werde nicht dulden, daß jemand wegen seines Glaubens verfolgt wurde. Englische Katholiken sollten die gleichen Freiheiten genießen wie die holländischen Katholiken, solange sie von beiden Häusern des Parlaments und von Anstellungen im öffentlichen Dienst ausgeschlossen blieben.

Wenn James nicht verrückt ist, dachte Penitence, wird er nicht nur keinen Einwand haben gegen das, was seine Tochter sagt, er wird sogar ihrem Beispiel folgen. Doch sie hatte allmählich den Verdacht, daß James ein Narr *war*, starrsinnig bis zur Selbstzerstörung.

Sir Ostyn brachte ihr eines Abends das nächste Pamphlet. »Eure Freundin wird darin erwähnt.«

Es war von einem Dr. Gilbert Burnet geschrieben, es war ein Name, der immer häufiger auf Propagandaschriften aus den Niederlanden auftauchte. Penitence' Augen blieben auf den Worten »Aphra Behn« haften. »Sie ist auch Eure Freundin«, erklärte sie Sir Ostyn und trug das Papier ins Licht.

Dr. Burnet bejammerte den Zustand Englands unter James und fand es symptomatisch für den Niedergang der englischen Moral, daß der König »eine Dichterin wie Aphra Behn hoch schätzte, eine so unaussprechlich verderbte Frau, die nicht nur alle Religionen, sondern auch die Tugend auf eine so widerwärtige und obszöne Art verspottete«.

Penitence hielt das Papier in die Kerzenflamme und wandte sich ihrem Nachbarn zu. »Wer, zum Teufel, ist Dr. Gilbert Burnet?«

Ostyn liebte es, sie zornig zu sehen. »Ein aufrechter Verfechter der Freiheit, wie man uns versichert. Ein guter Freund des Prinzen und der Prinzessin von Oranien und mit Eurer Aphra scheinbar weniger einverstanden.«

»Wessen Freiheit?« Wütend machte sie ein paar Schritte auf ihn zu und klopfte sich dabei versengte Papierflusen vom Kleid. »Eh, verdammter Kerl! Wessen Freiheit verficht er?«

Sir Ostyn wich zurück. »Ich sage ja nichts gegen Mistress Behn, die arme Seele, aber sie tritt leidenschaftlich für den König ein und schreibt verflixt unanständige Theaterstücke.«

»Es ist mir egal, wenn sie sich leidenschaftlich für den Groß-Khan von China einsetzt. Sie verdient sich ihren Lebensunterhalt. Sie mußte weder heiraten noch huren oder betteln oder sonst etwas tun, was sie nicht tun wollte. Sie wäscht und näht nicht für andere. Sie schreibt. Sie schreibt keine frommen Traktätchen. Sie schreibt populäre Theaterstücke. Und sie ist gut. Das hat sie sich ausgesucht, und nur weil sie eine Frau ist und weil keine Frau vor ihr so etwas getan hat, will dieser B-B-Burnet sie daran hindern.« Aphra Behn hatte sich an einem Wettlauf beteiligt, bei dem die Preise für männliche Läufer bestimmt waren. Sie hatte gewonnen und gewann noch immer, weil der Sieg Ruhm bedeutete; doch wenn es um eine Frau ging, war berühmt gleich berüchtigt, und ein Idiot wie dieser Burnet durfte ihr jeden schmutzigen Namen geben, der ihm auf die Zunge kam. »Wußte gar nicht, daß Ihr stottert, Mädchen«, sagte Sir Ostyn und machte sie damit so wütend, daß sie ihm die Tür wies, ohne ihm eine Erfrischung anzubieten.

Verdammt sollten sie sein! Gerade als sie anfing zu denken, daß sich Wilhelm, wenn er James auf den Thron folgte, für mehr Freiheit einsetzen würde! Aber es würde anders kommen, sie wußte es jetzt schon. Sie würden diesen neuen Herrscher im Namen der Freiheit ins Land holen, und für Frauen wie Aphra Behn würde alle Freiheit ein Ende haben.

Im Oktober erklärte der Prinz von Oranien seine Absicht, mit einer Armee nach England zu kommen, um dafür zu sorgen, »daß so schnell wie möglich ein freies und rechtmäßiges Parlament gebildet wird«.

In seiner Erklärung, die in ganz England verteilt wurde, zählte Wilhelm auf, wie oft »schlechte Ratgeber« dem Königreich seiner Frau durch ungesetzliches Handeln Schaden zugefügt hatten. Das Parlament war aufgelöst worden, Richter durch Opportunisten ersetzt, ein bekennender Papist gehörte der Hohen Kommission an, der die anglikanische Kirche unterstellt worden war. Jeder Stadt- oder Dorfgemeinde hatte man befohlen, sie müsse für die Aufhebung der Test Acts stimmen, weil sie sonst ihre Bürgerrechte verlor. Kirchenväter waren eingesperrt worden, weil sie das »Verbrechen« begangen hatten, ihrem Souverän eine Petition vorzutragen.

»Daher glauben wir, berechtigt zu sein, nach England zu gehen und eine Streitmacht mitzunehmen, die uns mit Gottes Segen gegen die Gewalttaten jener schlechten Ratgeber verteidigen kann.«

Sofort als James die Gefahr erkannte, wechselte er den Kurs, gab Männern die Stellungen zurück, die er ihnen genommen hatte, setzte die Gemeinden wieder in ihre Privilegien ein und veröffentlichte eine Proklamation, in der er feierlich versicherte, die Kirche von England zu schützen.

Aber es war zu spät. Loyale Cavaliers waren gezwungen gewesen, sich zu entscheiden. James' Kehrtwendung bestätigte nur, daß hier ein König war, der sich der politischen Verfassung seines Landes nur unter Zwang fügen würde.

Immer mehr Briefe trafen in Den Haag ein, die Wilhelm versicherten, daß er mit der Unterstützung bedeutender Männer rechnen konnte, wenn er landete.

James' einziger Verbündeter war der Wind. Er kam vom Westen und hielt Wilhelms Schiffe in ihren holländischen Häfen zurück. In Londons Straßen versammelten sich die Lehrlinge, starrten zu den Wetterhähnen auf Kirchentürmen hinauf und versuchten pfeifend, den Wind zu bewegen, sich in die entgegengesetzte Richtung zu drehen. Die Melodie, die sie pfiffen war *Lillibullero.*

In Athelzoy wurde eine späte Ernte eingefahren, um die letzte Garbe auf den Kornfeldern rannte man um die Wette und stapelte sie ganz oben auf den beladenen Wagen. Nach dem Ährenlesen wurden Michaeligänse und Geflügel auf die Felder gebracht, damit sie die Stoppeln abfraßen. Danach war es Zeit, die kleinen duftenden Rusticoat-Äpfel einzusammeln, die in den Levels *Jayzees* genannt wurden, und sie zur Mühle im Farmhof der Ridges zu bringen.

Am 1. November beobachtete Penitence das Cider-Pony, das geduldig um den Steintrog herumtrabte und das schwere Rad drehte, bis das Fruchtfleisch die richtige Konsistenz hatte. Sie fuhr erschrocken zusammen, als Prue plötzlich triumphierend aufschrie: »Er hat sich gedreht, schaut!«

»Wer hat sich gedreht?«

Prue zeigte auf die Leine, an der ihre Wäsche hing. Die Brise, die den Apfelduft hinübergeweht hatte, war abgeflaut, und als sie wieder einsetzte, war sie viel kälter als vorher.

»Der Wind hat sich nach Osten gedreht. Jetzt wird er kommen. Jetzt wird er's dem verdammten James zeigen!«

Eine Woche später landete Wilhelm von Oranien an der Spitze einer großen Streitmacht, die zu einem wesentlichen Teil aus englischen Exilanten bestand, in Torbay in Devon. Das Land wartete, *er*wartete, von der großen Schlacht im Westen zu hören, in der entschieden werden würde, ob England in Zukunft von einem katholischen König oder seiner protestantischen Tochter regiert werden würde.

Aber es gab keine Schlacht. Statt dessen hörte man jeden Tag, daß immer mehr mächtige Männer James im Stich ließen und das Niemandsland zwischen seiner und Wilhelms Armee durchquerten, um sich der protestantischen Sache zu verschreiben.

Es gab keine Wiederholung der Monmouth-Affaire, denn Wilhelm versammelte nicht nur die Unterprivilegierten und Unterdrückten unter seinen Fahnen. Diesmal war der Boden sorgfältig vorbereitet; er hatte gewartet, bis er von einigen der größten Namen des Landes aufgefordert worden war und viele andere ihm heimlich das Versprechen gegeben hatten, ihn zu unterstützen.

Der erste, der James im Stich ließ, war Lord Colchester, der nächste der Sohn des Earl of Bedford. Nach ihnen kam der Lord Lieutenant von Oxfordshire, ein Mann, der loyal zu James gestanden und geholfen hatte, die Monmouth-Rebellion niederzuschlagen, der es aber nicht ertrug, wie James seine Kirche behandelte. Dann floh der Kommandeur von James' Garnison in Plymouth, der Earl of Bath, und unterstellte sich selbst, seine Truppen und seine Festung dem Kommando des Prinzen von Oranien. Ihm folgte Sir William Portman, der einflußreichste Tory im Westen Englands und einer der Männer, die Monmouth gefangengenommen hatten.

Langsam näherten sich die beiden Armeen einander, doch es war, als käme James einen steilen Hügel hinunter, und seine Männer stolperten und taumelten von ihm fort. Es half auch nichts, daß der König an starkem Nasenbluten litt, und seine Männer dauernd Blut auf seinem Gesicht sahen.

Sie brachten ihm die Nachricht, daß Lord Churchill, sein größter General, in seinem Quartier vermißt wurde. Churchill hatte einen Brief zurückgelassen. Er schrieb, er verdanke dem König alles, aber er sei Protestant und könne sein Schwert nicht gegen die protestantische Sache ziehen. Er war zum Prinzen von Oranien übergelaufen.

James zog sich nach London zurück, und unterwegs trennte sich sein zweiter Schwiegersohn, der langweilige, liebenswerte Prinz Georg, Ehemann von Prinzessin Anne, von ihm und ritt ins holländische Lager, um sich seinem Schwager anzuschließen.

Wieder in Whitehall wurde der König mit der Nachricht empfangen, daß Prinzessin Anne selbst sich mit ihrer besten Freundin Sarah, der Frau von Lord Churchill, in einer Mietkutsche davongestohlen hatte. Der König weinte. »Gott helfe mir. Meine eigenen Kinder haben mich verlassen.«

Während Wilhelms Armee sich langsam, aber unerbittlich London vom Westen her näherte, sonderten sich zwei ihrer Mitglieder ab und ritten über die Somerset Levels, um der Athelzoy Priory einen Besuch abzustatten, wo sie vom ganzen Haushalt und seinen Kindern im Triumph empfangen wurden.

Die Herrin des Hauses war jedoch nicht anwesend. »Ist nach London gefahren«, teilte Mistress Palmer Benedikt und MacGregor mit. »Hat einen Brief von einem Freund von Aphra Behn bekommen. Sie liegt im Sterben, die arme Seele.«

Penitence zog die Vorhänge zurück und blickte auf St. Brides hinaus. »Wer ist übrigens Dr. Gilbert Burnet?«

Hinter ihr sog Aphra genug Atemluft ein, um antworten zu können. »Einer der Großen und Guten. Oder ein Geächteter und fanatischer Whig. Kommt auf deinen Standpunkt an. Angeblich hat er Rochester bekehrt. Auf dem Totenbett. Hat ihm die Beichte abgenommen.«

»Die zu hören, muß sich gelohnt haben.« Penitence ging zum Bett zurück. »Kannst du ein bißchen rutschen, damit ich das Laken geradeziehen kann?«

Mühsam und stöhnend vor Schmerzen drehte sich Aphra auf eine Seite des Bettes, während Penitence die andere machte.

»Ja. Burnet hat ein erbauliches Traktat darüber geschrieben. Armer Rochester. Versprich es mir, Penitence, versprich's, versprich's, versprich's. Keine Pfarrer, die am Ende noch meine Seele retten wollen.«

»Sprich nicht vom Ende. Du hast noch Jahre vor dir.« Ihre tröstlichen Worte fielen in einen Raum, dessen Gäste zum größten Teil nicht mehr lebten. Otway, tot in seiner Dachkammer entdeckt; Buckingham tot in einem einsamen Farmhaus in Yorkshire aufgefunden, nachdem er sein sinnloses und verfehltes Leben beweint hatte; Nell Gwynn tot; John Hoyle vor Gericht wegen Sodomie; Becky Marshall, besiegt und geschlagen, mit einem reichen Kaufmann verheiratet.

Und jetzt nahm die Gastgeberin einen schmerzhaften, sich lange hinziehenden Abschied von diesem Raum, in dem sie zugehört, geschrieben und Milchpunsch verabreicht hatte, und in dem sie jetzt im Bett lag. Augen und Stimme waren noch die der alten Aphra, der Rest war verkrümmt, als habe sie im Feuer gelegen. Am entsetzlichsten waren ihre Hände, Klauen mit Fingern, vom riesigen Knöchel des Daumes seitlich weggedreht. Mit achtundvierzig war sie plötzlich innerhalb weniger Monate von der Höhe des Lebens abgestürzt ins Alter.

»Kaum, meine Liebe.« Sie lächelte. »Ich hätte zwar gern in der Abbey bei den anderen Poeten geendet, aber eine Frau lassen sie wahrscheinlich nicht hinein.«

Als Penitence das Zimmer aufräumte, fiel ihr auf, daß viele kleine Wertsachen fehlten. *Sie hat sie ins Leihhaus gebracht.*

Eine unordentlich aussehende junge Frau kam hereingestürzt. »Ich habe verschlafen. Hast du überhaupt schlafen können, mein armes Liebes? Nein, Mistress Hughes, so mögen wir die Kissen nicht. *So* ist es richtig.«

Die junge Frau hieß Chloe und hatte Penitence den Platz an Aphras Bett nur ungern eingeräumt, während sie ein wenig von dem Schlaf nachholte, den sie dringend nötig hatte. Auch jetzt noch, vermutete Penitence, hätte sie wohl versucht, sie aus dem Haus zu verbannen, hätte sie ihr kein Geld gegeben, damit sie Medizin und nahrhaftes Essen kaufen konnte.

Das Mädchen fuhrwerkte herum, wollte nachdrücklich sein Vorrecht beweisen, verabreichte Aphra Medizin, legte ihr Papier, Feder und Tinte zur Hand, als brauche sie sie so nötig wie das Medikament. Bei allem war Chloe sehr darauf bedacht, Aphra nicht zu berühren. Als Penitence am Abend vorher angekommen war, hatte sie versucht, die Freundin zu umarmen, aber sofort losgelassen, als Aphra zusammenzuckte. Offensichtlich tat ihr der leichteste Druck weh, und es war qualvoll zusehen zu müssen, wie sie sich allein bewegte.

Endlich war sie für den Tag bereit. »Ist draußen etwas los?« fragte sie. »Was, glaubst du, passiert? Penitence, geh und bring in Erfahrung, was es mit dem armen König zu tun hat.«

Nicht ungern schlüpfte Penitence in ihren Mantel. »Und bringt Wachs mit«, sagte Chloe scharf. »Es lindert die Schmerzen in Aphras Händen, wenn man sie in warmes Wachs taucht. Ein Pfund bestes Bienenwachs von Partidge's, oben bei der Börse.«

Als Penitence das Zimmer verließ, griff Aphra Behn nach ihrer Feder und hielt sie mit beiden Händen, um zu schreiben.

In der Fleet Street herrschte kaum Verkehr, und als Penitence sich zur Blackfriars Bridge wandte, um flußaufwärts zu blicken, sah sie daß in Richtung Whitehall Rauch den Himmel trübte. Die Luft roch auch leicht danach, doch da war noch etwas anderes – ein London, seiner selbst nicht mehr sicher; es fehlten die Kastanienverkäufer und der warme, weihnachtliche Geruch ihrer Pfannen; die Hälfte aller Läden waren geschlossen, die Leute, die sonst hier ihren üblichen Geschäften nachgingen, waren nicht da, Lehrlinge versammelten sich, um zu randalieren, Frauen riefen aus den im ersten Stock gelegenen Fenstern Fragen herunter, durch die Bogengänge der Inns of Court sah man Männer mit Perücken in lebhaft diskutierenden Gruppen beisammenstehen.

Die Kutsche aus Somerset hatte sie und die anderen Passagiere am Abend vorher in Aldgate abgesetzt und sich geweigert, in die Stadt hineinzufahren; beim letzten Aufenthalt war dem Kutscher berichtet worden, dort herrsche Anarchie. Sie hatte einen Fährmann überreden müssen, sie zur Treppe der Blackfriars Bridge zu bringen und hatte sich dann auf den unangenehmen Weg nach St. Bride's zu Aphras Haus gemacht, hatte in der Ferne Geschrei gehört und den Widerschein von Feuern am westlichen Himmel gesehen; nervöse Wachposten hatten sie weitergescheucht und sich geweigert, ihr zu sagen, ob König James noch auf dem Thron saß oder nicht – wahrscheinlich weil sie es selbst nicht wußten.

Nun, in London gab es nur zwei Orte, wo man Neuigkeiten erfahren konnte. Der eine war Whitehall, doch von dort gingen die Unruhen aus; der andere die Börse, und dahin mußte sie sowieso, um Aphras Bienenwachs zu holen.

Erst als sie durch die Kolonnaden der Börse schlenderte, wurde ihr bewußt, wie sehr sie sich vernachlässigt hatte. Früher hatte sich hier jeder nach ihr umgedreht. Jetzt sah sie Gesichter, die sie damals gekannt hatten, ohne das geringste Zeichen des Erkennens vorübergehen. Sir Walter Legge, der ihr wochenlang Abend für Abend am Bühneneingang des Drury-Lane-Theaters aufgelauert hatte, schob sich an ihr vorbei, als sei sie nur eine Blumenverkäuferin, die ihren Stand an der Treppe der East India Company hatte. *Bin ich so alt?* Sie war von harter Arbeit mager geworden, ihre Hände waren schwielig, die Fingernägel abgebrochen und eingerissen, ihr Kleid, ohnehin aus der Mode, war völlig ausgebleicht. Von weitem sah sie Sir Charles Sedley und wich zurück. *Wenigstens bin ich nicht fett geworden. Und kahl auch nicht.*

Doch wenn sie ganz alltäglich aussah, war sie auch unsichtbar. Sie drückte sich am Rand der einzelnen Gruppen herum, stellte Fragen und bekam gönnerhafte Antworten, die mit »meine gute Frau« anfingen, aber sie erfuhr die Neuigkeiten, sobald sie eintrafen.

Die Botschaften katholischer Länder waren am Abend vorher angegriffen und in Brand gesteckt worden; die Bibliothek des spanischen Botschafters war in Flammen aufgegangen. Ein Mob war in Whitehall eingedrungen und hatte Pater Petre, den königlichen jesuitischen Berater gesucht. Parks wurden verwüstet, Wild getötet, Straßen von selbst ernannter Polizei blockiert, die jeden Reisenden anhielten, bis er bewiesen hatte, daß er kein Papist war.

Ja, meine gute Frau, die Königin und das Baby Prinz of Wales hätten die Stadt verlassen, heiße es – ihr Informant war ein arroganter junger Angestellter. Nein, wohin wisse er nicht. Man habe sie nach Gravesend und an Bord eines Bootes geschmuggelt. Wenn sie jetzt bitte zur Seite gehen würde …

Gestern, am Dienstag, hatte der König offenbar den Lord Mayor und die Sheriffs of London nach Whitehall befohlen und sie ermahnt, ihre Pflicht zu tun und mit aller Strenge durchzugreifen. Er werde an seinem Platz bleiben, habe es aber für nötig erachtet, Frau und Kind außer Landes zu schicken, teilte er ihnen mit. Er jedoch habe die Absicht,ein Parlament einzuberufen und mit dem Prinzen von Oranien zu verhandeln, dessen Streitmacht jetzt siebzig Meilen vor London stand.

Wieder bei Aphra, erfuhr Penitence die Konsequenz, die all das haben würde – von Dryden. Es war bezeichnend für die ungewöhnliche Zeit, in der sie alle lebten, daß der Dramatiker, seiner Rechte als Poet laureatus gewiß, noch gestern im Whitehall Palace ein und aus gehen konnte und jetzt in der welken Vertrautheit von Aphras Zimmer schmollend Trost suchte, nicht nur um seine bevorzugte Stellung, sondern auch um sein Leben fürchtend. Nachdem er unter Charles die Holländer scharf kritisiert hatte und unter James zum Katholizismus übergetreten war, durfte er nicht hoffen, bei einem neuen protestantischen Regime beliebt zu sein. Im Augenblick litt er am meisten unter dem Verrat seines Königs.

»Er hat Lord Northumberland befohlen, sein Schlafgemach zu bewachen und ihn heute um die übliche Zeit zu wecken«, berichtete er. »Ich war da, mit allen Höflingen und Lords, die darauf warteten, ihre morgendliche Reverenz zu machen. Aber das Schlafgemach war leer. Er ist in der Nacht geflohen – über eine geheime Treppe. Und hat das Großsiegel mitgenommen.«

Das Land würde mit einem weggelaufenen König fertig werden, aber sein Räderwerk war durch den Verlust des Großsiegels ernstlich gefährdet, das später von einem Fischer aus der Themse heraufgeholt wurde. Ohne das Großsiegel konnten Gesetz und Ordnung nicht aufrechterhalten werden. Der Kopf war von dem noch weiterrennenden Huhn abgetrennt worden. Regierungsgebäude waren plötzlich voller verfassungsmäßiger Anwälte, Minister, Angestellter, die damit beschäftigt waren, Dokumente herauszusuchen und die Archive nach Präzendenzfällen zu durchforschen, die ihnen sagen würden, was zu tun war, und sich wünschten, die Menge in den Straßen würde lange genug mit dem Singen aufhören, damit sie auch finden konnten, was sie suchten.

Man sah den Lord Mayor in Panik in Ohnmacht fallen, als sie ihn vor einen gemein aussehenden Kerl in Seemannskleidung schleppten, der sich als der Lordkanzler Sir George Jeffreys, ehemals Richter Jeffreys, herausstellte, aufgegriffen in einer Taverne in Wapping, wo er versucht hatte, mit einem Boot zu entkommen.

Jeffreys war vom Mob, der ihn gefangen hatte, mißhandelt worden, und diejenigen, die ihn retteten und in den Tower brachten, wohin er selbst so viele geschickt hatte, berichteten, seine zitternden Lippen hatten ständig versucht, ein »W« hervorzubringen, als habe er fragen wollen: »Warum?«

Endlich kam die Nachricht aus Whitehall, daß der arme Lord Northumberland, Königlicher Kammerherr, der auch Kommandeur der Palasttruppe der Leibwachen war, das einzige getan hatte, das er tun konnte – er hatte sich für den Prinzen von Oranien ausgesprochen. Die verbleibenden Offiziere hatten eine Resolution verfaßt und überreichen lassen, in der sie sich Wilhelms Herrschaft unterwarfen, und die Peers, die sich noch in London aufhielten, begaben sich in die Guild Hall, um eine provisorische Regierung zu bilden.

Niemand schlief in dieser Nacht. Die Leute liefen von einem Haus zum anderen, um die neuesten Nachrichten weiterzugeben. Aphra bestand darauf, daß ihre Tür offenblieb, damit sie wußte, was vorging, aber die unaufhörlich schnatternde Empörung ihrer Freunde ermüdete sie ebenso wie der Kummer um den König, den sie geliebt hatte. Bei Tagesanbruch schloß Chloe die Tür ab und bestand darauf, daß Aphra ruhte.

Doch erst als Penitence in ihr Bett hinaufging und die matte Wintersonne sah, die sich draußen über die Straße ergoß, begriff sie, was sie in den letzten vierundzwanzig Stunden erlebt hatte. *Ich habe eine Revolution gesehen.*

Stolz auf das Land, das ihre zweite Heimat geworden war, erfüllte sie. In keinem Bericht, den sie an diesem Tag gehört hatte, war die Rede davon gewesen, daß Menschen ihr Leben verloren hatten. Es hatte Theaterdonner, Zerstörung, Beleidigungen gegeben – und es würde einer geschickten Diplomatie bedürfen, die Oberhäupter der Länder zu beschwichtigen, deren Botschaften zerstört worden waren –, aber niemand hatte sein Leben verloren.

Es hat eine Revolution gegeben. Und niemand wurde getötet.

Wilhelm war in London einmarschiert, und die Pauken hatten *Lilibullero* getrommelt. Penitence hatte sich das Spektakel nicht angesehen. Aphra war zu krank und Chloe von der Pflege zu erschöpft, sie konnte die beiden nicht allein lassen. Außerdem goß es den ganzen Tag in Strömen, und die orangefarbenen Bänder, die über die Straßen gespannt waren, verwandelten sich in braune Stricke.

Vom Fenster aus beobachtete sie Leute mit auf Stöcke gespießten Orangen durch die Fleet Street zum St. James's Park planschen, wo die Begrüßungsparade stattfinden sollte – und fand den Regen symbolisch; schon jetzt litt London an den Nachwirkungen eines Festes, dessen Gäste wieder nüchtern geworden waren.

Das einzige Entgegenkommen, das sie der neuen Ordnung zeigte, war, daß sie sich ein paar neue Sachen gekauft hatte. Es war höchste Zeit, wiederzubeleben, was von ihrer Schönheit noch übrig war – für den Fall, daß Aphra Besuch bekam.

Es war Jahre her, seit sie Zeit gehabt hatte, sich im Spiegel zu betrachten, und die Spiegel in den Geschäften waren brutal. Ihre Gesichtshaut war wettergegerbt und hob sich zu scharf von der weißen

Haut ihrer Schultern und ihres Dekolletés ab, so daß sie nichts tief Ausgeschnittenes tragen konnte. Sie hatte Krähenfüße um die Augen, und als sie sich – o Gott – ihre Haare genau ansah, entdeckte sie hier und da einen Silberfaden. Die Assistentin der Friseuse, die ihre Nägel pflegte, schlug ihr taktvoll vor, Handschuhe zu tragen.

Hemmungslos gab Penitence Geld für Farben, Haarwäschen, Cremes, Parfums und Kleider aus und gewöhnte es sich wieder an, mit einer Ölmaske zu schlafen. Betterton hoffte, *The Widow Ranter* auf die Bühne zu bringen, und Aphra hatte die Rolle noch immer für sie vorgesehen. Doch auch wenn sie eine Nebenrolle spielen sollte, hatte Penitence nicht die Absicht, auf der Bühne wie ein Mauerblümchen auszusehen.

Titus Oates wurde aus dem Gefängnis entlassen und beschwor die Strafe Gottes auf jene herab, die ihn eingesperrt hatten, und fanatische Protestanten genossen es, sich an Kollaborateuren zu rächen. Obwohl Aphra selbst nie katholisch geworden war, wurde ihr Haus tagsüber zu einer Zufluchtsstätte für jene, die konvertiert hatten, und sie war als Anhängerin des schimpflich in Ungnade gefallenen Königs wohlbekannt; daher bewarf man ihre Tür mit Unrat. Penitence und Chloe waren auf der Straße von Fanatikern als »papistische Schlampen dieser Hure Babylon« bedroht worden.

Dryden, Neville Payne, Betterton, das ganze alte Ensemble jener, die wenig dazu beigetragen hatten, sich die Anerkennung der neuen Regierung zu verdienen, kamen im Schutz der Dunkelheit zu Aphra, saßen am Feuer und redeten und fragten sich, was unter Königin Mary aus dem Theater werden würde.

Aphra war ihr Totem, der Dreh- und Angelpunkt, an den sie sich klammerten, schwankend jetzt, aber mit zunehmender Heiterkeit, je länger sie blieben, sich bei ihr wärmten und die Tür gegen den Winter draußen geschlossen hielten.

In ihrer Gesellschaft kehrten die alten Zeiten zurück; Nell Gwynn wurde wiederbelebt, Rochester, Buckingham, man erzählte sich Histörchen über die Höflinge, erinnerte sich an ihre Eskapaden und an Charles' Sittenlosigkeit und Verschwendung, an Castlemaines Extravaganzen; die glanzlos gewordene Vergoldung wurde aufpoliert und als echtes Gold präsentiert.

Penitence hatte alles ganz anders in Erinnerung, und auf jeden Fall machten sie sie bitterböse. *Sehen sie denn nicht, wie krank sie ist?* Sie zehrten an Aphras Kräften, als sei sie die einzige Quelle, die ihnen zur Verfügung stand, taten sich an ihren Kräften so ausgiebig gütlich wie an ihrem Milchpunsch, interessierten sich allem Anschein nach nicht dafür, woher die Wohltaten kamen – daß Penitence den Punsch spendete, hätten sie erfahren, wenn sie sich die Mühe gemacht hätten zu fragen – oder was sie kosteten.

Penitence beherrschte ihre Ungeduld besser als Chloe, deren Vorwürfe man ignorierte, denn Aphra wäre tief gekränkt gewesen, wären ihre Gäste schlecht behandelt worden. Sie versammelten sich um ihr Bett wie ein Hof um einen Thron, setzten sich ab und zu darauf, hämmerten mit der Faust auf das Laken, um ihren Worten Nachdruck zu verleihen, und merkten nicht, daß sie bei jedem Schlag vor Schmerz die Lippen zusammenpreßte. Sie tat vor ihnen so, als liege sie im Bett, weil es ihr so gefalle – »das Alter macht faul, meine Lieben. Sollte die Liebe noch einmal durch diese Tür kommen, hier liege ich – bereit.«

Tatsächlich konnte sie kaum gehen; es war nicht nur die Arthritis, die sie verkrüppelte, sie war auch stark kurzatmig. Schon wenn sie aufstand, um auf den Topf zu gehen, mußte sie nach Atem ringen. Ihre Hautfarbe war schlecht, Knöchel und Beine geschwollen. Waren ihre Gäste gegangen, saß sie vor Erschöpfung wie betäubt da, und wenn sie wieder zu sich kam, schalt sie sich, weil sie die Zeit vergeudet und nicht geschrieben hatte.

Sie schrieb ununterbrochen. Penitence brachte jede Woche ein neues Werk zu den Verlegern – den letzten Teil von *Love Letters*, Verse für einen Gedichtband, den sie veröffentlichte, Übersetzungen, Geschichtliches und lange Geschichten in einer für Penitence neuen Form, die Aphra ihre »Novellen« nannte.

Ermutigt durch den Gedanken, daß Aphra bei einer Königin, die so geradlinig war, nicht beliebt sein würde, verdoppelten ihre Feinde die Angriffe gegen sie. »Sappho, berühmt durch Gicht und Sünde« lautete ein Gedicht, in dem sie beschuldigt wurde, das Schreiben durch Prostitution in den Schmutz zu ziehen. Penitence sagte Dryden, er solle es verbrennen, aber Aphra hörte davon. »Nun, meine Liebe, man sollte sich geehrt fühlen. Dasselbe wurde nämlich der echten Sappho nachgesagt.«

Ein anderes Gedicht war anonym und schilderte Aphra so:

Diese lüsterne Dirne, das Dichtergenie,
Berühmt durch Mönche, lüstern wie sie ...
Gepeinigt von Ischias, ist sie fast lahm,
Ihre Glieder krumm, die Nerven verdorrt vor Gram,
Und deshalb bring ich keine harsche Kritik übers Herz,
Armut, Dichtung und Syphilis sind für einen genug Schmerz.

Muß sie das noch immer dulden? Hatte sie nach zwanzig Jahren, in denen sie für ihr Publikum dagewesen war, nicht ein wenig Ruhe verdient?

Sie war ihr nicht vergönnt. Und Aphra gönnte sich selbst auch keine. Wenn Penitence an der Reihe war, bei ihr zu wachen, hörte sie ihre Feder bis weit nach Mitternacht unermüdlich über das Papier kratzen.

Der erste Besucher aus dem Lager der Sieger war Benedikt, mit Ringellocken, in Samt gekleidet und triumphierend. Penitence umarmte ihn und drückte ihn lange an sich, bevor sie ihn zu Aphra führte, der Frau, die ihm das Lesen beigebracht hatte und die er noch immer »Tante« nannte.

Er marschierte hinein. »Macht Platz für den Sieger von Wincanton.«

Penitence zog ihn von Aphras Bett weg, auf das er sich niederlassen wollte. »Was ist in Wincanton passiert?«

»Das einzige verdammte Scharmützel auf dem ganzen Weg von Devon hierher. James' Truppen waren in der Überzahl, doch wie es sich herausstellte, waren es nur Iren. Wir kämpften über eine Hecke hinweg. Tatsächlich hätte es schlecht ausgehen können – sie waren zu viert gegen einen von uns, aber ein paar Einheimische aus Somerset haben die Nachricht verbreitet, der Rest der Armee des Prinzen rücke nach, und da zogen sich die Iren zurück. Also eroberten wir den Tag und die Hecke, und Prinz Wilhelm hat mich später wegen meines überragenden Mutes beglückwünscht.« Bescheiden betrachtete er seine Fingernägel. »Ich wäre überrascht, wenn ich nicht Sir Benedikt würde, sobald der Prinz bekommen hat, was ihm zusteht.«

Er war ganz der Vater. Sogar der Tonfall seiner Stimme war der gleiche; sein Sohn hatte die letzten Jahre damit verbracht, ihm nachzueifern und zu werden wie Henry. *Nun, er hätte Schlimmeres tun können.* Er wartete darauf, daß sie fragte, wo sein Vater sei, aber sie hatte ihren Stolz.

»Wie haben sie uns im Westen geliebt. Ich nehme an, nach Monmouth, diese armen Teufel ... Diese üppigen milchgefütterten Mädchen. Ich sage Euch Ladys, man mußte kämpfen, um sich seine Jungfräulichkeit zu bewahren, aber nein, nein, hab ich gesagt, mein Herz gehört einer, die schöner ist als ihr.« Er verneigte sich vor Aphra, und sie flatterte mit den Lidern. Sie war für gutaussehende junge Männer noch immer anfällig.

Aber es muß sie schmerzen, dachte Penitence, einen zu Gast zu haben, der – so gut er auch aussah – gegen ihren geliebten König gekämpft hatte. Sie würde sich daran gewöhnen müssen; The Lords Temporal and Spiritual, die die provisorische Regierung gebildet hatten, hatten geurteilt, daß durch seine Flucht – zu Ludwig XIV. – James nicht nur abgedankt hatte, sondern auch seinen Sohn um das Recht betrogen hatte, als sein wahrer Erbe anerkannt zu werden. Daher ging der Thron an seine älteste Tochter Mary, die Prinzessin von Oranien.

Benedikt sprach jedoch weiterhin so, als sei es eine abgemachte Sache, daß man Wilhelm bitten würde, die Krone zu nehmen.

Zum erstenmal sträubte sich Aphra. »Er kann nicht König werden, mein Lieber; er hat kein Recht auf die Krone. Mary ist eine Stuart und in der Erbfolge die nächste. Wilhelm ist nur ihr Gemahl.«

Benedikt schüttelte den Kopf. »Er ist nicht der Mann, der sich damit zufriedengeben wird, der Zeremonienmeister seiner Gemahlin zu sein.«

Penitence unterbrach ihn, um den Frieden zu wahren. »Wo ist MacGregor, und wie geht es ihm?«

Ihr Sohn lächelte ihr zu. »Es geht ihm sehr gut. Er ist mit dem Viscount of Severn and Thames nach Schottland gegangen, um ihm zu helfen, einen Bericht über die dortige Situation vorzubereiten, den Wilhelm haben möchte.«

»Aha«, sagte sie. »Das ist gut.« *Verdammter Junge.* Würde er sonst nichts sagen?

Er wandte sich an Aphra. »Der Viscount ist mein Vater. Ich bin sein anerkannter Sohn.«

»Das habe ich gehört«, sagte Aphra. »Ich habe ihn als Leander kennengelernt. Erinnerst du dich, daß du mir in Newgate von ihm erzählt hast, Penitence?«

Benedikt sagte: »Hab ich euch schon gesagt, daß MacGregor und ich auf dem Weg von Torbay Athelzoy einen Besuch abgestattet haben, weil ich meine alte Mutter wiedersehen wollte? Den Mädchen und allen anderen geht es gut, und sie schicken liebe Grüße.«

Als Penitence ihn hinausbrachte, fragte sie ihn: »Sehe ich alt aus?«

»Du siehst aus wie sechzehn.«

Sie sagte betont gleichgültig: »Ich hoffe, dein Vater ist gesund.«

»Ah *ha*.«

»Ah ha was?«

»Ganz einfach nur ah ha. Ich glaub nicht, daß er nach Schottland wollte.«

Sie interessierte sich plötzlich sehr für eine Fussel auf seinem Rock und schnippte sie weg. »Tatsächlich?«

Benedikt nahm sie bei den Schultern und zwang sie, ihn anzusehen. »Mama, ich weiß, du hast Prinz Rupert versprochen, nie zu heiraten, aber glaubst du wirklich, er hätte gewollt, daß du dein Leben lang allein bleibst?«

»Hat dein Vater dir das erzählt?«

»Ich habe ihn gefragt, warum ihr beide nicht geheiratet habt, und das war seine Antwort.«

Wie nett von Henry. Und wie nett und romantisch von ihrem gemeinsamen Sohn, ihm zu glauben, wenn es auch jetzt so aussah, als sei sie an der Entfremdung schuld. Doch sie konnte den Jungen nicht aufklären. *Benedikt, dein Vater hat guten Grund zu glauben, deine Mutter sei eine Hure, und mit dem Gedanken wird er einfach nicht fertig.* Nein, das ging wohl nicht.

»Wirst du ihn nicht heiraten? Er ist ein sehr feiner Mensch, weißt du?«

»Das weiß ich«, sagte sie. »Aber ich denke, du wirst feststellen, daß er mich nicht mehr fragen wird. Der Berg kommt in Wahrheit nämlich nicht zu Mohammed.«

Das Problem, ob Mary als Königin oder Regentin mit Wilhelm als Prinzgemahl oder ob Wilhelm als König oder Regent den Thron besteigen sollte, wurde vom Prinzen und der Prinzessin von Oranien höchstselbst gelöst. Mary, noch immer in Den Haag, schrieb, sie habe nicht den Wunsch, ohne ihren Gemahl zu regieren.

Wilhelm, der sich zurückgehalten und keine Bedingungen diktiert hatte, äußerte sich jetzt zum erstenmal. Er schätze seine Gemahlin, sagte er, soweit es einem Mann möglich sei, eine Frau zu schätzen, doch nicht einmal von ihr würde er sich eine untergeordnete Stellung zuweisen lassen. Er sei nicht darauf erpicht, sich in die englischen Angelegenheiten einzumischen, doch wenn er sich dazu bereiterkläre, gebe es für ihn nur eine einzige Rolle. Man müsse ihm den Thron auf Lebenszeit anbieten, sonst kehre er nach Hause zurück.

Das reinigte die Luft. Es war jetzt offensichtlich, daß Wilhelm und Mary König und Königin sein mußten; auf den Münzen mußten beide Köpfe zu sehen sein, und königliche Erlasse mußten in ihrer beider Namen herausgegeben werden.

Um jedoch sicher zu sein, daß sich die Exzesse der Stuarts nie wiederholen konnten, hielt man es für nötig, die wesentlichen Grundsätze der englischen Verfassung schriftlich niederzulegen. Der Souverän durfte kein Geld fordern, durfte in Friedenszeiten ohne Erlaubnis des Parlaments kein stehendes Heer unterhalten. Es mußte Petitionsrechte geben, Redefreiheit, eine saubere und gemäßigte Justiz, und die Wähler mußten das Recht haben, ihre Vertreter selbst zu bestimmen.

Wie das bei Dokumenten häufig der Fall ist, war die Fassung, die in wenigen Stunden von einem Komitee unter dem Vorsitz eines niedrig geborenen jungen Barrister entworfen wurde, nicht besonders eindrucksvoll. Aber kein anderes Land hatte ähnliches aufzuweisen.

Während die Vorbereitungen für die Krönungsfeierlichkeiten vorangetrieben wurden, erschien ein anderer Besuch vom Hof in dem kleinen Haus in St. Bride.

Penitence öffnete die Tür und sah sich einem großen Geistlichen mit heller Perücke gegenüber, der so viel Lebenskraft ausstrahlte, daß es ermüdend war, ihn nur anzusehen.

»Gilbert Burnet, zu Euren Diensten. Mistress.« Er war Schotte und hatte ein orangefarbenes Band am Hut. »Und ich bitte um eine Audienz bei Mistress Aphra Behn, wenn das möglich ist.«

»*Doctor* Gilbert Burnet?«

Er war entzückt. »In der Tat, Mistress. Ich sehe, mein Ruhm ist mir vorausgeeilt.«

»Das ist er. Was wollt Ihr?« Wenn das der Mann war, der Rochester auf dem Totenbett mit Ermahnungen belästigt und zu Reue und Buße angehalten hatte, hatte der Earl wenigstens für einige seiner Laster bezahlt. Dr. Burnet war nicht der Mann, den man um sich haben wollte, wenn man gewissermaßen aus dem letzten Loch pfiff.

»Mistress Behn wird mich sehen wollen.«

»Sie ist krank, und sie will Euch nicht sehen. Ich dulde nicht, daß man sie quält und drängt zu konvertieren, und ganz gewiß dulde ich es nicht von jemandem, der sie schändlich genannt hat.«

Er war verblüfft. »Mit wem habe ich die Ehre zu sprechen? Seid Ihr Mistress Peg Hughes? Ich weiß Bescheid, wie Ihr seht. Ich war ein großer Bewunderer von Prinz Rupert und habe nie etwas gehört, das den Namen seiner Mätresse getrübt hätte. Abgesehen davon, natürlich, daß Ihr in Sünde gelebt habt.« Er sah sie strahlend an.

Penitence bekam große Augen. Sie mußte die Heiterkeit unterdrücken, die sprudelnd in ihr aufstieg – zum erstenmal seit Wochen.

Er versicherte ihr, er komme in guter Absicht. »Nein, nein, Mrs. Hughes, ich komme diesmal in einer anderen Mission – für den König, nicht für den HERRN. Ich war im Exil seine rechte Hand, bin seit seiner Landung mit ihm marschiert, habe ihn beraten, beschwichtigt, mit ihm und für ihn gestritten, und jetzt wünsche ich mir, daß er gefeiert wird.«

»Oh, dann kommt herein.« Es war, als ließe man eine Meute hechelnder, pinkelnder, glücklicher Hündchen ins Haus. »Aber Ihr geht, wenn ich sage: ›Geht‹.«

Er senkte die Stimme zu einem – wie er Penitence' Meinung nach vermutlich glaubte – Flüstern. »Ist es die Syphilis, woran die arme Seele leidet?«

»Nein, natürlich nicht. Wie dürft Ihr es wagen?«

Er war erfreut. »Ich habe die Geschichte nie geglaubt.«

Er ist, dachte Penitence, primitiv und trägt seine Gedanken auf der

Zunge. Aber er strahlte ein naives Wohlwollen aus und wäre liebenswert gewesen, wenn er nicht übertrieben hätte.

Sie mußte seinen Arm festhalten, um ihn daran zu hindern, Aphra mit seinem üblichen Schwung die Hand zu schütteln. »Ist es die Gicht, Mistress Behn? Es tut mir von Herzen leid. Meine Granny ist daran gestorben. Aber ich bin unglaublich glücklich, Euch kennenzulernen. Einige Eurer Stücke, wenn auch nicht alle, haben mir Vergnügen bereitet. Ich selbst bin kein schlechter Autor und erkenne einen, wenn ich ihn sehe.«

Es war einer von Aphras guten Tagen, und sie war belustigt. »Wie kann ich Euch dienen, Dr. Burnet?«

»Dient Eurem König, Mistress, dient Eurem König. Ich bin hier, um Euch einen Auftrag zu erteilen, und darüber freue ich mich, denn ich sehe am Zustand Eures Hauses, daß Ihr schwere Zeiten hinter Euch habt.« Voller Selbstbewunderung zupfte er an seinen Manschetten. »Ich habe Euch kritisiert, ich weiß, aber nur zu Eurem Wohl, und ich brauche Euch jetzt, denn Ihr sollt mir eine Ode zur Krönung unseres neuen Königs Billy schreiben, panegyrische Verse, die jene übertreffen, die Ihr für den unwürdigen James geschrieben habt.«

Penitence triumphierte. Was gegen diesen Mann auch gesagt werden konnte, dumm war er nicht; er hatte mit allen gekrönten Häuptern Europas freundschaftlich verkehrt, er hatte Erzählungen geschrieben, sein Prosastil war der eines beachtlichen Journalisten – und er war zu einer Frau gekommen, einer verachteten Frau, um Wilhelms Sieg zu besiegeln. O *Aphra, der Kreisel der Zeit bringt doch eine Entschädigung mit.*

»Seht Ihr, Ma'am, ich will offen sein.« *Heißt das, du warst es bisher nicht?* »Unser neuer König besitzt jede Tugend, nur nicht die, die Massen zu begeistern. Er hat eine kalte Art. Ich mußte es dem Mann sagen, doch er hat es übel vermerkt, Ihr aber seid jemand, der die Massen zu nehmen weiß, Mistress Aphra, auf Euch werden sie hören. Werdet Ihr eine Laudatio auf den großen Caesar schreiben, die seiner würdig ist. Ihr sollt reich belohnt werden.«

Aphra war charmant, doch Penitence wußte sofort, daß sie es nicht tun würde. Ihre Augen verrieten Angst, aber sie würde es nicht tun. »*Lieber* Dr. Burnet, ich anerkenne Prinzessin Mary und ihr Recht auf die Thronfolge, nicht aber ihren Gemahl. Der Wind, der über die jubelnde Menge streicht, läßt mich vereinsamt an dem verlassenen, öden Strand zurück, zu seufzen mit dem Echo und dem murmelnden Wind.«

Burnet mußte das verarbeiten. »Sie wollen es nicht tun?«

»Nein.«

Er war ein hartnäckiger Mann, und als sie ihn endlich los waren, rang Aphra nach Luft. Tränen liefen ihr über die Wangen. »Der erste Auftrag, den ich jemals abgelehnt habe.«

»Ich kann ihn zurückrufen. Affie, bist du sicher? Wilhelm wird uns guttun, glaube ich. Es hat kein Töten gegeben, keinen Krieg, es muß die friedlichste Revolution gewesen sein, die die Welt je gesehen hat.«

Aphras Schultern hoben und senkten sich, so sehr strengte das Sprechen sie an. »Er ist ein Usurpator. Man schiebt Könige nicht herum wie Schachfiguren. Gut oder schlecht, James ist mein rechtmäßiger König.«

Du dummes Frauenzimmer. Penitence war selbst überrascht, daß sie so wütend war. *Das gottgegebene Recht der Könige ist Vergangenheit, und das Recht des Volkes beginnt.* Sie mußte sich abwenden. Warum konnte diese Frau nicht ein wenig von ihrer Romantik auf einen Gedanken übertragen, der größer war als der, ein Schwert zu ziehen und für einen Mann zu kämpfen, weil er eine Krone auf dem Kopf hatte.

Hinter ihr schafften es keuchende Atemzüge, sich zu einem Satz zu formen: »Man ist keine Hure, Penitence.«

Und ich bin eine. Deshalb war sie so zornig. Von allen, die darum gekämpft hatten, einen anderen Beruf zu ergreifen als den der Prostituierten, war Aphra die einzige, die es geschafft hatte. Das Theater hatte ihrer Frauengeneration gewinkt, und sie hatten ihm die Türen eingerannt, hatten sich an jedes bißchen Talent geklammert, das sie besaßen, und hofften, es zum erstenmal auf eine Weise nutzen zu können, die sie vom Bett eines Mannes unabhängig machte. Es war zu schwierig gewesen; Nelly, Dorinda, Knipp, die Marshalls, sie selbst hatten sich gezwungen gesehen, als Mätressen oder – was kein großer Unterschied war – als Ehefrauen auf den Markt zurückzukehren.

Nur Aphra hatte sich nie verkauft. Sie hatte sich immer die falschen Männer ausgesucht, doch die hatte sie aus Liebe gewählt. Und jetzt hatte sie mit der gleichen Unabhängigkeit, mit der sie das Wunder vollbracht hatte, sich ihren Lebensunterhalt selbst zu verdienen, den Ritterschlag abgelehnt, der nicht nur ihr, sondern auch ihren schwächeren Schwestern gebührt hätte, die die Hand danach ausgestreckt hatten.

Die Whigs werden dir nie verzeihen, Aphra. Sie würden auf ihrem Andenken herumtrampeln, bis es in den Schmutz getreten war, den sie seit Jahren dafür vorbereitet hatten. *Und auch ich werde dir nicht verzeihen.*

Unversöhnlich fuhr Penitence fort, ihre Freundin während solcher Qualen zu pflegen, die einem lange andauernden Ertrinken ähnelten, daß sogar Chloe darum betete, die von ihr innig Geliebte möge sterben, und am letzten Tag ging Penitence in die Westminster Abbey.

»Wartet hier«, sagte sie zu dem Droschkenkutscher.

Sie hatte die Abbey nie sehr gemocht. Die riesigen, mit Marmor verkleideten und reich mit Gold verzierten Mauern bargen ihrer Ansicht nach weniger Heiligkeit als die Gemeindekirche in Athelzoy. Erstens mußte man drei Pence pro Kopf bezahlen, um überhaupt hineinzukommen, außer bei Gottesdiensten. Und drinnen lauerten die offiziellen Gruft-Führer und warteten darauf, daß man ihnen ein Trinkgeld gab, wenn sie die Geschichte der Kirche herunterleierten. Die Abbey war zu nah an Whitehall und zu weit entfernt von Gott. Hätte man es ihr überlassen, wäre Rupert in Hammersmith beerdigt worden. Man hatte ihr jedoch sogar den Zutritt zur Kapelle Henry VII.' verwehrt, und sie hatte nicht sehen dürfen, wie Rupert beerdigt wurde.

In dem riesigen Haus in Dean's Yard machte sie kurzen Prozeß mit den Dienstboten, die ihr einreden wollten, der Dekan ruhe sich nach den Anstrengungen bei der Krönung von Wilhelm und Mary vor vier Tagen aus. »Er wird mich empfangen.« Das war ein Befehl.

»Meine liebe Mrs. Hughes, wie schön, Euch wiederzusehen. Womit kann ich Euch dienen?« Der gutaussehende junge Mann, der ihre und Aphras Entlassung aus Newgate in die Wege geleitet hatte, als er Kaplan beim Duke of Buckingham gewesen war, war nunmehr ein stark in die Breite gegangener Mann mittleren Alters. Er hatte sich tüchtig strecken müssen, um seine Stellung unter der neuen Regierung überhaupt behalten zu dürfen; er hatte der alten viel zu treu gedient. Die Augen, die einst gelächelt hatten, hatten jetzt einen vorsichtig abschätzenden Blick.

»Ich möchte, daß Ihr mich begleitet. Aphra Behn liegt im Sterben.« Penitence sah, daß der Name die verrückten, verderbten Tage wieder auferstehen ließ, als es wichtiger war, sich einen guten Aphorismus einfallen zu lassen, als Gott zu dienen, die Tage, in denen er Buckingham geholfen hatte, *The Rehearsal* zu schreiben und aufzuführen, in denen er die Nächte bei Aphras Milchpunsch verbracht und mit ihr Streitgespräche über Reim und den reimlosen fünffüßigen Jambus geführt hatte. »Sie hat nach Euch gefragt.«

Irgendwo in dem stattlichen Dekan steckte noch ein junger, unglaublich wagemutiger Mann. »Dann komme ich.« Er bereute es bald, denn Penitence ließ den Kutscher der Mietdroschke rasen wie Jehu. »Mrs. Hughes, müssen wir wirklich so schnell fahren?«

»Ja.«

Sie und Chloe saßen auf den Stufen, während er die Sakramente spendete; sie hörten Aphras Atem pfeifen, als sie ihn beim Sprechen einsog, aber ihre Stimme war, wie die seine, nur ein Gemurmel. »Er muß es erlauben«, sagte Chloe. »Er muß!«

Dekan Sprat hatte Tränen in den Augen, als er herauskam, aber sie blickten auch ängstlich. »Sie möchte in Poets' Corner begraben werden«, sagte er.

»Ich weiß«, entgegnete Penitence. »Und was habt Ihr gesagt?«

»Ich habe ja gesagt. Was sonst hätte ich tun können? Der Tod hat mich angesehen. Aber …«

»Dann ist alles in Ordnung«, sagte Penitence fest.

»Mrs. Hughes, nichts ist in Ordnung. Ich muß die Worte zurücknehmen, die ich zu ihr gesagt habe. Ich wollte ihr nur das Sterben erleichtern.«

»Warum?«

»Es war kein echtes Versprechen. Wie könnte es das sein? Die Entscheidung darüber, wer in der Abbey beerdigt werden darf und wer nicht, treffe nicht ich allein. Das Domkapitel wird es nicht erlauben, das muß ich Euch sagen.«

»Warum?«

»Mrs. Hughes, König Charles' Zeiten sind vorüber; der protestantische Wind weht mit fast puritanischer Heftigkeit, und anders als wir, die wir diese Dinge besser verstehen, wird man der Meinung sein, unsere Freundin sei eine – sagen wir – nicht so *ehrenwerte* Persönlichkeit.«

»Nun, ich verstehe diese Dinge nicht«, sagte Penitence. »Sie wird bei den anderen Dichtern in der Abbey begraben. Das ist es, was sie will. Das habt Ihr versprochen. Und das bekommt sie auch.«

Der Dekan hatte seine Fassung wiedergewonnen, vor ihren Augen alterte er, wurde wieder zum pompösen Kleriker. »Zwingt mich nicht zu bedauern, daß ich gekommen bin, Mrs. Hughes. Ich habe es um der alten Zeiten willen getan. Erstens ist Poets' Corner kein Platz für Frauen und wird es nie sein, trotz Mrs. Behns unerhörter Unverfrorenheit. Sie Seite an Seite mit Shakespeares – Spensers Grabmal! Sie geht zu weit.« Er rechtfertigte sich, indem er sich in Empörung hineinsteigerte, aber Penitence' Empörung war das Ergebnis eines langen Lebens. Er wich vor ihr zurück und tastete nach der Türklinke.

»P-ppoets' Corner, Sprat. Sie kommt in Pp-pp-oets' Corner.«

3. Kapitel

Aphra wehrte sich noch bis zum Morgen gegen die ansteigende Flut in ihren Lungen, bis in den ersten Stunden des neuen Tages ihr Herz stehenblieb.

In der plötzlichen Stille schien der furchtbare Atem, der den Raum bisher erfüllt hatte, noch lauter gewesen zu sein, so daß, während sie Aphra aufbahrten, das erste Gezwitscher eines Vogels wie durch Wolle zu ihnen drang.

Penitence zog Chloe von Aphras Leichnam weg, setzte sich mit ihr auf die Fensterbank und beobachtete die Morgendämmerung, die über die Dachfirste hinter Aphras kleinem, üppig wucherndem Hintergarten kroch.

»Wir waren ein Liebespaar«, sagte Chloe.

»Ich weiß.« *Phoebe und Sabina. Aphra und Chloe.* Ihre Freundin mochte die Liebe der Männer verloren haben, hatte aber in ihrer großen Not die Liebe einer Frau erfahren.

Bis zum Vormittag hatten sie zu der Sachlichkeit gefunden, die bei den Vorbereitungen für eine Beerdigung so merkwürdig trostspendend ist.

»Sie hat mir das Haus hinterlassen.«

»Gut«, sagte Penitence.

»Und George Jenkins soll sich um die Veröffentlichung ihrer Werke kümmern. Betterton soll *The Widow Ranter* auf die Bühne bringen.«

»Gut.«

»Und sie hat mich gebeten, Euch dies zu geben, wenn sie nicht mehr ist. Sie hat gesagt, sie hofft, Ihr würdet Euch darüber freuen.«

›Dies‹ war ein Manuskript, geschrieben als sie noch eine Feder halten konnte, obwohl die letzten Seiten beinahe unleserlich waren. Es war ein Roman mit dem Titel *Oroonoko* und handelte von einem Sklaven.

Penitence mußte ihn zweimal lesen, bevor sie begriff, daß er ein Meisterwerk war. Das erstemal war sie enttäuscht; er war kühl geschrieben und gleichzeitig phantastisch romantisch. Aphras Sklave gehörte nicht zu den Abertausenden Armer, die von Afrika nach Jamaica verschifft wurden, er war gebildet, ein Prinz seines afrikanischen Heimatlandes Coromantien und liebte die Tochter eines schwarzen Generals. Er wurde von einem englischen Schiffskapitän verraten und auf dem Sklavenmarkt von Surinam verkauft.

Sobald Aphra ihren Helden nach Surinam befördert hatte, wurde die Beschreibung der Örtlichkeiten und der Menschen scharf. Die weißen Männer, die das Land regierten, schrieb sie, waren schlimmer als verbannte Verbrecher. Es waren die einheimischen Indianer, die im ursprünglichen Zustand der Unschuld lebten. »Religion würde hier nur die Heiterkeit zerstören, die ihnen in ihrer Unwissenheit eigen ist; und durch Gesetze würden sie nur Verbrechen kennenlernen, von denen sie keine Ahnung haben.«

Sie schilderte den Sklavenhandel in Surinam so eingehend und in allen Einzelheiten, daß man das Gefühl hatte, alles sei ganz genau so abgelaufen: die Verkäufe am Kai, die Bewachung der Plantagen, die Auktionen und das Schändliche daran.

Oroonoko hielt vor seinen Mitsklaven flammende Reden. »Ein Esel, ein Hund oder ein Pferd könnten sich auf einem Ruheplatz hinlegen, nachdem ihre Pflicht getan ist, und aufstehen, um wieder zu arbeiten, und würden, solange sie ihre Pflicht tun, nicht ausgepeitscht werden.« Aphra ließ ihn sagen:

> Aber Männer, wertlose, dumme Männer wie wir, plagten sich die ganze anstrengende Woche, bis zum schwarzen Freitag und bekamen dann, ob sie arbeiteten oder nicht, ob sie etwas falsch machten oder Lob verdienten, die Unschuldigen mit den Schuldigen, ohne Unterschied die berüchtigte Peitsche zu spüren.

Natürlich kam auch Oroonokos Liebste Imoinda als Sklavin nach Surinam, das Paar wurde wiedervereint, lehnte sich gegen seine Herren auf und erlitt ein furchtbares Schicksal. *Dann ist sie gestorben, und dann ist er gestorben*, dachte Penitence. Es war eine aufwühlende Geschichte, wie die breite Masse sie liebte. Es war nicht die Abhandlung, die Penitence sich erhofft hatte. Es war mehr: eine gute Geschichte, ein leidenschaftlicher Angriff gegen das moralische Verbrechen der Sklaverei; mit ihm hatte Aphra Zeugnis abgelegt gegen die Auffassung, ein Mensch könne der Besitz eines anderen sein. *Oroonokos* Protagonist war ein Neger, doch er war nur eine Erweiterung von allem, was Aphra über die menschliche Seele – die männliche wie die weibliche – je geschrieben hatte: Es ging um die Freiheit. Der erste Trompetenstoß.

Er wird genügen, Affie. Er wird aufrütteln.

An die letzte Seite des Manuskripts war die Strophe eines Gedichtes geheftet, das Aphra auf einen Lorbeerbaum geschrieben hatte:

> *Und nach Monarchen sind es die Poeten*
> *Die des Ruhmeskranzes Huld erbeten.*
> *In dieser Schar, die paradiert so königlich,*
> *Vergeßt nicht das geringste Glied darinnen – mich.*

Als Entschädigung für Poets' Corner ließ Dekan Sprat für Aphra ein Grab im östlichen Kreuzgang seiner Abtei ausheben. Chloe war bereit, sich damit zufriedenzugeben. »Sie ist die erste Bürgerliche, die durch eigenes Verdienst in die Abbey kommt.«

»Es ist nicht gut genug.« Penitence war zornig. Zornig *auf* Aphra, *für* Aphra, *mit* Aphra; sie spürte, daß der Zorn ihre Vernunft überschwemmte, von den tausend Kränkungen genährt, mit denen ihre Freundin überschüttet wurde, alle ihre Freundinnen, sie selbst, alle Frauen, die versucht hatten, in die Freiheit auszubrechen und von der Meute männlichen Hasses niedergerungen und gezwungen worden waren, sich in ihrem Dreck zu wälzen. »Sie muß nach Poets' Corner.« Sobald sie sah, daß Aphra da ruhte, wohin sie gehörte, würde die irrsinnige Wut, die in ihr immer höher stieg, vielleicht nachlassen und die vernunftbestimmte Zurückhaltung nicht sprengen, die sie nur mit Mühe bändigen konnte. »Sie hat *Oroonoko* geschrieben.«

Am Tag der Beerdigung, als die Trauergäste sich in Aphras Zimmer versammelten, klopfte ein Bote der Westminster Abbey an die Haustür und händigte Chloe einen Brief aus. Darin stand, daß Aphra überhaupt nicht in der Abbey beerdigt werden konnte.

> In Abwesenheit des Dekans und in Anwesenheit seines Stellvertreters stimmen wir, die Präbendare des Domkapitels darin überein, daß es ungehörig wäre, Mistress Behn in der Abbey zu beerdigen. Daher haben wir in der für sie zuständigen Kirche St. Bride's angefragt und von ihrem Geistlichen die Antwort erhalten, daß die Trauerfeierlichkeiten heute nachmittag dort stattfinden können.

Penitence zerriß den Brief, zerrte die weinende Chloe von dem geöffneten Sarg weg, sagte Betterton, er solle den Deckel zuschrauben und stellte, als er fertig war, mit Nachdruck Aphras Feder und Tintenfaß darauf. »Nun schön«, sagte sie, »wer trägt das verdammte Ding in die Abbey?«

Benedikt, Betterton, Neville Payne und der junge Thomas Creech, ein vielversprechender Dichter, mit dem Aphra sich angefreundet hatte, hievten den Sarg die Stufen hinunter, zu dem mit schwarzem Krepp verhüllten Wagen, der von Pferden mit schwarzen Schabracken und schwarzem Kopfputz gezogen wurde. Chloe, die die merkwürdigste von Aphras merkwürdigen Hauben trug, ging als erste hinter dem Sarg. Der Kutscher nahm eine Trauermiene an, der Trommler begann die gedämpften Kalbfelle zu schlagen, und sie brachen auf.

Es war ein windiger Tag, mit einem Regenschauer ab und zu. Orangefarbene Flaggen und Dekorationen, die noch von einigen Balkons herunterhingen, flatterten, Papierrosetten trieben durch die Straßen und machten die Pferde scheu, so daß der Sarg durchgerüttelt wurde, Feder und Tintenfaß herunterfielen und Penitence sie tragen mußte.

Während der umherfliegende Unrat sich in den Gossen sammelte, schlossen sich weitere exzentrische Vertreter des Menschengeschlechts, die Aphra Behn geliebt hatten, dem Trauerzug an.

Jacob Tonson, ihr Verleger, kam, dem Anlaß entsprechend schwarz gekleidet – er trug immer nur Schwarz –, aus seinem Buchladen. Am Strand trafen sie auf eine Schar schnatternder Schauspielerinnen, die im Duke's probiert hatten. Ihre Hüte festhaltend, die Röcke lupfend, mit Bändern, die der Wind ihnen ins Gesicht wehte, schleppten sie den hinkenden John Downes mit. Der Wirt von Will's Coffee-House stand an der Tür, trocknete sich die Hände an seiner Schürze ab, sagte: »Aphra« und schloß sich Betterton an. Sam Bryskett und Dogberry mit einigen Fleischern, die regelmäßige Theaterbesucher waren, kamen aus Covent Garden hinzu; ebenso die beiden Blumenverkäuferinnen und ein Schreibwarenhändler. John Hoyle, den Mantelkragen aufgestellt, den Hut tief in die Stirn gezogen, reihte sich mit einem spöttischen Grinsen beim Red Lion ein, und Rebecca Marshall kam aus ihrem Haus in der Nähe von Charing Cross gelaufen und brachte ihren Lebensmittelhändler mit.

Kurz vor Whitehall hatte sich eine kleine Menge um einen Baum versammelt, starrte in die Äste hinauf und wich zurück, als eine Gestalt sich herunterschwang und auf den Sarg zurannte, so daß die Pferde erschrocken zur Seite sprangen. Bekleidet mit einem Nachthemd, den Kopf mit braunem Papier umwickelt, das von einem Strick festgehalten wurde, war Aphras Dramatikerkollege Nat Lee aus Bedlam, dem Irrenhaus, gekommen. Penitence hatte ihn dort besucht. Er lächelte wunderschön. »Ich bin geflohen.« Er zitterte vor

Aufregung und Kälte, und er hatte Narben an den Handgelenken. »Ich habe ihr *Nero* mitgebracht.«

»Nero?« fragte Dogberry nervös. »Kommt der Kerl vielleicht auch?«

»Das ist sein Stück«, erklärte Penitence. »Er möchte Aphra eine Kopie ins Grab legen. Ich habe es ihm erlaubt.«

Benedikt legte dem Irren seinen Umhang um, und der Zug setzte seinen Weg fort. Penitence hielt Nats Hand fest, während er mit nackten Füßen neben ihr hertappte. »Ich habe sie geliebt«, sagte er, »aber gesagt hab ich's ihr nie.«

»Sie weiß es jetzt.«

In der Prachtstraße nach Whitehall wurde der Kies für Nats Füße zuviel, also setzten sie ihn auf den Leichenwagen. Die Menge am Holbein Gate gaffte, als sie durchkamen. Im Palast wurden Fenster geöffnet. Ein paar Bedienstete schauten heraus, hielten sie für Gaukler und schrien hurra. »So unrecht haben sie gar nicht«, sagte Betterton und schwenkte seinen Hut.

Als die Prozession vor dem Großen Westtor der Abbey ankam, begleiteten mehr als fünfzig Menschen den Sarg. Ein königlicher Leibgardist, der in der überdachten Vorhalle mit einem Gruftführer würfelte, fluchte, als er den Zug sah. »Mir hat keiner gesagt, daß heute ein Begräbnis ist. Hast du etwas davon gewußt, Charlie?«

»Nun, es ist aber eins«, sagte Betterton so arrogant wie möglich. »Mach das Tor auf, Mann.«

»Haben wir sie einmal in der Grube, dürfen sie sie nicht mehr herausholen«, erklärte Becky Marshall Sam Bryskett. »Penitence hat die Vorschriften gelesen, die der Dekan ihr gegeben hat.«

»Cromwell haben sie wieder ausgegraben«, sagte Sam.

Sie beobachteten den Leibgardisten, der den Schlüsselbund von seinem Gürtel loshakte und einen Schlüssel heraussuchte, den er in das riesige Schloß steckte.

Und dann kam vom Klostereingang her ein Präbendar um die Ecke und fragte, was sie im Sinn hätten. Im Handumdrehen hatte der Leibgardist seinen Spieß auf sie gerichtet, der Gruftführer holte die restliche Abteiwache, und Präbendare strömten aus der Klostertür; sie hatten das Ende ihrer Vollversammlung im Haus des Archidiakons, der seinem eigenen Portwein reichlich zugesprochen hatte, mit einem großen Mahl gefeiert.

Benedikt legte seiner Mutter die Hand auf den Mund und hielt ihre Arme fest, damit sie die Auseinandersetzung Thomas Betterton überließ. »Und warum darf sie nicht, hochehrwürdiger Sir? Der Dekan hat seine Erlaubnis gegeben.«

»Der Dekan ist abwesend«, sagte der Archidiakon und machte mit der Hand eine Geste in eine Richtung, die vermuten ließ, daß der Dekan in die Themse gegangen war, »der Beschluß des Kapitels. Keine Schauspielerinnen in der Abbey.«

»Mistress Behn war Bühnendichterin.«

»Für die gilt dasselbe«, sagte der Archidiakon. »Lauter Huren und Säuferinnen.«

Ein nüchternerer Präbendar stellte sich vor ihn. »Mit Eurer Erlaubnis, Archidiakon.« Er drehte sich zu Betterton um. »Mein guter Sir, Ihr müßt unseren Standpunkt als Bewahrer dieses heiligsten aller Orte verstehen. Mistress Behn war eine wagemutige und kühne Frau, aber kaum eine Zierde für ihr Geschlecht, und man war der Meinung, ein anderer Ort der Ruhe wäre ihr angemessener.«

Der Archidiakon wedelte mit dem Finger in der Luft herum. »Dulde sie hier nicht. Bringt sie zu den anderen Schreiberlingen in St. Bride's. Das ist gut genug für sie.«

»Die Bühnendichter, die wir hier ehren«, fuhr der nüchternere Präbendar fort, »haben zur Ehre Gottes in einer erhabenen Sprache geschrieben, Shakespeare und – hm – Chaucer.«

»Habt Ihr in letzter Zeit *Frau aus Bath* gelesen?« schrie Becky Marshall.

»Die hab ich auch nicht reingelassen!« schrie der Archidiakon, seines Standpunktes sehr sicher, zurück.

Die Abteiwache marschierte zwischen dem Trauerzug und dem Westtor auf; die meisten waren alte Soldaten, die nicht viel kosteten. Penitence' Augen flehten ihren Sohn an, und er nahm die Hand von ihrem Mund. »Sieh zu, daß alle hierbleiben«, sagte sie zu ihm. »Ich bin bald zurück.« Sie gab ihm ihren Geldbeutel. »Kauf ihnen Wein. Und besorg für Nat Lee etwas zu essen.«

»Wohin gehst du?«

»Zum König.«

Sie begann zu laufen. Abgesehen von den Reihen aufgeregter Männer am Tor der Abbey, war es überraschend still; drüben, am

Fluß, tagten weder Ober- noch Unterhaus, und nur ein paar Anwälte und ihre Sekretäre blieben auf ihrem Weg aus der Westminster Hall stehen und starrten herüber; nach den Anstrengungen der Krönung ruhte alles. Es regnete nicht mehr, es wurde allmählich dunkel, und das würfelförmige Torhaus, das zur Brücke über den Tyburn-Graben führte, hatte einen feuchten Glanz, in dem sich die Flammen der Fackeln spiegelten, die zu beiden Seiten des Durchgangs in Halterungen steckten. Dann hatte sie das Mittelalter hinter sich gelassen und lief Whitehall entgegen. Aus der erstickenden Atmosphäre der Kirche rannte sie in die erstickende Atmosphäre der Regierung; sie wälzte sich ihr wie Nebel entgegen, bereit, sie in ihre Dunkelheit hineinzuziehen wie schon so viele Bittsteller vor ihr. Ihre Vernunft meldete sich zurück. *Sie lassen mich nie in die Nähe des Königs, es wird tagelang dauern.* Sie ging durch die Düsternis auf das Licht im Holbein Gate zu, wo ein Gentleman müde vom Pferd stieg. Als er sich umdrehte, sah er sie und hielt mitten in der Bewegung inne. Es war der Viscount of Severn and Thames.

Nach der ersten Schrecksekunde sagte sie: »Bring mich zum König.«

Und er sagte: »Gewöhnlich lassen sie einen mit einer Waffe in der Hand nicht vor.«

Sie schaute hinunter und sah, daß sie Aphras Feder wie einen Dolch hielt. »Ich will Aphra in Poets' Corner begraben, weißt du«, sagte sie ruhig. »Sie wollen es nicht erlauben, und der König muß es ihnen befehlen.«

Er nickte. »Dann zuerst in die Buttery, denk ich.«

»Ich will den König sprechen.«

Vorsichtig nahm er ihr die Feder aus der Hand. »Du bekommst sie später zurück«, sagte er, als er danach griff. »Und du wirst den König sprechen. Doch zuerst in die Buttery.«

In der Palace Buttery servierten sie hervorragendes Ale, und er zwang sie, sich an einen Tisch zu setzen und ein schäumendes Pint zu trinken. Zwischen zwei Schlucken fütterte er sie bröckchenweise mit ebenso ausgezeichnetem Brot und Käse. »Wann hast du zuletzt etwas gegessen?«

Sie versuchte nachzudenken. »Welchen Tag haben wir heute?«

»Das habe ich mir gedacht.«

»Ich muß mit dem König sprechen.«

»Trink dein Ale aus. Er wartet auf uns; zumindest wartet er auf mich und meinen Bericht über Schottland.«

Während sie aß, wurde alles um sie herum wieder ein wenig normaler, doch zugleich überkamen sie Mattigkeit und Abgespanntheit. In einer Weile mußte sie zurück, um zu kämpfen, zurück zu Aphras Sarg, mußte diesen Mann zum letztenmal verlassen.

Aphra war tot, Dorinda war tot, ihre Bühnenlaufbahn zu Ende, ihre Kraft verbraucht, da würde es in Zukunft für sie kaum eine Gelegenheit geben, London zu besuchen; sie würde in ihrem Provinznest bleiben, von Engstirnigkeit umgeben. Eines Tages würde sie vielleicht erfahren, daß dieser Mann eine junge Erbin geheiratet und für Rang und Würde of Severn and Thames gesunde Nachkommen produziert hatte.

Ich werde welken und verkümmern. Allein bei der Vorstellung, das zu hören, fing sie schon jetzt an zu verkümmern. Ihr war nicht ganz klar gewesen, wieviel Kraft sie brauchen würde, das Leben ohne ihn zu meistern, welche Drangsal jede Minute für sie war, weil er sie nicht mit ihr teilte.

Liebe ich dich so sehr? Das tat sie. Hatte sie getan. Würde sie tun. Sie kannten einander jetzt seit – ja, seit fünfundzwanzig Jahren? Seit einer Generation. In dem Augenblick, in dem sie sich begegneten, war buchstäblich eine ganze Generation von Liebe in ihnen aufgeblüht. Das Leben hatte ihnen das Größte geschenkt, das es zu vergeben hatte – eine Gabe, größer als Talent, größer als Stolz, ganz gewiß größer als Reichtum, und sie hatten es vernachlässigt. Und das – sie sah es jetzt – war wahre Sünde. Sie war eine Sünderin, nicht weil sie gehurt hatte, um am Leben zu bleiben, sondern weil sie ihrem Geliebten nicht gefolgt war – was für ein schönes Wort, und wie hatte man es in den Schmutz gezogen – und ihn nicht nur gezwungen hatte, sie zu sehen, wie sie war, nein, sie hätte ihm auch die Augen dafür öffnen müssen, daß er sie genauso liebte wie sie ihn. *Denn das tust du.*

Was für eine Verschwendung.

Eine Träne lief ihr an der Nase entlang, und sie rieb daran, tat so, als jucke sie etwas.

»Wie geht es MacGregor?« fragte sie.

»Er mußte bleiben. Ich denke, er bereitet alles vor, um dir Schottland zu geben. Erzähl mir von Aphra.«

Sie berichtete, und der Zorn weckte beim Erzählen neue Kräfte in ihr. »Warum soll man ihrer nicht genauso ehrend gedenken wie der anderen Dichter? Sie haben dort sogar einen, der Casaubon heißt, und wer war das, frage ich dich? Hat er für die Befreiung aus der Sklaverei geschrieben wie Affie? Und Thomas Drayton, der nur eine einzige Zeile geschrieben hat, die es wert ist, wiederholt zu werden, und Thomas Triplet? Wer zum Teufel hat schon von Thomas Triplet gehört? Ich wette, die P-p-ppräbendare haben keine Ahnung.«

»Laß uns jetzt eines klarstellen. Du versuchst durchzusetzen, daß Aphra Behn in der Westminster Abbey in Poets' Corner beerdigt wird?«

»Ja. Aber die Präbendare wollen mich daran hindern.«

Er lehnte sich zurück, betastete sein Kinn. »Hast du versucht, sie zu vögeln?«

»Ah.« Sie hätte ihre Deckung nicht herunternehmen dürfen. Als sie fechten lernte, hatte John Downes ihr das immer wieder gesagt. Seufzend stand sie auf. »Noch nicht. Aber der Gedanke ist nicht schlecht. Gehen wir?«

Er nahm seinen Umhang ab und wickelte sie darin ein. Sie fühlte, wie Verzweiflung aus seinem Fleisch in das ihre eindrang. *Ich kann dir nicht helfen, mein liebster, liebster Mann.* Nur er konnte die Regeln durchbrechen, die Männer für sich selbst aufstellten, und zur größeren Reife der Liebe gelangen.

Du mußt sie ganz allein begreifen. Sie muß dir mehr bedeuten als alles andere.

Der Palast war nach James' Flucht noch immer in Unordnung; jeder Holländer, dem sie begegneten, war mürrisch, und jeder englische Diener voller Groll gegen die Holländer. Der Zeremonienmeister, der sie in die königlichen Gemächer geleitete, beklagte sich bei Henry, in dem er einen Mitleidenden sah. »Duldet nicht, daß man ihm die Hand küßt, haltet Ihr das für möglich? Läßt uns nicht einmal *niederknien*. Man will ihm doch nichts Böses, wünscht ihm nur eine bessere Gesundheit und weniger Aberglauben. Und *sie* ist überall, bringt den Armen Haferschleimsuppe und prüft die Rechnungen nach. Prüft *die Rechnungen* nach.«

Die königlichen Kammerdiener lungerten im Vestibül vor den königlichen Gemächern herum und entschuldigten sich im voraus für den Mangel an Etikette. »Er sagt, ob Ihr es ihm gestattet, Euch *déshabillé* zu empfangen, Marquis. Er hat den Husten.«

Einer von ihnen brummte: »Wann hat er den nicht?« Für Penitence interessierten sie sich nicht.

Marquis. Nun ja, meinen Glückwunsch.

König William III. kauerte hustend vor dem Kamin seines Schlafgemachs. Er trug Pantoffeln und hatte sich ein Tuch um die Schultern geschlungen. Ebenso wie von dem großen Bett hatte man aus dem ganzen rot-goldenen Raum die Vorhänge und Gobelins entfernt, nur noch verblaßte Streifen an den Wänden erinnerten daran, wo sie gehangen hatten. Die Fenster standen offen.

»Anthony.« Er streckte die Hand aus, aber als Henry sie nahm, sagte er hastig: »Nicht nötig, sie zu küssen. Was war in Schottland?«

»Chaos, Euer Majestät. Aber darf ich mir zuallererst die Freiheit nehmen, Euch Mrs. Peg Hughes vorzustellen, eine alte Bekannte von mir? Sie ist hier, um von Euch eine Gunst zu erbitten.«

Der König wandte sich vom Feuer ab und sah Penitence an. Dann kam er auf sie zu und küßte ihr die Hand. »Sie ist auch eine alte Bekannte von mir«, sagte er bedächtig. »Ich stehe tief in ihrer Schuld. Ihr seht gut aus, Mrs. Hughes.«

»Ihr aber auch, Majestät.« Sie hoffte, sie war die einzige, die hier log. Er sah furchtbar aus. Sie hatte ihn nicht so klein in Erinnerung. Wie alt war er? Achtunddreißig?

»Besser als bei unserer letzten Begegnung.« Sie verstanden einander noch immer. Eine Sekunde lang glitt flüchtig Belustigung über das spitze weiße Gesicht und war wieder verschwunden. Ihre Hand haltend, trat er mit ihr ans Fenster – »Ich kann in Eurem London nicht atmen« – und ließ den fassungslosen Marquis stehen. Keuchend sog er ein wenig Luft in seine eingefallene kleine Brust. »Vielleicht hätte der Marquis kein Verständnis dafür, daß es auch damals in einem Schlafzimmer war.«

Sie antwortete flüsternd: »Ich glaube, das hätte er wirklich nicht. Er ist kein verständnisvoller Mann.«

Gemeinsam blickten sie auf die Themse hinaus; es war Flut, und in beiden weckten das Plätschern und der Geruch des Wassers die

Sehnsucht nach anderen Gewässern; in ihr die Sehnsucht nach den Flüssen und Bächen von Somerset, in ihm die nach seinen Grachten. »Ich würde zehntausend Pfund dafür geben, jetzt in Holland zu sein.«

»Damals hattet Ihr auch Heimweh.«

»Ich werde immer Heimweh haben. Und nun kann ich nicht nach Hause.« Er ging gebückt, als sei ihm England eine schwere Last.

Sie standen da, nickten einander zu, und dann bekam er wieder einen Hustenanfall, zog sie hastig ans Feuer zurück und winkte dem Marquis, er möge sich ihnen anschließen. »Ihr habt mir einmal einen großen Dienst erwiesen, Mrs. Hughes«, sagte er förmlich. »Was kann ich jetzt für Euch tun?«

Sie erklärte es ihm.

»Aphra Behn?« Er brachte den Namen mit etwas Schimpflichem in Verbindung. »Eine Favoritin meines guten Onkels Charles?«

»Nicht in diesem Sinn. Er liebte ihre Bühnenstücke.«

»Die Bühnendichterin.« Jetzt erinnerte er sich. »Ich habe gehört, sie war obszön.«

Das wird ihre Grabschrift. Hoffnungslosigkeit überwältigte Penitence. Nun, wenn sie Aphra nicht um ihrer Verdienste willen in der verdammten Abbey begraben konnte – vielleicht schaffte sie es durch ihre eigenen. »Ich möchte, daß sie in Poets' Corner beerdigt wird. Das ist die Gunst, die ich erbitte.«

»Poets' Corner?«

»Das südliche Querschiff. In der Westminster Abbey.«

»Ach, Westminster Abbey.« Der König wandte sich dem Marquis zu. »Da habt Ihr eine Komödie versäumt, Anthony. Die Krönung war eigentlich eine papistische Zeremonie. Bis zur Taille nur mit einem Hemd bekleidet, mußte ich knien. Es war sehr zugig. Und zuviel Musik.«

»Sire«, sagte Penitence scharf, »meine Freundin liegt vor dem Westtor im Sarg, und ich darf sie nicht beerdigen. Gebt mir die Erlaubnis, sie im südlichen Querschiff beizusetzen.«

»Bittet mich um etwas anderes.«

»Was?« Sie hatte diesen kleinen Holländer vor Schmach und Schande bewahrt. Verdammt, sie hatte ihm den Kopf gehalten, als er sich übergab.

»Bittet mich um etwas anderes. Bittet mich um Devonshire. Bittet mich um ein Herzogtum. Bittet mich um Juwelen, um die Hand dieses Marquis'. Ihr sollt alles haben.«

»Aber nichts von allem will ich. Ich will nur das bißchen Erde, das meine Freundin verdient.«

»Nein, das tut Ihr nicht.« Er setzte sich wieder in seinen Sessel. Sein Gesicht war ausdruckslos geworden. »Mrs. Hughes, Ihr bittet mich, mich in Angelegenheiten der Kirche von England einzumischen. Mein Onkel hat den Thron verloren, weil er das getan hat, und ich werde ihm nicht folgen. Ich habe Euch einmal gesagt, das alles beherrschende Prinzip meines Lebens sei es zu verhindern, daß Frankreich immer mehr Macht an sich reißt, und das kann ich nicht, wenn ich die Kirche meines Reiches bekämpfe. Nein.«

»Ich danke Euch, Euer Majestät.« Mit ihrem schönsten Theaterknicks fegte Penitence an ihm vorbei und wandte sich ab, um zu gehen, aber der Marquis streckte die Hand aus und hielt sie am Arm fest.

»Euer Majestät«, sagte er, »Westminster Abbey untersteht nicht der Gerichtsbarkeit der Kirche, sondern der der Krone.«

Das Gesicht von William III. blieb ausdruckslos. Penitence mochte es nicht mehr. »Daß die Abbey einen Sonderstatus hat, ist gewiß. Doch was hat das mit der Krone zu tun?«

»Wie gesagt, sie untersteht weder der Gerichtsbarkeit eines Bischofs noch eines Erzbischof, sondern allein der des Königs. Sie ist die freie Kirche des Souveräns und fällt nicht unter kirchliche Rechtsprechung – nur unter die des Souveräns.«

»Daher?«

Der Marquis wandte sich an Penitence. »Das Grab ist ausgehoben?«

»Ja.«

»Und Ihr denkt, wenn der Sarg einmal drin ist, werden sie ihn nicht entfernen?«

»Ja.«

»Daher, Euer Majestät, habt Ihr das Recht, einer Untertanin …« Er hob eine Braue und blinzelte Penitence zu. »Fünfzig Untertanen zu gestatten, Eure Abtei zu betreten. Was sie tun, wenn sie einmal drin sind, ist wieder etwas anderes.«

»Es wird Schwierigkeiten geben, Anthony.«

»An Schwierigkeiten müßt Ihr Euch gewöhnen, William. Ihr seid jetzt in England.«

Hustend ging der König zu seinem Tisch, kritzelte ein paar Zeilen auf ein Stück Papier, kam zurück und reichte es Penitence. »Da.«

Einen Dank ersparte sie sich. So groß war das Papier nicht.

»Begleitet Mrs. Hughes hinaus, seid so gut, Marquis. Und kommt zurück. Wir müssen uns mit Schottland befassen.«

Wortlos ging sie hinaus und kehrte dem König dabei den Rücken zu. Im Vestibül reichte der Marquis ihr Aphras Feder, die er dort auf einen Tisch gelegt hatte.

Sie war wie betäubt von der Undankbarkeit der Könige. »Ich hätte ihn damals ohne Hose stehenlassen sollen.«

»Gütiger Gott, doch nicht auch er?«

»O Henry«, sagte sie. »Wann kannst du endlich aus deiner Haut heraus?« Damit eilte sie weiter, und ihm blieb nur verblüfftes Nachsehen.

Wieder in Westminster, hatte Penitence Seitenstechen und blieb einen Augenblick stehen, um zu Atem zu kommen. Auf der gegenüberliegenden Seite des Platzes stand der Sarg, von Fackeln beleuchtet auf dem Rasen vor der Abbey. Neben einem großen Weinfaß saß Nat Lee und füllte mit einer Schöpfkelle Wein in die Becher. Mit ihrer Fähigkeit, jede Gelegenheit zu nutzen, hatten die Schauspieler den Trauerzug in ein fröhliches Fest verwandelt. Der Leichenwagen und die Pferde waren nicht mehr da, doch der Trommler war geblieben, ein Fiedler hatte sich zu ihm gesellt, und einige der Trauergäste tanzten. Benedikt mit einer der Schauspielerinnen – offenbar Elisabeth Barry –, Dogberry mit Becky Marshall, Payne mit Chloe. Passanten, hauptsächlich Bettler und Straßenmädchen, kamen und nutzten Nats Großzügigkeit aus, um auch etwas von dem Wein abzubekommen.

Etwas weiter entfernt hatten sich die Präbendare am Tor des Klosters versammelt, eine wachsame, empörte Gruppe, obwohl Penitence einen Blick auf eine lederne Flasche erhaschte, die auch dort herumging. Den Archidiakon, der sich, was man ihm deutlich anmerkte, am liebsten hingelegt hätte, hatte man an eine hohe steinerne Aufsteighilfe gelehnt.

Die einzigen, die sich nicht amüsierten, waren die Männer von der Abteiwache, die in Reih und Glied mißmutig das Westtor bewachten.

Penitence war erleichtert; man hatte weder Soldaten noch Constables geholt; die City of Westminster wurde von der Abbey verwaltet, und Dekan und Kapitel achteten sorgfältig darauf, ihre Rechte ohne Hilfe von außen zu wahren.

In diesem Augenblick hatte die Szene Ähnlichkeit mit einem Strand, das Lager der Invasoren von flackernden Lichtern erhellt, die Verteidiger mit dem Rücken zu der hoch emporragenden Klippe des Westtors, üppig verziert mit kunstvollen Schnitzereien – Ranken und Reisern. Die Schlachtreihen hatten sich geschlossen, sie waren alte Feinde, Kunst gegen Kirche.

Eine so feste Front gegen sie, von keinem Zweifel angekränkelt, so ohne jede Heiterkeit, der Sünden der anderen so sicher.

Ein so bunt zusammengewürfelter Haufen, ihre Seite. Beschwipste Schauspieler, Bettler, Schriftsteller, ein schnatternder aus Bedlam entsprungener Irrer, Gastwirte, Huren.

Aphra wäre damit einverstanden gewesen.

Und, fiel ihr ein, Jesus war es auch.

Unerwartet, wie bei Kriegen oft der Fall, geriet es außer Kontrolle. Eine geisterhafte Reihe kleiner weißer Chorhemden kam auf unsichtbaren Füßen um die Ecke und schlich zum Westtor. Zeit für die Abendmesse. Automatisch schloß einer der Leibgardisten das Tor auf und gewährte dem Chor Zutritt, gab den Blick auf das von Kerzen erleuchtete Mittelschiff frei.

Penitence schickte sich an, die Straße zu überqueren.

Nat Lee kletterte auf Aphras Sarg, kreischte und zeigte auf das Licht. »Decus et Dolor!« rief eine geschulte Stimme, und Aphras Armee ging zum Angriff über.

Als Penitence den Rasen erreichte, war Aphras Sarg nicht mehr da, wurde wie ein Sturmbock auf vielen Schultern getragen; sie glaubte darunter auch ihren Sohn zu sehen.

»Decus et Dolor!« Elisabeth Barry schlug einen Leibgardisten zurück, versuchte ihm mit ihrer schweren Tasche den Weg zu versperren, zwei andere Schauspielerinnen und Chloe, Aphras Haube schief auf einem Ohr, hatten einen anderen Leibgardisten angesprungen und klammerten sich an seinen Hals.

Penitence rannte, um sich unter die Kämpfenden zu mischen. Das taten auch die Präbendare; zwei versuchten Nat Lee zurückzuhalten, der mit seiner Flasche auf einen dritten einschlug.

Der Sturmangriff hatte den Sarg durch das Tor befördert, doch die Sargträger waren gezwungen worden, ihn abzusetzen, und Betterton, Creech und Payne standen mit gezogenen Schwertern vor ihm und verteidigten ihn gegen ein Wachkontigent.

Es war erstaunlich, wie viele Waffen es in der Abbey gab. Präbendare, die nicht schon bewaffnet waren, entwanden den Fäusten von Kriegerstatuen die Hellebarden und warfen mit Grabvasen. Aber das Arsenal war für alle offen; Rebecca Marshall stand auf dem gebeugten Rücken einer Straßendirne und griff nach einer Lanze mit den Farben eines Regiments. Dogberry hatte sich aus der Kapelle St. George einen Kerzenständer geholt und benutzte ihn wie eine Pike.

Der Lärm schwang sich hundert Fuß zur Wölbung des Daches hinauf, über Grabmäler hinweg und wurde von vergoldeten Heiligenfiguren zurückgeworfen. Verzerrte Gesichter versteckten sich und schrien hinter der Ruhe marmorner Statuen hervor.

Alle Masken waren gefallen. Penitence hatte den Haß der Kirche erwartet, aber das, worüber sie staunte, war die grausame Wildheit ihrer Freunde, als verkörpere Aphra hundert Jahre der Verdammung. Irgendeine aufgestaute Urkraft war in der Abbey durchgebrochen; Toleranz gegen engstirnige Kritik, Beschränkung gegen Freiheit, das Festgefahrene gegen das Mögliche, beide Seiten befreiten sich mit der heidnischen Freude am Zuschlagen davon. Der eigentliche Anlaß des Streites war vergessen.

Der Chor, seinem Leiter entkommen, hatte sich wieder in Knaben verwandelt, die sich mit Geschrei im höchsten Diskant beteiligten. Einer hatte Sam Bryskett den Kopf in den Magen gerammt, und ein anderer biß unparteiisch einen Präbendar ins Bein. Penitence sprang auf den Sarg und hörte ihre eigene Stimme lächerlich schreien: »Auf, auf, ihr edlen Engländer. Auf nach Poets' Corner!«

Wieder lautes Geschrei. Sie wurde vom Sarg gekippt, als Bettler und Betterton, weitere shakespearische Kriegsrufe brüllend, Aphra zum Chorraum befördern wollten. Aber die Kräfte der Kirche stellten sich ihnen auf halber Höhe des Hauptschiffes entgegen und drängten, mit dem Gitter der Kapelle von Henry VII. hinter sich, den Sarg zur Seitentür des Klosters zurück.

Penitence schlug mit dem Kopf auf eine Säule auf und verlor für einen Moment das Interesse, bis sie ein Schwert klirren hörte und den nüchterneren Präbendar mit lodernden Augen auf sich eindringen sah. »Nimm dich in acht, Hure.«

Der Mann ist wahnsinnig. Doch das war sie auch. Sie nahm die geduckte Stellung ein, die John Downes sie gelehrt hatte, den linken Arm abgewinkelt erhoben, Aphras Feder gezückt. Der nüchternere Präbendar machte einen Ausfallschritt, und seine Schwertspitze zerschlitzte ihr den Ärmel und riß ihr den Arm auf, als sie mit einer halben Feder zu parieren suchte. »Gott verdammt!« schrie sie. »Das dürft Ihr nicht!«

Vom Theater hielt er nichts, der Mann war ein Mörder. O *mein Gott, das ist er wirklich*. Seine Augen funkelten. Er hatte Schaum vor dem Mund. Er würde nicht aufhören, wenn der Vorhang fiel. Sie duckte sich hinter den Sarkophag. Nach allem, was sie durchgemacht hatte, würde sie in einer Posse sterben. Ihre Hand war blutig, als sie sie hob, um sich zu schützen. Er holte aus, um ihre Brust zu treffen.

Eine andere Gestalt stellte sich vor sie. »Das ist nicht sehr schön«, sagte eine Stimme zu ihrem Gegner. Sie hatte dasselbe zu anderen Gegnern gesagt.

Sie brach über dem Sarkophag zusammen. Dem nüchterneren Präbendar gefiel die Wendung nicht, aber er war außer sich, und es war ihm egal, wen er tötete. »Hurenknecht!« kreischte er.

»Also wirklich«, sagte der Marquis of Severn and Thames verärgert, »dafür hab ich nichts übrig.« Er drückte den Mann zwischen die Säulen des Triforiums in die Schatten zurück. Sie hörte ein Klirren, dann kamen sie wieder heraus; der Marquis hatte den nüchterneren Präbendar am Kragen gepackt und zerrte ihn zu Penitence. »Mrs. Mohammed, wie ich vermute?«

Tränen liefen ihr übers Gesicht, während ihre Dankbarkeit wie ein Gebet zum Himmel stieg. Er war gekommen; wenn seine Eifersucht stärker gewesen wäre als seine Sorge um sie, hätte er es nicht getan. Seine Anwesenheit war ein Bekenntnis. Er war über seinen Schatten gesprungen.

Er blickte auf sie hinunter. »Hast du je daran gedacht, irgend eine stille Tätigkeit zu verrichten? In der Armee? Waffenschmuggel? Etwas Beschauliches?«

Sie schüttelte den Kopf und schloß einen Moment die Augen. »Ich liebe dich, Henry«, sagte sie.

»Das ist schön und gut, aber jedesmal, wenn ich zu deiner Rettung herbeieile, beleidige ich irgendeinen König. William war verärgert, weil ich ihn praktisch gezwungen habe, dir aus deinen Schwierigkeiten herauszuhelfen – schon wieder. Bald haben wir keine Könige mehr.«

»Macht nichts«, sagte sie. »Diesmal bekommst du mich für immer.«

»Ach, wirklich?«

»Ja«, sagte sie, »wirklich.« Sie sah ihm ins Gesicht. Was es bewirkt hatte, wußte sie nicht, doch etwas in ihm hatte über etwas anderes gesiegt; seine Liebe hatte das Was-es-auch-war – Eifersucht, männlichen Stolz – überwunden, das ihn bisher gehindert hatte, sich zu ihr zu bekennen. Er war belustigt, aber reuevoll. Wenn etwas siegt, erleidet etwas anderes schließlich eine Niederlage. *Sie* wußte, daß es sein besseres Ich war, das diesen Sieg errungen hatte, aber er mußte noch überzeugt werden. Nun, sie hatte den Rest ihres Lebens, um ihn zu überzeugen. Es war ein schöner Gedanke.

Er sagte, zuerst ihren Arm und dann das Grabmal ansehend. »Weißt du, daß du über Lady Jane Clifford blutest?« Er half ihr auf die Füße und stützte sie, als sie auf den Lärm zugingen, der sich hinter die Klostertür zurückgezogen hatte; sie stand offen, weil der Boden um sie herum mit den Scherben zerbrochener Urnen übersät war.

Vom westlichen Ende kam ihnen der Archidiakon, sich den Kopf haltend, entgegengetaumelt. Die Zerstörung seiner Abbey hatte ihn wieder nüchtern gemacht. »Ein Sakrileg!«

Henry verneigte sich und stellte sich vor, ohne den Kragen des Präbendars loszulassen. »Diese Lady hat ein Schreiben Seiner Majestät vorzuweisen. Er läßt durch mich seinen Unmut über diese Angelegenheit ausdrücken. Zeig ihm den Brief, Stiefel.« Er betrachtete das Papier, das Penitence aus dem Ärmel zog. Es war blutdurchtränkt und nicht zu entziffern. »Nun gut, vielleicht erlaubt Ihr mir, Euch zu sagen, was darauf steht.«

Er rettete sie. Ohne männliche Autorität hätte sie in dieser männlichen Festung keine Chance gehabt. Doch wenn es dieser Autorität gelang zu bewerkstelligen, daß Aphra die Ehre zuteil wurde, die ihr gebührte, würde das weibliche Geschlecht dennoch einen Sieg errungen haben. *Und du hättest Henry gemocht, Affie.*

»In dem Schreiben steht«, sagte er betont, »daß der König vom Kapitel der Westminster Abbey erwartet, das Versprechen seines Dekans zu erfüllen und Mistress Behn im südlichen Querschiff zu begraben.«

»Ach, wirklich?« fragte der Archidiakon.

Hatte es so dagestanden? Sie hatte es nicht gelesen, doch sie war verdammt sicher, daß es so nicht dagestanden hatte.

»Ja, wirklich«, sagte Henry. »Vielleicht teilt Ihr es dem Kapitel mit.«

»Tut es nicht, Archidiakon!« kreischte der nüchternere Präbendar. »Der König kann uns nichts befehlen!«

Penitence war seiner so überdrüssig. »Doch, er kann.«

Henry drückte dem Präbendar die Spitze seines Schwertes in die Wirbelsäule und verneigte sich vor dem Archidiakon. »Geht uns voraus.«

Der Kampf im Kloster sah für Aphras Seite schlecht aus. Die Kirche hatte Kirchendiener und erwachsene Chorsänger zu ihrer Verstärkung herbeigeholt. Die Straßendirnen und Bettler waren wohlweislich verschwunden. Die Schauspielerinnen trugen Verletzungen davon, weil ihnen die Munition ausging; fast alle Männer waren gezwungen worden, sich zu ergeben. Creech und Benedikt kämpften noch immer mit drei Leibgardisten, und John Downes focht keuchend, weil sein Alter sich bemerkbar machte, aber noch immer elegant mit einem Kirchendiener. Bettertons Schwert jedoch lag zu seinen Füßen, und er zeigte, angesichts der zwei Musketen, die auf ihn und Dogberry zielten, mit nach oben gedrehten Handtellern seine leeren Hände. Payne war am Bein verletzt. Mehrere Präbendare hielten Sam Brysketts Arme auf seinem Rücken fest.

Nat Lees Situation war die interessanteste. Sein brauner Papierhut hatte sich aufgelöst und hing in Falten um seinen Kopf herum, dem einzigen Teil, den man von ihm sah, der übrige Nat stand in der Grube, die für Aphra ausgehoben worden war, und warf Erde und Steine nach jedem, der versuchte, sich ihm zu nähern. Er sah wie ein zorniges Kaninchen aus.

»Pax!« schrie der Archidiakon. Seine Stimme war nicht laut genug.

Henrys Stimme war es. »PAX!«

Alle Körper hielten still, alle Köpfe drehten sich zu ihm um. Nat Lee warf einen Blick hinauf und wühlte weiter.

Der Marquis wies mit einer Geste auf den Archidiakon. »Eure Szene, hochehrwürdiger Sir.«

Der Archidikaon zeigte sich ihr gewachsen. »Begrabt die verdammte Frau«, sagte er. »Befehl des Königs.«

In der Kirchenarmee wurden Proteste laut.

Und einer in Aphras Heerschar. »Sie kommt in P-pp-poets' Corner.«

Doch da hoben die feindlichen Reihen wieder ihre Waffen und riefen im Chor: »Nein!« Der Archidiakon schüttelte den Kopf. »Hier oder nirgendwo.« Der nüchternere Präbendar sagte: »Nur über meine Leiche.«

Der Marquis rettete ihn im letzten Moment, als er sich zwischen ihn und die Theaterleute stellte, die bereit waren, den Mann beim Wort zu nehmen. »Schau dich um, Stiefel«, bat er. »Wenn du weitermachst, wird es Tote geben.«

Sie sah sich um und begriff, daß die Jahre aufgestauten Zornes über das Unrecht an Frauen sie unvernünftig genug gemacht hatte zu glauben, daß sie dieses Unrecht ändern könnte; dadurch hatte sie sich selbst und Aphra und Aphras Freunde zu Narren gemacht. Farben, die die letzten Minuten heller gemacht hatten, verblaßten und gingen in die grauen Schatten eines steinernen Durchgangs über, in dem verletzten und völlig ramponierten Außenseitern von der ewigen Autorität die Daumenschrauben angelegt worden waren.

Ich bin stolz auf sie. Sie konnten nicht gewinnen. Würden nie gewinnen. Nur weil sie ihr Leben lang mit einer Illusion gelebt hatten, hatten sie den Versuch überhaupt gewagt. Henry hatte recht. Das Stück war zu Ende; dem Publikum hatte es mißfallen – so sehr mißfallen, daß es sogar bereit gewesen wäre, sie alle zu töten. Schon bluteten sie selbst und Neville Payne, fast alle anderen waren verletzt.

»Stiefel«, sagte der Marquis, »du hast es bis hierher geschafft. Gib dich damit zufrieden. Lern endlich, Entgegenkommen zu zeigen.«

Sie sah ihn an. Er bot ihr einen Heiltrank an, den er schon getrunken haben mußte. Auch jetzt noch war er mit ihrer Vergangenheit nicht versöhnt. Er hatte einen Kompromiß mit ihr geschlossen, um ihre gemeinsame Zukunft zu gewinnen. Sie wiederum würde ihren Groll über *seinen* Groll überwinden müssen. Sie würde einen Kompromiß schließen müssen, nicht nur Aphra, sondern auch ihrem eigenen Leben zuliebe. England selbst hatte eben einen geschlossen. Zum erstenmal hatten Extremisten sich nicht gegenseitig umgebracht und sich geeinigt, den Thron diesem schmalbrüstigen, hustenden kleinen Holländer zu überlassen. William, der Kompromißkönig. Was England konnte, konnte auch sie. Und sie war auch zu müde, um etwas anderes zu tun.

Sie nickte.

Irgendwann entdeckten sie den Sarg unter einer Kirchenbank in der Kapelle von St. Faith. Creechs Schulter war ausgekugelt, daher brauchten sie einen neuen Sargträger. Penitence wünschte sich den nüchterneren Präbendar, doch ihm war schlecht geworden, und er war nach Hause gegangen.

Der Marquis führte ein ernstes Gespräch mit dem Archidiakon, erhielt Zusicherungen und verteilte Geld. Man ließ den Cheforganisten der Abbey holen, und er kam mit Begeisterung – Purcell hatte Aphra gern gehabt.

Elisabeth Barry riß ein Stück von ihrem ohnehin zerrissenen Unterrock ab und bandagierte Penitence' Wunde, dann wanderten sie gemeinsam ins südliche Querschiff, um sich, bis alles bereit war, die Gedenktafeln in Poets' Corner anzusehen. »Wer ist Thomas Triplet?« fragte die Barry.

»Ich habe keine Ahnung.«

»Ich bin froh, daß Affie nicht bei *ihm* begraben wird.« Lässig mit dem Finger, den sie in Aphras Tintenfaß getaucht hatte, Abrahem Cowley einen Schnurrbart ins Gesicht malend, sagte sie: »Chloe hat mir erzählt, daß Affie dir *The Widow Ranter* hinterlassen hat.«

»Ja.«

»Es ist eine wundervolle Rolle.«

Du bist zu jung. Das Mädchen war schön. Es war erst ungefähr sechzehn gewesen, als Rochester es zu seiner Mätresse gemacht hatte. Er hatte ihr Schauspielunterricht gegeben und es sehr gut gemacht, hatte Betterton Penitence erzählt. »Nach dir ist sie die beste Desdemona, die ich je gesehen habe.«

Nein, ich bin es, die zu alt ist. »Du kannst sie spielen, wenn du willst«, sagte Penitence.

Die Barry wirbelte herum. »*Wirklich?*«

»Ja. Dies hier war meine letzte Vorstellung. Ich werde heiraten.«

Der Trauerzug hatte sich gesammelt, und Chloes Haube saß wieder gerade. Sie hoben Nat Lee aus dem Grab, damit sie Aphra hineinlegen konnten. Er weinte während der ganzen Beerdigung an Bettertons Schulter.

Der Sturm von Purcells Te Deum erreichte sie sogar hier in diesem dunklen, entlegenen Winkel, und die Chorknaben sangen wie Engel. »Ich hörte eine Stimme vom Himmel«, sagte der Archidiakon, »die zu mir sprach: Schreibe. Gesegnet seien die Toten, die im Herrn gestorben sind. Von hieran: Ja, spricht der Geist, sie mögen sich von ihren Plagen ausruhen.«

Sie streuten den Staub der Abtei auf den Sarg und mußten Nat Lee zurückhalten, der ihm folgen wollte. Da keine Totengräber zugegen waren, schaufelten Creech und Dogberry das Grab zu, und als sie fertig waren, stürzten die Präbendare herbei, um mit ihnen die Erde festzustampfen.

Die Kirchenleute gingen als erste, und die Trauergäste folgten einer nach dem anderen, bis nur noch der Marquis, Benedikt und Penitence übrig waren. Der Sohn zwinkerte seinen Eltern zu und lief dann hinter der sich entfernenden Gestalt von Elisabeth Barry her.

Penitence blickte auf die Erde hinunter. »Die Menschen werden auf ihr herumtrampeln«, sagte sie.

Henry nahm ihren gesunden Arm und führte sie ins Hauptschiff, wo ein Präbendar die Kerzen löschte. Sie wandte sich zur Kapelle von Henry VII. »Ich sollte Rupert Lebwohl sagen.«

Sein Griff wurde fester. »Das hast du schon getan.«

Sie überlegte. »Das habe ich, oder nicht? Ich werde dich heiraten.«

»Warte, bis du gefragt wirst, Weib.«

Zusammen standen sie unter dem großen Tor und blickten auf den Rasen, wo Aphras Heerschar den Wein austrank. Aus der Richtung des Abtei-Gasthofs tauchte John Hoyle auf und gesellte sich zu den anderen. »Er ist fahnenflüchtig geworden.«

Henry sagte: »Wenn der König hört, daß ich gelogen und nicht vorgelesen habe, was er geschrieben hatte, bekomme ich meinen Botschafterposten wahrscheinlich nicht.«

»Wolltest du ihn denn?«

»Nicht unbedingt. Ich dachte mir, ich werde seßhaft und verbringe den Rest meines Lebensabends in Somerset.«

Sie legte ihre Hand auf die seine. »Das habe ich mir auch gedacht. Wir haben genug getan. Den Rest überlassen wir William und Mary. Die beiden müßten eigentlich vernünftig sein.«

Als sie die Straße überquerten, um sich den ausgelassenen Trauergästen anzuschließen, sagte er: »Aber auch langweilig.«

»O ja«, sagte Penitence. »Gott sei Dank. Sehr, sehr langweilig.«

Anmerkung der Autorin

Schon während der Restauration (Wiedereinsetzung der Stuarts 1660–1688) *gab* es eine Schauspielerin; ihr Name war Peg Hughes, und sie war die erste Frau, die Desdemona auf der Bühne spielte. Sie wurde die Mätresse von Prinz Rupert und gebar ihm eine Tochter Ruperta. Ich habe das wenige, das über ihr Leben bekannt ist, adaptiert und sorgfältig ausgearbeitet und einige – wenn auch bei weitem nicht alle – Demütigungen einbezogen, denen die ersten richtigen Schauspielerinnen ausgesetzt waren.

William III., ein noch sehr junger Prinz von Oranien, wurde während seines ersten Besuchs in England so betrunken gemacht, daß er nur noch randalierte und Türen zertrümmerte.

König Philips Krieg, wie er genannt wurde, der 1675 in Neu England zwischen Siedlern und Indianern tobte, hat, so sagt man, proportional mehr Leben gekostet als jeder andere Krieg, den die Amerikaner seither geführt haben.

Die Behandlung der Rebellen durch Richter Jeffreys ist buchstabengetreu wiedergegeben, wenn ich auch die Schauplätze der Prozesse ab und zu geändert habe. Er starb im Tower.

Aphra Behn sollte man eine weitaus größere Bedeutung zugestehen als die der Frau, die als erste ihren Lebensunterhalt mit der Feder verdiente. Ihr Buch *Oroonoko oder die Geschichte des königlichen Sklaven** wurde ins Französische und ins Deutsche übersetzt und war in Frankreich während der Revolution sehr populär. In England wurde der Roman im 18. Jahrhundert mehrfach neu aufgelegt – zusammen mit der Tragödie, die Thomas Southerne oder Southern (1659–1746) nach der Romanvorlage schrieb – und half, die Litera-

* basiert auf ihren Erlebnissen in Surinam

tur der abolitionistischen Bewegung* zu begründen, die ein Jahrhundert nach Aphras Tod zu einer politischen Macht wurde.

Wie alle Frauen, die aus dem Rollenklischee ausbrechen, war sie der Entwicklung unterworfen, die mit Herabsetzung und Schmähung beginnt und in der Vergessenheit endet. Im 19. Jahrhundert hielt man es – falls man sie überhaupt erwähnte – für angemessen, sich für sie zu entschuldigen. Zu Beginn des 20. war sie praktisch verschwunden. 1913 stellte ein Mr. Ernest Birnbaum in einem Aufsatz fest, daß sie nie nach Surinam gereist war, nie bei den Holländern für Charles II. spioniert hatte – obwohl es schwarz auf weiß in den State Papers stand – ja, er ließ durchblicken, daß sie praktisch nie existiert habe.

Die Zeilen auf ihrem Grabstein im östlichen Kreuzgang der Westminster Abbey sind typisch für das elegante, lieblose Zeitalter, in dem sie lebte, und wurden, wie es heißt, von John Hoyle verfaßt:

Hier liegt der Beweis, daß Geist, gleich welcher Art,
nicht vor der Sterblichkeit bewahrt.

Ein treffenderer Nachruf steht in Virginia Woolfs *A Room of One's Own*, wo sie anführt, daß Genie sich fortsetzt: *Jane Austen hätte einen Kranz auf das Grab von Fanny Burnes legen und George Eliot dem Schatten von Eliza Carter huldigen sollen ... allen Frauen miteinander hätte es jedoch wohl angestanden, Blumen auf die Gruft von Aphra Behn zu streuen, denn sie war es, die für sie das Recht der freien Meinungsäußerung erkämpft hat.*

Leider gibt es keinen Nachweis für den Streit zwischen ihren Freunden und dem Domkapitel von Westminster Abbey um genau dieses Grab.

Doch sie hätte es verdient, in Poets' Corner beerdigt zu werden.

D. N.

* Bewegung zur Abschaffung der Sklaverei in Großbritannien und in den USA

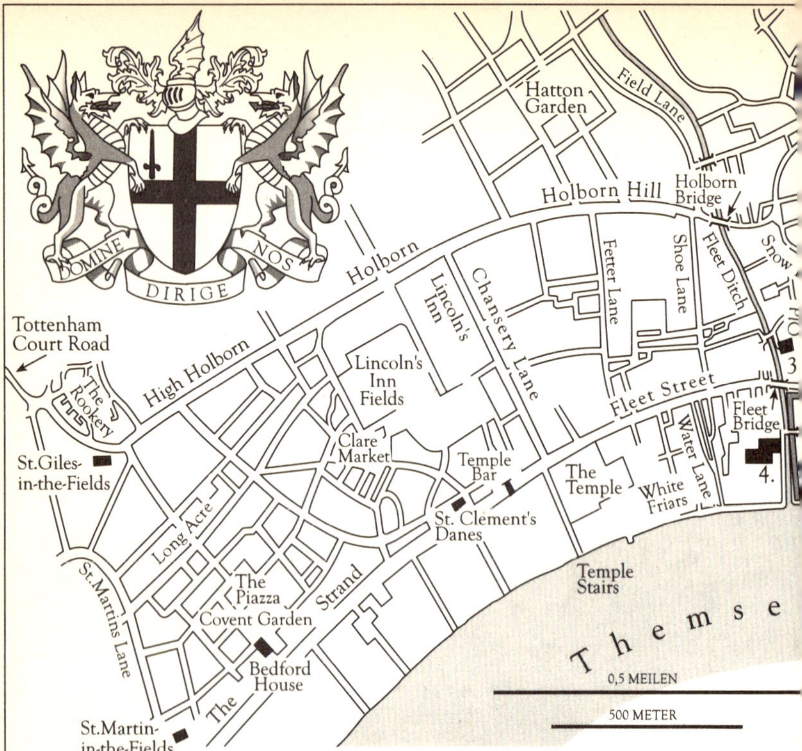
DOMINE
DIRIGE
NOS
Hatton Garden
Field Lane
Holborn Hill
Holborn Bridge
Holborn
Fetter Lane
Shoe Lane
Fleet Ditch
Snow
Lincoln's Inn
Chansery Lane
Tottenham Court Road
High Holborn
The Rookery
Lincoln's Inn Fields
Fleet Street
Fleet Bridge
3
4.
Clare Market
Temple Bar
The Temple
Water Lane
White Friars
St.Giles-in-the-Fields
Long Acre
St. Clement's Danes
Temple Stairs
St.Martins Lane
The Piazza
Covent Garden
Strand
Themse
Bedford House
The
0,5 MEILEN
500 METER
St.Martin-in-the-Fields

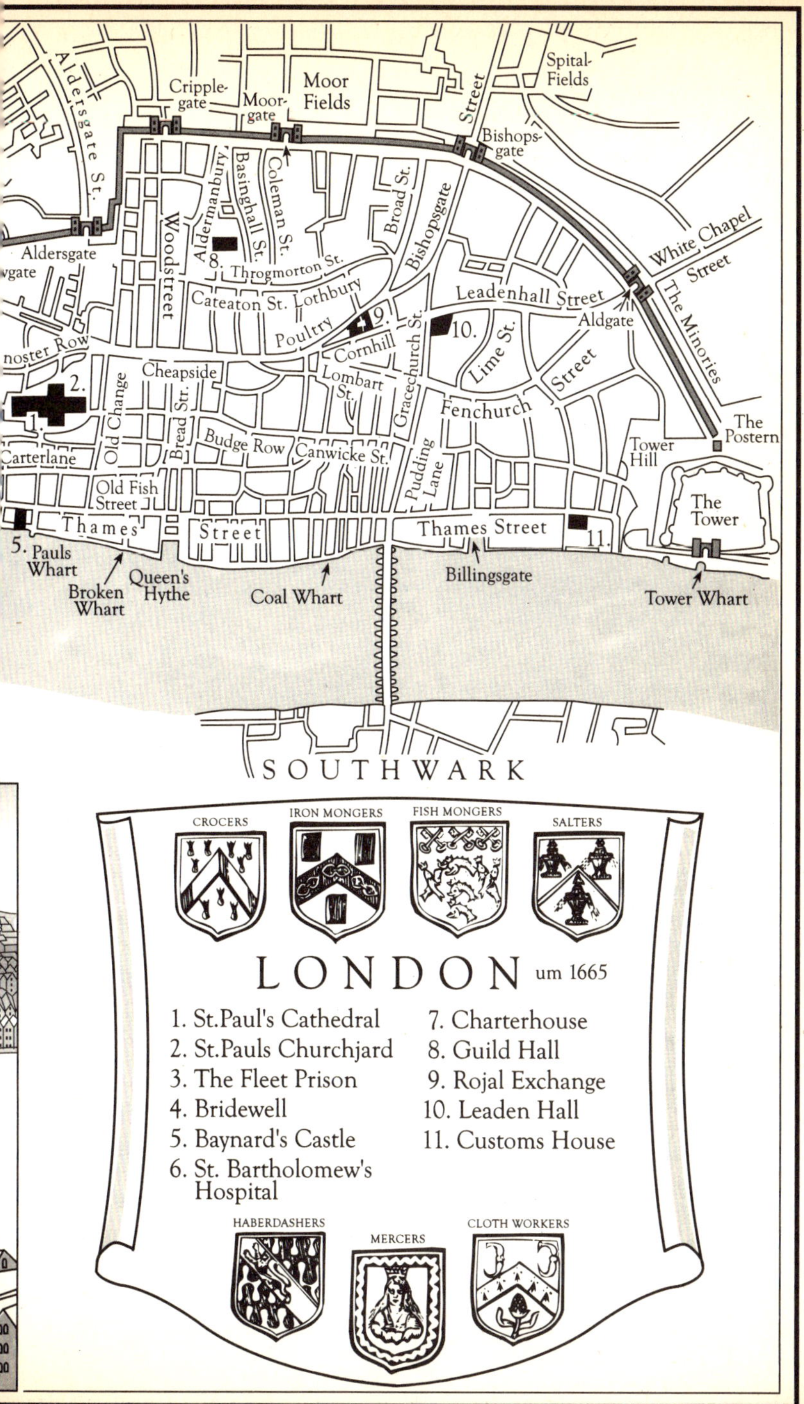

Aldersgate St.
Cripple-gate
Moor-gate
Moor Fields
Street
Spital-Fields
Bishops-gate
Aldersgate
Aldermanbury
Basinghall St.
Coleman St.
Broad St.
Bishopsgate
White Chapel Street
Woodstreet
8. Throgmorton St.
Cateaton St. Lothbury
Leadenhall Street
The Minories
Poultry 9.
10.
Aldgate
noster Row
Cornhill
Gracechurch St.
Lime St.
Street
Cheapside
2.
Lombart St.
1.
Old Change
Bread Str.
Fenchurch
The Postern
Budge Row
Canwicke St.
Pudding Lane
Tower Hill
Carterlane
Old Fish Street
The Tower
Thames Street
Thames Street
11.
5. Pauls Whart
Queen's Hythe
Broken Whart
Coal Whart
Billingsgate
Tower Whart
SOUTHWARK
CROCERS
IRON MONGERS
FISH MONGERS
SALTERS
LONDON um 1665
1. St.Paul's Cathedral
2. St.Pauls Churchjard
3. The Fleet Prison
4. Bridewell
5. Baynard's Castle
6. St. Bartholomew's Hospital
7. Charterhouse
8. Guild Hall
9. Rojal Exchange
10. Leaden Hall
11. Customs House
HABERDASHERS
MERCERS
CLOTH WORKERS